An Frau

Käthe Fritzsch

Leipzig O.5.

Straße der Befreiung 58

10 b

Uwe Karte

Tagebuch für Walter Fritzsch

Die folgenden Seiten sind in erster Linie zwei Personen zu verdanken: Zum einen Walter Fritzsch, der uns mit seinen Aufzeichnungen über viele Jahrzehnte an einem aufregenden Leben teilhaben lässt. Aber auch an den Irrungen und Wirrungen des 20. Jahrhunderts.

Die Transkription seiner Kriegs-Tagebücher – lange Zeit eine schier unlösbare Aufgabe – übernahm meine liebe Mutter. Sie schaffte es, mit unglaublichem Fleiß und bemerkenswerter Geduld.

Nicht nur dafür, ein riesengroßes Dankeschön an Dich!

IMPRESSUM

Herausgeber: Uwe Karte
Autor: Uwe Karte
Mitarbeit: Sten Hornig

Projektberatung: Steffen Mönnich
Gestaltung: designXpress dresden Werbeagentur

Redaktionsschluss: 22. März 2021
1. Auflage – Dresden 2021

KOMMENTATOREN

Hans-Jürgen Dörner	Seite 404
Hans-Jürgen Kreische	Seite 332, Seite 352
Ralf Minge	Seite 448
Matthias Müller	Seite 476
Frank Richter	Seite 22, Seite 258, Seite 468
Klaus Sammer	Seite 332, Seite 352

Die Gespräche mit den Kommentatoren wurden in den Jahren 2020 und 2021 geführt.

Besonderen Dank an die Westermann Druck Zwickau GmbH, für die finanzielle Unterstützung in Höhe von 400 Euro zur Herstellung des Buches.

ORDNER
FALKEN

Uwe Karte

Jahrgang 1966

Seit 1993 freier Journalist und Autor

BÜCHER:
Dynamo Dresden (1993)
Kabinengeflüster (1997)
Spiel ohne Grenze (2010)
Das Dynamo-Buch (2013)
Montreal privat (2016)
STÜBNER – Popstar wider Willen (2019)
…

FILME:
Leutzscher Legende (1993)
Der stärkste Mann der Welt (2001)
Der kleine General (2008)
Ein Leben als Grenzgänger – Jörg Berger (2009)
Feuerkopf im Nadelstreifen – Matthias Sammer (2009)
Die ewige Jagd nach dem Titel – Michael Ballack (2013)
Die Sache mit dem Ritterkreuz (2016)
Spiel ohne Grenze (2019)
…

Die Geschichte dieses Buches beginnt an einem Spätsommertag des Jahres 2005 im Schatten der Dresdner Frauenkirche. Ihr frischer Sandstein glänzt in der Abendsonne. Der Leierkasten dudelt, es wird gelärmt, geknipst und die wiedergewonnene Erhabenheit auf dem Neumarkt bestaunt. Auf dem Weg zu Dresdens ältester Flaniermeile sehe ich sonnenbebrillte Touristen tafeln, mit exklusivem Blick auf das neue alte Wahrzeichen der Stadt. Am unteren Ende der Münzgasse treffen sich einmal in der Woche die Oldies von Dynamo Dresden zum Stammtisch, im »Kleppereck«. Mein Besuch beschränkt sich auf einen Plausch mit Stephan Müller. Der Gastwirt bittet mich ins leere Lokal, die Musik spielt bei diesem Wetter draußen. Stephan weiß, warum ich komme. *„Hier, schau mal, hier steht er!“*

Die Buch-Geschichte

Vor dem Tresen sehe ich einen alten Reisekoffer von respektabler Größe und bin beeindruckt. Weniger wegen der Holzbeschläge, die die Hartpappe umhüllen, ein Nachkriegsmodell vermutlich. Im Koffer soll sich der Nachlass von Meistertrainer Walter Fritzsch befinden: *„Seine Tagebücher, Akten, Dokumente, Fotos, Urkunden – alles! Du wirst staunen“* – sagt der Kneiper und flachst zum Abschied: *„Heb Dir bloß keinen Bruch!“* Auf dem Weg zum Auto muss ich ihm recht geben, mein Gott Walter, du bist ein echtes Schwergewicht!

Pfingsten 1977. Als Zehnjähriger sehe ich seinen strengen Blick und bin irritiert. Sieht so ein Fußballtrainer aus, dessen Mannschaft nach dem Gewinn der Meisterschaft nun auch noch den Triumph im Pokal bejubeln kann? Mal abgesehen davon, dass mir Fritzsch gerade die Laune verdorben hat. Aber, der Reihe nach.

Beim Besuch bei meinen Großeltern in Heinrichsort, nördlich von Aue und östlich von Zwickau gelegen, gelingt es mir, mich vorm traditionellen Spaziergang der Sippe zu drücken. Der Dank gebührt meinem Onkel. Er lädt mich ein, die Direkt-Übertragung aus dem Stadion der Weltjugend zu verfolgen. Dresden, der Meister, gegen Leipzig, den Pokalverteidiger! Voller Vorfreude nehme ich im kirschroten Drehsessel Platz. Onkel Edgar liegt auf seinem Sofastammplatz am Fenster und kommentiert das Geschehen auf dem Rasen durch die Qualmwolke seiner geliebten f6. Die Daumen drücke ich den Leipzigern. Als Schulanfänger begleite ich sie durch eine grandiose Europacup-Saison mit Gegnern wie AC Turin, Wolverhampton, Düsseldorf, Ipswich Town und Tottenham. Für immer haften bleibt das grandiose Frenzel-Tor beim 3:0 gegen die Fortuna. Mein Vater saß mit mir im Zentralstadion, allerdings im Block der Chemie-Anhänger. Das war Usus in der fußballerisch geteilten Stadt. Seine Bemerkung zum Sitznachbarn – ich sei Lok-Anhänger – fand ich unnötig. Trotzdem bin ich ihm bis heute für diese Erlebnisse dankbar.

Zehn Minuten noch beim Endspiel in Berlin. Lok hat schon eine Hand zur Trophäe ausgestreckt, führt 2:1. Da gerät das Finale zum Thriller. Die Zigarettenschachtel raschelt, das Feuerzeug klickt und Dynamo explodiert. Erst Weber mit dem Kopf, dann Sachse mit rechts! In läppischen drei Minuten verwandeln sie das 1:2 in ein 3:2 und mein Onkel, Jahrgang 1924, hatte es irgendwie kommen sehen: *„Ja, Fritzsch, Walter, ist eben ein harter Hund! War es damals schon, bei der Wismut! Die Dresdner haben mehr Dampf aufgezogen als die Loksche!“* Ich verstehe Bahnhof.

In Berlin entern Kapitän Dixie Dörner und seine Mannen das Siegerpodest, erschöpft, aber glücklich. Im Doppel-Interview mit den Trainern erhält Walter Fritzsch die Glückwünsche von seinem Leipziger Kollegen und genießt stumm, scheinbar regungslos. Bis auf die geschürzten Lippen, lutscht er ein Bonbon oder die Reste davon? Lok-Coach Pfeifer versucht, die späte Pleite zu erklären.

Ich blicke zu meinem Onkel. Er kann ebenso streng gucken wie dieser Walter Fritzsch. Unterrichtet als stellvertretender Schuldirektor das Fach Staatsbürgerkunde, liest das »Neue Deutschland«, den »Horizont« und die »Armeerundschau«. Alles im Abo. Klack, klack. Die züngelnde Flamme setzt das nächste Stäbchen in Brand. In Berlin geht die erste Frage an Walter Fritzsch. Er nuschelt ins Mikrofon: *„Ich muss sagen, dass ich gar nich zufrieden war. Wir hamm vor dem Spiel große Sorgen gehabt. Häfner krank, Sachse angeschlagen. Der war gar nich zu sehen in der ersten Halbzeit. Auch der Einsatz von Riedel war ein Risiko. Wir* *hamm also bissl glücklich gewonnen!"* Es sind weniger die Informationen, die mich beschäftigen, es ist dieser Dialekt. Walter Fritzsch spricht so wie mein Onkel oder wie mein Opa, eigentlich wie alle in Heinrichsort. Kein Zufall, schließlich ist der Erfolgstrainer in Zwickau-Planitz, also gleich um die Ecke, aufgewachsen. Nur, weiß ich das damals noch nicht.

In Berlin hakt der Fernsehreporter nach: „Was bedeutet ihnen dieser Pokalsieg nach dem Gewinn der Meisterschaft?" Jetzt lächelt Walter Fritzsch listig wie ein Fuchs: *„Wissen Sie, ich hab hier auch schon in der 118. Minute das Tor gekriegt, da war´mer weg. Das Double is was Wertvolles! Ich hab sechs Endspiele gemacht, zwei gewonnen. Das ist zufriedenstellend! In der ersten Halbzeit war Lok einen Zahn schärfer und deshalb hab ich in der Pause gesagt, wir müssen mehr Dampf aufziehen!"*

einsgeschichte gilt es aufzuarbeiten. Zu dritt sitzen wir im Traditionskabinett im zweiten Stock und staunend darf ich erleben, wie mein Kollege Gert Zimmermann und Walter Fritzsch miteinander umgehen. Mal wie zwei linke Latschen, dann fluchen sie wie die Bierkutscher und es wird richtig laut. Thematisch kreisen sie um die Bayern-Duelle, um Kreische und den Lebenswandel der Fußballer, um des Trainers ewige Forderungen und Walters Abneigung gegenüber der *„gelben Brühe"*, dem Lieblingsgetränk seiner Spieler. Nicht alles Gesagte scheint druckreif. Ich pinsele wie ein Weltmeister und höre zu.

Knapp ein Jahr später sitzt Walter Fritzsch nun vor mir und plaudert darüber, was ihn gerade stört. Unmöglich sei das Auftreten von Lothar Matthäus. Nur noch Quatschen würde der mit seinen Star-Allüren und überhaupt, im Fußball wäre viel zu viel

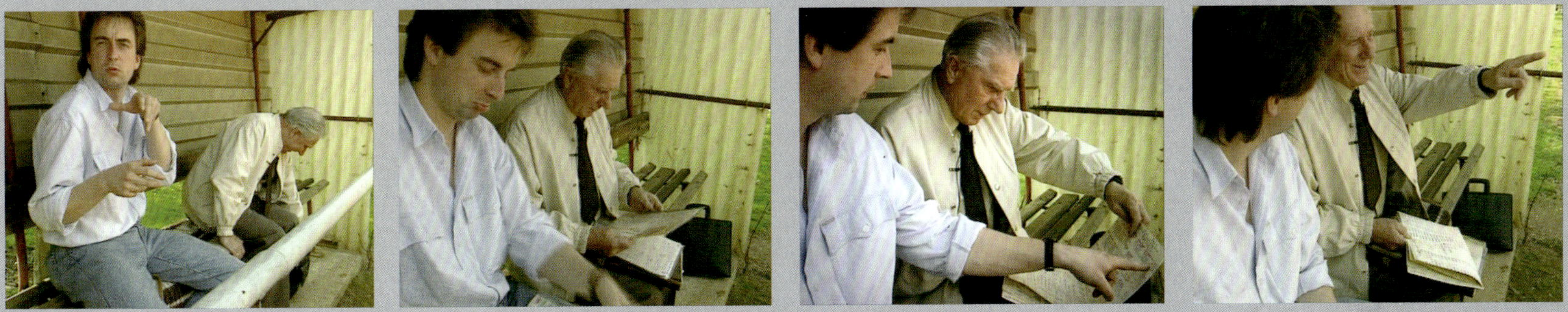

April 1994, Verabredung mit Walter Fritzsch im Harbig-Stadion. Die Schwarz-Gelben sind in der Bundesliga gerade auf dem besten Weg, dem Vier-Punkte-Abzug zu trotzen. In einem Film sollen Vergangenheit und Gegenwart beleuchtet werden. Überpünktlich erscheint der inzwischen 73-Jährige zum Interview-Termin, mit weißen Schuhen und einer Aktentasche unterm Arm. Er hat sich schick gemacht, nicht für mich, für die Kamera. Da bin ich mir sicher. Im Jahr zuvor lernten wir uns bei der Recherche zu einem Buchprojekt näher kennen. Bis dahin sah ich ihn entweder von der Massage aus dem Bereich der Bundesligaprofis kommen oder auf dem Weg in die Sauna. Montags, glaube ich, besuchte er immer das Dampfbad im Keller der Geschäftsstelle. Wir grüßten uns freundlich, mehr aber nicht. Das ändert sich, als die Arbeit an diesem Dynamo-Buch beginnt, vierzig Jahre Ver-

Geld im Spiel. Das folgende Gespräch vor der Kamera beginnt mit der Frage, ob er sich an seinen ersten Tag bei Dynamo erinnern kann. *„Da drüben wars"* – zeigt er und schmunzelt. Es folgt eine Zeitreise in die Siebzigerjahre, mit großen Erfolgen, auch mit bitteren Niederlagen. Dazu ein Abstecher in den Juli 1953, als sein Erstversuch in Dresden nach wenigen Wochen scheitert.

An all diese Dinge muss ich im Spätsommer 2005 denken, als ich das in Empfang genommene Ungetüm im Auto verstaue und heimwärts steuere. Die Anspannung steigt, was wird mich erwarten? Dass es diesen Koffer überhaupt gibt, hatte ich von Armin Grande erfahren. Der Manager der Traditionsmannschaft, vom Grundtyp ein »Hans-Dampf-in-allen-Gassen«, agiert als Nachlassverwalter von Walter Fritzsch. Der Trainer war im Oktober 1997 verstorben und geriet in Dresden schnell in Vergessenheit. Ein paar Enthusiasten stört das ganz gewaltig, Armin Grande führt sie geschickt zusammen. So geht im Dezember 1998 das erste »Walter-Fritzsch-Gedenkturnier« für Traditionsmannschaften über die Bühne. Mit den daraus generierten Einnahmen und zusätzlichen Spenden kommt nach und nach Geld für einen Gedenkstein zusammen. Allerdings soll es fünf Jahre dauern, bis alle Genehmigungen eingeholt und sich die zuständigen Behörden auf einen Standort für die Sandstein-Stele geeinigt haben. 2004 steht er endlich, der »Walter-Fritzsch-Gedenkstein«. Alle aktuellen Dynamo-Spieler müssen nun auf dem Weg zum und vom Training an ihm vorbei. Die Oldies der Schwarz-Gelben legen an einem jeden 21. November, dem Geburtstag des Trainers, Blumen nieder.

Als ich Armin Grande irgendwann von den Plänen erzähle, über Walter Fritzsch einen Film zu drehen, fängt er Feuer und nimmt mich zur Seite. *„Ich hab da was, das könnte Dich interessieren!“* Der Koffer! Nun liegt er vor mir. Wer ihn öffnet, tritt in das Leben von Walter Fritzsch ein. Zumindest mir ging es so. An diesem Abend sitze ich stundenlang, inspiziere Stück für Stück aus dieser prall gefüllten Schatzkiste. Die Eindrücke sind überwältigend, vom Schulzeugnis der Volksschule, über das Hochzeitsfoto mit seiner Käthe, dann Arbeitsverträge mit Wismut Aue, Empor Rostock oder Dynamo Dresden, bis hin zu seinem Fahrtenbuch, Ausweisen und anderen, unzähligen Dokumenten. Als den wichtigsten Teil des Koffers sehe ich die privaten Tagebücher von Walter Fritzsch. Geführt von 1938 bis 1995. Die ältesten sind sorgfältig in Pergamentpapier eingeschlagen. Rehbraun, jedes mit der gleichen, kunstvollen Aufschrift versehen: *„Tagebuch für Walter Fritzsch“*. Was auch immer er damit meint. Unter seinem Namen prangt die jeweilige Jahreszahl. Auf dem Buchrücken ist die laufende Nummer festgehalten. Die Schrift auf dem vergilbten Papier ist sehr klein, aber akkurat. Oft mit Feder, mal mit Bleistift, meist mit Füller geschrieben. In den Fünfzigerjahren stellt er um und verwendet zum Einschlagen einfaches Packpapier. Einmal sogar, in der Zweitverwertung, das von einem Westpäckchen stammende, adressiert an Käthe. Bereits zu diesem Zeitpunkt beginne ich zu ahnen, dass die Auswertung des Kofferinhalts Wochen, Monate, vielleicht Jahre dauern wird.

Im April 2008 läuft im Dresdner Filmtheater Schauburg, an diesem Ort war Dynamo 55 Jahre zuvor gegründet worden, der Film: »Der kleine General«. Die Meister-Elf von Walter Fritzsch, sitzt fast komplett im Publikum, aber auch Ralf Minge, Matthias Sammer, Hans-Joachim Wolfram, Christoph Dieckmann oder Peter Schreier lassen es sich nicht nehmen. Armin Grande legt mir nach der Premiere die Hand auf die Schulter: *„Du behältst den Koffer, die Tagebücher sind bei Dir in den besten Händen. Aber nur unter der Bedingung, dass Du sie beisammen hältst!“* Wir geben uns die Hand darauf.

Was ich ihm zunächst verschweige, vom Umfang der Aufzeichnungen fühle ich mich längst erschlagen. Ein Leben in Tagebüchern, über den Zeitraum von mehr als einem halben Jahrhundert tagtäglich Abläufe und Inhalte protokolliert. Hinzu kommen Trainingspläne, Analysen und Spielerkritiken. Aufgemalt und hervorgehoben in unterschiedlichen Farben. Fritzsch füllt hunderte Ordner, Hefte und Bücher. Die privaten oder beruflichen Ereignisse versieht er mit Uhrzeit, Ort und Kommentaren, formuliert unter *„MB“* (Mein Befinden) Ängste und Zweifel, Gedanken und Gefühle, dokumentiert auch akribisch seine täglichen Ein- und Ausgaben. Zu Jahresbeginn schildert der ruhelose Chronist stets seine Wünsche und Erwartungen an die kommenden Monate. Trennt in eine politische, wirtschaftliche, sportliche und seine ganz persönliche Ebene. Am Jahresende gibt es die Übersicht über die Einnahmen, also Gehalt, Prämien und Zinsen, dazu, als Gegenrechnung, die laufenden Kosten, von Strom und Wasser bis hin zu größeren Anschaffungen. Selbst banale Dinge tauchen auf, wie die Seriennummer des Türschlosses oder die

Nummer des Zündschlüssels von seinem Wartburg. Der logische Schluss, hier ist ein »Wahnsinniger« am Werk!

Jahrelang schleiche ich um die Tagebücher herum. Wie so oft im Leben hilft es, die Dinge laufen zu lassen. Seit dem ersten Dynamo-Buch sind inzwischen fast zwanzig Jahre vergangen, als Gert Zimmermann und ich beginnen, an einer Neuerscheinung zum Jubiläum zu werkeln. In »Dynamo Dresden 1953 – 2013« finden drei Kapitel mit und über Walter Fritzsch Eingang. Grundlage dafür sind im Wesentlichen die Tagebücher seiner Dynamo-Zeit sowie Gespräche mit einstigen Weggefährten wie Manfred Scheler (Rat des Bezirkes) oder Willy Nyffenegger (Bezirksbehörde der Deutschen Volkspolizei). Großen Aufwand betreiben wir beim Studium seiner Kriegs-Tagebücher. Beginnend mit dem Marsch in das fremde Land, der einbrechende Winter und die fehlende Ausrüstung, der erste Nahkampftag. Schließlich wird das Grauen zur Normalität. Was sich in wenigen Zeilen liest, erfordert in der Entstehung sehr viel Zeit und unglaublich viel Geduld. Als die Dynamo-Fibel im Sommer 2013 endlich vorliegt, verschwinden die Tagebücher erneut im Regal.

Im November 2020 wäre Walter Fritzsch einhundert Jahre alt geworden. Wenn dieses Jubiläum nicht Grund genug ist, sich gründlich mit seinen Aufzeichnungen zu beschäftigten, was dann? Beginnend mit seiner Einberufung im Herbst 1940 versuchen wir nun, die Kriegs-Tagebücher im besten Sinne komplett zu »übersetzen«. Mir gelingt es, meine Mutter dafür zu gewinnen. In ihrer Schulzeit war die Sütterlinschrift noch gelehrt worden. Nun wird sie, rund siebzig Jahre später, ihre Kenntnisse von damals festigen und vertiefen. Bis zum Jahreswechsel 1949/50 hat Walter Fritzsch alles in dieser Schrift festgehalten. Was hier salopp beschrieben und nach netter Nebenbeschäftigung klingt, entpuppt sich als irre Fleißarbeit und echte Geduldsprobe.

Das erste Tagebuch wurde von Walter Fritzsch im Sommer 1945 komplett abgeschrieben, vor uns liegt also die relativ gut leserliche Abschrift des Originals. Ein Grund dafür liegt auf der Hand, der Zustand der Ur-Fassung wird nach zwei Kriegswintern an der Ostfront nicht der Beste gewesen sein. Mit den Notizen ab März 1943 gerät unser Vorhaben zur Herausforderung. Das Format des Tagebuches ist deutlich kleiner, schließlich musste es in eine Uniformtasche passen, und als Schreibgerät diente vorwiegend ein Bleistiftstummel.

Die Transkriptionen der Sütterlin-Notizen ergeben erstaunliche und erschreckende Details über den Alltag an der Ostfront. Längst hat das Vorhaben eine ungeahnte Sogwirkung entwickelt. Wir beschließen, die Tagebücher von 1941 bis 1945 komplett abzudrucken. Was will man weglassen und mit welchem Recht? Schließlich gehören Tage mit der Bemerkung *„k.b.V.“* (keine besonderen Vorkommnisse) zum Kriegsalltag wie Nahkampf, Verwundung oder Lazarettaufenthalt. Zum Glück werden wir auf der Suche nach weiteren Quellen fündig und können die Aufzeichnungen von Walter Fritzsch vor allem mit Hilfe der Chronik seiner Truppe (»Geschichte der 18. Panzer-Division 1940 – 1943«) viel besser nachvollziehbar, mit Hintergründen begreifbar werden lassen.

Vornehmlich im ersten Halbjahr 1943 und in den letzten Kriegsmonaten 1945 gibt es Worte, die beim besten Willen nicht zu entziffern waren. In diesem Buch erscheinen sie wie folgt: *„...“*. Nach 1945 dient dieses Kürzel eher dem Verweis auf ein Straffung der ursprünglichen Tagebuch-Fassung mit vielen tausend Seiten. Schließlich wirkt »Der süße Brei« im Vergleich zu den Fritzsch-Aufzeichnungen wie ein kleiner Gruß aus der Küche. Wichtig vielleicht noch zu erwähnen, dass der Original-Wortlaut von Walter Fritzsch in kursiver Schrift erscheint.

Der ursprüngliche Plan, das »Tagebuch für Walter Fritzsch« zu seinem 100. Geburtstag vorzulegen, bleibt eine Illusion. Für uns nicht schlimm, ganz im Gegenteil! Animiert durch die Berichterstattung zum Jubiläum und die Buch-Ankündigung ergeben sich ab November 2020 neue Kontakte und Quellen. Zuallererst muss Dieter Fritzsch genannt werden, Walters Neffe war mit seinen Eltern 1954/55 in den Westen übergesiedelt. In den Gesprächen mit ihm ergänzen wir gegenseitig das vorhandene Wissen und können das schwierige Verhältnis der Fritzsch-Brüder nun viel besser und genauer beschreiben. Im Herbst 1973 wird es mit den Europacup-Duellen der Dresdner Dynamos mit Bayern München über Nacht zum Ost-West-Politikum. Nur ein Beispiel dafür, was uns Walter Fritzsch mit seinen Tagebüchern hinterlassen hat: Eine jederzeit spannende, teils atemberaubende Reise durch ein Jahrhundert deutscher Geschichte.

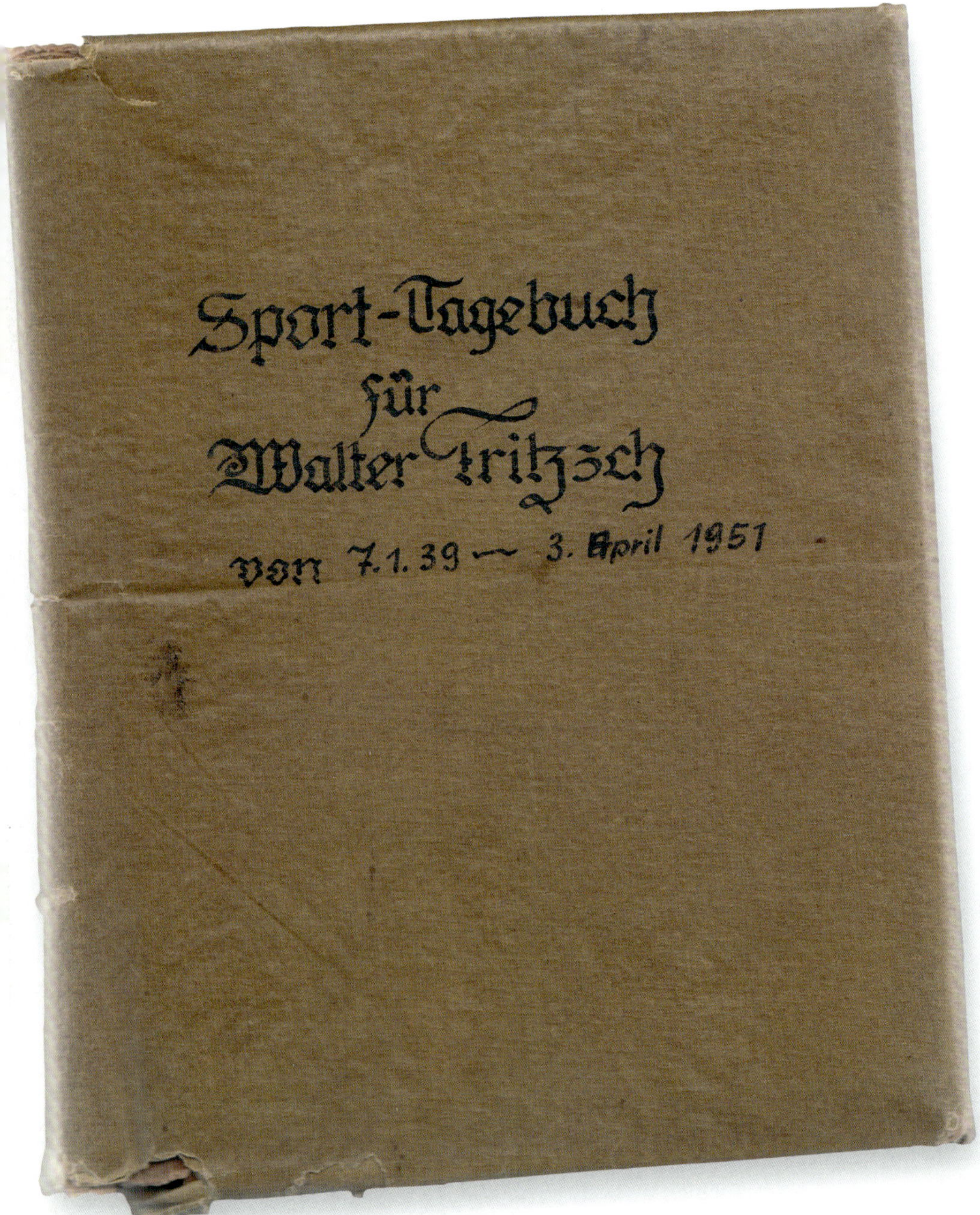

Den Beginn seiner Aufzeichnungen datiert Walter Fritzsch unter dem Titel »1. Sport-Tagebuch« auf den 7. Januar 1939. Bei näherer Betrachtung ist dieses Datum allerdings nur der Punkt, ab sofort Dinge aus seinem Alltag in regelmäßiger Form festzuhalten und abzubilden. Zunächst beschränkt sich das Vorhaben auf seine sportliche Laufbahn als Fußballer – also, mal einen Zeitungsartikel ausschneiden und sich über eine öffentliche Erwähnung freuen. Immerhin ist er damit als junger Kicker des Planitzer SC jenseits einer gewissen Wahrnehmungsgrenze angekommen.

Planitz – 1920 bis 1940

Wochen zuvor, am 21. November 1938, war der junge PSC-Stürmer 18 Jahre alt geworden. Nun, zum Jahreswechsel 1938/39, erhält er erneut eine Einladung in die Zwickauer Bannelf der Hitlerjugend. Vielleicht ist es der kleine Zeitungsausschnitt vom Testspiel gegen eine Glauchauer Auswahl in Waldenburg, der ihn zum Chronisten in eigener Sache werden lässt. Walter Fritzsch wird nämlich beim 3:2-Erfolg seiner Farben nicht nur als Torschütze (per Elfmeter) zum 2:1-Zwischenstand erwähnt, sondern verdiente sich als bester Zwickauer Einzelspieler eine *„besonders gute Zensur“*. Noch beschränkt sich der lobend Erwähnte auf das Ausschneiden solcher und ähnlicher Artikel. Mit dem Hervorheben seines Namens, sei es durch Unterstreichen oder eine, zunächst noch unauffällige, farbige Markierung deutet sich schon in dieser frühen Phase eine Besonderheit an, die später, ausgeklügelt und verfeinert, zur typischen Fritzsch-Eigenart werden soll. Ganz ähnlich verhält es sich mit Veröffentlichungsdatum oder den später akribisch festgehaltenen Spielansetzungen. Diese Angaben werden – ähnlich wie der Tagebuchtitel – fein säuberlich und schon fast kunstvoll mit Feder und Tinte mehr gezeichnet als geschrieben.

Zum Fußball in Planitz um 1938

PLANITZER SPORTCLUB E.V

Beim Blättern in diesen nunmehr über 80 Jahre alten Aufzeichnungen wird deutlich, dass es noch frühere Einträge gibt. Die ältesten stammen bereits aus dem Sommer 1938. Anlass ist die Einweihung der Planitzer Südkampfbahn, für die ganze Stadt ein Feiertag. Zur Platzweihe hat man sich mit dem FC Schalke 04 die damals beste und erfolgreichste Mannschaft eingeladen. Die »Knappen« fahren zwischen 1933 und 1942 gleich sechs Deutsche Meisterschaften ein und ziehen mit ihrem Auftritt natürlich auch in Westsachsen das Publikum magisch an. So ist der Planitzer Sport-Club im Vorfeld der Partie in aller Munde. Auch über den erfolgreichen Nachwuchs wird in Wort und Bild berichtet. Ein Foto verdient besondere Aufmerksamkeit – es ist die Planitzer Junioren-Mannschaft – die auf dem Spielfeld Aufstellung genommen hat. Im Hintergrund thront die Lukaskirche. Zwei der elf jungen Fußballer werden gut drei Jahrzehnte später für große Schlagzeilen sorgen. Die Rede ist von Spielführer Walter Fritzsch, der ganz links in vorbildlicher Haltung, die Hände an der Hosennaht, die Hacken geschlossen, den Blick zur Kamera richtet. Unnachahmlich auch die Körperhaltung des vierten Spielers

die Mannschaft von Schalke 04, ganz rechts Vereinsführer Tschenscher. (Photo: Schr

Während Planitz in der angekündigten Aufstellung antrat, hatten die Schalker etwas umgestellt, da Urban nicht mit von der Partie sein konnte. Die Mannschaften nahmen den Kampf in folgender Besetzung auf:

Schalke 04: Bensch
Bornemann Sontow
Gellesch Tibulski Berg
Engels Szepan Kallwitzki Kuzorra Mecke

*

Dittes Weigel Breitenstein Seltmann Heyne
Merkel Schubert Dietel
Tautenhahn Stemmler
SC Planitz Grunert

Schon die ersten Minuten beweisen, daß die Planitzer von einem unbändigen Siegeswillen beseelt sind. Vom

12. 8. 1938 3:2

12. 8. 1938 3:2

Der älteste Tagebuch-Eintrag – inspiriert durch das Spiel des Planitzer SC gegen Schalke 04

Besonderes Zeitdokument – die Bann-Elf mit Spielführer Fritzsch (l.) und Heinz Krügel (4.v.r.) vor der Planitzer Lukaskirche

von rechts. Mit keckem Blick ins Objektiv, die Hände auf dem Rücken verschränkt, den rechten Fuß fast ein wenig provokativ vorgestellt, steht da der gerade siebzehnjährige Heinz Krügel. Aus diesen beiden Planitzer Nachwuchs-Hoffnungen soll ab 1971 das erfolgreichste Trainer-Duo des DDR-Fußballs werden. Der eine, Krügel, führt den 1. FC Magdeburg zu drei Meisterschaften (1972, 74 und 75) und einem Pokalsieg (1973), krönt diesen dann ein Jahr später mit dem Triumph im Europapokal. Der andere, Fritzsch, erringt nahezu parallel mit seinen Dresdner Dynamos insgesamt fünf Meistertitel (1971, 73, 76, 77 und 78) und zwei Pokalsiege (1971, 77). Aus heutiger Sicht sei die Frage erlaubt: War das etwa nur eine Laune der Geschichte oder woher stammt dieses unglaubliche Fußball-Gen der beiden Planitzer Buben?

Walter Kurt Fritzsch wird am 21. November 1920 als zweiter Sohn einer Arbeiterfamilie in Planitz geboren. Vater Ernst ist Bergmann und Mutter Ella, wie ihr Gatte Jahrgang 1892, kümmert sich um die beiden Buben Gerhard und Walter. Der Geburtsort der Sprösslinge besteht zu dieser Zeit noch aus den Gemeinden Oberplanitz und Niederplanitz. Mit der Zusammenlegung erhält Planitz 1923 das Stadtrecht und wird 1944 nach Zwickau eingemeindet. Vornehmlich vom Steinkohlebergbau geprägt, fehlt dem langgezogenen Industriestandort nicht nur ein typisch städtisches Zentrum, sondern auch jegliches ländliche Flair. Der Legende nach, die auch der jüngste Spross der Familie Fritzsch nicht nur einmal erzählt bekommen wird, hätten Kleinbauern schon 500 Jahre zuvor am Planitzer Kohlberg eifrig nach dem schwarzen Gold gegraben. Erst im Tagebau, später in brunnenartigen Schächten in bis zu 60 Metern Tiefe. Dabei ist von Generation zu Generation der über Jahrhunderte anhaltende Kohleflözbrand in aller Munde, ausgelöst im Jahr 1479 durch Büchsenschuss in einem Fuchsgang. Sichtbares Zeichen der unsichtbaren Flammen soll auf den betroffenen Fluren um Planitz herum die außergewöhnliche Dürre und Trockenheit im Sommer gewesen sein. Dafür blieb im Winter der Schnee nicht liegen und es wuchs saftiges Gras. Erst 1860 gelang es dann, den unterirdischen Brand endgültig zu ersticken.

Nicht viel später beginnt das explosionsartige Wachstum der Bevölkerung. Der Steinkohlebergbau verschlingt seit 1830 viele Arbeitskräfte. Sie kommen vornehmlich durch Zuzug aus dem Erzgebirge oder Vogtland ins Westsächsische. Die meisten Arbeiter hausen mit ihren Familien in kleinen Wohnungen unter einfachsten Bedingungen. In diesem Zusammenhang ist oft von »Arbeiter-Wohnsitz-Gemeinden« die Rede. Möglicherweise sind diese Umstände ein Grund für das Ausbreiten der Cholera-Epidemie um 1866. Vielleicht aber auch eine Ursache für den als »äußerst gesellig« beschriebenen Menschenschlag in Planitz und Umgebung. Anfang des 20. Jahrhunderts sprießen hier Vereine wie Pilze aus dem Boden. Bis zu 130 sollen es in der Weimarer Republik gewesen sein. Das Spektrum reicht vom Posaunenchor und verschiedenen Spielmannszügen bis hin zum »Kleingärtnerverein Volksgesundheit« oder dem »Verein für naturgetreue Gesundheitspflege«. Nicht zu vergessen der 1912 gegründete »Planitzer Sport-Club (PSC)«. Ursprünglich von 17 Unentwegten als reiner Fußballverein gegründet, wird nur Monate später dem Umstand Rechnung getragen, dass unter dem PSC-Dach auch andere Sportbegeisterte ihrer Leidenschaft frönen sollen. So gibt es nun weitere Abteilungen wie Boxen, Frauen-Turnen, Faustball, Gymnastik, Handball, Hockey und Leichtathletik.

Nach dem Ersten Weltkrieg muss es beim Planitzer Sport-Club ohne die 15 gefallenen Sportfreunde weitergehen. Gut ein Jahr später soll die Jagd nach der Lederkugel einen ungeahnten Aufschwung nehmen. Die Vereinsführung hatte Ende 1919 ein Grundstück zu günstigen Konditionen erworben, die sogenannte »Fleischerwiese«. Wo einst ein Schlachthof entstehen sollte, der Bau aber nie wirklich begann, entsteht nun mitten in Planitz, eingebettet zwischen Schlossberg und Kreuzberg, der neue »Central-Sportpark«. Die PSC-Mitglieder investieren Muskelkraft und leisten voller Enthusiasmus unzählige »Aufbaustunden«, obwohl es diesen Begriff zu dieser Zeit noch gar nicht gibt. Acht Drainagegräben sorgen für die Entwässerung der Rasenfläche. Um das Spielfeld herum wird eine fünf Meter breite Aschenbahn angelegt, diese wiederum von einer auf Zementsäulen ruhenden Brustbarriere umschlossen. Ein Reporter der Mitteldeutschen Sportzeitung beschreibt nach seinem Besuch: *„Links des Spielfeldes sind in die natürliche Böschung Stufen eingegraben worden, so dass 5.000 Zuschauer bequem Platz und leichte Übersicht über den gesamten Platz geboten werden kann. Das zur Verfügung stehende Gelände erlaubt es, späterhin noch Tribüne und Klubhaus entstehen zu lassen. Das sind ernste Wünsche des Vereins, welche ihm hoffentlich die Zukunft nicht versagt.“*

Die kollektiven Erfahrungen beim Bau der Sportanlage schweißen zusammen, auch in Planitz. So kann das neue Schmuckkästchen schon am 20. August 1920 eingeweiht werden. Das Premierenspiel sieht einen 3:1-Erfolg der Planitzer gegen den SC Vimaria Weimar und die Mitteldeutsche Sportzeitung gerät ins Schwärmen: *„Nach Wochen aufopfernder Tätigkeit, die von großer Energie und Schaffensfreude getragen war, hat sich der Planitzer Sport-Club eine ideale Sportanlage geschaffen, die sich auf gleicher Stufe mit größeren, städtischen Vereinen stellen lässt. Der Platz liegt im Zentrum des Orts, und die herrliche Umgebung gibt ihm einen hohen, landschaftlichen Reiz.“*

Besonderes Fußballflair in Planitz

Plötzlich verfügt der PSC über eine enorme Anziehungskraft. Alt und Jung pilgern zu den Auftritten der Fußballer, um sie mit dem Planitzer Schlachtruf anzufeuern: »Hipp-Hipp-Hurra!« Ob ihrer seit 1914 verwendeten schwarz-gelben Spielkleidung werden die Kicker auch »Die Wespen« genannt. Doch damit nicht genug, auch die Mitgliederzahlen beim PSC schießen in die Höhe. Es wird sogar eine Altherrenmannschaft gegründet und die Planitzer Säuglinge, so steht es geschrieben, würden zuallererst das Wort: »Tooor« schreien. Ob es so oder so ähnlich auch beim kleinen Fritzsch gewesen ist, kann nur vermutet werden. Zumindest wird er von seinen Eltern im zarten Alter von sechs Jahren im Knabenteam des Planitzer Sport-Clubs angemeldet. Möglicherweise hatte das anstehende Jubiläum einen Beitrag dazu geleistet, beim PSC bereitet man sich auf die 15-Jahr-Feier des Vereins vor.

So reiste die Elf des Planitzer SC zu ihren Auswärtsspielen

Der kleine Walter widmet sich seinem neuen Hobby mit großer Hingabe. Bald schon hockt er bei den Spielen der Männer-Mannschaft unmittelbar an der Grasnarbe und saugt gierig auf, was da auf dem Platz geschieht. Längst ist er von diesem Spiel infiziert, will irgendwann auch das schwarz-gelbe Trikot tragen.

Fritzsch (5.v.l.) in der Knaben-Elf des Planitzer SC

Dafür trainiert der Junge mit viel Fleiß und erstaunlicher Disziplin. An seiner Seite der um ein paar Monate jüngere Heinz Krügel. Auch er hatte mit sechs Jahren schon im Verein begonnen. So durchlaufen beide nach und nach alle Nachwuchsmannschaften, können dabei den täglichen Schulschluss kaum erwarten. Ihr Interesse gilt ausschließlich dem Fußball, sehr zum Leidwesen ihrer Eltern. Abgewetzte Schuhspitzen, dreckverschmierte Hosen und der eine oder andere blaue Fleck am Schienbein gehören nun zum Alltag der jungen Kicker.

Aus den Gesprächen der Erwachsenen schnappen die Fritzsch-Buben immer öfter Begriffe wie »Weltwirtschaftskrise« oder »Arbeitslosigkeit« auf. Begleitet werden die Diskussionen von sorgenvollen Mienen in der sterbenden Weimarer Republik. Der Menschenschlag im westsächsischen Dreieck zwischen Chemnitz, Zwickau und Aue gilt als arbeitsam, emsig, pflichtbewusst und äußerst bodenständig. Viele sehen in dieser trostlosen Zeit keine Perspektive, jeder fünfte in Deutschland ist ohne Arbeit. Der Fußball wirkt für die Massen als Ventil. Das Spiel hat in den zurückliegenden Jahren eine beeindruckende Entwicklung genommen, auch in Mitteldeutschland. In der Saison 1932/33 begeistert die Planitzer Elf oft mehr als zehn-, hin und wieder sogar zwölf- bis fünfzehntausend Zuschauer auf der Westsachsen-Kampfbahn. Am Ende der Spielzeit kann der Einzug in die neu eingerichtete Gauliga Sachsen gefeiert werden. Fritzschs Idole spielen nun in einer der sechzehn höchsten Fußball-Ligen in Deutschland.

Begehrte Sammelbilder in den Dreizigerjahren: Die Planitzer Stars aus der Zigaretten-Schachtel

Selbstbewusster Auftritt – Walter Fritzsch (stehend, 2.v.l.) in der A1-Jugend des PSC, Fußball-Kumpel Heinz Krügel hockt vorn links

Längst sind aber auch im Planitzer Stadion die braunen Uniformen nicht mehr zu übersehen. Im Raum Zwickau/Chemnitz wählt bei den Reichstagswahlen im März 1933 jeder Zweite die NSDAP, deutlich mehr als im Landesdurchschnitt. Auch in Planitz kommt es zu Übergriffen der Sturmabteilung (SA), betroffen vornehmlich Funktionäre der KPD, der SPD bzw. der Gewerkschaft.

Das Osterfest 1935 beginnt mit einem sehr kühlen und regnerischen Gründonnerstag. In der Planitzer Kirche empfängt der 14-jährige Walter Fritzsch sein erstes Abendmahl. Aufregende Tage liegen hinter ihm. Gut zwei Wochen zuvor waren sie von Klassenlehrer Röder aus der Volksschule entlassen worden. Nach der Zeugnisausgabe hob er den rechten Zeigefinger: *„Jetzt beginnt er, der Ernst des Lebens!“* So ähnlich klingt es auch, als Walter dann zu Hause das Zeugnis zeigt. Seine Mutter freut sich besonders über sein tadelloses Verhalten, sowohl im Betragen als auch im Fleiß steht da eine glatte Eins. Das war schon im ersten Schuljahr so gewesen und hatte sich seitdem nicht geändert. Voller Stolz erklärt Ella Fritzsch: *„Mein Walter ist eben doch ein ganz ruhiger und braver Gung!"* Vor dem Nachsatz zwinkert sie ihm zu: *„Zumindest in der Schule, stimmts?"* Der Angesprochene scheint nicht ganz zufrieden. Die eine Drei, ausgerechnet im Zeichnen, ärgert ihn sehr. Immerhin ist es eine »3a«, doch eben nur »genügend« und nicht »gut« wie in allen anderen Fächern.

Und nun? In wenigen Tagen würde er konfimiert. Doch die bevorstehende Aufnahme in den Kreis der Erwachsenen irritiert ihn. War er nicht soeben noch ein wenig ängstlich mit der Schiefertafel losgezogen? Ostern 1927, ganze sechs Jahre alt. Das Rechnen fällt dem kleinen Fritzsch recht schwer und so dauert es eine ganze Zeit, bis ihm die Alte Schule in Planitz nicht mehr fremd erscheint. Vielleicht liegt es ja auch an Klassenlehrer Fischer, der seinen Weg die ersten fünf Schuljahre begleiten sollte. Walters Leistungen schwanken zwischen »gut« und »genügend«. Das änderte sich, als mit Beginn der sechsten Klasse Herr Röder vor ihnen steht. Lesen, Rechtschreiben und Sprachlicher Ausdruck – all das fällt dem ruhigen Schüler jetzt deutlich leichter, dafür fremdelt er mit den neuen Fächern wie Erdkunde, Naturkunde und Geschichte. Bis zum achten Schuljahr gelingt es Walter, seine Leistungen zu stabilisieren und so erbringt er mit dem Abgangszeugnis den besten Nachweis seiner ganzen Schulzeit als ein wirklich »guter« Schüler.

All das wird noch immer in den Schatten gestellt durch den frühen Tod des Vaters. Ernst Fritzsch war Anfang 1935 im Alter von nur 42 Jahren verstorben. Am Sonntag vor Ostern lauscht Walter Fritzsch den Worten von Pfarrer Dr. Größel: *„In jener Zeit sprach Jesus zu seinen Jüngern: Wachet, denn ihr wisset nicht, welche Stunde euer Herr kommen wird!"* Es ist sein Konfirmationsspruch. Mit feuchten Händen sitzt der 14-Jährige in der Planitzer Lukaskirche ganz vorn, in der Reihe der Konfirmanden. Sein Blick ist nach unten gerichtet und so kann er den Pfarrer nur hören: *„Lasst uns unser Leben ordnen, heute noch! Lasst uns Frieden machen, wo wir Streit haben! Lasst uns, wo es Not tut, um Vergebung bitten!"* In der Konfirmandenstunde hatten sie auch über die Wiederkunft Jesu gesprochen, wie wird sie sein? Und was sollten sie auf ihrem Weg ins Leben mitnehmen? Walter hatte geschwiegen. Wie sollte er erklären, was er nicht verstand? Wurde zu Hause über die Zeit des Weltkrieges oder die Umstände der Weltwirtschaftskrise gesprochen, pflegte sein Vater abzuwinken. Um gleichzeitig den Kopf zu schütteln und zu grollen: *„Das kann der liebe Gott nicht gewollt haben, fürchterlich!"* Dem folgte in der Regel ein Hustenanfall des einstigen Bergarbeiters und von Mutter Fritzsch ein besorgt klingendes: *„Ernst!"* Dabei legte sie ihre schmale Hand auf die ihres Gatten. Walter sorgt sich stets um seinen Vater. Er wusste schon lange, es geht ihm nicht gut. Die Stimme des Pfarrers holt ihn zurück in die Planitzer Lukaskirche: *„Lasst uns wachen und im Licht wandeln! Dann wird uns Sein Licht nicht erschrecken. Dann dürfen wir uns freuen, wenn Er kommt. Amen."*

Kurz nach Beendigung der Volksschule beginnt Walter Fritzsch zum 1. Juni 1935 als Landhilfe bei Viehhändler Kurt Helbig in Planitz. Per Gesetz war im Jahr zuvor solch ein Landjahr für Schulentlassene zur Pflicht erklärt worden. Darin sehen die Nationalsozialisten in erster Linie einen Ersatz für eine allgemeine Einführung eines neunten Pflichtschuljahres. Die hätte den Arbeitsmarkt zwar wirksam entlastet, war aber finanzpolitisch nicht zu realisieren. Angestrebt wird mit diesem Pflichtjahr nicht nur eine berufslenkende Absicht, auch die Heranbildung einer Elite. In einer entsprechenden Informationsbroschüre heißt es: *„Im Landjahr sollen sorgfältig ausgelesene Jungen und Mädel zu verantwortungsbewussten jungen Deutschen erzogen werden, die körperlich gestählt und charakterlich gefestigt von dem Willen erfüllt sind, im Beruf und an jeder Stelle einsatzbereit dem Volksganzen zu dienen."*

In welche Richtung es gehen soll, liegt auf der Hand. Adolf Hitler verkündet im September 1935 auf dem NSDAP-Parteitag: *„In unseren Augen, da muss der deutsche Junge der Zukunft schlank sein, flink wie Windhunde, zäh wie Leder und hart wie Kruppstahl."*

Walter Fritzsch (kniend rechts)
kurz vor seinem 18. Geburtstag

Der spielstarke Nachwuchs des SC Planitz.

Im Spieljahr 1937/38 wurde diese junge Elf, die Jugend A 1 im PSC., Bannmeister. Mit 2:1 verschenkte sie in Döbeln gegen Sportfreunde 01 die Gebietsmeisterschaft. Im Jahre 1938/39 machte Vereinsführer Lindauer die Elf zur Reserve. Sie wurde in ihrer Klasse Meister mit einem Torverhältnis von 62:13 und einem Punktverhältnis von 21:3. Von 12 Spielen ging eins verloren und eins endete unentschieden.

Gegner in den Freundschaftsspielen waren nur erste annschaften der Kreisklasse. Fast immer blieben die gen Planitzer Sieger. Bald sämtliche Spieler wurden mit bestem Erfolg auch in der Ligaelf eingesetzt, und Hartmann, Gehmlich, Fröhlich usw. werden auch in diesem Jahre zum großen Ressort der Liga gehören. Der PSC. kann stolz sein auf seinen eigenen starken Nachwuchs. Da die jungen Spieler immer eine gute und strenge Mannschaftsführung gehabt haben, konnten sie so große Erfolge erzielen.

Unser Bild zeigt von links nach rechts stehend: Mann schaftsleiter Wende, Fröhlich, Lippmann, Grimm, Ha mann, Gehmlich; kniend: Bayer, Bleyer II, Fritsch; gend: Strobel, Bleyer I, Bamler.

Vor Ende seines Pflichtjahres als Landhelfer unterschreibt Walter Fritzsch einen Lehrvertrag bei der »Auto-Union«. Der noch immer sehr schmächtige Knabe beginnt in der Folge in den Zwickauer Werken des damals zweitgrößten PKW-Herstellers des Deutschen Reiches am 1. Mai 1936 eine vierjährige Ausbildung zum Horizontalbohrer. Zwei Jahre lang besucht Walter in der theoretischen Ausbildung die Gewerbeschule Zwickau, als Schüler der Abteilung für Maschinenschlosser in der Klasse »Ms 3d«. Klassenlehrer Osterland beurteilt im Frühjahr 1938: *„Fritzsch ist sehr strebsam und fleißig. Sein Betragen war einwandfrei. Ein frischer, interessierter Schüler, der nur im Schriftlichen eine sorgfältigere Ausfertigung benötigt. Kameradschaftlich und einsatzbereit."* Seine Begeisterung für die praktische Arbeit an den Waagerecht-Bohrwerken mit unterschiedlichster Spindelgröße zum Beispiel hält sich in Grenzen. Also egal, ob Lehrwerkstatt oder Werkzeug-Bohrerei. Vielleicht liegt das auch daran, dass das in Zwickau gefertigte Produkt, der DKW F7, bei ihm weder in der Variation »Reichsklasse« noch als »Meisterklasse« seine Leidenschaft zum Auto fahren erwecken kann. Es spricht für den jungen Walter Fritzsch, dass er trotzdem schon im Oktober 1939 von der IHK Plauen seinen Facharbeiterbrief als »Waagerechtbohrer« ausgehändigt bekommt. *„Fleißig und strebsam"* sei er gewesen und hätte sich *„stets als guter Kamerad erwiesen"*. Zu diesem Zeitpunkt bekommt er, seine positiven Erfahrungen als Lehrling im Konstruktions-Büro im Kopf, eine Stelle als Technischer Zeichner angeboten und muss nicht lange überlegen.

In seiner Freizeit jagt der junge Fritzsch mit ungebrochener Begeisterung der Lederkugel hinterher. Im Sommer 1938, Walter ist noch keine 18 Jahre alt, bekommt er in einem Zeitungsartikel bescheinigt, dass der angestrebte Sprung ins Planitzer Männerteam für ihn keine Utopie bleiben muss. Das Lob ist für ihn Ansporn genug, in seinen Bemühungen nicht nachzulassen. Natürlich greift der Nachwuchskicker zur Schere und fügt die folgenden Zeilen in sein Tagebuch ein: *„Es gibt Leistungen im Sport, die man nicht mit Stoppuhr oder Bandmaß messen kann, aber trotzdem viel größer sind. Wir meinen damit die Aufbauarbeit im Verein durch Förderung des Nachwuchses. Wie oft hört man von Spielermangel. Der SC Planitz hat keinen! Am Sonntag spielte eine*

Das Vorzeige-Modell der Horch-Werke – der DKW F7

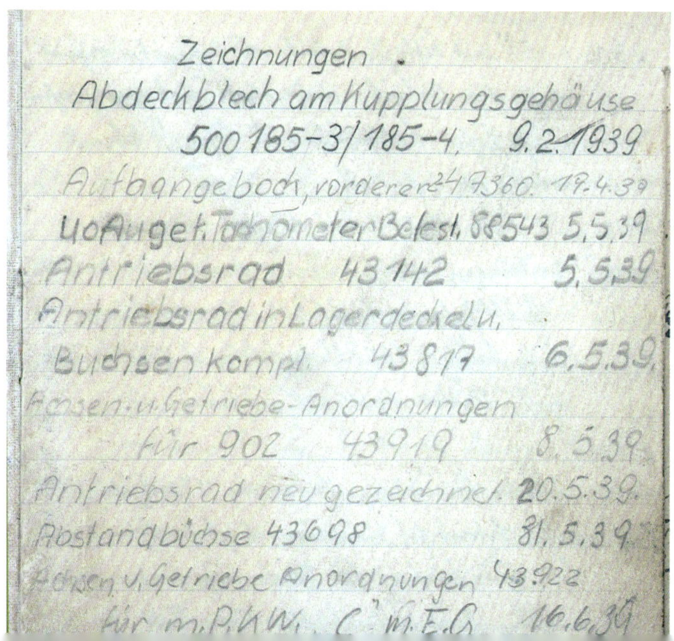

Zeichnungen .
Abdeckblech am Kupplungsgehäuse
500 185-3/185-4. 9.2.1939
Aufgangebock, vorderer 247360 19.4.39
40 Auget. Tachometer Befest. 88543 5.5.39
Antriebsrad 43142 5.5.39
Antriebsrad in Lagerdeckel u.
Buchsen kompl. 43817 6.5.39
Achsen- u. Getriebe-Anordnungen
für 902 43919 8.5.39
Antriebsrad neu gezeichnet 20.5.39
Abstandbüchse 43698 31.5.39
Achsen u. Getriebe Anordnungen 43922
für m. PKW. C M.E.G 16.6.39

Arbeitsnachweis des Technischen Zeichners Walter Fritzsch

UNION A-G
ERK HORCH
A., AUGUST-HORCH-STR. 21

...ungs-Zeugnis

...SERE ABT.	HAUSTELEFON	ZEICHEN	ZWICKAU SA., DEN
...werkstatt	368	Ho/Fr.	6.Juli 1939.

...heinigung!

Der Inhaber dieses Zeugnisses
Herr Walter Fritzsch,
geb. am 21. November 1920 zu Planitz, ist seit 1. Mai 1936 in unserem Werk als Horizontalbohrer tätig und wurde bisher in den Abteilungen Lehrwerkstatt, Werkzeug-Bohrerei und Konstruktions-Büro beschäftigt.

Er ist fleißig und strebsam und hat sich stets als guter Kamerad erwiesen.

AUTO UNION A-G
Werk Horch

Die Horch-Werke gehören zur AUTO UNION AG,
einer der größten Automobilkonzerne im Deutschen Reich.

Diese Beurteilung erhält der Lehrling Fritzsch im Juli 1939

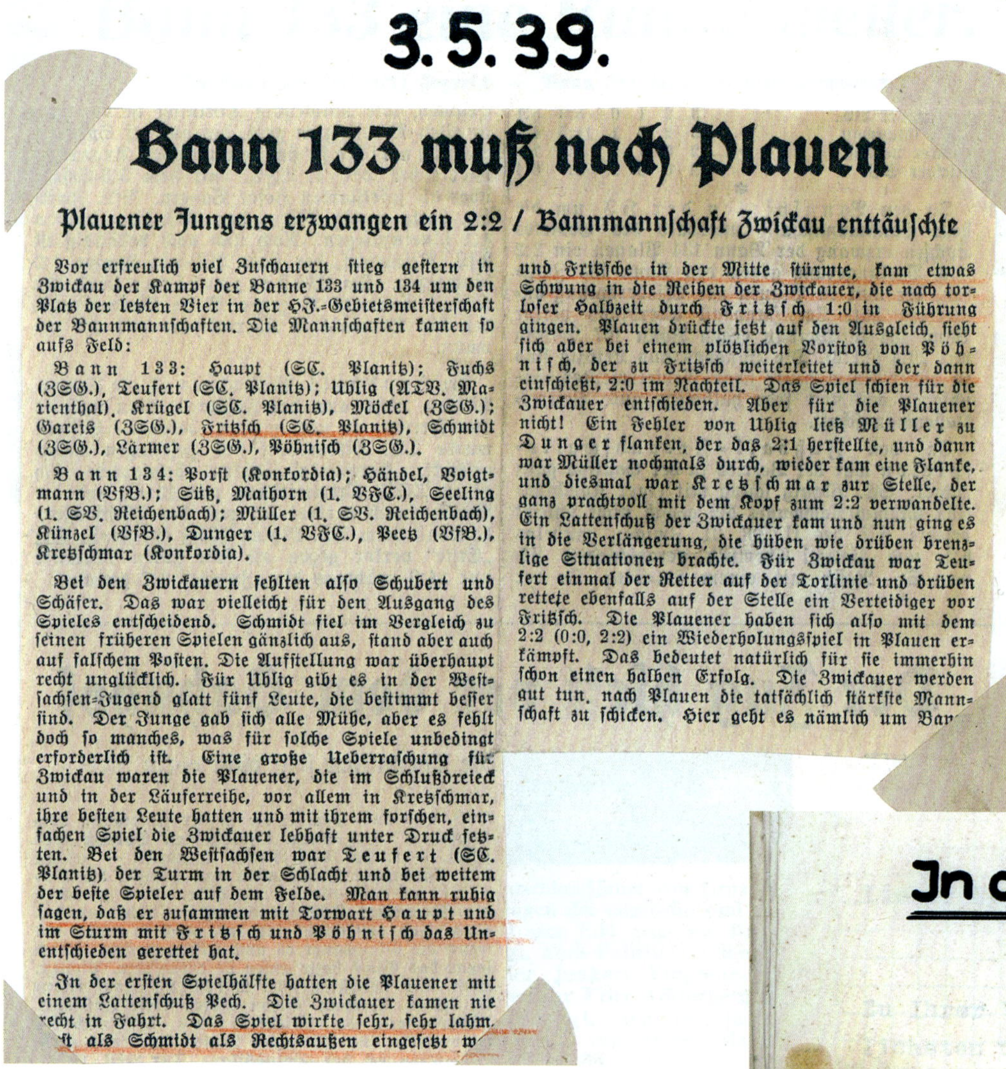

3.5.39.

Bann 133 muß nach Plauen

Plauener Jungens erzwangen ein 2:2 / Bannmannschaft Zwickau enttäuschte

Vor erfreulich viel Zuschauern stieg gestern in Zwickau der Kampf der Banne 133 und 134 um den Platz der letzten Vier in der HJ.-Gebietsmeisterschaft der Bannmannschaften. Die Mannschaften kamen so aufs Feld:

Bann 133: Haupt (SC. Planitz); Fuchs (ZSG.), Teufert (SC. Planitz); Uhlig (ATV. Marienthal), Krügel (SC. Planitz), Möckel (ZSG.); Gareis (ZSG.), Fritzsch (SC. Planitz), Schmidt (ZSG.), Lärmer (ZSG.), Pöhnisch (ZSG.).

Bann 134: Porst (Konkordia); Händel, Voigtmann (VfB.); Süß, Maihorn (1. VFC.), Seeling (1. SV. Reichenbach); Müller (1. SV. Reichenbach), Künzel (VfB.), Dunger (1. VFC.), Peetz (VfB.), Kretzschmar (Konkordia).

Bei den Zwickauern fehlten also Schubert und Schäfer. Das war vielleicht für den Ausgang des Spieles entscheidend. Schmidt fiel im Vergleich zu seinen früheren Spielen gänzlich aus, stand aber auch auf falschem Posten. Die Aufstellung war überhaupt recht unglücklich. Für Uhlig gibt es in der Westsachsen-Jugend glatt fünf Leute, die bestimmt besser sind. Der Junge gab sich alle Mühe, aber es fehlt doch so manches, was für solche Spiele unbedingt erforderlich ist. Eine große Ueberraschung für Zwickau waren die Plauener, die im Schlußdreieck und in der Läuferreihe, vor allem in Kretzschmar, ihre besten Leute hatten und mit ihrem forschen, einfachen Spiel die Zwickauer lebhaft unter Druck setzten. Bei den Westsachsen war Teufert (SC. Planitz) der Turm in der Schlacht und bei weitem der beste Spieler auf dem Felde. Man kann ruhig sagen, daß er zusammen mit Torwart Haupt und im Sturm mit Fritzsch und Pöhnisch das Unentschieden gerettet hat.

In der ersten Spielhälfte hatten die Plauener mit einem Lattenschuß Pech. Die Zwickauer kamen nie recht in Fahrt. Das Spiel wirkte sehr, sehr lahm. …t als Schmidt als Rechtsaußen eingesetzt w… und Fritzsche in der Mitte stürmte, kam etwas Schwung in die Reihen der Zwickauer, die nach torloser Halbzeit durch Fritzsch 1:0 in Führung gingen. Plauen drückte jetzt auf den Ausgleich, sieht sich aber bei einem plötzlichen Vorstoß von Pöhnisch, der zu Fritzsch weiterleitet und der dann einschießt, 2:0 im Nachteil. Das Spiel schien für die Zwickauer entschieden. Aber für die Plauener nicht! Ein Fehler von Uhlig ließ Müller zu Dunger flanken, der das 2:1 herstellte, und dann war Müller nochmals durch, wieder kam eine Flanke, und diesmal war Kretzschmar zur Stelle, der ganz prachtvoll mit dem Kopf zum 2:2 verwandelte. Ein Lattenschuß der Zwickauer kam und nun ging es in die Verlängerung, die hüben wie drüben brenzlige Situationen brachte. Für Zwickau war Teufert einmal der Retter auf der Torlinie und drüben rettete ebenfalls auf der Stelle ein Verteidiger vor Fritzsch. Die Plauener haben sich also mit dem 2:2 (0:0, 2:2) ein Wiederholungsspiel in Plauen erkämpft. Das bedeutet natürlich für sie immerhin schon einen halben Erfolg. Die Zwickauer werden gut tun, nach Plauen die tatsächlich stärkste Mannschaft zu schicken. Hier geht es nämlich um Ban…

Mannschaft, die man als »SC Planitz 2« liest, gegen TuSB Lengenfeld 7:1, wobei nicht der Sieg, wohl aber das Spiel dieser Jungens überraschte. Es war eine herrlich gelungene Kopie des Spiels der »Ersten«. Die Kopisten waren u. a.: Hartmann, Fröhlich, Grimm, Gehmlich, Bammler, Blen, Fritzsch, Weigel II, also alles Spieler, die bereits in der »Ersten« aushalfen und – das ist das Entscheidende – alle eigenes Gewächs sind! Rechnet man zu ihnen noch den spielerisch hoffnungsvollen Krügel, den kleinen Fritzsch und wie so mancher der Jungen heißt, die heute noch in der Jugendmannschaft spielen, dann hat der SC Planitz eine Auswahl, die es ihm zulässt, nicht nur nach rein spielerischem Können, sondern auch nach sportlicher Haltung und Gesinnung aufstellen zu können. Das ist die Leistung eines ganz folgerichtig arbeitenden Vereins und seiner Jugendleitung. Den Namen des hierfür Verantwortlichen darf man schon einmal nennen: Er heißt D i t t e s . Er darf jetzt seine berechtigte Freude an seinen Jungens haben, die er nun spielen sieht als Ligahoffnungen.“

Ein kleines Detail verrät die berufliche Umorientierung. Die Zeitungsausschnitte in seinem »Sport-Tagebuch« ergänzt er mit sorgfältig geschriebener Datumsangabe. Der Einsatz von Skribent und Tusche ist kein Zufall, Walter Fritzsch arbeitet nun als Technischer Zeichner in den Horch-Werken. Diese Tätigkeit macht ihm bedeutend mehr Spaß, zumal man ihm ein gewisses Talent attestieren muss. So nimmt auch die Gestaltung in seinen Tagebüchern mehr und mehr Formen an.

Auszeichnung für den 18-jährigen Walter Fritzsch – mehrfach wird er in die Zwickauer »Kreisauswahl« berufen

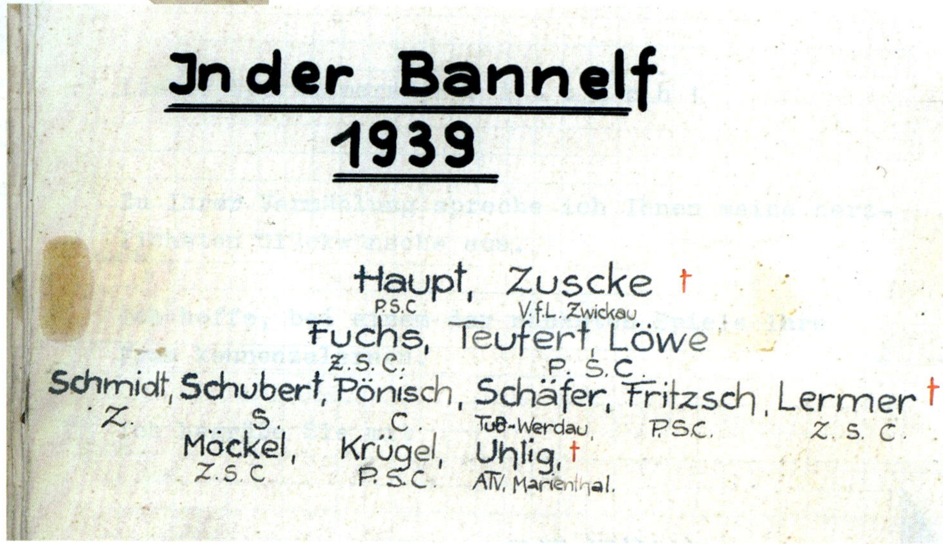

Großer Moment für Fritzsch und alle Fußball-Freunde in Planitz – Zum Einweihungsspiel der Westsachsen-Kampfbahn kommt die ruhmreiche Elf von Schalke 04

PSC-Torwart Grunert (l.) faustet den Ball vor Kuzorra weg

Im August 1938 platzt die Westsachsen-Kampfbahn aus allen Nähten, ein großartiger Feiertag soll es werden. Mehr als 18.000 Besucher sind gekommen, bis heute Planitzer Rekordkulisse. Alle wollen Schalke sehen und diesen berühmten »Kreisel« erleben. Zelebriert wird das Kurzpass-Spiel von der legendären Elf um Fritz Szepan und dessen Schwager Ernst Kuzorra. Anlass der freundschaftlichen Begegnung ist die Einweihung des Rasenplatzes und der neuen Holztribüne, mit Platz für 2.600 Zuschauern zur damaligen Zeit die längste ihrer Art in Sachsen. Ein interessantes Detail am Rande: Auf jeder Eintrittskarte, der Stehplatz kostet eine Reichsmark, steht der Hinweis: *„Zurufe an Spieler und Schiedsrichter verboten!“*

Mit dem Einmarsch der Fahnenträger beginnt die Zeremonie vor dem Anstoß. Gleich dahinter kommen die beiden Mannschaften. Der Planitzer Bürgermeister Alfred Lorenz, ein Fußball-Anhänger, verweist bei der Begrüßung der prominenten Gäste auf die vielen fleißigen Helfer und vergisst auch nicht den Verweis auf die ausführenden Firmen. Dann erfolgt auch schon der Ehrenanstoß. Vorbehalten ist er Ortwin Helmig, Spitzname »Witz«, dem jüngsten Sohn von Vereinsvorstand Fritz Helmig, Mitinhaber einer Bürstenfabrik. Dann kann endlich der Ball rollen.

Für Walter Fritzsch kommt das Freundschaftsspiel gegen den damals dreimaligen Deutschen Meister zu früh. Der Siebzehnjährige muss sich beim 3:2-Erfolg der Planitzer nach einer sensationell anmutenden 3:0-Führung noch mit der Zuschauerrolle begnügen. Doch mit enormen Fleiß und Einsatz rückt er dem Traum immer näher. Fritzsch wird Spielführer der A-Jugend-Elf und schafft es mit guten Leistungen bis in die Gau-Auswahl. Insgesamt achtmal wird er in die Elite-Elf berufen.

Der Planitzer Nachwuchs gilt in dieser Zeit als ausgesprochen talentiert und spielstark. Vereins-Chef Lindauer erklärt das Nachwuchs-Team (mit Walter Fritzsch und Heinz Krügel) kurzerhand zur Planitzer Reserve-Mannschaft. Fast alle Jungspunde kommen in der Folge zu sporadischen Einsätzen in der Liga-Elf. Keine zwei Jahre später ist Walter Fritzsch am Ziel seiner Wünsche: Im Juni 1940 soll er festes Mitglied der ersten Mannschaft werden. Das ist für ihn ein kleiner Ritterschlag.

Frank Richter

Jahrgang 1960

Verweigerung des Dienstes mit der Waffe; Bausoldat in der Nationalen Volksarmee der DDR

Theologe, 1989 Mitbegründer der »Gruppe der 20« in Dresden

2009 – 2017 Direktor der Landeszentrale für politische Bildung

seit 2019 Mitglied des Landtages, SPD-Fraktion

Wir stehen hier in Großenhain, in der Nähe eines Fußballplatzes. Es war ein Wunsch von Ihnen, warum und welchen Bezug haben Sie zum Fußball im Allgemeinen und Walter Fritzsch im Besonderen?

Großenhain ist meine Heimatstadt. Ich bin in Meißen geboren; aber hier, in Großenhain, habe ich meine Kindheit und Jugend verbracht; hier bin ich zur Schule gegangen. An der hiesigen EOS (Erweiterte Oberschule) habe ich 1978 das Abitur abgelegt. Mein Bezug zum Fußball entwickelte sich indirekt über die Begeisterung meines Vaters. Er, Karl Richter, war ein passionierter Mittelstürmer. Er spielte bei Turbine Großenhain und hat, so jedenfalls wurde mir erzählt, regelmäßig viele Tore geschossen. Seine Freundin und spätere Frau – meine Mutter – hat ihn zu den Punktspielen oft hierher, auf die Jahnkampfbahn begleitet. Die Liebe muss groß gewesen sein, auf beiden Seiten. Meine eigenen Talente in Punkto Fußball waren, zum Ärger meines Vaters, eher unterdurchschnittlich. Ich habe sie vor allem am Fernsehapparat ausgelebt. Ich erinnere mich, dass mein Vater von Walter Fritzsch stets in den höchsten Tönen sprach. Auch Richard Hofmann war ihm ein Begriff. Das Buch von Herbert Beyer „Hofmann vor – noch ein Tor!“ stand im Regal ganz vorne. Und dass es einen Spieler bei Dynamo Dresden gab, der genauso hieß wie ich, Frank Richter, fand ich toll.

Was sagen die puren Eckdaten (1920 – 1997) über dieses Leben aus? Im Jahr 2020 wäre Walter Fritzsch 100 Jahre alt geworden – der richtige Zeitpunkt, sich mit ihm und seinem Lebensweg zu beschäftigen?

Die Daten sind eindeutig. Walter Fritzsch ist ein Zeuge des vergangenen Jahrhunderts. Er wurde in der Zeit der Weimarer Republik geboren. Als die Nazis an die Macht kamen, war er fast noch ein Kind. Als junger Mann musste er in den Krieg und verbrachte entscheidende Jahre an der Front. Walter Fritzsch erlebte den Zusammenbruch des sogenannten Dritten Reiches, den wir zu Recht eine Befreiung nennen. Er kämpfte sich durch die darauffolgenden Hungerjahre. Er ging nicht, wie viele andere seiner Generation, in den Westen, obwohl es verlockende Angebote gab. Walter Fritzsch blieb in der DDR. 1989 erlebte er eine Revolution, 1990 den Untergang des Landes, das er von dessen ersten bis zu dessen letzten Tag mitgestaltet hatte. Nach dem 3. Oktober 1990 erfuhr er – in den letzten Lebensjahren – einen erneuten Bruch, eine neue politische Ordnung, den nunmehr vierten Staat, der die vorhandenen gesellschaftlichen Verhältnisse umpflügte. Es braucht nicht unbedingt ein Jubiläum, um sich für das Leben von Walter Fritzsch zu interessieren. Aber natürlich ist sein 100.Geburtstag ein geeigneter Zeitpunkt.

Zeitzeuge Fritzsch

Was wussten Sie vor unserer Anfrage über Walter Fritzsch, über seine Trainer-Tätigkeit, speziell bei Dynamo Dresden?

Um ehrlich zu sein: wenig. Oder, besser gesagt: nur Allgemeinplätze. Ich wusste, dass Walter Fritzsch eine Trainerlegende war, ein „Fußball-Gott“, den die Fans verehrten, der aber auch irgendwie aus einer anderen Zeit stammte, aus der Zeit nach dem Krieg, in der die Menschen noch ärmlich und einfach lebten, in der es noch kein Fernsehen gab und tausende sonntagnachmittags ins Stadion strömten, auch in einer Kleinstadt wie Großenhain.

Vor uns steht symbolisch ein Koffer mit seinen Tagebüchern. Ist Walter Fritzsch damit ein besonderer Zeitzeuge des 20. Jahrhunderts? Was denken Sie, ohne bislang Näheres zu wissen, warum hat er das gemacht?

Ja, er ist ein ganz besonderer Zeitzeuge. Walter Fritzsch hat mit seinen Eintragungen, die er über Jahrzehnte hinweg täglich vorgenommen hat, ein einzigartiges Dokument hinterlassen. Wenn ich es richtig sehe, hat er seine Tagebücher nicht mit der Absicht geschrieben, sie später zu veröffentlichen. Insofern eröffnen sie uns einen direkten Blick auf das, was ihm ganz persönlich wichtig war, was er nicht vergessen wollte. Es sind nicht unbedingt die einzelnen Notizen, die mich beeindrucken. Viele erscheinen sehr banal und alltäglich. Fasziniert haben mich die Regelmäßigkeit und die ungebrochene Disziplin, mit denen er sein Tagebuch geführt hat,

auch im Krieg, auch an der Front, auch im hohen Alter und bis in seine letzten Tage. Vor dem inneren Auge des Lesers entwickelt sich der rote Faden eines ganzen Menschenlebens.

Warum hat er das gemacht? Ich weiß es nicht. Ich kann nur vermuten, dass er einem starken Anspruch an sich selbst folgte. Die Eintragungen heißen: „Tagebuch für Walter Fritzsch". Offenbar wollte er sich selbst etwas Gutes tun. Und vielleicht musste er sich auch etwas beweisen.

Am Anfang des Buches ist Walter Fritzsch gerade neunzehn Jahre alt, hat Schule und Berufsausbildung abgeschlossen. Der fußballverrückte Planitzer hat das ganze Leben vor sich, könnte man meinen – wir stehen mit ihm aber im Jahr 1940. Wusste er auch nur im Ansatz, was ihn in den folgenden Jahren erwartete?

Nein. Das konnte er nicht wissen. Er konnte es nicht einmal ahnen. Wer in den Tagebüchern liest, wird von Walter Fritzsch mitgenommen auf einen zum Teil abgründigen, zum anderen Teil gipfelstürmenden, stets aber aufregenden Lebensweg.

Walter hat seine Frau fürs Leben gefunden – Hochzeitsfoto mit Käthe am 30. September 1944

An diesem Juniabend des Jahres 1940 könnte Walter Fritzsch die ganze Welt umarmen. Das Vorrundenspiel seines Planitzer SC um den Gaupokal krönt er mit seinem Treffer zum 4:0-Endstand gegen den VfB Glauchau. Dabei hatte es kurz vor dem Anstoß diesen plötzlichen Gewitterguss gegeben, der die Spielfläche zum schmierigen Untergrund werden ließ. Zur Halbzeitpause dann lange Gesichter, noch immer stand es torlos gegen das tapfer kämpfende Gästeteam. Die Zuschauer diskutieren, Monate zuvor war doch der gleiche Gegner mit 13:0 vom Rasen der Südkampfbahn gefegt worden. Was ist denn heute mit den Planitzer Jungs los? Nach dem Seitenwechsel fielen endlich die Tore für den PSC. Als kurz vor Schluss Abwehrspieler Erich Tautenhahn mit aufgerückt war und abgezogen hatte, war Walter Fritzsch zur Stelle und drückt den Abpraller über die Linie. Beflügelt von diesem Treffer, scheint der Neunzehnjährige, bis zum Frühjahr noch im Planitzer Reserveteam aufgeboten, drauf und dran, sich im Team des PSC einen Stammplatz zu erkämpfen. Gar nicht so einfach, schließlich wird Planitz, hinter dem dominierenden Dresdner SC und nahezu gleichauf mit dem VfB Leipzig als Nummer zwei oder drei in Fußball-Sachsen gehandelt.

Krieg – 1940 bis 1945

Beruflich ist Walter Fritzsch seit nun zwei Jahren als Technischer Zeichner tätig und fühlt sich mit Feder und Skribent wohler als zuvor. Die Lehre zum Horizontalbohrer hatte in ihm offensichtlich keine brennende Leidenschaft entfachen können. Ganz anders ergeht es dem schmächtigen Burschen bei der Arbeit mit Tinte und Tusche. Ein gewisses Talent, gepaart mit Akribie und Fleiß führt zu einer völlig neuen Form der Begeisterung und zu ganz anderen Ergebnissen. So ist es alles andere als ein Zufall, dass er seine berufliche Neuorientierung auch in die Gestaltung seiner Tagebücher einfließen lässt.

Für den Youngster in der Planitzer Mannschaft steht im Sommer 1940 die erste große Wettkampfreise an. Sie soll zum unvergess-

Der junge Fritzsch umgeben von den Haudegen des PSC auf seiner ersten großen Fußball-Reise in Wien – auf dem Platz vor dem Kunsthistorischen Museum (Foto links: 3. v.l.) und vor dem Parlament (Foto rechts: 4. v.l.)

lichen Ereignis werden. Anfang Juli geht es mit der Eisenbahn nach Wien. *„Kleiner, dass wird das Spiel Deines Lebens"*, hört der junge Fritzsch in den Tagen vor der Abfahrt immer wieder von seinen erfahrenen Mitspielern. Als es endlich losgeht, fehlt Helmut Schubert, der vielleicht beste Spieler des PSC der vergangenen Jahre und von Fritzsch ob seiner spielerischen und strategischen Fähigkeiten stets bewundert. Schubert war zum 1. Juli 1940 zur Wehrmacht nach Dresden eingezogen worden und verstärkt ab sofort die Reihen des Dresdner SC. *„Dort kann der Helmut sogar den Sprung in die Nationalmannschaft schaffen"*, munkeln seine nun ehemaligen Mitspieler und wissen, dass er ihnen sehr fehlen wird. In der Donau-Metropole logieren die Gäste vom Planitzer Sport-Club im Hotel »Sächsischer Hof«. Staunend steht Walter Fritzsch vor dem Stephansdom, sieht das gewaltige Riesenrad auf dem Prater und schlendert mit seinen Fußball-Kameraden über den Heldenplatz. Hier hatte Adolf Hitler, der auch für ihn nur »der Führer« ist, gut zwei Jahre zuvor den Eintritt seiner Heimat ins Deutsche Reich verkündet. Aufmerksam lauschen die sächsischen Fußballer der Reiseführerin. Walter Fritzsch ist beeindruckt, vom Schmäh der jungen Frau, aber auch von ihren Ausführungen. Dabei dreht sich alles um den Mann, der den Arbeitern wieder Lohn und Brot gab, für einen wirtschaftlichen Aufschwung sorgte und den alten Nationalstolz weckte. Zudem sei es ihm, dem Landsmann, zu verdanken, sieben Millionen Österreicher ohne Blutvergießen »heimgeholt« zu haben.

Unter diesem Adolf Hitler scheint alles möglich. Befindet auch das amerikanische Nachrichtenmagazin »Time« und hatte den deutschen Reichskanzler im Jahr zum »Mann des Jahres 1938« ernannt. Allerdings verdeutlicht schon das Titelblatt den etwas anderen Kontext. Es ist keines der üblichen Porträtfotos. Abgebildet ist ein an eine große Orgel gekoppeltes Riesenrad, an dem Leichen hängen und darunter eine eher winzige, auf der Orgel spielende Person in SA-Uniform, etwa Hitler? Als Titelgeschichte ist an dieser Stelle ein opulentes Porträt der gewählten Person einschließlich ihrer Fähigkeiten und Verdienste üblich. In diesem Fall knöpft sich das Magazin das Tun und die Rolle des Führers vor, versucht dabei, mit der Distanz von ein paar tausend Kilometern zum Handlungsort, die Lage in Deutschland zu analysieren. Hitler habe das Land bis an die Zähne bewaffnet, würde eine

rücksichtslose, trotzig-dreiste Außenpolitik führen und hätte im abgelaufenen Jahr nicht nur Österreich gestohlen, sondern zugleich dreieinhalb Millionen Sudeten unter seine Herrschaft gebracht und auch noch die Tschechoslowakei zum deutschen Satellitenstaat degradiert. Bemerkenswert der sarkastische, fast zynische Unterton: *„Ein Mann ohne Ausbildung für irgendeinen Beruf, scheinbar zum Scheitern verurteilt, Sohn eines kleinen österreichischen Zollbeamten, der als Gefreiter im Weltkrieg an 48 Feuergefechten teilgenommen hatte und einmal in einen Gasangriff geraten war. Seine politische Karriere begann 1919 als Mitglied Nummer 7 der winzigen Deutschen Arbeiter-Partei. Kaum hatte er seine rhetorischen Fähigkeiten entdeckt, war Hitler auch schon Chef der Partei, die er in »Nationalsozialistische Deutsche Arbeiter-Partei« umbenannte. Obwohl sie in zahlreichen Gebieten Deutschlands verboten war, gewann die NSDAP dennoch stetig an Mitgliedern. Dank der bewährten Methode, kleine Gefälligkeiten zu erweisen, aber auch mit rabaukenhaftem Terrorismus und gespenstischer, patriotischer Propaganda.*

Fleißig wurde das Bild eines mystischen, enthaltsamen, charismatischen Führers kultiviert. Dass diese undemokratische, unge-

bildete und tolldreiste Bewegung überhaupt entstehen konnte, lag begründet in der Geburt der deutschen Republik und in der Sehnsucht großer Teile der politisch unreifen deutschen Bevölkerung nach starker, autoritärer Führung. Was Adolf Hitler & Co. in weniger als sechs Jahren aus Deutschland machten, wurde von den meisten Deutschen wild und verzückt bejubelt. In der Zwischenzeit ist Deutschland eine Nation in Uniform geworden, die im Gänsemarsch hinter Hitlers Flöte herzieht, eine Nation, in der zehnjährige Jungen lernen, wie man Handgranaten schmeißt, und in der Frauen als Gebärmaschinen betrachtet werden.

Letzte Woche bewirtete Herr Hitler auf einer Weihnachtsfeier 7.000 Arbeiter, die Berlins neue, gigantische Reichskanzlei errichten. Ihnen erklärte er: „Das nächste Jahrzehnt wird die Länder mit ihrer Patent-Demokratie lehren, wo die wahre Kultur zu finden ist." Die Eigendynamik einer Diktatur ist derart stark, dass kaum jemand, der den Faschismus und seine Führer beobachtet hat, sich den sexlosen, ruhelosen, willkürlichen Adolf Hitler vorstellen kann, wie er sich in seinem Bergschloss in Berchtesgaden ein geruhsames Leben macht, während sein zufriedenes Volk Bier trinkt und Volkslieder singt. Wer die Ereignisse gegen Ende des Jahres 1938 beobachtet hat, muss es für mehr als wahrscheinlich halten, dass der »Mann des Jahres 1938« das Jahr 1939 zu einem denkwürdigen Jahr machen könnte."

6. Juli 1940

WIENER PRATER - STADION

Sonntag, 7. Juli 1940

SC. Planitz gegen Rapid : 1:4

SC. Planitz
Croy
Tautenhahn Stemmler
Gehmlich Seltmann Dietel
Müller Fritzsch Breitenstein Weigel Wagner

Schiedsrichter: Beinlich — Beginn 17 Uhr

Kaspirek Kaburek Binder Dworacek Fitz
Skoumal Pesser Schors
Sperner Wagner II
Rafftl
Rapid

Vorspiel:
Rapid-Reserve gegen Austria-Reserve
Schiedsrichter: Wenzlich — Beginn 15.30 Uhr

Zurück in den Juli 1940 nach Wien und zu Walter Fritzsch. Beim Gang durch die Gassen sieht der junge Mann aus Westsachsen die vielen Uniformierten und muss unwillkürlich an den September 1939 denken. Im heimatlichen Planitz, im benachbarten Cainsdorf und in den anderen umliegenden Gemeinden waren die ersten Soldaten eingezogen worden. Die Verabschiedung der Männer, Väter, Brüder oder Söhne hatte, vornehmlich für die Älteren, etwas Bedrückendes. Es gab keine Rosen im Gewehrlauf wie bei den abmarschierenden Kolonnen von 1914. Wochen später künden schwarz geränderte Anzeigen von der Kehrseite des Krieges: „*...gefallen für das geliebte Vaterland*". Wie aber geht man damit um, mit einer Mischung aus Schmerz und Stolz? All das wird übertönt vom: „*Deutschland, erwache!*" Und auch die Stahlhelme für Walter Fritzsch und all die anderen jungen Männer seines Jahrgangs sind längst gepresst. Schließlich geht es um die Interessen des immer größer werdenden Landes. Dafür, so ist die deutsche Jugend erzogen worden, hat man sein Leben einzusetzen – wenn es sein muss, dafür auch zu sterben!

Noch kann Walter Fritzsch nicht wissen, wann er ins Kriegsgeschehen eingreifen darf. Seit dem Frühjahr 1940 wird eine Erfolgsmeldung nach der anderen durchs Land posaunt. Deutsche Truppen haben erst Dänemark besetzt, sind dann in Norwegen einmarschiert. Holland, Belgien und Frankreich haben kapituliert, die deutsche Wehrmacht scheint unbesiegbar. Das aktuelle Kriegsgeschehen scheint für Fritzsch weit weg. Er fiebert voller Vorfreude dem großen Auftritt auf dem Rasen entgegen. Das Spiel im Prater-Stadion soll der Höhepunkt seiner jungen Kicker-Karriere werden. In den Reihen des Gegners stehen berühmte Fußballer, Franz »Bimbo« Binder an der Spitze. Rapids

Torjäger soll Österreichs Rekordmeister nach dem Triumph im Tschammer-Pokal 1939, dem Vorläufer des DFB-Pokals, nun auch zur »Großdeutschen Meisterschaft 1940« schießen. Für die Hütteldorfer ist das bevorstehende Spiel gegen den Planitzer SC der abschließende Test, genau eine Woche vor ihrem Halbfinalkampf gegen Sachsenmeister Dresdner SC mit den großen Stars wie Helmut Schön und Richard Hofmann und nun auch mit Helmut Schubert.

Zehntausend Zuschauer empfangen die Westsachsen mit respektvollem Beifall. Immerhin, Planitz hat bislang kein Spiel gegen eine Wiener Mannschaft verloren. Doch alle sieben bisherigen Vergleiche fanden in Sachsen statt. Selbst Rapid hatte sich geschlagen geben müssen, gegen den »Wauwau« aus dem Sachsenland, wie der »Wiener Mittag« am Tag vor dem Spiel titelt. Als Schiedsrichter Wenzlich die Begegnung anpfeift, hallt der eine oder andere »Piefke«-Ruf durchs Stadion. Die Rivalität zwischen den »Ostmark«-Vereinen und den Klubs aus dem »Altreich« ist groß. Oft werden diese Vergleiche von Tumulten begleitet. Entsprechend motiviert geht es auf dem Rasen zur Sache. Walter Fritzsch und Co. zeigen sich von der Angriffslust und vom berühmten »Scheiberlspiel« der Rapidler beeindruckt. Ausgepumpt geht es nach 45 Minuten in die Kabine. Mit gierigen Schlucken bekämpfen die Planitzer den brennenden Durst. Plötzlich steht ein stattlicher und gut angezogener Mann in der Tür. Vorgestellt wird er als »der Herr Fabrikant Claus«, der sehr gute Beziehungen ins vogtländische Reichenbach haben soll und um einen Moment der Ruhe bittet, er hätte den Gästen etwas mitzuteilen: *„Meine Herren, es ist mir eine Ehre, hocherfreut darf ich Ihnen hiermit eine kleine Spende überreichen!“*

Walter Fritzsch verfolgt den Auftritt mit großen Augen. Die älteren Spieler sprachen ab und an von ihren Gönnern und Mäzenen. So sieht das dann wohl in der Praxis aus. Nach weiteren 45 Spielminuten gehen die Planitzer mit einer 1:4-Niederlage vom Platz. Die ist aber schnell vergessen. Der Abend im Rathauskeller lässt den Heurigen fließen und so wird es eine kurze Nacht, bevor die Mannschaft am nächsten Tag zur morgendlichen Stunde schon wieder auf dem Bahnsteig steht. Stunden später heißt es in Eger (Cheb) für die müden Helden: Raus aus dem Zug, rein ins Spiel! Der Gegner – die Nationalsozialistische Turngemeinde (NS-Tgmde) Eger – kennt kein Erbarmen und landet gegen indisponierte Planitzer einen 4:3-Achtungserfolg.

Keine zwei Wochen später steht die nächste Pokalrunde an. Walter Fritzsch weiß, zwei Siege und die Planitzer stehen in der ersten Schlussrunde des Tschammer-Pokals. Zunächst gilt es, das Team des Luftwaffensportvereins (LSV) Pilsen aus dem Weg zu räumen. Es wird ein verrückter Schlagabtausch auf der Südkampfbahn. Nach 45 Minuten steht es 1:1, nach 90 Minuten 4:4 – so geht es in die Verlängerung. Ein Tor entscheidet schließlich für den PSC und auch der Halbrechte, der »kleine Fritzsch«, weiß zu gefallen.

Die folgende Pokalrunde führt die Westsachsen nach Schlesien. Im Sportpark Gräbschen treffen sie vor 3.000 Zuschauern auf die Breslauer SpVgg 02. Diesmal eröffnet Walter Fritzsch die Torfolge, bereits nach fünf Minuten bringt er seine Gelb-Schwarzen in Führung. Das gibt dem jungen Planitzer Auftrieb, er präsentiert sich wendig und agiert äußerst emsig, ohne sich eine einzige Pause zu gönnen. Lohn aller Mühe ist ein 2:1-Erfolg. Strahlend geht der Neunzehnjährige vom Platz und zieht auf der Heimreise Bilanz. Seine Planitzer haben seit März 1940 insgesamt 25 Spiele bestritten, 18-mal verließen sie dabei den Platz als Sieger. Walter Fritzsch, erst seit Juni 1940 fest im Kreis der Mannschaft, hat in seinen neun Einsätzen zwei Tore erzielt. Keine zwei Monate später soll sich sein Leben gravierend ändern: *„Am 4.10.1940 wurde ich nach Leisnig zum Infanterie- und Ausbildungsbataillon 101 einberufen. Meine Rekrutenzeit verbrachte ich als Fernsprecher.“*

In der Bussche-Kaserne in Leisnig erfährt Walter Fritzsch, wo seine Einheit mit Kriegsbeginn eingesetzt war. Am 3. September 1939 hatte man bei Olesno (Rosenberg) die polnische Grenze überschritten und am 18. September 1939 Lublin erobert. Tage später, nach der Bildung eines Brückenkopfes über den Wieprz bei Biskupice (in der Nähe von Poznan), trifft die Division auf die Rote Armee und wird Ende September 1939 nach Westen verlegt. Dort überqueren die Einheiten der 14. Infanterie-Division am 10. Mai 1940 bei Arsbeck die Grenze und marschieren am 17. Mai 1940 in Brüssel ein. Es folgt der Frankreichfeldzug mit der Teilnahme an der Schlacht von Dünkirchen. Nach Unterzeichnung des Waffenstillstandes werden die Infanteristen zur Besatzungstruppe in der Kleinstadt Fontainebleau, südlich von Paris, eingesetzt.

Im August 1940 kehren die sächsischen Truppenverbände in ihre Heimatgarnisonen zurück. Die Bevölkerung in Dresden bereitet den einmarschierenden Soldaten einen *„unbeschreiblich jubelnden Empfang"*. So zumindest ist es festgehalten im Kriegstagebuch der 4. Infanterie-Division. Über und über sei die Stadt mit Fahnen und Blumen geschmückt und bereits am Stadtrand regnet auf die Soldaten ein wahrer Blumensegen herab. Gleich fünf Hauptanmarschstraßen sind von den verschiedenen Truppenteilen eingenommen, mit dem Divisionsstab an der Spitze am Wiener Platz. Dort erfolgt bei General Wöllwarth, dem Befehlshaber im Wehrkreis IV, die offizielle Zurückmeldung nach dem siegreichen Feldzug. Danach marschieren die Einheiten durch die Prager Straße zum Altmarkt, zum Vorbeimarsch vor dem General. Am Albertplatz, also am anderen Elbufer, teilen sich die Truppenteile, um nun zu ihren Unterkünften in und um Königsbrück zu marschieren. Triumph und Heimkehr in ganz ähnlicher Form erleben auch die Angehörigen der einst in Leipzig aufgestellten 14. Infanterie-Division. Für die meisten Soldaten scheint der Krieg beendet. Keiner ahnt, dass es für alle schon wieder ein Abschied gewesen sein soll und es eine ähnliche Heimkehr nie wieder geben wird. Das nächste Ziel wird die Ostfront sein und dieser Krieg noch bis zum Mai 1945 dauern.

Am 29. September 1940 erlässt das Oberkommando der Wehrmacht einen Befehl, der die Umstellung von neun Infanterie-Divisionen in Panzer-Divisionen und Infanterie-Divisionen (mot.) vorsieht. Hinter dem Kürzel »mot.« verbirgt sich nichts anderes als ein Kampfverband, der mit Kraftfahrzeugen ausgestattet ist, die Kampfhandlung aber zu Fuß, also abgesessen, führt. Damit vollzieht sich die Abkehr von den bisher Fuß- bzw. pferdebespannten Verbänden. Sie sollen motorisiert werden, um größere Marschdistanzen in kürzerer Zeit zurücklegen zu können. All das geschieht nicht ohne Grund. Hitler hatte sich ein paar Monate zuvor entschlossen, Russland spätestens im

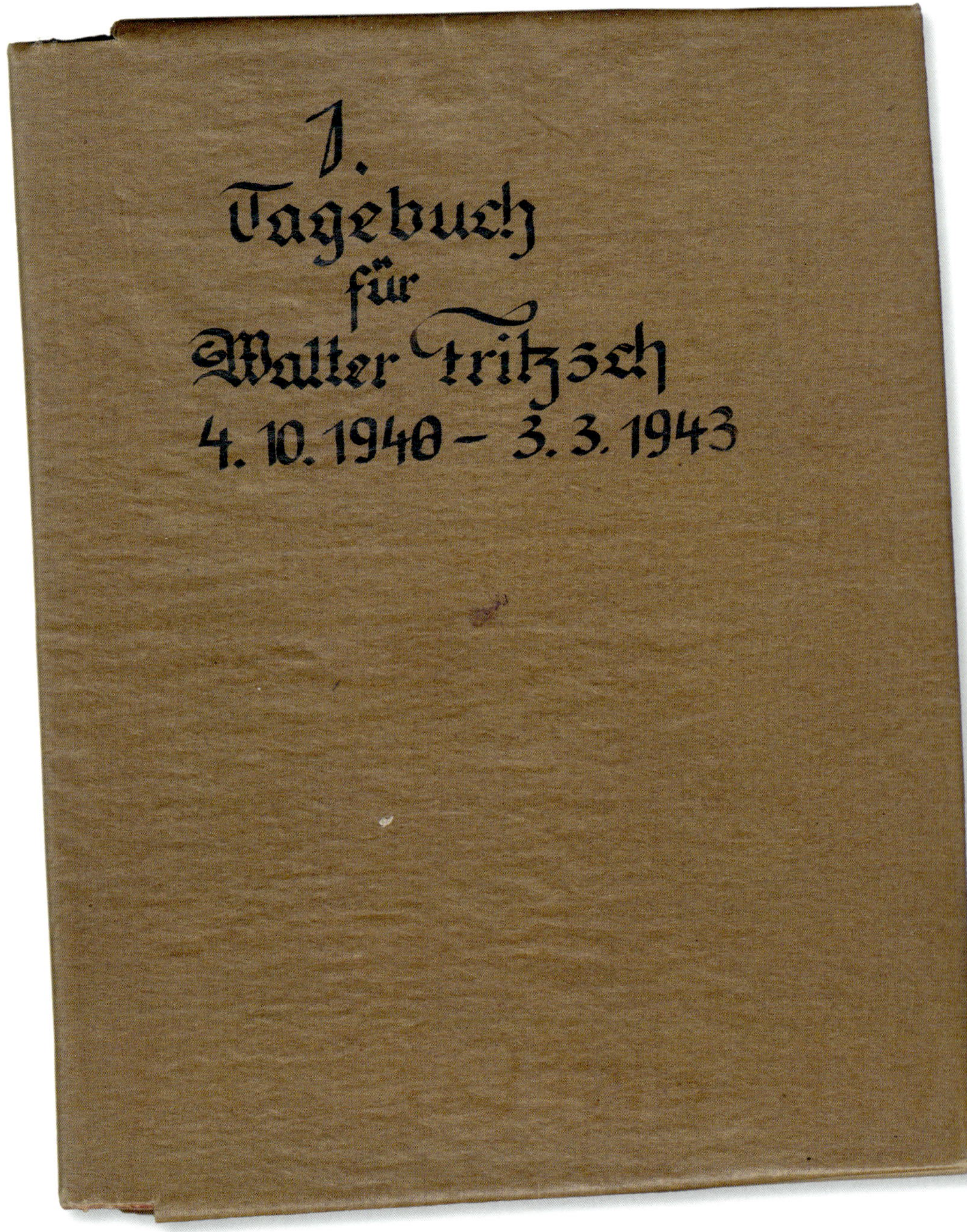

Mit der Einberufung zur Wehrmacht beginnt Fritzsch mit seinen regelmäßigen Aufzeichnungen

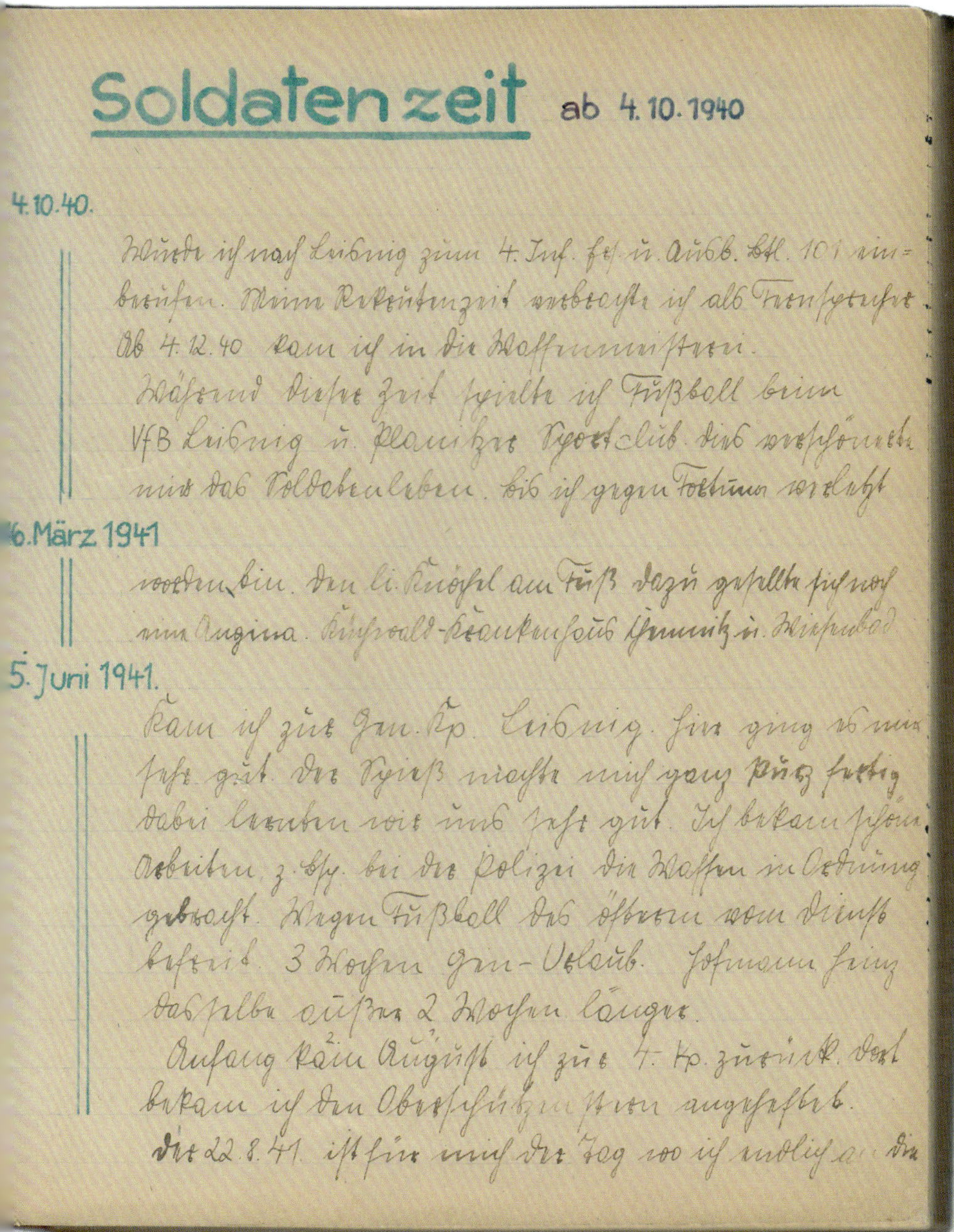
Soldaten zeit ab 4.10.1940

4.10.40.

16. März 1941

5. Juni 1941.

Frühsommer 1941 anzugreifen. Belegt wird seine Absicht durch Tagebuchnotizen des Chefs des Generalstabs des Heeres Halder, der am 21. Juli 1940 notiert: *„Russisches Problem in Angriff nehmen"*, und am 31. Juli 1940 hinzufügt: *„Entschluss: Russland muss erledigt werden. Frühjahr 41. 5 Monate Zeit zur Durchführung."* Anfang August 1940 dokumentiert der vorgelegte »Operationsentwurf Ost« den Grund der Mission: *„Zweck des Feldzuges ist, die russische Wehrmacht zu schlagen und Russland unfähig zu machen, in absehbarer Zeit als Gegner Deutschlands aufzutreten."* Für die Umsetzung der Pläne befiehlt Hitler die Verdopplung der Panzer-Divisionen. Sie sind für ihn die Garanten für den Sieg. Da die Zahl der zur Verfügung stehenden Panzerkampfwagen aber nicht reicht, es zudem an ausgebildeten Besatzungen fehlt, ordnet Hitler an, die bisherigen Panzerverbände einfach zu halbieren. Im Zuge dieser umfangreichen Umgliederung gehört die Einheit von Walter Fritzsch ab Oktober 1940 zur neuen 18. Panzer-Division. Deren »Feldverwendungsbereitschaft« – sprich der mögliche Kriegs-Ersteinsatz – ist für den 30. April 1941 befohlen. Die Waffenfarbe der Schützen und Kradschützen soll »wiesengrün« sein, die Aufklärungsabteilung trägt »kupferbraun«. Die Aufstellung wird getarnt durchgeführt und auch die Ausbildung geschieht unter größter Geheimhaltung. So darf mit der Truppe nicht über die künftige Verwendung gesprochen werden. Einzig der Divisionskommandeur und sein Stellvertreter sind vor dem 21. Juni 1941 eingeweiht in die streng geheime Kommandosache »Barbarossa«, den Angriff auf die Sowjetunion.

So kann auch Walter Fritzsch nicht wissen, bereits Teil der »Barbarossa«-Vorbereitungen zu sein. Nur wenige Tage nach seiner Einberufung werden in Leisnig, Oschatz und Hartha das Schützenregiment 101, in Frankenberg das Kradschützen-Bataillon 18 oder in Planitz und Meerane das Schützenregiment 52 als neue Einheiten der neuen 18. Panzer-Division aufgestellt. Doch die Umstände lassen mitnichten auf die Vorbereitungen eines gigantischen Angriffskrieges schließen. Als der künftige Divisionskommandeur, Generalmajor Walther K. Nehring, am 28. Oktober 1940 im Stab in Chemnitz eintrifft, stellt er fest, dass eigentlich noch alles fehlt: *„Das gesamte Gerät, die Waffen und alle Kraftfahrzeuge. Der einzige zur Zeit vorhandene Kraftwagen ist leihweise zur Verfügung gestellt, ebenso ein Krad."*

Wochen später wird das Fehlen von Kommandeuren und Offizieren beklagt, die über einen für die Umstellung notwendigen Erfahrungsschatz verfügen. Der Rekrut Fritzsch kann in dieser Zeit regelmäßig seinem Hobby nachgehen und ist in gleich zwei Vereinen aktiv. Möglich wird das durch die kriegsbedingte Regelung, dass jeder Fußballer mit der Spielgenehmigung seines Stammvereins auch am Ort seiner Stationierung für den dortigen Verein gemeldet werden kann.

„Ab 4.12.1940 kam ich in die Waffenmeisterei. Während dieser Zeit spielte ich Fußball beim VfB Leisnig und Planitzer Sportclub, dies verschönerte mir das Soldatenleben. Bis ich gegen Fortuna verletzt worden bin, den linken Knöchel am Fuß. Dazu gesellte sich noch eine Angina – Küchwaldkrankenhaus Chemnitz und Wiesenbad."

Am 18. Dezember 1940 unterschreibt Adolf Hitler die »Weisung für die Kriegführung Nr. 21« und erlässt damit den endgültigen Plan für den »Fall Barbarossa«. Später wird der Deckname der nach wie vor streng geheimen Aktion in »Unternehmen Barbarossa« geändert. Propagandachef Joseph Goebbels sorgt schon seit Wochen für die entsprechende Stimmung: *„Ich habe weiterhin den Eindruck, dass wir bei der Verteilung der Welt in den vorangegangenen Jahrhunderten als Deutsche zu kurz gekommen sind!"*

Großer 1:0-[illegible]ieg der Planitzer über VfB

1941 Februar

Planitz: Hoffommer; Henn[illegible] Seltmann, Dittes; Tantenhahn, [illegible] [illegible]erkel; Dietel, Viertel, Müller, Fritzsch. VfB. Leipz.: Franke; [illegible] [illegible]eser; Vogel, Straube, Bähr; Hüttenmeister, [illegible] [illegible] Thiele, Baumann, Lampe. Torschütze Weige[illegible] [illegible] [illegible]ier 81. Minute. Ecken 12:5 (7:5) für Planitz. [illegible] 1500. Schiedsrichter Herold, Plau[illegible] [illegible]schauer reichlich

Auf einem Boden, der zwar [illegible] [illegible] aber durch die vorsorgliche Abräumungsarbeit [illegible] [illegible]nitzer im Vergleich zu dem gestrigen Allgeme[illegible] [illegible] der Plätze geradezu erstaunlich gut war, [illegible] [illegible] gestern einen herrlichen Kampf in Planitz. Wenn [illegible] hier um einen Titel und nicht um bloße zwei [illegible] [illegible]kte gegangen wäre, man hatte sich nicht [illegible] [illegible] Das war Fußball, wie er begeistert. 90 M[illegible] [illegible]uten lang fast überhaupt kein Feldspiel, sondern [illegible] spannende Augenblicke in den Strafräumen [illegible] Spielfeldes. 90 Minuten lang hingen Tore [illegible] wie drüben in der Luft, und wohl selten ist so [illegible] [illegible]mender, befreiender Jubel über den Platz gezo[illegible] [illegible] als zu guter

Letzt doch einmal der Ball ins Netz zischte. W[illegible] bei dem Siegtreffer einer Meisterschaft wurde d[illegible] glückliche Schütze Weigel umarmt.

Das war kurz vor Schluß des Spieles, und d[illegible] ist keiner der Zuschauer abgewandert. Es war no[illegible] alles drin in diesem prickelnden Kampf. Es wa[illegible] aber auch tatsächlich alles drin bis zur letzten Minute. Und man hätte dem VfB. wirklich gern da[illegible] Pech hinweggezaubert, das in allerletzter Minute [illegible] VfB.er Lampe entwickelte. (Oder versagten desse[illegible] Nerven?) Ganz plötzlich war er der zu weit aufg[illegible] rückten Planitzer Verteidigung mit einer Vorlag[illegible] Baumanns abgerückt. Noch zehn, schließlich acht, [illegible] nur noch vier Meter entfernt stand Lampe gan[illegible] allein vor Hoffommer, der nicht wußte, ob angreifen oder nicht, schließlich wie gebannt auf der Torlinie stehen blieb. Lampe schoß und der von allen Zuschauern und Spielern schon gesehene Ausgleich rutschte am linken Toreck vorbei ins Aus.

Das hat jedem geradezu leid getan. So blieb ein

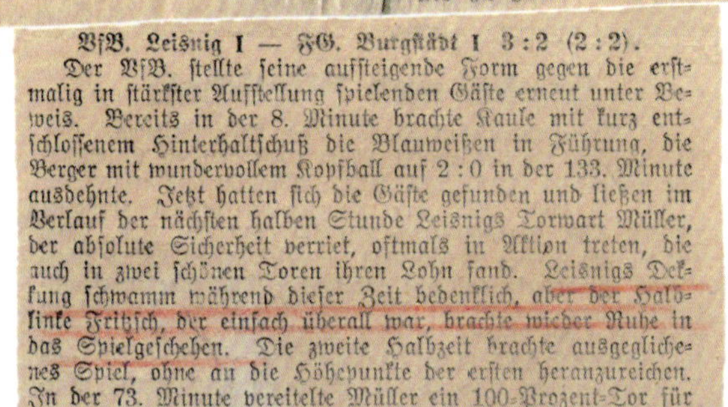

VfB. Leisnig I — FG. Burgstädt I 3:2 (2:2).

Der VfB. stellte seine aufsteigende Form gegen die erstmalig in stärkster Aufstellung spielenden Gäste erneut unter Beweis. Bereits in der 8. Minute brachte Kause mit kurz entschlossenem Hinterhaltschuß die Blauweißen in Führung, die Berger mit wundervollem Kopfball auf 2:0 in der 133. Minute ausdehnte. Jetzt hatten sich die Gäste gefunden und ließen im Verlauf der nächsten halben Stunde Leisnigs Torwart Müller, der absolute Sicherheit verriet, oftmals in Aktion treten, die auch in zwei schönen Toren ihren Lohn fand. Leisnigs Deckung schwamm während dieser Zeit bedenklich, aber der Halblinke Fritzsch, der einfach überall war, brachte wieder Ruhe in das Spielgeschehen. Die zweite Halbzeit brachte ausgeglichenes Spiel, ohne an die Höhepunkte der ersten heranzureichen. In der 73. Minute vereitelte Müller ein 100-Prozent-Tor für

Fahrschule für die Rekruten – Teil der Ausbildung zum Kradschützen

Chronist in eigener Sache – noch rollt der Ball für den einberufenen Walter Fritzsch (2.v.r) und Heinz Krügel (5.v.l.) beim PSC

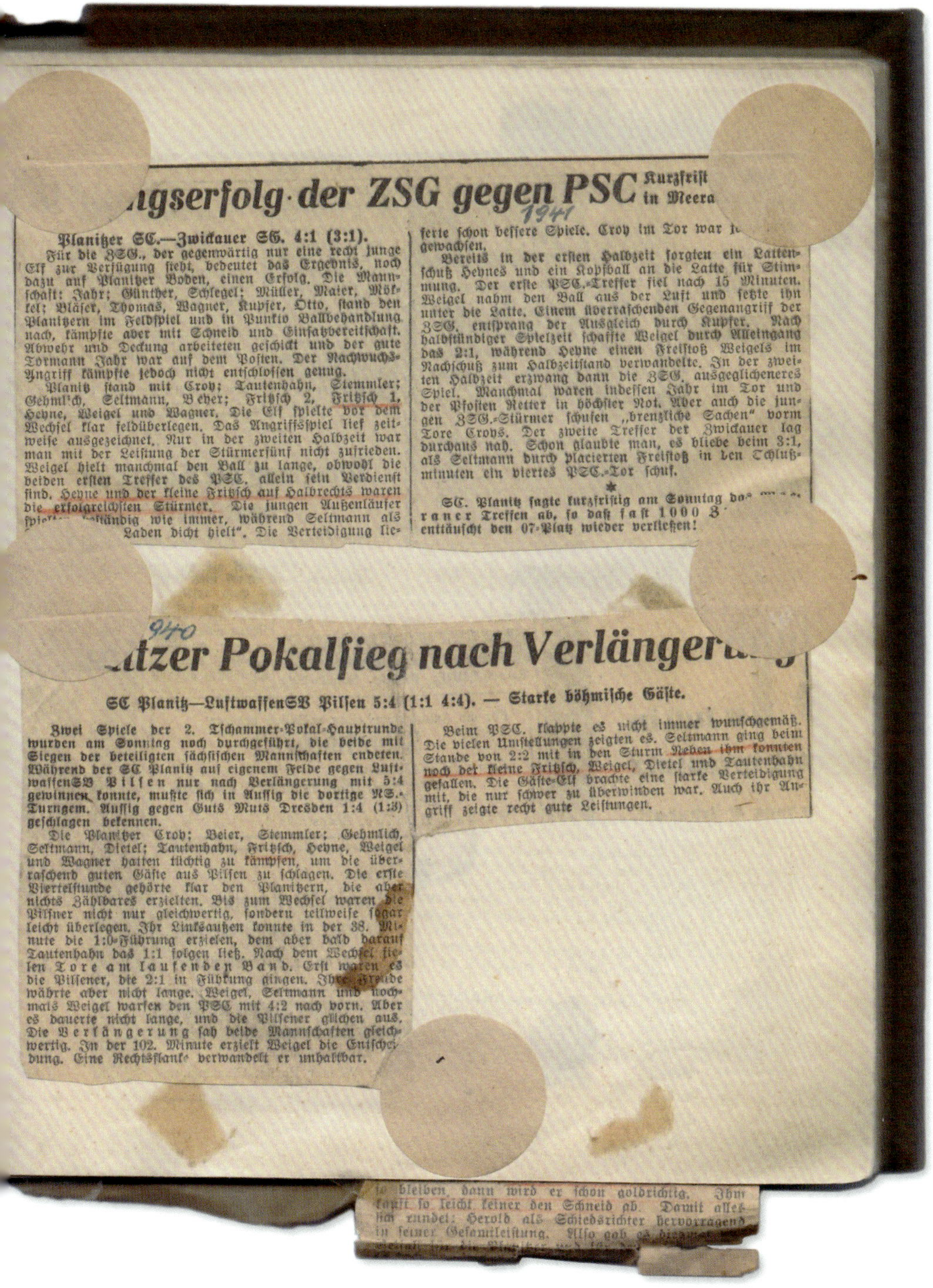

…ngserfolg der ZSG gegen PSC

Kurzfrist in Meera…

Planitzer SC.—Zwickauer SG. 4:1 (3:1).

Für die ZSG., der gegenwärtig nur eine recht junge Elf zur Verfügung steht, bedeutet das Ergebnis, noch dazu auf Planitzer Boden, einen Erfolg. Die Mannschaft: Jahr; Günther, Schlegel; Müller, Maier, Möckel; Bläser, Thomas, Wagner, Kupfer, Otto, stand den Planitzern im Feldspiel und in Punkto Ballbehandlung nach, kämpfte aber mit Schneid und Einsatzbereitschaft. Abwehr und Deckung arbeiteten geschickt und der gute Tormann Jahr war auf dem Posten. Der Nachwuchs-Angriff kämpfte jedoch nicht entschlossen genug.

Planitz stand mit Croy; Tautenhahn, Stemmler; Gehmlich, Seltmann, Beyer; Fritzsch 2, Fritzsch 1, Heyne, Weigel und Wagner. Die Elf spielte vor dem Wechsel klar feldüberlegen. Das Angriffsspiel lief zeitweise ausgezeichnet. Nur in der zweiten Halbzeit war man mit der Leistung der Stürmerfünf nicht zufrieden. Weigel hielt manchmal den Ball zu lange, obwohl die beiden ersten Treffer des PSC. allein sein Verdienst sind. Heyne und der kleine Fritzsch auf Halbrechts waren die erfolgreichsten Stürmer. Die jungen Außenläufer spie[illegible]ständig wie immer, während Seltmann als Laden dicht hielt". Die Verteidigung lieferte schon bessere Spiele. Croy im Tor war [illegible] gewachsen.

Bereits in der ersten Halbzeit sorgten ein Lattenschuß Heynes und ein Kopfball an die Latte für Stimmung. Der erste PSC.-Treffer fiel nach 15 Minuten. Weigel nahm den Ball aus der Luft und setzte ihn unter die Latte. Einem überraschenden Gegenangriff der ZSG. entsprang der Ausgleich durch Kupfer. Nach halbstündiger Spielzeit schaffte Weigel durch Alleingang das 2:1, während Heyne einen Freistoß Weigels im Nachschuß zum Halbzeitstand verwandelte. In der zweiten Halbzeit erzwang dann die ZSG. ausgeglicheneres Spiel. Manchmal waren indessen Jahr im Tor und der Pfosten Retter in höchster Not. Aber auch die jungen ZSG.-Stürmer schufen „brenzliche Sachen" vorm Tore Croys. Der zweite Treffer der Zwickauer lag durchaus nah. Schon glaubte man, es bliebe beim 3:1, als Seltmann durch placierten Freistoß in den Schlußminuten ein viertes PSC.-Tor schuf.

*

SC. Planitz sagte kurzfristig am Sonntag da[illegible] [illegible]raner Treffen ab, so daß fast 1000 Z[illegible] enttäuscht den 07-Platz wieder verließen!

…tzer Pokalsieg nach Verlänger…

SC Planitz—LuftwaffenSV Pilsen 5:4 (1:1 4:4). — Starke böhmische Gäste.

Zwei Spiele der 2. Tschammer-Pokal-Hauptrunde wurden am Sonntag noch durchgeführt, die beide mit Siegen der beteiligten sächsischen Mannschaften endeten. Während der SC Planitz auf eigenem Felde gegen LuftwaffenSV Pilsen nur nach Verlängerung mit 5:4 gewinnen konnte, mußte sich in Aussig die dortige NS.-Turngem. Aussig gegen Guts Muts Dresden 1:4 (1:3) geschlagen bekennen.

Die Planitzer Croy; Beier, Stemmler; Gehmlich, Seltmann, Dietel; Tautenhahn, Fritzsch, Heyne, Weigel und Wagner hatten tüchtig zu kämpfen, um die überraschend guten Gäste aus Pilsen zu schlagen. Die erste Viertelstunde gehörte klar den Planitzern, die aber nichts Zählbares erzielten. Bis zum Wechsel waren die Pilsner nicht nur gleichwertig, sondern teilweise sogar leicht überlegen. Ihr Linksaußen konnte in der 38. Minute die 1:0-Führung erzielen, dem aber bald darauf Tautenhahn das 1:1 folgen ließ. Nach dem Wechsel fielen Tore am laufenden Band. Erst waren es die Pilsener, die 2:1 in Führung gingen. Ihre Freude währte aber nicht lange. Weigel, Seltmann und nochmals Weigel warfen den PSC mit 4:2 nach vorn. Aber es dauerte nicht lange, und die Pilsener glichen aus. Die Verlängerung sah beide Mannschaften gleichwertig. In der 102. Minute erzielt Weigel die Entscheidung. Eine Rechtsflanke verwandelt er unhaltbar.

Beim PSC. klappte es nicht immer wunschgemäß. Die vielen Umstellungen zeigten es. Seltmann ging beim Stande von 2:2 mit in den Sturm. Neben ihm konnten noch der kleine Fritzsch, Weigel, Dietel und Tautenhahn gefallen. Die Gäste-Elf brachte eine starke Verteidigung mit, die nur schwer zu überwinden war. Auch ihr Angriff zeigte recht gute Leistungen.

Das neue Jahr grüßt mit strengem Frost. Nach dem ungewöhnlich kalten Winter 1939/40 lässt dessen Nachfolger die Sachsen erneut ordentlich bibbern. Zweistellige Minusgrade und viel Schnee beeinträchtigen auch die Ausbildung in Leisnig enorm. Zudem fehlen noch immer Kraftfahrzeuge. General Nehring stellt Anfang Januar 1941 die Grundsätze für den Dienst in seiner Division auf. Auch Walter Fritzsch hat sie zur Kenntnis zu nehmen:

„- Einsatzbereitschaft für jeden Dienst und Draufgängertum

- Pflichtauffassung und Genauigkeit

- Aktives Handeln in jeder Lage"

Der folgende Zusatz ist den besonderen Umständen geschuldet: *„Schonung der Kraftfahrzeuge, wie früher die Pferde geschont und gepflegt wurden."*

Anfang Februar ist Walter Fritzsch zu seiner Einheit zurückgekehrt und kann auch wieder der Lederkugel nachjagen. Als Gastspieler steht er beim VfB Leisnig auf dem Platz und sieht sich im Punktspiel der zweithöchsten Spielklasse in Sachsen gegen Burgstädt gefordert. Nach einer schnellen 2:0-Führung haben die Blau-Weißen den Faden verloren. So können die Gäste bis zur Halbzeit ausgleichen. Nach dem Seitenwechsel ist Walter Fritzsch, als Halblinker aufgestellt, der auffälligste Akteur und einfach überall zu finden. Als die Kräfte bei den Gästen nachlassen, führt der erst Zwanzigjährige den VfB zu einer Generaloffensive, die kurz vor ultimo durch den umjubelten 3:2-Siegtreffer gekrönt wird.

Ein paar Tage trägt Walter Fritzsch das Trikot seines Planitzer SC. In der Gauliga Sachsen geht es mit den »Wespen« gegen den VfB Leipzig. Der dreifache Deutsche Meister war mit Abstiegssorgen angereist. In erster Linie liegt das am Modus, die vier Letztplatzierten im überschaubaren Zwölferfeld müssen die Gauliga am Saisonende verlassen. Bei erstaunlich guten Bedingungen entwickelt sich ein packendes Kampfspiel mit vielen, prickelnden Torszenen. Eine davon hat Walter Fritzsch, der den Ball an die Lattenkante knallt. Wenig später, ganze acht Minuten sind noch zu spielen, fällt das Tor des Tages. Die Planitzer bejubeln den Treffer, als hätten sie gerade die Meisterschaft gewonnen. Dabei haben sie »nur« ihren zweiten Tabellenplatz abgesichert. Der alte und neue Sachsenmeister Dresdner SC ist noch immer zu stark für sie. Und Fritzsch? Auf der Tribüne ist man sich einig, dass die Nachwuchshoffnung ein gutes Spiel gemacht hat, ein Berichterstatter notiert: *„Der Junge kann so bleiben, dann wird er schon goldrichtig. Ihm kauft so leicht keiner den Schneid ab."* Gut gelaunt kehrt der Planitzer nach Leisnig zurück, um dort von einer Neuigkeit überrascht zu werden. Auf sein nächstes Spiel wird er wohl ein paar Wochen warten müssen. Alle Einheiten der 18. Panzer-Division sollen bis Ende März 1941 zum Truppenübungsplatz Milowitz, nordöstlich von Prag, verlegt werden. Parallel dazu findet in Chemnitz eine Besprechung der Kommandeure statt, in der der Divisionskommandeur die aus Berlin stammende »STUDIE MILOWITZ« als Unterlage für die bevorstehende Ausbildung erläutert. Allen ist klar, der neue »Ernstfall« zeichnet sich ab. Dabei geht es um die der Division in einem kommenden Einsatz zufallenden Aufgaben: *„Übergang über einen Fluss in Angriffstruppen, Durchbruch durch eine befestigte Uferstellung und Stoß in die Tiefe des Feindes."* Wo dieser Fluss, und damit der neue Feind, zu finden ist, bleibt unbekannt.

Die deutsch-sowjetische Grenze bei Brest im Frühjahr 1941

Anfang Mai 1941 hält Stalin in Moskau eine Rede vor Absolventen der Militärakademie und erklärt: *„Deutschland werde Russland nie aus eigenem Antrieb angreifen."* Er droht sogar sowjetischen Militärführern, dass »Köpfe rollen«, wenn sie ohne Erlaubnis Truppenbewegungen durchführen würden. Trotz der Warnungen durch den britischen Geheimdienst, der von Hitlers Absichten Kenntnis erhalten hatte und trotz der Berichte seiner eigenen Geheimdienstler, will Stalin einfach nicht an einen deutschen Angriff glauben. Im Gegenteil, im März 1941 waren die sowjetischen Lieferungen nach Deutschland sprunghaft angestiegen, besonders bei Getreide, Mineralöl, Manganerz, Bunt- und Edelmetallen. Am 15. Mai 1941 lässt Stalin mehrere Sondergüterzüge der transsibirischen Eisenbahn für den Transport von 4.000 Tonnen Kautschuk nach Deutschland zur Verfügung stellen. Auch für die meisten deutschen Soldaten sind die aufkommenden Gerüchte über einen bevorstehenden Krieg gegen die Russen schlichtweg »Kokolores«. Sie halten den beginnenden Aufmarsch der eigenen Truppen in Polen entweder für ein propagandistisches Druckmittel gegen die Sowjetunion oder aber für eine grandiose Täuschung des britischen Empires.

Zurück nach Milowitz, wo das praktische Training des künftigen Kampfauftrages ohne die noch immer fehlenden Kraftfahrzeuge durchgeführt werden muss. Immerhin werden der Division als erste Rate 342 Kraftfahrzeuge zugesagt, eine Lieferung bis 20. Mai 1941 sei aber ausgeschlossen, zudem sind Kanister für Treibstoff nicht greifbar. So haben die Soldaten erhebliche Marschleistungen zu vollbringen. Als äußerst zeitaufwendig erweist sich auch der Test der Panzer auf Tauchtüchtigkeit. Dafür waren in Milowitz extra Tauchbecken von der Division gebaut worden. Seit Mitte April 1941 wissen die Einheiten, dass sie es hier noch bis zum 1. Juni aushalten zu müssen. Ende Mai werden der Division endlich 2.500 Kraftfahrzeuge handelsüblicher Bauart aus französischer Fertigung zugewiesen, die in Paris abzuholen sind. Dafür benötigt man viele Kraftfahrer, weshalb der Übungsbetrieb im Raum Prag so gut wie eingestellt wird.

„Am 5. Juni 1941 kam ich zur Grenadier-Kompanie Leisnig. Hier ging es mir sehr gut. Der Spieß machte mich ganz kurz fertig. Dabei lernten wir uns sehr gut kennen. Ich bekam schöne Arbeiten, z. B. bei der Polizei, die Waffen in Ordnung gebracht. Wegen Fußball des Öfteren vom Dienst befreit. Drei Wochen Genesungsurlaub."

Rapid ist Deutscher Meister – am Tag danach nur eine Randnotiz. Deutschland hat die Sowjetunion überfallen

Rapid – Deutscher Meister!

Wiener Montagblatt

Zweite Ausgabe

Überraschungen im Tschammerpokal

Hansi gewinnt das Karl-Bürger-Gedenkrennen

10 Rpf.

SPORT VOM SONNTAG

Folge 25 — Wien, 23. Juni 1941 — 48. Jahrgang

Auch Italien und Slowakei im Kriegszustand mit der Sowjetunion!

Einflugversuch nach Ostpreußen unter schweren Verlusten abgewiesen

Moskau-London geben das verräterische Doppelspiel zu

Sie decken ihre Karten auf

„Das Schicksal des Reiches wieder in die Hand unserer Soldaten gelegt"

Aufruf des Führers an das deutsche Volk

Deutsches Volk! Nationalsozialisten!

Einkreisung gegen das neue Deutschland

Im Divisionsstab der 18. Panzer-Division wächst die Nervosität. Trotz einer Aufstellungszeit von sieben Monaten würde man, ohne vorhergehende Ausbildung im Divisionsverband, in Kampfhandlungen eintreten, falls diese befohlen würden. Das wäre ein militärgeschichtlich einzigartiger Start für einen modernen Panzerverband. Nach dem Eintreffen der Kraftfahrzeuge aus Frankreich verlegt die Division ab 11. Juni 1941 in den neuen Unterbringungsraum nach Kaluszyn in Polen, knapp 150 Kilometer vor der sowjetischen Grenze.

Am 14. Juni 1941, also acht Tage vor dem deutschen Überfall, heißt es in einer Meldung der sowjetischen Nachrichtenagentur TASS: *„Die Gerüchte über einen nahe bevorstehenden Krieg zwischen der UdSSR und Deutschland stellen eine plump zusammengebraute Propaganda dar."* Zu diesem Zeitpunkt hat in den Bereitstellungsräumen jenseits der sowjetischen Westgrenze schon die letzte Phase des Truppenaufmarsches begonnen. Die 18. Panzer-Division wird am 18. Juni 1941 in den Grenzschutzbereitstellungsraum unmittelbar am Bug vorgezogen. Die Mehrzahl der insgesamt mehr als drei Millionen Soldaten, verteilt auf 152 deutsche und 15 rumänische Divisionen zwischen Nordkap und Schwarzem Meer, kennt aber noch immer nicht den wahren Grund ihres Tuns.

Am Abend des 20. Juni 1941 trifft der Aufruf des Führers an die Truppe für »Barbarossa« ein. So notiert es Generaloberst Halder, Chef des Generalstabes des Heeres und kommentiert: *„Eine auffallend politisch gehaltene, langatmige Kundgebung!"* Der Tagesbefehl für die 18. Panzer-Division, der den Angriff für die Nachtstunden des 22. Juni 1941 anordnet, verleitet Major Treptow vom Schützenregiment 52 am Vortag des Überfalls im Gespräch mit Divisionskommandeur Nehring zur Feststellung: *„Alles Propaganda. Nachts erfolgt der Widerruf!"* Unzweideutig im Befehl enthalten ist das Ziel: *„Wir sind stolz darauf, als Panzerkorps an entscheidender Stelle der Angriffsfront eingesetzt zu werden. Unser Ziel ist weit gesteckt, es ist die feindliche Hauptstadt Moskau!"*

Am späten Abend des 21. Juni 1941 wird kompanieweise der Führerbefehl verlesen. Mit der Anrede ist nun auch dem letzten Zweifler alles klar: *„Soldaten der Ostfront!"*

Von all dem weiß man im Berliner Olympiastadion nur wenig, als die 22 Fußballer auf dem Rasen vor dem Anstoß den rechten Arm erheben. An diesem Sonntag soll zwischen Schalke 04 und Rapid Wien der neue deutsche Fußball-Meister ermittelt werden. Walter Fritzsch bedauert sehr, das Endspiel nicht im Stadion in Berlin verfolgen zu können. Zudem fühlt er sich im Zwiespalt, Schalke oder Rapid? Den Planitzer Auftritt der »Knappen« von 1938 hat er noch in bester Erinnerung und das Gastspiel bei Rapid ist ja keine zwölf Monate her. Der Anstoß zum Endspiel hatte aus Sorge vor einem Racheakt der UdSSR, seit den Morgenstunden dieses 22. Juni 1941 läuft der deutsche Überfall, bis zum Mittag auf der Kippe gestanden. Erst dann erteilt das Reichspropaganda-Ministerium die Genehmigung, das Spiel durchzuführen. Mit Hüten aus Zeitungspapier oder angefeuchteten Taschentüchern auf dem Kopf versuchen sich die Besucher in der prallen Sonne zu schützen. Die knapp 100.000 erleben eine einseitige Begegnung. Top-Favorit Schalke stürmt wie entfesselt. Trifft einmal und noch einmal. Rapid wehrt sich verzweifelt. Franz Binder verschießt für Wien einen Elfmeter, alles läuft für den Titelverteidiger. Bereits zur Halbzeit sollen die Plaketten mit der Gravur »Kriegsmeister 1941 Schalke 04« fertig gewesen sein.

Ungefährdet ziehen die Schalker auch nach dem Seitenwechsel ihren berühmten Kreisel auf. Legen gleich nach der Pause ihren dritten Treffer nach. Knapp eine Stunde ist vorüber. Plötzlich legt sich ein leises Raunen über die prall gefüllten Traversen und wird immer stärker. Lassen die Schalker im Gefühl des sicheren Sieges etwa die Zügel schleifen oder bäumen sich die Wiener, ob ihres nimmermüden Kampfgeistes gefürchtet, noch einmal auf? In den Gesichtern vieler Zuschauer ungläubiges Staunen. Das Geschehen auf dem Rasen hat sich tatsächlich komplett gedreht. Innerhalb von einer Viertelstunde verwandelt Rapid den 0:3-Rückstand in einen unerwarteten 4:3-Erfolg und holt sich die deutsche Meisterschaft. Hitler soll das Olympiastadion noch vor dem Schlusspfiff wutentbrannt verlassen haben.

Ziel des ohne jede Kriegserklärung erfolgten »Unternehmens Barbarossa« ist ein Blitzkrieg-Erfolg wie an der Westfront. Deklariert wird es als Präventivschlag gegen den »jüdischen Bolschewismus« und zur Schaffung von »Lebensraum im Osten«.

Das »Unternehmen Barbarossa« beginnt – deutsche Truppen beim Übergang über den Bug im Juni 1941

Die Zahl der am Angriff beteiligten Truppen, Panzer und Flugzeuge ist gewaltig, zudem wird der Gegner im wahrsten Sinne überrumpelt. Doch der schnelle Bewegungskrieg hat einen Haken. Die beste Armee kann nur so gut sein wie ihre Versorgung und genau darin liegt ein gravierendes Problem. Allein von einer hinreichenden Ausrüstung, speziell mit Waffen und Munition, kann keine Rede sein. Im zweiten Halbjahr 1940, also zu dem Zeitpunkt, als der »Fall Barbarossa« beschlossen wurde, sank die deutsche Rüstungsproduktion um fast 40 Prozent. Ein Zurückstellen ziviler Bedürfnisse, um die Kriegsindustrie kurzfristig anzukurbeln, lehnt Hitler mit der Begründung ab, die Moral der Bevölkerung nicht gefährden zu wollen. So werden die Vorräte an Treibstoff und Reifen mit Beginn der Kampfhandlungen nur für ganze zwei Monate reichen. Nicht der einzige Grund, den Feldzug als abenteuerlich zu betrachten. Jeglicher Nachschub in der ersten Phase würde ausschließlich über das mangelhafte sowjetische Straßen- und Wegenetz rollen, da die Breitspur-Eisenbahn mangels russischer Lokomotiven als Alternative für die deutsche Seite nicht in Frage kam. All das, so hatten es Strategen errechnet, erfordert nach jeweils sechs Tagen Vormarsch zwingend eine Pause, um immer wieder neue Lager in unmittel-

Die 18. Panzer-Division auf dem Vormarsch im Osten

barer Frontnähe zu errichten. Der Generalstab lehnte das ab und entschied, die Operation erst nach 20 Tagen erstmals zu unterbrechen, um das Versorgungssystem und damit den Nachschub zu reorganisieren.

Am 28. Juni 1941, sechs Tage sind seit dem Beginn des Angriffes vergangen, werden besondere Anordnungen für die Versorgung befohlen. Nachgeschobener deutscher Otto-Treibstoff soll möglichst nur für Panzer verwendet werden. Für Räder-Kraftfahrzeuge soll nun erbeuteter Betriebsstoff herhalten. Empfohlen wird der sparsame Umgang mit Mangelmunition. Zur Schonung der mitgeführten oder nachgeschobenen Verpflegung soll sich die Truppe weitgehend aus Beutebeständen ernähren. Die Frischbrot-Ration wird auf 500 Gramm pro Tag und Mann festgesetzt. In den täglichen Verlustmeldungen sind Offiziersverluste namentlich aufzuführen. Zudem haben die Truppen dafür zu sorgen, dass Leichen und Tierkadaver sofort unter die Erde kommen.

Am gleichen Tag haben deutsche Truppen bei Minsk den ersten großen Kessel geschlossen. Vier russische Armeen, 43 Divisionen und sechs Brigaden sitzen in der Falle und die deutschen Panzer rollen weiter. Nur eine Woche nach dem Überfall stößt die 18. Panzerdivision südlich an der weißrussischen Stadt vorbei – bewegt sich inzwischen etwa 350 Kilometer tief im Feindesland. Ihr Auftrag lautet: Vorstoß zur Beresina, dem Nebenfluss des Dnepr, um dort bei Borissow einen Brückenkopf zu errichten und dann weiter in Richtung Smolensk zu ziehen. Die Beresina, das »Birkenflüsschen«, war 1812 in die Kriegsgeschichte eingegangen, als Napoleons Große Armee beim Rückzug aus Moskau an dieser Stelle eine schwere Niederlage erlitt. Die Garde ging als letzte Einheit über den Fluss, auf der Beresina trieben Eisschollen.

Die Wucht und der atemberaubend schnelle Vormarsch der Deutschen hat die Rote Armee völlig überrascht. Vor allem der Zusammenbruch im Mittelabschnitt ihrer Westfront bringt die russische Führung völlig durcheinander. Am 3. Juli 1941 bricht Stalin sein Schweigen und hält seine erste Radioansprache. Er gibt den Durchhaltebefehl und fordert zum Partisanenkrieg auf. Am gleichen Tag notiert Generaloberst Halder, Chef des Generalstabes in seinem Tagebuch: *„…es ist also wohl nicht zuviel gesagt, wenn ich behaupte, dass der Feldzug gegen Russland innerhalb von vierzehn Tagen gewonnen wurde…“* Grundlage Halders fataler Fehleinschätzung sind vor allem die enormen Verluste auf der gegnerischen Seite. Sie werden sich bis August 1941 auf insgesamt eine halbe Million Tote, Vermisste und Gefangene, tausende Panzer und Geschütze, hunderte Flugzeuge belaufen. Jede mitteleuropäische Armee wäre durch Einbußen dieser Art zum Untergang verurteilt gewesen. Doch der russische Maßstab ist ein anderer. Für ein 200-Millionen-Volk sind Verluste dieser Dimension schmerzlich, aber nicht von existenzieller Bedeutung.

Noch ein Ereignis muss im Zusammenhang mit diesem 3. Juli 1941 unbedingt Erwähnung finden. An diesem Tag treffen Soldaten der 18. Panzer-Division östlich der Beresina auf die überhaupt ersten T34-Panzer auf Feindesseite und werden völlig überrascht. Panzerabwehrgeschütze und Panzerkanonen prallen von der geneigten Panzerung einfach ab. Zudem werden die außergewöhnliche, fast gedrungen wirkende Form und die Beweglichkeit dieser T34 bestaunt. Die Erkenntnis, dass der Russe die besseren, fast unzerstörbaren Panzer hat, versetzt den Deutschen einen Schock. Ein Oberleutnant von Grolman

In der Staubwolke des deutschen Vormarsches eine Mischung aus seltsam gelassen wirkender Gleichgültigkeit

schreibt: „*Auch mit Sondermunition waren diese neuen Panzer nicht zu knacken. Sie haben jedes Mal bei ihrem Auftreten den Vormarsch der Division erheblich verzögert, da nur 8,8 Flak gegen sie etwas ausrichten konnte.*“ Zwar gibt es zu diesem Zeitpunkt bereits eine neue Sondermunition, die auch den T34 beikommen kann, diese wurde aber vom Oberkommando des Heeres in der Heimat zurückgehalten, damit sie nicht vorzeitig – vor ausreichender Massenfertigung – dem Gegner bekannt würde und neue Gegenmaßnahmen auslöst. Erst Ende Dezember 1941 soll sie der Fronttruppe zugeteilt werden.

Smolensk fällt am 16. Juli 1941 in deutsche Hand. Anteil daran hat auch die sächsische 18. Panzerdivision, die sich von Süden her der Stadt genähert hatte. So ist erneut ein Ring um russische Truppen geschlossen worden, die sich mit heftigen Ausbruchsversuchen gegen die Einkesselung wehren. Bis zum 5. August 1941 werden im Kessel von Smolensk gezählt: 309.110 gefangen genommene Rotarmisten, 3.205 erbeutete oder vernichtete Panzer, 3.000 Geschütze, 341 Flugzeuge. Doch längst ist klar, dass dieser Gegner bei allen Unzulänglichkeiten mit aller Härte, zäh und verbissen kämpft. Das geschieht im Nahkampf mit Bajonett, Kolben und Spaten. Die Russen entpuppen sich zudem als Meister der Tarnung, lassen sich oft von den Panzerspitzen überrollen, um sich in der Folge der deutschen Infanterie entgegenzustemmen. Nahezu unauffindbar sind sie dann in den Waldgebieten verschwunden, um als ständige Gefahr den Nachschub oder deutsche Melder zu attackieren.

Auch auf deutscher Seite fordert der Krieg große Verluste. Die 18. Panzer-Division hatte die Grenze zur Sowjetunion mit

Eine deutsche Kamera hält fest: Soldaten der Wehrmacht mit russischen Kindern. Man möchte wissen, wie und warum dieses Foto entstand

212 Panzern überschritten. Bis Anfang August wird der Raum südlich Smolensk erreicht. Nach Gefechten, besonders mit den überlegenen sowjetischen T34 Panzern, verfügt sie nach zwei Wochen nur noch über 83 Panzer, am 24. Juli sind noch zwölf Panzer vorhanden. Eine Nachschubkolonne wird durch einen sowjetischen Gegenangriff vernichtet. General Nehring zeigt sich besorgt: „*Die Verlustzahlen an Gerät, Waffen und auch Kraftfahrzeugen erscheinen ohne nähere Erläuterungen als ungewöhnlich hoch. Sie übertreffen trotz unseres siegreichen Vormarsches die Beute anscheinend erheblich. Dieser Zustand und seine Fortsetzung sind auf die Dauer unmöglich, wenn wir uns nicht tot siegen wollen. Es genügt nicht, nur zu siegen, sondern auch einsatzfähig zu bleiben.*"

In den ersten drei Kriegswochen fallen von insgesamt 17.174 Soldaten und 401 Offizieren der Divison, die vornehmlich aus Sachsen und dem Sudetenland stammen, 2.300 Soldaten und 123 Offiziere.

Mitte Juli 1941 wird das Kradschützenbataillon für zehn Tage in einen Stellungskrieg gezwungen. Unter Dauerbeschuss sowjetischer Geschütze ist es ständigen Angriffen feindlicher Infanterie ausgesetzt. Der Bataillons-Arzt schreibt am 27. Juli 1941 einen eindringlichen Bericht: „*Die Truppe hat unter starkem schweren Artilleriefeuer gelegen. Der Feind ist in die eigenen Stellungen eingebrochen und wurde im Nahkampf und Gegenstoß zurückgeworfen. Während dieser Tage konnten die Leute Tag und Nacht kein Auge zu machen. Verpflegt werden konnte nur während der wenigen Stunden der Dunkelheit. Eine größere Anzahl von Leuten, die sich noch jetzt bei der Truppe befinden, wurden durch Artilleriefeuer verschüttet. Besonders schwerwiegend hat sich auch ausgewirkt, dass den Leuten einige Tage Ruhe zugesagt worden waren, stattdessen kamen sie aber in Lagen, die schwieriger waren als die vorangegangenen. Die Leute sind vollkommen teilnahmslos und apathisch, hatten zum Teil Weinkrämpfe und sind durch Worte nicht aufzumuntern. Essen wird nur in verhältnismäßig geringen Mengen eingenommen."*

Mit dem Vorstoß der deutschen Panzertruppen, sie befinden sich nun knapp 700 Kilometern tief im Feindesland, haben die nachrückenden Einheiten große Probleme. Die Infanterie kann dem Tempo einfach nicht folgen und wird zudem oft genug in Nahkämpfe verwickelt. Zudem gibt es große Probleme mit dem Nachschub. Der Staub der Straßen und der Ölmangel haben mehr Panzer lahmgelegt, als die eigentlichen Kampfhandlungen. Eine Pause ist unvermeidlich. Am 4. August 1941 melden die Frontstäbe ans Führerhauptquartier, ihre Panzerdivisionen ab 15. August wieder angriffsbereit zum entscheidenden Stoß auf das nur noch 400 Kilometer entfernte Moskau. Doch von Hitler bleibt eine Antwort aus. Umso überraschender beginnt ab 8. August 1941 nordöstlich von Smolensk die erste sowjetische Gegenoffensive. In erster Linie, um einen weiteren Vorstoß deutscher Truppen zu verhindern und Zeit zu gewinnen, die Verteidigung der Hauptstadt vorzubereiten. Die Kesselschlacht von Smolensk wird bis zum 10. September 1941 dauern. Sie bringt auch große Verluste auf deutscher Seite und bedeutet das Ende der Blitzkriegsstrategie. Hitler entscheidet am 21. August 1941: *„Das wichtigste Ziel ist nicht die Einnahme von Moskau, sondern die Wegnahme der Krim, des Industriegebietes am Donez und die Abschnürung der russischen Ölzufuhr aus dem Kaukasusraum."*

An der Front, die sowjetische Hauptstadt vor Augen, wähnt man sich im falschen Film. Halder notiert am Tag danach in sein Tagebuch und kommentiert: *„Führerweisung vom 21.8. (WFST L. Nr. 441412/41) trifft ein. Sie ist entscheidend für das Ergebnis dieses Feldzuges. Ich halte die durch die Eingriffe des Führers entstandene Lage für das OKH untragbar. Das bisherige OKH, das im 4. siegreichen Feldzug steht, kann seinen Namen mit den nunmehr getroffenen Anordnungen nicht beflecken."*

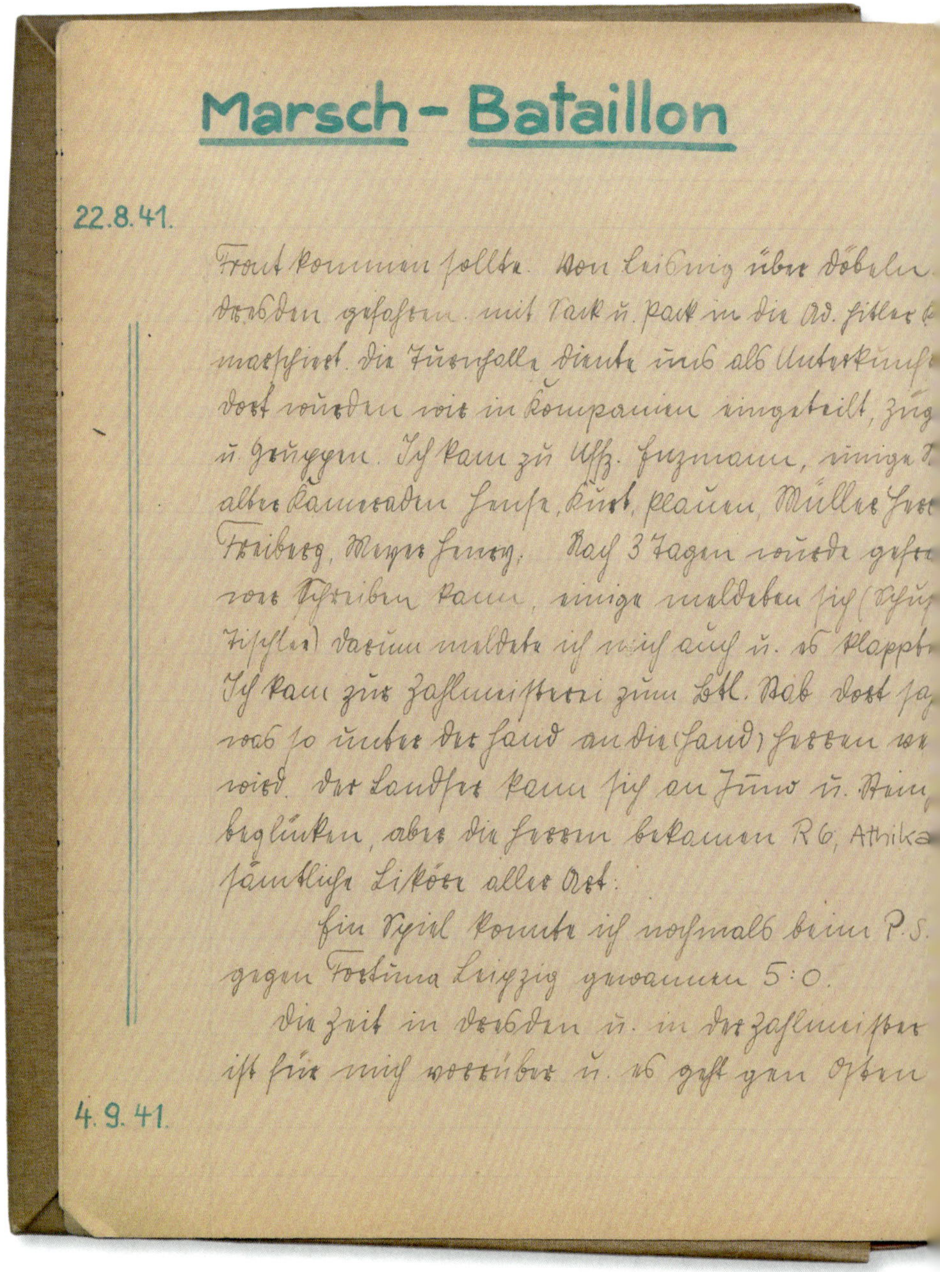

Zwei Monate nach dem Überfall auf die Sowjetunion – Walter Fritzsch muss an die Front

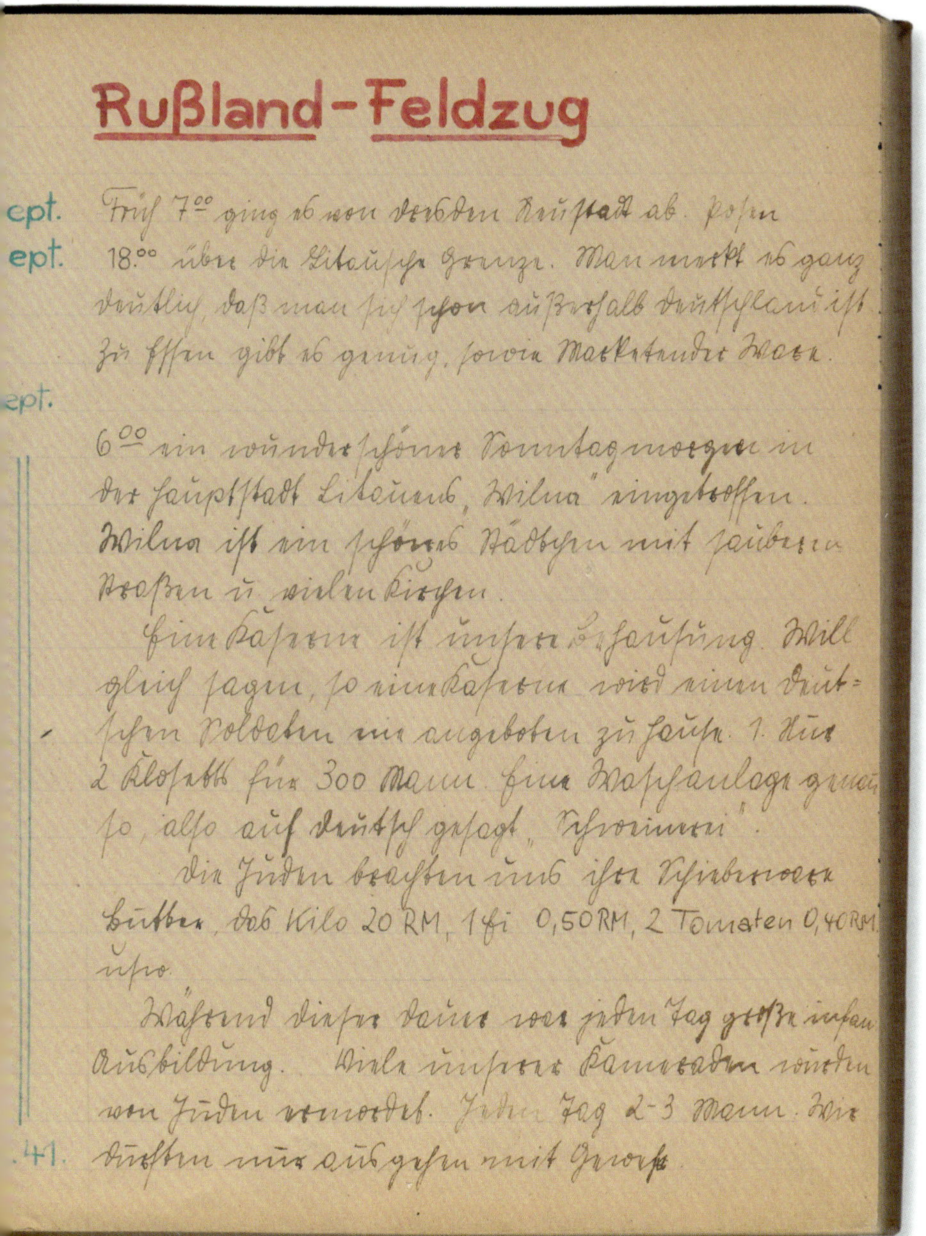

„Anfang August kam ich zur vierten Kompanie zurück. Dort bekam ich den Oberschützenstern angeheftet. Der 22.8.1941 ist für mich der Tag, wo ich endlich an die Front kommen sollte: Von Leisnig über Döbeln nach Dresden gefahren. Mit Sack und Pack in die Hitlerkaserne marschiert. Die Turnhalle diente uns als Unterkunft. Dort wurden wir in Kompanien eingeteilt, Zügen und Gruppen. Ich kenne Unteroffizier Enzmann und einige alte Kameraden, Henze, Kurt – Plauen, Müller, Herbert – Freiberg. Nach drei Tagen wurde gefragt, wer schreiben kann. Einige meldeten sich – darum meldete ich mich auch, es klappte. Ich kam zur Zahlmeisterei zum Bataillonsstab. Dort sah ich, was so unter der Hand an die Herren verkauft wird. Der Lanzer kann sich an »Juno« und »Steinhäger« beglücken. Aber die Herren bekommen »R6«, »Atika« und Liköre aller Art. Ein Spiel konnte ich nochmals beim Planitzer SC mitmachen – gegen Fortuna Leipzig, gewonnen 5:1. Die Zeit in Dresden und in der Zahlmeisterei ist für mich vorüber. Es geht gen Osten.“

Hitler bleibt stur: *„Meine Generale verstehen nichts von Kriegsführung. Wir brauchen das Getreide der Ukraine und die Industrie am Donez muss für uns und nicht für Stalin arbeiten.“* Etwa zur gleichen Zeit analysiert man auch in Moskau die Lage. Stalin erklärt: *„Es muss eine neue starke Verteidigungsfront im Raum Brjansk geschaffen werden, um Moskau zu schützen.“* Tage später kommt das Oberkommando der Wehrmacht in einer Hitler vorgelegten Denkschrift am 26. August 1941 zur Feststellung, *„dass es unmöglich sei, den Feldzug im Osten in diesem Jahr noch zu beenden.“*

„5. September 1941 – Früh 7 Uhr ging es von Dresden-Neustadt ab.

6. September 1941 – Posen, 18 Uhr, über die litauische Grenze. Man merkt es ganz deutlich, dass man schon außerhalb Deutschlands ist. Zu Essen gibt es genug sowie Marketender-Ware. (Zur Marketender-Ware gehören an der Ostfront Zigarren, Zigaretten, Sekt, Schnaps und Cognak.)

7. September 1941 – 6 Uhr, ein wunderschöner Sonntagmorgen. In der Hauptstadt Litauens, Wilna (Vilnius), eingetroffen. Wilna ist ein schönes Städtchen, mit sauberen Straßen und vielen Kirchen. Eine Kaserne ist unsere Behausung. Will gleich sagen, so eine Kaserne wird einem deutschen Soldaten nie angeboten zu Hause. 2 Klo-

setts für 300 Mann, eine Waschanlage genauso, also auf deutsch gesagt – Schweinerei. Die Juden brachten uns ihre Schieberware: Butter – das Kilo 20 Reichsmark (RM), 1 Ei – 0,50 RM, 2 Tomaten – 0,40 RM. Für uns war jeden Tag große Infanterie-Ausbildung. Viele unserer Kameraden wurden von den Juden ermordet. Jeden Tag zwei bis drei Mann.

13. September 1941 – Wir durften nur ausgehen mit Gewehr

14. September 1941 – Früh 3 Uhr wecken. 4 Uhr ging es im Fußmarsch nach dem so herrlichen Osten. Ich bin gespannt, wie meine Augen das sowjetische Paradies aufnehmen werden. 38 Kilometer gedippelt. Gegen 18 Uhr gezeltet. Die ersten Fußkranken schon vorhanden.

15. September 1941 – Quartier gemacht, 1 Hühnchen für 4 RM gekauft und gegessen. Es hat mich fast geekelt, als ich sah, wie es die Russin gebraten hat. Schlechtes Wetter.

16. September 1941 – 32 km marschiert. Die Schnauze voll gehabt. Man muss sich überlegen, die Straßenverhältnisse. Eine 1a Straße hat hier folgendes Gesicht: Sand, Grobpflaster und Schlamm. Dagegen ist eine 1a Straße bei uns mit Asphalt überzogen.

17. September 1941 – Quartier gemacht. Die Kompanie hat ein Schwein gekauft.

18. September 1941 – Molodetschno. Sandsturm, in der Kaserne übernachtet. Einfach nicht zu beschreiben. In den Betten hat der Russe sein Geschäft verrichtet. Wenn man bedenkt, in was für Städten die arme russische Bevölkerung hausen muss. Bei uns würde es nicht eine Kuh so aushalten. Wenn mir ein Deutscher entgegen treten sollte, der äußert, dass der Russe besser lebt wie der Deutsche, den muss ich als armen, geistig gestörten, verkalkten Irren bedauern.

19. September 1941 – Rochlodesno. 34 Kilometer, schlapp gemacht, ein Schwein geschlachtet

20. September 1941 – Ruhetag und schon gab es Appell.

21. September 1941 – Radowskie. 12 Reichsmark geschickt, schönes Wetter

Für Walter Fritzsch ist Weißrussland noch »Weißruthenien« – deutsche Soldaten in der Region Minsk im Spätsommer 1941

22. September 1941 – Weißruthenien. 35 Kilometer, ein deutsches Dorf, man merkt es an der Sauberkeit der Menschen.

23. September 1941 – 6 Uhr abmarschiert, 8 Uhr an Minsk links vorbei, 14 Uhr Quartier gemacht, 25 Kilometer, Frontzulage

24. September 1941 – Borissow. Eine Wärme von 40 Grad, 45 Kilometer, kein Wasser

25. September 1941 – 25 Kilometer, Quartier

26. September 1941 – Ruhetag

27. September 1941 – Laufend Appelle und Dienst

28. September 1941 – 45 Kilometer, Quartier. Die Anstrengung der Märsche ist nicht zu beschreiben. 6 Kilometer in 10 Minuten.

29. September 1941 – Ruhetag

30. September 1941 – Sind weiter gedippelt."

Hitler wähnt den Feind am Boden, demoralisiert und wankend. So erteilt er am letzten Tag der Schlacht den Befehl: *„Donezbecken und Don sind noch vor Eintritt des Winters zu erreichen!“* Doch parallel dazu entschließt er sich, berauscht vom gerade errungenen Sieg, zu einem großen Wagnis. Am 30. September soll er beginnen, der Sturm auf Moskau! Nicht nur der Führer, auch seine Frontkommandeure sind geblendet von den ungeheuren Erfolgen und verdrängen die Strapazen der vergangenen drei Monate für Mensch und Material, ausgeblendet auch die Probleme mit dem Nachschub. Die Befehlsgeber sehen sich vor der vermeintlich letzten Schlacht des Jahres. Mit dem Wintereinbruch rechnet man nicht vor Mitte November. Bleibt es trocken, so sind, wenn der russische Widerstand kaum auftritt oder rasch gebrochen werden kann, die weit gesteckten Angriffsziele wahrscheinlich erreichbar.

Kampfpause an der Ostfront – die Feldpost ist da

Seit Ende August 1941 hatte die 18. Panzerdivision an der Desna, einem Nebenfluss des Dnepr, gekämpft und sich dabei stets der unentwegt anrennenden Roten Armee erwehrt. Die folgenden Wochen stehen ganz im Zeichen der Schlacht um Kiew. Auf deutscher Seite werden alle Kräfte mobilisiert, so hatte es Hitler befohlen. Im Zusammenwirken der Heeresgruppe Mitte mit der Heeresgruppe Süd geht es um die Einkesselung von fünf sowjetischen Armeen mit einer Million Mann. Mehrmals fordert Sowjetmarschall Budjonny die Räumung Kiews und einen noch möglichen Ausbruch der russischen Truppen. Doch Stalin will Zeit gewinnen, um die ukrainischen Industriegebiete räumen zu können und verkündet den unmissverständlichen Befehl: *„Stehen, halten und notfalls sterben!“*

Am 19. September fällt Kiew in deutsche Hand, eine Woche später ist die gigantische Schlacht zu Ende. In endlosen Kolonnen trotten 665.000 Rotarmisten in die Gefangenschaft, mehr als 3.000 Geschütze und fast 900 Panzer werden erbeutet.

Zum Vergleich: Die Verluste der Wehrmacht im Krieg gegen die Sowjetunion belaufen sich mit dem Stand 26. September 1941 auf nunmehr 534.086 Tote, Verwundete und Vermisste – also etwa 15 Prozent der Anfangsstärke.

Die Zahl der Kreuze für die Gefallenen nimmt zu – Region Smolensk im Herbst 1941

„1. Oktober 1941 – Bin krank geworden, Hals und Genickschmerzen.

2. Oktober 1941 – 40 Grad Fieber, wurde auf den Pferdewagen verladen.

3. Oktober 1941 – 30 Kilometer vor Smolensk. Ab heute begannen die Masseneinsätze unserer Luftwaffe.

4. Oktober 1941 – Ruhetag, Krasny /Smolensk. Bis jetzt sind wir 490 Kilometer marschiert.

5. Oktober 1941 – 25 Kilometer, 15 Uhr Quartier

6. Oktober 1941 – 30 Kilometer durch Smolensk, erster Schnee, in einer Scheune geschlafen, die aus Latten war. Eine halbe Tafel Schokolade, vor Kälte nicht schlafen können.

7. Oktober 1941 – 32 Kilometer, das erste Privatquartier. Ein Gestank in der Bude, keine Dielen, keine Möbel.

8. Oktober 1941 – Ruhetag, 4 Eier von unserer Wirtin gekauft, Eierkuchen gebacken. Wenn man bei den russischen Öfen zu heiß feuert, brennt gleich das Haus ab.

9. Oktober 1941 – 5 Uhr wecken, 20 Kilometer, 7.000 russischen Gefangenen begegnet. In einem Unterstand übernachtet. Regen, Bombenabwurf.

10. Oktober 1941 – 35 Kilometer marschiert. Bei Juden übernachtet, sehr sauber, leben bedeutend besser als die Russen. Im Nebenquartier machte man bei den anderen Juden des nachts eine Haussuchung, da zwei Lanzer ermordet worden waren. Man fand Handgranaten, zwei MP und drei Pistolen.

Vormarsch im Oktober 1941 – begleitet von einer Spur der Zerstörung

11. Oktober 1941 – Ruhetag, Dienst, Exerzieren.

12. Oktober 1941 – Kartoffelpuffer gemacht.

13. Oktober 1941 – 35 Kilometer, 14:30 Uhr Roslawl

14. Oktober 1941 – 35 Kilometer, Dubrovka, Flugplatz, Mölder-Staffel

15. Oktober 1941 – 45 Kilometer gedippelt. 17:30 Uhr Quartier gemacht, geregnet, große wilde Gänseherden, die Russen sehr freundlich, aber als sie ihre Bude wischen mussten, es ist ja auch eine große Sauerei, wie es in so einer Panzerbude aussieht, zwei Gänse gebacken im Ofen, grüne Klöße und zwei Flaschen Wodka; nachts gebrochen. Marketenderware

18. Oktober 1941 – 2:15 Uhr bis 4:30 Uhr 10-Kilometer-Marsch, dann 22 Kilometer Tornister getragen, war ganz schön fertig

19. Oktober 1941 – Ruhetag nach 18-Kilometer-Marsch, Gitarre, dazu sang unser Quartierchef

Sowjetische Gefangene im Oktober 1941

20. Oktober 1941 – Von der 18. Panzerdivision abgeholt worden. In einem russischen Lazarett übernachtet. Viele Glieder von Menschen.

21. Oktober 1941 – Hinter Brjansk traf ich Leipziger Kurt. Karatschew, Wald, die Straßen solche Schlammfelder, nennen die Russen hohe Kultur. 15:30 Uhr von Oberstleutnant Treptow begrüßt worden. Bis jetzt 100 Kilometer marschiert.

22. Oktober 1941 – Ich kam zum F.E 88 (?), wir mussten Wache im Verpflegungslager mit Franke, Heinz schieben. Während dieser Tage schob ich Kohldampf. Fünf Mann ein Zwei-Pfund-Brot, Butter und Wurst gab es nicht, da die Russen unsere Verpflegungsreste ausgeplündert haben.

28. Oktober 1941 – Oberleutnant Milke hat zu uns gesprochen, bemängelt Haarschnitt und Mützensitz.

29. Oktober 1941 – Ging es mit Tornister in Richtung Orjol zu Fuß ab, zum Glück hat es gefroren. 25 Kilometer, Quartier, 3 Mann, eine Gans.

30. Oktober 1941 – Das Wetter änderte sich und die 1a-Straße verwandelte sich zu einem Schlammfluss, 30 Zentimeter Schlamm, alles stockte und hat sich im Schlamm festgefahren."

»Unternehmen Taifun« lautet der Deckname für den deutschen Angriff auf Moskau. Trotz der knappen Vorbereitungszeit hatte am 30. September 1941 die Offensive der deutschen Heeresgruppe Mitte begonnen. Zunächst soll die russische Verteidigungslinie vor den Toren der Hauptstadt eliminiert werden. Bei Wjasma und gut 300 Kilometer südlich davon, bei Brjansk, gelingt es deutschen Panzertruppen erneut, große Verbände der Roten Armee einzukesseln. Von der Zerschlagung bedroht sind insgesamt neun Armeen mit 70 bis 80 Divisionen. Folgende Infanterie-Divisionen sollen das begonnene Vernichtungswerk vollenden. Zuletzt kapitulieren die Russen regimenterweise. Wieder gehen 663.000 Soldaten und Offizieren in die Gefangenschaft. Damit ist der Weg nach Moskau für die deutschen Panzer frei und der eigentliche Teil des Angriffes könnte beginnen.

Die Einwohner der sowjetischen Hauptstadt werden Mitte Oktober 1941 erstmals über die aktuelle Bedrohungslage informiert. In Windeseile verbreitet sich der Schreckensruf: „*Die Deutschen kommen!*" Daraufhin bricht eine Panik aus. Betriebe stehen still, Geschäfte und Warenhäuser werden geplündert. Zwei Millionen Moskauer waren bereits evakuiert worden. Kunstwerke aus den Museen und aus dem Kreml werden nach Osten in Sicherheit geschafft, selbst der einbalsamierte Lenin gehört dazu. Am 19. Oktober wird über Moskau das Standrecht verhängt. Meuterer sollen erschossen, Deserteure gehängt werden. Auch in den Reihen der Roten Armee verfolgt man in diesen Tagen Feigheit und andere Delikte gnadenlos. Rund 150.000 Soldaten sollen deshalb in kürzester Zeit zum Tode verurteilt worden sein.

Der deutsche Angriff auf Moskau aber findet nicht statt. Der Grund ist fatal und nichtmilitärisch. Die herbstlichen Regenfälle haben Straßen und Wege grundlos werden lassen, in nahezu unpassierbare Schlammwüsten verwandelt. Fahrzeuge und Kräder bleiben einfach stecken. Mühevoll werden zum Teil kilometerlange Knüppeldämme angelegt. Kradschützen bauen sich hölzerne Kufen unter ihre Maschinen, um diese dann vorwärts zu ziehen. Das freie Gelände ist erst recht unbefahrbar, Panzer und Kettenfahrzeuge versinken im Schlamm. Ein Vorwärtskommen scheint unmöglich. So stoppt die deutsche Offensive nur wenige Kilometer vor den Toren Moskaus. Was fehlt, sind die fünf Wo-

Unterkunft bei russischen Zivilisten – 1941

chen, die zwischen dem ursprünglich anvisierten Angriffsstart im August und dem tatsächlichen Beginn der Operation »Taifun« liegen. Diese Zeitspanne macht den Unterschied zwischen Staub und Schlamm, zwischen Fahren und Festfahren, zwischen schwierig und unmöglich.

Wer auf deutscher Seite glaubt, die Russen wären nach den verheerenden Verlusten in den Kesselschlachten von Kiew und Wjasma/Brjansk am Ende ihrer Kräfte, sieht sich getäuscht. Stalin hat aus Sibirien die 32. Schützendivision gen Westen beordert. Eine Elite-Einheit, bestehend aus meist baumlangen Kerlen, gut ausgebildet und ausgerüstet. An der entblößten Flanke im Fernen Osten drohe keine Gefahr, hatte Dr. Richard Sorge, ein für den sowjetischen Geheimdienst tätiger deutscher Journalist in Tokio, noch kurz vor seiner Verhaftung im Oktober 1941 nach Moskau gefunkt. Und zudem gemeldet, dass sich Japan auf einen Angriff gegen die USA, auf Pearl Harbor, vorbereiten würde.

Die Schlamm-Periode, die »Rasputiza«, erweist sich als Stalins wichtiger Helfer. Der Sowjetführer nutzt die Zwangspause der Deutschen, um zwei neue Panzerbrigaden an die Front zu werfen. Vor allem der T34 erweist sich mit seinen überbreiten Ketten als schlammgängig und somit unverwüstlich. Anfang November wechselt das Wetter, leichter Frost setzt ein. Straßen und Wege sind nun wieder befahrbar. Schon am 6. November sinken die Temperaturen auf zweistellige Minusgrade. Am 7. November findet auf dem Roten Platz trotz der Gefahr von deutschen Luftangriffen die traditionelle Militärparade zum Gedenken an die

Der Vormarsch gerät ins Stocken – Oktober 1941

Oktoberrevolution statt. Die teilnehmenden Truppen der Roten Armee marschieren erst an der Tribüne vorbei und dann direkt an die Front.

Für die 18. Panzer-Division hat nach der Teilnahme an der Kesselschlacht um Kiew mit der Kesselschlacht um Brjansk der eigentliche Angriff auf Moskau begonnen Zu diesem Zeitpunkt leben noch 9.323 Soldaten und 239 Offiziere, also kaum mehr als die Hälfte des ursprünglichen Personalbestandes vom 22. Juni 1941. Trotz Ersatzlieferungen verfügt die Division bereits Mitte August 1941 über nicht mehr als 50 einsatzfähige Panzer. Die Logistik muss vom motorisierten Transport des Nachschubs auf von Pferden gezogene Panjewagen umgestellt werden. Damit sind die wesentlichen Vorteile einer Panzereinheit wie Schnelligkeit und Beweglichkeit aufgehoben. Der Panzerschwund schreitet fort. Am 9. November 1941 sind noch 14 funktionsfähige Panzer vorhanden, die wegen Treibstoffmangel bis zum 19. November ausfallen. Die Zahl der übrigen Fahrzeuge ist auf ein Viertel des Ursprungsbestandes geschrumpft. Bedrohliche Versorgungsengpässe bei Nahrung und Kleidung sowie erbärmliche Lebensumstände, Erfrierungen, Krankheiten (Grippe, Hautinfektionen, Darmentzündungen, Typhus, Fleckfieber) und Erschöpfung mindern die Einsatzfähigkeit zusätzlich: *„Der körperliche und seelische Zustand der Truppe und einzelner Führer“* notiert die Einsatzleitung der Division *„zwingt zu sehr eingehender Befehlsgebung und peinlicher Überprüfung aller Befehle, damit Pannen vermieden werden.“*

Orientierungspunkt an der Ostfront – Aufgabe einer Frontsammelstelle war, Soldaten oder ganze Truppenteile an ihren Einsatzort weiterzuleiten

„1. November 1941 – Nach 100 Kilometer Gepäckmarsch erreichten wir Orjol. Es ist eine sehr schöne Stadt, aber nur das Zentrum. Dann gleich neben den großen Bauten stehen die Panja-Buden.

2. November 1941 – Unser Quartier, sechs Mann, zwei Zimmer, mit reichlich viel Flöhen bewohnt. Machten uns gleich mit Säubern daran, dieser Zimmer.

3. November 1941 – Natürlich passte das der Matka nicht, fünf Kinder, der Mann taubstumm.

4. November 1941 – Fliegerangriff. Ein Päckchen mit Bohnenkaffee an Mutti abgeschickt. Was den Russen als Kleidung dient, ist nicht zu glauben. Lumpen, die bei uns zum Waschen gebracht werden.

5. November 1941 – Fliegerangriff.

6. November 1941 – Ein Flugzeug durch Flak abgeschossen. Es hat gefroren. Schneesturm, sehr wenig Abendkost, Flöhe gebissen

7. November 1941 – Päckchen an Minna abgeschickt (Tabak), Wäsche gewaschen

8. November 1941 – 15 Uhr verladen zur Brückenwache nach Mzensk, 35 Kilometer von Orjol entfernt. Schatz und ich machten für die 35 Mann den Koch. Da haben wir sehr gut gekocht, Hammel, Hühner, ein Kalb, ein Schwein.“

Der plötzliche Kälteeinbruch macht den Fahrzeugen, die in der Mehrzahl noch keine Frostschutzmittel haben, schwer zu schaffen. Batterie- und Kühlerschäden müssen behelfsmäßig behoben werden. Dazu eingefrorene Leitungen und Pumpen, Bruchschäden am Fahrwerk. Große Störungen im Funkverkehr durch die Kälte und die Ausfälle an Kraftfahrzeugen. Bei eisigem Wind und unter Schneeschauern beginnt die Masse der Division am 13. November 1941 ihren Marsch von Orjol in den Raum Trossna. Man glaubte, auf den hartgefrorenen Straßen werde die »schnelle Truppe« wieder operieren können. Die Straßen sind aber so zerfahren, dass ihnen das »spröde Material« nicht gewachsen ist.

„13. November 1941 – Wache beendet. Nach Orjol zurück.
3. Kradschützen-Bataillon 18

14. November 1941 – Verladen worden auf dem Bahnhof Orjol. Unser Zug in einen Waggon. Unteroffizier Wappler, mein Gruppenfreund Schönheide. Ich wurde als MG-Schütze 1 eingesetzt. 1 Mann durch Bombe gefallen.

15. November 1941 – Liegen noch im Bahnhof. Russe abgeschossen.

16. November 1941 – In Richtung Mzensk abgefahren. Es gab das erste Mal seit langer Zeit ein schönes Essen. Es war Reis mit Leinöl. Bei einem Schuhmacher gab es ein warmes Quartier. Mzensk ist eine Stadt wie jede russische Stadt.

17. November 1941 – Jetzt ging es im Schnee ohne jegliche Winterbekleidung in den russischen Winter. 25 Kilometer, Quartier. Hier gibt es keine Kohle oder Brikett wie bei uns zu Hause. Ist es eine arme Holzgegend, so feuert man Stroh.

18. November 1941 – 20 Kilometer, schlechtes Marschieren. Die Panje-Pferde konnten die schwere Last des Wagens nicht schaffen. So mussten wir eben feste mit zupacken.

19. November 1941 – Wurden wir in unseren Mannschafts-LKW geladen und 120 Kilometer in der Kälte (-30 Grad) transportiert.

20. November 1941 – Wolowo erreicht. Hier rauchte noch der Bahnhof, es hat Bomben der Stuka gekostet, ohne Verluste den Bahnhof eingenommen. Hier gibt es kein Wasser, es musste der Schnee herhalten. Keine Verpflegung, da muss doch was nicht in Ordnung sein. Schon lange keine Post von zu Hause.

21. November 1941 – Im Güterschuppen machten wir unser Wohnlager zurecht. Es wurde sehr schön wohnlich gemacht. Winkler, Karl und ich unsere Geburtstagsfeier. Es war sehr mies, fast keine Verpflegung, kein Brot usw. Den Bahnhof sicherten wir bis 24.11.

23. November 1941 – Machten wir einen Angriff auf Potschinok.
1. Nahkampftag Potschinok *Keine Ausfälle von Toten.*

24. November 1941 – Die Wache beendet.“

Am 25. November 1941 dringen die deutschen Truppen noch einmal weit vor. Sie nähern sich der Stadt Kaschira, 100 Kilometer vor Moskau. Die Panzer Aufklärungs-Abteilung 88 nimmt bei großer Kälte und unter Schneeschauern die Stadt Skopin, 70 Kilometer ostwärts des Oberlaufes des Don. Es ist der östlichste Punkt, den das deutsche Heer 1941 erreichen wird. Einen Tag später wird die Einheit von einer feindlichen Division angegriffen und muss Skopin wieder aufgeben. Die russische Seite hat ihr rollendes Material rechtzeitig zurück geführt und setzt es nun perfekt ein. Sie nutzt das dichte Eisenbahnnetz im Raum südöstlich und östlich von Moskau für den An- und Abtransport ihrer Verbände. Während die Deutschen nach wie vor nur wenig Gebrauch von den Linien machen können, die in ihre Hände fallen. Die Schlacht vor Moskau, so urteilt später ein russischer General, verloren die Deutschen auch, weil sie die Eisenbahnen nicht sofort benutzen und einsetzen konnten. Sie verließen sich auf ihre motorisierten Verbände, denen Eis, Kälte und Schnee schwer zu schaffen machten. Die Führung weiß nicht, dass Stalin seine Reserven für einen großen Gegenschlag im Dezember sammelt.

„25. November 1941 – Munition, ein Maschinengewehr, Handgranaten empfangen. Mit unseren LKW 20 Kilometer vorgefahren. Nikolskoje – unsere Gruppe fuhr General Nehring, Quartier gemacht

26. November 1941 – 9:15 Uhr – Angriff Korowinka, 3 Tote, 5 Verwundete

27. November 1941 – In der vergangenen Nacht sicherten wir Filipowka – ***2. Nahkampftag Filipowka*** *– Es kam unsere Artillerie 4 Stunden, 1 Zug Spähtrupp, keine Verluste.*

28. November 1941 – Das Dorf vor Sidki ohne einen Schuss genommen. Der Iwan riss aus wie die Schafe. Wir waren nur 2 Kompanien und er 1 Bataillon.

29. November 1941 – ***3. Nahkampftag Sidki***
13:30 Uhr Großangriff, einige Schuss Artillerie und dann ging es mit Maschinengewehr und Hurra an die Sache. Hier hörte ich die ersten Schmerzschreie meiner Kameraden. Vor mir rauschte und pfiff es und knallte es. Ich kam mir vor, als wäre ich im Kino. Jetzt kamen 20-30 Russen vor meinem MG. Auf einmal schrie der Leutnant zu mir – ich soll schießen – denn es gab bei uns erst noch die Feuererlaubnis. Dann ratterte mein 34er das erste Mal auf den Feind.

30. November 1941 – 20 Kilometer bei Schnee, Nebel marschiert. Nichts gegessen. Moreweia

1. Dezember 1941 – Sicherung. Dieses Dorf geht eigentlich, es ist sauber, auch die Menschen sind nett.

2. Dezember 1941 – Es liegt und schneit immer noch mehr. Ortssicherung.

3. Dezember 1941 – Spähtrupp mit Artillerie Funk-Trupp, 2 SMG. 4 Gruppen. 40 Grad Kälte, man musste sich ständig gegenseitig anschauen, um (niemanden) das Gefrieren festzustellen bei den Gliedmaßen. Wie schnell war da die Nase oder die Backen weiß, Schnee war immer der Retter gewesen.“

Seit dem 29. November 1941 können nur noch 400 Gramm Brot täglich zugeteilt werden. Am 1. Dezember wird empfohlen, das Brotgetreide selbst auszumahlen, da kein Mehl mehr zugeteilt

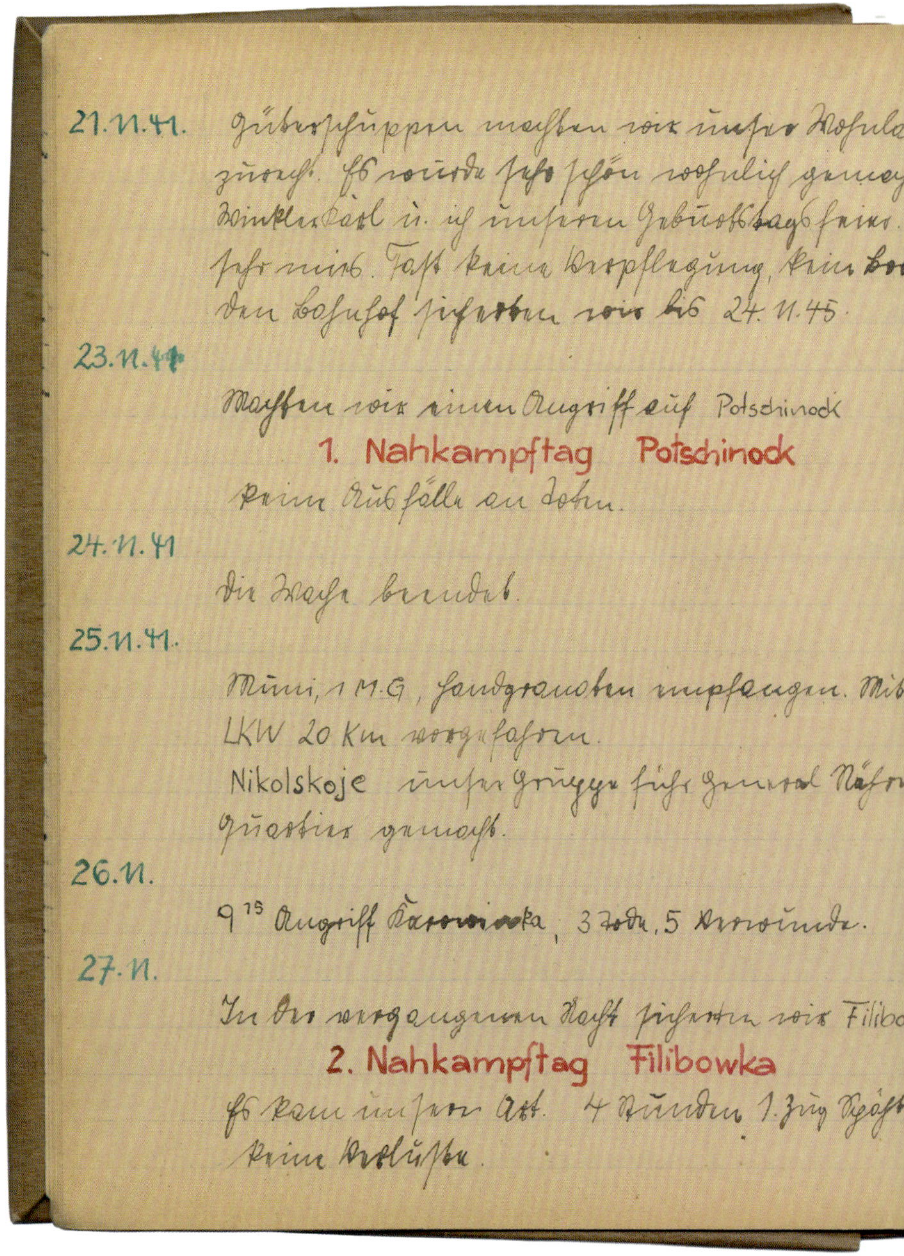

Nahkampftag bedeute, „das Weiße im Auge des Feindes“ zu sehen, Mann gegen Mann bis zur letzten Entscheidung

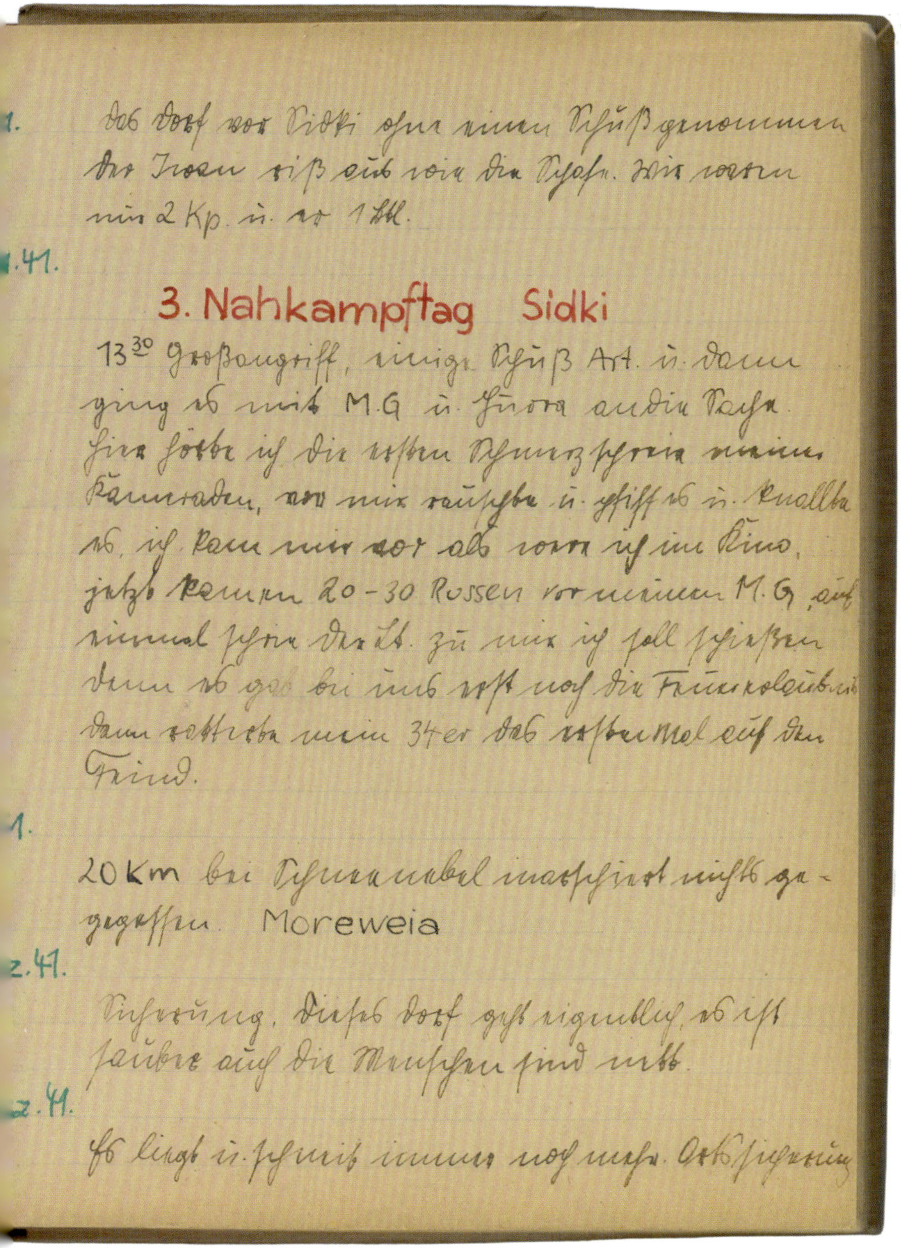

werden kann. Am 5. Dezember kann nur noch Brot ausgegeben werden. Der Nachschub ist zum Erliegen gekommen.

Vom 23. bis 29. November 1941 hatte die Division 30 Kranke bei blutigen Verlusten von 27 Gefallenen und 133 Verwundeten. In den folgenden zwei Wochen übersteigen die Krankmeldungen die blutigen Ausfälle. Im Bericht des Divisionsarztes sieht das so aus: *„30.11. - 6.12.41 gehäuft Erfrierungen ersten und zweiten Grades. 53 Kranke bei blutigen Verlustenen 12/19. In der Woche vom 7.12. - 13.12.41: 71 Kranke bei 14 Gefallenen und 36 Verwundeten."* Im Divisionsbefehl vom 8.12.41 steht: *„Ärztliche Hilfsmittel, die Erfrierungen verhindern, gibt es nicht. Es wird empfohlen, fetthaltige Salben zu verwenden. Aber bei sparsamster Anwendung, da Vorrat gering und kein Nachschub zu erwarten ist."* Frostschutzsalbe gibt es nur in »geringen Mengen«.

An den geschlossenen Einsatz von deutschen Panzerverbänden vor Moskau ist nicht mehr zu denken. Die Temperaturen liegen bei minus 30 Grad, teilweise noch darunter. In der Nacht vom 5. auf den 6. Dezember kommt der Befehl: *„Angriff einstellen!"* Die Schlacht um Moskau ist verloren. Nahezu zeitgleich beginnt die großangelegte Gegenoffensive, mit allein 34 für den Winterkampf bestens ausgerüsteten Divisionen aus Sibirien. Auf einer 1.000 Kilometer breiten Front stoßen die sowjetischen Truppen in den nächsten drei, vier Wochen bis zu 250 Kilometer nach Westen vorwärts. Die deutsche Front wird an unzähligen Stellen aufgerissen und durchbrochen. In den Reihen der 18. Panzer-Division sind noch 1.963 Soldaten und 43 Offiziere kampffähig. Im Vergleich noch einmal die Ausgangsdaten vom Juni des Jahres, als der Russland-Feldzug begann: 17.174 Soldaten und 401 Offiziere.

Die Einheiten haben am oberen Don südöstlich von Tula Winterstellung bezogen. Können Dörfer nicht gehalten werden, werden sie niedergebrannt, der Viehbestand verbraucht oder getötet, die männliche Bevölkerung verhaftet, Frauen und Kinder in den Schnee getrieben. Am 8. Dezember 1941 hat Hitler in einer Führerweisung an der gesamten Ostfront den Übergang zur Verteidigung befohlen. Einen Tag später gibt es auch für die Männer der 18. Panzer-Division einen neuen Feind – Hitler erklärt den Vereinigten Staaten von Amerika den Krieg. Hinzu kommen am 16. Dezember neue Richtlinien der Kampfführung, die Truppen haben nun mit „*fanatischem Widerstand*" in ihren Stellungen auszuhalten. Dahinter steckt ein Versäumnis der ganzen Wehrmacht. Ein Rückzug war in der deutschen Armee nie geübt worden. Gelehrt wurde den Soldaten das Angreifen oder bestenfalls das Halten. Dementsprechend verläuft nun auch der nicht geplante Rückzug. So heißt es in einem Bericht eines nördlich von Moskau eingesetzten Generals: „*…die Disziplin beginnt sich zu lockern. Es mehren sich die zu Fuß zurückgehenden Soldaten, die ohne Waffe, ein Kalb am Strick, einen Schlitten mit Kartoffeln hinter sich, ohne Führung nach Westen ziehen … kopflos geht es rückwärts.*"

„4. Dezember 1941 – Feldwebel Martin und 6 Mann wurden mit aufgespalteten Schädeln sowie ausgeplündert gefunden. Das können nur die Bolschewisten.

6.-8. Dezember 1941 – Als Kommandeurs-Wache bei Major Friedrich abgestellt.

9. Dezember 1941 – 4:30 Uhr schoss die russische Artillerie in unser Dorf. 8 Uhr wurden wir abgeholt und gingen einige Kilometer. 11 Uhr Tieffliegerangriff, 1 Toter.

10. Dezember 1941 – In dem neuen Ort haben die Bewohner alles liegen gelassen. Stellungsbau in 45 Grad Kälte. Spähtrupp mit Erfolg abgewiesen.

11. Dezember 1941 – Spähtrupp gut ausgeführt, keine Ausfälle. Es gab das erste Mal seit langer Zeit Verpflegung. Ein Löffel Marmelade, 30 g Butter

12. Dezember 1941 – Artillerie-Feuer in der Nacht, unsere erwidern es.

13. Dezember 1941 – Rückzug
14:30 das Dorf angebrannt, es begann das Fürchterlichste für uns, so kurz vor Moskau, nur noch ein paar Kilometer waren es

14. Dezember 1941 – Filipowka, 4:30, angesteckt, Glatteis, die Schnauze voll.

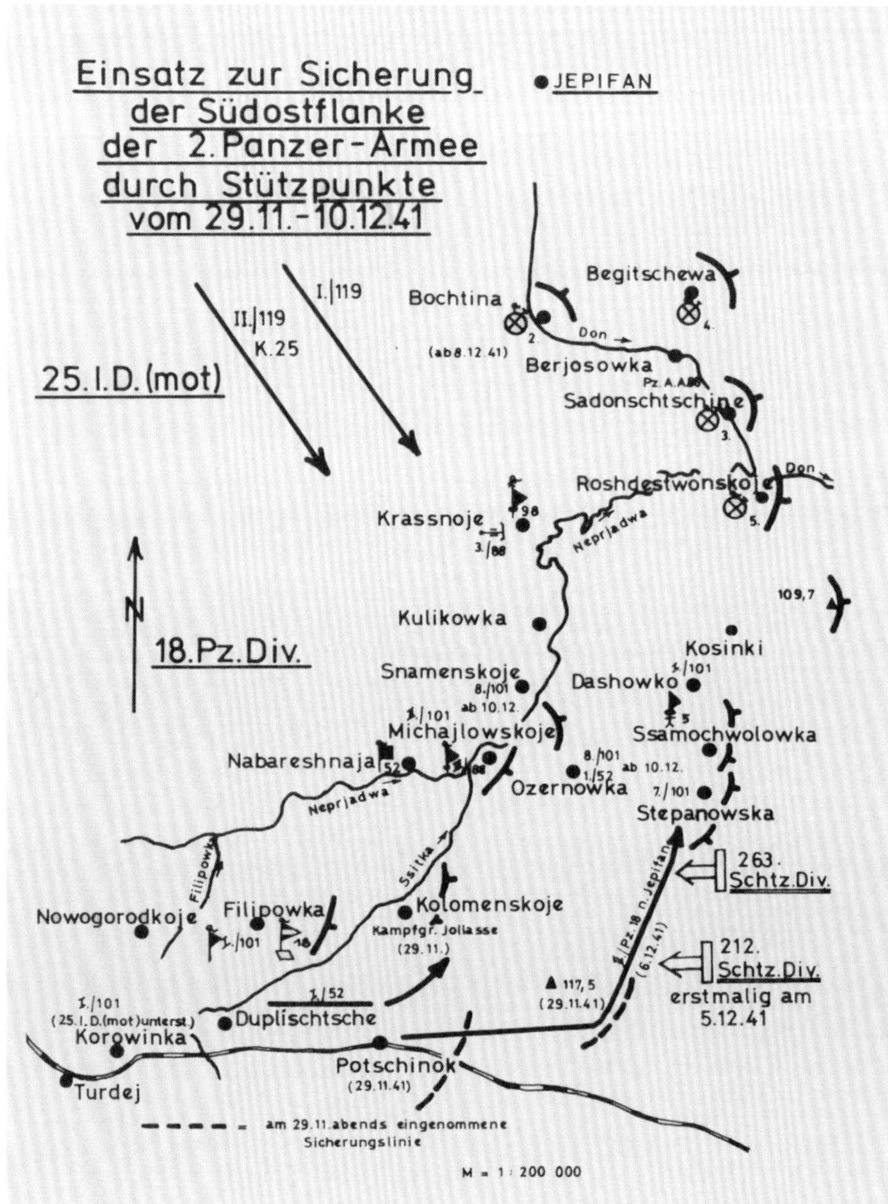

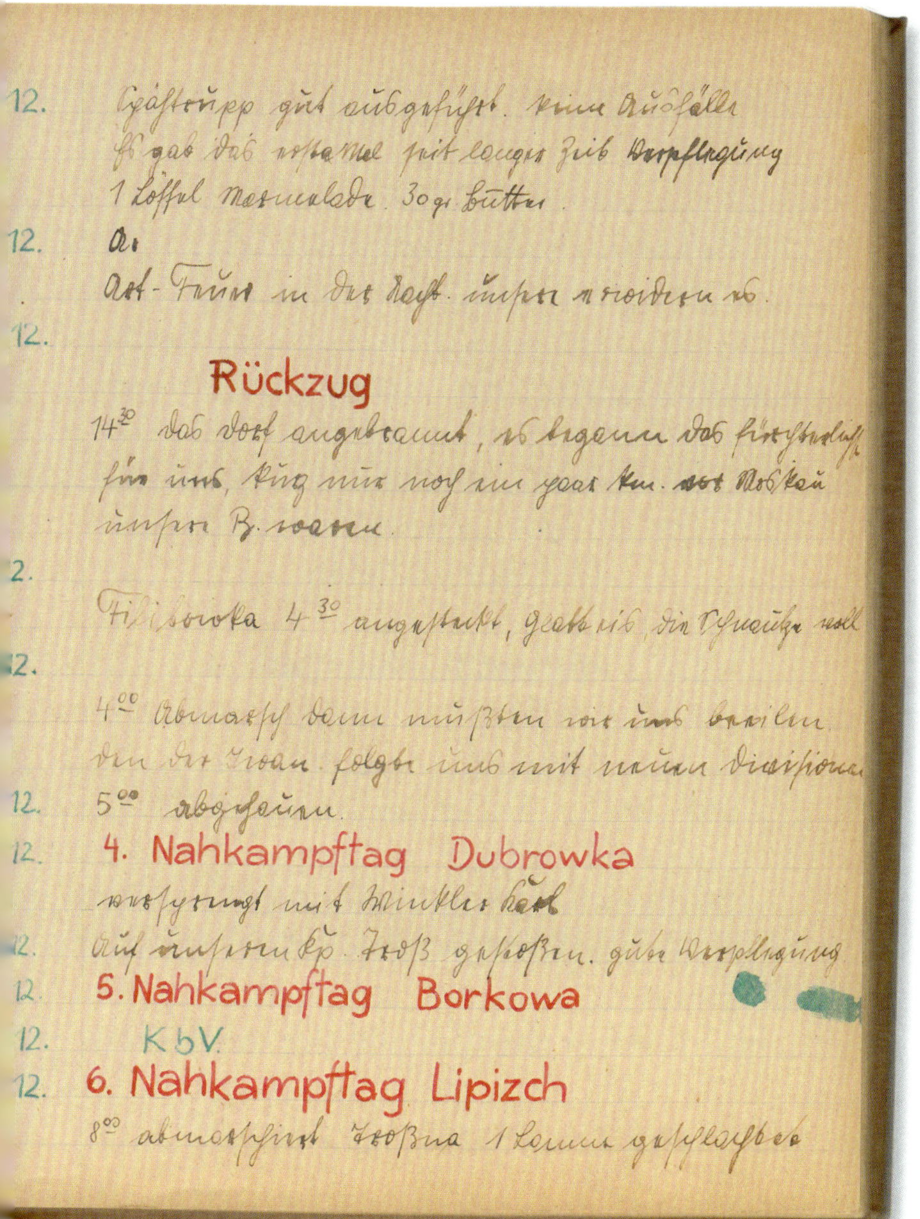

15. Dezember 1941 – 4:00 Abmarsch, dann mussten wir uns beeilen, denn der Iwan folgte uns mit neuen Divisionen

16. Dezember 1941 – 5:00 abgehauen

17. Dezember 1941 – **4. Nahkampftag Dubrowka**
versprengt mit Winkler, Karl

18. Dezember 1941 – Auf unseren Tross gestoßen, gute Verpflegung

19. Dezember 1941 – **5. Nahkampftag Borkowa**

20. Dezember 1941 – k.b.V. (keine besonderen Vorkommnisse)

21. Dezember 1941 – **6. Nahkampftag Lipizy**
8:00 abmarschiert, 1 Lamm geschlachtet

22. Dezember 1941 – 7 Panzer als Unterstützung, schwere Schießerei mit allen Waffen

23. Dezember 1941 – **7. Nahkampftag Potschinok**
Wieder bei meiner Gruppe. Angriff eines Regiments vernichtend abgeschlagen. Der Feind ließ viele Tote liegen.

24. Dezember 1941 – 0:30 Spähtrupp, die 1. Kompanie gesucht, 2x angesetzt, 6 Stunden verbracht im Niemandsland, zwischen den Russen herumgelaufen, früh 6:00 gefunden, das MG war sehr schwer und der Schnee – Heiliger Abend

25. Dezember 1941 – 1. Weihnachtsfeiertag
Feste marschiert. Unsere Kompanie 1 … oh, war das eine Weihnacht, keine Post, nichts zu Essen, kein Quartier und nichts zu trinken und dazu eine Hundekälte und eisig stechender Wind. Spähtrupp, um neuen Marschweg für das Bataillon zu finden, Feind drin.

26. Dezember 1941 – 2. Weihnachtsfeiertag
Früh 4:00 abmarschiert, die Naturhindernisse Schneewehen 4-5 Meter tief und 10 Meter lang. 11:00 das Dorf nach 10 km langen Marsch erreicht. 12 Uhr griff der Iwan an. Ein hartes Gefecht, er wurde vernichtet. Unteroffizier Wappler, Schatz und ich mussten einen Spähtrupp machen, um einen Ausweg aus dem Kessel zu finden. Schneesturm brachte uns in Verlegenheit. Kompass klappte nicht mehr und doch liefen wir ein Dorf an, was von unserer ersten

Kompanie besetzt war. Als wir den Ort verlassen wollten, wiesen uns zwei Matkas verkehrt ein und wir marschierten ins Ungewisse. Als es dunkelte, wurden wir von dem Dorf aus beschossen. Sofort musste ich zurück, um zu melden, dass es ein deutscher Spähtrupp sei. Ich schlich mich ins Dorf, bis ich auf Posten stieß und als ich ein Stoj (Halt) vernahm, wusste ich, dass ich beim Iwan bin. Sofort schoss man auf mich. Ich fiel um, und täuschte die Russen als sei ich getroffen. Die Zeit, die jetzt kam, werde ich wohl nie vergessen.

Zweiter Feiertag, Weihnachten
Ich betete zu Gott, um mir Kraft zu holen, machte meine Pistole 08 Schuss platt und entsicherte meine Einhandgranaten, sonst wären wir explodiert. Alles bereitete ich mir vor. Von weitem hörte ich meine Kameraden rufen. Nach langer Zeit trafen und kamen gelernte Russen auf mich zu. Die drei Posten vorneweg, scheinbar, um sicher zu gehen, wollten sie mir noch ein paar Gnadenschüsse bereiten. In demselben Moment, als sie in Kniestellung gingen, erfasste ich die Pistole und schoss auf sie. Ob ich sie getroffen habe, weiß ich nicht. Ich sah sie hinken, nutzten die Chance aus und riss aus. Es begann eine wilde Schießerei aus MP's, die aber alle zu hoch gingen. Nach zehn Stunden, wo ich des Öfteren erschreckt worden bin, traf ich bei einer fremden Einheit ein. Wie glücklich und froh ich war, kann sich nur einer vorstellen, der den Iwan greifbar nahe sah. Hier sieht man, dass es einen lieben Gott geben muss.

27. Dezember 1941 – Nach drei Stunden erfuhr ich, dass ein Kilometer von hier ein Unteroffizier schwer verwundet mit noch drei Mann eingetroffen sei. Ich ging nach dort, traf meine Kompanie und meinen Korporal mit Knieschuss und erfrorener Wunde vor. Wir fuhren dann bis zur Hauptkampflinie. Bis Mzensk und meldet mich bei der Division 1a, wo schon auf ein Zeichen von uns gewartet worden ist. Zu einem Assistenzarzt wurde ich geschickt, indem ich meinen Heimatarzt, Dr. Fiedler, erkannt habe. Unteroffizier Wappler kam ins Lazarett und wir gingen zu unserer Kompanie nach 16 Kilometer Fußmarsch.

28. Dezember 1941 – **8. Nahkampftag Lykowo**
Kaum zehn Stunden aus der Gefangenschaft entkommen, schon begann früh 6 Uhr der Iwan anzugreifen. Im Nahkampf wurden unter 18 Toten, 10 Gefangene abgeschmiert, und wir folgten dem sich

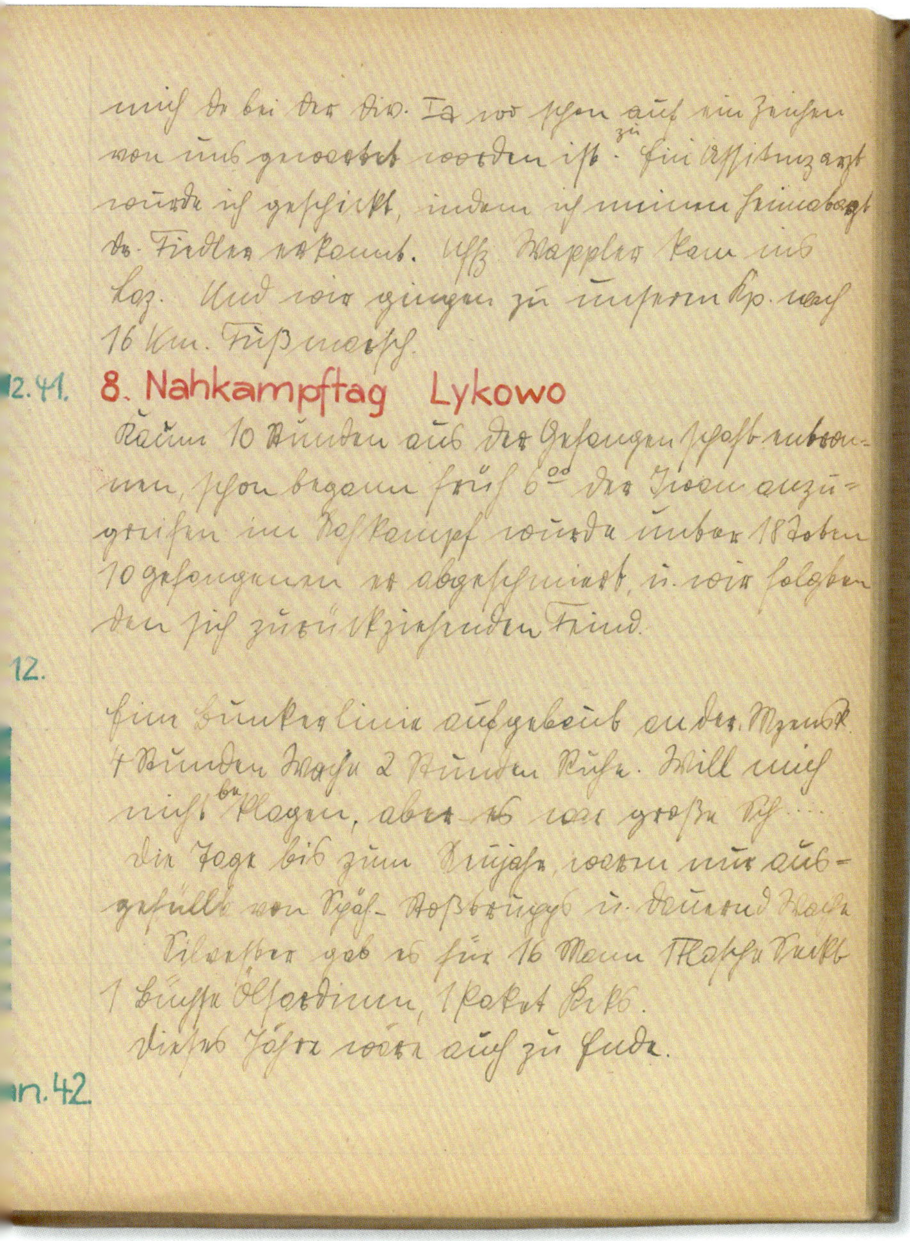

Winterstellung vor Moskau im Dezember 1941 – in der Heimat wird gespendet, warme Sachen für die Front

zurückziehenden Feind.

29. Dezember 1941 – Eine Bunkerlinie aufgebaut an der Mzensk, vier Stunde Wache, zwei Stunden Ruhe. Will mich nicht beklagen, es war große Scheiße. Die Tage bis zum Neujahr waren wir ausgefüllt von Späh- und Stoßtrupps und dauernd Wache.

31. Dezember 1941 – Silvester gab es für 16 Mann eine Flasche Sekt, eine Büchse Ölsardinen, ein Paket Kekse. Dieses Jahr wäre auch zu Ende.“

Nach dem Kriegstagebuch des Chefs des Generalstabes des Feldheeres, Generaloberst Franz Halder, hatte das gesamte Ostheer zwischen dem 22. Juni 1941 und dem 31. Dezember 1941 25,26 Prozent seines Personalbestandes eingebüßt. Die 18. Panzer-Division erlitt in der gleichen Zeit fast 39 Prozent blutige Verluste.

In Deutschland wendet sich am Silvestertag des Jahres 1941 Reichssportführer von Tschammer mit einem Aufruf an die Bevölkerung: „*Spendet Wintersachen! Das Heer braucht die Skier nicht zur Stählung des Körpers oder zum Erlebnis der winterlichen Natur, sondern zur unerbittlichen Verteidigung der Front.*“ Daraufhin werden Sammelstellen eingerichtet, wo schon bald tausende »Brettln« abgegeben werden. Dazu auch Woll-, Pelz- und Wintersachen, die in Nähstuben für den Frontgebrauch umgearbeitet werden. Jeder Spender erhält eine Urkunde, unterzeichnet sind die Vordrucke von Propagandaminister Goebbels, darüber steht: „*Im Namen des Führers danke ich …*“

Stalin erteilte der russischen 10. Armee der Westfront unmittelbar vor dem Jahreswechsel den Befehl, den wichtigen Eisenbahnknotenpunkt Suchinitschi zu besetzen und die Bahnlinie Wjasma/Brjansk als wichtigen Teil der Versorgung der deutschen Heeresgruppe Mitte abzuschneiden. Den Winterkrieg sieht die sowjetische Führung in erster Linie als Krieg um Unterkünfte und Bahnlinien. Hitlers Antwort lässt nicht lange auf sich warten. Sein Befehl ist eindeutig: Suchinitschi *„wie den Alkazar“* zu verteidigen.

„2. Januar 1942 – Diese Tage vergingen wie üblich Wache, Wache ist mein Leben. Es war sehr kalt, eiskalt. Einen Angriff des Iwan in Kompaniestärke abgewehrt.

4. Januar 1942 – Gegen Abend wurden wir abgelöst. Ruhe nach dem großen Winterzusammenbruch. MG Ausbildung und Unterricht. Appelle. Während dieser Zeit konnte man nicht wirklich ausruhen.“

Am Vormittag des 6. Januar ist der generelle »Haltebefehl« des Führers auf einer Kommandeursbesprechung Gegenstand der Betrachtung. Man richte sich für den Winter ein. Der Divisionsgefechtsstand wird auch zur Winterfestung ausgebaut. Dazu ist die Rede von einem »Himmelfahrtskommando«, das der 18. Panzer-Division bevorstünde: Die Befreiung der Eingeschlossenen von Suchinitschi bei einem Winterwetter, in dem eine deutsche Panzer-Division angriffsweise noch nie gekämpft hatte – aber, es ist ein Führerbefehl! So verlegt die Division ab 9. Januar erst nach Brjansk, anschließend nach Shisdra. Dieser Ort liegt gut auf der Hälfte des Weges nach Suchinitschi. All das geschieht bei leichtem Schneefall, starken Verwehungen, auf kaum befahrbaren Straßen und bei einer Mittagstemperatur von minus zehn Grad.

„12. Januar 1942 – Fertig gemacht zum Aufbruch nach Brjansk. Erwähnen möchte ich nur, dass von uns sehr viel verlangt worden ist. Nachts bei 40° Kälte, kein Quartier, mussten im Freien übernachten. Die Bahnfahrt dauerte 3 Tage. 45 Mann in einem Waggon. Schon 100 km bis nach Popkowo im Schnee marschiert.“

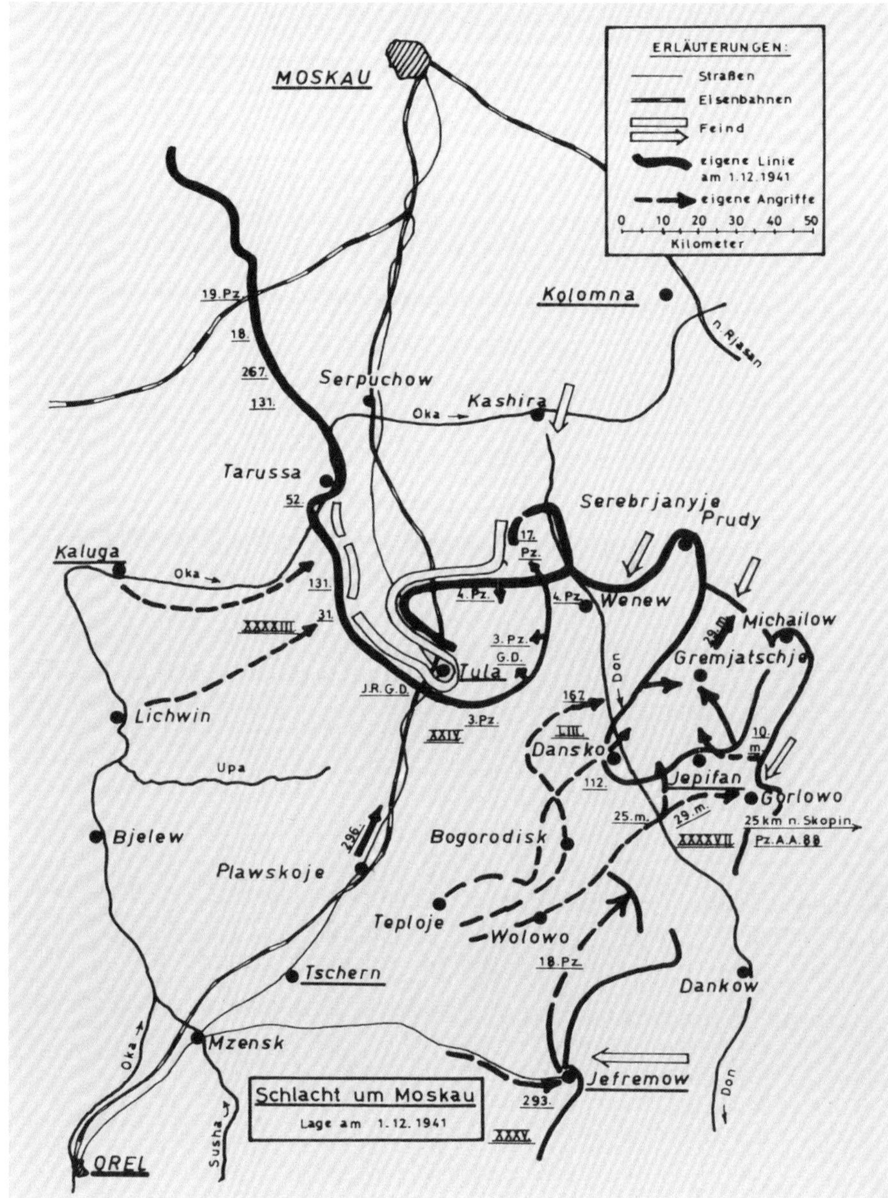

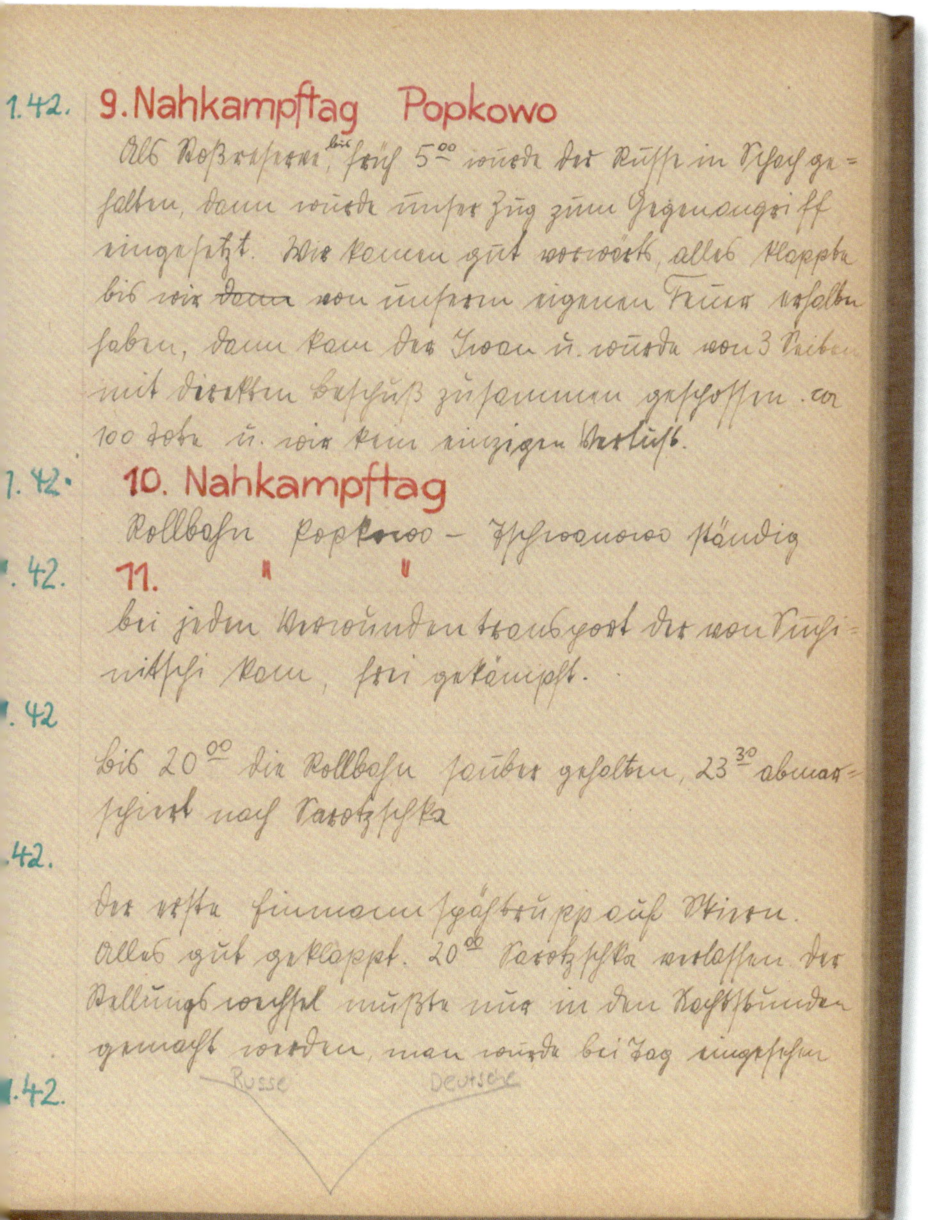

Auf dem Weg nach Norden liegen von Partisanen verlegte Minen. Doch die Minensuchtrupps kehren ergebnislos zurück, die Suchgeräte sprechen auf die Minen bei den vorhandenen Eisschichten nicht mehr an. Die Wege sind so stark verschneit und verweht, dass Kraftfahrzeuge kaum mehr durchkommen. Alle Wege nördlich von Shisdra sind ausschließlich mit Gleiskettenfahrzeugen zu befahren. Mittags um zwölf Uhr herrschen minus 22 Grad, um 20 Uhr minus 30 Grad. General Nehring wird später festhalten: *„Die Erschwerungen durch den harten Winter waren kaum vorstellbar, keine Winterausstattung, kein Winteröl für Waffen und Fahrzeuge, die Funkgeräte eingefroren, Schnee bis 80 Zentimeter… Der Nachschub ist besonders gefährdet, da wenig oder nur teilweise gesichert. So schiebt sich die 18. Panzer-Division langsam, aber unerschütterlich ihrem noch weit entfernten Ziel zu. Sie gleicht einer Raupe, deren Glieder sich strecken, aufschließen und sich wieder strecken. Der Marschweg ist zugleich Frontlinie.“*

Am Morgen des 21. Januar 1942 herrscht grimmige Kälte, minus 42 Grad werden gemessen. Kein Kraftfahrzeug springt an, blockierte Räder müssen mit Lötlampen aufgetaut werden. Mehrmalige Vorstöße des Feindes auf Krischewka werden mit blutigen Verlusten abgewiesen. Die Kälte von über minus 40 Grad während des ganzen Tages ist kaum zu ertragen. In der Nacht zum 23. Januar kommt es in Slobodka zum Gefecht. Am Morgen werden 182 gefallene Russen gezählt. Um 13 Uhr wird das in nordöstlicher Richtung liegende Popkowo eingenommen und am nächsten Tag ununterbrochen vom Feind angegriffen. Am Sonntagmorgen, 25. Januar 1942, greift die Rote Armee an. Mittags ist der Angriff abgeschlagen, der in den Ort eingedrungene Feind wird im Gegenstoß wieder zurückgeworfen. Die »Rollbahn« ist frei.

„24. Januar 1942 – Nach Sarotzschka und dort gleich auf Sicherung mit zwei MG gezogen. 2:00 Uhr ging ein netter Zauber los, wo man Weinen hätte können. Wir dachten, es wäre unser Tross, es stellte sich am Morgen heraus, dass es ein russischer Regiments-Tross war. Es gab viele Tote.

25. Januar 1942 – **9. Nahkampftag Popkowo**
Als Stoßreserve bis früh 5:00 Uhr wurde der Russe in Schach gehalten, dann wurde unser Zug zum Gegenangriff eingesetzt. Wir ka-

„27. Januar 1942 – **11. Nahkampftag**
Bei jedem Verwundetentransport, der von Suchinitschi kam, freigekämpft.“

„Erlass des Führers! Soldaten der Kämpfe um Suchinitschi! Die russische Einkreisung unserer Kameraden in Suchinitschi ist gesprengt. Unerschütterlich im Vertrauen auf die eigene Kraft, hat sich eine Gefechtsgruppe 19 Tage hartnäckig verteidigt... Diese Tat war für die Gesamtlage von größter Bedeutung.... Nun sind Einheiten der 2. Panzerarmee, insbesondere die 18. Panzer-Division und die 208. Division meinem Appell zum Entsatz der Besatzung von Suchinitschi gefolgt. Sie haben in bewundernswertem Vorwärtsdrang die Gruppe aus ihrer Einschließung befreit. Ich bin in dankbarer Anerkennung stolz auf Euch, Verteidiger und Angreifer von Suchinitschi! Eure Leistung wird in die Geschichte eingehen, als Beweis dafür, dass deutsche Soldaten auch im russischen Winter zu kämpfen wissen. 28.1.42 gez. Adolf Hitler.“

Frontlinie, Anfang 1942

men gut vorwärts, alles klappte, bis wir von unseren Eigenen Feuer erhalten haben. Dann kam der Ivan und wurde von drei Seiten mit direkten Beschuss zusammengeschossen, ca. 100 Tote und wir keinen einzigen Verlust.

26. Januar 1942 – **10. Nahkampftag**
Rollbahn Popkowo - Tschwonowo ständig“

Bisher sind 150 Schlitten zur Fortführung der Verwundeten in Suchinitschi eingetroffen. Die Kolonne muss wegen der Bedrohung aus dem feindbesetzten Pischtschalowo auf einem Umweg, abseits der Straße, eingeschleust werden. Nachts wird noch eine zweite Schlittenkolonne (350 Schlitten) mit Bedeckung nach Suchinitschi geschickt. Popkowo liegt unter Artillerie- und Granatfeuer. Dort trifft gegen 17 Uhr der erste Schlittentransport aus Suchinitschi ein. Schwerverwundete hat man in finnische Papiersäcke gesteckt und ganz in Heu verpackt, jeder Schwerverwundete hatte einen Schlitten. Sonst zwei liegende oder drei hockende Verwundete. So werden innerhalb von drei Tagen alle Lazarettinsassen aus Suchinitschi herausgebracht, keiner bleibt zurück. Es wurden 954 Verwundete befördert.

„28. Januar 1942 – Bis 20:00 die Rollbahn sauber gehalten, 23:30 abmarschiert nach Sarotzschka

29. Januar 1942 – Der erste Einmannspähtrupp auf Stirn, alles gut geklappt, 20:00 Sarotzschka verlassen. Der Stellungswechsel musste nur in den Nachtstunden gemacht werden, man wurde bei Tag eingesehen.“

In der Nacht wird Popkowo verlassen. Der Rückmarsch wird heftig gestört durch feindliches Feuer, das Verluste an Menschen, Pferden und Material kostet. Von der 18. Panzer-Division wird am Morgen ein Feindangriff auf Kuklino abgewiesen. Der Gegner beklagt 60 Tote und drei Gefangene.

Am 30. Januar 1942 verabschiedet sich Generalmajor Nehring mit seinem letzten Divisionstagesbefehl: *„Der Führer hat mich außer der Reihe zum Kommandierenden General des Afrikakorps bestimmt... Ich scheide mit Wehmut von Euch, Kämpfer von Suchinitschi, die ihr zurzeit den Gipfel Eurer Erfolge und Eures Ruhmes erklommen habt...“* Dieser Befehl ist durch die Kompanieführer zu verlesen, soweit es die örtlichen Verhältnisse gestatten, anderenfalls in den Unterkünften auszuhängen.

Notiz des Kommandeurs: „Die Kürzungen der Portionssätze ist beim Zustand der Truppe für längere Zeit nicht tragbar."

Mit der Versetzung General Nehring nach Nordafrika endet die eigentliche Bestimmung der 18. Panzer-Division, Sturmspitze des Heeres zu sein. Sie wird nun Stellungsdivision. Durch den Ruhm, fast ohne Panzer erfolgreich gewesen zu sein, wird sie in der Ausrüstung zunehmend benachteiligt und später auch in der Zuteilung von Ersatz. Nach dem Eingang der aktuellen Stärkemeldungen der Truppenteile zum 3. Februar 1942 kommt man im Divisions-Gefechtsstand zur Erkenntnis: Die 18. Panzer-Division verfügt nur noch über die Kampfkraft eines verstärkten Regiments in Friedenszeiten.

„31. Januar 1942 – Kuklino, dieser Ort wechselte dreimal den Besitzer, hier begann zum zweiten Mal der Ruhm des I./101 (1. Kompanie Schützen-Regiment 101)

Das Dorf lag am Hang, genau gegenüber am Hang 3 Dörfer, die der Russe besetzt hatte, links, rechts und hinter uns saß der Russe. Verpflegung musste geholt werden mit Stoßtrupp und später mit Panzer. Des öfteren kann nicht einmal Willi, unser Leutnant. Bataillon schrumpfte von 1.000 Mann auf 325 Mann zusammen. Die Gruppe 1:4. Da uns der Feind ständig bedrohte, musste alles in der Nacht 5 x 2 Stunden Wache schieben. Bei Morgengrauen Späh- und Stoßtrupp laufen. Später schoss er unsere Panjabuden zusammen. Frieren durfte man bei Tag nicht, wenn man auf Posten ging, man musste robben. Wasser gab es keins, der Brunnen wurde laufend mit SMG und PaK beschossen. Man musste sich eben mit Schnee behelfen. Der Russe griff bis zu 3 Regimentsstärken an und kam nicht weit herein, dann wurde er wieder geworfen."

Die Versorgungslage verschlechtert sich weiter. Am 29. und 31. Januar 1942 kann zur Verpflegungsausgabe weder Brot noch Fleisch verteilt werden. Am 8. Februar 1942 wird die warme Mittagskost auf ein Drittel der bisherigen Ration gekürzt. Der Kommandeur notiert: *„Eine Kompanie musste wegen gehäuften Auftreten von Fleckfieber aus der Front herausgezogen und abgesondert werden. Die Kürzungen der Portionssätze ist bei dem Zustand der Truppe für längere Zeit nicht tragbar. Eine völlige Entspannung für Auffrischung, Gesundheitszustand und Stimmung ist wünschenswert."*

In den ersten drei Monaten von 1942 meldet sich ein Drittel der Division, rund 5.000 Soldaten, krank. Der Kommandeur fordert seine Offiziere auf *„mit allem Nachdruck der zweifellos vorhan-*

DEUTSCHE ZEITUNG IM OSTLAND

Neuer Appell an das Ostland

Bringt weiter freiwillig Opfer für die Wintersachensammlung

Der Reichskommissar für das Ostland erlässt folgenden Aufruf an die Bevölkerung des Ostlandes zur freiwilligen Ablieferung von Bekleidungsstücken für die kämpfenden Truppen.

Männer und Frauen des Ostlandes!

Die Pelz- und Wollsachensammelaktion für die Wehrmacht war ein grosser Erfolg. Ihr habt durch Eure Opferfreudigkeit bewiesen, dass Ihr Euch mit den Deutschen Soldaten, die Hand in Hand mit Euren eigenen Brüdern gegen den Bolschewismus kämpfen, eng verbunden fühlt. Im Namen der Deutschen Soldaten danke ich Euch!

Ich bin aber auch davon überzeugt, dass Ihr, wenn es nötig ist, bereit seid, weitere Opfer freiwillig zu bringen. Deswegen bitte ich Euch, schaut nochmals in Eure Schränke, ob sich dort nicht noch etwas für unsere Soldaten findet. Gebt es, auch wenn Ihr glaubt, es schwer entbehren zu können. Ihr opfert damit nicht nur für die tapferen Kämpfer an der Front, sondern Ihr stärkt damit gleichzeitig auch den Wall, der Eure eigene Heimat gegen den Bolschewismus schützt.

Die in vorderster Front kämpfenden Soldaten benötigen dringend, da der Verbrauch an Kleidung bei den Kämpfen in Schnee und Eis sehr gross ist, ausser den bereits gesammelten Sachen vor allen Dingen noch Pelzjacken, warme Westen, Pelzhosen (auch wattierte), Pelz- und Wintermützen, sowie vor allem warme Stiefel aus Pelz und Filz.

Gebt darum die Bekleidungsstücke möglichst sofort, spätestens jedoch bis zum 8. Februar 1942, in den von den Gebietskommissaren oder örtlichen Gemeindeverwaltungen bezeichneten Sammelstellen ab. Deutsche Soldaten werden dort die Sachen zum sofortigen Abtransport an die Front entgegennehmen. Die Annahme erfolgt gegen angemessene Bezahlung, bei Verzicht wird der Gegenwert den einheimischen Wohltätigkeits-Einrichtungen überwiesen.

Zeigt durch erneute Opferbereitschaft, dass Ihr mit unseren Soldaten einig seid im Kampf gegen unseren gemeinsamen Feind, den Bolschewismus. Unsere Soldaten werden es Euch durch den Einsatz ihres Lebens zu danken wissen.

Der Reichskommissar für das Ostland

Die Ostlandzeitung erscheint täglich und informiert auch die Soldaten an der deutsch-sowjetischen Front

denen Müdigkeit und Gleichgültigkeit unserer Leute entgegenzuwirken." In den ersten drei Monaten von 1942 verliert die 18. Panzer-Division 6.667 Soldaten und 120 Offiziere – oft auf Grund von Krankheiten und Erfrierungen.

Erst am 10. Februar 1942 treffen die Schneehemden ein: 2.300 Stück. Auch aus der Wintersachen-Aktion kommen erst an diesem Tag die ersten Pelze aus der Heimat bei der Division an.

Auffallend ist die Härte der russischen Truppenteile der 11. Garde-Division im Abschnitt Kuklino - Popkowo - Petschenkino. Sie lassen sich im Kampf bis zum letzten Mann abschießen, um nicht in Gefangenschaft zu geraten. Auf deutscher Seite wird durch den Ausbau von Waldstellungen eine weitgehende Dezentralisierung angestrebt. Zumal die Ortschaften Hauptangriffsziele der feindlichen Artillerie darstellen. Dort gab es aber wenigstens ein Dach über dem Kopf und Wärme. Keiner ging gern hinaus in den Schnee, der Krankheit und Tod bedeutet.

„18.2.1942 – Mein MG Schütze 2 fiel, Herbert Goliberzug. Die Weihnachtspost trudelte ein. Bunker und Stützpunkt, Hemdenknopf.
12. Nahkampftag Kuklino
Winkler, Karl schwer verwundet. Linder, Walther gefallen."

Der strenge Winter scheint etwas nachzulassen. Am 25. Februar 1942 gibt es das erste Tauwetter seit den Herbsttagen mit Mittagstemperaturen von plus fünf Grad. Deshalb wird befohlen, aus der Gepäckkompanie Fahrzeuge mit Mannschaftsgepäck heranzuziehen, um den Männern die Gelegenheit zum ersten Wäschetausch seit Anfang Januar zu geben. Die Fleckfiebererkrankungen nehmen zu. Am 28. Februar 1942 hat die Division 77 Fleckfieberkranke. Die Sterblichkeit beträgt nach den Aufzeichnungen des Divisionsarztes fünf Prozent. Ab 1. März 1942 rechnet man in der Division mit einem russischen Großangriff.

Orientierungsknotenpunkt in Rshew im Januar 1942

„3. März 1942 – Leutnant Windisch, Wilkau-Haßlau gefallen. Meine Zeit als MG-Schütze hat sich wahrscheinlich ein für alle Mal erledigt. Erkennungsmarke verloren.

4. März 1942 – Wurde ich vom Bataillons-Adjutant als Fernsprecher und Wilke versetzt. Hier wurde man erst als Neuling behandelt. Wache und lauter schlechte Arbeit verrichteten wir.

5. bis 13. März 1942 – Verlegten nach Plotzkoje. Dort hatten wir ein schönes Quartier, sauber. Das erste Mal eine Sauna kennengelernt. Demzufolge auch ein Bad genommen. Man ist anschließend sehr müde. Natürlich rettet uns ein gutes Essen. Es wurde Unterricht gemacht, mit Funkern. Lang, Roland, Grimmke, Reinhard waren mit anwesend.

13. März 1942 – Ging es weg zum Forsthaus. Von da an zum Funklehrgang zum Regiment und nachts stand man Stunde um Stunde auf Posten. Lindner, Walther, Leutnant Windisch, Wilkau-Haßlau beerdigt.

22. März 1942 – Kurs abgebrochen. Es ging wieder nach Kuklino. Der Grund war folgender: Die Front soll zurückgenommen werden, da sämtliche Verwundete von Suchinitschi heraus sind.

24. März 1942 – Sämtliche Munition der schweren Waffen wurde verschossen. Gegen Abend wurde das Kabel abgebaut und fertig gemacht zum Absetzen.

26. März 1942 – In der Nacht durchmarschiert. Es ging planmäßig.

27. März 1942 – Plotzkoje – Quartier und dann gegen Abend ging der Marsch weiter. Die Bevölkerung schloss sich uns an.

28. März 1942 – Buda – Hier stand genug Urin von uns. Leitungsnetz abgebaut. Allgemeines Lausen setzte ein. Abschüsse bis zu 400 am Tag waren keine Leistung. Die Böden waren ja total verdreckt, Schweinerei, die man nur im Paradies finden kann. Uns besuchte die Spähmaschine, warf Bomben und traf drei Häuser und ein Munitionslager, sah nett aus. Auch diese Tage vergingen und der Winde drehte uns nach Akimowka. Leitung abgebaut.“

Die Gesamtverluste der Division betragen seit Beginn des Überfalls am 22. Juni 1941 bis zu diesem 31. März 1942 insgesamt 14.094 Mann, das war in etwa die Ausrückstärke der Division. Von den Kraftfahrzeugen, die im Sommer 1941 mit über den Bug gegangen waren, sind noch 24 Prozent vorhanden, einsatzfähig aber nur noch zwölf Prozent.

Die Zahl der Fleckfieberfälle ist auf 182 (davon 16 Todesfälle) gestiegen. Entlausungsmaßnahmen mussten wegen der Lage abgebrochen werden. Der neue Kommandeur fasst Ende März 1942 zusammen: *„Die Stimmung in der Truppe ist gut. Dank der vorbildlichen Haltung, vor allem der Offiziere, ist die Truppe fest in der Hand ihrer Führer…“* Zugleich muss Generalmajor von Thüngen einräumen, dass der Kampfwert infolge dauernder Ausfälle und ununterbrochener Beanspruchung gesunken ist und kommt zum Urteil: *„Die Division ist nur bedingt einsatzfähig.“*

„2. April 1942 – 18 Uhr – in Akimowka eingetroffen. Das war ein Gelatsche, Schneematsch, sind bald auf den Dreck mit dem Schlitten gefahren. Bis 24 Uhr Leitungsnetz aufgebaut.

3. April 1942 – Karfreitag
Ein Pfundsessen, Nudeln mit Gulasch, sonst keinen Dienst.

4. April 1942 – Dienst, Saunabad, ein Päckchen und 180 Reichsmark abgeschickt.“

Der normale Verpflegungssatz, den das Deutsche Reich seinen Soldaten gewährt, beträgt 2,10 Reichsmark pro Tag. Hinzu kommen Zuschläge für den Einsatz im Osten, sie liegen pro Kopf zwischen 2,90 und 7,90 Reichsmark. In diesem Zusammenhang muss noch ein Befehl aus dem Führerhauptquartier erwähnt werden, der im fernen Schützengraben als mindestens »frontfremd« beurteilt wird: *„Die Einheitsführer haben belehrend hinzuweisen, dass der Krieg im Osten nicht zuletzt zur Sicherung der Ernährung für die Heimat und die übrigen besetzten Gebiete geführt wird.“*

„5. April 1942 – Erster Osterfeiertag
Marketender-Ware, eine Tafel Schokolade, drei Mann eine Flasche Cherry Brandy. Es gab pro Kopf zwei Stück Kuchen, Mittagessen – Kalbsbraten, Rotkraut und Pudding. Bis abends spät gefeiert.

März 1942 – nach Vormarsch und Rückzug bleibt meist nur Schutt und Asche

6. April 1942 – Zweiter Osterfeiertag
Dieser Tag war auch dienstfrei und wieder gab es ein Essen und Pudding. Man munkelt von einem neuen Einsatz.“

Zum Ostermontag 1942 belaufen sich die Gesamtverluste des deutschen Heeres an der Ostfront seit Beginn des Überfalls am 22. Juni 1941, ohne Kranke, auf insgesamt 1.107.830 Mann. Das sind 34,61 Prozent der ursprünglichen Truppenstärke von 3,2 Millionen Mann. Für die 18. Panzer-Division dauert die erste Ruhe hinter der Front nur wenige Tage. Ohne Auffrischung der Kräfte, wie noch im August 1941 bei Smolensk, ist sie lediglich noch zur Abwehr geeignet. In der Begründung heißt es: *„Zur Durchführung größerer Bewegungen infolge Mangel an Kraftfahrzeugen, Pferden und Räderfahrzeugen nicht befähigt. Einsatzfähigkeit daher sehr bedingt. Auch fehlen die Erfahrungen für den Stellungskrieg und müssen erst noch gesammelt werden. Fakt ist, die Zeiten des Vormarsches und der beweglichen Kampfführung sind für nicht abzusehende Zeit vorbei.“*

Deutsche Kradmelder an der Ostfront

„7. April 1942 – Saprudnoje – Mit als Vorkommandant nach Saprudnoje – dieses Dorf ist durch Feuerüberfälle der Stalinorgel vollkommen zerstört (Stalinorgel – siehe Foto). Nach Ankunft das Leitungsnetz aufgebaut. 16 Stunden, eine Leitung gebaut, es war zum Kotzen. Ständig Störungen, Matschwasser

8. April 1942 – Leitung verlegt und geflutet.

9. April 1942 – Großes Tauwetter setzt ein. Sonst k.b.V. Das Quartier sonst nicht schlecht, aber Tochter mit Kind.

10. April 1942 – Früh gegen 2 Uhr musste ich aufstehen. Ein Floh machte mich fertig, dann ging ich als Störungssucher zur Festung. Ein russischer Spähtrupp war durchgebrochen und das Kabel zerschnitten.

11. April 1942 – Stangen zurechtgemacht für den Leitungshochbau.

12. April 1942 – Dasselbe Lied. Im Wasser gestanden, alles nass.

13. April 1942 – Weiter gearbeitet. Es gab Gummistiefel. Leitung halbhoch gelegt.

Die Stalinorgel gilt in der Sowjetunion als »Stalins Wunderwaffe«

14. April 1942 – Es geht uns gut. Darum muss Dienst gemacht werden.

15. April 1942 – Auf der Festung – Vermittlungsdienst, einige Schuss Artillerie, die Nacht war sehr unruhig.

16. April 1942 – Fasten für sechs Tage Verpflegung. Latrine gebaut, schönes Wetter. Vermittlungsdienst

17. April 1942 – Schönes Wetter, k.b.V.“

Das Tauwetter ist rasch in schöne Frühlingstage übergegangen. Mit Beginn der Tauwetterperiode kommen die Kampfhandlungen in Russland weitgehend zum Erliegen. Straßen und Wege sind – wie schon im Herbst 1941 – dauerhaft unpassierbar. Der deutsche Nachschub bricht fast völlig zusammen.

„18. April 1942 – Ruhig verlebt, Vermittlung. Abends kochen…

19. April 1942 – Laut Koch drei Treffer auf unseren Bunker. Gutes Essen, kalter Bunker.

20. April 1942 – Führer geboren, k.b.V.

21. April 1942 – Schönes Wetter

22. April 1942 – Gab es Post und Verpflegung

23. April 1942 – Stützpunkt

24. April 1942 – Sauna gewesen, aufgeräumt

25. April 1942 – Regentag

26. April 1942 – Stützpunkt

27. April 1942 – Ca. 15 Schuss, 12,2 cm Granatwerfer

28. April 1942 – Störung beseitigt, Haare geschnitten, Abendkost eine Tafel Schokolade

29. April 1942 – Hat es geschneit, Leitung hochgelegt, das Essen ist sehr schlecht, dürre Gemüse

30. April 1942 – 4-8 Uhr: Vermittlung gehabt, Gewehr gereinigt, 20 Läuse gefunden

1. Mai 1942 – Feiertag, gutes Essen"

Feiertag an der Front heißt gutes Essen und Feldpost

Auszug aus dem Tagebuch des Kommandeurs vom 1. Mai 1942: „Interessant war die Frage der Überläufer, ob der Genosse XY auch schon da wäre. Wenn nicht, wäre er in den nächsten Tagen bestimmt zu erwarten."

„2. Mai 1942 – 18 Uhr zum Stützpunkt, Festung, Dies dauert ständig 24 h, da hat man dafür zu sorgen, dass die Verbindung klappt.

3. Mai 1942 – Vom Stützpunkt 19 Uhr zurück. K.b.V.

4. Mai 1942 – Verpflegung, Schnaps, Bude total verwanzt

5. Mai 1942 – Bude ausgeräuchert, dann mit Zeitungen beklebt

6. Mai 1942 – Es schneit und hat gefroren.

7. Mai 1942 – Stützpunkt

8. Mai 1942 – Ratschbumm, Granaten- und Infanteriefeuer (Ratschbumm – Wehrmachtsjargon für sowjetische 76-mm-Divisionskanone M1942)

9. Mai 1942 – Marketender-Ware

10. Mai 1942 – Schossen unsere Nebelwerfer

11. Mai 1942 – Leitung zum Grenzbusch hoch gebaut

12. Mai 1942 – K.b.V., schönes Wetter

13. Mai 1942 – Stützpunkt, russischer Spähtrupp abgeschlagen

14. Mai 1942 – Himmelfahrt, Feldgottesdienst

15. Mai 1942 – Dorfhälfte abgebrannt durch russische Artillerie

16. Mai 1942 – Verpflegung, Apfelmus. Unsere Laube angefangen

17. Mai 1942 – Rasen gelegt, den Rücken dabei bescheinen lassen

Ausgabe der Marketender-Ware und der Feldpost

18. Mai 1942 – Schoss erstmalig russische Artillerie in Dorfstraßennähe, sehr viele Blindgänger

19. Mai 1942 – Ein wunderbares Wetter. An unserem Garten schwer gearbeitet. Da wir uns selbst ernähren sollen, müssen sämtliche Einheiten anbauen.

20. Mai 1942 – 18 Uhr ging ich zur Festung, wurde Gefreiter.

21. Mai 1942 – Eine wilde Schießerei der Artillerie.

22. Mai 1942 – Am Gemüsegarten gearbeitet. 16 Uhr ca. 25 Einschläge, zwei Verwundete, Saunabad gemacht.

24. Mai 1942 – Pfingsten
Regenwetter und wir hatten alles so nett gemacht.“

Walter Fritzsch sieht in erster Linie seine Pflichterfüllung an der Front. Für Heimweh ist wenig Raum, seine Gedanken müssen dafür auch einen ziemlich großen Bogen schlagen. Wie wird das Pfingstwetter gerade in Planitz sein, was machen die Lieben daheim, was die Fußball-Kameraden vom PSC? Sporadische Kontakte existieren ausschließlich über die Feldpost, da ist Geduld gefragt. Anfang des Jahres war der Feldpostmeister überhaupt nicht mehr erschienen. Transportschwierigkeiten, hieß es. Wochen später landen die reichlich verspäteten Briefe noch in den richtigen Händen. Walter Fritzsch erfährt, dass sein Planitzer SC am Jahresende ein Freundschaftsspiel beim DSC in Dresden mit 3:1 gewonnen hat, eine kleine Sensation. War das nur ein schöner Moment oder kommt es etwa auch in der Sachsenmeisterschaft endlich zur lang erhofften Ablösung?

Tatsächlich schaffen es seine Planitzer Kameraden. Drei Spieltage vor Saisonende schlagen sie den großen Favoriten und Titelverteidiger vor 8.000 Zuschauern auf der heimischen Südkampfbahn mit 3:0 und übernehmen mit einem Punkt Vorsprung die Tabellenführung. Dabei wird nach dem 2:0 für Planitz Dresdens Mittelstürmer Fritz Machate wegen Schiedsrichterbeleidigung des Feldes verwiesen. Beflügelt vom Sieg über den Dresdner SC lassen die Planitzer auch in den verbleibenden beiden Punktspielen nichts anbrennen. Dem 2:1-Erfolg bei Guts Muts Dresden folgt beim VfB Leipzig ein klares 5:1 – das ist der Titel für den PSC: Sachsenmeister 1942! Stolz und glücklich schleppen die Spieler den riesigen Meisterkranz vom Feld. All das geschieht auch noch zum großen Jubiläum »30 Jahre Planitzer SC«. Die anstehenden Feierlichkeiten werden sogar vom Sportfunk übertragen.

Knapp 2.000 Kilometer entfernt ahnt Walter Fritzsch nicht im Traum, was seine – nun ja ehemaligen Mitspieler – in der Zwischenzeit geleistet haben. Wie die anderen 24 Gaumeister sind sie nun mit ihrem Triumph für die »Großdeutsche Meisterschaft 1942« qualifiziert und müssen zunächst gegen den LSV »Boelcke« Krakau antreten. Dieser Verein, erst 1940 gegründet und nach dem einstigen Jagdflieger Oswald Boelcke benannt, setzt vorwiegend auf Spieler, die ihren Dienst in der Luftwaffe versehen. Der PSC, angetrieben von 10.000 Zuschauern, siegt mit 5:2 und steht damit im Achtelfinale, dass am Pfingstsonntag 1942 ausgetragen wird. Erneut haben die Planitzer Heimrecht, doch bei regnerischem und kühlen Wetter sind diesmal »nur« 8.000 Besucher erschienen. Sie erleben gegen die SpVgg Breslau 1902 (Gaumeister Niederschlesien) einen schwer erkämpften 2:1-Erfolg. Fritz »Spitzer« Müller macht mit seinem Tor in der Verlängerung alles klar. Damit geht es im Viertelfinale nach Wien, beim FC Vienna (Gaumeister Ostmark) um den Einzug unter die besten vier Mannschaften.

„25. Mai 1942 – Bäume für Bunker geschlagen. Sehr eingeseift worden.

26. Mai 1942 – 18 Uhr Stützpunkt, Festung.

27. Mai 1942 – Stützpunkt, Post – 3 Päckchen

28. Mai 1942 – Am Vormittag mein Flieger-MG schussbereit gemacht. Nudeln und Rindfleisch, Haare schneiden lassen. Beschuss durch feindliche Artillerie. Zwei schwer Verwundete, einen leichten. 20 Gefallene?

30. Mai 1942 – Stützpunkt

31. Mai 1942 – Erstmalig Frontkino. 6 Kilometer am Sonntag marschiert. Kodak – der Titel: Es geschah in einer Nacht“

Ab 1. Juni etwa – ein schöner, warmer Sommertag – sind Straßen und Wege wieder für alle Kraftfahrzeuge befahrbar. Die Division weicht auf eine neue Waldstellung aus, die sie während des Sommers halten soll.

„1. Juni 1942 – Rege Fliegertätigkeit; schoss schon mit MG, Appell

2. Juni 1942 – Dasselbe, Stützpunkt

3. Juni 1942 – Stützpunkt

4. Juni 1942 – K.b.V.

5. Juni 1942 – Im Zelt geschlafen, nachts Fliegerangriff

6. Juni 1942 – Stützpunkt

7. Juni 1942 – Großes Regenwetter, Wasser im Bunker“

Das Prater-Stadion in Wien erlebt an diesem 7. Juni 1942 mit stimmgewaltigen 25.000 Zuschauern eine Kulisse, die für die meisten Planitzer Spieler etwas Außergewöhnliches darstellt. Es ist der bislang größte Erfolg in der nun gut 30-jährigen Vereinsgeschichte, das Viertelfinale um die »Großdeutsche Meisterschaft«. Kaum einer bemerkt, dass ein Spieler fehlt. Der 1940 als Nachwuchshoffnung geltende Walter Fritzsch ist längst aus dem unmittelbaren Blickfeld der Mannschaft und ihrer Anhänger verschwunden. Viele wissen gar nicht, ob der »kleine Fritzsch«, seit September des Vorjahres an der Ostfont, überhaupt noch lebt.

Die Westsachsen gelten vor dem Anstoß als Außenseiter, viele der Akteure sind zudem direkt von der Nachtschicht in den Werken der »AUTO-UNION« oder im RAW Zwickau kommend in den Zug gestiegen. So gesehen ist der torlose Spielstand zur Pause als Zwischenerfolg für die Westsachsen zu werten. Kurz nach der Halbzeit heißt es plötzlich 0:2 für Planitz, doch die Sensation bleibt aus. Vielleicht fehlen ein paar Körner, vielleicht ist der Gegner durch den Heimvorteil beflügelt. Vienna Wien dreht

An der Ostfront – Feldschreibstelle und ein Zelt als Schlafstelle

die Begegnung und verlässt als glücklicher 3:2-Sieger den Platz. Wochen später erreicht der Meister der Ostmark sogar das Endspiel um die Deutsche Meisterschaft, was die Leistung der Planitzer im Nachhinein alles andere als schmälert.

„8. Juni 1942 – K.b.V.

9. Juni 1942 – Wache beim Kommandanten, General von Thüngen

10. Juni 1942 – Grenzbusch, zwei Leitungen gelegt

11. Juni 1942 – Marketender-Ware

12. Juni 1942 – Verpflegung – Rotwein, die Don-Kosaken sangen

13. Juni 1942 – Ein Einschlag in unsere Scheune, nichts passiert. 3 … wurden schwer von uns beschossen.

14. Juni 1942 – Ab 21 Uhr Leitungsgraben angefangen zu bauen. Diese Arbeit wird sich in die Länge ziehen. Russischer Spähtrupp in Festung eingedrungen. Zwei Verluste.“

Ab Mitte Juni 1942 werden ständige Verstärkungen auf russischer Seite bemerkt. Offen bleibt zunächst, ob der Gegner nur ablöst oder sich auf einen Angriff vorbereitet. In der zweiten Junihälfte kommt es zu regelmäßigen Angriffen der Waldstellung mit Artillerieunterstützung.

„15. Juni 1942 – 21 Uhr bis 2 Uhr Leitungsgraben

16./17. Juni 1942 – Dasselbe

18. Juni 1942 – Erstmalig wieder Führungskurs; gegen 22 Uhr eine Leitung unter Beschuss gezogen.

19. Juni 1942 – Vermittlungsdienst, nachts …

20. Juni 1942 – 19 Uhr griff der Feind mit schweren Waffen auf der Wasserkuppe an. Alle Leitungen gestört. 23 Uhr begann der ganze Abschnitt sich zu bewegen. Der Gegner wurde abgeschmiert, hatten unverschämt viele Tote liegen lassen müssen. Einen Toten, zwei Verwundete, 2 Uhr trat Ruhe ein.

21. Juni 1942 – Das Drama geht weiter. Störungen am laufenden Band. Die Vermittlung in den Kartoffelkeller gelegt. Gegen Abend hatte sich der Laden beruhigt.

22. Juni 1942 – K.b.V.

23. Juni 1942 – 5 Uhr russische Spähtrupps bei Wasserkuppe abgeschmiert.

24. Juni 1942 – War ich auf der Festung. Ebenso am 25. Juni 1942

26. Juni 1942 – Vermittlung, Luftkampf. Die erste Zeitung erhalten. Schöne Musik im Filmgerät.

27. Juni 1942 – Vermittlung

28. Juni 1942 – Leitungen gebaut – Grund: Es soll ein Großangriff von den Russen steigen.

29. Juni 1942 – 15 Uhr Abmarsch nach Tschernibotok Führungskurs"

Meldung der 1. Kompanie/101. Infanterie-Regiment, nachdem von russischer Seite ein Überläufer eingetroffen ist: *„Die Vernehmung ergibt, dass der Feind in der Nacht einen Angriff mit drei Bataillonen im mittleren Abschnitt plant. Bei Vernehmung des vor vier Tagen gefangenen deutschen Unteroffiziers sollen die Russen Schwächen der Stellung erfahren haben."*

„30. Juni 1942 – 5 Uhr aufgestanden, die Flöhe bissen uns mächtig.

1. Juli 1942 – 7 Uhr antreten, 8:15-11 Uhr Quartier gewiesen, gutes Essen, Kinobesuch – der Film: Hallo Janine; im Zelt geschlafen

2. bis 5. Juli 1942 – Unterricht, hören Schüsse; am 5.7. Pudding und Schweinefleisch
***Panzerkampfabzeichen**"*

Am 4. Juli 1942 haben sich die Anzeichen verdichtet, die Division löst Alarm aus.

„6. Juli 1942 – 3:30 Uhr begann der erwartete Großangriff. 40 Bataillone Stalinorgeln, 15 Stück Fliegerpanzer und Infanterie in rauen Mengen. Der Kampf ging hin und her. Es geht ununterbrochen, die Artillerie und Flieger lösen sich gegenseitig ab."

Die Großoffensive der Russen erfolgt mit der Stoßrichtung Bukan/Shisdra/Brjansk. Ein Blick auf die Karte genügt der deutschen Seite, um die Bedeutung zu ermessen. Gelingt dem Gegner der Durchbruch, dann hätte er die einzige Verbindung nach Orel und Kursk erreicht. Die halbe Mittel- und Südfront wäre damit isoliert. Der Divisionspfarrer notiert: *„...vorn ist dicke Luft. Die Schützen wehren sich verzweifelt... Die Melder rasen von Trichter zu Trichter zwischen den Einschlägen. Die Nachrichtenverbindung ist unterbrochen, die Leitungen zerschossen... Ich wechsele zum Kampfgruppenkommandeur hinüber. Im Unterstand ist die Stimmung ziemlich düster. Der Major muss bald Stellungswechsel machen, wenn er nicht mit seinem Stab in russische Gefangenschaft kommen will. Schon streicht ein russisches MG hart über den Hohlweg, Granatwerfereinschläge rechts und links, Motorengeräusche, russische Panzer. Die Lage ist ernst... Reserven sind keine mehr da. Die Truppe tut, was sie kann, besser geht es nicht. Und die Toten*

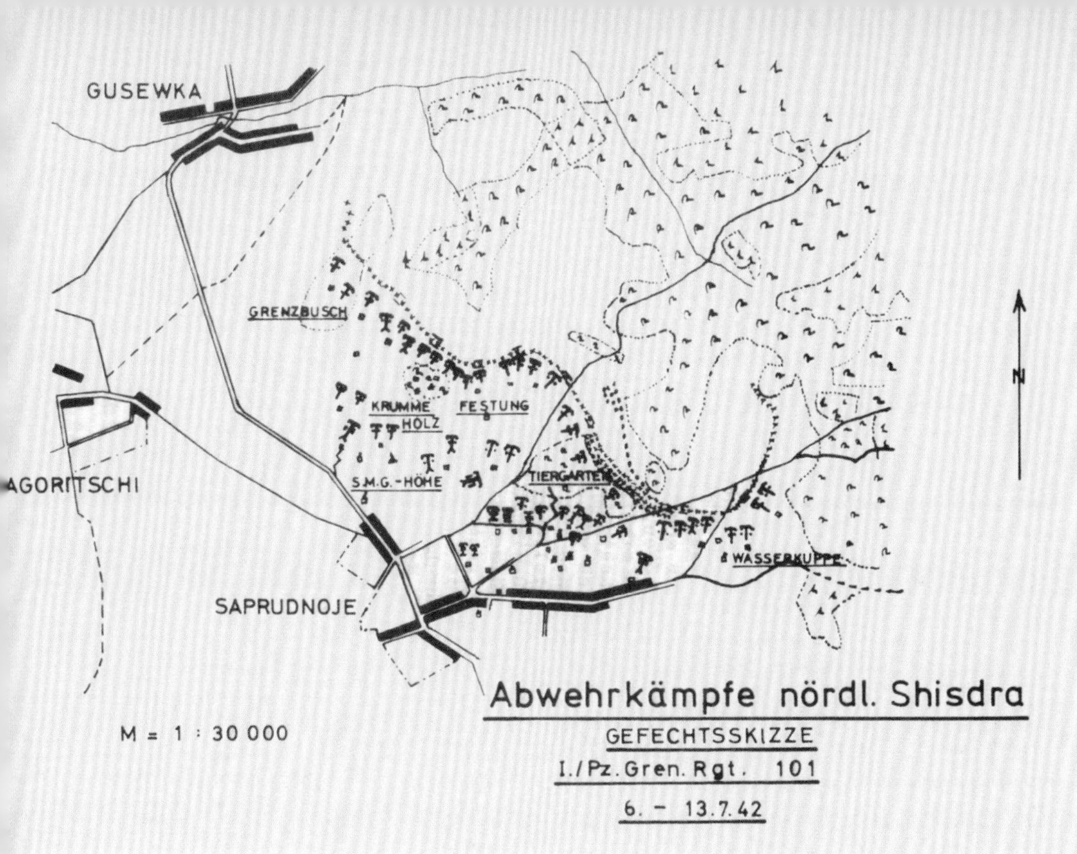

kann keiner lebendig machen. Auf der Treppe kauern die Melder, schweißüberströmt, die Uniformblusen verdreckt, der Kragen offen, abgehetzt die Gesichter.“

„7. Juli 1942 – Unsere Stuka greifen mit an. ***13. Nahkampftag****“*

Gefechtsbericht II. Kompanie/101. Infanterie-Regiment: „8.7.42. Schweres Feuer aller Waffen liegt noch immer auf den Stellungen. Durch eigene Panzer werden drei Feindpanzer abgeschossen… Die Trinkwasserfrage ist das Problem des Bataillons geworden und im Augenblick, bei großer Wärme, wichtiger als Munitionssorge und Feind. Leute, die Schwerverwundete zurückbringen, brechen bewusstlos zusammen, nur mit unheimlicher Willensanspannung hält die Truppe aus… Da kein Gerät, insbesondere Schanzzeug, vorhanden war, musste jede Stellung mit Stahlhelm und anderen Behelfsmitteln ausgehoben werden… Ein Kanister (20 Liter) mit Wasser wurde am Abend beim Bataillon abgegeben. Die Leute werden jetzt genötigt, Sickerwasser und Wasser aus Granattrichtern zu trinken.“

„8. Juli 1942 – ***14. Nahkampftag***
Saprudnoje – aufgegeben. Der Iwan schießt blind durch die Gegend und das ist für uns schon ein Erfolg. Er weiß demzufolge nicht, wo sich unsere Reserven aufhalten. Infanteristisch ist der Kampf beendet. Der Erfolg vom Iwan ist …

9. Juli 1942 – ***15. Nahkampftag****“*

Der Divisionspfarrer fasst am 9. Juli 1942 zusammen: *„Das geht nun schon 4 Tage so, ohne Schlaf, ohne Verpflegung, ohne Ruhepause. Zwar haben uns die Stukas (Sturzkampfbomber) sehr geholfen, aber der Russe schiebt unermüdlich langsam, aber stetig neue Truppen nach, allmählich kommt er voran, Zentimeter für Zentimeter, aber er kommt weiter…“*

Gefechtsbericht II. Kompanie/101. Infanterie-Regiment vom 9. Juli 1942: *„… im Laufe des Tages treffen Getränke in großem Ausmaße ein, desgleichen Verpflegung und Marketender-Waren. Die Stimmung der Truppe wurde dadurch soweit gehoben, dass jeder Einzelne versichert, bis zum Letzten zu kämpfen.“*

„10. Juli 1942 – ***16. Nahkampftag****“*

Der Divisionspfarrer schreibt am 10. Juli 1942: *„Die Toten mehren sich, die Verluste werden unheimlich. In meinem schwarzen Büchlein steht schon ein schwarzes Kreuz hinter dem anderen, meine ganze Gemeinde ist zur Mehrzahl tot oder verwundet… Dann haben wir in der folgenden Nacht die Toten aus der Stellung und dem Niemandsland geholt… Unser Friedhof in Bukan ist nun gewaltig gewachsen. Zuerst waren es nur wenige. Jetzt sind es schon über 400 Gräber, alles in wenigen Tagen. Und wie viele sind noch nachträglich auf den Verbandsplätzen hinten gestorben oder liegen auf einem anderen Friedhof… Der Oberst hat in den letzten Tagen ein ganz kleines Gesicht bekommen – schlaflose Nächte, erregte Stunden. Die Augen liegen ganz tief, und wenn er lächeln will, dann spannt sich seine Haut zu vielen Falten. Die Opfer gehen ihm* *nahe. Schweigend steht er vor den langen Gräberreihen: Da liegt meine alte Garde. Eigentlich gehörten wir da auch hin. Dann wäre es vorbei.“*

Am Abend des 12. Juli 1942 trifft ein Fernschreiben vom 8. Juli ein: „*Die Schützregimenter werden in »Panzergrenadierregimenter« umbenannt.*“ Man staunt sehr im Divisionsstab, Panzergrenadierregimenter ohne Schützenpanzerwagen und ohne Panzerregiment in der 18. Panzer-Division?

„13. Juli 1942 – 28 Panzer, 1.000 Gefangene, 1.000 Tote

14. Juli 1942 – Erbeutetes Material. Wir hatten viele Menschenverluste

15. Juli 1942 – Das Verhältnis gegen das … gering. Aber die Überfälle seiner Artillerien hören nicht auf. Wir liegen am Ortseingang von Saprudnoje. Sehr schönes Wetter.
Große Eiserne-Kreuz-Verleihung. Feldwebel Lohengrin

16. Juli 1942 – Unsere Luftwaffe macht Luft beim Iwan.

17. Juli 1942 – Endlich kam der Tag der Ablösung. Auch dieser Hölle wäre ich entronnen. Kaum schießt er nicht mehr, werden unsere Herren stur. 20 Kilometer hinter der Front. Neue Divisionen werden den Iwan kitzeln.“

Am 18. Juli wird die Division durch die 52. Infanterie-Division abgelöst. Im Raum nördlich von Shisdra, der Divisionsstab befindet sich in der Stadt, beginnt die Ruhe- und Auffrischungszeit, die erste seit August 1941.

„18. Juli 1942 – Unser Zeltlager aufgeschlagen. Schönes Wetter, Marketender-Ware, 10 Mann eine Flasche Rum-Verschnitt, Schokolade und Drops

19. Juli 1942 – Sehr nettes Mittagessen, Pudding gekocht
Zum Abendbrot Eiernudeln mit Gulasch

20. Juli 1942 – Im Bach gebaden. Post, Heinz ist gestorben.

21. Juli 1942 – Ruhiges Leben

22. Juli 1942 – Gutes Essen, neue Bekleidung

23. Juli 1942 – Ihrke, Willis Grab in Shisdra gesehen. Abends wurden 14 Mann befördert. Vier Mal Feldwebel, drei Mal Unteroffizier, zwei Mal Obergefreiter, sechs Gefreite. Zwei Päckchen von meiner Schwägerin Lisbeth.

24. Juli 1942 – Stiefel getauscht

25. Juli 1942 – Vier Uhr wecken. Nach Schisdra gelaufen, 14 Kilometer. Von 20 bis 24 Uhr. Vermittlungsdienst. Eine Mundharmonika erhalten. Sehr gute Abendkost, gute Butter und Schinken, eine Rolle Drops und 6 Zigaretten.

26. Juli 1942 – Wunderbares Essen, Pudding.

27. Juli 1942 – Bekam ich die Post, dass mein Bruder gestorben ist. Schönes Wetter.

28. Juli 1942 – Vermittlung“

Im Sommer 1942 wähnt Hitler den Kriegsgegner im Osten am Ende. Generalstabschef Halder notiert verbittert in seinem Tagebuch: „*Die immer noch vorhandene Unterschätzung der feindlichen Möglichkeiten nimmt allmählich groteske Formen an und wird gefährlich.*“ Der Fehleinschätzung, dass der aktuelle Rückzug der Roten Armee nicht geplant und alles andere als ein Ausdruck strategischer Überlegungen ist, folgen in verblendeter Siegesgewissheit gleich mehrere fatale Fehlentscheidungen. So glaubt Hitler, den Gegner mit einer improvisierten Operation überraschen und ihn in einem riesigen Kessel bei Rostow vernichtend schlagen zu können. Dafür zieht er die 4. Panzerarmee vom Marsch auf Stalingrad ab, was nun ausschließlich der 6. Armee überlassen bleibt.

Und die Sowjetunion? Zwar erlässt Stalin am 28. Juli 1942 den Befehl Nr. 227: „*Nicht einen Schritt zurück! Verräter und Deserteure sind an Ort und Stelle zu erschießen!*“ Es ist ein Haltebefehl, der jeden Rückzug untersagt und die Kapitulation im deutsch-sowjetischen Krieg mit der Todesstrafe belegt. Doch unabhängig davon hat der Sowjetführer – im Unterschied zu Hitler in Deutschland – das Votum seiner Generäle akzeptiert und dem strategischen Plan zugestimmt, den Gegner generell festzuhalten und abermals eine Überwinterung unter ungünstigen Verhältnissen aufzuzwingen. Die Nutzung der ungeheuren Ausdeh-

Die Propaganda im Reich funktioniert noch immer

nung Russlands dient als strategische Waffe. Den Feind in die Tiefe des Landes locken, bis er nicht mehr kann und dann zum leichten Opfer wird.

„29. Juli 1942 – Gut gegessen. Meinen Dienst gemacht.

30. Juli 1942 – Meinen Dienst getan. 3 Uhr geweckt, sehr geregnet. 6:45 Uhr von Nikitinka an die Front in unseren alten Abschnitt gerückt. Kam zum Leutnant Kurzweg als Führungstrupp.

31. Juli 1942 – Granatwerfer, vier Vermisste und ein Verwundeter. Für Lang und mich einen kleinen Bunker gebaut.“

Am 1. August 1942 übernimmt die 18. Panzer-Division wieder Ihren alten Abschnitt bei Bukan von der 52. Infanterie-Division. Die Auffrischung war also nicht von langer Dauer. Immerhin sind den Soldaten Orte und Plätze vertraut und so wartet man nun darauf, als Stellungsdivision wieder eine Panzer-Division zu werden.

„1. August 1942 – Stellungswechsel, Regenwetter

2. August 1942 – Gutes Essen

3. August 1942 – Nachts MG und Infanterie-Feuer. Dasselbe am 4.8.1942

5. August 1942 – Habe gebrochen. Mich im Granatlager gebaden.

6. August 1942 – Scharfschützenfeuer. Sonst k.b.V.

7. August 1942 – Gegen Anfang der Dämmerung heftiges MG- und Granatfeuer. Im Liegen Leitung geflickt. Eine Garbe durchs Zelt und Schiffel, Gottfried ist durch Brustschuss gefallen. Kurzweg Oberleutnant geworden. Jeden Tag Überläufer vom Iwan.

8. August 1942 – Granatwerfereinschläge in unserem Abschnitt. Unsere Artillerie sendet dem Iwan ein paar … auf den Hals und die schweigen. In der Nacht schoss unsere SIG, der Iwan hatte Ausfälle, man hörte die Hilferufe.

9. August 1942 – 21 Uhr abgelöst worden. 24 Uhr Wache und 2 Uhr Leitung gebaut.

10. August 1942 – Das Wetter klärte sich bis Mittag auf. Post erhal-

ten. Unser Erdloch ist ganz schön, nur wenn es regnet, könnte man einen Regenschirm gebrauchen.

11. August 1942 – 7:30 Uhr aufgestanden. Ein herrlicher Morgen, ein Pfundsessen. Gegen Abend fing es an zu regnen. Angriff der 17., 19. und 52. Division. Post erhalten.“

Die Angriffe der 17., 19. und 52. Division sind Teil des Unternehmens »Wirbelwind«, eine gescheiterte deutsche Panzeroffensive vom 11. bis 22. August 1942. Überschattet wird diese durch die deutsche Offensive im Süden, die in der Schlacht um Stalingrad münden wird. Ziel des Unternehmens »Wirbelwind« ist, den »Suchinitschi-Bogen« durch einen Zangenangriff zu beseitigen. Die deutschen Truppen greifen mit 400 Panzern sowie mehreren Infanterie-Divisionen an. Erschwert durch sumpfiges Gelände hat sich der deutsche Angriff jedoch am 18. August festgefahren. Am Morgen des 22. August treten starke sowjetische Panzerkräfte zum Gegenangriff an und erzielen schwere Einbrüche. Hitler wird am 12. Dezember 1942 laut Protokoll in der Lagebesprechung im Führerhauptquartier äußern: *„Unser kapitalster Fehler in diesem Jahr ist der Angriff gegen Suchinitschi gewesen… so darf man keinen Angriff ansetzen…“*

„12. August 1942 – Wache von 23 Uhr bis 1:30 Uhr und 4 Uhr bis 6:30 Uhr.

13. August 1942 – Jeden Morgen waschen wir uns am Bach. Waldlager, fotografiert.

14. August 1942 – Abends ein Bankett abgehalten. Es war von allen da (unser aufgespartes Essen). Post

15. August 1942 – 10 Uhr aufgestanden, gebaden, Unterhose gewaschen, Briefe an Gerda geschrieben. Sehr schönes Wetter.

16. August 1942 – Von 14 Uhr bis 23 Uhr Leitung gebaut und entstört. Regenwetter. Der Bunker war nass.

17. August 1942 – Schlechtes Wetter, k.b.V.

18. August 1942 – Plötzlich früh sehr schönes Wetter.

19. August 1942 – Pächer, Paul bei der 3. Kompanie befugt. Kartof-

Pflasterstraßen sind an der Ostfront eher die Ausnahme - der Nachschub ist auch 1942 ein Problem

feln und Gulasch.

20. August 1942 – Früh am Bach gebaden, unseren Lagerplatz gesäubert, schönes Wetter.“

Am 21. August 1942 weht auf dem Gipfel des Elbrus die Reichskriegsflagge. Alpinistisch ist die Besteigung bis auf die 5.642 Meter über den Meeresspiegel eine respektable Leistung, strategisch natürlich ohne großen Sinn. Hitler tobt im Führerhauptquartier, über die *„verrückten Bergsteiger und die idiotische Besetzung eines idiotischen Gipfels“*. Von eigenen Fehlern aber will er nichts wissen. Die im Zuge des geplanten Angriffs auf Stalingrad erfolgte Auflösung der Heeresgruppe Süd in die Heeresgruppen A und B zerschlägt das zentrale Versorgungssystem der Heeresgruppe Süd. Und so stehen große Teile der 6. Armee und das XIV. Panzerkorps plötzlich still. Ohne Sprit keine Weiterfahrt, ganze 18 Tage wird die Zwangspause dauern, für die Sowjets natürlich ein Geschenk.

Vermittlungsstelle im Erdbunker – Spätsommer 1942

„21. August 1942 – K.b.V.

22. August 1942 – K.b.V., Schüsseln gehabt

23. August 1942 – Meine Wäsche gewaschen und gebleicht, gutes Mittagessen, Pudding

24. August 1942 – 9 Uhr aufgestanden, es gab Milchreis mit Zucker. Kein Ersatz aus der Heimat. Pilze mit Kuck, Erich

25. August 1942 – Angefangen mit Wohnbunkerbau. 6x4 Meter

26. August 1942 – Bunkerbau von 8 bis 11 Uhr und 14 bis 17 Uhr.

27. August 1942 – Leitungen hochgelegt, Pilze gebraten.

28. August 1942 – Abends gebaden, prima.

29. August 1942 – Wache gehabt, dann Pilze gesucht, Sonntagsessen mit Puddingschüsseln

30. August 1942 – Es regnet. Ein Päckchen von Max erhalten.

31. August 1942 – Es regnet weiter.

1. September 1942 – Früh Sonnenschein, aber kalt. Zweimal Störungssucher.

6. September 1942 – Nudeln, Rouladen und saure Bohnen. Post, eine Tafel Schokolade, Apfelsaft gesüffelt.

7. September 1942 – Schönes Wetter. Abends großes Gaudi gemacht. Essen nicht die Masse.

8. September 1942 – Schönes Wetter, Brandt-Keks, Pudding gemacht, Salamiwurst – fantastisch

9. September 1942 – Schönes Wetter, große Knallerei von fünf Minuten. Vier Verwundete, darunter Unteroffizier Borrwitz, Hemden gewaschen.

10. September 1942 – Schokolade und Pudding – Verpflegung

11. September 1942 – Schönes Wetter, immer noch feste geschippt.

12. September 1942 – Zeichnungen angefertigt für unseren Bunker. Drei Kompanien, Vermittlung. Schlacht im Osten 1941-1942

13. September 1942 – Schönes Wetter.

14. September 1942 – Gezeichnet, 21 Uhr abgelöst worden.

15. September 1942 – Bunkervorbau angefangen, sehr kalt.

16. September 1942 – Es gab Rot- und Weißwein. Zwei Päckchen an Max Vorberger und Rolf.

17. September 1942 – Sekt, zwei Mann – eine Flasche. Post.

18. September 1942 – Gearbeitet

19. September 1942 – Vorbau überdacht.

20. September 1942 – Pfundsessen – Nudeln, Gulasch, Pudding. Früh gearbeitet.

21. September 1942 – Schönes Wetter geworden.

22. September 1942 – Holz gefällt, schönes Wetter.

Die deutsche Panzerabwehr im Gefecht – Spätsommer 1942

23. September 1942 – Diele gelegt im Bunker. Als Funker bei der 3. Kompanie.

24. September 1942 – Waschen gewesen.

25. September 1942 – Abgelöst worden, nach Dynaja

26. September 1942 – Eine neue Baracke, erstmalig im Bett geschlafen, zwei Tafeln Schokolade. Fünf Mann eine Flasche Sekt.

27. September 1942 – Geld abgeschickt, Platzkonzert, Sonntagsessen

28. September 1942 – Ein Oberzelt gebaut. Infanterieausbildung und das nennt man Ruhe.

29. September 1942 – K.b.V.; im Zelt schlafen wir

30. September 1942 – Flieger geben uns ihre Kostproben mit Bohnen.“

Toter sowjetischer Soldat an der Frontlinie

Laut Tagebuch des Kommandeurs versucht der Gegner an der Hauptkampflinie mit Lautsprecherpropaganda auf seine Männer im Graben einzuwirken. So hört die vorderste Linie am 30. September 1942: *„Kommt herüber zu uns, bei uns geht es Euch gut, Ihr werdet gut verpflegt! Wir wissen genau, wie es bei Euch aussieht!"* Gut zwei Wochen später klingt es so: *„An die Kameraden des Regiments 52 der 18. Panzer-Division, besonders die 2., 3. und 6. Kompanie. Kommt zu uns, Ihr werdet von Euren Kommandeuren und Häuptlingen tyrannisiert. Fragt Eure Offiziere, wo Eure Panzer geblieben sind."*

„1. Oktober 1942 – Bunten Abend gemacht.

2. Oktober 1942 – Besuch der bunten Bühne. Die »Bunte Bühne« gibt auch Vorstellungen auf russisch. Ein ukrainischer Sängerchor singt in den vordersten Gräben für die Kameraden auf der anderen Seite.

3. Oktober 1942 – Entlausen in Shisdra.

4. Oktober 1942 – Appell gehabt, 12:30 Uhr abmarschiert in die neue Stellung. Kam zur 2. Kompanie. Oberleutnant Gerstenberger als Untervermittler, ein herrlicher Bunker. Birken…

5. Oktober 1942 – Dmitrijewka – Bunker eingerichtet sowie Vermittlung

6. Oktober 1942 – Schönes Wetter

7. Oktober 1942 – Fotografiert im Bunker und Graben. Es wird Herbst. Elektrisches Licht durch 12V-Autobatterie. Ein herrliches Grabensystem, leider ist alles Sand. In dieser Gegend liegen ca. 40 abgeschossene russische Panzer.

8. Oktober 1942 – Einer durch Scharfschützen gefallen. Ein Unteroffizier durch Kopfschuss schwer verwundet. Kartoffeln, rote Rüben und Meerrettichsoße gegessen.

9. Oktober 1942 – Eine neue Leitung Alkazar gelegt. Gut gegessen, schlafen kann ich nur mit einem Ohr mir erlauben, wegen der Vermittlung.

10. Oktober 1942 – Das Wetter unschön, Störung beseitigt.

Passierschein für deutsche Deserteure

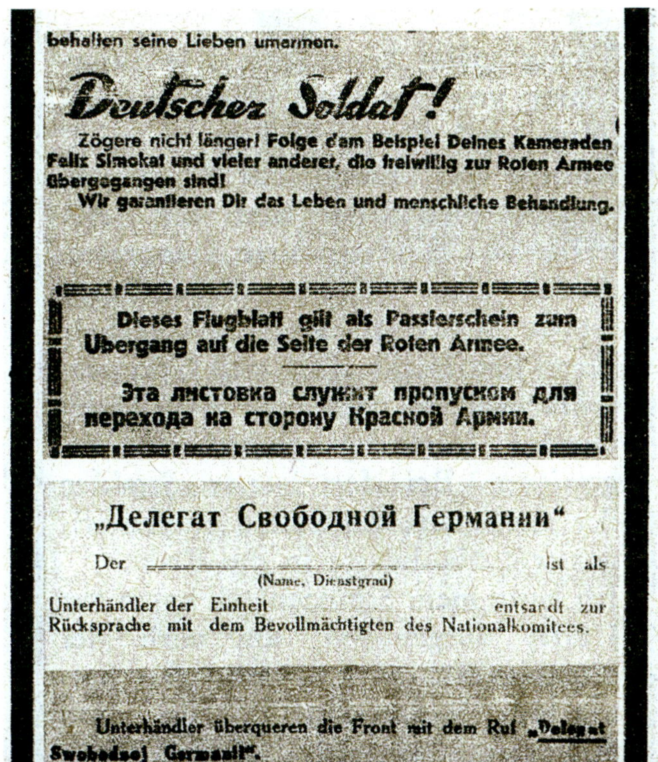

behalten seine Lieben umarmen.

Deutscher Soldat!

Zögere nicht länger! Folge dem Beispiel Deines Kameraden Felix Simokat und vieler anderer, die freiwillig zur Roten Armee übergegangen sind!

Wir garantieren Dir das Leben und menschliche Behandlung.

Dieses Flugblatt gilt als Passierschein zum Übergang auf die Seite der Roten Armee.

Эта листовка служит пропуском для перехода на сторону Красной Армии.

„Делегат Свободной Германии"

Der ______________ ist als
(Name, Dienstgrad)
Unterhändler der Einheit ______ entsandt zur Rücksprache mit dem Bevollmächtigten des Nationalkomitees.

Unterhändler überqueren die Front mit dem Ruf „Delegat Swobodnoj Germanii".

11. Oktober 1942 – Heute ist Sonntag, meine Stiefel gewichst – sprich geputzt.

12. Oktober 1942 – Früh Hemden und Hose gewaschen. Eine Zigarre vom Bataillonskommandanten erhalten.

13. Oktober 1942 – 24 Uhr Oberstleutnant Gerstenberger zum 32. Geburtstag beglückwünscht.

14. Oktober 1942 – Wurde ich durch Meindl, Karl abgelöst. Das bequeme Leben ist aus. 16 Mann ein Bunker mit Vermittlung.

15. Oktober 1942 – Jeden Früh mussten wir im Vorfeld unter Infanteriebeschuss Kartoffeln graben, um im Winter etwas zu essen zu haben. Dann angefangen mit Bunkerbau. Der Iwan beschießt uns mit Jagdgeschwader

16. Oktober 1942 – Wie am Vortage. Aschkowo

17. Oktober 1942 – Kam ich zum Tross, um Gasmasken zu beschriften. Jetzt beginnt für mich eine schöne Zeit. Zehn Gasmasken fertig.

18. Oktober 1942 – Sehr gut geschlafen, gegessen – Königsberger Klopse, Sonntag gehalten.

19. Oktober 1942 – 12 Gasmasken, geregnet. Im Quartier gibt es viele Flöhe und Wanzen.

20. Oktober 1942 – Das Wetter ist kalt, Kakao getrunken. Bei der 3. Kompanie. Zwei motorisierte Russenbomber – warf seine Eier ins Feld.

22. Oktober 1942 – Von Aschkowo zum V-Tross, um dort weiter zu beschriften.

23. Oktober 1942 – Früh gefroren ... Post, Pudding

24. Oktober 1942 – Nasskaltes Wetter, es schneit. Ein Päckchen an Gerhard abgeschickt.

25. Oktober 1942 – K.b.V.

26. Oktober 1942 – Nach Aschkowo zurückgefahren.

27. Oktober 1942 – Die schöne Zeit ist nun vorüber und es geht wieder nach vorn.

28. Oktober 1942 – Sämtliche Fernsprechstellen beschriftet. Pudding, Post, Vermittlung 16 bis 20 Uhr

29. Oktober 1942 – 4 bis 8 Uhr, Post, 14:20 Uhr schossen von uns 50 Geschütze zum Iwan. Soll am 5.11.1942 auf Heimaturlaub fahren. Bunker angefangen zu bauen. 16 bis 20 Uhr Vermittlung gehabt.

30. Oktober 1942 – 4 bis 8 Uhr Vermittlung bei der 1. Kompanie. Preis aus Planitz getroffen. 16 bis 20 Uhr

Russische Kinde bei der deutschen Essenausgabe – Bilder, die in kein Klischee passen wollen

Die Zahl der deutschen Gräber steigt und steigt – aber nicht jeder Gefallene kann begraben werden

31. Oktober 1942 – 4 bis 8 Uhr, Mäuse im Bunker, mit der 08 gejagt. Einen Panzer durch Tehim gesprengt.

1. November 1942 – 4 bis 8 Uhr, 16 bis 20 Uhr Vermittlungsdienst.

2. November 1942 – 4 bis 8 Uhr, während der Dämmerung lief das Unternehmen Hanemann. Viermal setzte man an. Ständig ohne Erfolg, aber heute klappte es. Ein Verwundeter und ein Russe gefangen. Gegen Abend musste ich zum Kommandanten. Er beförderte mich zum Obergefreiten und schickte mich auf Urlaub.

3. November 1942 – 6 Uhr ging mein Zug nach Brjansk. Dort übernachtet.

4. November 1942 – 7:28 Uhr ab Brjansk 2 nach Roslawl. Anschließend nach Smolensk im Güterwagen.

5. November 1942 – Und die Angst mit den Partisanen. Vor uns fuhr ein Zug ins Verderben. 100 Tote und Verwundete.

6. November 1942 – Bialystok – kam nicht mit dem Nachtzug weg. Im Kino gewesen, Verpflegung gefasst. Eine Dose Wurst, 200 g Butter, ein Brot, 10 Zigaretten, Geld getauscht. Führerpaket...

7. November 1942 – 15:30 Uhr abgefahren ins Reich.

8. November 1942 – 17:30 Uhr in Planitz bei Mutti eingetroffen. Führerpaket – 2 Pfd. Butter, 2 Pfd. Wurst, 2 Pfd. Mehl, 3 Pfd. Zucker. Kam selten vor 24 Uhr ins Bett. Mit Schitz, Fritz in Gößnitz zur Kirmes gewesen. Wende, Gerda besuchte mich. Inge Kempf – Kennenlernen. Der Urlaub war schön, ich hatte es mir anders vorgestellt.

Zerstörte sowjetische Panzer

28. November 1942 – Abgefahren gen Osten. Bahnfahrt toll, zwischen Russland wurden wir beschossen. Dreimal waren Angriffe.

5. Dezember 1942 – Traf beim Haufen wieder ein. Man fühlt sich an der Front auch wieder wohl. Schnee liegt schon viel.

6. Dezember 1942 – Liegen vor Saprudnjoe, habe stabilen Bunker.

7./8. Dezember 1942 – K.b.V.

9. Dezember 1942 – Wache gehabt.

10. Dezember 1942 – Gesäubert, Holz gehackt.

11. Dezember 1942 – Der Bunker hat nur ein kleines Fenster.

12. Dezember 1942 – Mit Unteroffizier Hans Freiberg zur 1. Kompanie als Führungstourist abgestellt. 5 Mann im Bunker, sieht aus wie im Kuhstall.

13. Dezember 1942 – 3. Advent – Tauwetter, Pudding mit Rotwein.

14. Dezember 1942 – Feindlicher Spähtrupp abgewiesen.

15. Dezember 1942 – Es wird wieder kälter. 22 Grad minus.

17. Dezember 1942 – Es taut unverschämt...

18. Dezember 1942 – Es regnet.

19. Dezember 1942 – Die Front ist sehr ruhig.

20. Dezember 1942 – K.b.V. Erkennungsmarke verloren.

21. Dezember 1942 – Der Iwan griff beim linken Nachbarn mit Artillerieunterstützung an – wurden zerschlagen, abgelöst.

22. Dezember 1942 – Die erste Post von zu Hause. 10 cm Neuschnee.

23. Dezember 1942 – K.b.V.

24. Dezember 1942 – Heiliger Abend – 18 Uhr gab es Brühwurst mit Kartoffelsalat zum Schmausen. Schokolade, Stollen, Buttergebäck, Drops, Wein und Schnaps und sehr sehr gutes Essen.

25./26. Dezember 1942 – 1. und 2. Feiertag – Zielke, Horst hat sich besoffen. Beleidigte einige Herren, kam dadurch in die Heimat.

27. Dezember 1942 – 5:30 Uhr – der Feind in Bataillonsstärke wurde vorwiegend abgeschlagen.

28./29. Dezember 1942 – K.b.V.

30. Dezember 1942 – Mit Freiberg, Hans eine Flasche Wodka getrunken. Alte Erinnerungen von Leisnig wurden ausgegraben. Ab 24 Uhr mit Dietze, Gust, Feldwebel Dietrich Grabendienst gemacht.

31. Dezember 1942 – Wir wurden gut versorgt.

1. Januar 1943 – Kam nüchtern ins neue Jahr."

Sowjetische Kriegsgefangene

Das neue Kriegsjahr beginnt für die 18. Panzer-Division am 2. Januar 1943 mit der Abgabe von zehn Schützenpanzerwagen an die Heeresgruppe Nord. Einen Tag später hat Generalmajor Freiherr von Thüngen zu einer kleinen Treibjagd eingeladen. Doch trotz der Ruhe im Frontabschnitt hält sich das Wild noch immer fern. Nicht einmal Fuchs oder Hase können zur Strecke gebracht werden, die Beute besteht einzig aus einer Eule.

„2. Januar 1943 – Bei der 2. Kompanie als Störungssucher.

3. Januar 1943 – Leitung gebaut, sofern jeden Tag Neues.

4. Januar 1943 – Von 10 bis 23 Uhr Vermittlung, Leitung für zwei Kompanien entstört. Fehler noch nicht gefunden.

5. Januar 1943 – Großes Schneetreiben. Den Fehler gefunden, Tauwetter war die Ursache. Überläufer"

Durch Aussagen von Gefangenen und Überläufern wird festgestellt, dass der Division noch immer dieselben Truppenteile wie im Sommer gegenüberliegen. Zudem zeigt sich der geistige und körperliche Zustand der Gefangenen und Überläufer erheblich verbessert, im Kommandeurs-Tagebuch steht weiter: *„Große Lust zum Überlaufen besteht zur Zeit nicht, da die Stimmung aufgrund der gut ausgewerteten Feinderfolge bei Stalingrad und südlich des Ilmensees einen großen Auftrieb bekommen hat."*

Noch Ende 1942 wird auf dem Divisions-Gefechtsstand eine eigene, russische »Sicherungskompanie« aus Hilfswilligen vereidigt. Am 8. Januar 1943 lehnt Generaloberst Paulus in Stalingrad die Aufforderung der sowjetischen Seite zur Kapitulation trotz aussichtsloser Lage ab. Daraufhin beginnt am 10. Januar die letzte Großoffensive gegen die Reste der 6. Armee.

„6. Januar 1943 – Vermittlungsdienst geschoben

7. Januar 1943 – Vermittlung

8. Januar 1943 – Zur 2. Kompanie, Störungssucher. Mit Klirren gefahren. In unserer Nähe sind Wölfe.

9. Januar 1943 – Leitung zum Baumbeobachter für das Unternehmen gelegt. 16 Uhr den Gefechtsstand verlassen. 20 Uhr – Tross angekommen.

10. Januar 1943 – 7 Uhr bei Oberst Treptow mit noch 15 Kursisten abgemeldet. Mit Omnibus nach Shisdra gefahren. 15 Uhr – 1. Nachrichten-Kompanie gemeldet. Quartierältester, man muss erst den Schuppen einrichten.

11. Januar 1943 – 6 Uhr wecken, sehr kalt geworden. Unterricht hören.

12. Januar 1943 – Unterricht, hören u. geben u. schlüsseln. Kino, nicht für Deutsche

13. Januar 1943 – Ca. 35 Grad Kälte, feste gebüffelt

14. Januar 1943 – Schlüsseln, hören und geben – Unterricht, 92 b

15. Januar 1943 – Unterricht, schlüsseln

16. Januar 1943 – Hören und geben, Schlüsselprüfung

17. Januar 1943 – Sonntag

18. Januar 1943 – Hören und geben, schlüsseln, Unterricht. Es wurde elektrisches Licht gelegt."

Eine deutsche Stellung im zweiten russischen Kriegswinter

Seit 19. Januar 1943 herrscht strikte Urlaubssperre, die Division soll im Bahntransport verlegt werden. Unklarheit besteht über den neuen Einsatzort. Vorgesehen sein soll Nowosil, ein Ort östlich von Orel. Dort müsste man allerdings für einen Winteraufenthalt komplett neu eingerichtet werden. Allerdings nur, wenn die Divisionen, wie vermutet, im Stellungskrieg eingesetzt wird. Für einen Angriff wäre die Division mangels Beweglichkeit wiederum bedingt geeignet.

„19. Januar 1943 – Hören, Unterricht, Entlausen gewesen.

20. Januar 1943 – Kurs ist abgebrochen, man munkelt

21. Januar 1943 – 12 Uhr beim Kommandant Hummel-Hirschberg zurückgemeldet. Ich wohne beim Panzer-Zugführer Wundrack, ein herrlicher Bunker.

22. Januar 1943 – Zur 2. Kompanie – Leitung geklärt. Dann zum Tross abgebaut. 20 Uhr

23. Januar 1943 – Holz gehackt, Tauwetter

24. Januar 1943 – Sausturm, sehr kalt, Leitung gebaut

25. Januar 1943 – Leitung zu Kompanie und sämtliche Querverbaue abgebaut"

Die Niederlage am südlichen Heeresflügel hat Konsequenzen für die 18. Panzer-Division. Sie muss auf Befehl vom 25. Januar 1943 das Gerät ihrer Selbstfahrlafetten-Pak-Kompanie an eine Abteilung im Süden abgegeben, die ihr gesamtes Gerät verloren hat.

„26. Januar 1943 – Von 208.I.D. abgelöst worden, 18 Kilometer marschiert in einer Kälte von 35 Grad minus, 19:15 bis 24 Uhr in Woilowa eingetroffen. "

Am 27. Januar erhält die Division ihren neuen Auftrag. Südöstlich von Orel soll sie einen feindlichen Durchbruch am Nerutsch-Abschnitt verhindern und »gegebenenfalls« zum Angriff mit begrenztem Ziel auf Maloarchangelsk antreten. Damit kommt die Division in die gleiche Lage wie ein Jahr zuvor, bei der Befreiung von Suchinitschi. Im Januar 1942 wurde sie vom rechten Flügel der Panzerarmee auf den offenen linken Flügel geworfen. Nun geschieht dasselbe in umgekehrter Richtung und in ähnlicher Notlage. Beim Divisionsstab fragt man sich, wer die Division eigentlich trotz fehlender Beweglichkeit und angespannter Personallage und nach welchen Gesichtspunkten für diese schwierige Aufgabe ausgewählt hat? Beweglich gemacht wird sie, als nun bespannte Division, von 1.614 Panjepferden, 115 schweren Zugpferden und 20 Reitpferden.

„27. Januar 1943 – 17 Uhr – alles Gerät im Omnibus verladen und nach Korstschew gefahren. 4 Uhr dort gelandet in einem eiskalten Raum, zwei Stunden geschlafen, gewaschen und rasiert, 12:15 Uhr Korstschew/Orel 16.30 Uhr an. Wohnen in der Gewerbeschule; im Soldatenheim gewesen, großer Bombenangriff, keine Ausfälle

29. Januar 1943 – 9 Uhr ab und 18 Uhr nach 30 Kilometer an Kurakino. Lamm, Roland und ich mussten gleich zum Bahnhof Leitung ziehen, bis 1:30 Uhr Leitung entstört und geschlafen.

30. Januar 1943 – In dem Bahnhofsgebäude hätte ich es aushalten können.

31. Januar 1943 – Abgelöst, getanzt, Wache.

1. Februar 1943 – 12 Kilometer weiter marschiert, Glasunowka, Leitung

2. Februar 1943 – Vom Bahnnetz zum Kommandeur und zum Gefechtsstand Vermittlung gebaut, dann warm gehabt

3. Februar 1943 – Quartier nett eingerichtet, 15 Uhr kam Alarm, alles blitzschnell abgebaut, bis 4 Uhr gewartet. Der Russe besuchte uns und harkte seine Bomben zu uns herüber. 10 km weiter gefahren, dann mussten wir wegen Schneeverwehungen laufen. Maßlowo – Wache gehabt.

4. Februar 1943 – 11 Uhr nach Ponyri – 12 Kilometer marschiert. 19 Uhr angekommen. Ein Pferdestall als Quartier. Gegen 21 Uhr musste ich zur 3. Kompanie laufen. Oberleutnant Kurzweg und unser ehemaliger Spies, jetzt Leutnant Weddig, nahmen ein deutsches Verpflegungslager. Kastenschlitten, Vollwürste, bekam eine Thermosflasche mit. 23:30 Uhr zu Hause.

5. Februar 1943 – Von Leutnant Weddig bekam ich Wurst und 1 Thermosflasche. Leitung zur 3. Kompanie gebaut. Die Leitung war kein Mal gestört, konnte sie auch nicht abbauen. Becher, Paul getroffen. Bekam von Oberleutnant Kurzweg 1 Pfund Puddingpulver.“

Aus dem Gefechtsbericht: *„In den Nachmittagsstunden des 4. Februar marschieren die Kompanien zu Fuß in den sinkenden Tag hinein. In Reihe stapfen die Grenadiere den verwehten Weg entlang. Die Pferde vor den wenigen, mit Munition und einigem Gepäck überladenen Schlitten liegen zäh im Geschirr und blasen weißen Dampf aus den bereiften Nüstern. Die Luft ist eisig kalt und klar wie Glas… Mit hereinbrechender Dunkelheit erreicht das Bataillon Ponyri. An der Rollbahn gehen sofort zwei von drei dem Bataillon unterstellte 7,62-cm-Pak (russ.) der Panzer-Jäger-Abteilung-88 in Stellung, die dritte Pak sichert die offene Flanke nach rechts… Mitternacht in der Ortskommandatur: Auf Befehl des Korps ist unter Führung eines Hauptmanns mit den vorhandenen Kräften bereits eine Ortsverteidigung organisiert worden.“*

Eigene Aufklärung meldet in den frühen Morgenstunden, dass sich der Feind mit einem starken Bataillon auf Bobrowka, Nikolskoje und Prilepy heranschiebt. Der Gegner bombardiert die Ortschaften. Generalleutnant von Thüngen befiehlt am 5. Februar 1942: *„Ich verlange, dass, wie in den Juli-Kämpfen nördlich Shisdra, bei Fliegerangriffen jede Waffe das Feuer aufnimmt!“*

Die Division ist zu Fuß, mit ihren langen Schlittenkolonnen in einen feindlichen Durchbruch hineingeworfen worden. Dieser muss nun mit den eigenen Mitteln – unterstützt von anderen, ihr schnell unterstellten Einheiten – aufgehalten und zurückgeschlagen werden. Am 7. Februar drücken die sowjetischen Einheiten auf Nikolskoje und stoßen links und rechts der 18. Panzer-Division durch. Am 8. Februar erringt die Division in unklarer Lage einen wichtigen Abwehrerfolg, festgehalten im Gefechtsbericht: *„Mit Hilfe eigener (2) Panzer wird ein feindliches Bataillon teilweise im Häuserkampf völlig zerschlagen. Das Bataillon hat nur einen Gefangenen machen können, die Masse des Feindes liegt tot vor den eigenen Stellungen. Doch der Feind drückt weiter, nimmt wieder Otschki und dringt in Ponyri ein.“* Hauptmann Hummel-Hirschberg berichtet: *„Diese tagelangen, ununterbrochenen An-*

Massenhaft zerstörte Dörfer im Ergebnis des Rückzugs

griffe, die der Gegner unter rücksichtslosem Einsatz seiner Menschenmassen führt, soll die Wegnahme von Ponyri mit weiterem Vorstoß nach Norden zum Überflügeln der südlichen Abwehrfront zum Ziel haben.“

Die Gefahr der Einschließung von Jagdgeschwader 52 und Grenadier-Regiment 101 zeichnet sich ab. Deshalb befiehlt der Divisionskommandeur die Räumung von Ponyri. Dieser Ort an der Eisenbahnstrecke Moskau-Charkow war seit Ende Oktober 1941 von den Deutschen besetzt und wird am 9. Februar 1943 von der sowjetischen Armee zurückerobert. Der Gefechtsbericht hält fest: *„An den Angriffen waren, durch Einziehung der männlichen Bevölkerung von 15 bis 55 Jahren in den von den Russen zurückgewonnenen Ortschaften, sowie neu aufgefüllte Bataillone und Panzerkräfte beteiligt. Während dieser Kämpfe nehmen die Fleckfiebererkrankungen in der Truppe zu. Wegen der Unmöglichkeit, an Großkampftagen einen Kontakt mit der Zivilbevölkerung, die erheblich fleckfieberverseucht ist, zu vermeiden.“*

„6. Februar 1943 – Tagsüber Ruhe, nachts besuchte uns die Nähmaschine laufend. 100 Flaschen Cinzano-Wein, Apfelsaft, gute Butter, drei Tafeln Schokolade, 20 Rollen Drops.

7. Februar 1943 – Feind greift an. 4 Uhr wurde er im Gegenstoß zusammengeschlagen, er ließ 350 Tote, 38 Gefangene. 16 Uhr griff er beim rechten Nachbarn an. Unsere Panzer schossen Moja in Brand, wir haben die Bahnlinie besetzt.
17. Nahkampftag

8. Februar 1943 – Feindangriff bei Kurzweg, Kompanie hält sich. Zwei Panzer zur Unterstützung. Gegen Abend greift er mit 10 T34 mit voller Beleuchtung an. Er weiß, dass wir keine schweren Waffen haben. 200 Meter kamen sie so vorwärts. Es schneit und weht. 25 Grad Kälte. Treycke, Ernst, Lang, Roland, Freiberg, Hans, Grimske, Reinhard und Hilbert lagen in einer Stube. Aßen Pudding mit Wein angemacht; schickten 16 Büchsen Aprikosen-Marmelade zum Tross. Leider sah man keine mehr davon. 20 Uhr Ponyri geräumt. Mussten unser gesamtes Gerät selbst ziehen, da unsere Pferde geraubt wurden. Becher, Paul gefallen oder Gefangenschaft.

9. Februar 1943 – Gleich Leitungen gelegt bis 5 Uhr, dann schlafen gelegt. 14:35 Uhr kamen Stukas und machten etwas Luft.

10. Februar 1943 – Dieser Tag war etwas ruhiger. Unsere He111 belegte Bahnhof Ponyri mit Bomben. Es ist ein großes Munitions-Bombenlager liegen geblieben.“

Am Abend des 10. Februar sitzt die Führungsstaffel im Bunker. Oberleutnant Hrauseck meldet das Ergebnis des Angriffs auf Semenowka-Petrowka. Hier hatte die Rote Armee zehn Bataillone herangeführt und ließ 760 Tote und 170 Gefangene zurück. Während noch Einzelheiten erörtert werden, ruft 23:30 Uhr der Kommandierende General Lemelsen aus Shisdra an: *„Zu dem schönen Erfolg von heute hat der Führer über den Kommandierenden General der 18. Panzer-Division seine persönliche Anerkennung ausgesprochen.“*

Im Bunker wird auch über den Fall von Stalingrad und das Ende der 6. Armee gesprochen, das nun zwei Wochen zurückliegt. Generalleutnant von Thüngen, der sich mit seiner schlecht ausgestatteten Division dem durchgebrochenen Feind entgegengeworfen hat, wird 1944 seine Konsequenzen ziehen. Am 20. Juli 1944 ist von Thüngen, inzwischen in Berlin als Inspekteur des Wehrersatzwesens eingesetzt, von den Verschwörern um Graf von Stauffenberg vorgesehen, den stellvertretenden Kommandierenden General von Kortzfleisch im Wehrkreis III Berlin abzulösen und selbst die Kommandogewalt über die Reichshauptstadt und ihre weitere Umgebung zu übernehmen. Als das Attentat auf Hitler scheitert, gehört von Thüngen zu den Männern des 20. Juli 1944, die von der Gestapo verhaftet werden. Im Oktober 1944 wird er im Zuchthaus Brandenburg erschossen.

„11. Februar 1943 – K.b.V."

Divisionspfarrer Wolf notiert: *„Winterschlacht im Osten, wieder weht dieser rasende Sturm. Die Schneeflocken treffen wie Pfeile das Gesicht, der Schnee ist ohne Erbarmen. Die Maßlosigkeit des Ostens zerrt an den Nerven, mehr noch als die ständige Bruderschaft mit dem Tode. Die Maßlosigkeit, das ist der Kräfte verzehrende Sturm, die weißverschneite Fläche, die im Mondschein einer erstarrten Mondlandschaft gleicht. Die Maßlosigkeit des Ostens zeigt sich, wenn über den Bergen von Leichen eine neue Angriffswelle heranflutet."*

„12. Februar 1943 – Der Iwan hält einfach keine Ruhe. Seit 1 Uhr greift er ununterbrochen an. 5 T34, Artillerie, ein Bataillon Infanterie abgewehrt. Wir haben Ausfälle. Gegenangriff mit fünf Panzern geglückt. Alte Stellung erreicht. 3 T34 abgeschossen. Auf unser Dorf wird laufend mit Artillerie Granatwerfer getrommelt. Blümel, Erich gefallen."

Gefechtsbericht I. Kompanie/101. Regiment: *„Ein Bataillon und 6 Panzer greifen uns an... Die russischen Panzer greifen sich MG-Nest um MG-Nest unserer Linie heraus. Menschen und Waffen fallen aus. Mehr und mehr lichten sich die Reihen der 1. und 2. Kompanie. Stärker wird der Feind, der die wenigen Männer bis an den Dorfrand zurückdrückt..."* *„14 Uhr Anruf Hauptmann Hummel-Hirschberg: Das Bataillon hat stärkste Verluste erlitten. Alle Kompanie- und Zugführer sind verwundet oder gefallen bis auf einen. Dieser Angriff hat allein 9 Offiziere gekostet, 1 gefallen, 8 verwundet. Da das Bataillon außerdem zahlreiche Waffen verloren hat, ist seine Kampfkraft kaum mehr die einer Kompanie."*

Ein deutsches Flak-Geschütz

„13. Februar 1943 – Der Iwan macht eine Atempause. Die Nacht war ruhig. Gegen 15 Uhr griff er von neuem mit Panzer unterstützt an. Ein T52 wurde beschädigt, dann von einem Pionier mit Tellermine gesprengt."

Der Divisionsarzt meldet für die Zeit vom 15. Januar bis 13. Februar 1943: *„113 Gefallene, 508 Verwundete, 50 Vermisste. Erfrierungen in diesem Zeitraum: neunmal 1. Grades, 57mal zweiten Grades, sechsmal 3. Grades. Darunter befinden sich alte Erfrierungen aus dem vorigen Winter. Als Ursache wird eine zu geringe Zuteilung an*

Hasspläne gegen Europa

Was die Völker des Kontinents nach einem Sowjetsieg erwartet

DZ. Riga, 10. Februar

Die Hilfsvölker der Bolschewisten, die Briten und Nordamerikaner, geben jeden Tag neue Beispiele ihrer haßwütigen Vernichtungspolitik gegen das deutsche Volk und die mit ihm gemeinsam gegen die jüdisch-bolschewistisch-plutokratische Alliance kämpfenden Völker Europas bekannt. Britische Politiker haben ebenso wie USA-Juden in den letzten Wochen teuflische Pläne zur „Bestrafung" der Deutschen und ihrer Anhänger nach einem errungenen Sieg der Alliierten veröffentlicht. Sie sprechen von einem Super-Versailles, weil der Friedensvertrag von 1919 viel zu milde gewesen sei, und erklären zynisch, sie würden Millionen der Völker Europas ausrotten und ihre Kinder deportieren.

Die britische Wochenzeitschrift „Tim and Tide" veröffentlicht nun einen neuen satanischen Plan zur „Wiedererziehung" Deutschlands und der übrigen Völker nach einem Siege der Alliierten. Dieses jüdische Machwerk sieht vor, daß die Verbündeten die Erziehung dieser Völker für eine Generation übernehmen müßten.

Bevor diese Erziehungsaktion der Feindmächte ihren Anfang nehmen tionaler Lehrkräfte sollen fremde Lehrer treten, die mindestens eine Generation lang das gesamte Erziehungswesen überwachen und leiten. Der Zweck dieser Maßnahmen ist, durch eine Zwangsverdummung die völlige Unterjochung aller dieser Völker unter die dann herrschende Clique der Anti-Achsenmächte herbeizuführen.

Nur eine Macht, die nach einem Siege der „Alliierten" in Europa die wichtigste Rolle spielen würde, hat bisher keine Wünsche und Pläne für die Nachkriegswelt bekanntgegeben: die Sowjetunion. Sie, die alles daransetzt, um den deutschen Armeen Erfolge abzuringen, wird nach dem Willen ihrer Bundesgenossen im Falle einer Niederlage des Reiches die weitaus gewaltigste Macht des Kontinents sein und daher den Frieden in Europa diktieren und gestalten. Angloamerikanische Kreise haben ja soeben erst wissen lassen, daß die kleinen Völker Europas gut daran täten, sich schon jetzt Moskau zu nähern, weil England und Amerika nach einem sowjetischen Siege gar nicht die Macht hätten, die Forderungen der Sowjets auf einen angemessenen Siegespreis abzulehnen. Das Zusammenspiel der jüdischen Interessen Moskaus, Londons und Washingtons gegen den Völkerfrieden und für eine Versklavung Europas unter bolschewistischer Vorherrschaft zeigt sich immer deutlicher.

Moskau behauptet seit Beginn des Krieges scheinheilig, es verteidige nur sein Land und habe nicht die Absicht, sich fremde Gebiete und Völker zu unterwerfen. Wie wenig diese Moskauer Behauptung den Plänen der sowjetischen Führung entspricht, kann ganz eindeutig aus den Ereignissen der letzten Jahrzehnte ersehen werden. Niemand hat vor Kriegsausbruch unverhüllter und dreister immer wieder versucht, in allen Gebieten Europas Einfluß und Macht zu gewinnen wie die Bolschewisten. Die Geschichte der letzten 25 Jahre ist — wie wir bereits in der gestrigen Ausgabe berichteten — erfüllt von bolchewistischen Umsturzplänen, die sich in vielen Fällen zu blutigen Bürgerkriegen auswuchsen.

Moskauer Lügen

Wo die Bolschewisten mit diplomatischen Mitteln und durch scheinheilige Versprechen ihr Ziel zu erreichen suchten, folgte dem geringsten Zugeständnis sogleich die Überflutung des Landes durch die sowjetischen Streitkräfte.

Auch die baltischen Staaten Lettland, Estland und Litauen hatten pro forma von Moskau die Zusicherung eines Eigenlebens erhalten. Kaum aber waren die Bolschewisten im Lande, begannen sie in der brutalsten Weise Leben und Eigentum der Völker dieser Staaten zu liquidieren.

Wenn die „Prawda" in diesen Tagen erklärte: „Es gibt Menschen, die einige Teile Rußlands an die Sowjetunion zurückgeben wollen, so z. B., was die baltischen Republiken anbelangt. Diese Leute haben aber keine Ahnung von der politischen Struktur Sowjetrußlands. Diese baltischen Länder sind genau wie andere Teile der Sowjetunion auf den Wunsch der eigenen Bevölkerung mit Sowjetrußland verbunden," so ergibt sich aus dieser Moskauer Behauptung, die der Wahrheit ins Gesicht schlägt, die ganze

Die Ostland-Zeitung vom 11. Februar 1943

Winterbekleidung angegeben."

„14. Februar 1943 – Griff er mit einer Kompanie an, wurde abgeschmiert, Störungsfeuer ins Dorf, sehr viele Ausfälle."

Ein russischer Funkspruch wird abgehört: *„An Regiment: Feind zeigt starken Widerstand und behauptet weiterhin die Stützpunkte Busuluk und Seminowka."*

„15. Februar 1943 – Bis 16 Uhr ruhig. Gegenangriff gut verlaufen. Diese Tage hausten wir in einem Kartoffelkeller. Kein Ofen, nicht gewaschen, ständig mit Mantel.

16. Februar 1943 – 21 Uhr von K18 abgelöst. 1 Uhr in Maslowa Quartier, 18 Mann in einem Raum, 4 Grad.

17. Februar 1943 – Hier liegen Panzer, Flak-Artillerie und Infanterie.

18. Februar 1943 – K.b.V.

19. Februar 1943 – Frühlingswetter, dann bis ans Ende des Dorfes umgezogen. Quarantäne. Hauptmann Hirschberg wurde Major. Gutes Mittagessen.

20. Februar 1943 – Unverschämter Schneesturm.

22. Februar 1943 – Maslowo um 10 Uhr verlassen. Schneeverwehungen, toll. 14 Uhr das Dorf erreicht; Vermittlung eingebaut, warme Bude gemacht.

23. Februar 1943 – Vermittlungsdienst. Zigarre von Oberstleutnant Sander gefasst, herrlicher Tag.

24. Februar 1943 – Störangriff von russischen Fliegern.

25. Februar 1943 – Eigenes Unternehmen sehr gut geglückt. 50 Panzer und 150 Tote, meldete der Iwan. Hier sieht man, wie armselig der Russe ist. Propaganda sehr mies.

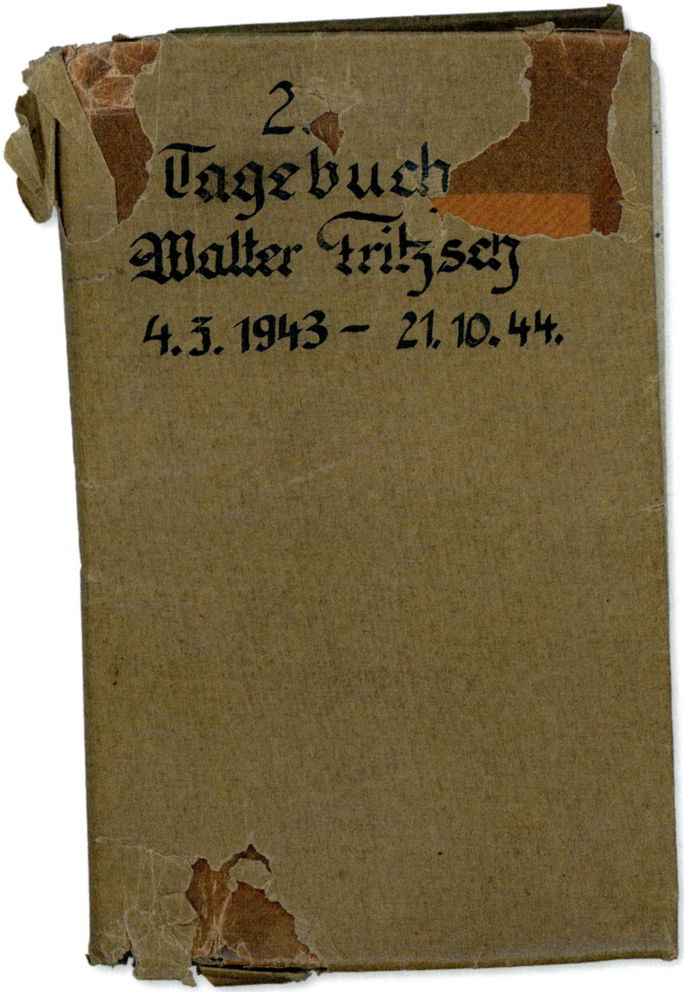

26. Februar 1943 – Links von uns griff der Feind an und wurde abgeschlagen.

27. Februar 1943 – Es gab gute Verpflegung. Wodka, Schokolade, Drops."

Am 28. Februar 1943 sind die Kampfhandlungen beendet. Die Russen rücken in kleineren Gruppen vom Schlachtfeld ab.

„28. Februar 1943 – Heute gab es ein Deutsches Kreuz in Gold, 11 EK I und 109 EK II. Es ist kälter geworden. Es gab zum Frühstück Bohnenkaffee mit Milch und belegten Broten, denn heute ist ja Sonntag. Unteroffizier Freiberg, Lang und ich sind die Verpflegungsgemeinschaft.

1. März 1943 – K.b.V.

2. März 1943 – Marketender-Ware gefasst. Schmidtgerber wurde Unteroffizier. Nur einzelnes Artilleriefeuer. Haben uns hübsch amüsiert. Der Russen… war schwer fertig.

3. März 1943 – Seit 1 Uhr schneit und weht es unverschämt.

4. März 1943 – Es verging ruhig. Gegen Abend fiel es auf, … denn werfen… Es wurde ein Oberstleutnant verhört, der übergelaufen ist. Es ist toll, dass der noch kommen soll.

5. März 1943 – Eine Untervermittlung im Bunker gebaut, sonst Tauwetter. Links und rechts eigene Unternehmungen gestartet. Bombenwurf auf Iwan in der Stellung."

Am 4. März 1943 sagen Gefangene aus, dass ein Angriff bevorsteht. Bei Glasunowka soll die Bahnlinie unterbrochen werden. Der Angriff beginnt am 6. März. Gegen jede Kompanie rennt ein feindliches Bataillon an.

„6. März 1943 – **18. Nahkampftag**
Punkt 6 Uhr begann ein Artillerietrommelfeuer. Es war furchtbar. Es waren schwere Kämpfe für unsere Lanzer und sie hielten die Stellung. Der Russe hatte schwere Verluste. Die Stuka kamen, wenn man es zusammenzählt, waren es 130 … 87 … Sie … bombten toll. Es ist jetzt 16 Uhr und noch immer ist der Russe nicht still. Der Russe ist so frech, dass er nachts mit LKW an die HKL und brachten ihre Scheinwerfer anzuzünden… 22:30 Uhr – die Nacht verging einigermaßen ruhig."

Am 7. März 1943, 2:30 Uhr morgens, dringt der Feind in die Hauptkampflinie ein. Die Besatzung des Obstgartens Saburowo wird zurückgeworfen und zersprengt. Um 4:40 Uhr wird gemeldet, dass Leutnant Weddig, 1./101., die Reste der Kompanie Gerstenberg, 2./101., sammelt und die Kirche Saburowo im Gegenstoß

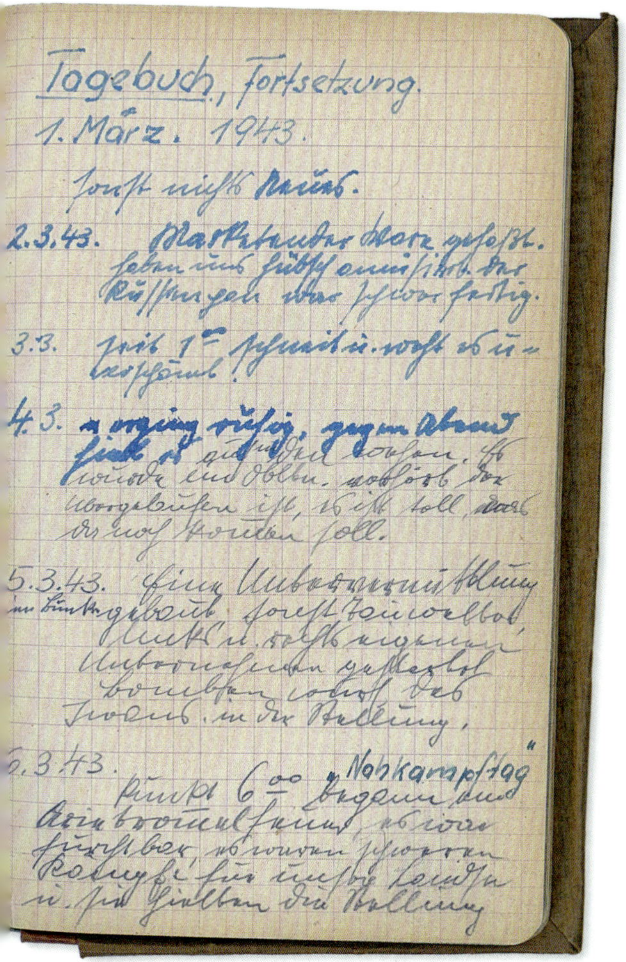

genommen hat. Aus eigener Initiative greift Leutnant Weddig, der sich die Pionierkompanie unterstellt hat, den Obstgarten an, nimmt ihn und macht 80 Gefangene. Auch der Friedhof wird zurückerobert. Im Kommandeurs-Tagebuch steht: *„Nach Abschluss der Kämpfe findet Leutnant Weddig den Heldentod."* Er erhält nach seinem Tod das Ritterkreuz.

„7. März 1943 – ***19. Nahkampftag***
Bis 5:45 Uhr: Sie lagen schon vor dem Dorf. Dann setzten Leutnant Weddig und ca. 10 Mann einen Gegenangriff an. Dort, wo der Schwerpunkt war. Einige Schuss Artilleriefeuer genügten. Diese Handvoll Männer warfen den 20-fachen Feind zurück. Er machte ca. 100 Gefangene, 120 Tote, erbeutete 7 SMG, 1 SGVW, 2 Panzer und 140 Gewehre. Leider fiel Leutnant Weddig bei den Unternehmungen. Es war ein sehr schlechtes Wetter. Noch unverschämtes Schneetreiben und sehr kalt geworden.

8. März 1943 – Gegen 8:30 Uhr sechs russische Schlachtflieger. Bis jetzt verlor der Feind ca. 850 Tote, Gefangene ca. 150 und etliche Beutesachen. Laufend griffen russische Schlachtflieger an. Wenn alles sich so verhält wie der V.-B. aussagte, da beginnt der Rummel ja wieder."

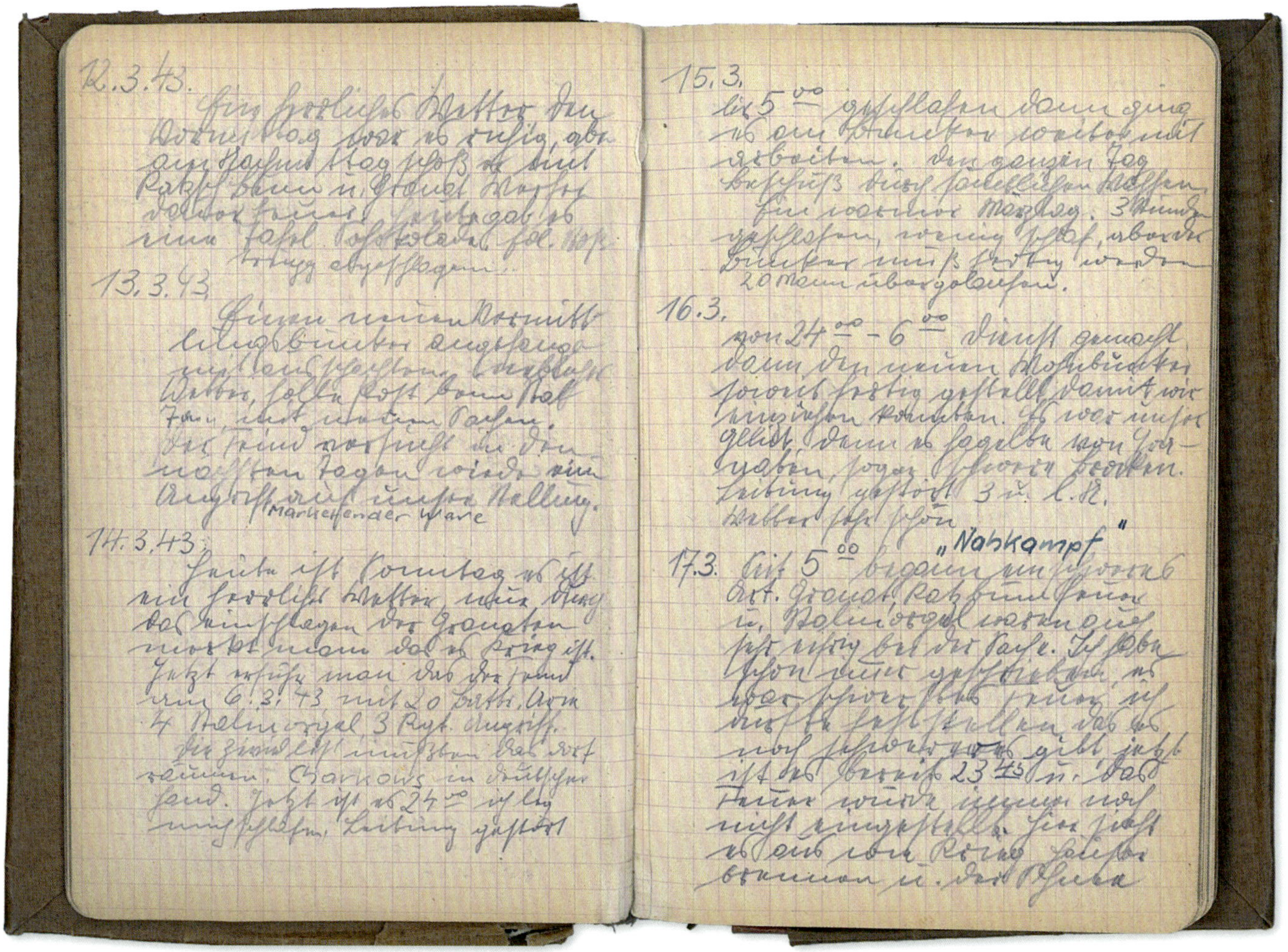

Am 9. März sind die schweren Abwehrkämpfe beendet.

„9. März 1943 – Sonst war es wie üblich. Dieses Mal verdächtig ruhig, abgelöst. Wohnen jetzt im Kartoffelkeller. Es ist nicht die Masse, aber den Verhältnissen nach geht es noch.

10. März 1943 – …beschoss unseren Dorfteil … hatte dann Post vom Bataillon. Gegen 22 Uhr griff der Feind … an. Er machte sechs Gefangene, hatten einen Toten … Ein Kommissar erschossen."

Am 11. März 1943 muss die Division für die nächsten Tage damit rechnen, dass kein Munitionsnachschub eintrifft. Die große Desnabrücke bei Brjansk ist von Partisanen gesprengt worden.

„11. März 1943 – Die Schutzmauer, die gebaut wurde, sieht ja toll aus. Heute ist ein unschöner Tag. Eben beschoss uns wieder der Ratsch-Bumm

12. März 1943 – Ein herrliches Wetter. Den Vormittag war es ruhig, aber am Nachmittag schoss er mit Ratsch-Bumm und Granatwerfer daher… Heute gab es eine Tafel Schokolade.

13. März 1943 – Einen neuen Vermittlungsbunker angefangen mit Ausschachten. Mieses Wetter, holte Post beim Stab … Der Feind versucht in den nächsten Tagen wieder einen Angriff auf unsere Stellung. Marketender-Ware

14. März 1943 – Heute ist Sonntag. Es ist ein herrliches Wetter. Nur durch das Einschlagen der Granaten merkt man, dass es Krieg ist. Jetzt erfuhr man, dass der Feind am 6.3.1943 mit 20 Bataillonen … 4 Stalinorgel, 3 Regimenten angriff. Die Zivilisten mussten das dort räumen. Charkow ist in deutscher Hand. Jetzt ist es 24 Uhr, ich leg mich schlafen. Leitung gestört.

15. März 1943 – Bis 5 Uhr geschlafen. Dann ging es am Bunker weiter mit arbeiten. Den ganzen Tag Beschuss durch … Waffen. Ein warmer Märztag, drei Stunden geschlafen. Wenig Schlaf, aber der Bunker muss fertig werden. 20 Mann übergelaufen.

16. März 1943 – Von 24 Uhr bis 6 Uhr Dienst gemacht. Dann den neuen Wohnbunker soweit fertiggestellt, damit wir einziehen konnten. Es war unser Glück, denn es hagelte von Granaten sogar schwere Brocken. Leitung gestört. 3 U.L.H. Wetter sehr schön
20. Nahkampftag

17. März 1943 – Seit 5 Uhr begann ein schweres Granatrazebundfeuer … und Stalinorgel waren auch eifrig bei der Sache. Ich habe schon … geschrieben. Es war schon … Ich durfte feststellen, dass es noch schon … gibt.

Jetzt ist es bereits 23:45 Uhr und das Feuer wurde immer noch nicht eingestellt. Hier sieht es aus wie Krieg. Häuser brennen und das … durchwühlt. Und sind schwarz von den Einschlägen der Granaten. Schlachtflieger besuchten uns auch. Unsere Störungsfunker wieder laufend unterwegs. Die Leitungen sahen aus. Bis heute willst gelassen, ich.“

Das Generals-Kommando meldet am 17. März 1943: *„Die heutigen Angriffe wurden von etwa 70 Feindbatterien (von Beobachtungsabteilung aufgeklärt) mit 8.000 Schuss unterstützt, davon allein in einer Stunde die Hauptangriffspunkte mit 5 bis 6.000 Schuss. 200 Gefangene wurden eingebracht. An diesem 17. März 1943 fielen bei der 18. Panzer-Division 6 Offiziere und 87 Unteroffiziere und Mannschaften. Verwundet wurden 9 Offiziere und 208 Unteroffiziere und Mannschaften, vermisst 33 Unteroffiziere und Mannschaften.“*

„18. März 1943 – Der Zauber geht weiter. Heute verschoss der Iwan ca. 3.000 Schuss auf unser Dorf. Es war ein hübscher Granatenregen. Man war langsam auf den Nerven fertig. Den ganzen Tag das Getöse. Ich bin ziemlich fertig. Seit 17.3. noch nicht geschlafen. In … Das ist Krieg, der Feind greift laufend an.

19. März 1943 –Heute geht es weiter. Der Tag verging verhältnismäßig ruhig, obwohl die … mit Grabüberfällen weiter tobte. Abgelöst worden. Es gab eine Tafel Schokolade. Habe mich sauber gemacht.

20. März 1943 – Der Tag verging ruhig. Eine neue Hose gefasst. Ein sehr schönes Wetter gewesen.

21. März 1943 – Ein herrlicher Sonntag gewesen. War alles ruhig. Gab wieder ein herrliches Essen – Scho-Ka-Cola.

22. März 1943 – Einige Schuss Artillerie, sonst war es ruhig. Es gab eine halbe Tafel Schokolade. Haare geschnitten, Stiefel neu besohlt worden. Das Wetter war sehr schön.

24. März 1943 – Dieser Tag war voll Fliegerangriffen. Ein Schlacht-

flieger wurde abgeschlossen. An der Front war es außer den allgemeinen Artillerie- und Infanterie-Einzelfeuern ruhig. Das Mittagessen war pfundig. Das Wetter scheint kälter zu werden.

25. März 1943 – Es ist verhältnismäßig kalt geworden. Sonst war es sehr ruhig. Von Becher, Pauls Frau einen Brief bekommen."

Am 25. März 1943 meldet der Armeebefehl den erfolgreichen Abschluss der Abwehrschlacht um Orel. In den darauf folgenden Tagen setzt die Schlammperiode ein. Die Division wird aus der Stellung herausgezogen und im rückwärtigen Gebiet aufgefrischt. Ehe es soweit ist, verliert sie auch noch ihren Divisionskommandeur, der nach Berlin versetzt wird. Generalleutnant Freiherr von Thüngen hatte gehofft, die Division in den bevorstehenden Angriff zu führen, wie das Kommandeurs-Tagebuch am 29. März 1943 berichtet. In seinem Zustandsbericht fasst er zusammen, was zum allgemeinen Ärgernis der 18. Panzer-Division geworden war. Hier der gekürzte Wortlaut: *„Die Division wurde im November 1940 als Panzer-Division aufgestellt. Sie besteht zu 85 Prozent aus Sachsen, zu 10 Prozent aus Sudetendeutschen. Die Ausstattung mit Waffen und Kraftfahrzeugen erfolgte erst im Anrollen zum Osteinsatz. Die außergewöhnlichen hohen Ausfälle an Kraftfahrzeugen im Vormarsch und Rückmarsch Dezember 1941 sind durch die Ausstattung mit den für Ostverhältnisse besonders unzulänglichen französischen Kraftfahrzeugen begründet. Seit der Jahreswende 1941/42 ist das Gesamtbild der Division im wesentlichen unverändert.*

Panzer-Grenadiere und Kradschützen: Die nur zu 51,7 Prozent vorhandenen schweren Waffen werden zum Teil behelfsmäßig motorisiert bewegt. Die Schützenkompanien besitzen durchschnittlich drei LKW, davon einer als Küchenwagen verwandt. Sie sind also nur fußbeweglich.

Panzer-Abteilung: Vom Panzer-Regiment besaßen am 1.2.42 Stab mit zwei Abteilungen keine Panzer mehr. Sie wurden der Division für Neuaufstellungen genommen. Die verbliebene Abteilung hatte zu diesem Termin acht einsatzfähige Wagen. Durch Ausnutzung aller Möglichkeiten wird diese Zahl auf 46 erhöht. Im März 1942 musste die Abteilung etwa 60 Mann nach Deutschland abgeben. Auf ausdrückliche Zusicherung, dass diese Leute wieder zur Abteilung kämen, wurden die allerbesten ausgesucht. Nach mehrfachen Anfragen erfuhr die Division, dass die abgestellten Leute mittlerweile zu anderen Divisionen versetzt wurden.

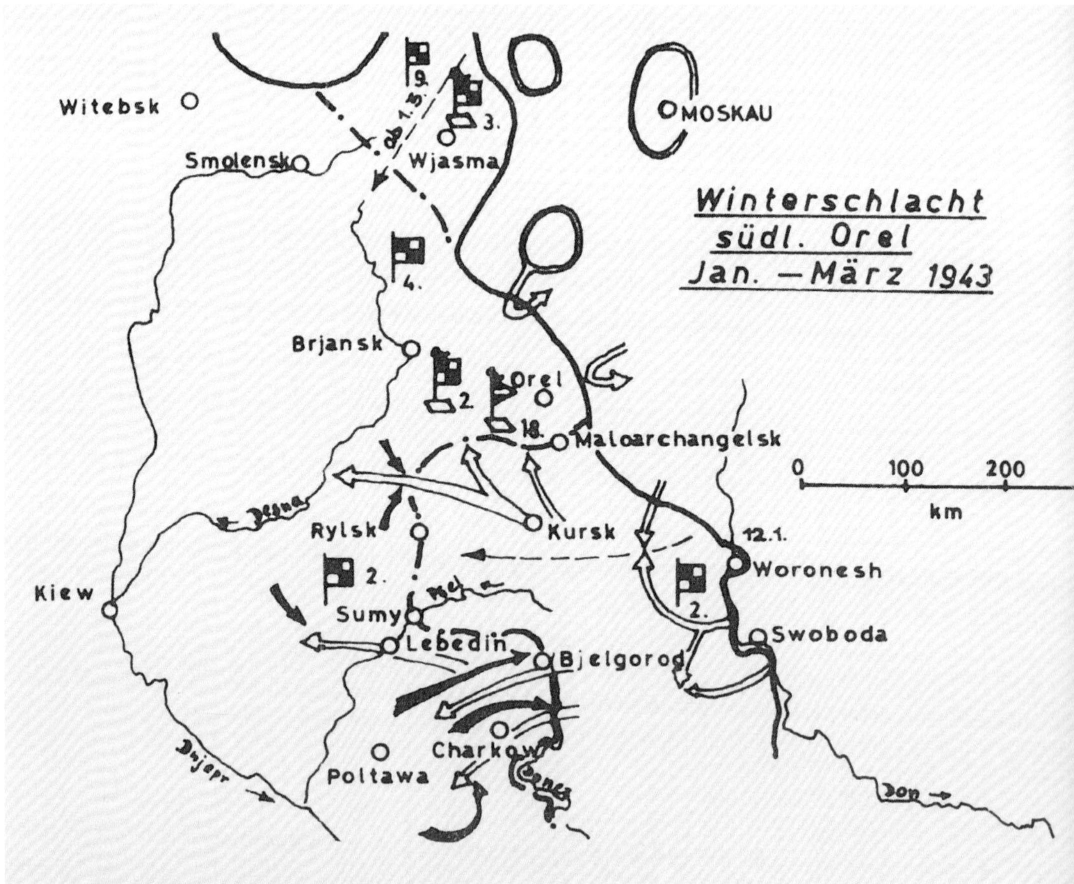

Am 15.8.42 wurde der Division die Panzer-Abteilung genommen. Sie erhielt danach zwölf neue Wagen. Ihr ununterbrochener Einsatz bei Welikije Luki dezimierte die Abteilung so, dass nach Wiederzuführung zur Division am 4.2.43 zunächst nur fünf Panzer einsatzfähig waren. Der Höchststand an einsatzfähigen Panzern beträgt im günstigsten Falle 31 Wagen, davon acht Panzer II. Von dieser Zahl laufen 21 Wagen seit 1941, fallen also nach jedem Einsatz wieder aus, sofern sie nicht im Einsatz liegen bleiben und unter Opfern geborgen werden können.

Am 7.3.43 gibt die Abteilung im Austausch gegen unausgebildeten Ersatz 19 Panzer-Besatzungen und Spezialisten für Neuaufstellungen ins Heimatkriegsgebiet ab. In Kenntnis, dass benachbarte Divisionen neue Panzer erhalten haben und erhalten, beantragte die Division ebenfalls Neuzuweisung. Die Mitteilung des OKH lautete: 18. Panzer-Division erhält k e i n e Panzer.

SPW: Die mit ihren Besatzungen laufend geschulten und für ihren besonderen Einsatz bereit gehaltenen SPW wurden der Division am 2.1.43 genommen, als Truppentransportmittel im Kampf bei Welikije Luki eingesetzt und gingen sämtlich verloren.

Artillerie: Bei Beginn des Einsatzes südlich Orel waren die Geschütze zu 58 Prozent beweglich. Erst jetzt nach Abschluss der Kämpfe ist die Beweglichkeit auf 70 Prozent gestiegen. Die mangelnde Beweglichkeit hat zwangsläufig die volle Ausnutzung der artilleristischen Kampfkraft behindert. Die Rohre haben die Durchschnittsbelastung von 7.000 Schuss leichte Feldhaubitze und 5.000 Schuss schwere Feldhaubitze. Die großen Streuungen verhindern die Unterstützung der Schützen nahe vor der Hauptkampflinie, erhöhte Verluste sind die Folge.

Pioniere: Das Pionier-Bataillon hat laufend ein Fehl von 41 Prozent der Sollstärke, d. h. es verfügt nur über unzureichende Kräfte für Stellungsbau, Minen- und sonstige Pionier-Arbeiten.

Nachrichten: Vollmotorisiert zu 75 Prozent auf ausgefahrenen Fahrzeugen.

ZUSAMMENFASSUNG: Der Zustandsbericht gibt klar wieder, dass die Division von einer Panzer-Division nur noch die Gliederung und den Namen führt. Sie ist schlechter ausgerüstet als eine Infanterie-Division. In der Division wird das Witzwort »Panje-Division« gebraucht. Mit Galgenhumor verfolgt die Truppe, wie ihr alles an ihre Zweckbestimmung erinnernde Gerät und Waffen immer wieder genommen wird und der allgemeine Ausstattungszustand laufend schlechter geworden ist… Im Vertrauen darauf, dass auch die Division in absehbarer Zeit wieder als Panzer-Division ausgestattet wird, sind alle technischen Voraussetzungen soweit als möglich gewahrt geblieben, es ist der Truppe der entscheidende Geist der Schnellen Truppe erhalten worden. gez. v. Thüngen"

Hinter diesem Zustandsbericht steht das Beklagen der mangelnden Fürsorge der Heeresführung. Die hatte alles auf eine Karte gesetzt, die Operation im Süden, also in erster Linie Stalingrad, sollte die Entscheidung bringen. Die Divisionen der Heeresgruppe Mitte aber wurden vernachlässigt. Das blieb auch auf der gegnerischen Seite nicht unbemerkt. Der sowjetische Dichter Alexander Twardowski schrieb im Frühjahr 1943: *„Der Deutsche ist arm geworden. Früher war das ganz anders. Kaum hatte man den ersten deutschen Graben erreicht, da hatte man schon Schokolade und Zigaretten erbeutet und was sonst das Herz begehrte. Heute kann man 30 Werst am Tag stiefeln und findet trotzdem nichts zum Rauchen."*

„26. März 1943 – K.b.V.

27. März 1943 – Auf B-Stelle gewesen. Ein Artillerieüberfall von uns, dann wurden wir vollgerotzt. Die Flieger besuchten uns auch. Dann bauten wir uns eine Leitung für das Radio. Abends einen gemütlichen Samstag gemacht. Bis 22 Uhr. Es gab Schnaps.

28. März 1943 – Sonntag Morgen ohne Sorgen. Radio gehört. Es gab ein Pfundsessen, Fleisch, grüne Erbsen und Pudding. Russische Artillerie schoss mit einigen schweren Brocken, um unsere Nähe herum. Nach was sie schossen, war nicht festzustellen.

29. März 1943 – Hemd gewaschen, sonst nichts Neues.

30. März 1943 – K.b.V.

31. März 1943 – 7:30 Uhr abgehauen zum Funkerkurs. Im Schlamm, toll."

Die drastische Schilderung der Zustände durch Generalleutnant von Thüngen lässt in der Divisionsspitze die Erwartung zu, dass auch die eigene Einheit wieder zu einer vollwertigen Panzer-Division gemacht werden würde. Hinter den Kulissen laufen seit März die Vorbereitungen für die »Operation Zitadelle«. Hitler, seit der Niederlage von Stalingrad unter Druck, will dem Gegner bei Kursk eine schwere Niederlage zufügen. Die Rote Armee hatte dort einen riesigen Frontbogen in Richtung Westen vorgetrieben, der für sie das Sprungbrett für die Rückgewinnung des Gebietes um Orel und der Ukraine darstellt. Für Hitler das richtige Terrain, um sein ramponiertes Image aufzupolieren. Wenn es gelingt, starke sowjetische Kräfte in dieser Falle zu fangen, würde sich das strategische Kräfteverhältnis vielleicht zu Deutschlands Gunsten ändern. Demnach sollen bis Mitte April die Heeresgruppe Mitte südlich von Orel und die Heeresgruppe Süd im Raum von Belgorod starke Angriffsgruppen versammeln. Sämtliche Angriffsdivisionen, so heißt es, würden auf Kosten der übrigen Ost-Divisionen voll aufgefüllt und aufgefrischt. In der Summe werden so rund 2.000 deutsche Panzer konzentriert und ebensoviele Flugzeuge stehen bereit. Der russischen Seite kommen die deutschen Angriffspläne nicht ungelegen. Sie hatten Anfang 1943 insgesamt 500.000 Eisenbahnwaggons mit Kriegsgerät aus dem Inneren Russlands in den Kursker Frontbogen rollen lassen. Ihre gesamte Industrie war inzwischen auf Kriegswirtschaft umgestellt worden und so produzieren die ins Hinterland verlegten Rüstungsbetriebe eine ständig wachsende Zahl an Panzern, Flugzeugen und Geschützen.

Anfang April wird die »Operation Zitadelle« zum ersten Mal verschoben. Das Unternehmen soll nun Mitte Mai stattfinden. Schlammperiode und zu langsame Auffrischung machen die Verschiebung nötig. Das Kradschützenbataillon 18 wird zum 1. April 1943 in »Panzer-Aufklärungsbataillon 18« umbenannt.

„1. April 1943 – Regen, Schlamm, wenige Verpflegung, reine Luft zum Schreiben, Unterricht.

Entlausungsstation für deutsche Soldaten

2. April 1943 – 6 Uhr waschen gewesen, beim Arzt gewesen wegen der linken Hand

3. April 1943 – Wie üblich, Essen »malo« (»malo« russisch für wenig, klein) – aber gut. Sonst keine Vorkommnisse.

4. April 1943 – Sehr gutes Essen, heute keinen Dienst. Musik gemacht.

5. April 1943 – Gegen 19 Uhr begann in Richtung Orel ein Feuerwerk durch Flak, Leuchtbomben und Bomben.

6. April 1943 – Lowtschikowo 18 Uhr verlassen. Nach Glasunowka die ganze Nacht geworden.

7. April 1943 – Auf unseren Tross gestoßen. Jeden Tag Fliegerangriffe."

Am 7. April 1943 meldet sich Major Hummel-Hirschberg als versetzt, er war von Anfang an bei der Division. An diesem Tag trifft auch Generalleutnant von Thüngen nochmals im Divisions-Gefechtsstand ein, um seinen Nachfolger einzuweisen. Zugleich erhält von Thüngen die Mitteilung, dass er für die Märzkämpfe das Ritterkreuz verliehen bekommt.

„8. April 1943 – Bei 40 km Bahn verlagert. Wir von 20 Uhr bis 10 Uhr, dann das gesamte Gepäck. Fünf Kilometer geschleppt, war hübsch fertig gewesen.

9. April 1943 – Wieder Kilometer gewandert. Die Frage, mit dem Quartier? Regenwetter.

10. April 1943 – Ganz große Verpflegung für Kursus!!!

11. April 1943 – Prima Wetter, kein Mittagessen. Nochmalig Unterricht. Gegen 20 Uhr begann der Fliegerbesuch der Sowjets. Der Himmel voller Leuchtschirme, Sprengwolken und das Aufblitzen der Bomben. Eine Nacht."

Am 11. April 1943 erhält das Panzer-Grenadier-Regiment 101 eine neue Bezeichnung. Nach seinem neuen Kommandeur, Oberstleutnant Fleischauer, heißt es nun »Panzer-Grenadier-Regiment Fleischauer«. Die Begründung ist ebenso einfach wie niederschmetternd. Beim Unternehmen »Zitadelle« soll der Einsatz der Einheit nur infanteristisch sein. Außerdem nur außerhalb der Division, bei einer Sonderaufgabe. So spart man die Motorisierung des alten 101er Regiments ein.

„12. April 1943 – Wie üblich, halb Unterricht. Abends Bombenabwurf in unserem Dorf, üblich… Russen. 20 Uhr gesehen wie ein Bomber abgeschossen wurde.

13. April 1943 – Der Tag verging wie üblich. Abends war es einigermaßen ruhig in der Luft.

14. April 1943 – 3:30 Uhr schoss die …Flak-Trommelfeuer, Post gehabt.

15. April 1943 – Wie üblich, kam ein Haufen Post für mich, sonst k.b.V."

Das Läuschen!
1.) Einst in der Kaserne ging es sauber zu
Doch in Russlands Ferne gibt es keine Ruh!
Hier zieht man sich die Socken aus,
dann juckt uns täglich … die Laus,
eine süße kleine Laus.
2.) Denn im Waldesschatten, hielt ich´s nicht mehr aus,
und die, die welche hatten … in Hemd und Hose raus
und alle Landser konnten sehn,
wie hier Läuschen Runden drehn.
Wie ein Kind, es war geschehn.
3.) Schon rief der Posten: Achtung Großalarm.
Das kann den Kopf uns kosten, dort kommt ein Russenschwarm
Den machen wir den Garaus,
derweilen halten weiter Schmaus,
die süße kleine Laus
4.) Deine Schritte kenne ich, deinen leisen Gang
Wache oder penne ich, du läufst am Bein entlang.
Dir wird bald ein Leid geschehn,
denn so kann es nicht weiter gehen,
mit deinen Runden drehn.
5.) In einer Panzerhütte, mitten in der Stadt,
begann dann die Ächtung, ein Spähtrupp wird gemacht.
In jenem kleinen Panzerhaus,
da hauchte sie ihr Leben aus,
die kleine süße Laus

SCHLUSS

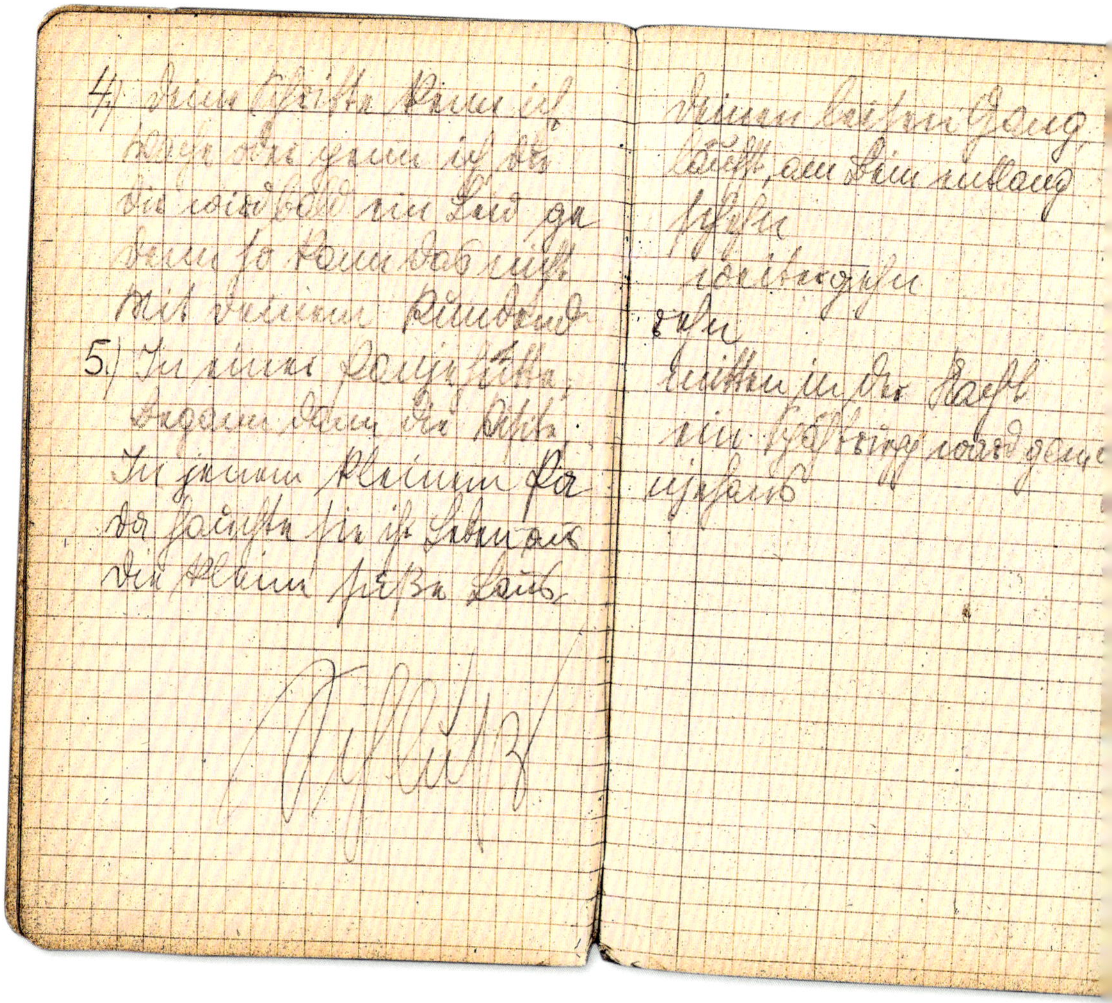

„16. April 1943 – K.b.V.

17. April 1943 – Hör- und Schlüsselprüfung nicht erfüllt. Waffen …

18. April 1943 – In Orel gewesen. Entlausung… Feind. Torte gegessen, … Front gewesen …

19. April 1943 – Unterricht. Es gab Schnaps, Drops, Zucker, Bier.“

Am 19. April 1943 fahren 14 Offizieren des Divisionsstabes zum Flugplatz Orel, um Generalleutnant von Thüngen zu verabschieden. Dessen Ju 52 nach Berlin startet unter Klängen der Regimentsmusiker des Panzer-Grenadier-Regiments-52.

„20. April 1943 – Bis Mittag Unterricht, freien Nachmittag. Heute gab es feines Essen. Gewitter, Posten gehabt.

21. April 1943 – Unterricht im Hören, übliche Fehler gemacht. Ausgang durchgedreht gewesen. Russische Jäger abgeschossen. 12 Uhr – zwei Störche gelandet. Eine Flasche Hennesy... von Schmidt General.

22. April 1943 – Heute ... Luftwaffe fliegen Stukas ... Abends wieder Fliegerangriffe von Russen. Wurden hübsch bepflastert.

23. April 1943 – Ein herrlicher Tag. Malten im Freien, Unterricht. Es folgten Stukasverbände an die Front. Stark eigener Flugverkehr bei Tag.

24. April 1943 – Hörprüfung. 50 Bestanden. Schlüsselprüfung 100, 8:30 Uhr Orel Abends 17:30 Uhr Kretschkowo verlassen, bis Orel... ein hervorragendes Quartier.

25. April 1943 – Dieses Quartier gehörte uns nur 12 Stunden. Nach dem Mittagessen ging es ins Wohnhaus. Das Zimmer ist schön. Mit Tapeten beklebt. Die Leute backen wunderbaren Kuchen. Alles war pieksauber. Nachmittags gab es Marketender-Ware. Zwei Mann, eine Flasche Cognac. Es wurde ein herrlicher Abend. Es blieb nicht ... im Rahmen der Gesellschaft, sondern es wurde getobt, wie es sich beim Lanzer gehört. Die Mädchen machten sich besonders hübsch. Warum? Flieger waren da.

26. April 1943 – Ging es mit einem umgedrehten Wagen los. Eine Stunde hören, das war der ganze Dienst. Im Nachbarhaus war eine Taufe. Es war ... Bier, Schnaps. Nur 23 Mann waren eingeladen. Denn alle wollten beiwohnen, wenn das Zwillingspaar getauft wurde. Die Musik war auch vertretbar. Dann wurde getanzt. Ich fühlte mich nicht wohl. Hoffentlich geht es mir morgen besser. Flieger besuchten uns schon bei Tag.“

Das (Fuß-)Regiment Fleischauer macht am 26. April 1943 eine Lehrübung. Dargestellt werden soll die Überwindung von versumpftem und vermintem Gelände unter Feindeinwirkung. Beobachtet wird das Geschehen unter anderem von Divsionsführer Oberst von Schlieben.

„27. April 1943 – Nachts Fieber gehabt. Nachmittags ins Lazarett Orel. Diphterie-Verdacht. Flieger waren da.

28. April 1943 – Wie es im Lazarett zugeht: Russinnen, ... bringen Kaffee, Essen usw.

29. April 1943 – Gut geschlafen. Dann etwas geschrieben. Das Lazarett war eine Schule gewesen. Es sind Eisenbetten da und weiße Bettbezüge. Es gibt dreimal Essen, zwei Mal ... , man kann nicht satt werden. Mittagskost ist nicht reizend. Im Zimmer liegen 17 Mann, es regnet.

30. April 1943 – Es wird mit mir gar nichts gemacht. Fühle mich sofort gesund. Mögen mich bald entlassen.

1. Mai 1943 – Der erste Abstrich negativ. Die Straßen sind ganz groß geschmückt. Hakenkreuze hängen mehrfach über Orel. Die Bevölkerung feiert den Tag der Arbeit. Es war 14 Uhr ein Umzug. Sogar mit russischer Kapelle. Lautsprecher werden aufgestellt. Den Umzug ... Frisör, Bäcker, Schuster, Schlosser und Tischler, Stellmacher, Essen ... es sah herrlich aus. Der Aufklärer ... kleine Buchleine usw. Kraftwagen warf kleine Hakenkreuze... Ganz Orel war auf den Beinen. Genau wie in Deutschland. Die Mädchen putzten und kleideten sich sehr nett an. Programmleute filmten und ... kam der Front... um sehen, wenn es in einer großen Stadt im ... liegt. Traf Morgenstern, Fritz – er ist Unteroffizier geworden und liegt im selben Lazarett wie ich.“

Auch die 18. Panzer-Division hat jetzt wöchentlich eine »Führer-Meldung« zur Kampfstärke an das Oberkommando des Heeres zu erstatten. Zum 1. Mai 1943 erklären die Verantwortlichen die Division *„zur Abwehr voll geeignet“*. Fünf Bataillone gäbe es, 25 Prozent wären motorisiert, 40 Prozent bespannt. Nur eine Woche später ist die Division aber laut »Führer-Meldung« schon *„zum Angriff bedingt geeignet“*. Dabei bleibt es bis kurz vor Beginn der immer wieder verschobenen »Operation Zitadelle«.

„2./3./4. Mai 1943 – Wie üblich. Auf Fliegeralarm gewesen.

5. Mai 1943 – Das Wetter ist immer anders. Sonne, dann Wolken, Fliegeralarm. Blutsenkung gemacht.

6. Mai 1943 – 45 Flieger griffen 11 Uhr Orel an. 15 Uhr abgeschossen. Drillsch, Werner, von Planitz und noch einen. Nachts ging es einem sehr mies. War das Mittagessen. Im Ganzen wurden 100 bis 73 Flieger abgeschossen.

7. Mai 1943 – Seit 4:30 Uhr sind die Russen mit ihren Schlachtfliegern da. Es wurden zwei Stück abgeschossen. Ein schönes Wetter. Dritter Abstrich negativ.

8. Mai 1943 – Gebadet und laufen gewesen. Kam ins … zum … Gewesen in Orel, bei ehemaligen Quartierleuten geschlafen. Dann Tanz.

9. Mai 1943 – Morgens ins Lazarett. Dort bekam ich meine Papiere. Mein General war nicht mehr zu finden. Lazarett entlassen. Abends war ich tanzen gewesen. Toll.

10. Mai 1943 – Mittag 13 Uhr Orel mit Feldpost-Auto verlassen. Gegen 17 Uhr kam ich an bei der Truppe.

11. Mai 1943 – Ging es mit LKW nach Symorotka (?). Dort wurden wir verladen nach Karatschew.

12. Mai 1943 – Auf der …

13. Mai 1943 – Karatschew – ausgeladen. Dann mit LKW 30 km westlich gefahren. Sehr schönes Wetter, Leitung gebaut. Vermittlung.

14. Mai 1943 – Schöner Tag. Post da. Dienst … geben. Ausbildung, Heimat.

15. Mai 1943 – K.b.V.

16. Mai 1943 – 11:45 Uhr ging es los.

17. Mai 1943 – Lang gehört, laufend Verkehr gemacht. Der Fü… Ernst auf den Schultern getragen. Früh regnete es schwer, sonst noch keine Feindberührung gehabt. Bekam ein …

18. Mai 1943 – Die ganze Stadt Funkverkehr gemacht. Es ging gleich noch weiter. Päckchen und Brief erhalten. Regenwetter. Ganze Nacht Verkehr. Nicht geschlafen. Sehr kalt."

Bei der Heeresgruppe Mitte rechnet man mit einem russischen Angriff auf breiter Front. Mit den Schwerpunkten in Bolchow, südlich von Orel und weiter südlich im Raum Maloarchangelsk, verteilt auf einer Nord-Süd-Achse von 140 Kilometern. Seit Tagen regnet es und das fast rund um die Uhr. Die Wege sind stark aufgeweicht. Hinzu kommen fast täglich Verluste durch die in den Wäldern verlegten Minen. Da Hitler die »Operation Zitadelle« nochmals verschoben hat, plant der Divisionskommandeur im weißrussischen Bobruisk die umgehende Einrichtung eines Erholungsheimes für seine Soldaten. Zudem soll auch ein Pferdeerholungsheim mit Fohlenzucht entstehen.

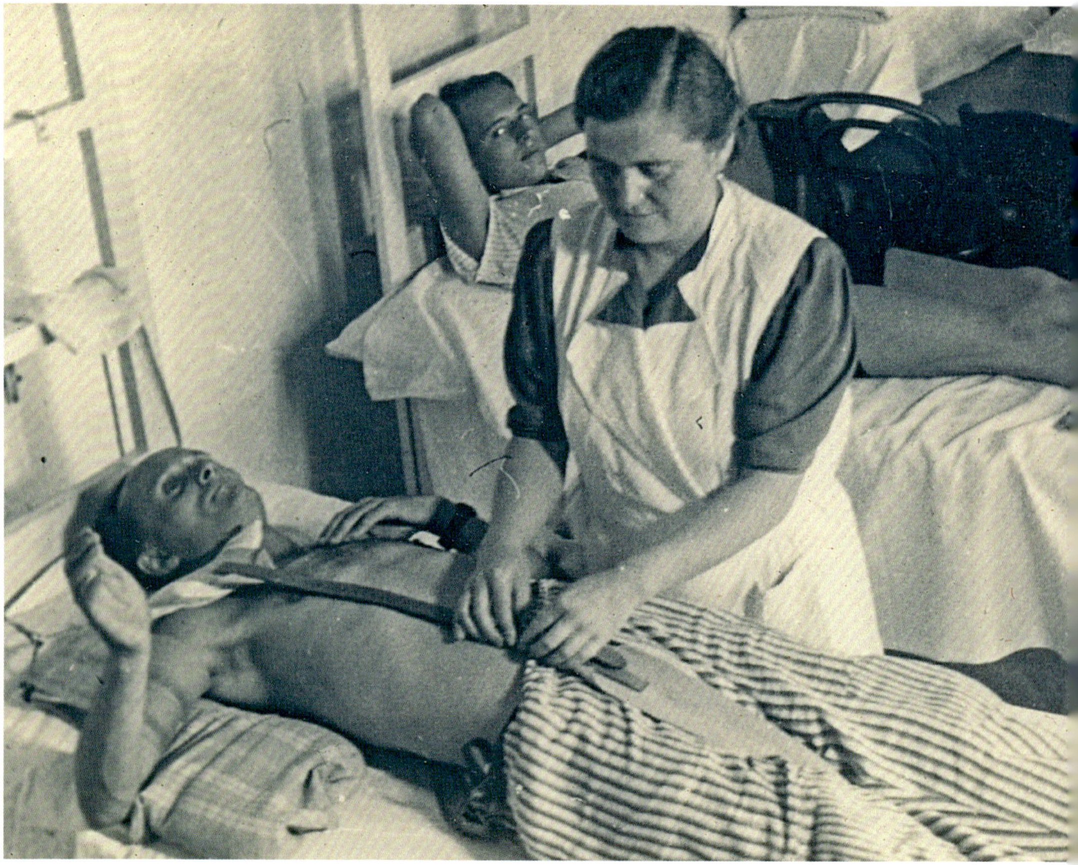

Sie haben überlebt – deutsches Lazarett, 1943

„19. Mai 1943 – 4 Uhr aus dem kalten Kfz. Kein Schlaf. Es ist zum Kotzen und dazu das Sauwetter. Marketender-Ware, 40 Zigaretten. Mutti, Elfriede, Inge geschrieben.

Erinnerungsfoto – 18 Monate nach der Winterschlacht um Moskau ist die Einheit von Walter Fritzsch wieder am Bahnhof von Orjel

20. Mai 1943 – … flossen… kein Feind. Wieder nicht geschlafen, laufend Verkehr.

21. Mai 1943 – Seit 2.30 Uhr auf 3:15 Uhr erstmal Verkehr mit Lang. Sonst kaltes Wetter. ***21. Nahkampftag***

22. Mai 1942 – Verbindung 6:30. Eine sehr kalte Nacht, es floss in langen Fäden.

23. Mai – Thiele ins Lazarett. Kam zum Panzer-
Für ein paar Tage wird es schon mal genug geregnet haben. Heute ist Sonntag.

24. Mai 1943 – Jeden Tag hat es geregnet und immer nachts sehr kalt. Im Zelt geschlafen. Es gab Schokolade, gefüllt. 400 Partisanen wieder beim rechten Nachbarn gefangen genommen.

25. Mai 1943 – Heute schlief ein tolles Weib, Liebling eines Bandenführers mit Herrn Schmidt. Mutti, Unger, Wagner und Thümmler Paul geschrieben. Im Zelt geschlafen, 4:30 Wecken

26. Mai 1943 – Seit 6 Uhr sind wir mit dem Wagen 5 km gefahren, alles Sumpf. 4 Partisanen gefangen. Es sollten sich ca. 1.000 Mann im Walde aufhalten. Ich glaube, es wird schönes Wetter.

27. Mai 1943 – Halb sieben wecken. Neblig, halbe Stunde im Wald geritten. Sehr viele Minen, und Sumpf. 55 Weiber gefangen und 3 Männer. Sonst das Wetter ist schön, 21 km.

28. Mai 1943 – In den frühen Morgenstunden begann ein Feuerzauber aller Waffen. Die MG 40 ratzten was weg. 6 Uhr hat es geregnet. Habe mich im Sumpfwasser gebadet. 16:30 fing es an zu regnen. Wache. 1,5 Stunden geschlafen.

29. Mai 1943 – 4 Uhr ging es los.

30. Mai 1943 – Halb fünf wurde ein Braunbär in unserem Waldstück gesehen.

31. Mai 1943 – Musste marschieren, kam an Ungarn vorbei, waren von unseren Stellungen. Wurde sehr nass. Es gab Marketender-Ware, es wird ganz nett gesungen. Die Nähmaschine (Sowjetischer-Doppeldecker) warf Bomben ab.

1. Juni 1943 – 7 Uhr abmarschiert, bis 16:30 war schönes Wetter. Navia erreicht, es hatte geregnet.

2. Juni 1943 – Halb vier geweckt. 8 Uhr verladen, ein herrliches Wetter. Schokolade und … lagen im Panzerwagen. 18 Uhr trafen wir in Orel ein. Ich fuhr mit meinem Fahrrad zu einigen alten Quartieren und blieb zwei Stunden dort, habe getanzt. 21 Uhr fuhr ich dann weg, 23 Uhr traf ich endlich im Gefechtsstand ein. 23:50 mussten wir nochmal weg. Unter freiem Himmel geschlafen.

3. Juni 1943 – 3 Uhr wecken und um acht Uhr sind wir erst abmarschiert. 5 Stunden gewartet für nichts und wieder nichts. Die Funker … mussten gleich 3 Funker-Leitungen bauen. Die Quartiere sind sehr schlecht, wohnen im Zelt. Aber ein Fluss fließt durch. Heute noch das Glück, war baden im Fluss, prima, am Abend kamen 4 motorisierte Bomber und luden ihre Eier ab, es war sehr toll. 3 Stück wurden abgeschossen.“

Bei der Division war Ersatz eingetroffen: 89 Offiziere, darunter 45 Fahnenjunker, die beim Kommandeur der Panzertruppen im Wehrkreis IV, Oberst Wonder Decken, in Leisnig, eine Sonderausbildung erhalten hatten, 130 Unteroffiziere und 2.571 im Mannschaftsdienstgrad. Die Fahnenjunker werden bald Kompanien führen müssen.

„4. Juni 1943 – Es beginnt wieder die Ausbildung, ein herrliches Wetter gewesen. Meine Hose, Hemd und Socken gewaschen. Mache freiwillig Posten beim Kommandeur Hofmann.

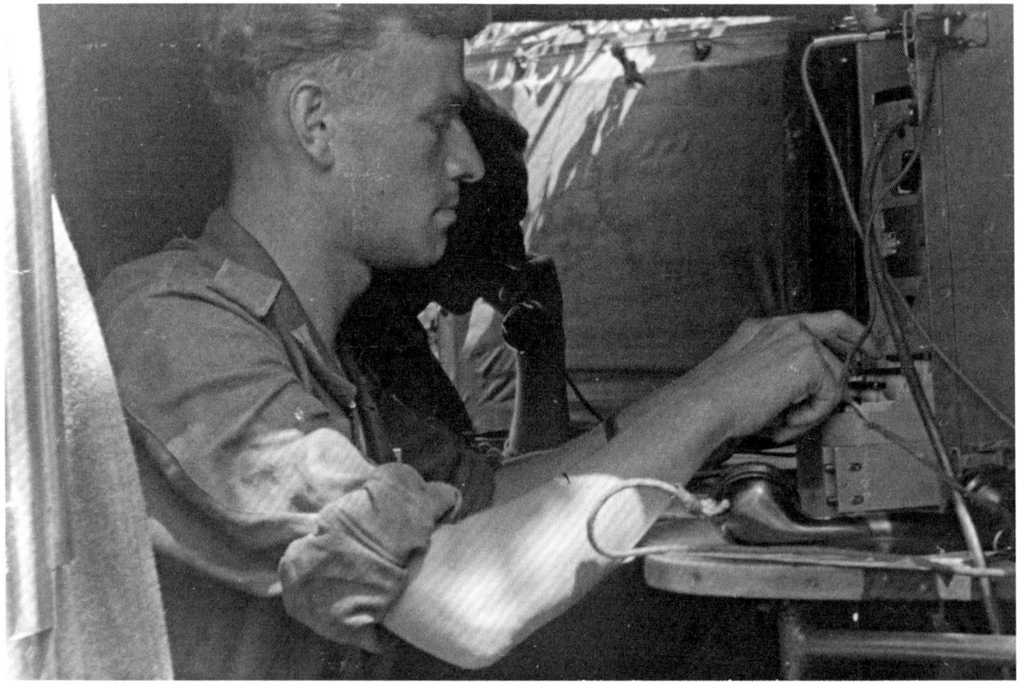

Funker der deutschen Wehrmacht

5. Juni 1943 – Es war ein herrliches Wetter gewesen. War baden … und machten wieder … k.b.V.

6. Juni 1943 – Sonntag. Heute war kein Dienst. Es gab eine Tafel Schokolade. Machte wieder KDR-Posten (Wachposten für den Kommandeur der Einheit), sonst k.b.V.

7. Juni 1943 – K.b.V. Es gab Quark.

8. Juni 1943 – … Als wir heimkamen… nur 20 Ru… Flieger. Das war eine schöne Aussicht. Es rauchte. Fünf wurden abgeschossen. Abends kamen die vier mobilen, eins wurde abgeschossen.

9. Juni 1943 – Es hat in den frühen Morgenstunden nachts geregnet. Es gab Marketenderware. KDR-Posten.

10. Juni 1943 – Früh schönes Wetter. Lag in der Sonne, baden gewesen. Es gab Schokolade. Dienst war dieses Mal sehr schön. Bloß der Chef nicht. Dadurch mussten wir darunter leiden. Wache.“

Die Kommandeure erkunden den künftigen Einsatzraum. Es handelt sich um die Gegend von Ponyri, in der die Division sich bereits in den harten Kämpfen des Winters, im Februar und März 1943, aufgehalten hatte.

„11. Juni 1943 – Ein herrlicher Tag. Wieder Dienst unter der … gemacht. Sonst konnte man es aushalten. Streifenposten gehabt.

12. Juni 1943 – Man wurde geimpft. Am Abend haben wir uns bei Rotwein und Schnaps amüsiert. Dann 24 Uhr gingen wir baden bei Mondschein. So etwas kann man nur in Russland erleben. KDR-Wache. K.b.V."

Zur Feier des Tages werden die Regimentsmusiker 52 zum Platzkonzert in Gratschewka beordert. Es trifft an diesem Pfingstsonntag auch auf das lebhafte Interesse der Bevölkerung. Am Pfingstmontag übt das verstärkte Regiment den *„Kampf gegen einen Feind, der sich in und vor einem Wald verteidigt"*. Dabei fallen, laut Protokoll, Ausbildungsmängel bei den Panzergrenadieren auf, vor allem beim jungen Ersatz. Es fehlen Gefechtsdrill und Erfahrung. Wegen unglücklicher Befehlsausgabe wird Oberstleutnant Fleischauer zur Aussprache beim Divisionskommandeur bestellt. Wenig später wird angeordnet, dass jedes Regiment alle zwei Tage eine Bataillonsübung abzuhalten hat.

Vorbereitung auf die größte Panzerschlacht der Weltgeschichte

„14. Juni 1943 – Bataillonsübung, 2. Pfingstfeiertag.

15. Juni 1943 – Ausbildung im Funken. Waffendrill, k.b.V. Pudding.

16. Juni 1943 – Ausbildung mit … Der ganzen noch mehrere Male … M.A. Ausbildung. Habe ab 20 Uhr Wache. Es ist ein herrlicher Tag. Pudding, Streifenposten.

17. Juni 1943 – 4 Uhr wecken, 4:30 Uhr Leitung zu drei Kompanien umgebaut. 6 Uhr Schatalow verlassen. Vier Kilometer neue Quartiere… 7 Uhr dort gewesen, dann Leitung mit … zu zwei Kompanien, 1:3 gebaut. Fünf Stunden Arbeit gewesen. Wir haben nur kaum … 12:30 Uhr kam ich zurück. 13:30 Uhr antreten zum Dienst. So etwas habe ich noch nicht erlebt. Hilbert, Kursus.

18. Juni 1943 – 21 Uhr ging es in Richtung Soniwoka (?) bis 4:15 Uhr marschiert, dann Leitung gebaut. 20 Uhr ging es zur Übung in den Betrieb. Füllung …"

Kommandeurs-Tagebuch: *„Der Verlauf der Übung entspricht nicht ganz den Erwartungen, da sich besonders aus Führungsgründen der Ablauf stark verzögerte und die eigentliche Bewegung der Panzertruppe nicht zum Ausdruck kommt."* Die aufgetretenen Schwierigkeiten lägen am Funkverbot und am Fehlen der für eine schnelle Befehlsübermittlung notwendigen Anzahl von Krädern. Zudem liegt die letzte *„mot.-Übung"* für diese Division, die so sehr vernachlässigt und auch vergessen wurde, knapp zwei Jahre zurück. Es war der Vorstoß der 18. Panzer-Division Ende September/Anfang Oktober 1941 bis Karatschew.

„19. Juni 1943 – Bis zum Bereitstellungsraum …

20. Juni 1943 – Übung von 3 bis 6:30 Uhr, dann ging es die 40 Kilometer wieder heim. 19 Uhr abmarschiert.

21. Juni 1943 – 4:30 Uhr eingetroffen im alten Quartier. Vermittlungsdienst. Leitungsnetz, 7,5 Stunden umgebaut. Ein Flieger abgeschossen.

22. Juni 1943 – Heute Feiertag. Zwei Jahre Russlandfeldzug. Pudding gemacht. Abends war Platzkonzert von unserer Regimentskapelle.

23. Juni 1943 – 8 bis 12 Uhr Vermittlungsdienst. Nachmittags Apfel im Kochgeschirr, Brotbeutel, Butterdose, Löffel, Brot … dann baden. 21 Uhr mussten wir die Vermittlung umlegen, weil Flachflieger … ausbrachen. Ist … Russland.

24. Juni 1943 – Es gab eine Spritze für Ruhr. Dann gab es Marketender-Ware. Unteroffizier Hoffmann und Lang, und Obergefreiter Meindl … sonst zu trinken gab es das erste Mal etwas netter, aber nur einen Schluck. Es hatte etwas geregnet.

25. Juni 1943 – Hoffmann, Werner wird nach Dresden versetzt. Ersatz ist schon da. Es gab Bier ¾ Liter. Sonst k.b.V. Heute sind wieder Flieger da. Es fing 23:30 Uhr an zu regnen.“

Die geheime Führermeldung vom 26. Juni 1943 belegt den überraschend „*stattlichen*“ Zustand der 18. Panzer-Division gut eine Woche vor der Schlacht um Kursk. Auf fünfzig Panzer kam in den letzten Tagen vor Beginn des Unternehmens »Zitadelle« noch die Panzer-Abteilung 18, keiner hatte mehr daran geglaubt.

„26. Juni 1943 – Hat geregnet, Waffenappell. Eine Stunde Fußball gespielt. Es fliegen sehr viele Bomben. Der Himmel war voller Flieger. Dies ging 45 Minuten lang. Ein Mann gefallen. Ein Verwundeter durch Bombensplitter.

27. Juni 1943 – Sonntag gewesen, wie üblich. Fußballspiel. Stab zu vier Kompanien 5:5. 22 Uhr fertig machen zum Abhauen.

28. Juni 1943 – Von 0 Uhr bis 4 Uhr bei 4. Kompanie, dann abgebaut. 6 Uhr ging es dann mit LKW weg nach Stanwoj (?). 20:30 Uhr fuhren wir etwa 60 Kilometer weiter. Es scheint sich etwas zu tun. Denn man trifft sehr viele Truppen.

29. Juni 1943 – Früh 3 Uhr erstes Tagesziel erreicht. Unter freiem Himmel geschlafen. Gegen 20:30 Uhr sind wir weitergefahren.

30. Juni 1943 – Wurden wir mit Wasser überrascht. Es regnete.

1. Juli 1943 – 6:30 Uhr werden wir aufgeweckt durch ein … Granaten geweckt.

2. Juli 1943 – Mutti – drei Briefe. Gerhard Fritzsch. 20:15 Uhr haben wir den A-Raum verlassen und sind in den B-Raum marschiert. Großer Morast.

3. Juli 1943 – 0:15 Uhr angekommen. Es wurden Leitungen gebaut. Nun fortan wieder das Rauschen der Granaten. Erstmalig wieder ein Erdloch gebaut. Wache.

4. Juli 1943 – Der Russe beschießt seine alten Ziele weiter und hat scheinbar keine Ahnung, was ihm da blüht. Sämtliche schweren Waffen haben wir von Granatwerfern bis zum Stuka zu Fuß transportiert. Es regnete. Russische Flieger klären auf.“

Heiß und staubig ist es am Abend des 4. Juli 1943. Die Division hat nach den Nachtmärschen der vergangenen Tage die Bereitstellungsräume erreicht. Als der Führerbefehl verlesen wird, heißt es: *„Soldaten! Mit dem heutigen Tag tretet Ihr zu einer großen Angriffsschlacht an, deren Ausgang kriegsentscheidende Bedeutung haben kann. Euer Sieg muss in der ganzen Welt mehr noch als früher die Überzeugung verstärken, dass jeder Widerstand gegen die deutsche Wehrmacht am Ende doch vergeblich ist… Durch was der Russe bisher den einen oder anderen Erfolg erringen konnte, das waren seine Panzer. Meine Soldaten! Ihr habt jetzt endlich Besseres als er. Der gewaltige Schlag, der die Sowjetunion heute morgen treffen wird, muss sie deshalb bis ins Tiefste erschüttern. Und ihr müsst wissen, dass vom Gelingen dieser Schlacht alles abhängen kann…“*

Im Morgengrauen des 5. Juli 1943, um 3:30 Uhr, überfliegen starke Luftwaffenverbände den Divisionsgefechtsstand. Zu hören ist der heftige Feuerschlag aller Waffen. Allerdings geht die 18. Panzer-Division zerrissen eingesetzt in diese Schlacht. Laut Befehl des OKH (Oberkommando des Heeres) hätte die Division auf 96 Kampfwagen aufgefüllt werden müssen. Aber nur gut die Hälfte der Panzerzuteilung war erfolgt. Dann kommt die Meldung, dass der Angriff des Regiments Fleischhauer im starken feindlichen Abwehrfeuer liegenbleibt. Der Gegner antwortet mit Granatwerferfeuer, starke Verluste sind die Folge.

„5. Juli 1943 – ***22. Nahkampftag***
Es begann mit den Bomben der ... dann kam der ... Es knallte nur so aus den Rohren. 3:30 Uhr beschossen unsere sämtlichen schweren Waffen die folgende Stellung. Es dauerte sehr lange als die Bataillone zum Schweigen gebracht wurden. So ein Angriff machte ich selten mit und auch noch mit dem Funkgerät ständig auf dem Rücken.

Fußball an der Ostfront

6. Juli 1943 – Es waren Ausfälle zu verzeichnen. Diese eine Schlacht werde ich dabei wie vergessen... Früh 3 Uhr kamen schon die Schlachtflieger und wollten wohl rotzen. Aber die schwere Flak und Jäger machten sie fertig. 12 Uhr schoss die schwere Flak in das genommene Dorf. Nachts warf die Nähmaschine Bomben in die eigene Stellung.

7. Juli 1943 – Laufend schwere Einsätze unserer Luftwaffe und immer in derselben Richtung werfen sie die Bomben ab. Man sieht den Bahnhof von Ponyri. Mein bester Freund, Rudi Lang, Wintersdorf ist an seiner Verwundung gestorben. Wir zwei haben noch gelost, wer als Führungstrupp zur Kompanie geht. Ich war bei der 3. Kompanie eingesetzt, Rudi war beim Bataillon gefallen und ... mein Funker wurde auch verletzt, dazu ...

8. Juli 1943 – Es geht früh zeitig los mit den russischen Fliegern. Aber unsere beherrschen den Luftraum vollkommen. Dauernd hört man ein Grollen in der Luft. Heute regnete es. Ersatz eingetroffen. Heute wurden wieder drei Abschüsse bei uns gefahren. Jetzt ist es 23 Uhr und noch keine Bomben gefallen. Wollen wir hoffen, dass es so bleibt. Man vermutet... Schlacht.“

Der evangelische Divisionspfarrer Klatt schreibt: *„Die ersten Einsatztage bringen sofort ein sehr zahlreiches Anfallen von Verwundeten auf den Hauptverbandsplätzen... Die Juli- und Augusttage werden zu den schwersten und härtesten Tagen für die Division... Mit den aus dem Gefecht kommenden Verwundeten habe ich unmittelbar Berührung. Ihre religiöse Aufgeschlossenheit ist ergreifend.“*

„9. Juli 1943 – Das Gebrumme und Gedröhne ist immer vorhanden. Bin bloß gespannt, wann sich der Laden beruhigt. 12:45 Uhr abmarschiert in Richtung Ponyri. Ein A. von mir ... “

Am Nachmittag erscheint der kommandierende General und bespricht die Möglichkeit, wie man den Südteil von Ponyri nehmen könnte. Das muss unter allen Umständen gelingen, um ein Einsickern des Gegners zu verhindern. So ergeht der Befehl an die Division, die Aufklärungsabteilung herauszulösen und am

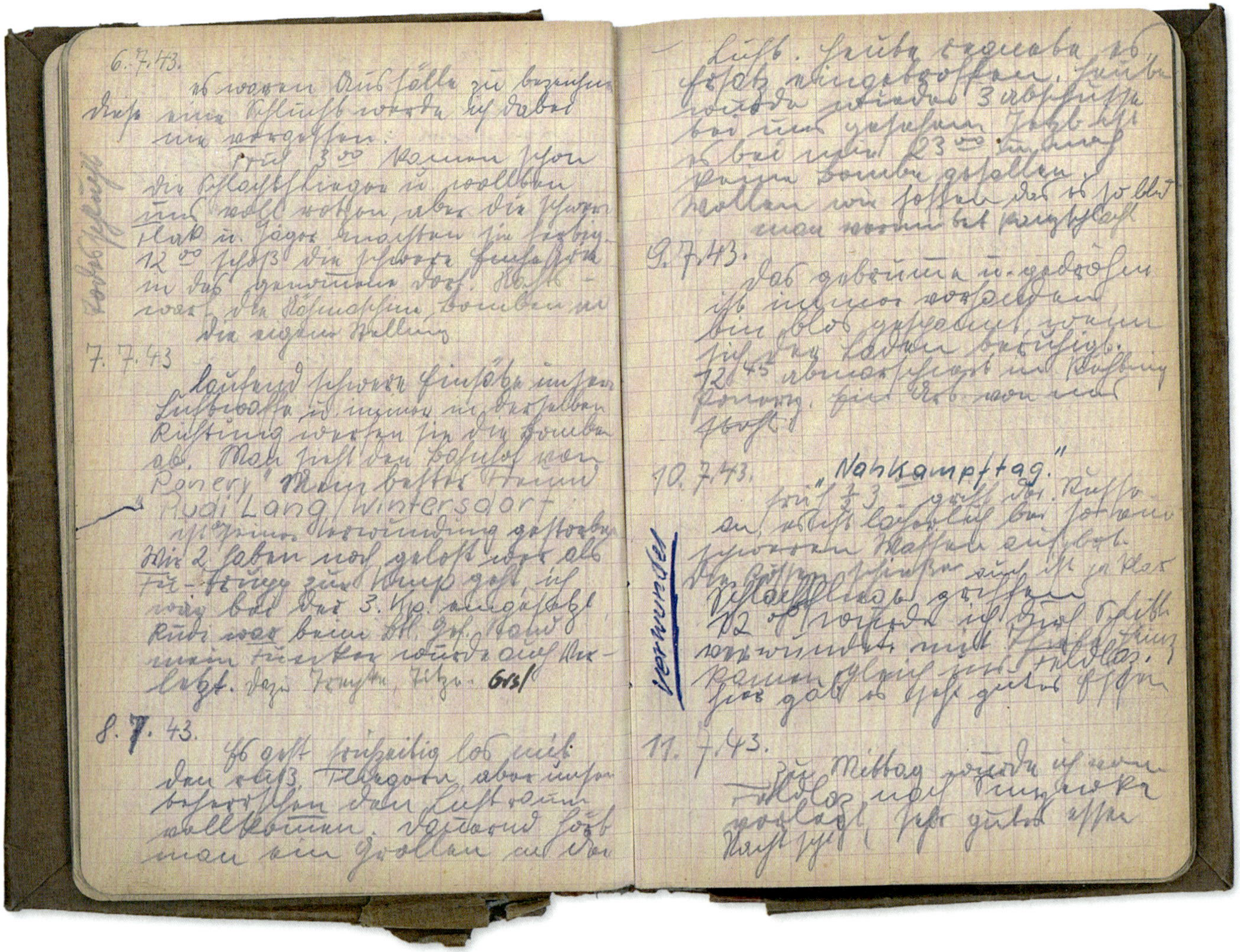

Der 23. Nahkampftag am 10. Juli 1943 endet für Walter Fritzsch mit seiner Verwundung

nächsten Tag den Angriff auf Ponyri führen zu lassen. Am Abend kommt die Entscheidung, dass der Angriff der Aufklärungs-Abteilung entfällt und sich alles zur nachhaltigen Verteidigung einzurichten hat. Die weit gesteckten Ziele der »Operation Zitadelle« sind nicht erreicht worden. Es ist schwierig, die Verteidigung zu organisieren, die Truppe liegt in dafür wenig geeigneten Stellungen.

„10. Juli 1943 – ***23. Nahkampftag***
Früh 2:30 Uhr griff der Russe an. Es ist lächerlich bei solch schwerem Waffenaufgebot. Die Russen schießen auch, ist ja klar, Schlachtflieger greifen an, 12 Uhr wurde ich durch Splitter verwundet. Mit Thiele, Heinz, kamen gleich ins Feldlazarett. Hier gab es jetzt gutes Essen.

11. Juli 1943 – Zum Mittag wurde ich vom Feldlazarett nach Sunowka (?) verlegt. Sehr gutes Essen. Nacht …

12. Juli 1943 – Verwundet – heim. Nach Orel ins Lazarett, nur nachts geschlafen. Man wird geweckt vom Personal.

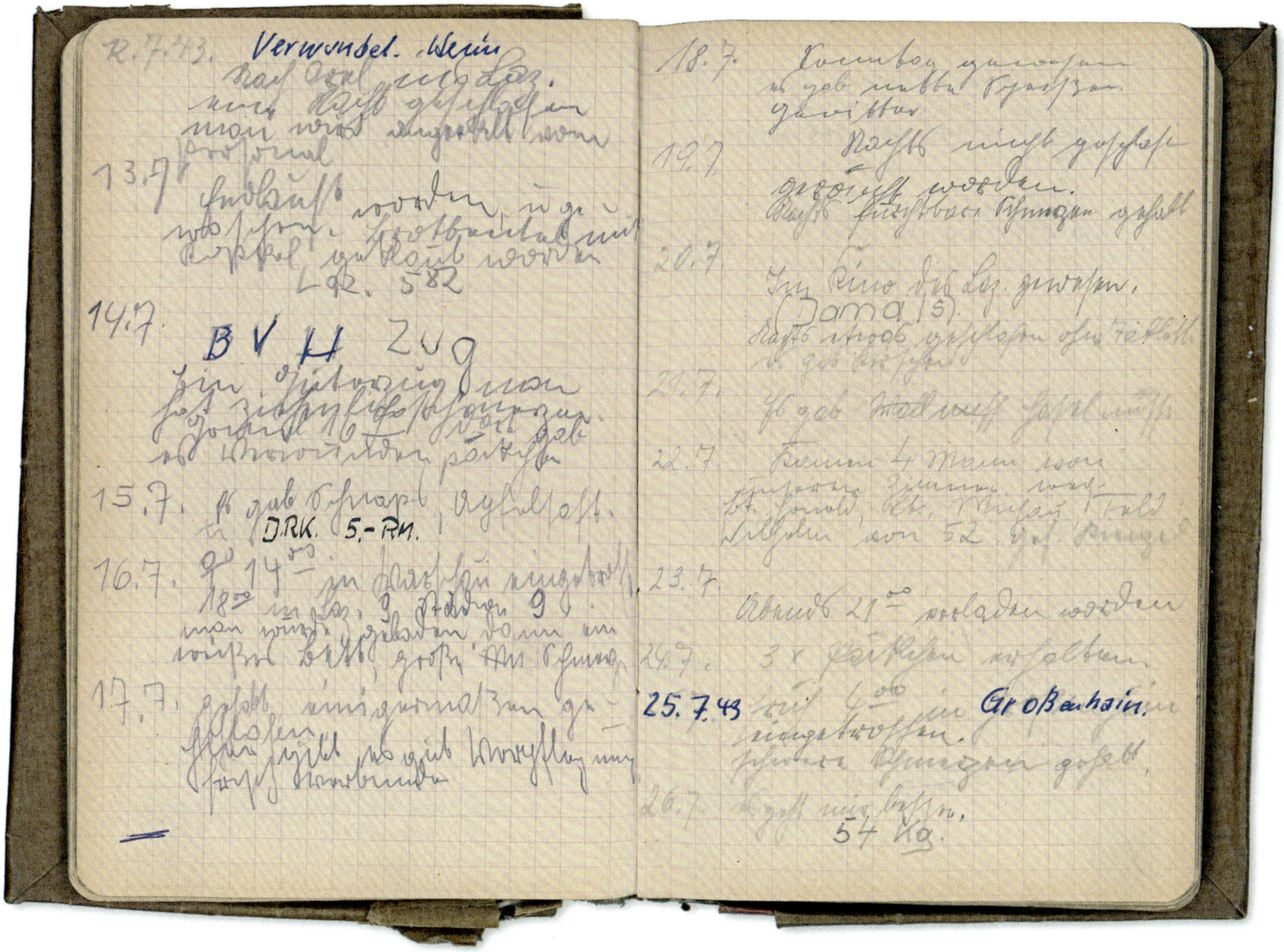

Das Schriftbild verrät, dem verwundeten Fritzsch geht es nicht besonders

13. Juli 1943 – Entlaust worden und gewaschen. Brotbeutel und Apfel geklaut worden. Lazarett 582.

14. Juli 1943 – BVH-Zug. Ein Güterzug. Man hat ziemliche Schmerzen. 16 Uhr dort, gab es Verwundete, Päckchen.

15. Juli 1943 – Es gab Schnaps, Apfelsaft u. DRK 5 Reichsmark

16. Juli 1943 – 14 Uhr in Warschau eingetroffen. 18 Uhr im Lazarett, Station 9. Man wurde gebaden, dann in ein weißes Bett. Große Schmerzen gehabt. Einigermaßen geschlafen.

17. Juli 1943 – Es gibt Verpflegung und frisch verbunden.

18. Juli 1943 – Sonntag gewesen. Es gab nette Speisen. Gewitter.

19. Juli 1943 – Nachts nicht geschlafen. Geimpft worden. Nachts furchtbare Schmerzen…

20. Juli 1943 – Im Kino des Lazaretts gewesen. »Damals« (Film mit Zarah Leander, 1942) Nachts etwas geschlafen ohne Tabletten. Es gab Kirschen.

21. Juli 1943 – Es gab Haselnüsse.

22. Juli 1943 – Kamen vier Mann von unseren Zimmern nach. BD-Honold, LT-Muhau, Feldwilhelm von 52, Gefreiter Stenzel

23. Juli 1943 – Abends 21 Uhr verladen worden.

24. Juli 1943 – Drei Päckchen erhalten.

25. Juli 1943 – Früh 4 Uhr in Großenhain eingetroffen. Schwere Schmerzen gehabt.

26. Juli 1943 – Es geht mir besser. 54 Kilo.

27. Juli 1943 – Kino im Lazarett gewesen. Verging ohne Schmerzen, sonst war es ein sehr warmer Tag.

28. Juli 1943 – In diesem Lazarett ist es mit der Verpflegung nicht die Masse.

29. Juli 1943 – War eine Stunde in der Sonne.

30. Juli 1943 – Bekam wieder Radio.

31. Juli 1943 – … schlecht geschlafen.

1. August 1943 – Ein schöner Sonntagmorgen. Es gab ein Fest für … Zwei Mal verschiedene Frauen dagewesen.

2. August 1943 – Sonnenbad gemacht.

3. August 1943 – Station B. Kino – Altes Herz wird wieder jung.

4. August 1943 – Geröntgt worden.

5. August 1943 – Massiert worden.

6. August 1943 – Massiert, erstmals ohne Tabletten durchgeschlafen.

7. August 1943 – Das Wetter ändert sich manchmal. Es regnet. D.R.K. 5 – bekam ich einen Strauß von Elfriede.

8. August 1943 – Nachts war es kühl im Bett gewesen. Fenster offen gewesen.

9. August 1943 – Hat mich Freiberg, Hans besucht.

10./11./12. August 1943 – K.b.V.

13. August 1943 – Wo warst du gewesen?

Kirmes in Großenhain im September 1943

14. August 1943 – Abteilung

15. August 1943 – Mutti mich besucht. Habe mich sehr darüber gefreut. Armbanduhr mitgegeben.

16. August 1943 – Erstmalig wieder Sonnenschein. Station, Kino gewesen – Frau Luna.

17. August 1943 – 53 Kilo, verlegt, Abteilung E 44.

18. August 1943 – Fliegeralarm. War der KV-Arzt da gewesen, toll.

19. August 1943 – Schrammel-Quartett, Großenhain. Lag ich in der Sonne.

20. August 1943 – Gutes Wetter.

21. August 1943 – Erstmals schwarz aus gewesen. War im Kino, aber mit Krücken, ist nicht die Masse.

22. August 1943 – Sonntag, schwarz im Bad gewesen. BDM Singcharme… (Bund Deutscher Mädel)

23. August 1943 – Hat es geregnet.

Die meisten Verwundeten hat es deutlich schlimmer erwischt, als den Obergefreiten Fritzsch

24. August 1943 – Fliegeralarm dabei. Vier Flaschen Rotwein, eine Flasche Sekt. So etwas kommt nur einmalig vor. Wurde Otto Ankner entlassen. Das dollste, die NSV besuchte uns. Brachte einen Liter Himbeersaft, einen Keks, ein Buch und einen Beutel Drops.

25. August 1943 – Päckchen erhalten. Alle sieben Tage bekommt man einmal Drops.

26./27. August 1943 – K.b.V.

28. August 1943 – Verlegt worden ins Schützenhaus. Liege im Saal.

29. August 1943 – Aus gewesen, im Kino. Dann in einem Lokal, wo Musik vorhanden war. Alles Flieger, gut geschlafen.

30. August 1943 – Das Wetter macht nicht mehr mit. Abends war Bastelstunde für Weihnachten.

31. August 1943 – Bescheid, dass ich das EK 2 bekommen habe. Leider noch nicht erhalten. Ab heute muss ich Fußbäder machen.

1. September 1943 – Wurde mir das EK 2 verliehen. Ausgang.

2. September 1943 – K.b.V.

3. September 1943 – Militärkonzert, Flieger. Gebastelt für Weihnachten. Fliegeralarm. Gerda ein Obstpaket erhalten.

4. September 1943 – Es regnet. Wie ich jetzt durch Unteroffizier Freiberg hörte, sind von der Staffel Bollelang und Peter gefallen. DAF Berlin geschrieben. Sonst sind von den 20 Mann übrig geblieben: Unteroffizier Freiberg, Obergefreiter Lindner, Gefreiter Beier – das ist alles. Unser Arzt ist nicht auf Draht.

5. September 1943 – Heute ist Jahrmarkt in Großenhain. Im Kino gewesen, dann im Cafe Wien gewesen. Zweimal Abendbrot gegessen.

6. September 1943 – Auf dem Rummelplatz gewesen. War viel Betrieb. Platzkonzert. Dann etwas Unterhaltung gefunden durch zwei Mädchen. Ab 19:30 Uhr im Variete gewesen, dann nach … gebracht. Bastelstunde, Variete.

7. September 1943 – K.b.V."

Walter Fritzsch muss oft an seine an der Front verbliebenen Kameraden denken. Wie wird es ihnen ergangen sein, in den Wochen nach seiner Verwundung, die ihn der Hölle entkommen ließ? Ende Juli war das Regiment 52 zerschlagen worden. Nach dem Angriff von 100 russischen Panzern auf einer Front von acht Kilometern wird im Gefechtsbericht vermerkt: *„Vom Panzer-Grenadier-Regiment 52 war in den Nachmittagsstunden kaum etwas aufzufinden."*

Anfang August wendet sich Generalmajor von Schlieben gegen einen Aufruf des Nationalkomitees Freies Deutschland, dass alle Angehörigen der Division auffordert, den Kampf einzustellen. Tage später gerät das Regiment 101 bei heftigen Angriffen in schwere Bedrängnis. Der Personalbestand sinkt auf eine Gesamtstärke von kaum mehr als 100 Mann. General von Schlieben meldet an das OKH: *„Durch den vierwöchigen Einsatz im Großkampf sind hohe personelle und materielle Verluste eingetreten."*

Am 11. August 1943 steht die Division wieder dort, wo sie am 5. Oktober 1941 siegreich eingetroffen war, in und bei Karatschew. Am 14. August muss die brennende Stadt geräumt werden, ab 15. August ist die 18. Panzer-Division »Heeresgruppen-Reserve«.

Einen Tag später kommt ein Befehl der Heeresgruppe Mitte, weil die Division zur Zeit nicht als selbstständiger Verband verwendbar sei, sie hätte sich nun als »Kampfgruppe 18. Panzer-Division« zu bezeichnen. „*Ende August kam dann der Einsatz nordöstlich von Smolensk*“, schreibt der neue katholische Divisionspfarrer in seinem Tätigkeitsbericht für das III. Quartal 1943, „*in dem die stark angeschlagene Kampfgruppe vollends zertrümmert wurde. Die Hauptsorge galt den Verwundeten auf den Verbandsplätzen.*“

Das Bataillon 52 wird am 31. August 1943 in einem dichten Wald von drei Seiten angegriffen und verliert die Führer der 1. und 2. Kompanie sowie viele Unterführer. Erstaunlich ist, dass in dieser Lage, die für die Deutschen bei Smolensk alles andere als günstig ist, immer noch Überläufer kommen. Der sowjetische Großangriff beginnt am 3. September 1943. Das Trommelfeuer dauert eineinhalb Stunden. Drei Tage später können die russischen Truppen nicht mehr gehalten werden. Die Division hat als einzige Reserve nur noch das Pionierbataillon. Der letzte Ritterkreuzträger der Division fällt an ihrem letzten Kampftag, der zugleich der Tag ihrer Auflösung ist. Bis zuletzt hatten die verbliebenen Kräfte mit „*Hurra*“ und unter Einsatz ihres Lebens verbissen gekämpft. Gezahlt wurde mit hohen Verlusten. Am 8. September 1943 wird die Auflösung der 18. Panzer-Division bekanntgegeben.

„8. September 1943 – Variete gewesen. Hat geregnet. Anita getroffen. … nochmals aus gewesen. Übergestiegen.

9. September 1943 – Abends aus gewesen, ein sehr schönes Wetter gewesen.

10. September 1943 – 14:15 Uhr Großenhain, Sachsen verlassen in Richtung Meißen. Liege im Kaiserhof. Ist ganz schön hier. Jeden Tag bis 22 Uhr Sonnabend und Sonntag bis 24 Uhr Ausgang.

11. September 1943 – 6 Uhr wecken. 7 Uhr Kaffee, 7:45 Uhr antreten. Dann bis 10:15 Uhr Freizeit und Arbeitsdienst. Hier scheint es besser zu Essen zu geben. Ab 14 Uhr Ausgang. Aus gewesen in Meißen. Hanni Bäckerei.

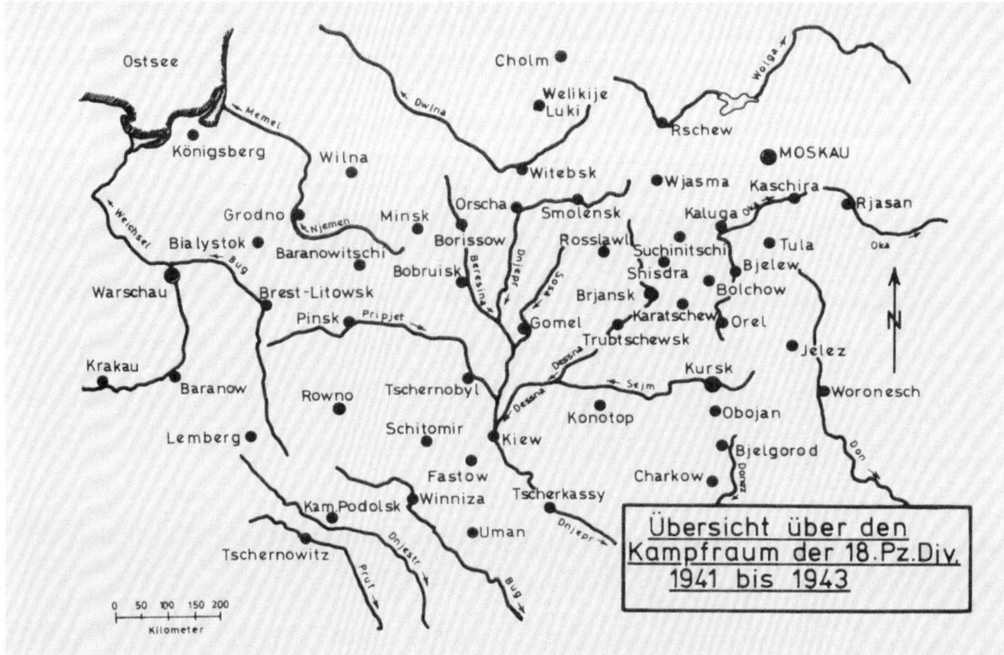

12. September 1943 – Mit Jung, Hans aus gewesen. Kino, Eis, Kuchen, sehr schönes Wetter.

13. September 1943 – Frühsport, dann Kaffee trinken. Sport. Mittagessen. Betttuch, Kegeln, Singen, pfundiges Abendbrot, Lichtbildervortrag 1000-jähriges Meißen.

14. September 1943 – Kino in der Hans…Schule. Dann abends war ich in der Gotthard's Wein … Es gab zwei Mann… eine Flasche. 46 Reichsmark bezogen. Fliegeralarm.

15. September 1943 – 8 Uhr kam der Chefarzt. Es wurde alles, was laufen kann, entlassen. Hier gibt es schon Späße, wie das endet. Kino gewesen – Münchhausen. Fliegeralarm.

16. September 1943 – Ein Paket abgeschickt.

17. September 1943 – Meißen verlassen. 2 Uhr zu Hause eingetroffen.

18. September 1943 – Baden gewesen, rasieren. Abends im Stadtcafe, Schulze, Fritz mit seiner Kapelle. Bechers, Paul Frau besucht.

Zerstörte Munitionskolonne 1941

Am 24. September 1943 wird die in Auflösung befindliche Division von der deutschen Gründlichkeit eingeholt. Eine Anordnung des Stabszahlmeisters verpflichtet dazu, *„die im Mai 1941 vom Führer des Kraftfahrzeug-Abholkommandos Paris aufgenommenen Vorschüsse in Höhe des offenen Restbetrages von 8.685 RM mit den Überschüssen der Marketender-Kasse zu begleichen."* Die noch vorhandenen Schützenpanzerwagen der 18. Panzer-Division sind dem Kavallerieregiment Mitte zu übergeben. Die Panzer-Division wird zurück zur Kavallerie und zur Infanterie entwickelt. Strafakten und Straflisten werden nach Auflösung der Dienststelle an das Gericht der Division Nr. 404 nach Dresden abgegeben. Generalmajor Karl-Wilhelm von Schlieben verabschiedet sich, fast auf den Tag genau drei Jahre nach dem Beginn der Aufstellung, mit dem letzten Tagesbefehl an seine Division: *„…in Ehrfurcht gedenke ich der für immer aus unseren Reihen gerissenen Kameraden, den Verwundeten wünsche ich von Herzen die Heilung ihrer ehrenvollen Wunden. Gottes Segen begleite jeden Angehörigen der ruhmreichen 18. Panzer-Division bei unserem weiteren Kampf für Deutschland!"*

19. September 1943 – Sonntag nach dem Mittagessen ging es auf den Sportplatz. Dann in die Linde.

20. September 1943 – Es regnet Eimer voll Wasser. Kam Post von Freiberg, Hans. Krügel, Unger und Luft. War im Betrieb gewesen. Abends im Lindenhof."

Unterdesssen ergeht am 20. September 1943 von der Ostfront die Bitte der 18. Panzer-Division an die Heeresgruppe Mitte um nähere Anweisung wegen der Auflösung und der Überführung von Truppenteilen zu anderen Divisionen. Es klingt unglaublich – ist aber wahr – erst am 5. Oktober 1943 soll eine Antwort kommen. Eigentlich hat die Division da schon aufgehört zu existieren, wurde in alle Winde zerstreut, noch ehe der Befehl zur Auflösung kommt. Fernmündlich hatte Generalmajor von Schlieben in der Zwischenzeit die Order erhalten, die im Raum Wydra eingesetzten Teile der Division *„selbst einzufangen"* und ihren Weitermarsch nach Smolensk persönlich zu leiten. Die Herauslösung aus der Division verschiebt sich um weitere zehn Tage.

Von all dem hat Walter Fritzsch keinerlei Kenntnis. Der Obergefreite kann sich glücklich schätzen, der Hölle entronnen zu sein. Daheim in Planitz versucht er, seinen zweiwöchigen Genesungsurlaub zu genießen und ist dabei ständig auf Achse. Alte Freunde treffen, dazu den Sportkameraden auf der Westsachsenkampfbahn einen Besuch abstatten, ebenso den einstigen Kollegen in den Horch-Werken. Zudem will auch die eine oder andere Damenbekanntschaft gepflegt werden. Sie heißen Anita, Elfriede, Else, Gerda, Gertrud, Ilse oder Minna. Als ehemaliger Soldat der Ostfront hat der 22-jährige Walter offenbar gute Karten. Obwohl er mit dem seit 1941 Erlebten äußerst sparsam umgeht. Viel mehr freut er sich über die zurückgewonne Möglichkeit, die Abende in geselliger Runde zu verbringen. Dann und wann auch mal nur zu zweit, zur Verabredung in der Gaststätte, im Kino oder zum Tanz. Hin und wieder darf er ein Fräulein auch noch heim geleiten. Neu und für alle ungewohnt sind die Schließzeiten der meisten Vergnügungsstätten. Per Luftschutzgesetz vom 31. August 1943 war verfügt worden, dass Cafés, Gaststätten oder Filmtheater, die keinen Luftschutzraum haben, um 20 Uhr zu schließen seien. Der legendäre »Lindenhof« in Zwickau, Sachsens vielleicht bedeutendstes Varieté, gehört zu den Ausnahmen. Per Aushang wird in dem Jugendstil-Bau informiert: *„Bei Fliegeralarm ist Vorsorge getroffen. Ruhe bewahren!“*

Den weiteren Kontakt zu einigen seiner Bekanntschaften kann Walter Fritzsch nur postalisch halten. Ilse Arnold wohnt in Chemnitz, Gerda Wende in Waldheim. Zur besseren Übersicht notiert er sorgfältig die Ein- und Ausgänge der Briefe. Ab Oktober 1943 wird der Gern- und Viel-Schreiber auf besondere Art und Weise gefordert. Der Grund heißt Käthe Decker. Das 19-jährige Mädel mit dem flotten Mundwerk verdreht dem Planitzer Burschen auf Anhieb den Kopf. Walter hat aber ein großes Problem, sein Urlaub neigt sich dem Ende entgegen. Er muss nach Leisnig, in die Kaserne. Fortan glüht die Feder, jeden zweiten oder dritten Tag schreibt der verliebte Obergefreite an seine Herzensdame in Oberhohndorf und kann es kaum erwarten, bis seine Zeilen endlich beantwortet werden.

„21. September 1943 – Bei Gertrud gewesen, dann abends im Kino – Kluge Marian. Else Fritz einmal gesehen.

22. September 1943 – Es regnet unverschämt. ... geschrieben. Im Zirkus Busch gewesen und mit Lampe, Fritz, mit Lobke und Else. Krause, Gerhard getroffen. Gegen Abend wurde schönes Wetter.

23. September 1943 – Schönes Wetter. Besuche bei Augustin, Kurt, Mutti, Frau Krüge Ottilie, Ungetüm, Hanel, Tante Emma, erstmalig Heinz Braut Else. Abends im Variete gewesen.

24. September 1943 – Im Kino gewesen. Dieselfahrt ins Abenteuer.

25. September 1943 – Kam Lange, Max auf Urlaub. Im fremden Hof gewesen, dann Linde und bei Körner. Es gab Sekt, Wein, Rumverschnitt, Kuchen. Es regnete nachts. Um 1:30 Uhr bis an grünen Hof mitgegangen. Es ging sehr schön zu.

26. September 1943 – Sonntag durch. Lang, Max. Regenwetter, 20 Uhr Else heimgebracht.

27. September 1943 – Bei Horch gewesen, dann ins Kino mit Hannes, Müller, Wilkau gewesen. Schöne Musik nach 0 Uhr.

28. September 1943 – Bei Gertrud eingeladen zum Essen. Abends mit Käthe im Kino gewesen. Astoria - Ich möchte der liebe Herrgott sein.

29. September 1943 – Henke, Ernst, Meixner, Max besucht. Nachmittag im Kino gewesen – Lache, Bajazzo! Regenwetter.

30. September 1943 – Im Variete mit Käthe Decker gewesen. In meinem Urlaub erstmalig an ein Mädchen getroffen, die noch anständig scheint.

1. Oktober 1943 – Abgefahren nach Leisnig. Traf 22 Uhr ein. Ging gut. Hofmann Hochzeit.

2. Oktober 1943 – 11 Uhr ging es in die Kirche. Mit Fräulein Ilse Arnold, Braut... gemacht...

3. Oktober 1943 – Traf ich unverhofft auf Unteroffizier Zimmermann mit Braut wieder ... Nochmals schönen Tag gemacht. Es gab dauernd sehr gutes zum Essen. Hoffmann, Heinz hat sich sehr angestrengt. Abends ging es dann in die Kaserne. Vorläufig Schnauze voll.

4. Oktober 1943 – Jetzt beginnt das Kasernenleben. Nach zweieinhalb Jahren wieder in der ...

5. Oktober 1943 – Habe mich als Maler gemeldet und es geht rund mit der Arbeit. Zum Ausgang wurde Trepke, Ernst und ich von einem Unteroffizier angewichst.

Die ersten Briefe von Walter an seine Käthe – der Beginn einer 54-jährigen Partnerschaft

LEISNIG
12.10.43.-12
An
Fräulein
Bestimmungsort oder
Feldpostnummer
Hier falzen und umlegen
Leisnig, am 5.10.43
Leisnig, am 7.10.43
Leisnig, am 8.10.43
12 Uhr
Meine liebe Käthe!
10.00
Leisnig, den 10.10.43
Meine liebe Käthe!

6. Oktober 1943 – Fenster gemalt, beim Arzt gewesen. Gv.H Mit Trepke, Ernst im Kino gewesen. Sehr schönes Wetter. Mittagessen – Klöße, Schweinebraten.

Brief an Käthe: „...ist es nicht mehr nötig sich zu tarnen. Der Posten, den ich gebrauchen könnte, befindet sich nicht in meinen Händen. Nebenbei steht es mir nicht zu, in der Heimat zum bleiben. Ich war ja in der Zeit vom 6. September 1941 bis zum 10. Juli 1943 in Russland an der Front eingesetzt. Du musst ja auch auf die Kameraden Rücksicht nehmen, die noch nicht das Grauen der Ostfront kennengelernt haben oder die nur eine Gastrolle von einem halben Jahr gaben. Das Leben in der Heimat ist schöner. Es wäre doch für solche eine Strafe nach der Sowjetunion zu kommen. Ausgeschlossen sind natürlich die Verwandten, die es arg erwischt hat, sie opferten dafür ihre Gesundheit, darum soll man diese Menschen nie verachten, sondern ehren. Ich weiß ja selbst nicht, ob ich auch einmal Schlimmes ausgewischt werden kann."

7. Oktober 1943 – Schönes Wetter gewesen. Laufend Fenster gestrichen. Turmbeobachter.

8. Oktober 1943 – Wie üblich, Flieger Luftschutzalarm.

9. Oktober 1943 – Ging es bis 11:30 Uhr, dann Stube gereinigt. Post erhalten. Abends bei Richter, Helene gewesen. Anschließend im Kino – Frauen sind keine Engel. Es ist absolut nicht so. Schönes Wetter.

10. Oktober 1943 – Schönes Wetter, aus gewesen. In Leisnig einen Fotografen gemacht. Obstwein heute. Richter, Helene, 23:30 Uhr ins Bett... Brief an Käthe: „Es ist immer besser als an der Front."

11. Oktober 1943 – Urlaub nicht genehmigt. Stück ... Sonst verging der Tag nicht. Es wird Export gemacht.

12. Oktober 1943 – Dieser Tag wurde nur abgekratzt. Abends war ich nach Quartiersuche. Wurde nur aufgelohnt...(?)

13. Oktober 1943 – Vormittag nichts gemacht. ... den Sport, dann Socken getauscht. 21 Uhr habe ich mich schon schlafen gelegt. Luftschutz.

14. Oktober 1943 – Vier Fenster gestrichen. Eine Stunde Sport gemacht. 15:30 Uhr geimpft worden. Cholera. Abends im Kino gewesen – »Nachtfalter«.

15. Oktober 1943 – Vormittag verging planmäßig. Das Wetter ist sehr schön. Nur etwas kälter ist es geworden. Luftschutz. Dieses Mal waren Bomben dabei.

16. Oktober 1943 – Haben wir die ganzen Fenster ohne Boden und Keller gestrichen. Zum Versehrtensport wurde mein ... Feldw. Fischer ... weil ich einen Apfel aß...

17. Oktober 1943 – Dasselbe. Nachtzeichen gestrichen. Mit der K... im Kino gewesen. Sonst verging der Sonntag ohne Zwischenfälle. 22 Uhr schlafen gelegt.

18. Oktober 1943 – Eine Stunde hören gemacht. Es ging eigentlich ganz gut. Gearbeitet haben wir nicht. In Stadt Leipzig gewesen und gegessen – Bratkartoffeln. Anschließend im Kino Paracelsius.

19. Oktober 1943 – Gegen 7 Uhr fing es an zu regnen. Es heitert sich auf und wurde schön. Bei Familie Joch gewesen.

20. Oktober 1943 – Dieser Tag muss historisch festgehalten werden. Ein Obergefreiter Fränkel, erlaubt sich uns Alte ... zu melden, wegen der Gasmaske. Weil es nicht die Maske aus der Büchse war. Der Chef ging die Buden durch und fand viele nicht in Ordnung. Natürlich musste unsere Stube auffallen, weil sich etliche Kisten mit ... unter den Betten befanden. Erstmalig den Patronen-Block gestrichen. Insgesamt 14 Bodenfenster, 26 Kellerfenster, 110 Stubenfenster. Luftschutz. 20:30 Uhr ging das Drama los. War ganz schöner Tumult. Es brannte eine Leitung. 22:30 Uhr beendet.

21. Oktober 1943 – Sonst nichts Besonderes. Aus gewesen bei Joch.

22. Oktober 1943 – Ab heute galt der Versehrtensport, 1,5 Stunden.

23. Oktober 1943 – Mussten wir alten Obergefreiten Aborte waschen und Rekruten passten auf. Das ist der Dank oder ... Gegen 22 Uhr kam Elfriede.

24. Oktober 1943 – 8 Uhr ging zu Elfriede, spazieren gewesen.

25. Oktober 1943 – 7 Fenster gestrichen, das zweite Mal. Urlaub genehmigt. 16:30 Uhr die Kaserne verlassen. 17:30 Uhr ging ich zu

Arnolds und traf Ilse. Hat mich sehr geärgert. Junge Dame mit Frau Hofmann nur … sonst verging der Tag ohne Zwischenfälle.

26. Oktober 1943 – In Urlaub gefahren. Gerhard und Mutter freuten sich sehr. Dann mit … im Palast gewesen. 2 Uhr im Bett.

27. Oktober 1943 – Marken geholt und dann Nachmittag im Kino gewesen mit Gerhard und Lisbeth und Friedel. Abends im Ring-Café mit Käthe, Gerhard und Lisbeth, eine Flasche. 1:15 Uhr es war sehr schön.

28. Oktober 1943 – Früh gegen 4:15 Uhr wurden wir geweckt. Denn neben uns brannte ein Teil des Schneidewerkes ab. Post erledigt an … geschrieben. Nachmittag Foto … gewesen mit Mutti und Gerhard und Lisbeth. Abends Kino – Ewiger Klang. Dann im Training.

29. Oktober 1943 – Den ganzen Tag in Zwickau gewesen. Torte gegessen, Käthe von Arbeit abgeholt. Im Kino mit ihr gewesen. In der Straßenbahn traf ich Schneider, Max.

30. Oktober 1943 – … bin ich in … haben sich sehr gefreut. Inge, Klara und … Dann in Mädlers Gasthof gewesen zum … bei Klara geschlafen.

31. Oktober 1943 – 11 Uhr von Klara weggegangen. Dann zum Schneider. Dann Mittag gegessen. Es gab Hasenbraten, Klöße… 14 Uhr gespielt gegen Döbeln. 5:4 verloren … war im Stadtcafe mit … und … Kam 2 Uhr nach Hause.

1. November 1943 – Post erhalten, bei Brettschneider gegangen. Aufschließen ging. Mutti und ich … Ich machte mich mit … auf den Wege nach Zwickau dort … Dort suchte ich Cafe Fiedler und den Schwanenteich auf. Am Abend besuchten wir noch den Film – Peterle.

2. November 1943 – Im Kino den Film – »Ungeküsst soll man nicht schlafen gehen« – angesehen. Am Abend war ich mit Käthe im Astoria. Man redet mir nicht von Liebe.

3. November 1943 – War ich im Palast-Cabaret. Dieses Mal ging es sehr herrlich zu. Samstag war ich bei Tante Mimi gewesen.

4. November 1943 – Horch besucht, Lindenhof ganz große Sache gewesen. Es wird kälter. Franzel Brumm…

5. November 1943 – Es hat gereift. War in Zwickau gewesen. Abends mit Mutti und Lisbeth beim Mustergatten – Capitol.

6. November 1943 – Baden gewesen. Bei Tante Klare Film hingebracht. Dann nach Zwickau gefahren. Im Parkcafe, Käthe krank.“

Der Herbst 1943 bringt Walter Fritzsch die Erkenntnis, dass der Fußball in seinem Leben endlich wieder eine Rolle spielt, diese aber nicht im Ansatz mit der vor dem Russland-Feldzug zu vergleichen ist. Natürlich liegt das auch an seiner Verwundung. Zwar ist der linke Fuß wieder hergestellt, harten Zweikämpfen versucht der inzwischen 22-Jährige trotzdem aus dem Weg zu gehen. Das gelingt natürlich nicht immer. So hört er bei der überraschenden 4:5-Heimniederlage gegen Döbeln die Engel singen, als ihm ein Gegenspieler – ob mit Absicht oder in der Hitze des Gefechts – auf den Fuß gestiegen war. Die restliche Spielzeit biss er dann die Zähne zusammen, schlich aber mehr über den Platz, als forsch und frei in Richtung Gästetor zu stürmen. Auch die Stimmung in der Mannschaft war irgendwie anders als früher. Zwar hatten ihm die Kameraden von der im Frühjahr errunge-

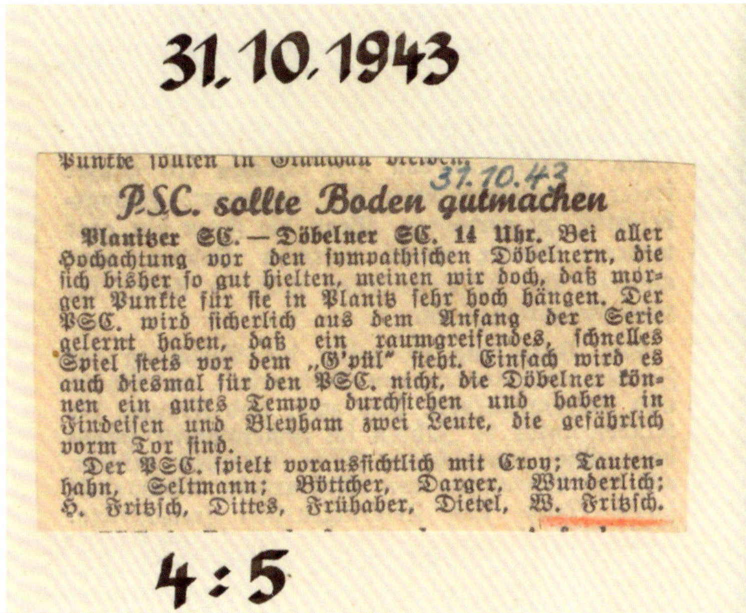
31.10.1943

31.10.43

P.S.C. sollte Boden gutmachen

Planitzer SC. — Döbelner SC. 14 Uhr. Bei aller Hochachtung vor den sympathischen Döbelnern, die sich bisher so gut hielten, meinen wir doch, daß morgen Punkte für sie in Planitz sehr hoch hängen. Der PSC. wird sicherlich aus dem Anfang der Serie gelernt haben, daß ein raumgreifendes, schnelles Spiel stets vor dem „G'pütl" steht. Einfach wird es auch diesmal für den PSC. nicht, die Döbelner können ein gutes Tempo durchstehen und haben in Findeisen und Bleyham zwei Leute, die gefährlich vorm Tor sind.

Der PSC. spielt voraussichtlich mit Croy; Tautenhahn, Seltmann; Böttcher, Darger, Wunderlich; H. Fritzsch, Dittes, Frühaber, Dietel, W. Fritzsch.

4:5

Comeback beim Planitzer SC – nach seiner Verwundung kann Walter Fritzsch wieder Fußball spielen

Fußball in der Saison 1943/44 in Sachsen – der Deutsche Gruß bei einem Spiel des BC Hartha

nen Vize-Meisterschaft in der Gauliga erzählt, doch der Abstand zum Dresdner SC soll riesengroß gewesen sein. Der Planitzer SC stellte den zweitbesten Angriff und die zweitbeste Abwehr und lag in der Endabrechnung trotzdem satte elf Punkte hinter dem DSC. Tröstlich schien lediglich der Umstand, dass sich der überlegene Kontrahent um Helmut Schön endlich auch seine erste Deutsche Meisterschaft und damit den erstmaligen Besitz der Victoria, der begehrten Meistertrophäe, sichern konnte. *„Fast 90.000 sollen beim Endspiel im Berliner Olympiastadion gewesen sein“*, schwärmten die Mitspieler. Walter Fritzsch fragt nur kurz, wann das Spiel genau war. Dann überlegt er, was er am letzten Juni-Wochenende an der Ostfront erleben musste. Auf jeden Fall stand die Schlacht in Kursk unmittelbar bevor, aber halt! Hatten sie nicht auch Fußball gespielt zu dieser Zeit? Könnte sogar genau an diesem Tag gewesen sein. Was für ein Zufall! Und nun? Im Tzschammer-Pokal hatte es gleich nach dem Saisonstart beim Dresdner SC im Ostragehege eine 3:8-Klatsche gesetzt und auch in der Gauliga lief es überhaupt nicht rund bei den »Wespen«. Durch die Kabine auf der Westsachsenkampfbahn waberte immer wieder der gleiche Satz: *„Die fetten Jahre sind vorbei!“* Riesa, Döbeln, der Chemnitzer BC und sogar Hartha waren plötzlich ernstzunehmende Kontrahenten für die stolzen Planitzer und Walter Fritzsch musste kurz überlegen: Hartha? Das war doch gar nicht so weit von Leisnig, also von seiner Kaserne, entfernt? Eigentlich direkt um die Ecke! Dieser Gedanke lässt ihn in den folgenden Tagen und Wochen nicht mehr los.

„7. November 1943 – Es scheint Winter zu werden. Spielte in der zweiten Mannschaft mit. Traurig, was mit uns alten Spielern gemacht wird. P.S.C. gewann 10:0 gegen Fortuna Leipzig. Der Schiedsrichter war sehr gut und die Hintermannschaft stand. Am Abend war ich mit Käthe, Mutti und Lotti, Heinz Blechschmidts Braut im Stadtcafe. Dort wurde eine Zeche von 10,45 Mark durch einen heimlichen bezahlt. Es verspätete sich etwas, kam erst 2:15 Uhr nach Hause.

8. November 1943 – In Zwickau Mittag gegessen. Die große und die kleine Liebe – Käthe nicht angetroffen. Der Führer sprach. 5 Grad Kälte.

Brief an Käthe: „…Du musst Dir sagen, wenn Walter an die Front geht, sehe ich ihn vor einem Jahr nicht wieder. Es wird gesprochen, dass vor den Feiertagen ein Klub an die Front geht. Ich bin doch KV (kriegsverwendungsfähig) am vergangenen Mittwoch geworden“

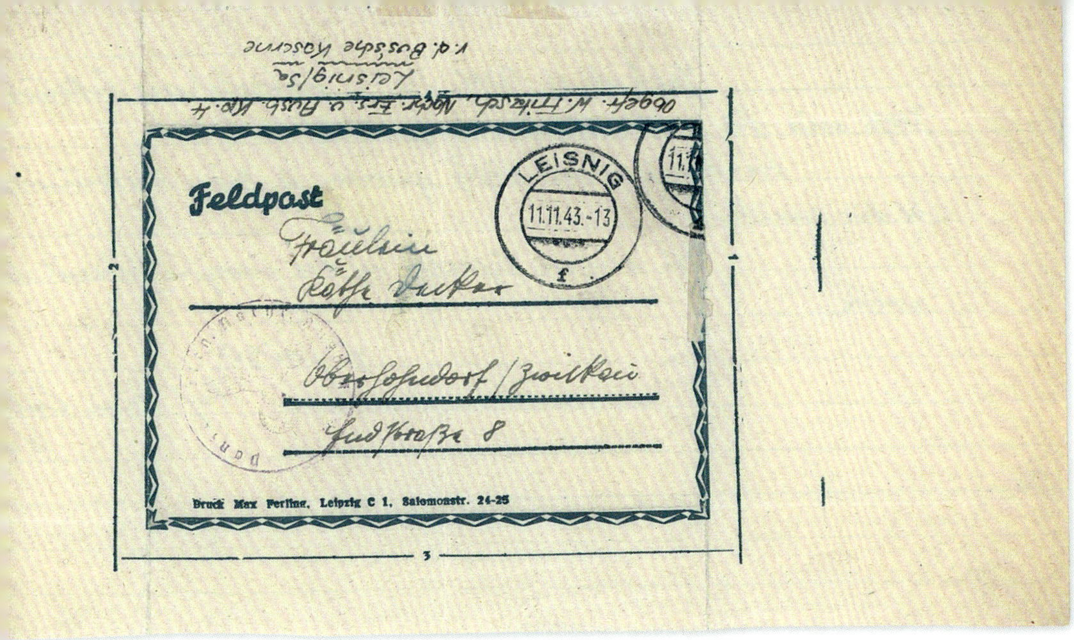

9. November 1943 – Dieser letzte Urlaubstag verging auch gut. Käthe, Mutti, Lotti, den Film – Die Frau am Scheideweg – angesehen. War sehr hübsch. Käthe mit bei Mutti gewesen. Muss schon sagen, in den 16 Tagen war der Wettergott mit mir sehr gut. Hier einen Tag schlechtes Wetter gehabt.

10. November 1943 – Meine Uhr bei Haupt abgeholt. Dann Tante Minna besucht. 11 Uhr Mittag gegessen. Dann nach Zwickau gefahren. Ab 12 Uhr mit Käthe Mittag verbracht. 13:30 Uhr ging mein Zug nach Leisnig. 18:30 Uhr in der Kaserne gelandet. Alles noch beim alten. Trepke, Ernst muss ausziehen, ist KV. Von Minna Tomaten bekommen.

11. November 1943 – Man ist direkt früh erzürnt, wenn man als Urlauber erstmals durch Pfeifen geweckt wird, obwohl habe mich schon daran gewöhnt. Heil ... Luftgefahr...

12. November 1943 – Durch das Regenwetter ist es mir nicht möglich, die ... Fenster zu streichen. Das Kasernenleben ist bequemer als an der Front, aber an der Front sind die Menschen vernünftiger und besitzen viel mehr Kameradschaft. Das Essen ist soweit noch gut, habe schon mehr gegessen. Man trifft bei dieser Kompanie alles. Fand alle P101er. Am Abend bei Joch und anschließend im Kino gewesen – Die Wirtin vom weißen Rössl.

13. November 1943 – Von dem Wetter kann man weiter nichts verlangen. Es ist eben jetzt die Zeit. Heute ist wieder der echte Klaps durchgedrungen. Die ... machen von 16 bis 17 Uhr Waffenreinigen. So etwas ist nur bei dieser Kompanie möglich. Man kommt sich vor wie im ... Bekam ich Bilder von Käthe. 19 Uhr besuchte uns der Regimentskommandeur von der ... und fragte uns, wo es uns erwischt hat.

14. November 1943 – Brief an Käthe: „Im Laufe der nächsten Woche kann die Post zu Dir kommen, daß ich an die Front gehen werde... Man darf den Humor nicht verlieren, denn der Krieg geht auch zu Ende."

Sonntagmorgen. Es regnet. Briefe und Post erledigt. Von 14 bis 15 Uhr Waffenreinigen. Anschließend Appell. Schild gemalt – erst hier fiel es mir wieder ein, es ist zu schön, Soldat zu sein. Dann unterhalten. Mir scheint, es wird noch nächste Woche an die Front gehen. 19:45 Uhr – eben behaupteten ein Stubenkamerad Dyrnowski, Aussig, Kohlenhändler, dass wir im Frühjahr 1944 Frieden hätten. Dieser Sonntagabend wurde durch Musizieren verbracht. Päckchen mitgegeben, Fräulein Ickelsheimer, Zwickau, Leipziger Straße.

15. November 1943 – Wie üblich. 5:45 Uhr wecken. Dann im Revier gewesen. Zahnkrank gemeldet. Schuhe abgegeben zum Reparieren. Mittagessen, Sport, Fußball gespielt. Der Nachmittag verging ohne Qualen. Ab 18 Uhr ging ich zu Familie Joch. Die kleine Brigitte ist noch krank. Bis 20:30 Uhr dort unterhalten, dann machte ich mich auf den Weg nach der Kaserne.

16. November 1943 – Fenster gekittet, dann ... Sport. 14 Uhr zum Zahnarzt, Zähne plombiert worden. Anschließend bei Hofmanns Heinz Frau gewesen. Luftschutz. Jetzt ist in der Stube Radio. So hält man die Kompanie aus. Zum Abend schreibe ich Briefe.

17. November 1943 – Der Vormittag wie üblich. 11 Uhr ging ich zur KV-Untersuchung. Vorläufig bleibe ich in Behandlung. Sport. Dann acht Fenster gekittet, abends eine Stunde aus gewesen, Luftgefahr.

18. November 1943 – Karten für das Regiment gezeichnet. Impfung gegen Cholera. An der Karte weitergearbeitet. Bei Frau Joch gewesen. Kakao getrunken, Luftgefahr, Fliegeralarm von 21 bis 23 Uhr.

19. November 1943 – Lindner, Siggi, auch eingetroffen. Weiter an den Karten gezeichnet. Sauerkraut mit Bratwurst. Nachmittags mit den Karten fertig geworden. Luftschutz.

20. November 1943 – Heute war es kalt und eine Glasur Eis war vorzufinden. Sport gemacht. Bereich gereinigt für das Regiment. Stuben für den Oberen (?) und Gefreiten, da diese noch an der Front waren. 18 Uhr traf Käthe aus Richtung Leipzig ein. Am Abend waren wir in der Obstweinschänke. 23:30 Uhr bei Frau Joch eingetroffen.

21. November 1943 – 8:30 Uhr Kaserne verlassen. Zu Käthe gegangen. Dieser Geburtstag war der … gewesen, seit jeher. Stadt Leipzig Mittag im Cafe Meißen Kaffee getrunken. Anwesend waren Schmidt, Werner, … Trepke, Ernst, Käthe und ich. Die Rechnung war 14 RM. Abendbrot nahmen wir in der Bastei ein. Das Wetter war dem Herbst und Totensonntag angepasst.

22. November 1943 – 5 Uhr eingetroffen in der Kaserne. Es ging gut. LAI… geholt. Sport gemacht. 13:15 Uhr raustreten. Wurde als Schiedsrichter eingeteilt. Bis 17:30 Uhr im Gelände bei Regen und Schneematsch. 18:15 Uhr Besprechung… 20:15 Uhr Fliegeralarm. Turmbeobachter, Flieger gehört. 21:15 Uhr Alarm beendet.

23. November 1943 – Brief an Käthe: „Gestern hatten wir Fliegeralarm, man hörte sogar die Flieger surren. Es ging aber gut. Heute mache ich als Schiedsrichter die Rekrutenbesichtigung mit."

4:30 Uhr wecken lassen. 6 Uhr abgerückt zur Besichtigung. Nach meinem Ermessen ist sie als genehmigt bestanden. Mit solchen Leuten an der Front! Kalt war es gewesen. Beim … und massieren … 15, dann Alarm. Eine Stunde im Keller mit Tanzmusik.

24. November 1943 – Fenster lackiert, dann um 8 Uhr zum Chef. Zurück als Ausbilder für die Rekruten. Beim Arzt gewesen, KV wurde ich befunden. Er sagte: laufen Sie jetzt anständig, sind ja KV. So etwas muss uns niemand befehlen. Es ist bedauerlich, dass es einem so geht. Leider war es ein Augenarzt. Eine Woche vorher schrieb er mich G.VA. und Behandlung. Also keine Ahnung. Abends ging ich zu Familie Joch. Rieb dort Zuckerrüben und machte mit Brigitte Schularbeiten. Sie macht Fortschritte. Luftgefahr 15.

25. November 1943 – Ab heute mache ich mit Hilfsausbilder. Es wird wieder Soldat gespielt. BC Hartha meldete sich bei mir wegen dort aktiv zu wirken… Luftschutz. Turmbeobachter.

26. November 1943 – Im Augenblick werden wir unterrichtet im eigenen … wo wir uns als Ausbilder zurechtfinden mussten. Fliegeralarm. Flieger hörbar. Bei Joch gewesen.

27. November 1943 – Vormittag Unterricht am MG 34 gemacht. Nachmittag Stube gereinigt. Dann Briefe geschrieben. So gefällt es mir bei Radiomusik. Heute kein Fliegeralarm. Bei Musik eingeschlafen. Luftschutz.

28. November 1943 – Sonntagvormittag. Eine Stunde Fußball gespielt, dann spielten … Abwehr mit Schiffer, Alwin. Mittagessen. Der Nachmittag verging gut. Luftschutz, kein Fliegeralarm.

29. November 1943 – Wir machen Ausbildung, hoffentlich klappt es dann bei der 4. Kompanie. Unteroffizier Richter besucht, von meinen ehemaligen 3 Kumpels von Russland

30. November 1943 – Anschläge mit Gewehr durchgeführt, Gewehrübung. Heute gab es Rostbratwurst. Unterricht, Luftschutz, Paket von Mutti. Unser guter Trepke, Ernst hat sich bei mir verabschiedet. Er haut mit einem neuen Club ab. Wohin ist noch nicht raus

Brief an Käthe: „Aber eins musst Du Dir im Klaren sein, wir müssen und so oft sehen, wie es möglich ist. Um dann Weihnachten die Verlobung vom Stapel zu lassen. Was nur im kleinen Kreis geschehen wird."

1. Dezember 1943 – Schneematsch, in der … Falle. Dienst gemacht, Raucherkarte von Mutti erhalten. Luftschutz. Bei uns muss die Ansprache etwas besser werden. Am Nachmittag wurden die Stuben gewechselt. Die Stube 35 hat aufgehört. Jetzt liege ich in der Stube 80 mit Obergefreiten Böhme, Stein, Zimmermann, Rost, Roßberg und Gefreiten Zschech zusammen. Die Stube ist eine der schönsten in der Kompanie…

2. Dezember 1943 – Im Freien gewesen, sehr gutes Mittagessen. Unterricht, Fliegeralarm, Luftschutz gehabt. Wurde mir von Elsa Schmidt mitgeteilt, dass Lampe, Fritz vermisst ist.

Die alte Leipziger Oper vor ihrer Zerstörung im Dezember 1943

3. Dezember 1943 – Heute war und verging der Tag gut, es war nur sehr kalt. Habe Halsschmerzen. Bis 1 Uhr eine Fü-Sprechtafel gezeichnet. 4 Uhr Fliegeralarm.

4. Dezember 1943 – 5 Uhr beendet. Unterricht befasst über Betriebsdienst. Laut, Werner wird uns für einige Tage verlassen, Grund ... erhielt Post von BC Hartha wegen einer Einladung zum Spiel gegen Döbeln. Paket abgeschickt. Zum ersten Mal Sonne, Dienst bis 18 Uhr. Sogar eine halbe Stunde um die Gemüter etwas zu erleichtern. Mussten wieder heimgehen, warum weiß ich auch nicht.

Brief an Käthe: „Ich habe Dir doch wegen einer Verlobung geschrieben. Überlege es dir auch einmal richtig, wenn Du gut darüber geschlafen hast. Dann Deine ehrliche Meinung, wie und warum nicht, oder doch? Du gehst so einer Frage ständig aus dem Weg."

An diesem Samstag machen die Ereignisse von Leipzig rasend schnell die Runde. Die Messestadt hatte in den Morgenstunden den bislang schwersten Luftangriff erlebt. Gegen vier Uhr, also mitten in der Nacht, waren sie gekommen, die britischen Bomberverbände. Von 400 Maschinen in drei Wellen ist die Rede. Erst habe man die Luftverteidigung getäuscht, dann die »Christbäume«, also die Zielmarkierungen gesetzt, um schließlich unvorstellbare Mengen an Brand- und Sprengbomben, darunter auch Phosphorbomben, über dem Stadtgebiet abzuwerfen. Danach stand die gesamte Innenstadt und angrenzende Stadtteile in Flammen. Der Feuersturm knickte Bäume, warf Autos und Menschen einfach um, riss sie in seinem Sog mit sich. Nicht allen Leipzigern sei es gelungen, die Keller oder Luftschutzbunker lebend zu verlassen. Viele Gebäude stürzten ein und begruben Schutzsuchende unter den Trümmern. Unter den 1.815 Toten und fast 4.000 Verletzten waren neben Einwohnern der Stadt auch viele Fremd- und Zwangsarbeiter, Wehrmachts-Angehörige bzw.

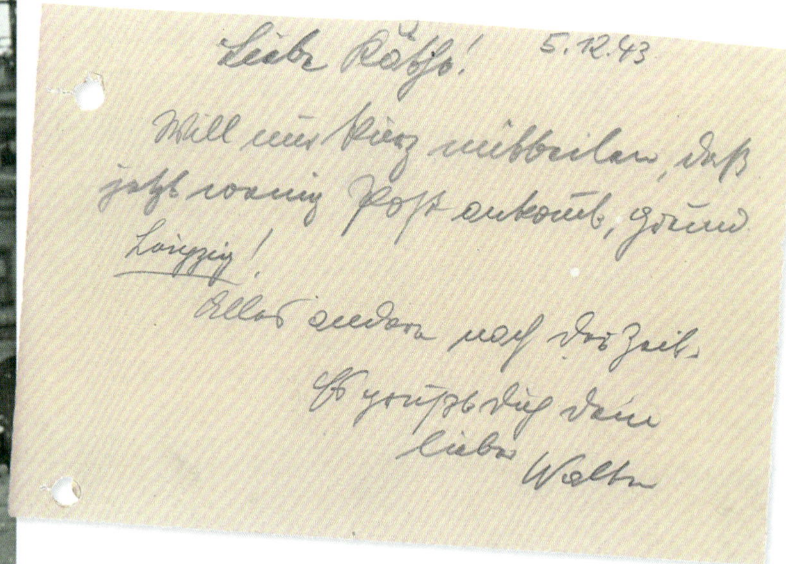

Liebe Käthe! 5.12.43

Will nur kurz mitteilen, daß jetzt wenig Post ankommt, grüß Leipzig!

Alles andere nach der Zeit.

Es grüßt dich dein lieber Walter

Evakuierte aus anderen Städten. Die Behörden werden in den folgenden Tagen 140.000 »Bombengeschädigte« vermelden, die neben ihren Wohnungen zum Teil auch das gesamte Hab und Gut verloren haben. Jedes zehnte Haus im Stadtgebiet ist zerstört. Ab sofort prägen nun Ruinen das Bild der Straßen und Plätze. Hinzu kommt der zeitweilige Ausfall bei Wasser-, Strom- und Gasversorgung sowie im Straßenbahnverkehr. Walter Fritzsch denkt: *„Willkomen an der Heimatfront!“*

„5. Dezember 1943 – Es ist Sonntag. Führungstrupp mit D2 nach Leipzig. Seit 6 Uhr auf den Beinen. Kein Wagen in Ordnung. Ich komme mir vor wie an der Front. Jetzt ist es bereits 11:30 Uhr. 15:30 Uhr in Leipzig angekommen. Es ist ein doller Anblick. Alles einfach wie abrasiert. In der Flakkaserne die Führungsstelle aufgebaut. Unverschämt kalt. 17:15 Uhr erstmalig gerufen. Keine Verbindung. Zwei Sammler schon verbraucht. 24 Uhr schlafen gelegt. Drei Mal Stellungswechsel…

6. Dezember 1943 – 6 Uhr wecken. 7 Uhr ging ich auf Empfang. 8:15 Uhr hörte ich meine Gegenstelle. Dann war es wieder Essig. Nichts zu essen und keine Verbindung. Schnauze riesig voll. Innen gut der 8. … 14:30 Uhr hörte ich die Gegner? fliegen. 17 Uhr Führungsstelle eingezogen. Geräte nochmals durchgerufen, alles in bester Ordnung. 19 Uhr gab es Verpflegung warm und kalt. Das Wetter ist seit Sonntag neblig und kalt.

7. Dezember 1943 – 5 Uhr vor Kälte aufgewacht. Mich rasiert und gewaschen. 9 Uhr Führungsstelle bezogen. Nur noch kein Verkehr möglich. 10 Uhr Führungsstelle einbezogen. Geräte sauber machen lassen. Die Kaserne ist ganz groß. Abends kam noch Honey mit einer Führungsstelle, jetzt haben wir Verbindung. Es gab Marschverpflegung. Prima Sachsen. 22:30 Uhr schlafen gelegt. Luftgefahr. Es gab Post.

8. Dezember 1943 – Seit 7:40 Uhr Verbindung mit Honey. Das Wetter ist noch nicht anders geworden. Eine Eisglätte fand man früh

Fritzsch sieht Leipzig am 5. Dezember im Zustand der Zerstörung – das alte Rathaus am Markt

Dresden ist zu gleicher Zeit noch unzerstört – Eingang zum Luftschutzbunker auf dem Theaterplatz, der im Dezember 1943 »Adolf-Hitler-Platz« heißt

auf der Straße vor. Es sprach Dr. Goebbels. Die Lanzer brachten viel Verpflegung, Fett, Schweinefleisch mit. 18:45 Uhr Betriebsschluss. 21:30 Uhr schlafen gelegt.

Brief an Käthe: „Eben hörte ich die Rede von Reichsminister Dr. Goebbels. Man hat da genug gehört – es ist auch so. Von den Ereignissen in Leipzig brauch ich Dir nichts mitzuteilen. Da werdet ihr sowieso genug Parolen hören, da brauche ich nichts zu berichten. Eins kann ich Dir schon im voraus schreiben, dass man nicht alles glauben darf."

9. Dezember 1943 – 7 Uhr auf Empfang. Empfangsstörung in der Führungswerkstatt gebracht. 12 Uhr Verbindung sehr gut. 16:30 Uhr sende ich Empfängerstörung. Es liegt an dem Schalter. Heute war der Tag nicht … wer hört schon Anschisse gerne.

10. Dezember 1943 – Das Gerät noch einmal beim Funkmeister der Flak gehabt. Der Empfänger ging… hörte Zimmermann, ich Honey. Außer kleinen Sachen verging auch dieser Tag und wir verließen mit dem Chef … Leipzig. Es war gerade keine schöne Fahrt. Sehr glatt. Von 23:30 bis 0:30 Uhr dauerte das Unternehmen.

Brief an Käthe: „Nächsten Sonntag kommst Du doch zu mir, da bringst Du mir Folgendes von meiner Mutter mit: 1x Hosenträger, 3 weiße Taschentücher, vor allem Dingen nicht vergessen, wegen der Ringe vorsorgen. Ich bekomme von meiner Mutter einen alten und Du ja von Deinem Vater."

11. Dezember 1943 – 6 Uhr wecken. 7 Uhr antreten. Geräte in Ordnung gebracht. Nachmittag gebaden. 21:30 Uhr ins Bett gegangen.

Brief an Käthe: „Mir kommt es vor, als würden wir uns nicht mehr sehen vor meiner Abstellung an die Front…"

12. Dezember 1943 – 8:30 Uhr mit Pohle, 3. Kompanie nach Hartha gefahren zum Spiel BC Hartha gegen SC Döbeln. Wirkte als Rechtsaußen mit. Danach gemeinsam Büroarbeiten, getrunken und unterhalten (Cognac, warme Wurst). Dann mit Herrn Möbius … Oberleutnant, Chef der 3. Kompanie und ich in die Villa von Herrn Möbius. Es gab Kalbsbraten, Sekt, Kaffee und Wurstbrötchen. Anschließend im Kino gewesen. 21:30 Uhr wieder in der Kaserne eingetroffen. Hier wartete schon wieder Arbeit auf mich. Vier Führungsskizzen für … verein. 2:15 Uhr schlafen gelegt.

13. Dezember 1943 – 7 Uhr aufgestanden. Den ganzen Tag sich herumgedrückt am Zeichentisch. Drei Skizzen. 22 Uhr abgegeben. Von Leutnant Werner vier Äpfel bekommen. Haare schneiden.

14. Dezember 1943 – Wieder eine Funkskizze angefertigt. Dann die Führungssprechtafel fertig gemacht. Bei Joch gewesen.

15. Dezember 1943 – Früh 7:30 Uhr nach Dresden gefahren. Zu einer Offiziersführungsrahmenübung, gut … Es ging zwei Stunden. Die Übung klappte. Bei Hornschuh, Werner mitgewesen. Gutes Essen.

Mit der Straßenbahn verunglückt. Menschen kamen dabei nicht zu Schaden. 17:45 Uhr Dresden mit dem offenen Holzgaser verlassen. Sehr gefroren. 21:30 Uhr in Leisnig eingetroffen.

16. Dezember 1943 – Gerät reinigen, drei Stunden. Unterricht über Sprechtafeln. Fragte laut Schäfer wegen BC Hartha. Hier stellt sich der Widerstand ein. Es ist aus der weiten Umgebung festzustellen, dass ich mich dadurch unbeliebt mache. Zum Training gewesen. Ich kann mit einer Versetzung an die Front rechnen. Fliegeralarm.

17. Dezember 1943 – Freitag – Der Vormittag ging wie jeder andere um. Unterricht, am Nachmittag dasselbe. Luftschutz gehabt.

Brief an Käthe: „Mein königlicher Führer spielte dort auch, aber nicht in der Liga mit. Demzufolge hat er auch gewissermaßen Neid, dass ich noch zu Hause bin. Kann ich nur dem Verein verdanken. Stell Dir vor, am Donnerstag sagte er folgendes: Fritzsch, entweder sind Sie Soldat oder Fußballer. Er muss erst mal dorthin riechen, wo ich während meiner 2 Jahre in Russland hingeschissen habe."

18. Dezember 1943 – Bei Leutnant Schäfer gewesen wegen des Fahrscheins nach Leipzig zum Spiel BC Hartha gegen Fortuna Leipzig. Es ist schön, Sport zu treiben. Nach dem Heeresverordnungsblatt ist es anzunehmen. Bis 6:30 Uhr Bereich reinigen. Wieder baden. Bei Joch gewesen. Herr Joch ist auf Urlaub und alle … und Brigitte Diphterie. Kuchen gegessen, von Geburtstagsfeier.

19. Dezember 1943 – Sonntag – Bereich reinigen. Herbach, Kurt in Leipzig besucht. 50 RM von Mutti erhalten. Es regnet. 20 Briefe geschrieben. 22 Uhr schlafen gelegt.

20. Dezember 1943 – Hören und Geben, dann ins Gelände. Spähtrupp, großer Schlamm. Wieder eine … von Herrn Leutnant Schäfer gehört. … die Ausbilder. Heute steigt die Weihnachtsfeier. Ging von 19 bis … Uhr. Es wurde geboten: eine Flasche Sekt, ein Stollen, Gebäck, Äpfel, zwei Bonbons und … Der Oberst von der Decken aber dann ging es doll her. Es wurden meine Stubenkameraden Unteroffizier Hondschuh und Stein befördert. Bohne, Günther und Schwenke, Herbert zum Stabsgefreiten befördert. Fischer sehr besoffen. Ich bekam vom Weihnachtsmann eine Flasche Rasiermilch und Aschenbecher Knalleffekt. Bei gemütlichem Zusam-

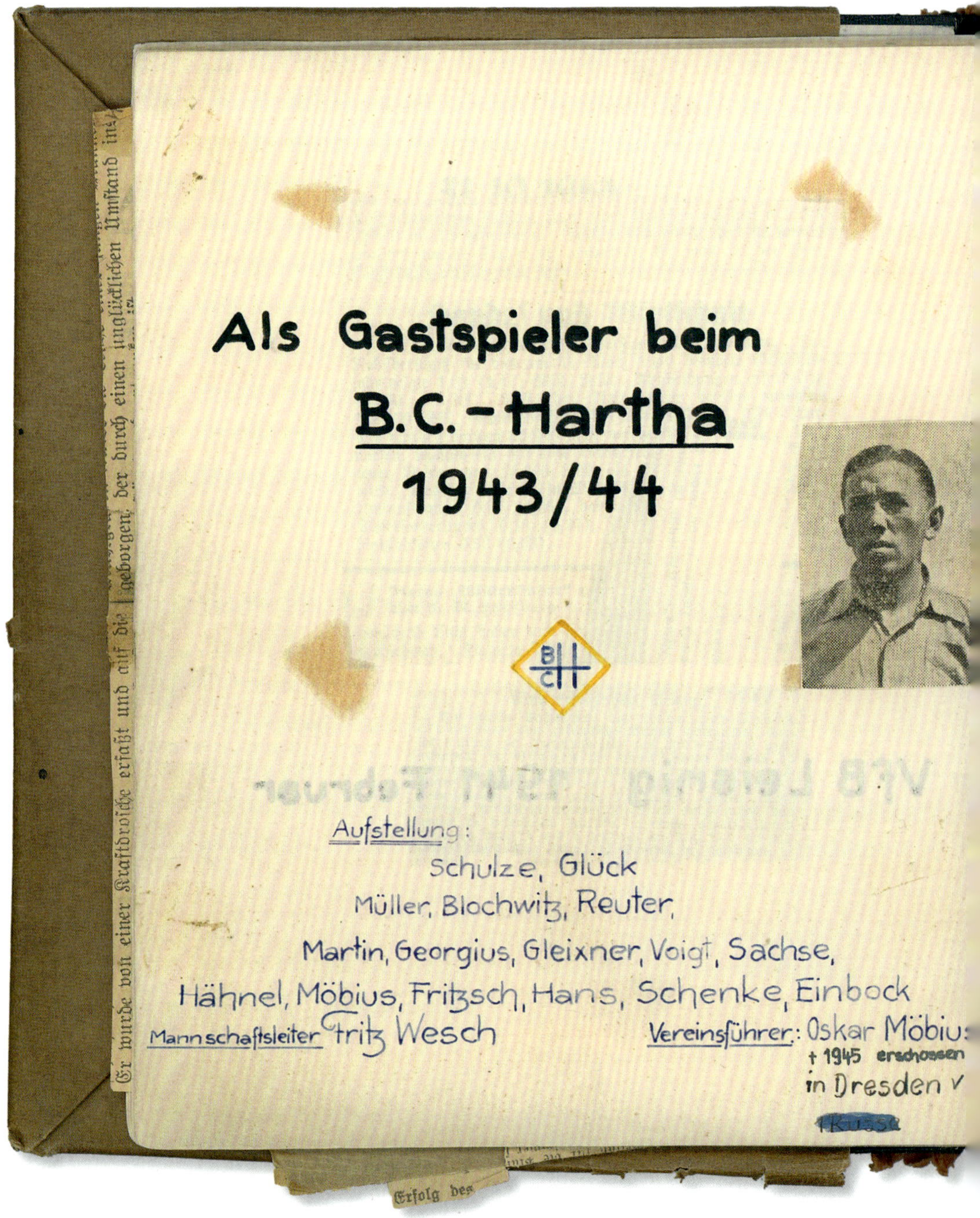

mensein in Stube 80 mit Kompanieführer und Spies. Es ging bis 3:10 Uhr. Es war ein Toben und Krachen. Rosberg, Heinz total blau. Fünf Flaschen Sekt, zwei Flaschen Schnaps und Rotwein.

21. Dezember 1943 – Hören und Geben. Im Kino einen Ausschnitt Film gesehen. Nachmittag Schießstand. Erstmals seit 1941 wieder geschossen. Ein Schuss 6.2. (3.) 11 LMG acht Treffer.

22. Dezember 1943 – Hören und Geben. Exerzieren. Eine Stunde ohne Leutnant. Werner Fischer mischte uns auf. Unterricht LEMG, Mittagessen. Gasraumprobe. Funkbetrieb. Unterführerbesprechung. 18:30 Uhr bei Joch gewesen. Kinder sind ziemlich gesund.

23. Dezember 1943 – Hören und Geben. Nahkampf am Gebäude. Bis 11 Uhr richtiger Dienst. Ausbildung bei dem ... So ein Haufen, was soll das noch werden?

24. Dezember 1943 – Luftschutz. 3:15 Uhr Fliegeralarm bis 5:20 Uhr. Es war ringsum zu sehen und hören, dass viele Flieger über Sachsen waren. Mein Fuß wieder verstaucht, und da sagt einem der Arzt KV. Diese Menschen müssten 20 Tage ununterbrochen Minen schleppen. Stube gereinigt mit allen Sachen, dann mich selbst gereinigt. Wie ich diesen Heiligen Abend die Schnauze voll habe, ist nicht zu beschreiben. In Russland war es viel schöner und gemütlicher gewesen, trotz der Kälte. Flieger griffen Berlin an. Luftschutz, Fliegeralarm. Heiligen Abend verlebt mit Unteroffizier Honey und Stein. Obergefreiter Stösch und Gefreiter Zschach eine Flasche Rotwein.

25. Dezember 1943 – Erster Weihnachtsfeiertag – 8 Uhr wecken. Besuchte Ruß, Kurt, B.C. Hartha. 16 Uhr begann die Weihnachtsfeier in Gersdorf. Stollen essen, acht Biermarken, Truthahn essen, Schnapspunsch. Weihnachtsgeschenk – ein großer Reisekoffer, 10 RM, Schreibpapier, Zahnpasta. Anwesend waren Oskar Möbius, Fritz Wech, Richter, Hänel, Möbius, Gleismann und noch alle Ligaspieler. 22 Uhr war sie beendet. 0 Uhr ging ich schlafen. Regnerischer Tag.

26. Dezember 1943 – Zweiter Weihnachtsfeiertag – 8 Uhr wecken. 9 Uhr Bereich reinigen, 9:30 Uhr nach Zwickau. 11 Uhr Hammelbraten mit Klößen, Luftschutz während schöner Musik. 14 Uhr Briefe an Bekannte geschrieben. Eine herrliche Musik in dem Wehrmachtsgroßraum. Warte immer noch auf den Anruf von Käthe. 21:30 Uhr ins Bett gegangen.

Fritzsch spielt nicht nur für den Planitzer SC, sondern nun auch für den BC Hartha – möglich macht's ein Zweitspielrecht am Standort der Garnison

Vereinsführer beim BC Hartha – Oscar Möbius

Brief an Käthe: *„Nun kommt die einzige Freude des Tages, wurde zu einer Weihnachtsfeier eingeladen zu einem Fußballverein, und zwar einem großen. Was mir geboten wurde, sollst Du sehen, wenn Du mich am Freitag besuchst. Will Dir alles erzählen, was es gab: Stollen, Truthahn. Besseres kann mir der Frieden auch nicht bieten. Bier in rauhen Mengen, Wacholder-Schnaps, 1 Zigarre nahm ich nur für Deinen Vater mit. Die Hauptsache ist, sie blättert nicht ab. Rotweinpunsch. Als Geschenk überreicht man mir einen Koffer, 10 RM, Zahnpasta und Plunder. Stell Dir vor, was man alles bekommt, nur, weil man Fußball spielt und dadurch bin ich auch noch in der Heimat. Also, mehr kann mir nicht geboten werden."*

27. Dezember 1943 – Nun sind auch die Weihnachtstage vergangen. Heute ging es wieder mit großer Arbeitswut los. Das Wetter hielt aus. Ich habe wieder eine feine Arbeit und zwar sechs Zeichnungen für Leutnant Werner. Luftschutzraum der Kompanie mit ganzem Block. Während des Mittags erfuhr ich durch Bäumel von der Vermittlung, dass mich Käthe angerufen hätte. Weil so ein Rekrut zu bequem war, mich zu rufen, ging das Gespräch zurück. Luftschutz.

28. Dezember 1943 – Diesen Tag füllte ich aus durch die Zeichnung des Kompanieblocks. Besonders wäre zu erwähnen, dass man als Ausbilder mit Bereiche reinigen muss. Nasser Tag. Im Kino gewesen – Liebesgeschichten. Anschließend im Felsenkeller ein Glas Bier getrunken. 22 Uhr in Kahn gegangen. Unteroffizier Hondschuh und Stein mussten ausquartieren.

29. Dezember 1943 – Möchte nur wissen, wo Luft, Werner sich aufhält. Seit September keine Post mehr von ihm erhalten. Luftschutz, Fliegeralarm 19:30 – 20:30 Uhr.

30. Dezember 1943 – Die Originale pausen lassen bei Firma Bernhard. Zu Mittag bei Joch gewesen. Abends im Kino… Mache meine Sache in Ordnung für den Urlaub, hoffentlich kommt kein Angriff in der Nacht.

31. Dezember 1943 – 7:55 Uhr Leisnig verlassen. 10 Uhr ab Leipzig an Werdau 12:15 Uhr, 12:45 Uhr an Zwickau. Heim gefahren zu Mutti. 17 Uhr traf ich bei Käthe ein. Blieb bis 0:30 Uhr dort. Im Anschluss bis früh bei Oettel, Oberhohendorf gefeiert."

Das fünfte Kriegsjahr beginnt für Walter Fritzsch in Käthes Armen in Oberhohndorf. Vergessen sind die Irritationen nach dem verpassten Anruf. Am zweiten Weihnachtsfeiertag hatte der Obergefreite in der Kaserne in Leisnig höchst unruhig auf seinem Bett gelegen. Eigentlich wollte ihn seine Käthe zu Silvester besuchen kommen, das war nun aber hinfällig. Zu seiner Überraschung bekam er zusätzlich zum Silvester-Ausgang gleich bis zum 5. Januar 1944 frei. Damit würde es sich lohnen, nach Hause zu fahren. Wie aber die Angebetete darüber informieren? Ihr Anruf kam und kam nicht, voller Sorge fiel Walter irgendwann in einen unruhigen Schlaf. Dabei hatte es Käthe gleich nach ihrem Luftschutzdienst in Zwickau versucht, war aber in der Leisniger Vermittlung abgeblitzt. Der Obergefreite Fritzsch würde sich im Ausgang befinden, hieß es. Als Walter am nächsten Tag eher zufällig von der Übermittlungspanne erfuhr, zückte er sofort den Federhalter. Nicht ohne den zuständigen Unteroffizier persönlich ins Gebet zu nehmen, der daraufhin Walters Zeilen an Käthe mit einer persönlichen Anmerkung ergänzte. Der Brief mit dem ungewöhnlichen PS lag nun bei ihr, auf dem Küchentisch: *„Mein liebes Fräulein, ich stelle mich Ihnen als der gestrige UvD* (Unteroffizier vom Dienst) *unserer Kompanie vor. Bei mir sind alle Telefongespräche aufgenommen worden. Den Apparat habe ich durch einen Rekruten besetzen lassen. Dieser hat nun, als ihr Gespräch ankam, fälschlicherweise gesagt, dass Walter ausgegangen sei. Es tut mir leid, dass sie ihn durch diesen Irrtum nicht sprechen können. Uffz. Hein"*

Walters Sorge, Käthe könnte ihm diesen Vorgang übelnehmen, erweist sich als unbegründet. Zwar kennen sie sich erst drei Monate, doch beide haben das Gefühl, den Partner fürs Leben gefunden zu haben. So gesehen ist die geplante Verlobung nicht nur Ausdruck ihrer Verliebtheit, vielmehr ein Statement, gerade in diesen schwierigen Zeiten. Sie genießen in diesen ersten Januartagen ihre befristete Zweisamkeit und sind dabei ständig auf Achse. Mal in ihrem, mal in seinem Familienkreis oder auch zum Plausch mit Freunden.

An einem Thema gibt es kein Vorbeikommen. Die mit Jahresbeginn 1944 vollzogene Eingemeindung von Planitz beschäftigt vor allem Mutter Ella und Walters künftige Schwiegereltern. Damit ist das seit 1923 größte Dorf Sachsens schon wieder Geschichte und nunmehr ein südlicher Stadtteil von Zwickau. Die Begeisterung der Planitzer hält sich in Grenzen. Wie Käthe berichtet, war noch am 28. Dezember 1943 auf einer Einwohnerversammlung im Lichtspieltheater »Capitol«, also nur zwei Minuten vom heimatlichen Herd der Familie Fritzsch entfernt, eine Mehrheit dagegen gewesen. Sie hatte sich aber nicht durchsetzen können. Trotzdem herrscht bei den vielen Planitzern die Meinung: Zwickau will uns nur, um den Status einer Großstadt zu erlangen und so blüht der ein wenig trotzig anmutende Lokalpatriotismus: Einmal Planitz, immer Planitz! Was viele der nunmehr Neu-Zwickauer schon wieder vergessen haben: Bereits 1923 stellte Planitz einen Antrag auf Eingemeindung. Doch der wurde damals von den Zwickauer Stadtverordneten abgelehnt.

„1. Januar 1944 – Kein Auge zugedrückt, bei Gertrud und Tante Minna gewesen. 19 Uhr zum »Fremdenhof« (Gaststätte) gegangen. Ein Hundewetter, kann man schon sagen. Es weht und schneit und nach 23 Uhr regnet es. Musik gehört. Luftalarm. Fünf Brandbomben.

2. Januar 1944 – 194 Stück abgeworfen. Von 3 bis 4:30 Uhr. Habe mich verlobt. Auf dem Sportplatz gewesen. Planitz gewann 18:3. Schlechtes Wetter. Am Abend war ich im „Fremdenhof“ gewesen. 20:15 Uhr trafen wir wieder bei Käthes Eltern ein.

3. Januar 1944 – 3 Uhr wieder Alarm. 10 Uhr aufgestanden. 12 Uhr weggegangen. Käthe von der Arbeit abgeholt, dann mit zu den Eltern gegangen. 20:30 Uhr zu Hause eingetroffen. 23 Uhr ins Bett gelegt. Bis 10 Uhr geschlafen.

4. Januar 1944 – Im Rathaus gewesen, traf dort Lotti. Ging gleich mit zu Käthe. Nachmittag gingen wir zum Freitag fotografieren (Karl Freitag, Werkstatt photografischer Bildnisse). Abends ging Käthe, Mutti, Lisbeth und Lotti ins Capitol: »Ein Mädel wirbelt um die Welt« (Komödie, 1934). Dann brachte ich mit Käthe heim. Von Tante Minna bekam ich ein geklöppeltes Deckchen.

5. Januar 1944 – 9 Uhr aufgestanden. Auf die Bank gegangen. Dann zum Hochmuth, Fleisch und Wurst geholt. Nach 13 Uhr ging ich mit Käthe zu den Schwiegereltern. Dort aß ich Mittag. 16:30 Uhr marschierten wir ab. 18:15 Uhr verließ ich Zwickau. 22:10 Uhr traf ich in Leisnig ein.

6. Januar 1944 – 4:10 Uhr Fliegeralarm, 5 Uhr beendet. Von Lampe, Fritz wieder Post erhalten. Demzufolge lebt er noch. Es ist ganz hübsch kalt geworden. Ich bin direkt erschüttert, wie es hier aussieht bei der Kompanie. Man schüttelt mit dem Kopf. Bis 19:15 Uhr Dienst. Dann Stubendurchsicht. Strohsäcke herausnehmen usw. Ich bearbeite die Luftschutz-Zeichnungen. Es ist auszuhalten.

7. Januar 1944 – Der Vormittag verging ohne Zwischenfälle. Mittagessen – Gulasch, Pudding. Zeichnungen fertiggestellt.

Heute bin ich etwas schwermütig. Es geht ein Transport nach Russland. Ob ich dabei bin, weiß ich nicht. Nach meinem Besuch beim Kompaniechef kann ich dabei sein. Hoffen wir das Beste. Zum Abendessen – es ist zum Lachen, weil wir Alten schnell gegessen haben, sind wir dafür aufgeschrieben worden. Zur Dienstausgabe – als Ausbilder mit Appell gemacht. Na, will heute aufhören, sonst wird das Blatt noch voll.

Brief an Käthe: „Ja, als Verlobter muss ich gleich meiner kleinen Käthe ein paar Zeilen schreiben… 4 Uhr war Fliegeralarm, bin runtergegangen in den Keller, da kotzte mich die Wehrmacht schon wieder voll an. Da wurde mir so allerhand plausibel gemacht. Man sprach von Ausgangssperre, Dienst bis 20 Uhr. Es ist ja auch zu verstehen, kaum von zu Hause weg, wo man so was von bemuttelt wurde, und gleich wieder in die entgegengesetzte Lage. Solche Sachen sind eben nicht zu ändern. Trotzdem lasse ich mich nicht aus der Ruhe bringen… zur Zeit bin ich als Zeichner tätig und sitze auf meiner Stube. Es ist gut, dass man etwas gelernt hat. Vielleicht habe ich auch etwas Glück! Will es nur nicht verderben!"

8. Januar 1944 – Wie üblich wecken. Dann mich neu krank gemeldet, werde wahrscheinlich ein paar Einlagen bekommen. Mit meinem Kompaniechef gesprochen. Er sagte, dass ich bei Hartha spielen kann. Man wird nie klug aus manchen Menschen. Von 15 bis 17:45 Uhr Dienst beim Kompaniechef gehabt.

9. Januar 1944 – Bin 10:30 Uhr bei Oberleutnant Hippe gewesen und mich dort wegen Sport ausgestrichen. Es soll geklärt werden. Ab 12 Uhr nach Döbeln gefahren zum Spiel BC Hartha gegen Döbelner SC. Wir gewannen knapp 1:0. Obwohl die Gegner schweres Pech hatten. Jetzt zählen nur Punkte und Tore. Nach dem Spiel gab es eine kalte Platte, worauf Ölsardinen, Leber- u. Blutwurst und Kartoffelsalat serviert wurden, mit roten Rüben und Pfefferminztee. 17:30 Uhr ging es mit dem Auto zurück nach Hartha. Es regnete bei der Heimfahrt. 22 Uhr ins Bett.

10. Januar 1944 – Brief an Käthe: „Es soll eigentlich nicht sein, dass während des Dienstes Liebesbriefe geschrieben werden. Aber ich kann es mir leisten, weil ich zur Zeit Kompanie-Zeichner mache und mir den Dienst selber stelle. Demzufolge sollen Dich ein paar Zeilen von Deinem lieben Walter erfreuen… in Hartha wurden wir auf einen LKW geladen und es ging mit Tempo nach Döbeln. Stiegen im Reichskanzler ab. Dort zogen wir uns um, 14 Uhr begann das Großtreffen. 500 Zuschauer waren Zeugen eines spannenden Kampfes. 1:0 gewannen wir. Nach dem Spiel gab es eine kalte Platte, die mir niemand bieten kann…"

Heute sprach ich mit Kompaniechef. Es schneite. Beim Arzt wegen Einlagen gewesen. Personalbesprechung 19 Uhr fiel aus. Von 19:30 bis 22:30 Uhr den Tornister gepackt."

Der Kicker vom Januar 1944 vermeldet – die neue Mannschaft von Fritzsch liegt auf Platz drei der Gauliga Sachsen

Seite 2

Der Kicker Fußba

SPIEGELBILD

Wer führt im Reich!

Verein	Sp.	Tore	Punkte
OSTPREUSSEN:			
Königsberg	11	83:13	20:2
Insterburg	11	43:32	14:8
Ponarth	12	43:48	13:11
DANZIG WESTPREUSSEN			
LSV.	10	34:13	18:2
Post Goth.	10	25:15	14:6
Vikt. Elbing	11	25:22	13:9
POMMERN 2 Gruppen:			
LSV. Pütnitz	6	43:5	12:0
Vikt. Kolbg.	8	24:15	12:4
BBERLIN-BRANDENBURG			
Hertha BSC.	10	27:12	15:5
LSV.	10	30:13	13:7
BSV. 92	10	24:16	13:7
NIEDERSCHLESIEN (fünf Staffeln):			
Vorw. Bresl.	9	18:15	15:3
Hertha/Imm.	9	31:5	15:3
Schweidn.	14	50:27	22:6
WSV. Liegn.	9	49:7	18:0
Hirschberg	9	46:15	16:4
OBERSCHLESIEN			
Tus. Lipine	16	59:27	23:9
Bismarckh.	14	27:17	18:10
Pr. Hindb.	15	35:25	17:13
SACHSEN			
DSC.	11	66:12	20:2
Zwickau	10	28:15	14:6
Hartha	10	29:30	13:7
MITTE			
Desau 05	10	49:10	19:1
SC. Erfurt	9	23:18	13:5
SV. Jena	9	20:21	11:7
HAMBURG			
LSV.	11	65:7	22:0
HSV.	12	51:15	18:6
Victoria	10	41:14	16:4
SCHLESWIG-HOLSTEIN			
Holst. Kiel	10	56:12	16:4
Kilia	10	49:22	15:5
Friedrichsort	9	25:15	14:4
MECKLENBURG			
Rerik	11	62:15	21:1
Schwer. SV.	10	40:28	13:7
TSG. Rost.	11	40:26	13:9
WESTFALEN			
Schalke	11	42:7	19:3
Bor. Dortm.	10	27:8	18:2
Altenbögge	9	26:11	13:5
NIEDERRHEIN			
KSG. Duisb.	11	42:7	21:1
Westende	11	38:13	18:4
Oberhausen	9	19:11	13:5
KÖLN-AACHEN			
99/Sülz 07	10	34:6	20:0
Al. Aachen	10	25:20	14:6
Düren 99	8	26:12	12:4
MOSELLAND (2 Staffeln)			
Tus Neuend.	7	63:2	12:2
Niederkorn	8	27:14	12:4
KURHESSEN			
Bor. Fulda	5	13:5	7:3
Kurhess., 03	4	17:8	6:2
Marb. 1860	6	17:14	6:6
HESSEN-NASSAU			
Hanau 93	10	39:10	18:2
Kickers	10	34:12	16:4
Neu-Isenbg.	10	16:14	15:5
WESTMARK			
KSG. Saarbr.	10	32:9	17:3
Frankenth.	10	28:18	13:7
Tura L'haf	10	22:14	13:7
BADEN Nord:			
VfR. Mannh.	6	38:3	12:0
Mitte:			
FC. Rastatt	7	17:4	13:1
Süd:			
Freibgr. FC.	6	48:3	12:0
ELSASS			
Mühlhs. 93	12	55:9	23:1
SV. Kolmar	12	33:12	19:5
SG. Straßb.	12	46:16	17:7
WÜRTTEMBERG			
SV. Göppg.	12	35:16	18:6
46 Ulm	12	26:14	16:8
Kickers	10	34:18	15:5
NORDBAYERN			
FC. Bambg.	12	53:22	19:5
VfL.	12	29:19	19:5
1. FC. Nbg.	9	30:9	14:4
SÜDBAYERN			
Bay. Mchn.	12	40:6	23:1
BC., Post	13	40:11	19:7
1860 Mchn.	13	41:22	18:8
DONAU-ALPENLAND			
Vienna	9	56:14	16:2
FAC.	11	34:23	16:6
WAC.	11	36:25	16:6
SUDETENLAND (2 Gruppen):			
Brüx	7	31:9	14:0
Prosetitz	10	26:12	16:4
BÖHM.-MÄHREN Gr. Böhmen:			
LSV. Prag-G.	7	39:5	12:2
Gr. Mähren:			
MSV. Brünn	10	51:13	18:2

Die Stars beim BC Hartha sind Erich Hänel (l.) und Hellmut Reuter

Die Rolle als Gastspieler ist für Walter Fritzsch nicht neu. Schon in der Saison 1940/41 war er nicht nur für seinen Heimatverein, den Planitzer SC, in der Gauliga Sachen aktiv, er absolvierte auch Spiele für den damals zweitklassigen VfB Leisnig. Nun soll er regelmäßig das Trikot des BC Hartha tragen. Die Zahl der Gastspieler wie Walter Fritzsch war im deutschen Fußball seit 1943 in die Höhe geschnellt. Noch 1940 wurde Schalke 04 ohne jeden Gastspieler Deutscher Meister, ebenso 1941 Rapid Wien. Doch die Länge des Krieges und die veränderte Kriegslage lassen in den Fußballvereinen einen festen Kader von vielleicht 16 Stammspielern immer seltener werden. So hatte man beim BC Hartha erst kürzlich den Verlust von Erich Heuschkel zu beklagen, der Anfang Dezember 1943 an der Ostfront gefallen war. Insofern ist Walter Fritzsch im Industrie-Stadion nicht nur ein gern gesehener Gast, der kleine Dauerläufer wird im Sturm als echte Verstärkung betrachtet. Angeführt von Erich Hähnel, bei den Blau-Gelb-Weißen seit vielen Jahren der Torschütze vom Dienst, und Abwehr-Routinier Hellmut Reuter haben die Männer aus dem sächsischen Hügelland zu einem bemerkenswerten Höhenflug angesetzt. Nach ihrem Aufstieg in die Gauliga war der Neuling in der Saison 1942/43 überraschend Dritter geworden und diesen dritten Rang belegen sie nun auch aktuell, nach dem soeben mit Walter Fritzsch errungenen Auswärtssieg in Döbeln.

Besonders beeindruckt ist Walter Fritzsch von diesem Oskar Möbius, eine sehr stattliche Erscheinung und vom Auftreten her ein wahrer Lebemann. Der Vereins-Chef erzählte bei der Weihnachtsfeier im nahe Hartha gelegenen Örtchen Gersdorf, wie sein Vater, Fürchtegott Richard Möbius, um die Jahrhundertwende die Webwaren-Fabrik in Hartha aufgebaut hatte. 1921 wurde die Weberei um die Spinnerei ergänzt und inzwischen führt Oskars älterer Bruder Richard das Werk des alten Möbius fort. Oskar Möbius hatte in den Zwanzigerjahren selbst Fußball gespielt und sorgte später als Mäzen für die großen Erfolge. So wird der BC Hartha 1937 und 1938 jeweils Meister in der Gauliga Sachsen. Unvergessen das 2:2 gegen Fortuna Leipzig vor sagenhaften 16.000 Zuschauern im Industrie-Stadion. *„Und das“*, wie Oskar Möbius mit glänzenden Augen kommentiert, *„bei unseren nur 9.000 Einwohnern!“*

Bei den folgenden Gruppenspielen zur Deutschen Meisterschaft gegen den Hamburger SV, gegen Fortuna Düsseldorf oder den VfB Stuttgart muss der BC Hartha allerdings auf seinem Heimvorteil verzichten. Das Industrie-Stadion wäre aus allen Nähten geplatzt und so weicht man nach Dresden, Chemnitz beziehungsweise Plauen aus. Sowohl 1937 als auch 1938 wird der Einzug ins Meisterschafts-Halbfinale als Gruppenzweiter verpasst.

„11. Januar 1944 – 4 Uhr Luftgefahr, 4:30 Uhr beendet. Der Vormittag verging wie üblich. Mittagessen pfundig, Schweinebraten. 12:15 Uhr Fliegeralarm, 12:50 Uhr beendet. Jetzt müssen wir wegen … Revier reinigen. Ununterbrochen, Tag für Tag Luftschutz schieben. Für Leutnant Schäfer Sprechtafel angefangen. Schnee, kalt.

12. Januar 1944 – 5:45 Uhr wecken. Revier gereinigt. Hören mitgemacht. Sprechtafel fertiggestellt. Im Lazarett gewesen wegen Einlagen für meine Füße. Traf Rosenbaum und Fischer von der ehemaligen 3. Krad-Schützen-Kompanie. Für mich ist ein besonderer Dienst angesetzt. Grund, dass ich kein Fußball spielen kann. Vier Donnerstage und vier Sonntage hintereinander Dienst. Feuerwehr, Kraftspritzenführer. Häuser, mein Funker, der am 5.7.1943 verwundet wurde, ist hier eingetroffen. Wachverstärkung. Schnauze restlos voll.

13. Januar 1944 – Hören und Geben mitgemacht. Bei Oberstleutnant Hippe gewesen, wegen den Spielen. Anschließend bei Bernhards die Sprechtafel zu pausen angefangen. 17:30 Uhr beim Chef. Hat sich sehr gefreut über die Pausen. Von 19 bis 21 Uhr Feuerwehr-Ausbildung. 22:30 Uhr in den Kahn.

14. Januar 1944 – Hören und Geben. 20 Sprechtafeln beschriftet. Mittag gut gegessen. Nachmittag die Sprechtafeln abgegeben. 19:15 Uhr Fliegeralarm. Flogen über Sachsen. 21:45 Uhr beendet.

15. Januar 1944 – Musste zeichnen für Bereichsleiter. Sonst verging der Sonnabend ruhig. Abends war ich im Kino mit Tellack, Fritz.

16. Januar 1944 – Sonntag – Kraftspritzenausbildung. War gar nicht schlecht. Mittagessen, Billard gespielt. Stabsgefreiter Böhme, Günther spielte uns seine Platten vor. Es ist fast eine Qual, in der Heimat sein und nicht einmal Ausgang zu haben. An der Front war es manchmal viel schöner gewesen. Da gab es Schnaps und sehr gute Verpflegung. 22:15 Uhr schlafen gelegt.

Brief an Käthe: „…wann werden bloß die Bilder fertig. Ich weiß, dass Du es umgehend erledigen wirst. Auf eins bin ich auch sehr neugierig, wie wird unser Verlobungsbild ausgefallen sein. Du bist hoffentlich pfundig getroffen! Zähl mir mal auf, von wem etwas eingetroffen ist, zur Verlobung, damit ich mich bedanken kann. Von meiner Verwandtschaft soll auch was eingetrudelt sein. Bin ja ein anständiger Junge geworden. Am Sonnabend war ich mit einem Stubenkameraden im Kino. »Symphonie eines Lebens« (Spielfilm, 1943), war etwas zu kühl. Ich sehe lieber etwas Aufheiterndes. Da vergisst man wenigstens den Krieg.“

17. Januar 1944 – Einen blöden Traum gehabt von meinem Vater und Käthe. (Anmerkung: Vater Ernst Fritzsch war am 16.1.1935 verstorben) Hören und Geben mitgemacht. Anschließend die Luftschutzpläne weiter bearbeitet. Mittagessen. Makkaroni und Schinken, leider war keiner zu sehen. Dachte Zeichnungen wären fertig, ein typischer Fall von denkste…

18. Januar 1944 – 24 Uhr Luftalarm. 5:45 Uhr wecken. Hören und Geben. Eine Zeichnung fertiggestellt. Mittagessen. Sonst verging der Nachmittag. Abends im Kino gewesen.

19. Januar 1944 – Bei Firma Bernhard das Original 7x pausen lassen. An den Zeichnungen weitergearbeitet.

Brief an Käthe: „…als sie in der Zeitung lasen, dass ich bei Hartha spiele – am Sonntag werde ich mir besondere Mühe geben, um diese Herren zu überzeugen. Und wenn du dort bist, sollst du deinen Walter auch einmal anders sehen…“

20. Januar 1944 – Der Tag verging ohne besondere Ereignisse. Gewehre gereinigt. Abend Fliegeralarm.

Brief an Käthe: „…sollte ich Fußball spielen, wirst Du unterdessen dorthin gehen, wo ich das Mittagessen für Dich bestelle. Bring doch bitte Bettwäsche mit, die bleibt dann bei Frau Joch, dort ist sie sehr gut abgelegt. Und zum Empfang werde ich mich schon so benehmen, wie es einem Verlobten zusteht oder denkst Du, dass ich Angst habe. Wie damals wird es nicht, jetzt weiß ich wie ich dran bin.“

21. Januar 1944 – Zeichnungen weiter gemacht. Ich bin mir nicht im Klaren, ob ich gegen Planitzer SC mitspielen soll oder nicht. Wie man es macht, wird es verkehrt sein. Fliegeralarm.

22. Januar 1944 – Zeichnungen fertiggestellt. Nachmittag Revier reinigen. 18:15 Uhr Käthe vom Bahnhof abgeholt. Hoffmann, Traudel bekam am 21. Januar 44 einen Jungen. 22 Uhr schlafen gelegt.“

Walter Fritzsch freut sich über jeden Brief von Käthe – auch, weil oft Fußballberichte und Spielbilder dabei sind

Beim Wiedersehen mit den Planitzer Kameraden bekommt Walter Fritzsch vor dem Anstoß im Industrie-Stadion auch ein paar Spitzen mit auf den Weg: „*Walter, spielst Du wenigstens eine Halbzeit für uns?*" Damit sieht er seine Befürchtungen bestätigt. Hätte er doch bloß, verflixt, nun aber gibt es kein Zurück. Da pfeift Schiedsrichter Pöhner die Partie auch schon an. In der Halbzeit lange Gesichter bei den Anhängern der Blau-Gelb-Weißen, Hartha liegt 0:2 zurück. Herbert Seltmann und Karl Dittes haben für die »Wespen« getroffen. Wortlos schlürft Walter Fritzsch am Pausentee. Angestachelt von der besonderen Konstellation gehört er zum Kreis derer, die nach dem Seitenwechsel das Kräfteverhältnis auf dem Platz entscheidend ändern. In der letzten halben Stunde stürmt nur noch der BC Hartha. Torjäger Erich Hänel sorgt mit zwei Treffern für den Ausgleich. Dann übernimmt der kleine Gerhard Möbius. Auch er schießt zweimal ein, so heißt es 4:2 nach 0:2! Nach dem Spiel notiert Walter Fritzsch in seinem Tagebuch: *„Einen jungen Wind hatte ich, bin fast alles gelaufen. Die Planitzer Elf trat mit fünf Jugendspielern an. Nach dem Reden des Herrn Möbius habe ich den besten Eindruck gemacht. Nach dem Spiel gab es ein schönes Schweinekotelett. 16 Uhr bei Käthe eingetroffen. Bei Frau Joch gegessen."*

Trotzdem staunt der Gastspieler des BC Hartha nicht schlecht, als er Tage später in der Post von Käthe die Zeitungsausschnitte findet und folgenden Kommentar liest: „*Beim BC Hartha machte sich um den Sieg gegen Planitz auch ein gewisser Fritzsch verdient. Er ist Gastspieler und sein Stammverein ist – der Planitzer SC! Wir sind zwar der Meinung, dass unter wirklichen Sportsleuten es trotzdem nach wie vor die größte Selbstverständlichkeit bleibt, dass man als Gastspieler in dem Fall, da Gast- und Stammverein sich um Meisterschaftspunkte streiten, sich neutral unter die Zuschauer mischt, aber man sieht, selbst solche Selbstverständlichkeiten müssen seltene Ausnahmen als Regel bestätigen.*"

„23. Januar 1944 – 7:30 Uhr in Kaserne eingetroffen. Ausbildungskursus. 9:15 Uhr konnte ich wegtreten. 9:30 Uhr nach Hartha gefahren, zum Spiel.

24. Januar 1944 – Frühdienst. Ab 11:45 Fliegeralarm, 13:30 beendet. Nur eines kann der Frontsoldat nie sagen, dass wir in der Heimat gut leben. Bis 22:45 Dienst. So etwas wird niemand glauben. Woher soll da die Diensteifrigkeit kommen?

25. Januar 1944 – Hören und geben. 3 Stunden Außendienst. Sind hübsch durcheinander gebracht worden. Es regnete. Nachmittag schießen gewesen.

Brief an Käthe: „...dann kann ich bis auf weiteres nicht mehr ausgehen. Uns wurde die Brandwachenspritze aufgehängt. Ja ich bin froh, dass es am Sonnabend so klappte."

26. Januar 1944 – Immer dieselbe Leier, heute ein Sauwetter. Nachmittag Dienst.

Brief an Käthe: *„Bei uns ist jetzt nur Parole Dienst. Weiter kann man sich nichts vornehmen. Wenn das noch einige Wochen dauert, ist für mich bald ein Offizier fällig. Ich muss sagen, dann darfst du mich nicht mehr duzen.“*

27. Januar 1944 – Dienst wie üblich

28. Januar 1944 – Früh ging es nach Königsbrück, als Funker bei einem Lehrgang, nicht die Masse. Ratten in der Baracke.

Brief an Käthe: *„…in Dresden gut angekommen und gleich Kuchen gegessen. Man hat hier eine Auswahl, was mir Leisnig nie bieten kann. 14:21 Uhr geht es weiter nach Königsbrück. Dort wird sich eine Übung abrollen, worin ich als Funker wirken soll. Spaß macht es keinen, denn das Wetter ist sehr ungünstig und dann noch wenig Verpflegung. Waren die Flieger auch bei euch gewesen? Hast du Angst gehabt? Wie ich aus den Zeilen ersehen kann, hatten wir großes Glück gehabt.“*

29. Januar 1944 – Es begann der Trubel, geregnet hat es, völlig durchnässt bin ich gewesen. Übung mit Funker-Rekruten hat gut geklappt. Abends 22 Uhr in Leisnig eingetroffen.

Brief an Käthe: *„Bin sehr müde. Eine Nacht mit Ratten geschlafen. Es ist nicht schön, deshalb ist man ständig unruhig. Dann das Funkgerät auf den Schultern, dabei regnete es wunderbar.“*

30. Januar 1944 – Kraftspritze. Gegen den Chemnitzer BC 6:2 gewonnen. Mit Oberleutnant Hippe nach Hartha gefahren, herrlich gegessen. Schweinekotelett. Abends Luftgefahr.

Brief an Käthe: *„…der Oberleutnant lud mich gleich ein zur Fahrt nach Hartha. 11:45 Uhr war ich dort angelangt, hörte die Führerrede. Auf 12:30 Uhr hatte ich das Mittagessen bestellt… Ich bestellte ein Schnitzel. Als ich bezahlen wollte, war das Geld und die Marken in Leisnig im Spind. Es ging gut los, müde war ich außerdem noch. Nun zum Spiel. Trotz des ungünstigen Wetters fanden sich etliche Zuschauer ein, denen ein herrlicher spannender Kampf geboten wurde. Leider lief es dieses Mal schlecht ab. Gleich zum Anfang wurde ich an meiner Verwundung geschlagen, trotzdem gewan-*

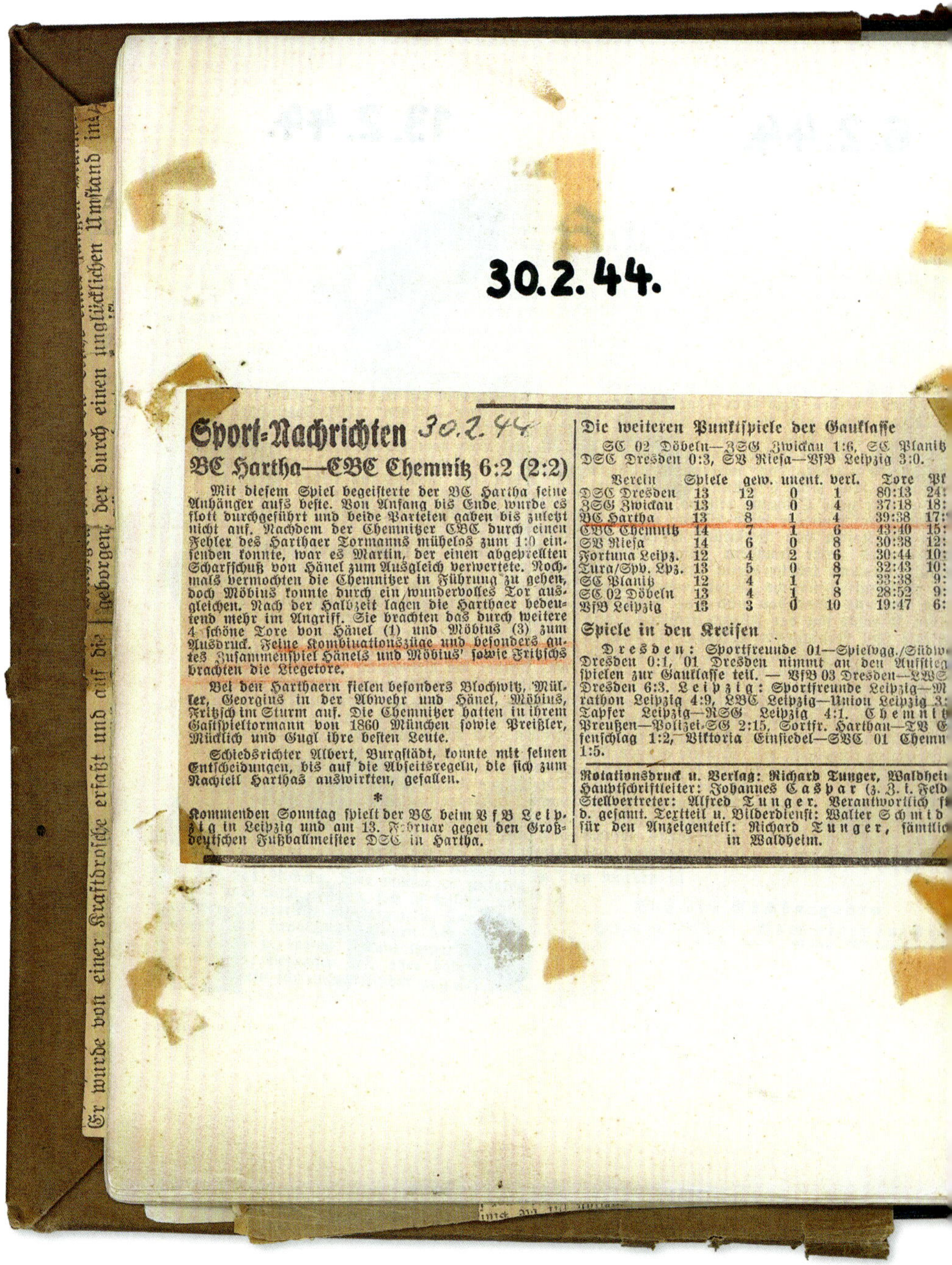

Sport-Nachrichten 30.2.44

BC Hartha—CBC Chemnitz 6:2 (2:2)

Mit diesem Spiel begeisterte der BC Hartha seine Anhänger aufs beste. Von Anfang bis Ende wurde es flott durchgeführt und beide Parteien gaben bis zuletzt nicht auf. Nachdem der Chemnitzer CBC durch einen Fehler des Harthaer Tormanns mühelos zum 1:0 einsenden konnte, war es Martin, der einen abgeprellten Scharfschuß von Hänel zum Ausgleich verwertete. Nochmals vermochten die Chemnitzer in Führung zu gehen, doch Möbius konnte durch ein wundervolles Tor ausgleichen. Nach der Halbzeit lagen die Harthaer bedeutend mehr im Angriff. Sie brachten das durch weitere 4 schöne Tore von Hänel (1) und Möbius (3) zum Ausdruck. Feine Kombinationszüge und besonders gutes Zusammenspiel Hänels und Möbius' sowie Fritzschs brachten die Siegetore.

Bei den Harthaern fielen besonders Blochwitz, Müller, Georgius in der Abwehr und Hänel, Möbius, Fritzsch im Sturm auf. Die Chemnitzer hatten in ihrem Gastspieltormann von 1860 München sowie Preißler, Mücklich und Gugl ihre besten Leute.

Schiedsrichter Albert, Burgstädt, konnte mit seinen Entscheidungen, bis auf die Abseitsregeln, die sich zum Nachteil Harthas auswirkten, gefallen.

*

Kommenden Sonntag spielt der BC beim VfB Leipzig in Leipzig und am 13. Februar gegen den Großdeutschen Fußballmeister DSC in Hartha.

Die weiteren Punktspiele der Gauklasse

SC 02 Döbeln—ZSG Zwickau 1:6, SC Planitz DSC Dresden 0:3, SV Riesa—VfB Leipzig 3:0.

Verein	Spiele	gew.	unent.	verl.	Tore	Pk
DSC Dresden	13	12	0	1	80:13	24:
ZSG Zwickau	13	9	0	4	37:18	18:
BC Hartha	13	8	1	4	39:38	17:
CBC Chemnitz	14	7	1	6	43:40	15:
SV Riesa	14	6	0	8	30:38	12:
Fortuna Leipz.	12	4	2	6	30:44	10:
Tura/Spv. Lpz.	13	5	0	8	32:43	10:
SC Planitz	12	4	1	7	33:38	9:
SC 02 Döbeln	13	4	1	8	28:52	9:
VfB Leipzig	13	3	0	10	19:47	6:

Spiele in den Kreisen

Dresden: Sportfreunde 01—Spielvgg./Südw Dresden 0:1, 01 Dresden nimmt an den Aufstiegspielen zur Gauklasse teil. — VfB 03 Dresden—LWS Dresden 6:3. Leipzig: Sportfreunde Leipzig—Marathon Leipzig 4:9, LBC Leipzig—Union Leipzig 3: Tapfer Leipzig—RSG Leipzig 4:1. Chemnitz Preußen—Polizei-SG 2:15, Sportfr. Harthau—TV E fenschlag 1:2, Viktoria Einsiedel—SBC 01 Chemn 1:5.

Rotationsdruck u. Verlag: Richard Tunger, Waldhei Hauptschriftleiter: Johannes Caspar (z. Z. i. Feld Stellvertreter: Alfred Tunger. Verantwortlich f d. gesamt. Textteil u. Bilderdienst: Walter Schmid für den Anzeigenteil: Richard Tunger, sämtlic in Waldheim.

Es läuft beim BC Hartha – aber auch bei Walter Fritzsch. Die lobenden Erwähnungen von den Spielen gegen Chemnitz, dem VfB Leipzig und dem amtieren-

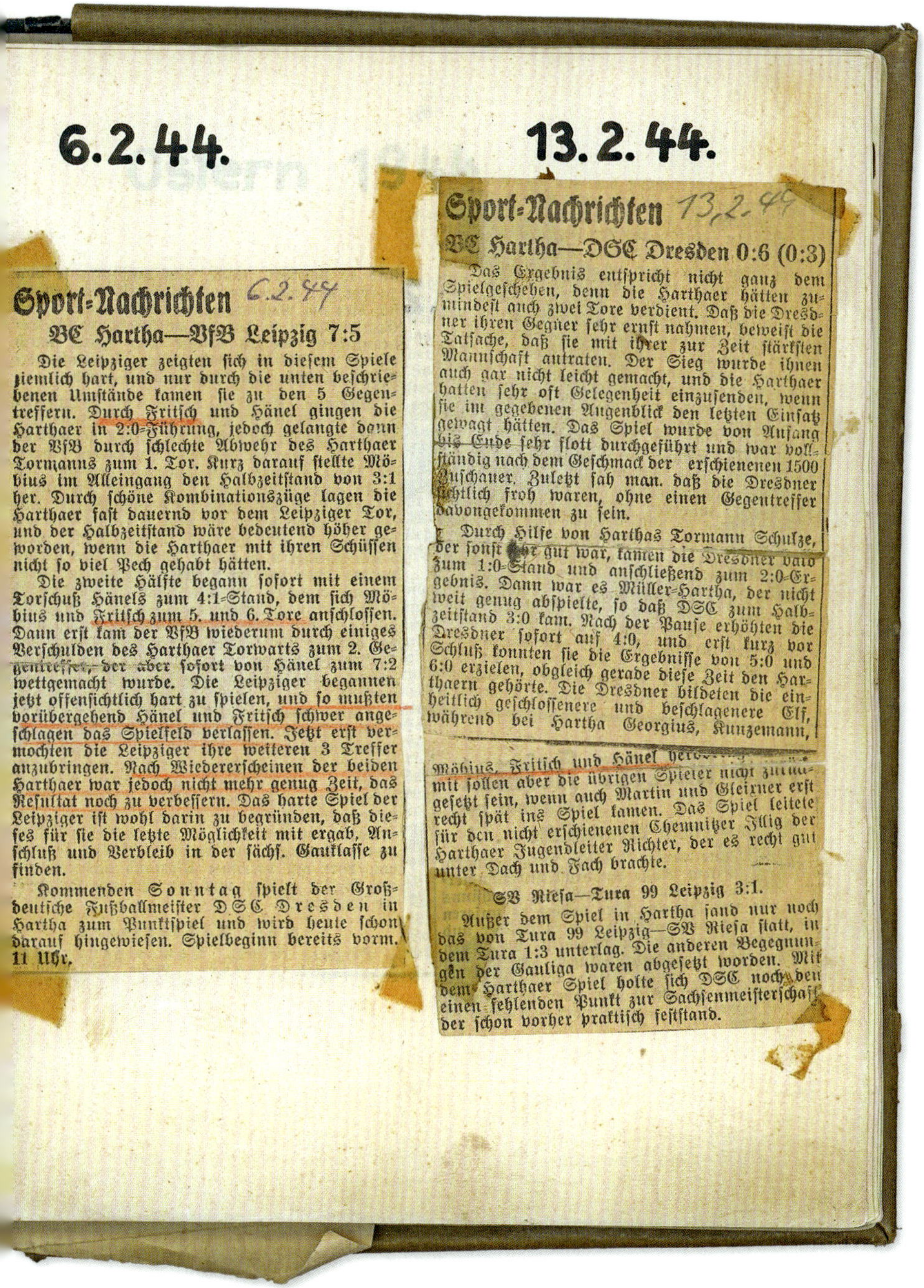

den Deutschen Kriegsmeister DSC verewigt er im Tagebuch. Das Spieldatum (linke Seite) ist falsch. Gemeint ist der 30. Januar 1944

nen wir 6:2. Nach dem Spiel gab es einen tollen Braten.“

31. Januar 1944 – *Dienst im Lehrfach. In Leipzig gewesen, Einlagen geholt. Rekruten kamen.*

1. Februar 1944 – *Eingeteilt als Stubenältester, Stube 66. Stube sauber gemacht und eingerichtet. Luftgefahr.*

2. Februar 1944 – *Der Vormittag verging ruhig. Nachmittag in der Stadt gewesen. Familie Joch besucht.*

3. Februar 1944 – *Früh trafen die Rekruten ein, schon zum Mittag mussten sie fertig sein zum Dienst. Den jungen Bengels sieht man es an, alles habe ich mit dem Korporal selber gemacht. Werden sehen wie sie sich machen.*

Brief an Käthe: *„Was ich augenblicklich tue, habe ich dir bereits gesagt. Nachschubfahrer… Ich hoffe immer noch, wie zuvor, auf den Sieg. Davon kann mich keiner abbringen. Unsere Sache ist ehrlich gemeint und solches soll auch belohnt werden. Was manche für Opfer brachten und noch bringen werden und müssen.“*

4. Februar 1944 – *Es ist nicht leicht, Rekruten in so einem jungen Alter zu haben. Ehrlich gesagt bin ich schon fast krank vom Sprechen. Bin schon aufgefallen durch diese Brüder.*

Brief an Käthe: *„Mit dem Fußballspielen werde ich auch aufhalten – ich weiß, dass ich noch auf Draht bin. Das genügt mir. Sollte Hartha so viel Interesse an mir haben, dann steht es in ihren Händen, wie sie mich freibekommen.“*

5. Februar 1944 – *Dienst gemacht. Dazu lag sogar Schnee. Von der Neuen Zwickauer Zeitung* (Anmerkung: Tageszeitung, amtliche Zeitung der NSDAP) *einen Bericht erhalten. Ein Höllenspaß heute zum Stubenappell, natürlich aufgefallen. Zweimal Luftgefahr gewesen. 23:15 kam der UvD und sagte mir, dass ich in Leipzig spielen soll. 24 Uhr bekam ich meinen Urlaubsschein.*

6. Februar 1944 – *7:54 nach Leipzig. Gegen den VfB Leipzig 7:5 gewonnen. Ganz schöne Holzerei. 2 Tore geschossen, einen Kinnhaken bekommen.“*

Es war ein denkwürdiges Aufeinandertreffen beim ersten deutschen Fußballmeister. Die Gäste aus Hartha gingen durch Tore von Walter Fritzsch und Erich Hänel schnell mit 2:0 in Führung. Nach dem Anschlusstor der Leipziger stellt Gerhard Möbius im Alleingang den Halbzeitstand von 3:1 her. Die zweite Hälfte begann sofort mit einem Torschuss Hänels zum 4:1, dem sich Möbius und Fritzsch zum fünften und sechsten Treffer der Harthaer anschlossen. Das 6:2 wurde von Hähnel sofort wettgemacht, 7:2. Nach diesem Wirbel verloren die VfB-Kicker die Nerven, im Zeitungsdeutsch von 1944 heißt es: *„Die Leipziger begannen jetzt offensichtlich hart zu spielen und so mussten vorübergehend Hänel und Fritzsch schwer angeschlagen das Spielfeld verlassen."* Die Abwesenheit der beiden Torschützen nutzt der VfB, um auf 5:7 zu verkürzen. Doch nun kamen Fritzsch und Hänel zurück, noch einmal die Tagespresse von 1944: *„Nach Wiedererscheinen der beiden war jedoch nicht mehr genug Zeit, das Resultat noch zu verbessern. Das harte Spiel der Leipziger ist wohl darin zu begründen, dass dieses für sie die letzte Möglichkeit ergab, Anschluss und Verbleib in der sächsischen Gauklasse zu finden. Kommenden Sonntag spielt der Großdeutsche Fußballmeister DSC Dresden in Hartha zum Punktspiel und wird heute schon darauf hingewiesen. Spielbeginn bereits vormittag 11 Uhr."*

„7. Februar 1944 – *Außendienst. Schießen. Die Kerle haben fast keine Zeit zum Essen und bis 24 Uhr auf gewesen.*

Brief an Käthe: *„… In Leipzig spielte ich mit. Schoss zwei Tore. Ich dachte an dich, ist doch klar … ich bin froh, dass du dich in allen Sachen der Hausfrau auskennst. Das steht ja jedem deutschen Mädchen zu. Ich bin ja selber einer, der im Hausfrauenbetrieb Bescheid weiß. Auf die Schippe lass ich mich von einer jungen Frau niemals nehmen."*

8. Februar 1944 – *4:30 Luftgefahr. Außendienst. Bis 22:15 sauber gemacht. Die Leute haben wenig Zeit.*

9. Februar 1944 – *3:30 Uhr Luftgefahr. Im Gelände gewesen. Nachmittag ab 17 Uhr wieder drei Runden auf der Idiotenwiese. Bin sehr müde. Nach 22 Uhr noch Sachen gereinigt.*

Brief an Käthe: *„… glaube mir, über eins bin ich doch froh, dass es während meines Urlaubs nicht geklappt hat. Sieh an, sollte es doch schief gehen, dann hast du keine Sorgen, wegen der Kinder. Du bist doch noch sehr jung und munter. Wenn eben einer kommt, der dir gut ist und du das gleiche, dann greife ruhig zu. An mich darfst du nicht denken oder du kennst meine Hoffnung…"*

10. Februar 1944 – *So ein Schnee gefallen. Den ganzen Tag Schneetreiben. Im Gelände gewesen. Es weht toll. Unterricht fiel aus. Die ganze Stube gesäubert, gewischt.*

Brief an Käthe: *„… am kommenden Sonntag wird es ein schweres Spiel in Hartha werden. Den übernächsten kommt dann die Zwickauer SG dran. Heinz und Vater können mich dann, wenn es gut geht, das erste Mal spielen sehen. Hoffentlich bin ich dann in Form."*

11. Februar 1944 – *4:30 Uhr Luftgefahr. 7 Uhr ging es in die weiße Landschaft. Viele Schneeverwehungen waren vorzufinden. 9:45 Uhr eingerückt. Impfen gewesen.*

Brief an Käthe: *„… mein Name soll ja im Sport so bleiben wie er ist, vielleicht noch besser werden."*

12. Februar 1944 – *Nichts Besonderes. 18 Uhr nach Hartha gefahren. 24 Uhr schlafen. Die 6:0 Packung von DSC eingesteckt. War so nett gewesen, nur der Torwart nicht so auf Draht. Nach dem Spiel gab es Truthahn mit Klößen. Lok macht … fünf Flaschen. Dieses Essen war ganz gewaltig. Der Schnee war sehr hoch, machte uns dabei fertig."*

Die Männer aus dem Dresdner Ostragehege sind in dieser Saison angetreten, ihren ersten Meistertitel zu verteidigen. Dass die von Helmut Schön und Richard Hofmann angeführte DSC-Elf Sachsen-Meister werden wird, um die dann folgenden Endrundenspiele zu erreichen, daran zweifelt auch in Hartha niemand ernsthaft. Trotzdem hoffen die 1.500 Zuschauer im Industrie-Stadion auf eine kleine Sensation oder zumindest auf ein achtbares Resultat. Ein Blick auf die Anfangsformation verheißt nichts Gutes, der Dresdner SC stellt gegen den BC Hartha seine stärkste Mannschaft auf, man nimmt den Gegner also ernst. Vor dem Anstoß sorgt Schiedsrichter Fritz Illig für Irritationen. Die

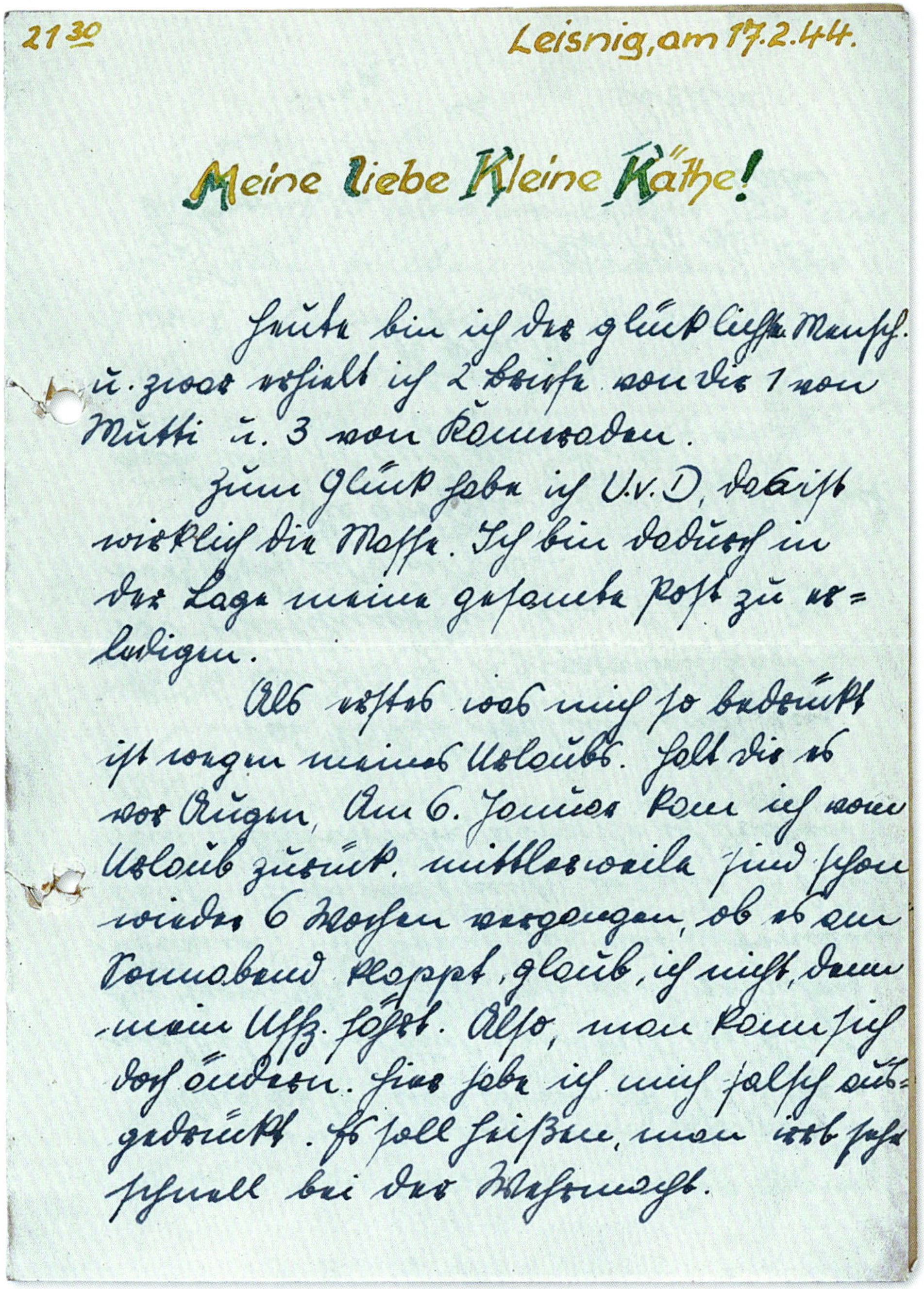

21 30 Leisnig, am 17.2.44.

Meine liebe Kleine Käthe!

Heute bin ich der glücklichste Mensch. u. zwar erhielt ich 2 Briefe von dir 1 von Mutti u. 3 von Kameraden.

Zum Glück habe ich U.v.D., da ist wirklich die Masse. Ich bin dadurch in der Lage meine gesamte Post zu erledigen.

Als erstes was mich so bedrückt ist wegen meines Urlaubs. Halt dir es vor Augen, Am 6. Januar kam ich vom Urlaub zurück, mittlerweile sind schon wieder 6 Wochen vergangen, ob es am Sonnabend klappt, glaub ich nicht, denn mein Uffz. fehlt. Also, man kann sich doch ändern. Hier habe ich mich falsch ausgedrückt. Es soll heißen, man wird sehr schnell bei der Wehrmacht.

22 Kicker im Industrie-Stadion warten vergeblich auf den Unparteiischen aus Chemnitz. Illig erscheint an diesem Tag einfach nicht. So darf sich Herthas Jugendleiter Richter die Trillerpfeife schnappen, um die Mannschaften auf den Platz zu führen. Er macht seine Sache gut. Dafür erlebt Harthas Tormann Schulze einen rabenschwarzen Tag. Zwei Schnitzer von ihm und der DSC führt mit 2:0. Kurz vor der Pause patzt Rechtsverteidiger Müller und so liegt Dresden zur Halbzeit mit 3:0 vorn. Das schnelle 4:0 nach Wiederbeginn klärt die Fronten endgültig, wobei Hartha in der Folge durchaus zu gefallen weiß. Hänel, Fritzsch und Möbius lassen den Ball laufen, ein Tor will ihnen nicht gelingen. Kurz vor Schluss zeigt der Titelträger noch einmal seine Klasse und legt das 5:0 und das 6:0 nach. Optisch war der Unterschied an diesem Tag längst nicht so groß, wie das Resultat vermuten lässt. Entscheidend ist die mannschaftliche Geschlossenheit der Dresdner, der alte und neue Meister?

„14. Februar 1944 – Zwei Stunden im Freien. Dann beim Fotograf. Es schneit immer noch. Man kann nie mal ausgehen. Urlaub gestrichen.

15. Februar 1944 – Der Tag verging wie üblich. Nachmittag schießen. Meinen Fuß vertreten. Zwei Stunden Luftgefahr. Bratkartoffeln.

16. Februar 1944 – Mein linker Fuß schmerzt immer noch, von dem Vertreten. Zu Mittag UvD. Das erste Mal in meiner Militärzeit bekam ich paar auf den Deckel wegen der Verdunklung. Sonst ging es gut.

17. Februar 1944 – Bis Mittag UvD gehabt. Zwei Stunden frei gehabt. Beim Friseur gewesen. Ab 18 Uhr umgezogen in die 92. Schnauze voll.

18. Februar 1944 – Es schneit immer weiter. Die Stube aufgefallen.

19. Februar 1944 – Mit Skiern ausgerückt. Stubenabnahme, Wache. Erstmalig in meiner Dienstzeit Kasernenwache.

20. Februar 1944 – 2:58 Uhr Luftgefahr. 3:20 Uhr Fliegeralarm. Ein hübsch Gebrumme und Bomben fallen auch. Brandbomben auf dem Kasernenhof. 6 Uhr Alarm nach Leipzig. Bis 10 Uhr gewartet. Dann ging es ohne Brot und Verpflegung mit der Kraftspritze (motorgetriebenes Feuerlöschfahrzeug) zum Einsatzort. 12 Uhr dort eingetroffen. Es war nicht so schlimm gewesen. Mittag 13 Uhr begann eine neue ... Fränkel, Schneider, Röder und ich – Angriff in fünf Villen. 92 habe ich gezählt. Die Flak schoss jämmerlich. Abgeladen haben sie genug. In Wachau sind wir bei Rittergut Uhlig (bombengeschädigt) untergezogen. Haben uns sehr gut bewirtet.

21. Februar 1944 – Nächsten Tag ging es mit Verspätung nach Leisnig. 15 Uhr traf ich dort ein und gleich Luftgefahr gewesen. Gebettelt haben wir nur Brot. Zwei Tage ... gegessen. Heute gab es unsere Verpflegung. Frau Joch besucht.

22. Februar 1944 – Vormittag nichts Besonderes. Nachmittag Schießen, Alarm.

Brief an Käthe: „...früh gegen 2:58 Uhr ging der Voralarm los. 3:30 Uhr kamen die Terroristen. Um 6 Uhr wurde ich abgelöst und es ging nach Leipzig. Dort kamen wir mittags an. Es sah gar nicht so schlimm aus im Großen und Ganzen. Nur die Industrieteile suchten sie heim. Zum Mittagsangriff war ich selbst Zeuge, man darf nur nicht den Mut verlieren. Besonders erwähnen möchte ich, dass ich die Weiblichkeit nicht beherrschen kann."

23. Februar 1944 – Dienst im Freien. Ein herrlicher Tag. Abends nochmal Bereich reinigen. Gesamte Kompanie.

24. Februar 1944 – Heute war kein Gefechtsdienst Vormittag. Ein Foto von mir an Krügel, Heinz geschickt. Er ist Unterscharführer geworden. Schönes Wetter draußen. Hauptübung. Nachts zwei bis drei Stunden, laufend Luftgefahr.

25. Februar 1944 – Tag verging ruhig. Mittags Luftgefahr. Abends mit Schmidt, Walther im Kino – »Liebespremiere« (Spielfilm, 1943).

26. Februar 1944 – Dieser Dienstvormittag verging auch planmäßig. Luftgefahr. Dann Bereich und Stuben reinigen. Meine Taschentücher, Socken und Halsbinden gewaschen. 18:30 Uhr ging ich zu Fam. Joch. 24 Uhr traf ich in der Kaserne ein.

27. Februar 1944 – Vormittag Schießdienst bis 16 Uhr. Sachen sauber machen lassen von den Rekruten. 17:30 Uhr ging ich ins Café Meißen.

Brief an Käthe: „...zur Zeit sitze ich in meiner Ecke und erteile Unterricht. Wie man Gewehre, Gasmasken und Koppel säubert. Leider hängt mir dieses Leben zum Halse raus."

28. Februar 1944 – ...

29. Februar 1944 – Tauwetter. Den ganzen Tag Innendienst. Schlüsseln usw. Mein Kurzurlaub auch schon wieder gestrichen. Keinen Kurzurlaub seit Oktober nach Pirna gehabt und das nennt einer Kameradschaft. Die Oberfeldwebel fahren alle 14 Tage und wir? Ich fahre alle 14 Wochen."

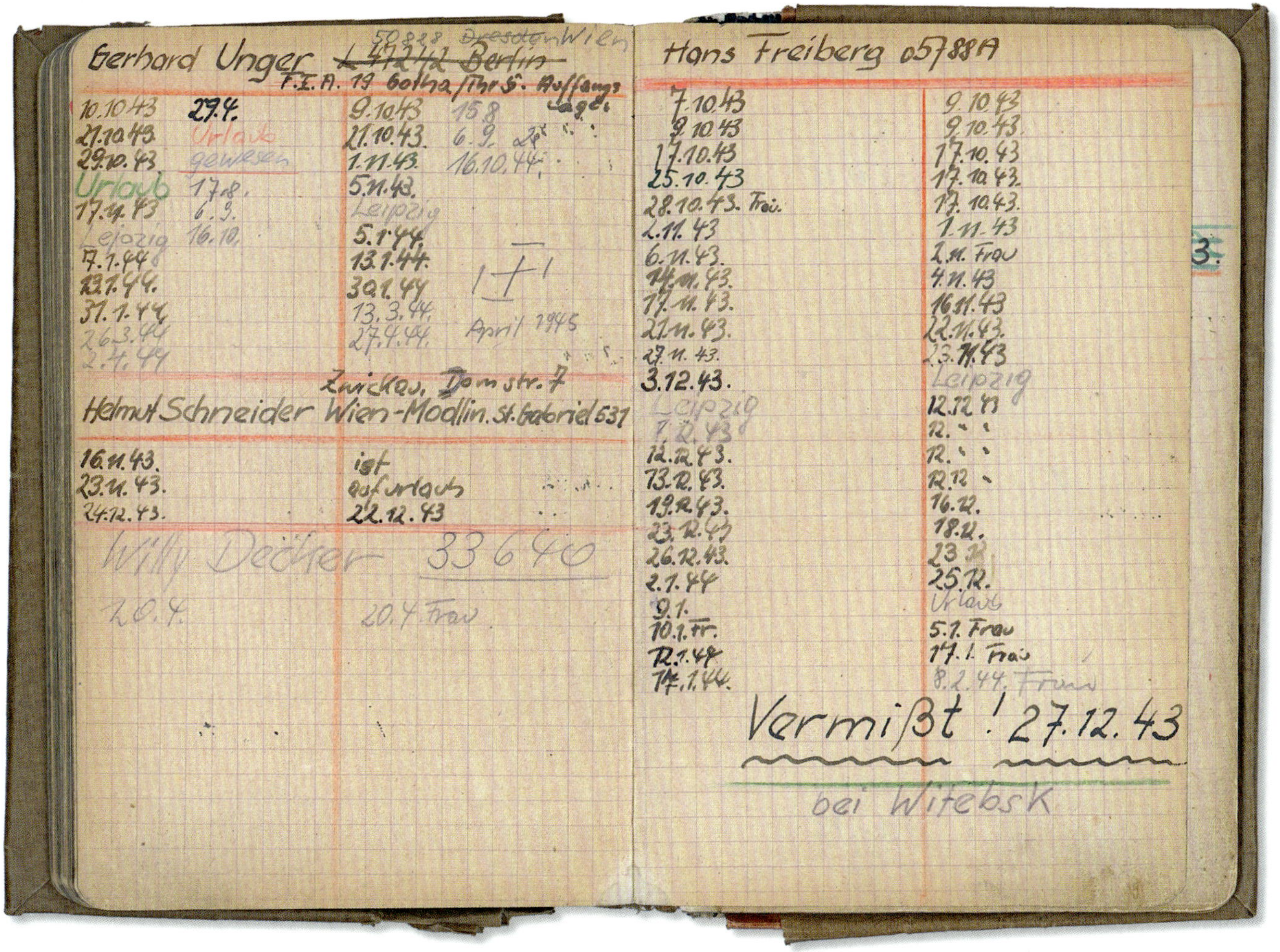

Walter Fritzsch protokolliert nicht nur die Briefein- und -ausgänge an seine Verlobte, sondern auch von Kameraden. Immer häufiger kommt es zum Eintrag „Vermisst an der Ostfront“

War die eigene Rekrutenzeit wirklich erst dreieinhalb Jahre her? Noch im Herbst 1940 hatte Walter Fritzsch hier in Leisnig ähnlich gearteten Unterricht erteilt bekommen. Knapp ein Jahr später ging es an die Ostfront. Er überlebte diese Hölle wie durch ein Wunder. Mit dem Blick zurück und einem prall mit Kriegserfahrungen und Kriegserlebnissen gefüllten Rucksack gehört er nun zu den »alten Hasen«. Wie aber weiter? Leningrad sei von der Roten Armee zurückerobert worden, so wird seit Wochen gemunkelt. Begonnen hatte die »Blockade« am 8. September 1941. Exakt zur gleichen Zeit war der junge Fritzsch, gelandet per Eisenbahntransport im litauischen Wilna, froh und voller Tatendrang: *„Endlich komme ich an die Ostfront!“* Im Schützengraben vor Moskau liegend, relativierte sich sein Bild.

Die sowjetische Hauptstadt erwies sich auch für Hitlerdeutschland als uneinnehmbar. Nun wiederholt sich Geschichte in Leningrad. Ist das der Anfang vom Ende? Die einzig richtige Frage wurde dem obersten Heerführer vermutlich nie gestellt. Ab wann hat Hitler den Krieg eigentlich als verloren angesehen? Dem verantwortlichen Mann, der keinen Freund und keinen wahren Vertrauten besaß, soll schon angesichts der hereinbrechenden Katastrophe des Winters 1941/42 klar geworden sein, dass *„von diesem Kulminationspunkt des beginnenden Jahres 1942*

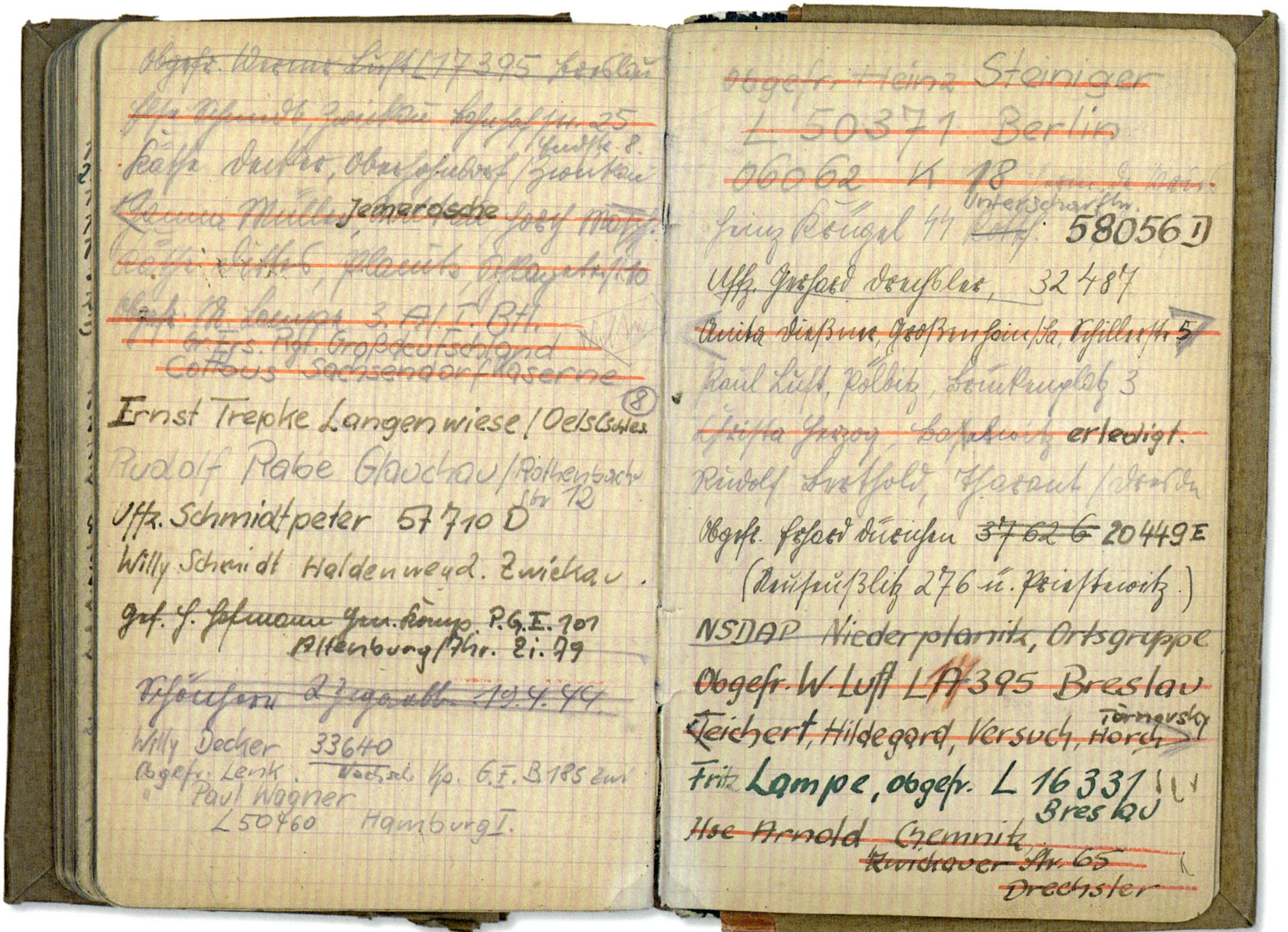

Die Streichung eines Namens bedeutet im ständig aktualisierten Notizbuch von Fritzsch in der Regel gefallen. Bemerkenswert, die Beförderung von seinem Schulfreund Heinz Krügel, über den Fritzsch am 24. Februar 1944 notiert: „Er ist Unterscharführer geworden“ (Eintrag mit Feldpostnummer 58056D)

an kein Sieg mehr errungen werden konnte.“ Rommel, vor den Toren Ägyptens geschlagen, die Alliierten in Französisch-Nordafrika gelandet, die Katastrophe von Stalingrad – auch im weiteren Verlauf des Jahres 1943 ereignete sich nichts, was Hitler erlaubt hätte, wieder Hoffnung zu fassen. Ganz im Gegenteil, die Lage verschlimmert sich so, dass die »Pechsträhne«, von der Hitler – sich und andere beschwichtigend – stets sprach, immer dicker wurde. Dass es ernst stand, hatte bereits die Führerweisung Nr. 51 vom 3. November 1943 offen zugegeben. In ihr heißt es: *„… die Schlagkraft unserer Wehrmacht hat durch die Kämpfe dieses Sommers besonders im Osten stark gelitten!“* Reichspropagandaminister Goebbels gaukelt dem deutschen Volk bis zum Ende die Aussicht auf den Endsieg vor, war aber gescheit genug, zu sehen, wie es tatsächlich stand. Im September 1943 soll er in privater Runde bei Tisch geäußert haben: *„Sollten sich alle unsere Anstrengungen, unsere Arbeit, unser Kampf als vergeblich erweisen, so würde mir der Tod eine Erlösung sein. In der Welt, in der für meine Ideale kein Raum ist, hätte ich auch nichts zu suchen.“* Anfang 1944 verfasste Goebbels eine 40-seitige Denkschrift, in der er Friedensverhandlungen mit Stalin empfahl, da es aussichtslos sei, mit Churchill oder Roosevelt zu reden. Er sandte sie ins Führerhauptquartier, erreichte aber gar nichts.

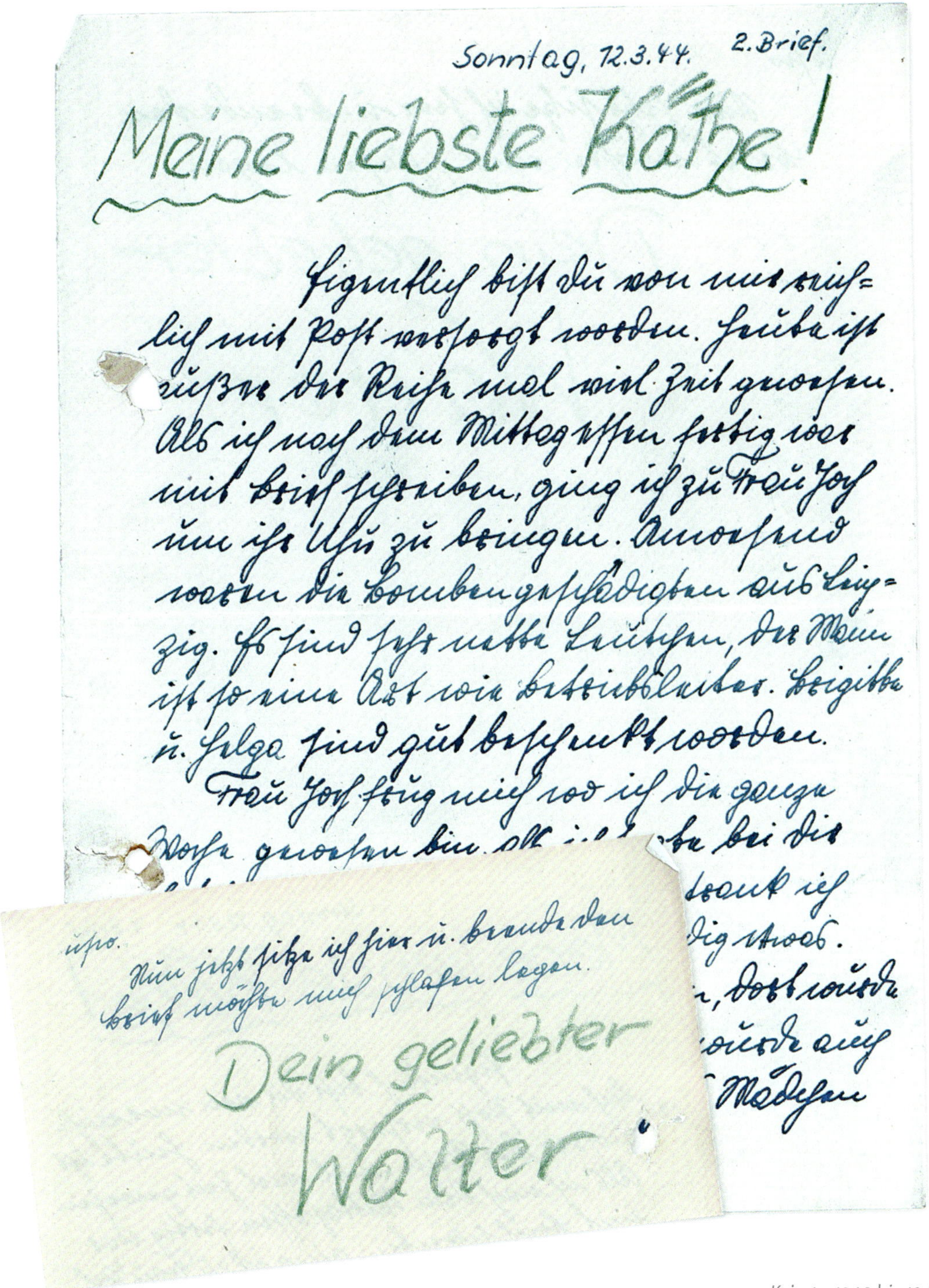
Sonntag, 12.3.44. 2. Brief.

Meine liebste Käthe!

Eigentlich bist du von mir reichlich mit Post versorgt worden. Heute ist außer der Reihe mal viel Zeit gewesen. Als ich nach dem Mittagessen fertig war mit Brief schreiben, ging ich zu Frau Joh um ihr Uhr zu bringen. Anwesend waren die Bombengeschädigten aus Leipzig. Es sind sehr nette Leutchen, der Mann ist so eine Art wie Betriebsleiter. Brigitte u. Helga sind gut beschenkt worden.
Frau Joh frug mich wo ich die ganze Woche gewesen bin. [illegible]

usw.
Nun jetzt sitze ich hier u. beende den Brief möchte mich schlafen legen.

Dein geliebter
Walter

„1. März 1944 – Der Tag verging wie sonst, außer Luftgefahr.

2. März 1944 – Es stürmt und schneit. Nachmittag Schießdienst. Tolles Schneegestöber. Luftgefahr. Im Kino gewesen: »Gefährliche Flitterwochen« (Drama/Agentenfilm 1943)

3. März 1944 – Nahkampf geübt, hundekalt. Schon seit etlichen Wochen ist mein Korporal krank. Den Dienst darf ich immer allein halten. Muss sagen, mit der Gruppe kann ich mich sehen lassen. Mittag Luftgefahr. Von 19:15 - 21:30 Nachtübung.

4. März 1944 – Seit 4:10 Luftgefahr, 5 Uhr vorbei. Sonnabendmittag 2 Stunden Fliegeralarm. 18 Uhr traf Käthe ein, strengte sich sehr an. Mit Schmidt, Walter und Freunden aus gewesen.

5. März 1944 – Früh 4 Uhr Luftgefahr, nicht in der Kaserne gewesen. Mittag, Stadt Leipzig gegessen. Fliegeralarm 13:50 vorbei. 16 Uhr fuhr Käthe wieder nach Hause.

6. März 1944 – Montagsdienst wie üblich. Zu Mittag 12 bis 13:50 Fliegeralarm. Von Krügel, Heinz Post erhalten, dass er an der Front ist. Von 19:30 - 21:45 Unterricht beim Chef, Leutnant Schäfer. Anschließend Luftgefahr.

7. März 1944 – Ein herrliches Tauwetter, Nachmittag zum Schießstand, nasse Füße. Ab 18 Uhr wieder Unterricht, sämtliche Ausbilder vom Gefreiten bis zum Offizier. Jetzt ist es bereits 23 Uhr und noch nicht zur Ruhe gekommen.

8. März 1944 – Schöner Dienst, Kasernenbereich. Nachmittag zwei Stunden Fliegeralarm, dann fuhr ich auf Kurzurlaub. Ab Leisnig 16 Uhr, an Zwickau 20:31.

9. März 1944 – Im Palast gewesen mit Käthe.

10. März 1944 – Nachmittag abgefahren, 18 Uhr traf ich in Leisnig ein. Nun kann ich mich wieder in das Dienstgeschehen einleben. Nachtübung nicht mitgemacht.

11. März 1944 – Vormittag ruhigen Dienst. Nachmittag beim Chef Unterricht. Baden. Dann für den Chef eine Sprechtafel angefertigt. Heute konnten erstmals die Rekruten ausgehen. Großes Schneetreiben.

12. März 1944 – Heldengedenkfeier von 8:30 bis 10:30, war schön. Nachmittag bei Familie Joch gewesen. Kaffee getrunken. 20 Uhr zu Hause eingetroffen.

13. März 1944 – So ein Sauwetter hält man nicht aus, Schneewasser. 13:15 Nachmittagsdienst, warmer Kasernenbereich.

14. März 1944 – Das Wetter will einfach nicht mehr schön werden, Schneetreiben. Dafür kein Fliegeralarm, der letzte war am Donnerstag, den 9. März.

15. März 1944 – Verging wie jeder andere. Luftgefahr mittag.

16. März 1944 – Bis Mittag Dienst gemacht, musste Programme zusammenstellen. Eine heikle Angelegenheit. 12 Programme mit Tusche usw. Im Kino mit Schmidt, Walter gewesen.

17. März 1944 – Den ganzen Tag bis 22 Uhr Programme gezeichnet für den Tag der Wehrmacht. Weißbrot von Schmidt, Walter. 23:35 Waffenreinigen beendet.

18. März 1944 – Dieser Tag machte mir viel Sorgen, Programme zeichnen, Dienst halten und Fußball spielen. Durch das Trainingsspiel holte ich mir eine Knieprellung. Wird mich schwer hindern beim Spiel gegen Freital.

19. März 1944 – Mein Chef sehr großzügig, gab mir einen Fahrschein nach Dresden. Leider fiel ich schwer ab. Hatte Angst wie ein Hund. Kam 22 Uhr in der Kaserne an.

Brief an Käthe: „…nun aber das Schönste, mein Chef lässt mich fahren und spielen. 14 Uhr sollte das Spiel beginnen, aber der Gegner war noch nicht voll. Ab 14:30 ging es dann los und ich war der »größte Ausfall«. Es klappte aber auch gar nichts bei mir. Viele Tore vermasselte ich. Der Grund ist der, weil ich am Sonnabend bei der Kompanie spielte und angeschlagen wurde.“

20. März 1944 – Vormittag Innendienst. Nachmittag Außendienst. Aprilwetter. Wollte ins Kino gehen, leider war Personalbesprechung.

21. März 1944 – Vormittag Außendienst, Scheißwetter… Jetzt vier Stunden Bettruhe. Nachmittag schießen, ein Sauwetter.

22. März 1944 – Vormittag hatte ich die Abkürzung geschrieben. Nachmittag dasselbe, Schneetreiben.

23. März 1944 – K.b.V. Im Kino gewesen.

24. März 1944 – K.b.V. Fliegeralarm. Bomben in Leisnig.

25. März 1944 – Kam Käthe zu Besuch. Großes Tauwetter. Luftgefahr.

26. März 1944 – Sonntag ohne Dienst verlebt. Im Meißner vier Musiker, das Wetter war sehr schlecht.

27. März 1944 – K.b.V.

28. März 1944 – Heute sieht es aus, als ob es wirklich Frühling werden will.

Brief an Käthe: „Am Sonntag spielen wir laut Zeitung in Hartha gegen TuRa Leipzig.“

29. März 1944 – Man kann sich auch täuschen. Es schneite wieder. Im Kino gewesen. Zu Mittag Luftgefahr.

30. März 1944 – Luftschutz gehabt. 1 Uhr früh Fliegeralarm. Das Wetter ist etwas schöner geworden.

31. März 1944 – Ein herrlicher Tag gewesen, ohne Schwierigkeiten. 9 Uhr Fliegervorwarnung.

1. April 1944 – Es schneite wieder. Im Meißen mit Kunath zusammengetroffen. Ist am Fuß verwundet. 23 Uhr schlafen gelegt. Bei Frau Joch gewesen.

2. April 1944 – Brief an Käthe: „…gestern zum Sonnabend war ich bei Frau Joch gewesen. Leider war sie nicht zu Hause. Ich ging mit meinem Korporal ins Café Meißen. Es war überfüllt. Neben unserem Tisch saß mein Kompaniechef. Ständig beobachtete er mich, dass ich ja keine andere Mädchen anschaue. Er weiß, dass ich verlobt bin. 22 Uhr meinte er, ich soll nach Hause gehen, hätte doch am Sonntag ein Spiel! Ich bin gleich danach gegangen!“

Heute lachte die Sonne. Nach Hartha gefahren. Tura trat nicht an. Gleich heimgefahren, muss bei den Rekruten die Sachen nachholen.“

Der Fußball und die Berichterstattung über die Spiele dienen zur Ablenkung der kriegsmüden Bevölkerung – hier eine Titelseite des Kickers von 1944

Tura nicht angetreten, Schiedsrichter nicht erschienen und auch immer wieder Meldungen vom »Heldentod«, wie die von Herbert Pechan. Noch im Juni 1943 mit dem Dresdner SC gegen Saarbrücken Meister geworden, fiel der 28-jährige Unteroffizier der Wehrmacht am 13. März 1944 auf der Krim. Hinzu kamen Ergebnisse, die unter anderen Umständen undenkbar gewesen wären. So verlor Gauliga-Spitzenreiter Dresdner SC beim Chemnitzer BC im November 1943 mit 1:3. Neben Helmut Schön fehlten auch Dzur, Pohl und Schubert – also die komplette Läuferreihe. Im Rückspiel waren fast alle Stammspieler dabei und so gewann der DSC im Januar 1944 mit 7:0. So wird der Spielbetrieb mehr und mehr zur grotesken Lotterie. Punktspiele müssen wegen eines Luftangriffs abgesagt oder unterbrochen werden. Umso bemerkenswerter das Osterturnier in Chemnitz – mit Mannschaften wie Ordnungspolizei Chemnitz, der Luftwaffenelf Rudolstadt, Preußen Chemnitz und dem BC Hartha. Am Ostersonnabend verzückten die Blau-Gelb-Weißen mit Walter Fritzsch nicht nur die 3.000 Augenzeugen auf dem herrlichen Rasen des Polizeiplatzes, auch die schreibende Zunft: *„...ein technisch hochstehendes Spiel, in dem der BC all seine Künste spielen ließ und den Gegner zeitweise außer Rand und Band brachte. Bei etwas mehr Schussglück der Harther Stürmer hätte das Resultat noch höher ausfallen können...“* Wie das Spiel ausging? Sage und schreibe 14:2, unter anderem auch dank zweier Tore von Walter Fritzsch.

Gemeinsame Kriegsausgabe **Nr. 1**

Der Kicker Fußball

DEUTSCHE FUSSBALL-ILLUSTRIERTE * Illustrierte Sportzeitung

Amtliches Organ des Reichsfachamtes Fußball im NS-Reichsbund für Leibesübungen

Sachsenfahrt des SK Bratislava

In der zweiten Halbzeit spielte der Dresdner SC. noch besser als im Endspiel / 5:0 gewannen die Preßburger in Chemnitz, 1:5 verloren sie im Ostragehege

Als des Reiches bester Repräsentant begann der Deutsche Meister das neue Jahr. Das wurde den Dresdnern selbst zur Überraschung; denn sie waren mit ihrem DSC. nicht recht zufrieden gewesen. Der „Freiheitskampf" erinnerte an die verklungene Kameradschaft, wie sie sich den Weg ins Olympiastadion erkämpft hatte und frisch entfacht werden müsse. Und dann sahen wir nach der Pause im Treffen mit den slowakischen Nationalspielern, den Bezwingern der Wiener Elite (!), ein Spiel von begeisternder Klasse. Ein Tor fiel unter den fünfen, wie man's vielleicht alle Jahre einmal sieht: ein Flugball-Zusammenspiel als [illegible]tisches Bravourstück. 5:1 gegen den SK. Bratislava, das läßt sich hören und [illegible] für viele noch eine Augenweide gewesen, die nicht unter den 7000 im Ostragehege standen.

Es waren nicht nur Sachsen. Der Beifall für die blaue Elf der Preßburger beherrschte in der ersten Halbzeit das Feld. Als die Spieler tags zuvor nach ihrem schönen Erfolge im Chemnitzer Stadion zur Kabine eilten, mehr mitgenommen vom Sturm der Elemente als vom Gegner, füllten im Nu Hunderte von freudestrahlenden Landsleuten, Männer und Mädels, die Tribünenräume, den Siegern der Heimat zu danken. Ein Beispiel mehr von der patriotischen Sendung unserer großen Spiele. Auch müssen wir den Preßburgern danken für die Bereitschaft, mit welcher sie die gehäuften Strapazen der von mancherlei Mißgeschick betroffenen Sachsenfahrt aufnahmen. Eilig kleideten sich die Spieler im Omnibus um, wenigstens noch zweimal 35 Minuten gegen den CBC. zu spielen. Der hatte

Wie der Turfplatz eines Maharadscha spricht uns dieses Bild an. Wir sind im Ostragehege, dem Heim des Deutschen Fußballmeisters, bei einem großen Spiel. (Bild Hohmann)

Jetzt aber der Höhepunkt, noch einmal der fußballbegeisterte Schreiberling: „*Obwohl sich Preußen bis zum Schlusspfiff tapfer wehrte, diesem Kreiselspiel (sic!) der Harthaer aber nicht gewachsen war...*“ Aha, Walter Fritzsch also Teil eines Kreiselspiels? Keine 30 Jahre später wird er für seinen »Dresdner Kreisel«, den er spielen lässt und der die Gegner reihenweise außer Rand und Band bringen soll, hochgelobt werden und sich damit selbst ein fußballerisches Denkmal setzen. Als der Mann, der dank seiner erstklassigen Protagonisten Dörner, Häfner oder Kreische den Fußball in Elbflorenz zur Kunst erhob. Ein Zufall?

„*3. April 1944 – Ein herrlicher Tag. Abends bei Frau Joch gewesen, eine halbe Stunde. 20 Uhr kam ich zurück.*

4. April 1944 – Luftschutz. An Höhner, Hans wegen Nahkampftage gesetzt...

5. April 1944 – Das Wetter ist unbeständig für Übung im Freien. Traf Stabsfeldwebel Wallach. Hat sich gefreut, dass mein Fuß wieder in Ordnung ist.

6. April 1944 – Regenwetter. Jugendband in Gersdorf. Drei ... Zum Essen gab es Klops mit Gemüse, Kuchen, Wein, Schnaps bis 1 Uhr ging es. 3 Uhr im Bett.

7. April 1944 – 2:30 Uhr ging es ins Bett, der Tag verging. Musste oft lachen über den ... Waren hübsch voll vom Wein.

8. April 1944 – Sonnabend zeichnete ich für Oberleutnant Kolb. Als Dank zwei Zigaretten. Nachmittag ging es nach Chemnitz zum Osterturnier, gewannen gegen Preußen Chemnitz 14:2. Schoss auch zwei Tore. Käthe traf beim Spiel ein. Abends fuhren wir nach Hartha, schliefen im Betrieb bei Möbius, wurden gut versorgt.

9. April 1944 – 6 Uhr von Hartha nach Waldheim, fuhren zum zweiten Spiel nach Chemnitz. Besuchten das Kino Regina: »Johann« (Komödie, 1943) mit Theo Lingen... im Erzgebirgischen Hof. 14:30 gegen Luftwaffen-Elf Rudolstadt 5:2 mit zehn Mann gewonnen. 21:30 in Hartha eingetroffen, dann schlafen gelegt. Das Wetter war wunderbar.

10. April 1944 – 4:00 Uhr abmarschiert mit Käthe nach Leisnig. 6:15 Uhr in Kaserne eingetroffen, ging gleich der Dienst los. 16:00 Uhr Dienstschluss. Wäsche gewaschen. Auf dem Tisch eingeschlafen.

11. April 1944 – Schöner Tag. Es gab Zander. 9:30 bis 13:15 Luftgefahr und Alarm. Schießen, sehr schönes Wetter.

12.-14. April 1944 – Kam diese Tage nicht aus dem Bau. Bis spät abends Dienst.

15. April 1944 – Dienst wie üblich. Bei Firma Borchert gewesen. Nachmittag Fußball.

16. April 1944 – Vormittag Sport gemacht. Brief vom Planitzer SC bekommen. Gegen Döbeln 3:2 gewonnen. Abends 22 Uhr in Kahn gegangen.

17. April 1944 – Der Dienst ging bis Vormittag. Nachtübung Seifersdorf.

18. April 1944 – Regentropfen. Der Dienstag blieb der Tradition treu. Bei Borchert gewesen, Pausen geholt. Bataillon Mannschaft ... Luftgefahr

Brief an Käthe: „Ich sage nur, so lange ich noch in der Heimat bin, mache ichs mir gemütlich.“

19. April 1944 – Im Freien abends kalt gewesen. Nachtübung.

Brief an Käthe: „Am kommenden Sonntag werde ich in Leipzig spielen.“

20. April 1944 – Führer Geburtstag. Appell. Das Wetter sieht nicht allzu gut aus. Nachmittag Bataillon trauert. Käthe angerufen.

Brief an Käthe: „...es tat mir leid, dass ich nicht zugegen gewesen bin, als Dein Anruf kam. Als Soldat hat man gewisse Pflichten und denen muss man nachkommen! Was kann ich dafür, dass ich Fußballer bin. 20:45 traf ich hier ein, musste gleich zu Walter kommen, der mich ärgern wollte. Es hätten mich einige Mädchen besuchen wollen. Musste ihn erst 4-5mal fragen, dann endlich kam die Wahrheit. Bis jetzt habe ich es nicht nötig, mich um andere Frauen zu kümmern. So lange Du mich liebst, werde ich es auch nicht gebrauchen. Die Hauptsache ist die, dass wir gesund bleiben. Ich freue mich schon sehr auf Sonntag.“

Fußball unterm Hakenkreuz – der BC Hartha mit Fritzsch in Aktion

21. April 1944 – Dienste im Freien. Es war nasses Wetter. Nachmittag bei der Kompanie, 4. Ausbildungskompanie Fußball gespielt 2:1 gewonnen, angeschlagen worden. Abends Kameradschaftsabend, 2:30 Uhr ins Bett. Jetzt kann es schnell gehen und wir können an die Front fahren.

22./23. April 1944 – Nachmittag fuhr ich auf Urlaub. Traf 21:30 Uhr bei Mutti ein. 22 Uhr ging ich nach Oberhohndorf zu Käthe. Nachts 2 Uhr Fliegeralarm. Im Stadtcafé gewesen.

23. April 1944 – Gegen Fortuna in Leipzig 3:1 verloren."

Die sächsische Gauliga-Saison 1943/44 neigt sich ihrem Ende entgegen. Für Walter Fritzsch ist es nach vielen Einsätzen für Hartha ein ungewohntes Gefühl, mal wieder ins Planitzer Trikot zu schlüpfen. Technisch sind die Schwarz-Gelben noch immer stark, doch das Toreschießen fällt ihnen gerade schwer. Zumal Fortuna Leipzig unbedingt die Klasse halten will und im Husarenstil in die Partie geht. Den drei Toren der Gastgeber können die Planitzer nur einen Treffer entgegensetzen. Ihnen fehlt ein wuchtiger Vollstrecker. Zumal der Leipziger Werner Brembach gleich zweimal in höchster Not retten kann – so landen seine Farben einen wichtigen Sieg im Abstiegskampf. Und wer sich jetzt vielleicht über den Namen Brembach wundert, die Rede ist tatsächlich von Werner Brembach, der sieben Jahre später mit Chemie Leipzig die DDR-Meisterschaft feiern wird. Da zählt der Verteidiger schon 38 Lenze.

Der BC Hartha spielt am gleichen Tag in Zwickau und erlebt vor reichlich 3.000 Zuschauern eine böse Überraschung. Das Duell um Platz zwei in der Tabelle verkommt nach dem Pausentee zur einseitigen Angelegenheit. Ließ der Halbzeitstand von 1:2 Reuther, Hänel und Möbius noch hoffen, so geraten sie mit Wiederbeginn in einen Orkan der Zwickauer SG. So wird aus dem 1:2-Rückstand ein zwischenzeitliches 1:6. Noch aber war nicht Ende und Harthas Schlussmann Glück musste noch weitere zwei Gegentreffer hinnehmen. Walter Fritzsch kann es kaum glauben, als er vom 1:8 erfährt, versehen mit dem Zusatz, damit noch gut bedient gewesen zu sein.

„24. April 1944 – Drechsler, Gerhard bekam das Ritterkreuz. Im Zirkus Busch gewesen, dann im Ringcafé. Abends im Palast. Käthe. (Anmerkung: Gerhard Drechsler, in Zwickau geboren, wurde wie Walter Fritzsch am 4. Oktober 1940 einberufen. Kennengelernt hatten sie sich bei der Ausbildung im Infanterie-Ersatz-Bataillon 101. Am 21. September 1941 wurde er zum Gefreiten befördert. Im März 1944 gelang es Drechsler, inzwischen Feldwebel, als Zugführer einen russischen Einbruch abzuriegeln, wofür ihm am 11. April 1944 das Ritterkreuz verliehen wurde. Nach dem Krieg war Gerhard Drechsler Oberfeldwebel in der Bundeswehr.)

25. April 1944 – Regenwetter. 13:30 nach Leisnig gefahren.

26. April 1944 – Dienst als Hiwi bei dem Oberfähnrich gemacht.

27. April 1944 – Ruhiger Dienst gewesen.

Brief an Käthe: „Obwohl der heutige Tag gut verging, tat ich meine Pflicht fürs Volk und Führer... schicke mir bitte den Montagsbericht vom Spiel."

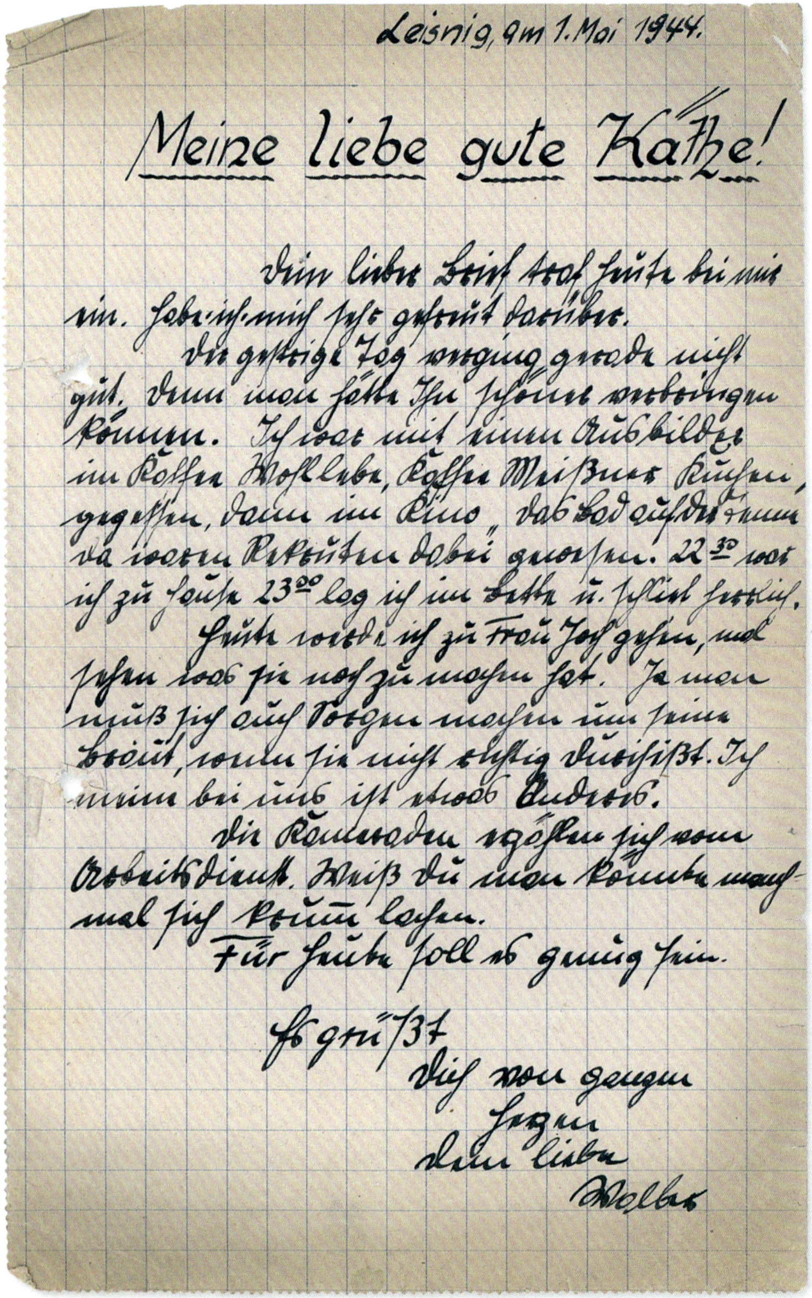

Leisnig, am 1. Mai 1944.

Meine liebe gute Käthe!

Dein lieber Brief traf heute bei mir ein. Habe mich sehr gefreut darüber.
Der gestrige Tag verging gerade nicht gut, denn man hätte ihn schöner verbringen können. Ich war mit einem Ausbilder im [illegible], Kaffee Meißner Kuchen gegessen, dann im Kino, das Bad auf der Tenne, da waren Rekruten dabei gewesen. 22 30 war ich zu Hause 23 00 lag ich im Bette u. schlief herrlich.
Heute werde ich zu Frau Joch gehen, und sehen was sie noch zu machen hat. Ja man muß sich auf [illegible] machen um seine Braut, wenn sie nicht [illegible]. Ich [illegible] bei uns ist etwas anders.
Die Kameraden [illegible] vom Arbeitsdienst. Weiß du man könnte manchmal [illegible].
Für heute soll es genug sein.

Es grüßt
Dich von ganzem
Herzen
Dein lieber
Walter

28\. April 1944 – Ruhiger Dienst. Nachmittag Fußball gespielt. Nachrichten-Kompanie gegen 4. Ausbildungs-Kompanie. Namen der Aufstellung: Elsner, Stöhr, Stöbel, Fischer, Fritzsch, Krüger, Roll, Klautzsch, Schäfer, Oettel, König. Gewonnen 2:0. Meine Uhr erhalten.

29\. April 1944 – Sonnabend-Dienst. Wehrmachts-Elf gegen Hartha. Spielte bei Hartha und gewannen 5:0. Tore schossen Möbius. Bei Zielke, Horst bis 24 Uhr gewesen.

30\. April 1944 – Sonntag – Bad auf der Tenne. Nachmittag Kuchen gegessen mit Rost, Günther. 23 Uhr, dann im Kino gewesen.

1\. Mai 1944 – Nasses Wetter. Dienstfrei.

2\. Mai 1944 – Wie üblich. Regen muss Dienstag dabei sein. Nachtübung im Röda gewesen.

3\. Mai 1944 – Dienst im Freien. Fu.-Übung. Nachmittag für den Chef gearbeitet. Abends bei Frau Joch gewesen. Bei Frau Joch im Garten umgegraben.

4\. Mai 1944 – Gerhard ist von Griechenland auf Urlaub.

5\. Mai 1944 – Fu.-Übung von Planitzer SC Post erhalten. Handballspiel. Nachrichten. Gegen 4. Ausbildungs-Kompanie 13:0 gewonnen. Die Aufstellung: Richter, Klaudsch, Bellmann, Fritzsch, Rev, Richter, Fischer, Wagner, Hegner, Zielke, Stöhr, R.

6\. Mai 1944 – Sonnabendvormittag verging. Nachmittag Käthe abgeholt. Im Meißner gewesen. Abends Schlagsahne mit Likör. Bei Frau Joch gewesen und getrunken.

7\. Mai 1944 – Sonntag war ganz groß!!! Dieses Essen kann mir in dieser Zeit nie mehr geboten werden. Nachmittag gespielt Hartha gegen TuRa Leipzig 5:3 gewonnen. Abends gemütlich gegessen bei Frau Joch. BC Hartha in der Gauliga auf Platz 3 – hinter dem DSC und der Zwickauer SG – Planitzer SC nur 7.

8\. Mai 1944 – Dienst, Fu.-Übung. Nachmittag gezeichnet.

9\. Mai 1944 – Vormittag gezeichnet. Herrliches Wetter. Nachmittag Fu.-Übung. Mit Offizier in Dresden. 23 Uhr in Leisnig eingetroffen.

10. Mai 1944 – Vormittag bei Frau Bernhard gewesen und Nachmittag auch. Abends M.G.-Ausbildung.

11. Mai 1944 – Gezeichnet. Eine Stunde spazieren. 14 Uhr Übung in Waldheim. Im Kino gewesen mit Schmidt, Walther.

12. Mai 1944 – Ganztagesübung 6 bis 22 Uhr.

Brief an Käthe: *„Wie ich erfahre, meinst du, ich sollte auf Urlaub kommen. Wie gerne ich abfahren möchte. Es liegt in deinen Händen, wenn du für mich Pausen machen lassen kannst, dann kann es nächste Woche klappen.“*

Der BC Hartha wird in der Gauliga Sachsen 3. – der Dresdner SC marschiert derweil zur Titelverteidigung

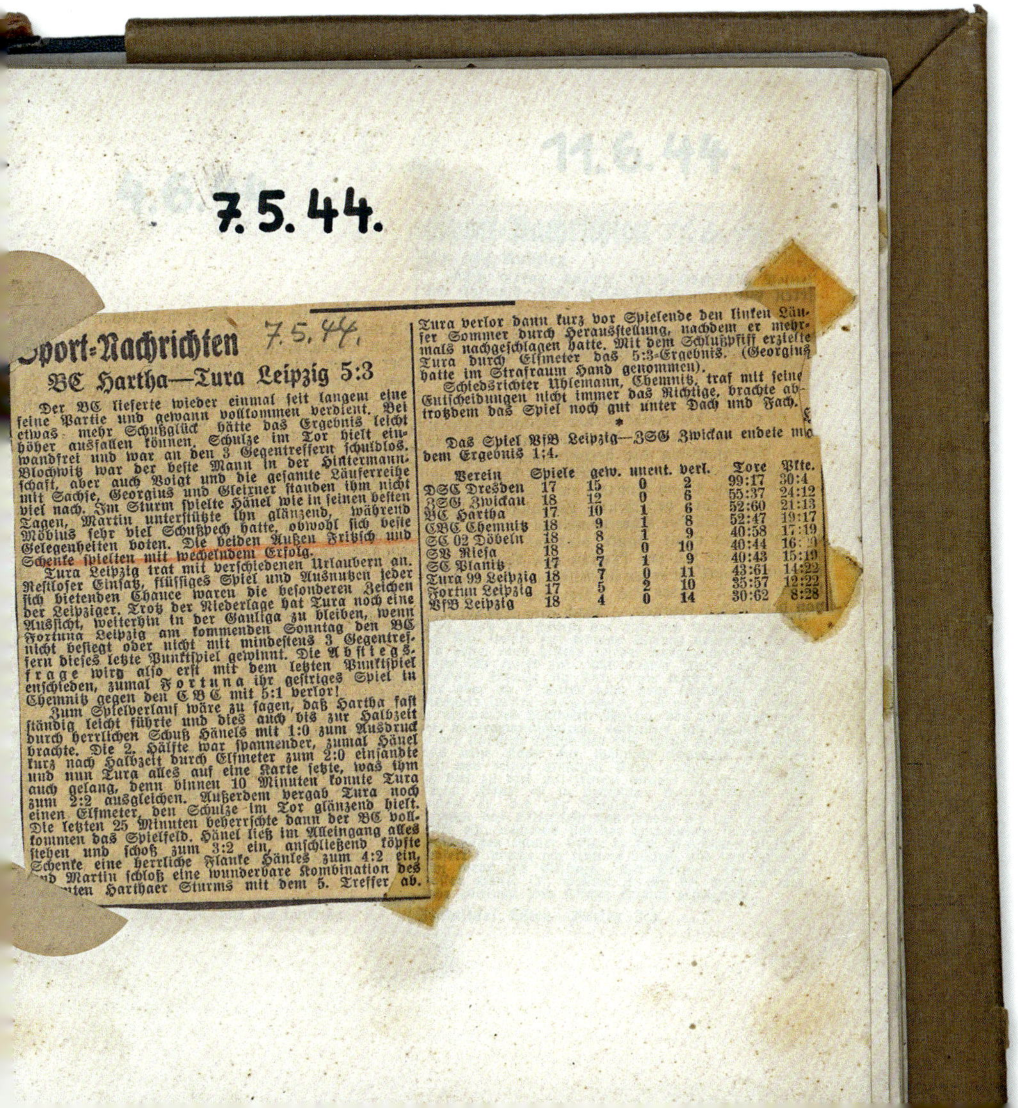

7.5.44.

Sport-Nachrichten 7.5.44.

BC Hartha—Tura Leipzig 5:3

Der BC lieferte wieder einmal seit langem eine feine Partie und gewann vollkommen verdient. Bei etwas mehr Schußglück hätte das Ergebnis leicht höher ausfallen können. Schulze im Tor hielt einwandfrei und war an den 3 Gegentreffern schuldlos. Blochwitz war der beste Mann in der Hintermannschaft, aber auch Voigt und die gesamte Läuferreihe mit Sachse, Georgius und Gleixner standen ihm nicht viel nach. Im Sturm spielte Hänel wie in seinen besten Tagen, Martin unterstützte ihn glänzend, während Möbius sehr viel Schußpech hatte, obwohl sich beste Gelegenheiten boten. Die beiden Außen Fritzsch und Schenke spielten mit wechselndem Erfolg.

Tura Leipzig trat mit verschiedenen Urlaubern an. Restloser Einsatz, flüssiges Spiel und Ausnutzen jeder sich bietenden Chance waren die besonderen Zeichen der Leipziger. Trotz der Niederlage hat Tura noch eine Aussicht, weiterhin in der Gauliga zu bleiben, wenn Fortuna Leipzig am kommenden Sonntag den BC nicht besiegt oder nicht mit mindestens 3 Gegentreffern dieses letzte Punktspiel gewinnt. Die Abstiegsfrage wird also erst mit dem letzten Punktspiel entschieden, zumal Fortuna ihr gestriges Spiel in Chemnitz gegen den CBC mit 5:1 verlor!

Zum Spielverlauf wäre zu sagen, daß Hartha fast ständig leicht führte und dies auch bis zur Halbzeit durch herrlichen Schuß Hänels mit 1:0 zum Ausdruck brachte. Die 2. Hälfte war spannender, zumal Hänel kurz nach Halbzeit durch Elfmeter zum 2:0 einsandte und nun Tura alles auf eine Karte setzte, was ihm auch gelang, denn binnen 10 Minuten konnte Tura zum 2:2 ausgleichen. Außerdem vergab Tura noch einen Elfmeter, den Schulze im Tor glänzend hielt. Die letzten 25 Minuten beherrschte dann der BC vollkommen das Spielfeld. Hänel ließ im Alleingang alles stehen und schoß zum 3:2 ein, anschließend köpfte Schenke eine herrliche Flanke Hänles zum 4:2 ein, und Martin schloß eine wunderbare Kombination des [illegible]ten Harthaer Sturms mit dem 5. Treffer ab. Tura verlor dann kurz vor Spielende den linken Läufer Sommer durch Herausstellung, nachdem er mehrmals nachgeschlagen hatte. Mit dem Schlußpfiff erzielte Tura durch Elfmeter das 5:3-Ergebnis. (Georgius hatte im Strafraum Hand genommen).

Schiedsrichter Uhlemann, Chemnitz, traf mit seinen Entscheidungen nicht immer das Richtige, brachte aber trotzdem das Spiel noch gut unter Dach und Fach.

*

Das Spiel VfB Leipzig—ZSG Zwickau endete mit dem Ergebnis 1:4.

Verein	Spiele	gew.	unent.	verl.	Tore	Pkte.
DSC Dresden	17	15	0	2	99:17	30:4
ZSG Zwickau	18	12	0	6	55:37	24:12
BC Hartha	17	10	1	6	52:60	21:13
CBC Chemnitz	18	9	1	8	52:47	19:17
SC 02 Döbeln	18	8	1	9	40:58	17:19
SV Riesa	18	8	0	10	40:44	16:[illegible]
SC Planitz	17	7	1	9	40:43	15:19
Tura 99 Leipzig	18	7	0	11	43:61	14:22
Fortun Leipzig	17	5	2	10	35:57	12:22
VfB Leipzig	18	4	0	14	30:62	8:28

Um 13:20 Uhr heulen an diesem Maifreitag in Zwickau die Sirenen. Eigentlich gilt der Angriff am hellerlichten Tag den mitteldeutschen Hydrierwerken in Leuna, Lützkendorf, Böhlen und Zeitz, die bislang von den Bomben der Westalliierten weitesgehend verschont geblieben waren. Die Produktionsstätten von Dieselkraftstoff und synthetischem Benzin sind sowohl für die deutsche Kriegswirtschaft, als auch für den Zivilsektor von enormer Bedeutung. Mit der »Öl-Offensive« der amerikanischen und britischen Bomber, die von Großbritannien aus starten, soll sich das ab sofort ändern. Die Amerikaner fliegen tagsüber auf Sicht, die Briten eher nachts, nach Radar. Allein in den Leunawerken wird am Jahresende 1944 nach fast 20 Luftangriffen die Produktion im Vergleich zum Vorjahr um 50 Prozent zurückgegangen sein.
Zur »Ablenkung« klinkt an diesem 12. Mai 1944 ein Geschwader der 8. US-Luftflotte zunächst die tödliche Fracht über Zwickau aus. Es ist der erste Luftangriff auf die Stadt, bei dem Opfer zu beklagen sind. Die Angriffsziele sind das Reichsbahnausbesserungswerk, der Hauptbahnhof und das Reparaturwerk für Kampfflugzeuge auf dem Zwickauer Flugplatz. Auch Wohngebiete werden getroffen. Von den eingesetzten 935 Bombern stürzen 46 ab, besonders die über Zwickau eingesetzten Maschinen verzeichnen nicht unerhebliche Verluste.

„13. Mai 1944 – Gezeichnet. Abends im Kino: »Der weiße Traum« (Revuefilm, 1943). 22 Uhr zu Hause.

14. Mai 1944 – Nach Leipzig gefahren. Gegen Fortuna 4:0 verloren. Von Brembach Schlag auf die Brust, war sehr angeschlagen. Abends im Variete gewesen.

Brief an Käthe: *„… heute fuhren wir nach Leipzig, wo Fortuna gegen PSC 3:1 verloren hat. Hartha verlor sogar 4:0. War sehr schlecht gewesen… Es ging das Gerücht um, dass in Zwickau Bomben gefallen sind. Hast dich schwer geängstigt?*

15. Mai 1944 – Regentropfen – nach Sonnenschein fällt Regen. Nachmittags für Leutnant Bresche gezeichnet. Abends Muttertagskarten angefertigt.

16. Mai 1944 – *Schießen gewesen. Abends regnete es wie üblich. Es war ... Bei Frau Joch gewesen.*

17. Mai 1944 – *4 Uhr geweckt worden und geregnet wie toll. Tagesübung in Kaserne.*

Brief an Käthe: *„...und ich sage, wenn es das Schicksal will, kann man eben nichts dagegen machen. Dass ich kleinen Kindern gut bin, ist dir ja nichts Neues. Wiederum muss man auch die jetzigen Verhältnisse mit einberechnen.“*

18.-22. Mai 1944 – *Auf Dienstreise nach Planitz. Zeichnungen angefertigt, Pausen machen lassen. Gerhard nochmals gesehen vor seiner Abfahrt an die Front. Unger, Gerhard auf Urlaub. Vier Mal Hallmeier, Bescheid bekommen.*

22.-26. Mai 1944 – *Wieder zu Hause eingetroffen. Pausen machen lassen.*

27.-29. Mai 1944 – *Nebelwetter. Pfingsten 1944 in Leisnig. Käthe traf 18 Uhr ein. Abends gingen wir in Café Meißner. Dort war Musik. 22 Uhr traten wir den Heimweg zu Frau Joch an. Das Wetter ändert sich. Ein herrlicher Sonntag.*

28. Mai 1944 – *Wie gesagt, das Wetter war recht schön. Freitag geschlossen, morgen... Fliegeralarm, hunderte Bomber überflogen Leisnig.*

29. Mai 1944 – *Bis 11:30 Uhr Dienst. 12 Uhr bei Frau Joch eingetroffen und schon Fliegeralarm.*

30. Mai 1944 – *Fliegeralarm wie üblich. Im Luftschutzkeller sagte Frau Undine, Stalin soll 8. durch ... in Berlin Waffenstillstand ... Den ganzen Tag Zeichnungen angefertigt für Leutnant Breiger – bis 21:30 Uhr.*

31. Mai 1944 – *5 Uhr wecken. 6 Uhr abgefahren zur Rahmenübung. Das Wetter war angenehm, der Dienst auch. 19 Uhr Übungsende. 20 Uhr in der Kaserne eingerückt, bis 21:15 Uhr Gerät gereinigt.*

1. Juni 1944 – *Dienst wie üblich. Nachmittag im Freien, Idiotenwiese bis 18:15 Uhr. Dann für den Chef bis 1:30 Uhr gezeichnet.*

2. Juni 1944 – *Es regnete wie toll. Am Sonnabend ist Besichtigung. Dann geht es für mich Einsatzurlaub ... Was anschließend wird, werden wir noch erfahren.*

Brief an Käthe: *„...also hat sich Mutti gefreut. Kann ich sehr gut verstehen. Die größte Freude war bestimmt, weil du sie gleich besucht hast. Darfst es auch mit der Schwiegermutter nicht verscherzen.“*

3. Juni 1944 – *5 Uhr wecken, 6 Uhr Idiotenwiese. Besichtigung, 12 Uhr beendet. Es klappt in unserer Gruppe ausgezeichnet. Mit Schmidt, Walther, Obstweinschänke gewesen.*

4. Juni 1944 – *Rest der Stube in Urlaub gefahren. Diese waren sehr auf Draht gewesen. Hartha zu LWSV Oschatz 7:1. Ein Tor geschossen.*

Brief an Käthe: *„...es waren ganz nette Kerle. Trotzdem machte einer während meiner acht Tage Abwesenheit Dummheiten und zwar Diebstahl, aber die Kerle hielten dicht. Gestern beichteten sie mir es.“*

5. Juni 1944 – *Den ganzen Tag gezeichnet. Abends mit Schmidt, Walther im Kino gewesen.“*

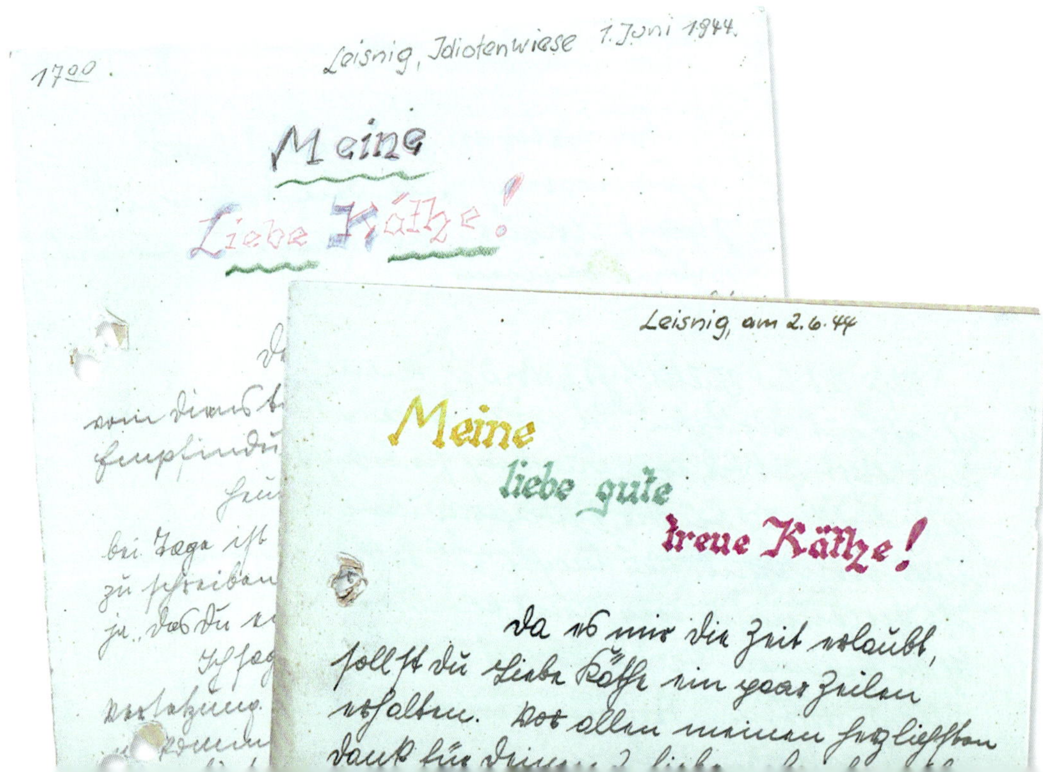

Nach einer wetterbedingten Verschiebung um 24 Stunden beginnt am 6. Juni 1944 die Landung der Alliierten in der Normandie. Beschlossen worden war die Invasion bereits im Mai 1943, als sich US-Präsident Franklin D. Roosevelt und der britische Premier Winston Churchill auf ein entsprechendes Vorgehen im Frühjahr 1944 einigten. Die Invasionsarmee setzt mit mehr als 3.000 Landungsbooten von Großbritannien nach Frankreich über. Beteiligt sind 150.000 Amerikaner, Briten, Franzosen, Polen sowie Kanadier und andere Commonwealth-Angehörige. Feuerschutz bieten 1.200 Kriegsschiffe und 7.500 Flugzeuge. Gleichzeitig bringen Fallschirmjäger und Luftlandetruppen strategische Punkte im Hinterland unter ihre Kontrolle. Hitler hatte die Invasion in der Normandie bis zuletzt für ein Täuschungsmanöver gehalten. Er erwartete eine solche Landung an der schmalsten Stelle des Ärmelkanals zwischen Calais und Dover. Aus diesem Grund war dort auch der »Atlantikwall« am stärksten ausgebaut worden und ist am 6. Juni 1944 die größte Truppenkonzentration der im Westen stationierten deutschen Divisionen. Daher trifft die Invasion die Wehrmacht unvorbereitet. Zumal die deutsche Wetteraufklärung eine Landung für diesen Zeitpunkt als unmöglich erklärte, wodurch es zu erheblichen Komplikationen in den oberen Befehlsebenen kommt. Ein Teil der deutschen Kommandeure amüsiert sich zu diesem Zeitpunkt gerade in Paris. Bis Ende Juni 1944 wird sich die alliierte Streitmacht auf knapp eine Million Soldaten erhöhen. Dieses Ausmaß der Invasion aber negiert Hitler und lehnt eine Verstärkung der in der Normandie kämpfenden deutschen Einheiten aus Ostfrankreich weiterhin ab.

„6. Juni 1944 – »INVASION« begonnen. Bin gespannt, wie sich alles so entwickelt. Regenwetter.

Brief an Käthe: *„…also kurz gefasst, dein liebster Walter bleibt doch noch einige Zeit in der Heimat, was für dich sicherlich sehr erfreulich sein wird. Mit Urlaub wird leider nichts. Dafür kannst du mich besuchen.“*

7. Juni 1944 – Sind die neuen Rekruten eingetroffen. Nach meinem Gefühl ist es auch ein schöner Haufen.

Brief an Käthe: *„…sprach mit meinem Chef, weil ich als Stubenältester Schluss machen will. Er hat es ganz groß aufgenommen und werde jetzt einer schöneren Zeit entgegensehen. In der Bude nämlich wurde wieder gestohlen. Also bin ich befreit von dieser Sorge.“*

8.-10. Juni 1944 – Die ersten Tage sind nicht die schönsten. Für den Chef laufend gezeichnet. Man wird bald verrückt, ich kann mich bald zerteilen.

11. Juni 1944 – Vormittag gezeichnet, Nachmittag Fußballspiel. Hartha gegen Wehrmachtself Dresden 5:3 gewonnen. Mit Reibetanz … Schulz heimgefahren. Schmidt, Walther hat ein Mädchen in Hartha gefunden, bin sehr abge…

Brief an Käthe: *„Gestern machte ich mit Walter eine Radpartie in die Gegend von Leisnig. Abends 22:30 Uhr trafen wir in der Kaserne ein.“*

12. Juni 1944 – Die Rekruten müssen sehr auf Draht gebracht werden. 31 schwere Zigarren gefasst.

Brief an Käthe: *„…heute begann der Tag mit Zigarren vom Spieß und Zugführer. Das bedeutet ein guter Anfang. Ja Rekruten bändigen ist nicht einfach. Bin seelisch geknickt, aber doch können sie mich am Hintern schnuppern. Man ist eben zu ehrlich.“*

13. Juni 1944 – Feste Formalausbildung. Schönes Wetter. Von Luft, Werner Post erhalten. Urlaubssperre. Maskenball veranstaltet.

Brief an Käthe: *„Komme bitte am Sonnabend unbedingt. Ich benötige 100 RM und zwei Einkochgläser. Ich habe 3 Pfund Erdbeeren organisiert und das Geld brauche ich zum Bezahlen von Rechnungen.“*

14. Juni 1944 – Kaum ein Tag schön. Muss es wieder regnen. Bei Firma Bernhard gewesen. Budenzauber gemacht.

15. Juni 1944 – Ein Regenwetter und Dienst. Ganz schön hart.

16. Juni 1944 – Gezeichnet und Dienst gemacht (Vergeltung).

17. Juni 1944 – Zeichnung für den Zug geholt. Wetter.

18. Juni 1944 – Die Ausstellung fertiggestellt. … Geregnet.“

Die Teilnahme an einem Endspiel ist dem Fußballer Walter Fritzsch in seiner aktiven Laufbahn nicht vergönnt. Doch immerhin hat er selbst gegen einige Endspielteilnehmer gespielt. Die meisten Duelle dieser Art gab es mit den Dresdnern und deshalb geht der Blick an diesem verregneten Sonntag in Sachsen auch nach Berlin. Dort hängt auch ein dichter Wolkenvorhang über dem Olympiastadion. Die Mannschaft des Dresdner SC macht sich bereit für das entscheidende Spiel um die Titelverteidigung. Richard Hofmann erinnert in den Katakomben noch einmal an das Pokal-Aus im Halbfinale im Oktober 1943 gegen den Luftwaffensportverein Hamburg. *„Männer, nicht zweimal, heute schnappen wir sie uns!“* Dann geht es raus, gut 65.000 sind gekommen. Obwohl Zeit und Ort aus Angst vor Luftangriffen lange Zeit geheim gehalten worden waren. Niemand weiß, ob das Spiel überhaupt angefangen und dann auch zu Ende gebracht werden kann. Während der Partie wird die Luft-Lage im 15-Minuten-Rhythmus über eine Standleitung übermittelt. Auf sportlicher Ebene wird es eine klare Angelegenheit für den Titelverteidiger. 4:0 heißt es und so glückt dem Sachsenmeister auch die Revanche für das vermasselte Double aus Meisterschaft und Pokal.

„19. Juni 1944 – Dienst gemacht.

20. Juni 1944 – Die große Lehrtafel. 2 bis 3 m beschriften. Erdbeeren eingekocht.

Brief an Käthe: *„Verzeih mir, wenn ich die Anrede vergessen haben sollte. Ich schreibe erst den Brief, dann die Anrede, da die Rekruten zu neugierig sind!“*

21. Juni 1944 – Bis 0 Uhr gezeichnet. Hat mich Käthe angerufen.“

Seit der Landung der Alliierten sind an der Westfront deutlich mehr deutsche Kräfte gebunden, die nun auch an der Ostfront fehlen. Hitlers Plan ist die Zerschlagung der Invasion an der Atlantikküste und gleichzeitig das statische Halten im Osten. Auf den Einwand der Generalität, die sowjetische Feuerüberlegenheit in Betracht zu ziehen und deshalb eine bewegliche Verteidigung bis hinter die Beresina zu wählen, bestimmt Hitler sogenannte »feste Plätze«, die bis »zum letzten Atemzug« zu verteidigen sind und fordert: *„Fanatisch starres Halten!“* Dabei führt die Wehrmacht an der Ostfront längst einen »Krieg des armen Mannes«. So besitzt die 3. Panzerarmee zum Beispiel keinen einzigen Kampfpanzer mehr, dafür aber 60.000 Pferde. Eine operative Reserve gibt es nicht. Die befindet sich rund 2.500 Kilometer entfernt in Frankreich. Aber nur mit Hilfe dieser Panzer wäre ein sowjetischer Durchbruch zu stoppen gewesen. Hitler beharrt jedoch auf seinem Plan, erst nach dem »Sieg im Westen« mit der Verlegung von 35 Divisionen in den Osten zu beginnen, um dann wieder zur Offensive überzugehen.

Am 22. Juni 1944, auf den Tag genau drei Jahre nach dem deutschen Überfall auf die Sowjetunion, beginnt der Angriff von vier Fronten der Roten Armee auf die Heeresgruppe Mitte. Der Termin der »Operation Bagration«, die seit Wochen vorbereitet worden war, ist alles andere als zufällig gewählt. Dem anfänglichen Ziel, der Rückeroberung der weißrussischen Hauptstadt Minsk, folgt nach dem durchschlagenden Erfolg der Offensive auf einer Frontbreite von 1.100 Kilometern ein Vorstoß bis zu 600 Kilometern Tiefe. Nach Minsk (2. Juli 1944) werden auch Wilna (13. Juli 1944), Grodno (16. Juli 1944) und Bailystok (18. Juli 1944) eingenommen. Kein Wunder, angesichts der sowjetischen Überlegenheit, sie beträgt beim Personal das fast Vierfache, bei der Artillerie gut das Neunfache, bei Flugzeugen das Zehnfache und

Der Dresdner SC mit Helmut Schön (3.v.r.) steht am 18. Juni 1944 wieder im Endspiel um die Deutsche Kriegsmeisterschaft. Trotz unsicherer Anstoßzeit ist das Berliner Olympiastadion proppevoll

bei Panzern das 23-fache. Zudem lauern im Hinterland 150.000 Partisanen, die mit 10.000 Sprengungen das Eisenbahnnetz lahmlegen. So erreichen die sowjetischen Truppen bis Ende August 1944 das Ostufer der Weichsel, die Grenze Ostpreußens und auch fast die lettische Hauptstadt Riga. Die Wehrmacht verliert im Zuge der »Operation Bagration« insgesamt 28 Divisionen. Mit der Zerschlagung der Heeresgruppe Mitte gilt die sowjetische Offensive als schwerste und verlustreichste Niederlage der deutschen Militärgeschichte, schlimmer als Stalingrad oder die Schlacht um Moskau 1941/42. Allein in den ersten vier Wochen nach Beginn der »Operation Bagration« sind 350.000 deutsche Soldaten gefallen oder geraten in sowjetische Gefangenschaft.

Die Pläne zur Durchführung der Operation waren von deutscher Seite erstaunlich gut aufgeklärt worden. Doch die Weitergabe der Ergebnisse erfolgte nicht annähernd nach dem realen Kenntnisstand. Schuld daran trug in erster Linie Generalfeldmarschall Ernst Busch. Am 20. Mai 1944 hatte er bei einer Besprechung versucht – so wie von seinen Armeebefehlshabern gefordert – von Hitler eine Rückzugsgenehmigung zu erhalten. Doch der Oberbefehlshaber der Heeresgruppe Mitte erntete nur einen Wutanfall. Busch knickte ein und so wurden die von Hitler bestimmten »festen Plätze« um Witebsk, Orscha, Mogilew und Bobruisk weiter befestigt und bildeten einen weit nach Osten ragenden Frontbogen mit einer Länge von etwa 1.000 Kilometern.

In der Folge informierte Busch das Oberkommando des Heeres nur unzureichend über die tatsächliche Lage seiner Truppe und untersagte jede Rückzugsbewegung. So war die vernichtende Niederlage unausweichlich. Am 26. Juli 1944 flog Ernst Busch auf den Obersalzberg, um von Hitler die Genehmigung für eine beweglichere Kriegsführung zu erhalten. Dieser erkennt erst jetzt die aussichtslose Lage der Heeresgruppe Mitte und entlässt zwei Tage später den Oberbefehlshaber. Ernst Busch ist tief getroffen, schließlich hatte er Hitlers Befehle stets treu befolgt. Er verlässt seinen Posten, ohne seinen Nachfolger in die aktuelle Lage einzuweisen.

„22./23. Juni 1944 – Die Lehrtafel fertiggestellt. Pausen geholt. Im Kino gewesen.

24. Juni 1944 – Kam Käthe. Ein herrliches Wetter. Spielte bei Kompanie Hartha, verlor.

25. Juni 1944 – Erdbeeren.

26. Juni 1944 – Gezeichnet. Ein sehr warmes Wetter.

27. Juni 1944 – Gezeichnet. Lehrtafel angefangen. Schönes Wetter.

Brief an Käthe: *„…lieber wäre es mir, man hätte Kriegsschluss."*

28. Juni 1944 – K.b.V.

29. Juni 1944 – Variete gewesen. Schönes Wetter.

30. Juni 1944 – Lehrtafel fertiggestellt.

1. Juli 1944 – Eine Aufstellung gezeichnet AIII. Mit Schmidt, Walther im Kino gewesen.

2. Juli 1944 – Sonntag – Erdbeeren eingekocht. Mit Walther bummeln gewesen. 21 Uhr ging ich nach Hause.

Brief an Käthe: *„…leider ist durch diesen Krieg uns nicht alles vergönnt, was sich andere leisten können, die das besondere Glück haben, nicht als Soldat seine Pflicht zu erfüllen."*

3. Juli 1944 – Abends MG bis 21:15 Uhr.

4. Juli 1944 – Gezeichnet, sehr heiß. Abends Gewitter. Im Kino ge-

wesen mit Schmidt, Walther.

5. Juli 1944 – Diesen Tag werde ich nicht vergessen. In meiner Stube Kameradendiebstahl. Eine nette Zigarre gefasst.

6. Juli 1944 – Uhr zur Reparatur abgegeben.

7. Juli 1944 – Gezeichnet, abends im Kino gewesen. 23 Uhr erlaubte sich Unteroffizier Schild, mich vor den Rekruten zu beschimpfen. Dieser Herr kann sich nur ergötzen, wenn er die Rekruten aufmischen kann. Sonst macht es ihm keinen Spaß. Aber ich glaube, dass er keine menschlichen Gefühle aufweisen kann.

8. Juli 1944 – Habe ihm anständig Bescheid gestoßen.... 17:30 Uhr in Hartha gegen Mittweida 16:1 gewonnen. 21 Uhr kein ...

9. Juli 1944 – Vormittags Karten aufgeklebt. Nachmittags baden mit Obergefreiten Fischer und Breul sowie Familie Joch. Käthe und ich Nachmittag spazieren gewesen.

10. Juli 1944 – Verging wie üblich die anderen Tage. MG-Ausbildung bis 21 Uhr.

11. Juli 1944 – 1:15 Uhr Fliegeralarm. 7 Uhr Käthe zwecks Papa angerufen.

12. Juli 1944 – Fuhr ich auf Urlaub, um Papa zu versorgen bis ...

15. Juli 1944 – Nachmittags eingetroffen. Werde als Stubenältester abgehen... Muss zu viel arbeiten.

Brief an Käthe: *„Ich werde mein Amt als Ausbilder niederlegen. Warum schreibe ich dir morgen."*

16. Juli 1944 – Mit Chef gesprochen zwecks Absetzen als Hilfsausbilder. Genehmigt. Bis 16 Uhr gezeichnet.

17. Juli 1944 – Heute wurde ich befreit von der Stube. Wohne allein zur Zeit. 21:30 Uhr ins Bett gegangen.

18. Juli 1944 – Weil ich die Zeichnungen anfertige, ist mir dafür Zimmer vom Chef zugewiesen worden. Der Spies tobte ganz doll, weil ich dort wohne. Frau Joch den Garten umgegraben.

Brief an Käthe: *„... bringe nicht immer so viel zu Essen mit, damit du nicht so schwer tragen musst. Ich komme schon aus."*

19. Juli 1944 – 1:15 Uhr Luftgefecht. Gezeichnet. Mittag Fliegeralarm.

20. Juli 1944 – Fliegeralarm. Es gab Besuch vom Flieger. Attentat auf den Führer."

An diesem 20. Juli 1944 kommt Walter Fritzsch lediglich seiner selbst auferlegten Chronistenpflicht nach und notiert das Ereignis des Tages sehr puristisch: *„Attentat auf den Führer"*. Hatte er die Landung der Alliierten in der Normandie am 6. Juni 1944 noch in Versalien festgehalten, mit An- und Abführung versehen: »*INVASION*« und zumindest kurz kommentiert: *„Bin gespannt, wie sich alles so entwickelt."*, bleibt die Aktion von Claus Schenk Graf von Stauffenberg und seinen Vertrauten ohne jeden Zusatz stehen.

Eigentlich war das »Attentat auf den Führer« schon für den 11. Juli 1944 geplant. Doch Stauffenberg unterlässt es, auf dem »Berghof« in Berchtesgaden den Sprengstoff zu zünden. Die Verschwörer hatten beschlossen, Hitler nur mit seinen potentiellen Nachfolgern gemeinsam zu beseitigen. An diesem Tag ist aber weder Hermann Göring noch Heinrich Himmler anwesend. Vier Tage später der nächste Versuch im Führerhauptquartier »Wolfsschanze« bei Rautenberg (Ostpreußen, heute: Polen). Trotz erneuter Abwesenheit Görings und Himmlers soll die Bombe gezündet werden. Die Handlungseile der hochrangigen Militärs könnte auch mit den jüngsten Ereignissen im Zusammenhang stehen. Hitler hatte sich gerade im Sommer 1944 als schauriger militärischer Dilettant erwiesen. Hinzu kam das Entsetzen, mit welcher Menschenverachtung er zigtausende Soldaten seinen Wahnideen opferte. So sollte sich an diesem 15. Juli 1944 die Verzweiflung und Wut etlicher Offiziere in einer Explosion münden. Oberst Claus Schenk Graf von Stauffenberg wollte sich unmittelbar vor seiner Aktion noch einmal telefonisch in Berlin bei General Friedrich Olbricht rückversichern. Als Stauffenberg zur Besprechung zurückkehrt, hat Hitler den Raum schon verlassen.

So fliegt Stauffenberg am 20. Juli 1944 erneut zum Führerhauptquartier »Wolfsschanze«. Es gelingt aber nur, einen der beiden mitgebrachten Sprengsätze scharf zu machen. Auch

Mit diesen Flak-Geschützen sollen die deutschen Städte geschützt werden – zunehmend werden Frauen dabei zum Dienst beordert

die Aktentasche mit der Bombe kann nicht unmittelbar neben Hitler, sondern weiter entfernt in dem mit 24 Personen besetzten Raum abgestellt werden. Unter einem Vorwand verlässt Stauffenberg die Runde und fliegt nach Berlin. Im festen Glauben, Hitler getötet zu haben. Der gehört nach der Explosion im Führerhauptquartier zu den 20 Überlebenden. Gegen 17 Uhr, Stauffenberg ist kurz zuvor in Berlin eingetroffen, meldet der Rundfunk das Scheitern des Attentats. Der Staatsstreich wird niedergeschlagen. Stauffenberg und seine engsten Mitverschwörer werden noch in der folgenden Nacht erschossen.

„21. Juli 1944 – Gezeichnet. Im Kino gewesen.

22. Juli 1944 – Regenwetter. Kam Käthe.

23. Juli 1944 – Nachmittag wurde es dann sehr schön.

24. Juli 1944 – Den Tag gezeichnet. 22 Uhr musste ich zum Chef. Bis 23 Uhr dort gewesen. Meine Arbeit empfangen und seine Bastelsachen mir vorgeführt.

25. Juli 1944 – Gearbeitet, wie es sich so geziemt. Im Kino gewesen – »Die Hochstaplerin« (Komödie, 1931)

26. Juli 1944 – Abends sprach Dr. Goebbels über den totalen Krieg. Bei Frau Joch im Garten umgegraben."

Am Abend des 26. Juli 1944 haben sie sich in der Leisniger Kaserne auf das Kommando des UvD um den Volksempfänger versammelt. Für Walter Fritzsch nichts Neues, er kennt die schwarzen Bakelit-Kästen schon ziemlich lange. Noch vor seiner Konfirmation hatten ihm Planitzer Schulkameraden von diesem »Radio-Apparat« berichtet. Irgendwann steht er selbst zum ersten Mal vor einem dieser Geräte, die offiziell »VE 301« genannt (Anmerkung: VE steht für Volks-Empfänger, 301 für den 30.1., den Tag der Machtergreifung Hitlers) werden und liest staunend die Sender-Stationen: Dresden, Breslau, Leipzig. Darüber die Skala für Mittel- und Langwelle. Wobei er damit gar nicht viel anfangen kann. Begeistert vom neuen Klangerlebnis schwärmt er zu Hause. Seine Mutter winkt nur ab: *„76 Reichsmark? Können wir uns nicht leisten, Walter!"* Hinzu kämen noch einmal zwei Reichsmark im Monat für die Rundfunkgebühren. Im Sommer 1939, Walter wird im Horch-Werk in Kürze seinen Facharbeiter-Brief ausgehändigt bekommen, steht er daheim in der Küche, der »Deutsche Kleinempfänger«. Fast drei Jahre lang hatte er darauf gespart. Mit 35 Reichsmark ist der kleine Rundfunk-Kasten deutlich billiger als sein prominenter Vorgänger und sehr robust. Will er wirklich mal nicht, hilft ein mittelkräftiger Hieb auf das Gehäuse und schon gurgelt und orgelt das Gerät los.

Wenig später beginnt der Krieg, der inszenierte Angriff auf den Sender Gleiwitz in Schlesien liefert Hitler den Grund zu erklären: *„Seit 5:45 Uhr wird jetzt zurückgeschossen!"* Der von Joseph Goebbels geleitete Großdeutsche Rundfunk verkündet in der Folge Sieg um Sieg. Gerahmt von Marschmusik und Tätärätähh. Sonntags läuft das »Wunschkonzert« mit Grüßen von der Front und an die Front. Beethoven muss zum Ausklang ran: »Die Himmel rühmen des Ewigen Ehr«.

Am 3. Februar 1943 gibt das Oberkommando der Wehrmacht durch einen Sprecher bekannt: *„Der Kampf um Stalingrad ist zu Ende. Ihrem Fahneneid getreu, ist die sechste Armee unter der vorbildlichen Führung des Generalfeldmarschalls Paulus der Übermacht des Feindes und der Ungunst der Verhältnisse erlegen…"*

Der Unterschied zwischen Propaganda und den tatsächlichen Gegebenheiten ist eklatant. Den »Heldentod« ihrer Kameraden, Angehörigen oder Freunde empfinden viele inzwischen nicht nur als schmerzhaft, auch als völlig sinnlos und absurd.

Aus wachsendem Zweifel ist längst Gewissheit geworden, dass dieser Krieg verloren ist. Tage später ruft Goebbels vor einer grölenden Meute im Berliner Sportpalast den totalen Krieg aus. Daheim vibriert die Membran die kleinen und großen Volksempfänger: *„Nun, Volk, steht auf, und Sturm, brich los!“* Nicht wenige der kriegsmüden Deutschen antworten mal wütend, mal murmelnd: *„Schnauze, Goebbels!“* Walter Fritzsch hockt an diesem Februartag des Jahres 1943 knapp 1.700 Kilometer entfernt in einem Schützenloch bei Shisdra und notiert in seinem Tagebuch: *„k.b.V.“* – keine besonderen Vorkommnisse!

Nun aber knarzt der Volksempfänger, auch in der Kaserne in Leisnig beginnt die Übertragung der Goebbels-Rede vom 26. Juli 1944: *„Meine deutschen Volksgenossen und Volksgenossinnen! Ich schulde dem deutschen Volke einen Rechenschaftsbericht über die Vorgänge des 20. Juli und die daraus zu ziehenden Folgerungen. In ungezählten Briefen aus dem ganzen Lande bin ich darum gebeten worden... Ich komme soeben von einem mehrtägigem Besuch aus dem Führerhauptquartier zurück. Ich habe alle Berichte und Darstellungen der Augenzeugen gehört, habe den Raum besichtigt, in dem der Anschlag stattfand. Und kann nur sagen, dass, wenn die Errettung des Führers aus höchster Lebensgefahr kein Wunder war, es überhaupt keine Wunder mehr gibt. Der Attentäter war von einem der verhafteten Generäle zu einem Scheinvortrag in die tägliche Lagebesprechung entsandt. Er hat den Sprengstoff in einer Aktenmappe in den Lageraum mitgenommen und unter dem Vorwand, sie niederstellen zu wollen, dem Führer in einem unbewachten Moment direkt vor die Füße geschoben...*

Teilnehmer der Besprechung sind durch die Kraft der Explosion viele Meter weit aus dem Fenster herausgeschleudert worden und ihre Uniformen wurden in Fetzen zerrissen. Im ganzen Raum gab es durch die Kraft der enormen Explosionswelle, die durch den Sprengstoff ausgelöst wurde, nur eine einzige Stelle, die davon verhältnismäßig unberührt blieb, und das war die, an der der Führer am Kartentisch saß. Der Kartentisch selbst wurde durch die Explosion selbst in den Raum hineingeschleudert, aber der Führer blieb bis auf leichte Prellungen, Brandwunden und Kratzer an der Stirne völlig unverletzt...

Die feindlichen Luftangriffe haben unserer Kriegsproduktion keinen ernsthaften Schaden zufügen können. Im Gegenteil! Nicht einmal verhindern können, dass der Austausch an Waffen und Munition von Monat zu Monat enorm gestiegen ist...

Ferner ist nach diesem Erlass das gesamte öffentliche Leben den Erfordernissen der totalen Kriegführung in jeder Beziehung anzupassen. Alle öffentlichen Veranstaltungen sollen der Zielsetzung des totalen Krieges angemessen sein und insbesondere Wehrmacht und Rüstung keine Kräfte entziehen. Mit einem Wort, der totale Krieg wird damit praktische Wirklichkeit...

Wenn heute die britische Öffentlichkeit nach Abwehrmitteln gegen unsere V1-Waffe schreit, so ist das ganz verständlich. Denn der wesentlichste Vorteil dieser Waffe besteht nicht so sehr darin, dass die fliegende Bombe unbemannt fliegt, als viel mehr darin, dass sie das ganze feindliche Abwehr- und Verteidigungssystem über den Haufen wirft. Ähnlich wird es bei anderen, neuartigen Waffen der Fall sein, die wir demnächst auf den verschiedensten Gebieten zum Einsatz bringen werden. Wir haben also den Vorsprung, den der Feind bisher auf diesem oder jenen Sektor der Kriegstechnik hielt, nicht nur eingeholt, sondern überholt.“

„27. Juli 1944 – Wie üblich.

28. Juli 1944 – Zu Hause gewesen. Papier geholt. Paula machte dumme Bemerkungen. Tags war es sehr schön.

1. August 1944 – Mit Kurt und Heinz auf dem Sportplatz gewesen. Bilder erhält Schmidt, Walther...

Brief an Käthe: *„...ihr wollt mich wohl durchaus unter die Haube bringen? Na, ich bin ja kein Spielverderber!“*

2. August 1944 – Sauwetter, es regnet in Strömen. Abends im Kino gewesen. 20 Uhr zurück. Abendbrot gemacht, grüne Gurke.

3. August 1944 – War schönes Wetter. In Hartha zum Training gewesen.

Brief an Käthe: *„Ich muss ehrlich zugeben, dass ich die Schnauze richtig voll habe, mich nach schön verlebten Tagen wieder in das Kasernenleben einzufügen!“*

Auf dem Weg zum Trainingsplatz gibt es für die BC-Kicker an diesem Tag nur ein Thema. Es sind schlechte Nachrichten, selbst wenn sie so oder so ähnlich erwartet worden waren – sie bedeuten das vorläufige Ende des Fußballs: *„Alle Reichsmeisterschaften werden sofort eingestellt!“* Begründet wird das mit der *„weiteren Anpassung des deutschen Sports an die Erfordernisse der totalen Kriegsführung.“* Die Stimmung beim Training ist schlecht. Eine Frage wird immer wieder aufs Neue gestellt: *„Warum bereiten wir uns überhaupt noch auf die neue Saison vor?“* Zumal Heinrich Himmler, der Befehlshaber des Ersatzheeres, wohl auch noch gefordert hätte, dass jeder Offizier und Mann, der in der Heimat eingespart werden kann, seinem Wunsche gemäß zur Front geschickt oder, wenn er dafür aus Gründen des Alters oder der Gesundheit nicht tauglich ist, zur Rüstungsarbeit freigegeben wird! So würde es in der Zeitung stehen.

„4. August 1944 – Nahbekämpfung vormittags. Nachmittags bei Bernhard gezeichnet. Achtung: Seit heute gibt es für das Ersatzheer keinen Sonntag mehr! Himmler!

Brief an Käthe: „Das es für uns keinen Sonntag mehr gibt, wie es von mir aufgenommen worden ist, kannst du dir vorstellen. Aber alles für Deutschland. Ich bin der festen Überzeugung, dass du am kommenden Sonntag doch erscheinen wirst. Wir werden schon das Kind hinbringen…“

5. August 1944 – Der Chef hatte Geburtstag. Ab 16 Uhr Dienstfrei. Nachmittags bei Frau Joch im Garten gearbeitet. 20 Uhr im Kino gewesen. 22 Uhr traf ich in der Kaserne ein. Ein herrlicher Tag. So ein schöner Sonntagsmorgen und man muss Dienst machen. Na die Lust wurde uns ja restlos genommen. An PL. Zeitung geschrieben.

7. August 1944 – Genau wie gestern war, ging der Tag.

8. August 1944 – Wie üblich gearbeitet. Abends im Kino – »Kora Terry« (Spielfilm, 1940) Die Ernte steht dieses Jahr sehr gut. Es gibt Menschen, die nur immer zu meckern haben und nebenbei die schönsten Posten begleiten. Den Krieg verlieren wir. Man muss einfach etwas optimistisch veranlagt sein.

9. August 1944 – Luftgefahr.

10. August 1944 – Der Chef scheint sich sehr geändert zu haben.

11. August 1944 – Im Kino mit Fischer gewesen – »Karl räumt auf«. Nachdem in der … Luftgefahr.

12. August 1944 – Ab heute gibt es sonnabends und sonntags… Käthe kam erst 21:30 Uhr, hatte in Hartha den Zug nicht erreicht. Brachte Edith mit für Schmidt, Walther.

13. August 1944 – Bis Mittag schwer gewühlt. Käthe kam in die Kaserne. Nachmittag im Freien gewesen. Aufnahmen gemacht, toll. 20 Uhr mit auf Urlaub gefahren. 3 Uhr in Oberhohndorf angekommen.

14. August 1944 – Nichts Besonderes. Seit vier Jahren erstmalig wieder im Bad gewesen.

16. August 1944 – Früh 7:12 Uhr ab Zwickau nach Leisnig. 10 Uhr Fliegeralarm. 12:50 Uhr war es vorbei.

17. August 1944 – Gezeichnet. Abends im Variete gewesen. Eine hervorragende Musik wurde von Kapellmeister Friedrich im Ausstellungspalast Dresden geboten. Der Chef lässt sich nicht lumpen.

18. August 1944 – Bis Mittag Dienst. Stube gesäubert. Bis abends bei Joch gearbeitet, dann mit Schmidt, Walther spazieren gewesen.

Brief an Käthe: *„So würde ich es bis Kriegsende aushalten. Leider habe ich ein komisches Gefühl, als ob meine schöne Zeit nicht mehr lange dauern wird und ich mit an die Front versetzt werde."*

19. August 1944 – Brief an Käthe: *„Die Zeit verrennt, ohne dass man darauf wartet. Hoffentlich etwas näher zum Sieg…. Nach dem Sieg können und werden wir uns dann für immer haben. Erst muss noch mehr gekämpft werden."*

20. August 1944 – *Vormittag gezeichnet. 13 Uhr nach Döbeln zum Spiel. Hartha gegen Döbeln 2:7. Großes Gesteche, sonst war es eine schöne Fahrt, vor allem sehr heiß. Zwischen Westerwitz und Klosterberg war ein Hitlerjunge ertrunken. Schmidt, Walther und ich tauchten in der Mulde eine halbe Stunde, es war vergebens. 22:30 Uhr in Leisnig angekommen.*

21. August 1944 – *Jetzt ist eine sogenannte Hitzewelle eingetroffen.*

Brief an Käthe: *„Den Sonntag hatte ich auf ganz besondere Weise verbracht. 13 Uhr setzte ich mich mit Schmidt, Walter auf das Rad und die Fahrt nach Döbeln begann. Warm war es besonders. 16 Uhr begann das Spiel. Uns überrumpelten die Döbelner mit glatt 7:2. Geschwitzt habe ich unverschämt. 18:30 traten wir den Rückweg an. Zwischen Wusterwitz – Klosterberg lag ein herrenloses Rad. Nach langem Rufen erhielten wir keine Antwort. Erst als 2 Wachtmeister kamen, erfuhren wir, dass dieses Fahrrad schon 6 Stunden dort lag. Walter und ich zogen uns aus und tauchten in der Mulde. 1/2 Stunde suchten wir vergebens. Auf so eine dumme Art und Weise ging ein junges Kerlchen von 16 Jahren verloren."*

Der BC Hartha mit Fritzsch (5.v.r) im August 1944

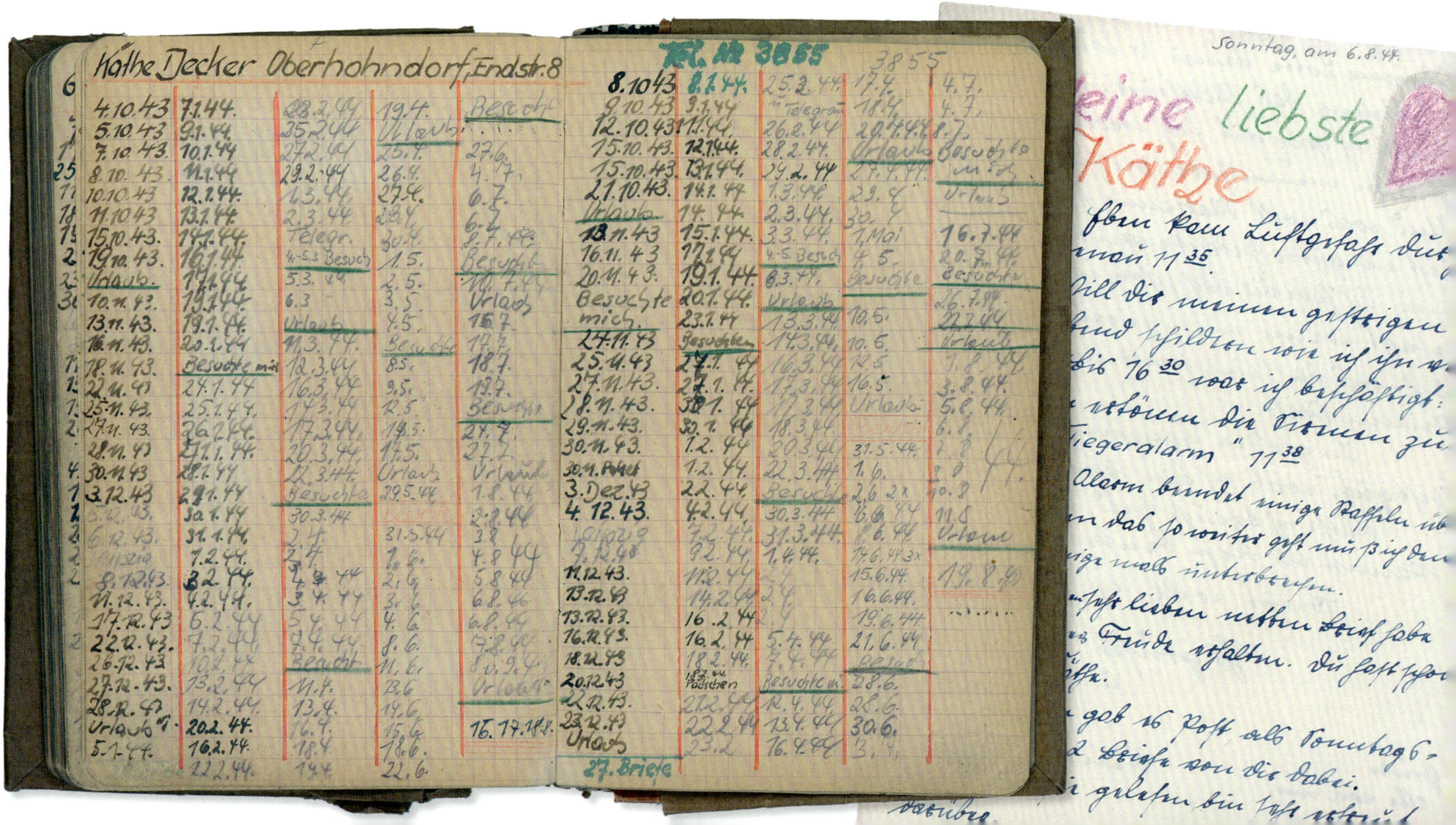

Der Briefverkehr mit Käthe – links die erhaltene Post, rechts die Ausgänge

22. August 1944 – Im Türmannszug (?) gearbeitet. Abends war ich mit Schmidt, Walther, baden gewesen.

Brief an Käthe: „...seit heute früh hänge ich an einer Lehrtafel – 2 m breit 3 m lang – beschrifte sie mit 3 verschiedenen Farben und Schrift. 23:30 ist es nun schon, aber einige Zeilen will ich Dir noch zukommen lassen. 3 neue Druckfedern habe ich erhalten, kosten 21 RM. Auf eins freue ich mich jetzt schon. Dich wieder einmal in meine Armen zu nehmen. Sonst geht es mir gut."

23. August 1944 – Kam der Chef zurück von der Fahrt. Angehauen zwecks Einsatzurlaub. Bekommen noch keinen.

24. August 1944 – Fliegeralarm von 11:45 – 13:45 Uhr. Paket von Gerda Wende, Äpfel. Paket von Pötzsch, Leipzig, zwei Rollen 132, 1 m x 10 cm. Käthe angerufen und wurde nicht ...

25. August 1944 – Versucht Verbindung nach Zwickau zu bekommen. Es ging nicht. Nachmittag baden gewesen. Mit Käthe telefoniert. Kino nicht gegangen.

26. August 1944 – Kam Käthe 16 Uhr an. Nachmittag mit Fischer, Erich, Hilde in der Bastei. 22 Uhr schlafen.

27. August 1944 – Den ganzen Tag im Bad in Leisnig gewesen. Abends mit Schmidt, Walther im ... Gewitter.

28. August 1944 – Gearbeitet. Mittags zur Käthe. Träumen, warum... Spieß schiss Erich und mich an. Sturm im Geschäftszimmer. Wollte ins Kino 17:45 Uhr. Gewitter. Abends mit Walther, nachts Käthe und ich im Kino. Anschließend im Meißner gewesen. Das Wetter hat sich etwas abgekühlt.

29. August 1944 – Diese Tage vergingen wie Stunden.

30. August 1944 – Mit Käthe war es nicht schön gewesen.

31. August 1944 – Birnen und Äpfel versorgt. Heute fuhr sie ab. Das Wetter hat sich geändert und zwar nimmt es Herbstform an. 20:30 Uhr schlafen gelegt.

1. September 1944 – Mutti geschrieben zwecks Heiraten. Muckwitz, Kuchen.

2. September 1944 – Vormittags wie üblich. Grimmske, Reinhard traf nach 7-tägigen Fronteinsatz erneut zur Kompanie. 16 Uhr kam Käthe. Gewitter. In der Terrasse gewesen. 21 Uhr zu Hause."

Der September 1944 beginnt an der Westfont mit dem weiteren Vorrücken der Alliierten. Die belgische Hauptstadt Brüssel steht unmittelbar vor der Befreiung, Antwerpen wird folgen. In Italien beginnt ein Angriff der britischen Truppen gegen die deutsche Frontlinie. Am 1. September wird zum letzten Mal eine deutsche „V1" vom Boden abgeschossen. Viele der an der Westfront installierten Abschussrampen sind schon in die Hände der Alliierten gefallen.

„3. September 1944 – Die Front im Westen wanzt ganz schön. Mit Käthe im Meißner gewesen. 18:07 Uhr fuhr sie ab Leisnig. Der Krieg wird 1946 zu Ende sein. Die amerikanisch-britischen Truppen werden vernichtend geschlagen usw., keine Waffen. Es scheint der Herbst ist eingetroffen.

4. September 1944 – Der Montag begann mit Appell. Sonst k.b.V. Bei Frau Joch das halbe Feld umgegraben.

5. September 1944 – Bei Bernhard's Pausen anfertigen lassen.

6. bis 8. September 1944 – K.b.V.

9. September 1944 – Früh 2 Uhr traf ich zu Hause ein. Papiere versorgt wegen Heiraten. Es war eine Art wie Gefecht.

10. September 1944 – Gertrud besucht. Dort war gleichzeitig Tante Minna und Onkel Paul. Nachmittags bei Lotte geblieben."

An diesem Sonntag rollt er wieder, der Ball. Die überraschende Kehrtwendung betrifft fast alle deutschen Gau-Meisterschaften. In Sachsen geht der Wiederbeginn mit einer neuen Staffeleinteilung einher. Zu den zehn Mannschaften der bisherigen Gauklasse kommen 32 Teams der ersten Klassen. Die nunmehr 42 Vertretungen werden nach regionalen Gesichtspunkten in insgesamt sieben Sechser-Staffeln aufgeteilt. Jeweils zwei Staffeln gehören den Gruppen Dresden, Leipzig und Chemnitz an, die verbleibende siebente Staffel firmiert als Gruppe Westsachsen-Zwickau. In Hartha hat man große Sorgen. Mit Helmut Stephan ist der nächste BC-Kicker gefallen. Er war in Frankreich als Flieger eingesetzt. Zudem wird künftig auch Erich Hänel fehlen. Der langjährige Torgarant spielt nun, kriegsbedingt, für den VfB Kamenz. Eingeordnet ist der BC Hartha ab sofort in der Staffel 1 der Gruppe Chemnitz und trifft dort auf die SG Ordnungspolizei Chemnitz, Preußen Chemnitz, Viktoria Einsiedel, TV Erkenschlag und die Kriegssportgemeinschaft (KSG) Germania/Mittweidaer BC. Der Planitzer SC, nach wie vor Walter Fritzschs Heimatverein, muss sich in der Gruppe Westsachsen-Zwickau mit der SG Lauter, Teutonia Netzschkau, der TSG Wilkau-Haßlau, der SG Zwickau und dem VfL Zwickau messen. Niemand weiß, unter welchen Umständen und wie lange noch die Spiele stattfinden werden, wer überhaupt aufgestellt werden kann und wie die Anreise erfolgen soll.

„11. September 1944 – Montagnacht erneut Fliegeralarm. Es fielen Bomben.

12. September 1944 – Standesamt aufbieten gewesen. Kutsche bestellt. Fliegeralarm.

13. September 1944 – Fliegeralarm wie üblich, zwei Stunden… und Wappler zwecks Bouquet geschrieben. Käthe braucht verschiedene Zeugnisse für die Hochzeit.

14. September 1944 – Bei Frau Joch gewesen. Fliegeralarm.

15. September 1944 – KbV. Käthe hat angerufen.

16. September 1944 – Habe Käthe angerufen. In Hartha gewesen, im Kino.

Brief an Käthe: *„Natürlich hätte ich auch gern gesehen, Dich am Sonnabend bei mir zu wissen, aber das sechste Kriegsjahr lässt es nicht zu. Ich werde am Sonntag Fußball spielen. Das macht mir auch Spaß."*

17. September 1944 – 5:30 Uhr geweckt, nach Hartha gefahren. Dort bei Vogt, Hugo umgezogen und nach Chemnitz schwarz gefahren. Dort spielen wir gegen Erfenschlag 8:1. Hänel, Erich, Blochwitz und Martin, Werner sind bei der Wehrmacht. Nach dem Spiel gut Mittag gegessen. In Hartha gab es bei Vogt, Hugo Gänsebraten. … Dann im Minkwitz Kuchen gegessen. Anschließend mit Herbach, Kurt eine kleine Trias gemacht. Es gab Sekt usw. 24 Uhr zu Hause.

18. September 1944 – Nachmittag bei Bernhard's. Bei Frau Joch Verdunklung in Ordnung gebracht. 22:30 Uhr Fliegeralarm.

19. September 1944 – Abends 22 Uhr kam Käthe. Vormittag war ich bei Käthe. Nachmittag fuhr sie ab.

20. September 1944 – Gezeichnet.

21. September 1944 – Bis 10 Uhr das Kompaniegelände verklebt, dann zu Frau Joch gefahren. Nachmittag zum Training nach Hartha gefahren.

22. September 1944 – Bis 9 Uhr herrlich geschlafen. Dann Gartenarbeit. Nachmittags die Pausen fertig gemacht. Abends den Grabstein Frau Joch gestellt. Vorbereitungen für die Hochzeit, die am 30. September 1944 stattfindet. Und ich legte mich in das Bett, in dem wir uns liebten.

23. September 1944 – 8 Uhr aufgestanden. Erich hat die Bude sauber gemacht. Abends fing es an zu regnen.

24. September 1944 – Vormittags für den Chef gearbeitet. Nachmittags mit Stör nach Hartha gefahren zum Spiel. BC Hartha gegen Polizei Chemnitz 1:0.

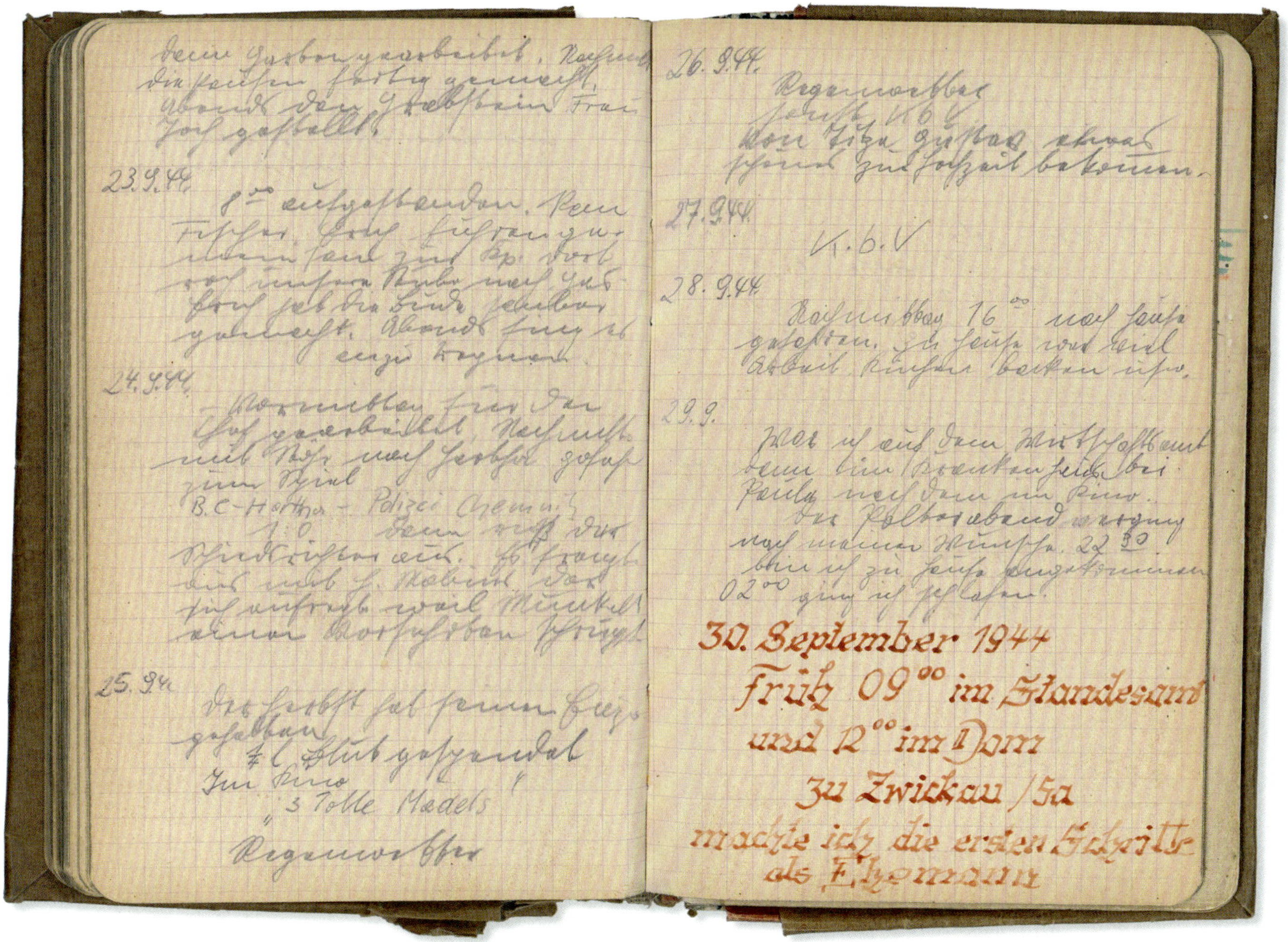

Aus dem Verlobten wird der Ehemann – und aus Fräulein Decker, Frau Fritzsch

Brief an Käthe: „Heute zum letzten Sonntag des ledig sein – sitze ich auf meiner Bude und feiere Abschied. Ich muss sagen, wäre Frieden, würde ich einen drauf machen. Leider ist es mir nicht vergönnt. Dies macht mich ja nicht traurig. Ich weiß ja, wen ich heirate und mit wem ich meine Sorgen gemeinsam tragen will."

25. September 1944 – Der Herbst hat seinen Einzug gehalten. Blut gespendet. Im Kino »3 tolle Mädels« (Spielfilm, 1942) Regenwetter.

26. September 1944 – Regenwetter. Sonst k.b.V. Von Dietz, Gustav etwas Schönes zur Hochzeit bekommen.

27. September 1944 – K.b.V.

28. September 1944 – Nachmittags 16 Uhr nach Hause gefahren. Zu Haus war viel Arbeit. Kuchen backen usw.

29. September 1944 – War ich auf dem Wirtschaftsamt. Dann im Krankenhaus bei Paula und dann noch im Kino. Der Polterabend verging nach meinem Wunsch. 22:30 Uhr bin ich zu Hause angekommen. 2 Uhr ging ich schlafen.

30. September 1944 – Früh 9 Uhr im Standesamt und 12 Uhr im Dom zu Zwickau machte ich die ersten Schritte als Ehemann.

1. Oktober 1944 – Früh mit alles in Ordnung gebracht. Nachmittags ging es nach Planitz.

2. Oktober 1944 – Vormittags Sachen in Ordnung gebracht. 18:13 Uhr fuhren Käthe und ich nach Leisnig.

3. bis 7. Oktober 1944 – Schöne Tage mit Käthe verlebt. Gut gegessen.

8. Oktober 1944 – Großer Bombenverband griff Sachsen an.

9. Oktober 1944 – Nach Hartha gefahren gegen Wehrmacht. Wir 3:1 verloren. Abends im Café Minkwitz Kuchen gegessen.

10. Oktober 1944 – Das Wetter hat sich geändert, Nebel. Meine Frau fuhr 14:45 Uhr nach Hause. Mittag rief Käthe an und sagte, dass nur Horch Bomben bekommen hat.

11. Oktober 1944 – K.b.V. Abends bei Schmidt, Walter im Zimmer gewesen.

12. Oktober 1944 – 4 Uhr Fliegeralarm. Käthe muss sich nun um eine Heiratsurkunde kümmern.

13. Oktober 1944 – K.b.V. Bis 24 Uhr gearbeitet.

14. Oktober 1944 – Viel Arbeit. Abends mit Schmidt, Walther und Braut im Café Meißner. 22 Uhr zu Hause gewesen.

15. Oktober 1944 – 5:30 Uhr aufgestanden. Nach Hartha gefahren. Dann von Waldheim nach Chemnitz. Von … nach Einsiedel gelaufen. War hübsch fertig auf den Beinen. Das Spiel gegen Viktoria gewannen wir mit 14:0. Abends im Minkwitz meinen Kuchen und Bratkartoffeln gegessen. Fritz Kindl getroffen, hat EK I.

16. Oktober 1944 – Seit Freitag schwer gewühlt.

17. Oktober 1944 – Es regnet.

19. Oktober 1944 – Fuhr ich nach Hause. Mein Chef will mich als Zeichner zu Großdeutschland versetzen. Gab mir gleich Urlaub.

21. Oktober 1944 – Musste ich zurückkommen. Wurde nach Döbeln in Marsch gesetzt.

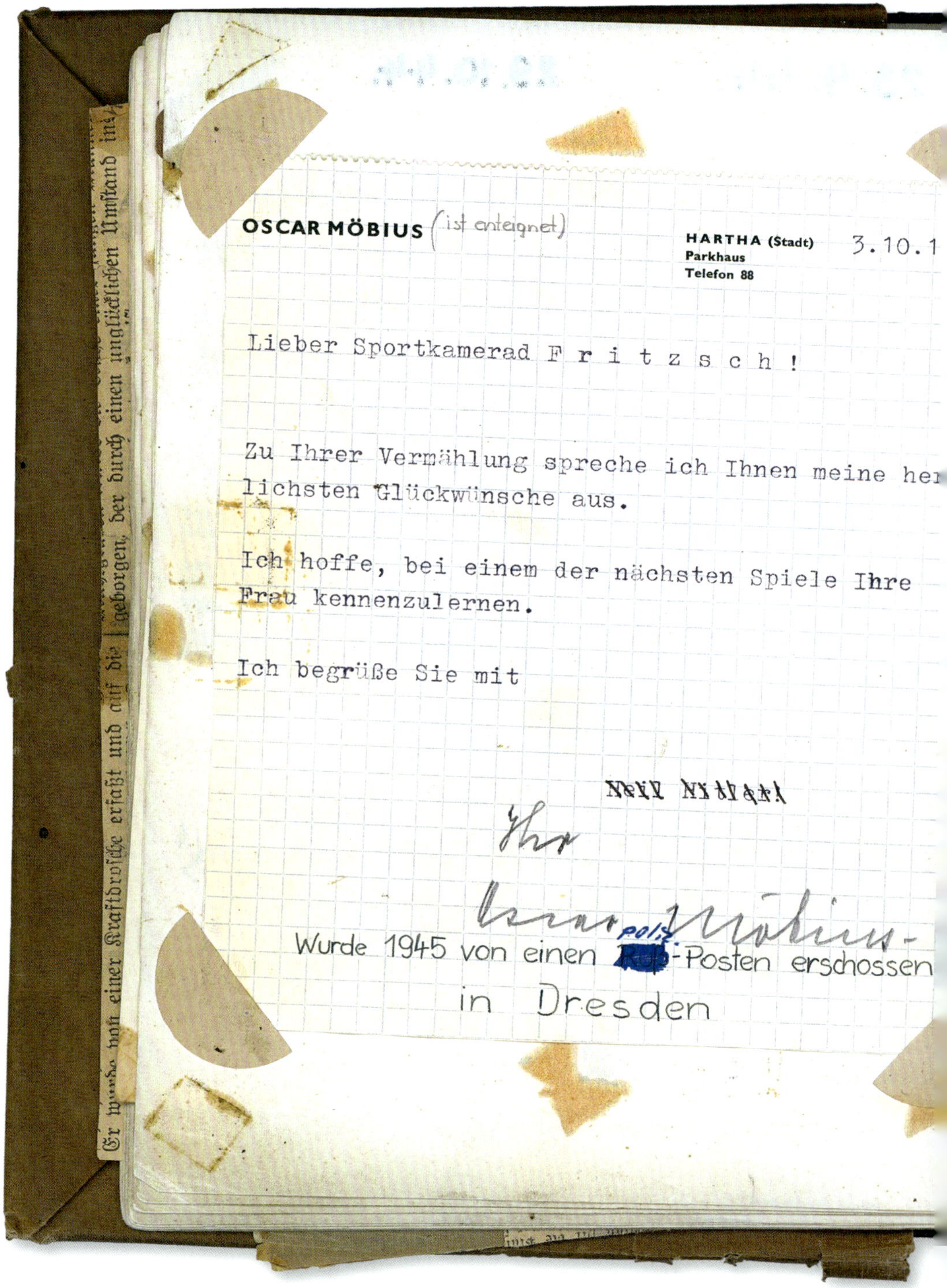

OSCAR MÖBIUS (ist enteignet)

HARTHA (Stadt)
Parkhaus
Telefon 88

3.10.1

Lieber Sportkamerad F r i t z s c h !

Zu Ihrer Vermählung spreche ich Ihnen meine her lichsten Glückwünsche aus.

Ich hoffe, bei einem der nächsten Spiele Ihre Frau kennenzulernen.

Ich begrüße Sie mit

Ihr

Oscar Möbius

Wurde 1945 von einen Pol.-Posten erschossen in Dresden

Glückwünsche vom Vereinsführer – alle Ergänzungen, inklusive der Streichung der Grußformel, kamen später dazu

Multifußballer Fritzsch – im Herbst 1944 kommt nach Planitz und Hartha mit der Wehrmachtself Döbeln eine dritte Mannschaft dazu

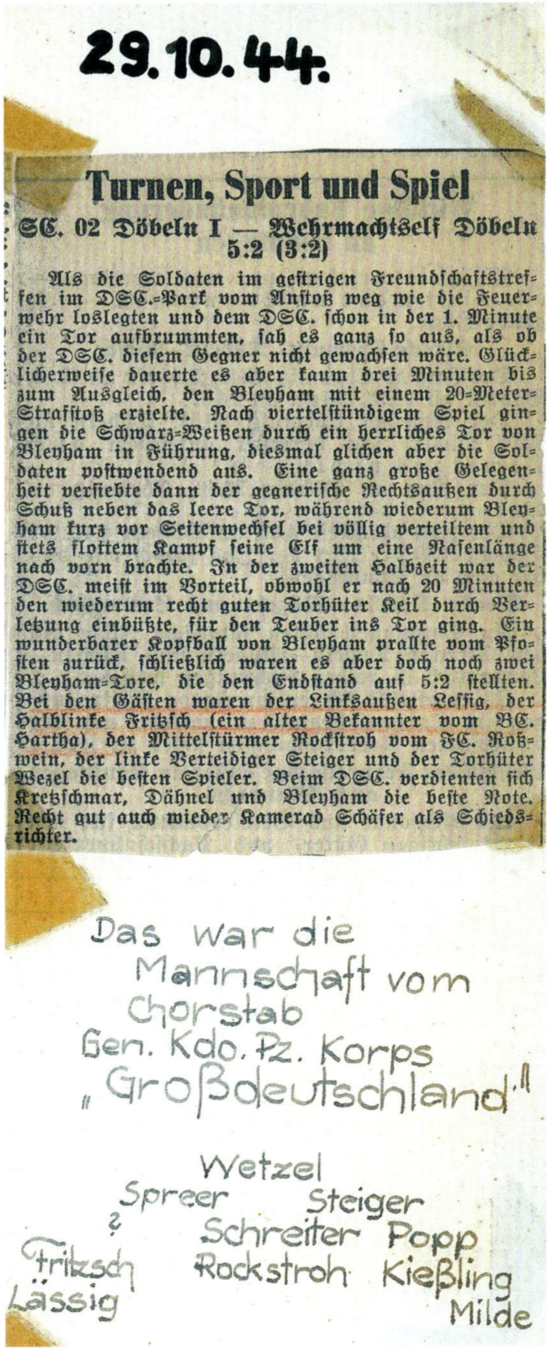

29.10.44.

Turnen, Sport und Spiel

SC. 02 Döbeln I — Wehrmachtself Döbeln 5:2 (3:2)

Als die Soldaten im gestrigen Freundschaftstreffen im DSC.-Park vom Anstoß weg wie die Feuerwehr loslegten und dem DSC. schon in der 1. Minute ein Tor aufbrummten, sah es ganz so aus, als ob der DSC. diesem Gegner nicht gewachsen wäre. Glücklicherweise dauerte es aber kaum drei Minuten bis zum Ausgleich, den Bleyham mit einem 20-Meter-Strafstoß erzielte. Nach viertelstündigem Spiel gingen die Schwarz-Weißen durch ein herrliches Tor von Bleyham in Führung, diesmal glichen aber die Soldaten postwendend aus. Eine ganz große Gelegenheit versiebte dann der gegnerische Rechtsaußen durch Schuß neben das leere Tor, während wiederum Bleyham kurz vor Seitenwechsel bei völlig verteiltem und stets flottem Kampf seine Elf um eine Nasenlänge nach vorn brachte. In der zweiten Halbzeit war der DSC. meist im Vorteil, obwohl er nach 20 Minuten den wiederum recht guten Torhüter Keil durch Verletzung einbüßte, für den Teuber ins Tor ging. Ein wunderbarer Kopfball von Bleyham prallte vom Pfosten zurück, schließlich waren es aber doch noch zwei Bleyham-Tore, die den Endstand auf 5:2 stellten. Bei den Gästen waren der Linksaußen Lessig, der Halblinke Fritzsch (ein alter Bekannter vom BC. Hartha), der Mittelstürmer Rockstroh vom FC. Roßwein, der linke Verteidiger Steiger und der Torhüter Wezel die besten Spieler. Beim DSC. verdienten sich Kretzschmar, Dähnel und Bleyham die beste Note. Recht gut auch wieder Kamerad Schäfer als Schiedsrichter.

22. Oktober 1944 – Bis 28.10.1944 nach Döbeln versetzt, zu einem Korps-Stab. Unser ehemaliger Divisions-Stab.

28. Oktober 1944 – 16:50 Uhr kam Käthe, brachte Übliches mit. Wohnten im Hotel »Zur Sonne«.

29. Oktober 1944 – Am Sonntag spielten wir gegen Döbelner Sportclub, verloren 5:2. Zu Mittag aß Käthe mit bei mir. Wurden überfett…

30. Oktober 1944 – 2:10 Uhr sind wir aufgewacht und wach geblieben. 6:01 Uhr fuhr sie ab. Regenwetter, abends sehr schöne Sonne. Zweimal Luftgefecht.

31. Oktober 1944 – Regenwetter. Luftschutz, sonst k.b.V.

1. November 1944 – V2 schießt.
Es regnet weiter im alten Stile. Musste zum Spieß wegen des Antretens zum Luftschutz. Käthe angerufen, nicht erreicht. Im Kino »Man rede mir nicht von Liebe«.

2. November 1944 – Den Tag lang Waffen gereinigt. Bin am Schloss aufgefallen. Zur Zeit bin ich noch ein Neuer, da ist es zu verstehen. Kino – CT: »Die Affäre Roedern« (Spielfilm, 1944)

3. November 1944 – Kartoffeln schälen, muss mich noch sehr an das senkrechte Schreiben gewöhnen. Käthe angerufen, nachmittags Sport.

4. November 1944 – Käthe kam 16:30 Uhr an.

6. November 1944 – 5 Uhr aufgestanden, sie zum Bahnhof gebracht. Habe etwas Arbeit gefunden und zwar im Geschäfts-Zimmer Kisten bezeichnet.

7. November 1944 – Geschäfts-Zimmer-Kisten beschriften.

Brief an Käthe: „Er meinte auch, was ich schon immer gesagt habe, dass der Krieg nur gewonnen werden kann. Also haben wir die Hoffnung, so immer vor Augen, dass dieser Krieg und das Blutvergießen nicht für die Katz gewesen sind. Trete jedem Meckerer stark entgegen und soll sich erst bewähren oder soll sich an die Front melden, um dort erst die Sorgen kennenzulernen und dann die Stimmung der Landser hören. Dies wäre nur mit bemerkt. Ich bin der Hoffnung, dass die versprochenen Waffen doch noch zur rechten Zeit ihre Wirkung zeigen oder glaubst du es nicht? V1 kam so überraschend, wie man es kaum glauben wollte."

8. November 1944 – Luftschutz

9. November 1944 – An Gerhard seine Einheit geschrieben.

10. + 11. November 1944 – K.b.V.

Brief an Käthe: „Meinen aufrichtigen Dank für Deinen Brief, über den ich mich wirklich gefreut habe. Leider muss ich diesen langweiligen Sonntag alleine verbringen, ist doch zu dumm. Aber man muss sich halt an den totalen Kriegseinsatz gewöhnen. Von Mutti und Lisbeth erhielt ich Post, der Inhalt ist nicht hübsch, so lange keine Lebenszeichen von Gerhard eintreffen, ist es zu verstehen. Mein Fuß hat scheinbar auch die Schnauze voll, es zuckt ab und zu einmal, scheinbar bekommen wir anderes Wetter. Gestern war ich im Kino, gespielt wurde »Glück bei Frauen« (Spielfilm 1943/44), Heesters hatte die Hauptrolle, der Film war nicht die Masse. Heute geht es in das Capitol-Theater, da gibt es Besseres. Morgen spielt die Wehrmacht gegen D.S.C. Da wird die Zeit wenigstens mir nicht zu lang. Ich hoffe doch, dass Du nächsten Sonnabend und Sonntag zu mir kommst. Bringe Folgendes mit: Die Tuschefüller, den 30 Gradwinkel, das Lineal, sonst wäre es weiter nichts. Und über Deinen Vorschlag, wenn Du zur Flak kommen solltest, dann wird sich ein Kind angeschafft. Am Montag werde ich Zimmer 16 bestellen."

12. November 1944 – Heute ist die Revanche gegen D.S.C. – wer gewinnt, schrieb ich nach dem Spiel. Es endete 5:0, es war zwar unglücklich ausgefallen, wurde verletzt durch einen Schuss in den Unterleib. Abends Luftschutz, Briefe geschrieben.

Brief an Käthe: „Überall behauptet man, dass ich ein großer Kinderfreund wäre. Wie wäre es, wenn wir uns so ein kleines Ding anschaffen? Dass die Antwort nicht leicht sein wird, verstehe ich, aber sag mir am Sonnabend Bescheid. Morgen bestelle ich das Zimmer."

13. November 1944 – Montag – nach ehemaligen Ausspruch wurde nicht gearbeitet. Man muss bald Handschuhe tragen. Von Gerhards Einheit eine Frau getroffen, die Post von ihrem Mann hat. Rätselraten, was ich meine, werde ich später niederschreiben können. Baden und im Kino gewesen mit Leistner und Rosenkranz.

15. November 1944 – Wie üblich Dienst gemacht. Training.

16. November 1944 – Straf-Exerzieren. Abends im Bad. Dann im Schützenhaus gewesen.

17. November 1944 – Kinokarten für 50 RM geholt. CT: »Die Degenhardts«

18. November 1944 – In unserer Stube ist es so kalt, dass die Schuhcreme ganz hart ist.... Appell. Käthe traf wie üblich um die selbe Zeit ein. Sehr schönes Wetter.

19. November 1944 – Gut gegessen. Zusammen im Kino in »Maske in Blau«. Training mit der Wehrmacht abgehalten.

20. November 1944 – Heute war es ein schöner warmer Morgen. Bis jetzt 78 Tage vom 20. November 1943 bis 19. November 1944. 14:10 Uhr fuhr Käthe ab Döbeln. Habe Luftschutz. Unser Zimmer ist umgezogen.

21. November 1944 – Fliegeralarm. 11:15 Uhr bis 12:45 Uhr. 13:15 Uhr hat Käthe angerufen und mir zum Geburtstag gratuliert. Vorläufig weiß man nicht, ob man gehauen oder gestochen ist. Es wird gesprochen, dass man wieder weg muss, weil man nicht in Großdeutschland ist, also doch ...

Brief an Käthe: „Nachdem der Fliegeralarm vorüber war, ging es zum Mittagessen. Weißkraut gab es, als Geburtstagsschmaus nicht die Masse. Dafür ist das Abendbrot besser eingerechnet, man spricht von Kartoffelsalat und Klops. Ich lass mich überraschen. Kaum war ich mit dem Waschen meiner Hände fertig, kam Leistner, Werner hereingefegt und schrie: „Käthe ist am Telefon". Kannst Dir vorstellen wie schnell ich unten war. Erst war mir der Schreck in die Knie gefahren, als ich dann Deine liebe Gratulation hörte, freute ich mich umso mehr darüber. Wenn ich an den 21. November 1943 in Leisnig denke. Es ist ja in meinem Tagebuch festgehalten: „Gegen 2 Uhr kann es gewesen sein, als mir ganz verstohlen und noch etwas schüchtern meine liebe Freundin Käthe, zum Geburtstag gratulierte." Das Geburtstagsgeschenk habe ich angerissen. Es ist sehr schön und lieb von Dir, mich zu verwöhnen. Der Kuchen und die Wurst, alles beides schmeckt vorzüglich. Mein Magen wird schon sagen, hier muss mal Lob sein."

22. November 1944 – Exerzieren. Nur eine Stunde. Leider ist es nicht die Masse – von den vielen Offizieren können nur wenige anständige Befehle geben. Die Frontlage an der Karte eingezeichnet. Training abgehalten. Abends im »Reichskanzler« beim Döbelner See gewesen.

23. November 1944 – Das Rätselraten geht weiter. Man spricht Einsatzurlaub soll ich fahren. Entscheidet sich erst. Im Bad gewesen.

24. November 1944 – Es hat sich scheinbar geklärt. Bis 22:45 Uhr gearbeitet.

25. November 1944 – Bis Mittag Dienst. Nachmittags Stube gesäubert. Abends im Schützenhaus Essen gewesen.

26. November 1944 – 10 Uhr begann das Spiel gegen 11 G.B.11 Es endete 11:1 für uns. Ich wurde am linken Fuß verletzt. Jetzt soll ich noch gegen Chemnitzer BC mitspielen. Das Spiel verlor Döbeln 7:1. Ich war Rechtsaußen. Sehr müde. Mein Urlaub ins Wasser gefallen.

27. November 1944 – Ein sehr schöner Tag. Heute Abend werden wir verladen Richtung Ostpreußen. Mit Käthe gesprochen. 20:30 Uhr zum Verladen auf dem Bahnhof. 3:15 Uhr waren wir fertig.

28. November 1944 – 5 Uhr Abmarsch. 6:45 Uhr ab Döbeln über

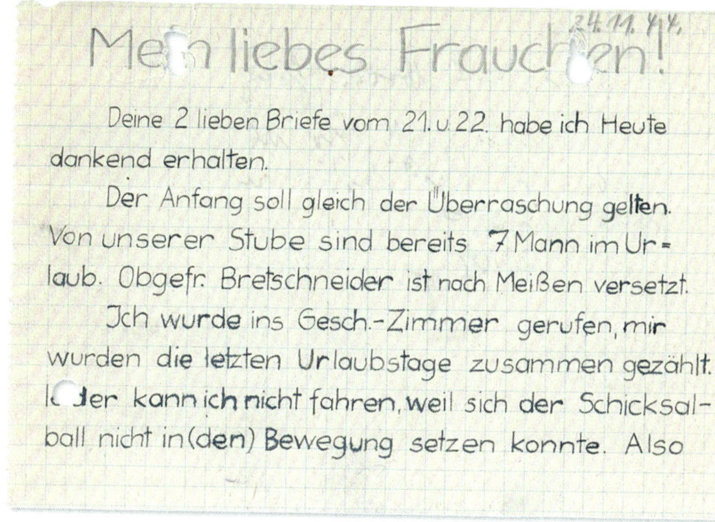
24.11.44.

Mein liebes Frauchen!

Deine 2 lieben Briefe vom 21. u. 22. habe ich Heute dankend erhalten.

Der Anfang soll gleich der Überraschung gelten. Von unserer Stube sind bereits 7 Mann im Urlaub. Obgefr. Bretschneider ist nach Meißen versetzt.

Jch wurde ins Gesch.-Zimmer gerufen, mir wurden die letzten Urlaubstage zusammen gezählt. Leider kann ich nicht fahren, weil sich der Schicksalball nicht in (den) Bewegung setzen konnte. Also

Riesa. Mittagessen in Cottbus 13-14 Uhr. Sehr schönes Wetter.

29. November 1944 – 8 Uhr in Altenstein. 15 Uhr Rothenburg. Diese Fahrt ist nicht zu beschreiben, besonders ist der Wagen zu benennen. Man kam sich vor wie im U-Boot. Zu Essen gab es genug, Schnaps und Zigaretten. Geschlafen haben wir fast überhaupt nicht. Es gehen Transporte von Ost nach West und West nach Ost. Wir haben ein ehemaliges Führerhauptquartier genommen. Eine wunderbare Kaserne.

Brief an Käthe: „Gestern Abend haben wir bis Dienstagfrüh 3:15 Uhr verladen, dann eine Stunde geschlafen. 5 Uhr war wecken und dann unverzüglich zum Bahnhof und in den Gepäckwagen des Zuges eingestiegen, wo wir von Montagfrüh bis Mittwoch 15 Uhr verbrachten. Solche Wagen sind natürlich kein Luxus. Für Lanzer aber gut genug. Warm ist es gewesen. Demzufolge nicht gefroren. Mit dem Essen war ich auch zufrieden. Schnaps gab es sogar. Am Nachmittag sind wir gelandet und zwar 80 Kilometer von der Front entfernt. Hier geht alles seinen gewohnten Gang weiter wie zu Hause. Feststellen konnte ich, dass hier sehr wenig kaputt ist. Unser Quartier ist eine Kaserne, besser gesagt ein Hotel »Zur goldenen Sonne«. Seidene Vorhänge, Läufer und ein Mobiliar – einfach schön... aber der Sieg ist nicht mehr weit entfernt. Darum macht mich das so stark."

30. November 1944 – Es sollte zwar weiter gehen, aber wie es bei der Wehrmacht zugeht, weiß nur ein Lanzer selbst. Eingepackt, ausgepackt, eingeräumt, ausgeräumt… so ging es den Vormittag bis 12 Uhr. 14 Uhr kam es heraus, dass wir doch hier bleiben. Es hat geschneit. Abends feste Briefe geschrieben.

1. Dezember 1944 – Auf Vorkommando nach Sensburg (heute: Mragowo) gefahren. Es war nicht die Masse. Die Gegend habe ich mir ansehen dürfen.

2. Dezember 1944 – In Rastenburg wieder eingetroffen. Ich weiß nicht, wie ich es machen soll wegen dem Urlaub. Ich kann sofort fahren, aber …

3. Dezember 1944 – Da ich mich noch kein Mal über meine neue Heimat schriftlich ausgelassen habe, so soll es heute zum Sonntag geschehen. In meiner Volksschulzeit ist man auch auf Ostpreußen zu sprechen gekommen. Unser kleines Gehirn merkte sich bestimmt viel, z. B. … und die Pferdezucht… schöne Häuser usw. Dieses Mal sieht man es mit anderen Augen, da man so viel andere Länder kennenlernte. So kann man schon etwas sagen. Die Menschen leben sehr einfach und auch fehlt es manchmal an mehr Sauberkeit. Die Bauernhöfe müssten schon längst ihre Höfe gepflastert haben. Heute habe ich erstmals eine Karte angefertigt. Laufend klebte ich am Zeichenstift. Genau eine halbe Stunde vor der Zeit war ich fertig gewesen. Man muss sich erst an diese neue Arbeit gewöhnen. Es wird die ersten Tage etwas Zigarren geben. Das muss sein, sonst lernt man es nie. Den ganzen Tag ging unser Radio. So eine Sache gefällt einem. Unser Feldwebel Gefreiter Biel, blieb natürlich zu Hause. Mein Urlaub ist zu 50 zu 50 genehmigt.

4. Dezember 1944 – Urlaub ist genehmigt. Es wurde mir vom Kommandanten, Oberstleutnant Weber, die Nahkampfspange verliehen. 16 Uhr zum Bahnhof gelaufen.

5. Dezember 1944 – Nachtlager, Bahnfahrt. Bin 18 Uhr zu Hause eingetroffen. Überraschung war groß.

6. Dezember 1944 – Bombenabwurf, Fliegeralarm.

7., 8., 9. Dezember 1944 – K.b.V.

10. Dezember 1944 – Wenn man fortgeht, hat man nichts davon.

11., 12. Dezember 1944 – Immer bis mittags Fliegeralarm.

13. Dezember 1944 – Fliegeralarm. Bei Lotte gewesen. 14 Uhr baden gewesen.

15. Dezember 1944 – Mutti 30 RM bezahlt wegen meiner tollen Verdunklung.

16. Dezember 1944 – Planitz – bis Sonnabend und Sonntag.

17. Dezember 1944 – Bei Mutti gewesen. Verdunklung in Ordnung gebracht. Zu Mittag in Oberhohndorf eingetroffen. Fotoaufnahmen gemacht. Luftgefecht.

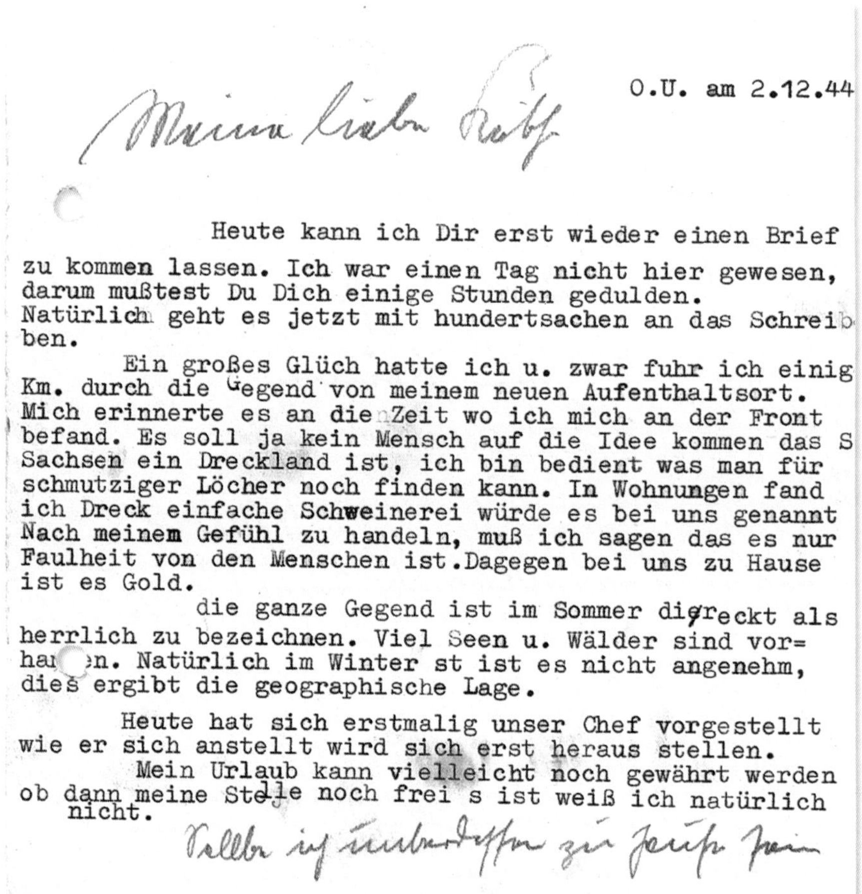

O.U. am 2.12.44

Heute kann ich Dir erst wieder einen Brief zu kommen lassen. Ich war einen Tag nicht hier gewesen, darum mußtest Du Dich einige Stunden gedulden. Natürlich geht es jetzt mit hundertsachen an das Schreib ben.

Ein großes Glüch hatte ich u. zwar fuhr ich einig Km. durch die Gegend von meinem neuen Aufenthaltsort. Mich erinnerte es an die Zeit wo ich mich an der Front befand. Es soll ja kein Mensch auf die Idee kommen das S Sachsen ein Dreckland ist, ich bin bedient was man für schmutziger Löcher noch finden kann. In Wohnungen fand ich Dreck einfache Schweinerei würde es bei uns genannt Nach meinem Gefühl zu handeln, muß ich sagen das es nur Faulheit von den Menschen ist. Dagegen bei uns zu Hause ist es Gold.

die ganze Gegend ist im Sommer dirreckt als herrlich zu bezeichnen. Viel Seen u. Wälder sind vorhanden. Natürlich im Winter st ist es nicht angenehm, dies ergibt die geographische Lage.

Heute hat sich erstmalig unser Chef vorgestellt wie er sich anstellt wird sich erst heraus stellen.

Mein Urlaub kann vielleicht noch gewährt werden ob dann meine Stelle noch frei s ist weiß ich natürlich nicht.

18. Dezember 1944 – Zur Firma gegangen. Seit Sonnabend begann die Offensive bei Luxemburg. Deutsche Offensive im Westen.

19. Dezember 1944 – Karten angefertigt, abends das Kinostück »Konzert« im Astoria angesehen. Schönes Wetter.

20. Dezember 1944 – Seitdem ich auf Urlaub bin, war jeden Tag mindestens 1 Mal Alarm oder Vorwarnung. Planitz. Wenn man in den Betrieb geht, um ehemalige Kameraden zu besuchen, findet man allgemein gute Stimmung, nur wenige Lumpen haben zu meutern. Schwimmen gewesen. Kino. Frau Krügel einen Besuch abgestattet.

21. Dezember 1944 – Luftgefahr wie üblich. Beim Friseur gewesen, sehr kalt draußen.

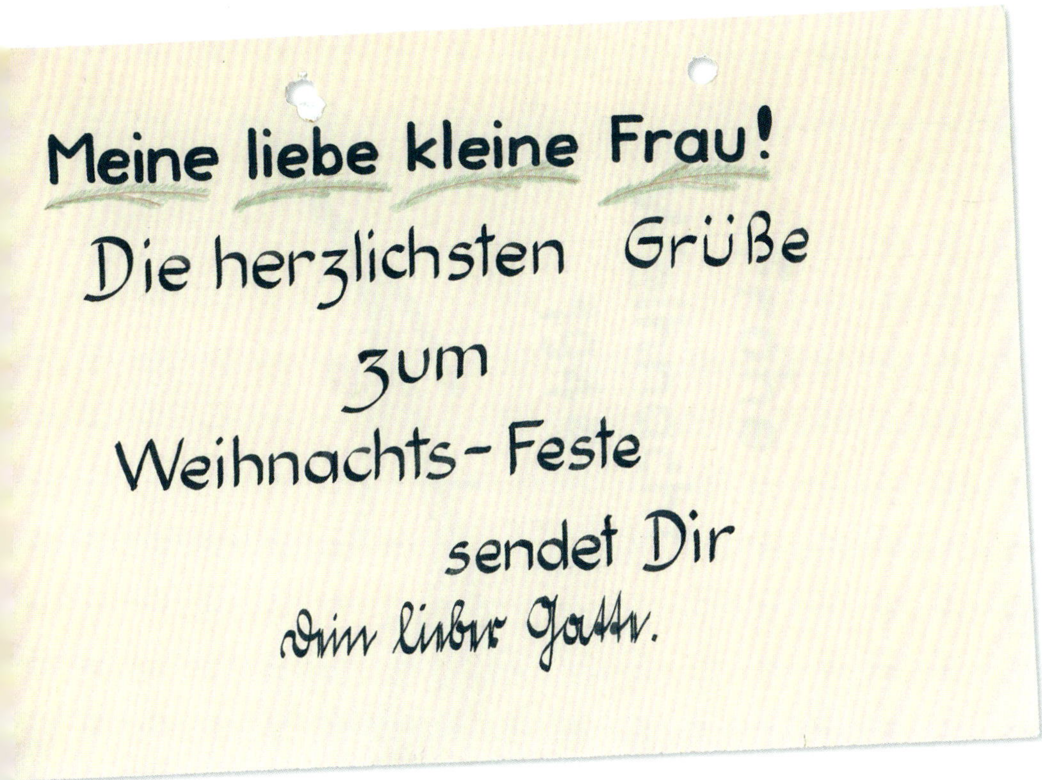

22. Dezember 1944 – Ein sehr kaltes Wetter.

23. Dezember 1944 – Alarm, sonst kbV. Bilder geholt.

24. Dezember 1944 – Heiliger Abend. Vormittag war ich in Planitz. Das Wetter ist sehr kalt und trocken. Abends 18 Uhr kam Mutti, anschließend machte ich Weihnachtsmann. 24 Uhr gingen wir schlafen.

25. Dezember 1944 – Erster Feiertag. Zum Mittag großer Fliegeralarm. Anschließend gab es Mittagessen.

26. Dezember 1944 – Den Vormittag gut verbracht. Nachmittag ging es nach dem Bahnhof, um meine Rückreise anzutreten.

27. Dezember 1944 – 18 Uhr traf ich in Kötzborn ein. Ein Dorf mit 12 Familien, aber sonst ist es hier in Ordnung. Es gibt kein Bier, Laden, Kino.

Brief an Käthe: „Also ich wäre wieder bei meinem alten Haufen. Nach 24-stündiger Fahrt angelangt. Wir liegen nicht mehr dort, als ich auf Urlaub fuhr, sondern 70 Kilometer nördlich. Mit der Kleinbahn fuhr ich nochmal 12 Kilometer. Der Ort besteht aus 12 Häusern und einem Gut. Mein Chef fragte mich wegen Vaterschaft. Na kannst dir vorstellen, wie mir es war."

28. Dezember 1944 – Arbeit gibt es genug. Habe Wache. Erster Schnee, Essen ist gut.

Brief an Käthe: „Ich tue es auch gerne, denn jeder Deutsche muss sich jetzt restlos einsetzen, um den Krieg siegreich zu beenden."

29. Dezember 1944 – Sportschießen.

30. Dezember 1944 – 21 Uhr haben wir Kötzborn verlassen. Während der Fahrt im Auto eine Kälte war es.

31. Dezember 1944 – Vormittag 11 Uhr sind wir im neuen Unterkunftsraum eingetroffen. Hätte fast vergessen, dass heute Silvester ist. Bei uns sieht es sehr mager aus. Nichts zu trinken, wenn es so weitergeht, kein Licht. 18 Zigaretten an Feldwebel Müller…
NEUES JAHR

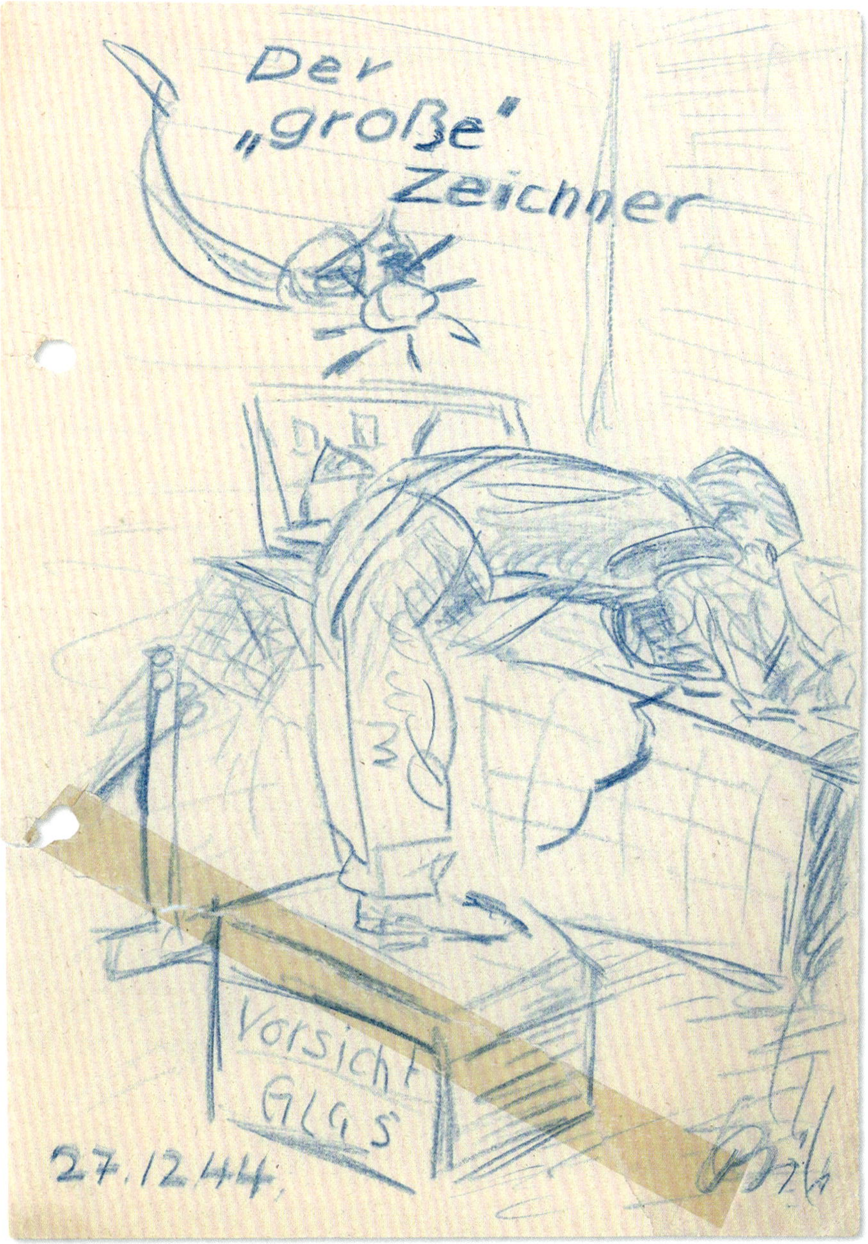

So sieht sich Fritzsch bei seiner Arbeit selbst

1. Januar 1945 – Unser Chef hat mit uns Silvester gefeiert. 4:30 Uhr ging es ins Bett. Hauptmann Ritter-Schalke I C beim PC …

Brief an Käthe: „Obwohl erst heute mein Brief abgegangen ist, sollst Du wissen, dass ich trotz der weiten Entfernung Dich immer bei mir habe und an Dich denke. Als ich ankam, fand ich einen Unteroffizier vor, meinen Chef und einen Oberleutnant. Der Hauptmann ist ein feiner Mensch, am wohlsten fühlt er sich bei uns. Zur Zeit sitzt alles in der Stube, der eine liest, der andere schreibt oder lauscht dem Rhythmus der Musik. Du siehst, besser kann es uns nicht gehen. Mein Arbeitsplatz befindet sich am Fenster, wo die Karten hinkommen, versorge ich mir einen Kleiderschrank. Dein Bild hängt vor mir, sein Liebstes, was man besitzt, macht man dort auf, wo es einen am besten gefällt. Den Tisch überzog ich mit Glanzpapier, alles in bester Ordnung. Heute war Neujahrsfeier, als Sprecher hörten wir unseren General. Er drückte sich aus, dass wir unseren Mann stehen werden und gleichzeitig erinnerte er uns an die Worte, die der Führer zum Volke gesprochen hat. Nun, mein lieber Räuber, wie geht es Dir überhaupt? Ich hoffe, dass Dein Schmerz jetzt etwas vorbei sein wird . Glaube nur nicht, ich bin von Dir so leicht weggefahren, wie ich es vortäuschte. Es tat mir selbst weh, als sich der Zug in Bewegung setzte und sich immer weiter von Dir entfernt. Aber jetzt bin ich darüber weg, weil es hier allen so geht, das macht einen stark. Das hoffe ich auch von meiner so lieben Frau, mach Dir bitte keine unnötigen Sorgen. Meine Parole kennst Du, ich will keine abgehärmte Frau vorfinden, wenn ich vom Kriege zurückkehre.“

2. Januar 1945 – Wache 2 bis 4 Uhr. 24 Uhr … Die Wäsche imprägniert. 13 Uhr wieder einmal ausgezogen. Dieses Mal hat es sich verlohnt. Zeichner und Dolmetscher eine Stube für sich. Das Schlafzimmer geteilt. Petersen, Fritz, Biel, Holm und ich geschlafen in Betten oder auf dem Sofa. Bis 22:30 Uhr gearbeitet.

3. Januar 1945 – Ein Regenwetter sowie Glatteis. Schon zwei Stunden brennt kein Licht. Bis 24 Uhr gearbeitet.

4. Januar 1945 – Die Arbeit blüht. Leistner, Werner und Offizier Erwins versetzt. Erstmalig 23 Uhr schlafen gelegt.

5. Januar 1945 – Schießen bis 9:30 Uhr. Den ganzen Tag am Tisch gesessen und gearbeitet. Heute gab es abends warm. Karten für Oberstleutnant und Balduin von Schiering angefangen. Von Mutti Post erhalten. Das Gerhard geschrieben hatte, seit September 1944 hatte er geschwiegen. Bis 22:30 Uhr gearbeitet.

6. Januar 1945 – Heute haben wir es verschlafen, und zwar eine Dreiviertelstunde. Ab morgen ist 6 Uhr wecken. Das Wetter ist noch nicht wie Winter. Bis 24 Uhr gearbeitet, dann gewaschen.

Brief an Käthe: „Ich schrieb dir schon einmal mit, wo ich mit ausdrückte, dass man hier sich zu 60 Prozent in Russland fühlt. Denn, der Abort befindet sich 50 Meter vom Hause weg. Das Wasser holt man sich an der Pumpe. Dreck befindet sich auch hier. Wir wohnen zwar in einem besseren Haus, Spinnengewebe findet man fast in jeder Ecke eines Zimmers, also das sind eben Grenzdeutsche… Erschüttert bin ich gewesen, dass es sich wieder eingestellt hat. Wenn man sich damit abgefunden hat, und es kommt das Gegenteil, ist man schon durcheinander (sag ich Kind). Eines Teils bin ich froh, dass wir beide nach dem Krieg uns etwas schaffen können.“

7. Januar 1945 – Sonntag ist es. Habe ununterbrochen gearbeitet, bis 21 Uhr. Schöne Soldatenwünsche im Radio. Selber Wache haben. 24 Uhr schlafen. Man ist total fertig und arbeitet täglich 18-20 Stunden.

8. Januar 1945 – Wiederum verschlafen. 7:30 Uhr. Neuschnee 6 cm. Karte für Schiering weitergemacht. Abends eine neue Weltkarte angefertigt für 1A Major. 23 Uhr Beck von Breuchsritter…

9. Januar 1945 – Post von Oberstleutnant Kolb erhalten. Der Tag ging so mit der Arbeit. Ab 18 Uhr konnte ich bis 23:30 zeichnen.

10. Januar 1945 – Ein kalter Wind weht. Ab 23:45 bis 2:30 gezeichnet.

11. Januar 1945 – 2 Originale angefertigt. Es taut! Scharfschießen gehabt. Karten aufgefüllt. Päckchen abgeschickt.

12. Januar 1945 – Kino abends: »Venus vor Gericht« (Spielfilm, 1941), dann bis 2 Uhr gearbeitet. 6 Uhr aufgewacht, wegen dem Frauchen?

13. Januar 1945 – Neue Pause angefertigt. 21:30 kam die Arbeit, bis 2:30 habe ich gezeichnet.

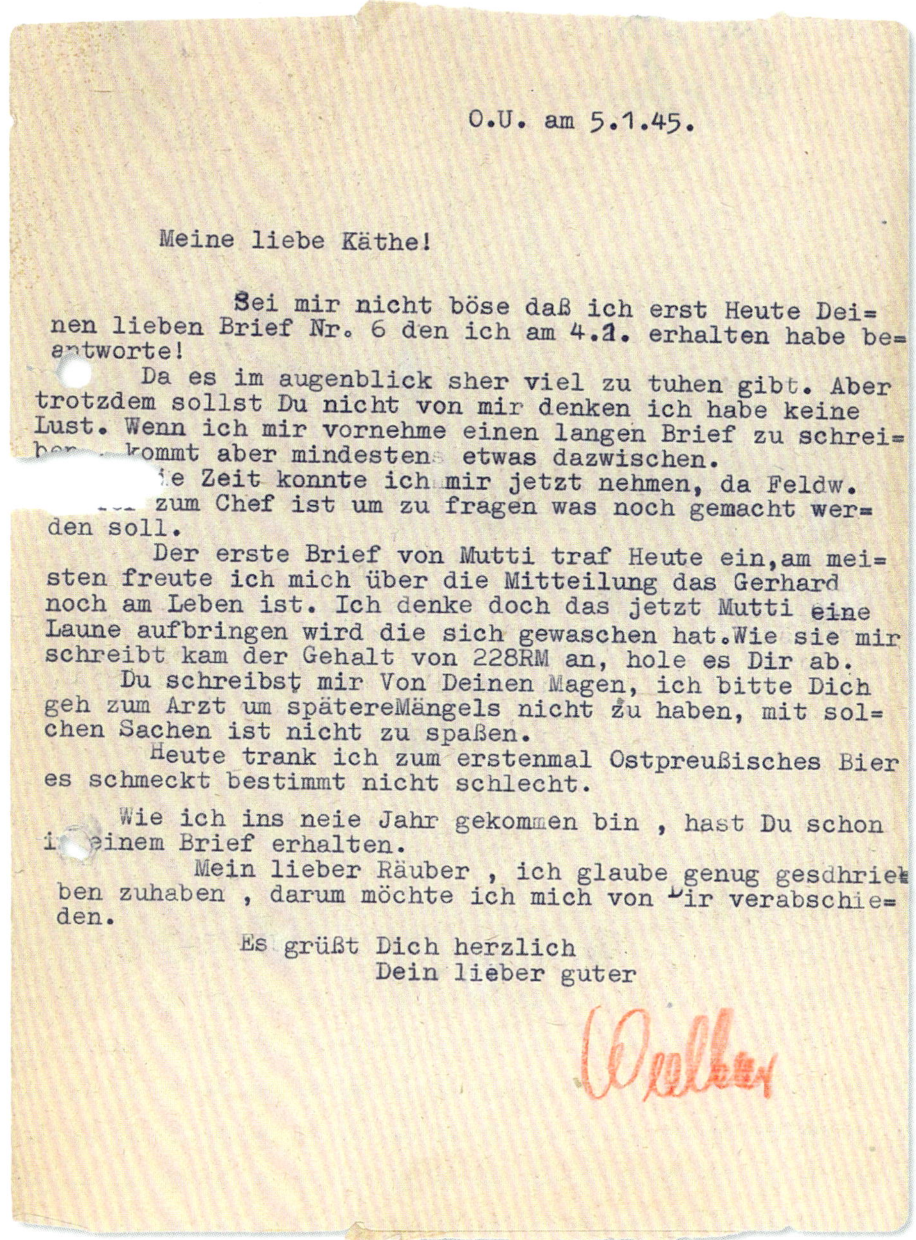

O.U. am 5.1.45.

Meine liebe Käthe!

Sei mir nicht böse daß ich erst Heute Deinen lieben Brief Nr. 6 den ich am 4.1. erhalten habe beantworte!

Da es im augenblick sher viel zu tuhen gibt. Aber trotzdem sollst Du nicht von mir denken ich habe keine Lust. Wenn ich mir vornehme einen langen Brief zu schrei= be[illegible] kommt aber mindesten[illegible] etwas dazwischen.

[illegible]e Zeit konnte ich mir jetzt nehmen, da Feldw. [illegible] zum Chef ist um zu fragen was noch gemacht wer= den soll.

Der erste Brief von Mutti traf Heute ein, am meisten freute ich mich über die Mitteilung das Gerhard noch am Leben ist. Ich denke doch das jetzt Mutti eine Laune aufbringen wird die sich gewaschen hat. Wie sie mir schreibt kam der Gehalt von 228RM an, hole es Dir ab.

Du schreibst mir Von Deinen Magen, ich bitte Dich geh zum Arzt um spätereMängels nicht zu haben, mit sol= chen Sachen ist nicht zu spaßen.

Heute trank ich zum erstenmal Ostpreußisches Bier es schmeckt bestimmt nicht schlecht.

Wie ich ins neie Jahr gekommen bin , hast Du schon i[illegible]einem Brief erhalten.

Mein lieber Räuber , ich glaube genug gesdhrieben zuhaben , darum möchte ich mich von Dir verabschie= den.

Es grüßt Dich herzlich
Dein lieber guter

Walter

14. Januar 1945 – 6 Uhr aufgewacht, dann zu Zettel Ia zeichnen gegangen. Und von 9 bis 10:15 Ziellinien. gemacht. Dann ununterbrochen gezeichnet. Jetzt ist es 22 Uhr, ob Schluss ist? Und wieder einmal war es soweit.

15. Januar 1945 – Zum Einsatz gefahren, bis 1:30 gezeichnet. Der Iwan bekam nette Sachen auf 25 Panzer, 32 Hasen

16. Januar 1945 – 8 Uhr. Aufgestanden, über Praschnitz (heute: Przasnysz, nördlich von Warschau) Bomben gefallen. 1 Uhr Chorzele (30 km nördlich von Przasnysz) verladen. Nach 3 Stunden Wartezeit. Hauptmann vorausgefahren. Bis zum 18. Januar 1945 im PKW Bahntransport bis 20 km vor Litzmannstadt (Łódź) gefahren. Es war eine Hundekälte im Auto. Frei Haus abgeladen, jedes Fahrzeug einzeln runter gefahren. Hier ist man erschüttert, was da rückwärts marschiert. Eine reine Flucht. 19 Uhr umhergezogen. Das Quartier ist die Masse. Der Mann spricht perfekt deutsch. Bin gespannt, was da uns noch blüht. Wollte Käthe schreiben, hat aber keinen Zweck. Es geht keine Post weg. Muss erst alles wieder in Ordnung sein.

19. Januar 1945 – 3 bis 5 Uhr, 3/4 6 Abfahrt Litzmannstadt. Vor allem möchte ich festhalten, dass die polnische Bevölkerung große Angst vor den Russen hat. Ströme von Zivilisten ziehen in Richtung Westen. Russische Schlachtflieger griffen in die Rollbahnen laufend ein. Ein Haus als Quartier, einfach erschütternd. So sauber sah man selten ein Gut. Leider waren sie schon weg. Wir aßen Eier und Speck. 15 Uhr reisten wir ab. Nach einigen Stunden Fahrt fanden wir ein großes Gut als Quartier. Man weiß nicht, was los ist. 100 Schweine, 200 Kühe, die Polin raucht schwer Zigaretten.

20. Januar 1945 – Ja, wie soll man schreiben. Frl. Henze zirkelt durch die Gegend. Abends treffen wir erstmalig unseren Hauptmann wieder. Brücke gebaut, Wache gehabt. Großer Bombenangriff.

21. Januar 1945 – 5 Uhr. Abgefahren, 7 km vor Schieratz (heute: Sieradz), vorläufig ist es noch ruhig. Nebliges Wetter, keine Fliegertätigkeit. In der Stube bleiben. Zur Zeit ist noch alles ruhig, was die Nacht bietet, weiß man nicht. Quartier: sehr nette Leute. 4 fette Kühe, Schafe und 4 Schweine. Rakowice (Dorf, 8 km vor Sieradz)

22. Januar 1945 – Unverändert Nebel

23. Januar 1945 – Es kommen welche vom Weichselbogen. Die Sache wird ernst, 14:30 abgefahren. Warburg, Popov. Man sieht viele tote Zivilisten.

24. Januar 1945 – Zum ersten Mal ist klares Wetter. Es kam Sprit, Flugzeuge gelandet. Polen, Deutsche ausgeklinkt.

25. Januar 1945 – 3/4 4 angefahren nach Sonnenfeld, kalte Füße. Zu Mittag ein Essen wie man es selten geboten bekommt. Abends 23 Uhr in Richtung Westen, dem Iwan entgegen. In den polnischen Dörfern und Städten wehen die polnischen Flaggen. 26 Panzer bei uns abgeschossen, kalt.

26. Januar 1945 – Karloylin, Quartier, ein toller Schuppen. Gegessen herrlich, Wasserkessel.

27. Januar 1945 – Flieger bringen laufend Sprit und Munition. 16:30 abgefahren. Wir schlängeln uns durch die feindlichen Linien.

28. Januar 1945 – 3 Uhr auf Feind. gestoßen. 12 Russen aus unserem Dorf geholt. Früh gekocht. 8 Landser mit zertrümmerten Schädel vorgefunden. 6 Uhr Hühner, Gänse und Schweinebraten und Kartoffeln und Erdbeeren gegessen. Man hat zwar zu Essen, aber… Oberleutnant Kelborn hat Kuchen gebacken, 4 Hühner geschlachtet. Heute an meine Frau und Mutti geschrieben. Sonntag, man soll es kaum glauben. Der Iwan hat im Eilzug nett geplündert. 8 Soldaten den Kopf zerspalten. 17:30 Uhr auf zum Landungskommando. Es wurden etliche 100 Bomben, Sprit und Munition abgeworfen. Die alten… Ju52 brachten Sprit und nahmen Verwundete mit.

29. Januar 1945 – Diese Aktion ging bis 6:30, 8 Uhr abgefahren mit Petersen ins Reich. Man sieht, wie der Iwan gewesen ist, 12:30 in Glogau angekommen. Was man mit uns machen will, weiß man auch nicht. Nun geht es weiter, und zwar nach Sagau, wir wurden schon… Eine Nacht geschlafen. Schneewehen am laufenden Band. Geschippt und nochmals geschippt. Wir sollen in eine… als Schütze gehen. Unruhe an der Spitze.

30. Januar 1945 – Machtübernahme 1933. Es geht weiter. Zu Mittag Kartoffeln mit einigen Fleischbatzen gegessen. Man muss sich fragen, was das werden soll. Das ganze Vieh und Getreide sowie Kartoffeln geht uns verlustig. Hoffentlich klappt die Sache mit un-

serem Haufen. Zur Staffel gezogen. Schön geschlafen. Marsdorf/ Sorau. Der Führer sprach. Die Lage ist ernst.

31. Januar 1945 – Quartier gemacht. Schule ausgeräumt. Es werden Grenadiere eingesetzt. Hoffen wir, dass alles klappt. Das Wetter gut.

Brief an Käthe: *„Aber die Hoffnung zum Sieg verliere ich trotz der verzweifelnden Lage nicht. Ich werde zur Schützenkompanie abgestellt und hier werde ich meine Pflicht 100-prozentig ausführen. Ich weiß, warum ich es tun werde. Der Russe darf nicht weiter ins Herz Deutschlands ziehen. Meine liebe Käthe, dich soll kein Iwan in die Finger bekommen, lieber sterbe ich, aber du sollst leben. Dafür stehe ich gerade. Es muss jeder Deutsche seine Pflicht tun und noch mehr tun, man muss alles Bequemliche ablegen. Der Krieg muss und wird gewonnen werden. Es soll sich kein Deutscher einbilden, dass der Russe anständig ist. Die deutschen Frauen lernten den Iwan kennen. Wir befinden uns nordöstlich von Breslau, es hat sich geändert. Ich befinde mich seit 12 Uhr in Glogau."*

1. Februar 1945 – Der Tag verging ganz nett. Wir werden nach Lottbur gehen. Das Essen gut auch. Brief für … Kymmt erledigt. Abends bei Schreiber, Heinz gut gegessen. Grog.

Brief an Käthe: *„Zur Zeit befinde ich mich in Ruhe. Die Gegend ist Glogau bis Cottbus. Man merkt nur, dass Krieg ist, weil die Bevölkerung noch zurückkommt, aber die Hoffnung des Sieges lasse ich nicht fallen. Da unser General von Soucken sagte: „…auch wenn die Lage beschissen ist, sie kann nur durch eine schlechtere abgelöst werden". Also auf zum Befreiungskampf bis zum Sieg. Ich kann mir vorstellen, wie du beängstigt bist, als keine Post von mir eingetroffen ist. Ich freue mich, dass ich noch am Leben bin und auch bis auf Weiteres bleiben werde."*

2. Februar 1945 – Meine Gasmaske in Schuss gebracht. Hasenbraten gegessen. 15 Uhr abkommandiert zu Versorg. Regiment 500 mit Pitorsen usw. Richter H.K.P. neu meine Planausrüstung übergeben. Sorau Kaserne sehr nett.

3. Februar 1945 – Bis 5:30 Uhr etwas geschlafen. Fertig gemacht zum Abfahren. Abgeblasen. Bleiben vorläufig noch hier. Ich fahre den Mercedes mit Gott. Richter für 4,5 t. Der Russe greift bei Glogau an. Eine neue Parole gehört »Berl.« Wache gehabt. Ja man fragt sich, was das noch werden soll. Hoffentlich klappt alles.

4. Februar 1945 – 2:30 Uhr geweckt. Es ist Wehrmachtsreisetag. Munition geholt. Waren. Den ganzen Tag herumkutschiert. Bunzlau Sprottau. Als es finster wurde, ging es weg. Munition abgeladen. 20 Uhr in einem luftgekühlten Quartier, weil ein Kamerad mit der Panzerfaust spielte. Eine ältere Frau vor Glogau gab uns den Sonnenberger Schmaus. SIR

5. Februar 1945 – 6 Uhr wecken, Regenwetter, technischer Dienst. Uns wurde übliches von der neuen Kompanie erzählt. Ein Quartier hatten wir, die Frau mit drei Kindern. Kampf bei Primkonau … (?)

Brief an Käthe: *„Ich mache jetzt eine schönere Arbeit und zwar Nachschubfahrer. Muni usw., man weiß nicht, warum es gut sein soll. Am Sonntagnachmittag lagen wir auf der Straße. Natürlich, um nicht zu frieren, gingen wir in ein Haus. Die Besitzerin war sehr gut und bewirtete uns mit Speck, Fett und Sirup sowie Brot. Man sagte uns, alles wollte sie geben, die Hauptsache, der Krieg wird gewonnen. Abends ging es in ein Quartier. Da hatte ein Kamerad mit der Panzerfaust gespielt und die Scheiben damit entfernt. Eine junge Frau mit drei Kindern, so was ist sehr schlecht."*

6. Februar 1945 – 3:30 Uhr geweckt. 5:45 Uhr abgefahren. 15 Kaliber Munition geholt und vorgebracht. 12 Uhr zu Häusergenossen. 16 Uhr abgefahren. Kocherds Waldau. 18:15 Uhr verrichtet. In den … geladen. 22 Uhr eingetroffen. Es gab Scho-Ka-Cola. Frontpaket, Dropse und Zigaretten.

7. Februar 1945 – 5 Uhr wecken. 6 Uhr abgefahren. Die Minen vorgebracht. Zwei Brote von Scheibe, Heinz bekommen. Ein Kalb und Holz aufgeladen. 12 Uhr zurückgekehrt. Mich gewaschen. Bei der Gu. Staffel gewesen. Das Wetter war heute schön, Wache gehabt.

Brief an Käthe: *„Heute machte mir der Wehrmachtsbericht Sorgen, und zwar weil Chemnitz angegriffen worden ist. Man befindet sich einige Kilometer von der Heimat entfernt und weiß nicht, was los ist."*

Der Dresdner Altmarkt nach der Zerstörung im Februar 1945

8. Februar 1945 – 6 Uhr wecken. 7 Uhr antreten. 8 Uhr weggefahren. Kommandiert zur 8. Vers./Regiment – hier wird noch eine gute Verpflegung geboten. Natürlich muss man schwer arbeiten. Ein Mercedes Diesel mit 4,5 t gibt's jetzt. Klappt ja alles noch mit Nachschub.

9. Februar 1945 – Gegen 19 Uhr brachen einige Panzer durch und machten wieder alles verrückt. Zwei wurden wieder geknackt… Verlegungsfahrt. 3:30 Uhr in Kahn, 5:30 Uhr geweckt. Wie wird das enden? Sprit aufgeladen. Den ganzen Tag mit ihm durch die Gegend gefahren. Im Flughorst Schrabben dort geschlafen. In einem Zimmer, wo sich früher reiche Helfer aufhielten. Ich war erschüttert.

10. Februar 1945 – Früh schön gewaschen und rasiert. Einen Brief geschrieben. Mit dem Flugzeug nach Leipzig gegangen. Den Sprit fahren wir noch spazieren. Abends 17 Uhr mich gewaschen.

11. Februar 1945 – Hirschfeldau (Jelenin) 22 Uhr weggefahren. Nach Seehammer Sprit abgeladen, dann über Sagau nach Hermsdorf. Säuhämmer Sohrau. 12 Uhr bei der Kompanier eingetroffen. Erstes Mittagessen nach Marketenderware von der JU-Staffel bekommen. Heute ist Sonntag, sonst vergisst man es ganz. Nachmittag aufgetankt. Die Wagen mussten schon wieder zum Einsatz stoßen. Bekommen die drei Tage Verpflegung nach.

12. Februar 1945 – Früh 6 Uhr abgefahren nach Pribus. Munition abgeholt. Die Arbeiterinnen kommen in unsere Gegend. Ein Werk, was einer kaum finden kann. 13 Uhr abgefahren. 17 Uhr in Kochsburg eingetroffen. Ein Quartier mit Betten, anständig gewaschen, herrlich, ohne geweckt zu werden durchgeschlafen.

13. Februar 1945 – Haben getankt. Bekleidung gefasst, zum Arbeiten. Zum Mittag bekamen wir von der Wirtin Schwarzbeeren, abends Brief geschrieben. Wache zweimal.

Brief an Käthe: „Man denkt und der liebe Gott lenkt. Ja ich habe den Glauben an ihn noch nicht verloren und werde ihn auch nicht verlieren. Er wird schon dem Führer den richtigen Weg zeigen, wie er sein Volk aus dieser unglücklichen Lage befreit. Diese Millionen Opfer können doch nicht umsonst gewesen sein? Aber man soll nicht murren und klagen."

14. Februar 1945 – Schlechten Traum gehabt. Vormittag umgeladen. Brief geschrieben. Man wird bald unruhig. Nachmittag ein Schaf geschlachtet. Bei der Wehrmacht lernt man alles kennen. Lämmel, Rudi zur Führungsstaffel zurück. In dem Quartiert wurden etliche Einmachgläser vorgefunden. Haben viel vergraben bei Kochsdorf. Nachmittag weggefahren, Birkenstedt. Wie überall das selbe Bild.

15. Februar 1945 – Wache gehabt. Regentropfen. Die Wohnung in Ordnung gebracht. Schwere Bomberverbände überflogen das Dorf. 17 Uhr abgefahren. In der Schule zu Weißwasser geschlafen. Wache.

16. Februar 1945 – Es ist etwas gefroren. Technischer Dienst. Etwas Munition gefahren. Quartiert in zwei Betten, nicht die Masse. Sauberkeit! 22 Uhr abgefahren um Sprit zu laden, bis kurz vor Sohrau. Nicht geschlafen. 21:30 Uhr

Das zerbombte Dresden – die Sophienkirche am Postplatz.
Und ein Maler auf dem Trümmerberg der Frauenkirche

17. Februar 1945 – 9:30 Uhr zurück. Nochmals in Kochsdorf bei Kochs gewesen. Uns wurde Schinkenbrot gereicht. Mittagessen. Der Nachmittag verging auch ruhig. 19 Uhr mich schlafen gelegt.

18. Februar 1945 – Es ist Sonntag. Eine große Überraschung – es gab Post für mich. Die letzte erhielt ich am 16. Januar 1945. Bis 11:30 Uhr technischen Dienst. Wie werden wir siegen? Nachmittag den selben Dienst. 20 Uhr Fliegeralarm. 21:30 Uhr schlafen gelegt.

19. Februar 1945 – 2 Uhr geweckt worden. Zum Einsatz fahren bis 5:45 Uhr. Herumkutschiert, dann ging es wieder in unser Quartier. Kalt. 13 Uhr ging es weg nach Peitz über Cottbus. Cottbus ist ganz schön zur Sau gemacht durch die Flieger.

20. Februar 1945 – Das Gefasste nach Zossendorf. 4:30 Uhr angekommen, Fliegeralarm. Bis 11 Uhr geschlafen. Mittag gegessen und in die Sonne gesetzt. Sehr schönes Wetter. 16 Uhr nochmals ins Quartier gegangen. Von Frau Stein Kirschwein ergattert. Zum Abschied gegessen. 17:30 Uhr Weißwasser verlassen über Spremberg. Weißwasser 22 Uhr Quartier bezogen. Im Kino war »Das Schlafgemach«.

21. Februar 1945 – Es regnet. Sehr schönes Essen, Haare geschnitten. Kino gehabt, Wache 4-6 Uhr, Marketenderware.

22. Februar 1945 – Das Wetter ist wie gestern. Es rumst in der nächsten Umgebung. 10:30 Uhr abgefahren, nur drei Kilometer weiter. Eine Gruppensiedlung, Brigittenhof. Bei einer sauberen Familie mich gründlich gewaschen und meine Wäsche gewaschen. Sie staunten, dass ein Mann so schnell so was fertig bringt. Leider dürfen wir nicht hier schlafen, da wir keine Offiziere, sondern Mannschaften sind. Familie Wilhelm Krüger, Brigittenhof bei Spremberg. Helga Schulz auch Brigittenhof, Saarweg 24. Zwei Flaschen

wurden von Frau Schulz gestiftet. 22 Uhr schlafen gelegt in Cottbus. Die Helga war in Zwickau und erzählte mir, dass alles noch in bester Ordnung sei.

23. Februar 1945 – Die Frau gibt sich viel Mühe mit uns. Heute flickte sie eine Jacke und Socken. Durften in dem Quartier schlafen. Der Spieß ist ein patenter Kerl. Außer dem Chef. Es gab Schnaps, nachmittags einige Zeichenarbeiten gemacht. Regenwetter.

Brief an Käthe: *„Ausdrücken kann ich es nicht, was einem zugemutet wird. Der Herr Hauptmann wohnt 1a und seine Soldaten schlimmer als die Russen. Dies ist der große Unterschied zu meinem alten Chef. Er lag mit uns auf Stroh und hauste mit im selben Haus. Also siehst, wie es eben bei der Wehrmacht zugeht.“*

24. Februar 1945 – 6:45 Uhr mit Valentin den Anhänger abgeladen. Habe Halsschmerzen. Hoffentlich habe ich keine Angina. Wache über Mittag. Abends bei Schulze einen gemütlichen Abend gemacht.

25. Februar 1945 – Wehrmachtsreisetag. Gingen zum Stab zurück. Der Unterschied ist groß. 20 Uhr sollten wir wegfahren, aber es klappte nicht.

26. Februar 1945 – Schloss Lieskau – 8:15 Uhr abgefahren. Kurz vor dem Ziel ist uns der Reifen geplatzt. Ich soll zu meiner alten Abteilung gehen. Bin eingetroffen und schon ging die Arbeit los bis 24 Uhr.

27. Februar 1945 – 7:30 Uhr aufgestanden. Jetzt beginnt die Arbeit wie im Muschaken. Größte Fischzucht Deutschlands.

Brief an Käthe: *„Eins steht fest, den Hass der Deutschen werden die Kriegsverbrecher zeitig genug bekommen, dafür wird der Führer schon Sorge tragen… Über dein kleines Foto freute ich mich bestimmt. Enttäuscht bin ich trotzdem gewesen, weißt du warum? Du siehst sehr schlecht aus. Ich schätze sogar, dass du gealtert bist.“*

28. Februar 1945 – Verlegt. Spreefurth ein Schloss. Das Zimmer hat früher den Herrschaftskindern als Spielzimmer gedient. Stroh heruntergeworfen. Staub in rauen Mengen. Bis 1:30 Uhr gearbeitet. Schönes Wetter.

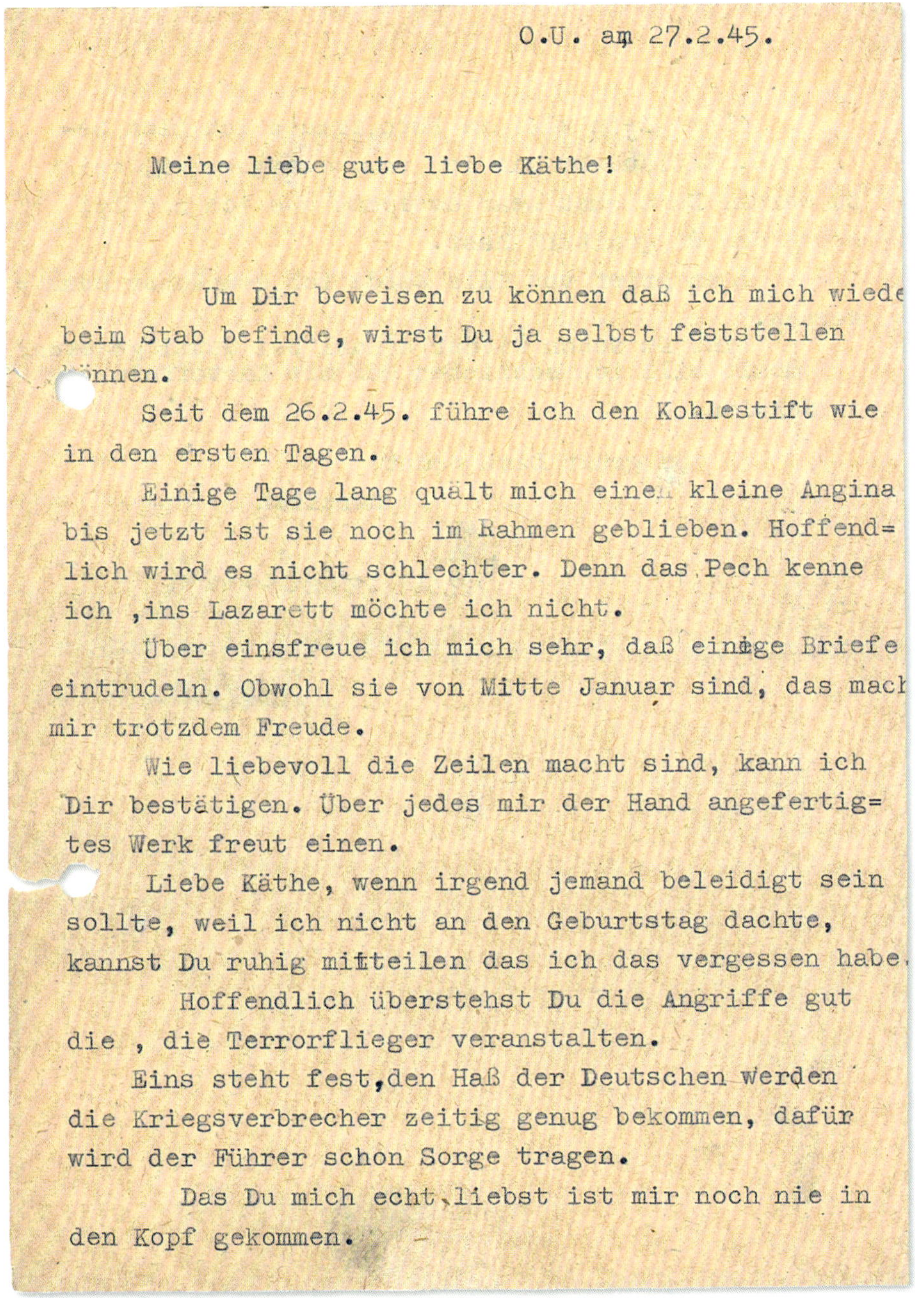

O.U. am 27.2.45.

Meine liebe gute liebe Käthe!

Um Dir beweisen zu können daß ich mich wiede beim Stab befinde, wirst Du ja selbst feststellen können.

Seit dem 26.2.45. führe ich den Kohlestift wie in den ersten Tagen.

Einige Tage lang quält mich eine kleine Angina bis jetzt ist sie noch im Rahmen geblieben. Hoffendlich wird es nicht schlechter. Denn das Pech kenne ich ,ins Lazarett möchte ich nicht.

Über einsfreue ich mich sehr, daß einige Briefe eintrudeln. Obwohl sie von Mitte Januar sind, das mach mir trotzdem Freude.

Wie liebevoll die Zeilen macht sind, kann ich Dir bestätigen. Über jedes mir der Hand angefertiges Werk freut einen.

Liebe Käthe, wenn irgend jemand beleidigt sein sollte, weil ich nicht an den Geburtstag dachte, kannst Du ruhig mitteilen das ich das vergessen habe.

Hoffendlich überstehst Du die Angriffe gut die , die Terrorflieger veranstalten.

Eins steht fest,den Haß der Deutschen werden die Kriegsverbrecher zeitig genug bekommen, dafür wird der Führer schon Sorge tragen.

Das Du mich echt liebst ist mir noch nie in den Kopf gekommen.

1. März 1945 – Spreefurth an der Spree. Die Arbeit vergeht. Bei einer riesigen Arbeit merkt man, wie lange man nicht aus der Bude kommt. Schlafen kann man nicht, wie es der Körper eigentlich verlangt, aber der Krieg benötigt das jeder alles von jetzt an dem Krieg habe zuzuführen… Frühlingswetter. 1:30 Uhr schlafen gelegt.

2. März 1945 – 6 Uhr wecken. Exerzieren. Ganz schön geschneit. Heute kam einige verlaufene Post an. Es waren 15 Briefe gewesen. Zeitig ins Bett gegangen.

Brief an Käthe: *„Wenn man sich überlegt, vor zehn Jahren und noch mehr, spielten die Kinder der Herrschaften in diesem Zimmer. Sie wurden erzogen und gelehrt. Schon die Tapete zeigt es an, sauber ist der Bau schon. In manchen Räumen erkennt man noch, dass hier Ritter gewohnt haben müssen. Ausrüstung ist noch vorhanden. Ein Park – einfach herrlich, muss es da im Frieden gewesen sein. Glaub mir, beim Nachschub hat es mir besser gefallen. Ich merke es an meinem ganzen Körper. Die Schuld schiebe ich auf die lange Arbeitszeit von 8 Uhr bis 2 Uhr nachts, das hält kein normaler Mensch aus. Mit der Verpflegung wird es etwas schlechter, aber es ist immer noch besser als in Leisnig. Heute habe ich den ersten guten Arbeitsplatz, eine große Tischtennisplatte und ein Kinderzimmer als Wohnung für uns sechs Männer. Die Größe beträgt 12x12 Meter, also die Erinnerung an ein Schulzimmer wacht in mir auf. Ein großes Schloss ist das Quartier.“*

3. März 1945 – Wie soll man sagen, Arbeit gibt es. Ein herrlicher Tag, leider kann man das Wetter nicht ausnutzen. Bilder von Käthe erhalten. Konnte lange nicht schlafen.

4. März 1945 – 6 Uhr aufgestanden. Kam kaum zu Verstande. Laufend Gefangene. Es schneit und regnet, bis 23:30 Uhr.

Brief an Käthe: *„Deine Zeilen zeigen mir, dass du zu mir ein ehrliches gutes Frauchen bist. Du hast vollkommen Recht, der liebe Gott hat uns beide bis jetzt behütet und beschützt, vor allen Gefahren, die uns drohten. Ich glaube, dass wir zwei nach diesem gewaltigen Ringen unser richtiges Eheleben beginnen können, wenn es Gott will.“*

5. März 1945 – 6 Uhr angefangen.

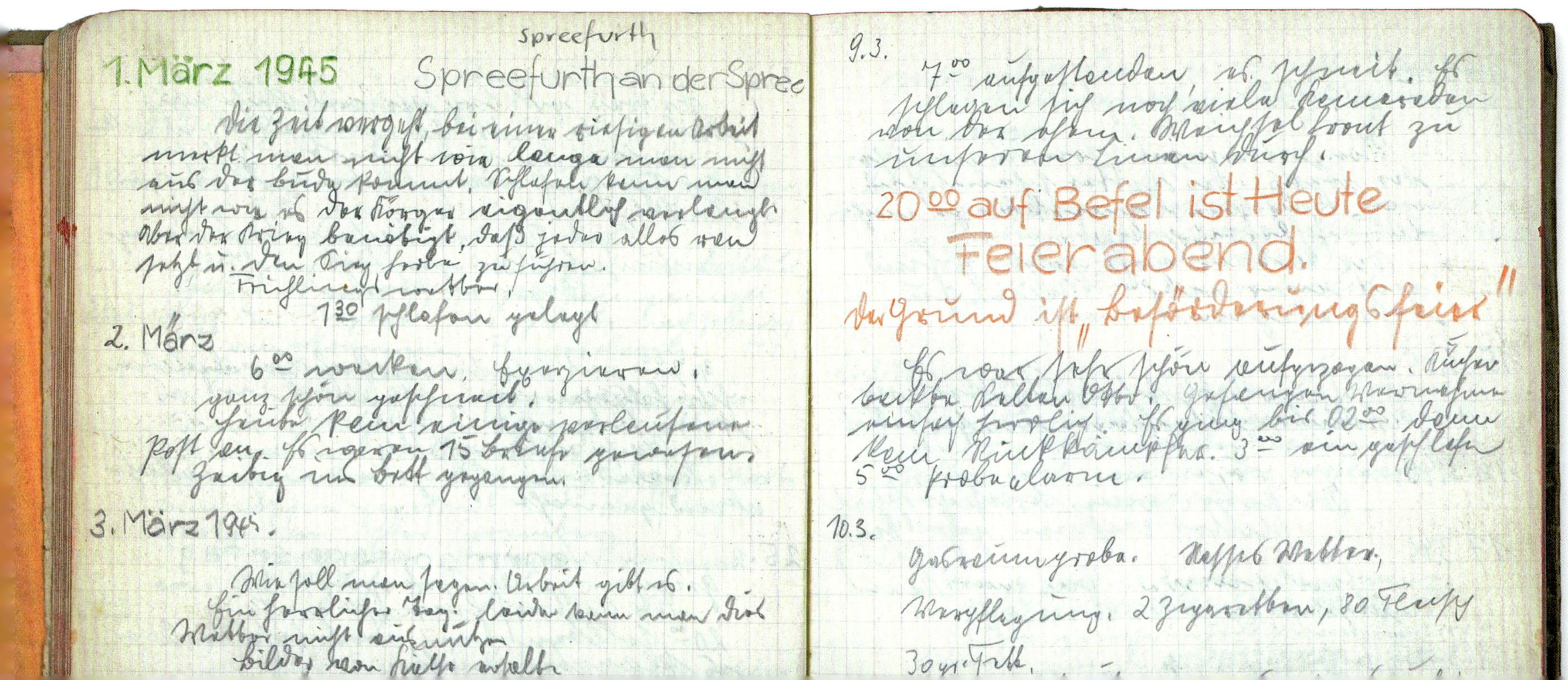

6. März 1945 – Die Tage vergingen wie üblich.

Brief an Käthe: *„Mit Grauen muss ich die Luftlage ständig hören, entweder über Hannover-Braunschweig oder in Sachsen. Wenn man sich fast in greifbarer Nähe befindet und man weiß, dass Chemnitz angegriffen wird, kann man nervös werden. Ja, wenn ich auch immer schreibe, mir geht es sehr gut, so erinnere ich mich immer der Stunden, die ich in schwerer Zeit durchmachen musste. Denn hier bin ich der Gefahr nur zu 50 Prozent ausgesetzt. Glaub mir, wenn ich so viel auf Arbeit hätte schaffen müssen, so hätte ich in der Woche 200 RM verdienen können. Karten werden laufend angefertigt oder geändert."*

7. März 1945 – Bis 1:30 Uhr gearbeitet.

8. März 1945 – 5:45 Uhr aufgestanden und es ging weiter mit Bleistift und Tusche. Heute ging es bei mir bis 22:30 Uhr.

9. März 1945 – 7 Uhr aufgestanden. Es schneit. Es schlagen sich noch viele Gemeinden von der ehemaligen Weichselfront zu unseren Linien durch. 20 Uhr auf Befehl ist heute Feierabend. Der Grund ist Beförderungsfeier. Es war sehr schön aufgezogen. Kuchen wurde von Kelten, Otto gebacken. Gefangen…(?) wahrnehmen einfach herrlich. Es ging bis 2 Uhr. Dann keine Rückkämpfer. 3 Uhr eingeschlafen. 5 Uhr Probealarm.

Brief an Käthe: *„Nun schwebe ich in großer Sorge um dich und alle zu Hause. Die Flieger müssen ja furchtbar hausen. Hoffentlich klappt es mit unserem Sieg, sonst ist alle große Mühe und die große Leistung der Front und Heimat umsonst gewesen."*

10. März 1945 – Gas-Raum-Probe. Nasses Wetter. Verpflegung zwei Zigaretten, 80 g Fleisch, 30 g Fett. Heute ging es etwas ruhig zu.

Brief an Käthe: *„Will dich erst in einigen kurzen Worten hineinversetzen lassen, was uns unsere Beförderten boten. Am besten verstehe ich mich mit Otto Kelten aus Wesel im Rheinland. Ein guter und treuer Ehemann. Von Beruf Konditor. Er servierte uns ein geschlagenes Kompott mit einem Kuchen, der an den Frieden erinnerte. Etliche Flaschen Schnaps wurden sichergestellt. Der gemütliche Abend begann mit Kuchen und Bohnenkaffee. Natürlich in Bescheidenheit. Wir lachten uns kaputt, bis 2 Uhr ging es. 3 Uhr legten wir uns auf unsere Lagerstätten nieder. Genau 5 Uhr war ein Alarm für uns gewesen, der sich bis 6:30 Uhr hinzog. Als ich in das Schloss zurückkam, ging ich zur Gasraumprobe. Nach Beendigung dieser ging ich wieder an die Arbeit. Nun muss ich sagen, dass der Krieg gewonnen wird. Die Heimat muss noch aushalten, damit der Schlussrundenkampf für uns entschieden werden wird."*

Planitz nach dem Bombenangriff im März 1945

11. März 1945 – Sonntag. An Johann Farber Nürnberg. Der Russe greift bei Muskau an. Abends machte Stelten, Otto ein Essen. Es ging zeitig schlafen, 22:30 Uhr.

12. März 1945 – Zwei Stunden Graben geschippt. Bis 24 Uhr aufgeblieben. Gezeichnet.

13. März 1945 – 16-18 Uhr geschanzt, sonst hatte ich nichts Neues zu berichten.

Brief an Käthe: *„Stell dir vor, ich habe mir das Rauchen angewöhnt, aber mich kann man nur mit sehr sehr guten Zigarren haschen, denn wenn man nachts so lange aufbleiben muss, brauchen die Nerven etwas zum Aufputschen, sonst schläft man ein."*

Ein Bombentrichter auf dem Marktplatz von Planitz

14. März 1945 – 7-9 Uhr geschippt, man vernimmt schon das Zwitschern der Vögel. Das Wetter scheint sich nach Frühling bemerkbar zu machen. 20 Uhr schlafen gelegt. Die Arbeit geht jetzt. Es sind auch nur noch zwei Mann zu befriedigen.

Brief an Käthe: *„Leider konnte ich dich damals nicht im Kaiser ansprechen, da warst du ein kleiner Räuber gewesen und hast nur mit Bekannten getanzt. Denn ich traute mir nicht richtig das Tanzen zu. Und langsam drängelten wir uns zur Wehrmacht, weil die kleinen Fräulein nur von Soldaten in ihren Armen gehalten werden wollten. Und es ging schneller als ich ahnte, aber dann wurde es ernst und es ging nach dem gefürchteten Osten. Zwei Jahre hat der liebe Heiland meine Gebete von Mutti und mir erhört. 1943 brachte mir meine Wendung im Leben. Du tratest in meinen Kreislauf ein. Keiner wollte zugeben, dass einer den anderen gut leiden oder sogar lieben tat. Wenn ich ehrlich bin, dauerst du mich, dass du dir so eine Sorge aufgehängt hast. Keiner weiß, ob man sich lebend wiedersieht."*

15. März 1945 – *Eine sehr schöne Witterung. Amerikanische Bomber überflogen unser Gebiet.*

16. März 1945 – *An Käthe einen Brief geschrieben.*

17. März 1945 – *Haarschneider. Einen Amerikaner abgeschossen.*

18. März 1945 – *Es ist Sonntag. Das Wetter hat sich negativ geändert. Bei uns ist es vorläufig noch ruhig. Man macht sich auch Sorgen, wenn das mit dem Bombenterror nicht aufhört. Aber was kann uns das erschüttern. Der Krieg muss doch für uns gewonnen werden, so oder so. Hoffen wir das Beste. Wie üblich nachmittags geschont. Schönes Wetter.*

Brief an Käthe: *„Ich habe einfach keine Ruhe, wenn ich Dir nicht einige Zeilen zukommen lassen kann. Eine Sorge bedrückt mich und das ist der verflixte Terror. Man fragt sich nur, wie das die Welt mit ansehen kann, wenn unschuldige Menschen so hingemordet werden. Hoffentlich kommt eine Wendung durch eine höhere Macht. Wir alle hassen schon langsam den Feind, ob es der Russe oder der Amerikaner ist. Dieses Mordgesindel wird schon noch die Peitsche zu spüren bekommen. Ich kann mir nicht vorstellen, dass wir die Besiegten sein sollen. Denn es geht noch alles seinen gewohnten Gang. Auch wenn es mit der Verpflegung etwas schlecht aussieht. Ich hoffe doch, dass man es aushalten kann und muss. Kommst Du mit der Verpflegung aus? Wie gerne würde ich Dir meinen Teil teilen, obwohl ich auch 30 g Fett und 80 g Fleisch bekomme. Aber zu hungern brauchen wir nicht, ich komme immer aus. Meine liebe Käthe, wie ich Dich kenne, bist Du eine tapfere Soldatenfrau und ich bin der festen Überzeugung, dass ich mich auf dich verlassen kann. Ich liebe immer noch nur Dich und da kann auch keiner etwas daran machen. Ich habe Dich ja nicht aus Zeitvertreib geheiratet, sondern aus fester innerer Liebe und Überzeugung, dass Du eine ehrliche und hübsche Frau bist. Ich bete ständig zum lieben Heiland, dass er uns beide am Leben hält."*

Längst hat sich die deutsche Zivilbevölkerung an den Sirenen-Ton gewöhnt. Der Fliegeralarm gehört zum Alltag, verbunden mit endlosen Nächten in Luftschutzbunkern oder Hauskellern. Verändert hatten sich die Ziele der amerikanischen oder britischen Langstreckenbomber. Seit 1943 gehören vermehrt deutsche Städte dazu. Mit der systematischen Bombardierung reiner

Wohnviertel soll der Verteidigungswillen der deutschen Bevölkerung gebrochen werden. Lübeck, Rostock, Köln und Hamburg wurden so Opfer der Spreng- und Brandbomben. Ab März 1944 konnten sich die Alliierten der Luftherrschaft über Deutschland sicher sein und so legten sie eine Stadt nach der anderen in Schutt und Asche: Braunschweig (Oktober 1944), Freiburg im Breisgau (November 1944) und das alte Ulm (Dezember 1944), gefolgt von Magdeburg (16.1.1945), der wohl schwerste Angriff auf Berlin (3.2.1945), Dresden mit den verheerenden Folgen (13.2.1945), Plauen (23.2.1945), das Stadtgebiet von Leipzig und Halle (27.2.45), Essen (5.3.1945) und Dortmund (12.3.1945).

Diese, nur sehr unvollständige Auflistung, muss am 19. März 1945 durch Zwickau und den Stadtteil Planitz ergänzt werden. An diesem sonnigen Frühlingstag heulen um die Mittagszeit die Sirenen, Voralarm. Knapp eine Stunde später fallen die ersten Bomben. Die Häuser werden von schweren Detonationen erschüttert. Menschen bangen in den oft unzureichenden Luftschutzbunkern um ihr Leben. Die Flak-Abwehr spielt keine Rolle, da fast alle Geschütze zur Ostfront abgezogen worden sind. So legen die Piloten ihre Bombenlast wie einen Teppich des Grauens über Zwickau. Besonders betroffen ist, neben der Nordvorstadt um den Hauptfriedhof, der Zwickauer Westen rund um das Varieté »Lindenhof« und auch der Stadtteil Planitz, wo 78 Einwohner ums Leben kommen. Insgesamt sind in Zwickau, einschließlich Planitz und Cainsdorf, mindestens 441 Todesopfer zu beklagen.

Veranstaltungsplakat von 1937 – acht Jahre später werden die Bomben Wirklichkeit

„20. März 1945 – K.b.V.

21. März 1945 – Frühling beginnt. Geschippt. Ganz herrlich. Es macht Laune, das Naturerwachen noch sehen zu können.

Brief an Käthe: „Heute früh wurde der Frühling mit einem netten Feuerüberfall eingeleitet, wo ich nicht erfreut darüber gewesen bin. Wenn man so vor sich träumt und sieht dann das Frühlingserwachen, kommt man auf andere Gedanken. In unserem Schlosshof kann ich selbst ersehen, wie die Krokusse aufblühen. Die Natur ist doch der beste Architekt… Der Endkampf wird nun bald beginnen. Wer den stärkeren Glauben und Nerven besitzt, soll nach Marx den Feind auf die Knie zwingen. Meine liebe Käthe, sollte uns das Schicksal doch noch eine schwere Prüfung auferlegen, dann lege ich es in Gottes Hände. Er wird es richten, wie er es vorhat. Das eine sage ich, wenn es schief geht, werden wir uns nicht mehr wiedersehen können. Die letzte Patrone wird für mich aufgehoben. Für mich wäre es eine Strafe mit anzusehen, wie die Russen vergewaltigen sollen. Nein, das will ich nicht erleben, meine Liebe. Ich bin der Überzeugung, dass du es nicht so weit kommen lässt, aber mein liebster guter Räuber, es kommt nicht so weit, der Tag wird kommen, dass wir wieder vorwärts eilen werden. Denn das Wiedersehen wird herrlich, wenn alles zerstört ist, die Hauptsache, du bist noch am Leben. Sollte von mir mal über acht Wochen keine Post eintreffen, dann wende dich an Walter Hempel, Reinsdorf, Wilhelmshöhe – Nähe Illing Fleischer.“

22. März 1945 – Flieger überflogen unseren Ort. Zwei Turbinenjäger machten Luft und schossen fünf Mal viermotorische Bomber ab. Ein Wetter, einfach herrlich …

23. März 1945 – 4:30 Uhr Alarm. Ein herrlicher Morgen. Die große

Fritzsch kennt hier jedes Haus. Dieser Bombentreffer schlug im Gebäude mit dem Zigarren-Geschäft ein

Karte angefangen. Die Terrorbomben kommen in der selben Zeit wie in den Vortagen. Hemden gewaschen.

24. März 1945 – Ein Wetter ist gewesen, wie man es sich nicht besser hätte vorstellen können. Zur gewohnten Zeit kommen unsere Bomber aus USA. 24 Uhr schlafen gelegt.

25. März 1945 – Sonntag – ein herrlicher Tag. Die Westfront schwenkt. Abends mit Biel, Helmut. Eine Stunde spazieren gewesen. Der Bohnenkaffee macht mich schwer fertig. Man stärkt mich im Glauben.

26. März 1945 – Es wird schon schlechter, denn der Amerikaner kämpft sich weiter nach Osten vor. Abends mit Müller, Gerhard und Petersen, Fritz spazieren gewesen. General Renner bei mir. Gab mir meine Frachtbücher usw. Wann wird sich der Widerstand an der Westfront verstreichen? Das Wetter ist im Begriff sich zu ändern. Post von meiner Frau erhalten. Alles noch in Ordnung. Einen Brief mitgegeben. Mit der Arbeit geht es jetzt bedeutend besser. Kann mir mittags sogar eine Stunde Freizeit erlauben.

28. März 1945 – Es scheint sich doch noch was zu ändern. Und zwar durch die Westfront, die noch keiner gesehen und von deren Wirkung sich niemand was vorstellen kann.

Brief an Käthe: „In Anbetracht der Lage, die sich von Tag zu Tag steigert, will ich dir einige Zeilen zukommen lassen... Warum dieser Kampf ausgefechtet wird, ist dir doch klar. Um unser geliebtes deutsches Vaterland geht es. Wenn man sich hineindenkt, wie schön war es gewesen, als alles seinen gewohnten Gang ging, da merkten wir nicht, wie sich unsere Feinde ärgerten, weil das junge Deutschland aufblühte. Es wurde ihnen bange, dass der Führer vielleicht zu viele Anhänger bekam. Während dieser Zeit schlief auch unser Führer nicht und kam ihnen zuvor. Als Polen, Frankreich und Norwegen, vor dem die Saar, Österreich, Sudentengau, Maastricht, Ostra zurück ins Reich kehrten, war das ein Jubel und der Führer wurde fast in den Himmel gehoben. Und jetzt ist der Himmel zu schwarz bedeckt, als wollten viele Deutsche vom Führer abfallen. Diese Menschen sind nicht wert, als Deutsche zu gelten. Ich hoffe immer noch, wie vor auf den Sieg unserer Sache. Will nun dir die Mitteilung wiederholen, die besten Kleidungsstücke irgendwie in einer guten Kiste vergraben, um vorzubeugen, wegen Vernichtung durch Bomben. Die Schuhe genauso. Nicht vergessen zu schmieren. Wo die Kiste hin muss, wird Vat. Schon wissen, vor allem im Garten und gegen Nässe schützen. Im Keller hat es keinen Zweck, da es durch den Druck zerrissen werden kann. Um hoffungslos habe ich nie geschrieben, um das Gelingen des Krieges, für uns die Entscheidung lasse ich erst dann fallen, wenn ich nicht mehr zu dir kann, meine Liebe. Wenn es doch sein soll, so ist es Gottes Befehl gewesen. Dann musst du dir nur sagen, vielleicht für was es gut ist. Ich bitte jeden Tag den lieben Heiland um uns wiedersehen zu können. Bei uns besteht der Befehl, dass es nicht zurückgeht. Da kann es passieren, dass wir mit einer Gruppe loszittern. Ich werde mir die größte Mühe geben, um wenigstens das Gehutsche von Russen nicht bis zu uns hereinrauschen zu lassen."

29. März 1945 – Leisnig auf dem Marsch nach hier.

30. März 1945 – Ostern

31. März 1945 – Ostern

1. April 1945 – Ostersonntag

Brief an Käthe: „*Ich lass mich nur noch überraschen, auf den Tag wo es vorwärts geht. Habe den Wehrmachtsbericht gehört. Einfach toll. Trotzdem hoffe ich noch, durch eine Gottes Hilfe für das deutsche Volk.*"

2. April 1945 – *Der zweite Feiertag verging mit Ruhe, wie ein üblicher Tag. Habe meine Wäsche gewaschen.*

Brief an Käthe: „*Die Amerikaner kommen zwar vorwärts, aber es heißt aushalten. Wenn das Volk schlapp macht, sieht mich die Heimat nie wieder. Was uns blüht, wird furchtbar sein. Alle müssen sich auf das Dollste gefasst machen. Bete mir nur zum lieben Gott, damit er dir die Kraft zum Widerstand gibt. Wir sind immer noch die alten und werden es auch bleiben.*"

3. April 1945 – *Das Wetter ist wie der Monat. Nachmittags impfen. Bis 24 Uhr gearbeitet. Hoffentlich klappt es.*

4. April 1945 – *Werwolf. Der Tag verging wie jeder andere. Mit Oberleutnant Calb gesprochen. Schmidt, Walther soll gefallen sein. Es ging bis 24 Uhr. Käthe einen letzten Brief in allen vorbereitet.*

Brief an Käthe: „*Unsere Unterhaltung für die Zukunft steht natürlich für den Sieg, auch wenn schwarze Wolken schon über uns hängen. Trotzdem verzagen wir nicht. Man muss sich eben mit allem gefasst machen, auch wenn der Feind in unsere Heimat drängen sollte. Wenn jeder mithilft, den Feinden Verluste beizubringen, dann kann man doch noch hoffen. Ja nicht den Kopf verlieren. Der liebe Gott ist auch noch vorhanden. Er wird wissen, ob wir es verdient haben oder nicht. Wenn ich dir nicht so gut wäre und an unserem Deutschland so hängen würde, wäre mir alles egal... Ich will nicht vergessen, dass jetzt der Krieg in der Heimat zu spüren ist. Das Essen wird wohl auch knapp sein und alle Sorgen machen sich bemerkbar. In dem Glauben an dich, den ich nicht verlieren werde, erwarte ich, dass du dich als meine Frau anständig benimmst. Den Kopf nicht durch Meldungen und Einnahme von deutschen Städten verlieren zu wollen. Nein, alle müssen beseelt sein, den Gegner fertig zu machen, wo wir ihn können. Dann ist der Erfolg noch zu schaffen, aber durch Feigheit kam noch keiner zum Sieg. Liebe Käthe, Kopf hoch und lass dich nicht durch Parolen-Menschen erschüttern. Wenn eben was schief geht, dann ist es eben Schicksal. Ich weiß nicht einmal, wie du dir alles so denkst. Um nicht den Gedanken bei dir aufkommen zu lassen, dass ich alles gelesen habe. Nein, ich bin der Meinung, dass ich dieses aus Überzeugung tue. Es wäre jammerschade, wenn wir zwei nicht glücklich werden sollen. Unser Schicksal lege ich in Gottes Hand. Es kann ja auch passieren, dass wir wieder einmal in so eine Lage kommen, wie damals. Mache dir deshalb keine Sorgen. Der Sieg wird unser sein... Liebe Käthe, genau wie du den Wehrmachtsbericht hörst, höre ich dasselbe. Die Amerikaner befinden sich nach dem heutigen Stand 150 Kilometer von unserer Heimat. Es kann der Fall sein, dass sie auch bis dorthin kommen. Behalte deine Nerven. Denke nur an mich, wie ich es auch tue. Wir kämpfen bis zum Letzten, wie es ausfällt, überlasse ich dem lieben Gott. Es kann der Fall sein, dass diese Zeilen die letzten an dich sind. Aber wir kommen schon wieder. Ja, dieser Krieg hat schon manches Glück vernichtet und wird es noch tun. Aber wer kann etwas dagegen machen? Wir kämpfen, um leben zu wollen. Oberleutnant Calb sagte mir, dass Schmidt, Walter gefallen sei. Er musste ins Gras beißen, der arme Kerl. So schnell kann es gehen. Darum heißt die Parole: Wie es kommt, muss es gegessen werden. Du, ich bin bloß froh, dass es damals nicht geklappt hat. Du weißt schon, was ich meine, sonst wäre es schlimm. Das beruhigt mich sehr.*"

5. April 1945 – *Die Front im Westen hielt schwer stand.*

Brief an Käthe: „*Jetzt dreht sich alles nur um den Sieg. Man kann gar kein anderes Thema hören. Aber es wird schon noch klappen. Jeden Abend lese ich im Neuen Testament meine Andacht. Gestern las ich was, was jetzt in diese Zeit passt, worauf ich hinschaue, dass wir durch die Leiden doch den Erfolg bekommen werden. Meinen Mut hole ich mir nur im Testament. Abends nahm ich mir vor, meine Unterwäsche zu waschen. Da es für mich keine Schwierigkeit bedeutet, dieses auszuführen, musste ich meine Uhr als Pfand für ein Waschbrett zurücklassen. Zwei Kochgeschirr voll Wasser, was ich mir betteln musste, ging es los, in einer Waschschüssel. Und das der Krieg gewonnen wird, ist alte Sache. Unsere V-Waffen werden schon noch zum Einsatz kommen.*"

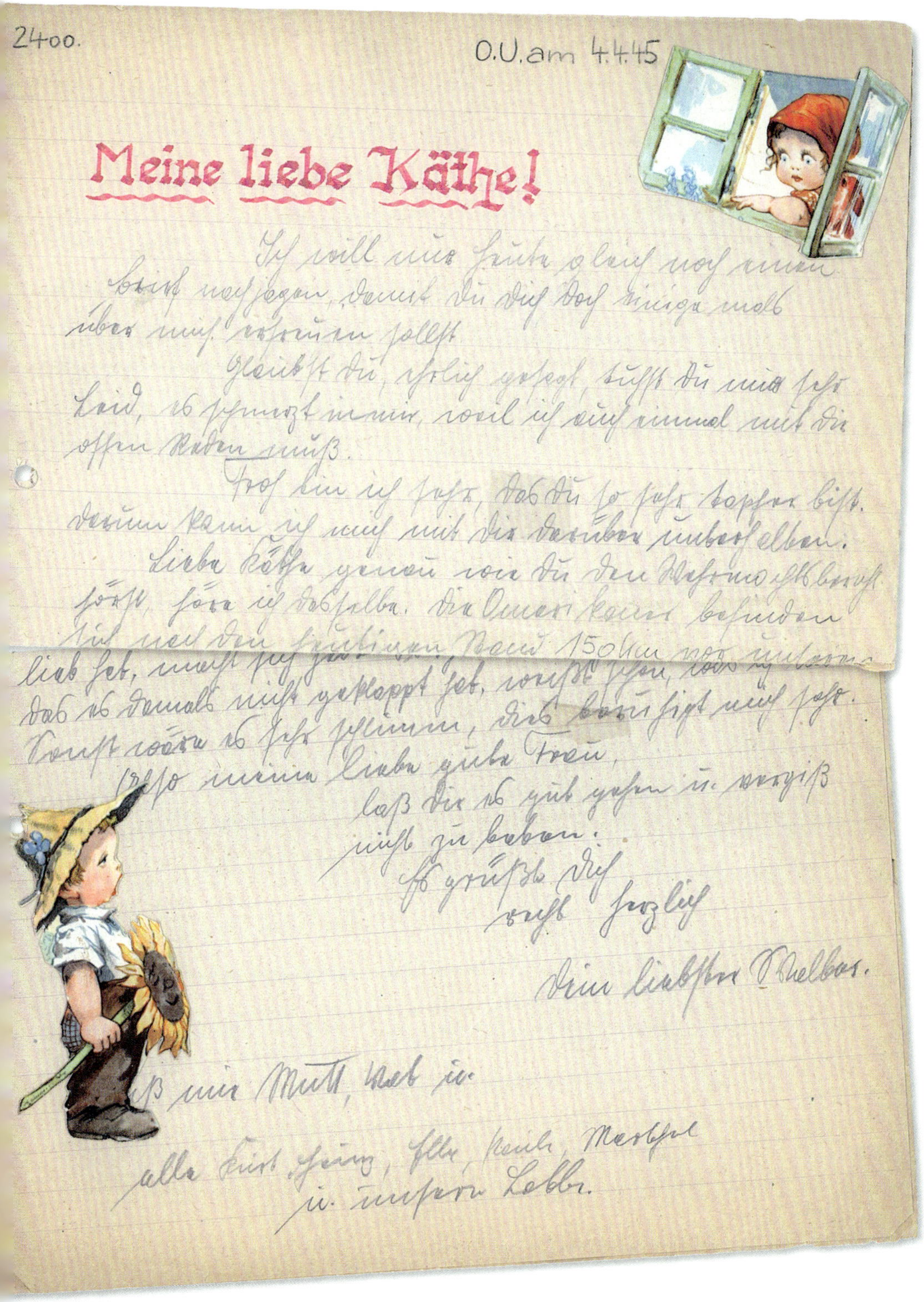
2400.

O.U. am 4.4.45

Meine liebe Käthe!

6. April 1945 – Den Mantel heimgeschickt. Von Käthe und Heinz Post erhalten. Bis 23:30 Uhr.

7. April 1945 – 5:30 Uhr wecken, dann laufend am Brett gearbeitet. … Haare geschnitten.

8. April 1945 – Sonntag – Unteroffizier Zorn aus Colditz, Paket. Wurde mir vom Chef die Nahkampfspange verliehen. Nachmittag mit Müller, Gerhard spazieren gewesen.

Brief an Käthe: „Das Radio bringt uns herrliche Musik. Der Sender der Werwölfe erfreut uns sehr. Erstens schon die Erfolge, die er bringt. Wenn alle so wären, da käme schon die Wendung, die sowieso nach langem hartem Kampf kommen wird. Um dir gleich mitzuteilen, wenn der Kampf am härtesten ist und ich bin noch unter den Lebenden, dann wird genau mitgemacht, was ich sehr hoffe, denn der liebe Gott wird mich und dich schon bewachen, um uns nach dem Sieg wiederzusehen. Das ist zwar jedes Menschen Wunsch. Wie der liebe Gott es bestimmt, so kommt es auch wirklich. Man darf als Christ nicht klagen, sondern im schwersten Orkan gerade stehen. Bei mir gibt es nur eine Parole: Ehrlich von der Welt, wenn es sein muss, abtreten. Denn es soll nicht später heißen, Obergefreiter Fritzsch wegen Feigheit vor dem Feind erschossen. Erstens wirst du kein Geld vom Staat für mich bekommen. Du wirst mich schon verstehen, meine liebe Käthe. Der heutige Sonntag war einer der Überraschungen. Schönes Wetter. Um 9:30 Uhr musste ich zum Oberstleutnant. Mir wurde das Panzersturmabzeichen verliehen. Nun brauche ich wohl nichts mehr. Es genügt für einen kleinen Obergefreiten. Zur Zeit ist es bei mir noch ruhig, aber der Iwan wird wohl wieder mal kommen. Bete nur recht schön für mich, dass er mich behüte. Denn ich werde nachher wieder mit MG herum schießen."

9. April 1945 – 18 Uhr bis 6 Uhr Übung. Das Wetter ist gut. Bis 24 Uhr gearbeitet. Sehr müde gewesen.

Brief an Käthe: „Die Zeit ist nicht mehr weit, wo es Tage dauern wird, eh ein Zeichen von mir eintrifft. Ja, die Zeit ist bitterernst. Keiner weiß, wie es enden wird. Man kann nur immer wieder hoffen, dass es sich ändert. Voraussetzung sind wir, denn wenn es brodelt, werden wir die Stellung behalten bis zum letzten Mann. Dass dich diese Zeilen immer schwer mitnehmen, kann ich verstehen. Aber was bleibt uns übrig, wer siegen will, muss kämpfen. Ich muss dir daher es schreiben, damit du ungefähr Bescheid weißt. Eins befriedigt mich sehr: 1. Dass du noch jung bist, 2. Dass wir kein Kind haben. Lass dir nur nicht den Mut nehmen. Der liebe Gott wird schon noch eingreifen, auch wenn der Feind zu Hause bei euch sein sollte. Vergesse mich nur nicht. Du bist das einzige, was mich am Leben aufrecht hält. Schmidt, Walter ist tatsächlich gefallen."

10. April 1945 – Es gab Post. Ein Brief vom 9. März 1945.

11. April 1945 – Mit Zwickau gesprochen.

12. April 1945 – Da sich die Lage immer mehr gegen uns drängt, bin ich zu dem Entschluss gekommen, von zu Hause nicht mehr hören zu können, wenn einem die Heimat verwehrt wird durch die Feinde. So werde ich so lange kämpfen, bis doch noch ein Sieg zustande kommen kann. Man ist erschüttert, dass unser geliebtes Heimatland vernichtet werden soll.

13. April 1945 – Der vorletzte Brief an Käthe: „Heute kann ich Dir eine kleine Mitteilung machen. Abends oder besser gesagt gegen 23 Uhr brachte ich die Verbindung nach Zwickau zustande. 1/2 Stunde telefonierte ich in Zwickau herum und kein Mann oder Mensch ließ sich heran holen. Mit Hermann Oberhohndorf klappte es nicht, mit Jakob sprach ich, leider warst Du nicht anzutreffen. Trotzdem freute ich mich, dass ich mit meiner Heimatstadt sprechen konnte. Dem Telefonfräulein richtete ich aus, Dich zu benachrichtigen, dass Du morgen Luftschutzwache machen sollst. Ob sie es ausgerichtet hat, wird der morgige Tag bringen.
...Mein lieber Räuber, einige Zeilen möchte ich Dir doch noch zukommen lassen. Denn man weiß nicht, wann die Amerikaner in Zwickau sein werden. Ich hoffe es nicht, aber rechnen muss man damit. Wie ich Dich kenne, wirst Du die Briefe aufbewahren und wenn ich nicht mehr zurückkommen sollte, hast Du wenigstens eine kleine Erinnerung an Deinen lieben treuen Walter. Obwohl von vergangenen schönen Stunden kann man sich nicht befriedigen. Das ist mir auch bekannt. Ja, es ist halt sehr hart, was uns das Schicksal auferlegt hat. Was macht man sich für Sorgen um seine liebe junge Frau. Es steht eben in unserem Schicksalsbuch, was mit uns werden soll. Ich hoffe nur auf den lieben Gott, der uns in mancher Not beistand, darum verlass ich mich auf ihn, dasselbe hoffe ich auch von Dir. 23:30 zeigt die Uhr und alles ist noch offen. Bei uns beginnt die Nacht erst nach 24 Uhr. Also, verlier bloß nicht die Nerven, ich werde Dich bestimmt noch einmal wiedersehen. Heute morgen träumte ich von Dir, waren aber nur einige Minuten gewesen. Ich hörte Dich nur so ähnlich sprechen. Bist sehr auf Draht gewesen, dann mussten wir einschlafen. Somit sollen Dich diese Zeilen in schwerer Zeit begleiten. Sei mutig und stark, vergiss mich nicht u. Denke auch an Mutti, gell. Nun will ich mich schlafen legen. Es grüßt und küsst Dich ganz lieb Dein guter Walter"

14. April 1945 – Eine Sache muss man schon sagen, eine Hoffnung zum Sieg ist noch vorhanden. Man darf nur nicht verzagen. Der liebe Gott wird schon schlichten. Seit heute brauche ich nicht mehr nach Hause zu schreiben, da der Amerikaner dort ist.

15. April 1945 – Sonntag – schönes Wetter. Es gab Post vom 3. April 1945. ... diese Wochen müssen überstanden werden.

16. April 1945 – 3-3:15 Uhr Trommelfeuer auf unsere Stellung. 5:20 – 5:35 Uhr Vernichtungsfeuer von 100.000 Schuss aus 900 Salven...

Der letzte Brief an Käthe: „Deine 3 lieben Briefe vom Osterfest habe ich mit großer Freude dankend erhalten. Mir geht es noch sehr, sehr gut. Mache Dir nur keine Sorgen um mich. Jetzt beginnt die letzte Runde. Wer auf den Beinen bleibt, ist Sieger. Bete zum lieben Gott, dass er uns behüten und bewahren soll."

17./18. April 1945 – Die Zeit ist schwer, hoffentlich greift der liebe Gott ein, um diesen Ringen zum günstigen zu beenden.

19. April 1945 – 11 Uhr in Stellung gegangen. Was jetzt kommt, weiß man nicht. Überall ist ein Getrommel. Ein Panzer durch die Panzerfaust vernichtet. Es war ein komisches Drama, aber er wurde abgeschmiert.

20. April 1945 – 4-6 Uhr Spähtrupp mit Kolben, Otto und Rücker, Fred. Otto ist mit wegen Zurückangriff, kein Freund.

21./22. April 1945 – Drei Dörfer genommen. Ohne Feindüberführung. Die Polen machen das schöne Möbel zur Katze. Man sieht eben, dass sie keine Ahnung haben. Wie man schon haben konnte. Abends wurden wir abgelöst.

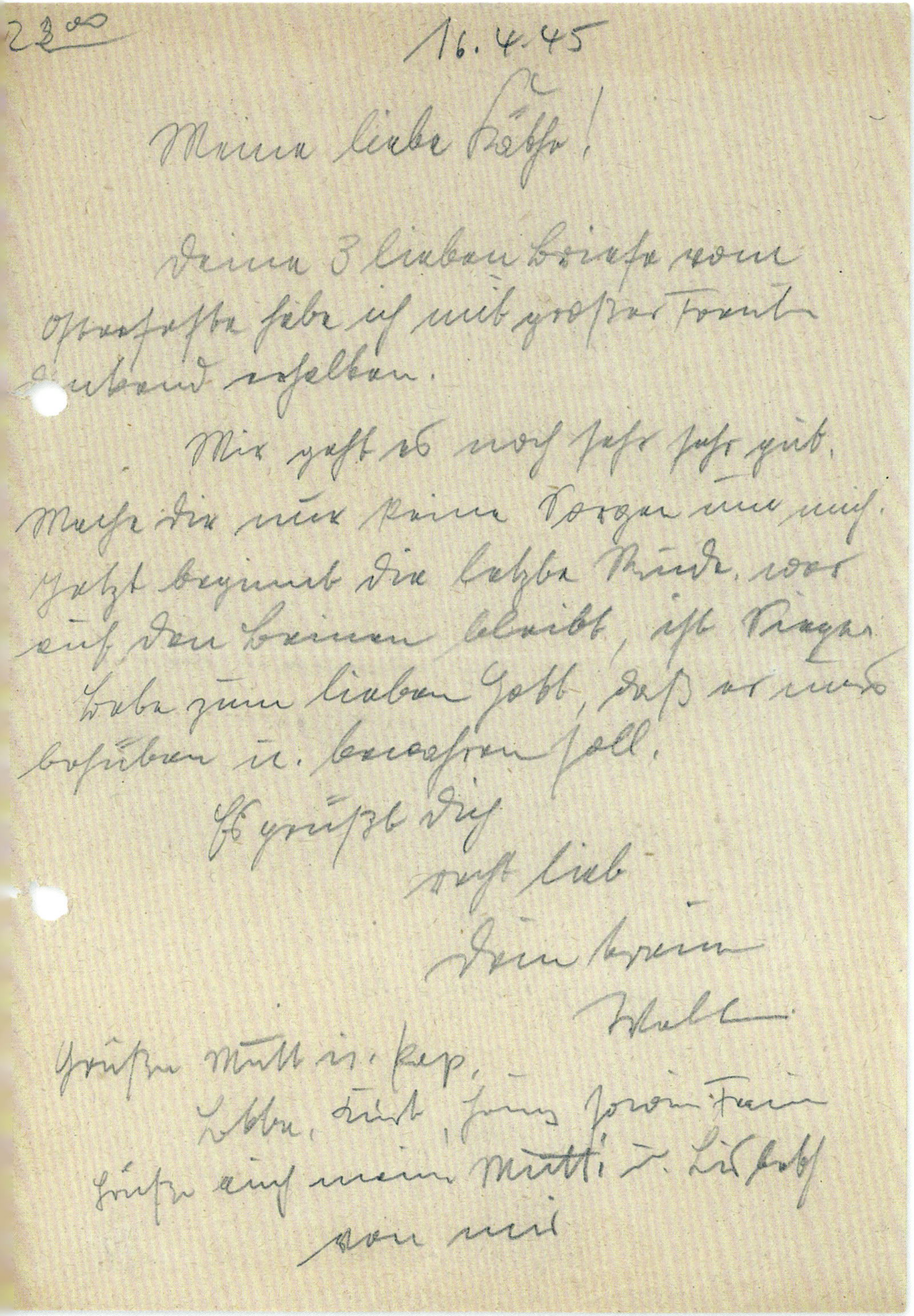

22⁰⁰

16.4.45

Meine liebe Käthe!

Deine 3 lieben Briefe vom Osterfeste habe ich mit großer Freude dankend erhalten.

Mir geht es noch sehr sehr gut. Mache dir nur keine Sorgen um mich. Jetzt beginnt die letzte Runde. wer auf den Beinen bleibt, ist Sieger. Bete zum lieben Gott, daß er mich beschützen u. bewahren soll.

Es grüßt dich recht lieb

Dein treuer

[illegible]

Grüße Mutti u. Sepp,
Lotte, Kurt, Heinz, [illegible] Frau
Grüße auch meine Mutti u. [illegible]
von mir

23. April 1945 - Durch den Kessel gekommen. 12 Uhr ging es wieder zum Einsatz. Es gab Schokolade, Zigarren. Führer.

24. April 1945 - Traf ich Franke, Heinz, Reinsdorf. San-Francisco. Fuhr durch unser schönes Heimatland. Ja da atmet man schwer. An zu Hause darf man nur noch denken, das hätte man sich niemals träumen lassen, wie es endet weiß man nicht.

25. April 1945 - Unser schönes Sachsenland. Man kann sich an den Kopf fassen.

26. April 1945 - Es geht alles sehr gut. Alarm von 22 bis 2 Uhr.

27. April 1945 - 11 Uhr Alarm bis 14 Uhr. Dieses Mal hatte es geklappt. Sehr schönes Schloss.

28. April 1945 - Eines der besten, die ich bis jetzt gesehen habe. Habe Führerpaket erhalten. Bis 4 Uhr gezeichnet.
(Anmerkung: Das Führerpaket bestand aus Grundnahrungsmitteln, z. B. Mehl, Fett, Zucker, Marmelade, und wurde gewährt, wenn die Empfangsberechtigten ihren Heimaturlaub antraten. Außer den Lebensmitteln enthielt das Führerpaket eine vorgedruckte Karte, in die der Reichsadler eingeprägt war und die den Aufdruck: »Ein kleiner Dank des Führers an seine Soldaten« trug.)

29. April 1945 - Seit 22.11.44 das erste Mal gebadet. Schloss Moritzburg - eine herrliche Gegend ist unser Sachsenland.

30. April 1945 - Wir wohnen im Turm. Alles ist fabelhaft eingerichtet.

1. Mai 1945 - Vor den Königsjahren waren sehr schöne Feiertage gewesen. Jetzt ist es ein anderes Bild. Die Bolschewiki machen unsere Heimat zur Katze. Hoffen wir das Beste. 23:30 Uhr brachte unser Hauptmann uns die traurige Mitteilung, dass unser geliebter Führer den Heldentod fand.

2. Mai 1945 - Das Wetter war der Nachricht angepasst. Alles hat sein heutiges Gesprächsthema.

3. Mai 1945 - Sehr schönes Wetter.

4. Mai 1945 - Postwitz, Schule, Führerpaket.

5. Mai 1945 - Dänemark, Italien, Nordwestfront haben seit 8 Uhr Waffenruhe. Es gab Schnaps und Zigaretten. Wir müssen den Rus-

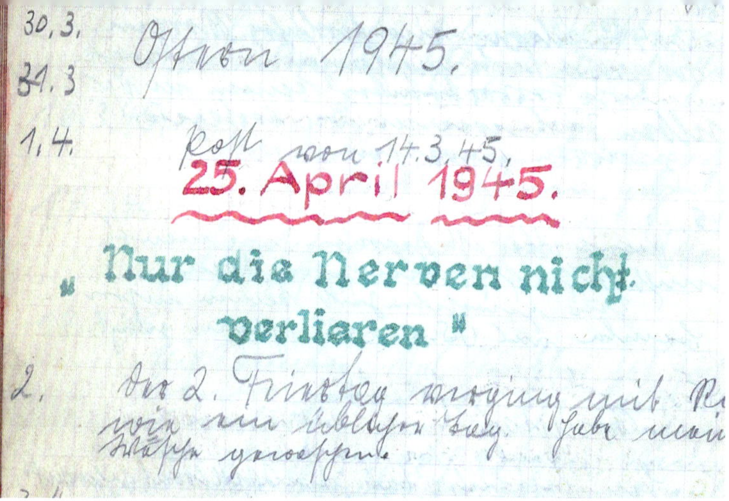
30.3.
31.3
1.4.
Ostern 1945.
Post von 14.3.45.
25. April 1945.
„Nur die Nerven nicht verlieren“
2.

sen erst noch Stand halten. Regenwetter. Man kann noch nichts bestimmt von sich sagen, ob man seine liebe Frau und Mutter wiedersehen kann. Das Schicksal wird mir den Weg zeigen. Nur auf Gott muss man vertrauen.

6. Mai 1945 – Lunzenau, Finanzamt.

7. Mai 1945 – Ein herrlicher Bau und zwar ist es ein Mütterheim. Alles ist vorhanden. Man müsste eigentlich weinen, dass unser Volk und Reich verlieren muss. Abends mit Müller, Gerhard – wir haben uns mit Schnaps und Himbeersaft einen gemütlichen Abend gemacht.

8. Mai 1945 – Den ganzen Tag Schlachtflieger über der Stadt. Machten einen herrlichen Krieg. 11 Uhr sprach Oberst Pleitgen über die Lage. Nachmittags sickerte es durch von der Kapitulation. Schmidt, Jürgen versorgte uns ein paar Zivilklamotten. 18 Uhr bekamen wir die Nachricht, dass wir mit kämpfen aufhören und 24 Uhr die Waffen ablegen müssen. 21:30 Uhr ging es Richtung über die Elbe. 5 Uhr erreichten wir Kühn (?). Nordöstlich Taglitz-Schönau.

9. Mai 1945 – Ein Fahrer wurde verwundet. Mehrere Soldaten und ich traten 8 Uhr den Heimweg zu Fuß über das Erzgebirge an. Das Wetter war sehr schön. Von Kühn Obergreuben (?) dort fuhren uns die Russen entgegen. Lanzer marschierten der Straße entlang. Verloren wir Petersen, Fritz. In Zinnwald ging eine Schießerei von der Flak los. Einfach toll. Krieg für mich beendet.

10. Mai 1945 – 4 Uhr haben wir den Durchbruch gewagt und liefen auf der Vormarschstraße des Iwans. Müller, Gerhard wurde die Hose ausgezogen. 6 Uhr in Georgenfeld beim Hotelbesitzer. Hat uns sehr gut aufgenommen. Sollen sie unbedingt besuchen. Reichenberg, Lämmerswald, Hauschuck im Walde geschlafen und meine Uhr ging in die Hände der Befreier.

11. Mai 1945 – Dittersbach, Seiffenbach, Oberschönau, Olbernhau, Marienberg, links vorbei gegangen. Gut untergekommen. Auf dem Boden übernachtet.

12. Mai 1945 – Früh 4 Uhr aufgestanden. 5 Uhr abmarschiert. Wiesenbad, Wiesa, Tannenberg, Hermannsdorf, Bernsbach, Pockau, Blauental, Wolfsgrün, Rittersgrün.

13. Mai 1945 – 13:30 Uhr trafen wir bei Müller, Gerhards Schwiegereltern ein. Gegessen. Nachmittags kam Martha und holte mich ab. Dort wurde ich sehr gut aufgenommen.

14. Mai 1945 – All was man dieser Tage erleben musste, will ich nicht aufführen, weil es nicht zu glauben ist, was die Russen an unseren unschuldigen Menschen für einen Terror gemacht haben. Geraubt und geplündert und Frauen vergewaltigt. Zum Glück traf Hauptmann Ritter Leutnant Kaufmann und weitere Personen. Und immer ein schönes Wetter.

15. Mai 1945 – Sonst nichts Neues.

16. Mai 1945 – Ebenso.

17. Mai 1945 – Von Stützengrün nach Oberhohendorf, 5 Uhr von Stützengrün abmarschiert. 6:45 Uhr in Lindenau eingetroffen. 11 Uhr weitermarschiert. Überlänge nach Fährbrücke, dort hörte man die dollsten Gerüchte. Ich ließ mich nicht beirren und es gelang mir mit Hilfe von Familie Voigt als Bauer nach Hause zu kommen. Abends gegen 19 Uhr traf ich ein. Überrascht waren alle gewesen.

18. Mai 1945 – Habe mich gebaden.

19. Mai 1945 – Mutti kam nach hier. Die Wohnung eingerichtet. Ich freue mich wirklich, zu Hause zu sein. Meine Frau hat sich sehr viel Mühe gegeben. Es gehen die dollsten Parolen um. Die Lage lege ich in Gottes Hand. Er hat mich die fünf Jahre geführt und beschützt, er wird es auch weiterhin tun.“

3. Mai 1945

Sehr schönes Wetter.

4.5. Gr. Postwitz Schule. Fahrzeugappell.

5.5. Dänemark, Italien, Nordwest-Fr. haben seit 8°° Waffenruhe. Es gab Schnaps u. Zigaretten. Wir müssen den Russen erst noch standhalten.
Regenwetter.
Man kann noch nichts bestimmtes [illegible] [illegible] [illegible] Mutter [illegible] Das Schicksal [illegible] den Weg zeigen. Nur auf Gott [illegible]

6. [illegible]

7.5. [illegible] Man müsste [illegible] Volk u. Reich [illegible] Abends mit Müller Gesf. [illegible] [illegible]

8.5. Den ganzen Tag [illegible] Stadt, [illegible] 11°° sprach d. Oberst [illegible] über die Lage. [illegible] 18°° [illegible] daß wir mit [illegible] u. 24°° die

Waffen ablegen müssen. 21³⁰ ging es in Richtung über die Elbe ab. Bis früh 5°° erreichten wir Kulm nordöstl. Teplitz-Schönau. In Aussig [illegible]

9.5. [illegible] der Wagen wurde [illegible] u. es ging ins Gebirge.
[illegible] Müller, Gesf. [illegible] 8°° [illegible] Erzgebirge [illegible] Das Wetter war sehr schön. [illegible] Zinnwald ging [illegible]

Krieg für mich beendet

10.5. 4°° haben wir den Durchbruch gewagt u. liefen auf der Wehrmachtstr. [illegible] Müller Gesf. [illegible] 6°° in [illegible] [illegible]

11.5. [illegible]

12.5. Früh 4°° aufgestanden, 5°° abmarschiert [illegible]

13.5. Rittersgrün

½2 trafen wir bei Müller Gesf. Schwiegereltern ein. [illegible]

„Früher, als ich noch Soldat war, war mir es bange vor der Zukunft. Jetzt bekommt man Gänsehaut, wenn man daran denken muss. Obwohl der Mensch denkt, aber Gott lenkt.“

Als Walter Fritzsch seinem Tagebuch diese Gedanken anvertraut, hat er die ersten zwei Wochen nach seiner glücklichen Kriegsheimkehr hinter sich. Mit Käthe verlebt er ungewöhnlich ruhige Pfingstfeiertage. Ohne Angst vor Fliegeralarm und dem nächsten Luftangriff, ohne den ständigen Rundumblick, weil irgendwo ein Scharfschütze lauern könnte. Die neue Zeit bietet andere Sorgen und konfrontiert das Paar mit neuen Problemen. Diejenigen, die den Wahnsinn des Krieges überlebt haben, stellen sich die immer gleiche Frage: Was gibt es zu essen? Ein Rezept gegen den Hunger hält Walter Fritzsch in seinen Aufzeichnungen fest: was dort die Bomben der Alliierten möglicherweise angerichtet haben. *„Bange machen gilt nicht“* – sagt er sich und will da, wo er einst Lehrling gewesen war, alsbald einen Versuch wagen. *„Die Esserei macht Sorgen. Wegen der Arbeit dasselbe“*, schreibt Walter Fritzsch in seinem Tagebuch und berichtet auch von einem Spaziergang mit Käthe, der sie am letzten Maisonntag des Jahres 1945 zur Planitzer Südkampfbahn führt. Als der ehemalige PSC-Läufer den einst so vertrauten Sportplatz sieht, packt ihn blanker Zorn: *„Man muss sagen, die Schnauze kann einem wegplatzen!“* Ein Bombentreffer hat einen tiefen Krater hinterlassen. Das Unkraut wuchert, auf den Traversen steht das Gestrüpp teils kniehoch und auch die Holztribüne müsste ausgebessert werden. Traurig schlendert er zwischen den beiden Toren umher. Hier rollt wohl in absehbarer Zeit kein Ball.

Nachkriegszeit – 1945 bis 1950

„31. Mai 1945 – Bis 10:30 Uhr geschlafen, um Brot zu sparen. 15 Uhr auf das Gemeindeamt gegangen, um die Stammkarte zu holen. Es gibt Honig, Koalitionsrecht, das Vereinigungsrecht für Arbeitgeber und Arbeitnehmer in Berufsverbänden. Da wir von 1933 bis 1945 Arbeitsknechte gewesen sind, soll jetzt nur noch 8 Stunden bzw. weniger gearbeitet werden. Die Bauern sollen nicht integriert werden. Wir bekommen nur vor der Welt aus tiefster Überzeugung die Schäden wiedergutzumachen, was durch Hitler gemacht wurde. Wir werden alles tun, um einen neuen Krieg unmöglich zu machen. Der Wunsch, baldigst in die Weltorganisation des Friedens und der Sicherheit aufgenommen zu werden. Ich bin froh, solche Zeilen lesen zu können. Ob alles eintrifft, kann ich nicht wissen.“

Als er sich gleich nach den Feiertagen im Rathaus anmeldet, stellt er fest, dass er zum ersten Mal seit Dezember 1944 wieder in Zwickau ist. Seinen gelernten Beruf muss er angeben, dazu die zuletzt ausgeübte Tätigkeit (»Soldat«) und dann zuckt er mit der Schulter, als er Auskunft geben soll, womit er seinen Lebensunterhalt verdienen will. Bei Horch? Obwohl er gar nicht weiß, Käthe fährt zum Hamstern nach Thüringen aufs Land. Sie will Kartoffeln mitbringen, der Geburtstag ihrer Mutter steht bevor. Um 5 Uhr waren sie aufgebrochen und werden nicht vor 16 Uhr wieder zu Hause sein. In einer Zeit, wo der öffentliche Nahverkehr brach liegt, ist der Drahtesel das zuverlässigste Transportmittel. Aus diesem Grund bringt Walter zunächst alle Fahrräder der Familie Fritzsch in Ordnung, sieht das als angemessene Arbeitsteilung. Zumal das Beschaffen von Nahrung nicht zu den Tätigkeiten gehört, die der Kriegsheimkehrer besonders gern oder gut macht. Seinem Tagebuch offenbart er: *„Hamstern kann ich nicht.“* Bei seinem vorerst letzten Versuch hatte er es auf gerade mal zehn Pfund Kartoffeln gebracht.

Am 2. Juni 45 bricht Walter trotzdem mit Käthe auf. Es geht zu Bauer Ella nach Saupersdorf, zwölf Kilometer südlich von Planitz. Holz sägen, gut zu Mittag essen, Kaffee trinken und mit vollen Taschen den Heimweg antreten – für die historischen Umstände könnte man von einem perfekten Tag sprechen. Doch der amerikanische Kontrollposten will die Eheleute auf dem Heimweg nicht passieren lassen. Kurzzeitig droht sogar eine Verhaftung,

Überlebenskampf mit der Beschaffung von Lebensmitteln und Brennstoffen

der Grund ist simpel. Schließlich sind die meisten jungen Männer im Alter von Walter Fritzsch entweder in Kriegsgefangenschaft oder tot. Deshalb wird allein seine Anwesenheit misstrauisch geprüft, doch letztlich hebt sich der Schlagbaum und sie dürfen passieren.

„4. Juni 1945 – Heute gab es drei Zigarren und 10 Stäbchen. Diese Woche gibt es einige Posten mehr zum Essen. 3 Pfund Mehl, 150 g Fleisch, 250 g Zucker, 1 Pfund Marmelade, 500 g Kohlrübenschnitzel. Für den Soldaten ist Stoff gekauft worden. Bin gespannt, ob es auch wirklich der Fall ist. Man kann nicht alles glauben. 17:30 Uhr in Planitz eingetroffen, etwas gearbeitet. 20:20 Uhr abgefahren. Meine Halbschuhe beim Hölzel-Schuhmacher geflickt bekommen, sonst ist alles in Ordnung, außer dem Magenknurren und Hunger und guten Appetit.

6. Juni 1945 – Genau das Wetter wie in der vorigen Woche. Richtung ist wieder Saupersdorf. Hoffentlich haben wir dieses Mal keine Huddelei. Dieses Unternehmen dauerte vier Stunden und doch mit Erfolg. 20 Pfund Kartoffeln, 6 Pfund Korn, für 10 Zigaretten und 7 Zigarren.“

Die Nachricht des Tages sorgt an diesem 7. Juni 1945 nicht gerade für Freudentänze: *„Der Russe soll nach Sachsen kommen!“* Noch ein Gerücht, dabei hatten sich die Siegermächte schon Anfang 1945 auf Jalta über die künftigen Grenzen der besetzten Zonen verständigt. Dementsprechend werden sich die Amerikaner aus Westsachsen und Thüringen zurückziehen, nur wann? In seinem Tagebuch kommentiert Walter Fritzsch: *„Wenn man jetzt das Radio anhört, könnte einem der Kaffee hochkommen.“* Am nächsten Tag meldet er sich auf dem Amt erneut zur Arbeit. Zwar ist nichts bestätigt, immerhin bekommt er den Hinweis, dass er wahrscheinlich in zwei Wochen anfangen kann.

„12. Juni 1945 – Käthe wieder zum Hamstern nach Thüringen gefahren. Brachte genug Rübenblätter mit, feste gewaschen und eingekocht. Vier große Kartoffeln gepumpt. Vier Zigaretten für das Schuhbesohlen gegeben. Der Russe wird in den nächsten Tagen hier eintreffen. Was unsere guten Deutschen bloß für Waren eintauschen wegen Kartoffeln. Anzugstoffe sowie andere Tuche und jeder anderen Bedarf. So ist es. Wir haben uns an der Front herum geschunden und die UK-Gestellten (unabkömmlich) haben sich genug angeschafft und wir bekommen nicht einmal ein paar Schuhe, also das hat der Lanzer verdient. Hoffentlich sind die russischen Besatzungstruppen nicht so doll, was ich mit den anderen erleben konnte und musste. Es bewegt einen wirklich sehr, was da noch kommen muss. Ich vertraue auf Gott und das macht mich stark. Er hat mich ständig beschützt und wird auch weiterhin mein Begleiter sein.

14. Juni 1945 – Käthe wollte Hamstern fahren. Ich würde mich freuen, wenn ihr etwas gelingen und glücken sollte. Kam 11 Uhr zurück ohne Erfolg. Zwei Karren Kohlen mit heimgeschleppt. Die ersten Russen sind in Oberhohndorf eingerückt. Es hat mit 1 Zentner Kartoffeln geklappt. Nach Planitz zur Mutti mit 50 Pfund Kohlen, ein halbes Pfund Fleisch bekommen.

15. Juni 1945 – Da unsere roten Befreier gekommen sind, kann man unsere altgeliebte Blutfahne wieder hissen! …es besteht die Möglichkeit, dass man Schuhe bekommen kann.“

Regentropfen trommeln auf das Fensterbrett. Der Wind und die Schwerkraft verändern das bizarre Muster auf der Scheibe ständig. Doch Walter Fritzsch sieht nicht, wie die Tropfen ihre Bahnen ziehen. Sein Blick geht durch den Sommerregen einfach hindurch, in die Ferne. Er hat sich sein Kriegstagebuch geschnappt, Feder und Tusche gezückt und beginnt seine Aufzeichnungen ab 1940 abzuschreiben. Ob das mit dem gerade vollzogenen Einmarsch der Russen zu tun hat? Eher nicht, das Vorhaben schwirrt ihm schon länger durch den Kopf. Vorrangig geht es um das Erhalten seiner Aufzeichnungen. Die bis Anfang März 1943 reichenden Notizen im ersten Kriegstagebuch hatten durch die Umstände an der Ostfront extrem gelitten. Das Erlebte ist noch sehr präsent in seiner Erinnerung, zudem hat er jetzt auch die dafür notwendige Zeit. Immer wieder hält er inne, Bild um Bild taucht vor ihm auf. Die Einberufung, die Ausbildung und dann, im September 1941, die Teilnahme am Russland-Feldzug. Gerade 20-jährig stolpert er reichlich unvorbereitet in die grässlichen Umstände, die auf ihn warten. Keine vier Jahre ist das her, es kommt ihm vor wie Ewigkeiten.

Preis 15 Pfg.

Tageszeitung

Nr. 19 — für die deutsche Bevölkerung — Dienstag, 12. Juni 1945

Befehl Nr. 2

des Obersten Chefs der Sowjetischen Militärischen Administration

10. Juni 1945 — Berlin

Am 2. Mai d. J. besetzten die Sowjettruppen Berlin. Die Hitlerarmeen, die Berlin verteidigten, haben kapituliert, und einige Tage darauf hat Deutschland die Urkunde über die bedingungslose militärische Kapitulation unterzeichnet. Am 5. Juni wurde im Namen der Regierungen der Union der Sozialistischen Sowjetrepubliken, der Vereinigten Staaten von Amerika, Großbritanniens und Frankreichs die Deklaration über die Niederlage Deutschlands und die Uebernahme der Obersten Befehlsgewalt über ganz Deutschland durch die obengenannten Mächte bekanntgegeben. Seit der Besetzung Berlins durch die Sowjettruppen besteht im Gebiet der sowjetischen Besetzungszone in Deutschland feste Ordnung, sind örtliche Organe der Selbstverwaltungen und die nötigen Bedingungen für eine freie gesellschaftliche und politische Betätigung der deutschen Bevölkerung geschaffen worden.

In Anbetracht des oben Ausgeführten befehle ich:

1. Im Bereich der sowjetischen Besetzungszone in Deutschland die Schaffung und Tätigkeit aller antifaschistischen Parteien zu erlauben, die sich die endgültige Ausrottung der Reste des Faschismus und die Festigung der demokratischen Grundlagen und bürgerlichen Freiheiten in Deutschland zum Ziel setzen und in dieser Richtung die Initiative und freie Betätigung der breiten Massen der Bevölkerung fördern.
2. Der werktätigen Bevölkerung in der sowjetischen Besetzungszone in Deutschland das Recht zur Vereinigung in freie Gewerkschaften und Organisationen zur Wahrung der Interessen und Rechte der Werktätigen einzuräumen; den Gewerkschaften und Vereinigungen das Recht zur Abschließung kollektiver Verträge mit den Unternehmern sowie zur Organisierung von Versicherungskassen und anderen Institutionen gegenseitiger Unterstützung, Kultur-, Aufklärungs- und anderen Bildungsvereinigungen und Organisationen zu gewähren.
3. Alle in den Punkten 1 und 2 erwähnten antifaschistischen Parteiorganisationen und freien Gewerkschaften haben ihre Statuten oder die Programme ihrer Tätigkeit in den örtlichen Selbstverwaltungen und bei den militärischen Kommandanten zu registrieren und ihnen gleichzeitig die Listen der Mitglieder ihrer führenden Organe vorzulegen.
4. Festzulegen, daß für die ganze Zeit der Durchführung des Besetzungsregimes die Tätigkeit aller in den Punkten 1 und 2 erwähnten Organisationen unter der Kontrolle der Sowjetischen Militärischen Administration und in Uebereinstimmung mit den von ihr herausgegebenen Instruktionen ausgeübt wird.
5. In Uebereinstimmung mit oben Dargelegtem sind die ganze faschistische Gesetzgebung und alle faschistischen Beschlüsse, Befehle, Verordnungen, Instruktionen usw., die sich auf die Tätigkeit der antifaschistischen politischen Parteien und freien Gewerkschaften beziehen und gegen die demokratischen Freiheiten, bürgerlichen Rechte und Interessen des deutschen Volkes gerichtet sind, aufzuheben.

Der Oberste Chef der Sowjetischen Militärischen Administration

Marschall der Sowjetunion G. K. Shukow

Der Stabschef der Sowjetischen Militärischen Administration

Generaloberst W. W. Kurasow

Ein Dokument des alliierten Sieges

Am 5. Juni wurde in Berlin die Deklaration über die Niederlage Deutschlands und die Uebernahme der obersten Befehlsgewalt durch die Regierungen der vier Alliierten Mächte unterzeichnet. Diese von dem Marschall der Sowjetunion Shukow, Armeegeneral Eisenhower, Feldmarschall Montgomery und General Delattre de Tassigny unterzeichnete Deklaration ist ein bedeutendes historisches Dokument — das Dokument des großen Sieges der Vereinten Nationen über Hitlerdeutschland. Die Deklaration der vier Mächte besiegelt den Sieg über das Dritte Reich Hitlers und fördert die Errichtung des Friedens und der Sicherheit in Europa. Sie ist durchdrungen vom Geiste der Gerechtigkeit und entspricht den Lebensbedürfnissen aller freiheitsliebenden Völker.

Die Deklaration der Alliierten Mächte ist die Verkörperung der Beschlüsse der Krim-Konferenz über die Besetzung Deutschlands und die Kontrolle über Deutschland. „Wir haben uns" — hieß es in den Beschlüssen der Führer der drei Alliierten Mächte — „über die allgemeine Politik und die Pläne zur zwangsmäßigen Erfüllung der Verpflichtungen der bedingungslosen Kapitulation geeinigt, die wir gemeinsam dem nazistischen Deutschland vorschreiben werden, nachdem der deutsche bewaffnete Widerstand endgültig gebrochen sein wird." Diese Verpflichtungen, getragen von der hohen Idee des Friedens und der Sicherheit der Völker, entspringen dem einheitlichen Willen und den einheitlichen Bestrebungen der Alliierten Mächte, eine solche Lage zu schaffen, die jede Möglichkeit für eine Wiedererstehung des deutschen Militarismus und des Nazismus ausschließt.

Die Fehler des Jahres 1918, des Waffenstillstandes von Compiègne und des darauffolgenden Versailler Friedensvertrages sind nicht wiederholt worden. Die in der Deklaration der vier Mächte dargelegten Forderungen, die aus der völligen Niederlage und bedingungslosen Kapitulation Deutschlands resultieren, bieten die Gewähr dafür, daß es dem deutschen Militarismus nicht gelingen wird, ein Schlupfloch zu finden, um die geplante Wiederbelebung der deutschen Kriegsmacht und einen Revanchekrieg Wirklichkeit werden zu lassen.

Die Deklaration der Alliierten Mächte schafft ein wohlgeordnetes System des Besatzungsregimes, das sich auf die enge Zusammenarbeit und koordinierte Tätigkeit der Oberkommandierenden der Besatzungsarmeen gründet. Die Deklaration ist durchdrungen vom Geiste unverbrüchlicher Einheit und ist ein tödlicher Schlag für die diversen offenen und getarnten Goebbels-Nachfolger, die noch nicht auf ihre Unterwühlungspläne verzichtet haben, Pläne, in denen der Versuch, Gegensätze zwischen den Alliierten Mächten zu entfachen, eine große Rolle spielt. Die Deklaration macht den Umtrieben

Diesen Sonntag wird Walter Fritzsch nicht so schnell vergessen. Nach der Kirche läuft er zum Sportplatz, um bei schönstem Wetter Fußball zu spielen! Davor und danach gibt es gut und satt zu essen. Zuschauer dürfen dem sportlichen Treiben allerdings nicht beiwohnen, *„da der Ami zugegen ist"*, wie Walter Fritzsch in seinen Aufzeichnungen festhält. Es ist eine denkwürdige Begegnung, organisiert von den Amerikanern, die mit Fußball eigentlich nichts anfangen können. Auf der einen Seite steht eine Auswahl jugoslawischer Fremdarbeiter, die Spieler sind bis zum Abtransport in ihre Heimat in einer Kaserne untergebracht. Auf der anderen Seite steht die »Z.S.G.«. Dahinter verbirgt sich eine Zwickauer Auswahl, in deren Reihen neben Walter Fritzsch auch seine ehemaligen Mitspieler Helmut Schubert und Manfred Fuchs stehen. Es sind die ersten aus der Gefangenschaft zurückgekehrten Fußballer in Planitz. Zwar verliert die Z.S.G. mit 1:6 – den ehemaligen PSC-Kickern völlig egal. An diesem Tag zählt das Gefühl, endlich wieder auf dem noch immer stark gezeichneten Platz gestanden zu haben und vor allem der volle Magen. Der Bombentrichter war notdürftig aufgefüllt worden und das Essen hatte geschmeckt wie nie zuvor!

„18. Juni 1945 – Montag, Trainingsspiel, Sandaletten bestellt.

19. Juni 1945 – Fußballschuhe hergerichtet. Im Rathaus zwecks Decke, keine bekommen.

20. Juni 1945 – Das Essen ist sehr schlecht, es gibt wenig, Hunger hat man laufend, aber zum Verhungern ist es noch zu viel. Da ich als Soldat meine Pflicht getan habe, steht es mir nicht zu, einen Haushaltpass zu verlangen. Es ist zum Heulen. Diejenigen, die sich immer in der Heimat herumgedrückt haben, konnten sich ihre Schränke voll hamstern. Natürlich verschieben diese jetzt ihre Hemden, Schuhe usw. Was haben wir?

21. Juni 1945 – Wollten zu Lotte fahren, durften umkehren. Da unsere Befreier sich einig sind, was man mit den Deutschen anrichten kann. Der Russe soll bis zur Elbe zurück, will aber nicht. Der Ami hat Verstärkung nach Zwickau geholt. Geschütze in Stellung gebracht. Des öfteren hört man Infanterie-Schüsse. Die Arbeiter, die heute früh durch die Sperre konnten, sitzen jetzt noch rechts der Mulde und können nicht heim. Das ist unsere Befreiung..."

Alltag 1945: Die Trümmerbeseitigung haben mehrheitlich die Frauen zu schultern

Zwickau, die Stadt an der Mulde, ist im Juni 1945 für ein paar Wochen eine geteilte Stadt. Hüben die sowjetischen, drüben die amerikanischen Truppen oder anders herum, je nach Blickwinkel. Die 3. US-Armee ist am 17. April 1945 kampflos eingezogen, die ersten Soldaten der Roten Armee rücken am 14. Juni 1945 von Osten herein. Die sowjetischen Besatzer übernehmen dann mit dem Abzug der Amerikaner komplett das Kommando.

„22. Juni 1945 – Der Iwan und der Ami sind sich so im Klaren, dass sie fette Verstärkung heranschaffen. 14:30 bis 19 Uhr durften wir durch die Sperre... Mit der Esserei scheint es mieser zu werden.

23. Juni 1945 – Brennnessel, Zwiebelrohr und Kohlrabi zusammen gekocht – unser Mittag und Abendbrot. Nachmittag fuhr ich nach Zwickau, man hat uns wieder 4 Stunden durch die Sperre gelassen. 3 Pfund Zwiebeln, 2 Pfund Rübenschnitzel, 1 Pfund Schoten.

24. Juni 1945 – Training mit der Oberhohndorfer Jugend.

25. Juni 1945 – Training abgehalten. 300 g Brot gegessen und 3/4

Pfund Marmelade. Das kann man sich bestenfalls einmal im Monat erlauben. Der Russe soll Zwickau bekommen?

26. Juni 1945 – ...wenn man am Radio sitzt, kann man nur noch hören: Wahlsicherheit und 1000-jähriger Frieden. 51 Staaten sind diesem Verein aufgenommen (Charta der Vereinten Nationen/UNO unterzeichnet am 26. Juni 1945 in San Francisco). *Der Krieg soll demzufolge gemieden werden. Hoffen wir das Allerbeste.“*

Walter Fritzsch hat einen wichtigen Termin, muss um 18 Uhr im Gasthof Mädler sein. Überpünktlich begrüßt er die Mitstreiter und nimmt Platz. Neben ihm: Kurt und Paul Klötzer, Kurt und Paul Schneider sowie Erich Donath. Es geht um die Gründung des Arbeiter-Turn- und Sportvereins (ATSV) Oberhohndorf. Eröffnet wird die Versammlung von Kurt Klötzer, von ihm stammt auch die Idee, den Fußball wieder zu beleben: *„Jeder weiß, Sportvereine wie unser geliebter Planitzer SC sind mit der Kapitulationserklärung in allen Besatzungszonen aufgelöst und gelten damit als verboten. Doch auf Dauer kann das einfach nicht so bleiben!“*

Spielfelder seien zweckentfremdet genutzt, zum Gemüseanbau oder zum Aufstellen von Baracken als Notunterkünfte. Gar nicht zu reden von Bombentreffern wie in Planitz. Der Sport spielt in der Politik der Besatzungsmächte eine untergeordnete Rolle. Zwar hätten in Berlin nur wenige Tage nach Kriegsende mit Genehmigung des Stadtkommandanten erste Fußballvergleiche mit sowjetischen Armeemannschaften stattgefunden. Doch diese lokalen Sportveranstaltungen gab es, bevor irgendwelche Befehle oder Verordnungen für den gesamtdeutschen Sportbetrieb von den Besatzungsmächten erlassen worden waren. In Dresden, so heißt es, wäre der Ball letzte Woche wieder gerollt. Angeordnet vom sowjetischen Stadtkommandanten Oberst Gorochow. Eine Auswahl Altstadt gegen eine Auswahl Neustadt, wobei die Altstädter mit Helmut Schön und Richard Hofmann 6:1 gewonnen hätten. Walter Fritzsch horcht auf, Helmut Schön, König Richard wieder am Ball? Ähnliches hört er aus Leipzig. Dort sei ein Städtespiel gegen Dessau geplant, mit Walter Rose, Werner Brembach und all diesen Recken, denen er auf dem Rasen schon gegenüberstand. Worauf also warten? So steht die Idee, mit dem »ATSV« einen Neuanfang zu wagen, zumal Oberhohndorf – wie Planitz – seit 1944 in Zwickau eingemeindet ist und der kommunale Sport jetzt gefördert werden soll. All das ruft Kurt Klötzer noch einmal kurz in Erinnerung, um im Anschluss die Vorschläge für die zu besetzenden Stellen zu verlesen. Im Vorfeld hat man sich bereits verständigt, so herrscht Einigkeit. Jeder Vorgeschlagene wird gewählt. Als Vereinsführer: Kurt Klötzer, als Kassierer: Paul Klötzer und Kurt Schneider, als Turnwart: Paul Schneider und als Jugendleiter: Erich Donath. Die letzte Personalie hat mit Walter Fritzsch zu tun. Er wird an diesem 27. Juni 1945 als ATSV-Trainer bestätigt. Obwohl schon 1940 in Leisnig als Übungsleiter tätig, ist es seine Ersterwähnung als Trainer.

Gleich nach der Abstimmung zu den Personalien beginnt der Austausch über die aktuellen Sorgen. Es gibt so gut wie kein Fußballmaterial, also Kleidung, Schuhe usw. Walter Fritzsch übernimmt die Neuanschaffung von Sportkleidung und tatsächlich gelingt es ihm, nachfolgende Dinge zu organisieren: 40 schwarze Turnhosen, 4 weiße Hemden, 12 Paar Turnschuhe, 11 blauweiß-gestreifte Dresse, 40 weiße Dresse für Männer, 3 Paar Fußballschuhe. Tage später notiert er zufrieden: *„Interesse ist sehr vorhanden. 40 Mann finden sich regelmäßig zum Training ein. Ob sich eine gute Elf herausschält, kann man im Voraus nicht sagen. Eine vorläufiges Ergebnis ist gut, eine Jugend könnte schon spielen.“*

„28. Juni 1945 – Rübenschnitzel, Brennnessel, 1 Kohlrabi, halbes Pfund Möhren als Abendbrot. 125g Kartoffelschalen, 1 Pfund Brennnessel und Schalotten, Brot angeschnitten. Man bekommt eine Karte zum Arbeiten. Werden nach Lommatzsch fahren, wenn der Iwan keine Querelen macht.“

Von Planitz nach Lommatzsch sind es nicht viel mehr als 100 Kilometer. Im Sommer 1945 ist es eine kleine Weltreise, Walter und Käthe legen die Strecke mit dem Fahrrad zurück. Mit der Abfahrt um 5:15 Uhr geht es in südöstlicher Richtung nach Wildenfels und Pfaffenhain, dann nach Dittersdorf, südlich von Chemnitz, weiter in Richtung Gornau und schließlich über Brand-Erbisdorf bis Freiberg. Kurz davor taucht der erste russische Posten auf. Einer Weiterfahrt steht jedoch nichts im Wege, also weiter, über

Nossen nach Lommatzsch. Als sie bei Helmut Lenk eintreffen, sind sie gut zehn Stunden unterwegs. *„Kartoffeln wollt ihr? Haben wir jede Menge“*, lacht der Hausherr und freut sich über den Besuch. Am nächsten Morgen radelt Walter Fritzsch allein weiter nach Oberbobritzsch, diesmal ist der Empfang deutlich verhaltener. Ausdruck dessen sind die 15 Pfund Kartoffeln, die von der Familie Wetzel übergeben werden. Der Empfänger kann seine Enttäuschung nur schwer verbergen und bekommt die Erklärung gleich mit: *„Walter, die Russen haben uns 20 Kühe und vier Pferde genommen, dazu fast alle Hühner…“* Zum Glück hat Fritzsch noch eine zweite Adresse im Ort, die Familie Clemens, und erhält tatsächlich noch einmal sechs Pfund Gerste und 25 Pfund Kartoffeln. Wieder angekommen in Lommatzsch flüstert ihm Käthe am späten Abend ihre Ausbeute ins Ohr: *„Zwei Zentner Kartoffeln!“* Dieser Sonntag hat sich wirklich gelohnt, entsprechend gut gelaunt macht sich das Paar am nächsten Morgen auf die Heimfahrt. Kurz vor Frankenberg ist das Hochgefühl plötzlich wie weggeblasen. *„Stoi!“*, das Kommando ist eindeutig und Walter Fritzsch weiß, die Wahl der Autobahn war ein Fehler: *„Unsere Befreier nahmen mir mein Fahrrad weg. Mit solchen Sachen muss man rechnen!“* Mit einem Tag Verspätung landen sie in Planitz, durch den strömenden Regen völlig durchnässt, aber zufrieden. Immerhin 115 Pfund Kartoffeln haben sie gerettet, davon bekommen Käthes Eltern 40 und Mutter Fritzsch 15 Pfund.

„4. Juli 1945 – Der Russe besetzt Sachsen. Wenn man seine Fahrzeuge sieht, findet man folgendes Bild: Kühe, Schweine, Schafe und Hühner in rauen Mengen. Klaviere, elektr. Öfen, Tische, Stühle, Betten, Federbetten – alles nimmt dieser unkultivierte Mensch den Deutschen weg.

5. Juli 1945 – 13 Uhr aufgestanden. Von Käthes Rad den Mantel muss ich flicken. Bin sehr müde und schlapp.

6. Juli 1945 – Werde vielleicht 8 Wochen beim Bauern in Oberbobritzsch arbeiten, wenn das Arbeitsamt mitmacht. Training abgehalten.

8. Juli 1945 – Mir soll mal kein Mensch behaupten, wir hätten den Russen Fahrräder, Motorräder, Kraftwagen, Klaviere elektr. Öfen, Stühle, Tische, Betten, Uhren und Schmuck geraubt. Denjenigen müsste man drei Jahre nach Russland bringen, um sie aufklären zu können. Ich war von 1941-43 und 1944/45 im Osten, von dem oben Genannten sah ich herzlich wenig.“

Wieder geht es in Richtung Freiberg, diesmal ist Halsbrücke das Ziel. Natürlich mit dem Rad. Um 4:30 Uhr sind sie aufgebrochen, um neun Stunden später die erste Etappe abgeschlossen zu haben. Am Abend geht es weiter, von Halsbrücke nach Oberbobritzsch. Geschlafen wird in der Scheune. Das Essen schmeckt und so geht es nach der Abgabe der wertvollen Fracht auf dem Bahnhof auf die Rückfahrt. Aber auch diese Tour hat es in sich. Der erste Platten in Freiberg, anderthalb Stunden dauert die Flickerei. Hinter Frankenberg fährt Käthe erneut in einen Nagel. Doch die Reparatur will nicht gelingen, immer wieder entweicht die Luft. Sie retten sich zu einem Schmied, für dessen Hilfe löhnen sie drei Pfund Kartoffeln. Das Ergebnis unbefriedigend, die Luft hält einfach nicht. Also suchen sie für Käthe ein Quartier, werden bei einer älteren Frau fündig. Tippeln am nächsten Morgen in aller Hergottsfrühe los, per pedes. Etwa 50 Kilometer sind es nach Planitz, die einzige Nahrung Kartoffeln und Salz. Endlich zu Hause, die nächste Überraschung – Walters Bruder Gerhard ist aus dem Krieg zurück. Sehen können sie sich noch nicht: *„Da unsere Befreier die Brücken nicht aufmachen.“*

„15. Juli 1945 – So ein Sonntagmorgen, einfach herrlich. In der Kirche gewesen. Wirf dein Gottvertrauen nicht weg. Zu Mittag mich richtig satt gegessen. Kriegstagebuch weitergeschrieben.

16. Juli 1945 – Das Kriegstagebuch fertig geschrieben.

18. Juli 1945 – War in die Schwamme (Pilze). Keine gefunden. Das Getreide steht sehr gut. Es müsste eine gute Ernte geben. Kam Gerhard mit Liesbeth, haben uns unterhalten. Morgen möchte ich mal zur Arbeit gehen und ins Rathaus.

19. Juli 1945 – Wilhelmsschacht (ehemaliges Steinkohlerevier), Eisenkönig aufgesucht. Nur schwer arbeiten, das hält mein Fuß nicht aus. Im Gemeindeamt zwecks Haushaltspass. Schuhe und Kohlen nicht geklappt. Meine guten Fußballschuhe besohlt. Käthe mit Mar-

thel nach Kuhschnappel gefahren… Käthe traf 21:30 Uhr ein. Alles nahm die Polizei weg und nicht einmal bezahlt. Morgen fahre ich nach Lichtenstein, um nach dem rechten zu sehen.

20. Juli 1945 – Konnte nicht einschlafen. Früh 7 Uhr fuhr ich los. 7 Uhr war ich in Lichtenstein, so zeitig, weil dort eine andere Uhrzeit ist. Im Polizeirevier gewesen und von den armen Irren belehrt worden. Die Sachen bekämen die Armen. Dann zum Krumbiegel nach Rödlitz, Gasthaus. 125 g Bratwurst erhalten, anschließend zu Hoffmann, Heinz. Dort schenkte man mir Kartoffelflocken, 300g Sojamehl. 16 Uhr traf ich zu Hause ein… Abends gebaden, Training. Käthe war Kohlen lesen.

21. Juli 1945 – …Kartoffelbrei und Milch, das war ein Mittagessen. Plan vom Sportplatz gezeichnet. Ein Brief an Herrn Walter Horch geschrieben wegen Arbeit.

23. Juli 1945 – Mieses Wetter. 7:30 Uhr auf dem Kohlenfeld mit der Schwiegermutter 2,5 Zentner gelesen. Im Gemeindeamt Kohlengesuch abgegeben.

24. Juli 1945 – Pro Kopf 10 Kilo Kartoffeln. Schuhwerk in Ordnung gebracht. Gesuch für Mutti gemacht zwecks Passierschein. Beim Friseur gewesen. Training. Soll zu Herrn Walter Horch kommen. Hoffentlich klappt es mit der Arbeit.“

Seit dem 17. Juli 1945 tagen im Potsdamer Schloss »Cecilienhof« die Siegermächte des Zweiten Weltkriegs und beraten über das künftige Schicksal Deutschlands. Am Verhandlungstisch sitzen Josef Stalin (UdSSR), Harry S. Truman (USA) und Winston S. Churchill (UK). Frankreich tritt den Beschlüssen erst nach dem Ende der Konferenz bei. Einigkeit besteht auf alliierter Seite, dass von deutschem Boden nie wieder ein Krieg ausgehen soll. Neben Demokratisierung, Entmilitarisierung, Entnazifizierung und Dezentralisierung wird über Reparationsleistungen verhandelt. Mit der Demontage von Fabriken und Werken soll die deutsche Industrie auf den Stand von 1932 gebracht werden. Letztlich gibt es einen Kompromiss. Jede Besatzungsmacht darf nur in ihrer eigenen Zone Industrieanlagen entnehmen. Lediglich die UdSSR erhält als Ausgleich für erlittene Kriegsschäden zusätzlich zehn Prozent der demontierten Güter aus den Westzonen. Allerdings sind die Reparationsleistungen höchst unterschiedlich verteilt. In den Westzonen werden 667 der geplanten 680 Betriebe demontiert. In der sowjetischen Besatzungszone geht es um rund 3.400 Betriebe, also fünfmal so viel – u. a. die Kamera-Werke in Dresden, der Optikstandort Carl Zeiss in Jena, die Sachsenerz Bergwerks AG im Erzgebirge und die Horch-Werke in Zwickau. Viele Deutsche sind empört, ihre Arbeitsplätze selbst demontieren zu müssen. Oft geschieht das unter militärischem Schutz, wenn Maschinen in Kisten verpackt werden und ihre Reise gen Osten antreten.

„30. Juli 1945 – 10 Uhr zu Horch gefahren. Wahrscheinlich wird das Werk aufgelöst.

2. August 1945 – Salat und Radieschen gesät. Die hohen Schuhe mit Spitzen beschlagen. Nach Zwickau gefahren. Sämtliche Sportvereine sind aufgelöst. Der Fußballsport vorläufig eingestellt. Ob noch einmal die schöne Zeit kommt, die wir hatten, fragt sich. Es gibt 700g Brot, Sonderzuteilung.

4. August 1945 – Wie eben der Nachrichtendienst meldete, soll das deutsche Volk nicht als Sklaven behandelt werden, wir sollen und können uns wieder bewähren. Laut der Versammlung der drei Großen vom 27. Juli bis 2. August. Unser Volk wird jetzt bemuddelt von vier Staaten. Rassegesetze aufgelöst. Ich glaube, wir werden ganz schön bluten müssen. Deutsche Guthaben an den Russen. Alles wird uns von den Befreiern weggenommen. Deutschland wird arm wie eine Kirchenmaus. 50 Prozent wird uns gelassen, was wir brauchen zum wirtschaftlichen Leben. 22 Uhr zu Hause. Vier Löffel Mehl, Zucker und eine Birne ergibt Marmelade.

5. August 1945 – Fingen wir an, den Platz in Oberhohndorf von Unkraut zu befreien. 8 Uhr aufgestanden. Auf dem Sportplatz mit Gras rupfen gewesen. 14 Uhr nach Planitz zum Spiel gegen Kirchberg. 8:0. Ich Mittelstürmer, 1 Tor geschossen. Gerhard mit Lisbeth und Käthe auf dem Platz gewesen. Nach acht Tagen Unkraut entfernen war der Platz spielfertig."

Nach dem Abzug der Amerikaner hat die sowjetische Administration verfügt, dass Fußball lediglich im Kreismaßstab gespielt werden darf und das ausschließlich unter Verwendung der Allgemeinbezeichnung »Sportgemeinschaft« (SG) zu geschehen hat. Damit kann man sich in Planitz nicht so recht anfreunden, der Verlust des Namens »Planitzer SC« schmerzt. So belässt man es bei der Bezeichnung »Planitz I«. Das 8:0 gegen »Kirchberg I« gilt als erstes offizielles Fußballspiel auf dem traditionsreichen Boden nach dem Krieg. Bei den Schwarz-Gelben ist die Rede vom »Sportkartell Planitz«. Vermutlich dient die Wortschöpfung dem sich daraus ergebenden Kürzel »SK Planitz« und somit der Assoziation zum alten Planitzer SC.

„6. August 1945 – Arbeitsamt. Käthe ihren Schein mitgebracht. Bin im Zimmer 61 gewesen, zwecks Arbeit. Die Mitarbeiter wissen selbst nicht, was sie wollen. Sämtliche Kassen und Banken sind gesperrt. Abends auf dem Sportplatz gearbeitet.

11. August 1945 – Das erste Spiel der Jugend-Mannschaft seit der Gründung. Gegen Wilkau-Haßlau B 7:1 gewonnen.

12. August 1945 – 14:30 Uhr wollte ich mit Käthe nach Cainsdorf – die Brücke ist gesperrt. Aßen die Apfeltorte und gingen nach Hainsdorf. Unterwegs kontrollierten uns fünf Iwans. 15:40 Uhr kamen wir auf den Sportplatz. Es spielte die Jugend und gewann gegen Reinsdorf 5:0.

Hamsterfahrten sind ab 1945 die nahezu einzige Möglichkeit, an Nahrungsmittel zu kommen

13. August 1945 – Nachmittags im Kino mit Käthe – »San Francisco« (Spielfilm, 1936). Die falsche Leberwurst schmeckt wirklich gut. Mehl, Zwiebel, Majoran und noch verschiedene Gewürze.

14. August 1945 – Arbeitsamt, soll wiederkommen. Training. Käthe will hamstern fahren.

15. August 1945 – Käthe abgefahren. 9:30 Uhr Wirtschaftsamt. Ein Antrag für Emaille. ¾ Pfund Quark gab es extra. 20:30 nach dem Bahnhof mit Wagen. 21:45 Käthe angekommen. 23 Uhr zu Hause. 1 Pfund Tomaten, 14 Pfund Korn, 30 Pfund Kartoffeln, 5 Pfund Fallobst. Also, es hat sich gelohnt.

17. August 1945 – Ich war von 1941-1943 und 1944-1945 im Osten. Sah keine Kirche in Ordnung und jetzt spricht der Deutsche Rundfunk, dass in Russland noch nie die Kirche verfolgt worden sei. Mich kann niemand aufklären. Wo wir selbst in Shisdra die Kirchen in Ordnung brachten, um den Russen Gelegenheit zu geben, sich ihrer Religion hinzugeben. Helden sind die, die sich vorm Krieg gedrückt haben, laut Berliner Rundfunk. Training abgehalten.

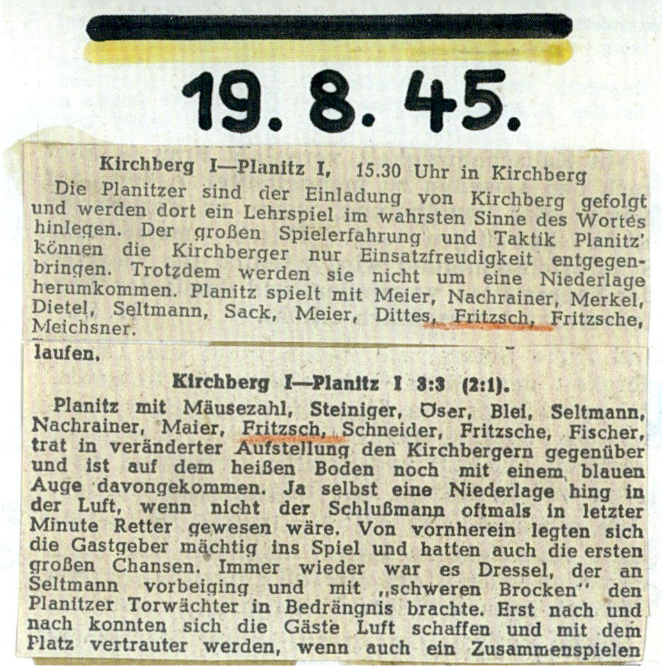

19. 8. 45.

Kirchberg I—Planitz I, 15.30 Uhr in Kirchberg

Die Planitzer sind der Einladung von Kirchberg gefolgt und werden dort ein Lehrspiel im wahrsten Sinne des Wortes hinlegen. Der großen Spielerfahrung und Taktik Planitz' können die Kirchberger nur Einsatzfreudigkeit entgegenbringen. Trotzdem werden sie nicht um eine Niederlage herumkommen. Planitz spielt mit Meier, Nachrainer, Merkel, Dietel, Seltmann, Sack, Meier, Dittes, Fritzsch, Fritzsche, Meichsner.

laufen.

Kirchberg I—Planitz I 3:3 (2:1).

Planitz mit Mäusezahl, Steiniger, Oser, Blei, Seltmann, Nachrainer, Maier, Fritzsch, Schneider, Fritzsche, Fischer, trat in veränderter Aufstellung den Kirchbergern gegenüber und ist auf dem heißen Boden noch mit einem blauen Auge davongekommen. Ja selbst eine Niederlage hing in der Luft, wenn nicht der Schlußmann oftmals in letzter Minute Retter gewesen wäre. Von vornherein legten sich die Gastgeber mächtig ins Spiel und hatten auch die ersten großen Chansen. Immer wieder war es Dressel, der an Seltmann vorbeiging und mit „schweren Brocken" den Planitzer Torwächter in Bedrängnis brachte. Erst nach und nach konnten sich die Gäste Luft schaffen und mit dem Platz vertrauter werden, wenn auch ein Zusammenspielen

18. August 1945 – Man munkelt, dass uns Spar-Geld bis 8. Mai 1945 verlustig geht. Erstmalig in der Zeitung Sportberichte. 17:30 Uhr zu Klötzer, Kurt, anschließend in die Versammlung bei »Mädler«. Leitung außer der Jugend lässt sonst sehr zu wünschen übrig. Vielleicht mache ich bei den Kleingärtnern los.

Die SG Planitz mit Walter Fritzsch (hinten, 4.v.r.) vor einem Spiel gegen Zwickau-Mitte

19. August 1945 – Jugend gegen 1. Jugend von Wilkau-Haßlau 0:4. Die Gegner-Elf gewann überlegen. Es muss eben noch so mancher befeilt werden. 14 Uhr mit Planitz mit einem Bus nach Kirchberg gefahren, schlechter Platz. 3:3. Drei Touren getanzt. Es regnet wieder. Was wird bloß aus der Ernte? …

20. August 1945 – Mit Rad ins Arbeitsamt gefahren. Eine traurige Meldung. Vier Jahre hat man einen Beruf erlernt und jetzt geht man als Gärtnergehilfe. 12 Uhr war ich fertig, dann Bahnwerk, nicht geklappt. Alle Versuche missglückten, wie Reichsbahn-Ausbesserungswerk sowie Einfahren im Schacht.

22. August 1945 – 8 Uhr fing ich als Weingärtner an. Die Arbeit ist körperlich anstrengend. An was man sich aber gewöhnen wird. Arbeitszeit von 8 bis 15 Uhr. Ein Vorarbeiter, sechs Arbeiter und drei Arbeiterinnen. Die Stunde 70 Pfennig.

25. August 1945 – Erster Lohntag. Stunde 75 Pfennig und 2 Kohlrabi, 2 Pfund Möhren, 3 Zwiebeln.

26. August 1945 – Sonntag – einige Schilder geschrieben. Hasenbraten gegessen. Nachmittag Fußball. Jugend gegen Zwickau Nord 5:0. Dann zu Junghanns, Wilhelmshöhe, tanzen.

1. September 1945 – Was am 4.4.1945 von Schmidt, Walther gesagt wurde, hat sich als unwahr herausgestellt. Er war in russischer Gefangenschaft. Erhielt heute einen Brief von ihm.

2. September 1945 – Nachmittags in Planitz gespielt gegen Cainsdorf. 0:1 verloren. Bei dem Verein klappt es nicht mehr. Dann in der Linde. 22:30 Uhr zu Hause.

3. September 1945 – Heute war ich abgekämpft, macht doch das Spiel was aus.

7. September 1945 – Die Russen nahmen wieder das Schlachtvieh weg sowie alle Gemüsearten. Diese Woche gibt es keine Kartoffeln. Wie werden wir alles überstehen?

9. September 1945 – Sonntag – Zwickau-Mitte gegen Planitz 1:3. Fußballschuhe von Töpfer, Fritz geborgt. Planitz spielte mit: Mäusezahl, Nachrainer, Steiniger, Merkel, Seltmann, Sack, Meyer, Wittes, Fritzsch, Meichsner, Blei. Die Tore schossen: Dittes 2, Fritzsch 1.

Karl Dittes trifft – Walter Fritzsch (mehr zu erahnen, als zu sehen) beobachtet. Zwickau-Mitte – SG Planitz

11. September 1945 – Das Leben geht zwar weiter. An den Sterbefällen sieht man aber, dass die Verpflegung sehr vitaminarm ist. Was nützt das Geprahle im Radio, wenn nichts zu Essen da ist. Hoffen wir das Allerbeste. Kartoffeln gab es seit zwei Wochen keine.

12. September 1945 – Es gab 7 Pfund Kartoffeln. Training abgehalten.

13. September 1945 – Ein herrlicher Tag. Nach Planitz zur Mutti, beim Training gewesen. Bekam 3 Kopfkissen von Gerhard, dafür seine Schuhe in Ordnung gebracht.

15. September 1945 – Es gibt jetzt 1 Pfund Brot weniger. 8 Wochen soll es kein Fleisch geben.

16. September 1945 – Nachmittag spielte Oberhohndorfs 1. Mannschaft gegen Reinsdorf ihr erstes Spiel. Es ging 2:4 verloren. Geärgert hatten sich alle Zuschauer, die namentlich aufgezählt wurden."

Gerade erst gegründet und schon die erste Namensänderung, der »ATSV« heißt nun »Oberhohndorf I«. Geschuldet ist das den Vorgaben der sowjetischen Besatzer: Jeder darf nur dort spielen, wo er wohnt und die Vereinsnamen beschränken sich auf die Ortsmarke, bestenfalls ergänzt durch den Zusatz »Sportgemeinschaft« (SG). Für die Mannschaft von Walter Fritzsch ist es eine Premiere, sie schlägt sich bei ihrem Erstauftritt tapfer. *„Noch einige Spiele und die Mannschaft wird sich finden. Bis jetzt ist noch kein Meister vom Himmel gefallen"*, notiert der Spielertrainer. Zufrieden ist er mit seinen Stürmern, sowohl Decker, als auch Petzold haben getroffen.

„17. September 1945 – Wenn man sich über eine Freundlichkeit der siegreichen Roten Armee aufregen darf: Das Fleischessen ist untersagt, aber unsere Befreier schlachten desto mehr Vieh ab. Es gibt 1,5 Pfund Zucker in vier Wochen. Bei den Engländern gibt es laut Aussage von Wagner, Paul pro Woche 375 g Fleisch, 6 Pfund Brot und auch mehr Fett. Also müsste man vom Russen auch mehr bekommen.

22. September 1945 – Heute bekam ich die erste Arbeitskündigung meines Lebens. Treuhänder Estel hat kein Geld mehr zum Lohn zahlen.

23. September 1945 – Die Uhr wieder eine Stunde zurückgestellt. Das Jugendspiel gepfiffen. 6:1, Werdau gewonnen. Kein Fleisch, nachmittags Regen. Nach Planitz – hatte mir vorgenommen zu spielen, da es stark regnete, ließ ich es sein und ging mit Gerhard in die Linde und ins Kino. Gerhard bezahlte mir seine Schuhe mit 3 RM und das Kino.

30. September 1945 – Ein Jahr verheiratet. Grüne Klöße, Kuchen. Nachmittag Oberhohndorf gegen Wilkau-Haßlau 1b 3:2. Der Ball lief wie am Schnürchen, leider nicht durchgehalten. Der Schiedsrichter ließ manchen Kampf offen. Tore: Petzold, Fritzsch, Donath. Morgen soll ich als Straßenarbeiter in Oberhohendorf anfangen. Wenn man bedenkt, mal einen schönen Beruf gehabt und jetzt muss man sich sinken lassen. Ich schäme mich vor keiner Arbeit.

1. Oktober 1945 – Montag im Regen – einfach toll. Bei der Gemeinde als Straßenbauarbeiter mit Klötzer, Kurt angefangen. Spaß macht es mir nicht. Arbeitszeit 8-12 Uhr, 12:30-17 Uhr.

2. Oktober 1945 – Die Arbeit ist etwas schwer. Der Oberhohndorfer Berg soll in Ordnung gebracht werden.

3. Oktober 1945 – Vormittag schwer geregnet. 40 RM von Mutti geborgt, weil ich kein Geld erhalte. Kopfschmerzen. Der Sport soll verboten werden.

4. Oktober 1945 – Der erste Baum gefallen. Ein Wagen Geäst heimgeschafft. Landvermesser abgesteckt. Nachmittags geregnet. Training.

7. Oktober 1945 – Klötzer für 2 Pfund Brot, 2 Zigarren und 3 Zigaret-

ten. In Reinsdorf mit Oberhohndorf 5:1 gewonnen. Tore: Zobler 2, Töpfer, Schönfelder u. Fritzsch.

9. Oktober 1945 – Die Arbeit war etwas schwer. Baumstämme weggetragen. Eine Baumwurzel mit heim genommen. Ein neuer Hasenstall. Eine Doppelkarte zur Silberhochzeit Klötzer, Kurt gezeichnet. Eine Karte vom Arbeitsamt erhalten.

10. Oktober 1945 – Im Arbeitsamt gewesen. Plakate für Fußball erhalten. Meine Papiere von Horch erhalten.

11. Oktober 1945 – Donath, Erich will mich bei der Bahn unterbringen. Sonnabend 10 Uhr Wort halten. Es soll noch 1 Zentner Kartoffeln geben.

12. Oktober 1945 – Die Arbeit ging. Käthe brachte meine Papiere. Bekam zwei Schwerarbeiterkarten. Morgen soll ich mich bei der Bahn melden. Donath, Erich Wort gehalten.

13. Oktober 1945 – 10 Uhr in der Bahnmeisterei vorgestellt. Montag fange ich an. Nachmittag Holz gesägt. Schilder gemalt. Tanzen.

14. Oktober 1945 – 100 g Fleisch gegessen. Fußball gespielt. Gegen Vielau 0:3 verloren. Die Niederlage haben wir uns selbst zuzuschreiben. Keiner lief zum Ball, sondern entgegengesetzt. Der Sturm kann kein Tor schießen. Umstellungen werden so lange gemacht, bis es klappt. Abends Junghanns.

15. Oktober 1945 – Auf der Bahn als Hilfsarbeiter angefangen. Arbeit ist im Freien. 17:40 Uhr zu Hause

16. Oktober 1945 – Erstes Betriebsmittagessen. Mein linker Fuß sehr schmerzhaft. 16:30 Uhr abgehauen. 2 Plakate fertig gestellt. Der Fuß hat eine außergewöhnliche Schwellung am Knöchel.

17. Oktober 1945 – Abends tanzen bei Mädler. Mutti an der Garderobe. Licht war vier Stunden weg.

20. Oktober 1945 – Mit Fahrrad auf Arbeit gefahren. Man munkelt vom Abziehen der Befreier.

21. Oktober 1945 – Sehr schöner Tag. Schilder angefertigt. 13 Uhr mit Hermann zum Spiel nach Härtensdorf gefahren. 1:6 verloren. Auch diese Niederlage durften wir nicht einstecken. Das Sichverstehen mit Tormann und Verteidigung fehlt noch. Im Sturm ist Hilflosigkeit. Keiner kann aufs Tor schießen.

23. Oktober 1945 – Im RAW gewesen, werde als Hilfsschlosser eingestellt. Also nutzt mir mein Facharbeiterbrief nichts.

24. Oktober 1945 – Ein herrlicher Tag. 15 Uhr Donath, Erich aufgesucht. Dort war Rieger, Bauchef. Er schenkte mir 10 RM. Will versuchen, mich unterzubringen.

25. Oktober 1945 – Wir arbeiten eine Woche ohne Zulage. Training abgehalten, acht Mann.

26. Oktober 1945 – Es gibt neue Marken. Nach diesen Maßstäben müsste es uns besser gehen. Mehr Fett und Fleisch für Schwerarbeiter. Ob es durchführbar ist, werden die nächsten Wochen bringen. Der Briefverkehr mit allen Deutschen gestattet. Der Sport soll auch verboten sein oder werden. Wie soll das alles noch werden? Morgen will ich mich zum RAW abmelden. 19 Uhr Training abgehalten, danach Versammlung. 300 g Brot, 100 g Zucker gegessen.

27. Oktober 1945 – Die Überweisung zum RAW. Bis 12:30 Uhr gearbeitet. Kirmes in Oberhohndorf. Käthe hat fünf Kuchen gebacken, Quarktorte – also gut gegessen. 250 g Nudeln Sonderzuteilung. Der Sport soll von den Russen verboten werden. Bei Mädler Tanzen gewesen, nicht die Masse.

In der UdSSR wird seit einem Monat erbittert um die Fußballmeisterschaft gekämpft. Jeder Punkt ist wichtig, jeder Punkt kann nach Beendigung der Serie über Meisterschaft oder Abstieg entscheiden. So gefüllt wie auf unserem Bild ist das „Dynamo"-Stadion immer, wenn ein Heimspiel ausgetragen wird. Der Dynamo-Torwart, A. Chomitsch, fängt einen Ball sicher.

Den Original-Kommentar (r.) deckt Walter Fritzsch in seinem Tagebuch mit einem für diese Zeit typischen Foto ab, sicher ist sicher.

28. Oktober 1945 – Ein herrlicher Kirmes-Sonntagmorgen. Unsere Befreier haben uns vom Sport befreit. Fußball ist verboten worden. Gut gegessen. Grüne Klöße und Hasenbraten."

Noch vor einer Woche war die Welt der Oberhohndorfer Fußballer in Ordnung. Trotz der 1:6-Niederlage in Härtensdorf hatten sie in den fünf Wochen ihres Spielbetriebs so etwas wie Normalität gefühlt. Der rollende Ball, das Gemeinschaftsgefühl, die Freude über einen Sieg, aber auch die Enttäuschung über eine Niederlage, verbunden mit dem Vorsatz, es beim nächsten Mal besser zu machen. Plötzlich ist Schluss. Kein Wettkampfspiel, nicht einmal mehr Training. Der Alliierte Kontrollrat hatte mit seiner Proklamation Nr. 2 schon am 20. September 1945 alle Turn- und Sportvereine auflösen lassen. Im Bereich der sowjetischen Besatzungszone war schon ab 15. September 1945 propagiert worden: *„Die bestehenden Sportorganisationen sind aufzulösen. Zu verbieten ist die Durchführung von Wettkämpfen aller Art wie Fußballspiele, Sportfeste usw. … auch die Popularisierung des Sports durch die Presse. Sportspiele sind in Verantwortung der örtlichen Selbstverwaltungen, unter strenger Kontrolle von Ihrer Seite* (gemeint sind die Militärkommandanten) *durchzuführen."* Eine Verkündung dieses Befehls halten die sowjetischen Machthaber für ausreichend. Das Ablegen oder Dokumentieren geschieht eher selten. Nach Erteilung werden die Befehle gewöhnlich wieder eingesammelt. Diese Umgangsform erklärt die verzögerte Anwendung, und so ruht der Ball in Oberhohndorf erst ab 28. Oktober 1945. Spielertrainer Walter Fritzsch versteht die Welt nicht mehr: *„Unsere Befreier haben uns vom Sport befreit."*

„29. Oktober 1945 – Personalamt zwecks meiner Papiere. Hat nicht geklappt. Zum RAW und anschließend ins Arbeitsamt zwecks Überweisung. 18:30 Uhr Stromsperre ohne vorher bekanntzugeben. Bei Mädler zum Tanz. Ich kann schon sagen, dass wir gut gegessen haben. Der Grießkuchen schmeckt gut. Wenn man das alles so hört, könnte man blass werden. Unsere Befreier werden uns scheinbar noch alles nehmen. Bei uns soll eben das Paradies aufgebaut werden, wie in Russland. Wir haben den Krieg überstanden, ich lege alles in Gottes Hände. Er wird wissen, was das Richtige ist.

30. Oktober 1945 – 8:30 Uhr in die Gemeinde. Von da zum Personalamt Zwickau meine Papiere und für die 14 Tage das Geld geholt. 55,11 RM. Anschließend ins RAW. Dort ins Einstellungsbüro. Heute nochmals anständig gegessen. 200 g Sonderzuteilung Wurst. Wahrscheinlich werde ich als Bohrer anfangen.

31. Oktober 1945 – 9 Uhr aufgestanden. Letzten Kuchen gegessen. Garten umgegraben, bis 12 Uhr Kali gestreut. Den übrigen Tag Sprüche und Briefe geschrieben. Morgen fange ich beim RAW an zu arbeiten, als was weiß ich noch nicht."

Das Gelände des Reichsbahnausbesserungswerkes (RAW) ist riesig und entspricht der Größe von 30 Fußballfeldern. Schon seit 1877 werden in Zwickau Eisenbahnen repariert. Um 1920 werden 2.000 Beschäftigte gezählt, die folgende Weltwirtschaftskrise bringt das Werk fast zur Schließung. Doch der Aufschwung in den 1930er-Jahren rettet das RAW und die Eisenbahnreparatur in Zwickau. Das Werk wird nun enorm ausgebaut, neue Werkstätten und Sozialbauten kommen hinzu. 1941 folgt der Bau einer 23-Meter-Drehscheibe, um den Lokverkehr im Werk besser koordinieren zu können. Der zunehmende Ausfall der männlichen Arbeitskräfte wird durch den Einsatz von über 500 Kriegsgefangenen kompensiert, um die kriegswichtige Reparatur des Hauptversorgungsmittels der Wehrmacht, der Eisenbahn, zu gewährleisten. Am 13. Mai 1944 erfolgt der erste Luftangriff, am 7. Oktober 1944 der zweite. Viele Arbeiter kommen ums Leben, mehrere Gebäude sind schwer zerstört. Ab 1945 werden im RAW für den Wiederaufbau dringend benötigte Lokomotiven und Güterwaggons repariert.

Das RAW Zwickau im Herbst 1945

„1. November 1945 – Die erste Schicht beim RAW. Der Eindruck: Genauigkeit spielt keine Rolle. Schmutzige Arbeit. Arbeitszeit von 8 bis 17 Uhr, halbe Stunde Mittag. Fuhrwerke sind in schlechtem Zustand. Keine Schwerarbeit.

3. November 1945 – 6153 meine Nummer im RAW, Abteilung Z. Marken sind da, aber kein Fleisch.

5. November 1945 – Montag – die Schränke am Bohrwerk in Ordnung gebracht. Die Maschine scheint etliche Monate nicht gereinigt worden zu sein.

6. November 1945 – Etwas gearbeitet, weiter sauber gemacht. Die Arbeit macht keinen Spaß.

7. November 1945 – Mein erster Betriebsappell im RAW. Was dieser Herr phaselte, war nicht mehr schön. Arbeitersiedlung im Sowjetparadies.

8. November 1945 – Selbständig gearbeitet. Was unsere Neuen Deutschen für eine Reklame für Russland machen. Ich bin drei Jahre in diesem Paradies gewesen.

15. November 1945 – Den Schrank vom großen Bohrwerk in Ordnung gebracht. Etliche Kästen für Stähle angefertigt. 200 g Butter erhalten.

17. November 1945 – Heute früh wurde ich mit 2 RM bestraft von der Bahnpolizei. Länger gearbeitet. Einem Lanzer, der aus russischer Gefangenschaft zurückkehrt ist, 2 RM geschenkt.

18. November 1945 – Sonntag. Eine Stunde wurde die Uhr zurückgestellt. Nebel. Käthe macht ein schönes Gesteck.

20. November 1945 – In der Halle ist es sehr kalt. Bekomme 4 Zentner Briketts von der Bahn.

21. November 1945 – Meinen Geburtstag gefeiert. Bekam von Mutti ein Paar Handschuhe, Geld, 2 große Äpfel. Von Käthe zwei Torten Marzipan, Bonbons. Bei Mädler gewesen."

Ein Vierteljahrhundert – die Bilanz von Walter Fritzsch fällt an diesem Novembertag durchwachsen aus. Dem lieben Gott habe er zu danken, dass er diesen 25. Geburtstag erleben darf. Und wie weiter? Eine berufliche Orientierung fällt dem ausgebildeten Waagerecht-Bohrer schwer. Ende August hatte er als Weingärtner begonnen, Versuche als Straßenbauarbeiter bei der Gemeinde folgen, was ihm immerhin zwei Lebensmittel-Schwerarbeiterkarten einbringen soll, oder Hilfsarbeiter bei der Bahn. Nun also Hilfsschlosser im Reichsbahn-Ausbesserungswerk. Spaß bereitet ihm die berufliche Nebentätigkeit. Schilder schreiben, Karten zu jedem Anlass beschriften, Plakate entwerfen. So verdient er sich ein paar Groschen dazu.

Papiergeld der Alliierten Militärbehörde

„22. November 1945 – Auf Arbeit heute den ganzen Tag Pech gehabt. Ich muss das machen, was sich die alten Bahner in 20 bis 30 Jahren angeeignet haben.

23. November 1945 – Heute ging es mit der Arbeit schon besser. Das Geld kann nicht stimmen. Diese Woche wieder 25 RM. Eigentlich müssten es 35 RM sein.

25. November 1945 – Totensonntag. Als Frühstück vier Schnitten mit guter Butter. Den ganzen Tag Sprüche für Wandbilder angefertigt. Das Mittagessen ist pfundig gewesen. Auch das Kaffeetrinken geschmackvoll. Eine kleine Torte gegessen.

29. November 1945 – Käthe hamstern nach Saupersdorf. Der freie Markt zu Wucherpreisen. Verkauft „der arme Bauer seine Waren an das Volk“. Die Russen haben es erlaubt und keiner darf sich dagegen einmischen. Wir werden noch die Ohren spitzen, was uns von diesen Befreiern geboten wird.

30. November 1945 – Während dieser Schicht machte ich wieder Mist. Wenn ich jede Arbeit drei Mal gemacht habe, dann wird es bestimmt besser.

1. Dezember 1945 – Arbeit in der Nachtschicht ging. 5 Uhr nach Zwickau Hauptbahnhof, mit Käthe nach Lommatzsch. Der Anschluss in Riesa war weg. Traf Pätzold, Willi, meinen ehemaligen Chef vom Konstruktionsbüro. 14 Uhr ging es weiter. 16:15 an Döbeln. 17:10 an Ostrau. Dann sind wir bis Lommatzsch gelaufen, weil der Zug ab Döbeln erst 20:09 ging. 19 Uhr trafen wir bei Erich Fischer, Lommatzsch ein. Erich war mit Hilde nicht anwesend. Der Empfang war bestens und ein Essen. Hühnchen mit Kartoffeln und als Nachspeise Kuchen mit Sirup. Mindestens einen halben Kuchen gegessen.

2. Dezember 1945 – 8:15 Uhr aufgestanden. Wieder den pfundigen Kuchen sowie Honigbrote gegessen. 8 Pfund Brot, Mehl sowie Weizenmehl von Erichs Eltern erhalten. Haben uns sehr darüber gefreut. Herr Fischer zeigte uns den Weg zurück nach Staucha. Sehr schönes Wetter. 11:15 Uhr in Staucha eingetroffen. Frau Nollau begrüßte uns schon von weitem und machte uns die traurige Mitteilung, dass bei ihnen eingebrochen worden ist. 3 Fahrräder, eine Handbohrmaschine, mechanisches Handwerkszeug und zwei alte Gasuhren gestohlen.

Die Stimmung konnte ich nur bei allen mir vorstellen. 12:30 Uhr kamen Erich und Hilde. Die Begrüßung war schon in dieser Form, aber die Stimmung hob sich bis zum Mittagessen. Hier gab es Hasenbraten, pfundig. Dann war ich mit Erich beim Gendarm wegen der Sache am Vormittag. So ein Gendarm ist toll. Eine Angst, kein Pflichtbewusstsein, ich könnte mich noch mehr ausdrücken. Unfähig, so einen Posten auszuüben. Schuhabdrücke und Tatbericht selbst ausgeführt, dann Rückkehr. Kaffeetrinken und Kuchen, Kirsch und Apfel. Weißbrot mit Butter und Sirup. Abends zum Tanz. Bis 21:30 Uhr. Nochmals prüfte ich den Schäferhund, er schlug wieder an. Kartoffelsalat, Butterschnitten, Schnaps.

3. Dezember 1945 – 11:30 Uhr aufgestanden. Es gab Weißbrot mit Sirup. Am Nachmittag ging ich nochmals im Räuberzivil mit auf Suche. Fanden tatsächlich ein Rad und zwar Hilde ihres. Unterdessen machten Hilde und Käthe einige Sachen fertig. Ich war höchst erstaunt. 2 Zentner Kartoffeln, 2 Zentner Zuckerrüben, 0,5 Zentner Möhren, 0,5 Zentner Kohlrabi, rote Rüben, Sellerie und 20 Pfund Friedensmehl, 15 Pfund Äpfel, 3 Pfund Erbsen, 20 Pfund Rotkraut. Zusammengerechnet 5 Säcke auf der Bahn aufgegeben. 6 RM. Die Bahnfahrt 20,80 RM und 16,80 RM.

4. Dezember 1945 – Diese Tage bei Nollaus, Staucha, werden wohl als die besten Tage nach Kriegsende für mich in bester Erinnerung bleiben. Die Verpflegung war einzig. Wie wir alles wieder einmal gut machen sollen, weiß ich nicht. 5 Uhr aufgestanden. 5:35 mit Hilde abgeschwirrt zum Bahnhof. Ein Brot gab uns Frau Nollau noch extra. Hilde will Essig in Döbeln holen. Der Zug traf 9:30 in Lommatzsch ein. 10:52 ab und 13:15 an Zwickau. Diese Fahrt hatte sich verlohnt. Bin gespannt, was das RAW dazu sagen wird.

5. Dezember 1945 – Der Meister hatte nichts gesagt, aber als Urlaub gilt es. Die Arbeit, heute etwas Neues angefangen. Ob es klappt, sehen wir morgen. Mit Kurt zwecks Kriminalpolizei gesprochen.

6. Dezember 1945 – Die Arbeit ging auch heute wieder langsam vonstatten, aber was lange dauert, soll gut werden. 9 Weihnachtskarten angefertigt. Die Butter – 120 g – soll bis 20.12.1945 reichen. Die Passfotos sind nicht geworden.

7. Dezember 1945 – Schnee, kein Geld erhalten.

8. Dezember 1945 – Jetzt müssen sogar die Klaviere gemeldet werden. Ich glaube, der Iwan wird noch so manchen Deutschen fertigmachen. Man spricht von Sonderzuteilung zu Weihnachten. Mit Töpfer, Fritz und Hempel, Walther und Frauen bei Junghanns gewesen. Auftrag: Plakate für Weihnachten.

10. Dezember 1945 – Nachtschicht. Nochmals beim Fotograf mit Käthe gewesen. Die Haare schneiden lassen. Käthe brachte unterdessen Spielsachen. 13:30 zum Güterbahnhof gefahren. Kartoffeln erfroren und welche entwendet. 16:30 zu Hause. War sehr fertig. Der Zug hatte eine Stunde und 15 Minuten Verspätung. Käthe hat 10 Zentner Brikett für Heinz reingeschafft."

Der »Hauptkriegsverbrecherprozess« gegen die 24 Hauptangeklagten beginnt am 20. November 1945. Nürnberg ist als Gerichtsort unter den Alliierten nicht unumstritten. Vor allem die Vertreter der sowjetischen Seite plädierten dafür, das Verfahren gegen die Spitzen des NS-Staats in der früheren Reichshauptstadt Berlin durchzuführen. Schließlich setzt sich die USA in diesem Punkt durch. Ausschlaggebend ist vor allem die Existenz einer halbwegs intakten Justiz- und Haftinfrastruktur im alten Nürnberger Justizpalast. Die symbolische Bedeutung Nürnbergs als Austragungsort der Reichsparteitage, als »Stadt der Rassengesetze« sprach ebenfalls dafür. Um die mediale Wirkung der Prozessserie zu erhöhen, wurde der für die Verhandlung vorgesehene Gerichtssaal ganz erheblich erweitert und mit modernster Übertragungstechnik ausgestattet.

„11. Dezember 1945 – Der Zug war pünktlich eingefahren. Die Kartoffeln sortiert, viele erfroren. Es schneit. Käthe kocht die Zuckerrüben.

14. Dezember 1945 – Es wird ständig in der Zeitung geschrieben von Solidarität usw. Ich bin der Meinung, dass alles großer Schwindel ist. Alle Sorgen der Menschheit werden erschwert durch unsere Befreier. Jetzt kommen die Kartoffeln in 30 Waggons, sind erfroren. So ist es jetzt im demokratischen Deutschland. Sämtliche Maschinen, die uns der Iwan weggenommen hat, liegen auf der Strecke und gehen kaputt.

15. Dezember 1945 – War sehr müde. Erstmalig bis 14 Uhr geschlafen. Seit Montag ist ständig Stromsperre, wie in Russland. Lohntag war brutto 183,50 RM, aber die netten Abzüge – 135 RM netto. Bis 12 Uhr geschlafen. Dann gebaden. Anschließend nach Planitz zu Mutti. Gerhard hat Mittagsschicht. Für Schilderanfertigen von Lisbeth 2,50 RM, von Mutti 3,50 RM, von Lotte 1,50 RM, von Junghanns 5 RM erhalten. Wenn man in der Zeitung liest über den Verbrecherring in Nürnberg, das ist zum Lachen. Man sieht offensichtlich, was gespielt wird. Eine Genossin behauptet, dass in den englischen und amerikanischen Besatzungszonen eine Inflation kommen soll.

16. Dezember 1945 – 2 Schilder für Junghanns fertiggestellt. 5 RM. 3 Schnäpse und Kartoffelsalat bekommen. Ich habe ein komisches Flackern im linken Auge."

Nach fast zwei Monaten Zwangspause gibt es auch für die Planitzer und Oberhohndorfer Fußballer kurz vor Weihnachten einen Hoffnungsschimmer. Zwar wird am 17. Dezember 1945 das Verbot aller „*vor der Kapitulation in Deutschland bestehenden sportlichen, militärischen oder paramilitärischen athletischen Organisationen (Klubs, Vereinigungen, Anstalten und andere Organisationen)*“ erneuert und deren Auflösung bis spätestens 1. Januar 1946 verfügt. Die vom Alliierten Kontrollrat erlassene Direktive Nr. 23 beinhaltet die wesentlichen Erfahrungen, die in den Monaten nach der Zerschlagung des Dritten Reichs auf dem Gebiet des Sports gemacht wurden. Mit ihrer Durchsetzung werden die jeweiligen Zonenbefehlshaber beauftragt. Sie sollen über das erlassene Verbot wachen, dass die „*Leitung und Weiterentwicklung aller militärischen und athletischen Organisationen unter der deutschen Bevölkerung*“ untersagt. Dieses Verbot bezieht sich auf Flugübungen, Fallschirmabsprung, Segelflug, Fechten, militärische oder paramilitärische Ausbildung oder Schießen mit Feuerwaffen.

In dieser Direktive werden aber auch Zugeständnisse gemacht. Gestattet wird das Bestehen nichtmilitärischer Sportorganisationen mit örtlichem Charakter. Allerdings dürfen diese Organisationen den Kreismaßstab nach wie vor nicht übersteigen. Dazu bedarf jede neu gegründete sportliche Organisation „*im Territorium*“ der Genehmigung der örtlichen Besatzungsbehörde. „*Diese Erlaubnis beschränkt sich streng auf solche Sportarten, denen in keiner Weise eine militärische Bedeutung zukommen kann. Das Schwergewicht bei der körperlichen Jugenderziehung muss auf das Gebiet der Gesundheit, der Hygiene und der Erholung, unter Ausschluss aller Bestandteile militärischen Charakters, gelegt werden. … Die Wiedergründung alter Vereine bleibt verboten.*“ Dieser Passus richtet sich in erster Linie gegen die Auslegung der Vorschrift in den drei westlichen Besatzungszonen. Der Vorwurf: Dort würde „*die Wiederbelebung der alten Vereine und das Zurückdrängen der dortigen antifaschistisch-demokratischen Sportler bewusst in Kauf genommen*“.

„17. Dezember 1945 – Montag – 8:15 Uhr im Werk eingetroffen. Die Maschine ging nicht. Der Ablöser hatte sie nicht machen lassen. Den ganzen Tag nichts gemacht. Im Lohnbüro gewesen, 30 RM. Nachmittag Betriebsversammlung. Ständig sind wir am Krieg schuld, weil wir 1933 dreizehn Jahre alt gewesen sind. Mutti 5 RM zurückgegeben. Noch 45 RM.

19. Dezember 1945 – Arbeiten für drei Mann, aber für unsere Sollleistung keine 16 Stück Butter. In Vogelsang bekamen sämtliche Bauern diese Butterzuteilung, weil sie ihr Soll abgeliefert haben. Warum müssen sich im Kreis Schwarzenberg zwei Kraftwagen für 1.500 Kilometer Fernfahrt bereithalten? Etwa Lebensmitteltransporte oder? Von der Reichsbahn 4 Zentner Braunkohlendreck gekauft, 4,40 RM. Die Bilder abgeholt. Wo bleibt unsere Butter? Die Schnauze haben sie groß genug, aber … ACHTUNG ACHTUNG WEIHNACHTSZUTEILUNG: 500 g Weizenmehl, 250 g Zucker und nicht was mir ein Genosse im September versprochen hat, nämlich Brot und Kartoffeln sowie Schokolade frei.

20. Dezember 1945 – Der Zug kam fast pünktlich, 8:15 Uhr im Werk. Käthe traf mit Mutti 9 Uhr ein. Die 4 Zentner eingesackt, weitere Russenräder gebohrt. Käthe hat 130 kg grobe Braunkohle aufgegeben, 3,70 RM Porto.

21. Dezember 1945 – Die Arbeit ging. Es gab 25 RM. Stromsperre.

24. Dezember 1945 – Heiliger Abend – Weihnachten 1945 – Einen halben Hasen vom Schwiegervater erhalten. Machte Knecht Ruprecht bei Sigrid, Manfred, Marthel, Heinz, Lotte und Flüchtlingsfrau. Heiligen Abend nicht gearbeitet. Zur Bescherung – ich bekam von Käthe einen Selbstbinder, ein Paar Socken, selbstgestrickt sowie einen weißen Schal. Ein Sporthemd für den Sommer, eine Wurst, eine Flasche Apfelsaft, zwei Paar Ohrenwärmer, ein Handtuch. Von Mutti Geldbörse und Briefmappe. Eine Tasche – bezahlte 16 RM. Ein Tiegel, ein Suppenlöffel, ein Quirl, eine Schürze. Von mir bekam Käthe ein Kleid, 32 RM, eine Handtasche, 30 RM, ein Bild. Mutti eine Stehlampe, ein Bild, Gemüse.

25. Dezember 1945 – Erster Feiertag – Bei Wolfang Zimmer eingeladen. Es gab Gänsebraten, Klöße, Schnaps.

Hamstern im Winter 1945

26. Dezember 1945 – Zweiter Feiertag – Mutti kam mit Gerhard und Lisbeth 10:35 Uhr bei uns an. Bis 10 Uhr geschlafen. Bekam einen Brief von Schmidt, Walther.

27. Dezember 1945 – Auf Arbeit große Überraschung. Zauner, Paul, Hilfszug von Osten. Ich wurde auch gefragt, habe abgelehnt. Es kann auch sein, dass man gezwungen wird. Amerikanischer General in Bayern plötzlich gestorben.“

Viersterne-General George Smith Patton residiert nach dem Krieg als US-Militärgouverneur von Bayern in der Villa des »Reichspresseleiters« Max Amann am Tegernsee. Im April 1945 verfügt der Kalifornier nach der Besichtigung des KZ Buchenwald, dass 1.000 Einwohner Weimars durch das Konzentrationslager zu führen sind, um sie mit der Grausamkeit der Nazis zu konfrontieren. Patton gilt als militärisches Genie, aber auch als eitler Selbstdarsteller und Bewunderer der Wehrmacht: *„Ich habe große Achtung für die deutschen Soldaten. In Wirklichkeit sind die Deutschen das einzige anständige in Europa lebende Volk.“*

Stets umstritten auch Pattons Äußerung zur Waffen-SS: *„Die SS … eine verdammt gut aussehende Bande von sehr disziplinierten Hurensöhnen.“* Bei der Kommandoübergabe an die Amerikaner soll er den General einer SS-Division 1945 gefragt haben, ob er sich vorstellen könne, dass seine Männer mit den Amerikanern mehr oder weniger sofort Seite an Seite gegen die sowjetischen Truppen kämpfen würden – mit dem Ziel, diese aus Europa herauszujagen. Monate später wird Patton abgesetzt, soll nun Quellenmaterial zur Geschichte des Zweiten Weltkriegs zusammenstellen. Dabei will er eigentlich *„von der allerletzten Kugel in der allerletzten Schlacht getroffen werden“*. Der General stirbt im Dezember 1945 an den Folgen eines mysteriösen Autounfalls bei der Fasanenjagd.

„28. Dezember 1945 – Meine Verwundung hat Recht. Das Wetter ändert sich, Wind und Regen.

29. Dezember 1945 – Der Meister ekelte mich von der Seite voll, zwecks schnellerer Arbeitsleistung. Diese Leute muss man nur quatschen lassen. Ein Fässchen Tusche und zwei Wasserfarben von Erich, 5 RM.

31. Dezember 1945 – Käthe zu Mutti gegangen. Brachte zwei Fenstervorhänge mit. Post kam von Schmidt, Walther. Abends kam Käthe mit, fing an der Garderobe an. Dann zu Wolfgang. Dort zum Essen eingeladen, eine halbe Flasche Schnaps, Silvester gefeiert bis 3:45 Uhr. Eine Zigarre.

1. Januar 1946 – In Reinsdorf fand man ein ca. 16-jähriges Mädchen in einem Koffer zerhackt.

2. Januar 1946 – 18 Uhr auf Arbeit gegangen, sehr kalt. 23 Uhr fing der Lindenhof an zu brennen. Ist restlos vernichtet. Bis 4:50 Uhr gearbeitet.

7. Januar 1946 – Auf Arbeit wieder einen Neuen zum Anlernen. Möstel, Kurt 14:30 Uhr verunglückt – Hand gebrochen. Plakat für Junghanns fertiggestellt.

8. Januar 1946 – Sehr viel Arbeit. 9 Uhr Zeigefinger verletzt. Zu Mittag den rechten Zeigefinger gequetscht. 16 Uhr aufgehalten …

9. Januar 1946 – Beim Arzt gewesen. Der Zeigefinger ist nicht so schlimm. Dann im Werk gemeldet. Im Kino – »Frau nach Maß« (Komödie, 1939).

11. Januar 1946 – 8 Uhr aufgestanden. Zum Arzt, Dr. Lodig gegangen, Fingernagel, 1/5 abgestanzt. 11 Uhr im Betrieb angefangen zu arbeiten. Ein paar Tage war ich nicht da, aber schon sah es aus wie Wild West. Wie arm wir geworden sind. Bei uns werden Kohlen gefördert und es werden an die Bevölkerung keine verkauft. Unsere Befreier nehmen sie weg. Sogar mit Licht schreiben uns die Kulturbringer vor, wieviel man verbrauchen darf. Also hier muss man starke Nerven behalten. Jeden Freitag und Sonnabend kein Licht.

13. Januar 1946 – Sonntag. Meine Lohnarbeit – meine Halbschuhe geleimt, Muttis Holzschuhe besohlt. 12:30 fertig, die neue Mappe angefangen. Eins macht mir Sorgen – der Leim hält nicht. Bis 21:30 für mein Werksbuch gezeichnet. Mutti 5 RM gegeben. Noch 35 RM Rest.

15. Januar 1946 – Käthe für Vater einen Kranz geholt.

16. Januar 1946 – Käthe in Planitz für meinen Vater einen Kranz zum Grab geschafft.

19. Januar 1946 – Voriges Jahr saß ich nicht so schön im warmen Zimmer, da ging es bunt über Eck.

22. Januar 1946 – Bis 7 Uhr geschlafen. Bis heute habe ich 92,14 Stunden zusammen, also kann ich nichts verdienen. Bin gespannt, wann uns wieder einmal Butter zuteil wird.“

„Der Sport ist wieder frei – ab 1. Februar 1946!“ – als Walter Fritzsch diese Botschaft notiert, kann er nicht wissen, dass die unterschiedliche Vorgehensweise bei der Re-Organisation des Spielbetriebes in Ost und West Auswirkungen auf die nächsten Jahrzehnte haben wird. Sportvereine in Bayern müssen sich nach dem Wegfall des Kommunalsports bei den US-Militärbehörden melden, um ihren Verein wieder bzw. neu anzumelden, um dann zeitnah einen geregelten Spielbetrieb aufnehmen zu können. Die Landesklasse Saar ist eine von der französischen Militärregierung genehmigte Spielklasse, die am 17. Februar in ihre Punktspiele startet. Ganz anders in Hamburg, wo der HSV in der Saison 1944/45 als einziger Verein alle 18 Meisterschaftsspiele bestreiten konnte. Noch am 1. April 1945 traten die Hanseaten zu ihrem letzten Punktspiel an. Am 3. Mai 1945 wurde die Stadt den britischen Truppen übergeben und schon am 16. Juli 1945 ist für die HSV-Kicker der sportliche Wiederbeginn. Gegen Altona 93 gelingt ein 2:0-Erfolg. Die Fußballfreunde in der sowjetischen Besatzungszone aber müssen aufpassen, nicht als »Feinde der neuen demokratischen Ordnung« diffamiert zu werden. Und das vielleicht nur, weil sie mit ihren Vereinen an alte Traditionen anknüpfen wollen. Das prominenteste Opfer ist der Dresdner SC. Der letzte Kriegsmeister firmiert mit seinen Stars Helmut Schön und Richard Hofmann jetzt als »SG Dresden-Friedrichstadt«. Der Name ist der Stadtteil, in dem sich das DSC-Stadion befindet. Doch der geregelte Spielbetrieb lässt auf sich warten. Die Bezirksliga Dresden wird erst mit der Saison 1946/47 starten. Helmut Schön ist da schon »stilles« Mitglied beim FC St. Pauli, für den er bei seinen »Schieber-Touren« nach Lebensmitteln auch ein paar Spiele bestreitet. Auch als »Schwarzfahrt« und vermutlich ohne echte Spielgenehmigung.

„8. Februar 1946 – England soll Militär zurückziehen. Verdunklung. Bis 23:20 Uhr an den Mappen gearbeitet.

10. Februar 1946 – Gegen Zwickau-Süd 0:6 verloren. Schneematsch, Platz war gut. Aufstellungssorgen, Torwart muss sich schneller entschließen. Der Sturm: Man kann machen was man will, es klappt einfach nicht. Wir brauchen Torschützen!

12. Februar 1946 – Heute machte ich das erste Mal 12,5 Stunden und

8,5 Stunden brauche ich nur. Hilde hat geschrieben. 1 Sack Kohle kam von uns in Staucha an. Käthe macht Garderobe bei Mädler.

13. Februar 1946 – Ich glaube, es wird wieder Schnee kommen. Die Arbeit ist dadurch erschwert, weil alles reparaturbedürftig ist, denn in den Kriegsjahren wurde wahrscheinlich nicht sauber gearbeitet.

17. Februar 1946 – Schneewetter. Nachmittag zum Spiel nach Reinsdorf, 3:3. Reinsdorf war zu schnell am Anfang. Dann bekamen wir die Oberhand.

20. Februar 1946 – Ein großes Gewitter früh 1 Uhr. Auf Arbeit ging alles gut. Bis jetzt 190 Stunden. Sehr kalt auf Arbeit. Ob wir in dieser Welt noch einmal glücklich werden? Wir werden uns noch sehr erschüttern lassen müssen. Kann man einer Arbeitslosigkeit aus dem Wege gehen? Warum will Stalin seine Produktion verdoppeln und die 120.000 polnischen Soldaten noch beim Engländer. Und die Esserei – da spricht man nicht davon. Werde ich für immer zu Hause sein? Aber es gibt noch eine höhere Gewalt. Für Monat Februar noch kein Fett aufgerufen. In der englischen Zone gibt es alles auf Marken. Die Arbeitswoche soll dort nur noch fünf Tage laufen.

22. Februar 1946 – Heute las ich die amtl. Mitteilung der Militärverwaltung von Stuttgart. Lebensmittelzuteilung für Monat Februar: Normalverbraucher: 6 Pfund Brot, 90 g Fett, Milch und Käse pro Woche. Der Arbeiter 7 Pfund Brot, 100 g Fett, Milch und Käse pro Woche. Der Schwerarbeiter 8 Pfund Brot, 220 g Fett, Milch und Käse pro Woche. Der Schwerstarbeiter pro Monat: 15 Kilo Brot, 800 g Fett, Milch und Käse. Hier kann man sehen, dass die Wirklichkeit doch anders aussieht, was auf den Marken gedruckt ist, gibt es auch zu kaufen. Auf Arbeit eine Kälte - 1°C. Versammlung.

24. Februar 1946 – Sonntag – Schneesturm, Schneetreiben. Vormittag gezeichnet. 13 Uhr nach Wilkau zum Spiel. 12:1 für Wilkau-Haßlau. Abends zu Junghanns.

27. Februar 1946 – Nachtschicht, 4:50 zu Hause. 5:30 schlafen gelegt. 12 Uhr aufgestanden. Es gab 80 g Öl. Brief von Hilde. Plakat für Junghanns, 5 RM und 2 Zigaretten. 18:30 auf Arbeit. Hundewetter. Keine Arbeit. Bin gespannt, wie lange es noch dauern wird, bis wir arbeitslos sind.

3. März 1946 – Sonntag – In die Sozialdemokratische Partei gemacht. Großes Schild – 52 Zeilen mit der Überschrift »Deine Mutter« angefertigt. Das Sonntagsessen macht Käthe nach meinem Geschmack. 15:30 Fußball gegen Cainsdorf gewannen wir 2:1. Das Spiel war sehr fest, im Sturm fehlt ein Mann, der schießen kann! Nicht weggegangen, sehr müde. 3 RM Wassergeld für Oktober bis März bezahlt.“

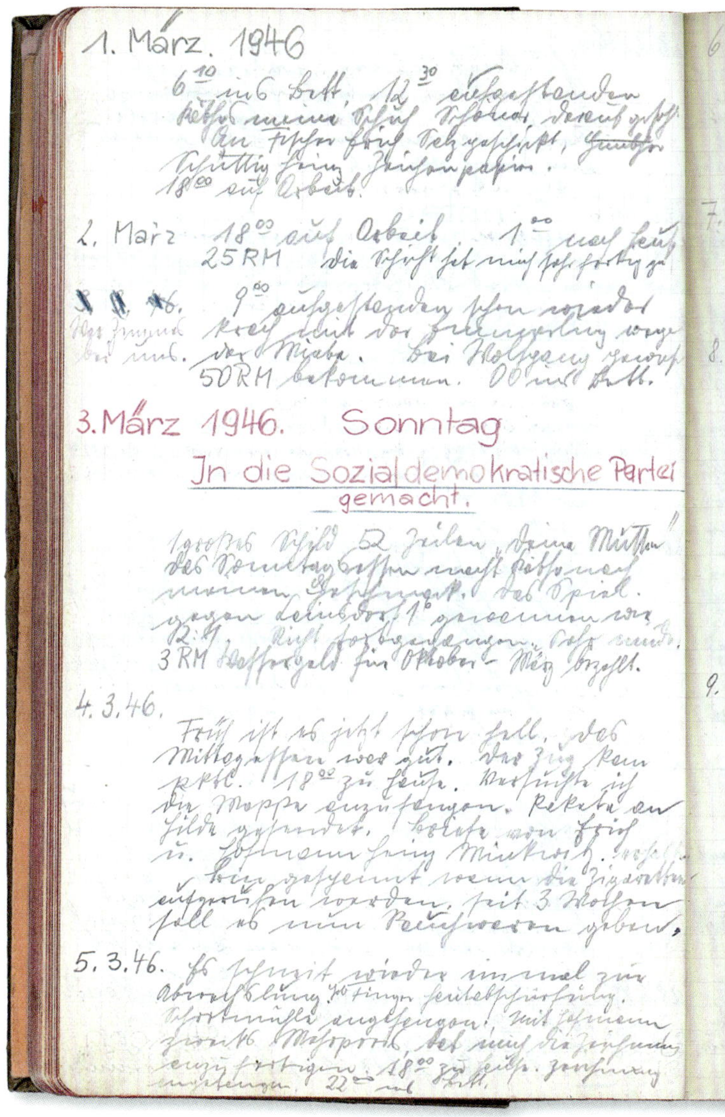

Ursprünglich stammt der Begriff »Eiserner Vorhang« aus dem Theater, aus der Bühnentechnik. Als Brandschutzeinrichtung soll er verhindern, dass ein Feuer von der Theaterbühne auf den Zuschauerraum übergreift. Am 5. März 1946 verwendet Winston Churchill bei einer Rede im Westminster College in Fulton – im US-amerikanischen Bundesstaat Missouri – zum ersten Mal den Begriff »Eiserner Vorhang« im Zusammenhang mit der Teilung der Welt in Ost und West. Churchill erklärt seinen Zuhörern, es habe sich von der Ostsee bis zum Mittelmeer ein Eiserner Vorhang auf Europa herabgesenkt, hinter dem europäische Hauptstädte wie Warschau, Berlin, Prag oder Budapest lägen, die nun dem sowjetischem Einflussbereich anheimfielen. Das Bild von einer undurchlässigen Trennmauer wird mit dieser Rede in der ganzen Welt zum Begriff, als die Welt in zwei Hälften zerfällt und der Ostblock sich vom Westen abschottet. Und umgekehrt. Auch der Westen ist froh über eine »Brandschutzmauer« in einer Zeit, als der Kommunismus sich wie ein Lauffeuer verbreitet, starke kommunistische Bewegungen in Griechenland und Italien, aber auch in China und anderen Regionen der Welt existieren.

„8. März 1946 – Sehr wenig Arbeit. Werksessen war sehr gut. 200 g Brot, 15 g Fett, Werksküche 30 RM. Der Zug kam sehr spät, 18:30 zu Hause. Schon der 8.3. und haben erst für Februar 1/3 Fett weg. Es wird uns doch das Fett für mehrere Monate verlustig gehen. Churchill komische Bemerkung.

9. März 1946 – Mit Rad gefahren. Keine Arbeit da. 12 Uhr Pech gehabt. 13 Uhr Arbeitsschluss. In den Konsumverein eingetreten. Ich merke es, wie schlapp und müde ich bin, sobald ich Hunger verspüre.

10. März 1946 – Sonntag – 9 Uhr aufgestanden. Training. Interesse ist nicht allzu groß, denn durch die Lebensmittellage kommt man heim und isst oft trocken Brot. Man hat fast keine Kraft mehr. Labil. Es gibt 15 Zigaretten.

14. März 1946 – Churchill sprach eine besondere Rede. Er drückt sich aus gegen den Iwan. Schlosseranzug gekauft, 20 RM. 16 Uhr auf Arbeit gefahren, Pech gehabt. Bis 5 Uhr gearbeitet.

16. März 1946 – Zwei Kuchen gebacken. Käthe Geburtstag. Von Mutti 5 RM für Käthe. Nachmittag geschlafen. Abends bei Mädler. Es ist hübsch kalt geworden.

17. März 1946 – Sonntag – bis 10 Uhr geschlafen. Die Nachtschicht macht mich körperlich fertig. Grießkuchen, Zuckerkuchen, weiße Semmel. Zu Mittag 120 g Ente von Mutti. Gezeichnet. 24 Bilder für Hofmann RAW. 15 Uhr Fußball gegen Härtensdorf 0:2 verloren. Dieser Tag war sehr zu meiner Zufriedenheit.

18. März 1946 – Mit Rad gefahren. Schlosseranzug eingeweiht. Heute hat man mir einen Obermeister hingestellt, der die Zeiten bestimmen soll. Haferflocken zu Mittag. 14:15 Uhr zum Impfen. Fahrradmantel geflickt.

19. März 1946 – Durch die Spritze geht es mir schlecht. Kopfschmerzen, Schüttelfrost, Fieber. Die Russen geben scheinbar Übung für den Frieden. Es brummt und rollt in der Luft.

21 März 1946 – 9 Uhr zum Arzt Dr. Ludwig. Hat mich gleich krankgeschrieben. Bezugsscheine erhalten. 1 x Mantelstoff für Käthe 60 RM, 1 x Kleiderschürze 18 RM, 1 Mantel für mich. 20 Uhr zu Mädler, Sportversammlung.

23. März 1946 – Man hört, dass die Russen Bunker bauen. Im Rundfunk spricht man von Sicherung. Soll alles bloß Erzählerei sein, dann sehe ich schwarz. Einige kleine Sachen gezeichnet. 19 Uhr zu Mädler. Wenn ich überlege, in der Zeit fast jeden Tag Tanz. Es fehlen noch so viele Landser. Ich soll 2 RM für Musik bekommen. Hermann, Hans von zwei Russen angefallen worden. 100 RM, 50 Zigaretten, 1 Armbanduhr, Brieftasche und sein Hut sind weg.

24. März 1946 – Ein herrlicher Sonntag. In der Kirche gewesen. Mittag mich satt gegessen. 13:30 Uhr nach Vielau zum Spiel gelaufen. 0:4 verloren.

31. März 1946 – Sonntagmorgen ohne Sorgen. 9:30-11:30 Uhr Training. Auf der Südkampfbahn Zwickau-Stadt gegen Zwickau-Land 3:3. Anschließend zu Mädler. Eine Zigarette von Klötzer.

1. April 1946 – 9 Uhr zum Arzt nach Zwickau. Krankengeld, 25,06 RM. Oh, wie sieht mein Schrank aus? Verdreckt und verschmiert. 15:30 mit Käthe getroffen, ins Kino …

4. April 946 – Käthe arbeitet seit heute bei Jung & Simons (Mechanische Weberei), 6:30 bis 17:00 Uhr. Auf Arbeit Pech gehabt. Post von Saupersdorf. Einheitspartei.

5. April 1946 – Ob es zu einem Bürgerkrieg kommt?

7. April 1946 – Sonntag – ziemlich kalt. Meine Schilder geschrieben. Satt gegessen. 14 Uhr zum Spiel gegen Zwickau Süd. 2:5 verloren. Wir sind zu langsam, da kann nur Training helfen. 0:2 zur Halbzeit. Dann ging es aufwärts, durch Klötzer Tor. Anschließend wurde Fritzsch vom Felde gewiesen. Es folgte das 2:2 durch Tröger. Das Fehlen von Fritzsch machte sich bemerkbar, somit kam das Endergebnis von 2:5 zustande. Klötzer muss das Fluchen lassen. Decker ist zu schwer. Torwart Hermann war nicht auf der Höhe.

10. April 1946 – Auf Arbeit bekam ich Drechsler, Gerhard, mit dem ich zusammen bei Horch lernte. Er passte nur bei mir auf.

13. April 1946 – Die Ausweise geschrieben. Einheitspartei.

14. April 1946 – Nachmittag in Ortmannsdorf, 0:4 verloren. Das Spiel entspricht nicht der hohen Niederlage. Von der Läuferreihe bis zum Sturm klappte es vorzüglich. Große Fehler von der Verteidigung, der Torwart brachte den Erfolg des Gegners. Abends mit der Mannschaft bei Junghanns.

16. April 1946 – Keine Arbeit mehr.

19. April 1946 – 16 Uhr großes Geschwader der Luftflotte kreiste über unsere Gegend.“

In Ost-Berlin vereinbaren die KPD und die SPD an diesem Oster-Wochenende den Zusammenschluss zur Sozialistischen Einheitspartei Deutschlands (SED). Eine Befragung der Sozialdemokraten in West-Berlin ergab eine Mehrheit gegen einen Zusammenschluss und auch die SPD-Führung in den West-Zonen spricht sich gegen eine Verschmelzung aus. So bleibt der Wirkungsbereich der SED auf Ost-Berlin und die sowjetische Zone begrenzt. Walter Fritzsch, vor wenigen Wochen erst in die SPD eingetreten, ist ab sofort SED-Mitglied. Erwähnt wird es von ihm mit keiner Silbe.

„21. April 1946 – Ostern – Erster Feiertag. Ein herrliches Osterwetter. »Das Leben« auf A3 für Gerhard geschrieben. Nachmittag gegen Planitz Ib 1:1. Ein sehr schönes, festes Spiel, was mit 5:1-Toren hätte gewonnen werden müssen. Abends bei Mädler. Es gab es Zudelsuppe (Erzgebirgisches Notgericht nach dem Krieg). 24 Uhr in den Kahn.

22. April 1946 – Zweiter Feiertag. Sehr kalt geworden. 18:30 Uhr Mädler. Haben uns mit Anzug gewogen. Käthe 58 Kilo, ich 56 Kilo, Mutti 55 kg.

23. April 1946 – Mussten laufen, da uns die Reichsbahn nicht Bescheid gab. Heute wurden 150 Mann entlassen. Wann ich dran komme, weiß ich nicht. Der Russe macht uns bettelarm. Training, Versammlung. Ab heute mache ich Spielleiter.

27. April 1946 – Wenn man das Treiben auf dem Hauptbahnhof Zwickau beobachtet, wie der Deutsche sich klein vor den Russen machen muss, nur wegen einer Zigarre. Hier sieht man, dass der Deutsche keinen Nationalstolz hat.

28. April 1946 – Sonntag – schönes Wetter. Es gab kein Fleisch. Heute wurde der Sport für den Kreis Zwickau gesperrt. So etwas erfährt man erst vor dem Spiel.

1. Mai 1946 – Es gab kein Fett, Marmelade und Fleisch. Das Brot schmeckt auch nicht. Scheinbar war da altes Mehl mit reingemengt worden. Man spricht, dass dieser 1. Mai der erste seit 12-jähriger Knechtschaft sei. Bekannt wurde, dass der 1. Mai nicht bezahlt wird, wenn man nicht im Betrieb erscheint. Bis 11:30 Uhr war ich da, dann ging ich mit Käthe nach Hause. 13:30 Uhr bis 16 Uhr geschlafen. Abends zu Mädler, Maiausklang.

2. Mai 1946 – An Mutti den Rest von 15 RM bezahlt.

5. Mai 1946 – Mittag zum Spiel nach Zwickau. Das sollte ein Punktspiel sein! Mussten nach 70 Minuten von den Russen aus aufhalten, da sie ab 17 Uhr spielten. Durch eine Fehlentscheidung des Schiedsrichters – 5-Meter-Abseits – gelangte der Gegner in Führung. Wie immer fehlt ein Mann im Sturm, der Tore schießt. 0:2 gegen Auerbach verloren.

8. Mai 1946 – Im Garten umgestochen auf 3 Beeten. Dieser Tag war der, da wir den Krieg als Verlierer Schluss machten.

10. Mai 1946 – Käthe ist 16:20 Uhr nach Staucha gefahren.

11. Mai 1946 – Habe Magenschmerzen. Wegen Arbeit und wegen Sport gesprochen mit Donath, Erich. 13:30 Uhr zu Hause. Vorderradmantel geflickt. Stubendienst, aufgewaschen, gewischt. Der Russe räumt die Maschinenfabrik aus. Voriges Jahr hatten wir eine andere Stimmung als heute. Ein Tag um den anderen ist das Wasser weg.

12. Mai 1946 – Sonntag – 6 Uhr aufgestanden. Kartoffeln geschält. Zu Mutti nach Planitz. Nahm Kohlen mit. Bekam zwei Paar Socken, ein Frottierhandtuch von Gerhard und einen Schnaps. 14:30 gegessen. Dann Fußballspiel. Gegen Mosel 2:1 gewonnen. Im ganzen Spiel überlegen und gerade zwei Tore von Töpfer. 20:30 Uhr zu Mädler. Käthe ist noch bei Hilde.

13. Mai 1946 – Nachtschicht. Vormittag im Garten gehäckelt. 12 Uhr zum Bahnhof gefahren. Käthe kam nicht. 18 Uhr auf Arbeit.

14. Mai 1946 – 12:10 Uhr mit Wagen zum Bahnhof, Kohlen und Sack geholt. 14:30 Uhr zu Hause. Käthe kam 22 Uhr. Sie wurde bei Nollaus ganz groß empfangen und bewirtet. Bekam 1 Zentner Kartoffeln, 10 Pfund Möhren, 10 Pfund rote Rüben, 1 Stück Butter, 2 Eier, Graupen und Erbsen. Heute sehr müde. Ging nicht zur Schicht. Zur Leipziger Messe muss es doll zugegangen sein. Es gab zu Essen und zu Trinken (Schnaps) zu Hauf und Zerstreuung.

19. Mai 1946 – Sonntag – 15 Uhr zum Spiel gegen Zwickau-Süd, 1:2 verloren. Beim Tormann angefangen unmöglich. Verteidigung läuferisch gut. Sturm kein Einsatz. 20:30 Uhr zu Junghanns mit den alten Fußballern. 24 Uhr zu Hause. Angeschlagen.

30. Mai 1946 – Himmelfahrt und wir mussten arbeiten.

2. Juni 1946 – 16 Uhr gegen Crossen 1:0 gewonnen. 20:30 Uhr ging Mutti heim, nahm sich das zum Geburtstag Geschenkte mit, hat sich gefreut.

3. Juni 1946 – Heute 7 Uhr aufgestanden. Die Arbeit ging. SED-Versammlung. Hier sagte man, dass es u. a. mit der Arbeitslosigkeit für einige Jahre vorbei sei, dass es wieder aufwärts ginge usw.

7. Juni 1946 – Die Arbeit war nicht in Ordnung. 17:40 Uhr zu Hause. Unverschämt fertig gewesen. Versammlung. Ich glaube, der Verein geht hops.

10. Juni 1946 – Zweiter Feiertag – Ab 9:15 mit der Jugend und ersten Mannschaft nach Stützengrün gefahren. Wir waren nicht voll, nur zehn Mann: Eckert, Fuchs, Meinhold, Oberst, Fritzsch, Donath, Wallbauer, Tröger, Petzold, Töpfer, alle mit Frau – es war gemütlich in der Bimmelbahn. Leider verloren wir 2:4. Ich wurde am Knie verletzt.

16. Juni 1946 – Sonntag – Fußballspiel gegen Reinsdorf. 2:5 verloren. Ich war im Tor. Zwei Luschen reingelassen. Das Punktspiel verschenkten wir in den letzten zehn Minuten, als ich einen Schlenzer durch die Finger ließ. Abends im Vaterland-Lichtspieltheater: »Ehe in Dosen« (Spielfilm, 1939).

17. Juni 1946 – Auf Arbeit sieht es wieder mausig aus. Käthe will nach Merseburg, Lebensmittel herzuschaffen. Ist das nicht traurig, dass eine Frau erst 30 RM verfahren muss, um einige Lebensmittel zu versorgen? Oh, wir Armen.

18. Juni 1946 – 6:30 Uhr zu Jung & Simons gefahren. Käthe entschuldigt. Keine Arbeit.

19. Juni 1946 – Auf Arbeit Krach gehabt. Wollte Schluss machen. Käthe und Mutti kamen. Sie waren bei Sangershausen, 30 RM Fahrgeld. Die Anstrengungen sind toll. Sie brachten 50 Pfund Kartoffeln, 5 Pfund Erbsen, 1 Liter Sirupsaft, 300 g Garn, 6 Pfund Kirschen, 3,60 RM. Hier sieht man, was es noch an Lebensmitteln gibt. Dort kann sich jedermann satt essen. Keiner sieht so abgemagert aus wie die Sachsen. Ob sich dieses Leben noch verlohnt?

22. Juni 1946 – Sonnabend, keine Lust zur Arbeit. Es kommt wieder Russenaktion, da werden wir viele Achsen abgeben dürfen. Ein Paket von Hilde abgeholt – 16 Pfund Kartoffeln, englische Zone: 1.049 Kalorien für Sonstige im Monat folgende Esswaren: 5.000 g Brot, Kartoffeln keine, dafür 2.000 g Brot, 400 g Fleisch, 400 g Butter, 450 g Marmelade, 400 g Zucker, 62,5 g Käse, 1.000 g Nährmittel, 900 g Fisch, 25 Zigaretten. Wie man feststellen kann, hat es sich verschlechtert. Amerikanische Zone: 1.350 Kalorien pro Tag – 1.500 braucht der Mensch zum Leben.

23. Juni 1946 – Sonntag – muss arbeiten, unverschämt.

24. Juni 1946 – Nachtschicht. Heute ist alles aufgerufen, sogar Rasierseife… Volksentscheid – ob dies für den Arbeiter zum Vorteil ist?

29. Juni 1946 – 16:15 Uhr nach Planitz zu Mutti und Gerhard – wohnt jetzt bei Uhrmacher Härtel. 2 kleine Zimmer, 3. Stock, Küche.

30. Juni 1946 – Volksentscheid. Diese Wahl soll für uns zum Vorteil sein, es kann aber auch anders werden. Denn alle waren für den totalen Krieg und es ging schief. Hoffen wir das BESTE. Herrlicher Sonntag. Zu Mittag sehr gut gegessen. Mit Fuchs, Meinhold + Töpfer sowie Frauen im Erlenbad Zwickau.“

Am 30. Juni 1946 findet in Sachsen ein Volksentscheid statt, den zunächst die sächsische KPD und ab April 1946 die SED auf den Weg brachten. Sachsen ist das am stärksten industrialisierte Gebiet der sowjetischen Besatzungszone und verfügt zudem über den mitgliedsstärksten SED-Landesverband. Im Referendum sprechen sich über 77 Prozent der sächsischen Bewohner dafür aus, Betriebe der »Kriegs- und Naziverbrecher« in »Volkseigentum« zu überführen. So werden die entschädigungslosen Enteignungen bestätigt, die die sowjetische Militäradministration seit Sommer 1945 durchführt. Außerhalb Sachsens wird im Osten ohne Volksentscheid verstaatlicht.

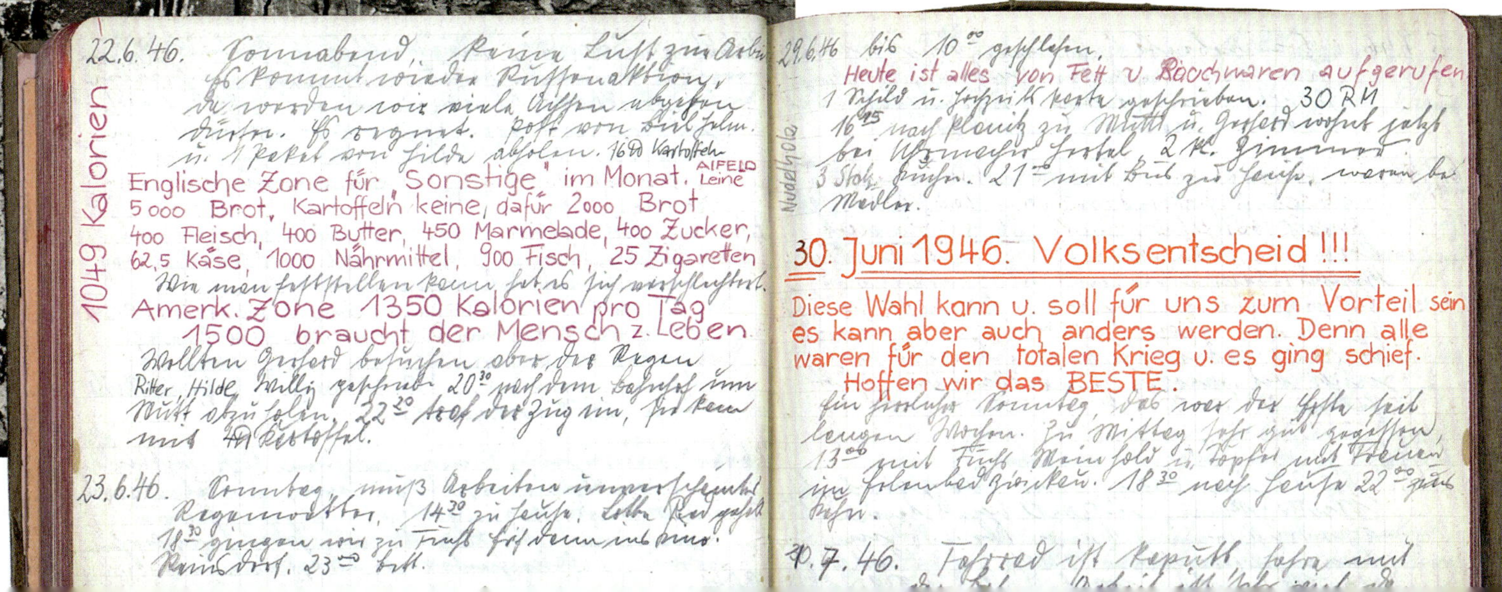

„2. Juli 1946 – Hatte schönes Pech. 2 Uhr Strom weg. Volksentscheid 77 % JA-Stimmen.

3. Juli 1946 – 4:45 Uhr aufgestanden. 5:50 Uhr Arbeitsbeginn. Drechsler, Gerhard hat aufgehört mit Arbeiten. Eine unverschämte Hitze.

5. Juli 1946 – 5:50 Uhr Arbeitsbeginn. Bis jetzt jeden Tag Krach. Im Schatten 37°C.

6. Juli 1946 – 7 Uhr Arbeitsbeginn. 13:30 zu Hause. Fahrrad geflickt. Fußballschuhe besohlt und genäht. 30 Pfund Kohle mit Korb zur Hilde geschickt. Käthe brachte ein Nachtgeschirr, Seife und Waschmittel für die Wäsche mit. Die Atombombe soll nicht die versprochene Wirkung gehabt haben?

7. Juli 1946 – Sonntag. Bis 9:30 Uhr im Kahn. Ein Bild gezeichnet. Fußballspiel gegen Friedrichsgrün 3:1 gewonnen. Abends im Lindenhof, nicht die Masse.

10. Juli 1946 – 16 Uhr zum Schneider, Reinsdorf. Montag werde ich den Anzug holen können. Käthe verdiente 50 RM. Ob sich die Ernährungslage ändern wird? Man spricht von 40 Jahren Besatzung.

11. Juli 1946 – 15:35 Uhr sprach Reichsbahnpräsident Bahr u. a. man soll ja nicht sagen, Transportschwierigkeiten. Nein. Die Reichsbahn ist gewappnet. Käthe bekommt keinen Stoff mehr vom Betrieb. Laut Bekanntmachung des Russen.

13. Juli 1946 – 5 Uhr Arbeitsbeginn. Zahnschmerzen, 12 Uhr nach Hause. Vorderrad geflickt. Es gab pro Kopf 3 Pfund neue Kartoffeln, á 15 Pfennig. Im Kino – »Das Schweigen im Walde« (Spielfilm, 1937)

14. Juli 1946 – Sonntag – 8:30 Uhr aufgestanden. Nach Vielau und Reinsdorf spaziert. 21 Uhr im Bett. Zahnschmerzen. Ich bin vom Verein gesperrt, warum weiß ich nicht. So sieht der Dank aus.

16. Juli 1946 – 7 Uhr aufgestanden. Den Anzug von Scholz geholt. 50 RM. 8 Uhr zum Zahnarzt, Klose, den Augenzahn ziehen lassen. Käthe eiternde Wunde am rechten Fuß und ich Zahnreißen.

17. Juli 1946 – 10 Uhr beim Zahnarzt. Hilde schickte 22 Pfund alte Kartoffeln, 2 Pfund Kohlrabi. Käthe erhielt von ihrer Firma 6 Pfund Schoten, 2 Pfund Möhren, 4 Pfund neue Kartoffeln. Schmerzen vom Zahn ziehen.

18. Juli 1946 – Käthes Fuß ist schlimmer. War beim Arzt, krank. Ein Plakat geschrieben. Im Garten umgegraben. Heute Erbsen auf der alten Stelle gesteckt. Es gab Weißkraut und Möhren, Butter und einmal Marmelade. 16 Uhr auf Arbeit.

19. Juli 1946 – 3:10 Uhr – 1 RM Strafe bezahlt. Rad keine Luft.

22. Juli 1946 – Post von Hilde. 1 Korb, 57 Pfund – 2 Pfund Möhren, 18 kleine Kohlrabi, 4 Pfund Birnen, 5 Pfund Bohnen, das übrige alte Kartoffeln. Mutti war wieder auf der Halde. 16 Uhr auf Arbeit.

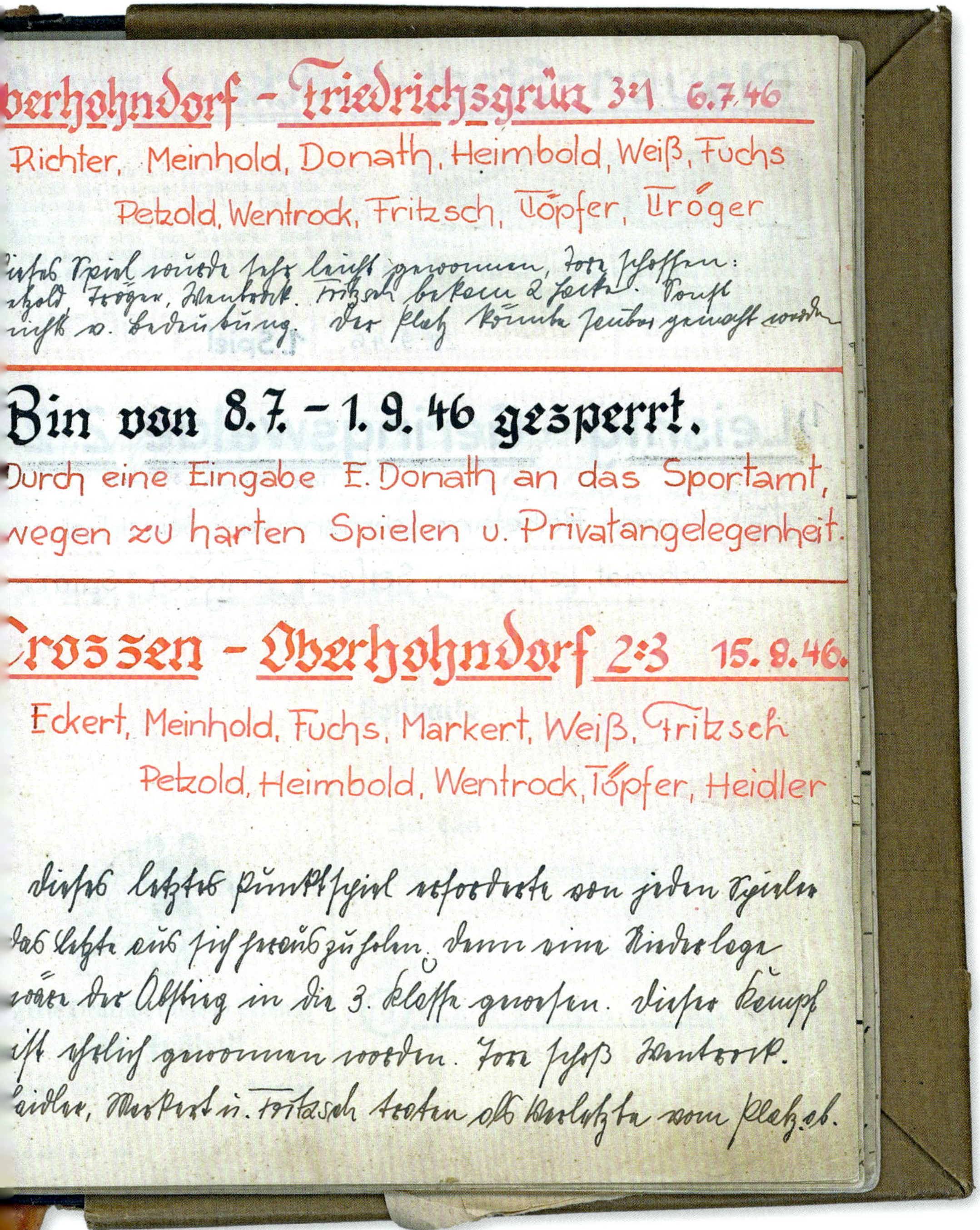
Oberhohndorf – Friedrichsgrün 3:1 6.7.46

Richter, Meinhold, Donath, Heimbold, Weiß, Fuchs
Petzold, Wentrock, Fritzsch, Töpfer, Tröger

Bin von 8.7. – 1.9.46 gesperrt.

Durch eine Eingabe E. Donath an das Sportamt, wegen zu harten Spielen u. Privatangelegenheit.

Crossen – Oberhohndorf 2:3 15.9.46.

Eckert, Meinhold, Fuchs, Markert, Weiß, Fritzsch
Petzold, Heimbold, Wentrock, Töpfer, Heidler

23. Juli 1946 – Es gab 200 g Seifenpulver. 2:30 Uhr heimgefahren. Wieder eine Anzeige – ohne Luft gefahren. 3:30 Uhr zu Hause. Käthe Krankenschein. 11 Uhr aufgestanden. Die Felder werden gemäht. Es gibt jetzt laufend Möhren. 16 Uhr auf Arbeit.

24. Juli 1946 – Der Russe schaffte 400.000 Zentner Roggen von Sachsen weg.

26. Juli 1946 – 5 Zentner Braunkohle Käthe von Mutti geholt. 4 Stunden geschlafen. Bin fertig. 16 Uhr auf Arbeit mit dem Rad gefahren. Heute wurde gewählt. Keine Nährmittelmarken. Krach. Sehr warm. 23 Uhr nach Hause gelaufen.

27. Juli 1946 – 1 Uhr zu Hause gebaden. 2 Uhr ins Bett. 10 Uhr aufgestanden. Es gab 5 Pfund Kartoffeln für Schwerarbeiter. Sportversammlung, bin 8 Wochen gesperrt.

28. Juli 1946 – Sonntag – Regenwetter. Käthes Holzschuhe besohlt. Heute gab es meine Lieblingsspeise, Nudeln mit Kartoffeln. Muss mir den Schnupfen geholt haben.

29. Juli 1946 – Fahre mit der Bahn, das Rad hat seine Schuldigkeit getan. Heute nur einen Wasserzylinder gebohrt. Ins Sportamt – ohne Erfolg. Wollte meinen Antrag stempeln lassen. Auch Pech. 16 Uhr zu Hause. Käthe fängt einen Pullover für mich an zu stricken. Wo bleibt die dritte Fettzuteilung?

30. Juli 1946 – Mit der Arbeit nehm ich mir Zeit. Schweren Hunger. Sehr müde.

1. August 1946 – Heute gab es ein Mittagessen. Kraut und Möhren. Käthe bekam 3 Pfund Kartoffeln, 1 Pfund Falläpfel. Im vorigen Jahr gab es mehr zu essen.

2. August 1946 – 5 Uhr fuhr Käthe mit Mutti nach Reinsdorf. 2 Zentner Kohlen, 10 Pfund Körner – holte Käthe von der Altgemeinde. Durch Papp 2 Zentner Kohlen. 18:15 Uhr von Arbeit zu Hause. Käthe Ähren lesen. Man findet nicht viel, zu viele Menschen. 30 RM. Fett aufgerufen. Gibt keine Butter.

5. August 1946 – 7:30 Uhr aufgestanden. Fahrrad geflickt. Käthes Arbeitsschuhe genäht. Das Rad hält keine Luft. Wenn es schief beginnt, muss man gleich zu Hause bleiben.

6. August 1946 – 2:15 Uhr kam mit dem dritten und vierten Finger der rechten Hand in den Fräser. 4 Uhr zu Kummer, Arzt.

7. August 1946 – 9 Uhr zum Arzt. 12:30 Uhr operiert.

8. August 1946 – Einwohnerversammlung, interessante Aussprache gegen Bürgermeister. Heute Wahlpropaganda der SED gegen die CDU.

11. August 1946 – Sonntag – kein Fleisch. Oberhohndorf gegen Mosel 4:1 gewonnen.

13. August 1946 – Es regnet. Zum Verbinden gewesen. Finger eitert. Dünnpfiff von Käthe.

14. August 1946 – 9 Uhr aufgestanden. War einkaufen. Kann ein wenig mit der Hand schreiben. Von Hilde – 43 Pfund Birnen, 20 Pfund Schoten erhalten.

15. August 1946 – 9 Uhr aufgestanden. Kann schon einigermaßen schreiben. Schmerz hat sehr nachgelassen. 6 Pfund Kartoffeln hat Käthe im Betrieb erhalten.

16. August 1946 – Ein schöner Tag. Käthe von Arbeit abgeholt. Lese den spannenden Roman »Schloss Hubertus« (Heimatroman v. Ludwig Ganghofer, 1886).

17. August 1946 – Bis 12 Uhr im Bett gelegen. Buch gelesen. 80 Pfund Kohle – Hilde. 3 RM. Im Kino – »Musik in Salzburg« (Spielfilm, 1944).

18. August 1946 – Sonntag. 16 Uhr zum Städtespiel Zwickau-Stadt gegen Zwickau-Land, 4:1. Abends bei Mädler. Was muss im Schacht und Milchhof für Schieberei gewesen sein?

25. August 1946 – Sonntag. Ein Pfund Weizen zu Mehl gemahlen. Oberhohndorf gegen Vielau 0:2. Im Mädler gewesen.

27. August 1946 – 8:30 Uhr aufgestanden. Essen gekocht. 16 Uhr nach Reinsdorf. Was die Bauern dieses Jahr abgeben müssen, da sollte man meinen, dass es für uns kein Hungern gebe. Die Wahlpropaganda ist doll für die SED. Kann uns eine Partei helfen? Man macht sich seine Sorgen wegen der Esserei.

30. August 1946 – Musste zum Werkdirektor, weil ich den Nutenfräser kaputt machte. 10 RM. 15:15 Uhr Arbeitsschluss. Training im Park. Besser wird es erst dann, sobald die Zonen innerhalb der russischen Besatzer auf sind.

1. September 1946 – Gemeindewahl. Zum Bau der Turnhalle ausgeschachtet.

3. September 1946 – Wie werden wir dieses Jahr auskommen mit der Lebensmittellage? Ich habe sehr Schmerzen.

5. September 1946 – Schwere Leibschmerzen. 13 Uhr auf Arbeit – vor Schmerz nach Hause.

6. September 1946 – Zum Arzt. Bettruhe.

7. September 1946 – Bei Dr. Wachs – muss am Montag arbeiten. Er meinte, es wäre nur ein Schock und das dauert nur ein paar Tage. Bin immer noch k.o. Die Schmerzen sind vorhanden, sobald ich gegessen habe.

8. September 1946 – Sonntag – Schmerzen noch vorhanden. Gegen Zwickau-Süd 1:1.

9. September 1946 – 3 Uhr – die komischen Schmerzen im Unterleib lassen mich nicht schlafen. Auf Arbeit keine Kraft, blutigen Auswurf.

10. September 1946 – Sobald ich gegessen habe, beginnt das Drücken. Arbeit mache ich noch nicht. War beim Arzt. 8 bis 10 Tage arbeitsunfähig. Folgende Schmerzerscheinung: rechte und linke Nierengegend und Magen.

12. September 1946 – Fuhr mit der Straßenbahn. Der Schmerz stellt sich nach jedem Essen ein. Druck in der Magengegend. Käthe brachte eine Flasche Schnaps, 37 RM.

13. September 1946 – Arbeit ging. 40 RM. Willi, Walter ist seit Mai verhaftet – als Grund: hat den Landespräsidenten Thüringen angeekelt. Parole: 40 Prozent der Getreideernte und 30 Prozent der Kartoffeln gehen an die Russen.

15. September 1946 – Sonntag – Mittag nach Crossen. Gewannen 3:2. Dieses letzte Punktspiel erforderte von jedem Spieler, das Letzte aus sich herauszuholen. Denn eine Niederlage wäre der Abstieg in die 3. Klasse gewesen. Wurde durch den Kampfgeist aller Spieler

gewonnen. Eckert, Meinhold, Fuchs, Markert, Weiß, Fritzsch, Petzold, Wentrock, Heimbold, Töpfer, Heidler. Tore schoss Wentrock. Heidler, Markert und Fritzsch traten als Verletzte vom Platz ab. Der Schmerz kommt immer wieder nach dem Essen. 12 Pfund Kartoffeln.

16. September 1946 – 6 Uhr angefangen. Der Schmerz hält an, besonders vor dem Bett gehen.

17. September 1946 – Früh zum Facharzt, Dr. Strunz, Zwickau. Schrieb mich sofort krank. Mäßig warme Umschläge machen.

18. September 1946 – Wehenartig ist der Schmerz.

22. September 1946 – Sonntag – 9 Uhr zum Bahnhof zum Spiel nach Plauen. 1:3 verloren.

25. September 1946 – 8:15 Uhr nach Zwickau zum Arzt. Dann ins RAW, Urlaub genehmigt. 17 Uhr Käthes Chef gesprochen. Auch das klappt. 3 Pfund Schwamme, 6 RM. 1 Zentner Einkellerungskartoffeln für eine Familie.

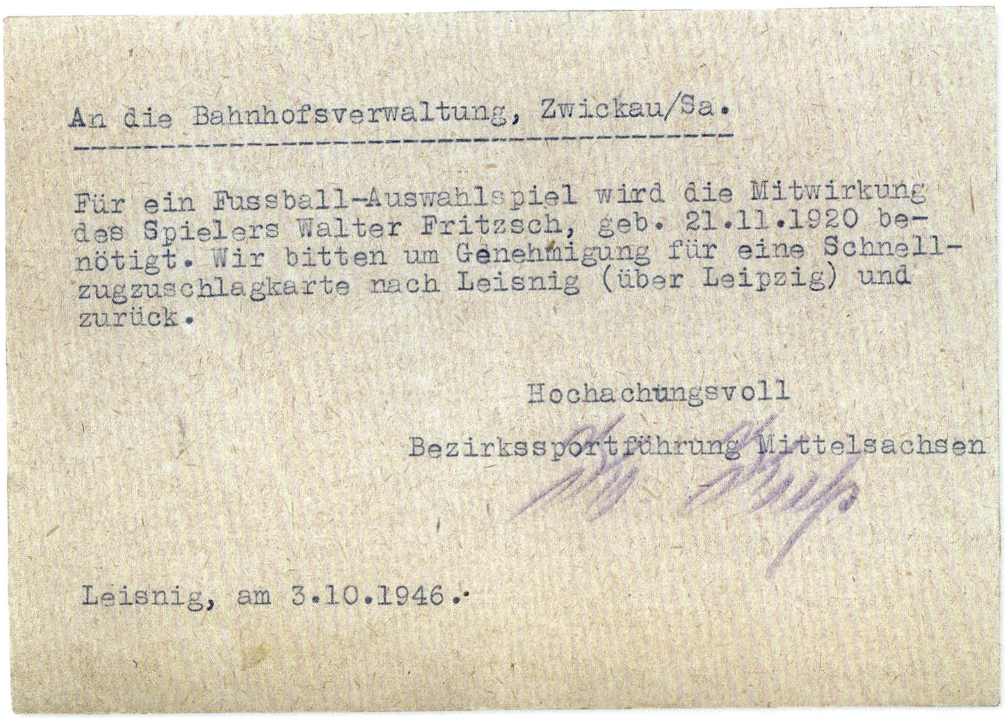
An die Bahnhofsverwaltung, Zwickau/Sa.

Für ein Fussball-Auswahlspiel wird die Mitwirkung des Spielers Walter Fritzsch, geb. 21.11.1920 benötigt. Wir bitten um Genehmigung für eine Schnellzugzuschlagkarte nach Leisnig (über Leipzig) und zurück.

Hochachtungsvoll

Bezirkssportführung Mittelsachsen

Leisnig, am 3.10.1946.

26. September 1946 – 200 RM abgehoben. Ein Sparbuch über 200 RM ausstellen lassen. Käthe 100 RM und ich 100 RM. Es gab 3 Zentner Kartoffeln zum Einkellern. Sind nicht gut. Reisefertig gemacht. 24 Uhr ins Bett.

27. September bis 3. Oktober 1946 – Urlaub angetreten nach Staucha zu Nollaus. 0,5 Zentner Braunkohle. 19 Uhr dort angekommen. Empfang 1a. Obwohl Hilde Arbeit hat, macht es uns nichts aus. Sonntag Kartoffeln gelesen. Montag war Käthe mit Ernst stoppeln. Ich und Käthe 1 Zentner von Hilde, 1 Zentner Kartoffeln, 15 Pfund Gurken, 20 Birnen, 25 Äpfel, 5 Pfund weißes Mehl, 4 Pfund Körner, 15 Pfund Möhren. Nollaus ließen uns freie Hand beim Essen usw., haben sehr gut gegessen.

30. September 1946 – Zu unserem Hochzeitstag gab es Pflaumen und Apfelkuchen. Haben uns voll gegessen. Bis Montag wollten wir bleiben und am Donnerstag früh fuhren wir ab. Wir können uns nur freuen, so gute Leute zu haben. Leisnig: Hoffmann, Heinz 20 Pfund Bohnen, 4 Pfund Brot, 3 Pfund Zwiebeln, 3 Pfund Tomaten, 1 Kürbis, 3 Rotkraut. Kam der Koffer, Korb, zwei Säcke, 1 Zentner Kartoffeln, nach Hause, 23 Uhr ins Bett.

5. Oktober 1946 – 5:20 Uhr nach Leisnig. 14 Uhr angekommen.

6. Oktober 1946 – 10:15 Uhr aufgestanden. Zu Lehmann, Hans. Dort mitgegessen. 15 Uhr Anstoß: Leisnig gegen Geringswalde 2:2. Schoss ein Tor, eins gerettet. Nach dem Spiel beim Lötzsch. Kartoffelsalat für uns zwei. Anschließend zu Lehmann, Heinz. Wurst, Gehacktes, Likör, 6 Zigaretten, 1 Zentner Kartoffeln. Ein pfundiges Abendbrot erhalten. Für die Heimreise 50 RM Fahrtspesen. Beim nächsten Mal schon wieder eingeladen zum Essen.

8. Oktober 1946 – Ab 24 Uhr begann derselbe Schmerz im Magen wie vor drei Wochen. Auf Arbeit nichts gemacht. Maschine Reparatur. Wenn man von Arbeit kommt, ist Stromsperre.

10. Oktober 1946 – Abends Stromsperre. Man muss Kartoffeln abgeben.

16. Oktober 1946 – 5:45 Uhr zu Hause. Die Kriegsverbrecher sind durch den Strang hingerichtet worden."

Am 1. Oktober 1946 erfolgt im Nürnberger Justizpalast die Urteilsverkündung im Hauptkriegsverbrecherprozess. Für zwölf der Angeklagten heißt es: Tod durch den Strang, einen von ihnen, Martin Bormann, einst Leiter der Parteikanzlei, trifft es in Abwesenheit. Einige der Todeskandidaten stellen Gnadengesuche, die von den Alliierten innerhalb der folgenden zwei Wochen allesamt abgelehnt werden. Obwohl während des gesamten Prozesses vor jeder Zelle Tag und Nacht ein Posten steht, gelingt es Hermann Göring, eine Kapsel mit Zyankali in seine Zelle zu schmuggeln. Am Nachmittag des 15. Oktober zerbeißt Göring die Giftkapsel und stirbt wenige Stunden vor dem Hinrichtungstermin. Sein Antrag, militärisch ehrenvoll durch ein Erschießungskommando zu sterben, war zuvor abgelehnt worden.

Kurz vor ein Uhr morgens, am 16. Oktober, werden die Riegel der Zellentür des früheren Außenministers Joachim von Ribbentrop zurückgeschoben. Auf dem Galgen stehend, wird er gefragt, ob er noch etwas sagen möchte. Ribbentrop antwortet: *„Gott schütze Deutschland, Gott sei meiner Seele gnädig! Mein letzter Wunsch ist, dass Deutschland seine Einheit wiederfindet, dass eine Verständigung zwischen Ost und West zustande kommt und Frieden in der Welt regieren möge.“* So spricht der Mann, der mit Molotow den Hitler-Stalin-Pakt ausgehandelt hatte, das Vorspiel zum Zweiten Weltkrieg. Danach löst der texanische Master-Sergeant John C. Woods den Mechanismus der Falltür aus.

Obwohl Woods schon weit über 300 Exekutionen durchgeführt hat, gibt es bei der Hinrichtung Ribbentrops und anderer Nazis Probleme. Bei Ribbentrop dauert es 15 Minuten, bis er schließlich tot ist. So lange will man mit dem Fortgang der Prozedur nicht warten und führt währenddessen Wilhelm Keitel, den Chef des Oberkommandos der Wehrmacht, zum zweiten Galgen. Keitel ruft *„Alles für Deutschland“*, bevor die Falltür, auf der er steht, entriegelt wird. Als dritter wird der oberste Polizist des SS-Staates, Ernst Kaltenbrunner, hingerichtet. Auch er ist gefasst.

Julius Streicher, Herausgeber des Wochenblattes »Der Stürmer«, schreit die ganze Zeit *„Heil Hitler“*, Alfred Rosenberg, Reichsminister der Ostgebiete, stirbt schweigend und lehnt als einziger den angebotenen geistlichen Beistand ab. Geleitet werden die Hinrichtungen von je einem amerikanischen, britischen, französischen und sowjetischen General. Gegen britischen Widerstand sind Pressevertreter zugelassen, je zwei aus jeder der vier Zonen. Dem Nürnberger Verfahren tat gut, dass mit Hitler, Himmler und Goebbels die größten Verbrecher bereits tot sind. Unerträglich die Vorstellung, Hitler hätte vor Gericht seine Hasstiraden verbreiten können.

„18. Oktober 1946 – Krank, kaputt. Saures Essen im Betrieb. Käthe brachte die Hausstoffschuhe, 30 RM. Direktor war in der Nacht im Betrieb.

19. Oktober 1946 – Eine tolle Wahlpropaganda. Kirmes. Käthes neue Sommerschuhe 10 RM, 2 Füllhalter, 11,50 RM. Jetzt passieren des Öfteren Morde.

20. Oktober 1946 – Sonntag – Landtagswahl.

22. Oktober 1946 – Heute wurde die 100. Lokomotive im RAW Zwickau fertiggestellt.

23. Oktober 1946 – 5:30 Uhr mit Käthe zur Arbeit. Es schneit und regnet. Schlechte Arbeit. Uns wurde viel versprochen, mehr Lohn, Bekleidung und Essen!!

26. Oktober 1946 – Es ist sehr kalt, 30 RM. Stromsperre. Käthe bekam 160 RM mit Lohn und Jubiläumsgeld. Mädler. Sport-Versammlung. 8 RM. Zwei Körbe Braunkohle. Käthes Betrieb hat Jubiläum, es gab 2 Essen und 1 Bier. War im Kino, dann Käthe abgeholt. Jetzt sieht man sehr viele russische Frauen. Wenn man sie 1941 bis 44 sah und jetzt, da könnte einem der Hut hochgehen.

27. Oktober 1946 – Sonntag – Mutti kam 12:10 Uhr … Fußballspiel gegen Leubnitz 8:0 gewonnen. Ich war sehr erstaunt über die guten Leistungen im Sturm sowie von Eckert im Tor. Gastwirt Martin spendet einen neuen englischen und einen gebrauchten Ball. Flüchtlinge bringen uns die Befreier. Es ist toll? Nachtschicht. Eine Flasche Schnaps, 42 RM.

30. Oktober 1946 – 18 Uhr Arbeit. Nichts gemacht.

1. November 1946 – Arbeit ging. Ab 1 Uhr nichts mehr gemacht. Es geht die Parole herum, dass Spezialarbeiter nach Russland kämen

3. November 1946 – Kirmes … Fußballspiel gegen Reinsdorf 2:1. Wurde beim 0:1 für Reinsdorf vom Felde gewiesen. Zu zehnt gewonnen. Tore schossen Töpfer/Elfm. und Tröger. Mutti brachte die Schuhe für Käthe mit. 22 Uhr nach Hause.

4. November 1946 – … Heute ist wieder ein Schlag für Fam. Fritzsch unser Anzugstoff 4 m und 4 m seidenes Futter, von Käthe grauer Mantelstoff 2,5 m sind durch Einbruch bei Schulz, Schneider verlustig gegangen. Das ist der Erfolg der neuen Arbeiterregierung.

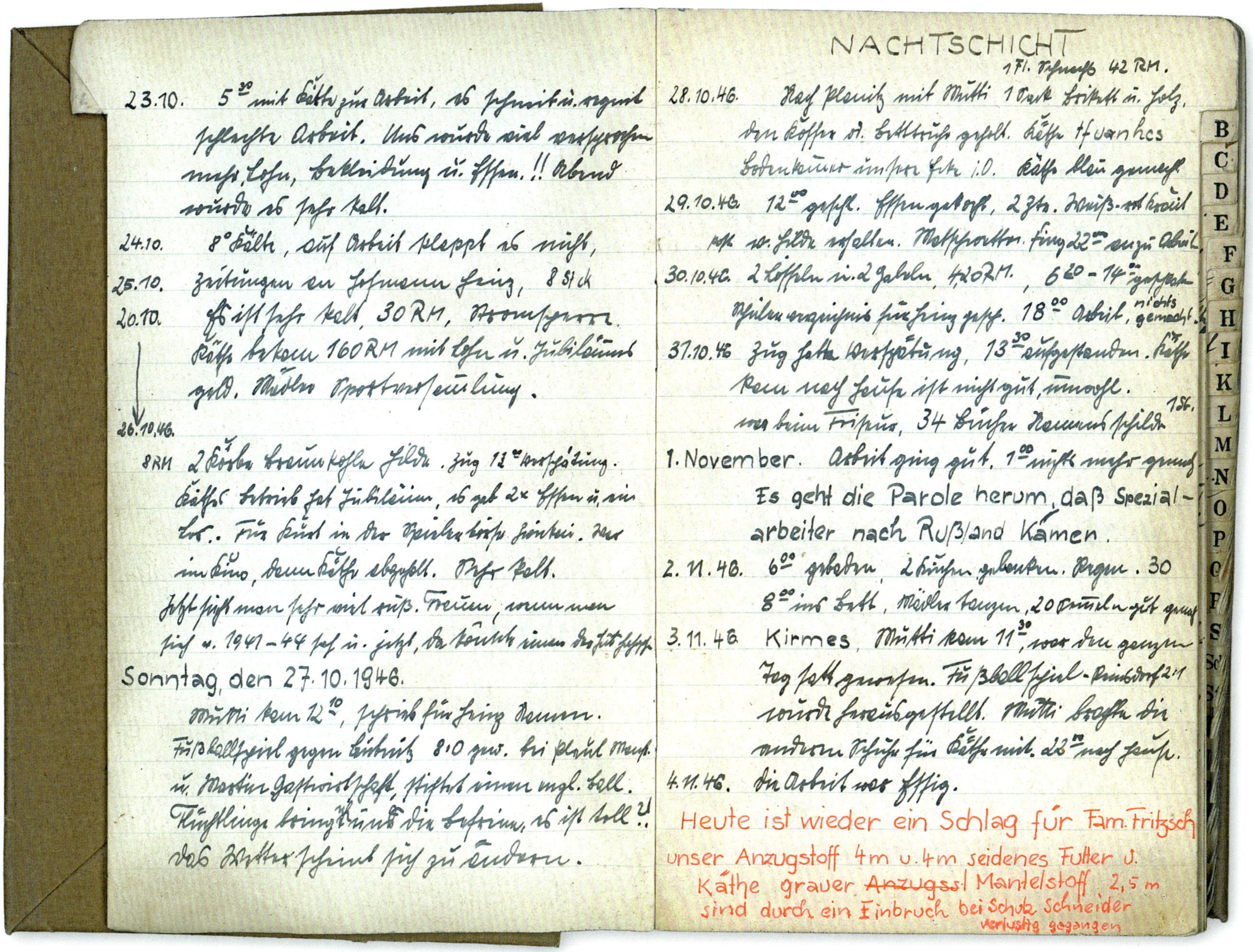

7. November 1946 – Heute feierten die Deutschen die Oktoberrevolution.

8. November 1946 – An den Parolen muss doch was wahr sein, dass man Facharbeiter einfach nach Russland deportiert.

9. November 1946 – 5:18 nach Leisnig. 13:20 angekommen. Gut angekommen. Abendessen bei Lötzsch. Hilde auch da. Gingen nach Minkwitz zu Hoffmann. Dort war Tanz, herrliches Abendbrot. Große Schlägerei miterlebt, ein russischer Offizier. Hier sieht man, dass gewöhnliche Volk auf Erden.

10. November 1946 – 1:20 zu Hause. 9:30 aufgestanden. Es schneit. Die Kartoffeln eingesackt. Bei Lehmann, Heinz 120 Zigaretten. Ritter, Colditzer Straße – 12 Pfund Korn. Mittagessen bei Lötzsch – sehr gut. Gegen Hartha 0:2 verloren. Bei diesem Matschwetter kein Genuss. Trotzdem erschienen 400 Zuschauer. Es war ein harter Kampf, wobei SR Spieß oft versagte. Bei Hartha war Möbius der Kopf im Sturm und bei Leisnig waren in der Hintermannschaft Fritzsch und Barth die besten Leute. Für ein Spiel darf ich mit meiner Frau 2 Tage frei machen und wir uns voll essen. Fahrgeld wird vergütet. Waren sehr zufrieden mit mir. 70 RM. Vier Teller Abendbrot, 10 Schnitten Brot, belegt mit Butter. Schnaps, Vermouthwein – ganz große Sache.

11. November 1946 – Mit Käthe, Hilde 6:18 weggefahren. 11:30 Zwickau. 13 Uhr zu Hause. 2 Feuersteine, 24,50 RM. Bin unverschämt müde, Nachtschicht.

12. November 1946 – Mir ist es sehr schlecht in der Magengegend. Halb 7 zu Hause ins Bett. 10:30 aufgestanden. Es gab keine Kartoffeln. 11:45 ins Bett. 17 Uhr aufgestanden. Kann unmöglich auf Arbeit gehen. 19:30 mit Käthe ins Bett.

14. November 1946 – Nachts schwer geschwitzt, fühle mich matt. Der Magen hat einen schweren Schlag seit dem Unfall weg.

15. November 1946 – Ging zum Arzt, Dr. Ledig. Krank geschrieben. Nach jeder Mahlzeit steht es mir bis oben an den Hals. Sodbrennen und Brechreiz. Müde und matt.

17. November 1946 – Zwickaus Stadtkommandant hat den Fußball verboten. 9:30 abgewickelt, satt gegessen. Mutti ihre Schuhe gemacht. Käthes Absätze in Ordnung gebracht. Sport ist vorübergehend verboten von der SMA in Zwickau.

18. November 1946 – Man spricht bei uns, dass in den restlichen Zonen der Hunger-Typhus ausgebrochen sei. Aber von uns schweigt man. In Oberhohndorf ist auch ein Fall. Ob man das Brot kürzen muss. Warum geht das Getreide, Zucker von uns in eine andere Richtung? Ja, seitdem bei uns die Befreier da sind, geht es rasch den Berg abwärts. Alles, was die noch nicht gesehen haben, geht ins Arbeiterparadies.

21. November 1946 – Mein 26. Geburtstag. Käthe backte mir einen kleinen Kuchen. Eine Flasche Schnaps, ein paar Socken. Mutti schenkte mir eine neue Lampe. Mutti hat ein Flüchtlingsmädchen. Hilde geschrieben. Küchenschrank-Unterteil frisch gemacht. 5 Säcke geflickt. Bis 1 Uhr mit Mutti unterhalten.

24. November 1946 – Totensonntag – waren in der Kirche. Schönes Wetter. Das Drücken in der Magengegend und im Rücken, Muskelschmerz. Uns macht man in der Presse und im Rundfunk weiss, in der englischen Zone wird gehungert usw. Laut Briefen von Bekannten aus diesen Zonen hört man kein Wörtchen darüber. Die Iwans machen seit einigen Wochen schwere Sachen, Vergewaltigung und Ermordung am laufenden Band. Sport ist wieder frei. Oberhohndorf gegen Zwickau-Süd 4:4. Dieses Spiel war sehr fest und flott. Lagen zur Halbzeit 1:3 zurück und holten dann auf bis 4:3 – Süd gelang in der Schlussminute noch das Unentschieden. Tore schossen: Fritzsch, Wentrock, Töpfer und Tröger. Bin sehr angeschlagen.

26. November 1946 – 6:50 zum Doktor Ledig. Gehe morgen röntgen, ob Geschwür vorhanden. Es gibt 250 g Butter. Schmidt, Walther ist zu 2 Jahren Zuchthaus und drei Jahren Ehrverlust verurteilt.

29. November 1946 – 6 Uhr zum Arzt. Er meint, es sind Anzeichen zum Geschwür. 2 Scheren, 20 Rasierklingen zum Schleifen gebracht. Hauptbahnhof, Ernst abgeholt.

30. November 1946 – 6 Uhr aufgestanden. Kartoffeln geschält. Mit Ernst nach Zwickau Einkaufen. Weihnachtsartikel, eine Lampe. Abends bei Mädler.

1. Dezember 1946 – Erster Advent – gekochte Klöße, herrlich. Fuß-

ballspiel, gegen Zwickau-West, 3:6. Warum verschenken wir ständig den Sieg? West setzte alles auf eine Karte. Wir führten mit 3:2, dann machte Eckert eine auffällige Sache zum Elfmeter, unsportlich! Fritzsch ging ins Tor und bekam noch drei Sachen eingeschenkt. Es muss eben mehr Training in die Mannschaft, um unsere Gegner mürbe zu machen. 18 Uhr zu Mädler. Volkskunstbühne. Ein herrliches Programm und eine saubere Musik.

2. Dezember 1946 – 6 Uhr aufgestanden. Zum Bahnhof gelaufen, Zug fällt aus. 8 Uhr zu Hause. Ernst legte sich schlafen. Essen gekocht. 13 Uhr nach Zwickau, Kino.

3. Dezember 1946 – 3 Uhr aufgestanden. 4 Uhr losgelaufen, mit Ernst. Zug ging 5:18. 6 Uhr zu Hause. Ordnung gemacht. 6:45 zum Arzt. Gab den Krankenschein. Nach dem Essen ein Kollern in den Därmen. Saurer Geschmack im Mund und ein Brennen in der Magengegend, was ein Gefühl der Lustlosigkeit an den Tag legt. Schmerzbrennen bis in die Halsgegend der Speiseröhre.

4. Dezember 1946 – Laufend treffen Flüchtlinge bei uns ein und kommen betteln. Wie lange noch?

5. Dezember 1946 – 7:30 im Werk. Lebensmittelbescheinigung. Mit Meister gesprochen zwecks drei Tage Rausarbeiten, klappt. 9:30 zu Hause. Essen gekocht. 250 g Margarine. 11:30 ging ich zur Schicht. Meine Maschine läuft wieder. Die Schicht beginnt 13 - 22 Uhr. Die Russen machen jeden Tag Schweinereien.

7. Dezember 1946 – Es vergeht kein Tag, wo man kein Gräuel vom Iwan hört. Was liegt da in der Luft, dass die Iwans so viel benötigen?

16. Dezember 1946 – Mein bester Kriegskamerad, Unteroffizier Hans Freiberg, ist am 8.11.44 in Russland gestorben.

19. Dezember 1946 – Kälte 22 Grad. Keine Arbeit. Schliff mir in den linken Mittelfinger.

21. Dezember 1946 – 5:10 nach Leisnig gefahren. Eine Hundekälte. Hatten großes Glück. Alles Verspätung und doch 14 Uhr da. Schliefen bei Tischlermeister Brettschneider. Er behandelte uns ganz groß. Legte die Wärmflasche ins Bett.

22. Dezember 1946 – 10:30 Uhr zu Lehmann, Heinz und Ritter, Kurt. 20 Pfund Mehl. Herr Brettschneider gab uns Stollen zu Essen. Mittag bei Sepp Vokalek. Ein pfundiges Fleischessen, sehr fettig. Das Spiel gegen BC Hartha mit 1:5 verloren. Ich schoss als Linksaußen das einzige Tor. Hartha setzte alles auf eine Karte, sie verletzten Barth und Lichtenstein. Durch das Fehlen der 2 Spieler konnte Hartha den Sieg erringen. Abends Weihnachtsfeier bei Lötzsch, Herbert. Es gab 50g Tabak (Frischschnitt), 8 Zigarren, 2 Manschettenknöpfe, für Käthe eine Schachtel Pralinen. Von Georg 5 Pfund Zucker, 1/2 Liter Öl, eine Paar Seidenstrümpfe. Schnaps war auch…

23. Dezember 1946 – Früh 5 Uhr aufgestanden. Von Frau und Herrn Brettschneider verabschiedet. 9:45 bei Nollau. Hundekälte. Haben sich sehr gefreut. Kein Strom.

24. Dezember 1946 – Hier wird Weihnachten nicht so gefeiert. Einige Neubauern bekamen 100 bis 160 Stück Butter und die Bevölkerung hatte keine zu essen. Heiligabend bekam Käthe von Hilde ein Paar Strümpfe, ich ein Paar Socken.

25. Dezember 1946 – Erster Weihnachtsfeiertag – jeden Tag gab es Stollen. Ein Hasenbraten, der konnte sich sehen lassen. War immer gesättigt. Abends Schweinefleisch. Im Gasthof tanzen.

26. Dezember 1946 – Zweiter Feiertag. Essen, immer wieder essen. Gut unterhalten. Man kann sagen, dort lebt man ohne Sorgen. 23 Uhr ins Bett. Bekam 10 g Tabak, 7 saure Gurken, Butterschnitten, sechs Stück Stollen, 3 Pfund Kornmehl, 1 Glas Sirup, 3 Pfund Äpfel, 100g Butter, 1 Tüte Gebäck von Ernst.

27. Dezember 1946 – 5 Uhr aufgestanden – 6:18 abgefahren. Alles klappte. 15 Uhr zu Hause. Man muss sagen, es war schön. Aber Zuhause ist Zuhause.

31. Dezember 1946 – Auch in diesem Jahr erlebte man positive und negative Entscheidungen. Es wird langsam alles russisch. Ob man sich im kommenden Jahr auch noch Sorgen machen muss, um eine Deportation? Oder ihr nicht entgehen kann? Wird es im kommenden Jahr mit der Ernährung besser? Mit den Marken muss man verhungern. Käthe drei Tage über die Zeit. Haben ein gutes Essen gehabt, auch unseren halben Liter Schnaps, 28 RM, wurde genehmigt. Mit Honig, Zucker und Sirup schmeckt er vorzüglich. Papp eine Zigarre – mit dem Ausziehen wird nichts."

In der sowjetischen Besatzungszone sind bis Jahresende verstärkt Brandstiftungen in Betrieben und Fabriken zu verzeichnen gewesen. Oft stehen sie im Zusammenhang mit der Zwangsverschickung in die Sowjetunion bzw. mit der Enteignung nach dem Volksentscheid. So werden im November 1946 allein in Sachsen in nur 12 Tagen gleich sieben Brandstiftungen gemeldet.

„4. Januar 1947 – Geträumt. Arbeite bei Horch. 14°C Kälte.

6. Januar 1947 – 4 Uhr aufgestanden. Fenster bis oben gefroren. 6 Uhr im Werk. Das RAW soll abgebaut werden. Ich glaube, wir werden einer schlechten Zeit entgegen gehen. Käthe bleibt acht Tage zu Hause. Haben keine Feuerung. Erst spricht man, die Hauskohle ist gesichert und bis jetzt habe ich erst drei Zentner Brikett."

Kohlen sind Luxus im Winter 1947 und auch das Brennholz wird knapp

Das Jahr 1947 beginnt auch in Planitz mit strengem Frost, verursacht durch einbrechende sibirische Kaltluft. In den Braunkohlentagebauen wird die Arbeit zeitweise eingestellt, die Brennstoffversorgung bricht zusammen. Holz ist die einzige Alternative, auch am südlichen Stadtrand von Zwickau sind die Wälder bald wie leergefegt. Längst haben die frierenden Cainsdorfer, Oberhohndorfer oder Planitzer alles Brennbare heimgeschleppt. Für Januar 1947 werden freigegeben: eine Haushaltskerze oder zwei Tellerlichter, zwei Schachteln Zündhölzer, ein Stück Seife, ein Normalpaket Seifenpulver. Es regiert die Hoffnung auf bessere Zeiten.

„9. Januar 1947 – Kältewelle abgebrochen. Die Menschen atmen sichtlich auf. Ich kann arbeiten wie ich will, aber es wird nichts verdient. Käthe Dauerwelle.

12. Januar 1947 – Sonntag. 5:49 zur Arbeit. Im Zug traf ich ein Ehepaar aus Bochum, Bergarbeiter. Sie erzählten mir: Stromsperre, Zugeinschränkungen, Polizei, Russenstreifen kennen sie nicht – warum? Der Eisenbahnverkehr ist wie im Frieden. Die Fleischerläden strotzen voll von Waren. Die Bergarbeiter bekommen je vier Wochen eine Flasche Schnaps, 6,45 RM, 40 Zigaretten je 8 Pfennig. Vor der Schicht gibt es 4 Schnitten mit Belag. Einen Wunsch äußerten sie: sofort nach Bochum zurück. Sie fahren wohin sie wollen, von Essen bis München. Die Sportler (Gau-Liga) erhalten Schwerstarbeitermarken. Schwer- u. Schwerstarbeiter sind Zusatzmarken. In unseren Zeitungen spricht man von Hungersnot im Westen.

15. Januar 1947 – Es schleichen tolle Parolen herum. Der Russe ging bis ostwärts der Elbe.

16. Januar 1947 – Müssen uns melden, weil wir Soldaten waren. 12 RM Käthe für die Volksfürsorge nachgezahlt. Vaters Todestag 1935.

19. Januar 1947 – So was gibt es nicht in Texas – das gibt es nur bei uns. Man nimmt sogar sonntags das Licht weg, ohne einen Anschlag herauszuhängen. Und da spricht man so häufig das Wort Demokratie aus. Sonntags essen wir immer noch gut, denn wochentags gibt es sowieso Eintopf.

21. Januar 1947 – Wir verließen einen Wohlstand, den wir nie einholen können, dafür sorgen die Sieger. Käthe muss wahrscheinlich aufhören zu arbeiten.

22. Januar 1947 – Heute machte Käthe letzte Schicht. Bekam zwei Mal Kleiderstoff.

25. Januar 1947 – Bekomme hinter dem linken Ohr einen Knoten.

26. Januar 1947 – Fußball gespielt. Die linke Seite schwillt an. Mich fröstelt es. Papp Geburtstag. Nachts schwer geschwitzt. 12°C Kälte."

Walter Fritzsch gehört mit seinen 26 Jahren zu der Bevölkerungsgruppe (männlich), die im Krieg den höchsten Blutzoll zu zahlen hatte. Bei den 20- bis 29-Jährigen sind von ursprünglich 557.000 jungen Männern durch den Krieg oder Kriegsfolgen etwa 320.000 ums Leben gekommen. Anders formuliert: Nur 43 von 100 jungen Männern haben überlebt. Diese Angaben vom Herbst 1946 vermitteln auf beeindruckende Weise die Konsequenzen der Naziherrschaft. Demnach gehört die 22-jährige Käthe zur Altersgruppe (weiblich) mit dem höchsten Frauenüberschuss. Auf 100 Männer im Alter von 20 bis 24 Jahren kommen 171 Frauen. Zum Vergleich: Der Durchschnitt bei allen Altersgruppen liegt bei 124 Frauen.

„27. Januar 1947 – Es schwillt weiter an. Beim Kauen schmerzt die linke Seite. Legte das Heizkissen auf.

28. Januar 1947 – Früh konnte ich kaum kauen. Schmerzte. Beim Arzt. Ist Ziegenpeter. Das Licht nimmt man weg, wenn es ihnen passt. Eine große Gemeinheit.

1. Februar 1947 – Es vergeht kein Tag, wo keine Stromsperre ist.

2. Februar 1947 – Sonntag. 13 Uhr zum Spiel gegen Cainsdorf. 9 Mann anwesend. Weiß und Markert sowie Tormann fehlten. 0:8 ist zu hoch. Der Gegner haushoch überlegen. Habe mir die Knie schwer demoliert. Bei Mädler, Volkskunstbühne, ganz nett.“

Spiele wie das 0:8 in Cainsdorf beschäftigen Walter Fritzsch auf eine besondere Weise. Schon seit längerer Zeit wächst in ihm die Überzeugung, dass er im Fußball höhere Ziele anstreben will. Mit Oberhohndorf schien das nicht möglich? Sicher, sie haben mit Tröger »Willy« einen blutjungen und äußerst talentierten Stürmer. Willy wollte eigentlich Torwart werden, eine Granate zerstört ihm an der Front diesen Traum. Nun geht der 18-Jährige für Oberhohndorf auf Torejagd, unbekümmert und lernwillig. Das gefällt Spielertrainer Fritzsch, der bei vielen anderen Spielern eine ähnliche Grundeinstellung vermisst. Und so spielt Oberhohndorf eben »nur« gegen Crossen, Ebersbrunn, Ortmannsdorf oder Stützengrün. Seit April 1946 gibt es im Kreis Zwickau wieder einen organisierten Wettspielbetrieb mit Punktspielen. Acht Mannschaften kämpften um den ersten Kreismeistertitel, die SG Oberhohndorf war zum Leidwesen von Walter Fritzsch nicht dabei. Am 1. Dezember 1946 besiegte die SG Planitz die SG Wilkau-Haßlau mit 6:3, wird vor Zwickau-Mitte und Kirchberg erster Titelträger. Um wieder in den Herbst-Frühjahr-Rhythmus zu kommen, beginnen die Mannschaften ab Frühjahr 1947 in zwei Staffeln eine Übergangsrunde. Zu diesem Zeitpunkt hat sich die Überzeugung des Spielertrainers der SG Oberhohndorf verfestigt und so meldet er sich nach gründlicher Überlegung am 17. Februar 1947 bei den Rot-Schwarzen ab.

„3. Februar 1947 – Normalschicht. Die Knie schmerzen.

7. Februar 1947 – Zu Nollaus. 16:17 ab Zwickau. 20 Uhr in Chemnitz, 24 Uhr an Döbeln. Man muss eben über Nacht im Warteraum sitzen, konnten nicht schlafen.

8. Februar 1947 – Fuhren mit dem Dienstzug. 8 Uhr bei Nollau. Wie es uns hier ergeht, kann ich immer wieder sagen. Man wird sehr gut bewirtet.

10. Februar 1947 – Rückfahrt. Zug-Verspätung, mussten in Chemnitz in der Baracke übernachten. Einfach toll. Trafen dort Soldaten aus russischer Kriegsgefangenschaft. Ein Junge gab mir einen Hasen. Er arbeitet in der Küche. Ich gab drei RM, drei Zigaretten, drei Schnitten Brot mit Marmelade. Trafen Seifert (Horch), kam aus amerikanischer Gefangenschaft.“

Der Zeitung entnimmt Walter Fritzsch die aktuelle Lage in Sachsen. Es kommen weitere Transporte mit bis zu 250.000 Vertriebenen aus den Ostgebieten, die hier sesshaft gemacht werden sollen. Achtzehn Auffanglager stehen bereit, in denen die »Umsiedler« eine vierzehntägige Quarantäne zu verbringen haben. In einem Leserbrief schildert eine Vertriebene ihre Lage: *„Mein Mann (87) und ich bekamen eine Stube zugewiesen mit einem schmalen Bett, einem schadhaften Waschbecken und einem alten, völlig unbrauchbaren, eisernen Ofen. Elektrisches Licht nicht vorhanden. Wir sollten einen Viertelmeter Holz bekommen. Leider gab es keins. Als wir im Februar endlich das Holz erhielten, war es nur ein Achtelmeter, dazu Kohlenstaub, der ohne Holz nicht brennt. Da der Ofen nicht zu gebrauchen ist, sitzen wir seit 5. Januar im völlig ungeheizten, feuchten Zimmer. Holz und Kohlenstaub gab ich der Vermieterin, damit ich das wenige Essen bei ihr abkochen konnte. Wir haben weder Wagen noch Säge oder Beil, um im Wald Holz zu stehlen. Unsere Vermieterin und wir haben seit Tagen kein Feuer, wenn es kein Gas gibt, haben wir keine warme Mahlzeit. Dabei leben wir Flüchtlinge doch nur von der Zuteilung.“*

„11. Februar 1947 – 6:43 fuhren wir ab Chemnitz. 11:15 zu Hause. 12:30 zur Arbeit. Der Meister wollte meckern, keiner fragt nach den Umständen der Eisenbahn.

16. Februar 1947 – Sonntag. Man staunt, was es an diesem Tag für einen Schnee herwichst. Auf das Klosett kann man nicht mehr gehen, alles verstopft, gefroren.

23. Februar 1947 – Klötzer, Kurt war da. Fragte mich wegen meiner Abmeldung. Er ist stur.

28. Februar 1947 – Scheinbar ist durch die Leipziger Messe die Butter knapp.

2. März 1947 – Warum hat Mutti ständig gegen Käthe eine Abneigung? Es ist doch alles Mist. Ein Spruch – »Das Leben« geschrieben. Ein Bild zum Geburtstag für Frau Nollau. Auf III gab es noch kein Fett. Wieso? Leipziger Messe.

6. März 1947 – Was es in Leipzig nur zu Essen geben soll? Man kann alles haben, was man sich wünscht. Für Deutsche gesperrt. Immer noch keine Butter aufgerufen. Die Mulde schwillt an.

7. März 1947 – Ein Franzose, Geschäftsmann, äußerte, dass man mit Deutschland viel Negatives vorhat. Dieser kam per Auto nach Leipzig zur Messe.“

Schlange stehen für die Schulspeisung Februar 1947

Der Adler Trumpf gerahmt von drei Opel 1,2 Liter. Wer aber hat die Reifen entwendet?

Am 4. März beginnt die Leipziger Frühjahrsmesse. Die Volkseigenen Betriebe nehmen ein Drittel der von der sowjetischen Zone belegten Ausstellungsfläche ein. Daran zeigt sich der Struktur- und Eigentumswandel im Osten Deutschlands. Wichtige Schlüsselindustrien im mitteldeutschen Raum sind mit dem SMAD-Befehl 167 (5. Juni 1946) sowjetisches Eigentum geworden. Ursprünglich 126 (davon 33 in Sachsen) für die Demontage vorgesehene Großbetriebe wurden bzw. werden so als Sowjetische Aktiengesellschaft (SAG) gegründet und damit Eigentum der UdSSR. Ziel ist nun die Entnahme von Reparationsleistungen aus der laufenden Produktion. Zu den Vorzeige-Adressen gehört der Sebnitzer Kunstblumenbetrieb. Er hat auf der Frühjahrsmesse größere Aufträge erhalten und beschäftigt wieder fast 1.600 Innen- und 4.300 Heimarbeiter.

„10. März 1947 – Es begann die Moskauer Konferenz der Außenminister.

11. März 1947 – In Leipzig zur Messe fehlte es an nichts. Wir Deutschen konnten nur mit den Ausländern bombig essen. Ausgestellt waren tolle Sachen, aber zu kaufen nur für Ausländern oder die anderen Zonen.

12. März 1947 – Wir sollen das Soll auf 60 % erhöhen. Und zu essen? Da schweigt man. Die Menschen sind gezwungen, sämtliche Bäume zu entfernen, sonst müssen sie erfrieren.

13. März 1947 – Fenster waren angefroren. Arbeit ging. Furchtbare Schmerzen, kolikartiger Schmerz. Ca. 15 Brikett zwischen den Gleisen aufgelesen.

14. März 1947 – Truman soll nach Angaben gegen den Russen schwer gesprochen haben. Entweder ist es Einbildung oder Tatsache, dass ich immer so fertig bin.

15. März 1947 – Post von Schmidt, Walther. Seine Strafe ist auf ein Jahr Gefängnis wegen Beleidigung herabgesetzt worden. Heute wuschen wir uns seit Kriegsende zum ersten Mal mit Kernseife. Wann werden wir gerettet sein?

16. März 1947 – Käthes Geburtstag. Von Lotte und Mutti ein Handtuch. Waren im Kino. Die Russenfilme sind nicht mein Geschmack.“

Auf der Außenministerkonferenz in Moskau geben die Siegermächte am 20. März 1947 die aktuelle Zahl der deutschen Kriegsgefangenen in ihren Ländern bekannt: Frankreich: 15.103 – Großbritannien: 435.295 – USA: 631.483 – Sowjetunion: 890.532. Zugleich schlägt Wjatscheslaw Molotow die Aufhebung der wirtschaftlichen Vereinigung der amerikanischen und britischen Zone vor. Sie verstoße gegen die Beschlüsse des Potsdamer Abkommens. Wenige Tage später gibt die amerikanische Militärregierung offiziell bekannt, die Sowjetunion sei die Antwort auf das Verbleiben von rund zwei Millionen deutschen Kriegsgefangenen schuldig geblieben.

„23. März 1947 – Zum Fußballspiel nach Kirchberg. Oberhohndorf 4:3 gewonnen.

24. März 1947 – Schlagsahne aus ¼ l blauer Milch (Magermilch), Wasser, vier rohe Kartoffeln und Zucker. Schmeckt zeitgemäß. Magenschmerzen: Sobald ich Tee trinke, ist ein Brennen zu verspüren, was unangenehm ist. Festgestellt habe ich, dass ich nach folgendem Essen den Schmerz bekomme: Möhren, Kohlrabi, Rüben, Kraut und verschiedentlich bei Zucker, auch Brot.

28. März 1947 – Käthe sieht sehr schlecht aus (Magen).

29. März 1947 – Das Flüchtlingsmädel bei Mutti hat die Lebensmittelmarken, 100 RM, Wischtücher gestohlen.

30. März 1947 – Palmensonntag. Mutti fuhr mit zweirädrigen Karren nach Pölbitz, holte einen Glasschrank und eine Kommode. 14 Uhr nach Cainsdorf gegen Vielau. Danach: Oberhohndorf gegen Neukirchen. 18 Uhr zu Mädler. 600 Besucher der Kapelle »Carlo«. Am Sonnabendabend haben sich die Russen kultursteppenmäßig benommen. Ring-Café, Palast und Volkshaus mussten geschlossen werden. Schießerei und Mauserei.

6. April 1947 – Ostersonntag. Cainsdorf gewann in Lichtenstein 7:0.

7. April 1947 – Zweiter Feiertag. 14:30 zu Mutti. Erzählte uns den ganzen Zinnober wegen dem Flüchtlingsmädel. Gestohlen hat sie 100 RM, Lebensmittel, vier Wischtücher, Kartoffeln. Hatte paar Tage fast nichts gegessen.“

Die Produktion in Sachsen sinkt nach der »Kälte-Katastrophe« auf einen Tiefpunkt. Im Vergleich zu den letzten Monaten des Jahres 1946, als man in den Betrieben kaum noch Arbeit hatte, weil es an Rohstoffen und Material fehlte, werden aktuell nur noch knapp 65 Prozent produziert. Die Ursache des *„rapiden Rückgangs“*, so die Verlautbarungen, liegt *„in der unzureichenden Kohle- und Energieversorgung“*. Viele gingen oder gehen nicht mehr zur Arbeit. Ziehen dafür mit Rucksäcken in die Dörfer, um sich Kartoffeln und andere Nahrungsmittel zu organisieren. In den sogenannten »Rucksackzügen« werden so aus jedem Landkreis täglich 800 bis 1.000 Zentner Kartoffeln weggeschleppt. Vielerorts können die für die Belieferung der Lebensmittelmarken notwendigen Kartoffeln nicht mehr bereitgestellt werden. So vorhanden, erhält man dafür im Austausch rote Rüben, Kohlrüben, Möhren oder Salzgemüse. Auch die Fleischmarken können nicht vollständig beliefert werden. Für ein Kilo Fleisch gibt es, wenn vorrätig, 1.200 Gramm Frischfisch oder 800 Gramm Räucherfisch oder 700 Gramm Fischkonserven.

„8. April 1947 – Korb von Hilde kam ohne Expresskarte an. 38 Kilo. 50 Pfd. Kartoffeln, rote Rüben und Möhren. 20 Pfd. Kartoffeln und fünf Pfd. Rüben.

16. April 1947 – Wühlte den ganzen Tag im Keller rum. Kartoffeln umsortiert. Die Mäuse scheinen sich mit Kartoffeln fett gefressen zu haben.

18. April 1947 – Man höre und staune: Einbruch in der Endstraße 8, vier Keller. Die Schlösser weg. Uns wurden 1,5 Zentner Kartoffeln

Auch Wien ist nach dem Krieg eine geteilte Stadt – der Wiener Kurier wird von der amerikanischen Seite herausgegeben

KURIER

HERAUSGEGEBEN VON DEN AMERIKANISCHEN STREITKRÄFTEN FÜR DIE WIENER BEVÖLKERUNG

Dienstag, 18. März 1947
Nr. 64 / 3. Jahrg
Außerhalb Wien 22 Groschen
Erscheint mit Ausnahme von Sonntag täglich in den Nachmittagsstunden

Deutsche Wirtschaftsprobleme vor den Außenministern:

Rußland will 10 Milliarden Dollar Reparationen von Deutschland

Moskau, 18. März (UP - AND). Das deutsche Wirtschafts- und Reparationsproblem war das
Hauptthema der gestrigen Beratungen der vier Außenminister. Wie dazu im einzelnen bekannt
wird, verlangte der russische Außenminister Molotow neben 10 Milliarden Dol-
lar Reparationen von Deutschland, die in einem Zeitraum von 20 Jahren zu leisten
sind, und der Erhöhung der ursprünglich festgelegten deutschen Stahlprodukti…
10 bis 12 Millionen Tonnen jährlich auch die Ungültigkeit…
schaftlichen Vereinigung zwischen de…
da diese eine Verletzung des P…
Molotow …

WIENER KURIER

PREIS 20 gr
Mittwoch, 11. Juni 1947
Nr. 132 / 3. Jahrg
Außerhalb Wien 22 Groschen
Erscheint mit Ausnahme von Sonntag täglich in den Nachmittagsstunden

HERAUSGEGEBEN VON DEN AMERIKANISCHEN STREITKRÄFTEN FÜR DIE WIENER BEVÖLKERUNG

Marshall für Vereinigte Staaten von Europa im Rahmen der UN

Washington, 11. Juni (AND). In einem Schreiben an den Vorsitzenden des amerikanischen Senates, A. Vandenberg, erklärte Außenminister Marshall, daß die Idee der Errichtung der Vereinigten Staaten von Europa im Rahmen der UN, für die die geplante Resolution des Senates eintrete, seine tiefe Sympathie besitze.

„Die Vereinigten Staaten wünschen natürlich ein Europa", heißt es in Marshalls Brief, „das nicht in sich selbst geteilt ist, ein Europa, das besser ist als das, an dessen Stelle es treten soll. Nur in dem Maße, in welchem wir diese Hoffnung inspirieren können, dürfen wir erwarten, daß die Menschen auf sich nehmen, was sie auf sich nehmen müssen, daß sie jene großen Anstrengungen machen, die gemacht werden müssen, wenn Kriege vermieden werden und die Zivilisation in Europa weiter bestehen soll."

Es geht vor allem um die wirtschaftliche Wiederherstellung Europas

Um jedes Mißverständnis hinsichtlich unseres Zieles zu vermeiden, halte ich es für wünschenswert, daß einige der hier von mir entwickelten …

Bundeskanzler Ing. Dr. Figl über seine Unterredungen mit Ernst Fischer

Fischer soll Unterrichtung der SPOe als zwecklos bezeichnet haben

Wien, 11. Juni (APA). In einer von Bundeskanzler Figl unter der Überschrift „Der Wahrheit die Ehre" veröffentlichten Stellungnahme …

… seit Wochen um eine persönliche Aussprache ersucht.

Es sei weiter unrichtig, daß Bundeskanzler …

gestohlen. Nebenan Einmachgläser. Und die Polizei? Äußerung: Wenn wir wenigstens einen hätten von der Bande. Auch bei Kurt im Konsum hat man eingebrochen. Wo soll das enden? Habe den ganzen Tag im Keller gearbeitet. Sicherung des Fensters und der Tür.

19. April 1947 – Die Polizei machten bei uns in den Zimmern, Boden und Keller Hausdurchsuchung. Auch bei den üblichen Bewohnern. Aber das Rätsel ist noch offen. Wann sind die Hasen dran?

20. April 1947 – Sonntag. Oberhohndorf – Zwickau-Süd 1:2. Eigentlich wollte ich nicht mehr aushelfen, da ich mich bereits am 17.2.47 von Oberhohndorf abgemeldet habe und ab 18.5.47 in Cainsdorf spielberechtigt bin. Durch das Betteln meines Schwagers stellte ich mich zur Verfügung. Wie schon gesagt, die Mannschaft ist so nicht schlecht. Zu viele Einzelspieler vorhanden. Tröger, Wentrock, Heimbold. Das Tor schoss Tröger.

21. April 1947 – Schlafen kann man nicht mehr in Ruhe seit dem Einbruch. Habe unser Kellerfenster mit Rundeisen vergittert. Das große Vorhängeschloss in Ordnung gebracht. Man lebt in einer Zeit, wo Einbrüche in jeder Nacht verübt werden. Hier erkennt man die große Not. Drei Wannen Holz mit Käthe gehackt.

26. April 1947 – Die Sache geklärt mit dem Fußball. Bin freigegeben.

27. April 1947 – Sonntag. Schönes Wetter. 14:30 Uhr zum Spiel und Fahrt nach Crimmitschau mit Cainsdorf. Gewannen 4:0. 20 Uhr im Turnerheim. 23 Uhr zu Hause. Dort ist schon ein besseres Spielen als bei Oberhohndorf."

Einst KdF-Wagen (»Kraft durch Freude«), jetzt Volkswagen. Walter Fritzsch bekommt im Juli 1947 ein Angebot aus Fallersleben (Wolfsburg), lässt sich aber nicht in den Westen locken

„Bei Oberhohndorf machte ich 32 Spiele mit", mit diesem lakonischen Kommentar schließt Walter Fritzsch das Kapitel Oberhohndorf für sich ab. Seinen Einstand bei der SG Cainsdorf gibt er in Crimmitschau. Eingesetzt als rechter Läufer kann er mit seiner Premiere durchaus zufrieden sein: *„Ein schöner Tag führte mich mit Frau im Auto nach Crimmitschau, um mein erstes Spiel bei Cainsdorf mitzumachen. Vom Spiel selbst kann ich sagen, dass ich zufriedenstellend gewesen bin. Es war ein ausgeglichenes Kampfspiel bis zur Halbzeit."* Nach der Pause treffen die Sturmspitzen Möckel und Lenk jeweils zweimal und so bestätigt der ungefährdete 4:0-Erfolg den Neuling im Gefühl, eine richtige Entscheidung getroffen zu haben. *„20 Uhr kamen wir in Cainsdorf zusammen. Hier sieht man, dass es eine bessere Mannschaft ist. Es geht sehr gesetzter zu. Wie nun alles wird, zeigt die Zukunft."* Schon drei Tage später steht das nächste Kräftemessen an. Es ist der 1. Mai 1947, in Berlin veranstaltet die SED erstmalig nach Moskauer Vorbild eine Mai-Kundgebung im Berliner Lustgarten. Die SG Cainsdorf tritt in Wilkau-Haßlau an. Eintausend Zuschauer sind gekommen und Walter Fritzsch notiert: *„Ein Spiel entspann sich, worüber jeder Zuschauer seine Freude gehabt hat. Der Ball lief von*

Mann zu Mann. In der Mannschaft war ein schwacher Punkt, dieser Pahlisch ist zu schwer als Läufer." Nach dem 3:0-Auswärtserfolg trifft sich die Mannschaft im Gasthaus Cainsdorf zur Maifeier. So wird der Tag auch für Walter Fritzsch mit *„3 Zigaretten und Cognac"* optimal abgerundet: *„Eine tolle herrliche Sache gewesen."*

Der erste Gradmesser für Cainsdorf mit Walter Fritzsch lässt nicht lange auf sich warten. An diesem Sonntag geht er früh in die Kirche, dann pflanzt er den Tabak um. Auf der Westsachsen-Kampfbahn gibt es das Wiedersehen mit Planitz. Zwar scheinen die Schwarz-Gelben auf der Suche nach der Form besserer Tage, doch allein die 2:3-Niederlage aus dem Vorspiel dürfte Anstachelung genug sein, sich gegen Cainsdorf zu beweisen. Mit Verwunderung verfolgen tausend Zuschauer das Auflaufen der beiden Vertretungen. Cainsdorf ohne Torjäger Möckel? Planitz zeigt sich taktisch reifer, hat Schnelligkeitsvorteile und geht mit einem 2:0-Vorsprung in die Pause. Die zweite Hälfte geht an die Gäste, mehr als der Anschlusstreffer gelingt nicht. Fritzschs Fazit nach dem 1:2: *„Eins gefiel mir nicht, dass Möckel erst in der 60. Minute das Spielfeld betrat."*

„5. Mai 1947 – Oberhohendorf will mich für den Sport für immer sperren (Grund: mein Schwager).

6. Mai 1947 – Auf Arbeit eine Betriebsversammlung. Mehr arbeiten – mehr zu essen, ja, so spricht man in jeder Versammlung. War im Sportamt zwecks meiner Abmeldung. Es wird schon klar gehen. Wenn mein Schwager für die zwei Spiele (Kirchberg gegen Zwickau Süd) gerade steht. Im Ernährungsamt bei Jahnsmüller, Erich. Soll Trainer bei Cainsdorf machen.

9. Mai 1947 – Mein Schwager Kurt und Klötzer, Kurt geben immer noch keine Ruhe und möchten mich vom Fußball sperren lassen. Ich bin gespannt, ob Kurt für die zwei Spiele gerade steht. Ab heute ist der neue Tarif in Kraft getreten. Eine Stunde 1,02 RM.

11. Mai 1947 – Sonntag. Zum Spiel nach Ebersbrunn. 7:3 gewonnen. Das Spiel wurde zu leicht genommen. Turnerheim.

12. Mai 1947 – Post von Schmidt, Walther. Ist ab 15. Mai 1947 frei.

15. Mai 1947 – Himmelfahrt. Durch die Zahl der täglichen Sterbefälle erkennt man die große Not. Es wird gekocht – Brennessel, Maistöckel (sprich Löwenzahn) – sind das gesunde Zustände? Zu Mädler – Wunschkonzert."

18. Mai 1947 – Man spricht, der Iwan würde Sachsen bis zur Neiße verlassen. Ich glaube nicht daran. Will es nur vermerken. Ob an Parolen eine Wahrheit dran ist? Zum Spiel gegen Werdau, 5:0 gewonnen. Tore: Möckel 3, Fuchs, Lenk. Nach dem Spiel eine kleine Missstimmung, da Erich Jahnsmüller herzlich abgeschafft worden ist. Erst kam keine Stimmung auf. Dann Möckel, Werner, 24. Geburtstag gefeiert. Bis 2 Uhr, es war pfundig. Drei Flaschen Schnaps spendiert. 3 Uhr ins Bett.

19. Mai 1947 – 4:50 Uhr aufgestanden. Arbeit ging. 16:14 Uhr zu Hause. Bin sehr müde.

22. Mai 1947 – Donath, Erich – Oberhohndorf. Wollen mir den Trainingsanzug wegnehmen. Pfingsten 1947 – Wer uns aus der Not helfen soll, weiß ich nicht. Trotz des Hungers wird noch feste gearbeitet. Die Menschen sehen aus wie KZ."

Die Sowjetische Militäradministration ordnet im Mai 1947 Maßnahmen zur Bekämpfung des Kartoffelkäfers an. Die Gemeindeverwaltungen haben die Kontrolle *„sämtlicher Kartoffelfelder wöchentlich durchgängig"* zu sichern. Bei Befall ist das Einsammeln der Käfer, Eier und Larven zu organisieren, dafür sind auch Schulkinder heranzuziehen.

„25. Mai 1947 – Erster Pfingstfeiertag. Fuhren nach Gößnitz zum Fußballspiel. Gewannen 6:2. Tore: Möckel 3, Grunert, Fuchs, Schrader. Erhielten nach dem Spiel ein zeitgemäßes gutes Essen. 22 Uhr im Turnerheim. Vier Zigaretten.

26. Mai 1947 – Zweiter Pfingstfeiertag. Cainsdorf gegen Wurzen. Zur Zeit stärkste Mannschaft von Sachsen. 750 Zuschauer. Eine stramme, gesunde Elf, denen sieht man keine Ernährungssorgen an. Spiegeleier, 1/2 Pfund Wurst zum Mittag, nach dem Spiel Kartoffelstücken und Kuchen. Mit einem Wort – sie leben sehr gut. Darum spielen sie etwas zu hart. Wir spielten einen herrlichen Fußball, Möckel schoss den Führungstreffer. Leider wurde Tautenhahn verletzt. Wir verloren 1:3.

31. Mai 1947 – Käthe traf Lenk, Gottfried. Ich soll mit nach Altenburg in der Kreisauswahl spielen. 13 Uhr baden. 15 Uhr nach Zwickau. 17:45 Uhr in Altenburg. 3:4 unglücklich verloren. Erhielten ein schönes Essen mit Kartoffelsalat, Soße und 125 g warmes Beefsteak. 10 RM und sämtliche Trinkschulden.

1. Juni 1947 – Sonntag. 16 Uhr zum Spiel gegen Vielau. Ohne Möckel, Mocker, Fritzsch, Tautenhahn und Schrader, verloren 2:4. Es war Pech. Lenk, Gottfried ist herausgestellt worden, Schiedsrichterbeleidigung. Wir haben uns ganz klein gezeigt. Solche Sachen dürfen nicht vorkommen – danach im Auto mit Möckel, Werner nach Cainsdorf. Bin vorläufig als Trainer eingesetzt."

Der amerikanische Außenminister George Marshall kündigt am 5. Juni 1947 eine finanzielle Wiederaufbauhilfe für ganz Europa an. Das »European Recovery Program« geht als »Marshall-Plan« in die Geschichte ein. Es ist ein milliardenschweres Wirtschaftsförderungsprogramm. „*Unsere Politik richtet sich nicht gegen irgendein Land oder irgendeine Doktrin, sondern gegen Hunger, Armut, Verzweiflung und Chaos.*" Am gleichen Tag beginnt in München die Ministerpräsidentenkonferenz. Die Delegierten der Ostzone verlangen, „*die Schaffung einer deutschen Zentralverwaltung zur Verständigung der demokratischen Parteien und Gewerkschaften, um einen deutschen Einheitsstaat zu schaffen*", als Punkt 1 auf die Tagesordnung zu setzen. Als dies nicht gelingt, verlassen sie den Sitzungssaal und reisen zurück nach Berlin. Da hatte die Konferenz noch nicht einmal richtig begonnen. Anfang Juli 1947 lehnt die Sowjetunion den Marshall-Plan offiziell ab.

„8. Juni 1947 – Sonntag. 15 Uhr zum Spiel gegen Zwickau-Mitte. 2.000 Zuschauer. Ein harter Kampf. 0:0. 10 RM Spesen. War sehr schön im Turnerheim.

13. Juni 1947 – Erzählt man uns die Wahrheit zwecks München? Ministertagung aller Zonen. Warum verließen unsere Minister die Tagung? Der Russe hat wohl zuviel verlangt? Das werden wir alles später erfahren. Die Sterblichkeitsrate durchschnittlich 20 Tote in Oberhohndorf. Dagegen im Frieden vier bis acht im Monat. Man schreibt immer in der SED-Zeitung, dass alles klappt und doch müssen so und so viele Tausende hungern ... Sie sollen dem Volke die Wahrheit sagen und sämtliche Posten und Stellen den Iwan vor den Füßen trumpfen. Das wäre Demokratie. Ministerpräsident Dr. h. c. Rudolf Friedrich von Sachsen an Herzschlag gestorben.

21. Juni 1947 – Jetzt kann man am Tage drei Mahlzeiten einnehmen und sich nie satt essen. Man könnte fast verzweifeln. Aber den Gefallen werde ich den Russen nie erfüllen. Aber die Rache mit schwerem Hass zurückerstattet. Wir führten uns in Russland als Menschen auf, aber diese Mordbanditen!!!

22. Juni 1947 – Turnhallen-Weihe. Vor sechs Jahren ging es uns besser. Ja – armes Deutschland.

29. Juni 1947 – Sonntag. Die Uhr eine Stunde zurückgedreht. 16 Uhr das Spiel gegen Vielau 3:0 gewonnen. Essen: Kartoffeln mit Pferdegulasch, ein Teller, fünf Zigaretten, neun Flaschen Schnaps.

3. Juli 1947 – Rübenschnitzel. Oh, da frisst man schlechter als ein Schwein. Die Konferenz in Paris – Marshall-Plan – abgeblasen. Molotow?

4. Juli 1947 – Was bedeutet der Marshall-Plan??? Also, wer hungert hier nun wirklich?"

Bekanntmachung: Zur Bekämpfung der Feld- und Gartendiebstähle für die Zeit der Ernte bis zum 31. Oktober 1947 ist das Betreten von Feldwegen und Rainen sowie von Gartenanlagen „*für alle dazu nicht berechtigten Personen in der Zeit von 20 bis 7 Uhr verboten*". Bei Zuwiderhandlung muss mit Geldstrafen bis 150 RM oder Haft bis 14 Tage gerechnet werden.

„11. Juli 1947 – Möckel, Werner brachte einen Kasten helles Bier. Zwei Schnäpse, eine Zigarette. Er wird wohl nach dem Westen machen. Nach dem Spiel die Meisterfeier. Huster, Heiner zeigte sich ganz nobel. 12 Zigaretten, die gesamte Zeche, ca. 1.000 RM zahlte er. Ich machte mir eine Flasche voll Schnaps. 0:30 Uhr zu Hause."

Er schoss beim 3:1-Erfolg im Regen von Kirchberg alle drei Tore für Caindsorf. Eine Woche später ist er bei 35 Grad Hitze mit zwei Treffern maßgeblich am 3:0-Sieg in Vielau beteiligt – Werner Möckel, Cainsdorfs Tor-Garant. Er und Walter Fritzsch kennen sich

Ernte 1947: Leere Körbe, trockener Boden – also weiter hungern

noch aus gemeinsamen Zeiten beim Planitzer SC. Der Spielertrainer weiß, dass es in erster Linie Möckels Verdienst ist, der seine Mannschaft in der Übergangsrunde zur Vize-Meisterschaft führt. Nach dem letzten Punktspiel darf Cainsdorf sogar vom Titel träumen. Spitzenreiter Zwickau-Mitte bekommt am grünen Tisch zwei Zähler abgezogen, beide Mannschaften sind nun punktgleich. Nur das Torverhältnis sieht Zwickau-Mitte mit elf Toren vorn. Das Zwickauer Sportamt widerruft seine ursprüngliche Maßgabe, nach der bei Punktgleichstand das Torverhältnis zu entscheiden hat, und setzt Zwischen Cainsdorf und Zwickau-Mitte ein Entscheidungsspiel an. So wird das erste Juli-Wochenende für Walter Fritzsch mit den Auftritten erst beim Glauchauer Kreismeister Meerane (Sonnabend), dann zu Hause gegen Neukirchen (Sonntag) zum Testlauf für das überraschende Saisonfinale. Wieder zeigt sich Möckel treffsicher. Macht beim 2:2 in Meerane ein Tor und ist beim 5:1 gegen Neukirchen dreimal erfolgreich. Trotzdem beschleicht den Trainer ein seltsames Gefühl. Der Mittelstürmer wirkt unausgeglichen. Beim Saisonfinale gegen Zwickau demonstriert er erneut seine sportlichen Qualitäten, beim Halbzeitstand von 2:3 hat er beide Tore für Cainsdorf geschossen. Nach der Pause verlässt Möckel nach einem Elfmeterpfiff für Zwickau-Mitte vorübergehend den Platz. Dem 2:4 per Strafstoß folgt kurz vor Schluss das 2:5. Nach der Pleite weiß Walter Fritzsch, was die Stunde geschlagen hat: *„Möckel will nach Osnabrück. Ja, er wird uns sehr fehlen, trotzdem geht es weiter."*

„13. Juli 1947 – Sonntag. Wir verloren gegen Zwickau-Mitte 2:5. Grobe Schiedsrichter-Fehlentscheidung. Tautenhahn vom Felde gewiesen. Mich hat Heinze zusammengetreten. Mit dem Fuß gegen den Unterleib. Ich war völlig k.o. Im Turnerheim. Pro Spieler zwei Teller dicke Graupen mit Fleisch und sieben Zigaretten von Huster, Heiner. Zwei Flaschen Schnaps.

14. Juli 1947 – Was wird nun werden? Ein gesamtes Deutschland oder die Ostzone zu Russland und die Westzone zu Amerika?

16. Juli 1947 – Soll ich das Angebot nach Fallersleben (Wolfsburg), KdF-Wagenbau als Spezialarbeiter annehmen? Eine Stunde, 1,25, 42 Stunden pro Woche und im Werk verpflegt. Mein Wille ist es, wenn ich hier keine leichtere körperliche Arbeit erhalte, nach dort zu übersiedeln. Dies überlasse ich der Zukunft. In Russland soll laut Rundfunk eine ganz große Ernte sein. Vielleicht maust der Iwan in diesem Jahr nicht so viel wie im vorigen Jahr.

18. Juli 1947 – Von Hilde Post. Es sieht mies aus mit Ähren lesen bei ihr. Es sind Völkerwanderungen der hungernden Bevölkerung, um einige wenige Ähren aufzulesen."

Die 104. Kartenperiode der Lebensmittelversorgung beginnt, die ausgeteilten Mengen sind im Vergleich zum Sommer 1945 wie folgt: Fleisch statt 3.400 nun 400 Gramm, Kartoffeln statt 13.400 nun 6.000 Gramm, Zucker statt 1.670 nun 500 Gramm, Malzkaffee statt 200 nun 145 Gramm (Ersatz). Eier, Hülsenfrüchte, Honig, Nüsse Kakao und Südfrüchte werden im Unterschied zu 1945 im Sommer 1947 gar nicht ausgegeben. Die Tagesration sinkt von 3.075 Kalorien (1945) auf 1.300 Kalorien.

„19. Juli 1947 – Zum Spiel nach Reichenbach Nord, gewonnen 2:0. 20 RM Spesen, acht Zigaretten, Schnaps von Huster, Heinz. War ein ganz großes Spiel. Netter Abend. 2 Uhr im Turnerheim. Bei Krauß, Lothar (Torhüter) geschlafen.

22. Juli 1947 – Die Russen nahmen drei Männern vom RAW die Räder, Uhren und Geld weg. Heute aßen wir uns seit langer Zeit mal satt. Machen die Russen in diesem Jahr noch fort? Denn es ist der größte Wunsch vieler Deutscher, oder kann ich da noch viele Tagebücher voll schreiben?

24. Juli 1947 – Gewaschen, rasiert und nach Zwickau zwecks Vorstellen beim Personalleiter – Einstellung, Rat der Stadt. Es ist nicht aussichtslos. Über mein Bewerbungsschreiben staunte der Chef. Hans Zaseck ist von Lotte fort (Lump).

26. Juli 1947 – Ein Telegramm aus Wolfsburg, bei Fallersleben. Soll vor dem 1.9. dort sein. All das, Jesus, überlasse ich der Zukunft.

27. Juli 1947 – Sonntag. 8 Uhr nach Cainsdorf. Der Bus von Horch war da. Jeder bekam einen Fußballkoffer von Huster, Heinz. 10:30 Uhr in Geyer. Der Platz ist sehr schlecht, felsig. Gingen zu den Greifensteinen: »Die versunkene Glocke« auf der Naturbühne. Huster, Heiner steckte ein Fass Bier an. 16 Uhr begann das Spiel. Spielten eine herrliche Halbzeit. Nur der Torhüter war ganz große Klasse. Verloren das Spiel recht unglücklich mit 1:3. Der Schiedsrichter war vom Westen und äußerte, wir könnten mit jeder Mannschaft von drüben mithalten. Waren in Zwönitz – drei Stunden Tanz. 23 Uhr in Cainsdorf. Ein herrlicher Tag.

29. Juli 1947 – Ich sprach mit Kriegsgefangenem aus Russland. Hätte sechs Motorbomber und Granatwerfer gebaut. Also rüstet der Iwan für den Frieden?“

Nach der Kältewelle zu Beginn des Jahres geht der Sommer des Jahres 1947 mit einer ungewöhnlichen Hitze und Trockenheit als Jahrhundert-Sommer in die Geschichte ein. »Steppensommer«, stöhnen die Sachsen. Aufgrund der wochenlangen Dürre muss die Schifffahrt auf der Elbe eingestellt werden. Am Dresdner Elbpegel werden 19 Zentimeter gemessen, der niedrigste Wasserstand, der bisher zu verzeichnen war.

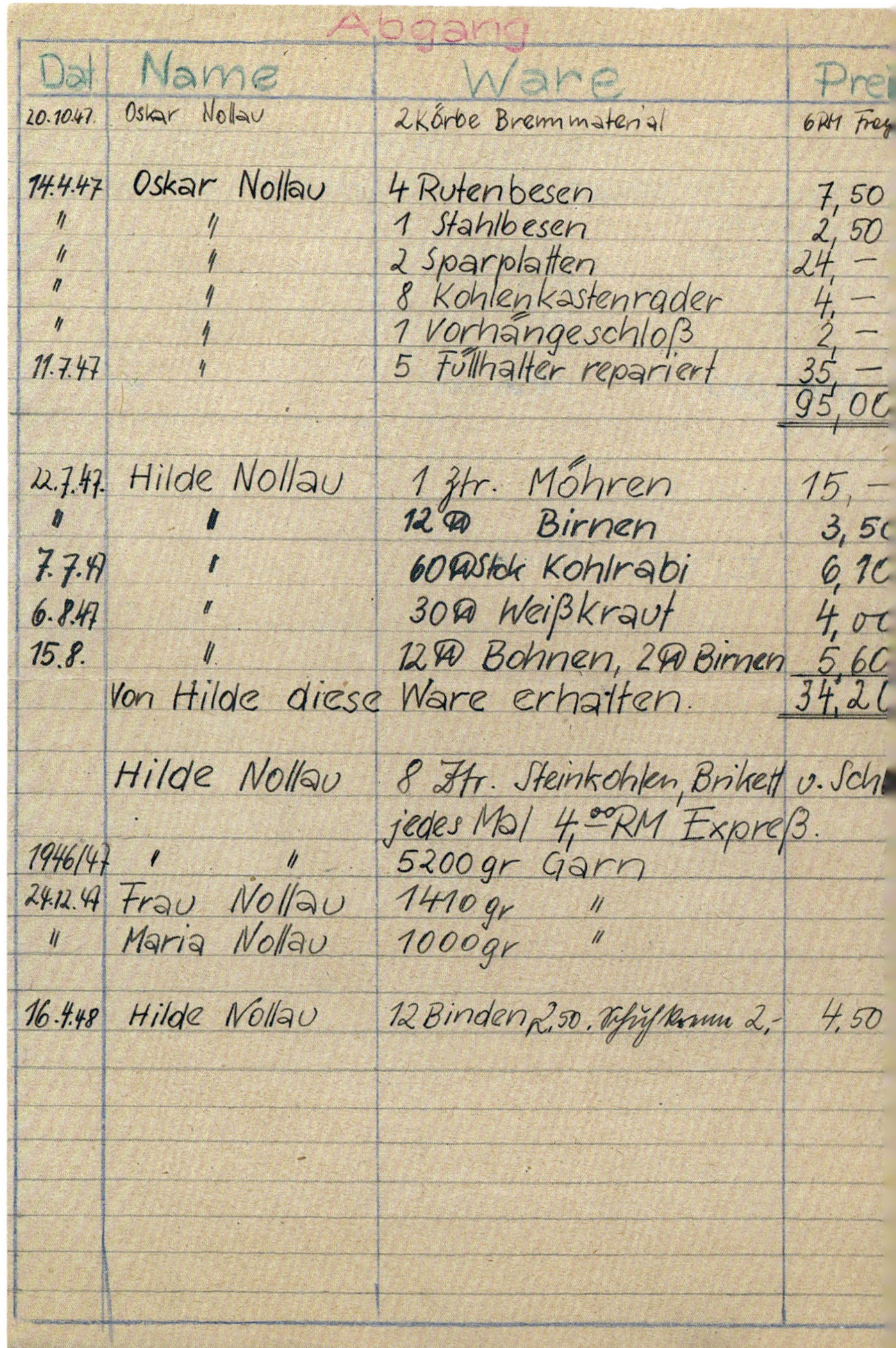

Abgang

Dat	Name	Ware	Prei[s]
20.10.47.	Oskar Nollau	2 Körbe Bremmmaterial	6 RM Frey[...]
14.4.47	Oskar Nollau	4 Rutenbesen	7,50
"	"	1 Stahlbesen	2,50
"	"	2 Sparplatten	24,–
"	"	8 Kohlenkastenrader	4,–
"	"	1 Vorhängeschloß	2,–
11.7.47	"	5 Füllhalter repariert	35,–
			95,00
22.7.47.	Hilde Nollau	1 Ztr. Möhren	15,–
"	"	12 ℔ Birnen	3,5[...]
7.7.47	"	60 Stck Kohlrabi	6,1[...]
6.8.47	"	30 ℔ Weißkraut	4,0[...]
15.8.	"	12 ℔ Bohnen, 2 ℔ Birnen	5,60
	Von Hilde diese Ware erhalten.		34,2[...]
	Hilde Nollau	8 Ztr. Steinkohlen, Brikett u. Sch[...] jedes Mal 4,00 RM Expreß.	
1946/47	" "	5200 gr Garn	
24.12.47	Frau Nollau	1410 gr "	
"	Maria Nollau	1000 gr "	
16.4.48	Hilde Nollau	12 Binden 2,50, [illegible] 2,-	4,50

„Vom 30.7. bis 5.8.1947 – Urlaub. 5:18 nach Chemnitz – 16:40 in Stauchitz. Bei Nollaus konnten wir uns richtig satt essen. Einmal gab es Brot an die Frühsuppe. Sonst immer gutes, zeitgemäßes Essen. Nahm vier Pfund zu. Auch Käthe. Natürlich kann man das nicht als Urlaub bezeichnen. Hier heißt es auf Draht sein, von früh 6 bis 21 Uhr. Es wurde feste Ähren gelesen, will nicht die Strapazen erzählen, wobei Käthe den größeren Anteil hat. 35 Pfund Weizen, 20 Pfund Hafer, 5 Pfund Korn u. Gerste – 30 Pfund Weißkraut, Birnen, Äpfel – zum Kochen 700 g Mohn, 20 Pfund Rhabarber, 8 Pfund Gurken, 5 Pfund Pflaumen. Eine Hitzewelle, 48 Grad. Ich drücke mich in der Notzeit gegen Hilde etwas zu hart aus. Was ich hiermit geschwächt zurücknehmen will. Sie haben uns immer wie Gäste aufgenommen. Sogar ein Hase wurde geschlachtet. Wir sind sehr gern gesehen. Sah eine fabelhafte Tabakschneidemaschine, ich soll eine anfertigen.

Das Hamster- und Tauschprotokoll der Saison 1947/48 (l.)

Und wer hat das zweite Gleis geklaut? Niemand, der Osten muss bluten – Reparationsleistung

6. August 1947 – Mit dem Güterzug nach Glauchau – dann weiter nach Zwickau. Unsere Körbe waren schon da. Sollte heute eigentlich arbeiten, keine Lust. Post aus dem Westen da, soll kommen. Zwei Zimmer und Sport?

10. August 1947 – Fuhren 15 Uhr nach Lichtenstein, gewannen 8:3. Anschließend zum Union-Hof, 5 RM Spesen. 10 Zigaretten und Schnaps. Der Drang aller ist schon nach den westlichen Zonen. Von dort bringt man schon Nährmittel. Und die Parolen mit unseren Befreiern? Die auch das zweite Gleis nach Schwarzenberg wegmausen. Hoffentlich verlassen sie uns bald. Kartoffeln haben wir in diesem Jahr noch keine erhalten. Hätten wir keine Ähren gelesen, so sähe es schlecht aus.

16. August 1947 – Sehr heiß, 40 Grad. Fuhren nach Kriebitzsch/Thür., gewannen 7:3. Helmig, Mocker und ich am rechten Knie verletzt. Traf einen Ball zu weit vorn, mit den Fußzehen. Dabei gab es einen unheimlichen Schmerz im rechten Knie. Möchte nur erwähnen, dass man schlechter als ein Schwein isst. Früher bekamen die guten Schrot, den haben wir nicht einmal. Heute gab es die ersten Kartoffeln auf Marken.“

„*Wer ist Cainsdorf?*“, fragt der Berliner »Sportinformationsdienst Petermann« im August 1947 und will so Zuschauer zum Spiel der SG Spandau-Altstadt (heute: Spandauer SV) gegen den in Berlin gänzlich unbekannten Gegner ins Stadion locken. Doch Vorsicht, warnt der Autor des Vorberichts: *„Bei näherer Betrachtung zeigt es sich, dass diese Mannschaft den Spandauern keineswegs einen leichten Sieg überlassen dürfte. Cainsdorf ist ein Vorort von Zwickau und die Elf in ihrer heutigen Form besteht erst seit kurzer Zeit.“* Der Gegner würde in Berlin ehrenvoll bestehen, ist sich der Verfasser einig und beschreibt die Gäste: *„Bekannt ist Mittelstürmer Möckel, der seinerzeit in Zwickaus Stadtauswahl gegen Berlin 3 Tore schoss. Weiter der Halbrechte Bubi Lenk, populär als einst der beste Stürmer Griechenlands, der rechte Läufer Fritzsch und der rechte Verteidiger Tautenhahn, beide vom früheren SC Planitz.“* Fritzsch, jetzt zugleich Trainer, brachte Cainsdorf langsam, aber sicher in diese überragende Form hinein. Die Früchte seiner Arbeit machen sich bemerkbar.

Die Sektorengrenze zur britischen Zone wird nachgezogen – Berlin 1947

„24. August 1947 – 8:40 mit Horch-Bus nach Berlin. Schönes Wetter. 15 Uhr in Spandau, es gab ein gutes Mittagessen. Ich nahm ein halbes Pfund Brot, mit dem Kochgeschirr Kornsuppe und Kartoffeln. 18 Uhr fuhren wir nach Friedrichstadt, in den Palast der 3.000. 1 Uhr schlafen, in Polizeikaserne.

25. August 1947 – 9 Uhr aufgestanden ins Casino. Der Wagen kaputt, Stirnrad gebrochen. 16 Uhr zum Stadion, Spiel gegen Spandau-Alt. 4:1 gewonnen. Mein Knie macht mir Sorgen, ob es der Meniskus ist? Ich fühlte, dass es nicht gehen würde. Trotzdem die Führung und die Kameraden mir keinen Glauben schenkten, spielte ich gegen Spandau mit. Mit 3 Binden und 2 Knieschützern, gab mein Bestes unter großem Schmerz. Verließ beim Stand von 2:1 das Spielfeld ... Kaufte für Mutti 1 Brot – 38 RM und ein Päckchen Süßstoff – 13 RM, auf dem Schwarzmarkt. Dort kann man alles kaufen. Was mir in Berlin auffiel, die Menschen sehen besser genährt aus, warum? Besseres Schuhwerk, viele Fahrräder. Alle in gutem Zustand. Keine Stromsperre, keine Wasserabstellung. 1 Paar Fußballschuhe 200 RM.

26. August 1947 – ...Leipziger Messe, hier wird gezeigt, was die Ostzone im Überfluss an Nahrungsmitteln besitzt. Als wir durch Leipzig fuhren, gab es Kartoffeln, Honig, sogar Fett. Und hier bei uns bekommt man Kartoffelwalzmehl. Mein Knie wird schlimmer. Ich werde mich wohl unters Messer legen müssen. Wer meint es ehrlich mit uns? Russe, Tommy oder Ami?“

Noch mit der Berliner Luft in den Lungen freuen sich die Cainsdorfer Kicker schon auf den nächsten Leckerbissen. Zum Vierer-Turnier am letzten August-Wochenende 1947 hat Gastgeber Planitz neben Cainsdorf auch Meerane und Lindenau Hafen aus Leipzig eingeladen. Die Leipziger reisen mit Walter Rose und Heinz Fröhlich an – Meerane mit der Empfehlung, Tage zuvor erst Wurzen mit 3:1 geschlagen zu haben. So gilt das Fritzsch-Team gegen Meerane als krasser Außenseiter und liegt zur Pause mit 0:2 zurück. Mit Wiederbeginn übernimmt Cainsdorf das Kommando, zwingt den Favoriten mit nimmermüdem Kampfgeist und zwei Toren von Helmig und Lenk tatsächlich in die Verlängerung. Dort sind die Zuschauer auf der Westsachsen-Kampfbahn aus dem Häuschen, als Lenk der 3:2-Siegtreffer gelingt, und jubilieren: *„Bravo, Cainsdorf!“*

Durch die Verlängerung wird das zweite Turnierspiel auf eine Stunde Spielzeit begrenzt. Geplante Anstoßzeit war 17:45 Uhr, so kann der andere Endspielteilnehmer vor Einbruch der Dunkelheit ermittelt werden. Planitz schlägt Lindenau Hafen mit 1:0 – das Traumfinale perfekt! Anderentags strömen 4.000 erwartungsvolle Zuschauer zum Finale. Doch das Vorspiel hat Spuren hinterlassen, vornehmlich in den Cainsdorfer Reihen. Zwar gelingt Möckel der zwischenzeitliche 1:1-Ausgleich, dann zieht Planitz davon und holt sich mit einem 5:1-Sieg den Turniererfolg.

„31. August 1947 – … 13:45 nach Planitz zum Spiel. Etwas schlechte Laune. Verloren gegen Planitz mit 1:5, ging zur Halbzeit vom Platz. Das Knie wird wohl Ruhe benötigen. 19:30 am Rathaus, Siegerehrung. Im Festsaal gemütliches Beisammensein. Es gab einen tollen Kartoffelsalat mit 2 Wurstscheiben. War sehr nett. 10 Zigaretten, Starkbier – 25 RM. Likör und Schnaps."

Anfang September 1947 häufen sich die Beschwerden von Bauern, dass viele Menschen nicht warten, bis die Kartoffelfelder abgeerntet und zum Stoppeln freigegeben sind, und wie *„Heuschreckenschwärme"* auf die Felder stürmen. Kinder würden von den Müttern angestiftet, sich die noch nicht gelesenen Kartoffeln *„zu angeln"*. Die sächsische Landesregierung beschließt, dass während der Ernte bis zu 20 Kilogramm gestoppelte Kartoffeln transportiert werden dürfen. Größere Mengen sind zu beschlagnahmen.

„5. September 1947 – 14:30 bei Dr. Kühnel. Hat Meniskus festgestellt, muss operiert werden. Jetzt versucht man sogar, das Heranholen von Lebensmitteln zu unterbinden. Wie soll das enden??? Es klingt alles so russisch.

11. September 1947 – 9 Uhr Tabak abgenommen, 77 Blatt. 17:10 in der Klinik bei Dr. Kühnel gelandet. Ein schönes Zimmer bekommen, mit Herrn Schmalfuß zusammen. Eine Suppe und süßen Tee. Morgen geht es los, hurra! Der Doktor hat das Knie abrasiert von den Haaren.

12. September 1947 – 7:15 zur Operation, am Meniskus. 12 Uhr bin ich von Narkose aufgewacht. Schmerz ist gering.

14. September 1947 – Drei Spritzen, nachts keine Schmerzen. Mittag kamen die Schmerzen zurück. Eine Spritze. 13:45 kam meine Frau und brachte mir 4 gekochte Klöße, 3 große Birnen, 2 Tomaten, 3 Doppelschnitten belegt. Telegramm von Sauer, Wolfsburg.

15. September 1947 – … heute benötige ich mindestens eine Spritze. Das Essen ist gut in der Klinik.

16. September 1947 – 1:30 Uhr - noch kein Auge zugetan. Große Angst um mein Knie. Fand keine Stellung zum Liegen, jede Stellung unerträglich. 14 Uhr kam Käthe, brachte einen Topf Erbsen mit, Kartoffeln. Käthe strickte. 1 Kanne Bohnenkaffee, 3 Schnitten Brot mit guter Butter.

21. September 1947 – Wenn ich nur bald einmal eine Nacht durchschlafen könnte … 19:30 kam die gesamte erste Mannschaft von Cainsdorf aus Crimmitschau, 2:1 gewonnen. Erhielt ein Pfund Semmelbrot, ein Glas Marmelade, ein Pfund Apfelmus. Dreimal Austreten auf dem WC gewesen. Wie man im Rundfunk hört, greift der Russe bewusst das Kapitel an, ob ein Krieg ausbricht??"

In Berlin beginnt am 22. September 1947 der 2. Parteitag der SED. Walter Ulbricht bezeichnet die SED als „*Partei neuen Typus*". Oberst Tulpanow (SMAD) fordert die SED auf, „*die Reaktion in Deutschland auszuräuchern und Westdeutschland vom amerikanischen Monopolkapitalismus zu befreien.*" Am gleichen Tag ergeht der SMA-Befehl Nr. 199. Demnach ist es ab sofort für alle Haushalte verboten, in der Zeit von 7.30 bis 17.30 Strom zu verbrauchen. So soll der Strombezug in den Morgen- und Abendstunden ermöglicht werden, wenn er am dringendsten gebraucht wird. Zuwiderhandlungen werden mit hohen Geldstrafen und Abklemmen der Abnehmer auf die Dauer von vier Wochen bestraft.

„27. September 1947 – Ging ohne Krücken zum Klosett … Nun das Traurigste, Käthe bekam sämtliche Tauschware weggenommen, in Leipzig. Wurde sogar meine Fußballtasche gestohlen, mit Geldbörse und sämtlichen Ausweisen, 20 RM. Die Fahrt kostete 40 RM. Heute bin ich restlos satt.

4. Oktober 1947 – Heute wurde ich entlassen, nach 23 Tagen in der Klinik. Laufen kann ich nicht, das Knie ist noch sehr geschwollen. 90 Grad kann ich es beugen.

5. Oktober 1947 – Erhielt 14:30 plötzlich Besuch von Jahnsmüller und Unger, die mich zum Spiel der Mannschaft gegen Vielau mit dem Wagen abholten. Für dieses Spiel erlaubte ich mir eine Kritikäußerung. Zuvor standen sich Cainsdorf und Vielau gegenüber, 7:1! Es war wirklich große Klasse, so ein Spiel als Zuschauer mitzuerleben macht Spaß. Viel schöner noch, wieder ranzustoßen. Habe mich wirklich über diese Aufmerksamkeit gefreut."

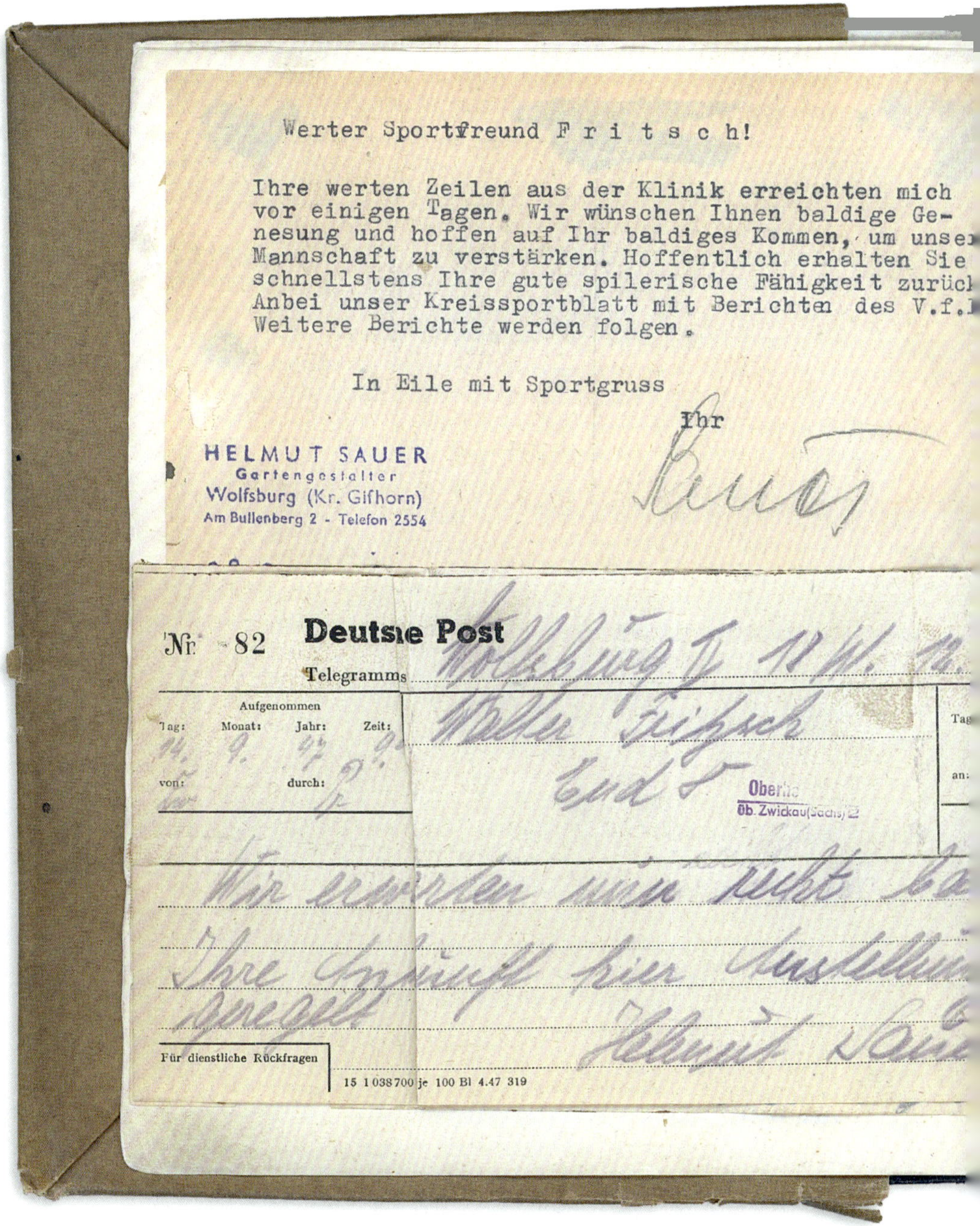

Werter Sportfreund F r i t s c h!

Ihre werten Zeilen aus der Klinik erreichten mich vor einigen Tagen. Wir wünschen Ihnen baldige Genesung und hoffen auf Ihr baldiges Kommen, um unse Mannschaft zu verstärken. Hoffentlich erhalten Sie schnellstens Ihre gute spilerische Fähigkeit zurüc Anbei unser Kreissportblatt mit Berichten des V.f. Weitere Berichte werden folgen.

In Eile mit Sportgruss

Ihr

HELMUT SAUER
Gartengestalter
Wolfsburg (Kr. Gifhorn)
Am Bullenberg 2 - Telefon 2554

Nr. 82 Deutsche Post
Telegramm
Aufgenommen
Tag: Monat: Jahr: Zeit:
von: durch:
Für dienstliche Rückfragen
15 1038700 je 100 Bl 4.47 319

Amtliche Bekanntmachungen

Die Abschnitte „Fett 3" der Lebensmittelkarten für September 1947 können nach Eingang der Ware beim Einzelhandel wie folgt beliefert werden:

die Karten I/1 und I/2 mit je 300 g Speiseöl,
die Karten I/3 mit 150 g Speiseöl,
die Karten I/4 mit 100 g Speiseöl,
die Karten I/5 mit 200 g Speiseöl,
die Karten II/1 und II/2 mit je 200 g Schlachtfetten,
die Karten II/3 und II/4 mit je 100 g Speiseöl,
die Karten II/5 mit 100 g Butter.

Soweit bei den Einzelhandelsgeschäften noch raffiniertes Öl vorrätig ist, kann es im Verhältnis 100 zu 80 mit ausgegeben werden.

Bei der Abgabe von Schlachtfetten ist zu beachten, daß geschmolzener Talg und ausgelassenes Schweinefett nur in Höhe von 80 Proz. des Markenwertes (100 g Markenwert = 80 g Fett) auszuliefern sind.

Zwickau, den 6. Oktober 1947.

Der Rat der Stadt Zwickau.
Der Kreisrat des Landkreises Zwickau.
Ämter für Handel und Versorgung.

Das Arbeitsamt Zwickau und die zuständigen Nebenstellen Crimmitschau, Werdau, Kirchberg, Hartenstein, fordern alle nicht in Arbeit Stehenden, Frauen im Alter von 15 bis 50 und Männer im Alter von 14 bis 65 Jahren auf, sich an folgenden Tagen, in der Zeit von 8 bis 15 Uhr, an Amtsstelle einzufinden:

Buchstaben A—G am Dienstag, 7. 10.; Buchstaben H—M am Mittwoch, 8. 10.; Buchstaben N—R am Donnerstag, 9. 10.; Buchstaben S—U am Freitag, 10. 10.; Buchstaben V—Z am Montag, 13. 10.

Es erfolgt die Ausgabe neuer Erfassungsbogen. Jede Person hat den in ihrem Besitz befindlichen Registrierausweis vorzulegen. Wer die Meldung beim Arbeitsamt versäumt, läuft Gefahr, keine Lebensmittelkarten zu erhalten.

Arbeitsamt Zwickau.

„7. Oktober 1947 – Stimmt das, dass Sachsen Sowjetstaat Nummer 28 wird und Thüringen Nummer 29? Seydewitz hat es unterzeichnet für Sachsen. Wenn das stimmt, dann können wir uns auf paradiesische Kultur jetzt schon freuen. Hoffentlich klappt es nicht!!!

19. Oktober 1947 – War zum Fußball. Wilkau gegen Cainsdorf, Wilkau wurde eindeutig 6:0 geschlagen. Möckel schoss drei Tore und machte angeblich sein letztes Spiel. Doch nach Osnabrück.

30. Oktober 1947 – Leipzig - 15:45 sollte der Zug abfahren. Leider hatte er 90 Minuten Verspätung. 300 Personen mussten dableiben. Zug restlos überfüllt. Diese Fahrt, wo es sogar Schlägerei gab, werde ich nicht vergessen. 21:40 in Zwickau angekommen. Großrazzia. 23:15 zu Hause.

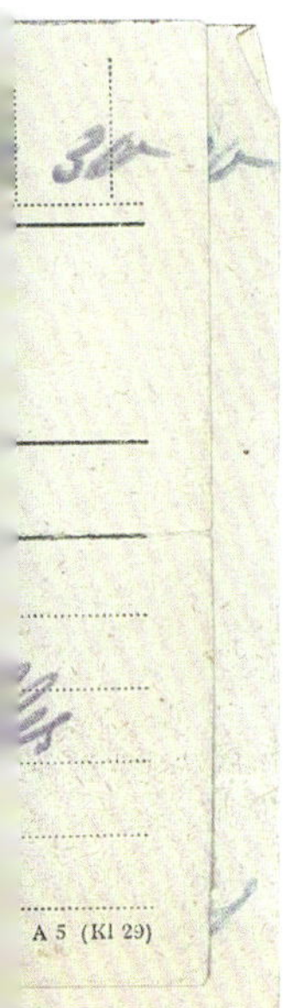

Wolfsburg lässt nicht locker: „Wir erwarten nun recht bald Ihre Ankunft hier. Anstellung alles geregelt."
Helmut Sauer

Wenn Walter Fritzsch Post von Heinz Hofmann im Kasten findet, dann hält er stets die neuesten Fußballberichte in den Händen. Hofmann schreibt für den »Illu-Sport« Freiburg/Breisgau oder für die Berliner »Sportinformationen Petermann«. Meldungen über die SG Cainsdorf lesen sich im Oktober 1947 wie folgt: *„Die bereits im letzten mitteldeutschen Brief lobend erwähnte Mannschaft Zwickau-Cainsdorf hat ihre Form weiter verbessert und führt die Zwickauer Tabelle mit 8:0-Punkten vor Planitz an. Der rechte Läufer Fritzsch, früher SC Planitz, jetzt zugleich Trainer, brachte Cainsdorf langsam aber sicher in diese überragende Form. Seit drei Wochen liegt er an einer Meniskusoperation. Aber die Früchte seiner Arbeit machen sich bemerkbar. Cainsdorf ist erster Anwärter auf die Zwickauer Meisterschaft."*

DR. MED. G. KÜHNEL
FACHARZT FÜR CHIRURGIE
Ruf 4107 · Sprechstunde 10–12, 15–17 Uhr

ZWICKAU, den 4.11.47
Heinrich-Heine-Straße 16

Rp.

Herr Walter Fritzsch ,
Oberhohndorf Endstr. 8
ist am 12.9.47 wegen
Abriß des inneren Menis-
kus operiert worden.
Er ist auf längerex Zeit
für shhwere körperliche
Arbeit nicht geeignet.
Beschäftigung im Sitzen
wird befürwortet.

Dr. med. G. KÜHNEL
Facharzt für Chirurgie
Kühnel

Alltag in der sowjetischen Besatzungszone im Herbst 1947
Links die Äußere Schneeberger Straße in Zwickau, rechts auf dem Postplatz in Dresden

2. November 1947 – ... Kirmes-Schlager Cainsdorf gegen Planitz 2:2. 4.000 Zuschauer. Ein schöner Punktekampf, was Cainsdorf etwas mit Dusel verbuchen konnte.

8. November 1947 – 8.15 ins RAW mit gemischten Gefühlen – 12 Uhr bei Direktor Bühl, auch er lehnte ab, will prüfen. 12:30 wurde meinem Antrag zugestimmt , also doch erzwungen – abends bei Mädler

11. November 1947 – Ich machte die erste Schicht als Angestellter im Fürsorgeamt Zwickau. Es wird schon gehen. 16:50 zu Hause. Mein Knie schmerzt."

Mit diesem Tag wird aus dem Arbeiter Walter Fritzsch der Angestellte, der nun beim Rat der Stadt Zwickau in der geschlossenen Fürsorge im Sozialamt tätig ist. Zu erledigen hat er buchhalterische Arbeiten, insbesondere die Zahlungsanweisungen der Anstaltsrechnungen und die anfallenden statistischen Arbeiten sowie die Monatsabschlüsse der Sozialamtskasse. Nicht nur auf den ersten Blick scheint ihm die Tätigkeit deutlich besser auf den Leib geschneidert, als all seine Versuche seit Sommer 1945 Geld zu verdienen und eine berufliche Neuorientierung zu finden. Mit der ihm eigenen Gewissenhaftigkeit und großem Fleiß beginnt er seine neue Aufgabe als Sachbearbeiter und freut sich zudem, dass der Wechsel vom RAW zum Rat der Stadt nach dem ewigen Hin und Her doch noch ein für ihn gutes Ende genommen hat.

„15. November 1947 – 17:30 gingen wir im Seppl- und Dirndl-Kostüm zum Hutzenabend der Fußballabteilung Cainsdorf im Gasthof Cainsdorf. Tombola war gut besetzt. Schnaps 40 Prozent, gute Stimmung. Wurden Herbstmeister mit 15:3-Punkten.

17. November 1947 – Heute wurde mir meine Einstellung als Betriebs-Assistent mitgeteilt. Im Monat 186,16 RM.

19. November 1947 – Zaceck wurde auf der Flucht erschossen. Heute spielte Cainsdorf, ohne mir etwas zu sagen. Gerhard erhielt 5 Monate Gefängnis, weil er 12 Brikett und 10 Pfund Kartoffeln von der Bahn mitnahm.

21. November 1947 – Mein Geburtstag. Nachmittag, SED-Ortsgruppenversamlung – Befehl 234 wurde uns erläutert. Arbeitsproduktivität soll gesteigert werden.

29. November 1947 – Herbstmeisterschafts-Weihnachtsfeier mit unseren Gönnern als Gäste: Heinz Huster, Paul Bimek, Hans Dinter und Frauen sowie Erich Jahnsmüller, unser Abteilungsleiter und Mannschaftsleiter. 13 Uhr fuhren wir mit dem Horch-Bus nach Kriebstein, Talsperre – keiner wusste, wohin es ging. 16 Uhr angekommen, Kaffee und 1 Pfund Stollen pro Kopf. 18 Uhr kam eine nette Tanzkapelle, unterdessen wurde von der Festzeitung der taktvolle Teil verlesen. Huster u. Dinter überreichten einen Pokal mit Inschrift: Herbstmeisterschaft. Die größte Überraschung ein Geschenk-Paket: 1 Buch, 1 Rasierapparat, 20 Rasierklingen, 2 Brieftaschen, 1 Paar Handschuhe, 1 Paar Hosenträger. Brathering aus der Westzone wurde auch verschmaust. Unvergesslich, ein pfundiger Abend! 6:30 Zu Hause.

7. Dezember 1947 – Sonntag. 11 Uhr nach Cainsdorf. Genau nach 13 Wochen das erste Mal zum Spiel. Herbstmeister Cainsdorf gegen Herbstmeister Aue. Wir gewannen 5:1. Wagte mich ohne Training auf den Platz und musste gleich zu so einem Spiel unerwartet mit antreten. Es ging besser als ich selbst dachte. Leider wurde ich ein-

mal unsanft getreten, was meine Schmerzen an der linken Fußzehe entfachte. Trotzdem stand ich meinen Mann. Mit Erxleben und Schrader sowie Fuchs, Pahlisch und der herrliche Sturm wurde der Meister Aue an die Wand gespielt.

9. Dezember 1947 – Meine Fußzehe werde ich wohl nicht gebrochen haben, mir scheint es so.

10. Dezember 1947 – 10 Uhr zu Dr. Chirurg Kühnel, dieser machte mich auf der Schlachtbank fertig. Operierte mir am vereiterten linken großen Zeh den Nagel ab. …"

Seit Ende November 1946 versuchen die vier Siegermächte auf der Londoner Außenministerkonferenz eine gemeinsame Formel in der Deutschland-Frage zu finden. Molotow warnt, die wirtschaftliche Vereinigung der Westzonen beschwöre die Spaltung Deutschlands herauf. US-Außenminister Marshall kontert, die verschiedenartige Auslegung alter Verträge mache weitere Erörterungen zwecklos. So scheitert dieser letzte Versuch, die Teilung Deutschlands ist perfekt.

„16. Dezember 1947 – Die Außenministerkonferenz ist herrlich zusammen gebrochen. Man hört im ostdeutschen Rundfunk, dass Molotow nur das Gute für Deutschland will und der West-Rundfunk spricht gegen Molotow. Er hat sogar London mit englischen Jagdschutz verlassen. Ein englischer Sprecher will von dem Verantwortlichen für Deutschland gehört haben: Deutschland wird wieder ein Deutschland – Wem soll man nun glauben schenken ?????

20. Dezember 1947 – 1. Bild:
Wer sein Leben liebt, der schiebt
wer von Ehre ist berauscht, der tauscht
wer sein Leben nicht erbaut, der klaut
wer von dreien nichts bezweckt, der verreckt. (2,50 RM)

24. Dezember 1947 – Brief von Sauer, Wolfsburg mit 50 RM inliegend. 18 Uhr Hasenbraten und grüne Klöße. Meister Ruprecht für mich von Käthe: 1 Joppe 48 RM, 1 Strickjacke, dunkelgrün, 4 Schreibbücher. Für Käthe: 1 seid. Unterrock, 2 Paar hohe Filzschuhe, 1 Mantel, 50 RM, 1 Flasche Parfüm …

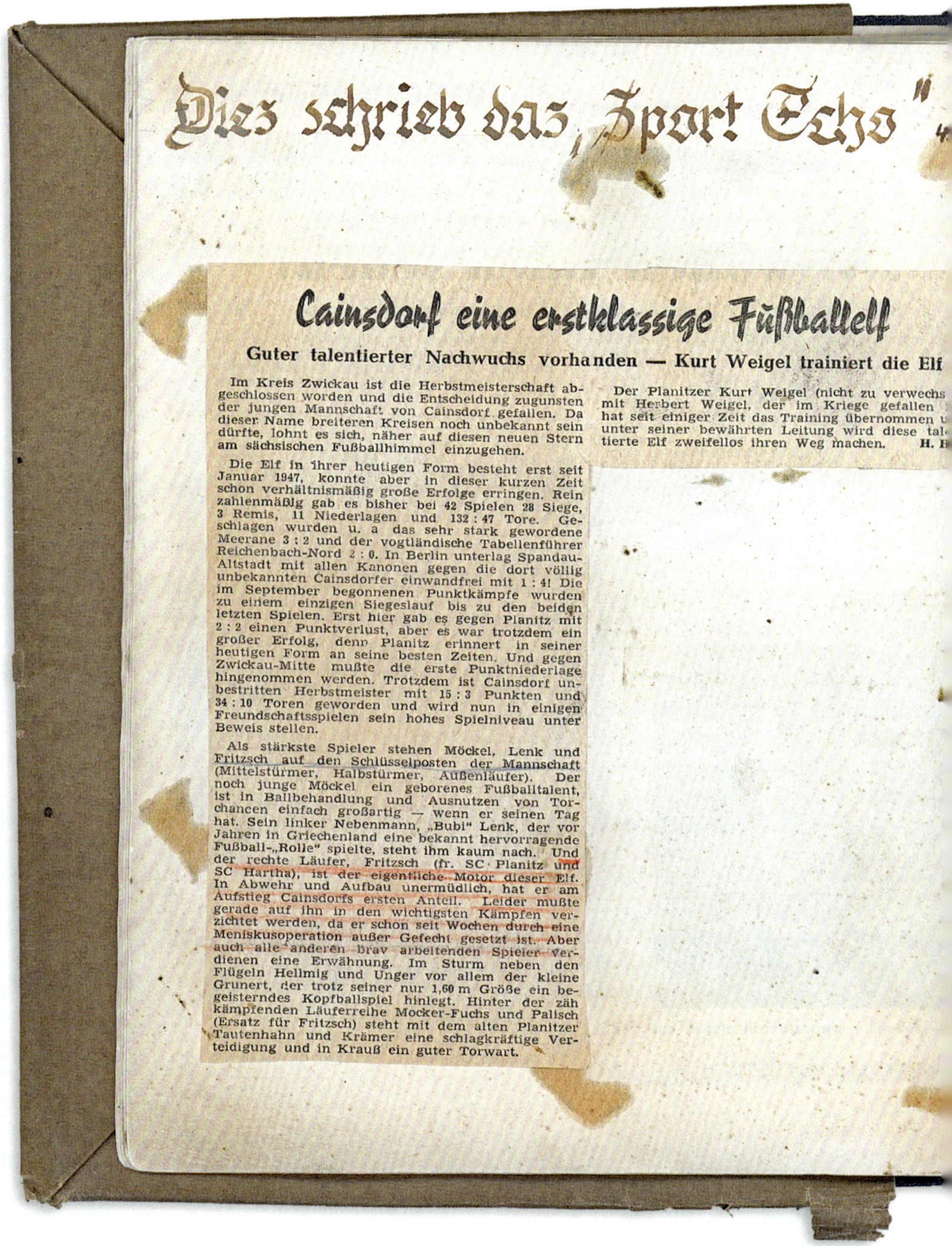

Dies schrieb das „Sport Echo"

Cainsdorf eine erstklassige Fußballelf

Guter talentierter Nachwuchs vorhanden — Kurt Weigel trainiert die Elf

Im Kreis Zwickau ist die Herbstmeisterschaft abgeschlossen worden und die Entscheidung zugunsten der jungen Mannschaft von Cainsdorf gefallen. Da dieser Name breiteren Kreisen noch unbekannt sein dürfte, lohnt es sich, näher auf diesen neuen Stern am sächsischen Fußballhimmel einzugehen.

Die Elf in ihrer heutigen Form besteht erst seit Januar 1947, konnte aber in dieser kurzen Zeit schon verhältnismäßig große Erfolge erringen. Rein zahlenmäßig gab es bisher bei 42 Spielen 28 Siege, 3 Remis, 11 Niederlagen und 132 : 47 Tore. Geschlagen wurden u. a das sehr stark gewordene Meerane 3 : 2 und der vogtländische Tabellenführer Reichenbach-Nord 2 : 0. In Berlin unterlag Spandau-Altstadt mit allen Kanonen gegen die dort völlig unbekannten Cainsdorfer einwandfrei mit 1 : 4! Die im September begonnenen Punktkämpfe wurden zu einem einzigen Siegeslauf bis zu den beiden letzten Spielen. Erst hier gab es gegen Planitz mit 2 : 2 einen Punktverlust, aber es war trotzdem ein großer Erfolg, denn Planitz erinnert in seiner heutigen Form an seine besten Zeiten. Und gegen Zwickau-Mitte mußte die erste Punktniederlage hingenommen werden. Trotzdem ist Cainsdorf unbestritten Herbstmeister mit 15 : 3 Punkten und 34 : 10 Toren geworden und wird nun in einigen Freundschaftsspielen sein hohes Spielniveau unter Beweis stellen.

Als stärkste Spieler stehen Möckel, Lenk und Fritzsch auf den Schlüsselposten der Mannschaft (Mittelstürmer, Halbstürmer, Außenläufer). Der noch junge Möckel ein geborenes Fußballtalent, ist in Ballbehandlung und Ausnutzen von Torchancen einfach großartig — wenn er seinen Tag hat. Sein linker Nebenmann, „Bubi" Lenk, der vor Jahren in Griechenland eine bekannt hervorragende Fußball-„Rolle" spielte, steht ihm kaum nach. Und der rechte Läufer, Fritzsch (fr. SC Planitz und SC Hartha), ist der eigentliche Motor dieser Elf. In Abwehr und Aufbau unermüdlich, hat er am Aufstieg Cainsdorfs ersten Anteil. Leider mußte gerade auf ihn in den wichtigsten Kämpfen verzichtet werden, da er schon seit Wochen durch eine Meniskusoperation außer Gefecht gesetzt ist. Aber auch alle anderen brav arbeitenden Spieler verdienen eine Erwähnung. Im Sturm neben den Flügeln Hellmig und Unger vor allem der kleine Grunert, der trotz seiner nur 1,60 m Größe ein begeisterndes Kopfballspiel hinlegt. Hinter der zäh kämpfenden Läuferreihe Mocker-Fuchs und Palisch (Ersatz für Fritzsch) steht mit dem alten Planitzer Tautenhahn und Krämer eine schlagkräftige Verteidigung und in Krauß ein guter Torwart.

Der Planitzer Kurt Weigel (nicht zu verwechs mit Herbert Weigel, der im Kriege gefallen hat seit einiger Zeit das Training übernommen u unter seiner bewährten Leitung wird diese tal tierte Elf zweifellos ihren Weg machen. H. B

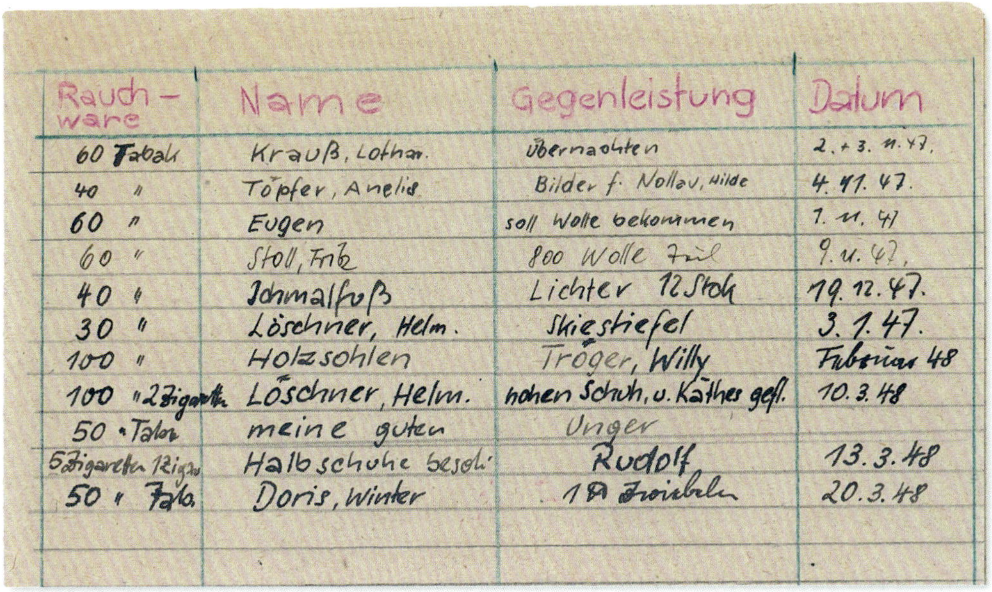

Rauch-ware	Name	Gegenleistung	Datum
60 Tabak	Krauß, Lothar	Übernachten	2.+3. 11.47.
40 "	Töpfer, Anelis	Bilder f. Nollau, Hilde	4.11.47.
60 "	Eugen	soll Wolle bekommen	7.11.47
60 "	Stoll, Fritz	800 Wolle Fritz	9.11.47.
40 "	Schmalfuß	Lichter 12 Stck	19.12.47.
30 "	Löschner, Helm.	Skiestiefel	3.1.47.
100 "	Holzsohlen	Tröger, Willy	Februar 48
100 " 2 Zigaretten	Löschner, Helm.	hohen Schuh. u. Käthes gefl.	10.3.48
50 " Tabak	meine guten	Unger	
5 Zigaretten 1 Zigarre	Halbschuhe besohlt	Rudolf	13.3.48
50 " Tabak	Doris, Winter	1 Pfd Zwiebeln	20.3.48

In der Tausch-Liste von Walter Fritzsch taucht auch der spätere DDR-Nationalspieler Willy Tröger auf

25. Dezember 1947 – 5 Uhr die Mette aus Sehma/Erzg. über den Rundfunk angehört. Einen Brief an Sauer geschrieben. Wie wird es Weihnachten 1948 aussehen? … Wird eine Einheit Deutschlands zustande kommen? Wer wird der wirkliche Führer sein? Müssen sich die Menschen unserer Zone so abmühen, um nicht verhungern zu müssen?

31. Dezember 1947 – Silvester. Nach Arbeitsschluss 6 Flaschen Likör und Schnaps. 20 Uhr im Turnerheim bei Jahnsmüller, Erich. Ich sage nur „ganz groß", Kartoffelsalat u. Stollen gegessen, Likör, Schnaps, Zigaretten.

9. Januar 1948 – So lange wir keine eigene deutsche Regierung haben, erübrigt sich jeder Kommentar. Ich glaube nur noch an das, was ich mit eigenen Augen sehe.

16. Januar 1948 – Man spricht in amtlichen Stellen von Währung! 1935 starb mein Vater. Ja, wem darf man Glauben schenken? Bei uns klingt alles zu hart nach einer Seite. Im Rundfunk und in der Presse findet man an den Westmächten keinen guten Fetzen. Wer die Wirklichkeit des paradiesischen Osten gesehen hat, denkt nicht mehr gerne zurück.

25. Januar 1948 – Ein herrlicher Sonntag. 14:30 Uhr Reichenbach-Nord, wurde von uns mit der neuen Aufstellung 6:1 restlos geschlagen. Der Grund war der, dem Sturm das allzu lange Ballhalten abzugewöhnen. Das gelang 100%. Möckel schoss drei herrliche Tore, sowie Lenk (3). Wenn es nur immer so klappen würde. 8 Zigaretten. 0:30 Uhr zu Hause.

30. Januar 1948 – Warum fahren per Zug so viele russische Panzerzüge In Richtung Plauen oder Thüringen?

1. Februar 1948 – Die große Überraschung. Hoffmann, Heinz traf laufend von Werdau 10:30 Uhr bei uns ein. Hatten uns viel zu unterhalten. Leider machte uns der Wettergott einen Strich durch die Rechnung. Ein Regenguss erreichte auch den Rasen der Westsachsen-Kampfbahn. Gegen Planitz ein ausgeglichenes Spiel, wobei es zu manchen Reibereien kam. 3.000 Zuschauer. Ich musste für Krauß zweitweise ins Tor, schoss ein Selbsttor. Dadurch verloren wir 2:4. Es zeigte sich wieder, dass wir noch nicht reif sind. Gingen gleich nach Hause. 23:30 Uhr schafften wir H. H. zum Bahnhof.

13. Februar 1948 – Eine niederschmetternde Nachricht, und zwar wurde die erste Elf von Cainsdorf vom Sportamt auf Drängen von Planitz acht Tage gesperrt. Hier erkennt man, wie stark Cainsdorf geworden ist. Somit sind wir von der Meisterschaft enthoben worden. Weil Hofsommer bei uns gehalten hat. Natürlich hat sich Planitz in Gefahr gesehen. Weil wir zu schnell zur Meisterelf geworden wären. Demzufolge machte man es am grünen Tisch, unfair im höchsten Grade. Zwei Punkte büßen wir dadurch ein.

17. Februar 1948 – Wie soll das im Frühjahr werden, wenn jetzt schon keine Kartoffeln mehr vorhanden sind?

20. Februar 1948 – Nachmittag SED-Betriebsgruppenversammlung. Das Referat hielt Genosse Barthel. Er sagte folgende Worte, die ich in Stichworten wiedergeben will: Der Zusammenbruch der Westzone im Wirtschaftlichen stünde bevor.…

25. Februar 1948 – 21°C Kälte. Man könnte wieder einmal Fett gebrauchen, aber in Leipzig ist ja Messe. Post von Papp aus Bad Elster, Albert-Funk-Heim, Zi. 102.

Trittbrettfahrer in Leipzig zur Messe, März 1948 (l.)

Der Schwarzmarkt blüht (r.)

3. März 1948 – Mutt hat schwere Sorgen mit Lotte. Denn Hans Zaceck sitzt im Gefängnis und sie hält es mit einem anderen. …

6. März 1948 – Leipziger Messe. Ja ganz groß, aber nicht in den volkseigenen Betrieben. Was wird die Zukunft bringen und was ist in der Tschechoslowakei los? Enteignung beginnt wahrscheinlich auf Befehl Russlands.

8. März 1948 – Mutt war bei Lotte ihrem Liebsten und hat Luft gemacht.

13. März 1948 – … Papp von Kur zurück, hat 200 g zugenommen. Es hat ihm sehr gut gefallen. Gestern sprach Dieckmann von der LPD, dass sich die Deutschen endlich einig werden mögen. Wieso will man mit dem Osten nichts zu tun haben? An wen soll man sich halten? Russland sah ich zwei Jahre persönlich. Ich bin bedient.

14. März 1948 – …Als wir am 29. April 1945 nach Moritzburg ins Jagdschloss kamen, fanden einige Kameraden eine Broschüre in der der Aufstieg Deutschlands für 1948 vorgesehen war. Wenn ich meine Tagebücher nachsehe, so findet man ständig die Wörter – hoffen das Beste. Wie wird das enden? …

16. März 1948 – Käthe hat ihren 24. Geburtstag. Eine Kette. Mutti und Lisbeth waren zugegen. 2 Kuchen gebacken. Was ist im Westen los? 500.000 Mann Heer.

17. März 1948 – … Warum fahren jetzt so viele Militärzüge ins Erzgebirge?

18. März 1948 – Feiertag. 1848 kämpfte man schon für ein geeintes Deutschland. Der zweite Volkskongress in Berlin. Dort ist bereits der Volksrat gewählt worden. Wenn man uns nicht auf den Arm

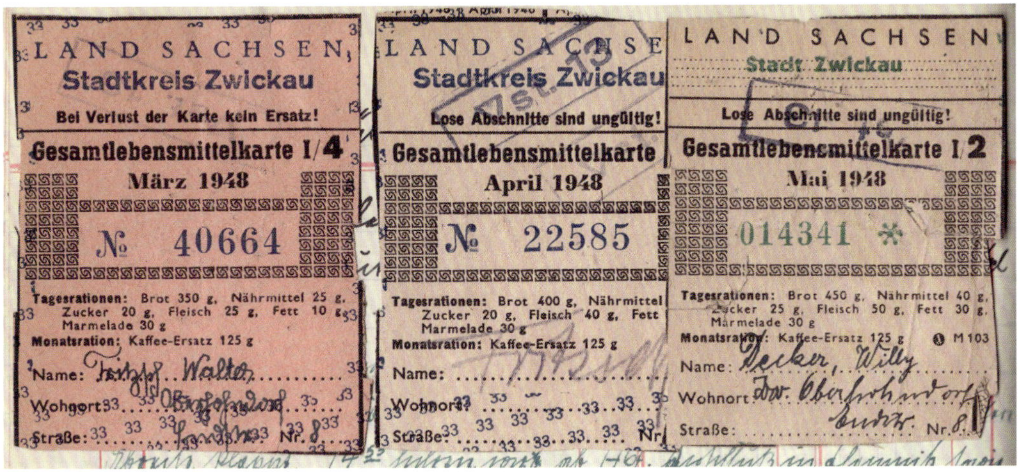

nimmt, dann ist das schon in Ordnung. Aber es sind zu viele Gegensätze vorhanden, weshalb man immer wieder anfängt zu zweifeln.

20. März 1948 – Ja, ich erwähne fast nirgends unser zeitgemäßes Mittagessen. Rote Rüben mit gekochten Kartoffeln. Also früher war es Saufutter.

25. März 1948 – Gründonnerstag. Käthe machte falsche Schlagsahne aus Kornschrot, Süßstoff, Mandelaroma. Schmeckte gut. …

3. April 1948 – 17 Uhr zum Kameradschaftsabend. Es gab zwei Fleischbrühen, ein Stück Quarkkuchen und 4,5 Stück Zuckerkuchen. Zwei Teller Nudeln bei einer Markenabgabe von 250 g Brot, 50 g Nährmittel, 30 g Zucker, 3 RM. Schnaps gab es zur Tombola. Ich gewann 100 g Nährmittel (Nudeln), eine kleine Glasschlüssel, ein Buch.

4. April 1948 – 14:30 Uhr zum Spiel gegen Wilkau-Haßlau, was wir 0:4 in Cainsdorf verloren. 5 RM, 4 Schnäpse. Wurde verletzt am Fuß.

5. April 1948 – Mein Fuß schmerzt sehr.

6. April 1948 – Machte Botengänge zur Bank. 35 Tausend RM.

7. April 1948 – …Von russischer Seite sind die Zonengrenzen mit Polizei und Militär sehr verstärkt worden. Eiserne Vorhänge, nicht von drüben, sondern von uns. Dies sagte Rudi Gosch, der bei seinen Verwandten im Westen war. Er traf keinen Grenz- oder Militärschutz im Westen. Desto mehr in der Ostzone.

9. April 1948 – Goller, Erhard hat man fristlos entlassen, weil er 1944 in die NSDAP ist. …

11. April 1948 – 14:30 zum Spiel gegen Zwickau Nord, spielten wir 1:1. Wir stehen in einer großen Krise. Mutti ließ sich die Schwerarbeiterkarte stehlen. Und wieder ein Mord. Man fand einen 20-Jährigen in der Mulde. Ihm waren die Hände auf den Rücken gebunden.

28. April 1948 – 3:30 Uhr aufgestanden. Schaffte Käthe an den Zug zur Fahrt nach Minkwitz. Fing 5:30 Uhr an zu arbeiten. War sehr müde. Holte bei Kurt fünf Brote. Kartoffeln und rote Rüben geschält. Kam eine Karte. Den Korb vom Bahnhof abholen. Leider hat man von Seiten der Bahn aus gestohlen.

1. Mai 1948 – Mit dem Horch-Bus zum Vierer-Turnier nach Oelsnitz mit Aue, Cainsdorf, Oelsnitz und Wurzen. Während der Fahrt gab es eine Schnitte Brot mit Sülze. 12 Uhr trafen wir ein. 12:40 Uhr Mittag gegessen. Graupen und eine Schnitte Brot. Dann spielten wir und gewannen gegen Aue nach Verlängerung 5:4 verdient. Wurzen – Oelsnitz 5:1. 20 Uhr aßen wir wieder Graupen süß und eine Schnitte Brot mit Sülze. Sieben Flaschen Schnaps und 8 Zigaretten. 1:30 Uhr im Quartier mit Grunert, Hoffmann und Schweiger. Konnte schlecht schlafen.

2. Mai 1948 – Sonntag. 9 Uhr Kaffeetrinken im Ratskeller. Es gab fünf Schnitten, Marmeladen und Mehlspeise. 11 Uhr kam der Bus und brachte unsere Frauen. 12:40 Uhr gab es wieder Graupen, auch für die Frauen. Anschließend gingen wir ins Quartier und schliefen bis 15 Uhr. Aue gegen Oelsnitz 3:0. Cainsdorf gegen Wurzen 1:0. Diesem Treffen wohnten 5.000 Zuschauer bei und waren von dem Spiel der Cainsdorfer Zwerge gegen den Riesen von Wurzen restlos begeistert. Was es heißt, Wurzen zu schlagen, kann nur der bemessen, der die Elf selbst spielen sah und uns gelang es. Hundertprozent Kampfgeist, diesen Gegner zu bezwingen. Ein sehr gemütliches Beisammensein, wobei es alles gab. Schnaps, Zigaretten, Bier. Im Union-Hof Lichtenstein reserviertes Zimmer. 1:15 Uhr zu Hause.

8. Mai 1948 – Vor drei Jahren brachen wir jämmerlich an allen Fronten zusammen. Seit dieser Zeit geht es ständig bergab. Bis jetzt kann man immer noch nicht ein Fünkchen feststellen, ob es wirklich nochmals aufwärts geht. …"

Mit einem 2:1-Sieg der SG Planitz über Zwickau-Mitte feiert die SG Planitz mit 31:5-Punkten die Kreismeisterschaft in der Saison 1947/48. Sechs bzw. neun Zähler dahinter folgen die SG Zwickau-Mitte und die SG Cainsdorf auf den Plätzen. Vornehmlich beim Herbstmeister ist man unzufrieden. Nach der grandiosen Hinrunde mit 15:3-Punkten folgte eine mäßige Rückrunde mit 9:9-Zählern. War der Mannschaft von Walter Fritzsch die Puste ausgegangen? Der Spielertrainer rätselt oder hatten sich die Probleme um Torjäger Möckel auf das Mannschaftsklima ausgewirkt?

Für die SG Planitz geht die Saison weiter. Unter den acht Meistern der sächsischen Fußballbezirke werden die beiden Vertreter für die Teilnahme an der 1. Ostzonenmeisterschaft ermittelt. Neben Planitz sind auch Chemnitz-West, Dresden-Friedrichstadt, Dresden-Mickten, Leipzig Gohlis-Nord, Meerane, Wurzen und Zittau für die k.o.-Spiele qualifiziert. Allein die Zuschauerzahlen belegen den Fußballhunger. Als die SG Planitz am 26. Mai 1948 auf dem Chemnitzer Sportplatz an der Gellertstraße die SG Wurzen mit 2:1 bezwingt, sind 23.000 dabei, natürlich auch Walter Fritzsch. Er will sehen, wie sich seine ehemaligen Mannschaftskameraden schlagen, sieht einen *„Kampf auf Messers Schneide"*. Am 6. Juni 1948 besiegen die Planitzer im Leipziger Bruno-Plache-Stadion vor 25.000 auch die SG Chemnitz-West und sind damit für die 1. Ostzonenmeisterschaft qualifiziert. Der zweite sächsische Teilnehmer ist die SG Meerane, die nach einem 1:0 gegen Leipzig Gohlis-Nord für eine Sensation sorgt und den haushohen Favoriten Dresden-Friedrichstadt mit 3:1 eliminiert.

„23. Mai 1948 – Sonntag. Diesen werde ich nicht gleich vergessen. Brachte Mutti ins Krankenhaus. 16:10 Uhr nahm man ihr die rechte mittlere Fußzehe ab. Sie ist schwer fertig. Volksbegehren für die Einheit Deutschlands. Soll der Ausspruch tatsächlich ausgeführt werden? Die Deutschen auf einen engen Raum zusammendrücken, um sie besser vernichten zu können?

26. Mai 1948 – Käthe brachte mir das Essen zur Fahrt nach Chemnitz. Planitz siegte vor 20.000 Zuschauern glücklich gegen Wurzen 2:1."

Zeitz, Greiz, Halle – die jüngsten Reiseziele der Cainsdorfer Fußballer stehen eng im Zusammenhang mit der Aufhebung der Kreisgebundenheit im März 1948. Die Entscheidung führt schnell zu einem regen Spielverkehr im ostdeutschen Fußball, gerade über Ostern oder Pfingsten, aber auch in den Sommermonaten. Großes Interesse gibt es vor allem an Spielen mit Berliner Mannschaften. Bislang war der überregionale Spielbetrieb, wie die wenigen Städtespiele (25. August 1946: Dresden – Berlin 6:2 oder 29. Mai 1948: Leipzig – Dresden 3:4), von der FDJ (Freie Deutsche Jugend) organisiert worden. Eine politische Kontrolle soll

Helmut Schön (2.v.l.) und Fritz Gödicke (vorn) beim Städtespiel Leipzig – Dresden (3:4) 30. Mai 1948

es aber auch künftig geben. Deshalb wird per Parteibeschluss vom 1. Juni 1948 der »Deutsche Sportausschuss« gegründet, unter Trägerschaft von FDGB (Freier Deutscher Gewerkschaftsbund) und FDJ. Für Walter Fritzsch ist es zumindest ein Schritt in die richtige Richtung: „*Vom 1. bis 15. Juni 1948 kann jeder Vereinswechsel durchführen, ohne Sperre.*“

„7. Juni 1948 – Den Vierteljahresbericht für schwer erziehbare Kindern nach Dresden geschickt. Besuchte eine Station, sieht wirklich sehr mies aus.

9. Juni 1948 – Wahrscheinlich bekomme ich eine Wohnung in Cainsdorf.

18. Juni 1948 – Auf Arbeit ging es heute verrückt zu. Außerordentliche Arbeit. Wahrscheinlich ist das auf die kommende Währungsunion zurückzuführen. Gab das Gehaltserhöhungsgesuch ab.“

In den drei Westzonen – ausgenommen die jeweiligen Sektoren in Berlin – findet die Währungsreform statt. Die »Deutsche Mark« löst ab 20. Juni 1948 die »Reichsmark« als offizielles Zahlungsmittel ab. Jeder Westdeutsche kann sofort 40 Reichsmark gegen 40 Deutsche Mark (DM) eintauschen. Private Bankguthaben werden ab 27. Juni 1948 im Verhältnis 10:1 umgetauscht. Ab Herbst 1948 erhält man für 100 Reichsmark 6,50 DM, restliche Guthaben werden gestrichen. Damit soll ein künftiges Inflationspotential beseitigt werden.

Nach der separaten Währungsreform in den Westzonen wird auf der Grundlage des SMAD-Befehls 111 auch in der Ostzone die Geldabwertung durchgeführt. Da es noch keine neuen Banknoten gibt, werden auf die bisherigen Geldscheine Spezialkupons geklebt. Jedes Familienmitglied erhält 70 Mark im Verhältnis eins zu eins. Darüber hinausgehende Barbeträge wurden im Verhältnis 10:1 eingetauscht. Bei Sparanlagen werden die ersten hundert Mark 1:1 gutgeschrieben, Beträge bis eintausend Mark im Verhältnis 5:1, darüber hinausgehende Sparbeträge 10:1 abgewertet. Den Besitz von DM-West stellt die SMAD unter Strafe.

„20. Juni 1948 – Währungsreform bei uns ist auch im Gange. Wir haben über den 20-RM-Schein eine Marke kleben müssen. Bin sehr müde. Oberhohndorf – Sportfest. Zum Spiel nach Friedrichsgrün. 3:0 gewonnen.

23. Juni 1948 – Währungsreform tritt am 24. Juni 1948 in der sowjetischen Besatzungszone in Kraft. Man ist so abgestumpft, weil man nichts zu essen hat. Mit der Esserei ist es genau wie im vergangenen Jahr, obwohl der Russe jetzt Getreide bringt. Wenn man mein Tagebuch nachschlägt, ist es keineswegs besser geworden. Der Stand bei Fett und Fleisch schlechter.“

Als die Währungsreform von den westlichen Besatzungszonen auch auf West-Berlin ausgedehnt werden sollen, nehmen das die sowjetischen Besatzer zum Anlass, West-Berlin von den westlichen Besatzungszonen abzutrennen. Sowjetische Truppen sperren am 24. Juni 1948 alle Zufahrtswege, damit beginnt die Berlin-Blockade, die erst im Mai 1949 enden wird. Die Auswirkungen spüren die Bewohner von Berlin schnell, ihre Stadt ist vom Nachschub an Lebensmitteln und lebenswichtigen Gütern abgeschnitten. So soll ganz Berlin unter die Kontrolle der Sowjetunion gebracht werden. Zudem sollen die westlichen Siegermächte gezwungen werden, auf die Gründung eines Separat-Staates zu verzichten. Die Blockade von Berlin ist der erste Höhepunkt im Kalten Krieg.

Hier wird die Reichsmark in MDN (Mark der Deutschen Notenbank) getauscht

„25. Juni 1948 – Heute mussten wiederum sämtliche Angestellte … zum Auszahlen der Gelder mithelfen. Mutti TBC-verdächtig. Käthe stand von 4:30 Uhr bis 14:00 Uhr nach dem neuen Geld an.

26. Juni 1948 – Sonnabend. Die Währungsunion im Westen wurde im Rundfunkt sehr negativ dargestellt. Bei uns ist es für den Arbeiter nicht so schlimm. Wir wollen aber nun baldigst ein besseres Leben in puncto Ernährung sehen. 16:40 Uhr zum Spiel nach Neuwürschnitz. Mein 50. Spiel bei Cainsdorf! Gewonnen, 4:1. Ein pfundiges Essen wurde uns geboten. Kartoffeln, Sauerkraut mit Fleisch. Sportlerball. Schnaps und Rauchwaren genügend vorhanden. Nahm einen Strauß Rosen mit nach Hause. Nach langer Zeit zu Hause wieder mal Butterschnitten gegessen.

28. Juni 1948 – Schwarzmarktpreise: 1 Zigarette 0,40 – früher 1,40; ein Brot 3 Pfd. 40 RM – jetzt 4,50 RM.

29. Juni 1948 – Heute waren wieder alle Angestellten im Amt. Vergessen habe ich zu bemerken, dass Hartgeld seinen Wert behalten hat.“

Planitz im Fußballfieber, auch Walter Fritzsch staunt über die Völkerwanderung, mit Mann und Maus geht es nach Leipzig. Im Bruno-Plache-Stadion findet am 4. Juli 1948 das Endspiel um die erste Ostzonenmeisterschaft statt. Er weiß noch, dass seine ehemaligen Kameraden Wochen zuvor auf der Westsachsenkampfbahn das Qualifikationsspiel zwischen Meerane und Babelsberg (3:1) verfolgt hatten und auch er sich fragte: Würde es für Planitz gar ein Wiedersehen mit Meerane im Endspiel geben, dann in einem rein sächsischen Finale? Das Viertelfinale sieht Planitz in Schwerin mit 3:1 vorn. Meerane muss in Leipzig gegen die Sportfreunde Burg in die Verlängerung (2:1n.V.), ehe der Halbfinaleinzug perfekt ist. Noch scheint alles möglich. In der Vorschlussrunde platzen alle Meeraner Meisterschaftsträume, 2:5 gegen Freiimfelde Halle. Und Planitz? Begeistert die 25.000 im Dresdner Ostragehege mit einem 5:0-Kantersieg gegen Weimar-Ost. Gilt damit auch für das Endspiel als leicht favorisiert. 40.000 bilden eine phantastische Kulisse und sehen einen spannenden Kampf. Ein einziges Tor fällt an diesem Tag, Mittelstürmer Horst Weiß trifft für Planitz. Damit sind die Westsachsen für die Deutsche Fußballmeisterschaft qualifiziert und sollen am 18. Juli 1948 in Stuttgart gegen den 1. FC Nürnberg antreten, den Meister der amerikanischen Besatzungszone. Das aber wird durch ein Veto der sowjetischen Besatzungsmacht verhindert. So gewinnt Nürnberg kampflos und holt sich auch die erste deutsche Nachkriegs-Meisterschaft.

„7. Juli 1948 – Mit Bus zum Spiel um den Konsumpokal gegen Crimmitschau auf dem Schwanenschlossplatz. Cainsdorfer Pokalsieger 1948. Man gab uns den Pokal und einen Lederball. Anschließend im Schwanenschloss sprach der Landrat Kautzsch. Man bekam eine kalte Platte, vier Schnitten Brot und Wurst, ein Glas Starkbier und einen Schnaps. 24 Uhr zu Hause.

12. Juli 1948 – Möchte bloß wissen, warum ich immer so matt bin. Unterernährt?

13. Juli 1948 – War bei Dr. Kühnel. Habe einen leichten Katarrh. 14:30 Uhr ins Gesundheitsamt zum Röntgen der Lunge.

18. Juli 1948 – Sonntag. 14 Uhr mit guten Hoffnungen nach Cainsdorf zum Spiel um den Aufstieg in die Bezirksliga gegen Wilkau-Haßlau. Regen. Nach einem herrlichen Spiel verloren wir in Schönheit 1:2. Es kann sich keiner denken, wie es moralisch wirkt, dass wir nun nicht in die Liga aufsteigen. Nach dem Spiel gab es Salzkartoffeln, Kraut und Pferdefleisch. Man konnte sich satt essen. 12 Flaschen Schnaps spülten den Ärger nicht genügend hinunter.

19. Juli 1948 – Ging nicht zur Arbeit. Schnauze von gestern noch voll.

20. Juli 1948 – Man frisst wie eine Kuh und wird nicht fett. Kein Fett, Fleisch, Kartoffeln, Nährmittel usw. Wenn ich diese Zeilen 1950 lese, hoffentlich sieht es dann besser aus. Die Krankheitsziffer wächst, z. B. bei TBC. Die Kurve steigt steil an. Hieran erkennt man die Unterernährung …

29. Juli 1948 – 5. August 1948 URLAUB – Das Ziel ist Minkwitz, Gasthof Heinz und Anneliese Hoffmann. Fahrgeld für Käthe und mich 16,40 DM. 8:14 Uhr ab Zwickau, 10:25 Uhr ab Chemnitz, 11:30 Uhr an Waldheim. Sind bis Minkwitz 2 Stunden gelaufen. Uns zweien war es nicht so zumute. Ohne viel Esserei zu Hoffmann zu gehen. Aber ich muss sagen, einfach gut. Man staunte, alles mussten wir mit essen, was auch sie aßen. An Obst konnten wir uns dumm und dämlich essen. Eierlikör machte Frau Hoffmann, die – ohne zu prahlen – sehr schmackhaft kochen kann. Natürlich ging es feste Ährenlesen. Nicht immer zufriedenstellend, aber besser als gar nichts. Frau Hoffmann erhielt von uns 450 g graue Wolle, Klemmen, Kleiderbügel. Ich kann nur immer wieder betonen, ich habe mich während dieser Tage restlos in puncto Essen erholt. …

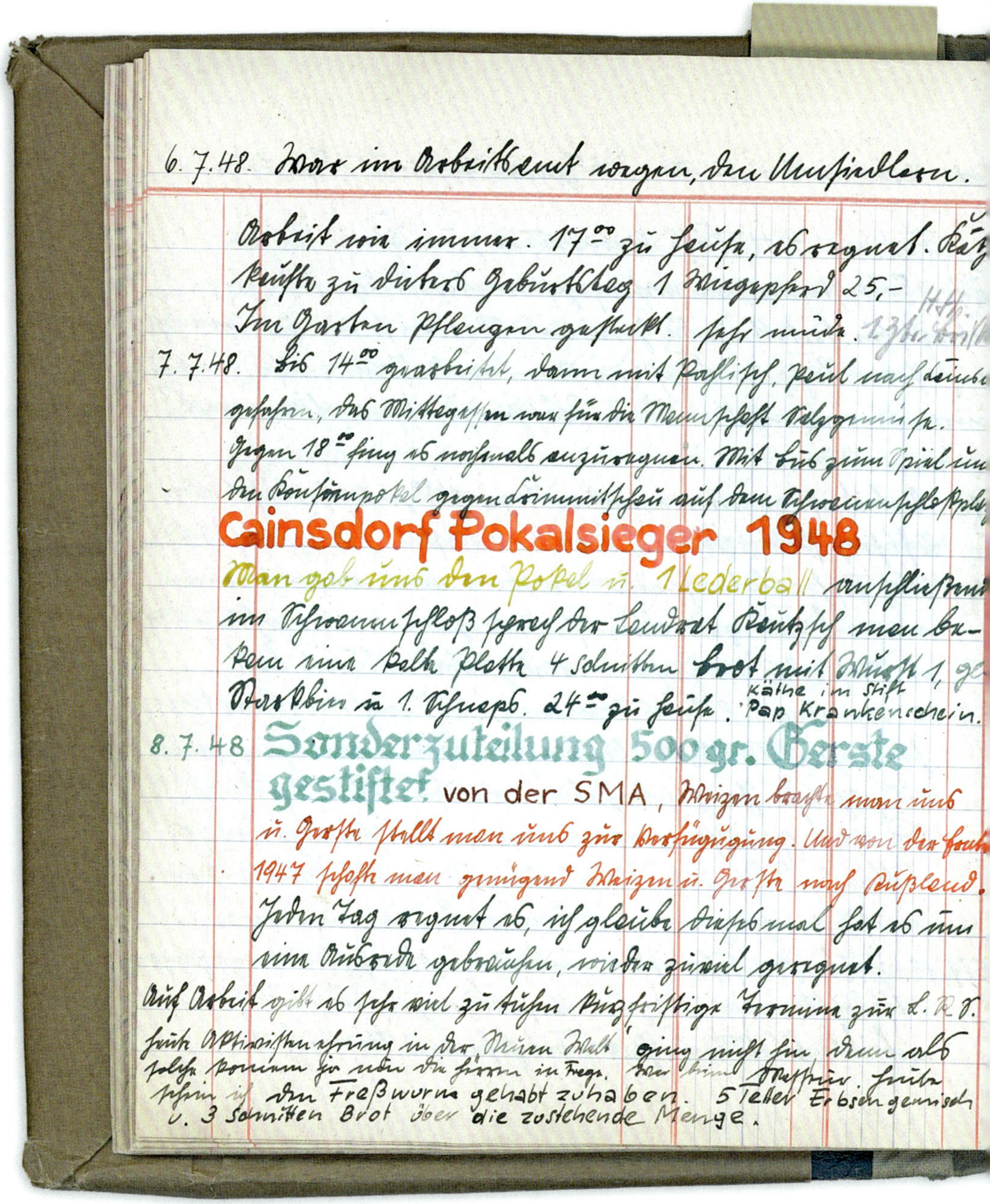
6. 7. 48.
7. 7. 48.
Cainsdorf Pokalsieger 1948
Käthe im Stift
Pap Krankenschein.
8. 7. 48 Sonderzuteilung 500 gr. Gerste gestiftet von der SMA

24. August 1948 – Unser Korb mit Gemüse ist auf der Bahn von Leisnig nach Zwickau verlustig gegangen. Käthe holte mich ab.

30. August 1948 – Nach Cainsdorf zur Spielausschusssitzung. Mir wurde nachgerufen, mich zu besinnen, damit ich wieder zu meiner einstigen Form zurückfinde.

2. September 1948 – Im Amt gab es für 30 Männer Bezugsscheine, drei Paar Socken, ein Paar Pantoffeln, ein Kindertrainingsanzug, ein Paar Kinderschuhe. Ich zog das Los für die Pantoffeln.

5. September 1948 – Sonntag. 16 Uhr Spiel Ostzonenmeister Planitz – Cainsdorf 3:1, verloren. Wir waren froh, dass es so ausgefallen ist. Planitz nahm das Spiel sehr ernst, beweist die Aufstellung wie gegen Oberschöneweide (2:1) u. Freiimfelde (5:1).

12. September 1948 – Sonntag. Genau vor einer Woche brüstete man sich im Rundfunkt über die Lebensmittelerhöhung. Dankschreiben gingen an die SMA usw. Die Wirklichkeit sieht anders aus. Kein Gramm erhalten. Karte III und IV. Außer der Landbevölkerung, denen die Karten berechtigt der Stadt angeglichen wurden. Ministerpräsident Seydewitz sprach über den Rundfunk und sprach in großen schwungvollen Tönen, dass die Belieferung ab 1. Oktober 1948 genauestens eingehalten würde. Sie sollen lieber Taten zeigen, als zu viel prahlen.

13. September 1948 – … Man ist folgender Meinung in den Funktionärskreisen: Wenn ich sage, ich habe Hunger, somit gebe ich bekannt, dass ich reaktionär bin.

28. September 1948 – Warum sollen wir zur Polizei? Die Polizei wird gesäubert, darum sind wir heute gefragt worden, ob wir uns melden wollen. Ich mache nicht mit, denn ich hatte schon einmal Uniform an.

6. Oktober 1948 – Käthe schickte zwei Körbe Kartoffeln, insgesamt 160 Pfd.

9. Oktober 1948 – Kalt. Habe mir den Schnupfen geholt. Arbeit k.b.V. Post von Käthe erhalten. Sie bleibt noch einige Tage. So macht das Leben keinen Spaß.

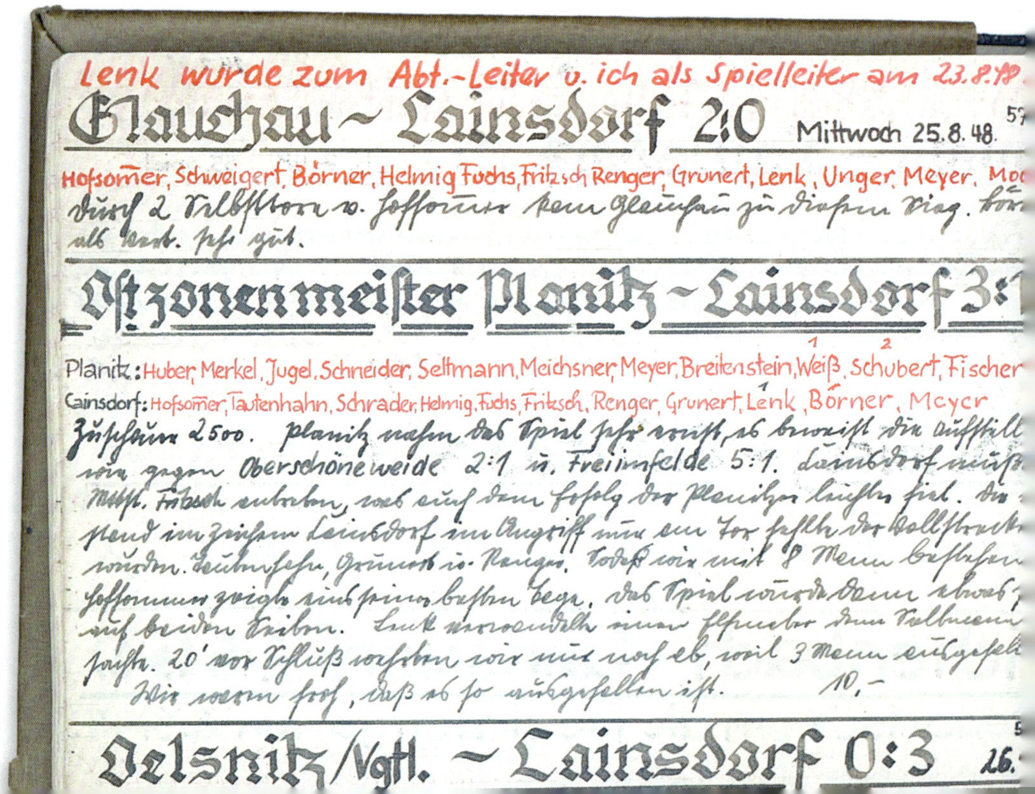
Lenk wurde zum Abt.-Leiter u. ich als Spielleiter am 23.8.48

Glauchau – Cainsdorf 2:0 Mittwoch 25.8.48.

Hofsommer, Schweigert, Börner, Helmig, Fuchs, Fritzsch, Renger, Grunert, Lenk, Unger, Meyer, Mo…

Ostzonenmeister Planitz – Cainsdorf 3:1

Planitz: Huber, Merkel, Jugel, Schneider, Seltmann, Meichsner, Meyer, Breitenstein, Weiß, Schubert, Fischer

Cainsdorf: Hofsommer, Tautenhahn, Schrader, Helmig, Fuchs, Fritzsch, Renger, Grunert, Lenk, Börner, Meyer

Zuschauer 2500. Planitz nahm das Spiel sehr ernst, es beweist die Aufstellung wie gegen Oberschöneweide 2:1 u. Freiimfelde 5:1. …

Wir waren froh, daß es so ausgefallen ist. 10.–

Oelsnitz/Vgtl. – Cainsdorf 0:3

Die illustrierte Berliner Abendzeitung

Anzeigenannahme: Mohrenstr. 36/37 und in den Filialen des „Nacht-Express" Telefon: Sammel-Nr. 42 51 41. PSK.: Berlin 959 43 und Frankfurt (M.) 665 21

Sonnabend, 4. September 1948

Postabonnement 5 DM mor 36 Pf. Zeitungsgebühr). Bei

Rationen für Ostzone erhöht

Weitere 500000 erhalten zusätzliche Mahlzeit

Berlin, 4. September (ED/ADN). Marschall Sokolowskij hat gestern einen Befehl zur weiteren Verbesserung der Ernährung für die Bevölkerung in der sowjetischen Besatzungszone erlassen. Der Befehl tritt am 1. Oktober in Kraft.

Damit sind die Pläne der Deutschen Wirtschaftskommission verwirklicht worden, die eine Erhöhung der Lebensmittelrationen in der Ostzone vorsahen. Von der Erhöhung werden etwa 16 Millionen Menschen erfaßt.

Statt der bisherigen drei Versorgungskategorien für Dresden und Leipzig, für 16 weitere Großstädte und die übrigen Städte und Ortschaften der Ostzone werden ab 1. Oktober 1948 nur noch zwei Kategorien bestehen: 1. 18 Großstädte mit Einschluß von Dresden und Leipzig, 2. die übrigen Städte und Ortschaften.

Wie der Vorsitzende der DWK dazu erläuterte, werden infolgedessen sechzehn Großstädte der Sowjetzone in ihrer Lebensmittelversorgung an Leipzig und Dresden angeglichen. Dabei werden die Sätze, die früher für diese beiden Städte galten und jetzt für 18 Städte Gültigkeit haben, noch weiter erhöht.

Käthe muss Kartoffeln stoppeln, der nächste Winter naht

13. Oktober 1948 – Heute habe ich nicht viel gemacht. Wenn man ständig arbeitet und keinen Lohn erntet, vergeht einem doch die Lust."

Als Adolf Hennecke an diesem 13. Oktober 1948 gute 600 Meter tief in den Oelsnitzer Karl-Liebknecht-Schacht einfährt und in seiner Schicht exakt 24,4 Kubikmeter Kohle haut, wird er sagenhaft anmutende 387 Prozent der vorgegebenen Arbeitsnorm erfüllen. Der Bergmann bekommt für seine »Aktivisten-Schicht« 50 Mark Prämie, 1.500 Gramm Fettzulage, drei Schachteln Zigaretten, einen Blumenstrauß und eine Flasche Branntwein. Andere Dinge bleiben zunächst verborgen. Hennecke war für seine »Vorzeige-Schicht« von allen Nebentätigkeiten befreit worden, was ihm von anderen Bergmännern den Titel »Normbrecher« einbringen soll. Dazu auch noch ein paar eingeworfene Fensterscheiben, ein Gruß der Wismut-Kumpel, heißt es. Zumal der Vorzeige-Aktivist nicht wirklich der erste Held der »Hennecke-Bewegung« ist, wie Ost-Berlin es später oft und gern vermittelt wissen will. Die Aktivisten-Bewegung soll nicht nur die stagnierende Kohleförderung in der Ost-Zone ankurbeln, der eigentlich dafür prädestinierte Bergmann hat einfach nur den falschen Namen. Josef »Sepp« Wenig taugt nicht als Ikone für eine »Weniger-Bewegung«.

„15. Oktober 1948 – Es regnete ein wenig. Mein Gehaltserhöhungsgesuch wurde abgelehnt. Man spricht – ich bin bei 20 Prozent Personalabbau …

16. Oktober 1948 – Wiederum ein Gehaltserhöhungsgesuch abgegeben. In Leisnig sind die Russen schwer am vergewaltigen.

19. Oktober 1948 – Verschlafen. Rief den Bürgermeister von Cainsdorf an. Dieser teilte mir mit, dass es mit der Wohnung in Cainsdorf klappt.

20. Oktober 1948 – 16 Uhr SED-Versammlung. Hennecke, Kumpel, Oelsnitz, 24 Kubikmeter Kohle in einer Schicht, Aktivist. Dies soll nun jeder nachmachen. Ist das Ausbeutung? Die Stadtverwaltung soll in den nächsten Wochen gesäubert werden. Die SED drückt durch.

21. Oktober 1948 – 16:50 Uhr traf ich Käthe. Sahen uns die Wohnung in Cainsdorf an. Sie geht. Gingen zum Bürgermeister und machten die Sache klar.

31. Oktober 1948 – Kirmes – Sonntag. Vergesst die Hennecke-Bewegung nicht. Einst sprach man von Akkord sei Mord und jetzt nennt man es Hennecke-Bewegung. Jetzt marschiert die Polizei mit MG. Es wird im gleichen Schritt marschiert und gesungen wie einst. Später wird man wohl noch mehr feststellen können. Das Volk soll der Polizei die Waffen gegeben haben. Ich habe meine Waffe am 8. Mai 1945 in die Elbe bei Bodenbach (heute: Decin) geworfen. Wie stellt sich das zusammen? Gegen Wilkau-Haßlau 4:2 gewonnen. Anschließend Pferdegulasch, Kartoffeln. Dann im Gasthof bis 2 Uhr zur Kirmes. Viel guten Kuchen gegessen. 3:15 Uhr ins Bett.

3. November 1948 – Mit Käthe nach Oberhohndorf zu Mutt und brachten mit Willi die zwei Kleiderschränke zur neuen Wohnung. 20 Uhr in Cainsdorf. Jedes zweite Wort ist Hennecke-Bewegung.“

Das »Deutsche Sport-Echo« fordert am 5. November 1948: *„Kein Spiel darf mehr stattfinden, dass nicht von zuständiger Stelle genehmigt ist!“* Dahinter verbirgt sich nicht nur die Absicht, der Sparte Fußball im Deutschen Sportausschuss die angedachte Rolle im Organigramm des ostdeutschen Spielbetriebs übernehmen zu lassen. Noch hält sich die Begeisterung für die neue Basisorganisation in Grenzen. Zugleich geht es um die Kontrolle über die Vereine. Nach dem Wegfall des Kommunalsports gibt es vielerorts Hoffnung auf die Wiederbelebung alter Vereinstraditionen. Doch deren Anhänger und die des unpolitischen Sports werden als *„Feinde der neuen demokratischen Ordnung“* angeprangert.

„9. November 1948 – Gehaltserhöhung erhalten. Monatlich 266 brutto. Verwaltungsassistent.

11. November 1948 – Arbeit wie üblich im Sozialamt. Es läuft das Entlassungsgespenst herum.

13. November 1948 – Heute wurden 20 Prozent entlassen vom Rat der Stadt Zwickau. 19 Uhr ins Turnerheim zur SG-Sitzung. Im Sport wird jetzt sogar verlangt, dass zum Training erst ein politischer Vortrag abgehalten werden soll. Demokratie im wahrsten Sinne des Wortes.

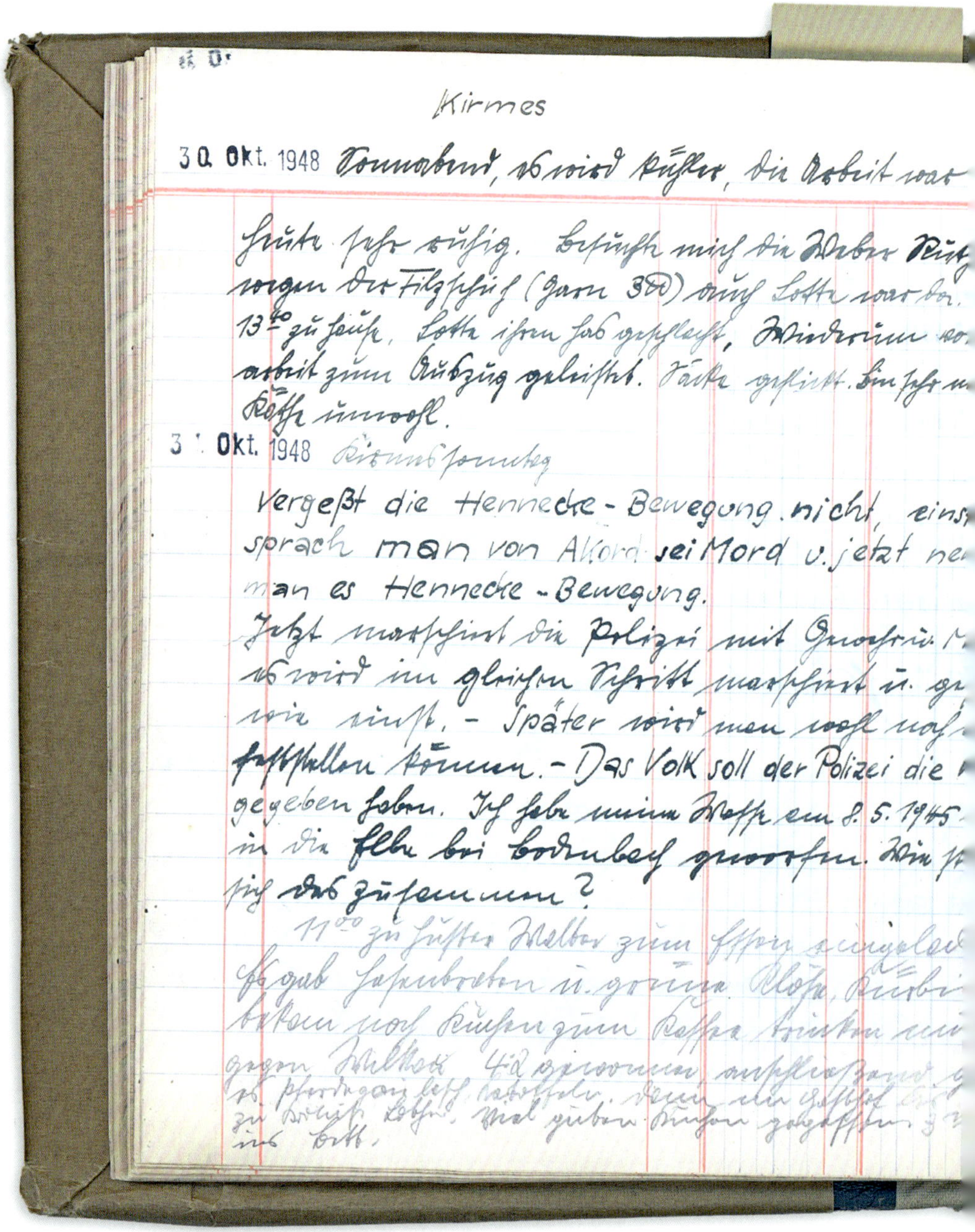

21. November 1948 – Mein Geburtstag. Von Mutti zehn Zigaretten, 50 g Butter, 5 DM von Mutt und ein Stock, von Lotte ein Stock Alpenveilchen und ein gebrauchtes Nachthemd. Zum Spiel gegen Elsterberg, 4:1 gewonnen. 17 Uhr zu Hause. Kaffee getrunken. 19 Uhr im Turnerheim. Huster, G. spendierte Starkbier. 23:30 Uhr gingen Krauß, Lothar, Helmich, Meier und Schrader mit Frauen zu mir. Jeder sechs Stück Aschkuchen. Helmich organisierte eine Flasche Likör und 20 Zigaretten auf die Rechnung. 2 Uhr gingen sie nach Hause.

26. November 1948 – Heute öffnete man den freien Laden.

29. November 1948 – Arbeit wie üblich. Jeden Tag hört man verärgerte Menschen über den freien Laden. Heute stand eine Schlange in 5er-Reihen, 300 Meter lang, angestellt.

2. Dezember 1948 – Kaufte mir einen täglichen Vormerker als Tagebuch, 2,70 DM.

5. Dezember 1948 – ... 3 Uhr ab Turnerheim abgefahren. Lenk geweckt. 8:30 Uhr in Seeburg bei Eisleben. Käthe tauschte für Löschner, Helmut ein paar gut gebrauchte Schuhe für 20 Pfd. Weizen. Für uns einen gebrauchten Pullover und ein Paar weiße Söckchen für 20 Pfd. Weizen. Es wird uns unmöglich gemacht, sich etwas zusätzlich zum Leben zu versorgen. Polizei macht laufend Kontrolle. 11 Uhr fuhren wir wie die Verbrecher von Seeburg weg. Nebel konnte man mit dem Messer abschneiden. Genau 14 Uhr trafen wir erwartend in Torgau bereits ausgezogen ein. Die Zuschauer sowie Leitung von Torgau waren über unser Passspiel sehr erstaunt. Nach dem Spiel gab es Salzkartoffeln, Gulasch und Sauerkraut und die Frauen bekamen unser Abendbrot – Erbsen mit Fleisch. 2 Uhr in Cainsdorf. Durch den dicken Nebel mussten wir vor dem Bus herlaufen.

25. Dezember 1948 – Erster Weihnachtsfeiertag. Zeichnete 52 Tischkarten. Aßen Schweinsknochen. 13:15 Uhr zum Spiel gegen Planitz. 2.500 Zuschauer, verloren durch zwei grobe Fehler 0:2. 18 Uhr zu Meier, Sig. – Verlobung. Ein Alpenveilchen und 8 DM geschenkt und gut gegessen.

26. Dezember 1948 – Zweiter Feiertag. 17 Uhr zur Weihnachtsfeier ins Turnerheim, der ersten Mannschaft. Von Mitteln der ersten Elf (Speiseplan: Salzkartoffeln, Möhrengemüse und Pferdegulasch), zwei Essen, weiße Semmeln und Weißbrot, Sülze und Gulasch. Man konnte sich satt essen. Als Weihnachtsgeschenk einen roten Selbstbinder, eine Anstecknadel, ein Buch. Für Käthe 1 Paar seidene Strümpfe, 1 Paar Handschuhe. Bis früh 4:30 Uhr ging diese harmonische Feier. 10 Rasierklingen, 20 Zigaretten. Huster spendierte Starkbier, so viel man wollte, Likör u. Schnaps.

31. Dezember 1948 – Heute nochmal schwer gearbeitet. 18 Uhr gegessen. Das Gänsefleisch war sehr fettig. 20 Uhr kam Schrader, Günther mit Iris und Meier, Sig. Jeder brachte seinen Teil mit. Hatten zusammen eine Flasche Schnaps je 15 DM und eine Flasche Starkbier, 3 DM. Machten Kartoffelsalat. Jutta spendierte einen Hering und Hultsch-Zwieback. 4 Uhr gingen wir schlafen. Dieses vergangene Jahr ging es schon etwas aufwärts, obwohl sich noch viel ändern muss."

Aktivisten-Losung in einem Industrie-Kraftwerk – 1949

Das neue Jahr ist wenige Stunden alt, als Walter Fritzsch seinem Tagebuch die ersten Gedanken anvertraut: *„Hoffentlich bringt uns 1949 gute Stunden, damit die bangen Sorgen für die Zukunft abzustellen sind!“*

Die Nachkriegsjahre haben Spuren hinterlassen, mit Hunger und Not als ständige Begleiter. Brennholz und Brot, Kohlen und Kartoffeln waren echte Luxusgüter geworden. Frische Milch oder frische Eier gab es bestenfalls auf dem Land und so hieß es hamstern, schieben oder tauschen – und nur, um zu überleben. Nicht wenige sehen es als »Krieg im Frieden«. Wer klagt über die alltäglichen Entbehrungen, wenn die Hoffnung auf ein besseres Leben immer wieder aufs Neue enttäuscht wird? Die Zweifel sind groß bei Walter Fritzsch, dass 1949 alles besser wird. Da ist die neue Arbeit auf dem Amt. Wie schnell wird er sich einfuchsen können und was passiert im Fußball? Sollte er mit Käthe doch sein Glück im Westen suchen, so, wie es viele andere taten? Oft schon hat er diesen Gedanken in schlaflosen Nächten im Kopf hin und her bewegt und war zu keinem Ergebnis gekommen. Für ihn zählt die familiäre Bindung, zu seiner Mutter Ella und Käthes Eltern, denen es schon seit geraumer Zeit gesundheitlich nicht mehr so gut geht. Hinzu kommt der Umstand, dass es nach seiner Knie-Operation im September 1947 sehr lange dauerte, bis er wieder seine alte Form erlangen konnte. Wie sollte er in der Fremde seinen Lebensunterhalt verdienen, als Fußballer, als Zeichner oder als einfacher Arbeiter, wobei ihm physische Tätigkeit erfahrungsgemäß nicht besonders liegt?

Den Jahreswechsel verbrachten sie in ausgelassener Stimmung. Es wurde gelacht, gescherzt und auch gesungen. Beim Rückblick auf die Silvesterfeier darf in den Notizen ein ganz wichtiger Satz nicht fehlen: *„Ja, bei so einer Verpflegung ist man ständig gesättigt!“* Walter Fritzsch schmeckt es auch am zweiten Tag des Jahres, Käthes Kartoffelsalat ist – wie immer – vorzüglich. Entsprechend gut gelaunt macht er sich wenig später auf den Weg zum Treffpunkt Turnerheim. Um zwölf Uhr soll es zum Punktspiel nach Elsterberg gehen, doch einer fehlt. Gottfried Lenk biegt satte 30 Minuten später um die Ecke. Der erste Stimmungsdämpfer für das Kollektiv, der nächste folgt eine Dreiviertelstunde später. Auf dem Weg ins Vogtland streikt der Bus, die Panne in Reichenbach hat erneut Lenk verursacht. Fritzsch hält fest: *„Kurz vor Elsterberg zerbrach Lenk eine Scheibe vom Bus. Na, das ging gut los!“* Dabei steht die SG Cainsdorf vor einem wichtigen Spiel. In der Bezirksliga Westsachsen geht es um den so wichtigen fünften Platz, der den Einzug in die Fußball-Landesklasse Sachsen 1949/50 berechtigt. Spitzenreiter SG Planitz ist das Maß aller Dinge, dahinter kämpfen mit Plauen-Süd, Aue, Lauter, Cainsdorf und Zwickau-Mitte fünf Teams um die vier begehrten Plätze.

Der sonntägliche Auftritt der SG Cainsdorf in Elsterberg endet für Walter Fritzsch mit einer herben Enttäuschung: *Obwohl der Sturm wiederum die Chancen hatte … Lenk verließ nach dem zweiten Tor den Platz, obwohl er nicht verletzt wurde. Unsportlich im größten Grad. Schrader wurde schon angeschlagen, somit spielten wir nur noch mit 9 Mann. Brachten heikle Situationen vor dem Tor vom Gegner zustande, leider hielt der Torwart sein Heiligtum sauber.“* Zum Ärger über die 0:2-Pleite kommt wenig später die Nachricht, dass sich Gottfried Lenk abmelden will.

Der Wochenstart steht für Walter Fritzsch noch ganz im Schatten des Spiels am Vortag. Viel geht nicht auf Arbeit, die Niederlage tut noch immer weh. Mittag geht er zum Arzt, wird von Dr. Kühnel auf Herz und Lunge untersucht. Diese Atemnot machte ihm nicht erst beim Spiel in Elsterberg zu schaffen. Doch das

Mitglieds dieser wundervollen Mannschaft. Die Vielseitigkeit der einzelnen Spieler ist übrigens unglaublich und gibt dem Dynamo-Trainer
dreißigjährigen Spielern aufgestellt, wurden geäußert und weitere außerhalb der vertraglichen Vereinbarungen liegende Forderungen gestellt. Es

Zwei Fußball-Asse und der „Hundertste“

Jetzt soll der hundertste Traktor der Horch-Zwikkau-Werke die Halle verlassen, und zwei bekannte Fußballspieler, die tatkräftig bei der Ermöglichung des Jubiläums mitgewirkt haben, lassen sich gemeinsam mit dem „Hundertsten“ fotografieren. Der Linke im Bild ist der Rechtsaußen der Sachsenmannschaft Satrapa, der andere Spieler ist Lenk, der in Nürnberg so ausgezeichnete Form hatte. Freude am Sport, Freude an der Arbeit — dieses Bild beweist die richtige Einstellung unserer tüchtigen Fußballspieler.

16

Ergebnis lautet: Ohne Befund! Die Atemnot aber bleibt. Auf dem Weg nach Hause, beim Abendbrot und auch vor dem Einschlafen wird sie von den immer gleichen Gedanken begleitet: *„Jetzt hat man nur noch die Sorgen wegen des Fußballs in Cainsdorf. Der Traum 1949 Landesliga ist aus. Durch unseren schwachen Sturm, der scheinbar das Schießen verlernt hat, haben wir die Ehre, in der Bezirksklasse herum zu prahlen."*

„3. Januar 1949 – Man spricht, es kämen 30.000 Bergarbeiter nach Zwickau.

5. Januar 1949 – Heute wurde eine grundlegende Änderung der DWK (Deutsche Wirtschafts-Kommission) bekanntgegeben. Offen spricht man es nicht aus. Mit wenigen Worten, Fürsorge-Empfänger müssen von der Oberfläche verschwinden, sogar spricht man das Sozialämter weg müssen.

9. Januar 1949 – 11:15 ging es zum Spiel gegen Plauen Süd, mit Bus. 13 Uhr in Plauen, schönes Wetter. 5.000 Zuschauer waren von dem Spiel und unserem Kampfgeist begeistert. Es war eines der besten Kampfspiele von Cainsdorf. Lenk musste aussetzen, wegen seines unsportlichen Vorfalls gegen Elsterberg. Der Sturm arbeitete einwandfrei, keiner schimpfte und es ging. Keiner ist hervorzuheben. Bis 2 Minuten vor Schluss stand es 1:0 für uns, als der Schiri unser Schicksal besiegelte durch einen Handelfmeter. Plauen verwandelte. 5.000 Zuschauer klopften uns auf die Schulter.

12. Januar 1949 – Huster, Walter gab mir ein Paar herrliche Fußballschuhe

13. Januar 1949 – Lenk hat sich bei Planitz angemeldet"

Das kann doch wohl nicht wahr sein! Walter Fritzsch erinnert sich noch gut an die Situation zwölf Monate zuvor. Damals hatte sich Torjäger Werner Möckel von Cainsdorf verabschiedet und war zum SV Ennigloh 09, einem Bezirksklasseverein, nach Westfalen gewechselt. *„Dieses selten begabte Fußballtalent opfert seine Karriere"*, da war sich Fritzsch sicher und ahnt bereits, wie groß die Lücke sein würde, die der bester Stürmer mit seinen bis dahin 13 Saison-Treffern hinterließ. Es kam einer Zerreißprobe gleich für die Mannschaft des Herbstmeisters. Nach 15:3-Punkten der Hinrunde sollten sie in der Rückrunde magere neun Pluszähler holen. Auch, oder vor allem, weil Möckels Tore fehlten. Dann rückte Gottfried Lenk immer wieder in den Mittelpunkt. Schoss beim Vierer-Turnier in Oelsnitz drei Tore gegen Aue, um im Folgespiel gegen Wurzen beim Torjubel auf`s Knie zu fallen und verletzt vom Rasen zu müssen. Ein eigenwilliger Hitzkopf, lautstark und nur schwer zu bändigen, der an guten Tagen Spiele für sie entschied, Trainer und Mitspieler aber auch zur Verzweiflung treiben konnte. Der Gewinn des Konsumpokals im Juli 1948 schien den einen oder anderen Riss zu kitten. Und nun? Walter Fritzsch ist von Lenks Abgang enttäuscht, aber nicht überrascht: *„Erst sprach er über Möckel unfair und jetzt macht er es noch schlimmer!"*

Ein paar Tage später spielen die Schwarz-Roten bei Schneegestöber und Regen gegen Oelsnitz. Walter Fritzsch kommentiert den Cainsdorfer Sieg kurz und trocken: *„Gewannen ohne Lenk 5:2. Es gab Kartoffeln, Sauerkraut und Pferdegulasch."*

„22. Januar 1949 – Reimann-Protest-Kundgebung auf dem Hauptmarkt in Zwickau (Max Reimann – Mitbegründer der KPD, seit 1948 deren Vorsitzender in den westlichen Besatzungszonen, war von der britischen Kontrollkommission vor Gericht geladen worden.) *Kameradschaftsabend des Sozialamtes im Lindengarten Weißenbrunn*

23. Januar 1949 – Post von Teufert, Hans, Amtshausen 87 bei Steinhagen/Westfalen. Soll nach drüben kommen, Wohnung und Arbeit als Zeichner vorhanden. Wie soll man sich entschließen? Soll man hier in der Ostzone bleiben? Käthe fuhr ins Krankenhaus, ich zum Spiel nach Zwickau-Nord, was wir 1:7 verloren.

24. Januar 1949 – Fuchs, Manfred geht von Cainsdorf weg nach Dorndorf/Thür. als Sportlehrer.

2. Februar 1949 – 6 Grad Kälte. Protestkundgebung wegen der Einsperrung von Max Reimann … Besuchte uns Goller, Erhard, bot mir eine Stelle als Trainer bei der Wismut A. G. an.

5. Februar 1949 – Nach Rundfunkmeldung soll es ab 1. März 150 g Zucker im Monat mehr geben. Und uns Angestellte soll die Karte 3 genommen werden, dafür gibt es die Karte 4."

Drei Siege in Folge bringen Cainsdorf zurück in die Erfolgsspur. Die Kabinen-Aussprache nach der deftigen 1:7-Pleite bei Zwickau-Nord hatte offenbar gefruchtet, harte und klare Worte waren gefallen. Wichtig sind vor allem die Siege gegen die direkten Kontrahenten um den Einzug in die Landesklasse: Dem 2:0 bei Zwickau-Mitte folgt ein 3:2 gegen Lauter. Auch Manfred Fuchs und Gottfried Lenk sind wieder mit dabei, Walter Fritzsch bleibt vorsichtig. Für ihn hängt der Verbleib der beiden in Cainsdorf am seidenen Faden: *„Was eine Mannschaft alles leisten muss, um nach dem Höchsten im Fußball zu gelangen. Zu Beginn der Serie werden die besten Spieler verloren. Schwierigkeiten treten ein. Lenk machte sich ab, kam aber doch noch zur Einsicht und fand den Weg zurück. Kaum ist er wieder in Ordnung, beginnt ein anderer seine Star-Manieren auszurollen (Fuchs) und so geht es in einem fort. Erst spricht man von Vereinstreue, dann sind es die ersten, die den Rücken drehen."* Immerhin legen sich die Genannten wieder tüchtig ins Zeug und sind beim 1:0-Auswärtserfolg in Wilkau-Haßlau erneut die Besten. Auch hier hatten sich die Gastgeber noch leise Hoffnungen auf den Einzug in die Landesklasse gemacht. Entsprechend umkämpft geht es in den 90 Minuten zur Sache. Am letzten Februar-Wochenende kommt es zum nächsten brisanten Duell, Aue wird in Cainsdorf erwartet. Vor dem Spiel trifft sich die erste Mannschaft zum Mittagessen. Walter Huster hat eingeladen. Es gibt grüne Klöße und Fleisch, danach Kirschen mit Schlagsahne. Der fußballverrückte Gönner ist im Familienbetrieb, einer Getränkehandelsfirma, tätig und sorgt mit seiner, nun schon langjährigen Unterstützung dafür, dass die Cainsdorfer auch gern mal als »Huster-Elf« bezeichnet werden. Der Titel schmeichelt dem Getränkehändler, der nach dem ausgiebigen Mittagsmahl das Glas erhebt: *„Männer, auf einen Sieg heute, gegen Aue!"* Gut 2.000 Besucher wollen die Partie auf dem Sportplatz am Turnerheim sehen. Doch sie werden auf eine harte Probe gestellt. Bei Sturm und Schneegestöber kann man bestenfalls 30, 40 Meter weit sehen. Die Ausbälle sind kaum zu zählen und der steife Nordostwind lässt einfach nicht nach. Gottfried Lenk zeigt sich unbeeindruckt, knipst noch vor dem Seitenwechsel zweimal und so gelingt Cainsdorf – im klassischen WM-System spielend – mit einem letztlich verdienten 3:1-Erfolg der Sprung auf Tabellenplatz vier. Zudem erlebt auch Walter Fritzsch gleich zwei Premieren: *„Zum ersten Mal fror ich während eines Spiels, wir zitterten vor Kälte … Zum ersten Mal in der Wanne nach einem Spiel gebaden, 5 Likör getrunken".*

DDR Meister 1949/50: Horch Zwickau.
Stehend v.l.: Heinze, Kunack, Schürer, Satrapa, Schubert, Lenk, Breitenstein, Fuchs, Meier.
Vorn v.l.: Möckel, Otto, Jugel

Junge Pioniere mit dem »Pionier«, der Traktor aus dem Zwickauer Horch-Werk

Keine zwei Tage später wird der wichtige Cainsdorfer Heimerfolg gegen die SG Aue von Gerüchten überschattet, die zu teils heftigen Diskussionen führen. Walter Fritzsch zeigt sich von den aktuellen Entwicklungen empört: *„Man spricht, das SG Cainsdorf von Horch übernommen werden soll. Erst kämpfen wir uns bis zur höchsten Klasse empor, dann will einer aus dieser Sache ein großes Geschäft für sich machen. Will die Mannschaft zu Grunde richten. Fuchs und Lenk, diese beiden, sind wahrscheinlich die Träger dieser Idee."*

Aus dem Gerücht wird sehr bald Realität. Es ist Käthes Geburtstag, Zuckerkuchen, Pudding und Grießkuchen stehen auf dem Tisch, als Walter Fritzsch von der Gründung der »Betriebssportgemeinschaft (BSG) Horch« erfährt. Plötzlich dreht sich alles um das neue Kapitel im Zwickauer Fußball, was bedeutet die Gründung der BSG Horch für Cainsdorf und was für Walter Fritzsch? Gemunkelt wurde zuletzt sehr viel, nun ist es Gewissheit. Das neue Motto lautet: *„Sportler und Betriebsaktivisten gehören zusammen!"*

Schon 1948 waren die ersten Betriebssportgemeinschaften (BSG) entstanden, meist unter Federführung von FDGB und FDJ. Strukturell und wirtschaftlich wird jede BSG einem so genannten Trägerbetrieb angegliedert, nicht selten sind es SAG-Betriebe. Im Zwickauer Horch-Werk wird 1949 noch immer aus alten Kriegsbeständen der »H3«-LKW produziert. Zudem läuft die Produktion des neuen Traktors »Pionier«. Betriebsdirektor Paul Bimek gilt als außerordentlich fußballbegeistert. Walter Fritzsch kennt ihn noch aus Vorkriegszeiten, Bimek war als Konstrukteur mit sozialdemokratischem Hintergrund bei Horch tätig. In einer Rede am 27. Juli 1946 stufte er die fast vollständige Demontage des Horch-Werkes als Reparationsleistung und die Enteignung des Vermögens als *„schweren, aber durch die Vorgeschichte sehr gerechtfertigten Schlag"* ein. Oft und gern hatte dieser Bimek auch die Fußballer in Cainsdorf unterstützt. Mal einen Bus für ein Auswärtsspiel zur Verfügung gestellt und sich in Mannschaftskreisen so den Ruf eines »Gönners« erworben. Offiziell ist in der sowjetischen Besatzungszone die Unterstützung der Fußballer, sprich Mäzenatentum, untersagt. Den Begriff »Sponsor« gibt es (noch) nicht und so werden Paul Bimek und seine Frau Ende 1947 auch offiziell als »Gäste« der Weihnachtsfeier der SG Cainsdorf begrüßt. All das spielt in den Gesprächen eine Rolle, als sich die Cainsdorfer Fußballer am 19. März 1949 in der »Neuen Welt« in Zwickau treffen. Im Konzert- und Ballhaus steht an diesem Abend Ringkampf auf dem Programm. Für die Fußballer die richtige Einstimmung, sie müssen am nächsten Tag in Falkenstein, im Vogtland ran. Die gemeinsame Übernachtung im Hotel Merkur soll für die nötige Frische der Spieler sorgen. Nicht ohne Grund: Mit einem Sieg in Falkenstein wäre der Aufstieg in die Landesklasse geschafft.

Am nächsten Morgen staunen die Cainsdorfer beim Blick aus dem Fenster, wieder liegt eine geschlossene Schneedecke. Zum Frühstück gibt es pro Kopf sechs Weizenbrötchen mit Marmelade. Für 12:30 Uhr ist der Bus bestellt, langsam wächst die Spannung vor dem so wichtigen Entscheidungskampf in Falkenstein. Walter Fritzsch hält in seinem Tagebuch fest: *„Von uns konnte kein Zuschauer mitfahren. Sperrgebiet. Jeder wusste, worum es geht! Spielverlauf: Mannschaft greift beherzt das gegnerische Tor an. Meier findet das Tor nicht. Fritzsch, M. will den Ball ins Tor tragen. Grunert 3 Meter vor dem Tor! Die Gelegenheiten nahmen* *zu. Das Spiel verloren wir mit 1:2. Der Schiri Wolf Plauen-Süd (Vize-Meister), verschob uns nach allen Regeln der Kunst … Danach gab es Schlägerei von den Zuschauern, weil das Spiel unter Protest lief. Alles außer Rand und Band. Schnauze voll! Früh graute es mir, auf Arbeit zu gehen. Den frohlockenden Gesichtern zu begegnen, die es mir nicht gönnten.*"

Verständlicherweise ist die Aufregung nach der 1:2-Niederlage in Falkenstein groß. Sie legt sich auch bei Walter Fritzsch erst, als die kompletten Ergebnisse des letzten Spieltages und damit die endgültige Abschlusstabelle vorliegen. Demnach belegt die SG Cainsdorf hinter Meister Planitz, Plauen-Süd, Lauter und Aue den fünften Platz und schafft trotz der Niederlage in Falkenstein den Einzug in die Landesklasse, mit einem Zähler Vorsprung auf die SG Zwickau-Mitte.

Unmittelbar nach Saisonende in der Bezirksklasse Westsachsen setzen sich die strukturellen Veränderungen im Zwickauer Fußball fort. In Cainsdorf behandelt man „*das Problem Betriebssportgemeinschaft*" nach wie vor kontrovers. Eine Fraktion, in erster Linie aus Spielern bestehend, sieht es als große Chance. Walter Fritzsch betrachtet das Thema mit Distanz. Zumal er in Cainsdorf wieder mal das Training übernehmen soll und, tatsächlich, ab Ende März 1949 erneut als Spielertrainer agiert.

Dann geht es Schlag auf Schlag. Am 1. April 1949 fusionieren die SG Zwickau-Mitte und die gerade erst gegründete BSG Horch Zwickau zur »Zentralsportgemeinschaft (ZSG) Horch Zwickau«. Gleichzeitig deklariert die neue ZSG-Leitung, für weitere Gemeinschaften offen zu sein. Drei Tage später erklärt sich die SG Cainsdorf auf ihrer Mitgliederversammlung zu diesem Schritt bereit und delegiert Spieler wie Manfred Fuchs, Gerhard Helmig, Gottfried Lenk oder Siegfried Meier zu Horch. Als die Zeitung (Freie Presse v. 29. April 1949) vermeldet, dass auch die SG Zwickau-West und die SG Lichtentanne diesen Weg gehen, kommentiert Walter Fritzsch: „*Es gibt ständig Zweifel und Diskussionen, weil wir uns der Z.S.G. Horch angegliedert haben. Am vergangenen Sonntag spielten von Cainsdorf bereits 7 Mann bei Horch mit.*" Am gleichen Tag hat auch Walter Fritzsch seinen ersten Direktkontakt mit dem neuen Verein: „*Abends im Volkshaus zur Gründung der Z.S.G. Horch. Zum 1. Male ist man mit den Richtlinien vertraut gemacht worden.*"

Werbung für den 3. Deutschen Volkskongress am Potsdamer Platz in Berlin – 1949

Dieser aufregende Frühling ist längst noch nicht zu Ende. Zwischendurch richtet sich die allgemeine Aufmerksamkeit auf die anstehenden Wahlen zum Dritten Deutschen Volkskongress in der sowjetischen Besatzungszone und Ost-Berlin. Der Zweite Deutsche Volkskongress hatte am 17./18. März 1948 getagt – genau 100 Jahre nach der Märzrevolution von 1848 – und protestierte gegen die Diskussion einer Staatsgründung in den Westzonen. Der anschließende Beschluss, im Mai/Juni 1948 ein Volksbegehren für die deutsche Einheit in allen vier Zonen durchzuführen, war in den Westzonen nicht erlaubt worden. Der Deutsche Volksrat in Ost-Berlin, eine Art Vorläufer der späteren DDR-Volkskammer, hat wegen der nun bevorstehenden Verabschiedung des Bonner Grundgesetzes den »nationalen Notstand« verkündet. Das große Ziel der SED, eine deutsche Einheit unter sozialistischer Führung scheint mit dem Beschluss des Parlamentarischen Rates der drei Westzonen in weite Ferne gerückt. Aus diesem Grund soll in der sowjetischen Besatzungszone und Ost-Berlin mit der Wahl am 16. Mai 1949 ein Dritter Deutscher Volkskongress einberufen werden.

„9. Mai 1949 – Überall Plakate und Transparente.

14. Mai 1949 – Die Kartoffeln sind frei, fünf Zentner. Volkskongresswahlen“

Auf den Stimmzetteln steht: „*Ich bin für die Einheit Deutschlands und einen gerechten Friedensvertrag. Ich stimme darum für die nachstehende Kandidatenliste zum Dritten Deutschen Volkskongress*“. Allerdings läuft die Abstimmung nach dem Prinzip der Einheitsliste des »Demokratischen Blocks« und jeder vierte Listenplatz gehört der SED. Die Wahlberechtigten können somit nur für oder gegen die Einheitsliste abstimmen, die der SED die Mehrheit der Listenplätze absichert.

„16. Mai 1949 – Montag – Die Wahl ist sehr ungünstig ausgefallen. Der RIAS hat ganz schön gewirkt. Warum wird dieser überhaupt gemacht, wer meint es ehrlich mit dem deutschen Volke? Ich glaube, sämtliche Sängerknaben wünschen sich den deutschen Michel unter seiner Knute. Hoffentlich bringt man es zu einer Einigung Deutschlands.“

Offiziellen Angaben zufolge sollen 66,1 Prozent der Wahlberechtigten dem Vorschlag zugestimmt haben. Der Innenminister des Landes Mecklenburg gab wegen „bestehender Unklarheiten“ am Wahltag den Kreisräten und Stadtverwaltungen zur Weitergabe an die Gemeinden und Wahlbezirke die folgende Anweisung: „*Blitzfernschreiben – sofort auf den Tisch! 1. Aus den Stimmzetteln muss der Wille des Wählers erkenntlich sein. 2. Alle weiß abgegebenen Stimmzettel sind gültig und als Ja-Stimmen zu zählen. 3. Stimmzettel, auf denen Kandidaten angestrichen oder Wahlzettel durchgestrichen sind, gelten als Ja-Stimmen, wenn sie im Ja-Feld angekreuzt sind. 4. Stimmzettel, die nicht durchkreuzt sind, sondern lediglich beschrieben sind, gelten nur dann als ungültig, wenn sie eine demokratisch-feindliche Gesinnung erkennen lassen. 5. Alle ungültigen Stimmzettel sind nach obigen Richtlinien durch die Wahlkommission nochmals zu überprüfen.*“ Übrigens, bei den nächsten Wahlen, es ist die Volkskammerwahl im Herbst 1950, wird es die Möglichkeit der »Nein-Stimme« dann in der DDR nicht mehr geben.

STIMMZETTEL

für den Stimmkreis IV Land Sachsen **zum 3. Deutschen Volkskongreß**

Ich bin für die Einheit Deutschlands und einen gerechten Friedensvertrag

Ich stimme darum für die nachstehende Kandidatenliste zum Dritten Deutschen Volkskongreß

1. Axen, Hermann, SED .... Berlin
2. Bamberger, Wilhelm, SED ...... Plauen
3. Bär, Walter, CDU .... Ölsnitz (Vogtl.)
4. Beierlein, Walter, LDP .... Zwickau
5. Benda, Kurt, SED .... Zwickau
6. Beuthe, Carl, CDU .... Dresden
7. Böhme, Kurt, SED .... Rabenstein, Kreis Chemnitz
8. Bretschneider, Kurt, SED........ Zwickau
9. Buchwitz, Otto, SED .... Berlin
10. Brüssel, Werner, FDJ .... Ölsnitz (Erzgeb.)
11. Dedek, Magnus, CDU............ Schwarzenberg, Kreis Aue
12. Demmler, Horst, FDGB.......... Wilkau-Haßlau, Kreis Zwickau
13. Dierlamm, Elfriede, LDP .... Dresden
14. Förster, Margarete, SED .... Dresden
15. v. Frankenberg, Egbert, NDP .... Dresden
16. Frank, Erich, LDP .... Glauchau
17. Dr. Funke, Heinz, SED .... Lichtenstein, Kreis Glauchau
18. Greß, Johannes, CDU............ Zwickau
19. Groh-Kammerlöw, Grete, FDGB Dresden
20. Grützner, Kurt, SED .... Ölsnitz (Vogtl.)
21. Hähnel, Karl, SED .... Buchholz, Kreis Annaberg
22. Prof. Heidebroek, Enno... .... Dresden
23. Heinz, Johannes, CDU .... Aue
24. Dr. Heinze, Hildegard, VVN .... Berlin
25. Hentschke, Reinhold, SED ...... Dresden
26. Haubner, Maria, CDU .... Reichenbach (Vgtl.)
27. Hoffmann, Arthur, SED .... Dresden
28. Hofmann, Bruno, SED .... Chemnitz
29. Holzmüller, Otto, LDP .... Plauen
30. Jahn, Franz, FDGB .... Berlin-Adlershof
31. Kaufmann, Adolf, FDGB ...... Berlin-Treptow
32. Kneschke, Karl, KB .... Dresden
33. Köhler, Max, CDU .... Zwickau
34. Krebs, Fritz, DBD .... Mißlareuth, Kreis Plauen
35. Dr. Kreßner, Wolfgang, LDP .... Zwickau
36. Kretzschmar, Kurt, SED .... Annaberg
37. Kühn, Ludwig, Handw.-Kammer Dresden
38. Krieger, Gerhard, CDU .... Zwickau
39. Leonhard, Herbert, FDJ .... Auerbach
40. Lewek, Ernst, VVN .... Leipzig
41. Ludolph, Margarete, LDP ...... Crimmitschau
42. Luldicke, Dora, LDP .... Plauen
43. Meinecke, Werner, SED .... Dresden
44. Morgner, Irmgard, DFD .... Glauchau
45. Müller, Johannes, CDU .... Mildenau (Erzgeb.)
46. Müller, Kurt, SED ...... Reichenbach
47. Müller, Willi, VdgB .... Zwickau
48. Münstermann, Hans, LDP ..... Meerane
49. Nollner, Alfred, LDP .... Meerane
50. Ragsch, Josef, CDU .... Dresden
51. Dr. Reichenbach, Alfons, LDP .. Falkenstein, Kreis Auerbach
52. Prof. Reiß, Arthur, LDP .... Pockau-Flöhatal
53. Rösecke, Hans, CDU .... Waldenburg, Kreis Glauchau
54. Rucks, Margarete, SED .... Grünhain
55. Dr. Rudloff-Hille, Gertrud, KB .. Zwickau
56. Scheiding, Lotte, SED .... Zwickau
57. Schmidt, Heinrich, SED .... Auerbach
58. Schulz, Bertha, SED .... Zwickau
59. Seidel, Wilhelm, SED .... Elsterberg (Vogtl.)
60. Dr. Seidel, Günter, SED .... Reichenbach
61. Sembdner, Charlotte, NDP ...... Dresden
62. Seydewitz, Max, SED .... Dresden
63. Spatzier, Anneliese, SED .... Dresden
64. Staffen, Ida, SED .... Marienberg
65. Steurich, Alfred, CDU .... Dresden
66. Straatmann, Bernhard, SED .... Glauchau
67. Thilman, Johannes Paul .... Dresden
68. Thomas, Käthe, LDP .... Zwickau
69. Thümmel, Ilse, DFD .... Aue
70. Dr. Thust, Alfred, LDP .... Dresden
71. Unger, Felix, SED .... Eibenstock, Kreis Aue
72. Ullrich, Rudi, FDGB .... Oberrittersgrün, Kreis Aue
73. Waschilewsky, Erna, SED ...... Schöneck
74. Weber, Arthur, DBD .... Callenberg, Kreis Glauchau
75. Weishaupt, Fritz, DBD .... Bösenbrunn, Kreis Ölsnitz
76. Wetzel, Gerhard, CDU .... Zwickau
77. Wetzstein, Herbert, LDP .... Plauen
78. Wiedemann, Jutta, SED .... Auerbach
79. Wille, Karl, LDP .... Scheibenberg, Kreis Annaberg
80. Wohlrab, Ludwig, CDU .... Plauen
81. Wolf, Olga, CDU .... Pobershau, Kreis Marienberg
82. Wöltzel, Paul, LDP .... Aue
83. Wunderlich, Alfred, NDP ...... Berlin
84. Wünsche, Günther, FDGB ...... Lichtentanne, Kreis Zwickau
85. Zängry, Adam, FDGB .... Plauen
86. Zimmermann, Rudolf, SED .... Johanngeorgenstadt, Kreis Aue

JA

NEIN

D 01 449 13 792

„22. Mai 1949 – Plauen-Ost - Cainsdorf 4:2. Der Betriebssport wird sich durchsetzen und baldig, damit Cainsdorf weiter lebensfähig bleibt. ... Man benötigt starke Nerven, um bei den jetzigen Sorgen in Cainsdorf nicht umzufallen.

26. Mai 1949 – Herrenpartie zur Himmelfahrt: Geringswalde - Cainsdorf 1:2"

Am 29. Mai 1949 tritt im Ost-Berliner Admiralspalast der Dritte Deutsche Volkskongress zusammen. Sechs Tage zuvor war in Westdeutschland das Grundgesetz verkündet und damit die Bundesrepublik Deutschland konstituiert worden. 1.400 Delegierte kommen aus der sowjetischen Besatzungszone, 610 aus den bisherigen Westzonen, nun also aus der Bundesrepublik. Der Dritte Deutsche Volkskongress wählt den Zweiten Deutschen Volksrat, der sich am 7. Oktober 1949 als provisorische Volkskammer der DDR zusammenfinden und die »Verfassung der Deutschen Demokratischen Republik« in Kraft setzen wird. Damit ist die deutsche Teilung endgültig perfekt.

An diesem 30. Mai 1949 gibt es in Planitz die Geburtstagsnachfeier von Mutter Fritzsch. Am Vortag hatte ihr Walter mit Cainsdorf bei Chemnitz-West anzutreten. Das 2:6 ist auch dem Umstand geschuldet, dass die besten Spieler inzwischen das Horch-Trikot tragen. Das Regenwetter ist Ella Fritzsch relativ egal. Viel mehr sorgt sie sich um ihren Jungen: *„Walter, schaffst Du denn das alles?"* Zuvor hatte er ihr beschrieben, welche Funktionen er gerade bei der SG Cainsdorf inne hat und hielt es auch für sich persönlich fest: *„Trainer: Herren u. Jugendmannschaft – Spielführer: der 1. Mannschaft – Spielleiter für 1. und 2. Elf, Jugend und Knaben – außerdem fertige ich noch die Kartei für die Sparte Fußball (Verband) an."*

»Multi-Funktionär« Fritzsch muss mit der SG Cainsdorf im Sommer 1949 kleinere Brötchen backen. In Schönheide ist Manfred Fuchs noch einmal mit von der Partie und hilft beim 2:2. Allerdings ist da schon die Achillesferse im Spiel nicht zu übersehen: *„... bei etwas Glück hätten wir das Spiel mit 5:2 gewinnen müssen."* Die Horch-Abgänge sind einfach nicht zu kompensieren. Das weiß auch der Spielertrainer. Bei den folgenden Spielen gegen Crimmitschau, in Vielau und in Werdau warten seine Cainsdorfer sogar dreimal in Folge vergeblich auf einen Torerfolg. Das Fazit von Fritzsch: *„Mit unserer derzeitigen Mannschaft werden wir möglicherweise noch einige Niederlagen einstecken. Nur feste trainieren, dann kann man auch wieder stark werden!"* Immerhin gelingt in dieser Zeit ein Erfolg am grünen Tisch oder zumindest ein Etappensieg. Es ist das Nachspiel zu den Vorkommnissen beim letzten Punktspiel in Falkenstein. Fast drei Monate sind inzwischen ins Land gegangen.

Der Admiralspalast im Mai 1949

„11. Juni 1949 – Heute ging es bloß bis 10:30, dann zur Verhandlung beim Landessport-Ausschuss Falkenstein - Cainsdorf. Nach dem Inhalt der Verhandlung konnte man klar ersehen, dass die Ange-

Junge Pioniere und FDJler in Leipzig Hand in Hand, Juni 1949

legenheit zu Gunsten von Cainsdorf ausgehen musste. Nach Verkündung des Urteils sah man erstaunte Gesichter. ... Der Protest wird an den DSA (Deutscher Sportausschuss) nach Berlin weitergegeben. Heute war das Wetter wie im Oktober, kalt regnerisch."

Der Sommer ´49 ist nass und sehr kühl. Am 18. Juni fällt die Quecksilbersäule sogar bis auf auf sieben Grad. Walter Fritzsch ist mit dem monatlichen Kassenabschluss beschäftigt. Dann marschiert er ins Sportamt, von dort geht es weiter zur SED-Betriebsgruppenversammlung. Der Referent schafft es, seine Zuhörer zu fesseln. Es geht um die Entwicklung in den vergangenen Jahren, ein Rundumschlag. Die politische Lage, die wirtschaftliche Situation und nicht zuletzt die Versorgungslage. Sie habe in den vergangenen Monaten eine deutliche Besserung erfahren. Walter Fritzsch kommentiert: *„Von 1945 bis 1949 sind wirklich große Fortschritte zu verzeichnen. Nur eins stört mich und zwar, dass man alles mit Gewalt und Druckmitteln erreichen will. Man ist der Meinung, dass ein guter Politiker auch ein sehr guter Angestellter oder Arbeiter sein soll. Ich schließe mich der Meinung nicht an."*

Nach der spätabendlichen Spielausschuss-Sitzung im Turnerheim geht Walter Fritzsch ziemlich aufgewühlt nach Hause. Von seinen Mitstreitern ist er kritisiert worden und hat sich sehr darüber geärgert. Nun kann er einfach keinen Schlaf finden: *„Ehrlich gesagt, die SG Cainsdorf ist ein Saustall. Man machte mir Vorwürfe über nicht reden. Vielleicht haben sie Recht."* Tage später wird ihm von Liesbeth Huster, die Frau des Cainsdorfer Gönners, das Neueste aus dem Verein geflüstert, für ihn ein Schock: *„Mich will man vollkommen in der S.G. absegeln. Dieses ist der Dank für alle Arbeit die ich in der schweren Notzeit getan habe!“*

Am nächsten Tag geht es zum Spiel nach Vielau – zuvor gibt Walter Fritzsch im Turnerheim seine Unterlagen als Spielleiter ab, er legt dieses Amt nieder. Das 0:3 im Spiel passt dann zur augenblicklichen Situation. Der Sturm schoss zwar viel, aber ungenau. Zurück in Cainsdorf gibt es im Turnheim für die Mannschaft Kartoffelsalat. Mit *„7 Starkbier“* spült Walter Fritzsch an diesem Sonnabendabend all den Ärger runter.

Am Sonntagmittag packt Walter Fritzsch die 15 Sportmützen in seine Tasche, die er kurz zuvor von Harry Schmiedel erhalten hatte. Doch kaum sind die flotten Kopfbedeckungen im Turnerheim an die Spieler der ersten Elf verteilt, kommt es schon wieder zu Meinungsverschiedenheiten. Die Atmosphäre bei der SG Cainsdorf wirkt nach wie vor sehr angespannt. Kein gutes Omen unmittelbar vor der Abfahrt zum Spiel in Werdau. Wieder gibt es eine Niederlage für Cainsdorf. Doch der Fußball wird an diesem Nachmittag zur Nebensache. Nach dem 0:2 gibt es nur ein Thema: *„Noch nie erwähnte ich in meinen Kurzberichten oder Selbstkritik die Leistungen des Schiri. Gerade zum Spiel gegen Werdau ist mir folgendes passiert – Schiedsrichter Delling, Crimmitschau, leitet das Spiel: Das Spiel lief auf beiden Seiten ganz gut. Einige heikle Situationen brachte die Werdauer außer Konzept, da sie sich seit einiger Zeit als gute Mannschaft bekannt machten. Delling pfiff einige schwere Verfehlungen beiderseitig nicht und die harmlosen unterband er. Die Spieler wurden nervös, so musste ich des öfteren meine Kameraden zur Ruhe auffordern, denn Schiedsrichterentscheidungen sind Tatsachenentscheidungen. In den letzten zehn Minuten brach ihr Linksaußen durch, umspielte Drescher und Krämer, ich griff den Spieler an und schlug den Ball weg. In diesem Moment griff mir der Spieler an die Gurgel, ich ließ mir das gefallen und wartete auf den Pfiff. Leider kam dieser, trotz ich einige Sekunden darauf wartete, nicht. Als mir es mit der Luft zu knapp wurde und ich den Linksaußen abwehrte, erfolgte der Pfiff und ich wurde des Feldes verwiesen. Ich ging raus und stolperte über das Schiri-Bein. Jetzt riefen mich meine Kameraden zurück. Der Spielführer der Werdauer erklärte Delling, dass er mich auf dem Feld lassen soll und Delling war damit einverstanden. Das Spiel wurde bis zum Ende durchgeführt.“*

Für Walter Fritzsch wird dieser Sonntag in Werdau ein Nachspiel haben. Noch aber ahnt er nicht, welche Konsequenzen ihm drohen. Dafür rückt das Entscheidungsspiel um die Landesliga heran, ausgerechnet in Falkenstein! Zwei Vorbereitungsspiele bleiben. Mit einem neuen Mannschaftsleiter geht es zunächst nach Rositz und, endlich, gelingt in der neuen Besetzung der erste Sieg – 3:1! Es folgt ein 3:3 in Schönfeld, bevor Spielertrainer Walter Fritzsch mit seinem Feinschliff beginnt: *„Im Training wurde die Mannschaft von mir nochmalig gut für das Spiel um die Landesliga ausgerichtet.“*

Die Überraschung an diesem 10. Juli 1949 ist groß, als ihnen eine Kombination Ellefeld-Falkenstein gegenüber steht. Cainsdorf fühlt sich benachteiligt. Mit diesem Wissen hätte man auch den einen oder anderen Horch-Akteur für das Spiel reaktiviert oder es zumindest versuchen können. Dafür ist es nun zu spät. Viel gelingt den Schwarz-Roten im Vogtland wieder nicht – das Gefälle in der Mannschaft ist groß, das Fritzsch-Fazit fällt ernüchternd aus: *„Zusammenhanglos, keine Lichtblicke, Kampfgeist hatten nur wenige.“* Folgerichtig geht das Spiel trotz Führung mit 1:2 verloren. Interessant die Einzelkritik des Spielertrainers, insbesondere für den Abwehrchef – das ist er selbst: *„Nach. Der beste Kämpfer auf dem Feld. Spielte oft zu hoch.“*

An diesem Donnerstag, es ist der 14. Juli 1949, bestreitet Walter Fritzsch gegen Polizei-Zwickau sein 100. Spiel in der ersten Mannschaft von Cainsdorf. Doch das Jubiläum behält er für sich, gleich zwei gute Gründe sprechen dafür. Zum einen steht noch die Verhandlung vor dem KSA (Kreissportausschuss) Zwickau zum Spiel in Werdau an. Zum anderen liebäugelt er mit einem Vereinswechsel. Ein paar Tage zuvor war er direkt von der Arbeit nach Langenbach, 15 Kilometer südöstlich von Zwickau, gefahren. Angesprochen worden war er von den Verantwortlichen der BSG Wipa Langenbach: *„Habe mir den Laden angesehen, zwecks Training. Der erste Eindruck war nicht die Masse.“* Am Tag vor dem Spiel in Falkenstein gibt es den nächsten Kontakt. Treffpunkt ist

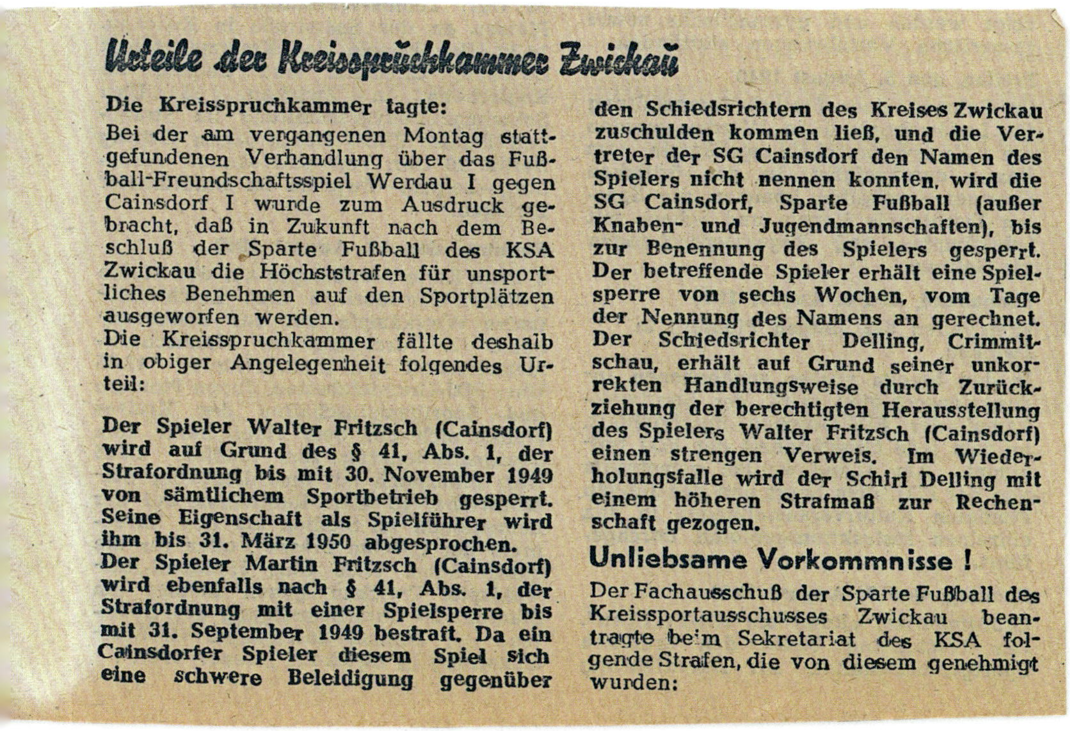

Urteile der Kreisspruchkammer Zwickau

Die Kreisspruchkammer tagte:

Bei der am vergangenen Montag stattgefundenen Verhandlung über das Fußball-Freundschaftsspiel Werdau I gegen Cainsdorf I wurde zum Ausdruck gebracht, daß in Zukunft nach dem Beschluß der Sparte Fußball des KSA Zwickau die Höchststrafen für unsportliches Benehmen auf den Sportplätzen ausgeworfen werden.

Die Kreisspruchkammer fällte deshalb in obiger Angelegenheit folgendes Urteil:

Der Spieler Walter Fritzsch (Cainsdorf) wird auf Grund des § 41, Abs. 1, der Strafordnung bis mit 30. November 1949 von sämtlichem Sportbetrieb gesperrt. Seine Eigenschaft als Spielführer wird ihm bis 31. März 1950 abgesprochen. Der Spieler Martin Fritzsch (Cainsdorf) wird ebenfalls nach § 41, Abs. 1, der Strafordnung mit einer Spielsperre bis mit 31. September 1949 bestraft. Da ein Cainsdorfer Spieler diesem Spiel sich eine schwere Beleidigung gegenüber den Schiedsrichtern des Kreises Zwickau zuschulden kommen ließ, und die Vertreter der SG Cainsdorf den Namen des Spielers nicht nennen konnten, wird die SG Cainsdorf, Sparte Fußball (außer Knaben- und Jugendmannschaften), bis zur Benennung des Spielers gesperrt. Der betreffende Spieler erhält eine Spielsperre von sechs Wochen, vom Tage der Nennung des Namens an gerechnet. Der Schiedsrichter Delling, Crimmitschau, erhält auf Grund seiner unkorrekten Handlungsweise durch Zurückziehung der berechtigten Herausstellung des Spielers Walter Fritzsch (Cainsdorf) einen strengen Verweis. Im Wiederholungsfalle wird der Schiri Delling mit einem höheren Strafmaß zur Rechenschaft gezogen.

Unliebsame Vorkommnisse !

Der Fachausschuß der Sparte Fußball des Kreissportausschusses Zwickau beantragte beim Sekretariat des KSA folgende Strafen, die von diesem genehmigt wurden:

die Siedlung Fährbrücke, also in unmittelbarer Nähe von Langenbach. Hier, in einem Bogen der Zwickauer Mulde, steht die 1895 errichtete Wildenfelser Papierfabrik. Deren Kürzel, also »Wipa« trägt auch die Betriebssportgemeinschaft Langenbach, deren Fußballmannschaft einen neuen Trainer bekommen soll. Walter Fritzsch wird sehr gut beköstigt, schließlich war er erneut direkt vom Amt gekommen. Es gibt Blutwurst, Sauerkraut und Kartoffeln, danach geht es mit einem Firmenwagen zum Spiel nach Ortmannsdorf. Nach dem 0:3 weiß er, dass viel Arbeit auf ihn wartet. Höhepunkt des Tages ist die Heimfahrt, Fritzsch wird mit auf dem Sozius eines Motorrades nach Hause gebracht.

„Ab 15. Juli 1949 übernahm ich das Training der BSG WiPa und fand eine Mannschaft vor, mit der nichts anzufangen schien. Durch eisernes Training ist es mir gelungen, etwas System in die Mannschaft zu bringen. Trotzdem ich die erste Elf geschlossen zum Training hatte, machte ich mir die Mühe, im Unterricht mit Figuren vieles nachzuholen. Man sieht daher, dass an der Mannschaft gearbeitet wurde. Ich hoffe, dass in Zukunft meine Arbeit noch mehr Früchte tragen möge.

17. Juli 1949 – Der erste Sonntag ohne Sport für mich.“

Die Gehaltserhöhung, ab sofort erhält Walter Fritzsch 301,- Mark im Monat, bleibt die einzige gute Nachricht zum Start in die neue Woche. Um 17 Uhr beginnt an diesem Montag, es ist der 18. Juli 1949, die Verhandlung »Werdau – Cainsdorf«, zugegen ist auch Schiedsrichter Delling aus Crimmitschau. Der Vorwurf lautet: *„Ich hätte den Schiri gegen die Beine getreten.“* Als das Urteil verkündet wird, traut Walter Fritzsch seinen Ohren nicht: *„Mich hat man trotz ungenauer Aussagen des Schiri sowie nur einseitigen Anhörens der Partei wegen Tätlichkeit zu 16 Wochen Spielsperre verurteilt. Walters Namensvetter Martin Fritzsch erhält acht Wochen Sperre. Das Gegenurteil – der Zwickauer Heinz Satrapa brach einem Spieler v. Altenburg dort das Bein, dieser erhielt einen strengen Verweis.“*

„20. Juli 1949 – Um 15 Uhr nach Langenbach zum Training zur WIPA. Erhielt Essen wie üblich. Trainierte nur bis 20 Uhr, da Kino im Ort war … Der Betrieb bietet mir im Monat DM 80,- mit Unkosten.

22. Juli 1949 – Vormittag bei Mühlstädt, Karl, bei Friedmann u. Wolf. Erhielt v. ihm ein Leumunds-Zeugnis über mein Benehmen auf dem Sportplatz. Ist auch gut ausgefallen.

23. Juli 1949 – Von Schiri Pöhner ein Zeugnis für mich geholt. Habe mir vorgenommen, aufgrund meiner Sperre bis 30.11.49, um diese zu verringern, mich zu bewähren, obwohl ich es nicht nötig habe. Ich habe versucht, mir als Soll 20 Mann für die FDJ zu werben. Ich hoffe, dass dadurch meine Sperre verringert wird … 14 FDJ u. 2 Sportgemeinschafts-Mitglieder habe ich gestern u. heute früh organisiert.

26. Juli 1949 – Gestern wurde mein Name im »Sport-Demokrat« herumgeschmiert wegen der Sperre.

27. Juli 1949 – 15:49 Uhr fuhr ich nach Langenbach zum Training. Ging alles gut ab: 18 Knabenspieler, 12 Jugendspieler und 8 Herren.“

Im August 1949 ist aus Walter Frritzsch, gerade noch der Cainsdorfer »Hans-Dampf-in-allen-Gassen«, ein vielfältig beschäftigter Übungsleiter geworden. Jeden Mittwoch fährt er mit dem Zug nach Fährbrücke, um dort von 15 bis 22 Uhr die WIPA-Fußballer aller Altersklassen anzuleiten. Am Donnerstag ist er nach wie vor in Cainsdorf aktiv, hier geht das Training von 18:30 bis 22 Uhr. Neu hinzugekommen ist die sportliche Betätigung in der Stadtverwaltung, wo nun jeden Freitag zwischen 16:30 und 18 Uhr der Ball rollt.

Auch im Urlaub kann Walter Fritzsch nicht von der Lederkugel lassen. Fast schon traditionell verbringt er die freien Tage mit Käthe auf dem Land, bei Nollaus in Staucha und im Gasthof von Hofmann, Heinz in Minkwitz bei Leisnig. Angereist waren sie getrennt, Walter hatte einen Umweg über Waldheim nehmen müssen. Eine dienstliche Verpflichtungen in der dortigen Landesanstalt – ein Krankenhaus der Psychiatrie – beeindruckt ihn schwer: *„Besichtigte die Anstalt u. die Insassen. Mir fiel besonders auf, dass alle Insassen sehr gut genährt sind. Sie erhalten Krankenhausverpflegung u. Milch. Man sieht da sehr viel verschiedene Geisteskranke, Verbrecher usw.“*

Angekommen in Minkwitz geht es, natürlich, um Fußball. Leisnig hat ein Gastspiel bei der ZSG Leutzsch in Leipzig vor der Brust. Walter Fritzsch verspricht mitzuspielen, trotz seiner Sperre. Sieht im Mitwirken eine besondere Rolle: *„Als Gast wirkte ich bei Leisnig als linker Läufer mit. Das Spiel der Leisniger überraschte mich selbst. Der Ball lief ganz gut sowie das Zusammenspiel. Bei noch zweckmäßigerem und schnellerem Abspiel hätte das Spiel für Leisnig gewonnen werden können. Ich erhielt eine sehr gute Kritik.“* Nach dem 3:3 wird Walter Fritzsch im Bericht lobend erwähnt. Im Mercedes geht es nach Colditz in die Waldschänke, nicht ohne Hintergrund: *„Man versuchte mich zu überreden, damit ich nach Leisnig ziehen soll.“* Der umworbene Gastspieler wird frei gehalten und kehrt erst um 2:10 Uhr nach Minkwitz zurück.

Das letzte August-Wochenende hat es wirklich in sich. Der Sonnabend steht ganz im Zeichen des Kameradschaftsabends in der Waldschänke Königswalde, ein paar Kilometer außerhalb von Zwickau in nordöstlicher Richtung gelegen. Es wird reichlich gegessen, ordentlich gebechert, viel gepafft und dabei die ganze Zeit erzählt. Bis früh um fünf geht das Treffen, entsprechend kurz ist der Schlaf. Am Sonntagmittag wartet um zwölf Uhr schon der Gänsebraten bei Huster, Walter. Doch Walter Fritzsch eilt bald weiter, er muss 13:30 Uhr in Fährbücke sein. Die BSG WIPA hat sich Besuch aus Berlin eingeladen. Zunächst trifft die II. Mannschaft der Papierfabrik auf das Redaktionskollektiv des »Neuen Deutschlands« und schießt beim 11:1-Erfolg gegen überforderte Schreiberlinge aus der geteilten Stadt Tor um Tor. Dann ist die 1. Elf an der Reihe und verfährt mit der ZSG Rotation Berlin in ähnlicher Weise. Nach dem 9:0-Sieg notiert Walter Fritzsch stolz: *„Meine Arbeit trägt Früchte!“* Und genießt, zwischen dem Betriebsdirektor und dem ersten Prokuristen sitzend, die Anerkennung der WIPA-Bosse.

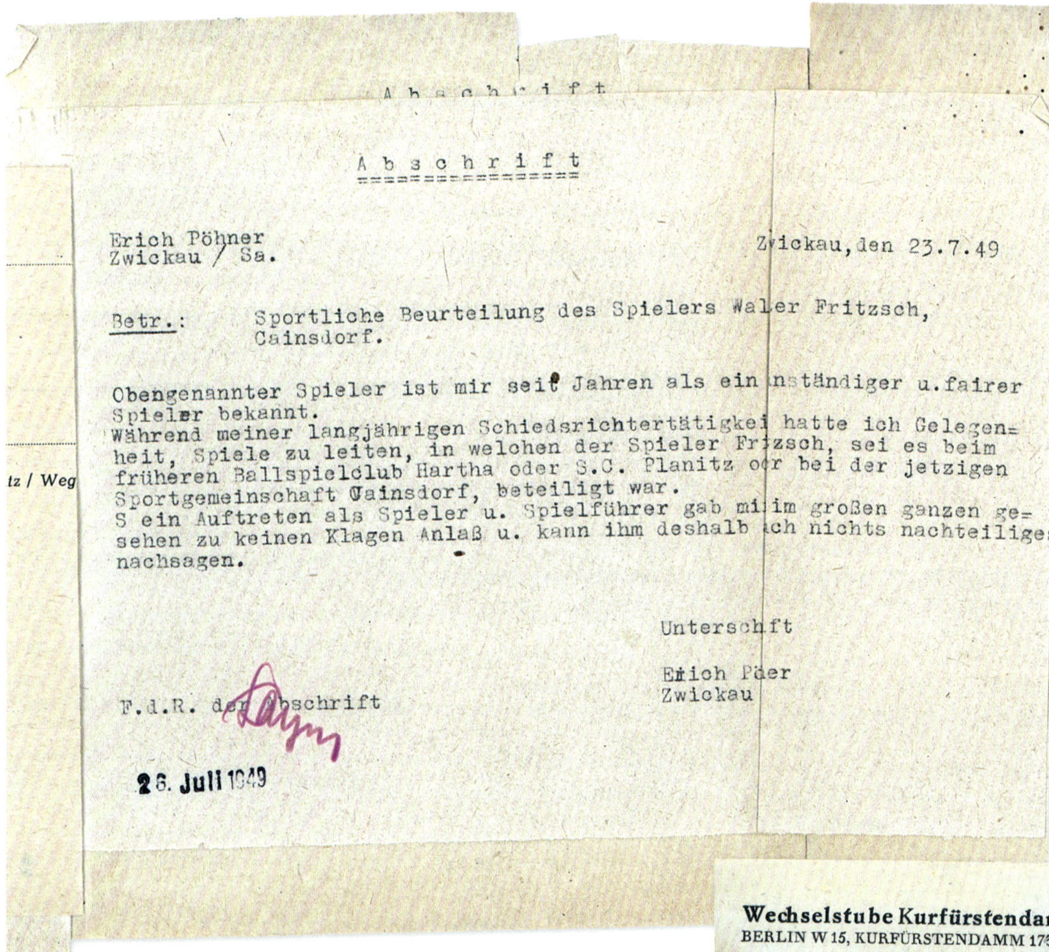

A b s c h r i f t

Erich Pöhner
Zwickau / Sa.

Zwickau, den 23.7.49

Betr.: Sportliche Beurteilung des Spielers Walter Fritzsch, Cainsdorf.

Obengenannter Spieler ist mir seit Jahren als ein ständiger u. fairer Spieler bekannt.
Während meiner langjährigen Schiedsrichtertätigkeit hatte ich Gelegenheit, Spiele zu leiten, in welchen der Spieler Fritzsch, sei es beim früheren Ballspielclub Hartha oder S.C. Planitz oder bei der jetzigen Sportgemeinschaft Cainsdorf, beteiligt war.
Sein Auftreten als Spieler u. Spielführer gab mir im großen ganzen gesehen zu keinen Klagen Anlaß u. kann ihm deshalb ich nichts nachteiliges nachsagen.

Unterschrift

Erich Pöhner
Zwickau

F.d.R. der Abschrift

26. Juli 1949

Wechselstube Kurfürstendamm
BERLIN W 15, KURFÜRSTENDAMM 173/1
Telefon: 91 37 49

Wir überlassen Ihnen: 5,– DM (Wes
zum Kurse von: 5,80
Sie zahlen hierfür: 29,– DM (Os

Berlin, den 24. Sep. 1949

44277 WECHSELSTUB KURFÜRSTENDAM

„6. September 1949 Bekam einen Anruf, dass wir (Cainsdorf) am Sonnabend in Lauter zu spielen hätten – LANDESLIGA.

10. September 1949 – 15 Uhr ins Turnerheim, wollte mit nach Lauter fahren. Da aber zu viele mit wollten, ging ich wieder nach Hause. Habe Hosen gebügelt.

15. September 1949 – Seit November 1948 erstmalig im Kino, Linde-Lichtspiele in Planitz: »Die kupferne Hochzeit« (Komödie, 1948)“

Vier Wochen nach dem Besuch der Berliner in Westsachsen geht es für die Fußballer der BSG WIPA nach Berlin.

„24. September 1949 – Wer es nicht selbst gesehen hat, kann sich kein Bild machen. Wenn man durch die Straßen Westberlins geht. Hier gibt es alles: Bananen, Fett, Wurst, Brot, Sahne, Fische, Seife, Schuhe usw. Und wo ist es aber am gesündesten? Ich kaufte für 60 DM-Ost: 1 Pfund Margarine, 25 Rasierklingen, 3 Stück Seife, 3 Tafeln Schokolade – zu Mittag aßen wir Kartoffelsalat, dann spielten wir gegen ZSG Rotation und Graphik Berlin – 4:0 WIPA gewonnen. Mir machte man ein Angebot: 350 DM im Monat. Ein Großereignis für 60.000 FDJler. Sah ich aus allen Teilen Deutschlands an mir vorbei marschieren. Hamburger, Nürnberger, Zwickauer usw. trafen sich, um ein geeintes Deutschland zu fördern. Anschließend gab es Abendbrot, drei Schnitten mit Butter, eine Bockwurst. Daneben 2 Likör und 3 Bier (Stark), Marken. Es wurden einige Liköre getrunken. 1 Uhr legten wir uns schlafen.“

Zurück aus Berlin wird Walter Fritzsch von einer Notiz in der Zeitung überrascht. *„Revidieren des Cainsdorfer Urteils“* lautet die Überschrift der kleinen Meldung und sofort ist er im Bilde: *„Wegen tatkräftigen Einsatzes im Max-Reimann-Aufgebot und der Werbung von 21 bzw. 29 FDJ-Mitgliedern für die SG Cainsdorf verkürzte der Landessportausschuss - Sparte Fußball - die Spielsperre der Spieler Martin Fritzsch und Walter Fritzsch um 14 Tage, so dass Martin Fritzsch bis 16. September und Walter Fritzsch bis 16. November gesperrt ist.“* Damit hatte er überhaupt nicht mehr gerechnet. Unabhängig davon fühlt er sich gerade zwischen den Stühlen sitzend. Nicht mehr ganz – oder noch – in Cainsdorf, dazu eingespannt bei den WIPA-Fußballern und wie nun weiter? Ein paar Tage später wird er von der nächsten Adresse gelockt.

„30. September 1949 – Heute vor fünf Jahren heirateten wir, es hat sich sehr viel verändert! Wenn man im Rundfunk die Politik verfolgt, könnte man meinen, uns will der Westen helfen, aber man muss erst alles selbst sehen.

2. Oktober 1949 – … dieser teilte mir mit, dass man mich nach Lichtenstein als Trainer haben will.

3. Oktober 1949 – 18:30 Uhr traf Mehnert, Horst mit dem Spartenleiter von Lichtenstein und noch drei Herren und lockten mich nach dort für Arbeit und als Trainer und Spieler – habe zugesagt.

7. Oktober 1949 – Wie macht man es richtig? Jetzt wird mir das Angebot, nach Lichtenstein als Trainer, gemacht. Von mir aus. Sehe Luft, mich als Trainer weiterhin zu bemühen. Damit ich noch mehr dazu lerne hoffentlich halte ich es durch.

9. Oktober 1949 – 13 Uhr holte mich Mehnert, Horst, Lichtenstein ab. Ich sah mir die Mannschaft gegen Oberlungwitz an. Diese Elf soll ich wahrscheinlich in Zukunft trainieren, gewannen 1:0. Wurde

„Wir grüßen die neue Deutsche DEMOKRATISCHE REPUBLIK“ – am Filmtheater »Schauburg« in Dresden 12. Oktober 1949

bei Horst beköstigt, der Eindruck ist so, die Angelegenheit nicht die Masse.

10. Oktober 1949 – Cainsdorf – ich soll der Retter der Landesliga sein. Warum merkt man das erst nach 15 Wochen? ... am 8. Mai 1945 war der Krieg zu Ende und laufend ist in der Woche 4x abends Stromsperre.

12. Oktober 1949 – Heute stellte Otto Grotewohl seine Regierung vor. Grotewohl Ministerpräsident, Pieck Präsident. Gemeinschafts-Empfang im Rathaus."

Die am 7. Oktober 1949 gegründete DDR sollte gemäß Ihrer parallel in Kraft gesetzten Verfassung eine parlamentarische Republik mit Mehrparteiensystem und Verhältniswahlrecht sein. Doch die SED-Führung hat in Abstimmung mit der Sowjetunion beschlossen, ihr Herrschaftsmonopol unangreifbar zu machen. Das folgende Sitzungsprotokoll des Parteivorstandes (später Politbüro) der SED vom 4.10.1949 soll erst 1989 zugänglich sein: *„Gerhart Eisler, Berlin, empfiehlt die Durchführung einer gewaltigen Kundgebung anlässlich der Bildung einer provisorischen Regierung. So wird sich die provisorische Regierung weithin sichtbar in der ganzen Zone von vornherein auf eine ständig anschwellende Bewegung der Massen stützen. Das sollten wir diskutieren und dann durchführen; denn als Marxisten müssen wir wissen: wenn wir eine Regierung gründen, geben wir sie niemals wieder auf, weder durch Wahlen noch andere Methoden. (Walter Ulbricht: Das haben einige noch nicht verstanden!) Daher müssen wir ihnen zeigen, dass die Massen bei uns sind, wenn wir eine Regierung bilden, jene Massen, die wollen, dass sie an der Regierung sind, und die sehr ungehalten gegen jene Leute sind, die das verhindern wollen. (Beifall)"*

„8. November 1949 – Neue Lebensmittelkarten ab 1.12.1949 im Monat 12.000 g Brot, 1050 g Nährmittel, 750 g Zucker, 900 g Marmelade, 900 g Fleisch, 450 g Fett"

Am 9. November 1949 treffen sich im »Turnerheim« die Mitglieder der SG Cainsdorf zu Versammlung. Es geht um den Zusammenschluss der BSG Mechanik Cainsdorf und der SG Cainsdorf. Wobei es für die bisherigen Mitglieder der SG Cainsdorf wie eine Übernahme wirkt, 70 Prozent der neuen Funktionäre kommen von Mechanik Cainsdorf – das Werk wird später ein Wismut-Betrieb – deshalb auch der Anschluss an den KSA Erzgebirge.

„10. November 1949 – Post vom KSA Wismut muss mich vorstellen. Montag, 9:40 Uhr.

14. November 1949 – Fuhr nach Chemnitz-Siegmar zum KSA Wismut. Den Leiter der KSA kannte ich und er mich auch. Ich legte meine Unterlagen sowie mein selbstgeschriebenes Trainingsbuch vor. Hier erkannte man wahrscheinlich meine Leistung und stellte mich sofort als Trainer bei der BSG Mechanik Cainsdorf ein. Im Begleitschreiben wurde mir mit angekündigt, in dem der KSA mit meinen Unterlagen sehr zufrieden ist. Habe alle Kollektivmacht ausgesprochen bekommen.

Ein Ereignis – zwei Meinungen, die Gründung der DDR im Spiegel der »geteilten« Presse in Wien

DIE NEUE Fußball-Woche

In der heutigen Ausgabe

Ungarn—Sachsen 2 : 1
Von Hans Jarke, Werner Cassbaum, Helmut Schön

Zonenliga-Großberichte
Von unseren Sonder-Berichterstattern

Internationaler Fußball

Ostzonen-Landesklassen

Berichte aus ganz Deutschland

Das unsterbliche Spiel

Nr. 1 / 1. Jahrg. Dienstag, 11. Oktober 1949 Preis 50 Pf.

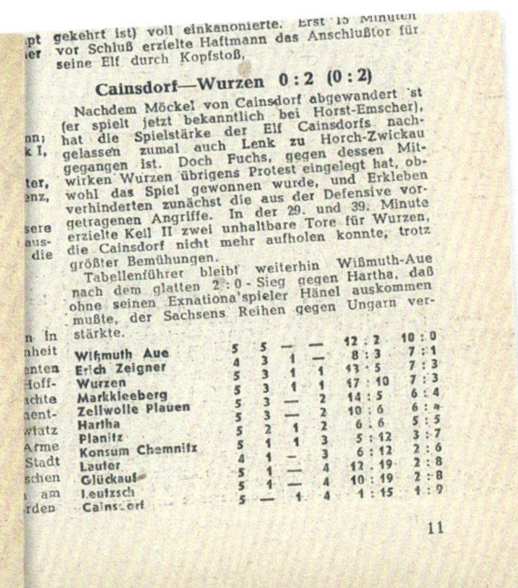

gekehrt ist) voll einkanonierte. Erst 15 Minuten vor Schluß erzielte Haftmann das Anschlußtor für seine Elf durch Kopfstoß.

Cainsdorf—Wurzen 0 : 2 (0 : 2)

Nachdem Möckel von Cainsdorf abgewandert ist (er spielt jetzt bekanntlich bei Horst-Emscher), hat die Spielstärke der Elf Cainsdorfs nachgelassen zumal auch Lenk zu Horch-Zwickau gegangen ist. Doch Fuchs, gegen dessen Mitwirken Wurzen übrigens Protest eingelegt hat, obwohl das Spiel gewonnen wurde, und Erkleben verhinderten zunächst die aus der Defensive vorgetragenen Angriffe. In der 29. und 39. Minute erzielte Keil II zwei unhaltbare Tore für Wurzen, die Cainsdorf nicht mehr aufholen konnte, trotz größter Bemühungen.

Tabellenführer bleibt weiterhin Wißmuth-Aue nach dem glatten 2 : 0 - Sieg gegen Hartha, daß ohne seinen Exnationalspieler Hänel auskommen mußte, der Sachsens Reihen gegen Ungarn verstärkte.

Wißmuth Aue	5	5	—	—	12 : 2	10 : 0
Erich Zeigner	4	3	1	—	8 : 3	7 : 1
Wurzen	5	3	1	1	13 : 5	7 : 3
Markkleeberg	5	3	1	1	17 : 10	7 : 3
Zellwolle Plauen	5	3	—	2	14 : 5	6 : 4
Hartha	5	3	—	2	10 : 6	6 : 4
Planitz	5	2	1	2	6 : 6	5 : 5
Konsum Chemnitz	5	1	1	3	5 : 12	3 : 7
Lauter	4	1	—	3	6 : 12	2 : 6
Glückauf	5	1	—	4	12 : 19	2 : 8
Leutzsch	5	1	—	4	10 : 19	2 : 8
Cainsdorf	5	—	1	4	1 : 15	1 : 9

11

DEN AMERIKANISCHEN STREITKRÄFTEN FÜR DIE WIENER BEVÖLKERUNG

täglich in den Mittagsstunden

West-Berlin und Bonn protestieren gegen Bildung ostdeutschen Satellitenstaates

Berlin, 8. Oktober (WK). Der West-Berliner Bürgermeister, Prof. Reuter, und der Vorsitzende der West-Berliner Stadtverordnetenversammlung, Doktor Suhr, riefen gestern, wie Reuter meldet, die Bevölkerung Berlins zu einer Massendemonstration auf, die heute vor dem Westsektoren-Rathaus in Schöneberg im amerikanischen Sektor der Stadt als Protest gegen die Bildung der ostdeutschen Regierung stattfinden soll. Auch der Berliner Stadtrat wurde laut AFP für heute nachmittag in das Rathaus von Schöneberg zu einer außerordentlichen Sitzung einberufen.

Adenauer: Eine willkürliche Maßnahme

Der westdeutsche Bundeskanzler Dr. Konrad Adenauer …

Handelsvertrag zwischen …

Wahllokale in ganz Oesterreich morgen ab 7 Uhr geöffnet

Wien, 8. Oktober (Eigenbericht). Die Wahllokale sind morgen im gesamten Bundesgebiet mit Ausnahme der Steiermark von 7 Uhr morgens bis 17 Uhr nachmittags geöffnet. In der Steiermark werden die Wahllokale erst um …

Österreich wählt!

Seit 1918 hat wohl so mancher Österreicher die Haltung eingenommen, daß er und sein Land weniger …

Lebensmittelaufrufe für Wien, die Randgemeinden und Niederösterreich (S. 6)

EINZELPREIS 35 GROSCHEN
AUSLAND: 40 GROSCHEN

MONATS-BEZUGSPREIS
Mit Postzusendung und in Verschleißstellen S 7.—
Ausland: S 14.80

Abonnementaufnahme: Wien, I. Fleischmarkt 3-5 (3. Stock)

Anzeigenannahme: Wien, I. Fleischmarkt 1, I. Stock
Telephon B 20-5-80

Österreichische Zeitung

Aus dem Inhalt:

DIE „PRAWDA" ZU DEN NATIONALRATSWAHLEN IN ÖSTERREICH	(S. 2)
MILITARISIERUNG, ZENSURWILLKÜR UND BESPITZELUNG IN WESTÖSTERREICH	(S. 3)
BEWEGUNG FÜR EINE DEMOKRATISCHE FRANZÖSISCHE REGIERUNG	(S. 8)
SOWJETISCHE VOLKSKUNST IM KONZERTHAUS	(S. 5)
DIE ARBEITERBEZIRKE OHNE SPITÄLER	(S. 6)

Nr. 234 (1291) — ZEITUNG DER SOWJETARMEE FÜR DIE BEVÖLKERUNG ÖSTERREICHS — Samstag, 8. Oktober 1949

Bildung einer gesamtdeutschen provisorischen demokratischen Regierung

Berlin (Radio). Der Deutsche Volksrat faßte gestern auf seiner neunten Tagung einen Beschluß über die Bildung einer Volkskammer und einer provisorischen gesamtdeutschen demokratischen Regierung.

Zahlreiche Betriebe, Körperschaften und Organisationen hatten die gewählte Vertretung des deutschen Volkes in Telegrammen, Begrüßungsadressen und Entschließungen ersucht, eine gesamtdeutsche demokratische und unabhängige Regierung mit dem Sitz in Berlin zu bilden, die die wahren Interessen des deutschen Volkes vertritt.

Volksratspräsident Wilheka Pieck gab das Manifest der Nationalen Front des demokratischen Deutschland bekannt. In …

Politik, die Deutchland zu einem Werkzeug der Kriegspläne der westlichen Imperialisten machen soll.

2. Schnellster Abschluß eines gerechten Friedensvertrages. Abzug aller Besatzungstruppen.

3. Volle und unbedingte Anerkennung der Potsdamer Beschlüsse über die Demokratisierung und Entmilitarisierung sowie der in ihnen festgelegten Verpflichtungen Deutschlands gegenüber anderen Völkern.

4. Wiederherstellung der vollen Souveränität der deutschen Nation unter Anerkennung des Rechtes auf selbständige Außenpolitik …

Oesterreich vor den Wahlen

Von M. Jewgenjew (Moskau)

Am 9. Oktober finden die Wahlen in den österreichischen Nationalrat statt. Das ganze politische Leben des Landes steht im Zeichen dieses Ereignisses.

Vor vier Jahren erhielten die sogenannte Volkspartei und die „Sozialistische" Partei die Mehrheit der Stimmen und bildeten die Regierungskoalition. Die Führer der beiden Regierungsparteien vergaßen aber ihre vor den Wahlen gemachten Versprechungen, sobald es ihnen gelungen war, das Vertrauen der Wähler zu erwerben. Die Schlagworte von der Schaffung eines „neuen revolutionären Oesterreichs", von der Gewährleistung sozialer Gerechtigkeit und eines zufriedenstellenden Lebensniveaus, von der Durchführung der Bodenreform und von der Demokratisierung des Staatsapparats wurden ins Archiv abgelegt, kaum daß die Kandidaten …

20. November 1949 – BSG Mechanik Cainsdorf I gegen Markkleeberg mein erstes Spiel nach 14 Wochen. Wir gewannen 2:1, ich habe mit Anteil daran."

Nach dem Sieg in Markleeberg hatten sie im Turnerheim bei Pfannkuchen und Starkbier in seinen 29. Geburtstag hinein gefeiert. Angestoßen wurde auf Walters Comeback nach den 14 langen Wochen der Zwangspause und auf ihren ersten Saisonsieg. *„Es hat sich alles wieder eingerenkt"*, beschreibt Walter Fritzsch die aktuelle Lage in Cainsdorf. Schließlich hat er ja auch das Traineramt wieder übernommen. Dann steht er im Mittelpunkt, um Mitternacht beginnt sein 30. Lebensjahr. Es wird gesungen und gratuliert, dazu gibt es die besten Wünsche für seinen bevorstehenden Arbeitswechsel. *„Am Mittwoch soll ich mich in der Hütte vorstellen"*, sagt Walter. Er meint die Königin Marienhütte, im 19. Jahrhundert erbaut, die einst Stahlteile für das Blaue Wunder in Dresden und viele andere Brücken in Sachsen lieferte. Nach Kriegsende wird der Betrieb von der SMAD beschlagnahmt und in der Folge die Demontage der Anlagen befohlen. Nach dem Wiederaufbau firmiert die Stahl- und Maschinenbaufirma nun als »Werk 536« der SDAG Wismut und ist ein Zulieferbetrieb für Bergbauausrüstungen. Im Volksmund heißt der Betrieb aber nach wie vor »Hütte«.

„26. November 1949 – Heute machte ich die letzte Schicht im Sozialamt beim Rat der Stadt Zwickau."

Walter Fritzsch beginnt den Rundgang an diesem Morgen in Begleitung des BGLers. Zuerst sehen sie sich die geplante und derzeit im Bau befindliche Turnhalle an. Dann wird der neue Trainer der BSG Mechanik Cainsdorf Teilen der Belegschaft vorgestellt. Der Funke will nicht so recht überspringen. *„Ich musste feststellen, dass sämtliche Herren gegen den Sport sind. Ich soll als technischer Zeichner eingestellt werden"*, befindet Walter Fritzsch und ist von den Umständen bestenfalls mäßig begeistert. Wenig später traut er seinen Ohren nicht, monatlich 240 Mark? Es geht um sein Gehalt, dabei waren ihm doch vom KSA Wismut 350 Mark zugesagt worden: *„Ich warte eine geraume Zeit ab, dann werde ich mich rühren."*

Mit diesen Sorgen im Kopf fällt der Abschied vom Sozialamt schwerer als gedacht. *„Ich muss sagen, mir machte meine Arbeit große Freude. Ich lernte viel, Armut, Kranke, Tbc, Geschlossene, Geisteskranke usw."* Auch finanziell war er nicht unzufrieden. Walter Fritzsch hatte beim Rat der Stadt mit 186 Mark begonnen und sich auf zuletzt 301 Mark gesteigert. Nun muss er inhaltlich völlig umdenken, soll in Cainsdorf an der Erzeugnisaufstellung arbeiten, am Reißbrett Tabellen zeichnen oder das Kalkulations-Verzeichnis fertigen, dazu das Dividieren mit den Rechenmaschinen lernen und sich mit der Lohnabrechnung beschäftigen. Er nimmt sich vor: *„Ich werde mir dieselbe Mühe geben, wie ich es beim Rat der Stadt tat!"*

Zweifelsfrei geben sich die Fußballer des Tabellenletzten der Landesklasse Sachsen, Staffel West, große Mühe. Nach zwei Unentschieden und sieben Niederlagen hatte sich die neue BSG-Leitung zu einer Veränderung durchgerungen. Horch-Trainer Fritz Müller erfüllte nicht das Vertrauen, was man von ihm erwartet hat. So übernahm Walter Fritzsch die Mannschaft mit 2:16 Punkten. Gegen Zellwolle Plauen gibt es den nun schon zweiten Sieg in Folge. Willy Tröger erzielt das Tor des Tages. Am Abend schmeißt sich Walter Fritzsch in den feinen Zwirn und trägt zum ersten Mal seinen guten Anzug, der für ihn extra umgeschneidert worden war. Mit Käthe an seiner Seite geht es ins Turnerheim. Getränke-Huster spendiert die Starkbier-Marken, so klingt der Sonntagabend in geselliger Runde aus.

„1. Dezember 1949 – 8 Uhr fing ich im Werk Mechanik Cainsdorf als technischer Angestellter an zu arbeiten. Wie ich vorläufig beurteilen kann, hoffe ich, mich einzuarbeiten. Verpflegung ganz groß. Erhalte Karte 2.

2. Dezember 1949 – Die zweite Schicht heute. Wurde wiederum mit Rechnen betraut, ich muss mich schwer am Riemen reißen, damit ich mit fortkomme. Kopfschmerzen. Käthe war für mich beim Rat der Stadt und holte meine Papiere. Arbeitete eine halbe Stunde länger."

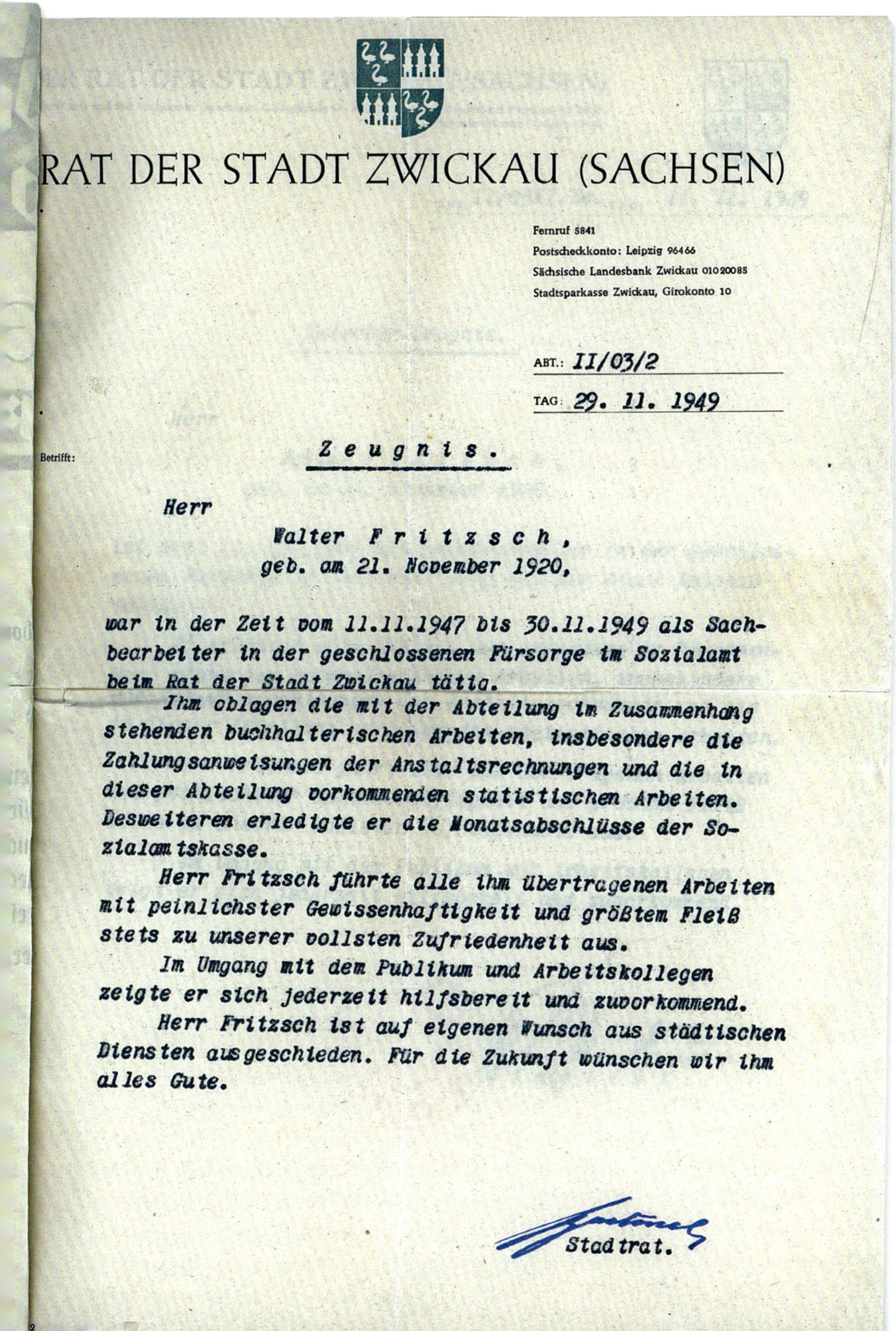

RAT DER STADT ZWICKAU (SACHSEN)

Fernruf 5841
Postscheckkonto: Leipzig 96466
Sächsische Landesbank Zwickau 01020085
Stadtsparkasse Zwickau, Girokonto 10

ABT.: II/03/2

TAG: 29. 11. 1949

Betrifft: **Z e u g n i s .**

Herr

Walter F r i t z s c h ,
geb. am 21. November 1920,

war in der Zeit vom 11.11.1947 bis 30.11.1949 als Sachbearbeiter in der geschlossenen Fürsorge im Sozialamt beim Rat der Stadt Zwickau tätig.

Ihm oblagen die mit der Abteilung im Zusammenhang stehenden buchhalterischen Arbeiten, insbesondere die Zahlungsanweisungen der Anstaltsrechnungen und die in dieser Abteilung vorkommenden statistischen Arbeiten. Desweiteren erledigte er die Monatsabschlüsse der Sozialamtskasse.

Herr Fritzsch führte alle ihm übertragenen Arbeiten mit peinlichster Gewissenhaftigkeit und größtem Fleiß stets zu unserer vollsten Zufriedenheit aus.

Im Umgang mit dem Publikum und Arbeitskollegen zeigte er sich jederzeit hilfsbereit und zuvorkommend.

Herr Fritzsch ist auf eigenen Wunsch aus städtischen Diensten ausgeschieden. Für die Zukunft wünschen wir ihm alles Gute.

Stadtrat.

Die Umstellung fällt Walter Fritzsch nicht leicht, das kommt alles andere als überraschend. Seit Kindertagen fühlt er sich vornehmlich im vertrauten Umfeld wohl, bei gravierenden Veränderungen gab es nicht nur einmal Anpassungsprobleme: *„Ich weiß, bei mir dauert es erst eine Zeit. Dann wird es schon werden. Es ist noch kein Meister vom Himmel gefallen."*

Die Dezembertage werden zum steten Wechselspiel. Im Betrieb gibt es für den ehrgeizigen Fritzsch immer wieder Rückschläge: *„Arbeit durcheinander, machte drei Leichtsinns-Fehler. Immer rechnen, dann etwas anderes machen... Aber, ich werde es trotzdem schaffen. Ich muss es schaffen... Arbeit macht langsam Fortschritte. Trotzdem bin ich noch nicht so im Bilde, wie ich es haben möchte. Die Zeit wird es schon zeigen."* Bemerkenswert ist die Zuversicht, mit der er in noch fremder Umgebung agiert. Auch sportlich gibt es keinen Grund für Jubelstürme. Dem 1:1 in Crossen folgt ein torloses Unentschieden im Heimspiel gegen Lauter. So hält sich das Vorwärtskommen im Abstiegskampf in Grenzen.

Kurz vor Weihnachten hat er Klarheit mit seinem Gehalt, bekommt nun: *„250,- brutto plus 20 % Wismut-Zulage. 120,- Vorschuss"*. Dazu gibt es einen Prämienschein über eine Garnitur Herrenwäsche. Also ein verkapptes Weihnachtsgeld in Naturalien. Am 21. Dezember 1949 notiert Walter Fritzsch in seinem Tagebuch mit großen, roten Buchstaben: *„Stalins 70. Geburtstag"* und ergänzt: *„... auf Arbeit eine Feier zum Geburtstage von Stalin. Ich muss sagen, für einen Krieg bin ich nicht. Will lieber arbeiten."*

„24. Dezember 1949 – Heiliger Abend, kein Schnee. Rupprecht bei Huster, Walter gemacht"

Die größte Weihnachtsüberraschung wartet am zweiten Feiertag. Die SG Cainsdorf muss in Planitz antreten – zum immer wieder reizvollen Derby – doch die »Wespen« wollen an diesem Tag wirklich wirkungsvoll zustechen und, wenn möglich, so oft es eben geht. Haben sich deshalb gleich mit vier Gastspielern von Horch aus der Zonenliga verstärkt. Entsprechend würzig geht es zur Sache, nach der Pause wird die Gangart noch ruppiger. Renger wird des Feldes verwiesen, dann wird Palisch am Knie verletzt – Cainsdorf rettet mit acht Feldspielern das wertvolle 0:0 über die Zeit. Entsprechend fröhlich ist die Stimmung auf der anschließenden Weihnachtsfeier, mittendrin Walter Fritzsch. Er freut sich über den überraschenden Punktgewinn und liebt das gemütliche Beisammensein bei Wurstsemmeln, Stollen und Bier.

„30. Dezember 1949 – Wurde vom KSA-Wismut angerufen. Gogsch, ich soll wahrscheinlich Sportleiter vom Objekt 34 werden.

31. Dezember 1949 – Auf Arbeit ist mir folgendes passiert. Da ich nun erst genau 31 Tage im TB arbeite, kann ich noch nicht 100 % sein, da ich sowieso in diesem Fach völlig fremd gewesen bin. Da ich dazu noch Trainer bin, bin ich des öfteren am Telefon begehrt, ebenso bei anderen Angelegenheiten. Da machte mich ein Herr Möckel vor der Öffentlichkeit im TB fertig. Ich hätte kein Interesse an der Arbeit usw. Er hat dabei vergessen, dass er bereits 10 Jahre im Betrieb arbeitet. Und ich erst 4 Wochen. Natürlich war ich bedient. 18 Uhr ins Turnerheim. Käthe hat Eintritt eingenommen. Ich habe den ganzen Abend nichts davon gehabt.
Auch dieses Jahr ging zu Ende. Ernährungsmäßig ging es aufwärts. Hoffentlich bleibt uns der Frieden erhalten.

1. Januar 1950 – Bis früh um 4 feierten wir Silvester im Turnerheim … 3 Stunden geschlafen. Sehr warm angezogen, zum Spiel in Neustadt an der Orla. 9 Uhr solls weggehen. Leider mussten wir auf Krämer, Ernst länger warten. 10:45 ging es weg. 13:20 in Neustadt. Leider konnten wir den herrlichen Mittagstisch nicht ausnützen, denn wir mussten sofort spielen … 2.500 Zuschauer begeistert. Sie staunten über unsere zügige Spielweise. Verloren 1:3. Abends blieben wir zum Tanz – 1 Uhr zu Hause.

5. Januar 1950 – Habe es fertig gebracht, dass die Spieler der 1. Elf ein Essen erhalten. Training mit 26 Mann, zuviel Betrieb.“

Der Teilerfolg unter den ganz besonderen Umständen kurz vor dem Jahreswechsel in Planitz passt Spielertrainer Walter Fritzsch gut in den Kram. Zunächst blickt er gut sechs Wochen zurück: *„Am 17. November 1949 übernahm ich auf Wunsch der Mannschaft des Training. Ich trainierte die Mannschaft und versuchte das Dreieck-Spiel zur Kombination in die Mannschaft zu*

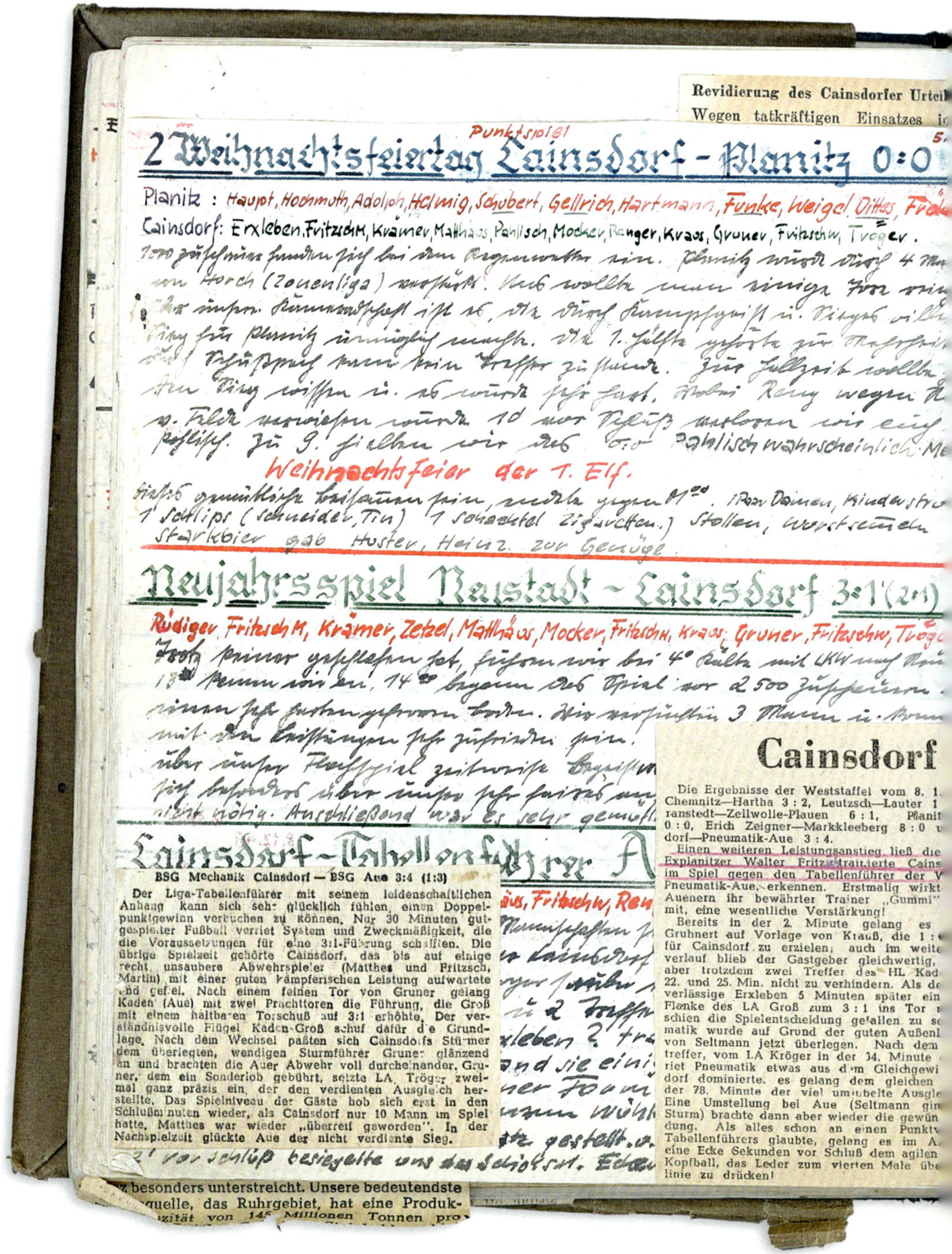

bringen. Bis zum Aue-Spiel machte Cainsdorf große Fortschritte im Spiel.“ Damit gemeint ist die kommende Begegnung um Punkte, eine denkbar schwierigste Aufgabe. Auf die SG Cainsdorf wartet Herbstmeister Aue. Beeindruckende zehn Siege in 13 Spielen stehen für die Männer aus dem Lößnitztal zu Buche. Der einzige Schönheitsfehler die 1:7-Schlappe im Oktober bei der BSG Erich Zeigner Leipzig, im Bruno Plache-Stadion.

Aktuell weiß keiner so genau, ob die als »SG Aue« in die Saison gestartete und nur wenig später in »Pneumatik« umbenannte Elf schon »Wismut« heißt. In der Zeitung steht es mal so, mal so. Für Walter Fritzsch spielt das nur eine untergeordnete Rolle. Trainiert werden die Auer Kicker von Herbert »Gummi« Seltmann, eine Planitzer Ikone, Vorbild einst für den jugendlichen Fritzsch, später dann ein vom ihm hoch geachteter Mitspieler. 1948 wird das Bewegungstalent, deshalb auch »Gummi« genannt, mit Planitz Ostzonenmeister, da zählt Seltmann schon stolze 37 Lenze.

Das Spiel gegen Aue zieht die Zuschauer von Beginn an in seinen Bann: Seltmann spielt erstmals für Aue und führt sofort Regie. Die Gäste-Elf dominiert, schießt Tor um Tor. So liegt Cainsdorf zur Halbzeit 1:3 zurück. Walter Fritzsch stellt um, Cainsdorf kämpft und läuft nun zu großer Form auf. Aue wird eingeschnürt und Willy Tröger trifft, 2:3. »Gummi« Seltmann erkennt die Gefahr und wühlt. Vergeblich. Dann fliegt Matthäus vom Platz. Cainsdorf, dezimiert, wirft wütend alles nach vorn. Erneut trifft Tröger, 3:3, der Ausgleich! So geht es in die Nachspielzeit, die Spannung knistert. Tapfere Cainsdorfer schnuppern an der Sensation, da gibt es noch einmal Eckball für Aue. Paul Süß ist mit dem Kopf zur Stelle – 3:4! Verärgert verlässt Walter Fritzsch den Platz. Auch das Bier will ihm an diesem Abend nicht schmecken. Immerhin heimst der Trainer der Unterlegenen ein Lob ein, im sachlich-nüchternen Zeitungston: *„Einen weiteren Leistungsanstieg ließ die von dem Ex-Planitzer Walter Fritzsch trainierte Cainsdorfer Elf im Spiel gegen den Tabellenführer der Weststaffel Pneumatik Aue erkennen.“*

„8. Januar 1950 – Mit Gogsch gesprochen, soll im Februar zur Trainerschule?

11. Januar 1950 – In der Fuwo lobte man meine Trainingsarbeit.

12. Januar – Training war heute nicht zufrieden. Es sind welche dabei, die versuchen meine Arbeit zu stören. Sorgen mit der Aufstellung.“

Walter Fritzsch wirkt unzufrieden. Das 2:2 gegen Markranstädt sieht er als Spiegelbild für den Ist-Zustand seiner Mannschaft: *„Wir spielten gut auf und schon sendet Gruner zum 1:0 ein. Jetzt fingen die Gäste an, spielten hoch u. wir bolzten mit, das war unser Untergang.“* Zweimal geht Cainsdorf in Führung und muss zweimal den Ausgleich hinnehmen. *„Wie wir heute spielten, können wir nicht gewinnen! Was ist nur los?“*, fragt sich der Trainer und vermutet angesichts der Unruhe im Kollektiv und der miserablen Stimmung störenden Einfluss von außen. Ein ehemaliger Spieler vielleicht? Und warum? Als Helmut Gruner plötzlich nicht mehr zum Training erscheint, sieht sich Fritzsch bestätigt, vermutet aber noch andere Gründe: *„Ebenfalls kam der neue Mannschaftsleiter Franz Heyn gegen mich auf und zersetzte die Mannschaft.“* Das liebe Geld also und die Tore von Gruner? Sind für Cainsdorf wichtig, gerade am Sonntag, wenn sie in Wurzen antreten und punkten wollen! Plötzlich eröffnet sich noch eine Baustelle für den Trainer: *„Große Sorgen wegen der Fahrt nach Wurzen. Müssen mit LKW fahren. Mit Omnibus soll es 715 Mark kosten, außerdem will Gruner nicht spielen.“*

Minus fünf Grad zeigt die Quecksilbersäule, als sich die erste Elf am Sonntagmorgen am Turnerheim trifft. Alle sind dick und warm angezogen. Die geplante Abfahrtszeit ist längst verstrichen, weil Gruner fehlt. Erst kurz vor elf Uhr erscheint er dann doch. Die Begrüßung fällt ziemlich frostig aus. Der LKW startet mit zwei Stunden Verspätung und die SG Cainsdorf trifft in Wurzen erst um 14:35 Uhr ein. Die Zusammenfassung von Walter Fritzsch in aller Kürze: *„Mussten uns im kalten Raum umziehen und sofort spielen. 2.000 Zuschauer. Rasen rutschig – verloren 2:6. Da braucht man wohl nicht mehr darüber zu sprechen, obwohl ... Gruner von Anfang an verletzt, kassierten zwei 100 %-Abseitstore, ein Selbsttor und eine Ballrückgabe.“*

Nach dem Spiel geht es mit dem LKW wieder zurück nach. Cainsdorf, kaum einer verliert ein Wort. Um ähnliche Umstände der An- und Abreise künftig zu vermeiden, besorgt Walter Fritzsch vor dem nächsten Auswärtsspiel Rohöl. Kein leichtes Unterfangen, doch er gibt keine Ruhe und hat schließlich Erfolg. Damit ist die Fahrt unter deutlich komfortableren Bedingungen als in der Vorwoche gesichert: *„Mit dem Bus-Anhänger v. Schütze nach Leipzig zum Spiel Leutzsch gegen Cainsdorf 1:2. 7,50 DM Spesen, Wetter schön, 6° Kälte, 22 Uhr zu Hause. Linker Fuß Ferse geprellt. Meine Frau die alte Seele machte mir eine warme Stube.“*

Als er sich die hausschlachtene Wurst schmecken lässt, berichtet er Käthe vom Spiel. Wieder hatte Helmut Gruner getroffen, seit dem Aue-Spiel nun in jedem Punktekampf für Cainsdorf ein Tor gemacht. Nach 25 Minuten hatten sie beim Schlusslicht 2:0 geführt, vor der Pause das 2:1 kassiert – den Vorsprung schließlich über die Zeit gerettet.

Seit seiner Amtsübernahme stehen für Walter Fritzsch mit Cainsdorf solide 8:6-Punkte zu Buche. Doch die Hypothek des katastrophalen Saisonstarts wiegt schwer und so zieht der Trainer im Abstiegskampf alle Register. Am Tag nach dem Sieg in Leipzig-Leutzsch nutzt er die Gelegenheit, um bei der Personalchefin Frau Saizewa, einer Russin, vorzusprechen. Es geht um 30 Trainingsanzüge und Fußballschuhe für die Cainsdorfer Kicker. Dringend benötigte Sportbekleidung, wie er versichert. Frau Saizewa nickt, für den Trainer ein gutes Zeichen: *„Es wird wohl klappen!“* Am nächsten Vormittag steht Walter Fritzsch erneut im Büro der Personalchefin, was er braucht, ist ihre Unterschrift. Zwei Tage später hat er sie, endlich! Die schlechte Nachricht des Tages ist die Einladung für Gruner zum Probetraining bei Horch in Zwickau.

„3. Februar 1950 – 21 Uhr begann im Turnerheim eine interne Mannschaftssitzung. Ein Punkt war der Trainer. Ich weiß Bescheid seit drei Wochen, dass es eine Gruppe von Spielern gibt, die mich nicht gerne sehen. Das sind die Leute, die mich abdrehen wollen. Ich habe daraufhin meinen Posten zur Verfügung gestellt. Ich weiß und wusste, dass es für mich nicht leicht werden würde.

5. Februar 1950 – Schrieb an Kurt Gogsch wegen meiner Angelegenheit mit Cainsdorf. Er soll mich anderswo einsetzen. Jahnsmüller, Erich schrieb ich wegen meinem Trainer-Lehrgang.“

Fünf Spiele sind es noch für die SG Cainsdorf. Der Traum vom Klassenerhalt in der Staffel West der Landesklasse Sachsen rückt angesichts der Trainerdiskussion in weite Ferne. Walter Fritzsch sucht das Gespräch mit BSG-Leiter Bruno Schneider, der ihm verspricht, mit den Spielern zu reden. Will von ihnen Meinungen einholen und Beweggründe erfahren. Das nächste Training geht erneut ohne Gruner über die Bühne. Alle anderen ziehen ordentlich mit. Die anschließende Sitzung nutzt der Trainer, um seiner Mannschaft deutlich zu machen, dass man ihn nicht ärgert, wenn keiner mitmacht. Als er an diesem Abend nach Hause kommt, erfährt er von Käthe: *„dass Gruner, so lange ich trainiere, nicht mehr im Training erscheint“*. Die Nacht ist lang. Walter Fritzsch schläft kaum, wälzt sich unruhig hin und her. Am nächsten Tag geht er zu Bruno Schneider und teilt ihm mit, dass er sich am Saisonende als Trainer zurückziehen werde. Danach geht es ihm besser. Nach der Arbeit trifft er Helmut Gruner, stellt ihn zu Rede. *„Er äußerte, ich könnte ihm nichts mehr lernen. Obwohl er keine Lehre annimmt. Käthe wäre daran Schuld. (Nach Rücksprache mit Käthe will sie mit Gruner gegenübergestellt werden).“*

Zwei Tage später staunt der Trainer nicht schlecht. Dieser Gruner schießt Cainsdorf gegen Konsum Chemnitz fast im Alleingang mit 2:0 in Front. Was ist denn mit dem los? Ist das etwa der Auftakt für einen starken Schlussspurt zum Klassenerhalt? Mit einer 2:1-Führung geht es in die Halbzeitpause. Zu diesem Zeitpunkt ist die Fritzsch-Elf bis auf einen Zähler an die Gäste heran gerutscht. In der Halbzeitkabine ist die Stimmung so gut wie lange nicht. Doch die Rechnung geht nicht auf. Routinierte Chemnitzer drehen plötzlich auf, schießen vier Tore und landen einen klaren Auswärtssieg.

„12. Februar 1950 – Ich hackte Holz und kochte Essen. Legte mich 1 Stunde aufs Sofa. 14 Uhr zum Spiel gegen Konsum Chemnitz. Verloren durch eigene Fehler 2:5 (2:0 geführt!). Ich wurde am linken Knöchel arg verletzt, große Schmerzen.“

Wieder sitzt Walter Fritzsch seinem BSG-Leiter gegenüber. Zunächst tauschen sie sich über die Sensation des Spieltages aus. Spitzenreiter Aue, seit Wochen als sicherer Aufstiegsanwärter gehandelt, verliert in Wurzen – mit 0:4! Wird es da oben noch einmal spannend? In eigener Sache scheint die Spannung nur noch ein Hoffnungsschimmer. Der Trainer meint, die Ursache zu kennen: *„Bruno, ich vertrete nach wie vor denselben Standpunkt. So lange man nur des Geldes Willen Fußball spielt, wird es auch nichts werden.“* Schneider nickt kurz und verspricht seinem Übungsleiter durchzugreifen. Tatsächlich nimmt er sich die Kicker nach dem Donnerstags-Training zur Brust, Fritzsch fühlt sich bestätigt: *„19:30 Uhr Versammlung. Die 1. Elf wurde zusammengestaucht“*.

„17. Februar 1950 – Versammlung, Betriebsgruppe. Heute mussten wir angeben, ob wir Bekannte im Westen haben.“

Am folgenden Wochenende gibt es bei der BSG Erich Zeigner in Leipzig die wohl letzte Chance, dem drohenden Abstieg doch noch zu entrinnen. Ausgerechnet beim Tabellenvierten? Walter Fritzsch wird zum ersten Mal ausschließlich als Trainer agieren, mehr lässt sein lädierter, linker Knöchel nicht zu.

„19. Februar 1950 – Käthe machte mir Brot fertig zur Fahrt nach Leipzig zum Spiel gegen Zeigner. 10:30 Uhr fuhren wir mit dem Krankenwagen. 12 Uhr aßen wir im Gasthof Löhmingen sehr gut. Hefeklöße, Fleisch u. Kompott. Das Spiel wurde vor 4.000 Zuschauern mit 0:0 beendet. War teilweise zufrieden. Fuhren 18 Uhr vom Bruno-Plache-Stadion ab. Altenburg Panne. Bis 2.30 Uhr gewartet. Wurden abgeschleppt. 4 Uhr zu Hause.“

„Cainsdorfs Endspurt kommt zu spät“, Schlagzeilen wie diese tun nach diesem Achtungserfolg in Leipzig weh. Doch viel Zeit zum Grübeln bleibt nicht, bei Walter Fritzsch hat sich für den kommenden Mittwoch Besuch angemeldet: *„17 Uhr kam Sportfreund Riedel vom Objekt zu mir, wegen der Trainerangelegenheit. Wahrscheinlich soll ich Objekt-Trainer werden.“* Noch ist er sich nicht sicher, was nach Saisonende passieren und wie es bei ihm weitergehen wird. Immerhin glaubt Walter Fritzsch ganz gut zu wissen, was er nicht will: *„Sitzung mit BGL-Schneider, Gogsch, Spartenleiter Fußball des KSA Wismut. Hat eine Stelle im Objekt 37 als Trainer. Ich lehnte ab. Muss weiter Cainsdorf trainieren. Wahrscheinlich soll ich Kurse leiten.“*

Als Walter Fritzsch an diesem Mittwochabend von seiner Arbeit nach Hause kommt, erwartet ihn Besuch. Abwehrspieler Palisch sitzt auf dem Sofa, will die Cainsdorfer Mannschaftskasse abholen. Die Übergabe der genau 18 Mark und 20 Pfennige lässt sich der Trainer quittieren. Dann reden sie über die sportliche Situation der Mannschaft und »die Angelegenheit« mit und um Walter Fritzsch. Der Trainer fühlt sich abgeschoben, möchte die Meinung des Spielers wissen und vor allem, die Drahtzieher: *„Erfuhr die Bestätigung, dass es Huster, H. sowie Gruner, Helmut und Hayn, Franz sind.“*

„25. Februar 1950 – Ich kaufte mir 1 Paar Igelitschuhe – 16,85 DM

7. März 1950 – Auf Arbeit wenig zu tun. Hatte die Igelit-Schuhe an, man schwitzt da sehr an den Füßen.

8. März 1950 – Erhielt seit Mai 1945 das erste Paar Lederschuhe auf Bezugsschein, 17,80 DM“

Drei Spiele noch für die SG Cainsdorf und somit auch noch drei Chancen für den Trainer Walter Fritzsch – zunächst muss er mit seinem Kollektiv zweimal zu Hause ran, erst gegen Hartha, dann gegen Markkleeberg. Am letzten Spieltag sind sie dann zu Gast bei Zellwolle Plauen. Noch also besteht die theoretische Chance auf den Klassenerhalt. Drei Siege wären dafür nötig und als weitere Voraussetzung der eine oder andere Ausrutscher der Konkurrenz.

„Das gibts doch nicht, Erich?!“ Walter Fritzsch freut sich unglaublich über das Wiedersehen mit Erich Hänel. Sechs Jahre zuvor hatten sie sich beim BC Hartha zum letzten Mal getroffen. Nun steht er vor ihm, der 1939 unter Reichstrainer Sepp Herberger dreimal in der Nationalmannschaft eingesetzte Mittelstürmer, und berichtet. Erst im Vorjahr sei er aus sowjetischer Kriegsgefangenschaft entlassen worden und heimgekehrt. Nun wagt er einen Neubeginn, mit 34 Jahren und schon gehts in ihrem Gespräch nur noch um Fußball. Wie läuft das Training, wie sind die Bedingungen und wie geht es weiter? Gemunkelt wird unter anderem über die geplante Einführung einer weiteren Liga als Unterbau für die seit September 1949 im Spielbetrieb befindlichen »DS-Liga« (Deutscher Sportausschuss), der aktuell höchsten Spielklasse und späteren »DDR-Oberliga«.

Das Punktspiel gegen Hartha wird zur überraschend klaren Angelegenheit für Cainsdorf. Vor allem der Sturm überzeugt, Tröger, Gruner und Habel gelingt jeweils ein Treffer. Dem hat Hartha nur wenig entgegen zu setzen. Nach dem 3:1-Erfolg notiert Walter Fritzsch: *„Obwohl Hänel herrlich aufspielt, hat er an Kondition schwer verloren.“*

„16. März 1950 – Käthe wird heute 26

19. März 1950 – Käthes Geburtstag wird festlich begangen. Mutti brachte ein Glas Apfelmus, Pudding. Lotte brachte einen Blumenstock. 15 Uhr ging ich nach Planitz zum Spiel Horch gegen Erfurt, KWU verdient gewonnen 3:2, zu zehnt. Ein gemütlicher Sonntag zu Hause, wir boten Kuchen, fünferlei Sorten, Kartoffelsalat, Wurst- u. Käseschnitten. 1 Liter Pflaumensaft, mit Starkbier und genügend Schnaps. 1 Uhr ins Bett.“

Die Saison neigt sich dem Ende entgegen, man merkt es an den Zuschauerzahlen. 22.000, davon 3.000 aus Erfurt wollen das Spitzenspiel in der »DS-Liga« bei strahlendem Sonnenschein über der Westsachsen-Kampfbahn in Planitz sehen, Rekordkulisse! Nach der 2:3-Heimniederlage fragt sich nicht nur Augenzeuge Walter Fritzsch: *„Schwächelt die Horch-Elf etwa im Titelrennen gegen Dresden-Friedrichstadt?“* Aber auch Verfolger Dresden zeigt Nerven. Im Herbst noch 12:2-Sieger in Babelsberg, mühen sich müde wirkende Friedrichstädter vor 32.000 Zuschauern gegen die BSG Märkische Volksstimme zu einem 1:1-Unentschieden. Zwickau damit zwei Punkte vor Dresden. Drei Spieltage stehen noch aus und versprechen knisternde Spannung.

Walter Fritzsch hat mit seinen Cainsdorfern an diesem Sonntag spielfrei. Auch in der Landesklasse, Staffel West, gibt es ein spannendes Duell um den Titel. Hier heißt es Aue oder Lauter? Das letzte Saisonspiel von Spitzenreiter Pneumatik Aue war extra auf 13 Uhr vorgezogen worden, um den Zuschauern am selben Nachmittag das Beiwohnen des Spiels beim Ortsnachbarn in Lauter zu ermöglichen. Aue schlägt Markkleeberg 5:2 und danach gewinnt Lauter gegen Zellwolle Plauen 3:1. Nun also kann die SG Lauter mit einem Sieg in ihrem letzten Punktspiel die seit Herbst an der Spitze stehenden Auer doch noch im letzten Moment überflügeln.

„20. März 1950 – 1 1/2 Zentner Brikett gab es vom Betrieb für die Bestarbeiter.

21. März 1950 – Wenn man Ärger hat, dann nur im Sport. Gruner und Tröger waren als Spieler wiederum in Aue.

22. März 1950 – Tröger will auch weg, ist sich nicht im Klaren, was er macht. Heute wurde mir vom KSA mitgeteilt, dass ich wahrscheinlich auf der Sportschule der Wismut als Fußballtrainer fungieren soll.“

Das letzte Heimspiel mit Cainsdorf. Walter Fritzsch konzentriert sich auf das Spiel. Will sich nicht anmerken lassen, dass ihn die Entwicklung der letzten Monate sehr enttäuscht hat. Trotzdem will er sich als Trainer mit Anstand verabschieden und hilft auf dem Rasen tatkräftig mit. Nach den 90 Minuten gegen Markkleeberg notiert er: *„Spielte wieder einmal, trotz Sehnenzerrung, gewannen 3:1 sicher.“*

„30. März 1950 – Auf Arbeit eine große Überraschung, der neue Direktor ließ mich kommen (Filipenko, ein Russe) Er sagte mir, dass die Spieler während der Arbeit trainieren sollen. Am Sonnabend dürfen sie auch nicht arbeiten. Sondern nur trainieren. Jeder Spieler soll im Monat 200 DM extra erhalten.

Lauter und Aue Kopf an Kopf in der Landesklasse. Im Rennen um die Gunst der Wismut-Oberen hat Aue die Nase vorn

Planitz ohne Kampfgeist

Staffel West

Im vorletzten Punktspiel gelang Markranstädt auf dem Platz von Planitz ein verdienter 2 : 1 (2 : 1)-Sieg, der eine wesentliche Verbesserung des Tabellenplatzes zur Folge hat. Cainsdorf—Zellwolle-Plauen 0 : 0.

Lauter	22	14	5	3	57 : 26	33 : 11
Pneumatik-Aue	22	14	4	4	52 : 34	32 : 12
Erich Zeigner	22	12	5	5	53 : 25	29 : 15
Wurzen	22	13	2	7	45 : 27	28 : 16
Zellwolle-Plauen	22	11	3	[illegible]	46 : 23	25 : 19
Planitz	22	8	6	8	29 : 28	22 : 22
Markranstädt	22	9	1	12	60 : 65	19 : 25
Hartha	22	8	2	12	38 : 37	18 : 26
Konsum	22	8	2	12	37 : 58	18 : 26
Markkleeberg	22	8	1	13	43 : 67	17 : 27
Cainsdorf	22	5	7	10	23 : 44	17 : 27
Leutzsch	22	2	2	18	24 : 73	6 : 38

Im vorletzten Spiel der Weststaffel standen sich Planitz und Markranstädt gegenüber. Durch einen gerechten 2 : 1-Sieg der Gäste gelang es diesen, noch den (allerdings wertlosen) 7. Tabellenplatz zu erobern. Da Planitz gesichert an 6. Stelle stand, kämpfte es nicht mit dem letzten Einsatz, und so war es kein Wunder, daß das gewohnte Flachpaßspiel zu wünschen übrig

kraft der Vorderreihe. In der 38. Min. gingen sie zwar durch Weigand mit 1 : 0 in Führung, doch im zweiten Spielabschnitt bedeutete ein unhaltbarer 20-m-Schuß Griffels und ein Tor des LA Cyprian die Entscheidung. In den Schlußminuten war der Gastgeber zwar klar überlegen, doch gelang die Egalisierung des Vorsprunges nicht mehr.

Geglückte Revanche

Gegen die BSG Erich Zeigner gelang Markkleeberg für die in den Punktspielen erlittene 0 : 8 - Niederlage durch ein 3 : 2 (2 : 2) - Sieg die Revanche. Die Gäste waren schneller und einsatzfreudiger. Die BSG probierte einige Nachwuchsleute aus, von denen aber nur MSt Barth den Anforderungen gewachsen war. Der Gastgeber, technisch besser, zeitweise auch überlegen im Sturm, aber nicht durchschlagskräftig genug. Die Tore erzielten: 5. Min 1 : 0 Alleingang Schauer, 7. Min. 1 : 1 Weidel, 35. Min. 2 : 1 Barth, 44. Min. 2 : 2 haltbarer Treffer von Walther, 53. Min. 2 : 3 Weidel.

Ein flottes Spiel mit beiderseits guten Leistungen gab es im Kampf Wurzen gegen Keramik-Meißen, das 2 : 3 (1 : 2) endete, zu sehen. Durch größere Schnelligkeit, Einsatzfreudigkeit und Entschlossenheit der Fünferreihe wurde Meißen nicht unverdient Sieger. Für die Treffer zeichneten verantwortlich: 15 Min. 1 : 0 Maschke, 31. Min. 1 : 1 Schischewski, 38. Min.

31. März 1950 – Wieder zum Direktor, ich gehe auf Kursus, er beginnt am 10. April 1950. Ab 6. April habe ich Urlaub.

1. April 1950 – Der Direktor hat die Spieler beurlaubt und dafür Training angesetzt. 10 Uhr besuchte der Direktor das theoretische Training, 12 Uhr beendet.“

Wieder einmal nehmen die Cainsdorfer Spieler auf einem offenen LKW Platz. Nur 45 Minuten nach der Abfahrt am Turnerheim sind sie schon in Plauen. In Empfang genommen werden sie dort vom neuen Direktor. Herr Filipenko ist nicht nur ein Fußballanhänger, er begrüßt auch jeden Spieler per Handschlag und sehr freundlich. Zum letzten Spiel der Saison sind 3.000 Zuschauer gekommen und warten vergeblich auf Tore von Zellwolle Plauen oder der SG Cainsdorf. Danach hadern vor allem die Gäste. Ihnen hätte ein einziger Treffer genügt, um den vorletzten Tabellenplatz und damit den Abstiegsrang doch noch zu verlassen. Walter Fritzsch danach im Zwiespalt: *„Ein Spiel wurde gezeigt, dass die Zuschauer es als das Beste der Landesliga von Plauen angesprochen wurde. Ich war mit der taktischen Spielweise überhaupt nicht zufrieden. Aber gekämpft wurde von der Hintermannschaft. Der Sturm war durcheinander. Fritzsch, H. fiel als Rechtsaußen vollkommen aus. Keiner lief zum Ball, sondern alle liefen davon.“*

Nach dem Abpfiff kommt Direktor Filipenkow in die Kabine und zeigt sich mit der Leistung mehr als zufrieden. Vor allem der kämpferische Einsatz hätte ihm sehr imponiert. Die Spieler bekommen von ihm für den nächsten Tag arbeitsfrei. So kann die Mannschaft das Spieljahr an diesem Sonntagabend in trauter Runde im Turnerheim ausklingen lassen. Der Trainer hält fest: *„…bis 3 Uhr getobt, die ganzen Spesen versoffen. Es war so wie früher. 3:40 Uhr ins Bett.“*

In seinem »Sport-Tagebuch« wird Walter Fritzsch noch zwei Freundschaftsspiele über Ostern 1950 festhalten, bevor das Kapitel Cainsdorf dann endgültig abgeschlossen ist. Dem Plauener Spiel aber gebührt sein Saisonabschluss-Kommentar: *„Das war unser letzter Kampf in der Landesliga-West.“*

Frank Richter

Jahrgang 1960

Verweigerung des Dienstes mit der Waffe; Bausoldat in der Nationalen Volksarmee der DDR

Theologe, 1989 Mitbegründer der »Gruppe der 20« in Dresden

2009 – 2017 Direktor der Landeszentrale für politische Bildung

seit 2019 Mitglied des Landtages, SPD-Fraktion

Walter Fritzsch ist ein Zeuge des 20. Jahrhunderts. Er ist 19, als das nationalsozialistische Deutschland den Zweiten Weltkrieg anzettelt. Er verbringt die beste Zeit seiner Jugend als Soldat an der Ostfront. Fünfeinhalb Jahre später, am 8. Mai 1945, an dem Tag, an dem das »1000-jährige Reich« zusammenbricht, am Tag der Befreiung, der die Europäer aus einer ihrer größten Katastrophen erlöst, befindet er sich in Lunzenau, einer kleinen Stadt in Mittelsachsen. Seine Tagebuchaufzeichnung lautet:

„Den ganzen Tag Schlachtflieger… Machten einen herrlichen Krieg. 11 Uhr sprach Oberst Pleitgen über die Lage. Nachmittags sickerte es durch von der Kapitulation. Schmidt, Jürgen versorgte uns ein paar Zivilklamotten. 18 Uhr bekamen wir die Nachricht, dass wir mit kämpfen aufhören und 24 Uhr die Waffen ablegen müssen.“

„Es ist die Wende für mich.“

Hat er begriffen, was um ihn herum geschieht? Wohl nicht. Noch am 1. Mai hatte er aufgeschrieben: *„23.30 Uhr brachte unser Hauptmann uns die traurige Mitteilung, dass unser geliebter Führer den Heldentod fand.“* Aus seiner Feder fließt kein kritisches Wort über Adolf Hitler. Damit steht Walter Fritzsch exemplarisch für ungezählte Deutsche, die ihr Schicksal in die Hände der Mächtigen gegeben hatten. Die Würde des Führers schien ihnen unantastbar – bis zum bitteren Ende.

Der Wahn, der die bedingungslose Gefolgschaft begründete, speiste sich unter anderem aus der Überzeugung von der technischen, militärischen und kulturellen Überlegenheit der Deutschen. In den Aufzeichnungen des blutjungen Walter fehlen zwar die Begriffe der nationalsozialistischen Rassenideologie.

Dennoch spricht er immer nur abfällig vom »Russen« und vom »Iwan«. Die Soldaten, die ihm an der Front gegenüber stehen, erscheinen ihm nicht als einzelne Menschen. Sie sind ein kollektiv zu verachtendes Ganzes. Sie unterschiedslos zu bekämpfen und zu töten, ist kein moralisches Problem.

Walter Fritzsch gehörte zur 18. Panzerdivision. Diese beging, wie Militärhistoriker berichten, schwere Kriegsverbrechen. Es gibt keinen Beleg, dass ihm diese persönlich anzulasten wären. Gleichwohl ist unwahrscheinlich, dass er nichts davon mitbekommen hat. „Heute schlief ein tolles Weib, Liebling eines Bandenführers mit Herrn Schmidt." – schreibt er unter dem Datum des 25. Mai 1943. Und am 27. Mai heißt es: *„Halb sieben wecken. Neblig, halbe Stunde im Wald geritten. Sehr viele Minen und Sumpf. 55 Weiber gefangen und 3 Männer. Sonst das Wetter ist schön."*

Die Blindheit gegenüber den Kriegsverbrechen der Deutschen und das Entsetzen über die Kriegsverbrechen der Feinde gehen bei ihm – wie bei vielen – scheinbar problemlos zusammen. Im Mai 1945 notiert er: *„... nicht zu glauben, was die Russen an unseren unschuldigen Menschen für einen Terror gemacht haben. Geraubt und geplündert und Frauen vergewaltigt."* Viele Dokumente belegen, dass die Larmoyanz, ein vermeintlich betrogenes und zu Unrecht geschlagenes Volk zu sein, die Stimmungslage im Nachkriegsdeutschland bestimmt. Sie war geeignet, die Frage nach der eigenen Mitschuld zu verdrängen.

Auch Walter Fritzsch fragt nicht nach dem Warum des Krieges. Er beschreibt ihn wie ein Naturereignis. Ein Nachsinnen darüber, ob er selbst Sand ins Getriebe der Zerstörungsmaschine hätte streuen sollen, statt eines ihrer Rädchen zu sein, findet sich im Tagebuch nicht. Das Kürzel »KZ« erscheint zum ersten Mal am 22. Mai 1947.

Der junge Mann – er ist am Ende des Krieges 24 Jahre alt – ist bemerkenswert unpolitisch. Das Interesse an dem, was auf der großen Weltenbühne gespielt wird, erwacht spät und langsam. Die Vorstellung, dass das Geschick der Völker maßgeblich von mächtigen Führern, nicht aber von der eigenen Einmischung und von demokratischer Willensbildung gelenkt wird, bleibt in ihm lebendig. In Stalin und Churchill erkennt er die maßgeblichen Antipoden. Mit Entschiedenheit dokumentiert er allerdings eine politische Überzeugung: Nie wieder Krieg! Davon hat er *„die Schnauze voll"* In dem Maße, in dem es der Führung der DDR gelingt, sich selbst und die Sowjetunion als Friedensgarant und die Westmächte (insbesondere die Amerikaner und Westdeutschland) als Kriegstreiber darzustellen, gewinnt sie seine Akzeptanz. Darüber hinaus gehende politische Interessen äußert er selten. Seine Leidenschaft gilt dem Fußball.

Unter dem Datum 30. März 1950 hält er fest: *„Auf Arbeit eine große Überraschung, der neue Direktor ließ mich kommen (Filipenko, ein Russe). Er sagte mir, dass die Spieler während der Arbeit trainieren sollen. Am Sonnabend dürfen sie auch nicht arbeiten. Sondern nur trainieren..."* Walter Fritzsch nennt den Russen, der ihn angesprochen und seinen Nerv getroffen hat, beim Familiennamen. In den darauf folgenden Wochen wird ihm immer klarer, dass seine Zukunft vom Fußballspiel und vom Trainer-Amt bestimmt sein könnte. Am 5. April 1950 schreibt er in sein Tagebuch: *„Es ist die Wende für mich."*

Frank Richter

Wenige Tage vor dem Osterfest 1950 wird Walter Fritzsch von seiner Frau mit einem Geschenk überrascht, *„außer der Reihe“* kommentiert er und hält fest: *„Käthe kaufte für mich eine Kunstleder-Aktentasche für 28 Mark.“* Die Beweggründe bleiben das Geheimnis seiner Gattin. Zu vermuten wäre ein Zusammenhang mit dem Umstand, dass er ihr Wochen zuvor erzählte, das Angebot erhalten zu haben, *„der 1. Fachauschuss-Vorsitzender im KSA“* zu werden. Mit der Vorstellung, ihren Walter künftig als Fußballfunktionär zu erleben, kann sich Käthe Fritzsch offensichtlich anfreunden. Schon am nächsten Tag marschiert der Ehemann mit seiner neuen Aktentasche, darin die Frühstücksbrote sorgsam verstaut, zur Arbeit ins Cainsdorfer Werk.

NKWD-Speziallagern Bautzen, Buchenwald und Sachsenhausen inhaftiert waren. Der Vorwurf: Kriegs- beziehungsweise nationalsozialistische Verbrechen. 33 Todesurteile werden gefällt, 24 davon vollstreckt. Die Mehrheit der Angeklagten erhält Freiheitsstrafen von 15 bis 25 Jahren. Die Urteile lösen weltweite Proteste wegen fehlender Rechtsstaatlichkeit aus. Ein großes Thema, auch im Revier Zwickau, ist die Einstellung der Lieferung westdeutscher Steinkohle in die DDR. Als Grund wird das Ausbleiben von Ausgleichslieferungen genannt. Im Dresdner Ostragehege bejubeln die Fußballer von Horch Zwickau nach einem in dieser Höhe sensationellen 5:1-Erfolg bei der SG Friedrichstadt den Gewinn der ersten DDR-Meisterschaft. Nicht nur die skan-

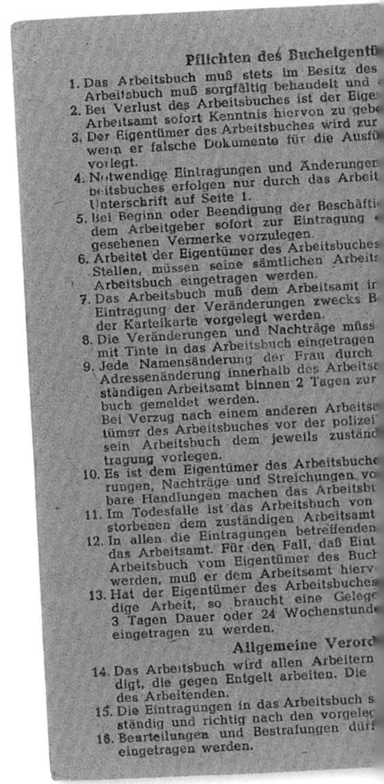

Pflichten des Bucheigentü
1. Das Arbeitsbuch muß stets im Besitz des
Arbeitsbuch muß sorgfältig behandelt und
2. Bei Verlust des Arbeitsbuches ist der Eige
Arbeitsamt sofort Kenntnis hiervon zu gebe
3. Der Eigentümer des Arbeitsbuches wird zur
wenn er falsche Dokumente für die Ausfü
vorlegt.
4. Notwendige Eintragungen und Änderungen
beitsbuches erfolgen nur durch das Arbeit
Unterschrift auf Seite 1.
5. Bei Beginn oder Beendigung der Beschäfti
dem Arbeitgeber sofort zur Eintragung
gesehenen Vermerke vorzulegen.
6. Arbeitet der Eigentümer des Arbeitsbuches
Stellen, müssen seine sämtlichen Arbeits
Arbeitsbuch eingetragen werden.
7. Das Arbeitsbuch muß dem Arbeitsamt in
Eintragung der Veränderungen zwecks B
der Karteikarte vorgelegt werden.
8. Die Veränderungen und Nachträge müss
mit Tinte in das Arbeitsbuch eingetragen
9. Jede Namensänderung der Frau durch
Adressenänderung innerhalb des Arbeitsa
ständigen Arbeitsamt binnen 2 Tagen zur
buch gemeldet werden.
Bei Verzug nach einem anderen Arbeitsa
tümer des Arbeitsbuches vor der polizei
sein Arbeitsbuch dem jeweils zuständ
tragung vorlegen.
10. Es ist dem Eigentümer des Arbeitsbuche
rungen, Nachträge und Streichungen vo
bare Handlungen machen das Arbeitsbu
11. Im Todesfalle ist das Arbeitsbuch von
storbenen dem zuständigen Arbeitsamt
12. In allen die Eintragungen betreffenden
das Arbeitsamt. Für den Fall, daß Eint
Arbeitsbuch vom Eigentümer des Buch
werden, muß er dem Arbeitsamt hierv
13. Hat der Eigentümer des Arbeitsbuches
dige Arbeit, so braucht eine Geleg
3 Tagen Dauer oder 24 Wochenstunde
eingetragen zu werden.
Allgemeine Verord
14. Das Arbeitsbuch wird allen Arbeitern
digt, die gegen Entgelt arbeiten. Die
des Arbeitenden.
15. Die Eintragungen in das Arbeitsbuch s
ständig und richtig nach den vorgeleg
16. Beurteilungen und Bestrafungen dürf
eingetragen werden.

Wanderjahre – 1950 bis 1955

Dort bekommt er von seinem Chef zu hören, dass er bereits für ganz andere Aufgaben besetzt sei. Fritzsch horcht auf, sofort kreiseln in seinem Kopf die Gedanken. Die kürzlich in Aussicht gestellte Perspektive als Fußballtrainer der Sportschule der Wismut reizt ihn ohnehin viel mehr. Eine hauptamtliche Arbeit auf dem Platz, das wäre es doch! Dann lauscht er wieder den Worten seines Vorgesetzten: *„Mein Chef sagte mir heute, dass ich ihn angenehm enttäuscht habe. Ich wäre nicht so ein Fußballer, wie er sie kennt. Sondern, meine Arbeit führe ich aus wie jeder andere.“* Das Lob ist für ihn gleichzeitig Aufforderung. Am Abend setzt er sich zu Hause gleich wieder an den Schreibtisch und beginnt, sich auf die neue Tätigkeit vorzubereiten: *„Lehrplan aufgestellt für den Kursus“*.

Der April 1950 soll nicht nur das Leben von Walter Fritzsch verändern. Dieser Monat hat es in sich. Der Deutsche Sportausschuss beschließt die Einrichtung zentraler Sportvereinigungen »auf Produktionsbasis«. Im Westen verlieren die letzten Lebensmittelkarten (Zucker) ihre Gültigkeit. In der DDR wird das erst 1958 der Fall sein. Im sächsischen Waldheim beginnen die Prozesse gegen 3.500 Personen, die zum Teil seit 1945 in den sowjetischen

dalösen Begleitumstände im mit 60.000 Zuschauern völlig überfüllten Heinz-Steyer-Stadion mit Ausschreitungen nach Spielende, fliegenden Steinen und berittener Polizei, auch die Tatsache, dass gleich mehrere, ehemalige Mitspieler und Weggefährten von ihm in der Meister-Elf stehen – all das bleibt von Walter Fritzsch unkommentiert. Ihm fehlt ganz einfach die Zeit, der Planitzer beginnt in diesen Tagen, seinen Traum zu leben. Keine Augen und Ohren für das, was ringsherum passiert – er denkt voraus, entwirft einen Lehr- und Trainingsplan für seine neue Aufgabe im Rahmen des *„Kursus“* und so verrät der Tagebuch-Nachtrag am 5. April 1950: *„Es ist die Wende für mich“*. Diese Wertung trifft er offensichtlich Jahrzehnte später. Mit dem Wissen, welche Rolle der April 1950 in seinem Leben gespielt haben wird.

Am Morgen des Gründonnerstages 1950 fährt Walter Fritzsch nach Siegmar-Schönau. In diesem Chemnitzer Stadtteil sitzt seit zwei Jahren die Wismut-AG und damit auch der Kreissportausschuss (KSA) Wismut. Die Uranproduktion in der DDR hat sich seit 1947 fast verzehnfacht. Statt 150.000 Tonnen werden es 1950 1.224.000 Tonnen sein. Zudem gilt die Wismut AG schon in dieser Zeit als »Staat im Staate«. Schon bald spielt das Bergbau-

Wohin wird mich mein Weg führen? Walter Fritzsch scheint sich noch nicht ganz sicher

ARBEITSBUCH

L-Sa Nr. 30/28739

für

Fritzsch, Walter, Kurt

(Familienname und Vorname, bei Frauen auch der Mädchenname)

(Eigenhändige Unterschrift des Inhabers)

unternehmen auch eine wichtige Rolle im Sport. Kein Zufall, will man doch Freiwillige aus allen Teilen der Republik ins Erzgebirge locken. Die Werbeaufrufe und Kampagnen sind nicht zu übersehen und nicht zu überhören. Allerdings soll den Arbeitskräften auch etwas geboten werden. Ein Leben in einer schlichten Unterkunft, schlimmstenfalls in einer Baracke, wird dauerhaft keine Begeisterung auslösen und was passiert an freien Tagen? So gesehen, gibt es Interesse an einer recht bald erstklassig spielenden Fußballmannschaft in einem möglichst großen und modernen Stadion.

Wismut-Cheftrainer Kurt Gogsch empfängt den Cainsdorfer Spielertrainer und hüllt den Gast in einen Wortschwall, um dessen künftiges Tätigkeitsprofil zu beschreiben. Es gelingt nicht ohne Einschränkung, Walter Fritzsch zeigt sich irritiert: *„Dort merkte ich, dass man sich auf mich verlässt. Also, der Plan soll folgender sein, dass ich die Centra-Mannschaft der Wismut trainieren soll. Der Kursus ist auf ein halbes Jahr festgelegt worden. Wie ich aber feststellen konnte, ist alles noch eine Luftblase und es klappt hinten und vorne nicht. Wie ich es nun machen werde, ist mir noch nicht klar."*

Eine Woche später beginnt für Walter Fritzsch ein völlig neuer Lebensabschnitt. Er kann nicht wissen, dass es der Auftakt für 28 aufregende Jahre als Cheftrainer sein wird. Der Respekt vor der Aufgabe ist auch so riesengroß. Gewohnt sachlich hält er fest: *„Hier begann meine hauptamtliche Trainer-Tätigkeit, ohne große Erfahrungen zu haben."* Neben dem Trainingsplan, der seit Karfreitag fertig auf dem Schreibtisch lag, hatte sich Walter Fritzsch sehr gründlich Gedanken über sein Auftreten, seine Ziele und seine Methoden gemacht: *„Zum ersten Fußball-Lehrgang der Wismut sind für diesen 13. April 1950 insgesamt 30 Spitzensportler ins Volkshaus nach Rabenstein eingeladen worden. Ich wurde als Trainer eingesetzt. Cheftrainer und Leiter ist Kurt Gogsch. Man kann zwar nicht verlangen, dass alles 100-prozentig klappt, denn man muss ja erst an Erfahrung reicher werden. Ich will versuchen, nach meinem selbst Gelernten zu lehren. Rauchverbot, sowie für das Trinken."*

Noch ist unklar, in welcher Spielklasse die Mannschaft an den Start gehen wird. Hinter den Kulissen bastelt man in Ostberlin an der Einführung einer weiteren Liga als Unterbau für die derzeitige höchste Spielklasse. Die bisherige »DS-Liga« soll künftig »DDR-Oberliga« heißen. Für die neue »DS-Liga« – als dann zweithöchste Spielklasse – gilt Wismut Aue als gesetzt. Nicht umsonst hatte man die Nachfolge von Pneumatik Aue (soeben Vize-Meister der Landesklasse Staffel West geworden) angestrebt. Es ging um den höchstmöglichen Startplatz in der kommenden Saison, angestrebt wird daher der geschlossene Übertritt der Auer Spieler.

Nie zuvor war der 29-jährige Fritzsch als Trainer einer höherklassigen Mannschaft tätig gewesen. Sein neues Kollektiv besteht aus 30 Fußballern, darunter die späteren DDR-Nationalspieler Willy Tröger, Karl und Siegfried Wolf. Alle sind für einen zunächst sechswöchigen Lehrgang eingeladen worden. Die meisten Spieler kommen aus Aue oder den umliegenden Gemeinden wie Bernsbach, Breitenbrunn, Eibenstock, Grünhain oder Wildenfels, dazu aus Freiberg. Martin Fritzsch und Willy Tröger

Eine Fußballmannschaft für die Wismut-Kumpel: Aue vor einem Spiel gegen Horch Zwickau mit Lehrgangs-Chef Kurt Gogsch (2.v.l.)

sind ihrem Trainer aus Cainsdorf gefolgt. Sechs Spieler sind in etwa so alt wie Fritzsch oder sogar älter. Trainer-Neuling Walter Fritzsch verkündet in seiner Begrüßungsansprache bei feinstem Regenwetter das gemeinsame Ziel und erntet ungläubige Gesichter: „*Aufstieg!*" Der erste Tag beginnt mit sportärztlichen Untersuchungen. „*Ohne Befund*" lautet das Ergebnis und so kann der Lehrgangs-Alltag beginnen: Eine Mischung aus Fußball-Theorie, dazu Abhandlungen über den Aufbau von Betriebssportgemeinschaften und die ersten Trainingseinheiten auf dem Platz mit den Schwerpunkten „*Stoßarten*" und „*Ballarbeit*".

„30. April 1950 – Die Sportler, die hier zusammen gezogen wurden, haben im Großen und Ganzen keine Theorie. Man muss systematisch die Theorie lehren, vom Kleinsten anfangen."

Zum Mittagessen gibt es Makkaroni. Walter Fritzsch registriert mit Wohlgefallen, dass es beim Thema Ernährung wohl keine Probleme geben wird. Sorgen hat er trotzdem zur Genüge. Noch stehen ihm nicht mehr als zehn Bälle zur Verfügung, für 30 Spieler deutlich zu wenig. Es fehlen auch noch 24 Trainingsanzüge. Inhaltliches Kernstück des ersten Lehrgangs-Abschnitts bis zum 1. Mai 1950 sind insgesamt neun Testspiele gegen teils erstklassige Kontrahenten. Schon am 15. April 1950, es ist ein Sonnabend, wartet in Aue die erste Aufgabe. Walter Fritzsch hat Lampenfieber. Nach dem 3:1-Erfolg gegen Wilkau-Haßlau notiert er: *„Es war nicht leicht für mich, die erste Mannschaft so ins Spiel zu bringen. Denn als junger Trainer sich durchsetzen war nicht von Pappe. Die Mannschaft zeigte den anwesenden Zuschauern, dass man doch von mir gelernt hat. Wilkau spielte gut. Es hat gezeigt, dass alle lernen wollen."*

Nach dieser Premiere fährt der Trainer zu einem überraschenden Kurzbesuch nach Hause. Es ist schon 22 Uhr, als er klingelt. Käthe staunt und freut sich sehr. Doch am nächsten Tag gibt es Tränen beim Abschied. Das Ehepaar Fritzsch ist eine Trennung auf unbestimmte Zeit nicht gewohnt. Wieder steht ein Testspiel in Aue an. Diesmal schlägt die Lehrgangs-Elf die Gäste aus Stollberg mit 8:3, Tröger ist mit vier Treffern der beste Schütze.

Der Tag ohne Testspiel beginnt auf dem Rabenstein stets mit einem Morgenlauf durch den Wald. Inzwischen sind auch die fehlenden Trainingsanzüge, Fußballschuhe, Turnsachen und Jerseys eingetroffen. Doch für Walter Fritzsch ergeben sich immer wieder neue Problemfelder: *„Der Lehrgang ist zwar geschaffen, aber es klappt noch nicht so wie es sein soll. Muss Lehrtafeln anfertigen usw. … Immer laufen Parolen herum, dass alles wieder aufgehoben wird. Hier muss man sich entscheiden, so oder so. … Soll mtl. auf 400,- kommen.“* Die Aufgabe fordert den Trainer rund um die Uhr: *„Abends muss ich immer auf die Meute aufpassen, damit mir keiner abhaut.“* Auch das kommende Training muss noch vorbereitet werden. Vor dem nächsten Testspiel stellt er sich selbst auf die Waage: 51 Kilo!

Eine Woche ist vorüber. An diesem Donnerstag geht es ab Nachmittag Schlag auf Schlag. Direkt nach dem 7:1 im Test gegen Dwigadelli, eine in der Kreisklasse spielende sowjetische Elf, geht es ins Kino. »Tromba«, ein Drama im Zirkusmilieu, trifft den Geschmack der Fußballer. Die Geschichte des drogenabhängigen Raubtier-Dompteurs überlagert auch das Abendbrot als bestimmendes Thema. Danach begeht Walter Fritzsch einen Fehler. Er lässt sich überreden, beim Tischtennis-Turnier anzutreten und verliert. Seine Spieler ziehen ihn auf.

Die gute Stimmung vom Vorabend scheint verflogen, als die vornehmlich älteren Spieler am Freitagvormittag für alle die Heimfahrt übers Wochenende fordern. Anderenfalls drohen sie mit Streik! Walter Fritzsch lehnt ab und bekommt die Rükkendeckung von Lehrgangsleiter Kurt Gogsch. Doch der Stimmungspegel sinkt von Stunde zu Stunde: *„Es ist schwer für mich, eine Mannschaft zu bändigen, die gewohnt war, einen losen Lebenswandel zu führen. Man wird mich schwer auf der Muck haben. Aber ich drücke durch. Denn, wenn man nachgibt, hat man verloren. Ich lasse keinen in Zivil weg. Sie müssen nur im Trainingsanzug ausgehen.“* In diesem Zusammenhang hält Walter Fritzsch einen weiteren Fakt für sehr wesentlich. *„Alle Spieler, die in einer Lehrgangs-Elf keine Verwendung fanden, spielten in ihrer BSG und waren über Sonntag zu Hause.“*

Die Bilanz zum 1. Mai 1950 kann sich sehen lassen. In neun Spielen gibt es sieben Siege bei nur zwei Niederlagen und insgesamt 31:18-Toren. Bemerkenswert die Erfolge gegen Einheit Meerane – immerhin Platz neun in der abgelaufenen DS-Saison – und, natürlich, der überraschende 1:0-Sieg gegen DS-Liga-Meister Horch Zwickau. Der Prestigerfolg hat für Walter Fritzsch eine guten Grund. Am Spieltag gab es zwei Testspiele der Lehrgangsteilnehmer. Die eine Elf (hellblaue Hose, weißes Hemd) tritt vor 8.000 Zuschauern in Erfurt bei KWU, dem Vierten der DDR-Meisterschaft, an. Die andere, angekündigt als »Auswahl Bergbau« (schwarze Hose, blaues Hemd) spielt parallel vor 6.000 Besuchern in Johanngeorgenstadt gegen Zwickau, die frisch gebakkenen Titelhelden nahezu in Bestbesetzung. Walter Fritzsch notiert: *„Nach großen Namen gehen, ist eine Schwäche. Den Beweis erbrachte die Elf von unbedeutenden Namen. Sie schlug Horch, den DDR-Meister, mit 1:0. Und die Elf mit Namen verlor in Erfurt mit 0:4.“*

In der folgenden Spielauswertung nimmt Walter Fritzsch kein Blatt vor den Mund: *„Zum Zwickau-Spiel brauch ich nicht viel Worte zu verlieren. Es wurde gespielt und gekämpft!“* Dann aber sind die Spieler vom Auftritt in Erfurt an der Reihe. Der Trainer räuspert sich kurz und hebt dann die Stimme: *„Wiederum konnte festgestellt werden, dass diese Vertretung mit Namen keinen Kampfgeist zu Tage bringt. Günther dribbelt zu viel. Tröger faul, Weber zu schwer. Groß noch unklar, Reich zu schwer, Steinbach unsicher. Alle in der Kondition schwach und zu weich. Geutner bester Mann.“* Im Sitzungsraum kann man eine Stecknadel zu Boden fallen hören.

Nach dem neunten Testspiel, in Johanngeorgenstadt gegen eine Auswahl der Region (5:1), gibt es für die Lehrgangsteilnehmer drei Tage frei. Walter Fritzsch zieht als Einziger durch, fertigt die Trainingspläne für die nächsten vier Wochen und schreibt die Auswertung der ersten Etappe. Hier ein Auszug aus dem *„Erfahrungsbericht“* vom 13. April bis 1. Mai 1950: *„Die auserwählte Unterkunft ist unpraktisch. Die Sportler werden zuviel an das Privatleben erinnert. Die Schulordnung ist stark gefährdet. Die Versuchungen sind schwer zu überstehen, denn sie müssen sich ständig* *im Gastzimmer aufhalten. Bier, Zigaretten und andere Sachen. Die Sportler haben zu viel Ablenkungen, um das Gelehrte in sich aufnehmen zu können. Zum Sportplatz ist der Weg zu weit. Man kann sich nach einem harten Training nicht einmal warm waschen. Es ist noch zu viel Vereins-Fanatismus. Die Auer, die Bernsbacher usw. alle sind für sich. Also keine Sportkameradschaft."*

Nach und nach wird der Alltag auf dem Rabenstein zur Gewohnheit. Um sieben Uhr Wecken, der Morgenlauf über fünf Kilometer, Unterricht – dann wird Kondition gebolzt, hin und wieder in Form von Medizinball-Spielen. Nach dem Mittagessen wieder Unterricht, das Dreieck-Spiel in der Theorie mit anschließender Diskussion. Am Abend soll es in den Zirkus gehen, doch fast die Hälfte der Lehrgangsteilnehmer will nicht mit. Walter Fritzsch setzt sich durch. Angekommen im »Circus Aeros« ist die Vorstellung ausverkauft. So landen sie im Volkshaus Rabenstein, Maifeier mit Varieté – die Fußballer werden erkannt und ganz spontan eingeladen. So wird es ein geselliger und lustiger Abend. Erst früh um drei landen sie im Bett, der Trainer mit einer wichtigen Erkenntnis: *„Ich konnte feststellen, dass ich die Sportler nur mit Abwechslungen im Training fesseln kann."*

Am 12. Mai 1950 gibt es – für alle überraschend – noch einmal Geld von der Wismut. *„Erhielten nochmals 118,- Mark, also verdiente ich im April 518,- netto"*, schreibt Walter Fritzsch und ergänzt: *„Im Lehrgang findet man trotz des hohen Verdienstes große Unruhe. Obwohl ich selber zweifel an dem Plan, dass diese Sache bestehen bleiben soll. Solange es geht, mache ich mit."*

Der Neuaufbau des noch jungen DDR-Fußballs erfolgt getreu dem sowjetischen Vorbild. Die seit 1948 überall im Land entstandenen Betriebssportgemeinschaften erhalten nun einen zentralen Überbau. Ausschlaggebend dafür sind die Erfahrungen, dass viele Betriebe oder Institutionen wirtschaftlich gar nicht in der Lage oder unfähig waren, die Sportgemeinschaften, wie eigentlich erforderlich, auszustatten. Die daraus resultierende Unterversorgung soll mit der Zuordnung von Trägerbetrieben mit entsprechendem Potenzial unter das Dach einer zentralen Sportvereinigung gestellt werden. Diese »Sportvereinigungen« (SV) werden entsprechend ihrer Namensgebung bestimmten Wirtschaftszweigen zugeordnet.

So bekommen die Vereine der SV Lokomotive künftig ihre finanziellen Mittel von der Deutschen Reichsbahn. Bei Mannschaften der SV Motor fungiert der Schwermaschinenbau als Geldgeber, bei der SV Aktivist steht der Tagebau dahinter, bei der SV Stahl die Metallurgie, bei der SV Fortschritt die Bekleidungsindustrie. So wird es (bis 1957) insgesamt 18 dieser neu gegründeten Sportvereinigungen geben: Aktivist, Aufbau, Chemie, Dynamo (1952 Fusion mit Deutscher Volkspolizei), Einheit, Empor, Fortschritt, Lokomotive, Medizin, Motor, Post, Rotation, Stahl, Traktor, Turbine, Vorwärts, Wismut und Wissenschaft.

Die erste dieser Sportvereinigungen wird am 12. Mai 1950 gegründet – es ist die SV Wismut, die damit eine Vorreiterrolle bekommt: *„Die wachsende Bedeutung des Uranbergbaus geht mit dem Ehrgeiz der Wismut AG einher, sich im DDR-Sport zu etablieren und internationale Erfolge anzustreben."* Zwei Tage später weiß auch Walter Fritzsch über die neuen Entwicklungen Bescheid. Seine Lehrgangs-Elf bestreitet das nächste Vorbereitungsspiel als »SV Wismut« und fährt unter diesem neuen Namen in Lauter gegen Textil Cottbus einen 5:1-Erfolg ein. *„Schlechte Leistung"*, befindet der Trainer und hakt die 90 Minuten schnell ab. Historisch ist es auf jeden Fall! Selbst wenn es schon den einen oder anderen Auftritt unter diesem oder einem ähnlichen Namen gegeben hatte – dieses erste Spiel nach der offiziellen Gründung der SV Wismut kann als »Geburtsstunde der Wismut-Elf« betrachtet werden – geschehen am 14. Mai 1950!

Noch vor diesem Test war kräftig gesiebt worden. Wer soll, wer will, wer darf in Rabenstein bleiben? Die Wackelkandidaten werden im persönlichen Gespräch befragt. Für Tormann Othmar Grimm (verletzt), Halbstürmer Heinz Weber, Linksaußen Ullmann oder die beiden Läufer Fritz Weigel und Harry Wendler endet der Lehrgang vorzeitig. Mangels Leistung, mangels Überzeugung – die Gründe sind bei allen ähnlicher Natur und der eine oder andere ist sogar froh darüber. Das Pensum, die Umstände, die Forderungen.

Auch für Walter Fritzsch endet ein Kapitel endgültig. Als er im Cainsdorfer Turnerheim zum Spiel gegen Wilkau erscheint, trifft er auf ernste Mienen und hört nur knappe Kommentare: *„Du spielst bei uns nicht mit!“* Der einstige Spielertrainer ist irritiert, doch da hört er auch schon den Grund: *„Oder willst Du noch mehr Spieler von Cainsdorf abziehen?!“* Walter Fritzsch hat verstanden. Tage später holt er seinen Spieler-Pass. Ist seine Laufbahn als Fußballer damit auch zu Ende?

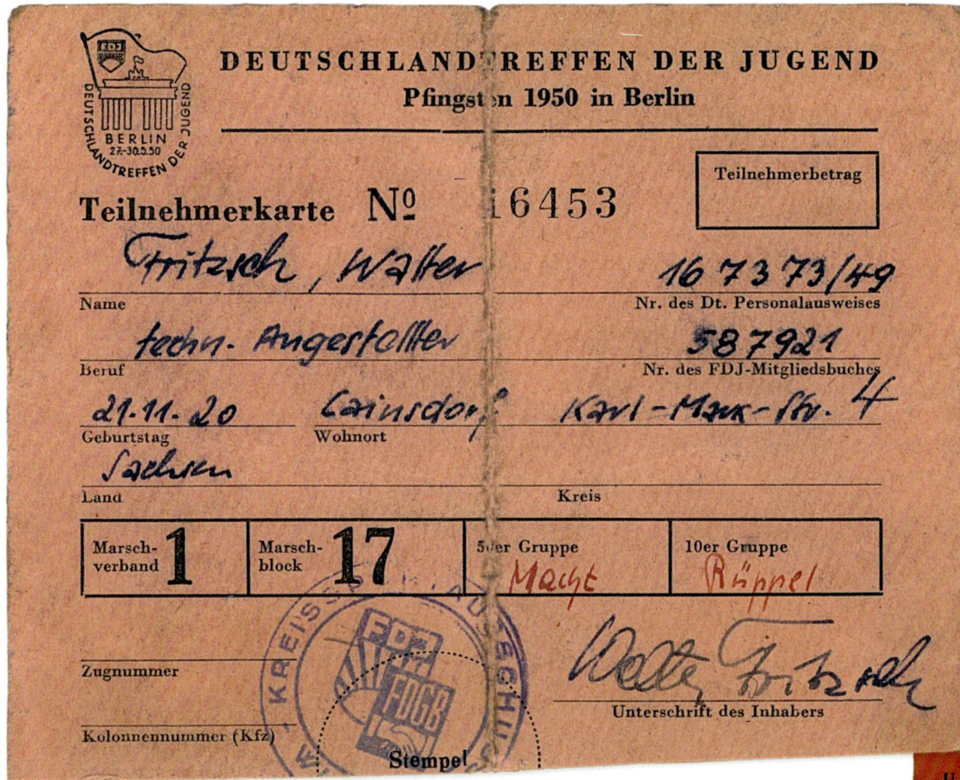

DEUTSCHLANDTREFFEN DER JUGEND
Pfingsten 1950 in Berlin

Teilnehmerkarte № 16453

Teilnehmerbetrag

Name	Nr. des Dt. Personalausweises
Fritzsch, Walter	16 73 73/49

Beruf	Nr. des FDJ-Mitgliedsbuches
techn. Angestellter	587921

Geburtstag	Wohnort	
21.11.20	Cainsdorf	Karl-Marx-Str. 4

Land	Kreis
Sachsen	

Marschverband	Marschblock	5er Gruppe	10er Gruppe
1	17	Macht	Rüppel

Zugnummer

Kolonnennummer (Kfz)

Stempel

Walter Fritzsch
Unterschrift des Inhabers

Am Donnerstag vor Pfingsten trifft sich die Lehrgangs-Mannschaft der »SV Wismut« um 19 Uhr auf dem Sportplatz in Schwarzenberg. Walter Fritzsch hat schon Proviant für alle gefasst; es gibt Wurst, Butter und Semmeln. Im Güter-Wagen machen sie sich es so bequem, wie es unter diesen Umständen eben geht. Abfahrt ist um 21:30 Uhr, die Reiseroute führt über Lauter, Aue, Zwickau, Chemnitz, Riesa sowie Elsterwerda und endet 14 Stunden später in Berlin, auf dem Schlesischen Bahnhof (ab Dezember 1950: Ostbahnhof). Das Staunen ist groß, als sie von einem kunterbunten Gewimmel in Empfang genommen werden. Blaue Hemden überall, dazu unzählige gelbe Trainingsanzüge, aber auch rote, braune und weiße. Die ankommenden Delegationen haben alle ein Ziel, das Deutschlandtreffen der Jugend in Berlin.

Gute zwei Kilometer Fußmarsch liegen vor ihnen, das Quartier soll sich im Arbeitsamt-Mitte am Alexanderplatz befinden. Walter Fritzsch freut sich auf dieses Pfingst-Wochenende – zumal auch Käthe als Teilnehmerin der Massenübung im Turnen nach Berlin gefahren ist. Seit geraumer Zeit geht sie jeden Montag zum Sport. Dabei hatten sie in der Turnhalle seit Februar mit wachsender Begeisterung für den großen Auftritt der Turner beim Deutschlandtreffen geübt. Ob am Montag alles klappen wird? Zunächst staunt Walter Fritzsch angesichts der in alle Richtungen strömenden Menschenmassen. 700.000 Jugendliche werden erwartet, hört er dann im Arbeitsamt, wo ein Organisations-Büro eingerichtet worden ist. Ihr Quartier entpuppt sich als Zehn-Mann-Zimmer mit ausgelegtem Stroh als Schlafgelegenheiten. Am späten Nachmittag macht sich Walter dann auf die Suche nach Käthe. Stundenlang kämpft er sich durch überfüllte Straßen und Plätze. Immer wieder hörte er die Liedzeile: *„Auf den Straßen, auf den Bahnen. Seht ihr Deutschlands Jugend zieh’n. Hoch im Blauen fliegen Fahnen: Blaue Fahnen nach Berlin!“* Als er das Quartier der Turnerinnen aus Zwickau endlich gefunden hat, hebt Dorle, die Frau von Erich Jahnsmüller, bedauernd die Hände: Käthe wollte ins Kino!

Den Pfingstsonnabend nutzt Walter Fritzsch für einen Besuch der Leichtathletik-Wettkämpfe im »Stadion Mitte«, das vor wenigen Tagen als »Walter-Ulbricht-Stadion« neu eröffnet wurde. Noch im Oktober 1949 hatten sich an dieser Stelle eine als »Sachsenauswahl« getarnte deutsche Elf und eine elegant aufspielende ungarische Gewerkschafts-Auswahl (1:2) gegenübergestanden. Länderspiel-Atmosphäre sollte suggeriert werden, doch die DDR-Fußballer müssen sich bis zur Aufnahme in den Fußballweltverband FIFA noch gedulden. Damals tummelten sich auf der schlichten Sportanlage 30.000 Zuschauer. Der Begriff »Stadion« schien für den Ist-Zustand mit den kahlen Rängen

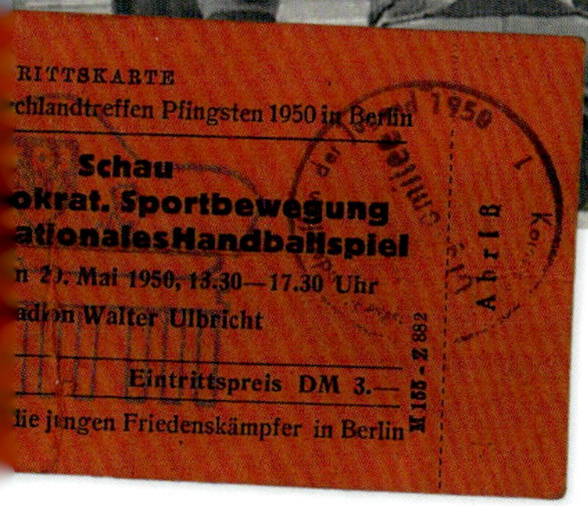

Treff der jungen Friedenskämpfer. Auf der Eintrittskarte heißt es noch »Stadion Walter Ulbricht«.

ein großes Wort. Nun hat sich die Kapazität der Besucherplätze in kürzester Zeit verdoppelt, dafür sind 230.000 Kubikmeter Schutt und 1.265 Tonnen Verblendersteine verarbeitet worden. Mit dem Ergebnis, dass das Stadion kaum wieder zu erkennen ist. Auch Walter Fritzsch kommt ins Schwärmen: *„Eine herrliche Sportanlage, welche in 4 Monaten erbaut wurde, da die West-Alliierten das Olympia-Stadion nicht freigaben. Es fasst 60.000 Zuschauer, ohne sich zu drängen. Leichtathletik – war sehr gut. Konnte einige Weltrekordler sehen, Zatopek usw.“*

Am Nachmittag wird er selbst aktiv, muss auf dem Bewag-Sportplatz gegen eine Berliner Auswahl im Gemischt-Kollektiv »Jena/SV Wismut« mangels Alternativen selbst die Töppen schnüren. Irgendwann entdeckt er sogar unter den Zuschauern seine Frau und ist glücklich. Das Vergleichsspiel, eins von unzähligen an diesem Pfingst-Wochenende in der großen Stadt, endet torlos. Danach schlendern die Eheleute Fritzsch durch die Straßen der Stadt und lassen sich treiben.

Ein aufgeregter FDJ-Funktionär stört die Ruhe am Sonntagmorgen: *„Ihr müsst dann mit marschieren!“* Wismut-Trainer Fritzsch findet das gar nicht gut und lehnt ab. Seine Spieler seien viel zu erschöpft. Als der Lärmpegel auf ein jedes andere Geräusch erstickende Maß steigt, stehen sie längst auf der Straße und lassen den Demonstrationszug an sich vorüberziehen. Mädels und Jungen, Männer und Frauen, singend, lachend, schreiend. Walter Fritzsch kennt inzwischen die Melodie: *„... aus dem Blauen strahlt die Sonne. Und sie leuchtet, Deutschland, dir. „Links und links!“ singt die Kolonne. Freie Deutsche Jugend, wir...“* Dazu werden Fahnen und Transparente geschwenkt, ein fröhlicher Endlos-Zug der guten Laune. Den jungen Fußballern in ihren schmucken Trainingsanzügen der SV Wismut und auch Walter Fritzsch gefällt dieser Trubel. Wichtig für ihn, ganz viele winken ihnen sogar zurück: *„Solch eine Begeisterung zu uns Fußballern war nicht zu glauben!“*

Am Nachmittag verfolgt er das Fußballspiel der DDR-Auswahl gegen eine tschechische Gewerkschaftsauswahl. 60.000 Neugierige sind gekommen. Die Gastgeber haben die drei Großbuchstaben auf der Brust: D-D-R. Mit Breitenstein und Satrapa tragen auch zwei Zwickauer das Auswahltrikot. Torhüter Kurt Birkner und Stürmer Rolf Drognitz werden vom Stadionsprecher als Angehörige von »Tabak Dresden« verlesen. Walter Fritzsch ist irritiert, gehören beide noch im April der SG Dresden-Friedrichstadt an, die das entscheidende Punktspiel um die erste DDR-Meisterschaft gegen Horch Zwickau mit 1:5 verlor. Nur wenige Tage nach Pfingsten werden die zwei Dresdner Fußballer ihren Friedrichstädter Kameraden folgen, die sich schon vor dem Pfingst-Wochenende nach Westberlin abgesetzt hatten.

Kurz vor der Halbzeitpause brandet stürmischer Beifall auf. Aufklärung liefert der Stadionsprecher: Walter Ulbricht und Max Reimann seien soeben eingetroffen. Das ganze Stadion hat sich nun erhoben. Augenblicke später fällt das Tor des Tages, erzielt von den Gästen. Walter Fritzsch zeigt sich trotz der Niederlage vom Auftritt der DDR-Elf beeindruckt: *„Sie spielten sehr schnell.“* Auch den von Max Reimann gesprochenen Satz behält er im Ohr: *„... wir erhoffen in Kürze ein geeintes Deutschland...“*

Am letzten Tag des Deutschlandtreffens erfährt die gute Grundstimmung des Trainers einen erheblichen Dämpfer. Walter Fritzsch ist schon früh auf den Beinen: *„9 Uhr war ich im Mitte-Stadion, bei der Hauptprobe der Turn-Übung."* Er hat Käthe versprochen, ihrem Auftritt bei den Massenübungen im Rahmen der Sportschau beizuwohnen. *„Aus Stahl wird Brot"* – heißt ein Motto der vielen Delegationen aus allen Teilen der DDR. Die Sportler aus Mecklenburg-Vorpommern symbolisieren mit ihren »lebenden Traktoren« die Arbeit der MAS. Walter Fritzsch zeigt sich ob dieser Darbietung beeindruckt. Dann sind die sächsischen Turner an der Reihe. Nach der Hauptprobe wird gescherzt und gelacht. Käthe gefällt die lockere Atmosphäre. Alle fiebern der Premiere der Sportschau im ausverkauften Stadion entgegen. Für ihren Walter hat sie gerade keine Zeit, der aber versteht die Welt nicht mehr. Sieht nur die schäkernde Meute und bekommt schlechte Laune: *„Hier war ich von Käthe erstmalig gegenüber von mir enttäuscht worden. Sie fühlte sich wahrscheinlich erst 16 Jahre: Sie machte allerhand Neckereien mit, von der sich eine verheiratete Frau entfernen und nicht einlassen sollte. Ich bin erschüttert."*

Zum Glück bietet das Deutschlandtreffen genug Ablenkung und die kann er jetzt gut gebrauchen. Ein Fußballspiel zieht ihn in seinen Bann. Es ist eine wilde Kombination – »Sachsen/Sachsen-Anhalt/Thüringen«, die auf eine DDR-Studentenauswahl (1:4) trifft. Das Drei-Länder-Kollektiv kann nur dreißig Minuten lang mithalten. Dann ziehen Georg Buschner, Rudi Krause (beide spätere DDR-Auswahltrainer) und der alles überragende Horst Scherbaum (wird 1967 als Trainer mit dem FC Karl-Marx-Stadt DDR-Meister) das Tempo an und bringen mit ihrem flotten Spiel den vergnatzten Walter Fritzsch auf andere Gedanken. *„Sprach mit Käthe, dass ich bereits um 22:01 ab Schlesischen Bahnhof abfahre. Sie kann mitfahren und fuhr auch mit. Hatte ein wenig Arbeit."*

Nach der Rückkehr aus Berlin geht der Wismut-Lehrgang in Rabenstein in die nächste Runde. Zum 31. Mai 1950 fertigt Walter Fritzsch die erste Monats-Auswertung: *„Ernährung: Muss mehr Vitamine erhalten, Rettiche, Salat. Kleidung: fehlt es noch an Trainingsanzügen. Sportgeräte: Seile, Gummibälle, Boxhandschuhe."* All diese Dinge gehören zu den lösbaren Aufgaben. Deutlich umfangreicher fallen seine Anmerkungen zum Punkt *„Disziplin"* aus: *„Lässt viel zu wünschen übrig ... Muss immer wieder von Schüller hören, man lebt wie im Gefängnis. Das Rauchen bürgert sich stärker ein. Im Unterricht wird das pünktliche Erscheinen nach Belieben gehalten. Ebenso die Mittagsruhe, wird von einigen Sportlern nicht mehr eingehalten."*

Auch fußballerisch sieht Walter Fritzsch große Defizite: *„Es fehlt an Schnelligkeit, Wendigkeit, Ausdauer, Härte, Kondition. In der Bewegung die Ballaufnahme, Ballweitergabe und der Torschuss. Gute Ballabgabe vom Gegner weg. Täuschen mit Körper und Ball. Das Ergänzen und Platzwechsel im Spiel."*

Niemandem kann verborgen bleiben, dass es zwischen Trainer und Mannschaft gravierende Differenzen gibt. Ab Juni 1950 wird das Miteinander für Walter Fritzsch zum Stahlbad. Beim Bezirkssportausschuss Wismut in Chemnitz fordert man ihn auf, das Training härter durchzuführen. Wie zur Bestätigung setzt es am Tag darauf in Reinsdorf bei der dortigen BSG Kompressor eine überraschende Pokalpleite. Nach 120 Spielminuten heißt es 3:4, das Fazit von Walter Fritzsch: *„Der kleine Platz, der Kampfgeist der BSGler und die Unvernunft, dass keine Lehre angenommen wurde (Dribbeln) brachte den Gegnererfolg."*

Schon vor dem Spiel gab es Ärger: *„Tröger, Willy haute vom Lehrgang ab."* Am folgenden Tag erscheint mit Armin Günther der nächste Spieler nicht zum Wettkampf gegen Bad Brambach. Die SV Wismut verliert mit 1:2, Fritzsch restlos bedient: *„Von diesem Spiel ist es unnötig zu kritisieren."* Die Zahl der Konflikte, aber auch Art und Schwere, nehmen zu. Als er ins Werk nach Cainsdorf geht, um sich von seiner einstigen BSG abzumelden, gibt`s schon wieder Ärger: *„Hatte große Auseinandersetzungen, welche doch zum Siege für mich endeten. Denn man wollte mir den Hahn abdrehen."* Am nächsten Tag muss er seine Einschätzung revidieren, damit konnte er nicht rechnen: *„Ich bin von der Mechanik entlassen worden. Über die kommende Zeit mache ich mir keine Sorgen. Wie es kommt, muss man es mitnehmen."* Dazu gibt es schlechte Nachrichten aus der Wismut-Zentrale: *„Heute erfuhr ich, dass man nur 370,- netto verdienen soll. Natürlich ist das auch noch genug. Aber, man kann nicht immer damit weiterkommen."*

Die Elf von Walter Fritzsch (r.) gegen Freiheit Wismut Lauter 1950/51. Torwart Roth (2.v.r.) mit leichtem Bauchansatz

Die explosive Stimmung beim Lehrgang fordert die Verantwortlichen zum Handeln. Am 7. Juni 1950 richtet Lehrgangsleiter Kurt Gogsch mahnende Worte an das Kollektiv und kündigt an, ab sofort in Rabenstein mitzumachen. *„Er bleibt jetzt hier und wird das Training mit leiten. Für mich ist es jetzt bedeutend einfacher, weil ich mich jetzt meiner Arbeit besser widmen kann."* Die Hoffnungen von Walter Fritzsch kollidieren mit den noch immer kritischen Stimmen der vornehmlich älteren Spieler. Die Lehrgangsteilnehmer wollen sich mit der personellen Korrektur nicht zufrieden geben. Offenbar wird es eng für Walter Fritzsch: *„Jetzt machen sich langsam die Oppositionen gegen mich bemerkbar. Also stark bleiben!!! Es bilden sich Spieler ein, wie Weißflog, Süß, Reich, die mit mir nicht mehr einverstanden sein wollen, weil ich zu stur sei."* Die folgende Zeile im Tagebuch ist mit grünem Stift abgehoben und deutlich größer geschrieben: *„Soll ich es wirklich sein?"*

Als Walter Fritzsch am 17. Juni 1950 nach absolviertem Morgenlauf pünktlich um 8 Uhr den Theorie-Unterricht eröffnet und über das Dreieck-Spiel referiert, steht plötzlich ein Mann in der Tür des Schulungsraumes. Vorgestellt wird er von Kurt Gogsch, der sich mit ihm durch die Türöffnung schiebt. Es sei der Vertreter des SED-Kreisvorstandes, er hätte Wichtiges zu sagen. Die Spieler spitzen die Ohren, worum könnte es gehen? Der Genosse kommt direkt zur Sache: *„Seit einigen Wochen ist in unermüdlicher Tag- und Nachtarbeit und durch freiwilligen Arbeitseinsatz von tausenden von Kumpels des Erzbergbaus und der Sportler der im Bau befindliche Hauptplatz der Stadion-Anlage fertiggestellt worden. Nun steht die erste große Sportveranstaltungen an, zu der sich auch Sachsens Ministerpräsident Max Seidewitz angekündigt hat. Zur feierlichen Stadion-Weihe findet morgen ein wichtiges Fußballspiel statt. Gegner ist die Sachsen-Auswahl, die unbedingt, ich wiederhole, die unbedingt zu schlagen ist!"* Ein kollektives

Nicken geht durch die Reihen, als der SED-Funktionär seine Ausführungen mit dem Nachsatz schließt: *„Es hängt sehr viel daran!“*

Die Wismut-Elf braucht eine Halbzeit, um ihre Linie im Spiel zu finden. Zwei frühe Verletzungen lassen das Kollektiv in den ersten 45 Minuten immer wieder davon abkommen. Martin Fritzsch und Siegfried Wolf werden durch Lenk und, zur allgemeinen Überraschung der 20.000 Zuschauer, durch Wismut-Trainer Walter Fritzsch ersetzt. Allerdings liegen die Gastgeber da bereits mit 0:2 zurück. *„Dann erst kam Farbe ins Spiel und wir hatten richtigen Schwung in den Reihen. Der Rasen ist noch sehr weich“*, beschreibt der Spielertrainer den Fortgang der gestarteten Aufholjagd. Beim Stand von 1:3 muss mit Paul Süß der nun schon dritte Wismut-Spieler verletzt vom Platz. Für ihn kommt Siegfried Näcke. Wismut kämpft, Wismut spielt – doch dem Ausgleich zum 3:3 folgt postwendend der Siegtreffer der Sachsen-Auswahl. Es soll einfach nicht sein, aber sie haben alles gegeben. Begleitet vom Beifall des Publikums verlassen Walter Fritzsch und seine Mannen völlig ausgepumpt das Spielfeld.

Drei Tage frei sind besonders für den Trainer zum Luftholen wichtig. Für den kommenden Donnerstag wurde beim Lehrgang auf Wunsch der Mannschaft eine freie Aussprache angesetzt. Das Thema ist er selbst. Die Lehrgangsteilnehmer wollen sich in Bezug auf seine Person, sein Agieren und seine Methoden äußern. Anschließend soll Walter Fritzsch die Möglichkeit der Stellungnahme erhalten, also Kritik und Selbstkritik. Der Ausgang dieser Aussprache scheint offen, wird er danach etwa abgesetzt?

Zu Hause in Cainsdorf versucht er sich mit normalen Alltagshandlungen abzulenken. Doch das Aufräumen der Bodenkammer gerät zur einzigen Grübelei. Was, wenn sich die Spieler mit ihrer Meinung durchsetzen? Wäre seine hauptamtliche Trainertätigkeit dann schon wieder beendet? Käthe schafft es, ihn aus dem Gedankenkarussell zu reißen. Sie will mit ihm ins Planitzer Bad. Am frühen Abend gehen sie ins Kino, wo »Titanic« (1943, Katastrophenfilm) läuft. Am nächsten Tag gibt es ein ähnliches Programm. Wieder lockt die Abkühlung im erfrischenden Nass, dann besuchen sie seinen Bruder Gerhard. Schließlich ist Käthe die Patentante des kleinen Dieter. Noch scheint der Donnerstag ganz weit weg.

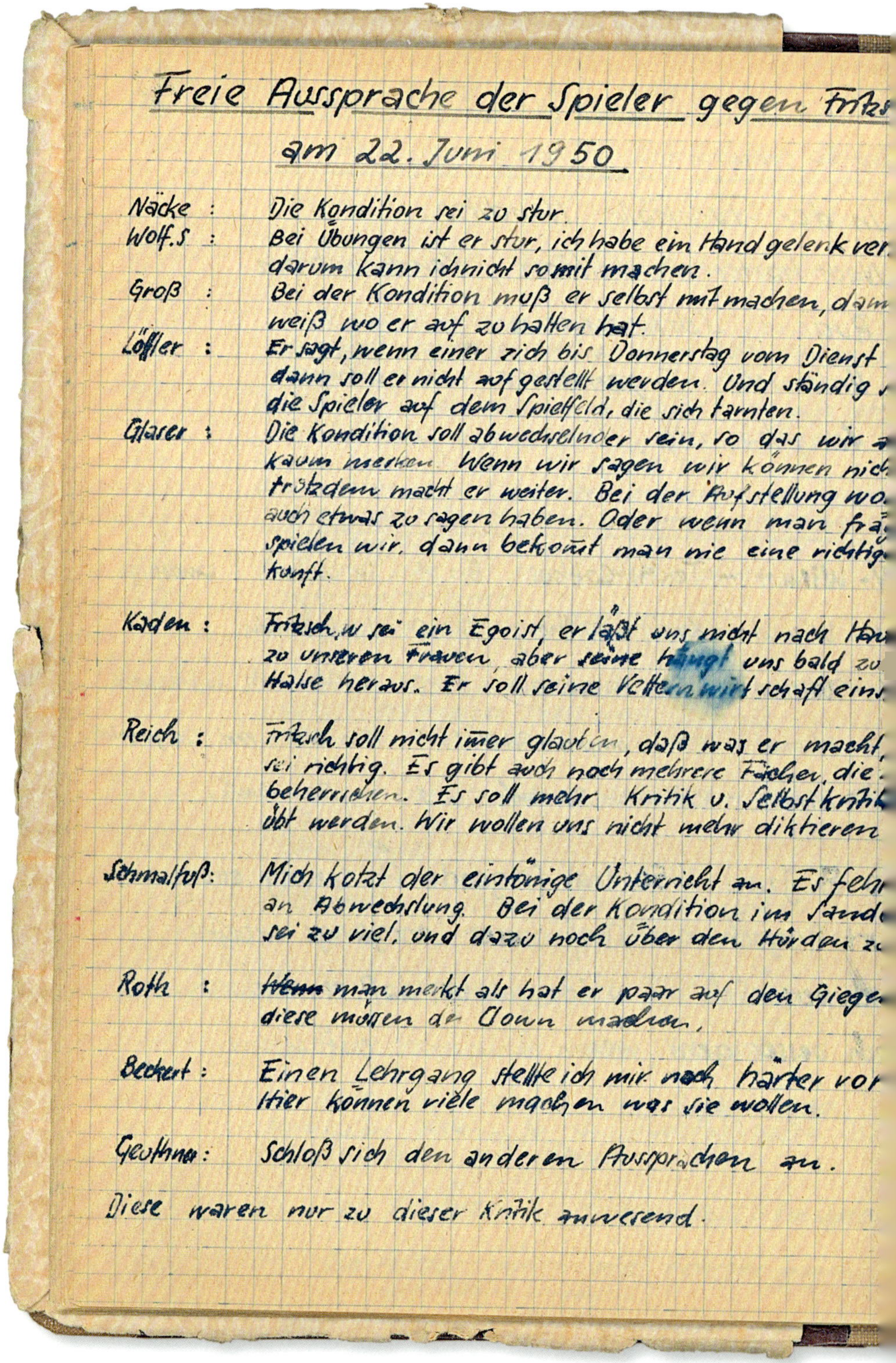
Freie Aussprache der Spieler gegen Fritzs

am 22. Juni 1950

Näcke : Die Kondition sei zu stur.
Wolf. S : Bei Übungen ist er stur, ich habe ein Handgelenk ver.
darum kann ich nicht so mit machen.
Groß : Bei der Kondition muß er selbst mit machen, dam
weiß wo er auf zu halten hat.
Löffler : Er sagt, wenn einer sich bis Donnerstag vom Dienst
dann soll er nicht aufgestellt werden. Und ständig
die Spieler auf dem Spielfeld, die sich tarnten.
Glaser : Die Kondition soll abwechselnder sein, so das wir
kaum merken. Wenn wir sagen wir können nic
trotzdem macht er weiter. Bei der Aufstellung wo
auch etwas zu sagen haben. Oder wenn man frä
spielen wir, dann bekomt man nie eine richtig
kunft.

Kaden : Fritzsch w sei ein Egoist, er läßt uns nicht nach Hau
zu unseren Frauen, aber seine hängt uns bald zu
Halse heraus. Er soll seine Vetternwirtschaft eins

Reich : Fritzsch soll nicht imer glauben, daß was er macht,
sei richtig. Es gibt auch noch mehrere Fächer, die
beherrschen. Es soll mehr Kritik u. Selbstkritik
übt werden. Wir wollen uns nicht mehr diktieren

Schmalfuß: Mich kotzt der eintönige Unterricht an. Es feh
an Abwechslung. Bei der Kondition im Sand
sei zu viel, und dazu noch über den Hürden z

Roth : ~~Wenn~~ man merkt als hat er paar auf den Giege
diese müssen den Clown machen.

Beckert : Einen Lehrgang stellte ich mir noch härter vor
Hier können viele machen was sie wollen.

Geuthner : Schloß sich den anderen Aussprachen an.

Diese waren nur zu dieser Kritik anwesend.

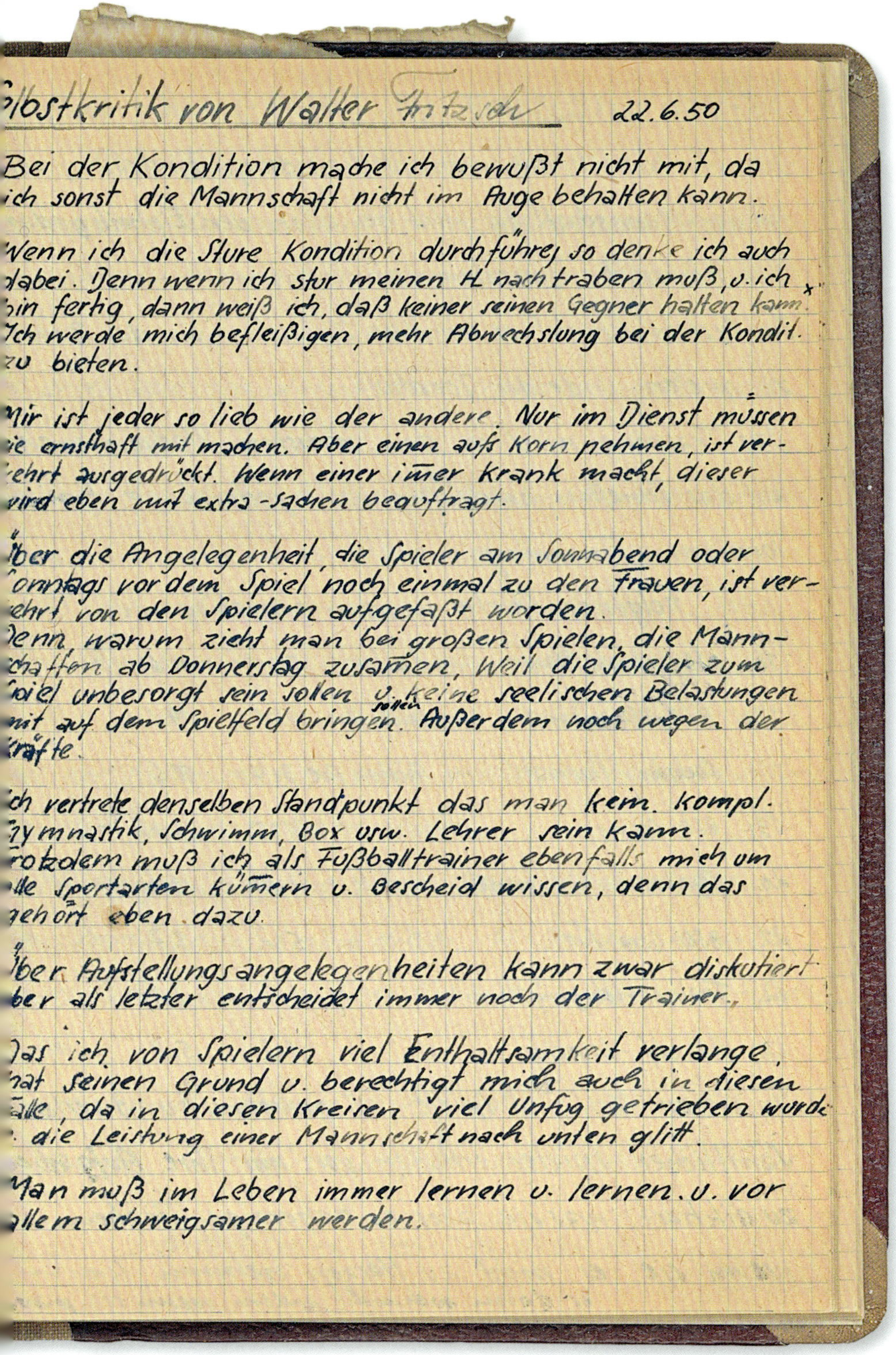
Selbstkritik von Walter Fritzsch 22.6.50

Bei der Kondition mache ich bewußt nicht mit, da ich sonst die Mannschaft nicht im Auge behalten kann.

Wenn ich die Sture Kondition durchführe, so denke ich auch dabei. Denn wenn ich stur meinen H. nachtraben muß, u. ich bin fertig, dann weiß ich, daß keiner seinen Gegner halten kann. Ich werde mich befleißigen, mehr Abwechslung bei der Kondit. zu bieten.

Mir ist jeder so lieb wie der andere. Nur im Dienst müssen sie ernsthaft mit machen. Aber einen aufs Korn nehmen, ist verkehrt ausgedrückt. Wenn einer imer krank macht, dieser wird eben mit extra-Sachen beauftragt.

Über die Angelegenheit, die Spieler am Sonnabend oder Sonntags vor dem Spiel noch einmal zu den Frauen, ist verkehrt von den Spielern aufgefaßt worden.
Denn, warum zieht man bei großen Spielen, die Mannschaften ab Donnerstag zusamen, Weil die Spieler zum Spiel unbesorgt sein sollen u. keine seelischen Belastungen mit auf dem Spielfeld bringen sollen. Außerdem noch wegen der Kräfte.

Ich vertrete denselben Standpunkt das man kein. kompl. Gymnastik, Schwimm, Box usw. Lehrer sein kann. Trotzdem muß ich als Fußballtrainer ebenfalls mich um alle Sportarten kümmern u. Bescheid wissen, denn das gehört eben dazu.

Über Aufstellungsangelegenheiten kann zwar diskutiert aber als letzter entscheidet immer noch der Trainer.

Das ich von Spielern viel Enthaltsamkeit verlange, hat seinen Grund u. berechtigt mich auch in diesen Fälle, da in diesen Kreisen viel Unfug getrieben wurde u. die Leistung einer Mannschaft nach unten glitt.

Man muß im Leben immer lernen u. lernen. u. vor allem schweigsamer werden.

Walter Fritzsch fertigt eine Übersicht, was der Trainingsplan für den nächsten Monat enthalten muss. Mit Rudern und Schwimmen soll etwas mehr Abwechslung ins Programm. Harte Konditionsarbeit steht aber ganz oben auf der Liste, sowohl in der Turnhalle, als auch auf dem Platz. Ein Blick auf die Uhr verrät, er muss sich sputen. Will er es noch pünktlich zum Anstoß der Planitzer gegen Wilkau-Haßlau schaffen. Offiziell heißt sein ehemaliger Verein jetzt SV »Aktivist« Steinkohle Zwickau. Geblieben sind die alten Vereinsfarben, schwarz-gelb. In der Halbzeitpause bekommt er geflüstert, dass die Planitzer einen hauptamtlichen Sportlehrer suchen und Walter Fritzsch scheint für einen Moment irritiert: Wäre das nicht etwas für ihn?

Plötzlich steht der Donnerstag vor der Tür, der Wecker klingelt in aller Hergottsfrühe. Um vier Uhr sitzt er schon in der Straßenbahn nach Zwickau. Sein Zug fährt um 5:18 Uhr nach Siegmar. Pünktlich um sieben Uhr beginnt die freie Aussprache: *„Ich merkte sofort, dass hier etwas nicht stimmt, denn Gogsch Kurt war zu ruhig. Und, jawoll, ich hatte recht. Man machte mir Vorwürfe: ich würde Fritzsch, M. bevorteilen. Im Training bei der Kondition sei ich zu stur. Ich sollte lieber mitmachen, denn ich wüsste nie, wenn die Sportler fertig wären. Kaden belebte diese Angelegenheit besonders und dabei wird er noch persönlich. Weil ich sie nie nach Hause lassen würde.“*

Die Aussprache hat etwas von einem schweren Sommergewitter. Danach ist die Luft klar, es riecht wunderbar frisch und alles scheint sauberer. Walter Fritzsch notiert am Tag danach: *„Heute waren die Spieler bedeutend ruhiger.“* Hat da etwa wirklich ein Umdenken eingesetzt? Schon der nächste Morgenlauf bringt dem Trainer die Gewissheit, dass seine Fußballer noch immer die alten sind: *„Kaden, Glaser, Löffler tarnten sich und stahlen sich davon. Dann ging Kaden zum Friseur und erschien daher später zum Training.“*

Drei Testspiele stehen noch vor dem Urlaub an. Das 11:0 gegen die BSG Geyer ordnet Walter Fritzsch als bessere Trainingseinheit ein. Der nächste freie Tag ist bei ihm und seiner Frau für die Vorbereitungen ihrer Reise an die Ostsee reserviert: *„Fuhren* *nach Zwickau, Poliklinik. Käthe Untersuchung Binz. Kauften einen Koffer, 30,-Mark. Gingen zu Till – Badehosen stricken lassen."* Dann wartet schon die Stadtauswahl Chemnitz, sie entpuppt sich als Mannschaft von einem ganz anderen Kaliber: *„Ich spielte selbst, mit verstauchter linker Mittelzehe. Unser stärkster Gegner, und wir bezwangen ihn. Gewannen glücklich 2:1."*

Das Spiel in Aue ermöglicht dem Trainer, in der folgenden Nacht zu Hause zu schlafen. Am nächsten Vormittag gibt es trotz der Spielbelastung ein ordentliches Trainingsprogramm: *„10:30 Uhr sehr harte Laufschule durchgeführt. Ballspiele. Turmspringen, 3x 3 m – 50 m Schwimmen."*

Eine Woche noch bis zur Abreise nach Binz. Da wird das Mannschaftsklima im Wismut-Lehrgang noch einmal auf eine Probe gestellt: *„Abendbrot gut, aber mir schmeckt nichts. Diskussion, weil ich Kaden, Glaser, Löffler nicht spielen lassen will."* Die Absicht von Walter Fritzsch bekommt im Kreise der Mannschaft eine Zuordnung: Klare Retourkutsche für die Sache beim Morgenlauf kürzlich! Der Trainer kennt kein Pardon und sieht sich nach dem 5:2-Erfolg gegen Gera-Süd bestätigt. Namen sind Schall und Rauch. Es geht um Disziplin, Wille und Ehrgeiz!

Die Spieler können nun in aller Ruhe ihre Koffer packen. Der Trainer aber hat noch einen ziemlich wichtigen Termin. Auf der Südkampfbahn Chemnitz (heute Sportforum) muss er am 4. Juni 1950 die praktische Prüfung in Sachen »Fußball-Training« ablegen. Knapp sieben Stunden dauert die Angelegenheit, dann verlässt er das Stadion mit einem Lächeln. Walter Fritzsch hat bestanden. Mit diesem Erfolgserlebnis widmet er sich den verbliebenen Aufgaben vor dem Ostsee-Urlaub: *„Die Binz-Fahrt ist noch nicht 100 %. Habe viel zu erledigen. Aber ich werde die Fahrt für den Lehrgang klären."* Stunden später kommt die finale Bestätigung, morgen kann es wirklich wie geplant losgehen.

„6. Juli 1950 – Fuhren schwer bepackt mit Badeausrüstung und Klamotten zum Bahnhof. 17:12 Uhr ging der Eilzug ab Zwickau. 21:52 Uhr ab Leipzig mit Bäderzug nach Putbus, trafen 9:30 ein. Mit der Kleinbahn nach Binz."

Erholung nach einem anstrengenden Premieren-Jahr an der Ostsee für Walter und Käthe

Walter Fritzsch organisiert die Belegung der Zimmer und Verpflegung. Er erhält die Essenmarken und auch kostenlose Eintrittskarten für das Varieté. Schließlich ist es ein »Aktivurlaub« für die Lehrgangsteilnehmer. Nach dem Mittagessen im »Hotel Sirene« genießt der Trainer einen großartigen Moment. Er steht zum ersten Mal in seinem Leben am Meer: *„Der Eindruck war für mich nicht mit Worten zu sagen. Das Wasser, die Farbenpracht. Die Mannschaft ist mit zwei Fußballern in einem Zimmer untergebracht."*

Ab 1945 waren fast alle Hotels, Pensionen und Villen in Binz durch Flüchtlinge und Umsiedler belegt. Den Sommer 1950 erlebt das einstige Fischerdorf als »Bad der SDAG Wismut« unter dem Motto: »Sonne – Wasser – Wald«. Die Fußballer aus dem Erzgebirge dürfen sich glücklich schätzen, sie gehören zu den ersten Gästen im Ostseebad mit neuem Status. Am Abend des ersten Tages stellen sich Käthe und Walter auf die Waage. Natürlich werden die Angaben im Tagebuch festgehalten, schließlich will der akribische Trainer wissen, wie gut so ein Urlaub tut: *„Käthe wiegt mit Kleidung 122 Pfund, ich 114."*

Den ersten Urlaubstag verbringt das Ehepaar Fritzsch zunächst am Strand, sie genießen die Sonne und das Meer: *„Haben einen Strandkorb. War zweimal im Wasser, viel anders als wenn man im Stadt- oder im Hallenbad schwimmt. Das Wetter war sehr schön."* Die für die Spieler angeordnete Mittagsruhe nutzt der Trainer für das Erledigen der Post. Vor ihm liegt ein ganzer Stapel Ansichtskarten. Bedacht werden neben Familie, Freunden und Bekannten auch der Wismut-Direktor, der BSA, der FDGB-Kreisvorstand, seine SED-Ortsgruppe sowie die Redaktion der »Fuwo« in Ostberlin. Am Nachmittag müssen die Fußballer auf dem Sportplatz in Binz ran. Allerdings fällt ihnen das Kicken beim 12:2 gegen eine sowjetische Kreisauswahl nicht schwer. Walter Fritzsch und seine Frau runden diesen gelungenen Tag nach einem üppigen Abendbrot mit einem Spaziergang ab, bevor sie für einige Runden das Tanzbein schwingen.

„10. Juli 1950 – Man schläft wie eine Ratte. Die Seeluft macht doch müde. 10:30 Uhr war der Mitteldeutsche Rundfunk da und machte Funkaufnahme von uns, die am 23.7.50 zwischen 11 und 18 Uhr durch Leipzig gesendet wird. Mittagessen sehr gut. Das Wetter schlägt um, am Nachmittag regnet es."

Am 14. Juli 1950 veröffentlicht das »Deutsche Sport-Echo« die Staffeleinteilung der neuen DS-Liga. Die zweithöchste Spielklasse im DDR-Fußball besteht aus einer Nord- und einer Südstaffel mit jeweils zehn Vertretungen. Demnach trifft Wismut (Aue) auf Fewa Chemnitz, Freiheit-Wismut Lauter, Erich Zeigner (Leipzig), die SG Lauscha, Zeiss Jena, Lokomotive Nordhausen, Schuhmetro Weißenfeld, Hydrierter Zeitz und Concordia Wilhelmsruh. Bemerkenswert ist die Einordnung des Berliner Vertreters, für den in der Nord-Staffel ganz offensichtlich kein Platz gefunden werden konnte. Ganz frisch auch die Umbenennung von Lauter, die »fuwo« meldet am 18. Juli dazu: *„Die ehemalige Sportgemeinschaft Lauter, die in der vergangenen Serie die Staffelmeisterschaft in der sächsischen Landeskasse (Staffel West) errang, hat sich nach der Umgestaltung des Sportes nun der Sportvereinigung Wismut angeschlossen. Die neue Anschrift lautet ab sofort: BSG Freiheit Lauter, Telefon-Nummer 2155, App. 7, Amt Schwarzenberg."*

Gut eine Woche lang kann Wismut-Trainer Walter Fritzsch die Zeit in Binz genießen. Zeigt sich begeistert vom hohen Wellengang, wenn der Wind auffrischt, lässt sich den Dorsch munden, macht mit Käthe eine Rundfahrt im Motorboot, geht mit ihr in die Heidelbeeren und gemeinsam lauschen sie dem Volkspolizei-Ensemble. Doch die Urlaubsidylle wird schon bald nachhaltig gestört. Ab der zweiten Woche in Binz hatte Walter Fritzsch den Morgenlauf zum alltäglich Pflichtprogramm erklärt. Die Begeisterung seiner Fußballer hält sich in Grenzen und die Zahl der Arztbesuche schnellt in die Höhe. Aber das ist längst noch nicht

alles: *„Die Mannschaft ging mit Kaden an der Spitze zum Saufen, sie waren schwer angeheitert und schrien bei Tag auf der Straße herum. Sogar im Fußballdress. Aber zum Training konnte man keinen bewegen.“*

Kaum hat er Kenntnis von dieser kollektiven Eskapade, da meldet sich an diesem Montag ein Telegramm-Bote bei ihm. Walter Fritzsch traut beim Lesen der Zeilen seinen Augen nicht: *„Sofort abreisen, zum Trainerlehrgang nach Planitz!“* Ins Quartier geeilt, überbringt er Käthe die Nachricht. Sie planen ihre Rückreise für Mittwoch. Die Zeit bis dahin gestaltet sich turbulent. Rechtsverteidiger Heinz Glaser wird nach einem Arztbesuch mit Typhusverdacht ins Krankenhaus eingeliefert. Um andere Spieler zu schützen, trifft Walter Fritzsch ein paar Vorsichtsmaßnahmen. Ein ungutes Gefühl bleibt, als sie Binz verlassen.

Am Freitag dieser aufregenden Woche ist aus dem Trainer einer Lehrgangs-Mannschaft selbst ein Lehrgangs-Teilnehmer geworden. Er bekommt in der Planitzer Landessportschule ein Bett und einen Schrank für seine Sportsachen zugewiesen und schon kann die Trainer-Ausbildung beginnen. Sachsens Landestrainer Richard Hofmann genießt bei allen Kursisten ein hohes Ansehen. Seine einst erzielten 24 Tore in 25 Länderspielen lassen ahnen, welch glanzvolle Laufbahn »König Richard« hingelegt hat. Der Unterricht ist eine Mischung aus Theorie und Praxis, mit den Schwerpunkten Technik und Taktik, auch die Polit-Schulung darf nicht fehlen. Jeder Tag beginnt mit Frühsport.

Im Zwickauer Georgi-Dimitroff-Stadion absolvieren sie die Bedingungen für das neue Sport-Leistungsabzeichen der DDR: *„Ich sprang 1,55 m mit Schnur von vorne, 5 m weit, Kugel 6,75 m.“* Am Abend gibt es eine Filmvorführung, die Teilnehmer rücken geschlossen in den Kulturraum ein. Gezeigt wird das sowjetische Kriegsdrama »Der Fall von Berlin«. Der Zweiteiler war erst im Juni 1950 in Ostberlin uraufgeführt worden. Der Film endet mit dem Besuch Stalins in Berlin, wo er seinen Soldaten zum Triumph über Hitlerdeutschland gratuliert und sich selbst feiern lässt. In der Schlussszene darf die Heldin vom Filmbeginn, eine sowjetische Lehrerin, den Genossen Stalin küssen.

Die neuen Fußballklassen der DDR

Die Fußballsparte des DS teilt mit:

„Dem Antrag der Sparte Fußball mit der Einführung der Oberliga gab das Sekretariat des Deutschen Sportausschusses seine Zustimmung. Mit Beginn des Spieljahres 1950/1951, das am 1. August offiziell seinen Anfang nehmen wird, führt die demokratische Sportbewegung folgende Klassenbezeichnungen:

1. Oberliga mit Jungliga
2. Liga
3. Landesklasse
4. Bezirksklasse
5. Kreisklasse.“

Zu den Einzelheiten: die Oberliga besteht aus 16 Mannschaften, die Liga desgleichen. Die Beteiligten der Jungliga werden von den Oberligisten gestellt, wodurch eine besonders enge, erwünschte Verbindung zwischen den Senioren und den Jungtalenten besteht. So kommt es zu einem allmählichen Uebergleiten des Nachwuchses in die Liga-Atmosphäre. Zwischen Erfahrung und Lernfreudigkeit, zwischen keimendem Können und bestehender Routine tritt eine befruchtende Zusammenarbeit ein

Die DS-Oberliga steht selbstverständlich im Vordergrund des Fußballinteresses der DDR, besitzt doch auf Grund der angenehmen Erfahrungen der letzten DS-Liga die nunmehrige Oberliga ein verdoppeltes Interesse. Unter Einbeziehung der beiden Berliner Mannschaften VfB Pankow und Lichtenberg 47 sollte es reizvolle Kämpfe geben! Die 14 anderen Bewerber stehen fest (bis auf einen!), es sind das: Titelverteidiger Motor - Zwickau, Waggonfabrik-Dessau, KWU Erfurt diesmal von vornherein ein Favorit!), ZSG Union-Halle (mit größten Hoffnungen in den langen Meisterschaftskampf ziehend), Volksstimme Babelsberg, ZSG Industrie-Leipzig (neue Kräfte ergaben einen spielerischen Auftrieb), BSG Hans Wendler, BSG Franz Mehring, Gera-Süd, Einheit-Meerane, ZSG Altenburg (die am letzten Sonntag gegen ZSG Anker-Wismar 3 : 2 gewann), Sachsenverlag-Dresden, KWU Weimar, ZSG Groß-Räschen oder BSG Thale.

Pro Mannschaft also 30 Meisterschaftsspiele — so kommt es auf die Reserven an! 16 bis 17 Stammspieler werden notwendig sein, um gut „über die Runden“ zu kommen!

In der Oberliga und in der Liga steigen drei Sportgemeinschaften ab, drei kommen hinzu. Wir begrüßen die DS-Liga (höchstwahrscheinlich wird sie in zwei Gruppen aufgeteilt), weil damit Härten vermieden werden und der Uebergang planmäßiger erfolgt.

Die Teilnehmer der DS-Liga:

Union-Oberschöneweide,

die Sachsen BSG Wismut (angeschlossen ist SG Lauter), Fewa-Chemnitz, BSG Erich Zeigner oder BSG Meißen (höchstwahrscheinlich kommt es am 2. 7. zum Ausscheidungstreffen),

die Sachsen-Anhalter BSG Thale (sofern der Aufstieg nicht glückt), BSG Zeitz, ZSG Burg, Metro-Weißenfels (sofern BSG Thale aufsteigt) — sollte BSG Thale in die Liga kommen, werden Burg und Metro ein Ausscheidungstreffen austragen,

die Brandenburger ZSG Groß-Räschen (sofern der Aufstieg in die Oberliga nicht glückt), Textil-Cottbus, Volkspolizei-Potsdam, Reichsbahn-Cottbus (sofern Groß-Räschen der Aufstieg glückt),

die Mecklenburger ZSG Anker-Wismar, BSG Vorwärts-Wismar, BSG Vorwärts-Schwerin,

die Thüringer SG Lauscha, Zeiß - Jena, Lokomotive-Nordhausen.

Anfang August gibt es für Walter Fritzsch ein Wiedersehen mit seiner Mannschaft, dies geschieht unter äußerst bemerkenswerten Umständen. Sie stehen sich in Aue auf dem Fußballplatz gegenüber! Die SV Wismut tritt tatsächlich gegen die Auswahl des Trainerlehrgangs Sachsen an. Walter Fritzsch agiert als Läufer. Hinter ihm bilden sein alter Schulkumpel Heinz Krügel (jetzt Crimmitschau), Manfred Fuchs (Trainerassistent von Richard Hofmann an der sächsischen Landessportschule) und Rolf Kukowitz (Trainer und Dozent) eine überragende Deckungsreihe. Für den Wismut-Sturm ein unüberwindliches Bollwerk, so bleibt das Spiel zunächst torlos. In der Halbzeitpause fordert Richard Hofmann, er betreut die Elf des Trainerlehrgangs, mehr Angriffsschwung von seinen aktuellen und künftigen Kollegen: *„Jetzt zeigt den Dachsen mal, wo der Hammer hängt!“* Mit großer Freude verfolgt »König Richard« in der zweiten Spielhälfte, wie seine

Elf den Wismut-Kickern drei Tore einschenkt, den Gegner sicher beherrscht. So verlässt auch Walter Fritzsch mit einem breiten Grinsen den Rasen. Seiner Reputation hat das Spiel auf keinen Fall geschadet.

Der Prüfungstag in Planitz besteht aus drei Abschnitten: Am Vormittag die Konditionsprüfung (8:30–10:30), gefolgt von der politischen Prüfung (11–14 Uhr) und abschließend die mündliche Prüfung zum Thema: Der Übungsleiter und seine Aufgaben in einer BSG. Walter Fritzsch kämpft sich durch, ist aber nicht ganz zufrieden: *„Im Politischen habe ich es nicht geschafft. Ich hatte das Thema: Der Imperialismus – der schlimmste Feind der Menschheit“*. Abends erzählte Richard Hofmann einige Erlebnisse: *„Im großen Ganzen bin ich befriedigt, dass all meine bisher gelieferte Arbeit als Trainer richtig war“*. Am nächsten Tag setzt sich der Prüfungs-Marathon fort: *„7 Uhr Morgenlauf. Dann von 8:30–14:50 durchgehend Prüfung. Ich musste ein Referat über: Was ist Taktik? halten. Ich hatte dieses Thema völlig ausgeschöpft behandelt. Abends eine kleine Abschiedsfeier. 22 Uhr gab es die Zensuren, ich war sehr erstaunt über meine Note: ausreichend.“*

Walter Fritzsch fühlt sich ungerecht behandelt. Weiß aber nicht so richtig, an wen er sich wenden soll: *„Ich befrug mich bei Fuchs, Manfred u. er sagte mir im Fußball-Technischen war ich gut, aber im Politischen kam ich wahrscheinlich nicht mit. Denn in dem sportlichen Teil kenne ich meine Fehler. Bei der Kondition machte ich die Übung in der Mitte der Reihe, dann sprach ich wahrscheinlich etwas zu schnell … Nach meinem Ermessen hatte ich bei sämtlichen sporttechnischen Fragen ständig alle richtig. Wie mir Fuchs, M. sagte, hatte ich bei der 1. Prüfung v. 38 zu erzielenden Punkten 34 u. am Dienstag bei 13 zu erzielenden Pkt. 11 erhalten. Also, jetzt gilt es bei mir, den Beweis meines Könnens antreten!“*

Das Spiel der SV Wismut gegen eine Stadtauswahl Leipzig (1:2) wird am 5. August 1950 zur Fritzsch-Premiere als vom LSA Sachsen bestätigter Übungsleiter. Doch der Ärger über die schlechte Lehrgangsnote nagt am Wismut-Trainer. Das Prädikat lässt ihm einfach keine Ruhe: *„Richard Hofmann sagte in Chemnitz, ich wäre der 4.beste im Fußball gewesen.“*

Vier Wochen bleiben bis zum Saisonstart in der DS-Liga, Staffel Süd. In der Presse wird Wismut Aue als einer der Aufstiegsfavoriten gehandelt. Der Trainer sieht eher die Mängel und Reserven. Aus diesem Grund zieht er seine Spieler zum nächsten Lehrgang zusammen. Für 14 Tage geht es nach Geyer. *„Das Training wird in den nächsten Wochen mehr auf das Schießen gelegt, beidfüßig und aus jeder Lage, dazu Tormann-Training.“* Diese Schwerpunkte gehören täglich zum Übungsprogramm. Walter Fritzsch wird auch nicht müde, immer und immer wieder seine Forderungen und Hinweise zu wiederholen. Laut und deutlich hallt es über den Trainingsplatz: *„Beim Ballführen nicht auf den Ball schauen!“* Oder: *„Schuss-Training links und rechts, Spannstoß, Zielschuss aus dem Lauf!“* Das Spiel seiner Mannschaft soll schneller werden. *„Zügig abspielen, ohne den Ball zu stoppen!“* Das geht nur, wenn der, der die Kugel hat, jemanden findet, den er anspielen kann. *„Nicht stehenbleiben, Bewegung!“*, hören die Kicker vom Trainer oft, mal freundlich auffordernd, meist unnachgiebig. Fritzsch will, dass die Spieler das Zulaufen und Freilaufen kombinieren, ein Gefühl entwickeln. All das ist ein Prozess, der als Grundvoraussetzung die Bereitschaft der Spieler hat.

„12. August 1950 – Die SV-Wismut hat noch nicht die richtige Einstellung zum Fußball. Von der Mannschaft aus fehlt bei allen der Einheitsgedanke, der körperliche Einsatz. Im System krankt es am Zulaufen, aus der Bewegung zu spielen und am Torschuss.“

Vor und nach den Trainingseinheiten gilt es für Walter Fritzsch auch in Geyer immer wieder Konflikte zu lösen. Die »Angelegenheit Armin Günther« will er im Kollektiv besprechen: *„Habe der Mannschaft freie Aussprache erteilt. Alle waren sich über das Verhalten des Obengenannten einig. Er soll sich zur Mannschaft bekennen, zum Training erscheinen. Damit er konditionsmäßig mit den anderen Spielern mitkommt. Sollte er es ablehnen, dann sind sie auch einverstanden, wenn man auf ihn verzichtet.“*

Als der Lehrgang zu Ende geht, sammelt der Trainer die schriftlich zu erledigende Kritik der Spieler ein und wertet sie für sich aus: *„… konnte ich feststellen, dass meine Arbeit in Bezug auf Taktik gut ist. Machten mich ebenso auf meine Schwächen aufmerksam. Ich bin zu gut mit den Spielern.“*

Zum Höhepunkt vor dem Punktspielstart gestaltet sich die Stadionweihe in Aue. Bei den zahlreichen Vorbereitungsspielen hatten Trainer und Mannschaft die Baufortschritte seit der Platzweihe regelmäßig verfolgen können. Zum Schluss mussten sogar 400 sowjetische Soldaten mit helfen, um den Termin halten zu können. Das nun fertige Stadion wird den Namen des DDR-Ministerpräsidenten Otto Grotewohl tragen. Das sportliche Programm an diesem 20. August 1950 ist opulent. Ein Feld-Handballspiel der Damen sieht zum Auftakt einen 3:2-Erfolg der Sachsenmädels gegen die Frauen aus Thüringen. Das Stadion trägt ein himmelblaues Kleid, gefüllt ist es mit vielleicht schon 25.000 Besuchern. Doch der Zustrom reißt einfach nicht ab. Nun marschieren 6.000 Fahnen schwenkende Sportler und der Namensgeber tritt an das Mikrofon. Otto Grotewohl betont in seiner Rede, er sei *„als Freund nach Aue geeilt, um mit dabei zu sein, wenn diese neue Sportanlage zur Entspannung und Erholung der Werktätigen des Erzbergbaus eingeweiht wird"*.

Das Feld-Handballspiel der Herren sieht erneut das Duell der Sachsen gegen Thüringen – diesmal heißt es 15:7. Motorsportler der SV Wismut heizen nun mit ihren Beiwagen-Maschinen die Stimmung an und dann, endlich, das Einweihungsspiel der Wismut-Elf gegen Erstligist Motor Dessau – im Vorjahr Meisterschafts-Dritter. Sofort werden die Anfeuerungsrufe der beeindruckenden Kulisse lauter. Von 50.000 Augenzeugen ist die Rede, die sich direkt im Stadion befinden, die Dammkrone säumen, von der Zufahrtsstraße einen Blick erhaschen oder an den bewaldeten Hängen des Talkessels kleben. Keiner will sich diesen Moment entgehen lassen. Auch der Trainer nicht und so stellt sich Walter Fritzsch zur Überraschung seiner Spieler kurzerhand selbst auf.

Eine Halbzeit lang halten die ganz in Rot spielenden Wismut-Kicker sehr gut mit, verwandeln den 0:1-Rückstand sogar in eine 2:1-Führung. Allerdings hat Mittelstürmer Martin Fritzsch beim Ausgleich den Ball mit der Faust über den hinter ihm stehenden Gäste-Torhüter Wolfgang Klank ins Tor geboxt. Umso schöner sein Treffer zum 2:1. Das Publikum springt auf und beklatscht die überraschende Halbzeitführung. Nach dem Seitenwechsel übernimmt Dessau das Kommando und dreht das Spiel – 2:3. Walter Fritzsch spornt seine Männer noch einmal an und tatsächlich gelingt Rechtsaußen Karl Wolf 90 Sekunden vor Ultimo der vielumjubelte Ausgleich zum 3:3.

Einweihungsspiel vor Otto Grotewohl und Wismut-Direktor Malzew

Eine Woche vor dem Punktspielstart steht für die Wismut-Elf ein kollektiver Abstecher zum Sachsenring auf dem Programm. Das zweite Nachkriegs-Rennen auf dem traditionsreichen Kurs lockt knapp eine halbe Million Besucher nach Hohenstein-Ernstthal, eine wahre Völker-Wanderung. Die beiden Westdeutschen Heiner Fleischmann auf seiner NSU und Toni Ulmen in seinem Veritas-Rennwagen deuten schon im Training ihr Können an. Sie sind die großen Stars an diesem Renn-Wochenende. Walter Fritzsch hat andere Dinge im Kopf. Noch immer drücken ihm die Probleme mit Armin Günther aufs Gemüt. Beim kürzlichen Testspiel in Freiberg hatte er sie wieder einmal warten lassen. Versicherte dem Trainer dann im Vier-Augen-Gespräch, dass er ab 1. September wieder zum Training erscheinen will. Auch seine Entschuldigung schien ein gutes Zeichen. Nun hat Fritzsch gehört, dass sich der Spieler bei Lauter angemeldet haben soll und fragt sich: *„Was nun?"*

Foto re.: Walter Fritzsch attackiert Welzel (Dessau), Löffler eilt von rechts hinzu

Die Generalprobe für den Saisonauftakt geht am 30. August 1950 in Cainsdorf über die Bühne. Es ist der erste Auftritt der Wismut-Elf unter ihrem neuen Namen, sie heißt nun »SV Zentra-Wismut Aue«. Ihr 7:1-Sieg bei der BSG Mechanik fällt für den Geschmack von Walter Fritzsch deutlich zu hoch aus. Zudem moniert der Trainer die harte Gangart des Gegners. Nach dem Spiel suchen seine Spieler. das Gespräch und erklären ihm, dass sie »ballmüde« wären und ein paar Tage Urlaub bräuchten. Sie hätten schon mit Kurt Gogsch gesprochen, er wüsste Bescheid. *„Ich bin dagegen, weil die Mannschaft an Kondition verliert. Die Spieler sind nicht ballmüde, sondern veranstalten des öfteren solche Tage."*

Große Unruhe macht sich an diesem Vormittag in Rabenstein breit. Es ist der 2. September 1950. Seit 9 Uhr wartet das Kollektiv der SV Wismut auf den zugesagten Bus. Der Trainer ringt um Fassung: *„Das kann doch wohl nicht wahr sein!"* Nach Zeitz soll es gehen, zum ersten Punktspiel der Auer in der neuen DS-Liga. Walter Fritzsch erklärt immer wieder, vom sowjetischen Garagen-Chef die Zusage persönlich erhalten zu haben. Doch weit und breit ist von einem Gefährt für die Mannschaft nichts zu sehen. Plötzlich spitzen alle die Ohren: *„11 Uhr kam so ein kleiner Wagen gefahren, für 10 Mann Platz. So sollen wir etwas leisten. Die Spieler werden nervös."* Drei Stunden später Ankunft in Zeitz. Das Spiel bei der BSG Chemie steht unter keinen guten Vorzeichen. Zentra Wismut spielt an diesem Tag gewiss nicht schlechter als die Gastgeber. Deren Abwehr wirkt für die Auer Angreifer aber wie eine unüberwindliche Mauer. So steht es nach 90 Minuten 0:2. Im erneut übervollen Kleintransporter geht es heimwärts. Der Trainer schweigt: *„Habe Kopfschmerzen, ja, solche Sachen können einen schwach machen. Das Spiel verloren hat aber der Sturm, der die einfachsten Torchancen nicht auswerten konnte."*

„3. September 1950 – Und wiederum kommt eine HO-Senkung. Wie man im Rundfunk hört, soll ein neuer Krieg vom Stapel gelassen werden. Hört man RIAS Berlin, dieser nennt uns kommunistische DDR, vor allem bringt er die DDR in ein schwarzes Licht. Und hört man andere Sender, da spricht man gegen den Kapitalisten. Obwohl ich den Herren es auch gönne, einmal so zu leben wie ein Arbeiter. Hoffentlich kommt baldigst eine Klarheit … Die Imperialisten wollen uns nicht aufgeben. Sie benötigen uns sehr, um als Söldner für sie in den Krieg zu ziehen. Und SU weiß davon genau, dass Deutschland das Land ist, mit dem es größer und stärker wird. Ich selbst konnte feststellen, dass es mir seit 1945 jetzt bedeutend besser geht. Das zeigen auch meine Tagebücher. Und, von einem Krieg, habe ich, ehrlich gesagt, selbst den Kanal voll."

Es wird keine normale Woche in Rabenstein. Vor dem Nachbarschaftsduell am kommenden Wochenende gegen Freiheit-Wismut Lauter gibt es im Fritzsch-Kollektiv die keineswegs neuen Auseinandersetzungen zwischen den einzelnen Fraktionen. Mal sind es die alten Spieler aus Aue, die sich benachteiligt und die anderen bevorzugt sehen. Mal kommt derselbe Vorwurf von den Nicht-Auern, die der Trainer gern als die »Ausländer« bezeichnet. So sitzt der Trainer zwischen den Stühlen, seine Sympathien scheinen aber klar verteilt: *„Mir kommt es vor, als wenn man in der Zentra-Mannschaft nur Auer Spieler sehen will. Ebenso vertrete ich den Standpunkt, wenn keine Kameradschaft von den Auern mit gepflegt wird, wird die Mannschaft nie das erreichen, was ich mit ihr vorhabe."*

„6. September 1950 – …konnte erfahren, dass man mich als Trainer abschieben will. Den Grund habe ich bereits festgestellt. Da ich mich von den Aue-Spielern nie beeinflussen lasse, gegen die Sauferei bin und zu offen mit der Kritik.

7. September 1950 – Wie ich heute gehört habe, fanden in Aue Sitzungen statt, dass man mich als Trainer ablösen will. Den Grund hörte ich, dass ich an den Niederlagen Schuld sei (Auer Publikum).

9. September 1950 – Nach Rücksprache mit Lehrgangsleiter K. Gogsch habe ich festgestellt, dass zwar von den Parolen etwas wahr gewesen ist, aber es (Ablösung) entspricht nicht der Tatsache."

Zentra-Wismut Aue gegen Einheit-Wismut Lauter, das Spiel läuft in der Presse unter der Schlagzeile: *„Favoriten stoßen aufeinander"*. Den Verantwortlichen bei der SV Wismut scheint das noch nicht genug. Sie rufen das Derby zum *„Endspiel um die Betriebsmeisterschaft der Sportvereinigung Wismut"* aus. Entsprechend engagiert geht es im Otto-Grotewohl-Stadion zur Sache. Beide Vertretungen schenken sich nichts. Der Kampf wogt hin und her, vor den Toren passiert wenig Verheißungsvolles. Die Hintermannschaften leisten präzise Arbeit und so entscheidet eine einzige Aktion das Spiel. Da spritzt Friedhold Schüller – noch im Frühjahr Teilnehmer am Wismut-Lehrgang unter Walter Fritzsch – in eine unglückliche Rückgabe von Weißflog und trifft in Minute 34 mit letztem Einsatz zum siegbringenden Tor für Lauter.

Nach der zweiten Pleite in Folge gibt es in Aue lange Gesichter. Keine Tore, keine Punkte. Dazu säumt der Favorit das Tabellenende. So ist die Ansetzung einer Sekretariatssitzung bei der SV Wismut keine Überraschung. Am 14. September 1950 gibt es ab 15 Uhr in großer Runde ein einziges Thema: der Trainer!

„14. September 1950 – Auf so etwas habe ich schon lange gewartet … Die Einladung u. Aussprache war sehr gut. Zumal es sich fast nur um mich drehte. Denn es wurde gesprochen, ich würde die Auer benachteiligen, die Ausländer bevorzugen usw., starke Diskussion über meine Arbeit. Ich machte Ihnen meinen Standpunkt klar. Konnte sie doch überzeugen, obwohl es schwer war. Zum Schluss war man sich mit mir über alles einig."

Mit dieser Sitzung und der – zugegeben – sportlich lösbaren Aufgabe bei Concordia Wilhelmsruh beginnt vier Tage später in Berlin eine bemerkenswerte und fast unglaubliche Serie. Trainer Walter Fritzsch und seine Wismut-Elf werden in den folgenden 15 Punktspielen ungeschlagen bleiben, fast ein halbes Jahr ohne eine einzige Niederlage! Wettbewerbsübergreifend sind es sogar 21 Spiele, die das Kollektiv ungeschlagen bleibt. Beim 5:1-Erfolg bei der Concordia kann das an diesem 18. September 1950 niemand ahnen. Alle, auch der Trainer, freuen sich über den ersten Saisonsieg: *„Der Gegner war schwach und wurde uns nie gefährlich."* Es folgen ein knapper Sieg bei Fewa Chemnitz (1:0), ein klares 4:0 in Lauscha. Bei diesem Spiel in Thüringen wird Heinz Kaden von Helmut Geuthner ersetzt. Ein *„Alkoholvergehen"* und eine schwache Leistung am Tag danach in Chemnitz nennt der Trainer als Begründung. Nach dem klaren Auswärtssieg verbringen die Wismut-Kicker noch eine Nacht im nur wenige Kilometer von der bayrischen Grenze entfernt liegenden Ort. Die gemütliche Runde im »Hirsch« wird durch die Spielerfrauen komplettiert. Sie waren erstmals mitgereist und der Trainer macht eine interessante Feststellung: *„In Lauscha musste ich feststellen, wenn man einiges bezahlt, dass eine gute Laune vorhanden ist."*

Vor dem Spiel bei Einheit Ost Leipzig (ehemals Erich Zeigner) erfährt Helmut Geuthner, dass er von Walter Fritzsch nicht berücksichtig wird. Daraufhin fährt er enttäuscht nach Hause, schwänzt das nächste Training und will am liebsten sofort nach Planitz wechseln. Der Trainer nimmt diesen Vorfall nach einer Aussprache mit dem Spieler auf seine Kappe: *„Hat sich erübrigt. Er will nur ehrlich behandelt werden. Ist von mir ein Fehler gewesen, dass ich es ihm nicht persönlich sagte."* Das 2:2 in Leipzig macht der Mannschaft Mut. Trotz Unterzahl, Löffler fliegt in der 63. Minute vom Platz, erkämpfen sich die erneut ganz in Rot spielenden Gäste einen wichtigen Zähler und haben die Tabellenspitze weiter im Blick.

In der folgenden Woche scheint ein Wort die Wismut-Spieler wahrlich zu elektrisieren: Nachtspiel! Seit Silvester 1949, als es in Dresden beim Abschied von Richard Hofmann die Tiefstrahler-Premiere im deutschen Fußball gegeben hat, will jeder Fußballer einmal bei Kunstlicht dem Ball nachjagen. Der Begriff »Flutlicht«

Liebe Sportfreunde!

Heute machen wir Euch mit der

Neufassung der Regel 12:

„Verbotenes Spiel und unsportliches Betragen“ bekannt.

Ein Spieler, der absichtlich einen der neun Verstöße begeht:

a) einem Gegner das Bein stellt, worunter auch ein Zufallbringen oder der Versuch dazu unter Gebrauch der Beine zu verstehen ist, oder sich vor bzw. hinter ihm bückt;

b) einen Gegner tritt oder versucht ihn zu treten;

c) einen Gegner anspringt;

d) einen Gegner in heftiger oder gefährlicher Weise rempelt;

e) einen Gegner … ohne daß letzte…

f) einen Gegner … ihn zu schlagen…

g) einen Gegner … dem ausgestrec…

h) einen Gegner … dem ausgestrec…

i) den Ball mit der Hand spielt, d. h., ihn mit dem Arm oder mit der Hand hält, bzw. wirft, trägt oder stößt (dieses gilt nicht für den Torwart in seinem eigenen Strafraum)

ist durch Erteilung eines direkten Freistoßes zu bestrafen, der von der Gegenpartei an der Stelle auszuführen ist, wo der Verstoß begangen worden ist.

Begeht ein Spieler der verteidigenden Partei absichtlich innerhalb des Strafraumes einen der obengenannten neun Verstöße, so ist durch einen Strafstoß (Elfmeter) zu bestrafen.

FDJ

Demokratische Sportbewegung

NORDHÄUSER SPORTPARK

FDGB

BSG „ZENTRA“
WISMUT (AUE)
gegen
BSG Lok.-KWU
NORDHAUSEN
Punktspiel der DS-Liga

Anstoß: 15 Uhr

Die Mannschaften:
ZENTRA WISMUT
(ganz in Rot)

Steinbach 1
Gläser 2, Necke 3
Süß 4, Löffler 5, Weißpflog 6
S. Wolf 7, Kaden 8, K. Wolf 9, Günther 10, Groß 11

Strasser 11, Große 10, Kronberg 9, Beckmann 8, Kindervater 7
Neumann 6, Welthöhner 5, Kunze 4
Lungwitz 3, Beykirch 2
Rentsch 1

BSG LOK.-KWU NORDHAUSEN:
(schwarze Hose, gelbes Hemd)

Schiedsrichter: Schulze, Zeitz — Linienrichter: Benedix, Kornrumpf (beide Mühlhausen)

Seid bereit zur Arbeit und zur Verteidigung des Friedens!

existiert noch nicht. Nun sollen also auch im Otto-Grotewohl-Stadion die Tiefstrahler leuchten; Anlass sind die ersten Volkskammerwahlen in der DDR.

„13. Oktober 1950 – Abends fuhren wir nach Aue zum Tiefstrahler-Training. Es war ganz schön.“

Am Tag vor der Wahl versammeln sich im Auer Schmuckkasten gut 15.000 Zuschauer, um Zentra-Wismut gegen VVB Tabak Dresden zu sehen. Mit dieser Begegnung und unzähligen anderen Freundschaftstreffen überall im Land soll der Wahlsonntag würdig umrahmt werden. Die Auer Gäste gelten als Nachfolger der berühmten Mannschaft der SG Dresden-Friedrichstadt um Helmut Schön, die im Frühjahr nahezu komplett nach Westberlin getürmt war. Walter Fritzsch nimmt auf der Trainerbank Platz, sieht Tore von Kaden und Günther und einen 2:1-Erfolg seiner Elf. *„Das Spiel ging, es wurde zu viel gedribbelt. Abends im Edelweiß. Bis 2 Uhr. Zu Knarr, Heinz, bis 4:30 Uhr unterhalten.“*

„15. Oktober – 8 Uhr zur Wahl gegangen, anschließend ins Bett.“

Walter und Käthe Fritzsch sind an diesem Tag nicht die ersten Gäste im Wahllokal und beileibe nicht die letzten. Gewählt wird im Arbeiter- und Bauern-Staat im »demokratischen Block«. Das heißt, die Einheitsliste wird durch das Votum der »Wähler« lediglich bestätigt. Die Zahlen sprechen für sich: Sachsen meldet eine Wahlbeteiligung von 98,53 Prozent und 98,1 Prozent Ja-Stimmen. Der Westen tobt: *„Scheinwahl!“* Der Osten hält gegen: *„Überwältigendes Votum für den deutschen Friedensstaat!“* Ministerpräsident und Aues Stadion-Namensgeber Otto Grotewohl beginnt daraufhin, die zweite DDR-Regierung zu bilden.

Bliebe ein äußerst interessanter Umstand zu erwähnen. Von den 466 gewählten Abgeordneten des neuen DDR-Parlaments, werden mindestens 65 das Ende der Wahlperiode (1954) nicht als »Volkskammer-Abgeordnete« erleben. Die Gründe sind vielschichtig, reichen von Republikflucht, Parteiausschluss, Spionageverdacht bis hin zu »verhaftet«, »aller Ämter enthoben«, »Mandatsverlust« bzw. »Mandatsniederlegung« oder wirklich »verstorben«.

„25. Oktober 1950 – Da unsere Kondition in den letzten 2 Spielen auffällig schwach war, legte ich das Training um und zwar 1 Stunde Laufschule mit Einlagen im Sand.

27. Oktober 1950 – Die Spieler klagen, dass sie alle einen Muskelkater hätten.

28. Oktober 1950 – Da es heute Geld gab, tranken die Spieler von Aue während der Mittagspause 2 Stiefel Bier, außerdem wurde sehr stark geraucht. 12:30 Abfahrt nach Nordhausen – 19 Uhr dort angekommen – Hotel »Puschky« übernachtet.

29. Oktober 1950 – … durch Nordhausen gefahren, diese Stadt ist ja völlig ausradiert im Zentrum durch die Bomben."

Um 15 Uhr gibt Schiedsrichter Schulze aus Zeitz das Spiel frei. Das sieglose Schlusslicht hält bis zum 2:2 erstaunlich gut mit. Die äußerst harte Spielweise der Gastgeber behagt der Wismut-Elf überhaupt nicht. Die Stimmung gleicht einem brodelnden Kessel, dessen Überdruckventil jederzeit wegfliegen kann. Bei Günthers Schuss ist es soweit. Ein Verteidiger schlägt den bereits hinter der Torlinie befindlichen Ball wieder aus dem Kasten. Der Unparteiische, Nähe Mittelkreis stehend, gibt das Tor. Nordhausen protestiert und verliert die Nerven. Drei Feldverweise, ausnahmslos berechtigt, folgen. Aue gewinnt mit 7:3.

Das Fußballfachorgan »fuwo« kommentiert: *„Ein Teil des Publikums zeigte kein Verständnis für die Herausstellungen. Die Folge war eine unliebsame, einmalige Schluss-Szene. Schiedsrichter Schulze konnte trotz verstärkter Platzordnung vor dem unsportlichen Verhalten einiger Zuschauer nur ungenügend geschützt werden, so dass schließlich die Polizei eingreifen musste."* Denselben Vorgang und den Fortgang der Dinge beschreibt Walter Fritzsch so: *„Großer Tumult, Schlägerei gegen den Schiri. Polizei musste eingreifen. Fuhren 18 Uhr von Nordhausen ab. 20 Uhr in Erfurt. Tanzen. 1:30 Uhr fuhren wir weg. 6:30 Uhr zu Hause. 18 Mark Unkosten."*

„5. November 1950 – Gegen Zeiss Jena 4:0 gewonnen, es war eine Augenweide. Trotz Schneematsch technisch und taktisch ein großes Spiel. Da ich nach dem Ableben von Spfr. Berger keinen Masseur zur Verfügung hatte, organisierte ich mir Gerhard Hofmann, er soll 325,- erhalten.

11. November 1950 – Wiege 106 Pfund. Seit langem schrieb ich vom politischen Leben nichts. In Korea ist die USA immer noch im Angriff. Jetzt greifen kriegsfreiwillige Chinesen mit ein, weil USA-Bomber deren Gebiet überflogen haben. Und in Westdeutschland beginnt man wieder, eine Wehrmacht zu gründen. Als Führer sieht man alte Bekannte und zwar sind es diejenigen, welche beim Stab Grenadier-Division waren (Sepp Remer – Generalmajor der ehemaligen Führerbegleit-Division. Helmut Beck v. Broichsitter Ia bei GD). Ein deutsches Heer mit demokratischen Offizieren. Wenn das demokratische Offiziere sind, dann weiß ich nicht, was Demokratie und frei wirklich heißt. Nun beginnt die Hetze wie 1945 in den letzten Tagen gegen die SU. Hiermit erkenne ich, dass wahrscheinlich Deutsche gegen Deutsche kämpfen sollen, damit die Amis welche nur an dem Krieg verdient haben, ihre Stellungsherrschaft weiter ausbauen. Hoffentlich ist die Einstellung der SU einwandfrei, damit wir auch von diesem Regime nicht enttäuscht werden."

Ab 11. November 1950 trainiert die Mannschaft zweimal in der Woche im Stadion in Aue. Walter Fritzsch merkt an: *„So kann man keine Mannschaft fit halten."* Genau 14 Tage macht er gute Miene zum schlechten Spiel. Dann geht es mit 19 Spielern wieder ins Trainingslager. Für Fritzsch, gerade 30 Jahre alt geworden, gehört eine gute Kondition zum Fußball dazu. Anderenfalls sieht er keine Chance, das ehrgeizige, aber nicht unrealistische Saisonziel zu erreichen. Den neuen Trainingsplan und Leitfaden hat er bereits am Vorabend vorbereitet.

„28. November 1950 – Nun heißt es ernsthaft trainieren, dass wir Meister werden und aufsteigen zur Oberliga."

Vornehmlich für die verheirateten Spieler bedeutet das immer wieder eine harte Prüfung. Für 18 Punktspiele sind sie mindestens 20 Wochen lang nur für ein paar Stunden zu Hause. Allerdings mag es Walter Fritzsch, wenn seine Schützlinge in festen Händen sind. So fertigt er im November 1950 auch eine Hochzeitskarte für Kurt Steinbach an. Tage später fährt die Mannschaft geschlossen zum Polterabend des Torhüters nach Grünhain. An diesem Abend drückt der Trainer alle Augen zu: *„Es gab sehr viel zu essen und zu trinken und zu rauchen."*

Eigentlich hatte Disziplin-Fanatiker Fritzsch bei seinem Amtsantritt ein allgemeines Nikotin-Verbot ausgerufen. Pro Zigarette sollte jeder Sünder zehn Mark berappen. Viel Geld für jeden Wismut-Fußballer und die Mannschaftskasse füllt sich schnell. Doch die Spieler drehen den Spieß um und qualmen wie die Stadtsoldaten. So steht die Zahl der Sanktionen schon bald in keinem Verhältnis mehr zur Zahl der tatsächlichen Zuwiderhandlungen. Die Frage nach der Gleichbehandlung muss sich der Trainer oft anhören und gibt an dieser Front irgendwann klein bei.

Dafür beschäftigen ihn die nur sporadischen Gehaltszahlungen über lange Zeit. Schuld daran sind die unregelmäßigen Überweisungen der verschiedenen Wismut-Betriebe an die Sportvereinigung. Walter Fritzsch macht schon früh aus der Not eine Tugend. Jeder Lehrgangs-Teilnehmer muss sein Gehalt auf den Tisch legen – haben das alle getan, wird die Gesamtsumme durch 24 geteilt. Somit verdienen alle im Durchschnitt 400 Mark und die anfänglichen Diskussionen verebben schnell. Nach Lehrgangsende muss die Angelegenheit neu verhandelt werden. Der Spieler, der zuvor als Hauer 1.200 Mark mit nach Hause brachte, fühlt sich nun unterbezahlt. Ganz anders der Angestellte, der zuvor 280 Mark im Monat hatte. Der Trainer differenziert, gleicht die Summen an das Niveau vor dem Lehrgang an und hat mit dieser Methode Erfolg! In Aue bekommen seine Spieler die Lebensmittelkarte für Schwerstarbeiter sowie Bezugsscheine für Schuhe und Textilien. Für deren Frauen gibt es die Lebensmittelkarte 4. Aber nur, so eine Forderung von Fritzsch, wenn der Ehemann seine Trainings- und Wettkampfaufgaben auch erfüllt.

Weihnachtsfeier der Wismut-Elf im »Edelweiß« mit Walter Fritzsch (mittl. Reihe ganz rechts sitzend) 20. Dezember 1950

Am 9. Dezember 1950 geht es mit dem Schnellzug nach Schwerin. Der Zug ist geheizt, pünktlich dazu und so landen sie nach einmaligem Umsteigen um 18 Uhr im Hotel »Stadt Hamburg«, in Wismar. Um die überschaubare Zahl an Punktspielen mit reizvollen Duellen zu ergänzen, setzt der Deutsche Sportausschuss in loser Folge diese »Nord gegen Süd«-Spiele an. Drei Wochen zuvor mühte sich Aue zu einem 4:3-Erfolg gegen Volkspolizei Potsdam, eine Spitzenmannschaft der Nord-Staffel. Nun wird die Wismut-Elf von Anker Wismar gefordert. Walter Fritzsch muss in der Kabine nicht viele Worte verlieren: *„Drei Monate sind wir jetzt ungeschlagen. Zeigt denen, dass die Süd-Staffel stärker ist!“* Die Männer von der Küste müssen die Überlegenheit der Sachsen anerkennen, unterliegen mit 1:3.

Für den Sieg in Wismar gibt es keine Punkte. Dafür beeinflusst er die Stimmung auf der Wismut-Weihnachtsfeier im »Edelweiß«. *„Es ging anständig zu. Keiner konnte sich beklagen. 1 Hemd, 1 Paar Damenstrümpfe.“* Diese Einschätzung des Trainers deckt sich nur annähernd mit der Realität. Es wird ein langer und überaus lustiger Abend! Die Präsentation seiner selbstgefertigten und aufwändig illustrierten Festzeitung übernimmt Walter Fritzsch selbst. Überrascht die Fußballer mit kleinen Gedichten, in dem die spielerischen Schwächen und Stärken humorvoll beschrieben sind. Ob Günther, Kaden, Näcke, Süß oder Glaser, Reich, Tröger und die Wölfe – jeder ist mal dran. Auch menschliche Aspekte kommen nicht zu kurz. Die Spieler grölen, aber auch ihre Frauen und Bräute jauchzen um die Wette. Erst um 4:30 verlassen die letzten Gäste die Tafel.

Tage später, es ist der dritte Advent, kommt Walter Fritzsch deutlich früher als alle anderen ins Auer Stadion. Die Zeit bis zum eigentlichen Treffpunkt der Mannschaft nutzt er, um sämtliche Fußballschuhe mit Filz zu besohlen. Mit dem folgenden 4:2-Sieg gegen Spinnstoff Glauchau auf schwierigem Geläuf sieht er seine Bemühungen belohnt.

„24. Dezember 1950 – Auch der RIAS spricht von der Friedensweihnacht. Nur der Ami will den Frieden, aber der Russe den Krieg.

25. Dezember 1950 – Es schneit weiter. 5 Uhr Christ-Metten-Übertragung aus Sehma/Erzgebirge, sehr schön. 13 Uhr fuhren nach Eibenstock u. gewannen 17:0. Abends im Edelweiß.

26. Dezember 1950 – 20 Uhr kamen Fritzsch, M. und Frau, wir gingen zum Tanze. Springers Neue Welt. Ich sage zu solchem Tanz nichts mehr, ebenso zu der Musik.

29. Dezember 1950 – … Mannschaftsrat gewählt, eine geheime Wahl: Weißflog 15 Stimmen, Reich 13 Stimmen, Härtel 9 Stimmen. Ebenso wurde eine neue Strafordnung von den Spielern angenommen.

31. Dezember 1950 … Fuhren nach Aue zum Spiel gegen DDR-Meister Motor Zwickau. Im Omnibus überreichte ich Härtel, W. einen Fleischwolf als Verlobungsgeschenk. Und gab auch die Aufstellung bekannt.“

Das letzte Spiel des Jahres am letzten Tag des Jahres sieht Zentra-Wismut auf festem Schneeboden noch einmal voll gefordert. Der amtierende DDR-Meister kommt mit der Empfehlung, auch Herbstmeister der Oberliga geworden zu sein. Den Halbzeitrückstand von 0:2 egalisieren die Auer (rote Hose, weißes Hemd), dank einer deutlichen Steigerung in der zweiten Hälfte und zwei Toren von M. Fritzsch In Minute 87 trifft Günther zum späten Sieg für Aue. Der Kommentar des Trainers zum Spiel: *„Es ging.“*

„11. Januar 1951 – In der Mannschaft gibt es zwei Lager – Aue u. Ausländer. Jetzt sind die Ausländer plötzlich auf dem hohen Pferde.“

Für Walter Fritzsch zählt nur noch die Meisterschaft in der DS-Liga, Staffel Süd. Nach dem 8:0 zum Jahresauftakt gegen bedauernswerte Berliner von Concordia Wilhelmsruh muss sich die Wismut-Elf schon im nächsten Punktekampf mächtig strecken. Bei Fewa Chemnitz bringt Günther seine Farben zweimal in Front. Zweimal müssen die Auer den Ausgleich hinnehmen. *„Der morastische Schlammboden entschied zu Gunsten von Fewa“* – der Trainer kann trotzdem zufrieden sein. Seit mehr als vier Monaten hält die Ungeschlagen-Serie seiner Mannschaft und jetzt kommt der Tabellenführer zum Spitzenspiel nach Aue und Walter Fritzsch verspricht: *„Wir werden gegen Zeitz ordentlich Dampf aufziehen!“*

Der Dritte empfängt den Ersten, doch zunächst schweigen Spieler, Trainer und auch die 7.000 Fußballanhänger. Die Momente der Stille sind dem 27. Todestag Lenins gedacht. Dann rollt endlich der Ball. Es entwickelt sich ein echtes, hochklassiges Spitzenspiel. Mit Tempo, Toren und in der Zentra-Wismut-Elf ohne einen Ausfall. Entscheidend für den 3:0-Erfolg sind die Schnelligkeit und das flüssigere Kombinationsspiel der Rot-Weißen. Karl und Siegfried Wolf sowie Gerhard Groß schießen die Tore zum verdienten Sieg. Glasers Herausstellung kurz vor Schluss hart, aber zu verschmerzen. Walter Fritzsch sieht sich und seinen Weg bestätigt: *„Das Spiel war gut!“* Belohnt wird dieser Auftritt mit der erstmaligen Tabellenführung.

Fußballfieber im Erzgebirge! 12.000 Zuschauer säumen den Platz zum Lokalderby in Lauter. *„Seit 1947 gewann Aue gegen diesen Gegner kein Spiel. Wir haben die bessere Kondition, denkt dran!“* – gibt Walter Fritzsch seinen Spielern mit auf den Weg. Anders als gegen Zeitz dominieren in diesem Duell die Hintermannschaften. Beide stehen sicher. Die Torleute Steinbach für Aue in Hälfte eins und Neubert für Lauter in Hälfte zwei stellen ihr Können mehrfach unter Beweis. Ein einziges Mal muss sich Neubert geschlagen geben. Bei Karl Wolfs Bombenschuss streckt er sich vergeblich. Die verbleibenden zwanzig Minuten sehen in

Gut besucht: Wismut Aue gegen Empor Lauter

Aue die sicheren Sieger. Weil Lauter nicht zulegen kann, dem Anfangstempo Tribut zollen muss. *„Hab ich doch gesagt, wir haben die bessere Kondition“*, empfängt der Trainer seine Mannschaft in der Kabine. Walter Fritzsch erhält für diesen Sieg einhundert Mark Extraprämie und die Wismut-Spieler bestätigen seine Worte auf beeindruckende Art und Weise.

„15. Januar 1951 – Da nun nach 3 Jahren Lauter von Aue endlich geschlagen worden ist, war natürlich Feiertag in Aue. Es wurde Sonntag, Montag, Dienstag und Mittwoch Alkohol in den Körper gepumpt. Und früh erst ins Bett. Trotzdem erlaubten sich Kaden, Süß, Steinbach und Wolf am Donnerstag auszugehen, um erst halb drei ins Bett zu gehen. Hoffentlich kommt dieser, unsaubere Lebenswandel am kommenden Sonntag nicht zum Vorschein!“

Walter Fritzsch schlägt in der zweiten Halbzeit mehrfach die Hände vors Gesicht: *„Oh, wei – oh, wei!!!“* Der Spitzenreiter müht sich gegen zehn tapfere Kicker aus Lauscha und bekommt nichts auf die Reihe. Zum Glück haben M. Fritzsch und K. Wolf die Zentra-Wismut in der ersten Halbzeit in Führung gebracht. Hinzu kommt das Verletzungspech der Gäste, die ihren Schlussmann kurz vor der Pause mit einer Oberschenkelprellung verlieren. So muss Hänlein, der linke Läufer, nun das Tor hüten und macht seine Sache mehr als ordentlich. Die Auer erreichen den Schlusspfiff mit Müh´ und Not, der Trainer hatte es kommen sehen: *„Aufgrund des Sieges gegen Lauter wurde zu viel getrunken und außerdem am Freitag noch das Leistungsabzeichen 1. Stufe abgelegt. Ein Spiel auf ganz tiefem Niveau. Es wurde 2:0 mit Ach und Krach gewonnen!“*

Der Trainer hat ein kleines Geheimnis. Am 10. Januar hatte Walter Fritzsch einen Brief von Horst Mehnert erhalten, der ihm erneut das Traineramt in Lichtenstein anträgt. Am Telefon wird aus dem *„ich soll“* ein *„ich werde es machen“*. Mittwoch ist in Aue in der Regel trainingsfrei und so absolviert Walter Fritzsch schon eine Woche später seine erste Extraschicht: *„17. Januar 1951 – 17:30 fuhr ich nach Lichtenstein zum Training. Ein Schmerz im Rücken. Schlief bei Mehnert, Horst. Nachts nicht geschlafen. Fuhr 8:30 mit Motorrad nach St. Egidien. 12 Uhr in Rabenstein.“*

Eine Woche später die gleiche Tour. Von 19 bis 23 Uhr betreut er in Lichtenstein 20 Jugendliche und elf Herren. Sein Kommentar: *„Bin hundemüde. Das Training macht mir viel Arbeit. Ich werde es nicht allzu lange durchführen. Ich mache mich nur kaputt.“*

Am 31. Januar ist die Trainingsgruppe in Lichtenstein schon auf 35 Jugendliche und 16 Herren angewachsen. Für seinen Aufwand lässt Walter Fritzsch 20 Mark in seiner Hosentasche verschwinden: *„Ohne Unterlagen“*. Am nächsten Morgen läuft er von Lichtenstein nach St. Egidien und muss einen Endspurt hinlegen, um seinen Zug noch zu erreichen. Ab Februar lässt er sich nach Lichtenstein fahren und auch wieder nach Hause bringen. So geschieht es auch am 14. Februar. In Aue weiß niemand, was der Trainer jeden Mittwoch unternimmt: *„0:35 Uhr zu Hause. Wurde mit einem PKW gebracht.“*

Am folgenden Tag, es ist der Donnerstag vor dem Punktspiel in Jena, spielen sie gegen die Chemnitzer Wismut-Betriebe. Das 16:0 ist nicht mehr als ein leichtes Training. Gleich im Anschluss kauft Walter Fritzsch ein Verlobungsgeschenk für Helmut Geuthner, ein Kaffeeservice für 21,90 Mark. *„Abends im Kino. Erlebte danach eine große Pleite. Glaser, Löffler, Vogel u. Kaden haben im Trainingsanzug schwer gesoffen. Im Clubheim der Wismut. Wein. 2 Uhr ins Bett.“* Am nächsten Vormittag herrscht beim Training Grabesstille. Am Nachmittag verkündet der Trainer die Strafen: *„Die Spieler Glaser und Löffler 1 Woche Spielsperre. Der Spieler Kaden Spesenentzug und eine Meldung an den BSA, dass er abgelöst werden soll. Der Spieler Vogel wird für immer nach Hause geschickt!“* Fritzsch informiert den BSA, doch in Aue wird heftig diskutiert. Zwar hatten die Spieler die Strafe akzeptiert, doch der entfachte Wirbel ist riesengroß. Die Wismut-Anhänger sind in großer Sorge: Riskiert der Fritzsch damit etwa die Meisterschaft? Am Telefon im Klubheim wird der eine oder andere noch deutlicher: *„Unfähig, der Mann!“*

Walter Fritzsch schläft schlecht, sehr schlecht. Weiß um das Risiko. Aber er hat einen Plan. Die Mannschaft, die in Jena spielen soll, steht schon. Zumindest in seinem Kopf. Kaden und Vogel waren zuletzt nur selten erste Wahl. Daher fällt deren Bestrafung vermutlich auch deutlich härter aus. Rechtsverteidiger Glaser wird durch Reich ersetzt. Weißflog rückt in der Läuferrei-

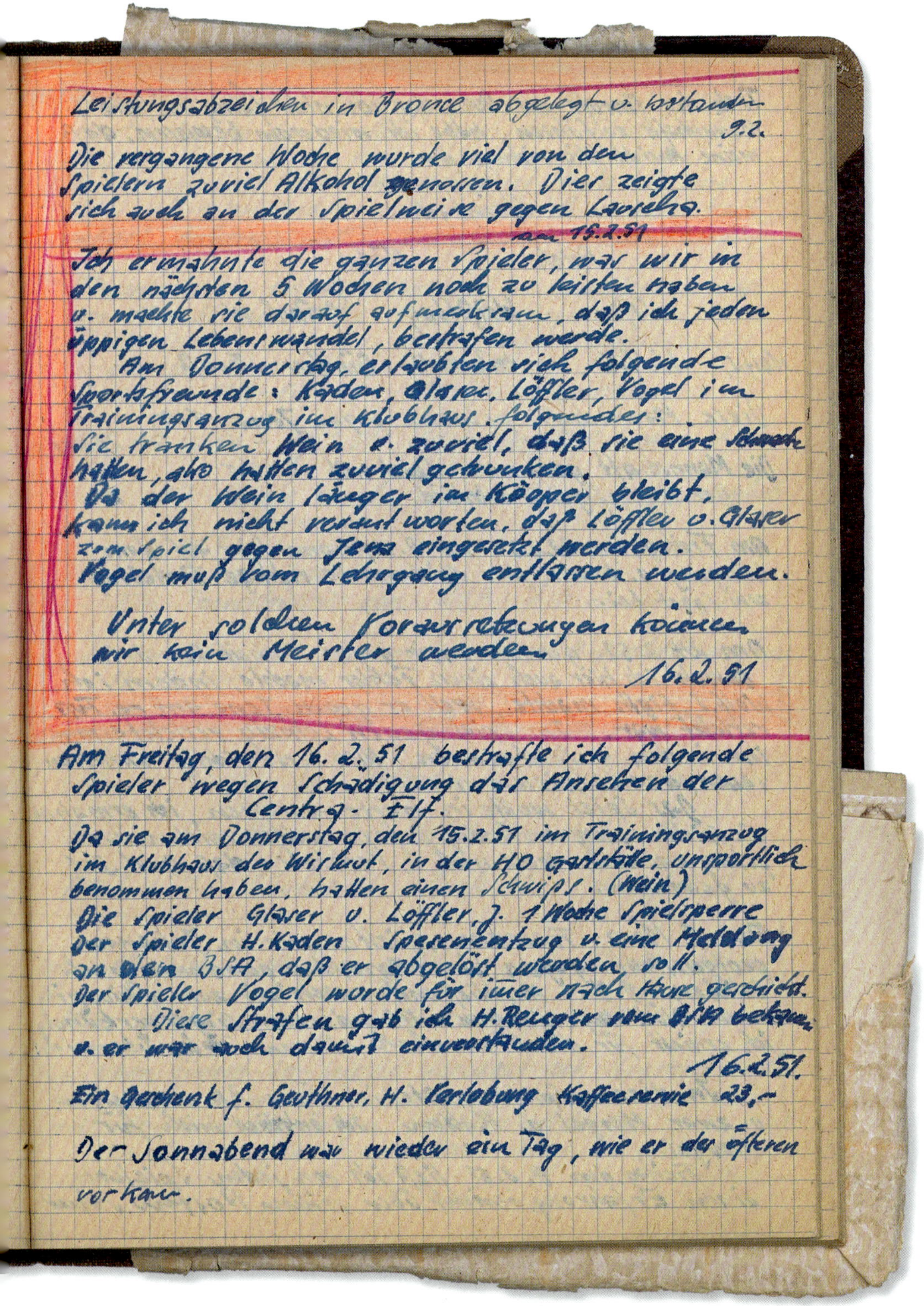

Leistungsabzeichen in Bronce abgelegt u. bestanden
9.2.
Die vergangene Woche wurde viel von den Spielern zuviel Alkohol genossen. Dies zeigte sich auch an der Spielweise gegen Lauscha.
am 15.2.51
Ich ermahnte die ganzen Spieler, was wir in den nächsten 5 Wochen noch zu leisten haben u. machte sie darauf aufmerksam, daß ich jeden üppigen Lebenswandel, bestrafen werde.
Am Donnerstag, erlaubten sich folgende Sportsfreunde: Kaden, Glaser, Löffler, Vogel im Trainingsanzug im Klubhaus folgendes: Sie tranken Wein u. zuviel, daß sie eine Schwäche hatten, also hatten zuviel getrunken.
Da der Wein länger im Körper bleibt, kann ich nicht verantworten, daß Löffler u. Glaser zum Spiel gegen Jena eingesetzt werden.
Vogel muß vom Lehrgang entlassen werden.
Unter solchen Voraussetzungen können wir kein Meister werden.
16.2.51

Am Freitag, den 16.2.51 bestrafte ich folgende Spieler wegen Schädigung das Ansehen der Centra-Elf.
Da sie am Donnerstag, den 15.2.51 im Trainingsanzug im Klubhaus der Wismut, in der HO Gaststätte, unsportlich benommen haben, hatten einen Schwips. (Wein)
Die Spieler Glaser u. Löffler, J. 1 Woche Spielsperre
Der Spieler H. Kaden Spesenentzug u. eine Meldung an den BSA, daß er abgelöst werden soll.
Der Spieler Vogel wurde für immer nach Hause geschickt.
Diese Strafen gab ich H. Reuger vom BSA bekannt u. er war auch damit einverstanden.
16.2.51.
Ein Geschenk f. Geuthner, H. Verlobung Kaffeeservice 23,–
Der Sonnabend war wieder ein Tag, wie er des öfteren vorkam.

he eine Position nach rechts, also für Löffler. Und für Weißflog? Spielt der Trainer, Walter Fritzsch stellt sich tatsächlich selbst auf! So bestreitet der 30-Jährige in Jena sein überhaupt erstes Zweitligaspiel.

„18. Februar 1951 –Das Spiel war eine Angelegenheit der Hintermannschaften. Wir gewannen 1:0, somit habe ich einen großen Sieg vom Platze getragen. Im Hermsdorfer Kreuz kehrten wir ein und verbrachten dort einige, schöne Stunden.

21. Februar 1951 – 17 Uhr fuhr ich nach Lichtenstein zum Training, 1. Uhr ins Bett“

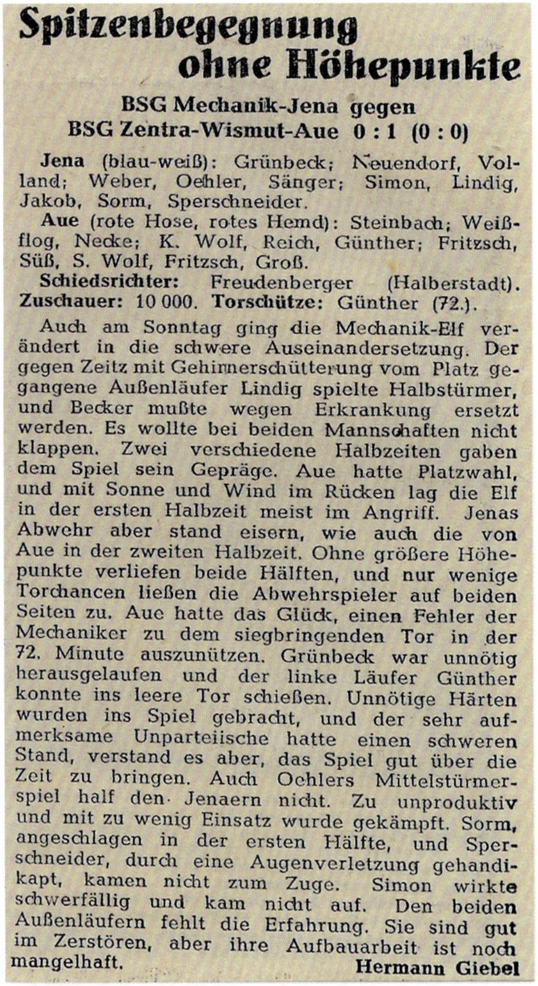

Spitzenbegegnung ohne Höhepunkte

BSG Mechanik-Jena gegen BSG Zentra-Wismut-Aue 0 : 1 (0 : 0)

Jena (blau-weiß): Grünbeck; Neuendorf, Volland; Weber, Oehler, Sänger; Simon, Lindig, Jakob, Sorm, Sperschneider.
Aue (rote Hose, rotes Hemd): Steinbach; Weißflog, Necke; K. Wolf, Reich, Günther; Fritzsch, Süß, S. Wolf, Fritzsch, Groß.
Schiedsrichter: Freudenberger (Halberstadt). **Zuschauer:** 10 000. **Torschütze:** Günther (72.).

Auch am Sonntag ging die Mechanik-Elf verändert in die schwere Auseinandersetzung. Der gegen Zeitz mit Gehirnerschütterung vom Platz gegangene Außenläufer Lindig spielte Halbstürmer, und Becker mußte wegen Erkrankung ersetzt werden. Es wollte bei beiden Mannschaften nicht klappen. Zwei verschiedene Halbzeiten gaben dem Spiel sein Gepräge. Aue hatte Platzwahl, und mit Sonne und Wind im Rücken lag die Elf in der ersten Halbzeit meist im Angriff. Jenas Abwehr aber stand eisern, wie auch die von Aue in der zweiten Halbzeit. Ohne größere Höhepunkte verliefen beide Hälften, und nur wenige Torchancen ließen die Abwehrspieler auf beiden Seiten zu. Aue hatte das Glück, einen Fehler der Mechaniker zu dem siegbringenden Tor in der 72. Minute auszunützen. Grünbeck war unnötig herausgelaufen und der linke Läufer Günther konnte ins leere Tor schießen. Unnötige Härten wurden ins Spiel gebracht, und der sehr aufmerksame Unparteiische hatte einen schweren Stand, verstand es aber, das Spiel gut über die Zeit zu bringen. Auch Oehlers Mittelstürmerspiel half den Jenaern nicht. Zu unproduktiv und mit zu wenig Einsatz wurde gekämpft. Sorm, angeschlagen in der ersten Hälfte, und Sperschneider, durch eine Augenverletzung gehandikapt, kamen nicht zum Zuge. Simon wirkte schwerfällig und kam nicht auf. Den beiden Außenläufern fehlt die Erfahrung. Sie sind gut im Zerstören, aber ihre Aufbauarbeit ist noch mangelhaft.

Hermann Giebel

Das Jena-Spiel hat die Position des Trainers enorm gestärkt. Sowohl im Innenverhältnis mit der Mannschaft, als auch in der Außenwirkung. Nun stehen nur noch drei Punktspiele in der DS-Liga, Staffel Süd für Zentra-Wismut aus, zwei zu Hause im Grotewohl-Stadion. Das erste sieht einen überzeugenden Auftritt der diesmal ganz in Rot spielenden Auer. Glaser und Löffler kehren in das Kollektiv zurück. Kämpfen und spielen – wie alle anderen – aufopferungsvoll. „*Meisterwürdig*", titelt die »fuwo« und lobt: „*Die ganze Mannschaft spielte wie aus einem Guss!*" So wird Einheit-Ost Leipzig sicher mit 3:1 bezwungen und die 10.000 Zuschauer träumen vom Aufstieg, der nun zum Greifen nah scheint.

Arbeitsnachweis für den Trainer als Spieler: Walter Fritzsch bestreitet in Jena sein erstes Punktspiel für Aue.

„27. Februar 1951 –Trainierte bei Oberhohndorf, 10,- Mark dafür erhalten.

28. Februar 1951 – 17 Uhr zum Training nach Lichtenstein – 20,- Mark. 0:30 ins Bett.

1. März 1951 – Es wird nun bald ein Jahr werden, seitdem ich das Training der Zentral und die Mannschaft übernommen habe. Was hatte ich da für Schwierigkeiten. Man bekämpfte mich von Seiten der Auer. Es trafen anonyme Briefe ein, die gegen mich gerichtet waren usw. Aber, ich hatte mir zum Ziel gesetzt, Meister in der DS-Liga-Süd zu werden u. somit den Aufstieg in die Oberliga zu schaffen. Durch meinen rücksichtslosen Einsatz, auch gegen mich selbst, ist es mir bis jetzt gelungen, die 1. Stelle zu halten. Ich hoffe auch von den letzten beiden Punktspielen nur noch Erfolg.

4. März 1951 – 4 Tage zu Hause, bei meiner lieben Frau. War sehr schön.

5. März 1951 – Diesen Tag lag ich nur auf dem Sofa. 22:30 ins Bett. Musste das Heizkissen nehmen. Es scheint wieder ein Hexenschuss im Anflug zu sein.

6. März 1951 – Abends Training in Oberhohndorf. 22 Uhr zu Hause, Mandelentzündung.

7. März 1951 – Abends Training in Lichtenstein, schweres Training gemacht. Schlecht schlucken.

8. März 1951 – 9 Uhr fuhren nach Johanngeorgenstadt. 13 Uhr Spiel gegen. Auswahl. 15 Uhr Skispringen der Spitzenspringer. 65 Meter die weitesten Sprünge. Abends Veranstaltung. 1:30 zu Hause."

Dieser Sonntag soll sein großer Tag werden. Ein Sieg bei Schuhmetro in Weißenfels und der Aufstieg wäre für Wismut perfekt. Was soll da schon schief gehen? Nach den beiden Auftaktniederlagen marschierte Aue ohne weitere Niederlage durch die Saison. Nun schon 15 Spiele in Folge ungeschlagen. Für Walter Fritzsch wäre es die Krönung seiner ersten zwölf Monate als Trainer. Doch der 30-Jährige scheint mit der Situation, die sich plötzlich ergibt, überfordert. Zum einen ist er gesundheitlich angeschlagen, zum anderen überschlagen sich vor dem Spiel in Weißenfels die Ereignisse.

„11. März 1951 – 7 Uhr kam Süß, Paul, dass er nicht mitspielen kann. Geschwür Unterkiefer. Ich war auf dieses Spiel nicht vorbereitet. Trotzdem ich eine kleine Mandelentzündung hatte, machte ich den großen Fehler und spielte selbst mit."

So werden die neunzig Minuten in Weißenfels zu einer einzigen Enttäuschung. Das frühe Gegentor in der 14. Minute entscheidet das Spiel. Der Tabellenführer bleibt vieles schuldig. Walter Fritzsch hat dafür eine einfache Erklärung: *„Durch mein zu hartes Spiel fiel alles auseinander. Spiel nicht wie gewohnt. Verloren gegen Weißenfels 0:1. Ich darf nie mehr mitspielen."*

Noch aber hat Aue die besten Karten im Aufstiegskampf. Als Gegner im letzten Punktspiel wird der Tabellenletzte Nordhausen erwartet. Die Partie entpuppt sich als Nervenspiel, zumindest in den ersten 45 Minuten. Mit einer knappen 2:1-Führung geht es in die Pause. Noch scheint der Unterschied zwischen Spitzenreiter und Schlusslicht nicht sehr groß. Erst nach dem Seitenwechsel zeigt Aue, wer am Ende der Saison völlig zu Recht aufsteigen wird. Vier Tore legt die Wismut-Elf nach – dreimal Günther, einmal Wolf. Mit dem Schlusspfiff ist es geschafft. Aue stellt den besten Sturm der Liga und auch die beste Abwehr – logische Konsequenz ist der Aufstieg in die Oberliga! Die Bilanz von Walter Fritzsch liest sich seit April 1950 so: 57 Spiele – 42 Siege – 6 Unentschieden– 9 Niederlagen.

Käthes Begeisterung über den gelungenen Meisterstreich ihres Gatten hält sich in Grenzen. Weniger liegt es daran, dass Walter nach dem Nordhausen-Spiel und dem feucht-fröhlichen Abend im »Edelweiß« über Nacht gleich in Aue geblieben war. Viel mehr ist es Walters Geburtstagsgeschenk, das ihr schwer im Magen liegt. Hatte er sich doch tatsächlich für eine Glanzbohner-Bürste entschieden! Und nicht einmal ihre »verhaltene« Freude über das sehr spezielle Präsent bemerkt.

„18. März 1951 – Mit Käthe wieder eine kleine Maulerei."

Der Haussegen hängt auch bei den Fußballern in Aue schief. Wird doch der sportliche Erfolg der Wismut-Elf überschattet von finanziellen und existentiellen Sorgen. Walter Fritzsch dokumentiert die Tage ab seinem Spontan-Besuch in der Wismut-Zentrale:

„28. März 1951 – Fuhr nach Siegmar-Schönau. Versprochen wird viel, aber nichts gehalten. Jetzt haben die Spieler noch nicht einen Pfennig für Monat März erhalten. Die Mannschaft trainiert nicht, bevor sie Geld erhält.

29. März 1951 – Die Mannschaft lehnt wieder das Training für heute ab.

30. März 1951 – Weitere, heftige Diskussionen, weil es kein Geld u. ebenso keine Lebensmittelmarken mehr gibt. Nachmittag zum Sekretariat, dort wurde alles mündlich wegen Weiterbestehens der Zentra-Wismut besprochen. Der FDGB setzte sich ein und schoss 5.000,- Mark vor.

31. März 1951 – Zum BSA, das Geld für die Spieler geholt."

Zwei Wochen später muss Walter Fritzsch zur »Parteiüberprüfung«. Er bekommt zu hören, dass man mit seiner, bestenfalls unregelmäßigen Teilnahme am Parteischuljahr sehr unzufrieden sei. Der Trainer zeigt sich irritiert. Erst recht, als von ihm eine »Selbstverpflichtung« verlangt wird. Nach einer kurzen Denkpause verspricht er den staunenden Genossen: *„Ich will die Zentra-Wismut in der Saison 1951/52 zum DDR-Meistertitel führen!"* Damit ist die Veranstaltung beendet.

„23. April 1951 – 13 Uhr ins Werk 536. Meine Papiere geholt. Seit 30.4.50 wurden keine SVK-Beiträge bezahlt von der Wismut."

Wie geht es mit der Wismut weiter? Offenbar weiß das auch im BSA in Siegmar-Schönau niemand so genau. Die Fragen des Trainers werden nur ausweichend beantwortet. Walter Fritzsch sauer: *„Ich habe noch nie über diesen Apparat gesprochen. Was das für ein Miststall ist!"* Gleich im Anschluss fährt er nach Rabenstein und holt einige Privatsachen aus der Sportschule. Es riecht nach Abschied.

„26. April 1951 – Es findet sich kein Weg, wo die Elf eingebaut werden soll. Heute selbst mit Sand im Stadion geschaufelt.

27. April 1951 – Zur Besprechung beim Konsum, wegen der Übernahme der Mannschaft zum Konsum.

28. April 1951 – Nach einem Jahr kann ich nun feststellen, dass die Spieler viel gelernt haben. Trotzdem ist es schwer, mit solchen Spielern zu arbeiten, die erst jetzt einigermaßen bekannt wurden. Ich habe hier keinen gefunden, der etwas von Fußball versteht. Auch in der Leitung nicht. Trage mich mit dem Gedanken, mich zu verän-

Die Oberliga-Aufsteiger: Stehend (v.l.) Trainer W. Fritzsch, K. Wolf, Günther, Süß, Kaden, Weißflog, Löffler, Mergel, M. Fritzsch, Reich, S. Wolf, Groß, Mannschaftsleiter Hofmann. Vorn (v.l.): Glaser, Steinbach, Schmalfuß, Näcke

Walter Fritzsch mit dem Blumenstrauß der SV Wismut. Käthe verwackelt vor Aufregung das Bild 2. Juni 1951

dern. Sprach mit Fewa Chemnitz wegen Trainertätigkeit. Man hat mich zur Probe bestellt."

Seit einigen Tagen arbeiten die Spieler im Stadion als Arbeiter: *„Die Gehaltszahlung ist auch geklärt, 550 Mark brutto. Ich bekomme ein Gehalt von 650 Mark. Seitdem sie arbeiten, konnte ich feststellen, dass die Spieler jetzt besser trainieren. Ich machte nur Kondition. Aber auf der anderen Seite ist es so, dass sich ein großer Teil der Spieler vor der schweren Arbeit drücken will. Gute Kerle in Bezug auf Arbeit sind Näcke, Wolf, S., Weißflog, Wolf, K."*

Nachdem die Gespräche mit der Konsumverwaltung »rein zufällig« an die Wismut-Zentrale lanciert wurden, kommen plötzlich konkrete Vorschläge aus Chemnitz. Jedes Objekt, sprich jeder Wismut-Betrieb (vom Schacht bis hin zur Berufsschule), übernimmt ab der neuen Saison das Gehalt eines Spielers. Die Höhe der Besoldung soll sich am Lohn eines unter Tage tätigen Kumpel orientieren. So klären sich Anfang Mai plötzlich die Fronten. Beschleunigt auch vom anstehenden Duell um die DS-Meisterschaft. In Magdeburg treffen sich Anker Wismar und Zentra-Wismut Aue. Walter Fritzsch schreibt: *„Am 3. Mai 1951 spielten wir in Magdeburg. Ist auch sehr zertrümmert von den amerikanischen Bomben. Gewannen gegen Anker Wismar 3:0. Abends im Kristallpalast. Es wurden etliche Flaschen hinter die Binde gegossen."*

Der Einladung des Deutschen Sportausschusses folgend, fährt Walter Fritzsch zum Lehrgang der Trainer der Oberliga- und Ligamannschaften sowie der Meister der Landesklassen. Treffpunkt ist das Gesellschaftshaus Grünau, direkt an der Regattastrecke. Zur Begrüßung erhält der Wismut-Trainer den einen oder anderen Schulterklopfer zum Aufstieg. Nach wie vor fühlt er sich geehrt, überhaupt zu diesem Kreis zu gehören. Demnächst mit der Verantwortung für eine Oberliga-Mannschaft, und das mit gerade 30 Lenzen! Da muss man sich ab und an mal zwicken. Trotzdem hat der junge Wismut-Trainer seinen eigenen Blick auf die Dinge: *„Gute Betten, keine Kopfkissen – nur eine Decke. Vier-Mann-Zimmer mit Erich Dietel (Motor Dessau), Heinz Hartmann (Anker Wismar) und Lok Cottbus."*

Am nächsten Morgen beginnt der Unterricht, geleitet von Alfred Kunze. Es wird ein langer Tag: *„Unterricht bis 19 Uhr. Abends unterhalten, bis 2 Uhr."* Deutlich abwechslungsreicher gestaltet sich der zweite Lehrgangstag, mit praktischen Übungen, einem Übungsspiel und anschließender Dampferfahrt. Von 20 bis 22 Uhr gibt es dann noch einmal theoretischen Unterricht. Walter Fritzsch genießt den Aufenthalt, noch ist er dabei, sich einen Namen zu machen und Kontakte zu knüpfen. Die erfolgreiche Saison mit der Wismut-Elf hilft ihm dabei. *„Der Lehrgang zeigt mir, was ich noch lernen muss und was ich vielen voraus habe. Das Essen war schlecht."*

Die Meisterschaftsfeier findet am 2. Juni 1951 im Clubhaus Chemnitz statt. *„Es war kurz und schmerzlos, aber sehr schön. Die rechte Stimmung will jedoch nicht aufkommen."* Das wochenlange Hickhack um Geld, um Lebensmittelmarken und die Zukunft der Mannschaft steckt noch in den Köpfen der Fußballer. Lässt sich mit ein paar guten Worten nicht einfach wegwischen. Immerhin erkennt der Trainer die Bemühungen an: *„Man hat sich wirklich sehr angestrengt! Jeder Spieler bekommt von der SDAG Wismut neben der Aufstiegsprämie einen grauen Sommeranzug, ein blaues Oberhemd, einen grauen Hut und ein paar braune Schuhe.“*

Am ersten Juni-Sonntag des Jahres machen sich Käthe und Walter schon zeitig auf den Weg ins Wahllokal. Um wie zwölf Millionen Ostdeutsche die Frage zu beantworten: *„Sind Sie gegen die Remilitarisierung Deutschlands und für den Abschluss eines Friedensvertrages mit Deutschland im Jahre 1951?“* Von der Bundesregierung war die geplante Volksbefragung als »staatsgefährdend« verboten und als »Propaganda-Böller aus Pankow« abgestempelt worden. Auch in der Familie Fritzsch gibt es am Tag der Volksbefragung eine heftige Kontroverse: *„Besuchten Gerhard und Lisbeth. Hier hörte ich die klare Meinung von meinem Bruder über mich. Er sprach offen aus, ich sei ein Kommunist usw. Er will wahrscheinlich wieder als Spieß Soldat spielen.“*

Drei Wochen Urlaub an der Ostsee! Das Kollektiv fährt geschlossen ins Wismut-Heim nach Graal-Müritz. Im Juni 1951 noch immer eine halbe Weltreise: *„5:26 Uhr weggefahren von Cainsdorf. Bahnfahrt dauerte bis 22 Uhr.“* Mit der Ankunft hat der Trainer ein Problem, das kann schon am nächsten Morgen geklärt werden: *„Haben ein schlechtes Zimmer zugeteilt bekommen. 7 Uhr aufgestanden, rasiert. Ließ mir ein anderes Zimmer geben. Es ist jetzt sehr gut.“* Diese Erfahrung wird er nie vergessen und so übernimmt Walter Fritzsch fortan auf jeder Station seiner Trainerkarriere die Zimmerverteilung höchstselbst oder stimmt sie im Vorfeld zumindest persönlich ab.

Die Kosten für Bahnfahrt und Übernachtung übernimmt der Verein. Für die Fußballer steht in Graal-Müritz bei zunächst ziemlich wechselhaftem Wetter ein leichtes Training auf dem Programm und das eine oder andere Einlage-Spiel. Insgesamt sechsmal Training und dreimal Wettkampf hat Walter Fritzsch angesetzt. Sonst gibt's von ihm die lange Leine: *„Während dieser Zeit habe ich keine Obacht gegeben wie der Lebenswandel war.“*

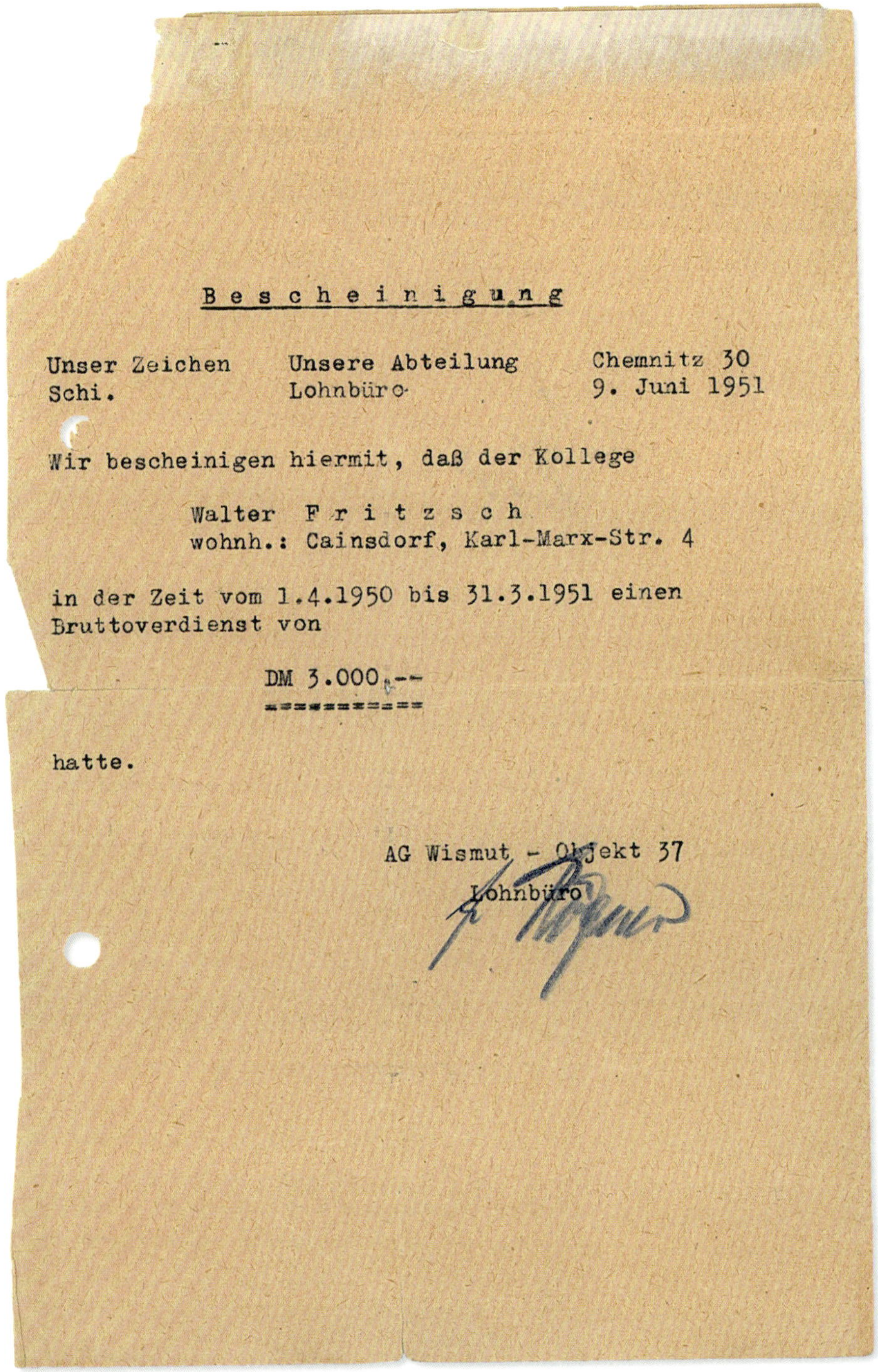

B e s c h e i n i g u n g

Unser Zeichen Schi. — Unsere Abteilung Lohnbüro — Chemnitz 30, 9. Juni 1951

Wir bescheinigen hiermit, daß der Kollege

Walter F r i t z s c h
wohnh.: Cainsdorf, Karl-Marx-Str. 4

in der Zeit vom 1.4.1950 bis 31.3.1951 einen Bruttoverdienst von

DM 3.000,--

hatte.

AG Wismut - Objekt 37
Lohnbüro

Im Strandkorb liegend, angelt sich Walter Fritzsch die neue »fuwo« aus der Tasche und liest gespannt den Bericht über ihn und seine Mannschaft. Eine ganze Seite hat die Redaktion dem Aufsteiger gewidmet und titelt: *„Welche Rolle spielt Zentra-Wismut Aue?“* Dann werden die Spieler von ihrem Trainer vorgestellt. Torhüter Kurt Steinbach (Grünhain), der Werkzeugmacher – die beiden Verteidiger Heinz Glaser (Beierfeld), der Schmied, und Siegfried Näcke (Grünhain), der Elektriker – der rechte Läufer Paul Süß (Aue), Laborant – Mittelläufer Johannes Löffler (Aue), Modelltischler – der linke Halbstürmer Armin Günther (Schneeberg), Kraftfahrer – die rechte Sturmseite mit den Gebrüdern Wolf (Bernsbach), beide Klempner – oder Mittelstürmer Martin Fritzsch, Fräser.

Dann ist der Trainer an der Reihe, er wird als sympathisch und bescheiden beschrieben. Hätte beim Planitzer SC einst Einsätze in der ersten Mannschaft gehabt, und sei seit 1950 in Aue. Es folgt die Erläuterung seines Trainings und seiner Trainingsmethoden. Und die Kameradschaft? *„Wir sind noch eine junge Mannschaft und die Leute stammen aus sechs kleineren Gemeinschaften. Jeder bringt seine Eigenarten mit, und es bedarf freilich einer längeren Zeit, um alles etwas abzuschleifen und abzuhobeln, und um die einzelnen, individualistischen Gedankengänge zu einem Ganzen zusammenzuschweißen.“*

Beim Lesen des Porträts wird deutlich, dass sich Walter Fritzsch über das Interesse an seiner Arbeit freut: *„Die Mannschaft steht im Wettbewerb untereinander. Bewertet werden die Teilnahme am Training und an fachlichen und politischen Schulungen, pünktliches Erscheinen, Verhalten zu Mannschaftsangehörigen und anderen Mitgliedern, dem Schiedsrichter und gegnerischen Spielern gegenüber sowie auch der ganze Einsatz während der Spiele.“* Irgendwann hatte der Trainer sogar aus dem Nähkästchen geplaudert, ließ die tatsächliche Entstehungsgeschichte des aktuellen »Nikotinfensters« jedoch weg: *„Ab Sonnabendmittag besteht Rauchverbot und an Alkohol darf nur ein vierprozentiges Bier am Sonnabendabend genossen werden.“* Jetzt schüttelt er beim Lesen den Kopf und will seine Frau fragen: *„Muss das sein, gehört das in die Zeitung?“* Doch Käthe tummelt sich gerade in der Ostsee. Noch vor dem Abendbrot notiert er in sein Tagebuch: *„In der fuwo steht etwas zu viel von mir.“*

Natürlich war Walter Fritzsch auch nach seinen Zielen für die kommende Oberliga-Saison gefragt worden: *„Was steht den sieggewohnten Spitzenmannschaften im Erzgebirge bevor?“* Der Trainer holt kurz aus, wird dann sehr konkret: *„Wir wollen keine Einzelspieler haben, sondern wir wollen vielmehr eine eiserne Elf herausbringen, in der jeder sein Bestes gibt, wo das Zusammenspiel auf dem Rasen, wie auch außerhalb des Spiels im Vordergrund steht und wo Egoismus auf dem Rasen wie im Leben verpönt ist. Ich hoffe, dass wir mit dieser Zielsetzung am Schluss der nächsten Spielzeit in der ersten Hälfte zu finden sind…“*

„28. Juni 1951 – Der Urlaub ist nun zufriedenstellend zu Ende. Aber länger als 3 Wochen hält man es nicht aus, dann geht es mit Volldampf zur Arbeit.“

Die Vorbereitung für das »Jahr der Bewährung« in der Oberliga beginnt mit neuerlichen Unstimmigkeiten im Wismut-Gefüge. Der Trainer genervt: *„Was nützt es, wenn man alles für den Sport hergibt, wenn seit 28.6.51 keine Lebensmittelmarken vorhanden sind. Die Spieler streiken.“* Walter Fritzsch sieht die planmäßige Durchführung der Vorbereitungsperiode durch ganz unterschiedliche Störfeuer immer wieder aufs Neue gefährdet. Da gibt es zum Beispiel die »Fußball-Börse« an einem jeden Montag. Unter diesem Titel treffen sich in der Gaststätte »Stadtpark« Spieler und deren Anhänger zum Plausch. *„So beginnt die negative Beeinflussung gegen den Trainer“*, schreibt Fritzsch. Dazu bekommen die Fußballer Bier spendiert, an andere Getränke will er gar nicht denken und auch die Einhaltung der Nachtruhe entwickelt sich zum Dauerthema. Ein weiteres Problemfeld sind die umfangreichen Verpflichtungen eines Oberliga-Trainers und die damit verbundene Abwesenheit. Also, der Fluch der guten Tat. So taucht Walter Fritzsch bei der 700-Jahr-Feier in Sebnitz auf, schnürt dort selbst die Töppen und bestaunt auf der Rückfahrt die Festung Königstein, den Lilienstein. Kann sich gar nicht satt sehen am bizarren Antlitz der Sächsischen Schweiz. Zu Hause lehnen seine Spieler nach wie vor Arbeit und Training ab. Da schneit der Telegrammbote herein: *„Am 9.7.51 nach Berlin zum Lehrgang DS. Trainer aus der Sowjetunion eingetroffen. Am Freitag, 6.7., nach Dresden, Tagung bis Sonnabend.“*

Als er an besagtem Freitag um zehn Uhr in Dresden vor dem »Haus zum Studium der Sowjetkultur« (Grumbtsche Villa) steht, fällt die Tagung aus. Seit früh um fünf ist er auf den Beinen. Zurück zu Hause, fängt er an, gymnastische Übungen zu zeichnen. Optische Vorlagen sind für ihn ein oft gewähltes Arbeitsmittel, um seine Ausführungen zu ergänzen und die Aufnahmefähigkeit der Spieler zu fördern. Viel Zeit bleibt ihm dafür nicht. Zu Beginn der neuen Wochen klingelt der Wecker bereits um 2:30 Uhr. In der Sportschule Ludwigsfelde, eine moderne Anlage mit Rasenspielfeld, Tennisplätzen und sogar einem Schwimmbad, treffen sich die Oberliga-Trainer zum Erfahrungsaustausch mit Arkadi Tschernyschow, ehemaliger Fußball- und Eishockeyspieler von Dynamo Moskau. Ob seines Wirkens in der Sowjetunion eine Berühmtheit und nun eben Trainer.

Walter Fritzsch saugt alles auf: die »Taktik der elastischen Abwehr« oder die »kombinierte Verteidigung« mit einer Symbiose aus Mann-Deckung und Raum-Deckung. Nimmt auch das Fazit der Hinrunde im sowjetischen Fußball zur Kenntnis, da gäbe es noch immer Mannschaften, die an der unrichtigen Abwehrtaktik der Manndeckung am gegnerischen Spieler festhielten. Elf Tage lang gibt es in Ludwigsfelde einen Mix aus Theorie und Praxis und das rund um die Uhr. *„Abends saßen wir gemütlich und sangen einige Lieder. Unterhaltungen geführt. Zimmer sehr schön, neue Bettwäsche.“*

Zu den Höhepunkten des Lehrgangs gehört der Auftritt der »Oberliga-Trainerauswahl«. Sie spielt in folgender Besetzung:

Kurt Fritzsche (SV Chemie)
Fritz Sack (VP Dresden) Hans Siegert (Landestrainer MV)
Ernst Dietel - Heinz Krügel - Alfred Kunze
(Motor Zwickau) (Crimmitschau) (DS-Trainer)
Walter Fritzsch - Willi Oelgard - Hans Höfer - R. Hofmann - Horst Klemig
(Wismut Aue) (LT Brandenburg) (Chemie Leipzig) (LT Sachsen) (Altenburg)

Das »All-Star-Team« gibt beim 10:0 gegen Vorwärts Ludwigsfelde eine überzeugende Probe fußballerischer Klasse und so fährt Walter Fritzsch voller Eindrücke zurück ins Erzgebirge. Dass er seinen Mantel auf dem Bahnhof in Ludwigsfelde liegen lässt, sein Koffer zunächst vertauscht wird, kann er verschmerzen. Wichtig ist ihm bei der Rückkehr nach fast zwei Wochen Dienstreise das Aufatmen nach dem ersten Überblick: *„Alles noch in Ordnung.“*

»Abschiedsspiel« für Walter Fritzsch (li., zwischen Süß und K. Wolf) bei Stahl Gröditz – 28. Juli 1951

Einen Monat noch bis zum Punktspielstart, die Wismut-Elf muss in Gröditz Farbe bekennen. Die Anreise gestaltet sich schwierig. Erst geht es mit dem Schnellzug von Zwickau nach Chemnitz, dann das ewige Warten auf den LKW. *„18 Uhr erst angekommen, es war eine schreckliche Fahrerei. Gleich angefangen zu spielen, waren alle steif.“* Walter Fritzsch weiß, wovon er spricht. Er spielt gegen den Vertreter der Bezirksklasse selbst mit und deklariert sein Mitwirken nach den neunzig Minuten als sein »Abschiedsspiel«. Die späte Konsequenz aus dem Zweitligaspiel im März gegen Weißenfels. Den Auftritt in Gröditz sieht er positiv, trotz beachtlicher Gegenwehr: *„In der 2. Hälfte war es bereits im Fluss, wir gewannen 2:1. Aßen im Klubhaus.“*

Den Takt des Sommers 1951 bestimmen ab Anfang August die Weltfestspiele der Jugend und Studenten in Ostberlin. Die DDR-Presse tiriliert seit Wochen im Chor: *„Die Jugend der Welt kehrt zu Gast bei uns ein!“* Der Westen kommentiert: „Kommunistischer

Zwangsaufmarsch", und winkt ab. Zwei Millionen Jugendliche aus Ost und West sollen es sein, die sich nach offiziellen Angaben zwischen Pankow und Treptow, zwischen Alexanderplatz und Walter-Ulbricht-Stadion tummeln. Walter Fritzsch gehört dazu, gelockt von zwei ganz besonderen Fußballspielen. Erst soll die Studenten-Elf der DDR auf die berühmten Ungarn treffen, dann die DDR-Auswahl auf Dynamo Moskau.

„In Berlin ist etwas los. Ein Menschenmeer. Man muss schon sagen, in Berlin hat man schwer aufgebaut." – schildert der Trainer seine Eindrücke. Voller Vorfreude holen sich die Gäste aus dem Erzgebirge ihre Eintrittskarten. Zum Glück hat man das Spiel der ungarischen Fußballkünstler ins Ulbricht-Stadion verlegt. So gibt es für die 80.000 Besucher eine reizvolle Doppelveranstaltung. Der Auftakt sieht in den Reihen der rot-weiß gekleideten Gäste acht Spieler, die drei Jahre später zum ungarischen WM-Aufgebot gehören werden. Sechs davon stehen am 4. Juli 1954 im Endspiel von Bern: Grosics, Lantos, Bozsik, Kocsis, Puskas, Czibor. Walter Fritzsch reißt es von seinem Sitz, als das in dieser Zeit beste Fußball-Orchester der Welt zaubert: *„Wir bewunderten die Ungarn, die wirklich einen Fußball vorführten, der Klassefußball war und ist!"* Mit halber Kraft kommen die Puskas (2 Tore), Kocsis (3 Tore) und all die anderen gegen überforderte DDR-Studenten zu einem 5:0-Erfolg.

Der direkt folgende Auftritt der Dynamos aus Moskau gerät zur riesengroßen Enttäuschung. Nach dem rauschenden 5:1 in der Erstauflage der beiden Gegner zum Festival-Auftakt, sieht der Wismut-Trainer müde Moskauer mit einem mauen 2:0-Erfolg: *„Dagegen war ich von Dynamo erschüttert, diesen Ball sehen wir auch bei unseren Mannschaften."*

Hundemüde fallen die Mitglieder der Auer Delegation spätabends im Wismut-Bereich ins Stroh. Am nächsten Tag macht sich Walter Fritzsch auf die Socken, schnuppert diesseits und jenseits der Sektorengrenze und grübelt: *„... sah die Verkaufsstände der Westberliner Kaufleute. Man kommt sich vor wie im Schlaraffenland. Es gibt, was das Herz sich wünscht. Aber, warum laufen so viele Schwarzhändler dort herum und bieten amerikanische Zigaretten an oder Käufer, die von Gold u. Silberwaren sprechen. Und an den Kaufständen der HO, wo man Brot und Gemüse anbietet, stehen die Westberliner und kaufen dort ein. Also, wo und was wird in Berlin gespielt. Wer spricht die wirkliche Wahrheit."*

Bedingt durch die hohe Teilnehmerzahl kommt es in den letzten Tagen der Weltfestspiele in Ostberlin zu Engpässen bei der Verpflegung. Daraufhin lockt der Westberliner Senat die Jugendlichen über die Sektorengrenzen, mit Bananen, amerikanischen Zigaretten und kostenlosen Kinobesuchen. Als der Regierende Bürgermeister Ernst Reuter die Einladung erneuert, dreht die FDJ den Spieß um und marschiert am 15. August 1951 in einer Kolonne von 10.000 Mitgliedern in den Westteil der Stadt. Es kommt zu Auseinandersetzungen mit der Polizei. Hunderte Jugendliche werden verletzt. Zu diesem Zeitpunkt ist Walter Fritzsch bereits zurück in Aue und längst mit anderen Dingen beschäftigt. Seine Frau Käthe hatte ihn mit der Nachricht überrascht, Willy Tröger will wieder bei Wismut spielen!

Am 21. Mai 1950 bestritt der »Will« sein letztes Spiel für die Lehrgangs-Elf. Da muss Walter Fritzsch gar nicht nachschlagen, daran kann er sich bestens erinnern. Vier Tore schoss Tröger an diesem Tag, es muss also das 8:0 gegen Halberstadt gewesen sein! Danach war für den jungen Mittelstürmer, der ihm von Oberhohndorf einst zu Cainsdorf folgte, bei Wismut Schluss. Irgendwie hatte es nicht gepasst. Das leistungssportliche Regime zu streng, die Forderungen zu hoch? In der abgelaufenen Saison lieferte Willy Tröger den entscheidenden Teil zum Aufstieg der Cainsdorfer in die Landesklasse Sachsen. Am nächsten Tag taucht Tröger erneut auf und bestätigt Walter Fritzsch seine Absicht: *„Ich lehnte nicht ab."*

Zwei Tage vor dem Auftaktspiel gegen Fortschritt Meerane hat Wismut Aue einen neuen Mittelstürmer, aber auch ein neues Mannschaftsquartier. Vor jedem Heimspiel geht es nun ins Nachtsanatorium Niederschlema. *„Es liegt im Wald, die Verpflegung ist ganz groß, der Speiseplan ist vorzüglich. Es wird Apfelsine, Sahne, Nüsse an den Spieltagen verabreicht. Besser kann man es nicht finden und wünschen! Prima Zimmer!"* – jubiliert der Trainer.

Es lebe der Komsomol ... Urlaubsstimmung im Zeichen der Weltfestspiele. Walter mit Käthe (r.) und Schwägerin im Ostsee-Hotel

Am 29. August 1951 wollen 15.000 Anhänger die Oberliga-Premiere ihrer Wismut-Elf erleben. Nach nur fünf Minuten ist der Jubel groß, als Armin Günther die Auer in Führung bringt. Der Jubel über das erste Oberliga-Tor der Zentra-Wismut ist kaum verhallt, da steht es 2:0! Freistoßschütze Heinz Kaden nimmt aus 25 Metern Maß, 7. Minute. In der Folge kann die Fritzsch-Elf ihre Schwächen nicht kaschieren. Meerane gleicht schnell aus, dann trifft Aue erneut. An der glücklichen 3:2-Pausenführung ändert sich auch nach weiteren 45 Minuten nichts. Für den Trainer zählt allein der Sieg. Er weiß, die Vorbereitung war nicht optimal. Das Klima zwischen Trainer und Mannschaft scheint, mal wieder, verbesserungswürdig und so bringt er das erste Punktspiel in der höchsten Spielklasse mit kritischer Beinote zu Papier: *„Die Kassierung klappt überhaupt nicht. Die Reserve war schlecht und die 1. Elf ebenso. 3:2. 1. Punktspiel gegen Meerane gewonnen. Käthe hat mit kassiert.“*

Ganze vier Tage später die nächste Aufgabe in Erfurt. Der Trainer kann sich ein Schmunzeln nicht verkneifen. Mit Trögers Einsatz hat Walter Fritzsch auf Risiko gesetzt und alles richtig gemacht. Der Mittelstürmer schießt alle drei Wismut-Tore und so landet der Oberliga-Aufsteiger bei Turbine Erfurt einen überraschenden 3:1-Auswärtssieg. Doch schneller als gedacht brechen in Aue unruhige Tage an.

„3. September 1951 – Schüller (Lauter) meldete sich an

9. September 1951 – Da nun Erfurt mit drei zu eins geschlagen wurde und einige Spieler etwas erhaben wurden, das Training lasch durchführten und außerdem sich mit Frauen abgaben (kein Geschlechtsverkehr) war natürlich die Leistung dementsprechend. Denn das Spiel ging glatt mit Recht gegen Dresden 2:3 verloren.“

Nach der Heimniederlage gegen Rotation Dresden rüffelt die »fuwo« das Auer Publikum: *„Ein großer Teil der Zuschauer hielt wenig Sportdisziplin, rückte Mitte der 2. Halbzeit ab.“* Hinter den Kulissen gibt es Knatsch. Dabei geht es in der Mannschaftsauswertung nicht nur um die kollektive Übernachtung im Sanatorium vor jedem Heimspiel:

„11. September 1951 – Hatte heute viel Kritik hören müssen ... Die Spieler wollen nicht kasernenmäßig untergebracht sein. Sie wollen machen, was ihnen beliebt. Sie vertreten die Meinung, dass sie nicht alles geschlossen machen wollen. Sie wollen mehr Abwechslung haben ... Bei der Aufstellung wollen sie etwas zu sagen haben. Ich bin gespannt, wann in Aue einmal Ruhe ist. Weil wir nun verloren haben, da geht es über mein Fell ... Erstmalig mit Mikrophon trainiert.

14. September 1951 – Ich erhielt wieder anonyme Briefe.

22. September 1951 – Kam ich ins Nachtsanatorium. Mir teilte Kaden mit, dass, wenn ich Löffler nicht aufstelle, mir von Seiten der Zuschauer Schläge angeboten würden.“

Trotz dieser Sorgen läuft die Saison für den Oberliga-Neuling besser als gedacht. Die Wismut-Elf punktet beständig und be-

Kurt Steinbach, geboren 5. 8. 22, Werkzeugmacher (Torwart) / Heinz Glaser, geboren 3. 4. 26, Schmied (rechter Verteidiger) / Siegfried Näcke, geboren 9. 11. 25, Elek-triker (linker Verteidiger) / Paul Süß, geboren 20. 6. 21, Laborant (rechter Läufer) / Johannes Löffler, geboren 23. 10. 24, Modelltischler (Mittelläufer) / Heinz Weißpflog, geboren 21. 3. 23, Klempner (linker Läufer) / Siegfried Wolf, geboren 5. 1. 26, Klempner (Rechtsaußen) / Karl Wolf, geboren 27. 5. 24, Klempner (Halbrechter) / Martin Fritzsch, geboren 26. 5. 21, Fräser (Mittelstürmer) / Armin Günther, geboren 24. 4. 24, Kraftfahrer (Halblinker) / Gerhard Groß, geboren 12. 7. 18, Techniker (Linksaußen) / Walter Fritzsch, geboren 21. 11. 20, Techniker (Trainer).

wegt sich ausnahmslos in sicheren Tabellenregionen. Nach Niederlagen, wie dem 2:4 bei DDR-Meister Chemie Leipzig in Leipzig-Leutzsch, holt sich die Elf von Walter Fritzsch immer wieder postwendend die nötigen Erfolgserlebnisse.

„23. September 1951 – 4:1 gegen Brieske, etwas glücklich.“

Vielleicht liegt das mit an den deutlich besseren Möglichkeiten in der Freizeitgestaltung. Der Trainer hat eine Tischtennisplatte und einen Billardtisch besorgt. Die Spieler nehmen die Zusatzangebote gern an. Eine Initiative des Trainers ist auch der »Frauentreff«. Mit den besseren Hälften der Fußballer bespricht Walter Fritzsch die aktuellen Sorgen und Probleme. So wird die Wismut-Elf bei Freundschaftsspielen meist mit viel Beifall und Applaus bedacht. In den Auswärtsspielen der Oberliga erleben die Spieler eine ganz andere Grundstimmung. Da reicht die Palette der Kommentare von kritisch bis unflätig. Der Trainer versucht, die Mannschaft darauf einzustellen. Mit Beginn der Nachtruhe, in der Regel um 22 Uhr, wird Walter Fritzsch aktiv und überprüft stichprobenartig, ob das Kollektiv wirklich vollzählig an der Matratze horcht. Natürlich gibt es da die eine oder andere Überraschung. Statt eines Spielers findet er Handtuch, Besen und Pantoffeln mehr oder weniger kunstvoll als Attrappe arrangiert. In diesem Fall wartet er so lange, bis der Sünder sich nach seinem nächtlichen Ausflug wieder heimlich einschleichen will. Um 4.15 Uhr ist es so weit. Der heimliche Ausgänger darf am nächsten Tag nach Hause und muss zudem eine Spielsperre abbrummen.

„29. September 1951 – Ich bin gespant, wer es nun am Ehrlichsten von den Ländern SU oder USA meint. In Westdeutschland werden wieder Kasernen gebaut, in der DDR Sportstätten. Obwohl bei uns in der DDR sind auch große Schwächen zu verzeichnen. Besser ist

es schon geworden, aber es fehlt noch viel. Vor allem das Intrigen-Spiel in den höchsten Stellen.

30. September 1951 – Ja, der Sonntag zu Hause ist auch schön, man hört Rundfunk und den Sport am Tische ... Aber das politische Wirrwarr ist jetzt zu groß.

3. Oktober 1951 – Jeden Tag gibt es in Aue etwas Neues, aber nie etwas Ordentliches. Entweder mache ich wirklich viel verkehrt oder da oben stimmt überhaupt nichts.

4. Oktober 1951 – Die Fahrt zum Spiel gegen Einheit Pankow war eine Offenbarung. Im Zug, als wir in Zwickau zustiegen, kein Platz vorhanden. Schlachtenbummler hatten einen Sitzplatz. Die Spieler saßen verstreut. Nikotingenuss war stark. Die Schlachtenbummler (Gönner) sind das Unglück der Mannschaft. Ich bemerkte, dass Spieler nicht ablehnten, gebotene Zigaretten zu rauchen. Mit den Mahlzeiten einnehmen ist es schlecht, wenn das Essen kalt serviert wird usw. ...“

Nach dem 4:1-Erfolg bei Einheit Pankow bekommt die Wismut-Elf von der »fuwo« ein dickes Kompliment: *„Grundprinzip der Mannschaft ist dauernde Bewegung ohne Ball, was die vorhandene Kondition ihr erlaubt – und die ganze Elf spielt mit.“* Nur einer erklärt sich damit nicht einverstanden, der Trainer: *„Deckung war besser als der Sturm, der mir nicht gefiel. Stadion an der Cantianstraße schönes Stadion. 4:1 ... fuhren mit Taxi zum Ostbahnhof, im Schnellzug wurden etliche Kästen Bier von Gönnern gestiftet. Ich trank eine Flasche.“*

Die Dauer-Kontroverse zwischen Trainer und Mannschaft begleitet den sportlichen Weg. Die gestandenen Mitglieder der Wismut-Elf beharren auf ihren Gewohnheiten. Walter Fritzsch wird nicht müde, sie zu kontrollieren und disziplinieren. In den Tagen vor den Punktspielen hält er in den Kneipen von Aue und Umgebung persönlich nach seinen Schäfchen Ausschau. Fährt sogar bis zur »heimlichen« Stammkneipe »Zum Stern« ins etwa 16 km entfernte Sosa. *„Nach dem Spiel gegen Thale (0:1) nahmen einige Spieler zu viel Alkohol zu sich. Nach Freiberg (Testspiel) wurde ebenfalls gemütlich etwas zu viel getrunken. In Gera (1:1) war es wieder der Fall und, vor allem, im Bus fuhren Gönner von Aue mit. Weswegen sogar ein Spieler – Glaser, H. – keinen Sitzplatz hatte. Aber Alkohol wurde in Mengen zu sich genommen. Ich vertrete die Meinung, wenn von einigen der Mannschaft weiter so getrunken wird, geht die Leistung der Mannschaft stark zurück.“*

Walter Fritzsch hatte sich mit seinen Spielern nach dem Abpfiff in Gera nur mühsam den Weg in Richtung Umkleidekabine bahnen können. Der Zorn der aufgebrachten Zuschauer richtete sich gegen Schiedsrichter Kurt Paufler. Den Fortgang der Dinge soll er erst später erfahren. So hätte man den Referee aus Dessau durch die Elster gejagt. Die »fuwo« berichtet ungewohnt offen, allerdings Wochen später: *„Rauflustige Elemente nahmen beim Weggang des Schiedsrichters außerhalb des Sportplatzgeländes die Verfolgung auf und vergingen sich tätlich, so dass dieser in ein Wohngrundstück flüchten und sich dort stundenlang verbergen musste.“* Nach diesen Vorfällen wird Gera mit einer Platzsperre bis Jahresende belegt

„28. Oktober 1951 – Gewannen gegen Altenburg 5:0, überzeugend. Glaser, Kaden, Löffler und Süß sollen wieder einen Festtag gemacht haben u. erst früh nach Hause gebracht worden sein.“

Willy Tröger gehört spätestens mit seinen drei Treffern gegen Stahl Altenburg zu den erfolgreichsten Torjägern der Oberliga. Beim 3:3 Anfang November 1951 in Halle trifft er auch gegen Turbine dreimal und führt nun mit zwölf Treffern die Liste der besten Schützen an. Doch nicht nur der Mittelstürmer präsentiert sich in guter Verfassung: *„In der Woche vom 5.11 - 9.11.51 wurde wirklich gut trainiert und es war kein Streit usw.“* Für Walter Fritzsch kommt der nächste Punktspielsieg nicht überraschend, in dieser Höhe schon. Meisterschafts-Mitfavorit VP Dresden wird mit einer 5:0-Packung nach Hause geschickt. *„Unser Sieg verdient, aber Ergebnis zu hoch. Beide Hintermannschaften standen eisern.“*

„15. November 1951 – Am Dienstag wurde Tröger von Motor Zwickau eingeladen zu einem Kameradschaftsabend in Griesbach (bei Schneeberg). Dort wurde er betrunken gemacht und unterschrieb, dass er sich in Aue abmelden soll.

16. November 1951 – Fall Tröger aufgeklärt. Sind ja große Lumpen. Er gab mir ein Schreiben, dass er Aue vorläufig nicht verlässt.

21. November 1951 – … fuhren nach Schneeberg. Dort war ein kleiner Abend, mit einem von der 1. Elf engagierten Kobold. Anlässlich meines Geburtstages. Es wurde mir feierlich eine große Einpflanzung überreicht.“

Anfang Dezember 1951 ziehen endlose Wagen- und Fahrradkolonnen gen Grotewohl-Stadion. Das Spiel gegen Motor Zwickau lockt 16.000 Zuschauer an. Noch einmal 6.000 bevölkern die umliegenden Höhen. Der Trainer sieht seine Mannschaft gut vorbereitet: *„In der vergangenen Woche trotz unschöner Witterung im Freien trainiert. Alle machten anständig mit. Der Erfolg blieb auch gegen Zwickau nicht aus.“*
Bevor die diesmal in weißen Hosen und blauen Trikots auflaufenden Auer den Rasen betreten, kommt der Wismut-Trainer ganz schön ins Schwitzen: *„Vor dem Spiel wurde ich vom Mitteldeutschen Rundfunk gebeten, einige Worte zu sprechen – wie das Stadion gebaut wurde, durch Gemeinschaftsarbeit u. so soll nun auch Berlin aufgebaut werden. Mir wurde es anders zumut … Das Stadion ausverkauft. Gewannen verdient 2:0. Schiri Schulz leitete das Treffen einwandfrei.“*

Vorzeige-Fußballer: Aues Kicker vorm Arbeitseinsatz für den Aufbau der Hauptstadt

Mit diesem Heimsieg kehren alte Sorgen zurück und es knirscht wieder im Gefüge Trainer-Mannschaft: *„Die Elf trank etliche Alkoholsachen…lange war es ruhig. Nun wollen sie nicht mehr im Freien trainieren.“* In der Gaststätte »Stadtpark« sitzen die Fußballer oft und gern. Bekommen von Freunden und Gönnern Bier und Schnaps spendiert. Die vom Trainer festgelegten Normen des leistungssportgerechten Lebenswandels spielen in diesen Momenten keine Rolle. Was die Zecher nicht ahnen, das drohende Ungemach steht oft vor der Tür. Der Trainer hat das feuchtfröhliche Treiben an diesem Dezembertag schon eine Weile durchs Kneipenfenster beobachtet. Als er eintritt, sind die vielen Biergläser in Sekundenschnelle durch Kaffeetassen ersetzt. Fritzsch lässt nicht locker und hat bei seinem nächsten Kontrollgang mehr Glück. Diesmal erwischt er seine Schützlinge beim Stiefel trinken. *„Nur Limonade“*, beteuert ein Spieler. Der Trainer probiert einen Schluck und gießt den Stiefel sofort aus. Der Fleischermeister, der die Runde ausgegeben hat, verdreht schmerzerfüllt das Gesicht und macht seinem Ärger Luft: *„Mensch, die Pulle Korn hat mich gut 40 Mark gekostet!“* Daraufhin bekommt er von Fritzsch eine Beratung in Sachen Umgang mit den Fußballern spendiert. Gegen eine Bockwurst oder Schinken wäre absolut nichts einzuwenden. Aber Alkohol sei nun einmal der größte Feind des Sportlers!

„11. Dezember 1951 – Der erste Schnee! Konnte kaum sprechen, schrieb Trainingsplan. Wurde mir der Kopf gewaschen, ich soll etwas von meiner alten Linie abgehen und mehr mit der Elf zusammenarbeiten. Auch heute musste ich feststellen, dass die Spieler das Training als Schikane ansehen. Obwohl sie in der Woche höchstens drei Stunden arbeiten, die andere Zeit wird Skat gespielt.

16. Dezember 1951 – … Schneeberg, im Stadtcafé Weihnachtsfeier. Man wollte mich betrunken machen. Ca. 20 Likör u. Bier. Es war schön gemütlich.

17. Dezember – 7:30 Uhr gebrochen, das ist ein Genuss …

24. Dezember 1951 – Was ist auf dem Speiseplan, Fleischsalat, Hackepeter, Schinken, fünf verschiedene Wurstarten, eingelegter Aal, Gewürzgurken, Stollen, Bohnenkaffee usw.“

Am zweiten Weihnachtsfeiertag spielt die Wismut-Elf gegen Meinersdorf. Beim 14:0 fehlt Willy Tröger, unentschuldigt. Zwei Tage später lässt Walter Fritzsch das Kollektiv abstimmen, ob der Sünder am letzten Sonntag des Jahres bei Motor Dessau spielen soll oder nicht. Geht es nach dem Trainer, wird er gesperrt. Doch die Spieler wollen nicht auf den aktuell mit 17 Treffern besten Torjäger der Oberliga verzichten. *„Machte die Aufstellung 30 Minuten vor dem Spiel. Schmalfuß lehnte es ab, zu halten. Tröger erhielt weniger Spesen. Gewannen 3:2 - verdient!“*

Mit diesem Auswärtssieg rückt Wismut Aue zum Hinrunden-Abschluss auf einen bemerkenswerten vierten Platz in der Tabelle vor – damit hat sich Walter Fritzsch auch im Fußball-Oberhaus einen Namen gemacht.

„1. Januar 1952 – Das Jahr 1951 brachte zwar noch nicht die Vereinigung Deutschlands aber der Lebensstandard hat sich weitaus verbessert obwohl noch Schwächen vorhanden sind. Ich konnte mir in diesem Jahr sehr viel anschaffen.“

Ohne Pause geht es in der Oberliga weiter mit dem Rückrundenstart. Walter Fritzsch zweifelt, ob sich Aue dauerhaft im oberen Mittelfeld mit Anschluss an die Tabellenspitze behaupten kann. Wochenlange Sperren für Tröger und Süß kommen hinzu. Mit einem Einschreiben von der DHfK, dass in den Briefkasten flattert, steht der Trainer vor einer weiteren Herausforderung. Ab Februar wird er für fünf Monate einen Lehrgang an der Sporthochschule in Leipzig besuchen. *„Habe groß Lust zu gehen, man hat mich aufgenommen. Es soll wahrscheinlich ab 15.2. beginnen.“*

Die ersten Ergebnisse im neuen Jahr bestätigen die Ahnungen des Trainers. Wie nicht anders zu erwarten, flammt auch

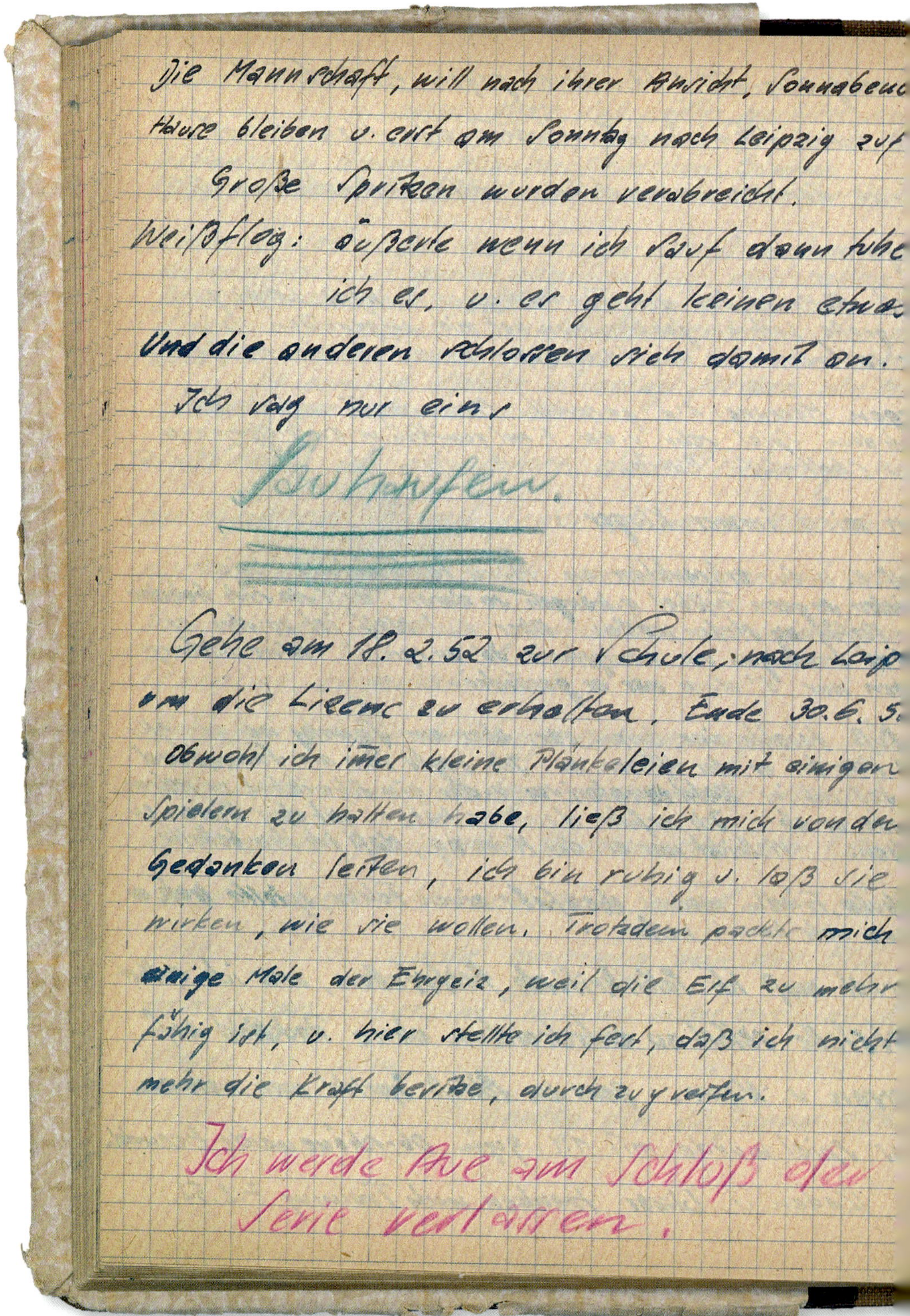
Die Mannschaft, will nach ihrer Ansicht, Sonnaben
Hause bleiben u. erst am Sonntag nach Leipzig zu
Große Spritzen wurden verabreicht.
Weißflog: äußerte wenn ich sauf dann tue
ich es, u. es geht keinen etwas
Und die anderen schlossen sich damit an.
Ich sag nur ein,

Gehe am 18.2.52 zur Schule; nach Leip
um die Lizenz zu erhalten. Ende 30.6.5
Obwohl ich imer kleine Plänkeleien mit einigen
Spielern zu halten habe, ließ ich mich von den
Gedanken leiten, ich bin ruhig u. laß sie
wirken, wie sie wollen. Trotzdem packt mich
einige Male der Ehrgeiz, weil die Elf zu mehr
fähig ist, u. hier stellte ich fest, daß ich nicht
mehr die Kraft besitze, durchzugreifen.
Ich werde Aue am Schluß der
Serie verlassen.

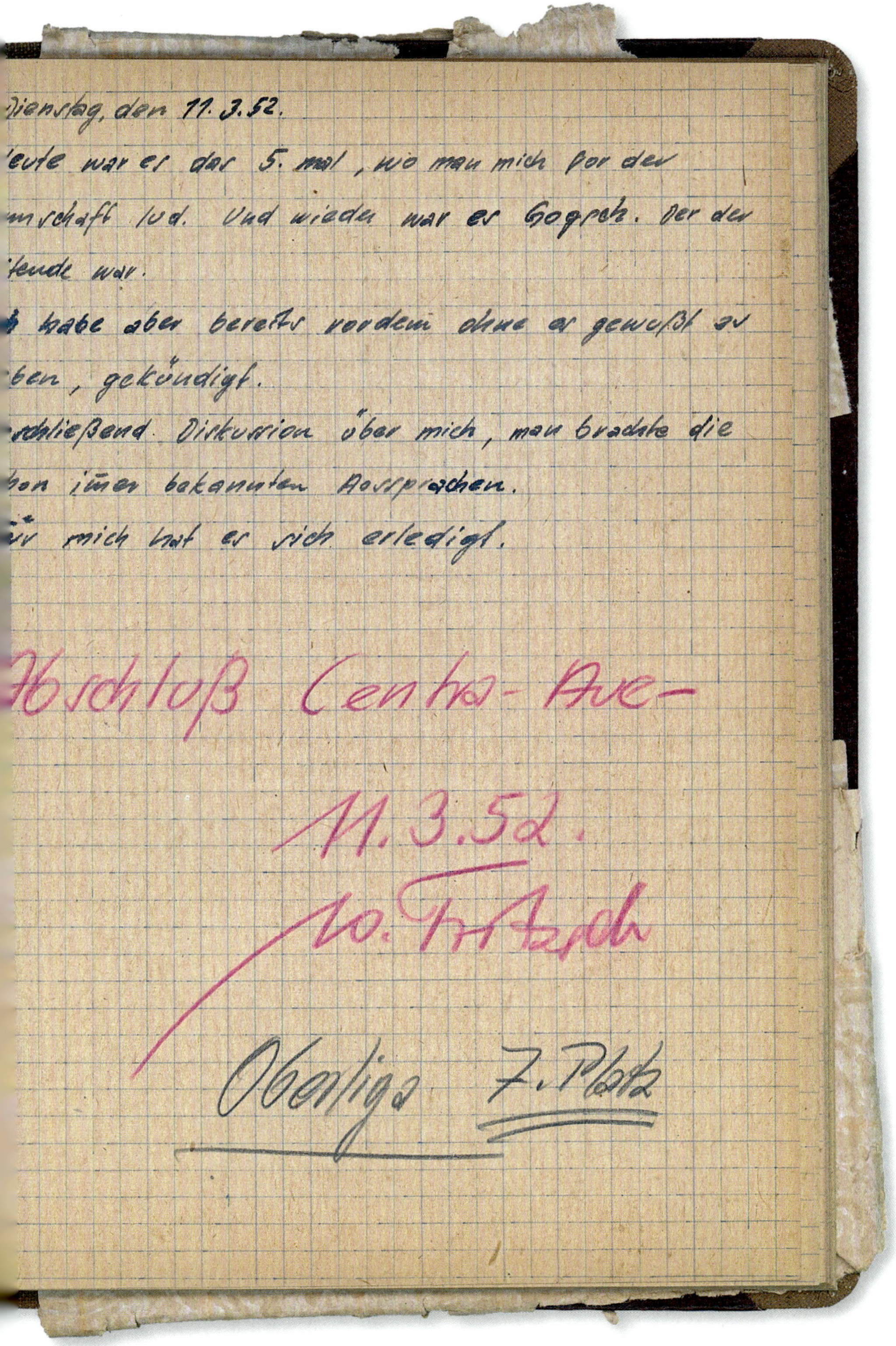

ienstag, den 11.3.52.
eute war es das 5. mal, wo man mich vor der
nnschaft lud. Und wieder war es Gogreh. Der der
ende war.
habe aber bereits vordem ohne es gewußt zu
ben, gekündigt.
schließend Diskussion über mich, man brachte die
hon ihnen bekannten Aussprachen.
ür mich hat es sich erledigt.

bschluß Centra-Aue-
11.3.52.
W. Fritzsch
Oberliga 7. Platz

die Kritik an der Arbeit des Trainers wieder auf. Auslöser ist die 1:4-Pleite bei Brieske. Erneut wird eine Krisensitzung einberufen. Walter Fritzsch notiert die Aussagen der Spieler ausführlich. Hier eine Auswahl: *„Wolf, K. – Ich soll 2 Wochen lang das Training mitmachen u. dann darüber urteilen. Weißflog – Ich soll nicht so hart trainieren, er könnte nachts kaum schlafen. Er wäre kein Soldat mehr.“* Walter Fritzsch reagiert gereizt und notiert für sich: *„Ich habe heute festgestellt, dass sämtliche Spieler NUR WEGEN GELD Fußball spielen. Mich kann der Haufen nicht mehr erschüttern. Für mich ist nach der Serie Schluss!“*

„22. Januar 1952 – Werde ab sofort das Training so durchführen, damit jeder seinen Wünschen nachgehen kann, ich meine hiermit sein Privatleben frisch so genießen und nicht vom Training ermüdet wird.“

Ende Januar der Antrittsbesuch an der DHfK, Walter Fritzsch füllt einen Fragebogen aus, schreibt seinen Lebenslauf. Dann bekommen er und alle anderen Lehrgangsteilnehmer den wöchentlichen Ablauf geschildert. Demnach kann er einen Tag in der Woche in Aue das Training leiten und fährt jeden Sonnabend nach Hause. *„Kaufte mir Hosenträger und DIN A4 Bücher für den Lehrgang.“*

„7. Februar 1952 – Hörte mir RIAS an, die Rede von Adenauer. Er vertritt die Meinung, dass sie unbedingt eine Wehrmacht benötigen, um die Angriffe der Russen abwehren zu können. 30 Divisionen Russen ständen bereit, die angreifen wollen … Sie schmücken die kommende Wehrmacht bunt aus, damit sich erst Freiwillige melden und später gezogen werden kann.“

Am Tag vor dem Beginn seines DHfK-Lehrgangs, der Spielplan macht es möglich, tritt Wismut bei KVP Vorwärts in Leipzig an. Vorab hat Walter Fritzsch eine Verabredung in der Gohliser Straße. *„Besuchte H. Krügel. Hat eine wunderbare Wohnung.“* Die beiden Planitzer spielten einst gemeinsam in der Knabenmannschaft, an diesem Nachmittag stehen sie sich im Trainer-Duell gegenüber. Das Stadion des Friedens erlebt einen ungefährdeten 3:0-Erfolg der Vorwärts-Elf. Neuling Aue steht nun auf dem

– noch immer beachtlichen – achten Platz in der Tabelle. Nach dem Schlusspfiff belässt es Walter Fritzsch bei sparsamen Kommentaren. Am nächsten Vormittag sitzt er im Hörsaal, in der ersten Vorlesung bei Dr. Tittel: »Die Entwicklung der Menschheit«.

Eine Woche später kommt es zum Eklat. Für Walter Fritzsch hat mit dem Übungsleiter-Lehrgang an der DHfK in Leipzig eine stressige Zeit begonnen. Am Faschingsdienstag lauscht er in der Vorlesung den Ausführungen von Alfred Kunze. Gegen Mittag geht es mit dem Zug nach Aue. Dort steht der Platz unter Wasser. Trotz der Schneeschmelze lässt er am Nachmittag trainieren. Das Mannschaftskollektiv teilt ihm mit, dass die Truppe am Abend geschlossen zum Faschingsball will. Der Trainer mimt den Teilnahmslosen. Lässt seine Spieler im Glauben, er fahre zurück zum Lehrgang nach Leipzig. In Wirklichkeit erscheint Fritzsch wie alle anderen auch pünktlich zum Maskenball im »Stadtpark« Aue. Allerdings incognito, verkleidet als alte Dame, mit einer Maske vor dem Gesicht. Schockiert muss er zur Kenntnis nehmen, wie seine Wismut-Kicker den Abend genießen. Die Kapelle spielt, die Karnevalisten tanzen und der Alkohol fließt in Strömen. Selbst die Mitglieder der BSG-Leitung, für Fritzsch die mit ihm vermeintlich Verbündeten, lassen sich von der ausgelassenen Stimmung anstecken. Nur dank seiner Maske gelingt es dem Coach, seine Empörung zu verbergen. Er fühlt sich hintergangen und das macht ihn wütend. Irgendwann hat er genug und demaskiert sich selbst. Ungläubig starren seine Spieler auf die noch bis eben völlig harmlos wirkende alte Dame. Fritzsch droht mit Konsequenzen. Für den Trainer steht fest, er wird Aue nach der Serie verlassen. Doch dann geht es plötzlich ganz schnell.

An diesem Sonnabend, es ist der 8. März 1952, kehrt Walter Fritzsch aus Leipzig zurück. Der Zug hat 100 Minuten Verspätung. Am Abend trifft er Armin Günther: *„Er gab mir zu verstehen, dass ich gehen soll. Aber einen neuen Trainer empfehlen. Großer Aufruhr der Zeitungsbericht gegen Mannschaft u. Funktionäre.“*

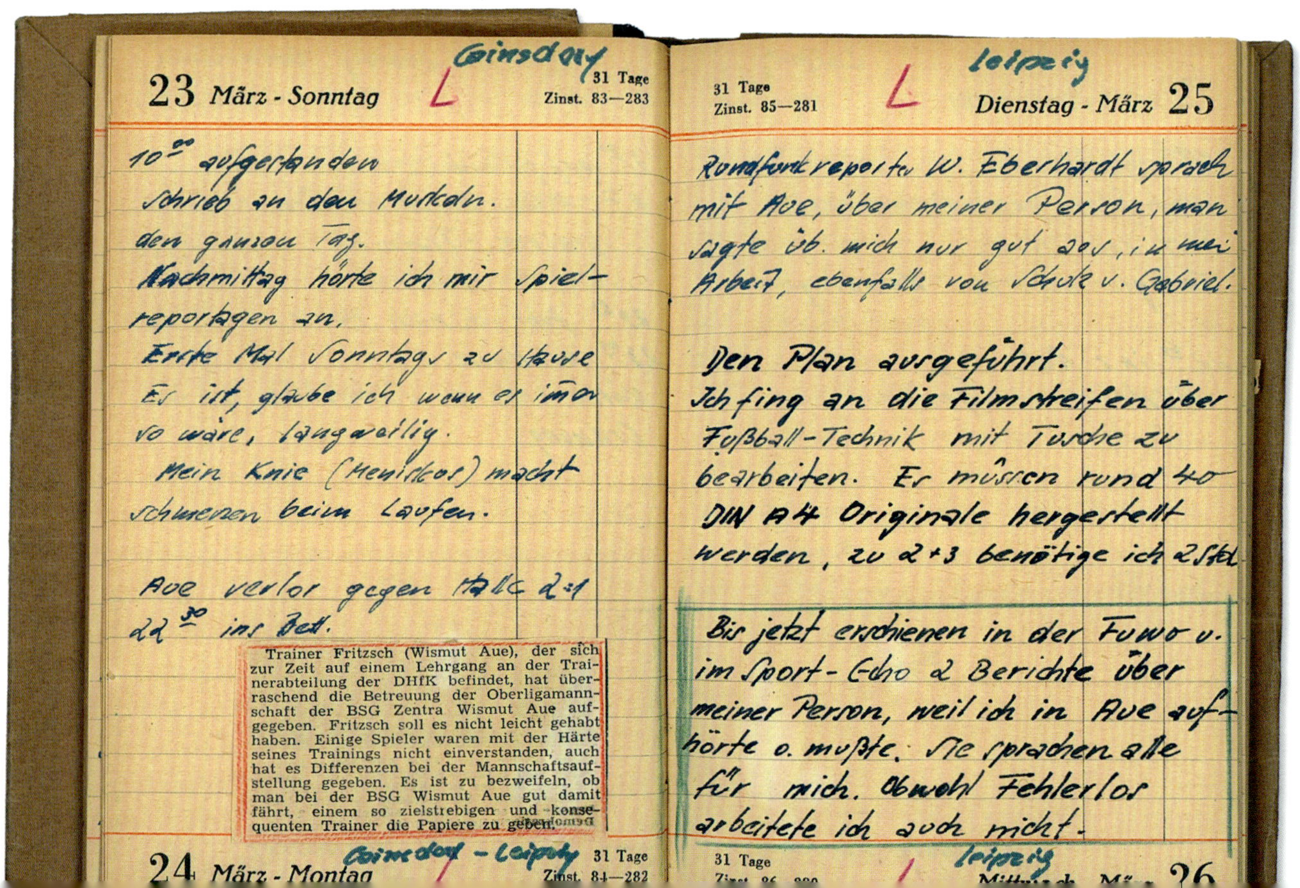

Die
Trainer-Abteilung
der DHfK Leipzig
beendet in Kürze ihren fünfmonatigen Lehrgang.
Wir bitten die BSG, bis 25. Mai 1952 uns schriftlich mitzuteilen, welche Sektionen Trainer benötigen und in welcher Höhe die Bezahlung erfolgen kann. Trainer folgender Sektionen können angefordert werden:
Gymnastik und Turnen, Boxen, Schwimmen, Fußball und Leichtathletik.
Meldungen sind zu richten an den DS, Kaderabteilung.
Deutscher Sportausschuß
Kaderabteilung
Berlin O 34, Stalinallee
Deutsche Sporthalle

„9. März 1952 – Spiel gegen Babelsberg 2:2. Gogsch will wieder eine Sitzung mit der Mannschaft u. mit mir machen. Ich lehnte ab.

11. März 1952 – Die Auer Spieler trainierten lustlos, ich ging meiner Wege und trainiere nicht mehr.“

Am 9. März 1952 sitzt Walter Fritzsch bei Wismut Aue zum letzten Mal auf der Bank. Das 2:2 bedeutet Platz 8 in der Oberliga, der Aufsteiger ist noch immer der beste von fünf Neulingen im Neunzehnerfeld. Die folgenden Sonntage verbringt er zu Hause, ein völlig neues Gefühl: *„Es ist, glaube ich, wenn es immer so wäre, langweilig.“* In der Woche fordert ihn das Studium in Leipzig mit einem abwechslungsreichen Programm: *„Meine Meinung, dass ich es trotz großer Mühe nicht schaffen werde. Man ist scheinbar der Meinung, wir sind vorgebildete Menschen.“* Für ihn bedeuten die meisten Fächer Neuland, Gesellschaftswissenschaft – *„Hier hängt es bei mir sehr.“*, Körpererziehung, Kultur und Gesellschaft, Trainingsmethodik, die Geschichte des Fußballs oder Sportmedizin.

Am Abend büffelt er, doch auch das Selbststudium will gelernt sein. Einen Stapel Sportmagazine aus dem Westen durchsucht er auf interessante Artikel und Bilder. Als er in einem sowjetischen Fußball-Lehrbuch Skizzen zur Trainingsgestaltung und Übungen jedweder Art entdeckt, übernimmt er diese komplett und zeichnet sie ab. Doch das Anfertigen von 43 DIN A4 Skizzen dauert länger als gedacht: *„Kam in allen Fächern ins Wanken, da ich kein Selbststudium durchführte.“* Hinzu kommen die Verlockungen der Großstadt, mal ein Kinobesuch im »Capitol«, mal eine Kulturveranstaltung in der Kongresshalle am Zoo.

„24. März 1952 – ... in der Anatomie in Leipzig, Liebigstr. Dort sah ich erstmalig Menschen aufgeschnitten (tot). Es war Unterricht an der Leiche. Süßer Geruch, etwas Kopfschmerzen. Sah endlich mal den Meniskus... Beim Mitteldeutschen Rundfunk im Funkhaus, Reportage. Ich sprach zum 3. Mal im Rundfunk.“

Im April 1951 bekommt er Besuch aus dem Buna-Werk in Schkopau, soll die Buna-Mannschaft trainieren. 800 Mark im Monat gäbe es dafür. Natürlich lockt das üppige Salär, doch Walter Fritzsch zögert: *„Ob ich annehme, weiß ich nicht.“* Tage später verfolgt er den Auftritt von Chemie Leipzig gegen Turbine Halle (6:0) und erhält die nächste Offerte, als Assistent beim DS-Cheftrainer oder als Trainer bei Motor Dessau.

Als ihn Käthe in Leipzig besucht, muss sich Walter gehörig strecken, um allen Verpflichtungen gerecht zu werden. An der DHfK läuft es durchwachsen: *„Arbeit Gewi (Gesellschaftswissenschaft), schrieb eine 4, hatte das Thema verfehlt.“* Das erste Training in Schkopau, nebst einer Übungsleiter-Schulung, bringt satte 100 Mark auf die Hand. Zudem holt man ihn stets mit einem PKW ab und bringt ihn auch wieder zurück. Das erste Spiel mit Trainer Fritzsch gewinnt die Buna-Elf gegen den 1. FC Wolfsburg mit 4:1. Mit Käthe besucht er den Zoo und erlebt die Ankunft der Friedensfahrer. Der Etappensieg im Stadion des Friedens geht an das Sextett der in Frankreich lebenden Polen. Täve Schur, in der Gesamtwertung bester DDR-Fahrer, verliert an diesem Tag viel Zeit. Am nächsten Morgen wird das Peloton mit 71 Sportlern aus aller Welt am Karl-Marx-Platz auf die Etappe nach Chemnitz geschickt.

„8. Mai 1952 – Hatte das Glück, dort zu sein, wo die Startflagge gehoben wurde ... Kundgebung. 14 Uhr Volleyball-Turnier. 20 Uhr im Vorlesungszimmer Kameradschaftsabend. Es war als Gast Gerhard Fritzsch da. Einige Sportfreunde, auch ich, umrahmten das Programm.

20. Mai 1952 – Nachmittag war Motor Dessau da. Ich unterhielt mich mit ihnen, sagte aber nicht zu.

24. Mai 1952 – Kam Lauter und unterhielten uns. Wegen mir, als Trainer. Habe noch nicht zugesagt.“

Der umworbene Trainer und »Student auf Zeit« bleibt im Dauerstress. Da wartet am Vormittag die Prüfung »Anatomie und Physiologie des Herzen«. Am Nachmittag holt ihn ein Fahrer der BSG Motor ab. Es geht nach Dessau. Um 16:30 Uhr beginnt im Schillerpark das Training der Oberliga-Mannschaft. Nach Platz 12 in der gerade abgelaufenen Saison sucht die Leitung nach einer Alternative auf der Trainerbank. Doch Walter Fritzsch bleibt auf Distanz: *„Konnte mich noch nicht entschließen, zuzusagen.“*

Wenn Alfred Kunze doziert, lauschen die Trainer im Hörsaal fast andächtig seinen Worten. Walter Fritzsch fällt die Konzentration gerade schwer. Dessau lässt nach seiner Absage nicht locker. Was aber soll das Schreiben von der Partei, das ihm von Motor bei dem erneuten Gespräch übergeben wird? Das Interesse nur bestätigen oder Druck aufbauen? Zu Hause in Cainsdorf nutzt er das Wochenende, um mit seiner DHfK-Abschlussarbeit voranzukommen. Am Abend kreuzen die Vertreter von Lauter auf, um mit ihm über seinen neuen Vertrag zu sprechen. Möglichst bald soll er das Training übernehmen.

Den Brief vom Deutschen Sportausschuss hat Erich Jahnsmüller unterschrieben. Der einstige Sektionsleiter der SG Cainsdorf hat in kürzester Zeit Karriere gemacht, bekleidet nun in Berlin die Funktion des Fußball-Generalsekretärs. Doch nichts da mit alter Verbundenheit, für Walter Fritzsch eine Enttäuschung: *„Wollen mir keine Genehmigung für Lauter geben.“* Also erledigt der Trainer seine Hausaufgaben. Die Buna-Funktionäre bestätigen mit einem Schreiben, dass er ein »mehrwöchiges Praktikum« absolviert hat und stellen ihm ein Best-Zeugnis aus. So lässt die kleine Abschlussfeier beide Seiten zufrieden auseinander gehen. *„Ich habe die Mannschaft insgesamt 15x trainiert und wurde mit 375 Mark entschädigt.“* Der Trainer freut sich auch über die komplette Fahrrad-Bereifung, ein Abschiedsgeschenk.

An der DHfK gibt es die Zeugnisse. Trotz der Gesamtnote »Gut« fühlt Walter Fritzsch keine unbeschwerte Freude.

„12. Juli 1952 – Kann mich noch nicht glücklich fühlen, da man mich nicht nach meinem Willen nach Lauter gehen lassen will.“

In Chemnitz, bei der SV Wismut, gelingt es ihm, sein Vertragsverhältnis endgültig aufzulösen. Man gewährt ihm sogar bis zum 31. Juli 1952 bezahlten Urlaub. Die Abmeldung in seinem Wismut-Be-

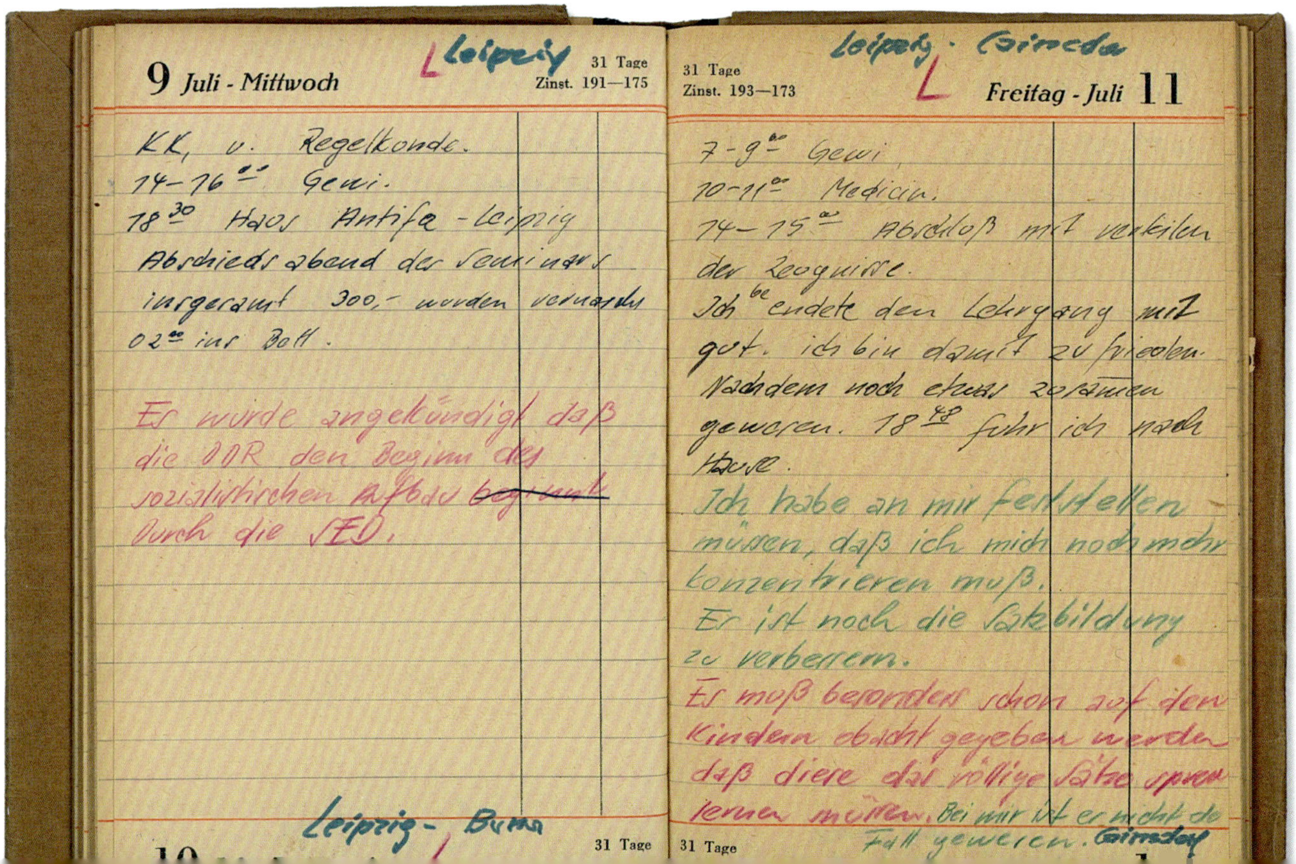

Traumpaar: Flotter Käfer und kerniger Bursche. Käthe und Walter zieht es nun Jahr für Jahr ans Meer. Der junge Fritzsch gilt 1952 als »Trainer-Hoffnung«

trieb wird zur Formsache. Dann rückt die Stunde der Wahrheit heran. In Berlin, im Deutschen Sportausschuss, muss er ins Büro von Jahnsmüller. *„Er überzeugte mich, dass ich in Wismar nötig sei als Trainer und zeigte mir die Vorteile auf."* Walter Fritzsch lässt sich nicht beirren und hat Erfolg. Jahnsmüller begleitet ihn sogar zur SV Empor, der Weg nach Lauter ist frei. Am 22. Juli 1952 wird er der Mannschaft als neuer Trainer vorgestellt.

Das Örtchen im Erzgebirge zählt kaum mehr als 5.000 Einwohner, Lauter ist der kleinste Erstliga-Standort in der DDR. Die Verantwortlichen erhoffen sich von Walter Fritzsch die Wiederholung dessen, was er in der Vorsaison mit Aue erreichen konnte. Als Aufsteiger belegt die Elf aus dem benachbarten Lößnitztal in der Endabrechnung Rang sieben. Doch der Coach muss in Lauter schnell erkennen, dass diese Empor-Elf wohl ganz tief im Abstiegskampf stecken wird. Zu bieder und hausbacken präsentieren sich seine Spieler in den ersten Vorbereitungsspielen.

„11. September 1952 – Lauter wird die Oberliga in dieser Form nicht halten."

Die einzige Chance, mit der Mannschaft das gesteckte Ziel zu erreichen, sieht er in einer sehr guten Athletik. Das harte Training provoziert – wie schon in Aue – Auseinandersetzungen, vorrangig mit den älteren Spielern. Der eine sperrt sich gegen seine ungewohnten Forderungen, der andere ist nicht bereit, seinen Lebenswandel dem Fußball unterzuordnen. Hinzu kommt, der nur 1,65 Meter große Trainer verkörpert mit seinen erst 31 Lenzen noch keine Autorität. Zum Punktspielauftakt gelingt ein Teilerfolg. Gegen Rotation Dresden holt die Empor-Elf beim 2:2 ihren ersten Punkt. Der Trainer moniert: *„Hätten das Spiel gewinnen müssen."* Am Wochenenden darauf gibt es wieder ein Remis. Diesmal wird es als Sieg gefeiert. Bei Chemie Leipzig, dem DDR-Meister von 1951, überrascht Lauter mit einem spektakulären 5:5-Unentschieden.

„25. September 1952 – Masseur G. Hofmann und Fritzsch, M. vertreten den Standpunkt, dass Aue gegen Empor Lauter 6:1 gewinnt. Ich wettete dagegen , 1 Kasten Bier."

Vor dem anstehenden Derby bei Wismut Aue geschehen seltsame Dinge. Spieler und Funktionäre besuchen eine Wahrsagerin. Dafür muss sogar der Trainingsplan geändert werden, eine Übungseinheit fällt ganz aus. Der verärgerte Walter Fritzsch wird milde gestimmt, schließlich hätte die Dame einen 5:3-Erfolg im Nachbarschaftsduell prophezeit. Zur Halbzeit liegt Empor in Aue mit 1:2 zurück. Längst hat der Trainer den Zinnober vergessen. Mit Wiederbeginn provoziert Lauter erneut den offenen Schlagabtausch und in der Schlussviertelstunde zahlt sich die gute Kondition der Empor-Elf aus. Zwahr und Schubert machen aus dem 3:3 einen 5:3-Erfolg und Walter Fritzsch ahnt sofort, dass der Hokuspokus wohl so schnell kein Ende hat.

„8. Oktober 1952 – Es war für mich ein großer Erfolg. Alles schüttelte mir die Hand. Ich hatte recht, nur der Kasten Bier fehlt von Fritzsch, Martin. Die Kartenlegerin hatte auch recht."

Tatsächlich kommt sein Rechtsverteidiger schon bald mit einer speziellen Bitte. Die Wahrsagerin hätte geraten, auf die Torlinie Salz zu streuen. Es wäre ein gutes Mittel, um kein Tor zu kassieren. Das Kollektiv von Walter Fritzsch war in der Oberliga noch nicht einmal ohne Gegentor geblieben. Also setzt der Abwehrspieler vor dem Spiel gegen Turbine Halle den Rat um, streut Salz auf die Torlinie. Nach dem 1:0-Erfolg schwört er auf die Dame und steckt den nächsten Mitspieler an. Diesmal ist es der Abwehrchef, der vor jedem Spiel unter enormen Lampenfieber leidet. Die Wahrsagerin empfiehlt einen doppelten Cognac. Nun wird es dem Trainer zu bunt. Ihm platzt der Kragen: *„Schluss mit dieser Ketzerei!“*

„21. November 1952 – Sitzung, stellte ich Opposition gegen mich fest. Ich muss immer wieder sagen: Seitdem ich Gegner vom Alkohol bin, erlebe ich nur Pleiten. Das war mein Geburtstag. 32 Jahre. Krach und Spektakel.“

Der Oberliga-Aufsteiger reist mit der Eisenbahn zu seinen Punktspielen. Im Dezember 1952 geht es nach Thale, Start ist Sonnabend früh um 6.32 Uhr. Über die Stationen Leipzig, Aschersleben und Quedlinburg erreichen sie den Kurort im Harz kurz nach 14 Uhr. Es regnet, vom winterlichen Weiß sind nur noch winzige Schollen übrig. Das Kollektiv macht im Hotel »Waldkater« Quartier. Außer den Gästen aus dem Erzgebirge hat niemand anderes gebucht. Das Hotel hat samstags Ruhetag. Immerhin darf die Fußballmannschaft vor ihrem Punktspiel bei der Stahl-Elf zumindest übernachten. Bei der Verpflegung gibt es keine Zugeständnisse, die Küche bleibt kalt. Am nächsten Vormittag kommt die Hiobsbotschaft von Gastgeber Thale. Der Platz sei vereist, das Spiel müsse leider ausfallen. Fritzsch und seinen Mannen gucken sich entsetzt an: Eine erneute Bahnfahrt hierher? Umgehend begibt sich die Mannschaft zum Platz. Wortlos greifen Fritzsch und seine Spieler zu Schaufel und Besen. Das Wunder gelingt, der Platz wird vom Unparteiischen frei gegeben. Nach den 90 Minuten darf das nächste Wunder bestaunt werden. Die Fritzsch-Elf geht als 4:0-Sieger von diesem Acker.

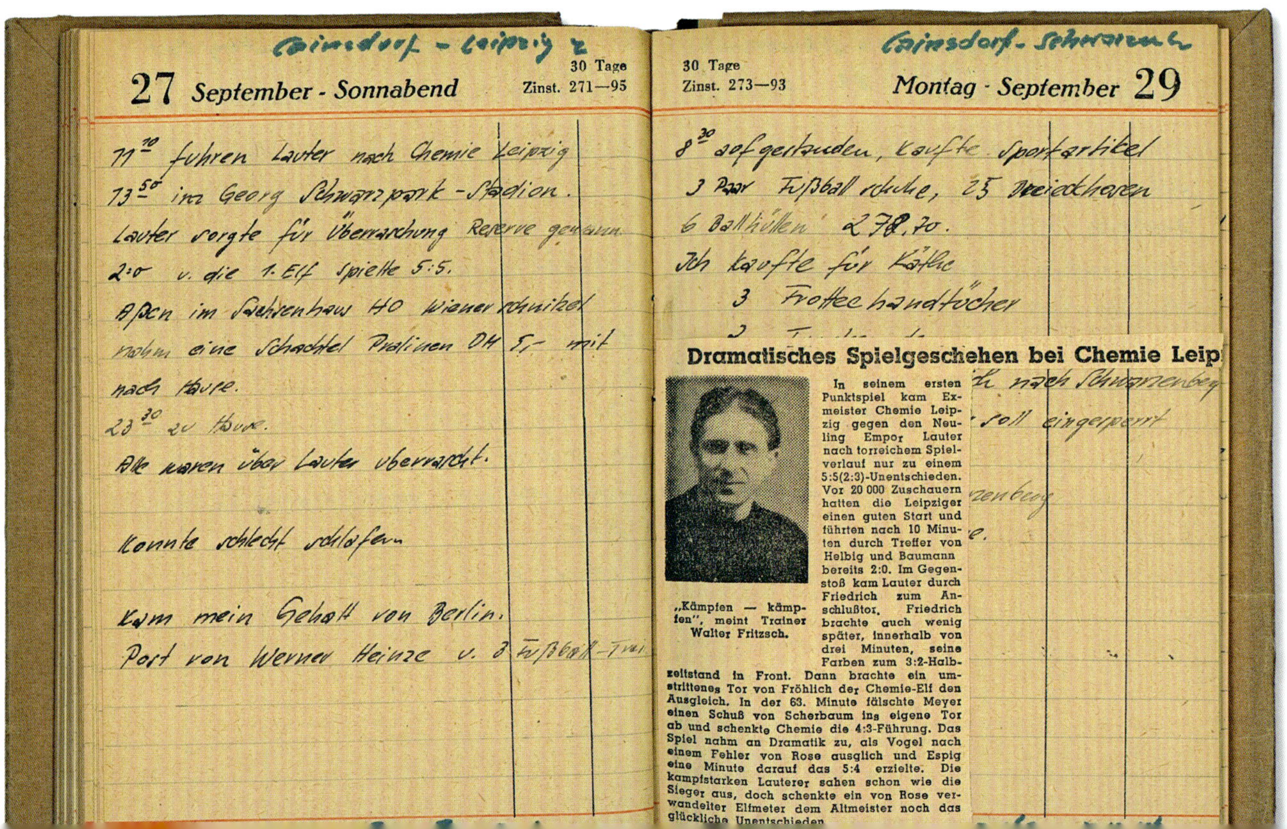

Das neue Jahr beginnt schneelos und für Walter Fritzsch mit wenig Schlaf. Bis kurz vor Tagesanbruch hatten sie in dieser Silvesternacht gesessen. Er, seine Frau Käthe und zwei befreundete Pärchen. Bei Hering in Öl und Bier, bei Fleischsalat und Likör wurde diskutiert. Vor allem über die allgemeine Unzufriedenheit. Die hohen Preise der HO, die niedrigen Löhne und Renten. 65 Mark beträgt die Mindestrente. *„Zum Leben zu wenig und zum Sterben zu viel.“* Dabei soll doch alles besser werden.

Seit Sommer 1952 propagiert die Staats- und Parteiführung den planmäßigen Aufbau des Sozialismus in der DDR. Erstmalig war diese Absicht von Parteichef Walter Ulbricht auf der II. Parteikonferenz verkündet worden. Für viele Menschen klingt das Vorhaben der SED-Führung fremd und sehr theoretisch. Sie haben ganz andere Sorgen. Stromsperren gehören noch immer zum Alltag. Der Mangel regiert. Im Gegensatz zur Lage im Westen, wo die Wirtschaft kräftig Fahrt aufnimmt. *„Die Bevölkerung beklagt sich über fehlende Qualitätsarbeit. Darum kaufen sie lieber Westsachen“*, notiert Fritzsch. Ihn beschäftigt auch das allgemeine Klima im jungen Arbeiter- und Bauern-Staat.

„1. Januar 1953 – Keiner darf mehr seine Meinung sagen. Kritik üben, das Mittel Kritik und Selbstkritik, wird zu sehr unterdrückt. Die Werktätigen haben Angst, etwas zu sagen. ... Die HO muss unbedingt die Preise im Allgemeinen senken! Da uns noch viele Waren fehlen, z. B. Lederwaren, Textil- und Gebrauchsgegenstände usw., ist das Preisangebot zu hoch..“

Mit Bohnenkaffee und Stollen macht sich Walter Fritzsch an die Arbeit. In 72 Stunden muss seine Mannschaft im Punktspiel gegen Motor Jena antreten. Aktuell belegt das Kollektiv die Empor-Elf einen Mittelfeldplatz in der Oberliga. Auf dem Weg zum Klassenerhalt ist dieser Zwischenstand für den Trainer eine Überraschung. Fritzsch fasst die Stärken und Schwächen der Thüringer in der Charakteristik für seine Spieler zusammen. Jena gilt als kampfstark, unbequem, mit einer harten, teilweise ruppigen Gangart. Als Walter Fritzsch mit seiner Spielvorbereitung fertig ist, beginnt es zu schneien.

Das Training am nächsten Tag gerät bei 15 Zentimetern Neuschnee zum Genuss. Für die kampfstarke Empor-Elf ist das Winterwetter wie gemacht. Natürlich bleibt die weiße Pracht auf dem Hauptplatz liegen. Die »Kampfbahn des Friedens« damit bestens gerüstet für den Punktekampf gegen Jena. Vor dem Anpfiff werden lediglich die Fünf-Meter-Räume vom Schnee befreit. Sogar der Trainer greift zum Schneeschieber. Für ihn soll es ein ruhiger Nachmittag werden. Die 5.000 Zuschauer sind von ihrer Erzgebirgs-Elf begeistert. Kurz nach der Pause führt Empor Lauter 3:0. Jena, mit dem späteren DDR-Auswahlcoach Georg Buschner, ist geschlagen. Für die Gäste trifft Nationalspieler Karl Schnieke noch zum Ehrentreffer.

In der Empor-Mannschaft, mit einem Altersdurchschnitt von 27 Jahren die älteste in der Oberliga, wird oft gemurrt. Das Training zu hart, Fritzsch zu streng und überhaupt, die Bedingungen zu schlecht! Mit letzterem Einwand haben die Spieler nicht Unrecht: Die Kabine, ein umgebauter Kellerraum, in dessen Mitte ein Kanonenofen böllert. Bei Frost gibt es kein fließendes Wasser. Liegt Schnee, wird er in Eimern aufgetaut, damit sich die Spieler nach dem Training wenigstens waschen können. Trainieren können sie auf einem behelfsmäßig hergerichteten Hartplatz oder auf einer kleinen Wiese im Wald.

Gleicht zum Start in die neue Woche geht es für Walter Fritzsch mit Käthe nach Zwickau. Zwar hat sich der Trainer einen ordentlichen Schnupfen eingefangen, doch der Einkaufsbummel ist nicht zu verschieben. Die Trainervollversammlung in Berlin steht an, und er will beim Stelldichein der Kollegen auch optisch mithalten. Das überschaubare Angebot beim Herren-Ausstatter macht die Auswahl nicht leichter. Immer wieder sieht der kleine Mann den kritischen Blick seiner Gattin im Spiegel. Schließlich nickt sie und bei ihm macht sich Erleichterung breit. An der Kasse muss er für den blauen Anzug stolze 162 Mark und für ein Paar Perlonstrümpfe noch einmal 14,50 Mark hinblättern. Mehr als ein halber Monatslohn.

Sein letzter Besuch in Berlin liegt bereits ein paar Monate zurück. Damals stand Trümmerbeseitigung an der Stalin-Allee auf

Das Ehepaar Fritzsch im feinen Zwirn, in Sachen Einkleidung hat Käthe die Hosen an

dem Programm. Ziegel putzen, Steine klopfen. Freiwillige Stunden für das Nationale Aufbauwerk, für die Teilnahme gibt es Klebemarken, die den Einsatz dokumentieren. Walter Fritzsch sieht als Entlohnung das Foto in der Zeitung. Alle Oberliga-Kollektive hatten sich verpflichtet, beim Aufbau der sozialistischen Prachtstraße nach sowjetischem Vorbild zu helfen.

Kurz vor Beginn der Trainertagung in der Cantianstraße hängt der Empor-Trainer seinen Mantel auf, lässt dabei das Auge durch die Runde wandern. Neben Günter Schneider, wie er Planitzer, und später Generalsekretär im DDR-Fußballverband, entdeckt er Fred Schulz. Halles Meistertrainer gab ihm schon manchen Tipp. Ihre Blicke treffen sich, begleitet von einem freundlichen Nicken. In diesem Moment räuspert sich schon der Mann am Rednerpult. Es ist Oberreferent Hans Pohl vom Referat Fußball des Staatlichen Komitees für Körperkultur und Sport. Laut Tagesordnung soll es zwar eine Pause geben, ob ein Imbiss vorgesehen ist, kann Walter Fritzsch dem Papier nicht entnehmen. Sein Magen knurrt und allein die Vorstellung von einer Bockwurst nimmt ihm jede Konzentration.

Das ändert sich, als Willi Braun zum Podium geht. Der Trainer von Oberliga-Spitzenreiter Motor Dessau gilt seit dem Herbst als »Fußball-Wundertäter« und der ganze Saal lauscht gespannt seinem Referat. Sagenhafte 25:1-Punkte hat Braun mit seiner Motor-Elf nach 13 Spieltagen auf dem Konto. Niemand und nichts scheint die Dessauer zu stoppen. Der erst im Vorjahr aus dem Saarland in den Osten übergesiedelte Coach schildert zunächst die Umstände, die er bei Übernahme der Mannschaft im August 1952 vorgefunden hatte. Finanzsorgen, disziplinarische Probleme, unterschiedliche Auffassungen von einem sportlichen Lebenswandel, das Einmischen von Mitgliedern der BSG-Leitung und den »Gönnern«. Fritzsch nickt immer wieder, der Trainerkollege da vorn spricht ihm aus der Seele. Braun, stets selbstbewusst und selbstsicher auftretend, löst viele Schwierigkeiten auf seine ganz spezielle Art und Weise.

Walter Fritzsch ist von der lockeren, aber resoluten Problemlösung im Braunschen Stil schwer beeindruckt. Der Dessauer Erfolgstrainer gilt als glänzender Motivator. Schert sich nicht um zentrale Vorgaben, setzt eigene Vorstellungen und Ideen um. Einen Teil seiner Aufzeichnungen, ergänzt durch Diagramme und Tabellen, lässt er in der Vollversammlung durch die Reihen reichen. Die meisten Anwesenden haben noch die vielen Zeitungsartikel über Braun und seine Erfolgsstory mit der Motor-Mannschaft vor Augen. Im »Sportecho« hatte er kürzlich den allgemein gültigen Jahres-Trainingsplan kritisiert. Prompt empört sich ein Redakteur der »fuwo«: *„Was hat das mit dem Aufbau einer sozialistischen Körperkultur zu tun?“* Das »Neue Deutschland« zieht unmittelbar vor der Trainertagung nach: *„So lebt und spielt man bei Motor Dessau.“* Am Ende der ganzseitigen Reportage ist von ernsten Differenzen zwischen der BSG-Leitung und dem

Trainer die Rede. Ein Zufall, dass Motor die zwei letzten Punktspiele verloren hat?

Walter Fritzsch schaut ständig auf die Uhr. Die Tagung neigt sich ihrem Ende entgegen, und er hat lediglich einen dünnen Kaffee zu sich nehmen können. Zum Schluss werden die Hauptaufgaben der DDR-Fußballer für 1953 beschlossen:

1. *Politische u. moralische Erziehung aller Funktionäre u. Spieler*
2. *Leistungssteigerung*
3. *Entwicklung des Massensports*

Fritzsch notiert das offizielle Fazit. Längst will er nur nach Hause. Als die Nacht am Abteilfenster vorüber fliegt, sortiert er die Eindrücke des Tages. Eine wichtige Vollversammlung mit Referaten von knapp einer Stunde Länge und die ganze Zeit nichts zu beißen? In fast drei Jahren als hauptamtlicher Trainer hat er so etwas noch nicht erlebt.

Zum Training legen die ab zwölf Uhr von der Arbeit freigestellten Oberligaakteure von Empor Lauter täglich den fünf Kilometer langen Anmarschweg meist per Anhalter zurück. Wer Pech hat, geht die komplette Strecke zu Fuß. Das kommt eher selten vor, dafür sind die Fußballer viel zu bekannt. Deren Wünsche nach einer Wohnung oder einem Kindergartenplatz können jedoch nicht erfüllt werden. Walter Fritzsch fühlt sich in Lauter zunehmend an seine Zeit in Aue erinnert. Auch dort war die zunehmende Kontroverse zwischen Trainer und Mannschaft irgendwann nicht zu kitten. Die gestandenen Mitglieder der Wismut-Elf beharrten auf ihren Gewohnheiten. Der Trainer auch und so war die alsbaldige Trennung abzusehen. Ist das wirklich alles erst zwölf Monate her? Und nun die Duplizität der Ereignisse! Er will Lauter nur noch bis Saisonende betreuen. Seine Auffassung vom leistungssportlichen Gesamtverhalten lassen sich einfach nicht auf das Kollektiv übertragen.

Er kann es sich leisten, wird nicht ohne Verein dastehen. Bei einer Spielbeobachtung kontaktiert ihn Fortschritt Meerane, ob er beim aktuellen Zweitliga-Spitzenreiter als Cheftrainer arbeiten will. Parallel dazu erreicht ihn eine Offerte von Stahl Thale. Zuvor hat ihn erneut Motor Dessau gefragt, ob er ab Sommer die Mannschaft übernehmen will. Der Verein sucht seit dem überraschenden Verlust von Erfolgstrainer Willi Braun einen Nachfolger. Nach der fünften Niederlage in Folge, Dessau war trotzdem noch Oberliga-Spitzenreiter, schien es dort drunter und drüber zu gehen. Fritzsch kann sich auf die Vorgänge keinen Reim machen. Die »fuwo« meldet: *„Dessau trennt sich von Trainer Braun."* In dem Artikel wurde der Ex-Coach der Hochstapelei, der Fragebogenfälschung und des fortgesetzten Betrugs bezichtigt. Er sei eitel und krankhaft ehrgeizig, Lügen und Intrigen wären Stilmittel seines Handelns. Die Untergrabung der Arbeit der demokratischen Sportbewegung hätte den Ausschluss aus der BSG Motor Dessau zur Folge. Willi Braun hatte sich nach Westdeutschland abgesetzt. Über die Beweggründe gibt er in einem sechsseitigen Brief an das Staatliche Komitee für Körperkultur und Sport Auskunft. Er hätte keine andere Möglichkeit gesehen, nachdem ihm gesteckt worden war, dass er als englischer Spion enttarnt und verhaftet werden solle. Eingefädelt hätten dieses Ränkespiel Dessaus BSG-Leiter, ein Schlachthof-Angestellter, nach Meinung von Braun *„geistig und fachlich unfähig"* und der Oberkassierer, laut Braun *„der größte Strolch der BSG"*. Im Schreiben folgt die detaillierte Beschreibung aller Unzulänglichkeiten. Funktionäre hätten das durch den sportlichen Erfolg der Mannschaft eingespielte Geld verprasst und nicht, wie besprochen, die alten Steuerschulden beglichen. Am Ende seiner Ausführungen bedauerte der Trainer, die erfolgreich begonnene Tätigkeit nicht zu Ende führen zu können. Angesichts der problematischen Umstände sehe er keine andere Möglichkeit als die Flucht in den Westen.

Der März des Jahres 1953 begrüßt das Erzgebirge mit frühlingshaften Temperaturen und Tauwetter. Parteilehrjahr steht auf dem Programm, als eine Nachricht wie ein Blitz aus heiterem Himmel einschlägt: *„Stalin erkrankt."* Walter Fritzsch hält diese Worte in seinem Tagebuch fest. Kann nicht wissen, dass dem sowjetischen Diktator wenig Zeit bleibt. Am 5. März 1953 stirbt Stalin an den Folgen eines Schlaganfalls. Die sowjetische Nachrichtenagentur TASS meldet: *„Das Herz des Kampfgefährten und genialen Fortsetzers der Sache Lenins, des weisen Führers und Lehrers der Kommunistischen Partei und des Sowjetvolkes, Josef Wissarionowitsch Stalin, hat aufgehört zu schlagen."* Walter Fritzsch notiert kurz und bündig: *„Stalin verstarb 21.51 Uhr*

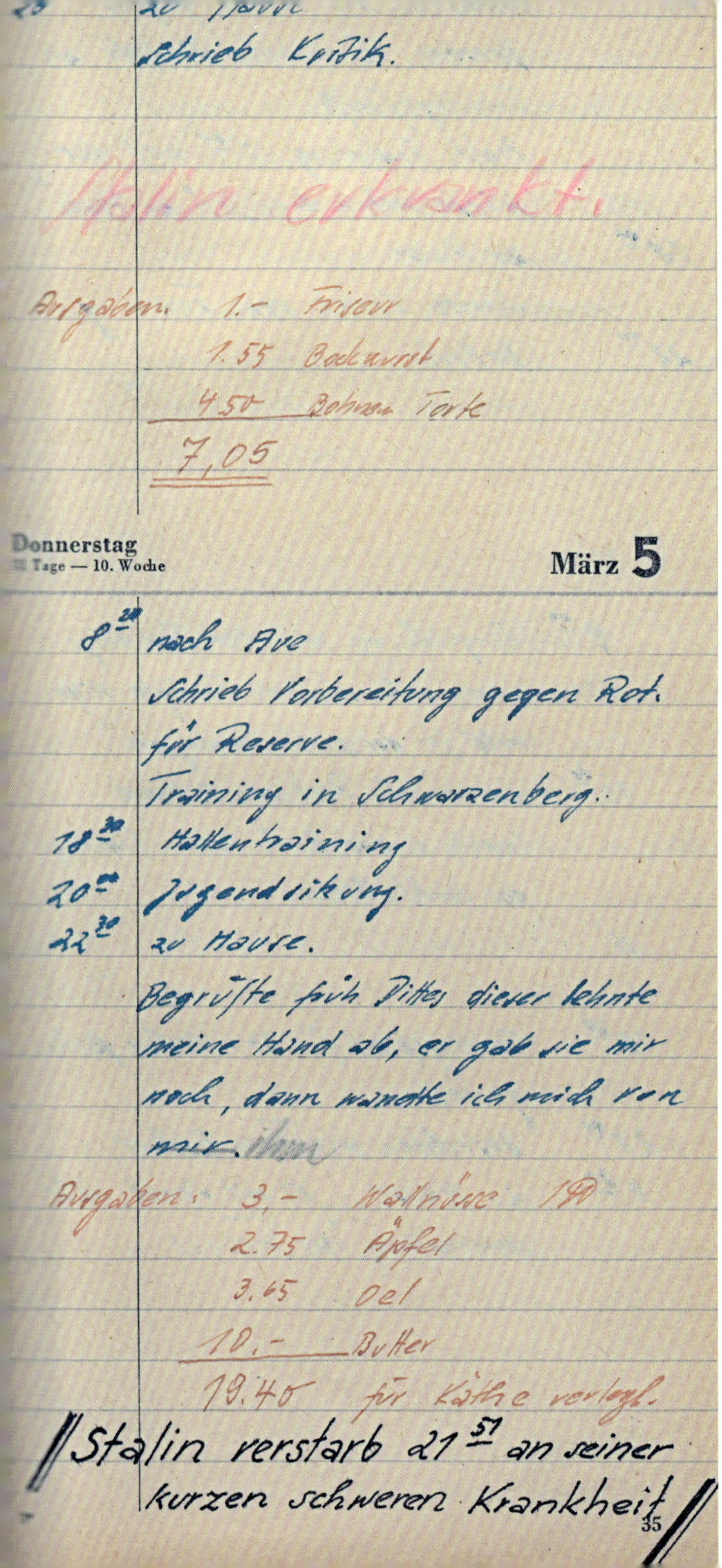
zu Hause
Schrieb Kritik.

Stalin erkrankt.

Ausgaben. 1.– Friseur
1.55 Bockwurst
4.50 Bohnen Torte
7,05

Donnerstag
Tage — 10. Woche
März 5

8^24 nach Aue
Schrieb Vorbereitung gegen Rot.
für Reserve.
Training in Schwarzenberg.
18^30 Hallentraining
20^00 Jugendsitzung.
22^30 zu Hause.
Begrüßte früh Dittes dieser lehnte
meine Hand ab, er gab sie mir
noch, dann wandte ich mich von
~~mir.~~ ihm

Ausgaben: 3.– Walnüsse
2.75 Äpfel
3.65 Oel
10.– Butter
19.40 für Käthe verlegt.

//Stalin verstarb 21^51 an seiner
kurzen schweren Krankheit//
35

an seiner kurzen schweren Krankheit.“ In Moskau strömen 1,5 Millionen Menschen auf den Roten Platz, als Stalin an der Seite Lenins beigesetzt wird. In Berlin schiebt sich der Trauerzug sieben Stunden lang über die neu gebaute Stalin-Allee. In Dresden umkreist der Trauerzug der 200.000 den »Platz der Einheit« (seit 1991 wieder »Albertplatz«). Wenig später beschließt die SED-Führung, dass die erste sozialistische Großstadt der DDR, das dem Eisenhüttenkombinat Ost (EKO) angeschlossene Wohngebiet, in »Stalinstadt« umbenannt wird. Der Stalin-Kult macht auch vor dem Fußball nicht halt. Bezirksligist Stahl Fürstenberg bekommt die Zuwendungen fortan vom mächtigen EKO und erfreut seine Anhänger nun als »Stahl Stalinstadt«.

„14. März 1953 – Ich bin durch den Besuch der Hochschule klüger geworden u. kann diese marxistisch- leninistische Lehre, die nur das eine im Auge sieht, dass die Kapitalisten, die Ausbeuter der Menschen, vom Geld getrennt werden sollen, unterstützen.“

Für Walter Fritzsch sind politische Hintergründe und Zusammenhänge oft schwer zu verstehen. Im Rundfunk hört er Kommentare beider Seiten und ist irritiert. Da meldet der Südwestfunk einen geplanten Angriff der Sowjetunion gegen die westlichen Staaten. *„Alles Propaganda“* – denkt er sich. Schließlich sollen ja Deutschlandvertrag und EVG-Vertrag vom Bundestag verabschiedet werden. (Die Europäische Verteidigungsgemeinschaft von 1952 sollte eine europäische Armee schaffen und damit auch eine westeuropäische Einigung fördern.) Mit diesem Vertragswerk wären die Sonderrechte der Alliierten auf ein Minimum beschränkt. Eine zwingende Notwendigkeit im Rahmen der westdeutschen Wiederbewaffnung. Das große Ziel ist ein geeintes, innerhalb der westeuropäischen Staatengemeinschaft integriertes, souveränes Deutschland. Im Osten wird heftig debattiert. Die Menschen haben Angst vor einem neuen Krieg, verspüren keine Lust auf politische Abenteuer. Viele haben zu diesem Thema gleich zwei Meinungen. Einmal die offizielle, die sich streng an den Verlautbarungen der Ulbricht-Regierung orientiert. Dann die ganz private, die man jedoch lieber für sich behält oder nur im ganz kleinen Kreis äußert. Verhaftungen gibt es auch im Frühjahr 1953. Selbst Walter Fritzsch bemerkt den einen oder anderen Vorgang. Oft bleiben die Hintergründe unklar, sind es Vermutungen oder Gerüchte, die ganz gezielt gestreut werden. Mitunter reicht ein politischer Witz in einer Kneipe und der Erzähler verschwindet für längere Zeit. Schlimmstenfalls für Jahre.

„28. März 1953 – 17 Uhr Stalin-Allee besichtig, ganz groß. 20 Uhr Werner-Seelenbinder-Halle. Sah ich erstmalig Eishockey. Weißwasser - Berlin."

Seit seinem DHfK-Lehrgang stellen sich für Walter Fritzsch viele Dinge anders dar. Während der Fortbildung wurden auch die Grundlagen des Marxismus-Leninismus gelehrt. Er findet durchaus Gefallen am Gedanken der Beseitigung der Ausbeutung des Menschen durch den Menschen. Mit dem Ziel, dass es der unteren Schicht irgendwann besser geht. Als seine Hausgemeinschaft in Zwickau-Cainsdorf eine Resolution gegen den Deutschlandvertrag verfasst und er diese unterzeichnet, kommen wieder Zweifel. *„Das eine System kenne ich, das neue noch nicht richtig."*

Im April 1953 wird eine Preiserhöhung für rationierte Lebensmittel angeordnet. Da ist es wieder, das Misstrauen gegen die viel gepriesene, neue Ordnung: *„Für Rentner und Invaliden sind Wurst, Fleisch und Zucker nicht mehr diskutabel. Dann wird es immer schlechter statt besser?"* Der Eindruck von Fritzsch trifft das allgemeine Stimmungsbild. Den DDR-Bürgern steht in dieser Zeit nur die halbe Menge an Fleisch und Fett im Vergleich zur Vorkriegszeit zur Verfügung.

Dessau oder Dresden? Im Staatlichen Komitee für Körperkultur und Sport trifft sich der Trainer mit Fußball-Generalsekretär Jahnsmüller, der ihm zu einem Wechsel zu Dynamo rät. Doch Walter Fritzsch hat auch ein Angebot von Meerane. Das klingt verlockend, eintausend Mark Gehalt, monatlich! Und Thale? Die avisierten 750 Mark plus Wohnung sind nicht zu verachten! Immerhin hat sich Walter Fritzsch entschieden, was er künftig nicht mehr machen will. Am 12. Mai 1953 teilt er der Empor-Leitung mit, dass er Lauter zum Saisonende verlassen wird. Die Stimmung seiner Mannschaft ist schlecht. Einige Spieler sollen Eintrittskarten schwarz verkauft haben. Auch der Trainer muss zum Rapport und vermutet, das eine oder andere Leitungsmitglied will ihm an den Kragen. Dabei hat er mit der Sache überhaupt nichts zu tun. Prompt geht das letzte Heimspiel gegen Motor Zwickau verloren. Trotzdem kann sich der zehnte Platz in der Endabrechnung für einen Aufsteiger sehen lassen. Die Saison hat aber Spuren hinterlassen. Fritzsch bringt noch 106 Pfund auf die Waage.

„30. Mai 1953 – Käthe ist und bleibt stur gegen meine Mutter. Sie will es mir beweisen. Sie sprach es auch aus, sie sei nur mein Dienstmädchen. Wenn sie es meint u. denkt, dann soll sie das machen, was sie denkt."

Der Mai verabschiedet sich mit viel Regen. Der Trainer sitzt schon eine Weile an diesem Brief und starrt aus dem Fenster. Nach drei Jahren im Erzgebirge scheint seine berufliche Zukunft völlig offen. Deshalb wendet er sich mit seinem Schreiben an Fritz Gödicke, den Vorsitzenden der Sektion Fußball in Berlin. Um zu erfahren, ob er nun zu Dynamo oder doch nach Thale soll. Vielleicht wird ihm ja die Entscheidung, die ihm so schwer fällt, auf diesem Weg leichter gemacht. Oder ganz abgenommen?

Sein Blick fällt auf die Zeitung. Der Ministerrat reagiert auf die allgemeine Wirtschaftskrise im Land und segnet die Erhöhung der Arbeitsnormen um etwa zehn Prozent ab! Offiziell ist von einer Empfehlung die Rede, Anlass dafür der bevorstehende 60. Geburtstag von Walter Ulbricht am 30. Juni 1953. In Wirklichkeit steckt eine drastische Lohnsenkung dahinter, bindend für alle Volkseigenen Betriebe. Die Brechstange soll helfen, die ökonomischen Probleme in den Griff zu kriegen. Die DDR steht vor einer Zerreißprobe. Längst sind die Arbeiter nicht mehr bereit, dem Staat zu folgen.

Auch im Fußballverband geht es drunter und drüber. Die DDR-Meisterschaft endet im Chaos. Unmittelbar vor dem Finale auf dem Rasen gerät das Ringen um Tore und Punkte zur Farce. Der Spielausschuss annulliert das 2:2 zwischen Titelaspirant Aue und Abstiegskandidat Vorwärts Berlin vom vorletzten Spieltag und verhängt eine zweimonatige Platzsperre gegen die Wismut-Elf.

Das hat zur Folge, dass die Erzgebirgler ihr letztes Heimspiel gegen Babelsberg laut Wettspielordnung auf des Gegners Platz austragen müssen. Die Neuauflage gegen Vorwärts soll auf neutralem Platz wiederholt werden. Was war geschehen?

Schiedsrichter Kastner hatte in der hitzig geführten Auseinandersetzung mehr und mehr den Überblick verloren. Gleich drei Toren verwehrt er die Anerkennung, zwei Treffern der Auer und einem der Gäste aus Berlin. Wütende Anhänger der Wismut-Kumpel wittern Betrug, stürmen auf den Rasen. Wähnen den Pfeifenmann als Handlanger der abstiegsbedrohten Vorwärts-Elf, die kurz vor Schluss mit 2:1 führt. Doch Wismut gleicht per Elfmeter aus – 2:2. Dann rettet Verteidiger Geuthner für Aue auf der Linie. Nun schäumen die Vorwärts-Spieler. Haben das Spielgerät hinter der Linie gesehen, zudem wäre der Rettungsversuch ein Handspiel gewesen. Nach Spielende legen sie Protest ein, der, wie beschrieben, verhandelt wird.

Als »Vorwärts Leipzig« war das sportliche Aushängeschild der Kasernierten Volkspolizei (KVP) 1951 in der Messestadt aufgestellt und zu Weihnachten 1952 mit acht Spielern von Chemie Leipzig verstärkt worden. Unerhört die Begründung für den Wechsel der Akteure, die fast alle zur Meistermannschaft von 1951 gehörten: *„Für den Schutz des Sozialismus!“* Das Vorwärts-Kollektiv hat nun permanent mit dem Unmut empörter Chemie-Anhänger zu kämpfen und gerät sportlich in den Abstiegsstrudel. Im April 1953 der Umzug nach Berlin, verbunden auch mit dem Namenswechsel in Vorwärts Berlin. Es kommt einer Flucht aus Leipzig gleich. Der Protest nach dem Aue-Spiel wirkt wie ein verzweifelter Versuch, doch noch irgendwie die Klasse zu halten.

So zieht sich die Entscheidung im Titelkampf über einen Monat länger hin als geplant. Dynamo Dresden verbleibt als einziger Wismut-Rivale. Die Ausgangslage: Aue muss noch zweimal spielen, hat drei Punkte Rückstand auf die Dresdner Volkspolizisten aufzuholen. In diesem Wirrwarr besucht Walter Fritzsch das Staatliche Komitee für Körperkultur und Sport in Ost-Berlin. Die fragenden Blicke werden ihm schnell erklärt. Hätte er doch gerade einen Termin in Dresden, im Heinz-Steyer-Stadion! Um sich mit den Dynamo-Verantwortlichen über die Eckdaten einer Zusammenarbeit auszutauschen. Fritzsch fehlen die Worte. Davon hört er zum ersten Mal! Beim Verband nimmt man das Missverständnis nicht weiter tragisch. Der in die Irre geleitete Trainer gibt auf dem Weg zum Bahnhof ein Telegramm an Dynamo Dresden auf und fährt unverrichteter Dinge nach Hause. Am nächsten Abend staunt er nicht schlecht, als er ein Telegramm aus Berlin in den Händen hält. Die Zusage für Dynamo! Es ist Dienstag, der 9. Juni 1953. Fritzsch bestätigt in einem Eilbrief an die Dresdner seine Absicht, sich vor Aufnahme der Trainertätigkeit mit den Verantwortlichen auszutauschen. Das Länderspiel am 14. Juni 1953 gegen Bulgarien in Dresden bietet die ideale Gelegenheit.

„7. Juni 1953 – Mit dem Bus von Neubrandenburg nach Anklam. (Neubrandenburg ist sehr kaputt) Es wurde gesungen in Anklam. Trafen viele Erzgebirgler, die auf Urlaub an der See sind. Anklam - Lauter 2:7 - 3.500 Zuschauer.“

Bei seinem Ausstand in Lauter gibt es Kaffee und Cognac. Das Thema des Tages hat entgegen sonstiger Gepflogenheiten nichts mit Fußball zu tun. Der »Neue Kurs« wird diskutiert. Das Politbüro verkündet die Rücknahme der zum Aufbau des Sozialismus beschlossenen Maßnahmen. In Ost-Berlin geht die Angst um vor einem Arbeiteraufstand. Hektische Zusagen sollen die Macht der SED-Führung retten. Steuer- und Preiserhöhungen werden aufgehoben, dazu ein Stopp der Zwangskollektivierung in der Landwirtschaft, alle Verhaftungen und Urteile der vergangenen Monate sollen überprüft, Stromabschaltungen künftig ausgeschlossen werden. Das mit ungewohnter Selbstkritik angereicherte Kommuniqué, auch für Walter Fritzsch nicht mehr als ein verzweifelter Schachzug.

Am 14. Juni 1953 geht es am frühen Morgen mit dem Schnellzug nach Dresden. Im Hotel »Astoria« trifft er Janos Gyarmati und unterhält sich mit dem ungarischen Trainer. Der weilt noch nicht lange in der DDR, agiert in beratender Funktion für den Verband. Das Heinz-Steyer-Stadion atmet schon eine Stunde vor dem Anstoß zwischen der DDR und Bulgarien die Kulisse von einem Top-Ereignis, 55.000 sind gekommen. Auf dem Dach der Stein-Tribüne stehen Wolfgang Hempel und Werner Eberhardt

Länderspiel in Dresden mit dem Augenzeugen Walter Fritzsch 14. Juni 1953

sprichwörtlich über den Dingen. Die Rundfunkreporter fühlen sich nicht wohl in ihrer Haut. Aus der Zentrale in Berlin kam die strikte Anweisung: Nur das Spiel! Jegliche Kritik vermeiden! Man habe die Leute bei Laune zu halten. Der Defensivauftrag – eine Reaktion auf das Rumoren im Land.

Die 90 Minuten zwischen den nervösen DDR-Spielern und den balltechnisch überlegenen Bulgaren reißen niemanden vom Sitz. *„Keine Offenbarung“*, kommentiert Walter Fritzsch das torlose Remis. Am Abend trifft sich die Fußballszene im Hotel »Astoria«, dem Mannschaftsquartier. Fritzsch kommt zufällig mit Dynamo-Trainer Paul Döring ins Plaudern. Will von ihm wissen, was er bei den Dresdnern zu erwarten hat. Döring ahnt den Grund der gezielten Fragen seines potentiellen Nachfolgers und bekommt ihn auf Nachfrage prompt bestätigt. Von seiner bevorstehenden Ablösung hätte er nichts gehört. Käme mit der Truppe bestens klar und sie hätten Erfolg. Könnten mit ein wenig Glück sogar Meister werden.

Walter Fritzsch hat genug erfahren. Augenblicke später trifft er Kurt Günther, den Büroleiter der SV Dynamo in Dresden. Im Gespräch lässt Günther durchblicken, warum sich die Leitung für einen neuen Trainer ausgesprochen hatte. Mit Döring kämen sie bestens klar. Nur gewährte er den Spielern zu viel Macht. Erziehungsprobleme und Disziplinlosigkeiten seien die Folge. Fritzsch horcht auf. Ein weiteres Indiz, man hätte in den vergangenen zwei Jahren schon dreimal den Mannschaftsleiter wechseln müssen. *„Ein Ausdruck von Leitungsschwäche“*, denkt der Trainer. Behält das aber lieber für sich und fühlt sich an Aue und Lauter erinnert.

Einen Tag nach dem Länderspiel in Dresden tagt in Halle der Rechtsausschuss der Sektion Fußball. Verhandelt wird die Berufung von Wismut Aue gegen das Urteil vom 29. Mai. Die Erzgebirgler haben das (Auswärts-)Spiel gegen Babelsberg für sich entschieden und sind somit bis auf einen Punkt an Dynamo Dresden herangerückt. Der Gegenprotest fußt auf der Argumentation, dass der Schiedsrichter beim 2:2 gegen Vorwärts eine Tatsachenentscheidung getroffen hatte. Zumal die gegenwärtige Konstellation, die DDR-Meisterschaft am grünen Tisch zu entscheiden, einem Skandal gleich käme. Das kann und will sich am Vorabend des 17. Juni 1953 niemand leisten. So folgt das Sportgericht dem Antrag der Wismut-Verantwortlichen, bestätigt im Nachhinein das Spielergebnis. Im Klartext bedeutet das Urteil für den Meisterschaftskampf ein Novum: Dresden und Aue liegen nun punktgleich vorn, ein Entscheidungsspiel soll für endgültige Klarheit im Titelkampf sorgen.

„17. Juni 1953 – In Berlin streiken die Bauarbeiter. Der RIAS speit Gift, das macht sich bei vielen bemerkbar.“

In der Nacht vom 17. zum 18. Juni fährt Walter Fritzsch mit dem Zug nach Berlin. Er soll zur SV Dynamo kommen, es geht um seine Einstellung als Trainer in Dresden. Am Vorabend hat er im RIAS vom Streik der Bauarbeiter erfahren. Nun ist er aufgewühlt und gespannt, wie sich die Lage in der Frontstadt für ihn darstellt. Vom Ostbahnhof geht es zum Alexanderplatz. Hier sieht er die sowjetischen Panzer stehen. *„Die Grenzübertritte waren* *ebenfalls mit sowjetischen Soldaten abgeriegelt.“* In der Stadt herrscht der Ausnahmezustand, Menschenansammlungen über drei Personen sind verboten.

Fritzsch sieht Autowracks und geplünderte Geschäfte. Russische Truppen haben die Grenzübergänge zu den West-Sektoren abgeriegelt. Die DDR-Regierung lässt eine Erklärung verbreiten, dass mit der Rücknahme der Normerhöhungen der Grund für die Arbeitsniederlegungen weggefallen ist. Die Unruhen seien *„das Werk von Provokateuren und faschistischen Agenten ausländischer Mächte“.* Wieder zu Hause ist Fritzsch im Zwiespalt. Sieht das System als nicht lebensfähig. Versteht, dass die Arbeiter weitere Maßnahmen fordern, sich mit den eilig gemachten Zugeständnissen nicht zufrieden geben wollen. Auf der anderen Seite hinterfragt er die Rolle des RIAS, sieht die Unruhestifter vom Westen geschickt und nun betrauert der Sender die Toten des Aufstands. Anfang Juli wird der 17. Juni in der Bundesrepublik als »Tag der Deutschen Einheit« zum gesetzlichen Feiertag erklärt.

Berlin, am 17. Juni 1953
Blick vom Potsdamer Platz in die Leipziger Straße

„21. Juni 1953 – Es wird immer noch nicht ehrlich gehandelt. Der Zwang ist geblieben. Die Meinung ist die, dass sich dieses System nicht halten kann.“

Für Walter Fritzsch ist es ein ungewöhnlicher Erstkontakt mit seinem künftigen Kollektiv. Im Walter-Ulbricht-Stadion treffen am 5. Juli 1953 Aue und Dresden aufeinander, das einzige Entscheidungsspiel um eine DDR-Meisterschaft. Auf dem Rasen sieht der Trainer seine künftigen Dynamo-Spieler 120 Minuten lang bravourös kämpfen. Unmittelbar neben ihm fiebern die Ehefrauen mit ihren Männern. Am Ende der Verlängerung liegen sie sich alle in den Armen. Dresden gewinnt nach dramatischem Spielverlauf mit 3:2, wird DDR-Meister. Unmittelbar danach bekommt der Trainer seinen ersten Auftrag. Er soll mit den Dynamo-Kickern und deren Familien nach der Meisterehrung direkt nach Baabe an die Ostsee reisen, um im zweiwöchigen Erholungsurlaub alle kennenzulernen.

Walter Fritzsch hat kein gutes Gefühl. Die Frauen aus der Großstadt machen ihn mit ihrem Auftreten unsicher. Im Briefkasten findet er Post von Motor Dessau. Das Interesse ehrt ihn, und die Leitung dort lässt nicht locker. Und noch immer hat er bei den Dresdnern keinen Vertrag unterschrieben. Bleibt deshalb auch der offiziellen Meisterfeier in Leipzig fern. Irgendetwas stimmt da nicht, sagt ihm sein Bauch. Er fragt, stellt Forderungen. Alfred Kunze und Fritz Gödicke reden in der Trainer-Kommission auf ihn ein. Schließlich zückt er um 0.45 Uhr den Stift und unterzeichnet den für ein Jahr befristeten Arbeitsvertrag.

Die Tage in Baabe sind Vergangenheit, die Wirklichkeit ist rau. Zum Trainingsstart legt der neue Coach seine Forderungen dar. Einstellung, Wettkampfhärte, Disziplin, Lebensregime, Leistungsforderungen. Seine Mannen nicken. Das neue Spieljahr kann mit der ersten Einheit beginnen. Das böse Erwachen kommt für Walter Fritzsch schneller als gedacht. Zunächst bezieht er ein Zimmer im Gebäude der Stein-Tribüne im Steyer-Stadion. Sein neues Zuhause besticht durch spröden Charme. Ein Schrank, ein Soldatenbett, ein Tisch und zwei Stühle – dazu gibt es für den Trainer ein organisiertes Mittagessen. Wenig, um sich wohl zu fühlen. Frühstück und Abendbrot muss er sich selbst organisieren. Viel Zeit, sich darüber Gedanken zu machen, soll er nicht bekommen. Schon am zweiten Arbeitstag überstürzen sich die Ereignisse. Der Ungar Janos Gyarmati ist plötzlich als Cheftrainer bei Dynamo Dresden im Gespräch, Fritzsch soll in die Assistentenrolle schlüpfen und lehnt ab. Erinnert sich an den Abend seiner Vertragsunterzeichnung in Leipzig. Da war er beiläufig gefragt worden, was er von einem Einsatz des ungarischen Trainers halten würde. Nun wollen sie ihn überzeugen, ein Jahr lang ins zweite Glied zu rücken. Aber nicht mit ihm, nicht mit Walter Fritzsch. Eine Aussprache mit Gyarmati soll die ganze

Angelegenheit klären. Mit einer Stunde Verspätung beginnt die Sitzung. Es wird für Fritzsch die letzte in Dresden. Es folgt eine schlaflose Nacht und die Gewissheit, mit Motor Dessau eine sofortige Alternative in petto zu haben. Am Donnerstag Vormittag verabschiedet sich Fritzsch von der Mannschaft, die er erst am Montag für die gemeinsamen Ziele eingeschworen hatte. Die Spieler sind völlig überrascht. Stunden später verlässt der Trainer nach nicht einmal vier Arbeitstagen die Stadt an der Elbe und fährt nach Hause. Noch am gleichen Abend bekommt er einen Anruf von Motor Dessau und sagt zu.

Ohne Zögern stürzt sich Walter Fritzsch in die nächste Aufgabe, gönnt sich keine Pause. Im Gegenteil, mit Dessau will er die jüngste Enttäuschung in Dresden schnell vergessen machen. Trotzdem prägen ihn diese acht Wochen bei Dynamo. Noch steht er am Anfang seiner Trainerlaufbahn. Nicht wissend, wo sie ihn hinführen wird. Den Dresdner Verantwortlichen nimmt er den Meinungsumschwung nicht krumm. Plötzlich können sie mit Janos Gyarmati einen erfahrenen Trainer holen. Noch dazu aus Ungarn, dem Land des Olympiasiegers 1952! Walter Fritzsch hatte diese unglaublichen Fußballer bei den Weltfestspielen gesehen, eine Augenweide! *„Dieses Spiel war der internationale Durchbruch“*, hatte ihm Gyarmati versichert und schallend gelacht, als Fritzsch wissen will, ob die ungarischen Spieler wirklich alles Studenten seien. Der junge Trainer staunt. Fühlt sich im Vergleich zu diesem alten Fuchs, trotz seiner beiden Stationen im Erzgebirge, als unbeschriebenes Blatt. Das war auch der Leitung von Dynamo nicht verborgen geblieben. *„Menschenskinder, wir haben gedacht, Du bist ein starker Mann! Jetzt stellen wir fest, dass das gar nicht der Fall ist!“* Nun also Motor Dessau, der erste Weg führt ihn in den VEB Waggonbau.

„11. August 1953 – Wurde vom Bahnhof abgeholt u. ins Werk gebracht. Dort wurde ich vorgestellt, bei allen Kapazitäten. Man kaufte mir Trainingsanzug, Trainingsschuhe, Fußballschuhe, Turnhose, Dress, Handtuch. Wohnung war vorgesehen, haut noch nicht hin.

14. August 1953 – 3 Uhr, konnte nicht mehr schlafen, machte mir Gedanken über die Entwicklung des Oberliga-Kollektivs. 5:55 fuhr Tüntsch u. ich mit einem Volkswagen nach Berlin zur SV Motor – wegen meiner Anstellung. 11:40 Rückfahrt. 14:15 Training. 17:30 ab Dessau. 21:35 zu Hause. Käthe gar nicht so begeistert, wie ich ihr alles schilderte.“

Zu Hause in Cainsdorf bleibt wenig Zeit. Dabei lockt dieses August-Wochenende mit herrlichem Sommerwetter. Walter Fritzsch muss schon am Sonntag in aller Hergottsfrühe zurück nach Dessau. Ein Testspiel gegen Empor Wurzen steht auf dem Programm. Als er seiner Frau davon berichtet, ist ihre Wiedersehensfreude verflogen. Sie ahnt, dass sich an diesen Umständen in den nächsten Monaten nicht viel ändern wird. Dieses Wissen schlägt ihr auf den Magen: *„Käthe hat Kanal voll, da ich wieder wegfahre.“* Walter sitzt am Sonnabendvormittag am Schreibtisch und verfasst einen Eilbrief an die SV Dynamo. Noch immer wartet er auf das Juli-Gehalt. Danach muss er ins Rathaus, kehrt aber unverrichteter Dinge zurück. Ein Besuch im Planitzer Bad vermittelt einen Hauch von Alltag. Die gemeinsamen Stunden fliegen dahin, da klingelt am Sonntagmorgen der Wecker: *„5:23 ab Cainsdorf. Käthe war tapfer.“*

Die Fritzsch-Premiere bei Motor Dessau endet 1:1 gegen Turbine Halle. Oben scheitert Ilsch (r.) an Torhüter Meininger, dahinter Werkmeister (Halle)
Rechts: Welzel vor Werkmeister
20. September 1953

Die Vorbereitungsspiele der Dessauer Elf lösen beim neuen Trainer keine Begeisterungsstürme aus. Es hagelt eine Niederlage nach der anderen. Für Walter Fritzsch keineswegs überraschend, hat die Mannschaft doch den Verlust von gleich sechs Stammspielern zu verkraften. Was der Trainer vermisst, sind Grundtugenden: *„Ich dachte, dass die Spieler auch den Ehrgeiz wie in Aue oder Lauter besäßen.“* Immerhin stehen mit Torhüter Wolfgang Klank, Linksaußen Karl-Heinz Ilsch und Torjäger Werner Welzel drei Nationalspieler im Kollektiv. Bis zum Punktspielstart bleiben sechs Wochen Vorbereitungszeit und Walter Fritzsch kündigt an: *„Wer gut trainiert, der wird auch spielen!“*

Ende August 1953 gastiert Motor Dessau im Vogtland zur Platzweihe der SG Planschwitz und verliert erneut. Gegen Fortschritt Oelsnitz heißt es 2:4. *„Abends erlaubte sich das Kollektiv Schlechtes. Tranken und johlten und wollten nicht nach Hause fahren. Habe mich geärgert.“* Der Auftritt hat ein Nachspiel: *„Besprechung mit Kollektiv wegen Planschwitz.“*

„27. August 1953 – Bekam ein Rundfunkgerät von der BSG Motor Dessau geliehen

28. August 1953 – Holte mein Gehalt. Bis jetzt insgesamt erhalten: 975 Mark. So viel Geld habe ich noch nie erhalten.

29. August 1953 – Das Leben so, mache ich nicht lange mit, Käthe muss mit nach Dessau.“

Gleich nach seiner Amtsübernahme war Walter Fritzsch der Dessauer Oberbürgermeisterin vorgestellt worden. Ende August 1953 sitzt er ihr gegenüber und nutzt die Gelegenheit, persönliche Belange vorzutragen. Fragt auch nach einer geeigneten Wohnung für sich und seine Frau. Er weiß, seine aktuelle Untermiete ist kein Zustand von Dauer. Zu seiner Überraschung entpuppt sich das Stadtoberhaupt als sportbegeistert: *„Besuchte mich Dessaus Oberbürgermeisterin, Maria Dank. Sie frug mich, was nun mit Dessau werden soll. Ich gab ihr klare, negative Auskunft.“*

„1. September 1953 – Telegramm an Käthe geschickt, sie soll nach hier kommen.“

Vor dem ersten Oberliga-Punktspiel, die Motor-Elf hat Turbine Halle zu Gast, wird der neue Trainer im Stadionheft vorgestellt: *„Klein, aber oho! Ein häufig gebrauchtes, aber selten so zutreffendes Wortspiel, wenn man es auf unseren Trainer Fritzsch anwendet. Gibt es einen besseren Beweis für die Popularität dieses Sportsmannes, dass sich nach Beendigung der letzten Spielserie*

verschiedene Betriebssportgemeinschaften krampfhaft bemühten, den Sportfreund Fritzsch als Trainer zu gewinnen? Wir Sportbegeisterten sind glücklich darüber, dass seine Wahl nach Dessau gefallen ist. Es ist kein Geheimnis, wenn man feststellt, dass mit Aufnahme seiner Trainertätigkeit bei Motor ein frischer Wind eingezogen ist. Wir freuen uns, dass Sportfreund Fritzsch den Willen geäußert hat, seine Familie bald nachkommen zu lassen, um längere Zeit als Trainer für Motor Dessau tätig zu sein ...“

„28. September 1953 – Ich soll am 18.10.53 nach Wien zum Länderspiel Ungarn gegen Österreich.“

Die Motor-Fußballer gehen halbtags ins Werk, sind ab zwölf Uhr freigestellt. Hauptamtlich angestellt im Verein ist neben Walter Fritzsch nur der BSG-Leiter. Der Saisonstart gerät holprig, in fünf Spielen gelingt nur ein Sieg. Dabei gibt sich der Trainer alle Mühe. Verwendet in der Spielvorbereitung eine Wandtafel mit Spielfiguren für Planspiele. Ersetzt dann und wann sogar den Therapeuten, der eigentlich in einem Badehaus arbeitet und nicht immer zur Verfügung steht. Spieler wie Ilsch, Breitmann oder Klank werden nicht selten vom Cheftrainer persönlich massiert.

„18. Oktober 1953 – Sollte mit Alfred Kunze zum Länderspiel Österreich - Ungarn. Das Spiel fand bereits am 11.10. statt. Ungarn gewann 3:2.

24. Oktober 1953 – Sondermeldung: Preissenkung in der HO: 450 Millionen“ (Der DDR-Ministerrat beschließt, die Preise für Lebensmittel und Konsumgüter zu senken. 12.000 Artikel werden 10 - 40 Prozent preiswerter.)

Die versprochene Wohnung lässt noch immer auf sich warten. Die »vorübergehende« Untermiete dauert mittlerweile ein Vierteljahr. Da kommt Bewegung in die Angelegenheit. Der Trainer meldet sich Ende Oktober bei der Oberbürgermeisterin an, um sich für die Unterstützung bei der Zuweisung einer Zwei-Zimmer-Wohnung zu bedanken. Mit Käthe war er auf dem Wohnungsamt gewesen. Danach besichtigen sie ihr neues Zuhause, eine Neubau-Wohnung mit Stube (24 m²), Bad, Vorsaal, Kochküche, Schlafstube (24 m²), Balkon, Keller. Sie bekommen die Schlüssel und kaufen Lampen, Vorhänge und entsprechende Haltevorrichtungen. Nun ist es nur noch eine Frage der Zeit, bis Walter bei Frau Krömling, seiner Vermieterin seit August, ausziehen kann.

Im Mittelpunkt: Walter Fritzsch an seinem 33. Geburtstag 21. November 1953

„29. Oktober 1953 – Mit Bus nach Berlin zum Spiel Torpedo Moskau gegen KVP Berlin 2:4. Wohnte im »Stadt Hamburg«, ein toller Schuppen. 20 Uhr im Kino Friedrichstraße. 23 Uhr Spazieren zu den Schaufenstern in Westberlin, es gibt schöne Sachen.

25. November 1953 – Fuhr mit BMW nach Berlin, DEFA-Filmstudio. Lehrfilm »Fußball-Technik«. England - Ungarn 3:6.

29. November 1953 – Oberliga 0:4 verloren in Dresden. Sprach mit den Frauen von Dynamo. Frugen, wo Käthe sei. Ob ich im nächsten Jahr wieder mit in Urlaub fahren würde.

7. Dezember 1953 – Sprach ich durch den Werksfunk zum Spiel Meerane (2:0 gewonnen).

13. Dezember 1953 – Wurde von Funktionären angesprochen, soll Einheit Ost sofort übernehmen.

14. Dezember 1953 – Was nützen 1000 Mark Gehalt, wenn mir die Arbeit keinen Spaß macht. Meine Anstrengungen nützen nichts, da im Kollektiv zu viele Lumpen vorhanden sind. Die Oberliga werden wir deshalb nie halten."

Die Anfrage aus Leipzig reizt Walter Fritzsch. Allerdings will er seinen Vertrag in Dessau erfüllen. Sollte Einheit Ost Leipzig die Oberliga halten, will er sich es überlegen. Zumal die Hinrunde der Saison 1953/54 für die Motor-Elf insgesamt enttäuschend verläuft. Drei Siege und nach 15 Spielen dürftige 11:17-Punkte. Dessau damit nur Drittletzter in der Tabelle. Dahinter rangieren lediglich Einheit Ost und Stahl Thale. Das letzte Punktspiel des Jahres verliert die Fritzsch-Elf am 20. Dezember 1953 bei Empor Lauter. Die heimstarken Erzgebirgler fühlen sich auf dem Schneeboden pudelwohl und gewinnen mit 4:2. Zur Niederlage bei seinem ehemaligen Verein kommen für den Trainer noch Anfeindungen aus dem Publikum: *„Mann und Frau beschimpften mich als Protesttrainer, Landesverräter, Verbrecher usw. Man wollte mich sogar verprügeln, wenn Dessau gewinnt."*

Wolfgang Klank meistert Elfmeter

Wolfgang Klank, unser Nationalmannschafts-Torhüter, meistert hier im 0:3-Spiel gegen Einheit Ost Leipzig einen Elfmeter. An ihm hat es nicht gelegen, daß die Dessauer das Spiel verloren haben. Im vorgestern durchgeführten Wiederholungstreffen gegen Empor Lauter unterlagen die Dessauer erneut, diesmal 2:4. Die Punkte bleiben also in Lauter. Auch hier war Klank wieder einer der besten Spieler seiner Mannschaft. Motor braucht jetzt dringend Punkte, wenn die Abstiegsgefahr rechtzeitig gebannt werden soll. Im Hintergrund von links nach rechts erkennen wir: Eschke, Jacob, Welzel, Matthäus, Breitmann, Kossack. Foto: Schröter

Für das schwache sportliche Abschneiden der Dessauer im Herbst 1953 sieht Walter Fritzsch vier Hauptursachen: *„Alkohol und Nikotin, Unlust beim Training und Unpünktlichkeit"* und stellt fest: *„All meine angesprochenen, normalen Forderungen zum Leistungssport wurden ignoriert."* Mit einem Kurz-Lehrgang im Werkserholungsheim im ostsächsischen Kipsdorf versucht er, das Mannschaftsklima zu verbessern. Neben dem täglichen Ball-Training stehen Waldlauf und Schnitzeljagd – *„Welzel und Klank tarnten sich gut."* – auf dem Programm, dazu gibt es eine Wanderung nach Oberbärenburg, einen Lichtbildervortrag und Käthe spielt zum ersten Mal in ihrem Leben Tischtennis.

Ganz Dessau sorgt sich um den Erhalt der Oberliga. Sogar die Oberbürgermeisterin treibt der Tabellenstand um. So wird Walter Fritzsch ins Rathaus gerufen. Der Motor-Trainer berichtet von der Aussprache mit dem Kollektiv und der Leitung zu Beginn des neuen Jahres. Alle Spieler hätten versichert, ab sofort mit großer Ernsthaftigkeit das Ziel Klassenerhalt zu verfolgen. Die folgenden Ergebnisse ernüchtern selbst kühne Optimisten. Vor allem die 2:4-Heimpleite gegen Chemie Leipzig – nach einer 2:0-Führung – spricht Bände. Wolfgang Klank verliert das Duell der Auswahl-Torhüter gegen Günter Busch. Auf dem Spielfeld findet Motor nach der Pause kein Mittel gegen den inzwischen 41-jährigen Routinier Walter Rose. *„Das war der Abstieg für Motor Dessau"* – notiert ein schockierter Walter Fritzsch und setzt ein Trainingsspiel in Schkopau an. Vielleicht kann ein Erfolgserlebnis gegen einen unterklassigen Gegner helfen. Doch der Sieg fällt alles andere als überzeugend aus und das Fazit klingt wie eine Kapitulation: *„Heute habe ich die Lust als Trainer in Dessau verloren."* Das 0:0 beim Schlusslicht Thale untermauert den Trend, dass wohl beide den Gang in die Liga antreten werden müssen.

Erneut gibt es einen Aussprache-Abend, diesmal wird öffentlich diskutiert. Walter Fritzsch grübelt auf dem Weg zum nur wenige Meter von seiner Wohnung entfernt gelegenen Kristallpalast. Endet seine Tätigkeit in Dessau etwa vorzeitig? Das Interesse am sportlichen Schicksal der Motor-Elf lockt 550 Fußball-Anhänger in den Saal. Die fast dreistündige Diskussion lässt vermuten, der Trainer habe die Alleinschuld am drohenden Abstieg. *„Ja, es*

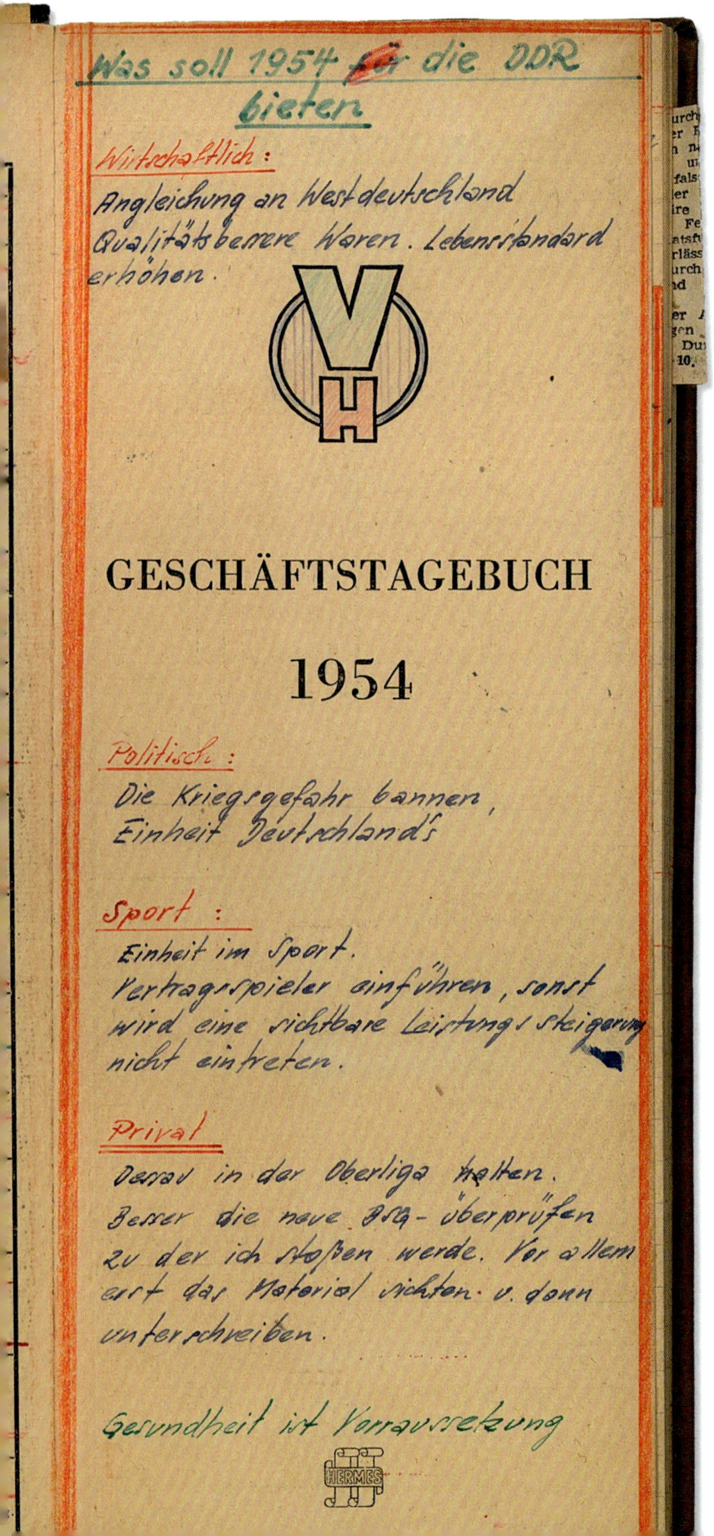

wurde kritisch für mich. Man wollte mir nachweisen, dass es an mir lag." Dann staunt auch Walter Fritzsch, als ein vielleicht 65-jähriger Mann das Wort ergreift. Der Inhaber einer Gärtnerei stellt sich als Olympia-Teilnehmer von 1912 im Speerwerfen vor. Alle Blicke sind auf ihn gerichtet. Zuerst nimmt er den Trainer aus der Schusslinie. Walter Fritzsch würde fleißig und gut arbeiten. Zudem gäbe es nicht nur eine Ursache für das schwache Abschneiden: *„Zu nennen sind da ebenso die Überheblichkeit und Großspurigkeit des einen oder anderen Spielers … und die Sicherung der Oberliga kann nur erreicht werden, wenn alle mitziehen und sich danach verhalten."*

„14. Februar 1954 – Ich soll nach der Serie Lauter übernehmen. Sprach nach dem Spiel (2:1 gewonnen) mit dem 2. Vorsitzenden der SV Empor wegen meiner Anstellung.

17. Februar 1954 – … Fuhren Käthe und ich nach Leipzig zu einer Veranstaltung des staatl. Kom. KK (Komitee Körperkultur und Sport). Ich wurde geehrt als »Hervorragender Trainer«. Es gab eine Urkunde, 5 Bücher u. 1 Bücherscheck v. 175,- …

21. Februar 1954 – Man beschenkte mich mit einer Topfeinpflanzung, weil ich »Verdienter Trainer« wurde.

26. Februar 1954 – Einziehung der Jugendlichen in Westdeutschland beschlossen."

Der Aussprache folgen erstaunliche 9:5-Zähler (bei nur einer Niederlage), die Dessau bis Anfang März 1954 frische Zuversicht im Abstiegskampf bescheren. Solides Können und unbedingter Siegeswille tragen die Motor-Elf in dieser Phase. Nur einen Punkt hinter Meerane und Zwickau liegt das Kollektiv von Walter Fritzsch nunmehr vor Stendal, Einheit Ost Leipzig und Thale mit besten Aussichten, die Oberliga aus eigener Kraft zu halten. Ein Sieg im bevorstehenden Abstiegsduell mit Einheit Ost wäre dafür bereits die halbe Miete.

„6. März 1954 – Besuchte mich die SV Dynamo-Leitung, Spfr. Kramer. Man bat mich, ich soll Dresden übernehmen. Ich sagte, wenn Dessau absteigt ja, sonst nicht."

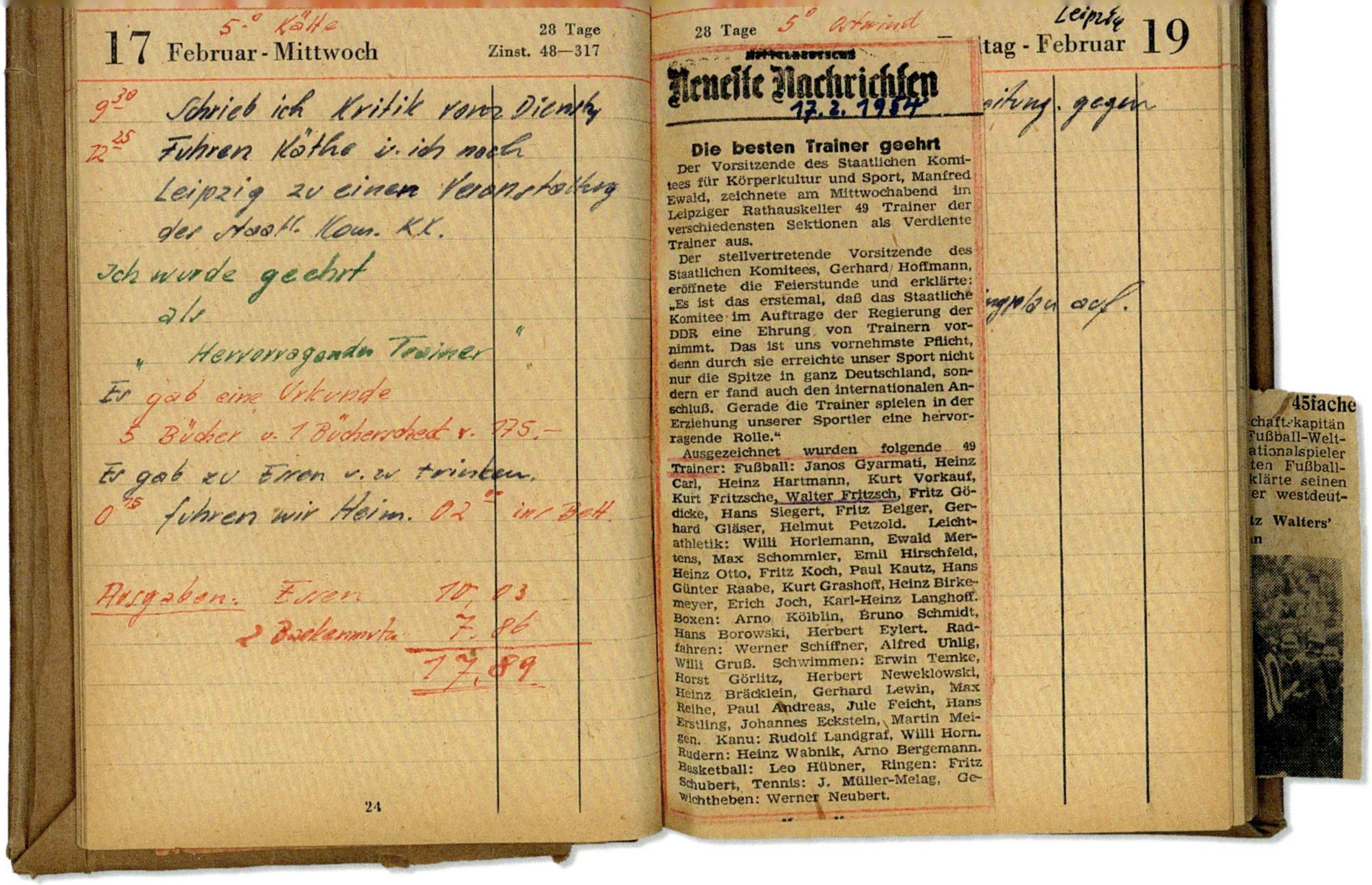

Böiger Wind fegt durch den Schillerpark an diesem Märzsonntag 1954. Den 14.000 Zuschauern wird von ihrer Motor-Elf (in gelbrot) nicht viel Erwärmendes geboten. Waren sich die Kicker vor dem Anstoß gegen Einheit Ost etwa schon zu sicher, gegen den Tabellenvorletzten einen Doppelpunktgewinn landen zu können? Oder sind es die Nerven, die ihnen einen Streich spielen. Erst leger und unkonzentriert, dann verkrampft. Mangelhafte Zuspiele, jede Mengen Kerzen und Querschläger sowie viele offene bzw. versteckte Fouls prägen das Geschehen. Als Mittelverteidiger Hempel in der 74. Minute Dessaus Keeper Klank das Leder aus den Händen schießt und das 0:1 markiert, fragen sich die Motor-Anhänger: War das der Genickschlag im Abstiegskampf?

Wochen später geht es nach dem 3:1-Erfolg über Dynamo Dresden in das Saisonfinale. Die Motor-Elf benötigt aus den zwei verbleibenden Spielen mindestens einen Punkt für den Klassenerhalt. Für Torjäger Karl-Heinz Ilsch, mit 13 Treffern Dessaus bester Schütze, hat die Serie nach seinem Platzverweis allerdings ein vorzeitiges Ende. Er wird der Motor-Elf sowohl in Aue als auch gegen Zwickau fehlen.

„4. April 1954 – 12 Uhr Abfahrt nach Aue, Oberliga. Wurden völlig an die Wand gespielt, 0:4. Das Publikum war schwer auf die Tassen u. wollten unbedingt etwas erleben gegen mich."

Das letzte Heimspiel im Schillerpark, Motor Dessau gegen punktgleiche Zwickauer. Der Sieger verbleibt in der Oberliga. Bei einem Unentschieden muss Dessau zittern, kann aber hoffen auf ein »Ende gut – alles gut!«. Doch erneut sind die Kicker von

Walter Fritzsch ein Schatten ihrer selbst. Kassieren wieder vier Gegentreffer und verlassen den Platz nach der 1:4-Schlappe mit hängenden Köpfen. Der Trainer beurteilt sachlich: *„Durch das schlechtere Torverhältnis stiegen wir aus der Oberliga ab. Das war für mich sehr bitter."*

„12. April 1954 – Besuchte mich E. Tüntsch u. sprach mit mir über die »Kanonen«. Er schloss sich meinen Worten an. Großreinigung."

Nach dem Abstieg bekommt Walter Fritzsch von den Verantwortlichen im Trägerbetrieb der BSG Motor ein paar Tage Urlaub verordnet. Soll mit seiner Gattin in der Ruhe und Abgeschiedenheit des Osterzgebirges Kraft und Frische tanken und die neue Saison vorbereiten. Dazu wähnt man ihn in Kipsdorf sicher vor Abwerbungsversuchen der Konkurrenz. Erholung finden Walter und Käthe bei herrlichem Frühlingswetter nicht nur bei ausgedehnten Spaziergängen. Sie besuchen die Sprungschanze am Geisingberg, das Hochmoor an der tschechischen Grenze und kehren im Hotel »Sächsischer Reiter« ein. Nebenbei leitet der unermüdliche Trainer eine Übungseinheit der Kreisklasse-Kicker von Traktor Meinsdorf (heute Ortsteil von Dessau-Roßlau), die ebenso im Werkserholungsheim Kipsdorf untergebracht sind. Die Abendgestaltung reicht vom Lichtbildervortrag, über Brettspiele bis hin zu Gesprächen, die sich um Fußball drehen.

„9. Mai 1954 – Fuhr Käthe mit dem Fahrrad nach Gräfenhainichen, um die Friedensfahrer sehen.

17. Mai 1954 – Klank, Ilsch und Welzel forderten, dass ich abgeschossen werde."

Zurück in Dessau geht es drunter und drüber. Die Spieler proben den Aufstand. Werner Klank (23 Jahre), Karl-Heinz Ilsch (27) und Werner Welzel (30) stellen der BSG-Leitung ein Ultimatum: *„Entweder Fritzsch oder wir!"* Als sich mit Paul Breitmann (30), Otto Schnelle (24) und Rolf Theile (30) die nächsten Stammspieler der Revolte anschließen, scheint das Aus für Fritzsch besiegelt. Es wird diskutiert, mit den Beteiligten gesprochen und intern ausgewertet. Dann verkündet der Verein die Konsequenzen: Klank, Ilsch und Welzel sind als Rädelsführer von der Sektionsleitung

Links: Das Dessauer Star-Trio mit Werner Welzel, Wolfgang Klank und Heinz Ilsch (v.l.)
Rechts: Heinz Joerk (l.) und Walter Fritzsch auf einer Donau-Brücke in Budapest, dahinter zu erahnen das Parlament.

Fußball der BSG für sechs Monate gesperrt. Alle sechs Spieler sollen den Verein verlassen. Der in der Mannschaft umstrittene Trainer aber genießt die uneingeschränkte Rückendeckung der Leitung.

Mit den neuen Entwicklungen in Dessau begibt sich der Coach nach Kienbaum, an den östlichen Stadtrand von Berlin. Das Gästeheim des Staatlichen Komitees für Körperkultur und Sport bildet die Kulisse für die turnusmäßige Trainertagung nach dem Ende der Oberliga-Saison. Für einen Teil der Fachkollegen kann die gründliche Analyse gar nicht schnell genug gehen. Gemeinschaftlich fiebern sie der Reise zu einem wahrhaft historischen Ereignis entgegen. So sitzt auch Walter Fritzsch im Zug nach Budapest, 23 Stunden Bahnfahrt liegen vor der DDR-Delegation.

Alles dreht sich um das bevorstehende Länderspiel der Ungarn gegen England.

Ein halbes Jahr zuvor hatte das »beste Team der Welt« den Engländern deren Nimbus der Unbesiegbarkeit auf heimischen Boden zerstört. Nun steht im Népstadion das Rückspiel an. Die Begegnung war schon vor dem 6:3 vereinbart worden, für Ungarn die perfekte Werbung in eigener Sache. Schließlich bewirbt man sich um die Austragung der Olympischen Sommerspiele 1960. Für England wird die Neuauflage zur Möglichkeit der Revanche. Nur glaubt daran kaum jemand, auch im Zugabteil von Walter Fritzsch nicht. Dessaus Trainer erzählt mit leuchtenden Augen, wie er die »goldene Mannschaft« bei den Weltfestspielen 1951 erlebte. Allgemein gilt dieser Auftritt als Ungarns Aufstieg zur Weltklasse. Inzwischen sind die Olympiasieger von 1952 in Helsinki schon vier Jahre ohne Niederlage.

Neben Walter Fritzsch schlummert Trainerkollege Heinz Joerk dem Reiseziel entgegen. Früh um sieben Uhr haben sie Prag erreicht. Im Gespräch entdecken sie erstaunliche Parallelen in ihren Biografien. Sie sind ungefähr gleich alt und haben Erfahrungen an der Ostfront sammeln müssen. Heinz Joerk, Jahrgang 1919, überlebte den Kessel von Stalingrad. In Zeitz aufgewachsen, hatte er 1951 den Trainerlehrgang an der DHfK besucht.

Budapest empfängt sie am Bahnhof Keleti mit buntem Treiben in der frühsommerlichen Abenddämmerung. Dem Stadtbummel am nächsten Vormittag folgt ein Rundgang auf der Margareteninsel und schon auf der Fischerbastei schauen sie auf die Uhr. 92.000 Zuschauer verwandeln das im Vorjahr eröffnete Népstadion in einen Hexenkessel. Walter Fritzsch erlebt staunend, wie die ungarische Mannschaft Fußball in Vollendung zelebriert. *„Besser geht es kaum"*, vermerkt er und sieht hilflose Engländer sieben Tore kassieren. Italiens Trainerlegende Vittorio Pozzo prophezeit nach dem 7:1: *„Die Fußball-Weltmeisterschaft in vier Wochen in der Schweiz findet nicht statt, denn wir haben den neuen Weltmeister gesehen – Ungarn!"*

Am Abend sitzen die Ostdeutschen in geselliger Runde. Da springt Heinz Joerk plötzlich auf, hat sich schon sein Bier geschnappt und stellt es sich sich auf den Kopf. Unter dem Applaus der grölenden Männer dreht er dann, das Glas auf dem Haupt geschickt jonglierend, eine Runde durchs Lokal.

„Wunderbar!", jubelt auch Walter Fritzsch, als sie am Tag nach dem Spiel durch das Népstadion geführt werden. Gleich im Anschluss wohnen sie dem Training der ungarischen Kernmannschaft bei. Kommen danach mit den Kollegen ins Gespräch. Grundlage dafür ist das Abkommen zwischen den Verbänden. Die DDR zählt fußballerisch als Entwicklungsland, die ungarische Unterstützung wird gern angenommen.

Die Abzeichen sind gekauft, die Koffer gepackt, es geht nach Hause: *„Der Lebensstandard ist bei uns viel höher als in Ungarn."* Am letzten Abend steht Walter Fritzsch auf dem Gellértberg, sieht Budapest bei Nacht. Mit diesem Motiv vor Augen, blickt er auf seinen eigenen Weg. Zehn Jahre zuvor hatte er in Leisnig Rekruten für den Fronteinsatz ausgebildet.

„8. Juni 1954 – FDGB-Versammlung. Ich sprach über die Fälle Welzel und Co. zu den Belegschaftsmitgliedern

10. Juni 1954 – Trainervollversammlung im Bruno-Plache-Stadion. Hielt Referat über Konsequenz

21. Juni 1954 – Besuchte mich Trainer Findeisen, Warnemünde. Wollte die 6 Spieler kaufen."

Im Juni 1954 entdeckt Heinrich Rau, Minister für Schwermaschinenbau in der DDR, sein Herz für den Fußball. Das geschieht nicht zufällig. Beim II. Deutschlandtreffen über die Pfingsttage in Berlin gibt es ein international besetztes Fußballturnier. Ein Novum bedeutet das Auftreten von gleich fünf »SV-Mannschaften«. Die Sportvereinigungen Chemie, Dynamo, Motor, Turbine und Wismut haben die (mutmaßlich) besten Akteure aus ihren Vereinen benannt, um mit ihren SV-Auswahlkollektiven gegen AC Madureiras Rio de Janeiro, Vasas Györ oder Tankista Prag anzutreten. So stellen sich die Sportoberen den künftigen DDR-Fußball vor. Überraschenderweise geht der Turniersieg an die SV Motor mit Spielern vornehmlich aus Jena, Magdeburg und Zwickau. Mit dieser Erfahrung gestattet Minister Rau die Gründung von »Schwerpunkten«. Offen bleibt, wo die künftige »Motor-Spitzenmannschaft« spielen soll. Dessau, Jena und Zwickau sind im Gespräch und so wird Walter Fritzsch beauftragt, einen längeren Lehrgang vorzubereiten. *„Begann mit dem Neuaufbau, weil ich bereits 1950 bei Wismut auch einem Lehrgang vorstand und zur Oberliga entwickelte."* Der Trainer merkt schnell, dass seine Kollegen in ganz ähnlichem Auftrag handeln und zeigt sich irritiert: *„Bis jetzt sehe ich noch nicht, wer die Elf betreuen soll. Hans Höfer (Motor West Karl-Marx-Stadt) und Hans Warg (Motor Jena) schlagen ihre Spieler vor."*

„23. Juni 1954 – SV Motor – Vasas Györ 3:5. Unterhielt mich mit der SV-Leitung über die 6 Spieler – wie es wird. Sagte, bei mir spielt sich da nichts ab."

Die BSG-Leitung in Dessau sieht die aktuelle Entwicklung pragmatisch. Zunächst muss die Lücke der sechs Spieler in der Motor-Elf geschlossen werden. Bis zur Hauptverhandlung bei der Sektion Fußball der DDR gilt die Sperre als bestätigt. Walter Fritzsch macht sich umgehend auf die Suche nach jungen und entwicklungsfähigen Fußballern. Als Lockstoff dient der anstehende Kollektiv-Urlaub mit Kind und Kegel auf der Insel Rügen. Es soll eine Mischung aus Training und Erholung sein, die mannschaftliche Bindung gefördert werden. Der neue Kader zeigt sich deutlich verjüngt, vom Trainer notiert, die aktuellen Eckdaten: *„5 Spieler im Alter von 24 bis 28 Jahren und 14 Spieler im Alter von 18 bis 21 Jahren."*

Alle Jahre wieder: Erinnerungsfoto mit Käthe und Walter, Ostsee 1954

Der Sommer 1954 ist nass und kalt, an der Ostsee stürmisch dazu. So wird zum Höhepunkt der Urlaubstage in Altefähr weder die Dampferfahrt nach Hiddensee, noch der Werft-Besuch in Stralsund. Auch nicht der Kinobesuch oder die Strandmeisterschaft im Fußball. Es ist die Übertragung des Endspiels der Fußball-Weltmeisterschaft in Bern, der alle entgegenfiebern:

„4. Juli 1954 – Nachmittag Übertragung Westdeutschland – Ungarn 3:2"

Walter Fritzsch fehlen die Worte, auch für ihn ist der Sieg Westdeutschlands eine unglaubliche Sensation. Ähnlich klang es gerade bei Rundfunkreporter Wolfgang Hempel: *„Das Unvorstellbare ist eingetreten!"* Nach mehr als vier Jahren hat die ungarische Elf wieder ein Fußballspiel verloren.

Der überraschende Ausgang der Weltmeisterschaft spielt den Fußball-Verantwortlichen der DDR in die Karten. Der Pfälzer Block mit fünf Spielern vom 1. FC Kaiserslautern dient als Beleg für die ostdeutsche Zauberformel: „*Leistungssteigerung durch Konzentration*". Die »fuwo« lärmt: „*Endlich, endlich, der Zeitpunkt ist gekommen*" und listet auf: „*Die Fußballschwerpunkte der Sportvereinigungen liegen – soweit zur Zeit bekannt – bei Wismut in Aue, bei Motor in Zwickau, bei Chemie in Leipzig, bei Dynamo in Dresden, bei Turbine in Erfurt, bei Rotation in Dresden, bei Aktivist in Senftenberg/Brieske, bei Einheit in Leipzig und bei Fortschritt in Meerane. Die Sperrfrist für Spieler, die zu einem Schwerpunkt gehen, beträgt 14 Tage.*"

Für die Dessauer Funktionäre und Trainer Walter Fritzsch bestätigen sich die ersten Ahnungen. Ihnen wird in den Ostberliner Planspielen bestenfalls eine untergeordnete Rolle zugedacht. Natürlich mag der Abstieg aus der Oberliga dazu beigetragen haben. Noch kann niemand wissen, ob sich Dessau von der Erstklassigkeit für immer verabschiedet hat.

„10. Juli 1954 – Hochwassergefahr der Mulde, in Sachsen soll es bereits vorhanden sein. Unterhielt mich mit BSG-Leiter über 4 Monate Lehrgang – wegen der Schwerpunkt-Angelegenheit."

Es gießt in Strömen. Mit Lautsprecherwagen werden die Einwohner zum Hochwasser-Einsatz aufgerufen, Alarmstufe III! Am Mittag des 10. Juli 1954 tritt die Mulde zum ersten Mal über die Ufer. Überflutet Straßen und Plätze, Keller laufen voll. Der Elbe-Zufluß, normal schlanke 25 Meter breit, hat sich in wenigen Stunden zum reißenden Strom entwickelt. Der Pegel steigt und steigt. Das Wasser wütet nun auf einer Breite bis zu 500 Metern. Bei Dauerregen kämpfen 7.500 Dessauer an diesem Wochenende mit Hacke, Schaufel und Spaten gegen die Naturgewalten. Wälle müssen auf sieben Kilometer Länge erhöht, Dämme gesichert und Durchbrüche verhindert werden. Man muss auf alles gefasst sein! Walter Fritzsch ist in der Nacht zu Montag als Nachtwache eingeteilt. Für den Notfall bereitet man eine zweite Verteidigungslinie gegen das Wasser vor. Der Scheitel erreicht

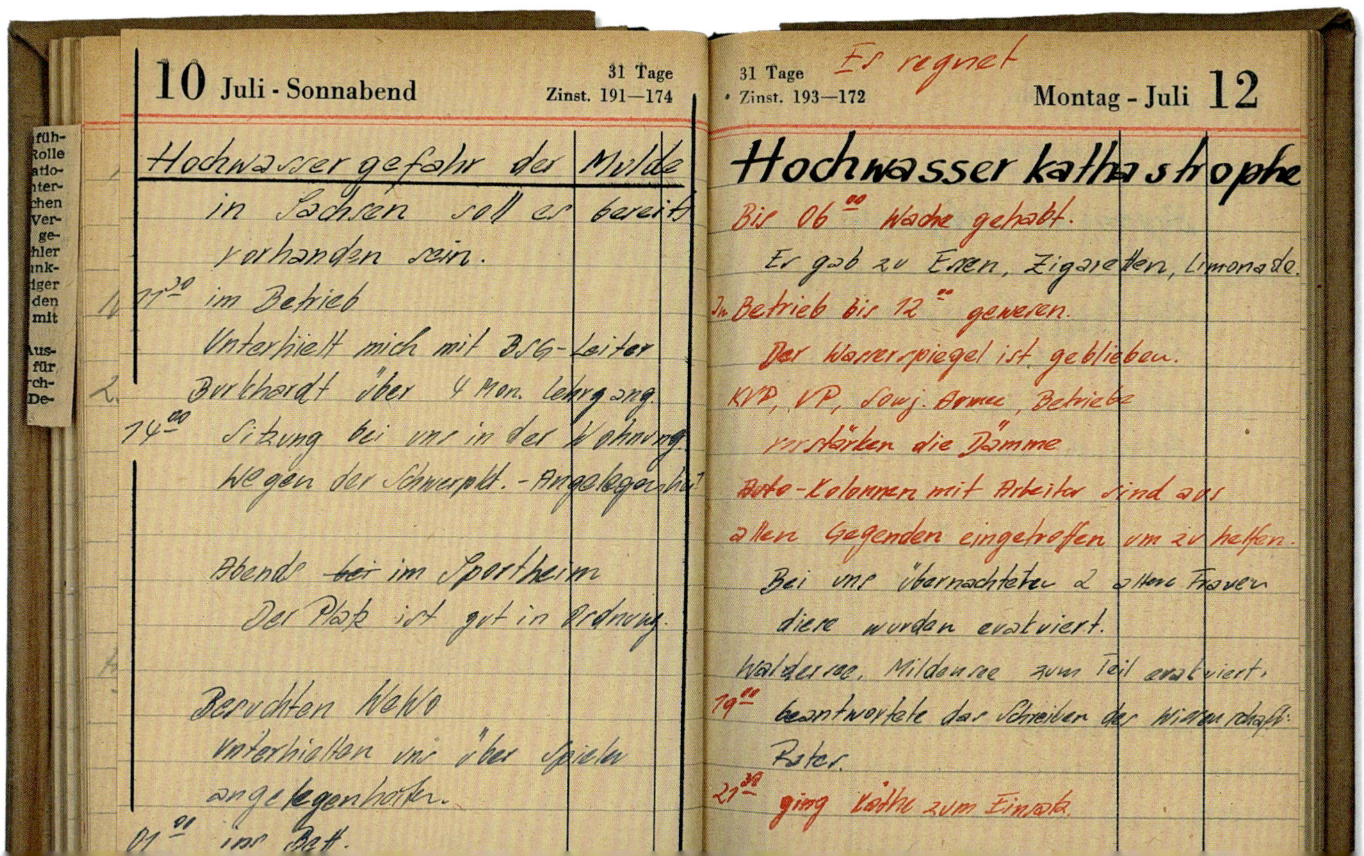

am Nachmittag des 12. Juli 1954, es ist der Montag, mit 5,82 Metern den höchsten Mulde-Pegel in der Geschichte der Stadt. Die Dammsicherungshöhe liegt bei 5,90 Meter.

„13. Juli 1954 – Hochwasser bleibt bestehen, die Wälle werden weiter verstärkt. Ansteigen der Mulde nicht mehr zu erwarten. Elbe steigt an. Die sowj. Soldaten arbeiten vorbildlich, auch die Kasernierten.

14. Juli 1954 – Beginn des Lehrgangs. Nach Plan.

21. Juli 1954 – Fuhr die Wohnstube mit 5 Sportfreunden in die Wohnung. Sie kostet 1.316 Mark.

24. Juli 1954 – Verhandlung gegen die 6. Sie wurden alle mit sechs Monaten bestraft.“

Ungewohnt offen und ziemlich heftig werden die sechs Dessauer Revoluzzer in der »fuwo« attackiert. Ihre Sperre vom 20. Mai bis zum 19. November 1954 wird vom Verband bestätig, sie dient der Abschreckung. So sollen die Fußballer der höchsten und zweithöchsten Spielklasse »auf Linie« gebracht werden, gerade in den Zeiten der Schwerpunktbildung. Die Botschaft: Tradition hat keine Rolle zu spielen, weg mit der Vereinsmeierei und allen anderen bürgerlichen Relikten. Entscheidend nun die Nähe zu einem klassischen Industriestandort oder einem sozialistischen Wirtschaftszentrum.

Von den sechs verurteilten Spielern haben Rolf Theile (Motor Mitte Magdeburg), Otto Schnelle (Chemie Greppin) und Paul Breitmann (Spielertrainer Motor Polysius Dessau/später ZAB Dessau) bereits einen neuen Verein gefunden. Auswahltorhüter Wolfgang Klank verlässt die DDR illegal und meldet sich bei Kickers Offenbach an.

Nach einem Jahr in Dessau nutzt Walter Fritzsch im August 1954 die Gelegenheit, um Bilanz in eigener Sache zu ziehen: *„Eine weitere Probe, ob ich den Beruf Trainer weiter gehen soll.“* Die Zeit bei Motor war für den 34-Jährigen vom ersten Tag an zum Stahlbad geworden. Als der neue Mann auf der Trainerbank versucht, seine Vorstellungen umzusetzen, bekam er nicht nur aus der Mannschaft Gegenwind. *„Vielen Fußball-Anhängern passte meine Einstellung nicht. Da schrieb mir eine solche Gruppe wöchentlich,*

Motor-Trainer Walter Fritzsch entscheidet die Auseinandersetzung mit den drei Nationalspielern für sich

Dessauer Spieler sechs Monate gesperrt

Amtliche Mitteilung der Sektion Fußball, Nr. 47 vom 10. August 1954

Zusammensetzung des Jugendausschusses. Der Jugendausschuß der Sektion Fußball der DDR setzt sich aus folgenden Mitgliedern zusammen: Vorsitzender Wolf Schneider, Wittstock/Dosse; stellvertretender Vorsitzender und Verantwortlicher für Fragen des Schulsportes Dieter Müller, Dippoldiswalde; Gerhard Böning, Halle; Eberhard Scharf, Karl-Marx-Stadt; Dieter Buchspieß, Berlin; Eberhard Ehrlich, Zentralrat der FDJ, Berlin; Kurt Stephan, FDGB-Bundesvorstand, Berlin.

Das Präsidium der Sektion Fußball entlastet hiermit die bisherigen Mitglieder Willy Gauer, Erfurt, und Georg Bernhardt, Berlin, und spricht ihnen den Dank für die geleistete Arbeit auf dem Gebiet des Fußballsportes aus.

Stichtage: Für das Spieljahr 1954/55 gelten folgende Stichtage:

A-Jugend 1. August 1936—31. Juli 1938
B-Jugend 1. August 1938—31. Juli 1940
Mischjugend 1. August 1936—31. Juli 1940
Schüler 1. Juni 1940 und jünger (nur Grundschüler)

Die Spielzeiten bleiben unverändert. A- und Mischjugend 2×40 Minuten, B-Jugend 2×30 Minuten, Schüler und Pioniere 2×25 Minuten.

Bildung von Knabenmannschaften in den Betriebssportgemeinschaften. Mit sofortiger Wirkung können in allen Betriebssportgemeinschaften Knabenmannschaften eingeführt werden. Genaue Richtlinien werden in der kommenden Ausgabe der „Neuen Fußball-Woche“ bekanntgegeben.

„Junge-Welt“-Pokalturnier. Im Spieljahr 1954/55 wird das A-Jugendpokalturnier der Redaktion „Junge Welt“ als Einladungsturnier durchgeführt. Die schon feststehenden Ansetzungen für den Pokal sind hinfällig.

FDGB-Pokal. Neben den Meisterschaftsspielen wird nur noch der Pokal des Freien Deutschen Gewerkschaftsbundes ausgetragen. Er wird über die Kreis-, Bezirks- und Sonderklassen von unten her ausgespielt. Teilnahmeberechtigt sind alle A- und Misch-Jugendmannschaften. Einzelheiten werden noch bekanntgegeben.

Urteil des Rechtsausschusses

Die gegen die Sportfreunde Welzel, Ilsch und Klank am 20. Mai 1954 durch den Spielausschuß der Sektion Fußball der BSG Motor Dessau ausgesprochene Sperre auf die Dauer von sechs Monaten wird hiermit bestätigt.

Die Sportfreunde Breitmann, Schnelle und Theile werden ebenfalls auf die Dauer von sechs Monaten gesperrt.

Die Sperre für sämtliche vorgenannten Sportfreunde beginnt am 20. Mai 1954 und endet am 19. November 1954.

Begründung:

Die Sportfreunde Welzel, Ilsch, Klank, Breitmann, Theile und Schnelle haben im Kollektiv der Oberligamannschaft der BSG Motor Dessau jede Unterstützung in sportlicher und materieller Hinsicht erfahren. Es wurde ihnen die Möglichkeit gegeben, mit den Mitteln, die der Trägerbetrieb zur Verfügung stellte, sich sportlich zu betätigen und ihre Leistungen zu verbessern.

Seit einiger Zeit kamen sie ihren Verpflichtungen gegenüber dem Oberligakollektiv nur mangelhaft nach. Als man ihnen ihre Fehler aufzeigte, zogen sie daraus nicht die richtige Konsequenz, sondern verlangten kategorisch von der BSG-Leitung, daß der Trainer Walter Fritsch gehen sollte, andernfalls sie sich nicht mehr bei der BSG Motor Dessau sportlich betätigen würden. Durch dieses Verhalten war das Oberliga-

kollektiv gespalten wor
fahr, daß dadurch die
wesentlich beeinträchtigt

Die BSG-Leitung, un
triebsparteiorganisation,
schaftsleitung und die
betriebes, stellte sich in
hinter den größten Teil
Trainer und sperrte
Ilsch und Klank als S
sich durch ihr Verhalten
gestellt haben. Von
freunde Breitmann, Sc
obwohl sie sich in g
hatten, Abstand genom

Die gegen die Sport
Klank ausgesprochene
recht, da sie sich ge
Verstöße gegen die
Demokratischen Sp
kommen ließen.

Die Meinung, daß
drei vorgenannten
seien, ist nicht richt
wer die Forderung
auch diejenigen zur
durch ihr Verhalten
unberechtigten Antra
darisch erklären.

Unter Berücksich
waren auch sie we
sätze und Ziele d
wegung gemäß Art
ordnung mit Spiels

Alle vorgenannte
ihr Verhalten gegen
Entwicklung unse
bewegung nicht er
bewußt, daß die g
seren Arbeiter- un
tet, ihre ganze
Sportbewegung zu
eines Spitzensportlers nicht würdig.

Präsidium der Sektion Fußball

was und wie ich es machen soll. Die Spielergruppe versuchte große Musik gegen mich zu machen." Nach dem Aufstieg mit Wismut Aue muss Walter Fritzsch dann den ersten Abstieg seiner Trainer-Laufbahn hinnehmen: *„Ich erlebte sehr bittere Tage bei Motor Dessau."* Was sonst so in diesen zwölf Monaten passierte, hält er in den folgenden Zeilen fest: *„Man forderte blaue Einlegesohlen für den Wettkampf (100,- Mark) oder blaue Knieschoner für den Tormann – Sie ließen sich die Schnellzug-Zulage täglich bezahlen – Es gab auch Fremdgehen, so bekamen zwei Mädchen je ein Kind von demselben Mann – Ein Spieler forderte Addidas-Schuhe – Auch Gruppensex trat schon auf – Einige Spielerfrauen glaubten, Extra-Forderungen stellen zu müssen – Finanziell gab es normale, berufsbedingt übliche Gehälter, Prämiensystem nach Leistung normal."*

Mit Beginn der neuen Saison wird der Oberliga-Unterbau umstrukturiert. Der bislang zweigleisigen DDR-Liga gehören nun 42 Mannschaften an, aufgeteilt auf drei Staffeln. Motor Dessau, eingeordnet in die Staffel III, spielt vorrangig gegen sächsische Mannschaften, dazu Wismut Gera, Aufbau Großräschen und Stahl Stalinstadt. Punktspielstart ist am 5. September 1954: *„Es war nicht einfach, dieses neue Kollektiv aus dem Junioren-Alter heraus mit den fünf Spielern, die bereits Oberliga-Spiele erlebten, zu einer Spitzenmannschaft zu formen. Dass wir viel lernten, dass auch einige gute Spiele gezeigt wurden, zeigt mir, dass ich auf dem richtigen Weg war."*

„30. September 1954 – Zehn Jahre verheiratet"

Am 10. Oktober 1954 reisen die Dessauer nach Bitterfeld. Hier trägt die als »Wissenschaft Leipzig« in die Saison gestartete und mittlerweile in »SC DHfK II« umbenannte Mannschaft ihre Spiele aus. Trainer an diesem Tag ist Heinz Joerk. Von ihm bekommt Walter Fritzsch das Konstrukt genau erklärt. Demnach war im Sommer in Leipzig die Sektion Fußball des SC DHfK gegründet worden. Knapp 30 Spieler – alle zwischen 18 und 22 Jahre – kamen aus den verschiedensten Vereinen des Landes und zogen in das Internat. In Leipzig sollen sie fußballerisch ausgebildet werden und einen zweijährigen Trainerlehrgang absolvieren. Perspektivisch werden diese Kicker einmal das Gerüst der DDR-Nationalmannschaft bilden. Das ist der Plan und deshalb verpflichtet man auch Janos Gyarmati als Cheftrainer. Ihm zur Seite stehen Kurt Fritzsche, Helmut Jacob und eben er, Heinz Joerk. *„Und warum spielt ihr in Bitterfeld?"*, will Walter Fritzsch wissen. Hauptgrund sei der Umstand, dass es zwei Mannschaften gibt, die aus dem Spielerstamm von 26 Akteuren bestückt werden. Neben »DHfK II« gibt es noch die in der Staffel II der DDR-Liga spielende Mannschaft »DHfK I«. Diese trägt ihre Begegnungen auf der Nordanlage des im Bau befindlichen Zentralstadions oder in Leipzig-Leutzsch aus. Für die »DHfK II« wurde ein Spielort in der näheren Umgebung gesucht. Allerdings hält sich die Resonanz bei den Zuschauern in Grenzen. Was nicht zuletzt mit dem Umstand zu tun hat, dass die Spieler ganz offiziell zwischen beiden Mannschaften ausgetauscht werden können. *„Ah, darum die krummen Resultate"*, kommentiert Walter Fritzsch. Die Ergebnisse der DHfK-Vertretung gleichen in der Tat dem Griff in die Wundertüte. Dem 1:3 in Hartha folgt ein 11:1 gegen Stahl Freital, um in Weißwasser mit 0:1 wieder zu verlieren und dann gegen Stahl Stalinstadt erneut zu überraschen: 7:1!

Unter den 5.000 an diesem Tag sehen zahlreiche Dessauer Schlachtenbummler in Bitterfeld eine schwache Partie. Sie endet torlos. Walter Fritzsch gewinnt trotzdem eine neue Erkenntnis. Das halbstündige Aufwärmprogramm der DHfK vor dem Anstoß interessiert ihn sehr. Üblicherweise geht man aus der Kabine und beginnt das Spiel. Für die Besucher wirken die Erwärmungsübungen der jungen Fußballer eher albern. Kein Wunder, dass mancher Zwischenruf ertönt: *„Zirkustruppe!"* Der Motor-Trainer aber nimmt das Gesehene als wichtige Anregung mit.

„17. Oktober 1954 – 7:45 Uhr ging die Hausgemeinschaft außer 2 Familien geschlossen zur Wahl"

Am 9. November 1954 blättert Walter Fritzsch in der »fuwo« und glaubt an ein schweres Missverständnis. Als Tabellenführer der Oberliga sieht er »Empor Rostock« abgedruckt. Dabei müsste das doch sein ehemaliges Kollektiv aus Lauter sein. Die Angabe der Tore und Punkte erscheint ihm korrekt, allerdings hat die Empor-Elf ein Spiel weniger bestritten. Erst jetzt entdeckt er, ganz oben auf der Seite, folgende Unterzeile zur Überschrift:

„Tabellenzehnter liegt nur zwei Punkte hinter Spitzenreiter SC Empor Rostock." Nun blättert er vor und zurück, kann jedoch keinerlei Hinweis finden. Eher zufällig entdeckt er unter der Rubrik »Amtliche Mitteilung« den neuen Termin der offensichtlich verschobenen Punktspielbegegnung: *„28. November 1954. SC Aktivist Brieske-Senftenberg – SC Empor Rostock."* Bereits eine Woche zuvor muss dieser »SC Empor Rostock« bei Turbine Erfurt antreten.

In den nächsten Tagen werden die Gerüchte zur Gewissheit. Das Oberliga-Kollektiv von Empor Lauter spielt nun in Rostock. Spieler und deren Familien würden bald ganz an die Ostseeküste umziehen. Wären gelockt worden mit Neubauwohnungen und dauerhaftem Aufenthalt am Meer. So soll das fußballerische Niemandsland Mecklenburg entwickelt werden. Eine Woche später bestätigt die »fuwo«: *„Achtung! Anschrift des SC Empor Rostock. Der neu gebildete Sportklub Empor Rostock ist telefonisch unter der Nr. Rostock 2301 – Mecklenburger Hof – zu erreichen."* Walter Fritzsch bleibt am Spielbericht seiner ehemaligen Kicker hängen und fragt sich, ob das funktioniert, mit einem 0:0 (gegen Chemie Karl-Marx-Stadt) die *„Herzen der Fans zu erobern"*?

Noch in derselben Woche erhält Walter Fritzsch Aufklärung in Sachen Sportklub-Gründung. Von August bis Oktober waren bereits Wismut Aue (nun: SC Wismut Karl-Marx-Stadt), Turbine Halle (SC Chemie Halle-Leuna), Chemie Leipzig (SC Lok Leipzig) und Aktivist Brieske-Ost (SC Aktivist Brieske-Senftenberg) der neuen Struktur angepasst worden. Bei der Trainertagung in Dresden wird über die nächsten Schritte informiert. So spielt Dynamo Dresden, der Meister von 1953, ab sofort als »SC Dynamo Berlin«. Ortsrivale Rotation heißt nun »SC Einheit Dresden« und aus Einheit Ost wird der »SC Rotation Leipzig«. Walter Fritzsch kommt auf neun von 14 Oberliga-Vereinen, die einen neuen Namen tragen.

„2. Dezember 1954 – Es wird sobald in Westdeutschland rekrutiert wird auch bei uns eine Armee aufgestellt werden. Wie der Film ablaufen wird, werden wir ja sehen u. erleben.

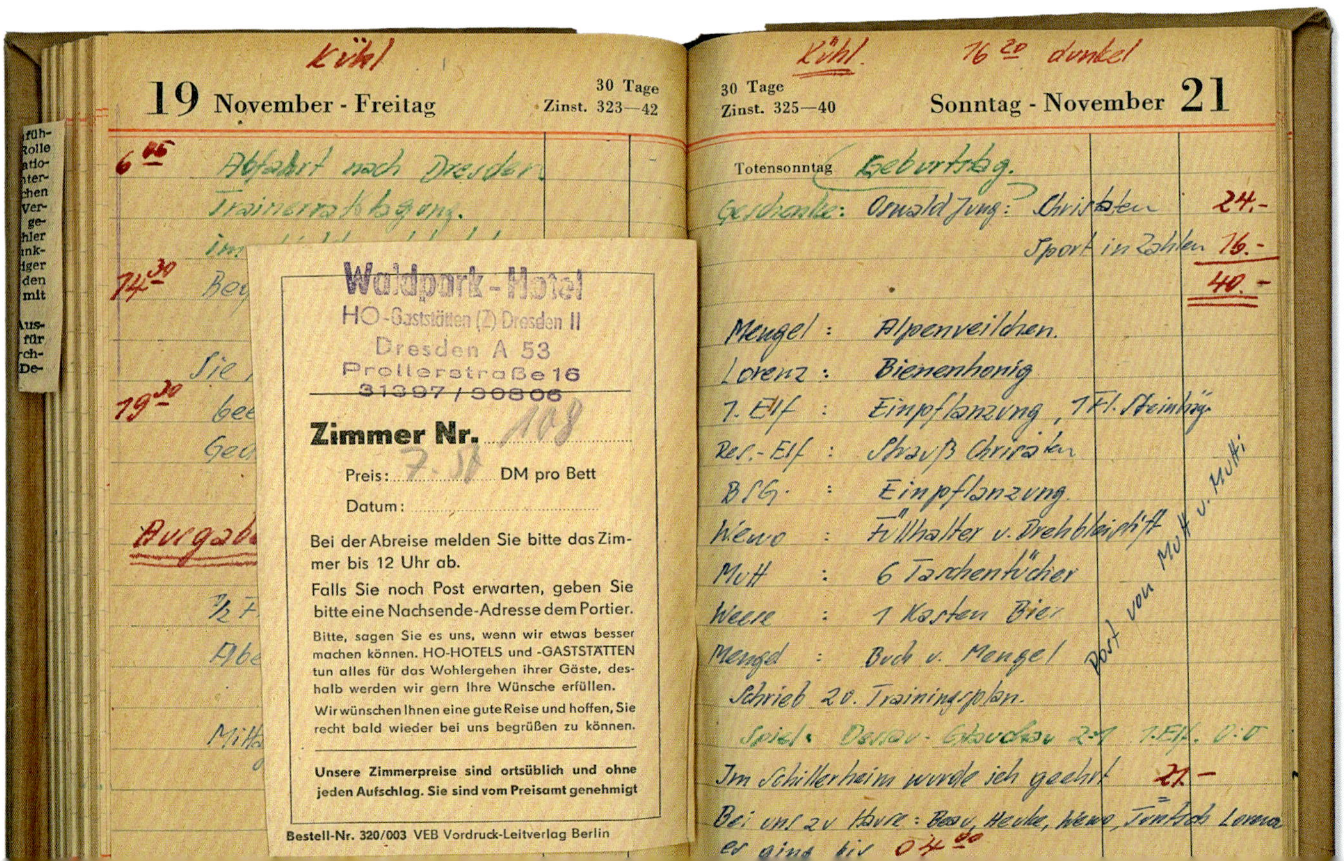

Das Protokoll über die Geschenke zum »34.« – Einpflanzungen stehen hoch im Kurs

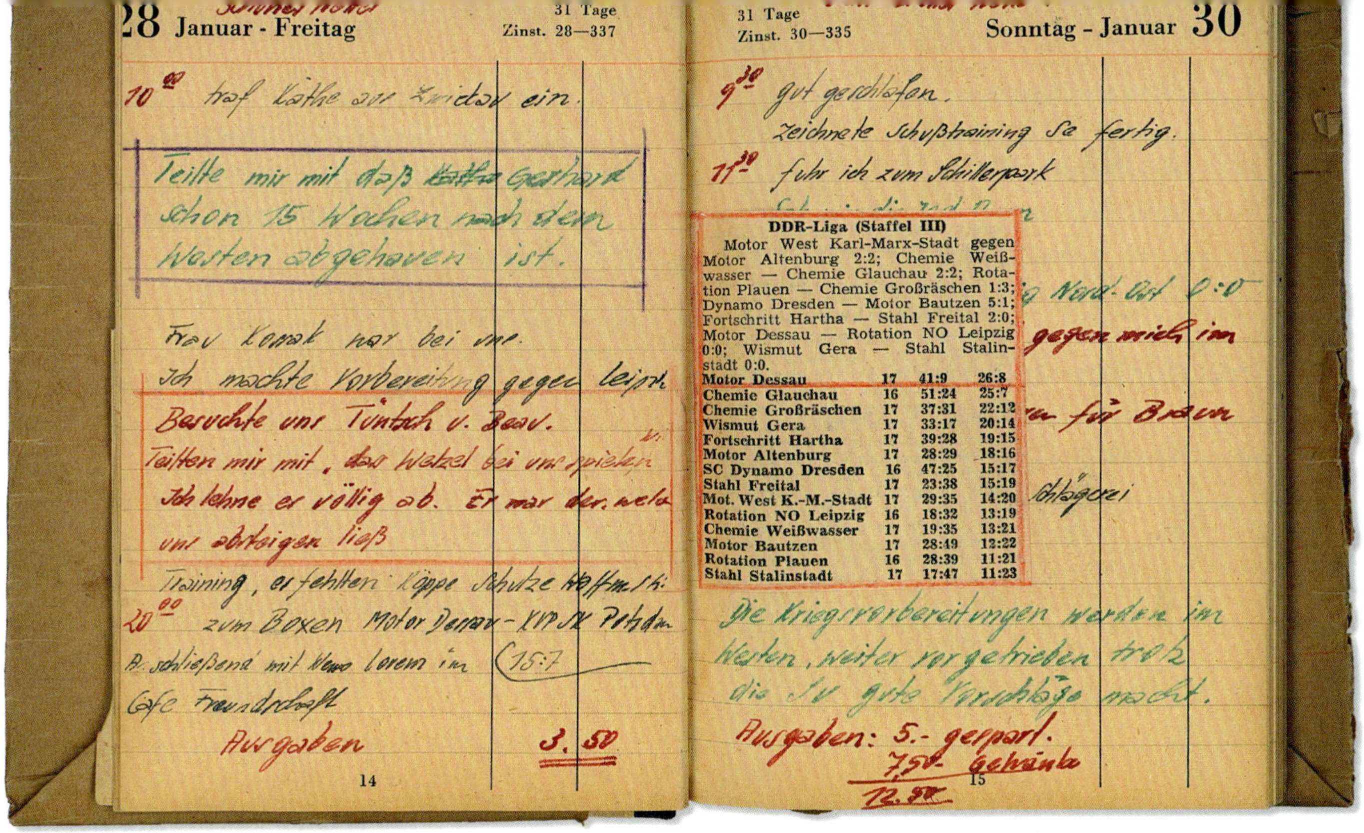

5. Dezember 1954 – Letztes Punktspiel, Dessau gegen Großräschen 3:1"

Nach Abschluss der Hinrunde liegt Motor Dessau hinter Chemie Glauchau in der Staffel III der DDR-Liga auf dem zweiten Platz, mit 19:7-Punkten bei 32:8-Toren. Die Lauerstellung gefällt Walter Fritzsch. Er ruft das Ziel für die Rückrunde aus: *„Staffelerster!"*

„15. Dezember 1954 – Fuhr ich nach Berlin, zur SV Motor. Man teilte mir mit, dass ich nach Saisonabschluss den Schwerpunkt-Klub Motor in Jena trainieren soll.

17. Dezember 1954 – Jetzt ist im Bundestag die Debatte, Pariser u. Londoner Verträge. Dieselben Gangster sind an der Spitze, die schon den 2. Weltkrieg vorbereiten… nichts Positives.

23. Januar 1955 – Stahl Freital - Motor Dessau 0:4. Traf nach dem Spiel einen Frontkameraden."

Das neue Jahr beginnt für Walter Fritzsch mit einem großen Zwiespalt. Zunächst bekommt er die »Ehrennadel der demokratischen Sportbewegung in Bronze« verliehen. Fühlt sich in seinem Tun als Trainer bestätigt. Tage später kehrt Käthe mit einer echten Hiobsbotschaft vom Besuch in Oberhohndorf zurück: *„Gerhard ist in den Westen abgehauen!"* In der Dessauer Wohnung kann man nur das Ticken der Uhr hören. *„Wann und wie denn?"* – fragt Walter in die Stille.

Längst dreht das Gedankenkarussell seine Runden. Gerhard, 1917 geboren, ist der Älteste der drei Fritzsch-Brüder. Gesellig, sportlich und in der Familie nach dem frühen Tod ihres Vaters das Familienoberhaupt. In wirtschaftlich schwierigen Zeiten haben sie ihre Mutter stets unterstützt. Gerhard spielte genauso gern Fußball wie Walter. Heinz, der jüngste der Fritzsch-Brüder, schien in vielen Dingen anders zu sein. Als der Krieg begann, gehören Gerhard und Walter zu denjenigen, die es als ihre Aufgabe betrachten, in der Uniform für den Führer, Volk und Vaterland,

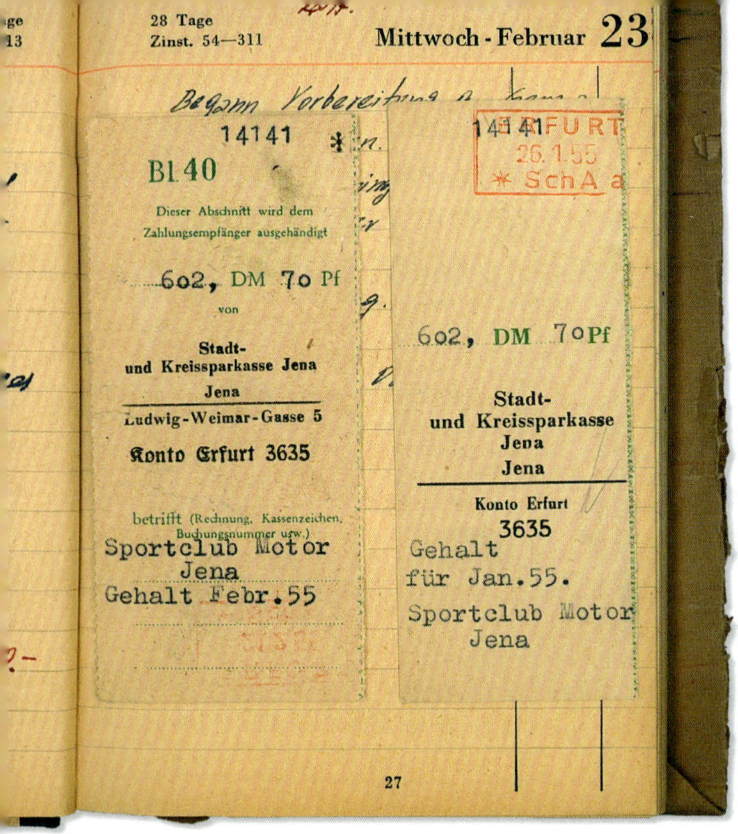

Walter Fritzsch bezieht als Oberliga-Trainer von Motor Dessau ein »Zweit-Gehalt« von Motor Jena – hier die Eingangsbelege

ihren Mann zu stehen. So sind sie erzogen und ziehen voller Begeisterung in den Krieg. Auch das war bei Heinz anders. Im Juli 1942 erreicht Walter an der Ostfront die Nachricht von dessen, tragischem Tod. Gerhard kommt nach Griechenland, auf die Insel Lesbos. Erst im September 1943 sehen sie sich wieder, beide auf Genesungsurlaub. Walter, inzwischen Obergefreiter, am Fuß verwundet, und Gerhard hat einen Oberschenkeldurchschuss. Der Unteroffizier, zu dieser Zeit schon mit seiner Lisbeth zusammen, muss bald zurück an die Front. Im Herbst 1944 hören sie wochen- und monatelang nichts von ihm, befürchten das Schlimmste. Im Januar 1945 endlich, ein Lebenszeichen, und große Erleichterung. Noch aber ist der Krieg nicht zu Ende. Im Juli 1945 kehrt Gerhard zurück. Berichtet, den größten Teil der Strecke von Griechenland nach Hause zu Fuß marschiert zu sein.

In der Nachkriegszeit verbringen sie dann und wann gemeinsame Zeit. Das ändert sich zunächst auch nicht, als der kleine Dieter 1947 auf die Welt kommt. Käthe wird seine Patentante. Gerhard hat erst als Installateur gearbeitet. Als das Geschäft enteignet wird, schult er um und wird Lokführer. Im November 1947 zweigt er für seine kleine Familie zwölf Brikett und zehn Pfund Kartoffeln bei der Bahn ab und wird erwischt. Bekommt dafür fünf Monate Haft aufgebrummt und wird zum Heizer degradiert. Schwere Zeiten für den geradlinigen Gerhard. Die Distanz zum neuen Regime vergrößert sich von Jahr zu Jahr und damit wächst auch der Abstand zu seinem Bruder. Hauptgrund ist Walters Weg zum linientreuen Mitglied der sozialistischen Sportbewegung.

Die konträren politischen Auffassungen führen zu teils heftigen Auseinandersetzungen zwischen den Brüdern. Irgendwann gehen sie sich besser aus dem Weg. Im September 1954 war der kleine Dieter in Planitz eingeschult worden. Käthe schickte zuvor anderthalb Meter Anzugstoff, freut sich dann über das Foto mit dem kleinen, hübschen Kerl mit der Zuckertüte. *„Und nun, wie soll das jetzt weitergehen?“* Walters Frage stößt bei Käthe auf Schulterzucken. Sie berichtet, dass bei Lisbeth seit Gerhards Verschwinden vor nunmehr 15 Wochen regelmäßig irgendwelche Männern, vornehmlich im Ledermantel, vor der Tür stehen und nach Herrn Fritzsch fragen. Käthe schlägt die Hände vor das Gesicht: *„Sie sagt immer das gleiche, sie weiß nicht, wo er ist“.*

„11. Februar 1955 – Fuhr mit Triebwagen nach Berlin. Im Zug versiebte ich meine Geldbörse. Sie wurde nach 30 Minuten gefunden, lag unter einer Bank. Also, mehr konzentrieren.

13. Februar 1955 – Stalinstadt ist völlig neu und sehr schön gebaut. Verloren 1:3.“

Aus dem Trainer-Flirt mit dem Schwerpunkt-Klub Jena scheint sich eine ernsthafte Beziehung zu entwickeln. Mit dem Segen der SV Motor ergreift die Leitung des Thüringer Zweitligisten die Initiative und so werden die bislang geführten Gespräche ab Januar 1955 mit einer monatlichen Überweisung untersetzt. Walter Fritzsch staunt, als er zum ersten Mal den schmalen Überweisungsbeleg der Stadt- und Kreissparkasse Jena in der Hand hält. Kassiert so 602,70 Mark für eine geäußerte Absicht, die bislang noch nicht einmal schriftlich fixiert worden war. Das will der Leiter des Schwerpunktklubs Jena ändern und kontaktiert den umworbenen Trainer, um zu erfahren, wann der nun endlich nach Jena kommt. Aktuell steht dem SC Motor ein Triumvirat vor – Hans Warg, Hermann Schüßler und Bernhard Schipphorst trainieren und das soll geändert werden. Doch Walter Fritzsch hält seinen Gegenüber hin: *„Ich sagte ihm, dass erst noch eine Aussprache mit SV-Motor stattfinden muss."* Pokert der Trainer etwa, weil Jena in der DDR-Liga, Staffel II, deutlich hinter Spitzenreiter Weißenfels nur auf Rang zwei steht und damit wohl zweitklassig bleiben wird? Oder kann sich Fritzsch nicht entscheiden? Am 23. Februar 1955 erhält er erneut 602,70 Mark: *„Kam Gehalt von Jena, schrieb an Jena."*

„8. März 1955 – Jetzt gibt es kein Mehl, Zucker, Milch, Butter und Kaffee in der HO zu kaufen. Liegt es an der Messe oder Kriegsvorbereitungen?"

Im März 1955 erfährt auch Walter Fritzsch, dass der DDR-Fußball auf den sowjetischen Spielrhythmus Frühjahr-Herbst, also auf das Kalenderjahr umgestellt werden soll. Aus diesem Grund soll ab Sommer eine einfache Punktrunde als Übergangsserie eingeschoben werden. Als Dessaus BSG-Leiter Tüntsch sich bei Walter Fritzsch erkundigt, wo er künftig tätig sein wird, gibt der Trainer ehrlich zu: *„Die Motive, nach Jena zu gehen, sind aus diesem Grunde positiv, da ein Jahr ohne Abstieg und Aufstieg gespielt wird."* Das seltsame Spiel zwischen dem SK Jena und Walter Fritzsch setzt sich mit der nun dritten »Gehalts-Überweisung« aus Jena fort. Wieder die gleiche Summe, dazu der Vermerk *„Gehalt für März ´55 – Sportclub Motor Jena"*. Tage später hat sich der Coach scheinbar entschieden: *„Aufgrund der neuen Situation habe ich mich entschlossen, Dessau zu verlassen, wenn die SV mich nach Jena als Cheftrainer noch will."*

„28. März 1955 – Neue Situation, 18 - 22 Jahre alte SED-Mitglieder müssen 2 Jahre Soldat, 17 - 50 vormilitärische Ausbildung machen. Was wird bloß noch werden?

5. April 1955 – Man wollte mich zwingen, Klarheit zu schaffen, ob ich in Dessau bleibe. Ich sagte immer noch nicht zu.

12. April 1955 – Es werden Kampfgruppen in den Betrieben gebildet.

13. April 1955 – Käthe lernt Schreibmaschine schreiben.

14. April 1955 – Sehr schlecht geschlafen, nur vom Krieg geträumt.

15. April 1955 – Trainerrat in Leipzig … Die Funktionen wurden neu besetzt, aber nicht von solchen, die viel arbeiten, sondern viel reden. Vor allem »politisch« …

17. April 1955 – Bewarb mich bei Chemie Karl-Marx-Stadt (Oberliga)"

Das Ziel scheint klar, Walter Fritzsch will unbedingt zurück in die Oberliga, um dort als Trainer zu arbeiten. In der zu Ende gehenden Saison scheint für ihn und Motor Dessau alles möglich. Dem lange Zeit souveränen Spitzenreiter Chemie Glauchau geht die Puste aus. So lauert die Fritzsch-Elf mit einem Zähler Rückstand auf Rang zwei. Alles deutet auf ein großes Finale am letzten Spieltag, wenn Dessau von Glauchau empfangen wird. Doch Vorsicht, zuvor muss die Chemie-Elf in Gera antreten und auch Dessau hat in Großräschen noch nicht gewonnen. Für Walter Fritzsch heißt es, kühlen Kopf bewahren: Von Jena umworben, in Karl-Marx-Stadt beworben und in Dessau noch bis Sommer unter Vertrag.

„21. April 1955 – Im Betrieb waren die Leiter der SV Motor. Sie wollen mich zum SK Jena, erläutern mir die Vorzüge. Einzelvertrag, mtl. 1.100 Mark u. Prämie. Ich sagte noch nicht zu, weil ich nicht der Hauptverantwortliche beim Club sein soll."

Dessau fiebert vor dem Saisonfinale, der Trainer bekommt es rund um die Uhr zu spüren: *„Wo ich stehe oder gehe, werde ich gefragt: Wie spielen wir in Glauchau? Leidenschaftlich sind die Anhänger."* Die Motor-Elf reist sogar als Spitzenreiter zum entscheidenden Duell mit der Chemie-Mannschaft, die in Gera mit 1:2 verlor. Am Freitag vor dem Spiel wacht Walter Fritzsch schon um 3:15 Uhr auf und kann nicht mehr schlafen: *„Ist es Nervosität?"* Am Samstag hat er volles Programm. Putzt mit Käthe die Fahrräder, pfeift das B-Jugendspiel gegen Aschersleben und betreut beim folgenden Nachtspiel die Dessauer Stadtmannschaft gegen Berlin. Am Sonntagfrüh, es ist der 1. Mai 1955, startet das Dessauer Kollektiv um 7:40 Uhr nach Glauchau. Als sie das Stadion erreichen, werden sie schon erwartet. Rund 4.000 Schlachtenbummler der Motor-Elf haben sich auf den Weg gemacht und werden nicht enttäuscht. Dessaus Kurzpass-Spiel mündet in Tore von Ilsch und Kersten. Mehr als der Anschluss zum 1:2 gelingt Glauchau nicht. Mit dem Schlusspfiff brechen alle Dämme: *„Die Spieler wurden auf den Schultern der Schlachtenbummler herumgetragen. Sie wurden zig mal fotografiert und vom Werksleiter, Betriebspartei-Organisation u. BGL beglückwünscht. Mich vergaß man auch nicht. Die Freude war groß bei allen. Ich bin zufrieden."*

„6. Mai 1955 – Werkleiter Thiel, BGL, PBO, Sektionsleiter sprachen zur Mannschaft, überbrachte die Glückwünsche. Mit mir sprachen alle, ich soll in Dessau bleiben. Sie bearbeiteten mich ganz nett."

Der Staffelsieger Motor Dessau (stehend v.l.) Köppe, Fenske K.-H. Ilsch, Hoffmann, Wangermann, Trainer Walter Fritzsch, Kossak, Kersten (vorn v.l.) Müller, Schulze, Röschen, Stiller, Eschke

Am 11. Mai 1955 fährt Walter Fritzsch nach Berlin. Dem kurzen Tagungsauftakt in der Zentrale der SV Motor folgt der Besuch im Walter-Ulbricht-Stadion. Anlässlich der Ankunft der Friedensfahrer treffen die Städte-Mannschaften von Berlin und Prag aufeinander. 70.000 Zuschauer bilden eine beeindruckende Kulisse und werden zum stürmischen Orkan, als Benno Funda für den ersehnten ersten DDR-Etappensieg in Ostberlin sorgt. Der gelernte Schornsteinfeger erhält die stehenden Ovationen des Publikums: *„Hoch soll er leben!"* Am nächsten Morgen wird die Tagung fortgesetzt. In der Diskussion geht es um die Umsetzung der »Leistungssteigerung« im Fußball.

„15. Mai 1955 – Staatsvertrag für Österreich unterzeichnet

16. Mai 1955 – Mit Frau Rückriem im Kino »Sommerliebe« (DEFA-Spielfilm, 1955)"

Vier Spiele trennen die Motor-Elf vom Oberliga-Aufstieg. In einer Dreierstaffel mit Lok Stendal und Fortschritt Weißenfels muss man dafür mindestens Zweiter werden. Doch Dessau tut sich schwer. Einem 1:1 gegen Stendal folgt eine 0:2-Niederlage in Weißenfels. *„Verdient verloren"*, beurteilt Walter Fritzsch auch nach dem Rückspiel in Stendal. Wieder heißt es 0:2. Nun muss ein kleines Wunder her, ein 5:0-Erfolg gegen die schon aufgestiegene Fortschritt-Elf aus Weißenfels.

„29. Mai 1955 – Motor Dessau – Bayer Leverkusen 3:2, diese Sportfreunde von Leverkusen treiben einen ungesunden Lebenswandel. Sie sind überheblich."

Im Frühjahr 1955 kriselt es in der Ehe von Walter und Käthe, es kommt zu häufigen Reibereien und Meinungsverschiedenheiten. Mitunter sind es ganz banale Dinge, wie im richtigen Leben. Oft gibt das nicht einfache Verhältnis von Käthe zu Walters Mutter Anlass für Streit. Auch hat der Fußballtrainer hin und wieder ein Problem mit der Selbstständigkeit seiner Frau. Sie kegelt aktiv und ist in ihrem Wesen aufgeschlossen, neugierig und unternehmungslustig: *„Käthe hat, trotz ich es nicht erlaubte, gekegelt."*

Plötzlich erwähnt er in seinen Notizen Kinobesuche mit Frau Rückriem. Die Dame arbeitet im Werk als Sekretärin. Walter, an der Schreibmaschine selbst äußerst fingerfertig, diktiert nun mit Vorliebe seine Artikel für das »Sport-Echo« oder den Saisonabschluss-Bericht der Motor-Elf. Offensichtlich macht die Zusammenarbeit so viel Spaß, dass man sich auch schon mal außerhalb der Arbeitszeit trifft.

„9. Juni 1955 – Kino mit Frau Rückriem, »Feuerwerk« (Musical/Komödie 1954)

10. Juni 1955 – 20 Uhr, arbeitete mit Frau Rückriem an meinem Artikel »Erziehungsarbeit«.“

Zunächst aber fordert das abschließende Aufstiegsspiel gegen Weißenfels Walters volle Konzentration. Mehr als 15.000 Zuschauer drängen sich im Schillerpark – Saison-Rekord! Vor dem Spiel bekommt Walter Fritzsch die Information, dass er sich keine Sorgen machen müsse. Die Sache mit dem Sieg sei an entsprechender Stelle besprochen worden: *„Abgemacht war mit dem Bez.-Komitees für Körperkultur und Sport Halle, dass Weißenfels 5:0 verlieren muss.“* Der Trainer hatte es oft gehört. Seit dem Abstieg von Stendal, Dessau und Thale vor einem Jahr, war in der Oberliga keine Mannschaft mehr aus Sachsen-Anhalt vertreten. Nun war die Frage, wer Fortschritt Weißenfels als zweite anhaltinische Vertretung ins Oberhaus begleiten wird: Dessau oder Stendal? Die Motor-Elf stürmt los wie die Feuerwehr, führt gegen routinierte Gäste zur Pause aber »nur« mit 2:1. Nach dem Seitenwechsel beendet das 2:2 alle Träumereien. Es spricht für Dessau, dass sie bis zum Schluss nicht aufgeben. Nach dem 4:4-Unentschieden notiert Walter Fritzsch: *„Die Rechnung ging nicht auf, Weißenfels machte nicht mit. Dessau muss weiter in der DDR-Liga spielen.“*

Zwar ist das Spieljahr 1954/55 nun zu Ende, in das Leben von Walter Fritzsch kehrt jedoch keine Ruhe ein. Bleibt er in Dessau oder geht er? Diese Frage kann er noch immer nicht beantworten. Im Poker um seine Zukunft meldet sich in der Woche nach dem Weißenfels-Spiel ein völlig neuer Bewerber: *„Besuch von SC Lok Leipzig – man will mich als Trainer verpflichten.“* Walter Fritzsch peilt vor dem Urlaub seine Lage. Die Zahlungen aus Jena waren inzwischen eingestellt worden. Auf seine Bewerbung hatte man bei Chemie Karl-Marx-Stadt nicht reagiert und Dessau bleibt zweitklassig. Also, warum nicht der SC Lok Leipzig? Der Nachfolger der BSG Chemie, die 1951 DDR-Meister geworden war. Unmittelbar vor der Abreise an die Ostsee steht ein Vertreter der SV Lokomotive vor der Tür. Der Trainer hört sich alles an und sagt zu.

Es geht nach Ahlbeck. Käthe und Walter tut die gemeinsame Zeit gut. In Sachen Zukunftsplanung verabreden sie, vorerst bis Jahresende in Dessau zu bleiben. *„Wenn nicht Lok dazwischen kommt“*, denkt Walter laut und merkt, wie ihm die Vorstellung, in Leipzig tätig zu sein, mehr und mehr gefällt. Die Zusammenarbeit mit Ursel Rückriem beschränkt sich schon bald wieder auf rein dienstliche Aspekte.

„10. Juli 1955 – Frau Rückriem begann meinen Abschlussbericht in die Maschine zu schreiben.

14. Juli 1955 – Abends besuchte uns Frau Rückriem u. wieder hörten wir ihre Sorgen.

25. Juli 1955 – Der sowjetische Chef der Regierung N. A. Bulganin u. N. S. Chrustschow fuhren durch Dessau, nach Beendigung der Genfer Konferenz. Die Entspannung soll angebrochen sein.“

Ende Juli 1955 nimmt das Thema »Lok Leipzig und Walter Fritzsch« richtig Fahrt auf. Der Kaderchef des SV Lokomotive bittet ihn zur Aussprache in die Messestadt. Kernthema ist die aktuelle und künftige Entwicklung der Mannschaft: *„Ich muss sagen, sie machen einen guten Eindruck. Es wird viel Arbeit geben um Ordnung u. Leistungssteigerung zu erwarten.“* Als der Trainer zu überlegen beginnt, wann und wie er in Dessau Farbe bekennen will, gibt es plötzlich zwei völlig neue Optionen.

„2. August 1955 – Man wünscht, ich soll den SK Fortschritt Weißenfels (Oberliga-Aufsteiger) trainieren.

5. August 1955 – War das Bezirkskomitee Halle bei mir, ich soll den SK Chemie Halle-Leuna (Oberliga-Absteiger) übernehmen.“

Die aktuelle Entwicklung schlägt sich sofort nieder, Walters Wohlbefinden lässt zu wünschen übrig: *„Wiederum sehr schlecht geschlafen, Käthe musste mich massieren.“* Dazu kommen neue Nachrichten von seinem Bruder. Lisbeth sei ihm mit den beiden Kindern in den Westen gefolgt. Sie würden jetzt alle in Merkstein bei Aachen leben.

„14. August 1955 – Besuchte uns WeWo – erzählte wieder, ich soll nicht auf der Seite der Regierung stehen. Es ginge nicht mehr lange.

21. August 1955 – Hörte die Rundfunkreportage Sowjetunion – Westdeutschland 3:2

23. August 1955 – Ich muss lernen, viel ruhiger zu werden, besonders beim Sprechen. Darf nicht zuviel sprechen. WeWo sagt, ich soll in Dessau bleiben. Ich würde nur des Geldes wegen wechseln. Es ginge mir sehr schlecht, wenn ich nach Leipzig ginge.

27. August 1955 – Fuhren nach Berlin. Rosenthaler Platz, Märkisches Hotel. Es war wie üblich, alle hauten ab nach Westberlin. 22:30 Uhr als wir zurückkamen waren alle Sportfreunde auf ihrem Zimmer.“

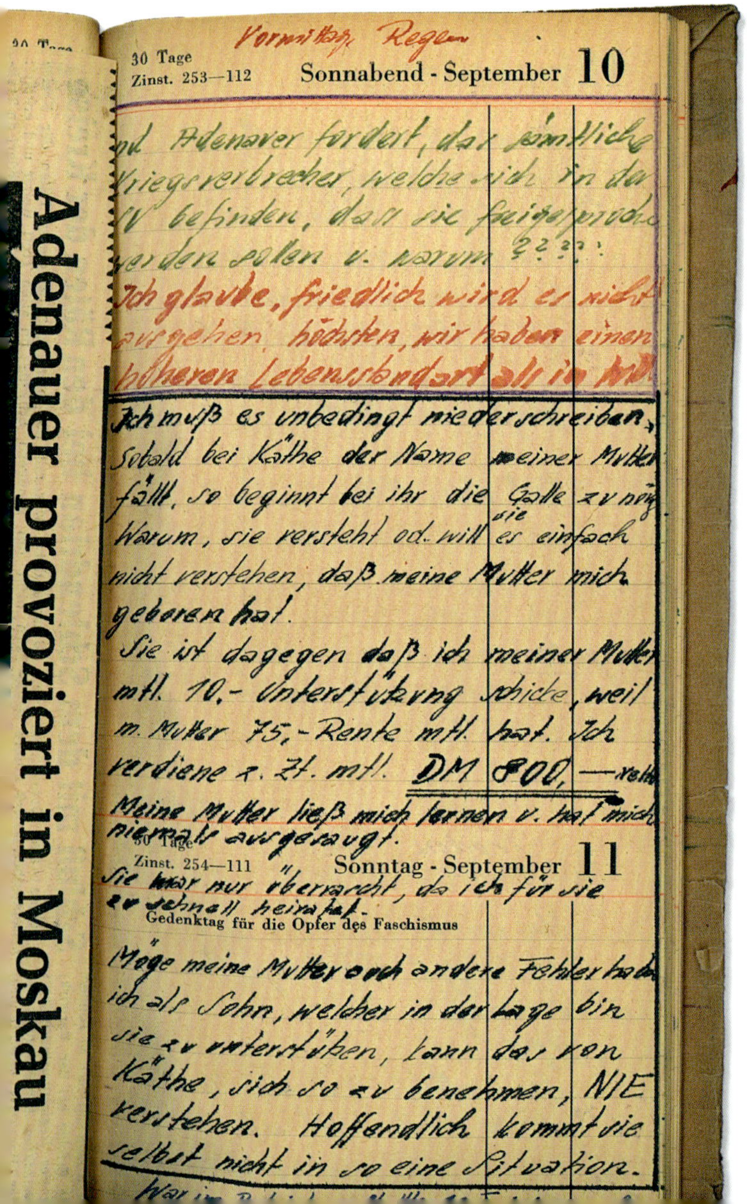

Adenauer provoziert in Moskau

Vormittag Regen

30 Tage
Zinst. 253—112 Sonnabend - September 10

Adenauer fordert, daß sämtliche Kriegsverbrecher, welche sich in der SU befinden, daß sie freigesprochen werden sollen u. warum ????
Ich glaube, friedlich wird es nicht ausgehen. höchsten, wir haben einen höheren Lebensstandard als in …

Ich muß es unbedingt niederschreiben, Sobald bei Käthe der Name meiner Mutter fällt, so beginnt bei ihr die Galle zu … Warum, sie versteht od. will sie es einfach nicht verstehen, daß meine Mutter mich geboren hat.
Sie ist dagegen daß ich meiner Mutter mtl. 10.- Unterstützung schicke, weil m. Mutter 75.- Rente mtl. hat. Ich verdiene z. Zt. mtl. DM 800,— netto
Meine Mutter ließ mich lernen u. hat mich niemals ausgenutzt.
Sie war nur überrascht, da ich für sie zu schnell heiratet.

30 Tage
Zinst. 254—111 Sonntag - September 11
Gedenktag für die Opfer des Faschismus

Möge meine Mutter auch andere Fehler haben ich als Sohn, welcher in der Lage bin sie zu unterstützen, kann das von Käthe, sich so zu benehmen, NIE verstehen. Hoffentlich kommt sie selbst nicht in so eine Situation.

Das Testspiel in Berlin gegen Motor Jena (1:2) ist die Generalprobe für den Punktspielstart in die Übergangsrunde. Zum Auftakt gibt es in Dessau drei Ilsch-Tore gegen Wissenschaft Halle (3:1). Doch außer Walter Fritzsch weiß bei der BSG Motor noch niemand, dass er sich jetzt auf »Abschiedstournee« befindet. Am 14. September 1955 nimmt er in Leipzig zum ersten Mal am Training der Lok-Mannschaft teil. Stellt aber danach unmissverständlich klar: *„So lange ich noch keinen Vertrag habe u. keine Wohnung habe, bleibe ich in Dessau!“*

Die Verantwortlichen in Leipzig bekommen ein paar Tage zum Reagieren. Fritzsch gehört zur DDR-Delegation, die in Budapest das Länderspiel zwischen Ungarn und der Sowjetunion als »Maßnahme zur Weiterbildung« verfolgen darf. Voller Eindrücke – *„1:1 - das Spiel erreichte nicht meine Erwartungen“* – und mit vollen Taschen kehrt der Motor-Trainer nach Dessau zurück: *„2 Embleme Honved, 1 Jersey, 1 Wimpel, 4 Abzeichen, Weintrauben, Tomaten, Zeitungen, Bohnenkaffee, Schokolade, Wurst, Paprika. Streiften kreuz und quer durch Budapest. Die Geschäfte, besonders Lebensmittel u. Gaststätten gehen sehr gut.“*

Was er auf dieser Reise als weniger schön empfand: das angespannt wirkende Verhältnis zu Heinz Krügel. Dabei wäre es doch eine riesengroße Sache, wenn die Planitzer Schulkameraden parallel die beiden Leipziger Oberliga-Mannschaften trainieren würden. Krügel als Trainer des SC Rotation und er beim SC Lok. Doch Heinz wirkte auf ihn unnahbar und distanziert. Sie hatten kaum gesprochen miteinander. Früher war das anders: *„H. Krügel – ehemaliger Freund, jetzt Trainer bei Rotation spürt, dass ich mich mit ihm nicht messe.“*

Unmittelbar nach seiner Rückkehr sucht der Leiter der SV Motor den Kontakt zum Dessauer Coach, will ihn zu Motor Karl-Marx-Stadt locken. Bevor Walter Fritzsch überhaupt fragen kann, bekommt er erklärt, dass dieser Sportklub erst zum Jahreswechsel 1955/56 gegründet werden soll und dann den Oberliga-Platz von Chemie Karl-Marx-Stadt einnehmen wird.

„5. Oktober 1955 – Fuhr zum SC Lok Leipzig. Ich frug, wie lange es noch mit meiner Wohnung dauern soll. Ich bin 1. Anwärter. Nahm am Training teil. Ich glaube, dort habe ich es nicht schlecht.“

Zwei Wochen später kommt Käthe mit nach Leipzig. Nach den Vertragsverhandlungen biegen sie am Waldplatz in die Elsterstraße ein. Sie suchen die Hausnummer 42, um dort ihre neue Wohnung zu besichtigen. Walter Fritzsch wirkt aufgekratzt, das Gehalt von 1.500 Mark übertrifft all seine Erwartungen deutlich und auch Käthe scheint mit der Wohnung und den Örtlichkeiten ganz zufrieden. Mit diesem Wissen geht der Trainer ins Dessauer Werk und kündigt seinen Vertrag zum 30. November 1955. An den folgenden Tagen genießt er das Gefühl, eine richtige Entscheidung getroffen zu haben. Begleitet Käthe zu ihren Keglern in Alt-Dessau und entdeckt für sich ein Ritual, dass ihm Kraft und Stärke verleihen soll: *„Trinke täglich Rotwein, Ei und Zucker – seit 29.10.55“*

Nur eine Woche später fällt Walter Fritzsch aus allen Wolken. Im Dessauer Werk teilt man ihm mit, dass er nicht zu Lok Leipzig wechseln darf, weil er nur mit dem Einverständnis der SV Motor den Verein wechseln könne. Der Trainer wird aktiv, sitzt schon am nächsten Tag im Frühzug nach Berlin, um bei der SV Lok nachzufragen. Der Clubleiter und Cheftrainer Fritz Wittenbecher bestätigen ihm, dass er zum 21.10. bei ihnen eingestellt ist.

Einmal in Berlin, schaut er auch bei der SV Empor vorbei. Was er dort hört, beruhigt ihn gerade gar nicht: *„Wollen mich nach Rostock holen.“* Auf der Rückfahrt fühlt er sich in den Strukturen des DDR-Fußballs gefangen. Was nützt ihm das Interesse eines Vereins, wenn er nicht zu diesem wechseln darf?

„7. November 1955 – Gingen Käthe und ich in die HO, kauften ein Blumenkleid – 110 Mark. Abends mit Frau Rückriem ins Kino, 1 Flasche Rotwein leer geworden.

10. November 1955 – Warte noch immer auf Vertragsunterzeichnung bei Lok Leipzig. Mir scheint, da stimmt etwas nicht.

11. November 1955 – Besuchte uns Kaderleiter Sportfreund Straube. Unterzeichnung des Vertrages. Brutto 1.500 Mark. 20:11 Uhr gingen zur Veranstaltung Karnevalsbeginn. Tisch 61, es war gemütlich.“

In Dessau hat man bereits einen Nachfolger für Walter Fritzsch gefunden. Doch er selbst weiß noch immer nicht, wo seine Reise hingeht. Diese Angelegenheit ist bei der SV Motor inzwischen zur Chefsache erklärt worden. Als der 1. und der 2. Vorsitzende an der Tür des Trainers klingeln, wissen Käthe und Walter ganz schnell Bescheid. *„Sagten, mein Vertrag hätte keine Gültigkeit. Ich soll unbedingt nach Jena. Lehnte ab, soll nach Karl-Marx-Stadt.“*

Am 1. Dezember 1955 wird er im Werk offiziell verabschiedet. Kurz danach überbringt ihm der Telegrammbote eine Nachricht, er soll morgen zur Aussprache mit der SV Motor in Leipzig sein. Im »Augustuskeller« gibt er 24 Stunden später seine Zusage für Karl-Marx-Stadt. Am 4. Dezember steht er im Schillerpark beim 1:1 gegen Nordhausen zum letzten Mal an der Linie. Gibt danach im »Neuen Eck« bei seiner Abschiedsfeier der Mannschaft einen aus.

Mit dem großen Dienstwagen des Vorsitzenden der SV Motor im Bezirk Karl-Marx-Stadt wird der Trainer abgeholt. Sie fahren erst einmal in den »Chemnitzer Hof«. Dort bekommt Walter Fritzsch von Clubleiter Günther, einem Thüringer, die Linie erläutert: *„Er will durchgreifen. Hoffentlich ist der Film immer so. Noch scheint unklar, ob wir Oberliga spielen, Chemie KMSt gibt die OL nicht her.“*

Klaus Sammer

Jahrgang 1942

SPIELER
17 Länderspiele
1972 (Olympische Spiele) und auch 1974 (WM-Endrunde) wurde ihm die Teilnahme verweigert, obwohl er in den Qualifikationsspielen jeweils Stammspieler war.
2x DDR-Meister/1x Pokalsieger mit Dynamo Dresden

Klaus, Du bist hier der »Stubenälteste« in der Runde, kommt Dir der Zoff in Dessau 1954/55 mit den drei Nationalspielern bekannt vor?

KS: Freilich, das war schon bekannt. Walter Fritzsch hatte ja sehr oft Probleme mit den älteren Spielern.

HJK: ... die älteren Spieler haben ihn nicht nur in Dessau, später auch in Rostock auf den Mops geschoben!

Ein Kind seiner Zeit

Gutes Stichwort! Zwischen Dessau (bis 1955) und Dynamo (ab 1969) gab es für Walter Fritzsch noch die Stationen Motor Karl-Marx-Stadt (1956/57), Stahl Riesa(1958/59), SC Empor Rostock (1959/65) und nochmal Riesa (1965/69). Was mir beim kürzlichen Besuch an der Küste klar wurde, die sechs Jahre an der Ostsee waren für Walter Fritzsch eine Art »Trainingslager« für die Dynamo-Zeit ab 1969. Grundvoraussetzung, Konflikte, Umstände – alles war den späteren Vorgängen sehr ähnlich. Ok, vielleicht alles eine halbe Nummer kleiner. Was glaubt ihr, war sein Antrieb als Trainer und, überhaupt, was war er für ein Fußballer?

KS: Er hat bei uns anfangs oft beim »Vier gegen zwei« mitgespielt. Natürlich hat sich keiner getraut, ihn richtig anzugreifen.

HJK: Aber, das sah gar nicht so schlecht aus! Da hat man schon gesehen, dass er mit dem Ball einigermaßen umgehen konnte.

Und sein Antrieb als Trainer?

KS: Er wollte guten Fußball spielen lassen, alle Spieler in Bewegung und seine Mannschaften waren immer gut trainiert. Was ich als positiv empfunden habe, waren die plakativen Spielvorbereitungen. „Vor der Ballannahme stören!", stand da drauf oder: „Umso näher zum Tor, umso enger decken!" Diese Phrasen hat er immer wieder verwendet, das hat gut funktioniert. In der Wiederholung liegt die Anschaulichkeit! Deshalb habe ich das dann später übernommen.

HJK: Da muss man vielleicht hinzufügen, für ihn gab es im privaten Bereich aber auch nur Fußball – seine Wohnung war ein Fußball-Museum.

In der Nachkriegszeit besteht die Siegprämie für Walter Fritzsch und seiner Mitspieler oft aus einer Zigarre oder einem Starkbier. Wie war das bei Euch, als ihr angefangen habt in der Oberliga. Was hatte sich verändert?

KS: Ganz am Anfang hieß es bei mir: Was, Du trinkst kein Bier? Da kannst Du auch kein Fußballer werden!

HJK: Bei uns lagen immer Zigaretten auf dem Tisch. Als ich mal danach greifen wollte, bekam ich auf die Pfoten gehauen. Ich glaube, der Oeser Wolfgang war das.

Das klingt alles nach »alter Schule«. In welcher Form war eigentlich das Kriegs-Thema im Zusammenhang mit Walter Fritzsch präsent?

HJK: Wir fahren im Bus, es war das Europapokalspiel in Chorzow. Der Busfahrer hält kurz, um einen Passanten nach dem Weg zu fra-

Hans-Jürgen Kreische

Jahrgang 1947

SPIELER
50 Länderspiele
UEFA-Turniersieger 1965
Olympiabronze 1972
Fußballer des Jahres 1973
WM-Teilnehmer 1974
5x DDR-Meister/2x Pokalsieger mit Dynamo Dresden
Oberliga-Torschützenkönig 1971, 1972, 1973 und 1976

gen. Bleibt deshalb mit der Bustür genau vor ihm stehen. Da grüßt der Mann mit: „Heil Hitler!“ Das war 1972.

KS: Ich weiß noch, einmal hat er konkret vom Krieg erzählt. Er saß im Schützengraben mit noch einem Kameraden, als russische Panzer kamen und nur wenige Meter vor ihnen halt machten. Sie mussten sich wohl stundenlang absolut ruhig verhalten, um nicht erschossen zu werden. Erst dann zogen die Panzer wieder ab.

HJK: Das war mit Sicherheit keine einfache Zeit für ihn und es spricht für Walter Fritzsch, dass er das überlebt hat.

Er wurde geprägt in der Vorkriegszeit und in den Jahren an der Ostfront. Wurde das – und wenn dann wie – deutlich?

HJK: Das war sein Umgang mit den Spielern. Da kam oft der Obergefreite durch. Mitspracherecht gab es nicht. Es regierte das Prinzip: Schnauze halten – sonst bekamst du ein Problem mit ihm.

KS: Kadavergehorsam darf niemals sein, das war immer meine Überzeugung. Die Entscheidung muss beim Spieler liegen. Die Grundtendenz gibt der Trainer vor, aber alles andere entscheiden die Spieler auf dem Platz.

HJK: Wir waren Familienväter und er hat bei uns Schrankkontrolle machen lassen. Das schien noch aus seiner Zeit beim Militär zu stammen. Also, bei Georg Buschner gab es das in der Nationalmannschaft nicht.

Was gibt es noch über Eigenarten oder Eigenheiten zu berichten?

HJK: Er war bauernschlau, das muss man so sagen. Einmal behauptete er steif und fest, mich durch das Fernglas beobachtet zu haben, wie ich einen Kasten Bier ins Hochhaus getragen hätte. Dabei konnte er den Eingang gar nicht einsehen.

KS: Dem muss ich zustimmen. Walter Fritzsch war einer der wenigen Trainer, die eine Spielauswertung machen konnten, ohne das Spiel gesehen zu haben.

Wir begleiten ihn jetzt durch die Jahre bis zum Amtsantritt von Dynamo. Ihr werdet staunen, was da alles passiert. Auch das gehört zu seiner Biografie. Vor dem ersten Trainingstag in Dresden sehen wir uns noch einmal wieder. Zunächst aber gehts weiter im Januar 1956, in Karl-Marx-Stadt.

Im Keller steht das bewegliche Inventar verpackt und verschnürt für den Umzug nach Chemnitz bereit, das seit 1953 Karl-Marx-Stadt heißt. Dazu 13 Säcke Holz, zwei Säcke Kartoffeln und zwei Säcke Briketts. Am Nachmittag soll der Möbelwagen kommen. Der Abschied von Dessau fällt nicht leicht.

es genügend, aber nicht konzentriert. Bereits seit 1950 besteht der Wille, in KMSt eine spielstarke Elf zu gründen. Es wurde immer ein Zerfleischen der Funktionäre. Am 28.12.55 war es soweit, die BSG Chemie Karl-Marx-Stadt sah durch Überzeugungsarbeit ein, dass sie die Spieler delegierten. KMSt., den 15.1.56"

Wanderjahre – 1956 bis 1969

„4. Januar 1956 – Käthe wühlte sehr gut. Aßen bei Ursel Rückriem Mittag. Sie hat nun vorläufig keine Anlaufstelle mehr. 15:10 Uhr begann das Einladen. Es waren 5 Mann, welche ihre Arbeit sachlich ausführten. 19:30 Uhr Verabschiedung mit Fam. Lorenz war zwischen den Frauen schwer. Die Männer gingen."

Am späten Abend statten sie ihren Freunden noch einen Kurzbesuch ab. Charlotte hat Geburtstag und Werner Wolter, wie die Marke der von seiner Firma produzierten Campingartikel nur »WeWo« genannt, bringt sie nach Mitternacht zum Bahnhof. Als der Zug rollt, halten sie Rückschau auf diese Zeit in Dessau seit August 1953, die nun ihr Ende gefunden hat.

Im Morgengrauen betreten sie ihre neue Wohnung, gleich neben dem Alten Rathaus. Ein Rundgang durch Vorsaal, Wohnstube, Arbeitszimmer, Küche und Schlafstube ergibt das Urteil: *„In Ordnung, muss noch viel gearbeitet werden."* In der Monatsmiete von 87 Mark sind auch Keller und zwei Bodenkammern berücksichtigt. Der Löwenanteil beim Einräumen und Einrichten der neuen vier Wände bleibt an Käthe hängen. Walter stellt die Garderobe auf und wird beim Eingipsen gefordert. Dann ruft schon die Arbeit. Wieder mal beginnt ein neues Kapitel. Der Trainer beschriftet den Ordner mit der laufenden Nummer »17« und füllt das erste Blatt: *„Spiel- und Kritikbuch von Walter Fritzsch. Trainer des neugegründeten Sportclubs »Motor« Karl-Marx-Stadt 1956: Die Gründung des 3. Sportclubs der SV-Motor war eine Forderung der 50.000 Metallarbeiter von KMSt. Obwohl die Stadt eine große Fußballtradition hat, ging es nicht vorwärts. Fußballer gibt*

Stillgestanden! Trainingsauftakt in Karl-Marx-Stadt: Bei der Meldung an Cheftrainer Walter Fritzsch haut Sportkamerad Fritz Riedel die Hacken zusammen

Die erste Übungseinheit beginnt mit der Meldung von Mittelverteidiger Fritz Riedel, dass das Kollektiv vollzählig angetreten sei. Dann bekommen die Spieler ein paar Worte mit auf den Weg. Ab sofort wollen sie sich gemeinsam auf die Oberliga-Saison vorbereiten. Gefragt seien Disziplin, Fleiß und Leistungsbereitschaft. Was der Coach darunter versteht, wird schon nach dem ersten Testspiel klar. Die Motor-Elf gewinnt bei Stahl Ehrenfriedersdorf (Bezirksklasse) auf einem Hartplatz mit 16:2. Als seine Spieler in der Kabine die Bierflaschen köpfen, traut der Trainer seinen Augen nicht. Jeder Sünder wird mit einer Geldstrafe von drei Mark belegt.

„5. Februar 1956 – Hörten die Rundfunkübertragung aus Cortina. Sepzialsprunglauf. Harry Glaß - Bronzemedaille.

3. März 1956 – 16:45 Uhr Gründungsfeier des SC Motor Karl-Marx-Stadt. Es war ordentlich. Anschließend Boxkampf: KMSt gegen Weißenfels."

Der erste Punktspiel überrascht den Trainer. Zwar gelingt gegen Empor Rostock nur ein torloses Unentschieden, doch die Mannschaft kämpft und auch die 15.000 im Stadion an der Clausstraße sind zufrieden. Nach dem Schlusspfiff treffen sich Heim- und Gästeteam im »Schlachthof«. Walter Fritzsch hockt bei den Empor-Spielern, die er einst in Lauter trainierte. *„Unterhielt mich mit den Jetzt-Rostockern Schneider, Zapf, Roth und Zwahr usw. Gab einige Runden."* Tage später relativiert sich das Resultat, die Motor-Elf unterliegt beim ZSK Vorwärts in Berlin mit 0:4. Walter Fritzsch

macht eine wichtige Erfahrung, die Anfahrt am Tag vor dem Spiel entpuppt sich als Fehler: *„Spieler abgelenkt, pflastermüde!“* Zudem sind die Vorwärts-Kicker technisch besser, schneller im Antritt und körperlich robuster. Auch in Sachen Sprungkraft und Kondition sieht Fritzsch klare Defizite in seinen Reihen.

„23. März 1956 – 11:30 Uhr Sprach im Stadtfunk zum kommenden Spiel. Habe eine schlechte Aussprache, nachdem ich meine Reportage hörte.

10./12. Mai 1956 – Bei uns wohnt auf drei Tage Harry Glaß – Olympia-Bronze im Skispringen ... 8 Uhr schrieb Kritik vom Spiel, unterhielten uns mit Harry Glaß über Sport und Olympia ... 9 Uhr Vorbereitung zum Spiel gegen Motor Zwickau. Sprach Glaß zum Kollektiv von seinen Erfolgen. Verabschiedete sich von mir.“

Nach elf Spielen hat sich die Sache mit dem Toreschießen zum ausgewachsenen Problem entwickelt. Sieben Treffer sind Minuswert in der Oberliga. Der Trainer sieht seinen Sturm überfordert. Vielleicht liegt das daran, dass die Angreifer nun auch Deckungsaufgaben zu übernehmen haben. Da kommt die zweiwöchige Schweden-Tournee gerade recht.

„6. Juni 1956 – Verabschiedung am Ostbahnhof mit Saßnitz-Express. 20 Uhr Trelleborg, wurden von Hasse Flindberg empfangen. Mit dem Zug nach Malmö. Im Hotel untergebracht. Pro Kopf 10 Kronen Taschengeld.“

Der Trainer staunt beim ersten Test. Gegen IK Eskilstuna, mit drei Nationalspielern im Aufgebot, gelingt dem SC Motor ein 8:2-Erfolg. In neunzig Minuten mehr Tore als in elf Oberliga-Spielen zusammen, Walter Fritzsch glaubt an eine Eintagsfliege. Doch den SK Hallsterhammer fertigt seine Mannschaft auch mit 5:1 ab. Nyköping, Stockholm, Malmö und Trelleborg. Drei Unentschieden folgen, somit bleiben die Karl-Marx-Städter in Schweden ungeschlagen und tanken reichlich Selbstvertrauen.

„17. Juni 1956 – Die Zeitungen schrieben wir hätten großen Fußball gespielt. Europäische Spitzenklasse, da fehlt noch sehr viel dazu!“

Zurück in der Heimat verfällt die Truppe wieder in das alte Muster und knausert in der Offensive. *„Sportclub-Sturm unproduktiv“* – heißt es in der Zeitung. Nach der Hinrunde lautet die Bilanz: Platz 11 mit zwölf Punkten aus 13 Spielen – mehr kann bei nur acht erzielten Toren auch Walter Fritzsch nicht erwarten. Für den Trainer gibt es noch eine Ursache für die ausbleibende Leistungssteigerung bei dem einen oder anderen Akteur seiner Mannschaft: *„Viele junge Spieler, die aus kleinen Ortschaften in die Großstadt kamen, erleben plötzlich, was es da alles für Mög-*

Bei Käthe und Walter zu Hause in Karl-Marx-Stadt, die Wimpelwand in der Arbeitsecke ist noch sehr überschaubar

lichkeiten gibt, das Leben zu genießen. Bars, Mädchen ... Für mich zwar verständlich, aber für den Leistungssport Gift! Es kam vor, dass die jungen Spieler nur noch Barbesuche unternahmen. Aber nicht nur das. Sie waren dann wie verschollen, man musste nach ihnen sogar fahnden. Dadurch waren sie aber nicht mehr leistungsstabil und spielten unter Form."

„6. Juli 1956 – In Bonn für Westdeutschland Wehrdienstpflicht eingeführt.

2. August 1956 – Eröffnung II. Deutsches Turn- u. Sportfest Leipzig"

Walter Fritzsch weiß nicht genau, ob er sich ärgern oder freuen soll. Eigentlich sollte es im frisch eingeweihten Zentralstadion das große Spiel zwischen der Wismut-Elf und dem 1. FC Kaiserslautern geben. *„Doch der Termin wäre nicht bestätigt worden und so sei Honved eingesprungen. Das Spiel gegen den westdeutschen Titelträger soll noch im Herbst folgen"* – so hört es der Trainer vor dem Anpfiff. Die Tiefstrahler spenden die gleißende Hülle für das Geschehen auf dem Rasen. Boszik, Czibor, Kocsis – die großen Ungarn haben noch immer Klasse! Walter Fritzsch saugt alles auf. Wismut unterliegt Budapest mit 1:3.

In Karl-Marx-Stadt hofft der Trainer auf ein kleines Wunder: *„Es wird sehr schwer mit der Mannschaft. Sie ist noch keinesfalls gefestigt, obwohl gut trainiert wird fehlt die spielerische Leistung."* Das Rückspiel gegen den ZSK Vorwärts steht an, niemand erwartet große Dinge. Walter Fritzsch radelt am 18. August 1956 ins Fischer-Stadion. Im Kopf den Plan, mit dem die Überraschung gelingen soll. Zwanzig Minuten vor dem Ende gibt er das Signal zur Schlussoffensive. Die technisch-brillante Vorwärts-Elf führt 2:1, doch der Kampfgeist der Gastgeber wird belohnt. Hirsch köpft das 2:2.

Eine Woche später sind die Abstiegsplätze in bedrohliche Nähe gerückt. Nach dem 0:3 bei Brieske-Ost kippt die Stimmung: *„Die Bevölkerung von Karl Marx Stadt ist sehr gegen mich eingestellt, weil die Mannschaft noch keine Leistung bringt. Briefe erreichen mich, diese sind teils unvernünftig, leider ohne Unterschrift. Die Situation des Kollektivs ist negativ. Wenn der Umschwung nicht eintrifft, so ist der Abstieg nicht mehr zu verhindern."*

„23. September 1956 – Verloren verdient 0:6 gegen Weißenfels. Ich glaube, dies war der Abstieg aus der Oberliga.

5./6. Oktober 1956 – Besprechung mit Kollektiv. Meinungen: Spielvorbereitung zu viel. Hätten kein Vertrauen mehr, sehen aber nicht ihre eigenen Schwächen. 9 Uhr bei der Parteileitung des Bezirkes. Rapport betreffs Abstieg."

Das Flutlichtspiel an diesem 6. Oktober 1956 wird für Walter Fritzsch zum »Lehrspiel der Technik und Taktik«. Zwar hält der SC Wismut gegen den mit fünf Weltmeistern antretenden 1. FC Kaiserslautern gut mit. Doch nach dem 3:5 spricht alles nur von diesem Tor. Fritz Walters grandioser Treffer, bei dem er sich nach vorn zum Überschlag geworfen und die Kugel mit der Hacke – wahrhaft artistisch – getroffen hatte. Die 110.000 Zuschauer rasen vor Begeisterung! Für Walter Fritzsch beginnen nach diesem Leckerbissen aufregende und schwierige Zeiten, aber nicht nur für ihn.

„23./24. Oktober 1956 – In Ungarn ist der Teufel los, ähnlich wie 17. Juni 1953 bei uns. Die Werktätigen waren nicht mehr zufrieden, weil es nicht mehr vorwärts ging. Natürlich werden die Westmächte stark wühlen. In Ungarn wird wie erbittert gekämpft, vor allem in Budapest zwischen der ungarischen Volksarmee und den Aufständischen."

Vorletzter gegen Drittletzter – lautet das große Abstiegsduell am letzten Spieltag. Doch das 2:1 der Berliner gegen die Fritzsch-Elf im Walter-Ulbricht-Stadion hat einen Beigeschmack. Dynamo hat sich kurzerhand mit Dieter Legler (Dynamo Dresden) verstärkt, entgegen jeder Regel.

„11. November 1956 – Dieser Tag war für mich sehr schwer, denn es war für mich bereits das 2. Mal, dass ich mit einer Oberliga-Elf abgestiegen bin. Dynamo Berlin – SC Motor 2:1. Wieder verloren, einmal weil die nervliche Belastung zu groß war. Dynamo verstärkte sich unkorrekterweise und wir legten Protest ein."

Die Clubleitung, Trainer und Spieler sind über das Vorgehen der Berliner empört. In den Tagen bis zur Verhandlung des Protestes spürt Walter Fritzsch großen Zusammenhalt. Niemand weiß, wo und wie es weitergehen wird. Aber die Spieler versichern ausnahmslos, auch beim SC Motor zu bleiben, wenn sie wirklich absteigen sollten.

„21. November 1956 – Käthe gratulierte mir. Viele Geschenke. Dies war ein ruhiger Geburtstag. Heute war in Berlin die Protestverhandlung. Als wir es hörten, Punktverlust für Dynamo, war ich beruhigt. Somit halten wir die Oberliga."

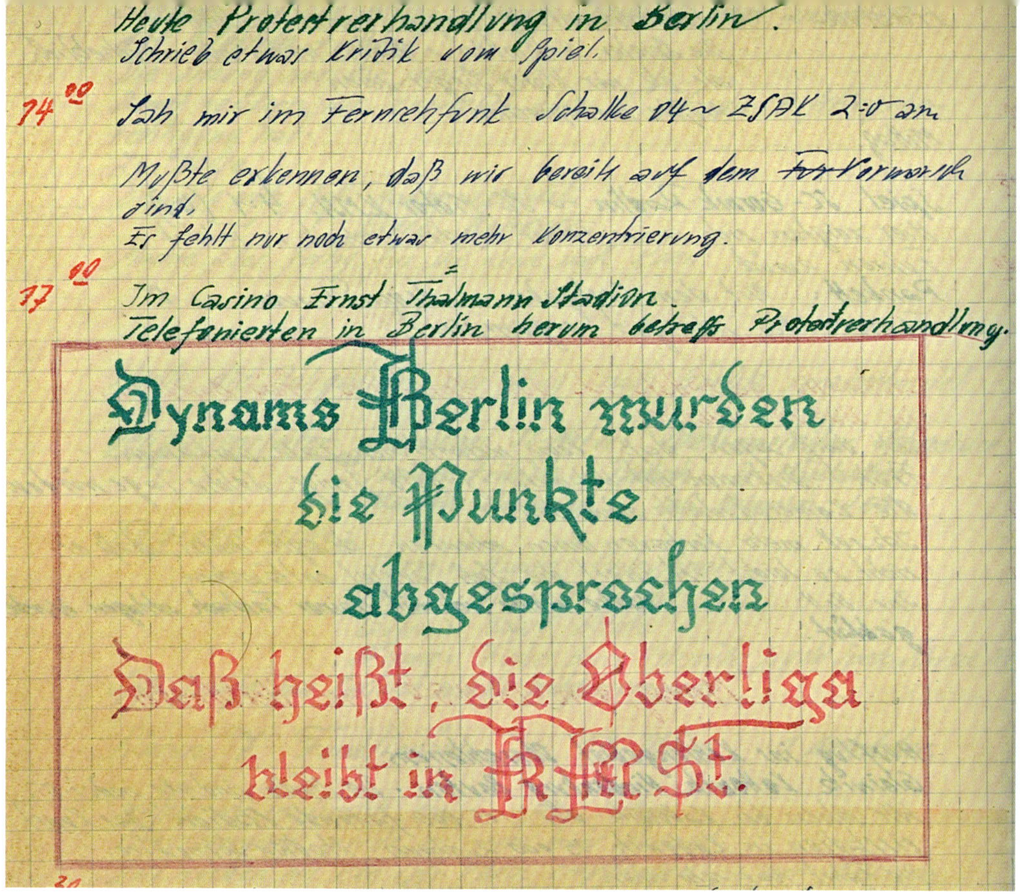
Heute Protestverhandlung in Berlin.
Schrieb etwas Kritik vom Spiel.
14.11 Sah mir im Fernsehfunk Schalke 04 – ZSAK 2:0 an
Mußte erkennen, daß wir bereits auf dem Vormarsch sind.
Es fehlt nur noch etwas mehr Konzentrierung.
17.11 Im Casino Ernst Thälmann Stadion
Telefonierten in Berlin herum betreffs Protestverhandlung.
Dynamo Berlin wurden die Punkte abgesprochen
Daß heißt, die Oberliga bleibt in KMSt.

Ein halbes Jahr später wird klar, dass die Zeit in Karl-Marx-Stadt für Walter Fritzsch nicht mit großen Lorbeeren enden wird. Er hat das Gefühl, die vielschichtigen Sorgen und Probleme nicht lösen zu können. *„Viele Spielerfrauen versuchten ihre Männer so zu steuern, dass die Leitung immer wieder Kompromisse eingehen musste. Es gab auch Gegner unseres Staates, die die Clubbildung verpönten und Spieler negativ beeinflussten. Gefordert wurde weniger Training, die Gesundheit der Spieler stünde auf dem Spiel. Man versuchte, die Spieler abzuwerben und versuchte auch mich von meinem Standpunkt zum Leistungssport abzubringen. Man drohte mir sogar."*

„10. April 1957 – Man hat mir vom Fahrrad die Lampe während des Trainings gestohlen."

links: Schussfahrt im Winter-Trainingslager 1957 in Reitzenhain: Walter Fritzsch kaum zu bremsen.

unten: Käthe hält in Ahlbeck den Ball hoch, Walter zählt und ist stolz: 8mal – Klasse!

rechts: Trainingsalltag im Sportforum Karl-Marx-Stadt, Eberhard Härtwig, Juni 1957

In seiner Not greift Walter Fritzsch zu allen Mitteln. Als die »Freie Presse« eine Serie über ihn bringen will, hofft er auf eine positive Wirkung. Doch die letzte Folge gefällt ihm überhaupt nicht. Der Trainer sieht seine Bemühungen auf den Kopf gestellt: *„Statt mit den Spielerfrauen Sport zu treiben, soll ich doch lieber mit den Spielern arbeiten. Obwohl ich den Frauen nur den Begriff »Training« – praktisch – beibringen wollte. Dazu war meine Frau Käthe ständig dabei. Zuvor hatten einige Frauen und Freundinnen nicht verstehen können, dass ein Spieler, der den Fußball ernst nimmt, nach dem Training Ruhe benötigt, um sich so zu erholen, dass er am nächsten Tag wieder voll trainieren kann. Unabhängig davon war ich zudem im Glauben, so den Kollektivgeist zu fördern. Wir führten sogar zwei Spiele (Frauenfußball) durch. Auf Grund der Artikelserie brach ich die wöchentliche Sportstunde ab."*

Wo aber landet er, wenn sie die Zelte in der Stadt wieder abbrechen, mit der sie nie so richtig warm geworden sind? Natürlich strebt der Trainer am Ende der Saison den Klassenerhalt an. Ein schwieriges Unterfangen, aktuell steht der SC Motor als Vorletzter auf einem Abstiegsplatz.

„5. Juni 1957 – Käthe regt sich auf über Diskussion gegen mich. Sie muss viel ruhiger werden.

23. Juni 1957 – SC Motor – Motor Jena 1:3, eine schwache spielerische Partie. Kondition reichte. Man griff mich von Zuschauern an. Die Lage ist sehr beunruhigend, die Spieler sind noch nicht soweit."

Ende Juni 1957 scheinen sich die Dinge plötzlich zu entwickeln. Für Karl-Marx-Stadt gibt es auch in Dresden (0:3) nichts zu holen, und auch bei Walter Fritzsch schwindet die Hoffnung: *„Ich glaube, so werden wir absteigen!"* Da findet er Post von Lok Leipzig im Kasten, mit einer Offerte, dort anzufangen. Schon am nächsten Tag ist er sich mit Käthe einig: *„Wir haben uns abgesprochen 1958 bei Lok Leipzig."* Noch aber ist nicht einmal die Hinrunde zu Ende.

„7. Juli 1957 – Oberliga: 0:4 gegen Stendal, es war ein Fiasko. Wurde von den Zuschauern beschimpft. Unterhielten uns mit Clubleitung, dass wir absteigen."

Als abgeschlagenes Tabellen-Schlusslicht geht der SC Motor in die kurze Sommerpause. Noch vor dem Urlaub verhandelt Walter Fritzsch mit den Lok-Verantwortlichen in Leipzig. Sie hätten es am liebsten, wenn er sofort käme und berichten von ihren Schwierigkeiten mit ihrem Trainer. Schließlich einigt man sich auf den Herbst als Wechseltermin. Bis dahin will man eine Wohnung in Leipzig besorgen und verspricht Fritzsch das gleiche Gehalt, wie er in Karl-Marx-Stadt beziehn. Mit diesem Wissen reisen Walter und Käthe nach Ahlbeck in den Aktiv-Urlaub mit dem Kollektiv.

„12. August 1957 – Beratung mit Partei und DTSB. Es ging wieder viel um mich, nicht aber um die Spieler. Man wollte mir Trainer Dittes geben, um mir zu helfen. Ich lehnte ab."

Mit der 1:8-Pleite bei Chemie Halle-Leuna weiß in Karl-Marx-Stadt auch der Letzte Bescheid. Für Walter Fritzsch geht es nun darum, das Gesicht nicht zu verlieren. Direkt nach dem Spiel muss er, mal wieder, zum Rapport: *„16 Uhr zur Parteileitung, man wollte mich zerhacken, weil ich die Sektion als »Haufen« ansprach."* Zum größten Problem für den Trainer entwickelt sich die Ungewissheit, wo wird er künftig tätig sein?

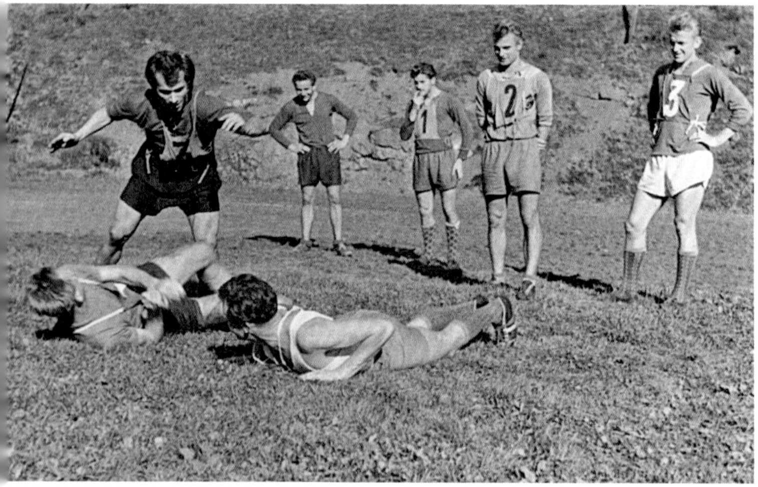

Trainingslager in Oberwiesenthal im Oktober 1957

„17. Oktober 1957 – Wurde zum Clubleiter geladen. Dort wurde mir unterbreitet, weil ich im August 57 äußerte, dass ich Schluss mache, soll ich meinen Vertrag lösen. Ich war darauf gefasst.

3. November 1957 – Im Club-Sekretariat Sitzung, dort wurde mir feierlich beigebracht, dass ich ab sofort beurlaubt bin. Man sprach über meine gute Trainerarbeit, aber auch von dem Riss zwischen Spielern und mir. Am Abend rief mich Jahnsmüller (Dynamo Dresden) an, soll nach Dresden kommen.

9. November 1957 – Käthe meint, die sieben fetten Jahre seien eben vorbei.“

An diesem Sonntag sitzen Käthe und Walther schon früh im Zug nach Dresden. Dorle Jahnsmüller holt sie ab. Sie fahren direkt zum Bezirks-Pokalspiel der Dynamo-Elf bei Motor Dresden Nordwest. *„Sah mir die Mannschaft an, Spiel technisch sehr ordentlich. Erkundigte mich bei Jahnsmüller über alle Fragen. Er schilderte, alles in Ordnung!“* Nach dem 7:1 der Dynamos fahren sie mit in die Wohnung ihrer alten Bekannten. Im Fernsehen läuft Fußball, Dynamo Berlin gegen Zenit Leningrad. Irgendwann will Walter Fritzsch wissen, woran er ist, fragt nach seiner Anstellung und bekommt von Erich Jahnsmüller zu hören: *„Dazu kann ich noch nichts sagen, muss das erst genehmigen lassen, in Berlin!“* Auf der Rückfahrt reden sie nicht viel. *„Käthe und ich auch sind Pessimisten geworden. Wir meinen auch bei Dynamo Dresden klappt es nicht. Zur Zeit ist bei uns eine gewisse Unruhe weil keine Zusage vorhanden ist.“*

„21. November 1957 – Ging mit Käthe mir mein Geburtstagsgeschenk kaufen, einen Ring – 55 Mark. Aßen Brathuhn, dann ins Kino: »Die Liebenden von Verona« (1949), spielten Offiziersskat.“

Gleich nach seinem Geburtstag spricht Fritzsch mit Jahnsmüller und wird von der Ablehnung schwer getroffen: *„Ich muss eine schlechte Arbeit leisten, dass ich keine Zusagen bekomme! Noch immer bin ich mir im unklaren was ich mache. Bei Wolfen klappt es nicht, weil sie keinen Trainerwechsel vornehmen.“* Er schreibt an den Leiter der SV Dynamo, Wels. Dieser solle begründen, warum sie ihn für Dresden abgelehnt hatten. *„Bitte um Antwort per Einschreiben!“* – fügt Walter Fritzsch hinzu.

Endlich! Anfang Dezember 1957 kommt mal ein erfreulicher Anruf, DDR-Ligist Stahl Riesa will Fritzsch als Trainer verpflichten. Fast gleichzeitig landet ein Brief vom ASK Vorwärts im Kasten, auch sie hätten Interesse an ihm. Doch damit nicht genug, kurz darauf signalisiert der Fußballverband eine freie Stelle bei Stahl Stalinstadt. Und nun? *„Wieder unruhig geschlafen. Die Ursache liegt darin, weil ich mich nicht entschließen kann, Riesa zuzusagen. Bei Riesa liegt es noch an der Gehaltszahlung.“* Er fährt kurz vor Weihnachten zur BSG Stahl. Hört von den Verantwortlichen aber nichts Gutes. Sie wären bei der Kreisleitung gewesen und könnten nicht sagen, wie es künftig mit Freistellungen der Spieler zum Training aussieht. Der Betriebsdirektor meint, das sei derzeit unmöglich. Zurück in Karl-Marx-Stadt führt die Situation fast zwangsläufig zu Spannungen zwischen den beiden Ehepartnern.

„22. Dezember 1957 – Käthe in sehr mieser Stimmung. Will, dass ich als Trainer aufhören soll. Sie will nicht mehr mitmachen. Ich sagte, sie soll es sich überlegen. Wenn ich diesen lieb gewonnenen Beruf aufgeben soll, werde ich nicht mehr glücklich sein in der Arbeit. Käthe schläft nicht mit in der Kammer.

Das Wiegen ist bei Walter Fritzsch traditionell Chefsache, Februar 1958

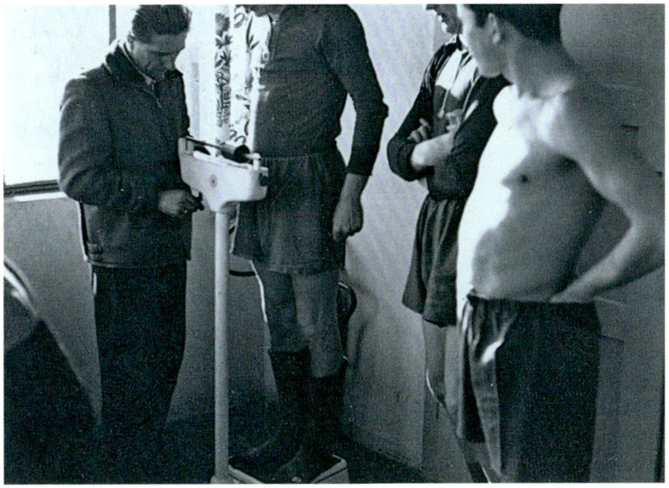

24. Dezember 1957 – Käthe überraschte mich, 1 Binder, Hosenträger, Socken und 1 Bücher-Ständer. Ich schenkte ihr 1 Nachthemd, Parfüm. Machten es uns gemütlich.“

Am 31. Dezember 1957 geht Walter Fritzsch zum SC Motor, um seine Papiere zu holen. Clubleiter Gensel ist nicht da. Dafür wird bereits kräftig gefeiert. Walter Fritzsch lässt sich nicht lange bitte: *„Ich trank einige mit, gab einen aus!“*

Noch vor den Feiertagen hatte Walter Fritzsch mit der Jahresanalyse begonnen. Zudem galt es nun, die volle Zeit beim SC Motor Karl-Marx-Stadt aufzuarbeiten und mit dem Abschlussbericht zu beenden. *„In den zwei Jahren gab es viele Probleme und Vorkommnisse, die man kaum verstehen konnte. Ein Beispiel: Bei einem Spieler ging die Frau fremd, der betroffene Spieler kam in ein Formtief und so musste ich Seelenmassage betreiben. Passiert ist Ähnliches auch in umgekehrter Konstellation. Ein Stammspieler, er hatte drei Kinder, ging fremd. Seine Frau kam am ersten Weihnachtsfeiertag zu mir und war erstaunt, dass ich zu Hause war. Der Spieler hatte ihr mitgeteilt, wir wären auf einem Lehrgang. Große Probleme gab es auch mit einem Spieler – Namen spielen keine Rolle – den ich oft in seiner Wohnung aufsuchen musste, um den Betrunkenen wieder nüchtern zu machen. Die Zeit in Karl-Marx-Stadt war für uns familiär nicht gerade glücklich. Freunde hatten wir keine. Bei uns in der Wohnung fanden viele Fußballgespräche statt.. Trainer Tzschach, Clubleitung und Spieler kamen zu Aussprachen. Alle von uns gut gemeinten Gespräche waren nicht immer positiv verstanden worden. Der 1. Clubleiter wurde abgelöst. Weil er hinter den Leistungsforderungen des Trainerkollektivs stand, musste er gehen. Dann waren wir dran.“*

Der zweite Abstieg nach 1954 mit Motor Dessau nagt am ehrgeizigen Trainer. Für ihn steht fest, dass er vorerst keine DDR-Oberliga-Elf übernehmen wird. Walter entscheidet sich für Drittligist Stahl Riesa. Doch vor seinem Amtsantritt geht er mit sich selbst ins Gericht. Listet im Ergebnis der Auseinandersetzung auf, was er künftig anders machen will und wird – nicht mehr alles erzwingen und eine Spur gelassener werden.

„Ich muss trotzdem meine Trainingsmethoden ändern:
A) Die Mannschaft, welche ich trainiere, »psychologisch« stark betreuen
B) Nicht denken, unbedingt bestimmte Übungen durchführen
C) Im Sommer doch ins Bad mit den Aktiven gehen u. dort Ballspiele organisieren – Kegeln ab u. an als Training ansetzen
D) 14täglich einmal Sturm u. Abwehr speziell zu trainieren
E) Die jungen Oberliga-Spieler im Monat einmal mit den begabten Jugend-Spielern abends zu trainieren
F) Leichtathletik u. Turnen monatlich einbeziehen
G) Nach den Spielen auswärts einkehren, aber vorher orientieren, wo was los ist
H) Vielleicht alle 8 Wochen zu Hause einmal ausgehen
Voraussetzung: Dass Funktionäre u. Trainer eine Einheit bilden!“

Das Ehepaar Fritzsch übernachtet bei Nollaus in Staucha. *„Frau Nollau (alt) legte für Käthe 2 Wärmflaschen und für mich eine ins Bett.“* Die befreundete Familie, sie hatten sich in der Nachkriegszeit beim Hamstern kennengelernt, freut sich über den neuen Arbeitsort des Trainers. Der hatte sich gleich im neuen Jahr beim Kaderleiter und beim BGL-Vorsitzenden in Riesa gemeldet. Nun fasst er beim SC Stahl seine neuen Sachen, Trainingsanzug, Laufschuhe, Hose und Jersey. Kauft dazu Socken, Seife und Haar-Öl. *„Am Nachmittag sprach ich zur Mannschaft. Stellte grob meine*

Die Stahl-Kicker nach dem Auswärtssieg in Freital, 11. Juni 1958

Forderungen auf. Auch die Spieler sprachen sich aus. Machte einen Geländelauf."

„13. Januar 1958 – Im Wohnungsamt betreffs Wohnung. Wollen mir im September eine Neubauwohnung, zwei Zimmer mit Bad geben. Käthe macht sich große Sorgen, weil ich nach Riesa gehe.

27. Januar 1958 – 17:41 Uhr sahen Sputnik 2 – ein Feuerschnee und Kondensstreifen, konnten es beobachten, klarer Himmel."

Riesas Kontrahenten in der Staffel 4 der II-DDR-Liga heißen Aktivist »Karl Marx« Zwickau, Empor Halle, Wismut Plauen, Motor Brand-Langenau oder Fortschritt Hartha. Prominentester Vertreter ist Dynamo Dresden, der DDR-Meister von 1953 hat nach der Rückstufung in die Bezirksliga den Wiederaufstieg geschafft und strebt nun zurück in höhere Spielklassen.

„16. März 1958 – In Riesa, mixte für die Spieler Getränk zusammen. SC Stahl Riesa - Dynamo Dresden 0:1. Saßen gemeinsam zusammen. Machte mit Betreuer auf »Du« – gab eine Runde."

Im Frühjahr rumort es bei den Fußballern. Es geht um die Auflösung des Sportclubs in Riesa. Die Stahl-Elf wird in der Folge wieder der Betriebssportgemeinschaft angegliedert. Walter Fritzsch bemerkt es an der Trainingsbeteiligung. Der eine oder andere Akteur bemüht sich vergeblich um eine Freistellung.

„10./12. April 1958 – Wirkte beim Trainingsspiel mit. Bei den Spielen fehlt ein Lenker. Sie schaffen es nicht. Wenn ich merke, dass die Elf keine Punkte sammelt, halte ich vor Saisonschluss auf, Wohnung ist unsicher."

Ende Mai 1958 rückt der Fußball für ein paar Tage in den Hintergrund. In der DDR werden die Lebensmittelkarten abgeschafft. Die Diskussionen reichen von *„Wurde auch Zeit!"* bis *„Wer weiß, wie lange?"* Zu fragil erscheint das ostdeutsche Wirtschaftsgefüge. *„Neueste Verbesserung für das Volk: Wegfall der Lebensmittelkarten, Kindergeld. Bei Neugeborenen 500 Mark usw., für Arbeiter bis 380 Mark Lohnerhöhung."*

Die folgenden Wochen scheint der Trainer kaum ansprechbar. Die Fußball-Weltmeisterschaft in Schweden zieht ihn in seinen Bann. Fast täglich hört er die Übertragungen im Hörfunk. Am 17. Juni 1958 gehen die notwendig gewordenen Entscheidungsspiele über die Bühne. Ungarn scheitert an Wales (1:2), die Engländer an der Sowjetunion (0:1) und zwischen der ČSSR und Nordirland fällt das Siegestor gar erst in der Verlängerung (1:2). Zu diesem Zeitpunkt weiß Walter Fritzsch, dass er zehn Tage später selbst nach Stockholm reisen und das Endspiel als Augenzeuge im Rasunda-Stadion erleben wird. Acht Mannschaften sind noch im Rennen. Brasilien, Frankreich, Gastgeber Schweden und Titelverteidiger Westdeutschland heißen seine Favoriten.

„28./29. Juni 1958 – 16:34 Uhr fuhren mit der neuen Fähre. Überfahrt i.O., klares Wetter. Bekamen 40 Schweden-Kronen. Hörten Übertragung von der WM: Frankreich – Westdeutschland 6:3. 19:45 Uhr in Trelleborg, fuhren nach Malmö. Viel Wartezeit. 0:35 Uhr Abfahrt mit Schlafwagen nach Stockholm. Habe gut geschlafen. Wurden vom Hbf per Omnibus zum Hotel »Kristineberg« gefahren. Es regnet."

Am Endspiel-Sonntag wartet nach dem Mittagessen schon der Bus, der sie ins Stadion bringen wird. Dort leistet er sich ein Programmheft und eine Limonade. Was Walter Fritzsch sofort auffällt, ist die gute Rasenfläche. Er zückt seinen Fotoapparat und hält fest, was ihm vor die Linse kommt. Es läuft schon die

WM-Finale 1958 mit dem Augenzeugen Walter Fritzsch, beim Anstoß Didi, Vava und Pelé

Zeremonie vor dem Finale, die Mannschaften kommen. Schweden und Brasilien haben es geschafft. Die Südamerikaner haben Anstoß, dann rollt der Ball. Didi, Garrincha, Vava brillieren, und der erst 17-jährige Pelé verzaubert mit seiner unbekümmerten Eleganz. Für den Ostdeutschen ist es Fußball in Vollendung. Vier Filme knipst er voll und bei jedem Tor reißt es ihn vom Sitz. Nach dem 5:2 des neuen Weltmeisters Brasilien hat nicht nur der neue Superstar Pelé mit den Tränen zu kämpfen. Walter Fritzsch, ergriffen vom Augenblick, weiß, dieser junge Mann wird mit seiner Mannschaft den Fußball in den nächsten Jahren prägen. Vielleicht so, wie es die Ungarn taten, die er 1950 in Berlin ähnlich zaubern sah.

„30. Juni 1958 – 8 Uhr Frühstück. Ging Zeitungen kaufen. Stadtrundfahrt. Fahrt mit dem Schiff um Stockholm, war in i. O. 21 Uhr im Schlafwagen nach Trelleborg. 9 Uhr mit der Fähre n. Saßnitz. Kaufte 450 g Schokolade. 2 Stangen Zigaretten. Überfahrt war herrlich. 13:15 Uhr in Saßnitz. Passkontrolle, erfuhr dort, dass meine Elf in Laubusch 0:1 verloren hat.

7./10. Juli 1958 – Wieder eine Preissenkung: Milch, Käse, Schweinefleisch und Wurstwaren … Beginn V. Parteitag.

2. August 1958 – Ging Jersey für Stahl Riesa bestellen. Kauften ein Fernsehapparat »Nordlicht« mit Zimmerantenne für 1.330 Mark.“

Wieder steht ein Umzug an. Diesmal haben Käthe und Walter Fritzsch den Zeitpunkt bestimmt und nicht der Spielplan oder eine Clubleitung. Nach den Erfahrungen in Karl-Marx-Stadt haben sie beschlossen, sich in Leipzig einen festen Wohnsitz zu suchen. Als Vorbild dient bei der Entscheidung Walters Schulkumpel Heinz Krügel, der schon seit längerer Zeit in der Messestadt ansässig ist. Er hatte auch irgendwann die Vorzüge erklärt. Zentrale Lage in der Republik, mit dem Hauptbahnhof als Dreh- und Angelpunkt für alle wichtigen Eisenbahnverbindungen, dazu werden im neuen Zentralstadion auch weiterhin alle großen Fußballspiele stattfinden.

„15. August 1958 – Umzug!! Fuhr erstmalig nach Leipzig, mein neuer Wohnort. 9:30 Uhr Straße der Befreiung 58, 4. Stock. Die Wohnung ist bedeutend kleiner als in KMSt. Der Umzug wurde von der VEB Spedition Leipzig durchgeführt. Zu reparieren sind die Beine des Sofas u. Schrank.

6. Oktober 1958 – Telegramm von Mutt, Papp verstorben. Käthe war sehr niedergeschlagen. Ich war auf diesen Todesfall vorbereitet.“

Ziemlich genau ein Jahr nach seiner Entlassung in Karl-Marx-Stadt beschäftigt ihn das Thema noch einmal. Walter Fritzsch wehrt sich gegen den Vorwurf, er sei am Niedergang des SC Motor der Schuldige. Aus diesem Grund schreibt er einen Brief

an die »fuwo« und an das Präsidium des DTSB. Zum Glück hat ihn das Spieljahr in Riesa in seiner Überzeugung bestärkt. Die Stahl-Elf rangiert in der Abschlusstabelle auf einem guten fünften Platz. Die Überlegenheit von Staffelsieger Dynamo Dresden mussten alle 13 Kollektive anerkennen. Nach der knappen Heimniederlage im März gab es für Stahl im Rückspiel ein 1:5 in Dresden mit drei Treffern von Hans Kreische.

„19. November 1958 – Chruschtschow kündigte an, Auflösung der Berliner Sektoren. Weil die Westmächte das Potsdamer Abkommen völlig durchlöchert haben. Großes Rätselraten."

Am 12. Dezember 1958 hat Walter Fritzsch in Riesa Besuch von der »Sächsischen Zeitung«. Ein Saison-Abschlussbericht soll es eigentlich werden. Noch ahnt der Trainer nicht, dass er die BSG Stahl sehr bald ganz verlassen wird. Mit der Eisenbahn fährt er am Abend nach Hause. Käthe empfängt ihn am Hauptbahnhof mit Neuigkeiten. *„Der SC Empor Rostock will mich unbedingt haben! Die Lage sei aber nicht günstig, es wären viele Erziehungsschwierigkeiten zu überwinden. Keine planmäßige Nachwuchsarbeit."*

„13. Dezember 1958 – Clubhaus Riesa, Abschlussversammlung. Alle Spieler und Verantwortlichen waren zugegen, anschließende Diskussion war für mich verblüffend. Ich wurde sehr anerkannt. Schrieb Empor Rostock ab, weil das Angebot doch zu spät kam."

Das neue Jahr beginnt für Walter Fritzsch äußerst turbulent. *„Die Mannschaft weiter entwickeln"* – hatte er noch am 1. Januar 1959 notiert und seine Stahl-Elf gemeint. Gut eine Woche später ist er Trainer des SC Empor, entschieden wurde das von höchster Stelle. Kurt Stoph – Präsident des Fußballverbandes – und der DTSB-Bezirksvorstand Rostock waren sich einig: *„Fritzsch ist ein guter Trainer, kann in Rostock mehr bieten für die DDR als in Riesa."*

„19. Februar 1959 – Diskussion: Wegen der schlechten Moral einiger Spieler, die gesamte Leitung war da. Sie verstanden es, aber haben scheinbar Angst, einen Schnitt zu machen."

Anfang Mai 1959 wartet der erste Höhepunkt, der SC Empor reist nach Hamburg! *„Wollten 8 Uhr ab Club abfahren. Leider fehlte der Wimpel u. die Abzeichen. Die Fahrt ging über Wismar, Schwerin und Boizenburg. Grenzübertritt ohne Beschwerden, auch im Westen. Bis Hamburg viereinhalb Stunden."* Noch am gleichen Abend schnüren die Gäste aus Rostock ihre Töppen. Der Trainer ist mit dem Auftritt rundherum zufrieden: *„20 Uhr: Concordia Hamburg – Empor 1:3. Unser erstes Spiel gegen eine westdeutsche Oberliga, dazu noch ein Nachtspiel, also unter Tiefstrahlern. Spargel als Abendessen."*

Nach den ersten acht Monaten scheint das Kapitel »Empor Rostock« beendet, noch ehe es richtig begonnen hat. Der Auftrag für Walter Fritzsch ist, die »alte« Mannschaft von Empor Lauter, die in der Saison 1954/55 nach Rostock »umgesiedelt« worden war, zu verjüngen und möglichst an die Oberliga-Spitze zu führen. Der Trainer weiß um die Schwierigkeit der Aufgabe, an Konfliktpotential wird es nicht mangeln.

„19. August 1959 – Aussprache bei der SED-Bezirksleitung. Erläuterte, dass es zwecklos sei, hier weiter zu arbeiten. Der Clubleiter benimmt sich wie ein Pascha, Befehlsausgabe usw. Sie wollen es verändern, ich soll meine Kündigung zurückziehen."

Mit der Rückendeckung der Funktionäre treibt Walter Fritzsch den Verjüngungsprozess voran. Junge Spieler wie Jürgen

Die Mienen sprechen Bände: Der 2:0-Vorsprung im Pokalendspiel ist dahin. Ganz links Cheftrainer Fritzsch

Walter Fritzsch ist überall, SC Empor - Turbine Erfurt (2:0), 2. August 1959

1959 – die erfo
Abwehr trä

Fußballsaisonauswertung des SC Empor
Erfolgen bei / Form g

Die Fußballer des SC Empor Rostock warteten weihnachtlichen Gabentisch. Das schönste Gesche dem vierten Platz in der Oberliga. Das ist zu in der erst fünfjährigen Clubgeschichte. Denn so s bilanz aus: 1954/55: 9. der Oberliga – 1956: 1 2. der I. Liga und Wiederaufstieg – 1958: 7. der

Ein Fußballjahr ist lang. Für den SC Empor bedeutete es 1959 50 Wochen, das sind 223 Trainingstage und 73 Spieltage. Nun ist es gute Gepflogenheit geworden, am Ende eines Jahres Rückschau auf die bisher geleistete Arbeit zu halten, sich der Erfolge zu freuen, aber auch die

Es lebe die große, brüderliche Freundschaft zwischen dem russischen und dem baschkirischen Völkern. Vor der Inschrift Walter Fritzsch in Woronesh 1961

Heinsch, Heino Kleiminger, Herbert Pankau, Werner Drews oder Wolfgang Barthels, erhalten bei ihm eine Chance. Der Trainer nennt es: *„Das Kollektiv mit Nachwuchsakteuren durchbluten. Die Schlagkraft dabei nicht mindern.“*

Gegen Motor Jena können die jungen Wilden im Pokalfinale 1960 ihren ersten Titel gewinnen. Auch für den inzwischen fast 40-jährigen Trainer wäre der Pokalsieg die Krönung seiner bisherigen Laufbahn mit einer allerdings ungewöhnlichen Vorgeschichte. Heinz Krügel hatte das Kollektiv ursprünglich aufgebaut und geformt. 1959 wurde er jedoch zum DDR-Auswahltrainer berufen und empfahl als Nachfolger seinen alten Freund aus Planitzer Kindertagen. Walter Fritzsch bekommt die Aufgabe tatsächlich übertragen und sieht mit seiner Mannschaft in Magdeburg auch nach einer guten Stunde wie der sichere Sieger aus. Drews und Pankau haben getroffen – das 2:0 verleiht jedoch eine trügerische Sicherheit. Die Fritzsch-Elf wird noch aus allen Pokalträumen gerissen, verliert mit den beiden Gegentreffern die Kontrolle und letztlich auch das Spiel.

ste Saison

Spiel

kern trug wesentlich zu

Eine prachtvolle Studie des Empor-Kapitäns Kurt Zapf, der in seinem Fleiß, Einsatz und im Beruf jederzeit ein echtes Vorbild ist. Er ist eine Spielerpersönlichkeit, wie sie ein Kollektiv braucht

Foto: Berndt

der Saison nur geringfügige Veränderungen.

Wenn eingangs festgestellt wurde, daß die Trainingsintensität als gut zu bewerten ist, so ändert das nichts daran, daß man auch hi... noch verbessern kann. **Nicht nur für die Rostocker dürfte die Feststellung zu-**

„7. Oktober 1960 – FDGB-Pokalendspiel: SC Jena – SC Empor 3:2. Nach Verlängerung verloren wir recht unglücklich. Bankett im Haus der Handwerker, man war doch etwas geknickt über das verlorene Spiel. Leider gab es eine kleine Entgleisung, wobei Zapf der Rädelsführer war.“

Im Juni 1961 fliegen die Rostocker Fußballer zu einer Wettkampfreise in die Sowjetunion. In Charków gibt es bei Avangard (später Metalist) eine unglückliche 2:3-Niederlage. Danach geht es statt mit dem Flugzeug mit dem Bus weiter. Über Kursk, Orjol, Mzensk und Tula führt die Route bis Woronesh. Der Trainer wirkt in Gedanken versunken: *„Für mich interessant, fuhren über die Autobahn. In dieser Gegend war ich als Soldat.“* Als der Bus vor Orjol an einer Brückenbaustelle halten muss, schaut er sich ein paar Mal um, als würde er etwas suchen und erzählt: *„Hier habe ich erleben müssen, wie hunderte Russen in das deutsche MG-Feuer gerannt sind.“* Dann versagt ihm die Stimme, die Tränen rinnen über sein Gesicht. Fast zwanzig Jahre später wird er von den Erinnerungen übermannt. *„In Woronesh: Großes Diskutieren mit der Bevölkerung. Alle wollen viel über die DDR wissen. Überall stand im Vordergrund: NIE wieder KRIEG!“* Stalino und Moskau heißen die letzten Stationen, die Rostocker Jungs und ihr Trainer sehen die Metro und gehen im »GUM« einkaufen.

Ob Zufall oder nicht, unmittelbar vor der Abreise in die Sowjetunion hatte sich Walter Fritzsch eine Schmalfilmkamera gekauft. Fast 800 Mark kostet das gute Stück und wird ab sofort zu seinem ständigen Begleiter. Zunächst flachsen die Spieler und ziehen ihn auf, wenn er im Bus oder aus dem Fenster filmt. Doch der Trainer weiß, was er will. Setzt sich bei größeren Fußball-Übertragungen gern mal vor den Fernseher und hält bestimmte Spielzüge fest, um sie dann am nächsten Tag von seinen Akteuren nachspielen zu lassen.

Speziell sind auch die Auswärtsfahrten der Rostocker Fußballer, die im DDR-Fußball als »Kilometerfresser« gelten. Sind sie mit dem Bus unterwegs, wird nach etwa hundert Kilometer gehalten. Der Trainer lässt seine Jungs dann für ein paar Minuten dem Mannschaftsgefährt hinterher traben. *„Das lockert die Glieder“* – begründet er. Irgendwann gewöhnen sich die Hanseaten an die strengen Vorgaben des kleinen Mannes. Und ist Fritzsch wirklich mal etwas entgangen, hat er mit seiner Frau Käthe einen echten Kontrolloffizier. Sie steht in der Stadionkneipe am Tresen und weiß ganz genau, wer wann wie viele Gläser gehoben hat. »Käthchen« wird sie beim SC Empor von allen genannt. Zu ihr kommen Eishockeyspieler wie Fußballer, Handballer und

Leichtathleten alle gern. Die Frau des Cheftrainers gilt als »gute Seele« im Clubcasino. Hat für jeden ein Ohr und spart auch nicht mit einem guten Rat. Nur die Oberligakicker müssen ein bisschen aufpassen, wenn Frau Fritzsch am Tresen steht und ihnen noch ein Bierchen anbietet. Lediglich zwei Kleine sind nach einem Spiel vom Trainer gestattet. Doch nicht nur einmal weiß Walter Fritzsch am nächsten Tag Bescheid, wenn der Durst doch ein bisschen größer war. Die Strichliste seiner Frau nimmt er als Handlungsempfehlung und fordert die Spieler zum Beispiel auf: *„Werner, eine Runde für dich und Wolfgang, du hast heute gleich zwei mehr zu absolvieren!“* Für jedes Bier über dem Limit gibt es eine 400-Meter-Runde extra. Nicht selten verschwinden die Akteure wie Nationalspieler Drews oder Barthels kurz neben der Laufbahn, um sich zu erleichtern. *„Jetzt isses raus“* – kommentiert Fritzsch dann aus der Ferne und scheint zufrieden. Das *„gelbe Zeug“* ist für ihn der Anfang vom Ende.

Käthe an ihrem Arbeitsplatz im Clubcasino

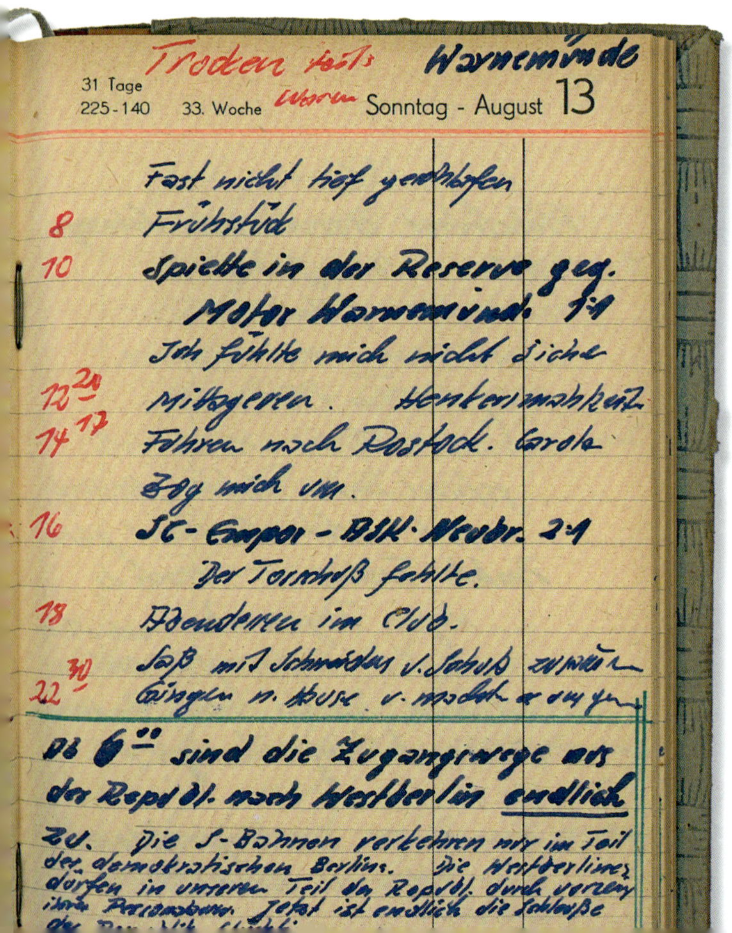

Dem Rostocker Fußball bekommt die auf Fleiß und Disziplin begründete Regentschaft. Monatelang führt Empor 1961 die Tabelle an und wäre nach den 26 Spieltagen einer normalen Saison souverän Meister gewesen. Doch mit der Saison 1961/62 kehren die DDR-Fußballer zum Herbst/Frühjahr-Rhythmus zurück. Anders als mit einer Mammutserie über Frühjahr-Herbst-Frühjahr ist die Abkehr vom sowjetischen Vorbild nicht zu bewerkstelligen. Den Nordlichtern aber geht die Puste aus. In der dritten Halbserie kommen sie in dreizehn Begegnungen auf magere elf Punkte und so kommt es am Pfingstsonntag zum Endspiel gegen den Titelverteidiger. Walter Fritzsch und die 35.000 schicken unzählige Stoßseufzer gen Himmel: Warum nur haben wir nicht zu Ostern spielen können, da hätten wir gegen Vorwärts gewonnen!

Walter Fritzsch in der Reservemannschaft am Ball, am 13. August 1961 gegen Warnemünde

Ein einmaliger Grund in der Geschichte des DDR-Fußballs führte zur Absage der Spitzenbegegnung im Ostseestadion. In Ostberlin ist die Ruhr ausgebrochen. Fast 30.000 Fälle werden registriert, fast 4.000 Erkrankungen stationär behandelt. Um eine weitere Ausbreitung zu verhindern, kommt es in der Hauptstadt zur Absage aller zentralen Veranstaltungen. Betroffen sind die Feierlichkeiten zur Jugendweihe in Berlin, Potsdam und Frank-

Vor dem Endspiel gegen den ASK Vorwärts kennt der Optimismus keine Grenzen

furt/Oder. Schließlich dürfen auch die Armeefußballer die Stadt nicht verlassen. So wird die Nachholbegegnung der Rostocker gegen Vorwärts Berlin zum Endspiel: Gastgeber Empor mit Trainer Walter Fritzsch muss gewinnen, soll die Meisterschaft erstmals geholt werden.

„10. Juni 1962 – Das Endspiel gegen den ASK gewann Vorwärts durch eine bessere Leistung verdient. Nach der 1:3-Pleite kurze Feier im Club. Ich blieb fern. Die Experten meinten, ich soll es nicht so tragisch nehmen."

Dreimal Vize-Meister, ein verlorenes Pokal-Endspiel – die Rostocker haben im Frühjahr 1965 den Glauben verloren, unter Fritzsch einen Titel zu holen. Dabei haben sie es ihm zu verdanken, inzwischen als »Spitzenmannschaft« bezeichnet zu werden. Gelten hinter Jena und dem ASK Vorwärts als die Nummer drei im DDR-Klubfußball, vielleicht auf Augenhöhe mit den Leipzigern oder Pokalverteidiger Magdeburg.

„18. Mai 1965 – Wurde ich verabschiedet vom SC Empor. Kapitän Zapf lobte mich. Parteisekretär Steyer versuchte Schlagsahne. Dieser Abschied fiel mir wirklich nicht schwer."

Bis Anfang Juni 1965 scheint die Zukunft des Trainers völlig offen. Käthe und Walter haben besprochen, nach Leipzig zu gehen, wenn sich eine Chance bietet. Doch die losen Gespräche bleiben Absichtserklärungen. Da kommt ein Telegramm von Stahl Riesa. *„In zwei Jahren möchten wir gern in der Oberliga spielen"* – geht es gleich im ersten Gespräch ohne Umschweife zur Sache. Walter Fritzsch mag diese Art und sagt zu.

Der 3:1-Erfolg gegen WEMA Plauen im August 1966 gerät für den Trainer der Stahl-Elf schnell zur Nebensache. Ein Brief aus Planitz verheißt nichts Gutes. Mutter Fritzsch liegt im Krankenhaus. Schon am nächsten Tag sind Walter und Käthe unterwegs zu ihr. *„MUTT WAR FROH, DASS WIR DA SIND"* – hält er später fest und aus den Notizen spricht große Erleichterung, aber auch Sorge. *„Sie sieht gut aus. Sie klagt über Hunger. OFT WAR SIE WEG. Sie sprach hochdeutsch."*

Der Gesundheitszustand seiner Mutter versetzt den Trainer in den folgenden Tagen immer häufiger zurück in die Kindheit. Vor Monaten hatten sie darüber gesprochen und erst jetzt sollte er erfahren, dass sein Vater eigentlich Gastwirtsgehilfe war und seine Mutter Fabrikarbeiterin. Ernst Fritzsch musste das Geld für die Familie später als Bergmann verdienen. Als die Gesundheit ramponiert war, versuchte er sich als Vertreter. Hatte dabei nicht immer eine glückliche Hand und wurde arbeitslos. Als er starb, blieben Schulden. So waren Gerhard und Walter, die beiden Ältesten, schon früh gefordert. Die Miete von 12 Mark im Monat galt es abzusichern, Ella Fritzsch bezog pro Woche 16 Mark von der Wohlfahrt. *„Zum Leben zu wenig und zum Sterben zu viel"* – seufzte sie und wusste auch noch, dass Walter drei Jahre lang als Laufjunge eine Mark in der Woche beisteuern konnte, dafür aber vier Tage mit Botengängen unterwegs war.

„Weißt Du noch, dann warst du Landhelfer?" – fragte sie und er nickte nur stumm. Sah sich noch einmal beim Füttern der Tiere. Ein Tag war lang, von 6 Uhr bis 18.30 Uhr – von Montag bis Sonnabend ging der Dienst. Der Sonntag war erst ab 14 Uhr frei. *„Viel zu lernen gab es"*– erinnert sich Walter und denkt an den Umgang mit Pferden, Schweinen, Schafen und Hunden. Füttern, ausmisten, aber auch einordnen, unterordnen. In diese Zeit fiel auch noch eine Blinddarmoperation, 1935 oder war es doch

schon 1936? Auf jeden Fall vor Beginn seiner Lehre bei Horch. Ella Fritzsch äußerte zum Abschluss ihres Gesprächs eine Bitte: *„Wenn ich mal nicht mehr bin, vertragt ihr euch wieder, Gerhard und Du? Sonst finde ich keine Ruhe!"* Wieder nickt Walter nur und schweigt.

Wochen später grüßt Stahl Riesa von der Tabellenspitze der DDR-Liga, Staffel Süd. Ein wertvoller Auswärtssieg bei Vorwärts Meiningen (2:1) untermauert die gute Rolle, die die Fritzsch-Elf spielt. Gedanklich ist der Trainer schon beim nächsten Auftritt seiner Mannschaft, einem Heimspiel gegen Motor Bautzen. Ein Anruf lässt die Welt plötzlich still stehen. *„Walter, schnell! Mutt… es geht nicht mehr lang, komm!"* Mit dem Wolga der Betriebsleitung jagen sie ins Krankenhaus nach Zwickau. *„LEIDER KAMEN WIR 50 MIN zu spät. Mutt verstarb 15:32 Uhr. Sie soll Angst vor dem Sterben gehabt haben. Ich glaube trotzdem, sie hatte es nur 4 Wochen schmerzlich. Sie verstarb unerwartet u. friedlich."*

Nach der Urnenbeisetzung spricht Schwägerin Lisbeth mit Walter. Sie will versuchen, die beiden Brüder zu versöhnen. So, wie es sich Mutter Fritzsch auf dem Sterbebett gewünscht hatte. Das gut gemeinte Unterfangen erweist sich als nicht einfach. Sowohl Gerhard als auch der um drei Jahre jüngere Walter sind beides ausgesprochene Sturköpfe.

„13. März 1968 – Unterhielt mich mit Günter Schneider, Generalsekretär (DFV). Er meint, ich soll Zwickau übernehmen. Ich sagte ihm, dass er Zwickau zu mir schicken soll."

Im März 1968 beginnt das Ehepaar Fritzsch mit den ersten Theoriestunden zum Erwerb der Fahrerlaubnis. Käthe beginnt zuerst mit den praktischen Fahrstunden. Walter hat arge Probleme. *„War nicht aufmerksam, Schaltsorgen"* – notiert er und muss deutlich länger üben als seine Gattin. Irgendwann besiegt er seine Unsicherheit und wird zur Fahrprüfung zugelassen. Es werden aufregende Tage, weil ihm der Platz am Steuer noch immer ein wenig fremd ist. Dazu geht es gerade ins Saisonfinale in der Staffel Süd der DDR-Liga. Stahl Riesa schlägt Gera im Spitzenspiel mit 4:1, übernimmt die Tabellenführung. Doch Walter Fritzsch hat Probleme. Das Anfahren am Berg klappt noch nicht so richtig. Wird es zur Prüfung besser? Und das letzte Spiel mit der BSG Stahl? Ein Sieg muss her, soll der Oberliga-Aufstieg gelingen.

Mutter Ella mit ihren Söhnen Gerhard und Walter, Weihnachten 1940

„17. Mai 1968 – 11 Uhr – 4. Zusatzfahrstunde. Anfangs unsicher. 13 Uhr Fahrprüfung, es ging, War nicht allzu schwer. 1 Patzer."

Der Coach meistert beide Herausforderungen. Besteht erst die praktische Prüfung und gewinnt mit seiner Mannschaft 3:0 bei Aktivist »Karl Marx« Zwickau. Der Aufstieg! Die Genossen des VPKA Riesa gratulieren ihm gleich doppelt, als er Tage später beim Pass- und Erlaubniswesen seinen Führerschein abholt. Im Kopf hat Walter Fritzsch ganz andere Dinge. Nach drei Jahren in Riesa liebäugelt er mit einem Wechsel und vertraut seinem Tagebuch auch noch einen ganz persönlichen Vorsatz an: *„Immer sachlich fahren mit dem Auto."* Tage später haben Käthe und Walter Fritzsch ihren ersten, fahrbaren Untersatz. Im Tagebuch festgehalten die nüchternen Fakten:

„24. Mai 1968 – Kauften unseren Trabant. RB 04-90. Erledigte alles Käthe. Tagesausgaben: 9.412 Mark. Für mich das Ende mit der Deutschen Reichsbahn. Ich fahre nach Leipzig jetzt mit PKW ca. 75 min. Mein Fahrrad kam in den Keller. Wir sind beweglicher. Aufgrund des Aufstiegs musste ich die Leitung informieren, dass wir uns den höheren Bedingungen anpassen mussten."

Nach den Vorstellungen des Trainers soll der Oberliga-Neuling einen hauptamtlichen Sektionsleiter, eine Sektionssekretärin und einen Masseur anstellen. Schon schwieriger wird es, die Gehälter zu erhöhen und – alles nach Leistung – ebenfalls die Jahresendprämie bei Klassenerhalt anzuheben. Das dauert seine Zeit. Für Fritzsch ist das Oberhaus mit Riesa ein Abenteuer, trotz aller Bemühungen sieht er den Aufsteiger nur bedingt dafür gerüstet. *„Bekam eine Zweizimmer-Dienstwohnung, Dresdner Straße, Inventar und Büro Stahl. Wieder stellte ich die Leitung vor die Tatsache, Oberliga-Niveau zu schaffen. Mein Arbeitszimmer war die Schiedsrichterkabine. Zwei Stühle, ein Tisch, drei Blechschränke."*

Schneller als gedacht kommt Bewegung in die beruflichen Zukunftspläne des Stahl-Trainers. Am 12. Juli 1968 erhält er von Manfred Scheler das Angebot, den künftigen Schwerpunktklub Dynamo Dresden zu übernehmen. Scheler ist Vorsitzender des Rates des Bezirkes Dresden und handelt im Auftrag von Werner Krolikowski. Für Fritzsch ein alter Bekannter, »Kroli« kennt er noch als einen der obersten Genossen der Bezirkshauptstadt zu Rostocker Zeiten. Damals war der massige Funktionär in der SED-Bezirksleitung des Nordbezirkes als Sekretär für Agitation und Propaganda tätig. Seit 1963 ist Krolikowski Erster Sekretär der SED-Bezirksleitung Dresden und sitzt zugleich im SED-Zentralkomitee. Klar ist damit, der Fußball in Dresden wird im Sommer 1968 zur Chefsache. Bemerkenswert der Zeitpunkt der Anfrage, offiziell wird Dynamo erst Tage später zum neuen Leistungszentrum in Dresden erklärt.

Oberliga-Aufsteiger BSG Stahl Riesa mit Cheftrainer Walter Fritzsch (r.) vor der »Skyline« im Grube-Stadion

„26. Juli 1968 – Dunajská Streda – Stahl 0:5, Spiel war schon besser. Bankett verlief im Weinkeller. Leider verstanden unsere Spieler das Zugeständnis falsch. Alle tranken über das Maß, einige waren sogar betrunken."

MfS-Kreisdienststelle Riesa – 31. Juli 1968: *„Mit dem Trainer der Oberliga-Mannschaft der BSG Stahl, Genosse Walter Fritzsch, wurde am 31. Juli 1968 eine kurze Aussprache über die durchgeführte Reise in die ČSSR geführt. Er brachte folgendes zum Ausdruck. Die Reise hat nicht ihren Zweck erfüllt, da die Trainingspartner nicht, wie vereinbart, aus der Oberliga waren und man habe Ihnen nur mitgeteilt, dass keine anderen Abschlüsse möglich gewesen sein.*

Zur Lage in der ČSSR sagte er, dass die ČSSR-Genossen für ihn einen wirklich beängstigenden Standpunkt vertreten haben. Sie sehen, oder wollen die Gefahr, in der sie sind, nicht sehen. Nach deren Diskussion ist bei ihnen alles in Ordnung und unsere Befürchtungen seien grundlos. Zum Beispiel habe der Trainer der Mannschaft, die in Riesa war, gesagt, dass sie die Russen nicht wollen, sie wollen nicht am Gängelband hängen, sondern ihren eigenen Weg gehen. Die Frage, dass sie dann den Faschismus Tür und Tor öffnen, wollte er gar nicht wissen, denn er behauptet, dass der sozialistische Weg in der ČSSR weiter gegangen würde, ganz gleich, was die Zeitungsschreiber und die Rundfunk-Kommentatoren bringen würden.

Von Seiten der ČSSR-Betreuer und auch der Spieler habe keiner irgendwie die Diskussionen gesucht und er ist auch der Meinung dass der deutsch sprechende Betreuer zu seinen Gunsten die Diskussionen beziehungsweise die Übersetzungen führte. Er sei wirklich ein Mangel gewesen, dass von unserer Seite keiner mit war, der die tschechische Sprache konnte."

Den Trainer reizt die Anfrage aus Dresden, doch erst Ende September 1968 wird der Kontakt zu Dynamo etwas konkreter. Im Gespräch ist nun eine Übernahme mit Beginn der Saison 1969/70 und zwar unter der Voraussetzung, dass der sofortige Wiederaufstieg gelingt. Vier Wochen später klopft der BFC Dynamo bei Fritzsch an. Der Mielke-Klub schwebt als Tabellennachbar von Oberliga-Neuling Stahl Riesa in Abstiegsgefahr und sucht eine Sofortlösung. Der Umworbene lehnt ab, will unbedingt mit seiner Mannschaft die Klasse halten. Im November 1968 werden die Gespräche mit den Dresdnern konkret, Fritzsch notiert:

„15. November 1968 – Sie wollen mit mir einen Vorvertrag machen. Im Gespräch sind unter anderem 2.500 Mark Gehalt, eine Garage und eine Kleinstwohnung. Ich kann nachweisen, dass all diese Gemeinschaften mich als Trainer sofort wieder einstellen wollen. Es sind: Wismut Aue, SC Empor, Motor Dessau, SC Karl-Marx-Stadt, außerdem bewarben sich der FCL und Chemie Leipzig, Chemie Böhlen, Lok Stendal sowie Dynamo Dresden.“

Fritzsch will mit der Stahl-Elf den Verbleib in der Oberliga schaffen, um dann nach Dresden zu wechseln. Er weiß, bis dahin gilt es noch einige Auseinandersetzungen zu führen: *„Für mich stand fest, dass ich alles versuchen würde, die Sportfreunde so zu verbessern, dass sie die Oberliga halten.“* Nicht alle Stahl-Kicker haben sich mit der speziellen Fritzsch-Art anfreunden können. Der Trainer kennt die Anschuldigungen und Vorwürfe: *„Es sind immer dieselben Punkte. Ich sollte meine Worte zu den Spielern humanitärer aussprechen. Ich hätte kein Vertrauen zu den Spielern. Der Masseur sei mein Spitzel. Ich sei kein Optimist, ich sei sehr von mir eingenommen, würde nur fordern.“* Unmittelbar nach der letzten Besprechung notiert Fritzsch seinen Entschluss: *„Ab 30.6.69 werde ich Riesa verlassen, aber die Oberliga für Riesa garantieren!“* Einen Tag später teilt der Stahl-Trainer den Riesaer Verantwortlichen mit, dass er seinen Vertrag über das Saisonende hinaus nicht verlängern wird. Am 24. November wird Walter Fritzsch erneut von einem schwarzen Tatra abgeholt. Im Gästeheim der SED-Bezirksleitung sitzt er den führenden Dresdner Genossen gegenüber. Krolikowski, Scheler und Stammnitz geben ihm das Gefühl, ihn unbedingt verpflichten zu wollen. Anwesend ist auch Kurt Kresse, der aktuelle Dynamo-Coach. Noch vor Jahresende soll alles perfekt sein.

Tatsächlich gibt es am 18. Dezember 1968 die entscheidende Runde. Aus Berlin ist Herbert Gasch gekommen, um das Projekt mit der Zustimmung der Zentralen Leitung der SV Dynamo zu segnen. In der Hauptstadt gab es gegen den neuen Mann starken Widerspruch, weil dem Trainer ein Hochschuldiplom fehlt. Er kann nur einen fünfmonatigen DHfK-Lehrgang nachweisen. Aber auch hier setzt sich Fürsprecher Krolikowski durch. Walter Fritzsch lächelt zufrieden. In Dresden soll er beim Verein 1.700 Mark netto verdienen, und der Generaldirektor des Kombinates Fortschritt in Neustadt legt noch einmal 400 Mark im Monat drauf.

„11. März 1969 – Rief mich die Bezirksleitung SED Dresden an, geht klar mit Dynamo.

31. März 1969 – Kündigte bei der BSG Stahl Riesa.

Walter und Käthe beim Wintersport in Oberhof

Glückwünsche zum Aufstieg vom Werkdirektor an Johann Ehl. Walter Fritzsch denkt an seine Fahrprüfung

Die Forderung der Mannschaft wird abgeschmettert. Der Ratsvorsitzende Manfred Scheler lässt die Revoluzzer antanzen. Sie sind siegessicher, haben sie doch in den vergangenen Jahren bestimmt, wer auf der Trainerbank in Dresden sitzt und vor allem wer nicht.

„Herr Scheler, heute gibt es bei Ihnen doch gar nichts zu trinken!" – flachsen die Spieler. Der Angesprochene kommt schnell zur Sache: *„Am Montag beginnt das Training unter Walter Fritzsch und solltet ihr nicht wollen, suchen wir uns eine neue Mannschaft!"* Die Kicker zucken zusammen. Scheler lässt nicht locker: *„Und Du, Kreische, spielst dann eben in der Kreisklasse und gehst auf den Bau arbeiten!"* Stille im Rathaus-Sitzungssaal. Da ergreift Polizei-Chef Nyffenegger das Wort und berichtet fast im Plauderton von einer ganz neuen Methode in der Kriminaltechnik. Mit diesem Verfahren sei zweifelsfrei zu ermitteln, wer der Verfasser eines handschriftlich verfassten Papiers wie dieser Resolution sei. Derjenige könne sich jetzt aber durchaus noch zu erkennen geben. Das Einschüchterungsprinzip funktioniert. Siegfried Gumz erhebt sich ganz langsam von seinem Platz. Da gibt auch Hans-Jürgen Kreische auf: *„Ich ziehe meine Unterschrift zurück!"*

29. Mai 1969 – 10 Uhr bei Dynamo, Herrmann – Unterschrift Vertrag, 1.698 Mark. Sie unterhielten sich mit mir offen. Klare Linie. Ich gab in Riesa meinen Abschied im Klubhaus mit dem Kollektiv und wünschte ihnen, dass sie die richtigen Schlussfolgerungen für die Zukunft ziehen sollen."

Dynamo Dresden erfüllt alle Bedingungen des Trainers. Nachdem das Grundgehalt und ein paar Mark Zulage beim Kombinat Fortschritt in Neustadt abgesichert sind, bekommt der neue Coach von Dynamo die Zusicherung, absolut alleinverantwortlich für den sportlichen Bereich zuständig zu sein. Damit würde Fritzsch der starke Mann. Von dieser Vorgeschichte haben die Spieler nicht die leiseste Ahnung. Sie sprechen sich gegen den Neuzugang aus. Fast alle unterschreiben eine Resolution, die landet beim Klubvorstand und sogar beim Fußballverband in Berlin. Doch Walter Fritzsch hat sein Dynamo-Kapitel von 1953 nicht vergessen und ist auf alles vorbereitet.

Unmittelbar vor seinem Amtsantritt erhält Walter Fritzsch einen Brief von einem Dresdner Fußball-Anhänger, der am 26. Juni schreibt: *„Sehr geehrter Herr Fritzsch, im Namen vieler Dresdner Fußball-Anhänger möchte ich Sie auf das Herzlichste in den Mauern einer Stadt begrüßen, die in Ihnen einen Mann sieht, der aus einer sportbegeisterten Stadt endlich wieder eine Fußball-Hochburg machen kann. Lange Jahre waren hier die Oberliga-Fußballspiele statt eine Augenweide ein Nervenkitzel, wie in einem Krimi. Dresdens Fußball-Anhänger sind früher, zur Zeit eines Hofmann und Schön, verwöhnt worden. Sie werden, wenn sie aus Dynamo etwas zu machen verstehen, ein dankbares Publikum finden. Viele sind in den letzten Jahren dem Fußball ferngeblieben. Aber, ich versichere Ihnen, wenn Sie uns endlich wieder Fußball zeigen, werden sie stets ein volles Haus und viel Freude an Dresdens Fußballnarren haben werden! Ihnen viel Erfolg und alles Gute persönlich wünscht Ihr Helmut Meyer"*

Hans-Jürgen Kreische

Jahrgang 1947

TRAINER
Dynamo Dresden, DSC

SCOUT
HSV
RB Leipzig
Dynamo Dresden

seit 2020 Übergangs-Koordinator Dynamo Dresden

Ehrenspielführer Dynamo Dresden

Lebt in Dresden

Mir scheint, ihr hattet die Überzeugung, seinen Amtsantritt wirklich verhindern zu können. War dem so?

HJK: Bei Chemie und Lok Leipzig war es ja ähnlich gelaufen! Dort hat es geklappt, die haben ihn nicht geholt! Wenn ich mich richtig erinnere, war er in Dresden Jahre zuvor schon mal im Gespräch gewesen. Die Mannschaft sprach sich dagegen aus und fertig, hieß es.

KS: 1969 waren sich die Funktionäre mit Krolikowski an der Spitze einig, da hatten wir keine Chance.

HJK: Ja, Krolikowski hat die Hand über ihn gehalten, die kannten sich aus Rostocker Zeiten. Die Zweiten Sekretäre der SED-Bezirksleitung waren ja für den Sport zuständig.

Systemtreu und stur

Dazu war im Sommer 1968 besprochen worden, dass Dynamo Leistungszentrum im Bezirk wird. Kurz nach dem Oberliga-Abstieg…

KS: Für mich noch heute der wichtigste Abstieg aller Zeiten. Warum? Danach ging es endlich vorwärts!

HJK: Da muss man vor allem einen Mann nennen, der heute völlig in Vergessenheit geraten ist – Kurt Kresse! Der sofortige Wiederaufstieg war sein Verdienst, er hat die jungen Spieler eingesetzt. Schließlich waren sie alle durch seine Hände gegangen. Kresses Arbeit in der Fußballschule auf der Marienallee war für mich eine ganz wichtige Grundlage der großen Erfolge der Siebzigerjahre.

KS: Eigentlich war diese Fußballschule illegal. Gegründet worden als »Gegenleistung« für den Abzug der Dresdner Meistermannschaft nach Berlin, 1954. Deshalb wurde das geduldet und die Spieler wurden ja auch für Dresden und für Berlin ausgebildet. Im Sommer 1968 klärte sich das dann, auch durch den Fußballbeschluss, dass Dresden nicht mehr nach Berlin abgeben muss. Das war wichtig! Kurt Kresse baute die jungen Spieler nach und nach oben ein, die wollten ja alle weg nach dem Abstieg oder wurden abgeworben.

HJK: So gesehen hat sich Walter Fritzsch bei Dynamo nämlich ins gemachte Nest gesetzt!

Kurt Kresse hatte schon vor dem Aufstieg signalisiert, dass er in der Oberliga nicht mehr als Trainer arbeiten will. Nun also kam Walter Fritzsch. Warum passte das nicht zwischen Euch beiden?

HJK: Ein Beispiel: Wir spielen gegen Lok Leipzig. Kurz vor der Halbzeit gelingt mir das 1:0 und was passiert? In der Kabine nimmt der mich Maß, eine völlig sinnlose Kontrastellung!

KS: Schuld waren bei ihm fast immer die Leistungsträger. Er wollte auf diese Art, noch bessere Leistungen herauskitzeln.

HJK: Schön! Mit dieser Art von Menschenführung – das war für ihn ein Fremdwort – hat er sich viel vergeben. Vielleicht hätten wir

Klaus Sammer

Jahrgang 1942

TRAINER
Dynamo Dresden 1983/86 und 1992/93

Ehrenspielführer Dynamo Dresden

Lebt in Dresden

ja mit einer anderen Linie mal den Europapokal geholt? So aber sind wir, ich weiß gar nicht wie oft, zwar Meister geworden, aber international immer viel zu früh gescheitert.

Gutes Stichwort, natürlich müssen wir über ein großes Thema des nächsten Kapitels reden, die Bayern-Spiele! Hans, Du warst verletzt…

HJK: …und der Lange saß in München nur auf der Bank und blieb dort sitzen!

KS: Weil der Walter auf den Erfahrungsschatz der älteren Spieler verzichtet hat. Wen hat er in München in der zweiten Halbzeit gebracht? Das »Kopfball-Ungeheuer« Riedel und den unerfahrenen Schmuck!

HJK: (winkt ab und stöhnt) Katastrophe!

So wurde aus dem 3:2-Vorsprung eine 3:4-Niederlage. Für die Bayern war das Ergebnis schmeichelhaft oder?

KS: Na freilich! Die waren doch völlig durcheinander. Haben die Bälle nur hoch und weit nach vorn geschlagen.

Für das Rückspiel haben sich die Bayern dann aber etwas einfallen lassen?

KS: Ja, Gerd Müller spielte überraschend hängende Spitze, so wollten sie Siegmar Wätzlich rauslocken und Räume schaffen. Das ging mir so in Liverpool oder auch gegen Ajax. Da wollte Walter Fritzsch, dass ich dem Cruyff überallhin folge. Mit Manndeckung aber hättest du gegen den keinen Stich gesehen! Den konntest du nur ablaufen. Hab ich gemacht, wir haben hier in Dresden zu Null gespielt. Aber sowas muss ein älterer Spieler auf dem Rasen eben selbst entscheiden.

Die Startphase gegen die Bayern hier in Dresden stand ganz im Duell Hoeneß gegen Geyer. Viermal sausten die beiden um die Wette in Richtung Dynamo-Tor!

KS: Richtig, nach dem 0:1 drehte sich Walter zu mir: „Wärm Dich off!" Da kam aber auch schon der Kommentar vom Hans!

… der saß mit Gipsbein auf der Bank und sagte was?

HJK: Ach, wenn der Kahn untergeht, ist der alte Mann gut genug!

KS: Und was passierte? Richtig, Sammer blieb draußen, da war der Walter stur!

Magdeburg holte in dieser Saison 1973/74 unter Heinz Krügel den Europapokal. Was war der Unterschied zwischen den beiden, aus Planitz stammenden Trainern?

HJK: Ein Unterschied war, die Spieler aus Magdeburg haben bei Auswärtsspielen der Nationalmannschaft immer zusammengelegt und dem Krügel eine gute Flasche Rotwein mitgebracht. Auf die Idee wären wir in Dresden bestimmt nicht gekommen!

Was bleibt von Walter Fritzsch fußballerisch?

KS: Sein System war das 4:3:3, das finde ich heute noch modern. Alles in Bewegung war seine Forderung, das zeichnete die Mannschaft aus. Dazu hat er viele Trainingsformen erfunden oder uns animiert, dass wir uns in Sachen Standardsituation etwas überlegen. Haben wir gemacht und es hat geklappt. Zweifelsfrei hat er große Verdienste und gute Sachen gemacht, vieles habe ich später als Trainer angewendet – das darf man nicht vergessen und gehört auch mit dazu.

Dresdens Erfolgstrainer und sein Markenzeichen – die Schmalfilmkamera

„27. Juni 1969 – 14 Uhr – Empfingen mich freundlich, Hänel, Seidel. 15 Uhr, wurde dem Kollektiv vorgestellt. Sprach mit ihnen."

Ein hauchzarter Erstkontakt steht am Beginn einer Zusammenarbeit, die sich über neun Jahre erstrecken wird und noch heute, über ein halbes Jahrhundert später, als erfolgreichster Abschnitt der Vereinsgeschichte gilt – eine Ära. Daran verschwendet am Nachmittag des 28. Juni 1969 niemand auch nur den kleinsten Gedanken. Als die Dynamos in den Mannschaftsbus einsteigen, bekommen viele Spieler gar nicht mit, dass auf der hintersten Sitzbank bereits jemand Platz genommen hat, Walter Fritzsch.

Meisterjahre – 1969 bis 1974

Es geht nach Burkau, ein kleiner Ort direkt an der Autobahn-Holperpiste von Dresden nach Bautzen. Der Trainer im Fond verliert auf der Fahrt nach Ostsachsen keinen Mucks. Stunden zuvor hat er seiner Frau Käthe noch beim Einräumen der Wohnung geholfen. Entfernte Farbflecke an Türen und Fenstern. Nun schaukelt ihn der Ikarus in ein neues Kapitel seiner Laufbahn. Die Schweigsamkeit des Trainers kommt nicht von ungefähr. Diese Resolution der Spieler an die Zentrale Leitung und an den Fußballverband hat ihn vorsichtig werden lassen. Schließlich erlebt er eine solche Situation nicht zum ersten Mal. Nur weiß das in diesem Bus niemand, außer ihm. Der mittlerweile 48-Jährige erinnert sich an die Vorkommnisse damals in Aue, Lauter oder auch in Dessau. Nun spürt er ein wenig »Fracksausen«, nicht wissend, wie die Mannschaft auf ihn reagiert. So erlebt Walter Fritzsch nach einer Pause von 16 Jahren seine zweite Premiere bei Dynamo. Sie beinhaltet auch einen kurzweiligen 7:3-Erfolg im Freundschaftsspiel gegen Traktor Burkau. *„Es gab die ersten Berührungspunkte mit den Sportfreunden"*, notiert er am Abend, bezieht in der Beschreibung seine ausdrückliche Zurückhaltung ein und freut sich über die nun fast komplett eingerichtete Wohnung. Ein paar hundert Meter hat Walter Fritzsch von der neuen Wohnung in der Grunaer Straße bis zum Arbeitsplatz zurückzulegen. An der Tankstelle vorbei, lässt er das Hygiene-Museum rechts liegen. Links von ihm die Liegewiese des Freibads. Da kann er auch schon das Steinhaus hinter dem Hartplatz sehen. Eine kurze Strecke für das, was ihm alles durch den Kopf schwirrt. Wenn das Training pünktlich um acht Uhr beginnt, wird er zum ersten Mal allein vor die Mannschaft treten. Dieser Moment klärt die Fronten, zumindest für die erste Zeit:

„Horcht drauf, ich hab von Euch dies und jenes gehört. Ihr habt von mir das und das gehört. All das spielt keine Rolle mehr. Jetzt gehts los, wir werden es gemeinsam versuchen!"

Das Programm zum Auftakt hält zwei Trainingseinheiten bereit. Der neue Trainer greift auf dem Hartplatz oft ein, korrigiert lautstark und gibt mit energischer Stimme den einen oder anderen Hinweis. Das Mittagessen sieht diesmal schweigsame Spieler. Stumm im Rührei stochernd, mampfen sie die Mahlzeit in sich rein. Dabei scheinen Umfang und Intensität der Übungen noch moderat.

„30. Juni 1969 – Erster Trainingstag – hielt Antrittsrede. Sprach mit dem Kollektiv, dass ich informiert war, dass das Kollektiv mich als Trainer ablehnte. Dass die Informationen über meine Person nicht der Wahrheit entsprechen. Sagte, dass ich einige negative Tatsachen zu Gehör bekam. Über das Verhalten einiger Spieler – Tankhäuser, Skat-Abende usw. Wenn die Truppe meinen Forderungen im Training und Wettkampf nachkommt, garantiere ich für gute Leistungen! Sportfreunde meinen, sie müssen sich erst an mein Training gewöhnen. Sie haben noch viele Mängel."

Am zweiten Tag bekommen die Dynamo-Spieler eine Vorstellung, was sie unter ihrem neuen Trainer künftig erwartet. Einer noch sehr ruhigen Stunde Theorie-Unterricht zum Thema »Standardsituationen« folgt der »Athletik-Tag«. Den körperlichen und seelischen Zustand der Fußballer beschreibt der Trainer danach kurz und knapp: *„Sie waren bedient.“* Der kleine Mann aus Planitz setzt auf bedingungslosen Einsatz und eiserne Disziplin. Jeder Spieler erhält von ihm einen achtseitigen Brief, darin festgehalten das Saisonziel für die Wieder-Aufsteiger: *„Klassenerhalt, 26 Pluspunkte“*. Eindringlich warnt der Trainer vor den Gefahren: *„Überschätzung der eigenen Leistung, Überheblichkeit, unsolider Lebenswandel mit Alkohol, Nikotin und Frauen, Lustlosigkeit, Gleichgültigkeit, Bequemlichkeit, Disziplinlosigkeit, egoistisches Verhalten, Zersetzen des Kollektivs durch Starallüren.“* Ergänzt wird das persönliche Anschreiben durch umfassende taktisch-technische Hinweise und schließt mit: *„Ich wünsche Ihnen für unsere gemeinsamen Aufgaben recht viel Freude, Erfolg und gute Verbundenheit mit mir. Ihr Walter Fritzsch.“*

In den folgenden Jahren werden viele Kicker erleben, wie schnell der Coach bei Verstößen gegen seine Grundprinzipien zum kleinen General werden kann. Unerbittlich und gnadenlos. Hinzu kommt der Umstand, dass er einem jungen Spieler die Einsatzchance einräumt, wenn er im Vergleich zu einem 30-jährigen oder älteren Spieler annähernd die gleiche Leistung bringt. Zu den ersten Amtshandlungen gehört auch die Einführung eines Kritik-Buches. Jeder Spieler hat das DIN-A4-Buch regelmäßig zu führen, darin seine Stärken und Schwächen einzuschätzen, die Aufstellung nennen und den Spielverlauf zu beschreiben. Nach der persönlichen Spielauswertung wartet die Vorlage beim Trainer. Die Kicker lernen schnell, bei der Auswertung des Trainers auf bestimmte Tendenzen zu achten und »frisieren« ihre Meinung entsprechend. Zum Abgabetermin ist alles in Butter, wenn Walter Fritzsch liest, dass Spieler Selbstkritik üben.

Nach nur einer Trainingswoche wird mit Bernd Hofmann der erste Spieler zur Aussprache zum Trainer gerufen. Der Sohn von Dresdens Fußball-Legende »König Richard« Hofmann fühlt sich im Mittelfeld zu Hause. Verfügt trotzdem über ausgeprägte Erbanlagen in Sachen Torgefahr und Treffsicherheit. In der Abstiegs-Saison 1967/68 gilt er bei Dynamo als unverzichtbar, bestreitet alle 26 Meisterschaftsspiele und steht in der Schützenliste mit sieben Toren ganz vorn. Sechs der sieben Treffer erzielt er vom Elfmeterpunkt. Auch beim sofortigen Wiederaufstieg gehört er zu den Stammkräften. Nun bekommt er von Walter Fritzsch zu hören, dass er seine Deckungsarbeit unbedingt verbessern muss. Bernd Hofmann wird in der Saison 1969/70 die ersten zehn Oberligaspiele bestreiten und am 11. Oktober 1969 beim 1:1 gegen Vorwärts Berlin letztmalig eingesetzt.

„16. Juli 1969 – Union – Dynamo Dresden 0:2. Das Spiel klappte noch nicht, Deckung, Ergänzen … Kreische taucht in der zweiten Halbzeit unter, schießt zwei Tore. Unterhielt mich im Bus mit Kreische, Dörner, Riedel.

17. Juli 1969 – Holte mein Gehalt, 1340 Mark netto. Sagte, dass es recht wenig ist. Käthe u. Charlotte ins »Grüne Gewölbe«.

18. Juli 1969 – Unterhielt mich mit H. Seeger (DDR-Auswahltrainer) und W. Wolf (Co-Trainer DDR-Auswahl) über Kreische. Stehen hinter mir.

21. Juli 1969 – Die zwei USA-Kosmonauten haben den Mond betreten und untersucht, das brachte das Fernsehen.

24. Juli 1969 – 6:55 Uhr Frühsport in der Halle. 7:35 Uhr tranken Kaffee. 8:15 Uhr Fuhren zum Training, i.O. trotz Hitze. 12:30 Uhr Mittagessen, Bettruhe. 14 Uhr Training lange Bälle, Kopfball. 17:15 Uhr Theorie. 22 Uhr Spaziergang. Die USA-Astronauten sind sicher gelandet im Ozean.

Autogramme von Kreische und Sammer sind begehrt – Dresden im Sommer 1969

25. Juli 1969 – 13:15 Uhr Polit-Unterricht. 14:15 Fuhr nach Leipzig. Im Stadion: Sprach mit Kreische, Dörner, Seeger. DDR – UdSSR 2:2. Spiel war von uns nur 20´ gut. V. Turn- und Sportfest in Leipzig, große Klasse."

Zu einem Spieler entwickelt Walter Fritzsch eine ganz besondere Beziehung. Hans-Jürgen Kreische war im Februar 1968 der erste Dynamo-Kicker seit 14 Jahren, der in die DDR-Auswahl berufen wird. Mit ihm hat der Trainer oft Streit. *„Denk´ bloß nicht, Du bist der König!"* brüllt Fritzsch über den Trainingsplatz. *„Und Du bist nicht der Kaiser!"* ätzt der vergnatzte Kreische zurück. Hinter dem Namen des Spielmachers stehen in den Aufzeichnungen von Fritzsch regelmäßig Notizen über Streit, Krach und Auseinandersetzungen. *„Erschüttert war ich, dass sieben Flaschen Bier ohne meine Genehmigung aus dem Kasten entnommen wurden"*, stellt Fritzsch am 28. Juli 1969 nach dem 10:1 bei Einheit Pankow fest. Bei 40 Grad in der Sonne und einem umfangreichen Sprinttest am Vormittag bescheinigt der Trainer seinem Kollektiv später eine gute Partie, natürlich ausgenommen Kreische.

„30. Juli 1969 – Dynamo Dresden – Sporting Club Damaskus 8:0. Wurde von Kroli (Krolikowski), Scheler, Stammnitz (2. Sekretär der SED-Bezirksleitung Dresden) usw. begrüßt. Über Perspektive unterhalten.

31. Juli 1969 – 17:40 Uhr ich ging zur Vorstandssitzung, sagte der Leitung meinen Standpunkt politischer Unterricht. Gab eine Runde.

7. August 1969 – Die Rumänen empfingen USA-Präsident Nixon wie einen Befreier ja, das ist wahr!!

8. August 1969 – Ausfahrt mit Funktionären von Dynamo nach Bad Schandau, Waldhäusel. Dort aß ich erstmalig Forelle.

18. August 1969 – Mit meinem Frauchen und Kollektiv im Weingut Radebeul. Es gab Sekt. Sprach mit den Spielerfrauen, informierte sie, was ihre Männer für eine Aufgabe als Fußballer haben. Teils hörten sie zu, teils waren sie überheblich. ‚Neue Besen kehren gut', auch das hörte ich."

Der Saisonauftakt rückt näher. Nach dem spielerisch überzeugenden 4:1-Erfolg über Lok Leipzig scheint Dynamo bestens gerüstet. Für den Trainer Nebensache, er fasst die Grundsätze seiner Arbeit noch einmal zusammen: *„Ich lege sehr viel Wert auf modernen Fußball. Das bedeutet für jeden Spieler, sich bewußt auf das Leistungsziel ‚Klassenerhalt' einzustellen. Die wöchentlichen Testübungen dienen den Spielern zur Kontrolle, wo sie stehen. Ebenso wird das Gewicht wöchentlich kontrolliert. Dazu werden wir ab sofort vor jedem Heimspiel am Donnerstag weg von zu Hause in ein Heim einziehen."* Die letzte Information nehmen viele Spieler mit versteinerter Miene entgegen.

Ihre erste »Kasernierung« vollzieht sich am 21. August 1969, genau ein Jahr nach dem Einmarsch sowjetischer Truppen in Prag. Was das mit dem Gästehaus des Rates des Bezirkes zu tun hat, erfährt Walter Fritzsch bei seiner Vorab-Besichtigung am Wilden Mann, gleich an der Autobahn. Hinter vorgehaltener Hand wird ihm geflüstert, dass hier auch Übersiedler aus dem Westen untergebracht wurden. Doch deren Zahl sei in den vergangenen Jahren deutlich zurückgegangen. Ab Sommer 1968 dient das Heim – frisch renoviert – für mehrere Monate als Beherbergungsstätte der Redaktionsmitglieder der Wochenzei-

Premiere – das erste Mannschaftsfoto in Schwarz-Gelb

tung »Zpravy«, die in Dresden gedruckt wird und in der ČSSR ab 30. August 1968 als Instrument sowjetischer Propaganda erscheint. Nun sollen die Dynamo-Spieler regelmäßig in den Zwei-Bett-Zimmern mit Waschbecken schlafen. Walter Fritzsch zeigt sich begeistert: *„Ein Klasse Heim!“*

Nach dem Oberliga-Auftakt gegen Hansa Rostock gibt es im Harbig-Stadion nur strahlende Gesichter. Klaus Sammer meldet Torschützenkönig Gerd Kostmann ab und wird »Spieler des Tages« in der »fuwo«. Hans-Jürgen Kreische knackt das Bollwerk der Gäste und bringt die Schwarz-Gelben in Minute 89 in Führung. Der 18-jährige Dixie Dörner bestreitet sein erstes Oberliga-Spiel, krönt sein Debüt mit dem 2:0 in der Schlussminute und sogar Gäste-Keeper Dieter Schneider darf sich als »Spieler des Tages« trotz der 0:2-Niederlage geehrt fühlen. Walter Fritzsch hält den Ball flach: *„Es war gar nicht so einfach!“*

Nur vier Tage später grüßt der Wieder-Aufsteiger aus Dresden in der Oberliga als Tabellenführer. Ein Treffer von Kreische entscheidet die Partie bei Wismut Aue. Doch Walter Fritzsch leidet. Weniger wegen des Feldverweises für Wolfgang Haustein – in seiner linken Schulter pocht der Schmerz, er mutmaßt: *„Ich muss mich erkältet haben. Die Schmerzen werden intensiver.“* Er schläft schlecht, sein Befinden am Morgen danach lässt einen geregelten Arbeitstag kaum zu. Zum Ende der englischen Woche wartet mit Stahl Riesa nach dem Heimspiel gegen Hansa Rostock das nächste Treffen gegen eine ehemalige Mannschaft auf ihn. Der Trainer verschwindet in der medizinischen Abteilung. Eine Behandlung mit Ultraschall und Elektrotherapie verschafft ihm Linderung. Dann beginnt die Spielvorbereitung. Das Spiel bei strömendem Regen endet mit einem überraschenden Dämpfer, 0:1 gegen Riesa: *„Alle Hinweise, Ratschläge und Ermahnungen waren vergessen. Jeder spielte nach seinem Gutdünken. Verloren durch eigenes Verschulden. In der Kabine war der Teufel los – Sammer.“*

„1. September 1969 – 18 Uhr Abendessen, mein Frauchen reizt mich und ich sprang an. Rindvieh.

3. September 1969 – Gingen zum Stadion Dynamo Dresden gegen DDR 2:3, Flutlicht Premiere.

9. September 1969 – Verabschiedeten Kurt Kresse nach Tansania.

10. September 1969 – Dresden gegen Eisenhüttenstadt sechs zu null. Es war ein gutes Spiel von uns trotz Regen 18.000 unterhielt mich mit Scheler, Manfred Ziel-Prämie will es sich überlegen."

Seit seinem Amtsantritt hat die Mannschaft von Walter Fritzsch bereits 17 Spiele bestritten. Der Trainer zieht Zwischenbilanz – wer hat ihn überzeugt und wer muss zulegen, will er künftig auflaufen. Vornehmlich die Alten müssen sich sputen, Fritzsch hat mit Rainer Sachse, Frank Richter, Horst Rau, Christian Helm oder Klaus Müller viele junge Akteure auf seinem Zettel. Veränderungen sieht er auch beim Gehalt. Streng nach Leistung soll bei ihm auch in Dresden gezahlt werden und natürlich hat er zudem bei den Prämien das letzte Wort. Aus diesem Grund bespricht er sich mit Manfred Scheler. Um zu erfahren, was der Ratsvorsitzende von einer »Zielprämie« hält: *„Will es sich überlegen."*

„11. September 1969 – 8 Uhr wurde das Kollektiv fotografiert. Festlegung der neuen Gehälter.

13. September 1969 – Rot-Weiß Erfurt - Dynamo Dresden 4:1. Unsere Truppe verlor, weil wir noch nicht konzentriert spielen. Während der Heimfahrt wurden Gehaltsgespräche durchgeführt.

20. September 1969 – Oberliga gegen FCK 2:1. Spiel verdient gewonnen, zu wenig Tore. Weltpokalsieg im Volleyball: DDR vor Japan und UdSSR."

Nach dem 2:1 gegen Chemie Leipzig – *„Ein robust bis unfaires Spiel, Hofmann verletzt raus."* – rückt der Fußball im Leben des Walter Fritzsch für zwei Tage in den Hintergrund. Sein Bruder hat die Einladung, zur Silbernen Hochzeit nach Dresden zu kommen, gern angenommen. Der Dynamo-Trainer aber will keinen Fehler machen. Hinterlegt deshalb die geplante Festivität und den Westbesuch ordnungsgemäß beim Verein. Immerhin war Gerhard vor nunmehr 15 Jahren aus der DDR geflüchtet. Von Klub-Sekretär Hans Seidel bekommt der Oberliga-Trainer versichert, keine Konsequenzen befürchten zu müssen. So steht Walter Fritzsch in Erwartung des Interzonenzuges aus Köln auf dem Bahnsteig. Als er mit Gerhard und Lisbeth an seiner Seite den Hauptbahnhof verlässt, führt ihr nächster Weg direkt zur Volkspolizei. Die Aufenthaltsgenehmigung muss um die Weiterreise nach Zwickau erweitert und genehmigt werden. Schließlich soll die große Feier am Ort der Eheschließung stattfinden. Ganz nebenbei erfährt Walter, dass sein Bruder als Masseur bei Concordia Merkstein tätig ist und die Handballer in der Oberliga spielen.

Am folgenden Tag nimmt die vielköpfige Gesellschaft in der Turnhalle Oberhohndorf an der festlich eingedeckten Tafel Platz. Dynamo Dresden wird durch die komplett anwesende Vereinsführung vertreten, auch Co-Trainer Harry Nippert und Erich Jahnsmüller, inzwischen Chef der Stadionverwaltung, sind gekommen. Vor dem Mittagessen stößt der Silberbräutigam mit der Gabel gegen sein Glas: *„Liebe Familie, liebe Freunde, liebe Gäste!"* Käthe trägt ein silbernes Diadem und funkelt ihren Walter von der Seite an, als der mit launigen Worten die Zeit von ihrem Kennenlernen bis hin zur Hochzeit am 30. September 1944 be-

Das silberne Brautpaar – nach 25 Jahren Ehe turtelt Walter mit seiner Käthe

schreibt. *„Zum Wohl!"* – prostet er den zahlreichen Gästen zu. Es wird gegessen, getrunken, gesungen und viel gelacht. Zum Programm gehört die eine oder andere Spitze, mit der Stärken und Schwächen des silbernen Paares auf´s Korn genommen werden. Die ganze Turnhalle liegt flach, als Käthe und Walter einen aus Stühlen und Bänken bestehenden »Vorfahrt-Parcour« meistern. Irgendwer muss dem Fest-Komitee die Geschichte von den nächtlichen Fahrschulübungen im Hause Fritzsch gesteckt haben. *„Es war ein voller Erfolg"* – freut sich der »Neu-Kraftfahrer« und zückt immer wieder seine Kamera. Fünf Schwarz-Weiß- und zwei Farbfilme hat er in petto, um diesen Tag festzuhalten. Gewohnt akribisch listet er neben den Geschenken wie der Schlafdecke von Dynamo auch das Blumenmeer auf: *„110 Chrysanthemen, 17 Nelken, 32 rote Rosen, 2 Einpflanzungen, 1 Kaktus."*

Auf der Heimfahrt bockt der Zweitakter kurz vor Dresden und hustet die restliche Strecke wie nach einem Bronchial-Infekt. Gleich nach dem nächsten Training fragt Walter Fritzsch in die Runde, wer aus der Mannschaft mal nach seinem Trabant schauen könne. Meinhard Hemp meldet sich, schaut zuerst nach den Zündkerzen und lässt den Trainer Probe starten. *„Tadellos!"*, freut sich der Mittelfeldspieler und wird vom Chef ob seiner technischen Fähigkeiten bestaunt.

Am Nachmittag ist trainingsfrei, das Dynamo-Kollektiv fährt geschlossen nach Dresden-Pappritz, um den gerade fertiggestellten Fernsehturm zu besichtigen. Vier Tage vor der offiziellen Eröffnung dürfen die Schwarz-Gelben das neue Wahrzeichen der Stadt schon in Augenschein nehmen und genießen die Aussicht vom zweigeschossigen Turm-Restaurant über das Elbtal. *„Es ist doch ein kleines Monstrum"* – urteilt Walter Fritzsch mit Blick auf den 252 Meter hohen Betonlümmel.

„6. Oktober 1969 – Gerhard brachte mit: 4 Paar Strümpfe, 1 Strumpfhose, 1 Paar Socken, 3 Tafeln Schokolade, 2 Flaschen 4711, 2 Schachteln Zigaretten, 1 Bluse, 1 Pullover (gebraucht), 1 Kostüm (gebraucht). Geschenke für ihn: 1 Wimpel, 1 Unruh."

Die DDR feiert ihren 20. Jahrestag. An diesem 7. Oktober muss Walter Fritzsch früh aus dem Haus. Noch vor der Demonstration zum Republik-Geburtstag hat er das Mannschaftstraining angesetzt, gleich danach marschieren sie los: *„10:30 Uhr – stellten uns im Stadtzentrum, im Trainingsanzug. 12:30 Begann die Demonstration, sie dauert 10 Minuten für uns."* Danach haben Trainer und Spieler für den Rest des Tages frei. Walter Fritzsch nutzt die Gelegenheit des Feiertages zum Stadtbummel mit seinem Bruder. Am nächsten Tag wird er Gerhard zum Zug nach Hause bringen, mit einem zwiespältigen Gefühl: *„Unterhielten uns über Politik, er bleibt so."*

Viel Zeit zum Grübeln bleibt nicht, Titelverteidiger Vorwärts Berlin kommt nach Dresden und der Trainer hat personelle Sorgen. Mit Wolfgang Haustein (gesperrt) und Klaus Sammer (verletzt) fehlen ihm beide Mittelverteidiger. Das Wort »Libero« fällt nicht, als der junge Dörner am 11. Oktober 1969 zum ersten Mal auf diese Position rutscht. *„Musste umstellen"*, begründet Walter Fritzsch knapp und der 18-jährige Jung-Nationalspieler fühlt sich an sein erstes Gespräch mit dem Trainer erinnert: *„Du bist also der Dörner!"*, hatte er ihn sehr distanziert begrüßt. Für den Coach unvorstellbar, wie man zu seinem ersten Länderspieleinsatz kommen kann, ohne ein einziges Oberligaspiel bestritten zu haben. Und so wird der Trainer auch deutlich: *„Junge Spieler haben zu rennen, also spielst Du bei mir Stürmer!"* Nun die Abkehr, aus der Not heraus geboren, ausgerechnet gegen den Meister! Nach neun Minuten ärgert sich Walter Fritzsch über Bernd Hofmann. Dessen Missverständnis mit Tormann Peter Meyer nutzt Jürgen Nöldner zum Führungstreffer der Armeefußballer. So trifft Nöldner, seit 1959 in der Oberliga spielend, zum überhaupt erst zweiten Mal in seiner Karriere mit dem Kopf. Meinhard Hemp sorgt für den 1:1-Endstand. Was alle an diesem Tag sehen, ist die Klasse von Dresdens Youngster. Dixie Dörner agiert mit viel Übersicht und technischer Perfektion.

„11. Oktober 1969 – Die SU schickte Sojus 6 in das Weltall mit 2 Kosmonauten

12. Oktober 1969 – Die SU schickte Sojus 7 in das Weltall.

13. Oktober 1969 – Die SU schickte Sojus 8 in den Kosmos. Jetzt sind erstmals 3 Sojus Besatzungen mit 7 Kosmonauten im All.

14. Oktober 1969 – Wurde eingewiesen zur Tiefraumgarage Leningrader Straße"

Flutlichtspiele sind der neue Renner in Dresden. An diesem Mittwochabend spielen zunächst die Dynamo-Meister von 1953 gegen eine DDR-Journalistenauswahl unter dem Motto »Hilfe für Vietnam«. Dann ist die Elf von Walter Fritzsch an der Reihe. Gegen die zweite Garnitur der neuen Juniorenauswahl mühen sich seine Anschlusskader lange Zeit: *„Musste hart zum Kollektiv sprechen, 1. Halbzeit."* Nach dem letztlich klaren 4:1 sind zwei Dinge anzumerken. Auf Dresdner Seite wird ein gewisser Jürgen Bogs (ab 1977 Trainer BFC Dynamo) in der Abwehr getestet und die Junioren um Albert Krebs, Reinhard Häfner und Frank Richter werden 1970 in Schottland das UEFA-Turnier gewinnen.

„20. Oktober 1969 – In Bonn ist neuer Bundeskanzler gewählt, mit 2 Stimmen mehr als erforderlich. Brandt – SPD. Es braucht sich niemand einzubilden, dass es eine Besserung geben wird. Meldete den Wartburg an."

Dresden holt zum Abschluss der Herbstrunde in Magdeburg beim Pokalsieger einen Punkt. Damit endet auch das Duell der beiden Trainer aus Planitz unentschieden. Es ist das erste Aufeinandertreffen zwischen Heinz Krügel und Walter Fritzsch in der neuen Konstellation. Nach der ersten Halbserie belegt der Dynamo-Coach mit seinem Dresdnern Rang sechs und kommentiert: *„Das zeigte mir und dem Kollektiv, dass wir am Ende der Saison unter die ersten Sechs kommen können."*

Auf jeden Fall ist es ein Grund zum Feiern. Auf einem Schlachtfest langen die Spieler ordentlich zu. Es gibt nicht nur Leberwurst, Hackepeter und Bratwürste, sondern auch fünf Kästen Radeberger und vier Flaschen Wodka. Fritzsch zeigt sich beeindruckt: *„War überrascht, dass Sammer, Ziegler, Meyer, Hofmann, Rau und Haustein stark und viel trinken."* Der Trainer plauscht bei Limo und Selters. Am nächsten Tag steht ein Freundschaftsspiel bei Aktivist Brieske in Senftenberg auf dem Programm. Dynamo gewinnt 3:1 – natürlich sind für Walter Fritzsch die Schwachstellen schnell ausgemacht. Sammer und Ziegler sind die schwächsten Akteure auf dem Platz.

„1. Januar 1970 – Leipzig. Im Hotel »Deutschland«, ... wir tanzten dreimal. Waren nüchtern, tranken 2 Flaschen Sekt. 5 Uhr zu Hause. Der Schlaf war natürlich kurz. 10:30 Uhr wurden wir durch Klavierspielen geweckt. Käthe machte Feuer. Skispringen in Garmisch-Partenkirchen, 1. Raska CSSR. Mein Frauchen schläft. Holte Feuerung hoch.

5. Januar 1970 – Beim Training waren alle Sportfreunde gesund anwesend. Alt – Jung 3:8.

9. Januar 1970 – Kauften Buntfernseher. Es ist der fünfte Fernsehapparat:

	1. Elba Nordlicht - 37er Bildröhre	*1.330,-*
	2. Cranach mit UKW - 47er	*2.000,-*
	3. Rafena Start - 47er	*1.650,-*
	4. Rafena Stadion 4 - 59er	*2.300,-*
	5. RFT Color 20 - 59er	*3.750,-*

10. Januar 1970 – Hallentraining. Sah mir die II. Elf gegen Stahl Riesa an, 3:1. Erstmalig Sendung Buntfernsehen."

Von Berlin-Schönefeld fliegt Dynamo nach Bulgarien. Da sich der Start der IL 18 verzögert, genehmigt der Trainer nach langem Überlegen den älteren Spielern eine Flasche Radeberger. Stirnrunzelnd registriert er, dass sich darunter auch Kreische und Ganzera befinden. Sie sind gerade 22. Eine Durchsage verheißt nichts Gutes. Der Flughafen in Sofia bleibt bis zum Abend geschlossen und so übernachtet ein Teil der Mannschaft im Dynamo-Sporthotel, der andere im Interhotel Potsdam. Um 10.30 Uhr geht es am nächsten Tag endlich los, kurz vor der ungarischen Grenze kommt es zum nächsten Zwischenfall. Der rechte Motor bleibt stehen. Die Maschine muß umdrehen und in Prag zwischenlanden. Nach gut zweistündiger Reparatur geht es weiter bis Sofia. In Dolna Bania beziehen die Dresdner schließlich ihr Quartier, es ist das Ferienheim von Lewski Sparta Sofia. Vermutlich nicht der aktuelle Favorit – das abgewirtschaftete Hotel versprüht mit seinen 4-Bett-Zimmern den Charme einer schlichten Jugendherberge. Der Trainingsplatz entpuppt sich als grüne Wiese, mit ein paar Bäumen und zwei wackligen Toren. Schnee liegt auch nicht. Gekrönt werden die Umstände, als bulgarische Bauern ihre Rinder auf die Weide treiben und natürlich genau über jenes Rasenstück müssen, auf dem die Dynamos gerade üben. Die Folge sind unzählige Hinterlassenschaften. Die Kuhfladen belasten das Klima in der Truppe zusätzlich.

Ein Ausflug nach Borowetz auf 1.300 Meter Höhe bringt etwas Abwechslung in den trostlosen Alltag. Zwar erweist sich die Schneedecke für Wintersport als zu dünn, dafür soll nun ein Skatturnier als Stimmungsaufheller dienen. Der Sieger kassiert stolze 20 Lewa Preisgeld. Alle sind froh, als es nach Sofia geht. Dort findet auf Schneeboden ein Testspiel gegen Lewski/Spartak – *„0:1, der Schieri hat uns verladen"* – statt. Danach wird Hans-Jürgen Kreische von seinen Mitspielern als Nachfolger von Bernd Hofmann zum Kapitän gewählt, bevor ein bulgarischer Oberst die Gäste im »Hotel Grand« offiziell verabschiedet. *„Bankett – Hier benahmen sich Hofmann und Meyer während der Ansprache unwürdig. Die Bettruhe wurde von Sammer, Gumz usw. nicht akzeptiert."*

Wieder verschiebt sich der Abflug, es bleibt eine Reise mit vielen Hindernissen. Nach Zwischenlandungen mit einer TU 104 in Budapest und einer IL-18 in Prag fehlt bei der Ankunft in Berlin der erwartete Bus. Dennoch atmet Walter Fritzsch auf. Er hat endlich wieder eine deutschsprachige Zeitung in der Hand, ein »Neues Deutschland«. Mit dem D-Zug legt die Mannschaft die letzte Etappe bis Dresden zurück.

„25. Januar 1970 – 1:30 Uhr wieder bei meinem Frauchen. Brachte mit: 1 Strumpfhose, 6 Tafeln Schokolade, 2 Paar Hausschuhe, 2 Paar Leder-Handschuhe, 150 g Nescafe, 1 Stange Zigaretten.

5. Februar 1970 – Trainertagung DFV – Es dreht sich um 24 Stunden wöchentlich trainieren. Es ging teils turbulent zu. Ich werde nicht mehr viel sagen – ist falsch!"

Seit der verpassten WM-Qualifikation der Nationalmannschaft gegen Italien wird über den DDR-Fußball heftig diskutiert. *„Viel Geld, zu wenig Training und ungenügende Leistungen"*, so die verknappte Meinung, vor allem bei den Sportoberen im DTSB. Sie stößt bei Walter Fritzsch auf wenig Gegenliebe: *„Die, die jetzt die Trainingserhöhung fordern, haben keine Ahnung vom Fußball!"* Manfred Ewald darf sich angesprochen fühlen, der DTSB-Präsident zieht immer wieder Parallelen zum Trainingsumfang der Ruderer oder Kanuten. Die Wettkampfhäufigkeit der Fußballer übersieht er dabei gern. In einem Punkt gibt ihm der Dynamo-Trainer Recht: *„Unsere Spieler haben völlig die Bindung zu den Werktätigen verloren!"* Was er damit meint, stellt Walter Fritzsch im Mannschaftskreis klar: *„Bei täglich 4 bis 5 Stunden Training gibt es keinen Grund zum Meckern. Ein Arbeiter muss schließlich acht Stunden oder im 2- bzw. 3-Schicht-System ran, um sein Geld zu verdienen. Ihr habt das große Glück, nur durch Euer Hobby zu Wohlstand zu kommen!"*

Hans-Jürgen Kreische in der neuen Rolle als Dynamo-Kapitän – hier vor dem Spiel gegen Leeds United im November 1970

„8. Februar 1970 – Schrieb Statistik, Charakteristik und Kritik. Mittagessen Spargel. Richtiger Faulenzertag. EM Eiskunstlaufen, Bronze für Zöller."

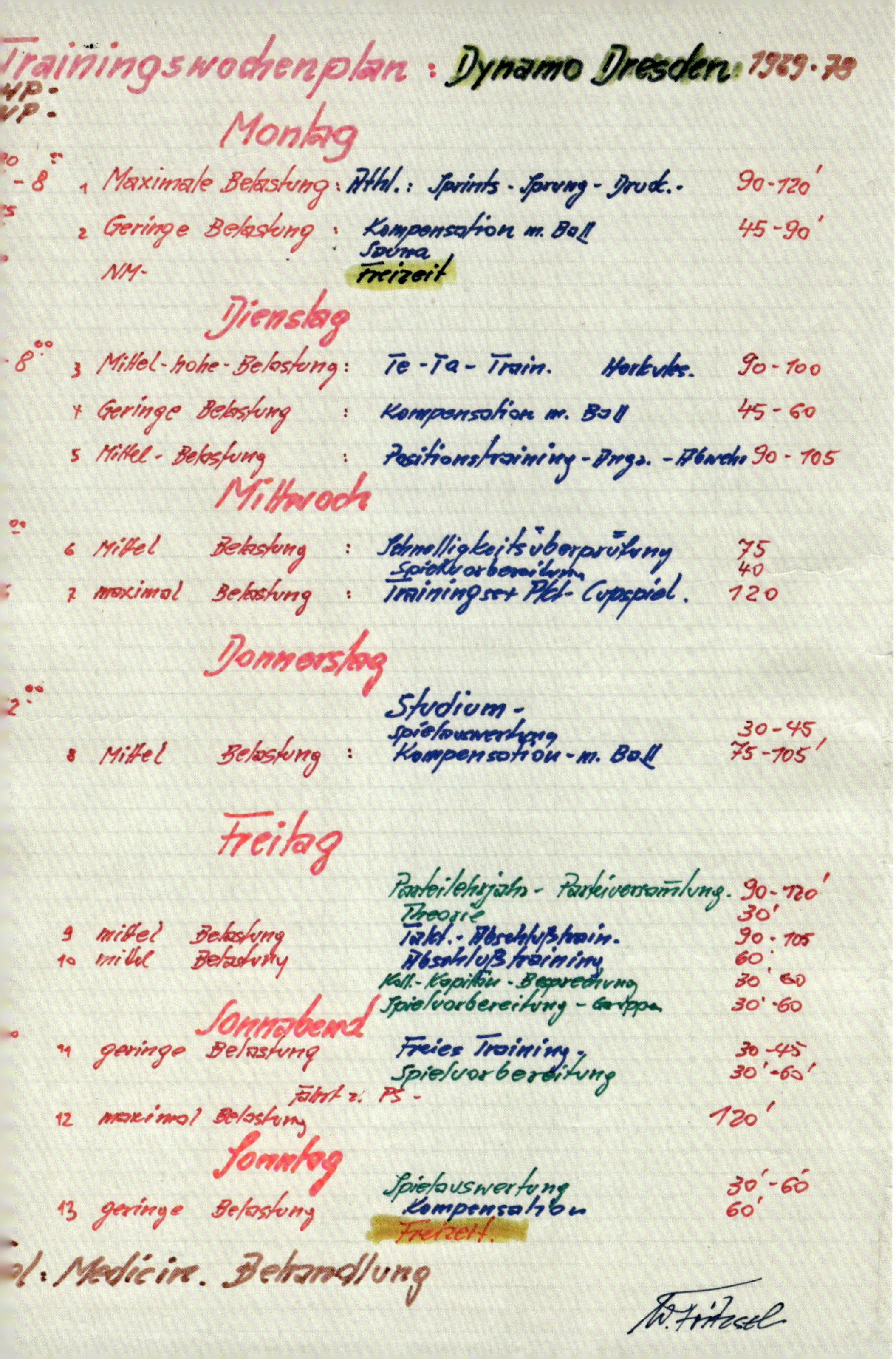

Trainingswochenplan : Dynamo Dresden 1969 · 70

Montag

1 Maximale Belastung : Athl.: Sprints - Sprung - Druck. - 90 - 120'
2 Geringe Belastung : Kompensation m. Ball 45 - 90'
Sauna
NM- Freizeit

Dienstag

3 Mittel-hohe-Belastung: Te - Ta - Train. Herkules. 90 - 100
4 Geringe Belastung : Kompensation m. Ball 45 - 60
5 Mittel - Belastung : Positionstraining - Orga. - Abwehr 90 - 105

Mittwoch

6 Mittel Belastung : Schnelligkeitsüberprüfung 75
Spielvorbereitung 40
7 maximal Belastung : Trainingsset Pkt- Cupspiel. 120

Donnerstag

Studium -
Spielauswertung 30 - 45
8 Mittel Belastung : Kompensation - m. Ball 75 - 105'

Freitag

Parteilehrjahr - Parteiversammlung. 90 - 120'
Theorie 30'
9 mittel Belastung Takt. - Abschlußtrain. 90 - 105
10 mittel Belastung Abschlußtraining 60
Koll.- Kapitän - Besprechung 30' - 60
Spielvorbereitung - Gruppe 30' - 60

Sonnabend

11 geringe Belastung Freies Training. 30 - 45
Spielvorbereitung 30' - 60'
Fahrt z. PS -
12 maximal Belastung 120'

Sonntag

Spielauswertung 30' - 60
13 geringe Belastung Kompensation 60'
Freizeit.

...: Medicin. Behandlung

W. Fritzsch

Der Februar 1970 verabschiedet sich mit täglichen Schneefällen. Beim Testspiel gegen Lok Plovdiv (2:2) steht Walter Fritzsch im dichten Flockenwirbel und notiert an den Folgetagen die aktuelle Schneehöhe. Am 1. März sind es zehn Zentimeter, kein Grund nervös zu werden. Aber dann, versinkt Dresden unter einer 25 Zentimeter dicken Schneedecke. Es ist der Tag, an dem Carl Zeiss Jena gegen Ajax Amsterdam mit einem 3:1-Erfolg überrascht und auch Vorwärts Berlin gegen Feyenoord Rotterdam mit 1:0 siegreich bleibt. *„Europapokal mit Dynamo, warum eigentlich nicht. Vielleicht in zwei, drei Jahren?“*, denkt Fritzsch und staunt am nächsten Morgen. Vor dem Platztraining misst er nun gute 30 Zentimeter von der weißen Pracht und schon wieder fallen dichte Flocken.

„6. März 1970 – Es schneit weiter – Notstand! Schneehöhe bis 40 cm. WM Eiskunstlauf – G. Zöller 3. Platz.“

8. März 1970 – Schnee. Große Schwierigkeiten. Eisenbahn, Straßen - Schneewehen bis 2 Meter Höhe. Erzgebirge 2 Meter Schnee.

11. März 1970 – Jena verlor bei Ajax 1:5.

25. März 1970 – Fußballbeschluss, neue Linie eingeführt. Es wurden zwei Klubs bestimmt, der FC Carl-Zeiss Jena und Vorwärts Berlin. Diese sollen mit Spielern unterstützt werden, damit diese Clubs international gestärkt werden.“

Im März 1970 wird der seit November 1969 vom Verband besprochene Maßnahmeplan öffentlich. Nicht zum ersten Mal geht es im DDR-Fußball um eine »Leistungssteigerung«. In der Hoffnung, wie in den anderen Sportarten, endlich auch den Durchbruch zur internationalen Spitze zu schaffen. Mit dem Fußballbeschluss werden auch die Gehälter und Prämien an das neue Niveau angeglichen, sprich gesenkt. Walter Fritzsch notiert dazu: *„Die Spieler wurden darüber informiert und jeder konnte dem Fußball »ade« sagen – obwohl vorher die Spieler sehr stark diskutierten – spielten alle auch mit den neuen, wenigeren finanziellen Mitteln weiter.“*

„4. April 1970 – Dynamo Dresden – BFC 0:0, von uns eine unkonzentrierte Partie. Ich fand dazu keine Erklärung. Bekam 100 Mark für das Kollektiv von einem Anhänger.

16. April 1970 – War Joachim Kern bei uns. Er will nach Dresden. Wolfgang Händel war dafür."

Kommt neben Joachim Kern etwa noch ein Neuer zu Dynamo? Walter Fritzsch hat ein Auge auf Lothar Kurbjuweit geworfen. Wie Kern spielt der 19-Jährige noch bei Stahl Riesa, also wäre es nur naheliegend, ihn nach Dresden zu holen. Doch im Gespräch mit DFV-Generalsekretär Günter Schneider und Vize-Präsident Kurt Rätz fühlt sich Fritzsch hart ausgebremst. *„Kurbjuweit geht nach Jena. Du kennst wohl unseren neuen Kurs nicht, Walter?"* Der Trainer will nachfragen, kommt aber nicht weit: *„Kurbjuweit und auch Eberhard Vogel (FC Karl-Marx-Stadt) werden im Sommer im Interesse des DDR-Fußballs zum Schwerpunktklub nach Jena delegiert!"*

„29. April 1970 – Dynamo Dresden – Sachsenring Zwickau 3:0. Die harten Ansprachen waren goldrichtig. Im Casino: Unterhielt mich mit Zuschauern. Ja, sie waren glücklich.

4. Mai 1970 – Training im Wald, Athletik, i.O. Frau Kern, Riesa, da. 1 Fl. Toska – kommt ab 1.6.70. Bescheid da, für Wartburg.

6. Mai 1970 – Fuhr zum Schätzen von unserem Trabant – das ist eine Warterei. Hans Seidel (Dynamo-Klubsekretär) kauft unseren Trabant.

8. Mai 1970 – Wartburg Limousine abgeholt, 18.845 Mark. Der Wagen sieht gut aus. Habe Sorgen mit der Kupplung, verreckt noch zu oft. Fuhr nach Hause, tanken. Käthe sah sich den Wagen an.

12. Mai 1970 – Holte Wagen, 1. Gang noch Sorge. Fuhr einige Runden – Anfahren unsicher!!"

Hans-Jürgen Kreische steht auf der Waage – sein vorgeschriebenes Wettkampfgewicht beträgt 72 Kilogramm. Der Trainer prüft persönlich und notiert: 71,9 kg. Natürlich weiß Walter Fritzsch, wie wichtig die Tore seines Spielführers sind. In insgesamt 50 Wettkämpfen hat er 21 Mal getroffen, alle 26 Oberliga-Spiele (sechs Tore) bestritten. Für den Trainer nicht gut genug. Die Ursachen liegen für ihn auf der Hand: *„Schlecht entwickelte Willensqualitäten – Überschätzung der eigenen Leistung – vermutlich zu viel Flüssigkeitsaufnahme (Bier)!"* Manfred Scheler, dem Ratsvorsitzenden des Bezirkes Dresden, hat der Trainer verraten, was er mit Kreische vorhat: Er will ihn zu einem europäischen Top-Spieler entwickeln. Doch mit dem Menschen Kreische kommt Fritzsch einfach nicht klar – mit dieser Art, offen zu sagen, was er denkt. Dazu kommt, dass Kreische, nunmehr als Kapitän, nicht selten mit von der Partie ist, wenn irgendetwas verzapft wird. Oft ahnt Fritzsch nur, dass eigentlich nur einer dahinter stecken kann. So gibt es in der Saison 1969/70 genau 19 individuelle Aussprachen mit Kreische.

Die Flutlichtmasten sind neu – die Trainingsbedingungen aber sind wie kurz nach dem Krieg, Dresden 1970

Im Winter hatte Walter Fritzsch das neue Saisonziel, Platz 6, ausgegeben – daraus wurde sogar Bronze

„28. Mai 1970 – 17:15 Uhr Forum bei der Staatssicherheit, 50 Personen.

31. Mai 1970 – 22:50 Uhr Beginn der Fußball-WM in Mexiko. Mexiko – UdSSR, filmte.“

Am 5. Juni 1970 begrüßen die »4 Laubfrösche«, eine in Dresden sehr beliebte Combo, das handverlesene Publikum in der HO-Gaststätte »Luisenhof«. Spieler und deren Frauen oder Bräute, Trainer, die lokalen Spitzenfunktionäre Werner Krolikowski (SED-BL), Manfred Scheler (Rat des Bezirkes), BDVP-Chef Willy Nyffenegger, auch DFV-Generalsekretär Schneider. Gefeiert wird Meisterschafts-Bronze für den Aufsteiger. Dynamo erringt den Erfolg durch einem 2:0-Sieg im Saisonfinale gegen Magdeburg. Die Stammspieler kassieren 2.000 Mark Prämie (700 Mark vom DFV), der Trainer muss sich mit 1.500 Mark begnügen.

Während sich in Mexiko die weltbesten Kicker gegenüberstehen, treten die Schwarz-Gelben ihren wohlverdienten Urlaub an. Hinter ihnen liegt ein Jahr, in dem sie so viel wie nie zuvor trainiert haben. Doch Walter Fritzsch will mehr. Er weiß, welche Potenzen in dieser Mannschaft stecken. Mit seiner Kamera sitzt er im Juni 1970 vor dem TV-Gerät und versucht, die neuen Entwicklungen bei der Weltmeisterschaft festzuhalten. Das Großereignis gerät zum Genuss, mit grandiosen Spielen auf hohem Niveau.

Ganz nebenbei sucht der Trainer mit seiner Frau ein paar Tage Erholung. Zuerst im brandenburgischen Seddin, dann geht es weiter nach Rostock. Sein Hexenschuss, der ihn seit Tagen plagt, reist mit an die Ostsee. Ihr Quartier beziehen die Wahl-Dresdner bei Familie Schneider. Rudolf war einst Walters Co-Trainer beim SC Empor. Sohn Dieter hütet inzwischen das Tor der DDR-Juniorenauswahl. Im Klub muss er sich noch in Geduld üben, zählte in der Saison 69/70 nur als Nummer 3 unter den Torhütern in Rostock. Doch Walter Fritzsch scheint von den Fähigkeiten des 20-Jährigen überzeugt: *„Dieter, willst Du zu Dynamo kommen?“*

Am nächsten Tag bringt Walter seine Käthe an den Strand und geht selbst zur Behandlung. Beim FC Hansa lässt er den Masseur an seinen schmerzenden Rücken ran. Dessen goldene Hände führen tatsächlich Linderung herbei. Ruhe bleibt aber ein Fremdwort. Das Ehepaar Fritzsch muss zurück nach Dresden. Die Durchsicht für den »Wartburg« wartet und im Harbig-Stadion steht eine dienstliche Verpflichtung an.

„13. Juni 1970 – 16 Uhr. FDGB-Pokalfinale Vorwärts Berlin – Lok Leipzig 4:2 n.V. Unterhielt mich mit G. Schneider, DFV, wegen Schneider, Dieter.

17. Juni 1970 – Johanngeorgenstadt. Sportschule der SV Dynamo. Zi. 9, Apartment, i.O. Sahen uns den Hartplatz an. Spaziergang zum Kaufhaus. Fußball-WM Halbfinale: WD – Italien 3:4 n.V., Brasilien – Uruguay 3:1. Filmte 2 Filme. Sojus 9 – 258. Erdumkreisung.

19. Juni 1970 – Begann mit der 2. Konzeption. Bekam 25 rote Rosen von SG Dynamo für 25 Jahre Fußballtrainer. Spendierte 6 doppelte Cognac.“

Die Urlaubstage in Johanngeorgenstadt münden in den ersten Trainingstag der neuen Serie. Walter Fritzsch begrüßt mit Joachim Kern den einzigen Zugang. Neun Wochen lang dauert die Vorbereitung, ohne Trainingslager, also ausschließlich in Dresden. Jeder Spieler erhält vom Cheftrainer erneut eine mehrseitige Konzeption. Die Analyse der abgelaufenen Saison und der Weltmeisterschaft mündet in einer kurzen Forderung: *„Ich will*

Jubel über den neuen Rasenmäher – Kreische (l.) und Geyer kurz vor der Probefahrt. Sammer (r.) schiebt an

– wir wollen!“ Nur so könne man die Saisonziele, Teilnahme am Pokalendspiel und Verteidigung des dritten Tabellenplatzes, erreichen. Inhaltlich legt der Trainer für eine Trainingswoche drei Tage mit maximaler und drei Tage mit mittlerer Belastung fest. Der Sonntag bleibt frei.

„10./11. Juli 1970 – Tagung im Astoria, Leipzig. Beschluss DFV, harte Trainingsbandagen. Klare Linie, wer nicht will – kann gehen.“

Seit Anfang Juli präsentiert sich der Sommer mit großer Hitze, jenseits der 30-Grad-Marke. *„Trotz der sehr hohen Temperaturen zog ich das Training durch. Natürlich gab es Auseinandersetzungen mit den Spielern wegen der hohen Belastungen“* – notiert Walter Fritzsch. Hinzu kommt Ärger mit seinem ehemaligen Verein. Die Verantwortlichen der BSG Stahl wollen dem Wechsel von Abwehrspieler Joachim Kern noch immer nicht zustimmen, ihn sperren lassen. Eine Aussprache führt zu keiner Einigung, so kommt es Wochen später zur Verhandlung. Kern wird für die ersten zwei Punktspiele gesperrt, fehlt also auch zum Auftakt gegen Stahl Riesa.

„14. Juli 1970 – Kauften eine neue Schlafstube (2.350,- Mark)

17. Juli 1970 – Der Fernsehfunk filmte in der Wohnung.

21./22. Juli 1970 – Es war eine große Schmerznacht. Konnte nicht zum Training. Mir wurde schwarz vor Augen … Baute mit Käthe die neuen Betten zusammen … Der Schlaf war mit Tabletten i. O. Der große Schmerz ist weg … Begann mit Joachim Kern den Schlafzimmerschrank aufzubauen.“

Walter und Käthe Fritzsch haben sich entschieden. Sie wollen ihre Zelte in Leipzig abbrechen und Dresden zu ihrem Hauptwohnsitz machen. Sie fühlen sich auf der Grunaer Straße und in der Stadt sehr wohl. Der Balkon, mit toller Aussicht und dem Blick auf das Stadion, spielt eine große Rolle. Im vierzehnten Stockwerk des Fünfzehn-Geschossers steht das Ehepaar Fritzsch wahrlich über den Dingen. Neben der neuen Schlafstube haben sie sich auch eine neue Wohnzimmereinrichtung, einen Kühlschrank, eine Waschmaschine und eine Schleuder geleistet. Summa summarum, den Wartburg 353 und den Farbfernseher eingeschlossen, blättern sie für all die schönen Dinge exakt 28.320 Mark hin. Viel Geld für einen DDR-Bürger im Jahr 1970, das Durchschnittseinkommen liegt bei monatlich 755 Mark.

Nun wäre Walter Fritzsch nicht der akribische Trainer, würde er nicht auch die Gewinne und Verluste in eigener Sache protokollieren. Demnach haben sie ihren Trabant für stolze 7.700 Mark verkauft, damit *„1.190 Mark Verlust“* gemacht. Walter Fritzsch listet auch die Wieder-Verkaufswerte der Schlafstube (1.100 Mark, minus 700 Mark), des alten Kühlschranks (300 Mark, minus 690 Mark) oder der Fernsehantenne (200 Mark, minus 150 Mark) auf. Letztere wäre im »Tal der Ahnungslosen« ohnehin überflüssig. Rechnet man alles zusammen, auch die in Dessau erworbene Wohnstube, die alte Polstergarnitur, den Gasherd oder die sechs Meter Kokosläufer, ergeben sich Einnahmen in Höhe von immerhin 12.265 Mark.

Anfang August 1970 erfahren die Dresdner ihren Gegner im Messepokal (Vorläufer des UEFA-Cups, heute Europa League). Partizan Belgrad gilt als schwere, aber nicht unlösbare Aufgabe. Den Trainer, selbst »Europapokal-Neuling«, reizt die internatio-

Nun sind sie DDR weit bekannt – Dynamo als Sammelposter in der NBI

nale Bühne: *„Die ersten Punktspiele sind für uns gewissermaßen die Vorbereitung."* Zum Cup-Wettbewerb gehört auch die Spielbeobachtung. Hinter den Kulissen wird deshalb geprüft, ob Walter Fritzsch überhaupt nach Belgrad fahren darf: *„27. August 1970 – Bezirksverwaltung Dresden Abteilung XX/1: Die Ausreise des Fritzsch, Walter, geboren 21.11.1920 in Planitz (bei Zwickau), vom 5. - 7. September 1970 nach Jugoslawien wird von Seiten unserer Dienststelle bestätigt."*

„5. September 1970 – Abfahrt mit D-Zug, 1. Klasse, nach Maribor/Jugoslawien. Mit Gen. Hänel (Vorsitzender Dynamo Dresden). In Prag nahmen eine Suppe ein. Ab Prag 1 Kabine für uns. Ohne Schlafwagen + Speisewagen. Brno - Bratislava - Budapest - Zagreb - Maribor. Als Verpflegung 8 Schnitten Brot, 6 Eier, 10 Tomaten, 8 Aprikosen. 145 Dinar, 120 Kronen, 140 Forint. Die Zollabfertigungen waren i.O. Die Fahrt verging mit Zeitung lesen u. unterhalten.

6. September 1970 – Maribor, Grenzbahnhof n. Österreich, ein schönes, sauberes Städtchen. FC Maribor - Partizan Belgrad, Eintritt 220 Dinar. Nettes Stadion, Zuschauertribüne. Spiel: 0:0. Wir könnten dort gut aussehen. Die Menschen waren zu uns freundlich. Sahen uns die Geschäfte und Preise an. Fast wie bei uns. Mit dem Zug zurück nach Zagreb, sauberes Zimmer.

7. September 1970 – Kaufte: 1 Strumpfhose, 250g Kaffee, 1 NIVEA. Fuhrenzum Flugplatz – 11:50 IL 18 nach Beograd – Zwischenlandung in Leipzig – 18:10 in Berlin."

Die vom Trainer ausgerufene »Europapokal-Vorbereitung« schließt das Dynamo-Kollektiv mit 5:3-Punkten aus den ersten vier Oberligaspielen ab, belegt damit Rang vier in der Tabelle. Hervorzuheben das 3:0 vor 35.000 Zuschauern gegen Titelverteidiger Carl Zeiss Jena. Klaus Sammer erzielt in seinem Jubiläumsspiel einen Hattrick und kommentiert: *„Im 300. Spiel muss der Hattrick kommen. Das ist Vorschrift bei Dynamo, sonst fliegt man raus."* Sogar Walter Fritzsch zeigt sich beeindruckt.

Der Bestätigung als Reisekader folgt durch das MfS eine OPK (Operative Personenkontrolle) des Trainers, deren Ergebnis kann nicht überraschen: *„Der Genosse Fritzsch besitzt eine aktive Verbindung zu seinem Bruder in der BRD. Es besteht loser Briefwechsel zwischen ihnen und 1969 war dieser Bruder besuchsweise in der DDR, unter anderem auch bei Genossen Fritzsch. Es ist bekannt, dass in politischer Hinsicht unterschiedliche Auffassungen zwischen beiden Brüdern bestehen und generell Fritzsch die Politik unserer Partei und Regierung gegenüber seinen Bruder konsequent vertreten hat."*

Überprüft wird auch Käthe Fritzsch: *„Ehefrau – Sie unterstützt ihren Mann bei der Erarbeitung von Dokumentationen in seiner Trainertätigkeit. Sie ist parteilos, ihre politischen Kenntnisse sind gering. Jedoch ist ihre Einstellung zu unserem Staat positiv, nicht zuletzt auch bedingt durch die Einstellung ihres Mannes sowie durch die politische Grundhaltung der Familie, der sie entstammt. Sie pflegt guten Kontakt zu den Mitarbeitern ihres Mannes und Funktionären unserer SGD sowie den Spielerfrauen."*

Die Dynamo-Spieler merken spätestens am Montagmorgen, wenn zwei Tage später Europapokal angesagt ist. Dann kürzt Walter Fritzsch nämlich die Athletik-Einheit, die zu jedem Wochenauftakt in der Dresdner Heide zu absolvieren ist. Statt 80 Sprints stehen für die Spieler »nur noch« 40 auf dem Programm. Anschließend geht es ins Gästeheim, zur taktischen Vorbereitung präsentiert Walter Fritzsch seine Aufnahmen von Maribor.

„15. September 1970 – 8:30 Abschlusstraining. 10:15 mit dem Bus nach Berlin-Schönefeld. 15 Uhr Abflug mit TU 104. Zagreb - Belgrad. Palast-Hotel, hier wohnte ich 1964 mit dem SC Empor zur Intertotorunde. Zi. 212 mit H. Seidel (Klubsekretär) 18:15 Stadion – gewöhnten uns an das Flutlicht u. den Rasen. 22 Uhr Bettruhe für die Spieler. Mit der Leitung zum Erfahrungsaustausch. Oh, wie rauschen die Wagen durch die Stadt."

Nach Lockerungstraining, Stadtrundfahrt und Einkaufsbummel wird es ernst an diesem 16. September 1970. *„Wir waren für das Belgrader Publikum kein Anziehungspunkt."* – 15.000 Zuschauer – sehen bei 35 Grad eine disziplinierte Dynamo-Elf und keine Tore, 0:0: *„Ein recht gutes Ergebnis. Die Aufstellung war nicht optimal. Kern wurde als Libero eingesetzt. Große Energieleistung, alle gaben sich aus, sogar Kreische – erstmalig!"*

Am nächsten Morgen steckt der geschwätzige Oberkellner dem Coach, dass er spätabends sechs Flaschen Bier auf ein Zimmer gebracht hat. *„Kreische!"* – hämmert es bei Fritzsch durch den Kopf. Sofort korrigiert er den Eintrag vom Vorabend: *„Leider haben das gute Ergebnis oder mein Lob einige Spieler nicht verstanden, sie hielten sich nicht an die Bettruhe. Ja, immer derselbe Spieler, der uns ständig Probleme macht."*

Beim Rückspiel gießt es wie aus Kannen, die Gäste fühlen sich wie von einem Sturzbach weggespült. Dresden, im Spielrausch, schlägt Partizan Belgrad mit 6:0! Danach lobt Fritzsch den Helden des Abends, schränkt jedoch ein: *„Bester Mann, darf aber Defensivaufgaben nicht vergessen!"* Von den sechs Toren hat Hans-Jürgen Kreische allein vier erzielt, drei vom Elfmeterpunkt. Jedes Mal schießt er scharf und platziert ins rechte untere Eck, lässt Curkovic im Partizan-Tor keine Chance. Während sich ganz Fußball-Dresden dem Rausch dieses Abends hingibt, denkt Walter Fritzsch an seine Frau Käthe. Sie haben ihren 26. Hochzeitstag.

Kreisches Bilanz gegen Belgrad – drei Strafstöße, dreimal verwandelt

„30. September 1970 – Ließ meinem Frauchen Blumen bringen. 6:0. Die Jugoslawen wussten sich keinen Rat. Unser Publikum war aus dem Häuschen. Die Presse war des Lobes voll. Ich hatte nach dem Spiel Kopfschmerzen."

Mit einem überragenden Manfred Kallenbach im Tor erklimmen die Dresdner zwischen den Belgrad-Spielen die Tabellenspitze in der Oberliga. Zum ersten Mal seit fast zwanzig Jahren! Erst 1:0 beim BFC Dynamo – *„Ja, jetzt sind alle von uns überrascht."* – gewonnen, dann der 2:0-Sieg gegen Union Berlin. *„Trotz Tablette wenig Schlaf."* Jetzt müssen die Sachsen nach Rostock. Hinter Oranienburg hat der Bus eine Panne.

„3. Oktober 1970 – Wettkampf – verloren bei Hansa 2:3. Aber wie! Brauchte nicht sein. Einige Spieler verkrafteten Belastung noch nicht. Vor der Halbzeit bekam ich plötzlich im Hinterkopf einen

starken Schmerz. Nach dem Spiel wurde es schlimmer. Wahnsinnige Kopfschmerzen. Masseur gab mir Tablette."

Die Niederlage interessiert auf der Rückfahrt niemanden mehr. Alle machen sich große Sorgen um den Chef. Der liegt auf einer Sitzbank und krümmt sich vor Schmerzen. Zurück in Dresden muss Walter Fritzsch ins Krankenhaus. Doch die Ärzte sind zunächst ratlos, eine Spritzenkur schlägt nicht an. – *„Am Günstigsten ist es, wenn ich lang liege."* – Der Zustand verschlechtert sich von Tag zu Tag.

„7. Oktober 1970 – Lag teilnahmslos im Bett.

8. Oktober 1970 – Station 6. Keine Besserung, im Gegenteil. Es kamen insgesamt 5 Ärzte – alle waren besorgt um mich."

Dann, endlich, ein erster Befund. Der Professor erklärt dem Cheftrainer die Ursache der Kopfschmerzen, eine Ader sei geplatzt.

„10. Oktober 1970 – Meine Frau hier und Dr. Israel (Mannschaftsärztin Dynamo Dresden). *Ich werde gefüttert.*

11. Oktober 1970 – Etwas besser, aber Ruhe. Meine Truppe gegen Wismut Aue 5:0 gewonnen.

16. Oktober 1970 – Spezialuntersuchung. Kontrastmittel eingespritzt durch die Schlagader Unterleib. Abends + nachts Schmerzen.

17. Oktober 1970 – Fühl mich wieder wohler. Der Befund gut. Keine Operation nötig. Meine Frau bis 18 Uhr hier. Es ist ein schöner Augenblick, wenn sie vorsichtig an die Tür klopft und mich dann bewirtet."

Noch scheint kein Ende des Krankenhausaufenthalts in Sicht. Den Coach vertritt in dieser mehrwöchigen Pause der Assistenztrainer, Harry Nippert. Dessen größte Herausforderung wird das bevorstehende Europapokalspiel. Dynamo hat mit Leeds United erneut einen erstklassigen Gegner bekommen. Das Hinspiel auf der Insel darf Walter Fritzsch am Fernseher verfolgen. Aber nur im Beisein von Dr. Müller, der den Blutdruck des Trainers überprüfen und gegebenenfalls reagieren soll. So erlebt Fritzsch die internationale Premiere von Dixie Dörner als Libero und kann trotz der 0:1-Niederlage zufrieden sein.

„22. Oktober 1970 – Professor kommt jeden Tagt. Mindestens bis 11.11. noch Aufenthalt in der Klinik.

24. Oktober 1970 – Dynamo gewann in Erfurt 2:0. Meine Frau hier, erst 19:30 nach Hause.

26. Oktober 1970 – Habe mich im Sitzen gewaschen. Professor Lange unterbreitete mir: Ab Januar 2 Std. Arbeiten als Cheftrainer."

In den Punktspielen macht sich das Fehlen des Cheftrainers kaum bemerkbar, ganz im Gegenteil. Harry Nippert lässt den Spielern die lange Leine und wird belohnt. Dynamo gibt unter seiner Leitung in der Oberliga nicht einen Punkt ab. Das gute Abschneiden führt unweigerlich zu Spannungen zwischen dem kranken Chef und seinem Vertreter.

„27. Oktober 1970 – Besuch von Nippert. Teilt mir mit – alles i. O. Ist von sich eingenommen … Besuch von M. Scheler u. L. Stammnitz. Berieten mit mir: Croy (Zwickau) und Schaller (Aue) ab neue Saison. Mannschaftsleiter ab Januar Gumz.

29. Oktober – 7 Briefe an 7 Spieler. Kam mein Frauchen. Sie hat seit Montag Arbeit, verkauft Eintrittskarten. Gute Zerstreuung."

Ein Monat ist seit dem Rostock-Spiel vergangen, als der prominente Patient zum ersten Mal aufstehen darf und versucht, ein paar Schritte zu gehen. Inzwischen hat ihm der behandelnde Oberarzt Professor Lange erklärt, dass sich etwa ab dem 50. Lebensjahr Abnutzungserscheinungen in dieser Form zeigen können. Nach einer geduldigen Rehabilitation aber nichts gegen die Wiederaufnahme seines Trainerjobs spricht.

„3. November 1970 – Dr. Israel teilte mir mit, dass Nippert nach dem 3:2 in Eisleben/Pokal, schwaches Spiel, jedem 1 Tafel Schokolade schenkt – warum?"

Das Rückspiel gegen Leeds United erlebt der Patient am Fernsehgerät. Seine Schwarz-Gelben scheitern gegen das europäische Spitzenteam trotz des 2:1-Erfolges nur an der Auswärtstorregel. Walter Fritzsch erhält vom Krankenhauspersonal unzählige Glückwünsche für die tolle Leistung seiner Mannschaft, alle sind begeistert. Dann meldet sich die Dynamo-Leitung zum Besuch an. Mit Klubchef Hänel und Klubsekretär Seidel werden aktuelle Probleme besprochen, wie der Platzverweis für Eduard Geyer, der im Leeds-Spiel nur acht Minuten nach seiner Einwechslung den Rasen schon wieder verlassen muss. Dann geht es um die Planungen für die Rückrunde bzw. für die folgende Saison. Walter Fritzsch berichtet vom kürzlichen Besuch der Spitzenfunktionäre Manfred Scheler und Lothar Stammnitz. Sie würden sich für die Verpflichtung von Zwickaus Nationaltorhüter Jürgen Croy und Wismut-Stürmer Konrad Schaller ab Sommer 1971 einsetzen. Hänel und Seidel horchen auf. Möglich sei das durch einen neuen Beschluss von DTSB-Chef Manfred Ewald, der Dresden neben Jena zum zweiten Leistungsschwerpunkt im Fußball erklärt hätte. Die Schwarz-Gelben sollen den FC Vorwärts ablösen, dem erst im März 1970 diese Sonderrolle eingeräumt worden war. Dann ist die Besuchszeit abgelaufen. Die Gäste verabschieden sich mit dem Hinweis, Walter Fritzsch soll die Arbeit künftig nur noch verteilen.

„11. November 1970 – Kreislauftest. DFF: DDR – Niederlande. Sah und hörte mir die Schlagerrevue an.

13. November 1970 – Mein Frauchen da. Wir bekamen endlich Telefon.

18. November 1970 – Beschenkte mich das Kollektiv der Station: 1 große Schachtel Pralinen, 2 Schachteln F6, 125 g Kaffee, 1 Flasche Weinbrand. Abschlussgespräch mit Dr. Oswald. Dynamo gewann bei Chemie Leipzig.“

Unmittelbar vor seinem 50. Geburtstag darf Walter Fritzsch das Krankenhaus verlassen. Drei Tage später feiert er seinen »Runden«. Im Dynamo-Casino gibt es einen großen Empfang. Sogar DFV-Präsident Helmut Riedel reiht sich in die Schlange der Gratulanten ein. Die Hausgemeinschaft der Grunaer Straße überrascht den Trainer mit einem Ständchen. Alle weiteren Gäste empfängt der zu diesem Zeitpunkt schon dienstälteste Oberligatrainer der DDR in der Wohnung, auf dem Sofa liegend. Er fühlt sich noch schlapp, hat aber keine Beschwerden mehr. Die Geschenke reichen von einem silbernen Tee-Service (SG Dynamo), einer Uhr (DFV), einem Buch über das »Grüne Gewölbe« (Dresdens OB Schill), bis hin zu einem persönlichen Schreiben von Minster Mielke, einem Taschen-Radio »Mikki« (MfS Dresden, BV Dresden) und zehn Mark West (Bruder Gerhard).

„26. November 1970 – Aussprache mit Tr. Nippert. Er glaubt, dass er allein die Erfolge errungen hat. Wollte verbieten, dass ich die Mannschaft sehe. Das Kollektiv sei gegen mich… Regte mich auf, ist falsch von mir.“

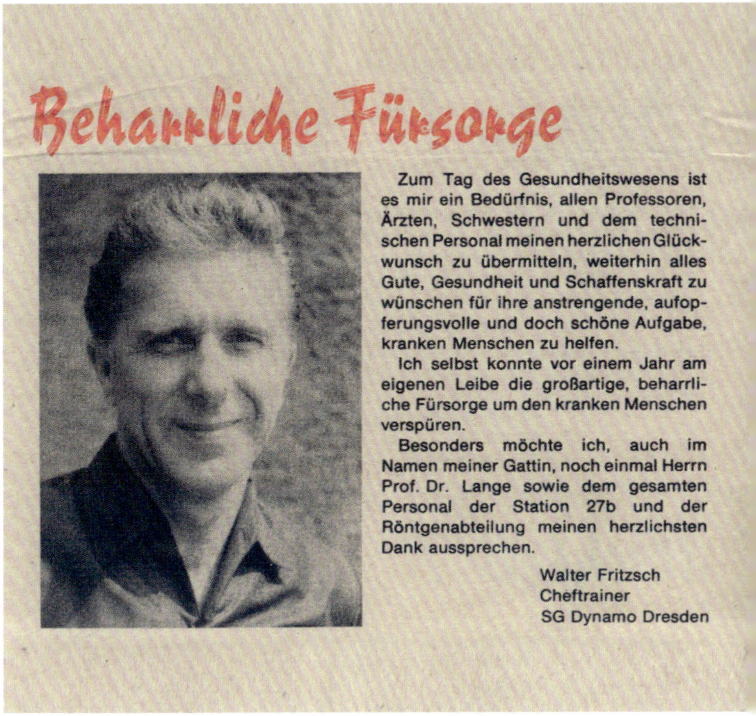

Beharrliche Fürsorge

Zum Tag des Gesundheitswesens ist es mir ein Bedürfnis, allen Professoren, Ärzten, Schwestern und dem technischen Personal meinen herzlichen Glückwunsch zu übermitteln, weiterhin alles Gute, Gesundheit und Schaffenskraft zu wünschen für ihre anstrengende, aufopferungsvolle und doch schöne Aufgabe, kranken Menschen zu helfen.

Ich selbst konnte vor einem Jahr am eigenen Leibe die großartige, beharrliche Fürsorge um den kranken Menschen verspüren.

Besonders möchte ich, auch im Namen meiner Gattin, noch einmal Herrn Prof. Dr. Lange sowie dem gesamten Personal der Station 27b und der Röntgenabteilung meinen herzlichsten Dank aussprechen.

Walter Fritzsch
Cheftrainer
SG Dynamo Dresden

Von seiner Mannschaft erhält Walter Fritzsch zum 50. Geburtstag ein außergewöhnliches Geschenk. Die Schwarz-Gelben fegen vor den Augen von DDR-Auswahltrainer Georg Buschner den sechsfachen Titelträger Vorwärts Berlin mit 4:1 vom Platz und schnappen sich vorzeitig die Herbstmeisterschaft. Das ganze Stadion ist entzückt. *„Bin jetzt anerkannt. Höheres Gehalt ab April.“*

„30. November 1970 – Mit Dr. Israel bei Prof. Lange. Gab mir Verhaltensmaßnahmen: Schwimmen, Ski fahren. Keinen Wein, Likör. Bier, Sekt in Maßen. Nicht aufregen, Ärger meiden.

2. Dezember 1970 – Wurde dem Kollektiv mitgeteilt, dass ich wieder im Amt bin. Training führte Nippert durch.

9. Dezember 1970 – Bold (DFV) betreffs Croy usw. Ruhte 75 Minuten. Im Stadion – Spiel. Schrieb Buch für Sammer, Dörner. Legten Gehälter für Spieler fest.“

Hinter den Kulissen gibt es Krach. Noch leitet Harry Nippert den Trainingsbetrieb, sitzt auch als Interims-Chef auf der Bank. Ihm fehlt jedoch die Anerkennung für die Siegesserie in der Oberliga, also ein Lob von Walter Fritzsch. Der fühlt sich ausgegrenzt. Zumal ihm erklärt wurde, dass das Kollektiv mit Nippert auf einer Wellenlänge funkt. Als dieser ihn vor dem Vorwärts-Spiel nicht zur Mannschaft lassen will, entlädt sich das Kompetenzgerangel in einer lautstarken Auseinandersetzung. Fritzsch beschließt, schnellstmöglich zurückzukehren, um wieder das Kommando zu übernehmen und lehnt die ihm angebotene Erholungskur ab. Sein Verhältnis zu Nippert scheint irreparabel gestört.

„13. Dezember 1970 – Beenden die 1. Serie als Tabellenführer mit 4 Punkten Vorsprung vor Jena. Im Casino – Rundfunkgespräch mit Oertel. Hänel, Nippert, Kreische, Sammer.

16. Dezember 1970 – In Polen Gebiet Gdansk. Unruhe mit Plünderungen, Schießereien. Die Regierung hat Schießbefehl.

22. Dezember 1970 – In der VR Polen hat es sich beruhigt. Sie wollen die Fehler abändern.

1. Januar 1970 – Meine Erwartungen 1971: Dass sich meine Genesung stabilisiert. Dabei muss ich unbedingt selbst mithelfen. Nicht ärgern über Spieler + Funktionäre. Die Ruhetage unbedingt einhalten. Jegliche Stunden für uns gemeinsam nutzen! Auch Käthe muss sich danach halten.“

Mitte Januar 1971 geht es nach Johanngeorgenstadt. Walter Fritzsch erklärt seinen Spielern, dass sie alles tun werden, um die Tabellenspitze bis zum Saisonende zu behaupten. Sprich: Der Coach sieht die einmalige Chance – er will mit Dynamo Meister werden! Dieser Absicht folgt er mit einem »angepassten« Übungsprogramm für seine Mannschaft: *„Wir erhöhten die Trainingseinheiten auf 4x täglich.“* Nach dem Frühsport geht es wahlweise in den Kraftraum, in die Halle (Basketball, Sprünge, Sprints, Staffelspiele) oder raus in den Schnee (Skitraining mit und ohne Ball, Ski-Handball im Tiefschnee, Mutfahrten, Eishockey). Das Spiel mit dem Krummstock ist für die meisten Kicker ungewohnt, auch die Eigen-Kreationen auf den Brettern im Tiefschnee. Das Repertoire des Trainers scheint grenzenlos. Testspiele und Theorieunterricht gelten als »erholsame« Stunden. Abends liegen die Spieler in ihren Betten und finden oft nicht in den Schlaf, weil ihnen einfach alles weh tut.

Walter Fritzsch nutzt die Gelegenheit in Johanngeorgenstadt zum Erfahrungsaustausch mit Christoph Höhne vom SC Dynamo Berlin. Der Olympiasieger im 50-km-Gehen von Mexiko 1968 berichtet auch über sein Ausdauer-Training und Wettkampferfahrungen in der Höhenlage. Der Trainer macht sich eifrig Notizen. Schließlich steht den Dresdnern eine Trainings- und Wettkampfreise bevor, die sie auch in die Rhodopen auf 2.000 Meter Höhe führen wird. Für Horst Rau endet der Ausflug nach Sofia und Smoljan noch auf dem Flughafen, sein Personalausweis ist abgelaufen. In Bulgarien gibt es wieder Knatsch zwischen dem Trainer und seinem Kapitän. Als das Mittagessen mit 75 Minuten Verzögerung serviert wird, platzt Kreische der Kragen. *„K. tritt großmäulig und den Bulgaren gegenüber überheblich auf. Beim Essen äußerte er sich abfällig über uns Funktionäre. Wir müssten als Spitzenreiter mehr fordern und uns nicht einfach zufrieden geben. Dabei meckern auch noch die anderen Spieler mit. Wer die Reise* *geplant hat usw.“* Tage später nimmt der Trainer den »Unruheherd« ins Gebet.

Nach mehr als drei Monaten Winterpause setzt die DDR-Oberliga im März 1971 ihre Punktspiele fort. Dresden muss zunächst zweimal auswärts ran. Dem 0:0 in Riesa – *„Wurde von den Zuschauern herzlich begrüßt.“* – folgt eine 1:3-Niederlage in Jena. *„Wir zeigten uns anfällig.“*

„22. März 1971 – Paket aus Merkstein 2 Pampelmusen, 1 Apfelsine, 1/4 Kaffee, Kakao, Schokolade, 1 Pulli, Strumpfhose.

24. März 1971 – Meine Einstufung 1.050 Mark (Früher 1.380 Mark). Mein Befinden: Mir geht es sauwohl. Trank 2 Glas Bier.“

Drei Siege in Folge bringen Dynamo Dresden auf klaren Kurs Meisterschaft. Die fünf Zähler Vorsprung auf Verfolger Carl Zeiss Jena betrachtet Walter Fritzsch nicht als Ruhekissen. Er warnt vor Überheblichkeit oder auch Schlendrian und spornt unermüdlich an, vor allem beim Athletiktraining in der Heide. *„Ich vertrat den Standpunkt, viel und intensives Training bringt uns weiter.“*

Nach wie vor hat Fritzsch selbst leichte Beschwerden: *„Es krabbelt im Kopf, linke Seite“*, notiert er oft. Hinlegen erweist sich als hilfreich, das seltsame Kribbeln verschwindet dann meist sehr schnell. Ab und an nimmt der Trainer eine Tablette, um gut schlafen zu können. So auch nach der Niederlage bei Union Berlin (1:2). Das Beste an diesem Spieltag ist das 1:2 der Zeiss-Elf am Vortag beim BFC Dynamo. Das Fünf-Punkte-Polster des Spitzenreiters bleibt also unangetastet.

„12. April 1971 – Anlässlich meiner 25 Jahre in der SED geehrt worden, Hygiene-Museum.

26. April 1971 – Aussprache im Vorstand, weil Unruhe im Kollektiv wegen mir sei. Nippert wurde überheblich u. griff mich an, wie schon 1970. Habe mit Kündigung gedroht.“

Den letzten Schub für den Endspurt im Titelkampf holen sich die Schwarz-Gelben im FDGB-Pokal. Nach dem 3:2-Erfolg in Magdeburg stehen sie im Pokalfinale und können nun sogar das »Double« holen. Nie zuvor war das einer DDR-Mannschaft gelungen.

„23. Mai 1971 – Unterhielt mich mit Fernsehfunk. Pressekonferenz. Nahm 2 Tabletten. War etwas aufgeregt. Dynamo Dresden – FC Hansa 3:1. Unterhaltung mit den Zuschauern, sie sind glücklich. Sprach mit den Spielerfrauen über Urlaub.

29. Mai 1971 – Dyn. Dresden – RW Erfurt 3:0. Musste in der Halbzeit etwas hart sprechen.

30. Mai 1971 – 9:15 gingen zum Frühschoppen – Café Prag – wurde vom Publikum mit Beifall beklatscht. Mein Frauchen einen kleinen Schwips.“

Am 2. Juni 1971 heben die Dresdner den DDR-Fußball aus den Angeln und erringen ihren ersten Titel unter Walter Fritzsch. Dafür reicht Dynamo gegen den HFC Chemie ein 2:2 im Kurt-Wabbel-Stadion. Vier Spieltage vor Ultimo die Meisterschaft vorzeitig perfekt zu machen. An diesem Mittwochabend wird im Interhotel »Stadt Halle« auf den ersten Titel seit 1953 kurz angestoßen. *„Mit zwei Bier und drei Glas Sekt“* – wie Walter Fritzsch in seinen Aufzeichnungen dokumentiert. Der zwanzigjährige Dixie Dörner hat auf der Rückfahrt bereits vergessen, dass er kurz vor Schluss mit einem Eigentor für den Endstand gesorgt hat. Klaus Sammer sieht diesen Treffer positiv: *„Mit Blick auf die Zuschauer durften wir doch gar nicht gewinnen!“* Schließlich wollen sich die Dresdner gut zwei Wochen später im Pokalfinale gegen den BFC Dynamo das Double holen.

Den Trainer plagen andere Sorgen. Ihm missfällt, dass die Spieler am Abend nach dem Titelgewinn ohne sein Wissen Party machen. *„Kollektiv ging feiern????? Mein Frauchen gratulierte zum erstmaligen Gewinn der DDR-Meisterschaft.“*

Tage später bittet die Mannschaft, vor den Auftritten im Dresdner Stadion nicht mehr im Gästeheim des Rates des Bezirkes übernachten zu müssen. Walter Fritzsch ist noch sauer. Hat auch Angst, dass der Erfolg einigen zu Kopf steigt und lehnt deshalb ab, ohne jede Diskussion.

Das Punktspiel bei Vorwärts ist das letzte der Armeefußballer in Berlin vor ihrem Umzug in die Provinz nach Frankfurt/Oder. Vor dem Anstoß empfängt der Dresdner Trainer die Glückwünsche zum Titelgewinn, auch von FCV-Vorstandsmitglied Karl-Eduard von Schnitzler. Für jeden der 10.000 Zuschauer, die zum Abschied des sechsfachen Meisters gekommen sind, gibt es als Andenken gelb-rote Bälle in einem gelb-roten Netz. Die in der Tabelle uneinholbaren Dresdner unterliegen beim Ex-Champion mit 1:4. *„Kollektiv schwach ohne Konzentration, überheblich."* Die Stimmung beim Abendessen mau und noch geht es nicht zurück. Auf Einladung des Intendanten des Metropol-Theaters schauen sich Dresdens Fußballer, Offizielle und die im Bus mitgereisten Spielerfrauen den »Vogelhändler« an. Noch auf der Rückfahrt entscheidet Walter Fritzsch: *„Nie wieder!"* Er hat jetzt nur das Pokalfinale in Halle im Kopf.

„5. Juni 1971 – Meisterehrung vom DFV, vor Publikum. Die Zuschauer feierten uns. Bekam Blumen. Dyn. Dresden – Chemie Leipzig 3:1, war nicht meisterlich.

18. Juni 1971 – Meisterschafts-Etagenfest. Es wurde getrunken."

Der 20. Juni 1971 ist kühl und regnerisch. Vor dem FDGB-Pokalfinale einigen sich beide Teams auf ein Elfmeterschießen für den Fall, dass die Verlängerung noch keine Entscheidung gebracht haben sollte. Die Zeit der Wiederholungsspiele geht ihrem Ende entgegen. Für viele scheint die Abmachung vor dem Endspiel eine formelle Angelegenheit, schließlich landete der BFC Dynamo in der Meisterschaft nur auf Rang neun. Dynamo-Duelle aber haben eigene Gesetze. Die Führung von Klaus Sammer genügt nicht für den Pott. Johannsen probt schon einmal vom Punkt

Dynamo zweimal in Halle – erst die Meisterschaft (l.), dann der Pokal-Triumph. Das erste Double in der DDR-Fußballgeschichte

und erzielt per Elfmeter den schnellen Ausgleich. 1:1 nach 90 Minuten. Als alle schon mit dem Spektakel eines Strafstoßschießens rechnen, nickt Sammer in der 119. Minute einen Eckball zum 2:1 in die Maschen. Mit dem Schlusspfiff von WM-Schiedsrichter Rudi Glöckner starten die 4.000 Dresdner Fans die Jagd auf ihre schwarz-gelben Lieblinge. Die tanzen wenig später in der Kabine freudetrunken um die monströse Gewerkschaftstrophäe. *„Hoch solln se leben!“*, schallt es dem Ikarus-Bus auch bei der Ankunft an der Dr.-Richard-Sorge-Straße entgegen. Um halb zwei in der Nacht wird das erste Double in der Geschichte des DDR-Fußballs im Dresdner Stadion bis in die Morgenstunden begossen. Und während sich die Dynamo-Elf von ihren Fans feiern lässt, nimmt Meistertrainer Walter Fritzsch erst seine Frau in den Arm und dann zwei Schlaftabletten.

„23. Juni 1971 – Feier DDR-Meister und Pokal im Hotel ‚Newa' – anwesend Minister Mielke – es waren alle Spieler mit Frauen anwesend.“

Walter Fritzsch genießt die Momente beim offiziellen Empfang. Werner Krolikowski würdigt den »Vater des Erfolges« und Erich Mielke heftet ihm den Orden an. *„Also waren alle Forderungen an die Spieler doch positiv und richtig gewesen.“* Auch finanziell zahlt sich das erste Double im DDR-Fußball für ihn aus. Für den Meistertitel, den Pokalsieg und die hohe Auszeichnung verbucht der Trainer insgesamt 11.400 Mark Prämie. Unabhängig davon behält er mit dem Gedanken an kommende Aufgaben seinen kritischen Blick: *„Das Kollektiv wurde ausgezeichnet, prämiert und zu Feiern eingeladen. Das bedeutet viel Gutes – zu viel fast.“* Genügend Steigerungspotential sieht Walter Fritzsch bei den Bedingungen im Verein: *„Noch immer keine Halle, keinen Rasentrainingsplatz, keine Urlaubsplätze an der Ostsee.“*

Zu vorgerückter Stunde stößt Manfred Scheler mit Walter Fritzsch noch einmal an. Der Ratsvorsitzende des Bezirkes gehörte im Sommer 1969 zu den Zweiflern bei dessen Verpflichtung und gesteht das dem Trainer: *„Walter, Du weißt, anfangs war ich gar nicht überzeugt, das hat sich erst entwickelt. Uns hat gefallen, dass Dir der Ruf vorauseilte, sehr streng zu sein. Aber die Hoffnung war da!“* Die beiden Männer lassen die Gläser klingen. Scheler muss schmunzeln, Fritzsch und er haben sich im besten Wortsinn »zusammengerauft«. Wie oft kamen und kommen die Spieler zu ihm, um sich über den Trainer zu beschweren. Nach außen lässt Scheler keine Luft ran und die Fußballer regelmäßig abblitzen. In Wirklichkeit diskutiert er die Probleme mit Fritzsch im Vier-Augen-Gespräch. Nichts davon dringt an die Mannschaft oder gar an die Öffentlichkeit. *„Es gibt keinen Menschen in meinem Leben, mit dem ich mich so oft und so heftig gestritten habe wie mit ihm“*, wird der Funktionär später resümieren und ergänzt: *„Bei den Vorstandssitzungen mit Walter Fritzsch gab es nur Streit! Dabei ging es fast ausschließlich um den Umgang mit den Spielern.“* Die Männer gehen sauber miteinander um und können sich immer in die Augen schauen. Auch, wenn Scheler dem Trainer seine Meinung sagt: *„Walter hat es, zumindest am nächsten Tag, akzeptiert!“*

Der Ratsvorsitzende beichtet Fritzsch an diesem Abend auch, dass die Finanzierung der auf dem Dynamo-Gelände geplanten Sporthalle wackelt. Dafür verspricht er ihm den überfälligen Rasenplatz. *„Im Pionierpark, wie soll das denn gehen?“*, fragt Fritzsch und erfährt Schelers Plan. Bis zum Trainingsauftakt im Juli 1971 soll schnell und unbürokratisch entschieden werden, im Großen Garten eine geeignete Rasenfläche »umzunutzen«. Eigentlich war dort perspektivisch die Erweiterung der Pioniereisenbahn geplant. Das kleine Wunder wird Wirklichkeit. Dynamo Dresden verfügt tatsächlich drei Wochen später über ein völlig neues Trainingsquartier. Anfangs fehlt zwar noch die Einzäunung, aber der Coach und seine Mannschaft zeigen sich schwer beeindruckt.

„30. Juni 1971 – Graal-Müritz, Käthe Frühsport. Gingen zum Strand. Las Zeitungen. Spaziergang am Strand, Blaskonzert. Im Heim werden die Urlauber plötzlich warm mit mir. Die drei Kosmonauten vom Sojus 11 sind nach 24 Tagen im All tot gelandet.

4. Juli 1971 – Mein Frauchen am Strand, eine gute Bräune. Schrieb Skizze zur 3. Konzeption. Filmte Sonnenuntergang.

9. Juli 1971 – Seddin. Putzte Auto. Lummerten im Wald + Campingplatz. Lag teils auf dem Campingbett. Auslosung Ajax Amsterdam – 15.9.71.“

Ruhige und erholsame Tage liegen hinter dem Trainer und seiner Frau. Da schiebt das Los im Europapokal sein Gedankenkarussell an. Die Dresdner erwischen zum Einstieg in den Cup-Wettbewerb der Landesmeister – heute die Champions League – den dicksten Brocken. Für die Anhänger geht ein Traum in Erfüllung, Dynamo spielt gegen den Top-Favoriten mit »König Johan« Cruyff! Walter Fritzsch nutzt die Gelegenheit, um gleich zum Trainingsauftakt neue Reize zu setzen. *„Test 71“* nennt er das Programm. Seine Neuschöpfung besteht aus kurzen Antritten, mal mit, mal ohne Hindernisse. Nach der Hürdenüberquerung haben die Spieler unter der Lattenunterkante durchzukriechen. Davor, dazwischen und danach fordert der Trainer nur eins: *„Wetzen bis zum Kotzen!“*

Dresdens grüne Lunge, der Große Garten, lädt nun zu Leibesübungen der Dynamos ein, 1971

„18. Juli 1971 – Erstmalig Training im Pionierpark. Doppelpass-Übung.

19. Juli 1971 – 8 Uhr Fotoaufnahmen. 14 Uhr Technik/Taktik-Training im Pionierpark. I. O. Spieler wirkten matt.

30. Juli 1971 – 40 Grad. Reporter aus Amsterdam bei uns. Waren im Bezirksheim. Fuß+Kopf-Tennisturnier trotz Hitze.

7. August 1971 – 18 Uhr Begann die Feier 20 Jahre Oberliga Aue. Es waren fast alle meine ehemaligen Spieler anwesend. Wurde auch genannt im Referat. Spendierte 5 Fl. Sekt.“

Den Weg nach oben gemeistert, muss Dynamo ab sofort mit der Rolle des Gejagten leben. Der Trainer fordert ein Umdenken: *„Wir werden nun ernst genommen, wie werden wir das verkraften?“* Vor dem Saisonstart lässt er die Spielerfrauen ins

20 Jahre Oberliga-Aufstieg: Walter Fritzsch fühlt sich im Kreis der ehemaligen Weggefährten wohl Jubiläum in Aue 1971

Casino einladen und spürt ganz schnell Gegenwind. Ausgelöst durch das von ihm erlassene Bierverbot – die Männer würden darüber zu Hause schimpfen. Es folgt die Auseinandersetzung über den passenden Haarschnitt. Dabei liegen die wilden Zeiten in Sachen Haarlänge und Haarfülle noch in der Zukunft. Echte »Stemmeisen« als Koteletten bilden noch die Ausnahme. Doch Walter Fritzsch lässt sich nicht beirren. Verliest das Idealgewicht eines jeden Spielers und weisst nachdrücklich auf richtige Ernährung und die Wichtigkeit von Erholungsphasen hin. Neben dem Verzicht auf Alkohol und Nikotin fordert er unmittelbar vor den Spielen auch eine *„gewisse Enthaltsamkeit im Sexualleben"*. Der letzte Punkt ist für ihn besonders wichtig: *„Ich würde die älteren Spieler abschieben, heisst es. Haustein, Hemp, Kallenbach, Ziegler. Deshalb gibt es Unruhe im Kollektiv. Mein Standpunkt, wer gute und stabile Leistungen bietet, braucht keine Angst zu haben!"*

27. August 1971 – Bezirksverwaltung Dresden Abteilung XX/1: *„Der Genosse Fritzsch geht an die Einschätzung seiner Arbeit sehr kritisch heran und bildet sich eine eigene Meinung zu allen Problemen, die er dann konsequent vertritt. Deshalb ist es oft nicht leicht, ihn von einer eventuell bei ihm vorhandenen falschen Meinung zu überzeugen. Er ist offen und ehrlich, kameradschaftlich und hilfsbereit. In der Arbeit kann er sehr impulsiv werden, so dass es bei ihm Schwächen im Umgang mit den Spielern gibt. Er fordert sehr hohe Leistungen im Training, im Wettkampf und im persönlichen Verhalten. Diese hohen Anforderungen stellt er aber auch an sich selbst. Besondere Besitzverhältnisse sind nicht bekannt. Verbindungen nach West Deutschland, West Berlin und dem kapitalistischen Ausland bestehen außer der oben erwähnten Verbindung zu seinem Bruder von Seiten des Fritzsch nicht. Gegen Auslandsreisen des Fritzsch bestehen von Seiten unserer Diensteinheit keine Einwände. Leutnant Wiedner"*

„28. August 1971 – 7:30 Sprach im Rundfunk über das Spiel. 15 Uhr Dyn. Dresden - FCM 3:1. Sprach mit Krolikowski wegen Westantenne."

Die Spielbeobachtung des kommenden Gegners im Europapokal wird für den Dynamo-Cheftrainer zur Lehrstunde in Sachen Profifußball. Nach einem 1:0 – *„Es hätte auch 6:0 stehen können!"* – im Punktspiel gegen Exelsior Rotterdam plaudert Walter Fritzsch im Casino des Amsterdamer Stadions mit seinem Trainerkollegen Stefan Kovács. Sie kennen sich von einem Spiel der Rostocker 1964 in Bukarest. Da kommt Ajax-Kapitän Piet Keizer an den Tisch und bietet dem Gast ein Getränk an. Kovács entschuldigt sich, er müsse zum Vorstand. Als er zurückkommt, erklärt er dem Ostdeutschen, dass er seinem Team eine unangenehme Nachricht übermitteln muss. Die Ajax-Bosse hätten beschlossen, die Siegprämie gegen den Tabellenletzten um die Hälfte zu kürzen, aufgrund der schwachen Leistung. Fritzsch ist sprachlos.

„13. September 1970 – Fuhren mit Kollektiv nach Berlin zum Flughafen. 12 Uhr in Amsterdam. Wohnen im Parkhotel, Zi. 432. Training bei Ajax. Spieler machten gut mit. Kino: »Sex in Pompeji« – Mist.

14. September 1971 – Spieler erhielten 35 Gulden. Es wird bis zu 50 Gulden geben bei guter Leistung. Die Sportfreunde erhielten als Geschenk 1 Trockenrasierer. Ich 100 Gulden."

Auch Neuzugang Reinhard Häfner muss sich an die klare Ansprache noch gewöhnen – der kleine General im Herbst 1971

Vor dem Ajax-Spiel erhält Walter Fritzsch überraschend Besuch. Sein Bruder Gerhard und dessen Sohn Dieter haben sich in Merkstein ins Auto gesetzt und sind nach Amsterdam gekommen. Direkt nach dem Bekanntwerden der Auslosung kam dem mittlerweile 24-jährigen Neffen die Idee. Gute 200 Kilometer mussten sie fahren – weit, aber nicht zu weit. Nun steht er Onkel Walter gegenüber, 16 Jahre zuvor hatten sie sich zum letzten Mal gesehen. Da war Dieter noch ein Kind und entsprechend groß ist die Freude, auf beiden Seiten. *„Zur Belohnung"* – sagt der Trainer der Dresdner mit einem Augenzwinkern und überreicht die beiden Dynamo-Wimpel mit den Unterschriften aller Spieler und zwei Anstecknadeln. Den familiären Plausch beendet ein Blick auf die Uhr – der Anstoß rückt immer näher!

60.000 Zuschauer an diesem Abend erfreuen sich an einem fulminanten Ajax-Orkan, der über die Gäste-Abwehr hinwegfegt. Den Dresdnern vergeht in diesem Wirbel Hören und Sehen. In den ersten 20 Minuten haben die Schwarz-Gelben den Ball gar nicht berührt, so scheint es. Immerhin, das Starensemble belässt es bei einem vergleichsweise schmeichelhaften 2:0-Erfolg. *„Es war für uns eine Lektion"* – resümiert Walter Fritzsch.

Mit dem Schlusspfiff gibt es für vier Dresdner eine private Einladung von Ajax-Libero Horst Blankenburg. Peter Meyer, Frank Ganzera, Dieter Riedel und Eduard Geyer genießen den Ausflug ins Nachtleben und lassen um Mitternacht das Geburtstagkind Dieter Riedel hochleben. Dass Trainer Fritzsch ihnen nur bis 24 Uhr Ausgang gewährt hat, interessiert das Quartett weniger. Ganz anders die Stimmung im Amsterdamer Parkhotel beim Stubendurchgang der Delegationsleiter Herbert Gasch und Hugo Herrmann aus der Berliner Dynamo-Zentrale. Sie hatten vor der Abreise die Schulung für das Verhalten beim Klassenfeind gehalten. Nun schlagen sie Alarm. Gleich in zwei Zimmern fehlen die Spieler.

„16. September 1971 – Dann geschah die große Pleite. Meyer, Riedel, Geyer, Ganzera waren bis 4:20 Uhr aus + besoffen.

18. September 1971 – 11 Uhr Beim Vorstand – wegen des Vergehens der 4 Sportfreunde. Sie wollen hart zugreifen. Nyffenegger fuhr mich nach Hause.“

In Dresden herrscht seit der Rückkehr der Dynamos dicke Luft. Der Vorstand tagt, dann folgte eine Krisensitzung mit der Zentralen Leitung. Torhüter Peter Meyer soll seine Sachen packen und aus Dresden verschwinden. Nationalspieler Frank Ganzera wird ein Jahr lang für die Auswahl gesperrt. Dieter Riedel muss in der Oberliga vier Monate lang aussetzen. Dynamo-Oberboss Mielke hätte am liebsten alle vier Sünder aus dem Verein entfernen lassen. Der Bericht der Dresdner Klubleitung bewahrt zumindest Ganzera und Riedel vor Ärgerem. Für Eduard Geyer hat die Nacht von Amsterdam andere Konsequenzen. Er wird vor die Wahl gestellt, Mitarbeit als Inoffizieller Mitarbeiter der Staatssicherheit oder sofort Schluss mit dem Leistungssport. Geyer verpflichtet sich.

„22. September 1971 – Unterhielt mich mit dem Kollektiv über die jetzige Situation. Test: Dynamo – Union Teplice 3:1. Zu Hause Antennenbauer bei uns aus Coswig.

28. September 1971 – In Eindhoven Hotelexplosion. Von Halle Spieler W. Hoffmann tot. Urbanczyk und Mosert ernsthaft verletzt.“

Eine Stadt fiebert dem Rückspiel entgegen. Die Kartennachfrage sprengt alle Erfahrungen. Jeder will Ajax live erleben, doch nur 35.000 werden es schaffen. Immerhin gelingt den Funktionären um Wolfgang Hänel und Manfred Scheler ein Geniestreich: Die Stahlrohrtribüne feiert an diesem Tag ihre Premiere im Stadion. Nicht besonders schön, aber zweckmäßig, umhüllt sie ab sofort den Sprecherturm wie eine Halskrause. Bislang hatten die führenden Genossen stets am 1. Mai oder 7. Oktober auf diesem Unterbau die Huldigungen der Dresdner Werktätigen entgegen genommen. Offiziell geht es nur um das Ajax-Spiel, wegen der enormen Nachfrage. Doch aus der Soforthilfe wird die »sozialistische Umlagerung« zur Dauerlösung. Bis 1990 bleibt die, nun ehemalige Mai-Tribüne, die einzig nennenswerte bauliche Veränderung im Stadion. Abgesehen von der neuen Anzeigetafel im Jahr 1978. Die große Um- und Ausbaustudie vom Herbst 1970 ist aber ad acta gelegt. In erster Linie fehlen freie Kapazitäten.

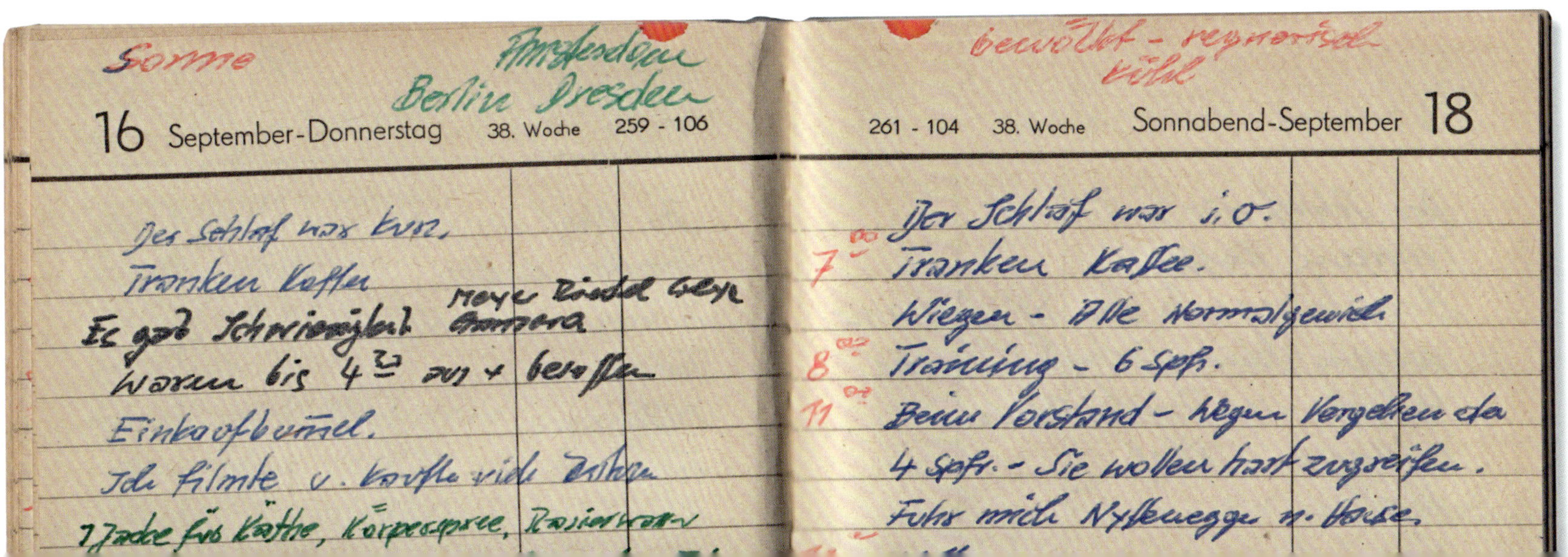

„29. September 1971 – 8:30 Uhr im Bezirks-Heim. Aussprache mit Häfner, Haustein, Kallenbach. Spiel gegen Ajax gut – ohne Torerfolg. Unser Sturm ist eben doch noch zu unerfahren. Vielleicht auch zu jung."

Die Stars von Ajax Amsterdam lassen gegen Dynamo im Rückspiel nichts anbrennen. Geben den Dresdnern immerhin das Gefühl, sich ordentlich verkauft zu haben. So kommen die Gäste mit einem torlosen Remis einen Schritt voran auf dem Weg zum erstmaligen Gewinn des Wettbewerbes. Ein Dresdner verlässt den Rasen zum ersten Mal nach einem Europapokalspiel. Dynamo-Neuzugang Reinhard Häfner kann mit seinem Debüt zufrieden sein.

„5. Oktober 1971 – Fuhren nach Karl-Marx-Stadt zur Kosmos-Ausstellung – Akademie der Wissenschaft der UdSSR"

Sieben Wochen Punktspielpause in der Oberliga und auch im FDGB-Pokal geht es erst Ende November weiter. So bieten sich nach dem Erstrunden-Aus im internationalen Wettbewerb kaum Möglichkeiten, das Geschehene vergessen zu machen. Immerhin dürfen sich gleich sechs Dynamos Hoffnungen machen, Olympia 1972 zu erleben: Dörner, Häfner, Kreische, Richter, Sammer, Wätzlich. Wer wird es schaffen und mit welchem Erfolg? Walter Fritzsch hatte 1964 beim SC Empor einem Trio zur Bronzemedaille gratulieren können. Jürgen Heinsch, Herbert Pankau und Klaus-Dieter Seehaus gehörten zur erfolgreichen DDR-Auswahl bei den Olympischen Spielen in Tokio. Nun richtet der Trainer den Blick nach vorn: Ein Medaille in der Meisterschaft und der Einzug ins Pokalfinale – lauten die aktualisierten Ziele für sein Kollektiv.

„31. Oktober 1971 – Nach Bärenburg, spazierten im Wald umher und sonnten uns. Wurde gestoppt: VP – 64 km/h – 5 Mark.

17. November 1971 – Ich war zur Parteileitungssitzung und wieder: Ich soll pädagogischer werden, mich ändern."

Die Terminplaner beweisen bei der Disposition der Jahresabschlussfeier ein gutes Händchen. Zwei Tage nach dem 6:0-Heimsieg über Vorwärts Stralsund trifft sich das Kollektiv in Dresden-Striesen in der Weinstube »Rebstock«. Die Spieler erscheinen in Begleitung ihrer Frauen. Der Trainer scheint von der Auswahl der Lokalität nur mäßig begeistert. Er hat in Dresden überall seine Informanten sitzen und weiß, dass Klaus Sammer oder Hans-Jürgen Kreische regelmäßig das Haus von Heinz Grosche frequentieren. *„In dieser Gaststätte fühlen sich einige Stammspieler recht wohl. Dort werden auch die Lobeshymnen der Aktiven gesungen, natürlich bei Alkohol."* Dresden steht nach zehn gespielten Runden lediglich auf Rang sechs in der Oberliga. Doch den Ersten (Magdeburg) trennen vom Zehnten (Aue) ganze vier Zähler. Da scheint selbst die Titelverteidigung noch machbar. Im »Rebstock« gibt es für jeden Spieler einen opulent gefüllten Präsentkorb im Wert von 150 Mark. Vornehmlich mit Dingen, die es sonst nicht oder nur sehr schwer zu kaufen gibt. Auch scheint der Trainer bei die Auswahl der Nahrungs- und Genussmittel nicht involviert gewesen zu sein. *„Inhalt: 1 Flasche Sekt, 1 Flasche Korn, 1 Flasche Sherry Brandy, 1 Kokosnuss, 2 Büchsen Dorschleber, 3 Büchsen Ölsardinen, 1 Büchse Gulasch, 1 Schinken, 2 Bratwürste, 1 Büchse Halberstädter Würstchen, 1 Stollen, 1 Glas Kirschen, 2 Tafeln Schokolade, 1 Paar Socken, 1 Selbstbinder."* Die flüssigen Beigaben bleiben, trotz ihrer zum Teil hohen Prozente, von Walter Fritzsch unkommentiert.

Nach der Feier sind in diesem Jahr noch zwei Punktspiele zu absolvieren. Dem 0:0 bei Union Berlin lassen die Dresdner am zweiten Weihnachtsfeiertag ein schmuckloses 2:0 gegen Hansa Rostock folgen. Damit rücken sie hinter Spitzenreiter Jena und Magdeburg auf den dritten Platz vor und haben das Etappenziel doch noch erreicht!

„24. Dezember 1971 – Päckchen aus Merkheim: 2 Pullis, 1/4 Kaffee, 1 Tafel Schokolade, Pudding.

2. Januar 1972 – Zwickau gegen Dynamo 3:0. Man wünschte mir Gesundheit. Sehr schwache Partie von uns. Die Niederlage: Silvester!"

Ein paar Tage später sind die Dresdner zu Gast bei der Flutlicht-Premiere im Magdeburger Ernst-Grube-Stadion. 38.000 Besucher erleben an diesem Freitagabend ein grandioses Fußballspiel, an dem auch die Elf von Walter Fritzsch großen Anteil hat. Wätzlich und Häfner sind die Besten in den Reihen der Gäste. Kreische und Kallenbach stehen ihnen kaum nach. Trotzdem geht das Spiel mit 1:2 verloren – und das gegen die Rasselbande von Heinz Krügel. Das jüngste Team der Oberliga ist weiterhin Tabellenführer! *„Heinz, Glückwunsch. So macht ihr in diesem Jahr den Meister!“* – gratuliert Dresdens Trainer seinem ehemaligen Schulkameraden und fühlt sich bestätigt, die Verjüngungskur auch bei den Schwarz-Gelben voran zu treiben.

„10. Januar 1972 – Eiskunstläufer Zöller in den Westen abgehauen.

21. Januar 1972 – DFV-Präsidium tagte. Wieder wurde die Leitung angespitzt. Ich forderte Klarheit, wer nun verantwortlich ist – Fritzsch oder Nippert. Buschner sagte, dass er diese Zwitterstelle bereits erkannt hat. Vielleicht kündige ich als Drohung.

28. Januar 1972 – Mein Frauchen hat die Wohnstube tapezieren lassen. Sie hat sich viel Arbeit gemacht. Sie bewirtete die Maler sehr gut. 120,- Mark.“

Anfang Februar melden sich gleich acht Spieler beim Trainer ab. Zum Abschlusstraining vor dem Pokalspiel in Erfurt reicht es nicht einmal mehr zu einem Sieben gegen Sieben. Direkt danach geht es ins Bezirksheim und Walter Fritzsch notiert: *„Haben als Ausfälle Wätzlich, Richter, Haustein, Heidler, Kern, Kreische, Sammer, Kallenbach.“* Dresdens Trainer entscheidet sich vor der Partie bei den Rot-Weißen für eine Lauertaktik. Hinten dicht und dann blitzschnelle Konter. Der Plan funktioniert. Rau trifft die Latte, Sachse zweimal das Tor. Doch Schiedsrichter Riedel sieht auch zweimal Mal die Fahne des Linienrichters oben: Abseits! Die Entscheidung fällt in der Verlängerung. Lichtenbergers Tor besiegelt das Weiterkommen. Mit diesem Spiel hat Dynamo einen neuen Stamm-Keeper, es ist der zwanzigjährige Claus Boden. Auf der Heimfahrt lässt der Trainer am Hermsdorfer Kreuz halten und spendiert jedem Spieler in der HO-Gaststätte ein Glas Sekt. Für Uwe Ziegler und Meinhard Hemp, die beiden *„Alten“*, ist es der Abschiedstrunk bei Dynamo.

„16. März 1972 – Forum im Casino. Schenkten uns 2 Zuschauer zwei Flaschen Sekt anlässlich des Geburtstages von Käthe.

17. März 1972 – Plötzlicher Besuch aus Merkstein. Dieter war für 3 Stunden da. Käthe gab den Nussknacker mit und 50 Mark Taschengeld.

18. März 1972 – 5:1 Sieg gegen Jena. 35.000 Zuschauer. Ich bin froh, dass es ohne die Alten so klappte.“

Keine zwei Monate nach dem Kantersieg gegen Jena sehen sich beide Kontrahenten wieder. Im Leipziger Zentralstadion geht es um die Gewerkschaftstropähe. Das Pokalfinale sieht angestachelte Thüringer, sie haben die kürzliche 1:5-Demütigung in Dresden nicht vergessen. Dazu kommt, wollen sie sich noch für den Europapokal qualifizieren, müssen sie dieses Spiel gewinnen. Und Dynamo? *„Verloren vor 35.000, darunter 12.000 Dresdner gegen Jena 1:2 verdient. Wo blieb unsere Deckungstreue?“* – fragt sich Walter Fritzsch. Dabei hatte er Libero Dörner nach nur 15 Minuten in die Angriffsreihe beordert. Dessen schnelles Führungstor (22.) scheint den Trainer zu bestätigen. Doch er hat die Rechnung ohne Peter Ducke gemacht. Der zweifache Torschütze entscheidet das Endspiel fast im Alleingang.

Eine Woche später feiert Dresden doch noch einen Titelgewinn. Dynamos Junioren holen sich unter Trainer Kurt Kresse erstmals die Meisterschaft. Entscheidend ist der 2:0-Erfolg auf dem Hartplatz gegen Sachsenring Zwickau. Hartmut Schade und Gerd Weber heißen die Torschützen. Längst stehen beide auf dem Zettel von Walter Fritzsch, wie auch Matthias Müller oder Matthias Donix.

Nach dem Auftritt der besten Nachwuchsfußballer läuft die Oberliga-Elf der Schwarz-Gelben gegen die Westsachsen auf. Die 90 Minuten werden zur großen Kreische-Show. Der Torjäger ballert sich nach überstandener Knieverletzung mit gleich vier Treffern noch an Klubkamerad Sachse, dem Rostocker Streich und dem Magdeburger Abraham vorbei an die Spitze der Torschützenliste. Verteidigt so seinen Titel aus dem Vorjahr und strahlt mit der Sonne um die Wette.

Am Abend treffen sich alle Dynamos in der »Mazurka-Bar« auf der Prager Straße, Abschlussfeier mit einem bunten Programm nach einer turbulenten Saison. Zwar muss sich der Meister und Pokalsieger in der Serie 1971/72 mit den Plätzen zufrieden geben, doch Dresden etabliert sich unter Walter Fritzsch als Spitzenmannschaft der DDR-Oberliga. Wer hätte das im Sommer 1969 gedacht?

„16. Juni 1972 – Kamen neue Polstermöbel, 2 Sessel, 1 Couch – 2.550 Mark. Fidel Castro in Dresden. Das ‚Mikki'-Radio macht Sorgen, wegen der Batterien. Schnupfen.

6. Juli 1972 – Fuhren nach Seddin. Trafen bei WeWo ein. Sie waren schon ab Dienstag da. Unterhielten uns über VEB. Er ist enttäuscht über seine Mitarbeiter. Weil sie ihn als Volkseigenen Leiter ablehnen wollen. Es hat ihn sehr enttäuscht. Ich baute ihn etwas auf."

Als Walter Fritzsch seine Spieler zum Trainingsauftakt begrüßt, erinnert er sofort an seine Warnung drei Wochen zuvor. *„Wer aus dem Urlaub ein Kilo zu viel mitbringt, muss 50 Mark zahlen!"* Gleich im Anschluss geht es direkt auf die Waage. Dynamos Auswahlspieler haben Glück. Sie sind ohnehin mit der Olympiavorbereitung beschäftigt und permanent unterwegs, zuletzt in Schweden. Bei Reinhard Häfner, Hans Kreische und Klaus Sammer steht der Koffer mit der offiziellen Olympiakleidung schon bereit. Siegmar Wätzlich und Frank Ganzera gehören zu den »Härtefällen«. Beide erhalten von Georg Buschner die Aufforderung, sich für den »Fall der Fälle« bereit zu halten.

„22. Juli 1972 – Meldeten sich Kreische + Sammer aus Schweden zurück.

24. Juli 1972 – Trainerbesprechung betreffs O-Kader. Die Spieler wurden gelobt. Trainieren jetzt bei uns.

7. August 1972 – Bei der SV Dynamo. Oberst Gasch kritisierte mich, weil ich das Wort ‚Strafe' zu oft gebrauche. Sollte mit den Spielern verhandeln. Das sind ja plötzlich ganz neue Töne. Erst verlangt er von mir Härte und jetzt?"

Nur noch zwei Wochen bis zur Eröffnung der Olympischen Spiele. Da muss »der Lange« ein ganz bittere Pille schlucken. Klaus Sammer fällt bei der MfS-Überprüfung durch das »politische Raster«: Westverwandtschaft ersten Grades, also Fluchtgefahr! Der geplatzte Olympiatraum aber wird offiziell verschwiegen. Nicht einmal ihm selbst wird der wahre Grund genannt: *„Wegen zuletzt mangelnder Leistung"* heißt es nur schwammig. Für Sammer rückt Klubkamerad Wätzlich nach. Dessen Foto ziert sogar die Titelseite der »fuwo«. Ein Grund für die plötzliche Nachnominierung fehlt ebenso wie der Name Sammer.

Tage später bricht sich der Rostocker Gerd Kische beim Training die Zehe. Für ihn rückt Frank Ganzera im letzten Moment nach. Diesmal titelt die »fuwo«: *„In letzter Minute: Ganzera für Kische!"*

Klaus Sammer schafft als Dynamo-Turm in der Schlacht den Sprung in die Nationalmannschaft, zu Olympia darf er aber nicht

Dynamo gibt seit zwei Jahren nicht nur sportlich den Ton mit an – auch modisch gehören sie zu den Trendsettern

„14. August 1972 – Eine IL 62 mit 156 Insassen stürzte bei Königs Wusterhausen auf dem Flug nach Bulgarien ab. Alle Insassen tot.

17. August 1972 – Verabschiedung der vier Olympiakader: Ganzera, Häfner, Kreische, Wätzlich.

23. August 1972 – Fuhren mit dem restl. Kollektiv nach Polen, Walbrzych. Hotel Sudety. Fuhren zum Training … Truppe im Kino. Wir unterhielten uns mit der Leitung. Man machte mir ein Angebot als Trainer.

24. August 1972 – Zagłębie Wałbrzych – Rest Dynamo 3:1 – 94 Minuten, es wurde von uns in den letzten vier Minuten verloren."

Im September 1972 starten die Dresdner erstmals im aus dem Messepokal hervorgegangenen UEFA-Cup. Walter Fritzsch darf zu seiner Überraschung den Auftaktgegner gleich zweimal beobachten. Der Dynamo-Trainer sieht VÖEST Linz erst bei Wacker Innsbruck (1:1) und zwei Wochen später im Test gegen Bayern München – *„2:1, filmte das Spiel. Aßen mit Bayern München im Esso-Hotel"*. An diesem Tag spricht niemand von Fußball, es gibt nur ein Thema – das Attentat bei den Olympischen Spielen.

„5. September 1972 – Im Olymp. Dorf Schießerei bei Israels Sportlern: 2 erschossen. Die 12 Geiseln wurden auf dem Flughafen auch erschossen. Weil die BRD-Polizei auf die Entführer schoss. Hier zeigte sich eine Problem.

10. September 1972 – DDR – UdSSR 2:2, beide Bronze. Hoffentlich gibt es Aufschwung. Finale Polen – Ungarn 2:1. Ein sehr gutes Spiel von den Polen.

12. September 1972 – Begrüßung der 4 O-Kader. Zeigte den Film VÖEST. Spielvorbereitung. Im ‚Newa'-Empfang. Wurde mir Angebot gemacht, Innsbruck oder Salzburg."

Für die Olympia-Heimkehrer bleibt keine Zeit zur Erholung. Am Mittag des 13. September 1971 gibt es den offiziellen Empfang der Olympia-Teilnehmer im Rat des Bezirkes. Am Abend steht das Europapokalspiel gegen Linz an. Kreische trifft zweimal und Walter Fritzsch bestaunt den 2:0-Erfolg: *„Spielten erstmals wieder zusammen, ob es reicht?"* Das 2:2 am nächsten Tag stimmt ihn zufrieden.

Vor dem Rückspiel in Österreich darf die Mannschaft, wie üblich am Vorabend der Begegnung, zum Kinobesuch ausrücken. Für die Funktionäre und Trainer Fritzsch gibt es parallel einen Empfang und im Anschluss noch den Besuch in einer Striptease-Bar. Doch die Darbietungen im »Orient« können den Coach nicht begeistern. Vielleicht entspricht auch das tätige Fachpersonal nicht seinem Geschmack: *„Es war eine bescheidene Sache."*

„2. Oktober 1972 – Sprach mit Buschner, er will Sammer für die WM-Qualifikation. Teilte es Sammer mit.

4. Oktober 1972 – Waren eingeladen zur Einweihung des Kinos, Prager Straße. War dort mit Häfner. Quermann. Gute Veranstaltung. Anschließend Zwinger-Gaststätte."

Für den Trainer und seine Mannschaft scheint es ein wahrhaft »goldener Herbst« zu werden. In die Oberliga-Saison sind die Schwarz-Gelben mit sieben Siegen in Folge gestartet – das ist Rekord und gibt Selbstvertrauen. Auch der nächste Gegner Ruch Chorzow kann den Tatendrang der Dresdner nicht bremsen.

Trotzdem geht es nicht ohne Ärger ab. Walter Fritzsch sitzt im Büro des Fußballverbandes in Berlin. Als er aufgefordert wird, seine Meinung zu äußern, platzt ihm der Kragen. Auslöser sind die ständigen und oft unangekündigten Trainingskontrollen durch Verbandsvertreter. Damit sollen die tatsächlichen Umfänge überprüft und die Fußballer diszipliniert werden. *„Es herrscht eine große Unsicherheit unter den Trainern. Grund ist diese Bespitzelung während der Trainingseinheiten. Dabei zählen nicht die großen Minuten, es zählt der Inhalt.“* Das war deutlich und bleibt nicht ohne Wirkung. Walter Fritzsch fährt trotzdem mit einem guten Gefühl nach Hause: *„Sie wollen mir nichts in den Weg legen. Sind mir sogar dankbar, dass ich so offen gesprochen habe.“*

Kreische und Sammer führen die Dynamos aufs Feld – am Ende wird es eine klare Sache 3:0 gegen Ruch Chorzow, 8. November 1972

„27. Oktober 1972 – Fuhren zum Ministerrat. Auszeichnung Verdienter Meister des Sports, zum 2. Mal. 1.500,- Mark.

29. Oktober 1972 – Zugunglück in Crimmitschau, 22 Tote, 59 Verletzte. Nebel.

1. November 1972 – ČSSR - DDR in Bratislava 1:3. Kreische 2 Tore.

3. November 1972 – Dynamo Dresden - BFC 1:1. Schieri Prokop sehr schwach, für den BFC.“

Der dritte Dresdner Gegner im Europapokal stellt ein ganz anderes Kaliber dar. Das Los beschert Dynamo den FC Porto. Walter Fritzsch kennt keine Scheu vor großen Namen und weiß, wie er seine Männer motivieren kann. *„Die haben elf Katzen, ich habe nur elf graue Mäuse!“* – lautet sein Stoßgebet vor versammelter Mannschaft.

„16. November 1972 – Trainerrat: In den Unterhaltungen konnte ich feststellen, dass man nicht gewillt ist, Fußball zu fördern. Man muss eben wirklich NUR mit den Wölfen heulen. Weil man sonst Schwierigkeiten bekommt, wenn keine Höchstleistungen erreicht werden.

24. November 1972 – Der Flug ging über Prag, Genf, Lissabon, Porto. Wir besuchten die Armenviertel. Der FC Porto hat 45.000 Mitglieder. Beitrag: 7 Eskudos, Eintritt: 30 Eskudos. 50.000 Zuschauer. Trainer: 6.000 Eskudos – 1 Dollar = 28 Esk. Sie haben ein Fußball-Museum. Der Trainer ist ein Chilene, die meister Spieler Ausländer! Ich aß erstmals Languste, Muscheln.“

Unmittelbar vor dem Hinspiel in Porto handelt sich Dresdens Torhüter Claus Boden einen Rüffel vom Trainer ein. Seine neuen Fußballschuhe sind so eng, dass er keine Schnürsenkel benötigt, für Walter Fritzsch ein Unding. Doch schnell ist das vergessen, es läuft bestens. Frank Richter bringt die Gäste in Führung. Plötzlich laufen zwei Zuschauer zum Torschützen auf den Rasen. Walter Fritzsch will schon hinterher, als er sieht, wie Richter einen Beutel überreicht bekommt. Ein Sponsor hatte – wie üblich in Porto – auch an diesem Abend für den Schützen des ersten Tores eine Prämie ausgesetzt. Der Dynamo-Angreifer bekommt nach dem Spiel einen Cord-Anzug und zwei Kilo Kaffee. Mit den Geschenken und einem 2:1-Sieg im Gepäck treten die Dresdner die Heimreise an.

„4. Dezember 1972 – Fuhr zum Forum nach Dohna mit Kreische. 250 Menschen, i.O.“

Stellvertreter Nippert (M.) ist hier der Chef auf dem Platz

In der Zweitauflage trifft wieder Frank Richter. Sein Tor bleibt das einzige. Auf die Frage an Klubchef Hänel, ob Dynamo auch ein Präsent ausgesetzt hat, winkt der ab. Die Vereinsführung hat sich etwas Anderes ausgedacht. Beim traditionellen Jahresabschluss wird für die Musik kein Profi engagiert, auch keine Kapelle oder Band. Kapitän Kreische erscheint im Hotel Astoria mit seinem Spulentonbandgerät und gestaltet mit seiner Musik den Abend. Ganz offensichtlich trifft er sogar den Geschmack seines größten Kritikers. Walter Fritzsch schwingt das Tanzbein und wird zu vorgerückter Stunde mit Sekt- und Weingläsern gesehen. Schließlich kann er auch sehr zufrieden sein, Dynamo steht im Europapokal zum ersten Mal in einem Viertelfinale.

„26. Dezember 1972 – Die USA bombardieren Hanoi. Man spricht so wie damals in Dresden. Sie schossen fünf B52 ab.

1. Januar 1973 – Erfuhr, dass Ewald (DTSB) den Minsterratsbeschluss umändern ließ, dass die Staatsorgane der Städte, Kreise und Bezirke für Sport nur noch verantwortlich für Sportbauten sind. Also, sind meine Vermutungen real.

2. Januar 1973 – Wollte den Wagen holen, Batterie kaputt. Kaufte eine neue. Kauften ein Stereogerät, 925 Mark und 1 Kleid für mein Frauchen, 250 Mark … Bis jetzt haben uns 53 Staaten anerkannt.“

Das neue Jahr beginnt für die Dynamo-Fußballer auch 1973 mit der Gewichtskontrolle. Vor der Abfahrt ins Wintertrainingslager nach Johanngeorgenstadt überprüft Walter Fritzsch persönlich und schüttelt immer wieder den Kopf: *„Sechs Sportfreunde kamen mit mehr Gewicht!“* Angekommen im Erzgebirge greift der Trainer sofort zur Schippe und hilft kräftig, eine 60 mal 30 Meter große Fläche auf dem Eis zu räumen. Noch am gleichen Tag findet das erste Eishockeyspiel statt. Am nächsten Morgen jagen die Spieler schon früh um sieben mit den Krummstäben über das Eis. Gymnastik, Gewichtarbeit, Rundenläufe, Ballarbeit, Tennis, Testspiele und Theorie komplettieren das Programm.

Dresdens Coach nutzt die Tage in Johanngeorgenstadt, um einen besonderen Praktikanten zu testen. Nach dem Saisonende muss Co-Trainer Harry Nippert wahrscheinlich ersetzt werden, der sich verändern will. Das hat Walter Fritzsch läuten hören und würde dem Assistenten keine Steine in den Weg legen. Aus diesem Grund testet er Wolfgang Oeser, der signalisiert hat, gern wieder im Fußball tätig zu sein. Der ehemalige Dynamo-Kapitän überzeugt den Chef auf Anhieb: *„Oeser, W. war ein guter Assistent.“*

„17. Januar 1973 – Aussprache mit Buschner und Boldt/DFV. Betreffs Nationalspieler Studium + Training. Wir wurden mit Liverpool ausgelost.

23. Januar 1973 – Trainertagung – Terminplan DDR-Auswahl: Forschung - Belastung - Erholung. Jetzt geht es doch nach uns!!

24. Januar 1973 – Verabschiedete mich von den Südamerika-Fahrern der Nationalmannschaft, Tournee … Die USA mussten Vietnam-Krieg beenden. Am 27.1.73 soll Friedensvertrag unterzeichnet werden, in Paris.

30. Januar 1973 – Tagung der SV Dynamo in Wukensee. Beginn der Olympia-Auswertung. Manfred Kirste will mich unbedingt zum BFC, machte offen Angebot.“

Anfang Februar 1973 fährt Walter Fritzsch mit Dynamo-Klubsekretär Seidel nach Berlin. *„Hans, was wollen die von uns?"*, fragt der Trainer und erfährt, dass die Hardliner im Verband und bei der SV Dynamo mitbekommen hätten, dass man es mit der Politschulung in Dresden nicht ganz so genau nimmt. Fritzsch ließ die Zeitungsschau nie zum Dogma werden und punktet damit bei der Mannschaft. Am Abend geht es im Dynamo-Sporthotel zur Sache: *„Wir mussten berichten, Training, Polituntericht, Vorbereitung Liverpool."* Fritzsch: *„Ich habe den Eindruck, dass man uns für -blöde- hält. Wir sollen besser politisch arbeiten. W. Kirchner/SED – drohte mir – wenn ich nicht begreifen will, im Jahr 1.600 Stunden zu trainieren – werde ich entlassen!!"*

„12. Februar 1973 – Rechtes Hinterrad ließ Luft, montierte neues Rad. Käthe organisierte destilliertes Wasser für die Batt., kontrollierte die Luft. 1 Strickkostüm 300,- Mark, 1 Dederon-Mantel 300,- Mark, 1 Schallplatte 16,10 Mark. Südvietnam verletzte schon 2.000x das Friedensabkommen.

26. Februar 1973 – Beratung mit DTSB-Präsident Ewald, Orzechowski, Rydz. Büro des DTSB. Ewald sprach zum Problem Fußball – Weltspitze – und wie. Wenn ein Spieler Leistungssport nicht will, kann er sofort zum Volkssport wechseln. Ich sagte meine Meinung offen. War von Ewald angenehm überrascht."

Mit dem FC Liverpool haben die Dresdner eine ganz harte Nuss zu knacken. Vizemeister BFC Dynamo (0:0, 1:3) war im Achtelfinale gegen die »Reds« chancenlos gewesen. Walter Fritzsch stellt seinen Spielern den Gegner vor: *„Im Tor steht der Klemenze, dann spielen Toska, Schmidt und Hugges."* Woher soll der Trainer ohne Englischkenntnisse wissen, wie Clemence, Toshack, Smith oder Hughes ausgesprochen werden?

Gegnerbeobachtung und Hinspiel kann der Trainer in diesem Fall koppeln. Erlebt so während des siebentägigen Aufenthalts das 2:0 der »Reds« im Derby gegen Everton, bummelt im kleinen Southport nördlich von Liverpool am Strand und trifft den berühmten Manager Bill Shankly. *„Stellt hohe Forderungen. Dis-*

Riesengroße Vorfreude auf das Duell mit Liverpool bei Fritzsch, Dieter Riedel und Frank Richter

ziplinlosigkeiten werden von ihm hart bestraft. Wir erfuhren die Gehälter der Profis, 600 Pfund für vier Spieler – 1 Pfund 4,20 DM.“ Dresdens Trainer setzt in diesen Tagen insgesamt 19 englische Pfund um, nach seiner Rechnung etwa 720 DDR-Mark und bündelt seine Eindrücke im Tagebuch: *„Ein Warenangebot – hier gibt es fast keine Engpässe. Eben alles. Käthe würde Augen machen. Aber warum die Geschäfte ohne viel Publikum sind, konnte ich nicht herausbekommen. Ich sah die Straßen voll mit Autos – auch angerostete – auch arme, kranke Leute … Kaufte 1 Paar goldene, 1 Paar silberne Schuhe, Handtasche, 1 Schallplatte, für mich 2 Pullis, 6 Schachteln Zigaretten, 8 Zeitungen …“*

Als die Mannschaft zwei Tage vorm Spiel anreist, stutzt der Trainer: *„Fragte Nippert, warum er Sachse mitbrachte. Wie ich feststellte, hinkte der die Gangway herunter.“* Nach den Ausfällen von Häfner und Wätzlich fehlt an der berühmten »Anfield Road« nun schon ein Trio. Zu allem Pech kommt nach 45 Minuten auch Kreische dazu – *„Mussten ihn auswechseln, luxierte am re. Knöchel. Wir boten eine sehr gute erste Halbzeit, filmte kurz.“* Zwei Tore machen den Unterschied zwischen den großen »Reds« und ihren Gästen.

Die Begeisterung der Dynamo-Anhänger scheint ungebrochen. Mehr als 100.000 schriftliche Kartenbestellungen stapeln sich vor dem Rückspiel in der Geschäftsstelle. Eine schier endlose Schlange reicht fast ums ganze Dynamo-Stadion. Der Vorverkauf ist nach zwei Stunden beendet, viele haben Pech und gehen leer aus. Vom Spiel hatten sich die 35.000 glücklichen Kartenbesitzer mehr erhofft, auch Walter Fritzsch. Gegen unterkühlte Briten findet Dynamo kein Rezept. So kommt der Dresdner Kreisel nicht auf Touren und die Tür zum Halbfinale bleibt versperrt.

„21. März 1973 – Trotz aller Vorsichtsmaßnahmen verloren wir 0:1 durch einen krassen Deckungsfehler. Es zeigte mir, was wir von den Profis lernen können, sie spielen mit mehr Leidenschaft und sind disziplinierter. Sie können am Ball nicht mehr als wir. Für uns beginnt der normale Alltag.

2. April 1973 – Verabschiedete die Auswahlspieler. WM-Qual. Albanien. Teilte mir Dr. Zipfel mit, Dörner Gelbsucht. Ins Krankenhaus eingeliefert.

3. April 1973 – Von Frau Dr. Israel Spritze li. Arschbacke gegen Gelbsucht – tat nicht weh. Trainingsverbot wegen der Spritze.

7. April 1973 – Im Fernsehen: DDR – Albanien, es war das erwartete Spiel.“

Dresden feiert im Dauerregen die Einstellung des Oberliga-Rekords von 1954/55: Dynamo bleibt auch das 17. Spiel in Folge ungeschlagen! Gegen Hansa Rostock hat der Spitzenreiter beim klaren 4:0 nur wenig Mühe. Die beste Szene haben die Gäste vor dem Anstoß. Sie überreichen einen Blumenstrauß zur Weitergabe an Dixie Dörner und wünschen ihm baldige Genesung nach seiner Gelbsuchterkrankung. Der Spitzenreiter führt komfortabel, vier Punkte sind es auf Jena, gar sieben schon auf Magdeburg. Kein Wunder, dass die Anhänger der Schwarz-Gelben schon von der zweiten Meisterschaft nach 1971 träumen.

Eine Woche später qualmt es in der Kabine der Dresdner. Walter Fritzsch zeigt sich schwer verärgert: *„Jena fegte uns vom Platz! In dieser Verfassung werden sie auch Meister!“* Die Zeiss-Elf bestimmt das Spiel und lässt Dynamo keine Chance. Der Trainer fragt sich, war es Sorglosigkeit oder Überheblichkeit? Plötzlich scheint der Titelkampf wieder völlig offen und Walter Fritzsch hat eine unruhige Nacht. *„Mir ging unser Spiel nicht aus dem Kopf.“* Am Sonntagmittag schnappt er sich Käthe, es geht in die Sächsische Schweiz. In Wehlen machen sie Station. Den Rat der Ärzte befolgend, spaziert der Trainer mit seiner Gattin durch den Wald.

„30. April 1973 – Mannschaftskasse im Rebstock gesprengt. Ich war bis 21:15 zugegen. Ja, Bier trinken alle gern.

9. Mai 1973 – Früher hätte ich nicht schlafen können … 10 Uhr Aussprache m. Kreische … 15:30 Aussprache Eggebrecht + Hermann/SV Dynamo. Es ging: Nippert zum BFC … Prautzsch Assi bei mir … Sie fragten mich, wie lange ich noch bleibe. Vorläufig habe ich keine Absicht.“

Diese Frage lässt Walter Fritzsch keine Ruhe, sie hat ihn irritiert. Als sich der Trainer am Abend mit seiner Frau austauscht, kann er nicht wissen, was längst aktenkundig geworden war. Kurz nach dem Ausscheiden gegen Liverpool beging die SGD das Jubiläum: »20 Jahre Dynamo Dresden«. Aus diesem Anlass erschien eine 30-seitige Broschüre. Deren Entwurf fiel bei der ersten Abnahme durch die SV Dynamo durch: *„Es geht nicht an, den Genossen Walter Fritzsch bei Berücksichtigung seiner Verdienste zur alleinigen positiven Triebkraft für die Leistungsentwicklung des Fußballs in Dresden zu stempeln!“* Die Rolle der Trägerorgane würde komplett unterschlagen, auch die Tätigkeit von Assistenztrainer Harry Nippert. Das Zurechtstutzen seiner Person mündet bei der Aussprache in der scheinbar zufällig gestellten Frage nach seiner Zukunft. Dahinter steckt die Absicht der Berliner Dynamo-Zentrale, Fritzsch so bald wie möglich als Trainer in Dresden zu ersetzen.

„12. Mai 1973 – Unterhielt mich mit Nippert über seine neue Aufgabe beim BFC … Spielvorbereitung hielt Kreische. Vorw. Frankfurt – Dyn. Dresden 2:3. Keine konzentrierte Partie. Fuhren zurück – rannte uns ein Reh in den Bus.“

Werner Krolikowski gratuliert Meistertrainer Fritzsch, assistiert von Manfred Scheler (3.v.r.), Vorsitzender des Rates des Bezirkes Dresden und Kapitän Hansi Kreische (r.) 23. Juni 1973

22. Mai 1973 – BV Dresden, Abteilung XX: *„Information über das Verhältnis des Cheftrainers der SG Dynamo Dresden, Walter Fritzsch, zu den Spielern der ersten Mannschaft. Durch IM aus dem Kreis der Fußball-Oberligaspieler wird das Verhältnis gegenwärtig wie folgt eingeschätzt: Im Gegensatz zu dem bisherigen sehr angespannten Verhältnis zwischen dem Cheftrainer und den Spielern der Mannschaft ist in der letzten Zeit eine spürbare Verbesserung in den Beziehungen eingetreten. Als Ursachen werden angegeben: aufgrund des Ausscheidens von Dynamo Dresden aus dem FDGB-Pokal und dem UEFA-Cup hat der Trainer nur ein Ziel, die Mannschaft zur DDR-Meisterschaft zu führen. Dabei erkannte Fritzsch, dass er mit seinen bisherigen autoritären Methoden dies nicht schafft und er die Mitarbeit des ganzen Kollektivs zur Erreichung des Zieles benötigt. In der persönlichen Entwicklung der Spieler X* (Kreische?) *und Y* (Sammer?) *ist eine positive Wandlung eingetreten. X besitzt jetzt die Einsicht, dass bestimmte Härten im Training und im Spiel notwendig sind, um hohe Ziele zu erreichen. Y hat erkannt, dass er auf Grund seines Alters nur noch mit höchstem Trainingspensum und vollstem Einsatz in den Spielen sich eine Stammposition in der ersten Mannschaft sichern kann. Aufgrund der dadurch bisher erzielten Leistungen rechnet er auf weitere Einsätze in der Nationalmannschaft. Diese positive Entwicklung der beiden Spieler, die großen Einfluss auf die übrigen Spieler der Mannschaft besitzen, wurde vom Trainer richtig erkannt und ausgenutzt. So zieht er in der letzten Zeit bei Mannschaftsaufstellungen und anderen wichtigen Entscheidungen den Mannschaftskern hinzu … Leiter d. Abteilung XX – Tzscheutschler, Major“*

Bei einer Trainertagung in Leipzig trommelt Tage später der Buschfunk: *„Man sprach zu mir, dass L. gesagt haben soll, dass man mich bald ablösen will.“* Der Dresdner Coach weiß damit über die Planspiele der Dynamo-Obersten Bescheid. Sein fehlender Hochschulabschluss und die eigenwillige Art, bestimmte Dinge anzugehen oder zu lösen, gelten als wesentliche Gründe.

„2. Juni 1973 – Aussprache zw. Auswahl und Ewald, dazu 4 Cheftrainer. Es war interessant – alle Spieler waren klein – sonst die Großschnauzen. Wir unterhielten uns noch zwei Std. mit ihm …

3. Juni 1973 – Das heiße Wasser ist wieder da. Die TU 144 stürzte in Paris ab zur Flugschau.

6. Juni 1973 – Dyn. Rest - Union Teplitz 2:0, Sandplatz. WM-Qualifikation Finnland - DDR 1:5, Polen - England 2:0.“

„Sie machten gut mit“ – die Einschätzung des Trainers beschreibt die lockere Grundstimmung im Juni 1973. Alle Spieler und der Trainer wollen DDR-Meister werden, die Voraussetzungen sind bestens. Drei Siege aus den verbleibenden fünf Spielen – das müsste doch zu machen sein! Walter Fritzsch steht an diesem Tag am Kopfballpendel, die Leine in der Hand. Wenn »der Lange« zum Sprung ansetzt, zieht der Trainer kurz und so streckt sich Klaus Sammer mal und mal vergeblich. Die Mitspieler grölen und selbst die Kiebitze am Zaun haben in einiger Distanz zum Handlungsort noch ihre helle Freude.

„9. Juni 1973 – Spielvorbereitung Häfner. Dyn. Dresden - Chemie Leipzig 3:0. Verdienter Sieg. Sah mir die Übertragung im DFF an.

10. Juni 1973 – Trainerrat: Es geht ständig nur um Forschung u. Wissenschaft – aber um unsere Probleme nie.

15. Juni 1973 – Hänel musste dem Kollektiv mitteilen, dass er uns die Meisterschaftsprämie um 50 % gestrichen hat. Es wurde viel diskutiert. Unterhielt mich mit Sammer + Ganzera.“

Noch einmal wird es spannend. Nach der 2:4-Pleite in Erfurt liegt Dynamo gegen Zwickau zur Halbzeit mit 1:2 zurück. Der schöne Vorsprung auf Jena wäre damit zusammengeschmolzen auf nur noch einen Zähler! *„So wollt ihr Meister werden?“* – rügt Walter Fritzsch in der Halbzeitpause und kitzelt seine Spieler an der Ehre. *„Vergesst nicht. Zwickau heute wieder ohne Croy, jetzt macht was daraus!“* Und wirklich, sie steigern sich. Sammer treibt von hinten an, Häfner kurbelt und Kreische kämpft. Ihre Tore drehen das Spiel – der 4:2-Erfolg geht völlig in Ordnung.

„20. Juni 1973 – Wismut Aue - Dyn. Dresden 2:4. Mit diesem Sieg sind wir Meister. Es gab Sekt.

23. Juni 1973 – Vor dem Spiel gab es die Goldmedaillen. Dyn. Dresden - FC KMSt. 2:1. zogen uns nett an und fuhren zur Jahresabschlussfeier im International Wroclaw – es gab Reden, Blumen, Rosen. Speisen u. Getränke frei. Es ging ruhig zu, steif. Meisterschaftsgeschenke: 1 Präsent Anzugstoff, 1 Fl. Sherry, Fleischpaket.“

Nach insgesamt 84 Wettkämpfen in der abgelaufenen Saison und dem Gewinn der zweiten Meisterschaft nach 1971 haben sich Trainer und Spieler eine Erholungspause verdient. Das Ehepaar Fritzsch steuert die bewährten Reiseziele an. Zuerst erholen sie sich eine Woche bei Walters einstigem Mannschaftsleiter von Motor Dessau am Seddiner See. *„Trafen ein bei WeWo´s, herzliche Begrüßung und gleich luftig gemacht.“* Baden, Rudern, Waldspaziergänge oder einfach nur auf der Campingliege – eigentlich verbringen sie den ganzen Tag im Freien. Gesprächsstoff gibt es zur Genüge. Da geht es um Fußball, um vergangene Zeiten und auch um die aktuelle Situation. »WeWo« war nach der Verstaatlichung im Vorjahr aus seinem Betrieb ausgeschieden. Stellt danach aus „gesundheitlichen Gründen“ einen Rentenantrag. Walter Fritzsch berichtet über seine Sorgen in Dresden und die Planspiele der Funktionäre in Berlin. Was wird mit ihm, wie geht es weiter?

Erstaunlich das gute Verständnis der beiden Männer, haben sie doch bei grundsätzlichen Dingen völlig konträre Ansichten: *„Unterhielten uns über seine Krankheit und seinen ehemaligen Betrieb. WeWo sprach schon 1952, dass unser Staat zusammenbricht und hat bis heute noch keine andere Meinung.“* Es gibt gutes Essen, am Nachmittag Erdbeertorte, abends eher deftige Küche und auch mal ein Glas Sekt zwischendurch: *„Walter, auf die Meisterschaft!“* Im Jahr zuvor hatte sich der Dresdner Coach vom passionierten Hobbyangler überreden lassen, mal einen Versuch zu wagen. Wie hatte »WeWo« gestaunt, als bei ihm ein Aal anbiss. Der ganz erschrockene Walter Fritzsch reichte ihm die Rute sofort weiter. Nicht wissend, wie er mit so einem Fang umgehen soll.

Von Seddin geht es weiter nach Graal-Müritz an die Ostsee. Der vom »Ministerium des Inneren« ausgestellte Ferienscheck führt sie ins gleiche Heim, sogar ins gleiche Zimmer, wie nach dem »Double« 1971. Käthe springt sofort ins Wasser, Walter sortiert seine Unterlagen. Findet erst dann die Ruhe für ein Bad im Meer oder für ein Mittagsschläfchen am Strand. »Sport-Echo« und »fuwo« arbeiten mit großen Reportagen den Meisterschaftsgewinn der Dresdner auf. *„Es ist eine Sonnenflut. Führten Volleyballspiel für Urlauber durch. Bin schlapp. Ging zum Strand – Windstärke 5. Wellen massierten mein Knie.“*

Nach einer Woche wird Walter Fritzsch von einer gewissen Unruhe erfasst. Käthe bleibt das nicht verborgen. Der 52-Jährige lächelt verschmitzt und zückt die Fußball-Zeitung: *„Guck, hier stehen die Wunschgegner der Spieler in der ersten Runde im Cup der Landesmeister und heute mittag ist Auslosung!“* Die Palette reicht von Sorja Woroschilowgrad (Claus Boden) bis FC Liverpool. Die schnelle Revanche gegen die »Reds« wünschen mit Dixie Dörner und Rainer Sachse gleich zwei Dynamos. Doch der richtige Tipp kommt vom erst 18-jährigen Hartmut Schade. Der »Grünschnabel«, als Kapitän der DDR-Auswahl in Italien beim UEFA-Turnier gerade mit Silber dekoriert, gehört nun zum Oberliga-Kollektiv. Sein Wunsch geht in Erfüllung – Juventus Turin heißt der Gegner! *„Der hat es ja drauf, der Junge! Wir sind Außenseiter“* – kommentiert Walter am Nachmittag, als Käthe vom Strand zurückkehrt.

„19. Juli 1973 – Erste Trainingseinheit durchgeführt. Weihte Gerhard Prautzsch als Assistenztrainer in die Arbeit ein.

20. Juli 1973 – Walter Ulbricht schwer erkrankt – Schlaganfall.

28. Juli 1973 – Vorwärts Cottbus - Dyn. Dresden 3:5. Es fehlten vom Stamm 7 Spieler. Eröffnung der X. Weltfestspiele. Etagenfest: Wir gaben ein Kasten Bier aus, gerostert. Bratwurst + Fleisch.

31. Juli 1973 – Die Aktiven hatten schweren Muskelkater.

1. August 1973 – 12:55 verstarb Walter Ulbricht im 80. Jahr. Er war ein großer Arbeiterführer.“

Die Trainer der vier DDR-Vertreter im Europapokal sind vorgeladen, um vor dem Büro des DFV über den Stand der Vorbereitung zu sprechen. Heinz Krügel (Magdeburg), Hans Meyer (Jena) und Horst Scherbaum (Lok Leipzig) geben sich ungewohnt zugeknöpft. Kein Wunder, schließlich sind sie – Walter Fritzsch eingeschlossen – in der Oberliga auch Kontrahenten. Wer will sich da schon kurz vor dem Punktspielstart in die Karten schauen lassen? Noch dazu haben alle ambitionierte Ziele. Dresden will in der Meisterschaft (Platz 1-3), im Pokal (Endspiel) und im Cup der Landesmeister (Halbfinale) eine gute Rolle spielen.

Georg Buschner bittet den Dynamo-Trainer um ein kurzes Gespräch. Der Auswahlcoach, extra zur offiziellen Saisoneröffnung nach Dresden gekommen, will mit Walter Fritzsch den Stand der Auswahlspieler abgleichen. Bei Sammer und Kreische wäre alles in Ordnung. Reinhard Häfner wird vorerst nur für die Nachwuchsauswahl berücksichtigt. Den Abschluss der feierlichen Zeremonie auf dem Rasen bildet die Ehrung von Hans-Jürgen Kreische. Dreimal hintereinander ist er Oberliga-Torschützenkönig geworden, nun wird er zum »Fußballer des Jahres« gekürt. Strahlend reckt der 26-Jährige den »Silbernen Fußballschuh« in die Höhe. Nach den ersten neunzig Saison-Minuten gibt es eine harsche Kritik von Walter Fritzsch: *„Dyn. Dresden – V. Frankfurt 1:1. Schwache Vorstellung von Kreische!“* In der folgenden Woche hat der Auftritt Konsequenzen.

Politunterricht mit Walter Fritzsch – die Genossen Geyer und Prautzsch mit vorbildlicher Körpersprache. Klaus Müller (l.) hält etwa ein Nickerchen?

„21. August 1973 – 8 Uhr Theorie: Nahm Kreische Maß. 13 Uhr in Leipzig: Indiv. Pläne verteidigen, sprach Situation Kreische an. 18 Uhr im Bezirksheim – Aussprache mit Kreische.

1. September 1973 – FC KMSt. – Dyn. Dresden 4:4. Leider 4:1-Führung verspielt. Die Alten Sammer und Ganzera versagten. Machte Krach."

Der Saisonstart gerät mit vier Unentschieden in fünf Spielen für einen Titelfavoriten äußerst durchwachsen. Einzig gegen Stahl Riesa (5:2) gelingt ein Sieg. Entsprechend gereizt die Stimmungslage. Aussprachen mit Wätzlich, Kreische und Sammer folgen. Nur nach außen mimt der Trainer den Souverän: *„Die Späher von Juventus haben noch nicht den echten Meister gesehen, das kann für uns kein Nachteil sein!"* Was ihn beeindruckt, ist die Gründlichkeit der beiden Abgesandten aus Turin. Sie sind seit zwei Wochen bei jedem Training dabei, filmen und notieren alles.

Walter Fritzsch muss sich mit einer Spielbeobachtung begnügen. Die Serie A beginnt erst im Oktober, also beantragt er eine Reise zu einem Pokalspiel. Doch das Duell mit Foggia wird verschoben. Juventus trägt lediglich ein Freundschaftsspiel aus, in Palermo. Vor der Abreise nach Sizilien muss der Dynamo-Trainer zwei Impfungen über sich ergehen lassen. In Süd-Italien ist gerade die Cholera ausgebrochen. Nach einer kleinen Odyssee mit Zwischenstopps in Wien und Mailand entschädigt der Aufenthalt im Hotel »Torre« in Mondello. Zimmer 221 mit Blick zum Mittelmeer lockt zum Sprung ins erfrischende Nass. Für 14.000 Lire kauft sich der Dresdner Coach ein paar Schuhe, filmt die Altstadt von Palermo und staunt über das laute Markttreiben. Am nächsten Tag unterliegen müde Turiner dem sizilianischen Hauptstadtklub Fiorentina Palermo bei sengender Hitze von 40 Grad mit 1:2. Fritzsch filmt, hat auch sein neues Diktiergerät im Einsatz. Spricht nun alles ein, was er als wesentlich erachtet.

Bei der Rückkehr ins Quartier wähnt sich der Ostdeutsche in einem Mafia-Krimi. Sieht einen Mann mit einer großen Kiste in der »221« verschwinden. Was will der in seinem Zimmer deponieren, etwa einen Sprengsatz? Fritzsch und sein Begleiter aus Berlin stellen den Eindringling. Scheitern jedoch an der Sprachbarriere. Der vermeintliche Mafiosi hebt nur die Hände und entpuppt sich als Hotelangestellter, die Bombe als Kiste mit zwölf Flaschen Wein. Beim Mittagessen hatte der Trainer eifrig genickt, als der Hotelchef auf ihn eingeredet hatte. Aber nicht verstanden, dass die Weinprobe als kleines Gastgeschenk aufs Zimmer gebracht werden soll. Der Rückflug wird für die beiden Dynamo-Späher zum Marathon. Sie verpassen in Rom den Anschlussflug und müssen nun über Wien und Zürich nach Berlin. Dort fehlt der Koffer des Trainers. Immerhin hat der Wein die Tortur im Handgepäck gut und ohne jede Kontrolle überstanden. Zu Hause folgt die herbe Enttäuschung. Der sizilianische Tropfen ist nicht der erhoffte Gaumenkitzler für Walter und Käthe Fritzsch. Sie mögen es eher lieblich und so werden die restlichen Flaschen auf unbefristete Zeit eingelagert. Drei Wochen später wird der Coach noch einmal an den Trip nach Palermo erinnert, als sein Koffer endlich in Dresden landet.

„12. September 1973 – In Chile: Putsch. Ermordung von Allende. Die Reaktion nutzte die Geduld von Allende. Nun wird jeder Anhänger gemordet.

15. September 1973 – FC Hansa – Dyn. Dresden 2:0. Sehr schwaches Spiel von MF und Sturm. Harry Tisch wünschte sich, dass ich wieder nach Rostock kommen soll. Zugegen war Hänel."

Krisenstimmung bei Dynamo, ausgerechnet vor dem Spiel des Jahres gegen Juventus. Der vom Verletzungspech geplagte Titelverteidiger dümpelt auf einem ungewohnten achten Rang im Mittelfeld herum. Tabellenführer ist Sachsenring Zwickau. Verkehrte Welt in der Oberliga? Manfred Scheler will wissen, was los ist. Relativ schnell landen sie beim Thema Nr. 1 für Walter Fritzsch: Kreische! Spätestens seit seiner Wahl zum »Fußballer des Jahres« ist Dynamos Torjäger ein Star. Obwohl es diese Begrifflichkeit für einen DDR-Sportler offiziell gar nicht gibt. Doch mit dieser Kategorie von Spielern hat der Trainer seit Beginn seiner Tätigkeit als Übungsleiter ein Problem: *„Ein Star ist für mich einer, der denkt, dass er nicht mehr so viel machen muss. Und nur noch andere für sich machen lässt."* Manfred Scheler redet mit Engelszungen auf den Trainer ein. Beschreibt ihm die Vorzüge eines Kreische in Topform. *„Das weiß ich doch, aber…"* – des Trainers unterbricht den Redefluss des Ratsvorsitzenden nicht nur einmal, unmissverständlich fordert Fritzsch Konsequenzen.

„17. September 1973 – Unterhielt mich mit M. Scheler + Nyffenegger. Erzählte ihnen – Kreische oder ich. … sie stehen hinter mir."

Das Hinspiel gegen Juve wird zum denkwürdigen Fußballabend. Dynamo liefert das vielleicht beste Europapokalspiel der Klubgeschichte und das gegen Zoff, Causio, Bettega oder Altafini. Kreische und Debütant Schade treffen beim 2:0-Erfolg, für immer in Erinnerung bleibt eine rauschende Gala. Die Reaktionen sind überwältigend. In hunderten Briefen, Telegrammen und Glückwunschschreiben bringen Anhänger, Arbeitskollektive oder auch nur neutrale Beobachter ihre Begeisterung ob des Dynamo-Auftrittes zum Ausdruck. Nie wieder soll ein Erstrundenspiel einer ostdeutschen Mannschaft eine ähnliche Euphoriewelle auslösen.

„19. September 1973 – Ein großes Spiel von uns. Krolikowski, Scheler, Verner, Hellmann gratulierten mir.

20. September 1973 – 19 Uhr: Fuhr mit der Straßenbahn zu Empor Löbtau. Forum mit Seidel und mir. Sie beglückwünschten uns.

26. September 1973 – WM-Qual. DDR – Rumänien 2:0. Kreische verletzt raus. Kampfbetontes Spiel. Kreische bereits operiert."

Die italienische Journaille stellt nach der überraschenden Niederlage bei Dynamo viele Fragen, löchert nun die bislang so unbekannten Dresdner. Vor wem sich Signore Fritzsch fürchten würde, wollen sie wissen. Der überlegt kurz. Dörner, Kreische, Richter und Riedel sind verletzt – er tritt die Flucht nach vorn an. Erwähnt José Altafini, den 35-jährigen Ex-Brasilianer. Niemand vermutet hinter den Aussagen eine Tücke, so geht die List auf. Prompt kommen die provozierten Schlagzeilen und wirklich wird der alternde Star aufgestellt. Dass Verteidiger Christian Helm gerade eine Schaffenskrise hat, behalten die Dresdner für sich. Mit Altafini bekommt der Verteidiger den Gegenspieler, den er sicher beherrscht. Der Erfolg rechtfertigt die Mittel!

Spielbeobachtung vor dem Bayern-Spiel – bemerkenswert der Original-Bildtext-West im Oktober 1973: „Amateurfilmer mit Super 8 im Publikum"

„1. Oktober 1973 – 6:45 Abfahrt nach Berlin. Häfner hat es verschlafen. 10:15 Abflug nach Turin mit TU 134. 12:15 Ankunft, Trainer Grosse am Flughafen. Fuhren zum Hotel und schon waren die Journalisten da.

2. Oktober 1973 – 10 Uhr Training, i. O. Die nassen Klamotten werden ständig gewaschen, getrocknet und gebügelt."

Es wird noch einmal eng. Juve führt im Stadion Communale mit 3:1. Den Sachsen droht vor 70.000 Tifosi beim nächsten Treffer das Aus. Da spielt sich Frank Ganzera mit seiner berühmten Übersteig-Finte frei, sieht Rainer Sachse, passt ihm zentimetergenau in den Lauf und es steht 2:3. Dann ist Schluss, die Sensation perfekt! Mit Obst, Eiern und Steinen werden die Dresdner bombardiert. Die Schmach des Ausscheidens sitzt bei den Tifosi tief. *„Fritzsch sah uns einen Tag. Juve Dresden aber 12 Tage und warum?"*, giften die Turiner Zeitungen am nächsten Tag.

„3. Oktober 1973 – Aufwärmen im Gang. 70.000 Italiener – verrückt. Wir sind eine Runde weiter. Rundfunkreporter Hempel

sprach lobende Worte. 1 Gl. Sekt, 1 Fl. Bier. Zusätzlich 15.000 Lire für das Weiterkommen.

4. Oktober 1973 – 8:30 Einkaufsbummel. 16 Ansichtskarten + Briefmarken, 1 Lenkerband, 20 Filzstifte, 1 Paar Schuhe (14.000 Lire), 12 Zeitungen … 16:50 Abflug nach Leipzig. 18:50 Ankunft. Besuchten Kreische im Krankenhaus, freute sich.

5. Oktober 1973 – Auslosung am 24.10.73 in Bayern München. Und wieder Anrufe. Die Leitung diskutiert bereits die Kartenfrage."

Seit der Auslosung steht das Telefon nicht mehr still. Sagenhafte 300.000 Kartenwünsche gehen bei Dynamo ein. Waschkorb steht auf der Geschäftsstelle neben Waschkorb. Auch der Briefkasten des Trainers quillt über. Eine Mischung aus Briefen und Karten nach dem Juventus-Spiel und Ticketwünschen für Bayern. Jeder will dabei sein, beim ersten Wettbewerbsspiel des Meister Ost gegen den Meister West. Das bislang einzige Duell dieser Art hatte es am 6. Oktober 1956 im Leipziger Zentralstadion gegeben. Walter Fritzsch erlebt die Begegnung zwischen Wismut Karl-Marx-Stadt und dem 1. FC Kaiserslautern damals als Augenzeuge, sieht einen 5:3-Erfolg der Pfälzer. Danach sprechen alle nur über das von Fritz Walter erzielte Jahrhundert-Tor. *„Wir haben 25 Jahre darauf gewartet"*, freut sich der in Nürnberg erscheinende »kicker« im Überschwang auf den Gipfeltreff.

„13. Oktober 1973 – Sachsenring – Dyn. Dresden 3:0. Schwache Partie, Sammer, Boden, Schade. Unterhielt mich mit Herrn Schwan u. Latteck – Bayern München – über den Fußball."

Drei Tage nach der Pleite in Zwickau sitzt der Dynamo-Coach im Zug nach München. An seiner Seite erneut Dr. Dieter Fuchs von der SV Dynamo, der schon in Turin sein Begleiter gewesen war. Angekommen in München zückt Walter Fritzsch seine Kamera. Filmt das Vereinsgelände des FC Bayern an der Säbener Straße, das Olympiastadion und schließlich auch den 4:2-Erfolg der Münchner gegen den MSV Duisburg. Walter Fritzsch erlebt zum ersten Mal ein Bundesligaspiel. Doch der Auftritt der Bayern gegen den Tabellenvorletzten reißt ihn nicht vom Hocker. *„Sie sind zu schlagen"* – notiert er.

In der Halbzeitpause wird er in die Gästekabine gebeten. Dort übergibt ihm MSV-Kicker Bernd Lehmann einen Brief seines Vaters. Mit diesem hatte Fritzsch 1943/44 beim BC Hartha gespielt. Von München geht es weiter nach Kaiserslautern. Vor den Bayern liegt das historische Bundesliga-Debakel auf dem Betzenberg.

„19. Oktober 1973 – Bayern wollte uns mit dem Flugzeug mitnehmen, lehnte ab. 20:45 Ankunft in Kaiserslautern. Gemeinsames Essen mit Lattek, Schwan, Dr. Müller und ein Reporter.

20. Oktober 1973 – Kaiserslautern – FC Bayern 7:4 nach 1:4. Ich wurde fotografiert und um Interviews gebeten. Das ZDF war mit Hubschrauber gekommen, um mich zu interviewen."

Moderator Harry Valerien will den DDR-Trainer an diesem Abend unbedingt als Gast im ZDF-Sportstudio begrüßen. Fritzsch lehnt ab, hat aus Ost-Berlin ein entsprechendes Zeichen bekommen und fürchtet auch, seine Beobachtungen preisgeben zu müssen. Während der Begegnung auf dem Betzenberg war er von einer TV-Kamera beim Filmen und bei seinen Sprachaufzeichnungen beobachtet worden. Seine Eindrücke fabuliert der Trainer aus »Sicherheitsgründen« in strenger Mundart in sein Diktiergerät und begründet: *„Weil sie erzgebirgisch nicht verstehen."*

Ganz Deutschland fiebert dem Spiel entgegen, allerdings auf recht unterschiedliche Art und Weise. Im Westen posaunt man: *„Gesamtdeutsche Meisterschaft!"* Im Osten hält man von offizieller Stelle dagegen: *„Ein ganz normales Europacup-Spiel!"* Die Fußball-Anhänger zwischen Ostsee und Oberwiesenthal können es kaum erwarten, ein Duell mit den großen Bayern, endlich! Dabei hat der Klub aus München erst einen einzigen Triumph im Europapokal vorzuweisen, aus der Saison 1966/67. Der nächste soll möglichst in dieser Saison folgen. Allerdings hat sich die Lattek-Elf in Runde eins nicht mit Ruhm bekleckert. Gegen Atvidabergs Halbprofis geht es ins Strafstoßschießen, Franz Beckenbauer verwandelt den entscheidenden Elfmeter gegen die Schweden. Zwei Tage noch bis zum deutsch-deutschen Fußballkampf. Walter Fritzsch und seine Dynamos werden in München-Riem schon

Heute im Olympiastadion:

Wiedersehen der Brüder

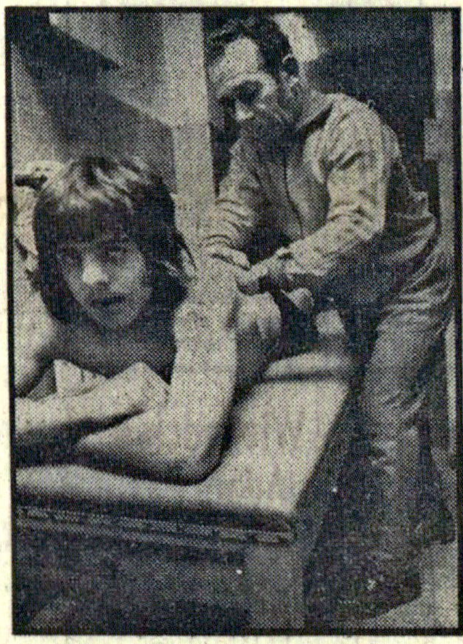

Freut sich auf ein Wiedersehen mit seinem Bruder: Gerhard Fritzsch (r.)

j. b. **Herzogenrath,** 24. Oktober

Er freut sich auf das Wiedersehen. Bergbau-Invalide Gerhard Fritzsch (56) will heute im Münchner Olympiastadion dabeisein, wenn die von seinem Bruder Walter (53) trainierte Elf von Dynamo Dresden im Europapokalhinspiel gegen Bayern München antritt. Gerhard Fritzsch flüchtete 1954 aus der „DDR" und wohnt seit 1955 in Herzogenrath (Mittelrhein) mit Frau Liesbeth und seinem 26jährigen Sohn in einem Zweifamilienhaus. Viermal sahen sich die Fritzsch-Brüder seit der Flucht des Älteren. „Meine DDR-Besuche brachten für Walter immer Schwierigkeiten mit sich", erzählt Gerhard, der mit dem Bruder beim SC Planitz das Fußballspielen lernte. Heute ist Gerhard Masseur des Landesligaklubs Concordia Merkstein — für 40 Mark monatlich.

Eintrittskarte vom Bruder

Dresdens Trainer Fritzsch war großzügig

hi. **München, 25. Oktober**

In München vor dem Europacupspiel trafen sich die Brüder Fritzsch. Gerhard (56), Bergbauinvalide aus Herzogenrath, traf Walter (52), den Trainer von Dynamo Dresden. Walter, dem es finanziell sehr gut geht, sagte: „Hier hast du eine Karte für das Spiel."

Auch 1971 beim 0:2 von Dynamo bei Ajax Amsterdam war Gerhard mit dabei. Und viermal schon besuchte Gerhard Fritzsch seinen Bruder in der „DDR". Gerhard: „Ich bin mißverstanden worden. Mein Bruder hatte nie Schwierigkeiten, wenn ich ihn besuchte."

Das Gegenteil war der Fall: Walter: „Die Leute von Dynamo waren freundlich und zuvorkommend. Ich war beim Training mit dabei, hatte den besten Platz auf der Tribüne und fachsimpelte mit den Spielern."

Gerhard wußte nicht, [für] die Mannschaft seine[s Bru]ders oder für die Bayern [...] ist Gerd-Müller-Fan — der[...]men drücken sollte. Fr[...] „Ich bleibe neutral."

erwartet. Noch an der Gangway beantwortet der Cheftrainer ein paar Fragen für die abendliche Tagesschau. „*Das Wetter? Nein, kein Problem. Ist bei uns auch so!*" Auf der Pressekonferenz setzt dieser »Trainerkauz aus Sachsen« das nächste Achtungszeichen. Auf die Frage, wie seine Mannschaft reagiert, wenn der anhaltende Regen nicht bald aufhören und den Boden noch schwerer machen würde, lässt seine Antwort die Reporter nach Luft schnappen: „*Passen Sie mal auf, ich bin beim Russlandfeldzug 80 Kilometer barfuß durch den Osten marschiert, da werden die Spieler wohl diese 90 Minuten durchhalten!*"

Kurz nach 20 Uhr flimmert das Flughafen-Interview mit Walter Fritzsch auch über den TV-Bildschirm seines Bruders. Für Gerhard Fritzsch steigt die Aufregung. Der Bergbau-Invalide, für 40 Mark im Monat als Masseur bei Landesligist Concordia Merkstein tätig, wird am nächsten Tag nach München reisen. Die Boulevardpresse preist vollmundig an: „*Heute im Olympiastadion: Wiedersehen der Brüder*" und klärt die Leserschaft auf. Seit Gerhards Republikflucht 1954 hätten sie sich nur viermal gesehen. „*Meine DDR-Besuche brachten für Walter immer Schwierigkeiten mit sich*" – wird der ältere Bruder zitiert. In Wirklichkeit fiel, wahrheitsgemäß, das Wort „*keine*" Schwierigkeiten. „Zu langweilig" – befinden die Blattmacher und bürsten die Story zumindest ein bisschen auf Krawall.

Walter Fritzsch umrahmt von seinem neuen Co-Trainer Gerhard Prautzsch, und dem neuen Mannschaftsarzt Dr. Wolfgang Klein. Hinten hat Klaus Sammer wegen der Kälte seinen Mantel über den Trainingsanzug gezogen, 24. Oktober 1973

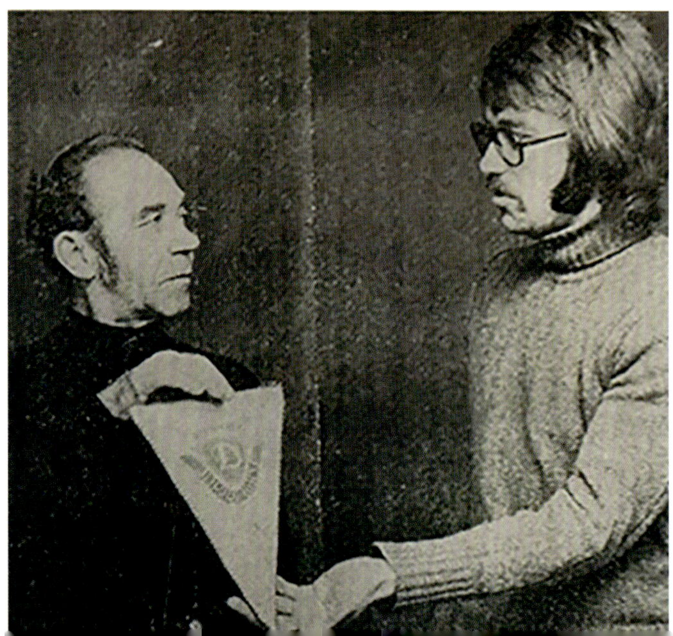

Bruder Gerhard (l.) und Neffe Dieter Fritzsch im Herbst 1973

„24. Oktober 1973 – 8:30 Große Überraschung vor dem Frühstück. Wurde gebeten, zur Rezeption zu kommen. Erkannte meinen Bruder. Anwesend waren Fernsehkameras, Bildreporter, Journalisten. Mir war klar, sie wollten die Umarmung beider Brüder, Ost-West-Story, demonstrieren. Dies konnten sie nicht erleben. Ich fragte Gerhard, wieso er hier ist und wer hat das bezahlt? Er sagte die BILD-Zeitung. In den Zeitungen dann einige, große Lügen. Über den Dresden-Besuch. Ich sagte den Reportern, wenn ich Donnerstag keine Richtigstellung lese, bekommen sie kein Interview von mir nach dem Spiel. Man soll es kaum glauben, es erschien dann wirklich wahrheitsgetreu. Leider konnte ich Gerhard wegen der knappen Zeit zu wenig sprechen. FC Bayern - Dyn. Dresden 4:3. Sehr gutes Spiel von uns. Pressekonferenz vor 50 - 60 Journalisten. Lattek und ich."

Das Publikum staunt nach 45 Minuten. Die Dresdner sind ständig in Bewegung, setzen ihren Gegner früh unter Druck, zwingen ihn so ständig zu Ballverlusten. Liefern so ein Lehrstück für intelligenten und modernen Tempofußball. Dank der Offensiv-Taktik von Walter Fritzsch führt der Gast 3:2. Die Bayern in Not! *„Das ist eine nationale Katastrophe"* – entfährt es Bundesinnenminister Genscher auf der Tribüne. Münchens Präsident Wilhelm Neudekker lässt sich nicht lumpen, erhöht in der Bayern-Kabine die Siegprämie: *„12.000 Mark für jeden, wenn das Duell gewonnen wird!"*

Dresden stürmt weiter drauflos, den Bayern fällt wenig ein. Außer hoch und weit, wie im Fußball üblich, wenn sonst nichts geht. Trotzdem markieren Franz »Bulle« Roth und Gerd Müller die entscheidenden Tore. Kein Zufall, Dynamo hat keinen Turm in der Schlacht. Der sitzt auf der Dresdner Bank. Doch Walter Fritzsch denkt nicht daran, ihn zu bringen. Lässt Klaus Sammer schmoren, bis zum Schluss. Riedel kommt für Sachse – Minuten davor fällt das 3:3. Dann kommt der unerfahrene Schmuck für Rau – kurz zuvor hat Müller zum 4:3 für die Bayern getroffen.

„25. Oktober 1973 – Wurde nachts geweckt. Telegramm Bäckerei aus Löbau u. Herbach (Ortsteil von Merkstein) gratulierte. Bekam vom Hoteldirektor 1 Fl. Cinzano. Studierte die Zeitung. Las die Story von den Fritzschs. 8:40 Fuhren zum Flughafen. Es war angenehm,

wie sie über uns staunten. 11:40 in Berlin – begrüßte uns Eggebrecht, SV Dynamo. In Dresden Nyffenegger.

28. Oktober 1973 – Das 3:4 gegen FC Bayern ist in der DDR hoch im Kurs. Ich habe mir einen guten Namen gemacht.

1. November 1973 – Großer Betrieb im Stadion – sie machen auf Hektik.

3. November 1973 – Fuhren zum Trainingsspiel: FC KMSt – Dyn. 0:3. Verloren Elfmeterschießen 1:4 … DDR qualifizierte sich für WM durch 4:1 in Albanien.“

Für Dynamo scheint im Rückspiel alles möglich. Schon ein 1:0-Erfolg wäre gleichbedeutend mit dem Weiterkommen. Das Elfmeterschießen im Testspiel in Karl-Marx-Stadt lässt auf einen optimistischen Walter Fritzsch schließen: Warum nicht auch ein 4:3 für seine Mannschaft? Doch zunächst gibt es Rummel ganz anderer Art. Aus dem Großen Garten kleffen die Bluthunde der Stasi und der Polizei. Seit den Morgenstunden wurde das Gebiet um die Dr.-Richard-Sorge-Straße hermetisch abgeriegelt. Ohne Ticket kommt niemand auch nur in die Nähe des Stadions. Trotzdem sind die Traversen schon Stunden vor dem Anpfiff gut besetzt. Unter fünf Besuchern mit normal erstandener Karte sitzen zwei Aufpasser. Alle warten auf den FC Bayern.

„5. November 1973 – Filmaufzeichnungen v. Spiel FC Bayern. Aussprache mit Riedel, Sammer, Sachse. Bayern München nicht angereist.

6. November 1973 – Training Hartplatz, i. O. Spielvorbereitung. Bayern München ist nicht angereist. Kopfbrummen – Wind!“

Für die Gäste geht es nach dem Kaffeetrinken im Hotel »Newa« direkt auf den Platz. Wohl fühlen sie sich nicht in ihrer Haut. Ahnen die Leidenschaft, wenn sich dieses Stadion in einen Kessel verwandelt. Nach einer Viertelstunde herrscht Totenstille. Uli Hoeneß hat seinem Bewacher Eduard Geyer gleich viermal die Hacken gezeigt. Beim dritten und vierten Versuch landet der Ball im Tor – 0:2. Dynamo ohne Geduld, hat einen zu offensiven Dörner und einen Trainer, der nicht reagiert.

Zuerst fängt sich das Publikum und peitscht die Schwarz-Gelben nach vorn. Die drehen tatsächlich groß auf. Nach dem Anschlusstreffer von Siegmar Wätzlich glimmt ein Hoffnungsfunke. Nach dem Seitenwechsel spielt Dynamo wie in Trance und der Kessel fängt wirklich an zu brodeln. Binnen vier Minuten fallen zwei weitere Tore, Hartmut Schade und Reinhard Häfner sind die Schützen. Sogar »Hansi« Kreische, das rechte Bein bis über dem Knie in Gips, ist aufgesprungen. Dynamos Torjäger ballt die Faust. So laut wie jetzt war es in diesem Stadion wohl noch nie. Leidenschaftliche Dresdner sind zu diesem Zeitpunkt eine Runde weiter. Der Trainer muss nur noch einen Verteidiger wie Klaus

Sammer bringen. Doch ehe sich Fritzsch entschlossen hat, spitzelt Gerd Müller die Kugel ins Netz. Nach dem 4:3 in München gelingt ihm auch das 3:3 in Dresden. Einzig der »Bomber der Nation« macht in diesem Duell den Unterschied.

„7. November 1973 – 11 Uhr Pressekonferenz Hygiene-Museum. Dyn. – Bayern 3:3. Verloren den Cup. Konnten 3:2 nicht halten. Sie waren nicht verärgert. Sprachen sehr viele mit mir, bohrte um eine Prämie – trotz Niederlage.

8. November 1973 – Aussprache mit Scheler und Nyffenegger – schrieb Liste für Prämie Bayern – 1.000 Mark.“

Natürlich haben auch die Dresdner Fußballfunktionäre die Bayern-Spiele gesehen. Sie wissen, dass Dynamo mit Klaus Sammer eine 3:2-Führung – wie zur Halbzeit in München oder kurz nach dem Seitenwechsel in Dresden – vermutlich besser halten kann als – wie gesehen – ohne ihn. Nun sitzen sie mit Walter Fritzsch zur gemeinsamen Analyse. Sammer? Geyer? Dörner? Was es nicht gibt, sind Grundsatzdiskussionen in sportlichen Fragen. Manfred Scheler erklärt später, warum: *„Natürlich haben wir gesehen, dass Walter den Klaus Sammer nicht bringt. Er hätte ihn in München und in Dresden einwechseln müssen. Aber, das war die Bedingung von Walter Fritzsch bei seiner Einstellung 1969, niemand redet ihm rein. Im Sportlichen hat er das alleinige Sagen. Daran haben wir uns gehalten, immer!“*

Die Dresdner Bank beim Bayern-Spiel. Von links: Kreische mit Gipsbein, Lichtenberger, Helm, Dr. Klein, Fritzsch, Schade, Gumz

„13. November 1973 – Trainerrat bei BFC: Eine Lust für den DFV zu arbeiten ist sinnlos – weil DTSB-Führung nicht für Fußball ist und NIE werden wird.

16. November 1973 – H. Modrow, 1. Sekretär der Bezirksleitung Dresden, stellte sich dem Kollektiv vor.

24. November 1973 – H. Hermann verlas Brief von Minister Mielke – betreffs Spiel Bayern München. Sie spendieren einen Abend mit Frauen.“

Zum Abschluss der Herbstrunde erleben die Dresdner Anhänger noch einmal zwei Gesichter ihrer Dynamo-Elf. Dem 3:0-Erfolg auf Schneeboden beim 1. FC Magdeburg folgt eine 1:3-Heimniederlage gegen Jena. So überwintert der Titelverteidiger nur auf Rang vier. Trotzdem klingt das Jahr mit einem Erfolgserlebnis aus. Bei der traditionellen Sportlerumfrage der »Jungen Welt« wird das Kollektiv von Walter Fritzsch überraschend zur »Mannschaft des Jahres« gewählt. Nach den Schwimm-Assen Kornelia Ender und Roland Matthes nehmen die Dresdner Spieler die Trophäe in Empfang. Natürlich haben sie sich neben der Meisterschaft vor allem mit den Auftritten gegen den FC Bayern die Herzen der Sport-Anhänger erobert. Zur Einordnung: die Fußball-Nationalmannschaft, immerhin erstmals für eine WM-Endrunde qualifiziert, belegt in der Umfrage »nur« den dritten Platz.

„29. November 1973 – Fuhr mit Hänel und Rohne nach Kreischa, um Kreische zu besuchen und zu informieren, dass er den PKW erst nach Leistung bekommt. Hänel sagte ihm es nicht.

4. Dezember 1973 – Trainerrat-Sitzung – Allgemein: Hörte von Buschner, dass Krolikowski mich gerettet habe. Berlin hätte die Meinung, Nippert hätte in Dresden den Erfolg gelegt.“

Am 29. Dezember 1973 erfüllt Dynamo-Trainer Walter Fritzsch seine letzte dienstliche Verpflichtung in diesem Jahr. Unterbricht dafür sogar seinen Urlaub in Bärenfels. Mit zehn Spielern geht es nach Oberwiesenthal, wo die Aufzeichnung der Jugendsendung »rund« über die Bühne gehen soll. Die Redaktion lädt in die gerade eröffnete Schwimmhalle im »Wismut-Heim Aktivist«. Dresdens Fußballer können in der Badehose ihre Fähigkeiten im nassen Element unter Beweis stellen. Wetteifern in einer Schwimmstaffel gegen eine Brigade von Wismut-Kumpeln mit weltmeisterlicher Unterstützung der Schwimm-Stars Kornelia Ender und Roland Matthes. Walter Fritzsch zeigt sich weniger angetan. Empfindet sich beim fröhlichen Klamauk etwas deplatziert und moniert: *„Wegen 5 Minuten solch ein Aufwand!“*

„5. Januar 1974 – Fuhr nach Berlin, Fernsehfunk. Sendung WM-Auslosung. Gruppe 1 = BRD, DDR, Chile, Australien. Es war interessant wie Sendung zusammengestellt wird. Anwesend waren: Buschner, Scherbaum, ich, Nöldner, Urbanczyk, Wirth – Kreische.

6./7. Februar 1974 – Trainerrat in Jena. Es wurde auch das Gehaltsregulativ besprochen. Buschner wegen Dörner, nur noch Mittelfeldspieler. Unterhielt mich mit H. Krügel, was aus uns werden soll. In den westlichen Ländern Arbeitslosigkeit, Streiks – Ölkrise.

13. Februar 1974 – FDGB-Halbfinale, Rückspiel gegen BFC 2:0. Vor 34.000 Zuschauern. Kotte 2 Tore. Finale. Im großen und ganzen kämpferisch i.O.“

Nach dem Weiterkommen gegen die Berliner präzisiert Walter Fritzsch die Saisonziele seiner Mannschaft. Er will mit Dynamo im Frühjahr den Titel verteidigen und den Pokal gewinnen. In beiden Wettbewerben heißt der Hauptkontrahent Jena. Die Thüringer sind aktuell der Spitzenreiter in der Oberliga und haben das Pokal-Halbfinale gegen Energie Cottbus souverän gemeistert. Da müssen sich die Dresdner ordentlich strecken. Liegen in der Meisterschaft drei Zähler hinter der Zeiss-Elf auf dem dritten Platz, dazwischen rangiert Magdeburg.

„16. Februar 1974 – Die Ellefelder Jungs schenkten mir drei Flaschen Kindertrunk und 2 Gläser.“

»Die Ellefelder Jungs« heißen Achim und »Hums«, stammen aus dem vogtländischen Örtchen und sind glühende Dynamo-Anhänger. Spielen die Schwarz-Gelben im näheren Umkreis von Ellefeld, machen sich die beiden Jugendlichen mit ihrem Moped auf den Weg. Nach einen Testspiel in Werdau spricht Walter

Die Ellefelder Jungs bei einem Testspiel von Dynamo. Links Wolfgang Oeser, rechts der von ihnen geschätze Walter Fritzsch

Fritzsch sie an: *„Sagt mal, wer seid ihr denn eigentlich, ich hab Euch doch schon oft bei unseren Spielen gesehen?“* So kommen sie ins Gespräch. Der Trainer erfährt, dass Joachim Thoss im Sommer 1969 das Freundschaftsspiel der Dresdner gegen Sporting Club Damaskus sah. Eher zufällig, seine Eltern weilten mit ihm zu einem Besuch in Dresden. Achim, damals noch Schüler, fängt Feuer. Gründet in Ellefeld sogar seine eigenen »SC Felsen«, natürlich spielen sie auf ihrem Sportplatz in den Dynamo-Originalfarben.

Zwischen Fußball-Trainer und den beiden Fußball-Fans entsteht eine ungewöhnliche Freundschaft. Vielleicht, weil Joachim Thoss neben der Begeisterung für das Spiel mit der Lederkugel ebenso gern fotografiert und filmt wie Fritzsch. Möglicherweise auch, weil Walter und Käthe selbst keine Kinder haben. Die beiden Buben aus Ellefeld punkten beim 53-jährigen Fritzsch mit ihrer wissbegierigen, freundlichen und dankbaren Art. An Gesprächsstoff mangelt es nie. In erster Linie tauschen sie sich über Dynamo, den Fußball oder die Kamera und deren Ergebnisse aus. Walter Fritzsch verfolgt aufmerksam die persönliche Entwicklung seiner »Ellefelder Jungs«. Aus den einstigen Schülern sind nun Lehrlinge geworden, beim »VEB Kindernahrung Ellefeld«, die keine Gelegenheit versäumen, Heimspiele der »SGD« zu besuchen. Nach dem Schlusspfiff nimmt sich der Trainer Zeit und gibt dem Besuch aus dem Vogtland stets ein paar exklusive Einblicke in seine Gedankenwelt. Achim und »Hums« überreichen Walter Fritzsch im Gegenzug ein paar Mitbringsel aus der aktuellen »kinella«-Produktion.

„8. März 1974 – Aussprache mit Kreische.

15. März 1974 – Gab meine Meinung über den anonymen Brief – jeder soll sich überlegen, was er quatscht. Fehler erst bei sich suchen. Kreische wurde von Prautzsch trainiert.

16. März 1974 – BFC – Dynamo 3:0. Verloren durch 3 Konter. Käthe wurde heute 50 JAHRE. Natürlich beglückwünschte ich sie. Im Gewandhaus wurde gefeiert.“

Ab März 1974 häufen sich bei Dynamo die Aussprachen mit Hans-Jürgen Kreische. Der Torjäger kämpft rund sechs Monate nach der schweren Verletzung aus den Rumänien-Spiel um sein Comeback. Schließlich will er unbedingt mit zur WM. Keine drei Monate bleiben bis zum ersten WM-Endrundenspiel einer DDR-Auswahl. Doch den Torjäger beschleicht mehr und mehr das Gefühl, nicht die volle Rückendeckung des Trainers zu genießen. Fritzsch sieht die ersten Versuche des Dynamo-Kapitäns auf dem Rasen sehr kritisch: *„Ich sah mir die 2. Elf mit Kreische an. War sehr enttäuscht. Filmte Kreische. Es ging meine Kamera kaputt.“*

Nun steht das Länderspiel gegen die ČSSR an und Walter Fritzsch gefällt die Nominierung überhaupt nicht. Für ihn kommt sie viel zu früh. Als Georg Buschner Kreische nach gut einer Stunde sogar das Zeichen gibt, sich bereit zu machen, versteht das der Coach der Dresdner als Affront. *„Buschner und DFV sind gegen mich!“* Tage später macht die »fuwo« unter der Überschrift: *„Auf der Suche nach Harmonie“* dem Dynamo-Spieler Mut: *„Kreische – endlich, der »Fußballer des Jahres« wieder in der Mitte seiner Auswahlkameraden. In den 20 Minuten bewies er, dass er auf dem besten Wege ist, zu seiner alten Rolle zurückzufinden.“*

Die Verbandsfunktionäre beschäftigen andere Sorgen. Mit dem ausgelosten WM-Spielort Westberlin für die DDR-Elf haben die Genossen im Zentralkomitee ein Problem. Ausgerechnet in Westberlin und gegen Chile, ein Dilemma! Nach alter Ostberliner Lesart gehört der andere Teil der Stadt nicht zur Bundesrepublik. Dementsprechend kann nicht einfach für die Dauer von neunzig Minuten eine Ausnahme gemacht werden. Das käme einer Anerkennung der politischen Situation gleich. Dazu geht es auch noch gegen das Team, das sich in der Qualifikation gegen die UdSSR durchsetzen konnte. Aber nur, weil die sowjetische Elf aus Protest gegen den Putsch der Militär-Junta und die Umwandlung des Nationalstadions von Santiago in ein KZ zum Rückspiel nicht angetreten war. Ähnliches wird nun vom »kleinen Bruder« DDR erwartet, der seine erste WM-Teilnahme jedoch unbedingt wahrnehmen will.

„20./21. März 1974 – Man spielt beim ZK verrückt, wegen der Auswahl. Müssen bei der WM nach Westberlin. Vorstandssitzung: Es ging vor allem um Kreische Problem. Ich reagierte: Sie sollen ihren Kreische behalten und ich quittiere meinen Dienst. Man sagte mir: Ich soll lernen, richtig zu reagieren. Die Leitung stünde hinter mir.

22./23. März 1974 – 7 Uhr Parteiversammlung – Ich musste über die Auswahlspieler sprechen. Fuhr mit Hänel nach Berlin. Präsidium: Man kritisierte mich wegen schwacher Form von Kreische – Häfner – Dörner. Aussprache mit Kreische, ausgiebig. Er will mit mir zusammenarbeiten. Dyn. Dresden – FC Cottbus 7:0. Der Sieg hätte höher ausfallen können. Erstmalig spielte Kreische.

26. März 1974 – Wurde mit Hänel zum 2. Sekretär der Bezirksleitung Stammnitz bestellt. Es ging gegen mich – Buschner will mich ausspielen. Man warnte mich oder war es schon das Vorkommando – Ablösung.“

Die Tage der Entscheidung stehen bevor. Im Halbfinale der drei Europapokal-Wettbwerbe sind noch zwei DDR-Klubs vertreten. Pokalsieger Magdeburg muss bei Sporting Lissabon ran und Lok Leipzig empfängt Tottenham Hotspurs. Beim Blick auf die Ansetzungen der Landesmeister empfindet Walter Fritzsch eine Art Phantomschmerz. Der FC Bayern duelliert sich mit Dosza Ujpest, hatte zuvor ZSKA Sofia bezwungen. Lösbare Aufgaben wären das auch für Dynamo gewesen und so schmerzt das bittere Ausscheiden in diesen Momenten noch immer!

Das Finale der DDR-Meisterschaft gerät zum Krimi. Die Ausgangslage verspricht Hochspannung: Magdeburg führt vor den punktgleichen Dresdnern, Jena lauert nur einen Zähler dahinter. Und Dynamo muss noch gegen den FCM und bei der Zeiss-Elf spielen, kann also wirklich aus eigener Kraft den Titel verteidigen!

„3. April 1974 – Verloren vor 35.000 0:1 gegen FC Magdeburg die Meisterschaft. Schwache Partie von uns: Kreische, Sachse, Helm, Riedel, Geyer, Kotte.

6. April 1974 – Verloren in Jena 0:3. Zu viele Ausfälle. Kreische, Sachse, Richter, Geyer, Rückfahrt von Jena – Unterhaltung mit Anders – Kreische ablösen als Kapitän.“

»Nur« Meisterschaftsbronze, doch die Enttäuschung nach den zwei Niederlagen muss in Dresden schnellstens aus den Klamotten geschüttelt werden. Mit dem Pokal-Endspiel im Leipziger Zentralstadion wartet schon der nächste Höhepunkt. Zugleich bedeutet es die Möglichkeit zur doppelten Revanche. Wie am letzten Oberliga-Spieltag (0:3) und wie beim Pokalfinale 1972 (1:2) heißt der Gegner erneut Carl Zeiss Jena.

Claus Boden in Aktion – und Walter Fritzsch hat immer alles im Blick

Fußballer des Jahres – Hans-Jürgen Kreische nun in der ganzen DDR ein Star, Berlin im Frühjahr 1974

„13. April 1974 – FDGB-Pokal-Endspiel gegen Jena 1:3. Verloren in der Verlängerung verdient, weil wir nicht genügend Kraft besaßen.

24./25. April 1974 – FCM - Sporting Lissabon 2:1, Endspiel erreicht. Kaufte mir die neue russische Schmalfilmkamera, 690,- Mark

8. Mai 1974 – FC Magdeburg - MAILAND 2:0 in Rotterdam. Cupsieger.

15. Mai 1974 – Sah mir über ČSSR-Fernsehen FC Bayern gegen Atletico Madrid an. 1:1 nach Verlängerung.“

Zwei Wochen vor dem WM-Auftakt darf sich Siegmar Wätzlich in der Nationalmannschaft als Linksverteidiger gesetzt fühlen und bei Hans-Jürgen Kreische hat Georg Buschner Wort gehalten. Für den Wiedergenesenen erfüllt sich der WM-Traum. Aber, nur zwei Dresdner im DDR-Aufgebot? Für Dynamo das Spiegelbild einer durchwachsenen Saison und Walter Fritzsch weiß, er muss dafür den Kopf hinhalten. Für ihn gibt es objektive Gründe, in erster Linie das große Verletzungspech. Die »fuwo« begründet den Bronzeplatz der Dresdner mit dem Langzeitausfall des Torjägers: *„Wer die spielgestaltende, konstruktive wie torproduktive Rolle Kreisches richtig zu beurteilen versteht, wusste nach seiner schweren Beinverletzung im WM-Qualifikationsspiel gegen Rumänien um die auf Dynamo zukommenden Probleme.“*

„31. Mai 1974 – Führten Jahresanalyse mit Kollektiv durch. Vergaben auch Diskussionsbeiträge … Kreische + Wätzlich feierlich verabschiedet.

6./7. Juni 1974 – Graal-Müritz. Der Heimleiter begrüßte uns, wieder unser Zi. 27. Saßen trotz Wind im Strandkorb. Begann Auswertung – Dörner. Fußball 5:5, machte 5 Minuten mit. Oh, je – keine Luft mehr. Mir war es fast übel. Ja, die Ausdauer fehlt.

13./14. Juni 1974 – WM-Eröffnung in Frankfurt/M. Brasilien - Jugoslawien 0:0. Ich führte Statistik durch. Tanzabend. Mein Frauchen war auf Zack. Silbermedaille im Sport und wir als Paar 3. Platz. 16 Uhr sah mir im Fernsehen BRD - Chile 1:0 an – Westberlin. Käthe brachte mir das Abendessen. 19:30 Uhr DDR - Australien 2:0 – Hamburg. Schrieb Statistik.“

Das WM-Spiel der DDR gegen Chile verfolgen Käthe und Walter Fritzsch in einer Gaststätte in Graal-Müritz. *„1:1 - Sieg war drin“*, befindet der Dynamo-Trainer nach den neunzig Minuten im Westberliner Olympiastadion fest und kommt mit anderen Urlaubern ins Gespräch. Sie löchern ihn zu allen Themen rund um den Fußball. Wer wird Weltmeister und wie schneidet die Buschner-Elf ab? Wann kommt denn der Kreische zu seinem ersten Einsatz und wie geht das Duell am kommenden Dienstag aus?

Am 22. Juni 1974 steigt das deutsch-deutsche Treffen in Hamburg. Das inzwischen weiter gereiste Ehepaar Fritzsch verfolgt es in Seddin, wo die »Wewo´s« traditionell als Gastgeber fungieren. Der Tag verläuft völlig unspektakulär, ein Waldspaziergang, einkaufen, dann das 1:0 der Jugoslawen im Nachmittagsspiel gegen Schottland. Nach dem Abendessen der Anstoß im Volksparkstadion. Höhepunkte sind Mangelware. Gerd Müller trifft den Pfosten. Davor nimmt Hans-Jürgen Kreische eine Vorlage von Lauck direkt, jagt die Kugel aber über den Kasten. *„Oh, wei,* *oh, wei!“* – entfährt es Walter Fritzsch, um nach dem Seitenwechsel, dem Sparwasser-Tor und dem Schlusspfiff zu konstatieren: *„War ein verdienter Sieg, auch wenn etwas Glück dabei war. Ja, da werden sich viele ärgern!“*

Der nasse Sommer 1974 lädt zum Pilze suchen ein, auch in den Wäldern um Seddin. *„Die Schwamme stehen gut!“* – schreibt Walter Fritzsch und erfreut sich parallel an den Auftritten der Überraschungsmannschaft der WM-Vorrunde: *„Die Polen sind Klasse!“* Deyna, Gadocha oder Lato sorgen dafür, dass Vize-Weltmeister Italien vorzeitig die Heimreise antreten muss. Die DDR unterliegt zum Auftakt der zweiten Finalrunde Titelverteidiger Brasilien (0:1), spielt ohne Mut. *„Das war ein schwaches Spiel, keine Werbung für den Fußball.“*

Am letzten Urlaubstag in Seddin bestreitet die DDR das Nachmittagsspiel und verliert auch gegen Titel-Favorit Niederlande. *„0:2. Schwache Partie von uns.“* Erstmals fehlt Siegmar Wätzlich, der Dresdner hat sich gegen Brasilien verletzt und ist bereits abgereist. Am Abend schlägt die BRD tapfere Schweden mit 4:2. *„Großartiges Spiel, trotz Regenguss!“*

Zurück in Dresden führt der erste Weg des Trainers ins Krankenhaus. *„Besuchte Wätzlich, er wird am Mittwoch entlassen.“* 48 Stunden später haben im Dynamo-Barkas neben dem Trainer auch der verletzte Wätzlich, Wolfgang Hänel und Regina Kreische Platz genommen. Auf dem Flughafen Berlin-Schönefeld begrüßen sie die DDR-Fußballer, die von der WM zurückkehren. Im Hotel Berolina gibt DTSB-Boss Manfred Ewald einen Empfang. Widerwillig zwar – *„Ich habe noch nie eine Mannschaft begrüßt, die Sechster geworden ist!“* – doch das mehr als achtbare Abschneiden auf der Weltbühne des Fußballs kann der Sport-Obere der DDR nicht einfach negieren. Walter Fritzsch wird von ihm mit einem späten Lob für die Bayern-Spiele bedacht. Der Dynamo-Trainer schaut da schon auf die Uhr.

Der Sonderzug der »DDR-Touristen« rumpelt über die Schienenstöße gen Süden. Über Leipzig und Saalfeld geht es über die Grenze und weiter in Richtung Bamberg. 302 Personen, vornehmlich aus dem Bezirk Dresden, freuen sich, als die Waggons deutlich ruhiger dahingleiten. Von seinen Trainerkollegen Gerhard Prautzsch und Kurt Kresse eskortiert, freut sich Walter Fritzsch nach zwanzig Endrunden-Begegnungen am Bildschirm, die letzten beiden WM-Spiele live zu erleben. Fünfzig Mark Spesen werden pro Nase verteilt. In Holzkirchen – dreißig Kilometer südlich von München – beziehen sie Quartier im Gasthof »Alte Post«. Der Dynamo-Trainer schläft unruhig. Mit dem Bus geht es am 6. Juli 1974 zum Tegernsee. Stationen am Spitzingsee und Schliersee folgen. Walter Fritzsch filmt, hat aber Sorgen mit dem Umspulen seiner Zelluloidstreifen. Weitere »DDR-Touristen« treffen ein, bestaunen die idyllischen Häuser am glitzernden See. Nach dem Mittagessen wird zur Eile gemahnt. Im Olympiastadion erleben sie, wie sich die starken Polen gegen Brasilien (1:0) den dritten Platz bei dieser WM schnappen. *„Saß in der Kurve, Reihe 35 – 40 Mark.“* Am Abend muss Walter Fritzsch wieder und wieder von den EC-Spielen gegen Bayern erzählen. Erinnert sich auch daran, dass die teuerste Sitzplatzkarte in Dresden billiger war, als das günstigste Stehplatzticket in München. Für die

Die Chance für Kreische (l.) – im WM-Duell mit der BRD um Beckenbauer, Overath (12) und Torwart Maier

Fußball-Anhänger aus der DDR beginnt der Endspieltag im KZ Dachau. *„BRD-Bürger sah man nicht, einige Polen, Amerikaner und Franzosen und wir."* Stunden später schicken sich gleich sechs Kicker des FC Bayern an, nach dem Triumph im Europapokal der Landesmeister nun auch Weltmeister zu werden. *„60,- Karte. Vorführung im Stadion. BRD – Holland 2:1. BRD glücklicher Sieger. 8 Ansichtskarten, 2 Wimpel, 1 Bier – 3 Mark, Zeitungen 3,80 Mark."*

Angetan zeigt sich Walter Fritzsch vom Spiel des linken Außenverteidigers der Niederländer. *„Es ist schon sehenswert, wenn Krol den Angriff bei Ballbesitz unterstützt und wie er blitzschnell wieder zurückgeht in die letzte Reihe. Ähnliches, natürlich nicht mit dieser Perfektion, versuchen wir bei Dynamo. So belebt auch Siegmar Wätzlich unser Sturmspiel."*

„26./27. Juli 1974 – Dyn. Dresden – Śląsk Wrocław 4:0. Aussprache mit Präsident Sigmund v. Wrocław, Trainer Żmuda, Sektionsleiter. Ich zeigte offen Unterlagen von mir. Sigmund und Sektionsleiter baten mich, 2 Jahre in Wrocław als Trainer zu arbeiten. Mit Käthe. Gehalt: hoch – Ich sagte nicht zu… aber vielleicht?

14./15. August 1974 – Fernsehen bei uns, G. Weise. Sie nahmen meine Kamera mit, um sie zu reparieren. Dann Mitteilung über Newa – 10 Sportfreunde, Kreische voran und 0 Uhr erst zu Hause."

Nach dem Punktspielauftakt in Halle (0:0) setzt Walter Fritzsch erstmalig in Dresden ein Sonntags-Training an. Von seinen Spielern wird dieser Umstand nicht gerade begrüßt. Der Trainer begründet die Maßnahme und lässt keine Luft ran: *„Wenn wir Mittwoch ein PS oder Cupspiel haben, wird für die, die 90 Min. spielen, Donnerstag gelockert. Am Montag erlebte ich beim Schnelligkeits-Ausdauertraining oft Probleme. Also legte ich fest Sonntag Spielauswertung + Lockerung. Das wurde von allen verstanden … Harte Diskussion mit Kreische und Häfner. Sie wollen nicht sehen, wie schwach sie in Halle waren."*

„31. August 1974 – Auswertung der Verstöße der Sportfreunde gegen Lebensregime in Wrocław, Jablonec, Prag. Aussprache mit Kreische. Spielvorbereitung zu optimistisch. Wismut Aue – Dyn. 3:0. War von uns die 1. Pleite. Deckungsuntreu."

Das hat es lange nicht gegeben! Dynamo Dresden mit einem negativen Punkteverhältnis von 4:6-Zählern nur auf Rang neun in der Oberliga. Weil Dieter Schönig die Schwarz-Gelben zur Verzweiflung treibt, sogar einen Strafstoß von Dörner mit tollem Reflex pariert. Stralsunds Torhüter schafft es mit seiner Leistung zum »Spieler des Tages«. Dabei führten die Dresdner nach zwanzig Minuten bereits mit 2:0, Häfner und Kreische wirbeln wie in den besten Zeiten. Der Bruch kommt plötzlich und heftig. Innerhalb von fünf Minuten gleichen die Matrosen aus und nutzen einen Patzer von Sammer sogar noch zum 3:2-Siegtreffer. Walter Fritzsch restlos bedient: *„Habe mich etwas geärgert. Das Spiel gegen den Aufsteiger Vw. Stralsund zeigte mir wiederum, dass dieses Spiel verloren wurde durch Einstellungs-Probleme. Das 2:3 gibt Auskunft, was sich unsere Spieler einbilden. Die Niederlage diskutierten wir – Sammer Schluss!"*

Immerhin haben die Dresdner bei der Europapokal-Auslosung großes Glück, mit Randers Freja treffen sie auf ein ziemlich unbeschriebenes Blatt. Selbst der vorsichtige Trainer strahlt nach der Gegnerbeobachtung vor Optimismus: *„Diese Mannschaft ist zu schlagen!"* Vor dem Hinspiel motiviert die Dynamo-Leitung mit einer Extraprämie: 60 Kronen extra für jeden Kicker, wenn das erste Duell gewonnen wird! 2.500 Zuschauer beobachten im Freja-Sportpark einen sehr speziellen Europapokalauftritt – Kreische, Richter und Heidler treffen nur den Pfosten. So steht am Ende ein mageres 1:1. *„Und wieder scheiterten wir"* – brummelt Walter Fritzsch und hat den vermeintlich Schuldigen ausgemacht: *„Sammer, das war Dein letztes Spiel!"* Auf dem Heimflug informiert der Trainer Klubchef Hänel: *„Sammer fliegt raus, ich bring jetzt den Schmuck!"*

„20. September 1974 – 8:30 Uhr – Aussprache mit Sammer + Leitung. 2. Mannschaft. Er war nicht einverstanden. 9 Uhr Kollektiv informiert. Sammer + Situation. 15:30 Uhr Abschlusstraining. Kreische faul.

25. September 1974 – Vorw. Dessau – Dyn. Rest 1:1. Mich enttäuschten die jungen Spieler. Sah mir im Fernsehen ČSSR – DDR 3:1 an."

Hans-Jürgen Dörner

Jahrgang 1951

SPIELER
100 Länderspiele
Olympiasieger 1976
Fußballer des Jahres 1977, 1984 und 1985
5x DDR-Meister/5x Pokalsieger mit Dynamo Dresden
392 Oberliga-Spiele

TRAINER
DDR-Olympiaauswahl
DFB (1990 - 1996)
Werder Bremen (1996/97)
Al Ahle Kairo (2000/01)
Radebeuler SC
SG Einheit Dresden-Mitte
...

Aufsichtsratsmitglied und Ehrenspielführer Dynamo Dresden

Dixie, wie hast Du den Abschied von Klaus Sammer damals erlebt? Auch mit dem Gefühl, wann wird es mich mal bei Dynamo treffen?

Also, dazu muss man klar sagen, Klaus Sammer war nicht der erste Spieler, den es traf, und sollte auch nicht der letzte sein. Ich habe mir diese Frage damals nicht gestellt. Altersmäßig war ich ja ein ganzes Stück weg und habe mich nicht mit meinem Karriereende beschäftigt.

Im Gegensatz zu Klaus Sammer oder Hans Kreische liest man Deinen Namen in den Aufzeichnungen von Walter Fritzsch sehr selten. Warst Du pflegeleichter oder hast Du einfach die Klappe gehalten?

Im Gegensatz zu mir hatten Klaus Sammer und Hans Kreische schon einiges erlebt im Fußball. Ich war 1969 gerade 18 Jahre alt, ein unbekanntes Licht und auch noch sehr unerfahren. Ich wollte in die Mannschaft rein und habe natürlich darauf gehört, was mein Trainer mir gesagt hat. Schließlich war er ein sehr erfahrener Mann. Ich habe Walter Fritzsch fußballerisch sehr sehr viel zu verdanken.

Zwischen 1969 und 1973 gab es heftige Dissonanzen zwischen Walter Fritzsch und seinem Assistenten Harry Nippert. Lange Zeit schien der Ausgang offen – auch für Dich?

Dieser Streit brachte alles durcheinander, zumindest phasenweise. Harry Nippert hat mich ja erstmals als Libero eingesetzt, in Leeds. Da war Walter krank. Während seiner Abwesenheit ließ uns Nippert an der langen Leine. Das geht natürlich nicht auf Dauer.

Walter Fritzsch war ja nicht nur Dynamo-Trainer, sondern de facto auch der Manager, wie hast Du das erlebt?

Es ging eigentlich alles über seinen Tisch. Er hat entschieden, wer kommt und wer geht. Er hat auch entschieden, wer wieviel Prämie bekommt und wenn du dachtest, du bekommst einen PKW, dann traf auch er die Entscheidung, ob das jetzt der richtige Moment ist oder, ob du noch ein paar Monate warten musst.

Viel zu verdanken

Gab es in all den Jahren ein privat-vertrauliches Gespräch mit Walter Fritzsch?

(denkt nach) Wenn ich mir das richtig überlege, nein! Privaten Kontakt, nicht das ich wüsste. Walter Fritzsch war ein sehr ernsthafter Mensch, was den Fußball betrifft. Da war er ein Fachmann. Außerhalb des Spielfeldes oder außerhalb des Trainings hat er privaten Kontakt total vermieden. Unnahbar könnte man sagen. Auch bei Feiern war er nur kurz da, und verschwand immer relativ schnell.

Und seine Frau Käthe?

Seine Frau war ganz anders, vom Typ her. Sie hat das Gespräch gesucht und auch mal mit den Spielern geplaudert. Allerdings haben wir sie nur selten gesehen. Bei den Spielen war sie, so weit ich mich erinnern kann, nie mit im Stadion. Also beschränkte sich der Kontakt auf die eine oder andere Feierlichkeit im Jahr.

Worin siehst Du seine größten Verdienste bei Dynamo?

Als er 1969 nach Dresden kam, hat er unheimlich viel Disziplin in die Mannschaft gebracht. Er setzte seine Art von Training durch, dabei sprachen wir auch viel in der Theorie, das war neu. Walter Fritzsch hat sicherlich nicht alles richtig gemacht, uns aber auf ein gewisses Niveau gebracht. Ein bisschen glücklich war für ihn die Konstellation, dass Jahr für Jahr junge Spieler zur Verfügung standen, die er dann auch eingesetzt hat.

Was muss man ihm ankreiden, die Probleme mit den älteren Spielern?

Es gab immer wieder Probleme mit den älteren Spielern. Dort hätte man sicherlich viele Dinge anders entscheiden können – das wäre für Dresden auch noch besser gewesen.

Wenn man seine Aufzeichnungen liest, fragt man sich, wann er das alles zu Papier gebracht hat. Das tägliche Pensum mit dem Stift muss enorm gewesen sein. Was habt ihr davon mitbekommen?

Wenig! Eigentlich nur bei Auswärtsspielen – da kannten wir ihn nur mit den Unterlagen vor sich. Was er genau geschrieben hat, wusste ich damals nicht. Aber er hat Spieler eingeschätzt, Gegner analysiert, Auswertungen und Einschätzungen geschrieben und auch noch Statistik über alles Mögliche geführt.

Was wusstest Du über seine Vergangenheit im Krieg?

Darüber hat er nie gesprochen. Der einzige Hinweis, der aus dieser Zeit stammt, waren die Spielchen, montags in der Heide. Einmal pfeifen hieß in Deckung gehen, zweimal pfeifen war Entwarnung. Das hat ihm offensichtlich sehr viel Spaß gemacht.

Wie siehst Du ihn heute bzw. sein Erbe? Die Siebzigerjahre sind mit fünf Meistertiteln und zwei Pokalsiegen nach wie vor die erfolgreichste Ära der Vereinsgeschichte!

Ja, bei aller Kritik an seinem Führungsstil, das war nicht so schlecht, das musst du erstmal machen! Dresden und Dynamo haben ihm viel zu verdanken. Wir waren 1969 im DDR-Maßstab ein völlig unbekanntes Licht, das hat er innerhalb kürzester Zeit geändert. In Europa verbindet man Dynamo heute in erster Linie mit den Cup-Spielen von damals.

27. September 1974 – Bezirksverwaltung für Staatssicherheit Dresden, Abteilung XX: „Walter Fritzsch schätzt ein, dass Selbstzufriedenheit und mangelnde Einsatzbereitschaft Ursache des gegenwärtigen Zustandes sind. Den meisten Spielern würde es zu gut gehen, sie würden mit allem möglichen versorgt, nur die Leistungen würden nicht kommen. Er vergleicht die Leistungssportler mit einem Arbeiter und klärt, dass die Spieler zu viel Geld bekommen. Nach dem Spiel gegen Dessau hat er eine Aussprache mit X, X und X. Er will sie zur Bereitschaftspolizei schicken, da sie zu viel verdienen und keine Leistungen bringen.“

„28. September 1974 – Stahl Riesa - Dyn. Dresden 2:2. Viele Zuschauer riefen mir zu, wieder Riesa zu übernehmen.“

Am 1. Oktober 1974 erfährt der geneigte »fuwo«-Leser von der jüngsten Entwicklung in Dresden. Unter einem Foto von Klaus Sammer steht die nette Umschreibung für sein sofortiges Aus bei Dynamo: *„Über viele Jahre hinweg zählte er zu den auffälligsten Erscheinungen in unserem Fußball: Klaus Sammer. Es ist für uns gut zu wissen, dass er seine Erfahrungen nun jungen Spielern vermittelt.“*

am Abend des 7. Oktober voller Begeisterung das Feuerwerk zum 25. Jahrestag der Republik anschaut, scheint ihr Gatte ganz woanders.

Mit Dynamo Moskau haben die Dresdner einen ganz schönen Brocken vor der Brust und ringen nach wir vor um Stabilität. Ob Zufall oder nicht, bei der Nationalmannschaft hat man gerade ganz ähnliche Sorgen. Die Euphorie der WM-Endrundenteilnahme scheint verflogen. In Magdeburg mühen sich die DDR-Kicker zum Auftakt der EM-Qualifikation zu einem 1:1 gegen Island. Zapf spielt letzten Mann, Bransch als Vorstopper und Dörner muss zuschauen. Die folgende Trainerratssitzung nutzt Walter Fritzsch, um mit Georg Buschner die künftige Rolle von Dixie Dörner zu besprechen. In der Auswahl im Mittelfeld, bei Dynamo als Libero – das scheint so nicht zu funktionieren. *„Ich forderte Buschner auf, Dörner Libero spielen zu lassen. Er musste es anerkennen.“*

„18. Oktober 1974 – Fuhren zum DFV, Verteidigung Plan. Es ist wirklich nur Zeitverschwendung.

2. November 1974 – FDGB-Pokal, Achtelfinale: FCM - Dyn. 0:1. Wir gewannen etwas glücklich. Ohne Kreische, Richter, Geyer, Schade, Weber.“

Meisterjahre – 1974 bis 1978

„1./2. Oktober 1974 – 21 Uhr Formale Aussprache mit Stamnitz, Scheler, Verner. Sehen Situation real … 11:45 Vorbereitung Randers. M. Scheler gab mir meine PKW-Bestellung. Dyn. Dresden - Randers Freja 0:0, nicht berauschend. Konnten den Betonriegel nicht knacken.“

Wenn 27 Eckbälle und 43 Torschüsse nicht zu einem einzigen Treffer führen, dann stimmt etwas nicht im Gefüge. *„Ja, bei uns gibt es genügend zu verbessern“* – weiß auch Walter Fritzsch und macht sich Gedanken, wie er in diesem Herbst 1974 mit seiner Mannschaft die Kurve bekommt. Einzig Dörners Tor in Dänemark entscheidet über das Weiterkommen (1:1, 0:0). Als Käthe

Als die IL 62 endlich abhebt, sind die Verzögerungen bei der Abfertigung vergessen. Zwei Stunden und fünf Minuten später Landung in Moskau, Scheremetjewo II, also vor den Toren der Stadt. Torhüter-Legende Lew Jaschin nimmt die Gäste in Empfang. Die restlichen fünfzig Kilometer bis ins Stadtzentrum reist die Dresdner Mannschaft mit dem Bus. Auf halbem Weg passieren sie die stilisierten Panzersperren, die jene Linie symbolisieren, die die Deutschen bei ihrem Vorstoß im Zweiten Weltkrieg erreichten. Walter Fritzsch grübelt schon eine Weile, wie er mit dem Gefühl umgeht, dass da längst von ihm Besitz ergriffen hat. Sieht sich im Schützengraben hocken, hört das Pfeifen und Zischen und die Schreie der Kameraden. 33 Jahre zuvor marschier-

Die Bosse bei Dynamo – Klub-Vorsitzender Horst Rohne, Cheftrainer Walter Fritzsch und Kapitän Dixie Dörner

D
DRESDEN
Urkunde

ten sie hier ins Verderben. Er hatte großes Glück und sollte der Hölle entrinnen. Der ehemalige Obergefreite sitzt ganz vorn im Bus. Als er das Denkmal sieht, ruft er plötzlich: *„Bis hierhin sind unsere gekommen!"* Im Bus herrscht Totenstille. Die Spieler beißen sich in die Faust und fragen sich, wie wohl werden die Spitzenfunktionäre des SV Dynamo reagieren? Bis zur Ankunft im Hotel »Russia« fällt kein Wort. Ein Nachspiel gibt es für den Trainer aber nicht. Vielleicht, weil seine Elf am nächsten Abend im Elfmeterschießen weiterkommt.

Die Erleichterung über das Erreichen des Achtelfinals kann man förmlich spüren. Auf dem Weg zum Rückflug wird der Trainer vom Delegationsleiter beiseite genommen: *„Hugo Hermann sagte mir, ich soll 10 Jahre bleiben und mich, wenn ich Sorgen hätte, an sie wenden."* Fast erschrocken blickt Fritzsch dem Berliner Dynamo-Funktionär ins Gesicht und sucht nach verräterischen Spuren. Hat der das jetzt etwa ernst gemeint?

„8. November 1974 – Wir wurden mit dem HSV ausgelost, z. Zt. Tabellenführer. Es ist natürlich wieder ein politisches Spiel, für mich wieder ein Bewährungsspiel. Sind wir aus dem Formtief schon heraus, haben die Spieler dazugelernt?

18. November 1974 – Fuhren mit Taxi zum Stadion Bochum, wurden von den Funktionären Bochums begrüßt. Dazu gesellte sich der Präsident vom HSV, Herr Krohn. Das PS VfL Bochum - Hamburger SV 4:2. Ich sah die Stärken u. Mängel v. HSV. Wir wurden vom VfL zum Abendessen eingeladen. Im Vereinslokal erfuhren wird die Zusammensetzung des Vereins. Legen sehr viel Wert auf den Nachwuchs. Uns fuhr ein Funktionär zum Bahnhof. Dort erlebten wir eine Schießerei, für uns beide (Rohne/Dynamo) etwas Neues aus dem herrlichen Westen."

Der Regen peitscht durch das Volksparkstadion. Als ob es die Cupspiele gegen die Bayern nie gegeben hätte, stürmt Dynamo auf Teufel komm raus. Hintergrund ist der Auftrag der Sport-Oberen in Berlin, den HSV auswärts zu schlagen. *„Ein Sieg gegen diese mittelmäßige Mannschaft ist Pflicht"* – gibt Rudi Hellmann, Abteilungsleiter Sport im Zentralkomitee, Klubchef Wolfgang Hänel vor. Hatte man den Dresdnern das Ausscheiden gegen die Bayern noch verziehen, steht gegen Hamburg nur ein Weiterkommen mit möglichst zwei Siegen zur Debatte. Natürlich geht diese Taktik schief. Die Schwarz-Gelben bekommen die rauhe Luft des Nordens zu spüren. Bereits zur Halbzeit liegen sie mit 1:4 zurück. Als Walter Fritzsch nach 45 Minuten wutentbrannt in die Kabine kommt, hat er in seinem Beutel die Kamera. Doch das hat er vergessen, als er ausholt, den Beutel samt Inhalt auf den Tisch schleudert und wütend brüllt: *„Das lasse ich mir nicht bieten, macht doch Euren Mist alleine weiter!"* Dabei fliegt die Kamera heraus, vom Tisch in die Kabinenecke und zerspringt in tausend Teile. Wortlos verlässt der Trainer die Kabine.

„28. November 1974 – In Dresden am Flughafen wurden wir ausgepfiffen. 18 Uhr Kollektivberatung HSV-Spiel. Die Sportfreunde wollten sich frei sprechen. Hätte falsche Anweisungen gegeben.

2. Dezember 1974 – H. Gasch (SV Dynamo) sprach mit mir wegen HSV-Rückspiel. Sieg. Müsste Bezirksleitung Bericht geben. Ich sagte ihm, dass wir uns auf Sieg einstellen. 12 Uhr nach Rabenberg. Lehrgangseröffnung, WM-Auswertung DDR - BRD 1:0. Diskussion: Buschner sagte, dass es z. Zt. Leute gibt, die den Fußball noch mehr drücken wollen. Also, rosige Zeiten! Unterhielten uns mit Krügel,

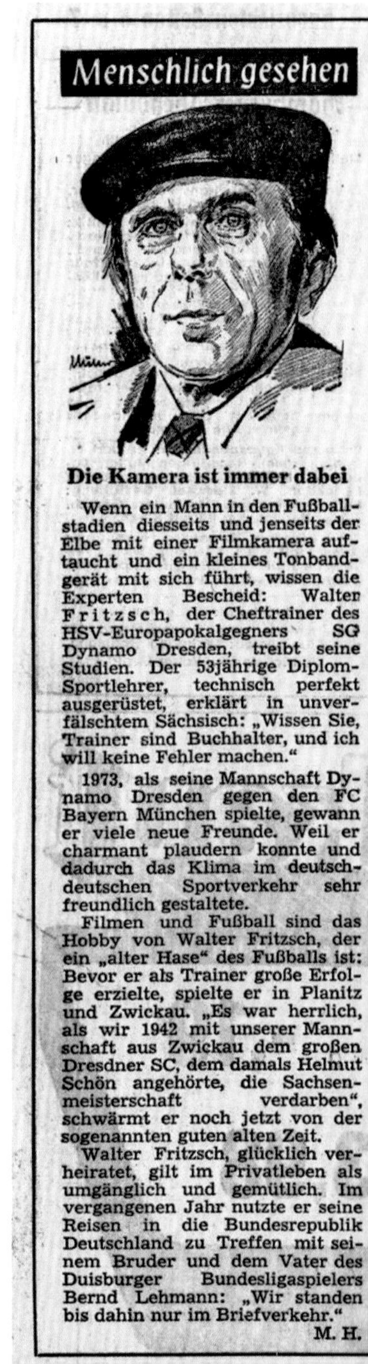

Menschlich gesehen

Die Kamera ist immer dabei

Wenn ein Mann in den Fußballstadien diesseits und jenseits der Elbe mit einer Filmkamera auftaucht und ein kleines Tonbandgerät mit sich führt, wissen die Experten Bescheid: Walter Fritzsch, der Cheftrainer des HSV-Europapokalgegners SG Dynamo Dresden, treibt seine Studien. Der 53jährige Diplom-Sportlehrer, technisch perfekt ausgerüstet, erklärt in unverfälschtem Sächsisch: „Wissen Sie, Trainer sind Buchhalter, und ich will keine Fehler machen."

1973, als seine Mannschaft Dynamo Dresden gegen den FC Bayern München spielte, gewann er viele neue Freunde. Weil er charmant plaudern konnte und dadurch das Klima im deutsch-deutschen Sportverkehr sehr freundlich gestaltete.

Filmen und Fußball sind das Hobby von Walter Fritzsch, der ein „alter Hase" des Fußballs ist: Bevor er als Trainer große Erfolge erzielte, spielte er in Planitz und Zwickau. „Es war herrlich, als wir 1942 mit unserer Mannschaft aus Zwickau dem großen Dresdner SC, dem damals Helmut Schön angehörte, die Sachsenmeisterschaft verdarben", schwärmt er noch jetzt von der sogenannten guten alten Zeit.

Walter Fritzsch, glücklich verheiratet, gilt im Privatleben als umgänglich und gemütlich. Im vergangenen Jahr nutzte er seine Reisen in die Bundesrepublik Deutschland zu Treffen mit seinem Bruder und dem Vater des Duisburger Bundesligaspielers Bernd Lehmann: „Wir standen bis dahin nur im Briefverkehr."

M. H.

Trainer Fritzsch war nach dem 1:4 noch in guter Form

Man würde ihn nicht richtig kennen, wenn ihm eine bittere Niederlage — und das war das 1:4 seiner Dynamo-Mannschaft gegen den HSV zweifellos — die Sprache verschlagen würde. Dresdens Trainer Walter Fritzsch griff in sein „Nähkästchen“: „Ich habe am letzten Freitag nicht hochgestapelt, als ich bei der Pressekonferenz nach dem HSV-Spiel gegen Braunschweig davon gesprochen habe, daß der HSV weitaus stärker als Bayern München sei.“ Und jovial wandte er sich den Journalisten zu: „Das haben Sie, meine Herren, heute abend bestätigt gefunden. Der HSV hat seine Chancen genutzt, wir nicht. Bei den Hamburgern war das Fehlen von Winkler nicht zu spüren, bei uns machte sich der Ausfall von Wätzlich stark bemerkbar.“

Daß sich Cheftainer Fritzsch während des Spiels geärgert hatte, klang deutlich durch: "Die jungen Leute haben mir wahrscheinlich nicht geglaubt, nun werden sie im Rückspiel vermutlich keine so eklatanten Fehler machen. Besonders für das zweite Tor kann sich der HSV bei Helm und Boden bedanken: Ich kann über deren Verhalten nur die Nase rümpfen.“

Die Dresdner Verantwortlichen, beim HSV gern gesehene Gäste, verabschiedeten sich lächelnd. Dynamo-Vorsitzender Wolfgang Hänel: „Wir geben die Hoffnung für das Rückspiel nicht auf.“

HSV-Trainer Kuno Klötzer: „Dieses 4:1 ist ein gutes Polster für das Rückspiel. Meine Mannschaft hat innerhalb von fünf Tagen zweimal eine hervorragende Leistung geboten. Gegen Braunschweig fehlten zur Vollendung nur die Tore, heute gegen Dynamo klappte alles, was wir zuletzt noch vermißten.“

Am Vormittag hatten HSV-Präsident Dr. Peter Krohn („Immer wenn es bei uns gekracht hat, spielt die Mannschaft ausgezeichnet“) und Klötzer nach einem gemeinsamen Beschluß Libero Klaus Winkler, der nach einer Verletzung gegen den Willen seines Trainers unbedingt spielen wollte, aus dem Aufgebot gestrichen. Dr. Krohn: „Jonny Winkler wird heute bei mir zu einer Unterredung sein.“ Klötzer: „Das Risiko seines Einsatzes war zu groß.“ M. H.

Schlitzohrige Fröhlichkeit der Trainer Klötzer (li.) und Fritsche

H., W. Wolf. Mit einer Flasche Cognac.

3./4. Dezember 1974 – 8 Uhr Theorie: BRD – Holland – Polen. Sahen uns WM-Spiele dieser Mannschaften an. Diskussion über Taktik – Deckung. Spaziergang Krügel – Schwimmen 200 m. Schrieb Spielvorbereitung HSV. Abendessen, anschließend an die Bar. Kunze, A., Krügel, H., Rauhut, A., Gab eine Runde. Diskutierten viel, weil mal niemand vom DFV da war. Bezahlten unsere Abschlussveranstaltung selbst.“

Das Jahr 1974 meint es offenbar nicht gut mit Walter Fritzsch und seinen Dresdnern. Hans-Jürgen Kreische verletzt sich erneut, bleibt beim EM-Qualifikationsspiel gegen Belgien (0:0) im Rasen hängen. Wieder das Knie! Nun wird die Aufgabe gegen den Hamburger SV noch schwerer, als sie es nach dem 1:4 ohnehin schon ist. Es liegt nicht an FIFA-Referee Babacan (Er pfiff das WM-Auftaktspiel des späteren Weltmeisters gegen Chile.), dass es Dynamo nicht noch einmal spannend machen kann. Nach Lichtenbergers verschossenem Elfmeter zeigt der türkische Schiedsrichter erneut auf den Punkt, HSV-Keeper Rudi Kargus hätte sich zu früh bewegt. Beim Stand von 1:0 läuft Dixie Dörner zum zweiten Versuch an. Die große Chance, das Spiel doch noch zu drehen? Aber auch er scheitert. Am Ende müssen die Dresdner mit einem 2:2-Unentschieden leben. Nach dem Abpfiff geht es im Casino hoch her. Rudi Hellmann und Lothar Stammnitz schnappen sich Walter Fritzsch: *„Sag mal, warum bietet ihr keine stabilen Leistungen in den Cup-Spielen an?“* Aus der Eingangsfrage entwickelt sich ein lautstarker Disput über Dynamo, den Fußball und allerlei Befindlichkeiten.

„1. Januar 1975 – Ich sehe für Dynamo schwarz. Weil wir nicht in der Lage sind, die jungen Spieler an das Spitzenniveau heranzuführen. Ich trag mich mit dem Gedanken, Schluss zu machen.

3. Januar 1975 – 8 Uhr. Sprach zur Truppe. Neubeginn. Wiegen, Hallentraining. Bestellte neuen Wartburg, Bremer Straße. Pressegespräch mit Nicky (UNION) 19 Uhr Tanzabend mit Kollektiv im Astoria als Jahresabschlussveranstaltung.

links: Seitenwahl in Hamburg – Dörner und HSV-Kapitän Georg Volkert

Gute Laune im Rebstock – Kreische und Sammer 1974

28. Januar 1975 – Fuhr mit dem neuen Wartburg nach Hause. YN 74-29 kostet 18.191,50 Mark. Verkauften unseren PKW für 16.000 Mark."

Die verkorkste Herbstserie hinterlässt Spuren. Zwar hat Walter Fritzsch mit dem Trainingsstart im neuen Jahr einen »Neubeginn« ausgerufen, doch sowohl Leistung als auch Ergebnisse bleiben in den Testspielen schwankend. In der Vorstandssitzung wird der Trainer bei der Analyse der Hinrunde nicht mit kritischen Fragen verschont. Walter Fritzsch verteidigt sein Modell »Zuckerbrot und Peitsche« und äußert die Vermutung: *„Das schwache Spiel stört die Spieler nicht."*

„8. Februar 1975 – Dyn. Dresden – Union Teplice 0:1. Sturm schwach, nicht durchschlagkräftig."

Anfang Februar fahren die Dynamos nach Cottbus. Beim 5:2-Erfolg gegen Liga-Neuling BSG Lok fällt dem Dresdner Trainer der erste Torschütze des Gegners auf. Wochen später wird Wolfgang Pietsch, torgefährlicher Akteur im Mittelfeld, zum Probetraining nach Dresden gebeten. Doch der Sprung für ihn erweist sich als zu groß. Walter Fritzsch trifft sich auch mit einem gewissen Klaus Havenstein. Der 25-Jährige aus dem Leipziger Umland geht in der Bezirksliga Dresden als Grundwehrdienstler für Vorwärts Löbau auf Torejagd. Havenstein hat etwas, zumindest nach Überzeugung des Dresdner Trainers, lehnt aber ab. Drei Jahre später soll er als Oberliga-Torschützenkönig für den Klassenerhalt von Chemie Böhlen sorgen.

Zum Rückrundenstart gibt es ein mageres 1:1-Unentschieden gegen den HFC Chemie. Der Trainer diskutiert nach dem Schlusspfiff mit den Zuschauern, die von ihm wissen wollen, warum sich die Mannschaft so schwer tut. Auf einem Forum mit fördernden Mitgliedern im Casino spürt Fritzsch wohltuenden Rückenwind. Der Dynamo-Vorsitzende Wolfgang Hänel erklärt, dass der Coach auch künftig auf der Dresdner Trainerbank Platz nehmen wird. Daraufhin gibt es Beifall, Balsam für die Trainerseele.

„11. März 1975 – Päckchen von Lisbeth: 1 Tafel Schokolade, Kekse, Milch, 1 Kleiderstoff"

Walters ganzer Stolz – sein neuer Wartburg 353 vor der Datsche

In der Meisterschaft geht es weiter hoch und runter. Einem 2:3 in Karl-Marx-Stadt folgen ein 5:0-Erfolg gegen Wismut Aue. Abgelöst von einem 1:1 in Zwickau, der Trainer genervt: *„Ließen uns wieder beeindrucken."* Immerhin halten sich die Schwarz-Gelben im Pokal schadlos. Es gelingt ihnen, Oberliga-Spitzenreiter Carl Zeiss Jena auszuschalten (3:1, 0:1) und ins Endspiel gegen Sachsenring Zwickau einzuziehen. Nach den Final-Pleiten gegen die Thüringer von 1972 und 74 tut dieser Triumph extrem gut. Zumal das entscheidende Spiel zum ersten Mal im Berliner Stadion der Weltjugend über die Bühne gehen und dort auch dauerhaft stattfinden soll.

„8. April 1975 – Fuhr zum Forum nach Nickern. Obstbau-PGH. Dort erlebte ich sehr viele negative Fragen – Kreische, Sammer, Ganzera. Ich gab die richtigen Antworten.

20. April 1975 – Jetzt sind laufend Veranstaltungen mit Sowjetmen-

schen – 30 Jahre Beendigung des Krieges u. Faschismus. Die BRD feiert es nicht."

Der B1000 zuckelt über die Autobahn. Walter Fritzsch schreibt an der Charakteristik der nächsten Gegner. Ab und an schaut er aus dem Fenster. Sie passieren Karl-Marx-Stadt. Ende Februar waren hier in der Stadthalle die Olympiakader für Montreal 1976 nominiert worden. Dörner, Wätzlich und der noch immer verletzte Kreische mussten in Uniform erscheinen. Aus den Händen von Manfred Ewald erhielten sie die Urkunde. Gedacht nicht nur als Anerkennung, viel mehr als Verpflichtung. Der Dynamo-Trainer nutzte die Gelegenheit, um mit Bernd Jakubowski zu sprechen. Will den Hansa-Torhüter nach Dresden locken. Ob es klappt?

Nach endlosen dreieinhalb Stunden erreichen sie Erfurt. Mit einem Sieg gegen Griechenland wäre der nächste Schritt in Richtung Olympia getan. Als Walter Fritzsch im Georgi-Dimitroff-Stadion Platz nimmt, beschleicht ihn ein ungutes Gefühl: *„Man spürt es an den Eintrittskarten. Jetzt sitzt man schon am Rande der Tribüne. Früher saß man im Zentrum. Die DTSB-Funktionäre grüßen nicht."*

In der Startformation der DDR-Auswahl steht kein einziger Spieler aus Dresden. Als Reinhard Häfner mitmischen darf, ist die Partie beim Stand von 3:0 bereits entschieden. Schwache Griechen leisten beim 4:0-Erfolg wenig Gegenwehr. Georg Buschner sieht sich bestätigt, die zehn Tage Vorbereitung haben sich gelohnt. Auf der Rückfahrt hocken im Barkas auch Dörner, Häfner und Wätzlich neben Walter Fritzsch. *„Sie waren ruhig."* Er zückt erneut den Stift und widmet sich seinen Unterlagen.

„26. April 1975 – Schrieb Spielauswertung BFC – Dyn. Dresden (1:1). 13:10 Uhr nach Niesky. Trafen bei Dr. Giesela u. Heinz Passehr ein. Sie zeigten uns ihre Wohnung, komplett ein Gedicht. Alles SEHR GUT eingerichtet. Sie bewirteten uns, mehr geht nicht. Zeigte Film – Ajax – Liverpool.

30. April 1975 – Saigon kapitulierte heute. Es ist dort Frieden eingekehrt nach 20 Jahren. Die USA trotz 300 Milliarden Dollar verloren.

1./2. Mai 1975 – 9:30 Uhr und wieder warteten wir 90 Minuten bis zum Aufmarsch. 11 Uhr ging es lo … Abschlussspiel war nicht überzeugend. Kapitänsgespräch. Hier gab es harte Diskussion – weil Rohne wieder für jeden VOLL bei Sieg zahlen will. Ich war dagegen. Es ging hart zu."

Dynamo empfängt Stahl Riesa. Die Elf der Stahlwerker spielt bislang eine grandiose Saison und reist als Tabellenvierter zum Bezirksduell an, punktgleich hinter Dresden! Der späte 2:0-Sieg fällt den Schwarz-Gelben nicht leicht. Der Trainer kritisiert: *„Schwach v. Sturm und MF. Ja, das will H. Rohne voll bezahlen? Dörner gab Gas."*

Die englische Woche findet ihre Fortsetzung in Rostock. Aus diesem Grund reisen die Dresdner schon am Vortag in die Dynamo-Sportschule in Wukensee an, ganz in der Nähe von Wandlitz. Trotzdem sind es von hier am Spieltag noch einmal vier Stunden mit dem Bus bis Rostock. Der Mittwochnachmittag endet mit einer großen Enttäuschung – der frühe Gegentreffer von Joachim Streich entscheidet die Partie. Der Trainer sieht das Minimalziel Meisterschaftsbronze in Gefahr: *„Von uns ein sehr schwaches Spiel. Diese Niederlage wird uns den dritten Platz kosten! Ging gleich ins Bett."*

Der folgende Auftritt versöhnt Walter Fritzsch, zumindest ein wenig. *„Dieses Spiel erinnerte an die gute Zeit! Unterhielt mich mit Dörner."* – notiert er nach dem 2:0 gegen Vorwärts Frankfurt. Am Abend bespricht er mit Käthe nicht nur die Eindrücke vom Spiel. Sie tauschen sich auch darüber aus, was vielleicht kommt. *„Unterhielten uns über unsere Zukunft. Über das Trainerlos. Weil die Leistung nicht mehr kommen wird."* Zumindest über seine Rente muss sich der 54-Jährige keine Sorgen machen. Dynamo-Boss Hänel hat ihm versprochen, es würde alles geregelt. Einen entsprechenden Antrag hatte Walter Fritzsch abgegeben.

Drei Wochen lang haben die Dresdner mal wieder das Gefühl, mit einer Trainings-Hospitation gründlich durchleuchtet zu werden. Eine interne Runde mit Trainerkollektiv, Klubleitung und Mannschaftsarzt Dr. Klein legt fest: *„Nichts dagegen sagen!"* Einen Tag vor dem Jena-Spiel, sportlich der Gradmesser, wo Fritzsch mit seiner Elf am Saisonende landen wird, kommt es zur großen Auswertung. Im Gästeheim sind 24 Personen versammelt, die Analyse kommt für Walter Fritzsch einer Vernichtung gleich:

Nur Bronze – die Ehrung für Platz 3 in der Saison 1974/75 sorgt für wenig Jubel

„Im Großen und Ganzen ging es gegen meinen Trainer-Stil. Er sei nicht methodisch u. nicht individuell. Man nannte uns Heuchler. Wenn wir nicht nach dem Rahmen-Trainingsplan trainieren, sind wir nicht mehr tragbar. Ich sagte, wenn man so dumm ist, soll man mich entlassen. Ich verstehe diese Art nicht."

„17. Mai 1975 – Dyn. Dresden – Jena 4:0. Wir spielten unseren Stil. Alle sind scheißfreundlich zu mir.

20. Mai 1975 – Aussprache mit Rohne + Hänel: Man wollte mir Kreische unbedingt als Einwechsler aufschwatzen. Ich war dagegen. Erst soll er einen Trainingstest durchstehen."

Als Schiedsrichter Adolf Prokop im Leipziger Bruno-Plache-Stadion abpfeift, liegen sich die Dresdner in den Armen. Dynamo gewinnt beim 1. FC Lok mit 2:1 und sichert sich mit nunmehr 7:1-Punkten in Folge eine Runde vor Schluss die Bronzemedaille in der Meisterschaft. Walter Fritzsch fallen zentnerschwere Lasten von der Seele: *„Es war für uns ein verdienter Sieg. BIN FROH – 3. Platz erreicht!!"*

Vor dem letzten Punktspiel in der Oberliga gibt es bei Dynamo nur ein Thema: Kreische! Horst Rohne diskutiert mit Walter Fritzsch, der Trainer mit Dixie Dörner. Alle fragen sich, ob der Langzeitverletzte endlich seine Einsatzchance erhält oder zumindest auf der Bank Platz nehmen darf. Noch am Vormittag unternehmen die Dresdner Spitzenfunktionäre einen letzten Versuch, den Coach umzustimmen: *„Nyffenegger und Scheler machten Musik für Kreische – Kreische will sich abmelden? Ich sagte, sie sollen es nicht genehmigen."*

Gegen Magdeburg geht es sportlich um nichts mehr. Der FCM steht erneut als Meister fest, auch Dynamo hat den dritten Platz sicher. Als sich die Dresdner Spieler vor dem Anstoß aufreihen, um die Bronzeplaketten in Empfang zu nehmen, steht Hans-Jürgen Kreische ganz am Ende und in Zivil. *„Hansi, Hansi!"*, rufen die 33.000 im Chor.

Anstoßen auf die Meisterschaft für Schulkumpel Heinz Krügel 24. Mai 1975

Das Spiel reißt niemanden vom Hocker. Mit dem 1:1 nimmt es einen für beide Seiten versöhnlichen Ausgang. Danach besucht Walter Fritzsch die FCM-Kabine. Er hatte Heinz Krügel vor dem Spiel zur Titelverteidigung beglückwünscht und war von seinem langjährigen Weggefährten zu einem Glas Sekt eingeladen worden. Als die beiden Trainer anstoßen, kann man kaum sein eigenes Wort verstehen. *„Zicke zacke, zicke zacke – hoi, hoi, hoi!“*, grölen und singen die FCM-Kicker aus vollen Kehlen, die Sektflaschen in der Hand. *„War erstaunt, dass die Magdeburger trinken und eine Truppe sind!“* Auf dem Weg ins Casino bekommt Walter Fritzsch von einem Zuschauer einen Strauß mit 22 Rosen überreicht und wird ein ums andere Mal um Autogramme gebeten. Die Stimmungslage der Anhänger beim »Thema Kreische« bleibt ihm nicht verborgen: *„Die Fragen sind sehr unterschiedlich. Ich musste viele Antworten geben.“*

Es wird ein langer Tag. Auf dem Weg nach Hause, gehen dem Coach noch einmal Krügels Worte zur Trainingshospitation durch den Kopf. Offenbar hat Heinz die gleichen Sorgen.

„5. Juni 1975 – Fuhr mit Rohne zur Tagung der SV Dynamo. Foto – Film – Trainingsprozess. Fernsehen: In Island verlor DDR 1:2. Teilte mir D. Fuchs mit, dass mein Rentenantrag genehmigt ist.

6. Juni 1975 – Studierte die Jahresanalyse: Hänel und Rohne stellten bei mir fest – kein Studium, kein wissenschaftliches Training, kein Pädagoge – also, eine Niete!! Ja, so ist das!

8./9. Juni 1975 – Bin gespannnt, wie sich die Benzinsituation klären wird. Wird jetzt nur noch mit der Eisenbahn gefahren? Ebenso unsere Auslandsschulden? Buschner versuchte in den Zeitungen die schwache Form uns in die Schuhe zu schieben.“

Für die DDR-Fußballgemeinde steht fest, das Pokalfinale sieht mit Dresden einen haushohen Favoriten. Kaum jemand weiß um die tatsächlichen Sorgen an der Dr.-Richard-Sorge-Straße. Der Gewinn des FDGB-Pokals wäre die Rettung einer schwierigen Dynamo-Saison. Drei Tage vor dem Endspiel setzt Walter Fritzsch ein Trainingsspiel an. Im Stadion der Weltjugend verliert sein Kollektiv gegen den BFC Dynamo sang- und klanglos mit 1:5. *„Oh, oh – es sieht sehr schlecht aus! Wir kommen nicht weiter.“* Immerhin endet das simulierte Elfmeterschießen mit einem 6:5 für die Schwarz-Gelben.

Im Gespräch mit Dr. Dieter Fuchs (SV Dynamo) erhält der Trainer der Dresdner eine gutgemeinte Warnung: *„Ich soll nicht mehr sofort reagieren. Ja, er hat recht. Werde es machen!!“* Am nächsten Tag steht in der Berliner Dynamo-Zentrale die Jahresanalyse an. *„Ich sprach nur nach dem Mund. Natürlich werde ich mich nach dem RTP* (Rahmen-Trainingsplan) *und ITP* (Individueller Trainingsplan) *richten. Waren mit meinem Diskussionsbeitrag sehr zufrieden.“*

Am Abend gibt es die nächste Aussprache mit Kreische. Will der Trainer etwa einlenken oder spürt er, dass er den Torjäger unter Umständen bringen muss?

Das Stadion der Weltjugend ist bis auf den letzten Platz gefüllt. Dynamo steht zum vierten Mal seit 1971 im Endspiel. Vor dem Anstoß traben die Dresdner zu ihren Fans, die geben sich siegessicher. Die Spieler haben eine Extraprämie avisiert bekommen, 1.000 Mark pro Nase, wenn der Pokal nach Dresden geht. Doch

Gruppenfoto vorm Pokalfinale im Stadion der Weltjugend – Fritzsch im neuen Anzug. Ganz rechts: Trainerkollege Kluge aus Zwickau

Zwickau erweist sich als hartnäckiger Kontrahent. Als Heidler den Ball in die Maschen hämmert, gleicht Schykowski für die Westsachsen postwendend aus – 1:1. Dabei bleibt es. Verlängerung! Hans-Jürgen Kreische macht sich da schon längere Zeit warm und denkt: *„Irgendwann muss er mich ja bringen!"* Doch Fritzsch denkt gar nicht daran, zumal Frank Richter zum 2:1 für Dresden trifft. Daraufhin stellt Kreische seine Übungen ein.

Es läuft die 119. Minute. Dietzsch tanzt nahe der Seitenlinie Geyer aus und flankt. Nestler schlenzt den Ball an Boden vorbei ins Tor – 2:2! Auf der Dynamo-Bank bricht die Panik aus: *„Hans, mach Dich fertig!"* Doch Kreische, der in der Kurve stehend, alles aus dem Augenwinkel beobachtet hat, murmelt etwas vor sich hin und winkt ab. Dann pfeift Schiedsrichter Einbeck schon ab. Zu spät für eine Einwechslung des Strafstoß-Spezialisten. Dafür bekommt das erste Elfmeterschießen in der DDR-Pokalgeschichte einen würdigen Helden. Jürgen Croy bleibt im Duell mit Gerd Weber Sieger, hält auch den Schuss von Dixie Dörner. Blankes Entsetzen bei den Dynamo-Fans, Zwickau kann mit dem fünften Strafstoß die Sensation perfekt machen. Wer aber wird schießen? Noch steht kein Feldspieler bereit. Plötzlich vibriert die Stimme von Rundfunkreporter Wolfgang Hempel: *„Es ist Croy! Croy schießt selbst!"* 55.000 halten den Atem an, und erleben einen der größten Momente im Ostfußball.

„15. Juni 1975 – 9:30 Unterhielten uns über diese Niederlage. Schrieb ununterbrochen Kritik. Fernsehen: Sah das Strafstoßschießen. Immerhin verlor ich 1.000 Mark durch diese Niederlage."

Nicht nur in Dresden fliegen die Fetzen. Durch die Finalniederlage nehmen die Schwarz-Gelben in der kommenden Saison nicht im Cup der Pokalsieger, sondern am UEFA-Cup teil. Schnappen so dem BFC Dynamo als Oberliga-Vierten den bei der SV Dynamo fest eingeplanten Platz im Europapokal weg. Stasi-Boss Erich Mielke schnaubt vor Wut, die BSG Sachsenring auf internationaler Bühne? Das ist ja wohl ein Witz, am liebsten würde er die Zwickauer gar nicht bei der UEFA melden lassen.

Der Urlaub beginnt für das Ehepaar Fritzsch auch in diesem Jahr an der Ostsee. Gleich am ersten Tag besuchen sie den FC Hansa – nicht ohne Grund. Genau zehn Jahre zuvor hatten sie sich hier verabschiedet. Käthe vom Stadion-Club, Walter von der Mannschaft. Die Überraschung gelingt und der Empfang fällt ausgesprochen herzlich aus. Natürlich spricht man sich zuallererst Trost zu und zeigt Mitgefühl. Sowohl Hansas Abstieg aus der Oberliga als auch das verlorene Pokal-Finale schmerzen noch immer. Bei Kaffee und Kuchen erinnern sie sich natürlich auch an die alten Zeiten. *„Käthe gab Runden aus. Ich soll wieder zum FC Hansa kommen."*

„20. Juni 1975 – Rostock. Diskussion Dieter Schneider nach Dresden, aber er kann nicht von sich aus sich abmelden. Fuhren nach Warnemünde. War bei E. Timm – 1. Sekretär Bezirksleitung-Rostock. Es ging um Fußball, eventuell 1976/78 in Rostock. Ist nicht abgeneigt. Dieter soll in Rostock bleiben.

21. Juni 1975 – Wollte mich Timm abholen lassen, kam ein Brief von ihm. Warum? Keine Zeit."

Ende Juni lässt Horst Rohne den Coach aus dem Urlaub zurückholen. Mit der Begründung, die Auswahlspieler müssen sofort mit dem Training beginnen. Dabei geht es um die Ablösung von Fritzsch, die scheint beschlossene Sache. Am Tag vor dem Krisengipfel erhält der Dynamo-Coach unangemeldeten Besuch.

„6. Juli 1975 – Überraschung: Energie Cottbus war bei mir. Wollen mich haben beim Aufsteiger in die Oberliga. Teilten mir mit, dass am Montag das Gespräch mit der Bezirksleitung stattfindet. Ich soll abgelöst werden. Informierte D. Fuchs über die Sitzung morgen, er weiß von nichts."

Hans Modrow bittet alle Beteiligten an einen Tisch. Beim 1. Sekretär der SED-Bezirksleitung erscheinen alle Dynamos, von Hänel und Rohne, über Fritzsch und Prautzsch bis hin zu Dörner, Ganzera, Geyer, Richter oder Sachse. Zum Auftakt überrascht Modrow mit einer Feststellung: *„Ihr habt mit Euren Leistungen selbst die Vorgabe hoch gesteckt, sie dann aber nicht mehr erfüllt!"* Walter Fritzsch folgt den Ausführungen seiner Mitstreiter mit einer gehörigen Portion Misstrauen. *„Ich spürte, dass man versuchte, mich teils zu belasten."* Die Vorwürfe treffen fast ausschließlich seine Person. Für Fritzsch keine Überraschung, natürlich haben ihn seine Quellen längst informiert, was er in der Runde zu erwarten hat. Als er das Wort ergreift, gibt er zunächst zu: *„Ja, ich habe keine Diskussionen zugelassen. Und gut, ich müsste weniger trainieren, Kumpel sein, keine Strafen aussprechen."* Anschließend will er wissen, ob sich der Erfolg dann von selbst einstellt? Modrow moderiert die Runde sachlich und souverän zu Ende. Er weiß, welche Bedeutung eine erfolgreiche Dynamo-Mannschaft für die Stadt und den Bezirk Dresden hat. Gute Stimmung und hohe Arbeitsproduktivität in den Betrieben stellen sich nur ein, wenn die Schwarz-Gelben gewinnen! Zum Schluss bittet der erste Sekretär den Cheftrainer noch kurz zum Vier-Augengespräch. *„Was ist mit Cottbus?"* – will er wissen und

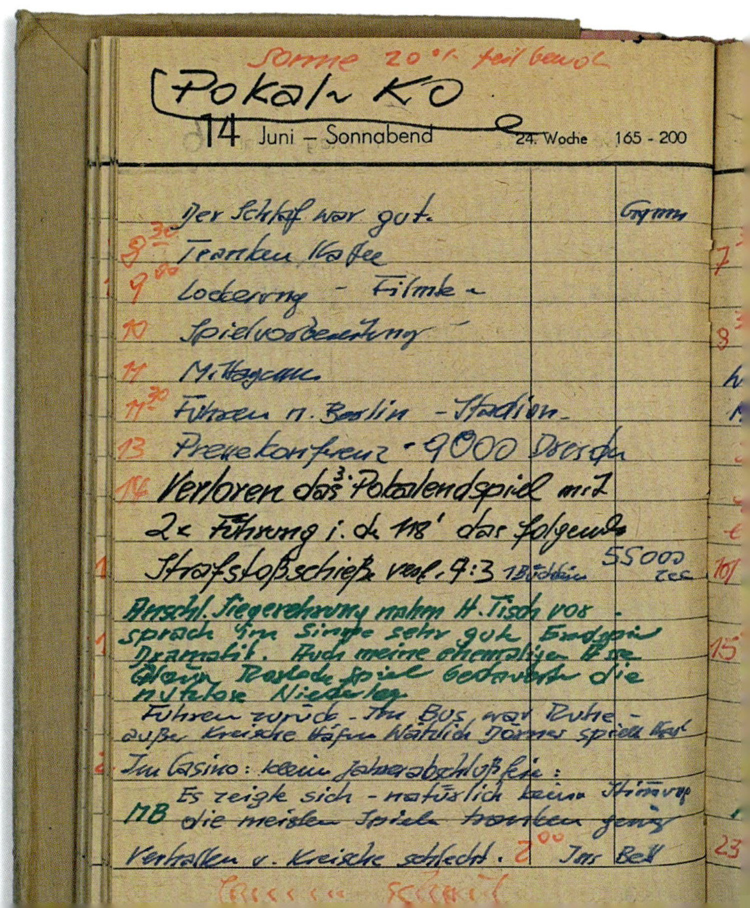
Sonne 20° teil bewölkt
Pokal – KO
14 Juni – Sonnabend 24. Woche 165 - 200
Der Schlaf war gut.
8.30 Trinken Kaffee
9.00 Lockerung – Filme –
10 Spielvorbereitung
11 Mittagessen
11.30 Fahren n. Berlin – Stadion
13 Pressekonferenz – 9000 Dresden
14 Verloren das 3. Pokalendspiel mit 2x Führung i. d. 118' das folgende Strafstoßschießen verl. 4:3 [illegible] 55000 Zsch.
[illegible]
Fahren zurück – Im Bus war Ruhe – [illegible]
Im Casino: kein Jahresabschluß [illegible]
Es zeigt sich – natürlich [illegible]
Verhalten v. Kreische schlecht. 2.00 Ins Bett

Ostseebad Baabe, Sommer 1975 – Dixie Dörner (l.) lässt schon wieder die Bälle fliegen

DIE typische Geste für Fritzsch

fragt nach: „*Genosse Fritzsch, würdest Du in Dresden bleiben?*“ Der Angesprochene muss nicht lange überlegen und notiert am Abend: „*Ich sagte ihm meinen Standpunkt!*“

„9. Juli 1975 – Schrieb RTP-Vorgaben. Käthe im Tele-Lotte gewonnen. 3. Rang – 39,50 Mark

10. Juli 1975 – Teilte mir Oberst Gasch (SV Dynamo) mit, dass ich als Trainer für Dresden bleibe. Aber: Nur nach RTP arbeiten. Eine Aussprache wird später im August stattfinden.“

Für Dresdens Klubchef Wolfgang Hänel gibt es keine Aussprache mehr. Er muss als Sündenbock für das verlorene Pokal-Endspiel herhalten. Abgeschossen wird Hänel von Erich Mielke und nun endgültig durch Horst Rohne ersetzt. Der ehemalige Schlussmann hat sich zum linientreuen Funktionär entwickelt und gilt nicht unbedingt als Freund von Walter Fritzsch. Hält ihn nicht gerade für einen Pädagogen, zudem würde seinem Training die wissenschaftliche Grundlage fehlen.

„14. Juli 1975 – Parteigruppenversammlung. Teilte Hänel mit, dass er ab 1.8.75 eine neue Stelle übernimmt.

17./18. Juli 1975 – 17 Uhr Kopplung Sojus 19 – Apollo ist perfekt. Pressekonferenz im All gemeinsam mit Kosmonauten und Astronauten.

30. Juli 1975 – Verabschiedung des Gen. Hänel. Ablösung. So schnell geht es. Rohne Vorsitzender.“

Die Genossen in der Bezirksverwaltung für Staatssicherheit, HA XX, haben offenbar einen ähnlichen Blick auf die Dinge. Im Protokoll vom 1. August 1975 beschäftigt man sich sehr ausführlich mit der Trainer-Personalie: „*Walter Fritzsch gilt als ausgesprochener Praktiker, als harter und strenger Mann, der von sich selbst, aber auch von der Mannschaft sehr viel fordert. Beim Europacup-Treffen 1973 in München, als ihm mehrere Trainer-Angebote gemacht wurden, ließ er keine Zweifel aufkommen, wo sein Platz ist. Zweifellos hat Walter Fritzsch, der eine riesige Erfahrung und einen ausgeprägten Sachverstand besitzt, und stets ein Vertreter des technisch akzentuierten Fußballs war, entscheidenden Anteil am Leistungsaufschwung der Dresdner Dynamo-Elf. Obwohl er bei seinem Amtsantritt beim größten Teil der Mannschaft auf Ablehnung stieß (sie fürchtete seine Härte und seine Konsequenz), setzte er sich durch, gewann das Vertrauen des Kollektivs, führte es in kurzer Zeit in die DDR-Spitze und verschaffte der Mannschaft im In- und Ausland einen ausgezeichneten Ruf. An der erstmaligen WM-Teilnahme der Nationalmannschaft hat er ebenfalls einen Anteil. Von seiner Dynamo-Elf waren die Spieler Kreische, Sammer, Wätzlich, Dörner und Ganzera daran nicht unbeteiligt.*

Kommen wir auf seine schwachen Seiten zu sprechen. Neben einer ausgeprägtem Portion Eigensinnigkeit, Unbeugsamkeit – vielleicht sogar Engstirnigkeit, liegen seine größten Schwächen im pädagogischen und psychologischen Bereich. Er ist empfindlich gegen offene Worte aus der Mannschaft und wohl auch nachtragend. Als »XX« vor gut zwei Jahren in einer Mannschaftssitzung gegen ihn auftrat, tauchte er danach ein Jahr lang nicht mehr im Oberliga Kollektiv auf. Meines Erachtens hemmten gerade diese menschlichen Schwächen von Walter Fritzsch die Persönlichkeitsbildung innerhalb der Mannschaft, die in den zwei letzten Jahren stagnierte, gar eine rückläufige Entwicklung erkennen lässt. Und daran hat Walter Fritzsch wohl in erster Linie mit Schuld. Er verstand es, die Mannschaft über einen gewissen Zeitraum zu begeis-

tern, mitzureißen. Aber, um sie jetzt noch weiter zu stimulieren, ihr neue Impulse zu verleihen, daran mangelt es wohl bei ihm. Dazu haben sich vor allem die Fronten zwischen ihm und einem Großteil der Mannschaft zu sehr verhärtet, vor allem mit »X«, »Y« und »Z«, die aufgrund ihres Könnens innerhalb des Kollektivs eindeutig den Ton angeben, hat sich das Verhältnis spürbar verschlechtert. Walter Fritzsch verstand es leider nicht, diese drei, die menschlich ohnehin nicht leicht zu nehmen sind, vor seinen Karren zu spannen, sie zu Persönlichkeiten zu formen, zu seinen Vertretern während des Spiels zu machen. Dies geschah sicherlich keineswegs aus Absicht heraus, es zeigt aber die Grenzen bei Walter Fritzsch auf. In punkto geschickter Menschenführung, Einfühlungsvermögen den Spielern gegenüber, die durch Wärme, Anteilnahme, vor allem aber durch Verständnis sicherlich zu beeinflussen sind, hat er offensichtlich in den letzten zwei Jahren regelrecht versagt oder, milde ausgedrückt, grobe Schnitzer gemacht. Ich denke nur an das Pokalfinale gegen Zwickau. Dort ließ er Kreische außerhalb des Spielfeldes 40 Minuten lang warm machen und setzte ihn doch nicht ein. „Dass ich den Kasper (gemeint ist Fritzsch) dann sitzen lasse, als er mich zwei Minuten vor Schluss der Verlängerung für das Elfmeterschießen einwechseln will, kann mir wohl keiner verdenken", so Kreische. Er äußerte diese Worte in aller Öffentlichkeit. So ganz unrecht hat er nicht, immerhin ist er kein kleiner Auswechselspieler, sondern eine Persönlichkeit – wenn auch mit allen Vorzügen und Schwächen. Offensichtlich mangelt es Walter Fritzsch in der jetzigen Situation am nötigen Fingerspitzengefühl im Umgang mit der Mannschaft, die bei den vorhandenen Potenzen und dem hochveranlagten Spielermaterial durchaus das Zeug dazu besitzt, wieder zur absoluten Klubspitze vorzustoßen. Ob mit ihm? Ich glaube vielmehr, die Zeit von Walter Fritzsch dürfte in Dresden abgelaufen sein. Er verdiente es jedoch ohne Zweifel, dass ihm ein ehrenvoller Rückgang ermöglicht würde. (gez. IM)"

„1. August 1975 – Fuhr mit Rohne zum DFV. Dort mussten wir Vorbereitung UEFA-Cup verteidigen. Es dauerte 30 Minuten! Sinnlos! Unterhielt mich mit Krügel, Heinz. Er meint, sie brauchen uns.

18. August 1975 – Cooper-Lauf trotz Regen. Wätzlich will Schluss machen. Unterhielt mich mit Rohne wegen Wätzlich."

Dynamo grüßt nach drei Spielen von der Tabellenspitze, Walter Fritzsch merkt es daran, wie man ihm nach dem 5:1-Erfolg über den BFC begegnet: *„Mich begrüßte Krolikowski. Jetzt wollen alle gratulieren.“* Für den Trainer sind andere Dinge wichtiger. Er sucht eine neue Nummer 2 im Tor. Muss nach der plötzlichen Abschiedsankündigung von Wätzlich und der schweren Verletzung von Christian Helm (Schienbeinbruch) auch Alternativen für die Außenverteidiger finden. Fritzsch hat dafür Klaus und Matthias Müller im Blick. Das Mittelfeld – *„Stabiler als im Vorjahr“* – und den Sturm – *„Können Ausfälle ersetzen“* – sieht er derzeit frei von Handlungszwängen. Die Permanent-Kontrolle in der Vorbereitung durch wöchentliche Hospitationen (Wissenschaftliches Zentrum bzw. Verbandstrainer) nimmt der Dresdner Coach inzwischen klaglos hin.

„1. September 1975 – Athletik-Training mit 6 Sportfreunden, 7 Spfr. bei der Auswahl. Beim Landeanflug explodiert eine TU 134 auf dem Flughafen in Leipzig. 22 Tote, 6 Schwerverletzte.“

Der Europapokalauftakt führt die Dresdner nach Siebenbürgen. In Tîrgu Mureș (deutsch: Neumarkt am Mieresch) treffen die Dynamos mit dem frisch gewonnenen Selbstvertrauen von vier Siegen in fünf Spielen auf eine Mannschaft, die ebenfalls die nationale Meisterschaft anführt und von 20.000 Anhängern lautstark unterstützt wird. Aber auch ein paar Dynamo-Anhänger haben den Weg nach Tîrgu Mureș gefunden und werden mit einem abwechslungsreichen Spiel belohnt. Das 2:2 eröffnet den Schwarz-Gelben für das Rückspiel alle Chancen. Für den Trainer ist das Ergebnis überhaupt kein Grund für irgendwelche Extratouren: *„Sah mir im Fernsehen Real Madrid gegen Dinamo Bukarest an. Spaziergang der Truppe auf der Terrasse. Erwischte Schmuck bei einer Flasche Bier.“*

Der Dynamo schnurrt weiter. Gegen Chemie Leipzig (5:0) erlauben sich die Dresdner sogar den Luxus, gleich zwei Strafstöße zu verschießen. Sowohl Hans-Jürgen Kreische als auch Reinhard Häfner scheitern an Siegfried Stötzner. Das Rückspiel gegen Tîrgu Mureș wird zum Abend des Gert Heidler. Der Flügelflitzer trifft dreimal und besiegt die rumänischen Gäste fast im Alleingang. Walter Fritzsch zeigt sich vergnatzt, hat die geplante Ablösung nicht vergessen: *„4:1. Es war von uns ein gutes Spiel. Jetzt kommen wieder alle und wollen mir gratulieren.“*

„2. Oktober 1975 – Buschner bestätigte mir, dass man mich abschieben wollte. Auch vom DTSB, weil ich nicht studiert habe.“

Dynamo muss an die Jahnbaude und Dresdens Coach wird von einem Spieler mit einem breiten Grinsen empfangen: *„Hallo, Herr Fritzsch, so schnell sieht man sich wieder!“* Klaus Havenstein demonstriert in der Folge eindrucksvoll, warum ihn Walter Fritzsch auf dem Zettel hatte. Böhlen zwingt den Oberliga-Spitzenreiter in die Verlängerung und gibt sich erst nach 120 Minuten mit 1:2 geschlagen. Für den Trainer ist der knappe Ausgang kei-

Wochenauftakt in der Dresdner Heide – hier mit Frank Richter

ne Überraschung: *„Wie vorausgesagt, hatte vor Überheblichkeit gewarnt!“* Dem 2:2 bei Titelverteidiger Magdeburg folgt ein 5:1 gegen Wismut Aue. Der Trainer mahnt trotz der Siegesserie und nimmt sich selbst in die Pflicht: *„Ich musste höllisch aufpassen, dass die Ergebnisse nicht ins Negative rutschen.“*

Im Budapester Nép-Stadion knüpft Gert Heidler dort an, wo er gegen die Rumänen aufgehört hatte. Die 2:0-Pausenführung gegen Honved Budapest geht auf sein Konto. Nach neunzig Minuten steht es wie im Auswärtsspiel der ersten Runde 2:2. *„Zur Halbzeit machte ich darauf aufmerksam – klar zu bleiben.“*

„29. Oktober 1975 – Olympia: DDR – Griechenland 1:0. Von uns vier Aktive dabei.“

Beim Rückspiel zweifelt niemand der 34.000 nach den ersten 45 Minuten der Partie über deren Ausgang. Dixie Dörner hat die Schwarz-Gelben in Führung gebracht. Mit dem Seitenwechsel geht es deutlich ruppiger zu, insgesamt achtzigmal muss der sowjetische Schiedsrichter Kasakow Freistoß pfeifen. Ab Minute 58 geht es weniger um Fußball: *„Alle waren überrascht, dass Dörner – als bester Spieler – ein Revanchefoul beging, das mit Platzverweis für beide Hähne bestraft wurde. Es kam Hektik auf beiden Seiten auf.“* Doch das 1:0 reicht zum Weiterkommen.

Die Glücksgöttin meint es nicht besonders gut mit den Dresdnern. Dreimal stöhnen die Dynamo-Spieler in der Europapokal-Saison 1975/76 nach ASA Tîrgu Mureș und Honved Budapest nun also Torpedo Moskau – wieder eine Ostblock-Reise, die sind nicht unbedingt nach ihrem Geschmack.

„10. November 1975 – Wahlversammlung: Sie war optimistisch. Neue Leitung – zu sehr Erfolg. Es gab wenig Kritik. Man lobte meinen Beitrag – weil ich ebenfalls nur lobte!

12. November 1975 – Jena – Dyn. Dresden 1:1. Von uns gutes Spiel. Verloren die Tabellenspitze an Lok Leipzig.“

Mit Dr. Dieter Fuchs bildet Walter Fritzsch inzwischen ein eingespieltes Duo. Im bitterkalten Zentralstadion von Kiew filmen sie beim Spiel der Dynamo-Elf gegen Torpedo Moskau (3:0) abwechselnd. Parallel notiert Dresdens Trainer fleißig das Gesehene. *„Auch diese Truppe bot nicht alles“* – lässt er sich vom Ergebnis nicht blenden. Dynamo Kiew ist als Titelverteidiger auf dem besten Weg, erneut Meister zu werden, dazu haben die Ukrainer den Pokal und im Frühjahr auch den Europacup der Pokalsieger gewonnen. Nach dem Spiel sind die beiden Beobachter im Hotel »Dnepr« gefordert. Bei einem Forum mit Musikern der Dresdner Philharmonie, stellt Fritzsch fest: *„Es geht nur um König Fußball!“*

Die Diskussion um den Dresdner Trainer scheint zum Ausklang des Jahres 1975 offenbar kein Thema mehr. Walter Fritzsch hat mit Dynamo scheinbar die Kurve bekommen. Mit ihren Leistungen und Ergebnissen in Meisterschaft und Europapokal sind die Schwarz-Gelben zurück an der Spitze im DDR-Fußball. Das hat auch Auswirkungen auf die Olympiaauswahl.

Dank seiner tollen Auftritte auf internationaler Bühne feiert Gert Heidler sein Debüt in der Buschner-Elf. Nach dem 1:1 beim kommenden Europameister ČSSR in Brno kann sich der Angreifer plötzlich Hoffnungen machen, im Sommer 1976 die Olympischen Spiele zu erleben. Ähnlich geht es dem anderen Flügelflitzer. Dieter Riedel überzeugt in der dritten Runde des UEFA-Cups mit zwei Treffern gegen Torpedo Moskau. Das Tor zum Viertelfinale steht weit offen.

„26. November 1975 – Dyn. Dresden – Torpedo Moskau 3:0. Ja, jetzt gratulieren alle. Viele Fans zerren an mir herum.“

Ohne den gesperrten Libero Dörner fliegen die Dresdner mit einer Regierungsmaschine zum Rückspiel. Nach einem Zwischenstop in Kiew geht es auf die Krim. Statt Moskau also Simferopol, in der Dynamo-Delegation weiß Walter Fritzsch am besten, was ein normaler Winter in der Hauptstadtregion an Temperaturen bietet, deshalb die Verlegung. Ob Zufall oder nicht, die Fußballer aus der DDR übernachten im Hotel »Moskau«. Beim Training unter Flutlicht, das Thermometer zeigt null Grad, gefällt dem Coach die Einstellung nicht: *„Die Stimmung ist nicht bissig.“* Am Abend sitzt er in kleiner Runde mit den Journalisten Rainer Nachtigall (Sport-Echo) und Uwe Grandel (DDR-Fernsehen), behält seine Eindrücke aber für sich.

„Dynamo, Dynamo!“ – werden die Spieler vor dem Anstoß von rund 300 Dresdner Schlachtenbummlern begrüßt. Nach 45 Minuten sind deren Rufe verstummt, ihre Lieblinge liegen mit 0:2 zurück. Der Trainer weiß auch warum: *„Die von mir festgelegte Marschroute wurde ignoriert. Stattdessen waren alle vor unserem Tor versammelt. In der Halbzeit musste ich einiges klar machen, drohte einigen Spielern.“*

Dynamo agiert nun zielstrebiger, hält dagegen und wieder gelingt Dieter Riedel ein ganz wichtiges Tor. Sein Anschlusstreffer bricht die Moral der Torpedo-Elf, die in den verbleibenden zwanzig Minuten aus dem 2:1 ein 5:1 machen müsste, um weiterzukommen. Einmal noch muss Torhüter Boden die Kugel aus dem Netz fischen. Dresden steht nach dem 1:3 im Viertelfinale.

Den Rückflug nutzt Walter Fritzsch zur Auswertung des im Vergleich zum Hinspiel völlig konträren Auftritts: *„Diskutierte mit den Spielern die reale Einschätzung, haben Glück habt.“* Für ausreichend Zeit bei der Nachbearbeitung sorgt der Nebel in Dresden. So landet die Maschine mitten in der Nacht in Berlin und nach 45 Minuten Wartezeit werden die Dynamos im »Ikarus« nach Hause gefahren. Um 6:30 liegt Walter Fritzsch endlich im Bett.

„1. Januar 1976 – Das vergangene Jahr war in meiner Arbeit bis zum 16. Juni 1975 mit viel Hektik verbunden. Man wollte mich entlassen. Juli bis 21.12.75 Herbstmeister, UEFA-Cup Viertelfinale, FDGB-Pokal Halbfinale. Und nun ist alles bei mir richtig. Nun hoffe ich, dass mir der große Wurf gelingen möge. Für die neue Saison 1976/77 ist für mich noch nichts klar. Denn man muss damit rechnen. Wenn es nicht gelingt, wird man mich sowieso entlassen.“

Das Wetter im Olympiajahr präsentiert sich zu Beginn wie ein testosteron-gesteuerter Teenager. Orkanböen fegen die Ziegel von den klapprigen Dächern und verbiegen Fernsehantennen. Auf dem Fichtelberg werden Sturmspitzen von 216 km/h gemessen. Ganz erheblichen Flurschaden vermerkt auch Walter Fritzsch: *„Der Orkan vernichtet unsere Trainingshalle.“*

„3. Januar 1976 – Familie Gerhard Fritzsch – Dieter und Gattin – besuchten uns aus Zwickau kommend mit Audi. Es wurde sich unterhalten. Nur familiär. Käthe verpflegte mit Sekt, Cognac, Mittagessen. Kaffeetrinken. Schenkte 1 Stollen, 2 Frühstückplatten m. 2 Gläsern, 2 Dynamo-Wimpel – 2 Biergläser = 66 Mark. Erhielten 20 Mark West, Rasierwasser, Kölnisch Wasser.

9. Januar 1976 – Fuhren mit Kollektiv nach Klotzsche, Clubhaus. Forum mit Tanzveranstaltung. Spieler + Frauen. Ich musste viel beantworten. Leider zeigte es sich wieder – Kreische trinkfest.“

Dresden wartet auf das große Los. In der Sendung »Sport Aktuell« werden die vier Filmrollen im Glasbehälter noch einmal umgerührt. Dann steht fest, Dynamo muss im Pokal-Halbfinale gegen den 1. FC Lok zuerst in Leipzig ran. Tage später sind die Schwarz-Gelben wieder im Lostopf, diesmal mit deutlich prominenteren Partnern wie dem FC Barcelona oder AC Mailand. Es sind die besten acht Mannschaften im UEFA-Cup und gleich die erste Paarung bringt das Wiedersehen mit dem FC Liverpool! *„Eine sehr reizvolle Aufgabe“* – urteilt Hans-Jürgen Kreische. Der Torjäger sitzt neben Walter Fritzsch, eingeladen sind sie zum Forum im VEB BMK Kohle und Energie.

Unauffällig aber stets wachsam – der kleine General

Hier stimmt die Disziplin – Helm, Kotte, Kreische, Heidler

„7./8. Februar 1976 – Olympia. Gold: Aschenbach, Silber: Danneberg. Zweierbob, Gold: DDR. 13:30 Uhr in Erfurt: RW Erfurt - Dyn. Dresden 1:0. Schwaches Spiel von uns. Gratulation Richard Hofmann – 70 Jahre. Olympia: Silber 1.500m Eisschnelllauf Mitscherlich – Dresden.

11. Februar 1976 – Halbfinale: FC Lok - Dynamo 1:1. Leider verloren wir die Linie. Olympia – Eiskunstlauf, Männer – Hoffmann 4. Der Wandteppich ist fertig und hängt.“

Mit seiner Frau Käthe bespricht der 55-Jährige in dieser Zeit oft die Pläne für ihre Zukunft. Gar nicht so einfach im Trainer-Beruf, wo das wann und wo der nächsten Station nur schwer abzuschätzen ist. Zum Auslöser für den regelmäßigen Gedankenaustausch wurde der erneute Besuch dieses Herren aus Cottbus, der bereits im vergangenen Sommer den Kontakt zu ihm gesucht hatte. Nun steht er wieder auf der Grunaer Straße vor ihrer Tür: *„Herr Fritzsch, wir haben nach wie vor Interesse!“* Walter Fritzsch kann und will ihm nichts versprechen. Was wird mit Dynamo? Schließlich sind sie auf einem guten Weg! *„Walter, vielleicht ist es auch mal vorbei. Irgendwann muss ja auch mal Schluss sein! Du wirst Dich daran gewöhnen!“* – wirft Käthe ein. In seinem Kopf spukt ihre Idee herum, sich eine Datsche oder ein Wochenendgrundstück zuzulegen. Für die Zeit danach oder schon recht bald? Dann müsste es etwas Passendes in Dresden oder in der näheren Umgebung sein. Schon Anfang Februar stehen sie mit einem Bekannten in Doberschau. *„Sie wollen es uns komplett bauen!“* Doch siebzig Kilometer für eine Strecke sind kein Pappenstiel. Also suchen sie weiter.

Am 20. Februar 1976 geht es für eine Woche zur Spielbeobachtung nach Liverpool: *„Mister Robinson holte uns vom Flughafen ab.“* Ein Hotelzimmer mit Bad und Buntfernseher gehört zu den unvergesslichen Eindrücken dieser Tage, ebenso das großartige 2:0 der »Reds« gegen Newcastle. Walter Fritzsch wird danach um ein Interview gebeten, gemeinsam mit Dr. Dieter Fuchs besichtigt er die Trainerkabine, um sich mit dem Manager auszutauschen: *„Sie spielen ein 4-4-2. Sehr gute Disziplin, wenig Training.“* Am Abend werden die Ostdeutschen auf einen Drink eingeladen. *„Ich trank 4 Martini.“* Am nächsten Morgen geht es dem Dresdner Trainer gar nicht gut. Sie fliegen weiter nach London. Erst jetzt erfährt er vom 4:3-Erfolg seiner Mannschaft beim BFC Dynamo. Walter Fritzsch gönnt sich einen Mittagsschlaf, sein Magen erholt sich und dann staunt der Trainer für den Rest des Tages. In jedem Park wird Fußball gespielt, die U-Bahn-Fahrt ist ein Erlebnis, gar nicht zu reden vom Schauspiel der Wachablösung, dazu Tower-Bridge, Regierungsviertel oder Yachthafen. Ein Angestellter der DDR-Botschaft zeigt ihnen auch die wuchtigen Bankgebäude, Ladenstraßen und, natürlich, Downing Street. *„War im Chinesen-Indien-Viertel, filmte auch Sex-Shop, Obst- und Gemüsemarkt und Kleidermarkt. Unterhielten uns mit dem Botschafter über unsere Arbeit.“*

Fußballerisch warten mit West Ham United gegen Leeds United (1:1) – *„Wieder rassiges Spiel. Durften in beiden Spielen nicht filmen. Dafür benötige ich eine Extra-Genehmigung. Wir erlebten nach dem Spiel eine Straßenschlacht, die Bobbies auf Pferden. Verhaftung der Fans.“* – und Arsenal gegen Liverpool (1:0) die nächsten Leckerbissen. Drei Spiele in vier Tagen!

Über Brüssel geht es mit drei Stunden Verspätung nach Prag, über den Wolken schreibt der Trainer seine Spielbeobachtung. Als sie wieder festen Boden unter den Füßen haben, müssen sie feststellen, dass der Fahrer aus Dresden bereits wieder weg ist. Dabei hatte der Trainer gehofft, rechtzeitig zum Halbfinal-Rückspiel in Dresden zu sein. Daraus wird nun nichts mehr. Also, noch einmal in die Luft, von Prag nach Berlin. Mit der S-Bahn fahren sie zu Dieter Fuchs nach Hause, der ganz schnell die weitere Reisedisposition regelt: *„Walter, Du kannst bei mir übernachten, der Fahrer kommt morgen früh."* Am Abend unterrichtet Walter Fritzsch seine Frau und erfährt von ihr am Telefon, dass Dynamo gerade im Pokal ausgeschieden ist. Nach einer 1:3-Heimpleite gegen den 1. FC Lok – aus der Traum vom Pokalendspiel!

„3. März 1976 – Unterhielt mich mit Zuschauern. Immer wieder alte Trainer weg. Junge ran, auch im Trainerrat bis 31.12.76. UEFA-Cup: Dresden - Liverpool 0:0. Sah mir Celtic Glasgow - Zwickau an, 1:1. Hervorragend!"

TV-Spaß – gesucht wird das Hutgesicht von Dynamo. Wählen Sie selbst...

Was Walter Fritzsch beim Plausch mit den Dynamo-Anhängern nicht wissen kann, am Vortag hat sich seine sportliche Zukunft offenbar schon entschieden. In einem Schreiben an Minister Mielke informiert Oberst Eggebrecht (SV Dynamo): *„Unser Vorschlag geht dahin, den Genossen Walter Fritzsch mit Beendigung der Spielserie 1975/76 von der Funktion des Cheftrainers abzuberufen. An seine Stelle soll der bisherige Assistenztrainer, Genosse Hauptmann der VP Prautzsch, Gerhard, treten, der mit dem Erwerb der Qualifikation Diplom-Sportlehrer, dem Besuch der Bezirksparteischule sowie vierjähriger Tätigkeit als 2. Trainer der Oberliga über den genügenden Erfahrungsschatz und die ausreichende Qualifikation als Oberliga-Trainer verfügt."*

In der umfangreichen Begründung dieses Vorschlags werden alle bekannten Vorbehalte gegenüber Fritzsch aufgeführt, dem im Ergebnis abgesprochen wird, den modernen Anforderungen gerecht zu werden. Trotzdem scheint man sich bei der SV Dynamo nicht sicher: *„Da die Abberufung des Genossen Fritzsch eine Kadermaßnahme sein wird, die in der Öffentlichkeit umstritten sein dürfte und Genosse Fritzsch ein außerordentlich verdienstvoller Trainer im DDR-Fußballsport ist, hält es das Büro der Zentralen Leitung für notwendig, Sie, Genosse 1. Vorsitzender, darüber zu informieren und um ihre Meinungsäußerung zu bitten.*

Bisher war es unsere Absicht, dem Genossen Fritzsch anzubieten, als Trainer ohne Trainingsgruppe beziehungsweise als Berater des Trainerkollektivs der SG Dynamo Dresden zu verbleiben. Diese Absicht lässt sich jedoch nicht realisieren, da erfahrungsgemäß Genosse Fritzsch entsprechend seines Charakters und seiner Verbundenheit mit dem Fußball dann laufend in Konfrontation stünde mit dem neuen Cheftrainer und aufgrund seiner Popularität in der Öffentlichkeit immer wieder befragt und zur Meinungsäußerung gestellt würde ... Es wird eingeschätzt, dass viele andere Oberligamannschaften der DDR den Genossen Walter Fritzsch sofort als Cheftrainer annehmen würden."

„6. März 1976 – Vw. Frankfurt - Dyn. Dresden 2:3. Wieder ließen wir 2 Tore zu. Unsere Verfolger sind 5 Punkte weg. Handball-Qualifikation Olympia: DDR - BRD 11:8, DDR verlor die Reise nach Montreal."

Mit Schreiben vom 9. März 1976 wird eine umfangreiche Einschätzung über den Walter Fritzsch aktenkundig. Sie enthält neben einer Perönlichkeitsstudie, einer Kurzbiografie und allen Auslandsaufenthalten auch eine vertrauliche Mitteilung vom Fußballverband: *„Mit dem Generalsekretär des DFV der DDR, Gen. Schneider wurden zu der von uns vorgesehenen Maßnahme Vorabsprachen geführt. Er stimmt unserer vorgesehenen Maßnahme – Ablösung des Genossen Fritzsch nach der Saison – zu. gez. Eggebrecht, Oberst.“*

„10. März 1976 – Aktivist Lauchhammer – Rest Dyn. 4:0. Strafstoß-Schießen gewannen wir. Nach dem Spiel unterhielt ich mich mit dem Kombinatsdirektor. Wollen Trainer 1.200 Mark zahlen.

11. März 1976 – 7:45 Uhr: Ich war bei Bezirksbaumeister Watzke wegen Datsche. Training. Strafstoßschießen, Helm gewann Kugelschreiber.“

Am Tag vor dem Flug nach Liverpool müssen sich die Dresdner Fußballer noch einmal auf die Waage stellen. Das überraschende Ergebnis wird sofort ausgewertet. *„7:45 Uhr wog die Truppe, Dörner +2,5 Kilo. 9:15 Uhr Aussprache mit Dörner.“* Weitere Überraschungen bleiben aus. Hugo Herrmann (SV Dynamo) warnt im Anschluss noch einmal vor den Gefahren, die im kapitalistischen Ausland lauern.

„3. März 1976 – Wir stellten Liverpool zwei Kästen Radeberger zur Verfügung, weil wir wussten, dass der Präsident Inhaber von 7 Brauereien ist. Durften uns nur 2 - 3 Minuten auf dem Rasen aufwärmen, sonst in der großen Kabine.“

Am Vorabend der Europapokal-Begnung hatte der traditionelle Kinobesuch für die Spieler den Thriller »Der weiße Hai« bereit gehalten. Von ähnlicher Spannung ist die Partie an der »Anfield road« zunächst weit entfernt. Dynamo ist mit dem 0:2-Rückstand gut bedient, ehe Gert Heidler für den Anschlusstreffer sorgt. Den Schwarz-Gelben fehlt nur noch ein einziges Tor zur großen Sensation. Dresden jetzt druckvoll. In Minute 89 pfeift Schiedsrichter Wurtz (Frankreich) eine torgefährliche Aktion von Kotte ab, bevor es für die »Reds« richtig brenzlig wird. Manager Bob Paisley bescheinigt den Gästen danach einen modernen Spiel-Stil. Er und die 40.000 wären froh gewesen, als der Schlusspfiff kam.

Die Liverpool-Auswertung, es ist die 171. Theoriestunde der laufenden Saison, mündet in einer Grundsatzdiskussion. Zunächst lobt der Trainer den jungen Rechtsverteidiger Matthias Müller, der gegen Kevin Keegan durchaus zu gefallen wusste. Auch Udo Schmuck und Klaus Müller zeigten Veranlagung für die Zukunft. Danach bekommen sich, mal wieder, Fritzsch und die älteren Spieler in die Wolle: *„Zwei Sportfreunde versuchen ihre Mängel nicht anzuerkennen. Ein Spieler, der sich nicht durchbeißen konnte, auch nicht kämpfen konnte, der auf solides Lebensregime nicht viel wert legte, äußert sich, er würde, wenn er einmal Trainer ist, besser menschlich umgehen mit den Spielern! Ein weiterer Spieler, auch 1947 geboren, äußerte sich zu mir, warum ich noch bei Dynamo bin – soll doch abhauen! Dieser Spieler war ein Talent, wollte und konnte sich aber nicht unterordnen. Mit ihm gab es viele Probleme! Trotz solcher Bemerkungen bleibe ich meinem Stil treu.“*

„22. März 1976 – Fuhren nach Moritzburg u. sahen uns die Datsche an!! UNFALL – Mit PKW in Moritzburg zusammengestoßen, mit einem Škoda. Schaden: Stoßstange, Scheinwerfer – bei beiden. Polizei – Trotz meiner Vorsicht bin ich schuld.

7. April 1976 – Fuhren mit Bus nach Leipzig. DDR – ČSSR 0:0. Wir haben uns für Montreal qualifiziert. Dörner, Häfner, Heidler, Schade, Weber. Ja, man wird jetzt wieder einmal gelobt. Im Astoria waren wir zum Essen mit eingeladen. Rudi Hellmann (DTSB) lobte.“

Die Meisterschaft scheint entschieden, auch wenn Walter Fritzsch diesbezüglich noch nichts hören will. Nach der Niederlage zum Rückrundenauftakt in Erfurt holen seine Dynamos beeindruckende 11:1-Punkte. Dazu stellen die Dresdner mit Dörner den besten Spieler in der »fuwo«-Punktwertung und mit Kreische den treffsichersten Schützen mit aktuell 18 Toren in 20 Spielen.

Drei Tage nach dem Auftritt im Leipziger Zentralstadion sind die potentiellen Montreal-Fahrer mit ihren Schwarz-Gelben im Lößnitztal gefordert. Eine gut aufgelegte Wismut-Elf machte ihnen das Leben schwer, von Torhüter Detlef Zimmer über Schmiedel, Erler und Schüßler bis hin zu Jürgen Escher. Nicht zufällig endet die Partie torlos, weil die Dresdner gegenhalten. So wartet die Konkurrenz vergeblich auf einen Ausrutscher des Spitzenreiters.

Eine Woche später wird im Dynamo-Stadion gerechnet. Kreische hat gegen den FC Karl-Marx-Stadt doppelt getroffen, dazu kommt ein Tor von Heidler. Für souveräne Dresdner fehlen jetzt noch vier Punkte in den verbleibenden vier Spielen bis zum Titel!

„30. April 1976 – Tagung mit Manfred Ewald. Versprechung schon vor 6 Jahren gehört, wer sehr gut arbeitet, wird höhere Gehälter bekommen. Sonst: Wer nicht will, braucht nicht im Sport tätig zu sein.

1. Mai 1976 – 9:15 Uhr Abmarsch zur Annenkirche. 10:45 Uhr begann für die Sportler der Vorbeimarsch. Schossen 20 Bälle auf die Tribüne. Dörner versuchte Verletzung vorzutäuschen, aber der Doktor blieb hart.

6. Mai 1976 – Es wackelte unser Haus – 21:09 Uhr – Erdbeben in Südeuropa, Italien, Jugoslawien, ČSSR, DDR und BRD.“

Fußball-Dresden feiert am 8. Mai 1976 ein meisterliches 4:0 gegen Carl-Zeiss Jena. Es ist die Krönung einer Rekord-Saison. Nie zuvor hatte ein Titelträger so viele Punkte. Dresdens Parteichef Hans Modrow stößt in der Kabine mit den Kickern mit einem Glas Sekt an. Walter Fritzsch hält den weiteren Ablauf fest: *„Anschließend kompensierten wir. Im Casino gab es noch 2 Glas Sekt. Wurde von den Bauarbeitern 3x hochgeworfen. Wir wurden zum 3. Mal DDR-Meister!“*

„11. Mai 1976 – Unterhielt mich mit Krügel, Heinz wegen Ablösung FCM“

Eine Woche später gibt es die Goldmedaillen für das Kollektiv und aus den Händen von Staatssekretär Edelfried Buggel, ein ehemaliger Orientierungsläufer, den Meisterpokal. Auch für Walter Fritzsch soll sich der Triumph lohnen, er bekommt stolze 8.000 Mark Meisterprämie überwiesen. Die große Feier geht im Kulturpalast über die Bühne. Oberst Eggebrecht von der SV Dynamo hält die erste Laudatio. Er macht gute Miene zum bösen Spiel, weil er weiß, einen Meister-Trainer kann man nicht so einfach ablösen und schon gar nicht in Dresden!

Die Blicke von Häfner und Fritzsch verraten, wir sind schon beim zweiten Glas

Hans-Jürgen Kreische kämpft derweil mit den Tränen. Mit grandiosen 24 Treffern ist er zum vierten Mal Torschützenkönig geworden. Nach zwei Jahren mit viel Verletzungspech meldet er sich damit eindrucksvoll zurück. Doch Georg Buschner hat ihm gerade mitgeteilt, dass er auf ihn in Montreal verzichten will. Kreische könne sich aber noch einmal bei einem Test der DDR-Nachwuchsauswahl gegen Kuba empfehlen. Der 28-Jährige ist am Boden zerstört und bekämpft seinen Frust im Kulturpalast mit reichlich Bier. Prompt verdonnert ihn Dynamo-Boss Rohne zu einer Geldstrafe.

Der Torjäger reist Tage später doch nach Görlitz, wo das Kuba-Testspiel ausgetragen wird. Aber nur, um sich krank zu melden und sofort wieder nach Hause zu fahren. Typisch Kreische.

„25. Mai 1976 – 18 Uhr Forum in Boxdorf mit Helm. 20 Uhr Forum im Kulturpalast mit Helm – 2.500 Zuschauer. Fuhr ihn nach Hause.

3. Juni 1976 – Forum in Lohmen – 500 Besucher.

4. Juni 1976 – Krügel, Heinz beim FC Magdeburg abgelöst. Soll nicht mehr für den Leistungssport genehmigt werden.“

Es ist ein Schock, als Walter Fritzsch von Heinz Krügel die Einzelheiten über dessen Ablösung erfährt. Der Trainer des 1. FC Magdeburg war zum Fußballverband nach Berlin zitiert worden und steht vor einem Tribunal. *„Sportlicher Versager!"* – der Vorwurf. Der Titelverteidiger belegt in der Meisterschaft »nur« Platz drei und stellt mit Martin Hoffman »nur« einen Montreal-Fahrer – so die Fakten. Für die Sport-Oberen eine *„ungenügende Vorbereitung der Olympia-Kandidaten"*. Sie erteilen Krügel Berufsverbot, lebenslang. Aus dem Trainer, mit dem FCM dreimal Meister und Europapokalsieger geworden ist, wird der »Objektleiter« der BSG Motor Mitte Magdeburg, abgeschoben und entehrt.

Bereits Anfang Mai war Fritzsch von seinem Schulfreund angerufen worden. Krügel kündigte bereits Ähnliches an, ohne ins Detail zu gehen. Natürlich spielen ganz andere Gründe eine Rolle. Der Coach hatte sich nach dem Europapokaltriumph im Ton vergriffen. Der zweite Sekretär der SED-Bezirksleitung Magdeburg, ein gewisser Walter Kirnich, verlieh ihm das »Banner der Arbeit, III. Klasse« und bekam zu hören: *„Den FCM und Krügel, den kennt man in ganz Europa. Aber du bist und bleibst ein dummer Bördebauer!"* Natürlich hatte das Kirnich nicht vergessen und streute beim Verband in Berlin ein Krügel-Zitat: *„Wenn ich nach den Vorgaben des Verbandes gearbeitet hätte, wären wir mausetot gewesen."*

„6. Juni 1976 – Dampferfahrt Nationalspieler + Frauen u. Funktionäre. Es gab Kaffee, Kuchen. Eine nette Fahrt auf Berliner Gewässern.

20. Juni 1976 – EM: BRD – ČSSR 2:2, nach Elfmeterschießen. ČSSR verdient Europameister."

Walter Fritzsch überlegt, befand er sich nicht vor Jahresfrist in einer ähnlichen Situation wie Krügel, Heinz? Immer wieder spricht er mit seiner Frau Käthe darüber. Nach dem Ostseeurlaub verleben sie ein paar ruhige Tage im ostsächsischen Reichendorf bei Niesky. Es ist Freitag, der 24. Juni 1976. Zum Mittagessen gibt es Quark mit Kartoffeln, als ein Kradmelder klingelt. *„Herr Fritzsch?"* Der Bote teilt ihm mit, dass sich der Trainer am nächsten Tag morgens um halb neun am Opern-Café in Berlin einfinden soll. Um elf Uhr bekäme er im Staatsrat aus den Händen von Willi Stoph den Vaterländischen Verdienstorden in Bronze überreicht. Fritzsch ist sprachlos, lässt die Gedanken kreisen und findet keine Erklärung.

Erst später wird er von Lothar Stammnitz, dem zweiten Sekretär der SED-Bezirksleitung Dresden, erfahren, dass der Vorschlag tatsächlich von Stammnitz gekommen war. Die zweiten Sekretäre der Bezirksleitungen sind auch für den Sport bzw. Fußball verantwortlich. Können eigenverantwortlich den Vaterländischen Verdienstorden bis zur Stufe »Bronze« verleihen. Im Unterschied zu Krügel hat Fritzsch ein sehr gutes Verhältnis zu diesem Spitzenfunktionär. So hilft diese Allianz beim Meistern einer schwierigen Lage. Der Schachzug von Stammnitz geht auf. Mit anderen verdienstvollen Werktätigen aus dem Bezirk Dresden nimmt der Trainer die hohe Auszeichnung entgegen. Versüßt wird sie mit 2.500 Mark. Viel wichtiger der Umstand, dass man einen Fußballtrainer, der gerade Meister geworden ist, der aus seinem Kader sechs Spieler für die Olympiaauswahl stellt und der nun auch noch von höchster Stelle dekoriert worden ist, nicht einfach ablösen kann.

Doch er ist nicht der einzige Helfer in der Not. Auch Auswahltrainer Georg Buschner setzt sich für den Dynamo-Coach ein und droht der Fußball-Verbandsspitze: *„Wenn ihr den Fritzsch in Dresden rausschmeißt, muss ich den Auswahlposten räumen!"* Der clevere Buschner weiß, dass er sich unmittelbar vor dem Olympia-Turnier ganz weit aus dem Fenster lehnen kann.

„29. Juni 1976 – Besuch von Georg Buschner und Gattin. Berichtete mir über die Auswahlspieler, i. O. Riet auch mir, nicht einzusteigen.

30. Juni 1976 – Fuhr mit Herrn N. nach Boxdorf zum Bürgermeister Marx. Es wurde Klartext gesprochen. Die Datsche wird gebaut – 40.000 Mark."

Die kompletten Zusammenhänge begreift Walter Fritzsch erst am Abend des 7. Juli 1976. Dynamo-Boss Horst Rohne und Oberstleutnant Hugo Herrmann von der Berliner Dynamo-Zentrale führen mit ihm in Zinnwald ein »Kadergespräch«. Zunächst bekommt der Coach offenbart, dass er eigentlich schon abgelöst sein sollte. Das habe man in der Winterpause der gerade abgelaufenen Saison beschlossen. Bekräftigt wurde diese Absicht durch den im April 1976 verabschiedeten Fußballbeschluss. Demnach würden nur noch Trainer mit Hochschulausbildung und guten praktischen Erfahrungen in verantwortlicher Position zum Einsatz kommen. Fritzsch traut seinen Ohren nicht. Seine Gesprächspartner geben gerade zu, daran gedacht zu haben, ihn im April über seine Entlassung zu informieren oder wie sie es formulieren: *„in würdiger Form von den Pflichten eines Oberligatrainers entbinden!“* Der Trainer überlegt kurz, seine Mannschaft hatte Mitte Dezember die Tabellenführung übernommen und sie bis zum Ende nicht mehr abgebenen. Wollten die ihn wirklich als Spitzenreiter entlassen? Genau das war das Problem! Die Antwort nun bestenfalls eine Ausrede. Die endgültige Entscheidung von Minister Mielke stünde noch aus. Er habe seit Wochen keine Zeit, sich darum zu kümmern.

Walter Fritzsch will nicht glauben, was er da hört. Der fortgeschrittene Zeitpunkt verlange nach einer Klärung und deshalb würde man ihm für die bevorstehende Saison 76/77 folgenden Vorschlag unterbreiten: Genosse Fritzsch wird in der SGD Cheftrainer ohne Trainingsgruppe, Genosse Prautzsch übernimmt mit Genossen Geyer das Training der Oberliga-Mannschaft.

Nun aber ist Fritzsch an der Reihe, bedankt sich zunächst für die offene Darstellung der Situation. Die Spitzenfunktionäre atmen schon auf, als der Trainer loslegt. Eine für ihn überraschende Kündigung sei ungerechtfertigt und wenig populär. Zudem hätte man ihm das bereits im März mitteilen müssen, so sei nun einmal die Frist. Auch all die Ideen, die er erst kürzlich in seinem Urlaub entwickelt hätte, wären mit einer Aufhebung seines Arbeitsvertrages völlig sinnlos. Zu ihrem Vorschlag: Eine Tätigkeit als Cheftrainer lehne er ab. Herrmann und Rohne weicht die Farbe aus dem Gesicht. Der Coach ist aber noch nicht fertig und macht jetzt den Vorschlag, ihn *„für die unmittelbar bevorstehende Saison noch einmal als verantwortlicher Oberligatrainer am Mann einzusetzen“.* Sollte sein Wunsch nicht gebilligt werden, müsse er sein Arbeitsverhältnis sofort lösen. Den Gesprächspartnern klebt die Zunge am Gaumen, als Fritzsch seine Ausführungen beendet: *„Wir wollen doch alle nicht eine für die SV Dynamo nach innen und nach außen unpopuläre Entscheidung treffen!“* Die Genossen rudern zurück und müssen Zugeständnisse machen. Demnach soll Fritzsch nunmehr zum 1. August 1977 würdig verabschiedet werden. Die Trainer Prautzsch und Geyer würden dann die Mannschaft der SGD übernehmen. Dazu soll Wolfgang Haustein sofort zum Cheftrainer ohne Trainingsgruppe berufen werden. Damit scheint die Kuh vom Eis.

„13. Juli 1976 – Hugo Herrmann legte mir den Bericht der Aussprache Zinnwald vor. Ich studierte es und unterzeichnete es. Mir versprach Hugo Hermann auch noch gutes Gehalt. Er sprach mit mir wie üblich.“

Die Olympischen Spiele beginnen für die DDR-Fußballer mit einem mühsamen Auftritt gegen Brasilien – 0:0. *„Ein Auftakt ohne Glanz“* – liest Walter Fritzsch im »Sport-Echo«. In Montreal müssen die Kicker zum Rapport. Sport-Boss Ewald tobt: *„Eine Schande! So eine Leistung gegen ein Entwicklungsland im Fußball. Am liebsten würde ich Euch mit der nächsten Maschine nach Hause schicken!“* Trainer Buschner und seine Mannen schweigen. Natürlich weiß auch der Dynamo-Trainer um die gefährliche Konstellation in dieser Dreiergruppe der Vorrunde. Eine Niederlage bedeutet fast schon das Aus. Das zweite Spiel entscheidet Libero Dixie Dörner mit seinem Treffer gegen Spanien. *„Es war ein besseres Spiel als gegen Brasilien“* – kommentiert der Heimtrainer und freut sich Tage später über einen unerwartet klaren 4:0-Erfolg im Viertelfinale gegen Frankreich. Erneut gehört Dörner zu den Torschützen, verwandelt gleich zwei Elfmeter. Das Halbfinale verfolgt Walter Fritzsch zu mitternächtlicher Stunde in seinem Bett in Dresden. Dynamos Abwehrchef erzielt seinen vierten Treffer im Turnier, die DDR schlägt die UdSSR mit 2:1.

„31. Juli 1976 – Sahen uns das Finale DDR – Polen 3:1 an. Gold! Wurde von der Presse angerufen. Schrieb den sechs Olympiasiegern Glückwunschtelegramm.“

Ohne das Dresdner Gold-Sextett startet Dynamo zu einer Trainings- und Wettkampftournee in die Sowjetunion. Moskau, Odessa, Donezk, Jerewan heißen die Stationen. Walter Fritzsch fühlt sich an seine Reisen mit Stahl Riesa und Empor Rostock erinnert. Training im Lushniki-Park, ein Besuch im Stahlwerk, das

0:0 gegen Schachtjor Donezk, die Tage im Camp Odessa, eine Segelfahrt auf dem Schwarzen Meer, ein Fischessen oder das Abschlussbankett nach dem Spiel bei Ararat Jerewan: *„Wir sind die erste ausländische Mannschaft, die hier 2:2 gespielt hat.“* Bei einem Strandspaziergang sucht Fritzsch das Gespräch mit seinem Assistenztrainer: *„Unterhielt mich mit Prautzsch über meine Situation. Erklärte ihm alles, wie es vor sich ging. Er sagte, er wusste nichts davon.“*

„15. August 1976 – Herr N. brauchte drei Aufträge für Werkzeug, Material und Datsche in Boxdorf.

30. August 1976 – Fuhren nach Boxdorf und sahen unseren Platz für die Datsche an. Brachte Bürgermeister Marx die Jahreskarte, unterhielten uns.

2. September 1976 – Mich informierte Professor Döbler über meine Ablösung 1977. Das ist nicht die Linie des DFV. Ich soll nicht mit diesem Gedanken spielen.“

Der größte Erfolg im DDR-Fußball scheint Dynamo zu beflügeln. Kein Wunder, stellte Dresden in Montreal doch die größte Fraktion der 17-köpfigen Mannschaft. In der neuen Oberliga-Saison marschiert die Truppe von Walter Fritzsch vom ersten Tag an der Tabellenspitze: dem 4:0 gegen den HFC Chemie folgen ein 2:2 in Karl-Marx-Stadt und ein 7:1 gegen Frankfurt. Da richten sich die Blicke auf den Europapokal. Erneut haben die Schwarz-Gelben einen prominenten Gegner zugelost bekommen. Benfica Lissabon, zweimaliger Sieger im Pokal der Landesmeister und 22-facher Titelträger Portugals, wird im Rückspiel das 100. Cup-Spiel der Vereinsgeschichte bestreiten. Das soll groß gefeiert werden. Benfica-Trainer John Mortimer ist in bester Plauderstimmung, als er seinen ostdeutschen Kollegen im Hafen von Lissabon zum Essen einlädt. Walter Fritzsch hält sich zurück. Er hat das 0:3 im Derby gegen Sporting gesehen und weiß, diese Benfica-Elf ist zu schlagen. Hinter ihm saß Mário Soares, Portugals erster frei gewählter Ministerpräsident. Der beliebte Politiker, die Symbolfigur für den demokratischen Aufbruch seines Landes, ist auch ein großer Fußballfan.

„9. September 1976 – Olympia-Ball im Palast der Republik. Es war eine großartige Sache. Die Sportfreunde von uns wurden Verdienter Meister des Sports. Mich begrüßten Harry Tisch, E. Timm, Modrow, Stammnitz, Krolikowski, Buschner.

15. September 1976 – Dynamo gegen Benfica 2:0. Es war eine große, moralische Leistung.

17. September 1976 – Käthe hat das Bad vorbereitet zum Tapezieren“

Keine vier Wochen später steigt Walter Fritzsch mit seinen Dresdnern erneut in Lissabon im Hotel »Florida« ab. Das Rückspiel steht an. Seine Mannschaft hat die erste Begegnung mit 2:0 für sich entschieden. Nach den beiden späten Treffern von Kotte und Riedel hat Benfica Respekt. 50.000 im alten Estádio da Luz sollen helfen, dass es nach dem Abpfiff bei der großen Festveranstaltung die richtige Stimmung gibt. Die Schwarz-Gelben zeigen sich unbeeindruckt, bieten beim 0:0 zu mitternächtlicher Stunde eine souveräne Vorstellung. Lassen Ball und Gegner laufen, für die Portugiesen gleicht es phasenweise einer Vorführung. Nach dem Ausscheiden wird die große Gala vom enttäuschten Klub-Präsidenten kurzerhand abgesagt. Für die Dresdner gibt es lediglich bei ihrer Rückkehr ins Hotel ein Problem. Das bestellte Abendbrot ist »vergessen« worden.

„11. Oktober 1976 – Herr N. da. Garage in Boxdorf ist verboten. Schuppen ja.

20. Oktober 1976 – Sprach in der Kabine noch einmal zu jedem Spieler. Ferencvaros Budapest – Dynamo Dresden 1:0. Von uns ein gutes Spiel, leider Häfner sehr schwach.

29. Oktober 1976 – In dieser Woche erstmalig alle wieder da. Trainierte die 7 Sportfreunde selbst, i.O.“

Das Europapokalspiel gegen Ferencvaros Budapest kommt für Dynamo-Trainer Walter Fritzsch zum optimalen Zeitpunkt. Tage zuvor haben die Dresdner ihr erstes Pflichtspiel in der laufenden Saison verloren. Nach dem 1:3 bei Lok Leipzig sind die Sinne wieder geschärft, ist die volle Konzentration wieder da. Beim

Abschlusstraining wird Dixie Dörner getestet. Kann der Kapitän nach seiner langen Verletzungspause erstmals wieder ran? Der Trainer bespricht sich mit dem Mannschaftsaktiv, mit Co-Trainer Prautzsch, mit Cheftrainer Haustein. Das Ergebnis, der Libero wird zunächst auf der Bank Platz nehmen. Am Abend vor dem Spiel trifft sich Walter Fritzsch mit Georg Buschner. Der Auswahltrainer redet dem Dresdner Coach ins Gewissen. Will ihn überreden, seinen Abschied noch einmal ein Jahr nach hinten zu schieben. *„Kommt doch gar nicht in Frage, dass du aufhörst, Walter. Du machst natürlich bis 1978 weiter, da ist die Weltmeisterschaft in Argentinien!“*

Am nächsten Vormittag gibt es beim 2. Sekretär der SED-Bezirksleitung eine Runde mit hochrangigen Vertretern des DTSB, des Fußballverbandes und der SV Dynamo. Der redegewandte Buschner klärt schnell die Fronten. Dynamo Dresden sei die einzige Mannschaft, die derzeit die Anforderungen in der Vorbereitung der Nationalkader gründlich erfüllt und die internationalen Aufgaben gut löst. Deshalb sei es unabdingbar, dass der Genosse Fritzsch bis zur WM 1978 im Amt bliebe, um die derzeit sechs bis acht Dresdner in der Nationalmannschaft optimal vorzubereiten. Wenig später sind alle Teilnehmer auf Linie gebracht.

Um das Gesicht zu wahren, wird zur Person Fritzsch festgestellt: *„Selbstherrliche Entscheidungen konnten in den letzten Monaten nicht mehr festgestellt werden. Das Mannschaftsaktiv wird stärker bei der Entscheidungsfindung herangezogen. Dadurch hat sich das Verhältnis Spieler – Trainer zugunsten des Trainers verändert, vor allem was die spielbestimmenden Spieler betrifft.“*

Am Nachmittag wird die Entscheidung durch einen grandiosen Auftritt der Schwarz-Gelben bekräftigt. Die Gäste aus Budapest gehen im variablen Angriffswirbel unter und sind mit einem 4:0 sehr gut bedient. Die Dresdner demonstrieren attraktiven Tempofußball auf höchstem Niveau, der die Romantiker schwärmen lässt. Kurz vor Schluss gibt es stehende Ovationen, als der Trainer den wiedergenesenen Dörner einwechselt, das Bad in der Menge genießen lässt. *„Ja, jetzt bin ich wieder der Große!“* – notiert Walter Fritzsch in seinem Tagebuch grimmig und meint das Lob von DTSB-Spitzenfunktionär Rudi Hellmann sowie allen anderen Schulterklopfern. Spätabends klingelt das Telefon. Georg Buschner meldet sich aus Jena und gratuliert erst zum Spiel und dann zum Weitermachen. Der auf 1978 verschobene Abschied sei unmittelbar nach dem Spiel bestätigt worden.

Kotte (l.) staunt – Kopfball-Ungeheuer Häfner. Im Tor Boden

„8. November 1976 – Verabschiedete 8 Sportfreunde zur A-Auswahl, 2 zur B-Auswahl. Fuhren nach Boxdorf zum Bürgermeister Marx. Gab ihm 15 Plakate + 1 Bierglas. Er will mir die 2 Schubkarren + 3 Schaufeln geben.

9. November 1976– Auch die fuwo schwelgt vom Spiel 4:0

17. November 1976 – Sah mir DDR - Türkei, WM-Qualifikation, an. 1:1. War von uns keine Frische – ging sofort nach Hause.“

Walter Fritzsch scheidet mit einem guten Gefühl aus dem alten Jahr. Zum einen hat er seine bereits sicher scheinende Ablösung »überlebt«. Zum anderen trat er den Beweis an, dass er noch nicht zum alten Eisen gehört. Der Titelgewinn mit Dynamo Dresden lässt ihn zudem für andere Vereine interessant werden. So fragt der FC Hansa Rostock bei ihm an, Stahl Riesa erkundigt sich, ob er ab Sommer 1977 zur Verfügung stehen würde und auch beim BFC zeigt man Interesse. Nach gut drei Jahren scheint die Trennung von Harry Nippert besiegelt, der Klubvorsitzende Manfred Kirste will Fritzsch im Herbst sogar sofort nach Berlin holen. Zum Ausklang der Hinrunde bekundet dann der HFC Che-

Schusstraining auf dem Hartplatz mit Häfner. Ganz rechts Kreische

mie sein Interesse am Meister-Coach. Der fühlt sich ob der Fülle der Avancen geschmeichelt. Spendiert auf der letzten Trainertagung sogar eine Flasche sowjetischen Sekt und genießt es, beim abendlichen Plausch an der Bar im Mittelpunkt zu stehen. Nur, als ihm Hugo Herrmann (SV Dynamo) einen Cinzano spendiert, überlegt er kurz. *„Warum macht er das bloß? Wegen meiner Sache, Wiedergutmachung!“*

„16. Dezember 1976 – Letzte Trainerrats-Sitzung, wurde mit Blumen verabschiedet – zu ALT. Regt mich nicht auf, waren sowieso Strohpuppen.

19. Dezember 1976 – Wollte den Wagen holen. Batterie tot, ließ mich anziehen. 12:30 Uhr fuhren nach Boxdorf. Datsche, haben ausgeschachtet. Louis Corvalán, Chiles 1. Sekretär ist freigekämpft.“

Der Silvesterabend im »Hotel zum Bären« sieht eine gesellige Runde. Das Ehepaar Fritzsch sitzt mit Dr. Bernd Bauchspieß, einst Torjäger von Chemie Leipzig, und dessen Gattin am Tisch. Komplettiert wird die Runde in Oberbärenburg von einem Altenberger Frisör bzw. von einem Altenberger Drogeristen und deren bessere Hälften. Hier das Kurzprotokoll: *„Es wurde viel gesprochen, auch über Fußball. Haben 3x getanzt. Wir gingen nüchtern ins Jahr 1977. Kehrten um 4 Uhr buchstäblich aus.“* Am Neujahrstag verfolgt der Dynamo-Cheftrainer das Springen in Garmisch-Patenkirchen in der Horizontalen. Sieht Jochen Danneberg vor Toni Innauer siegen. Fritzschs persönliche Ziele schmücken da schon das neue Tagebuch: *„Gesundheit. Für das halbe Jahr bestmöglich in Meisterschaft, Pokal u. UEFA-Cup Viertelfinale. Gut aufpassen, damit ich keine Fehler oben mache. Für das 2. Halbjahr erst ab 30. Mai 1977 neu festlegen.“*

Nicht nur für Walter Fritzsch steht zu diesem Zeitpunkt der Abschied im Sommer 1977 in Dresden fest. Gleich zu Beginn des neuen Jahres meldet sich am Telefon ein Vertreter der BSG Wismut: *„Soll Aue übernehmen!“*

Johanngeorgenstadt empfängt die Stammgäste aus Dresden mit 25 bis 30 Zentimeter Schnee. Für Winter-Neuzugang Bernd Jakubowski (Hansa Rostock) bedeutet das Trainingslager eine völlig neue Erfahrung. Fußball spielen im tiefen Schnee! Viel Zeit zur Eingewöhnung bleibt ihm nicht. Der vom Trainer ausgerufene Konkurrenzkampf mit Stammkeeper Claus Boden fordert volle Konzentration in jeder Übungseinheit. Entsprechend engagiert geht Jakubowski zur Sache und merkt natürlich, dass der eine oder andere Fußballer ihn testen will. Ab und an wird es ihm zu bunt, er zieht auch mal durch und verschafft sich so ganz schnell Respekt.

„5. Januar 1977 – Skitour 90 Minuten. Ich fuhr selbst mit. Es ging gut. Die Anfänger Ski-Kursus mit Prautzsch. Fuhren zum Sportplatz, 35 Zentimeter. Es war eine Qual.“

Walter Fritzsch fährt mit Claus Boden zum Forum nach Ellefeld. Zuvor schauen sie bei den Eltern von Joachim Thoß vorbei, deren Einladung zum Abendbrot sie gern angenommen haben. Der Christbaum steht noch neben dem Fernsehapparat, Schwibbogen und Nussknacker schmücken das Fensterbrett. Am gut gedeckten Wohnzimmertisch wird gefachsimpelt. Die Dynamo-Anhänger im Vogtland genießen jede Sekunde mit dem Coach und dem Keeper der Meister-Elf. Viel zu schnell fliegt die Zeit dahin, schließlich soll die Veranstaltung im VEB Kindernahrung pünktlich beginnen.

„Aber, Herr Fritzsch, ist das nicht ein Risiko, immer wieder junge Spieler zu bringen?" *„Pass mal auf, wenn du Verletzte hast, ist es kein Risiko! Du hast deinen Stamm, deine 16, 17 Spieler, die immer gesund sind. Auf einmal sind viere kaputt, da greifste in die zweite Mannschaft und nimmst die nächsten her. Ganzera war ein alter Spieler gewesen, der hat die Aufgabe gehabt, in der zweiten Mannschaft die jungen Leute mitzuführen, und er sollte sich fit halten. Das hat er nach meinem Ermessen gemacht. Er hat seine Aufgabe bei uns einigermaßen gut erfüllt."*

Bernd Jakubowski, der neue Keeper, im Zusammenspiel mit Dörner

Im Speiseraum des Betriebes kann man eine Stecknadel zu Boden fallen hören. Walter Fritzsch plaudert aus dem Dynamo-Nähkästchen. Zuvor war ausgemacht worden, dass er versuchen wird, alle Fragen zu beantworten. Und schon sind sie mittendrin. Der erste Fragesteller will wissen, warum Frank Ganzera nicht mehr zum Oberliga-Kollektiv gehört: *„Frank ist also ein Mann gewesen, der hat immer unheimlich gut trainieren müssen. Der war ja kein Superstar, der war ein ganz normaler Fußballer. Der war kein Talent. Leistungsmäßig kam er nicht mehr mit, deshalb hab ich ihn raustun müssen. Das ist der ganze Witz. Ich hab Jüngere gehabt, den Wätzlich oder Helm, Christian. Wenn einer nachlässt in der Leistung und ich hab jüngere Spieler, dann spielen die Jungen!"*

Klar wird, dieser Mann spricht, wie ihm der Schnabel gewachsen ist. Mit Zwickauer Dialekt und eben alles andere als gestelzt. Zudem scheint ihn ein solches Forum als Veranstaltungsform zu gefallen. Wenn es die Zeit erlaubt, sitzt Fritzsch – meist mit einem Spieler an der Seite – mehrmals im Monat in ähnlicher Runde. Nun aber zurück zu Frank Ganzera: *„Den haben wir dann nochmal aufgepulvert, gegen Torpedo Moskau. Da hat er bewiesen, dass einer auch ohne Spielpraxis solche Leistungen bringen kann. Aber auch nur in einer guten Mannschaft, das ist ganz klar. Das ist das, was man zum Frank sagen kann. Er hat einige gute Erfolge gehabt, hat auch zu frühzeitig aufgehalten."*

„Warum weicht Kotte als Mittelstürmer immer wieder vom Zentrum aus?" *„Bei mir spielen die so, ob der nun Kotte, Riedel oder wie auch immer heißt. Dem einen hau ich die Neun auf den Buckel und dem die Achte und dem die Sieben. Das ist egal. Bei uns haben sich die Stürmer laufend zu bewegen. Und Kotte weicht zu oft auf die Seite aus? Da macht dann eben der andere rein in die Mitte! Das ist richtig, der zieht den Vorstopper mit rüber und da haben wir den Platz in der Mitte für jemand anders. Da weiß der Riedel, ich mach jetzt den Mittelstürmer. Oder Kotte geht rüber auf die linke Seite, da weiß der Heidler, ich mach Mittelstürmer. Das gibt es nicht bei mir, dass einer stur seinen Posten spielt. Das ist ja kein Fußball mehr."*

Dann, endlich, die erste Frage an Claus Boden. Der Torhüter saß bislang mit verschränkten Armen neben seinem Trainer und verfolgte das Frage-Antwort-Spiel. Auch für ihn scheint die eine

Fritzsch und Boden zu Besuch bei Familie Thoß

Das waren noch Zeiten – Ganzera bejubelt ein Tor gegen Juve

oder andere Information interessant. Nun soll er erklären, was er beruflich macht: *„Ich hab Maschinenbauer gelernt und bin Behördenangestellter bei der VP. Zur Zeit mache ich ein Fernstudium, Handelsökonomie.“*

Die Kürze der Antwort ist der Hinweis, hier spricht in erster Linie der Chef! Die nächste Frage geht prompt an Walter Fritzsch: *„Was sagen Sie zu den Begleiterscheinungen im Fußball wie Flaschenwürfe und Ähnliches?“ „Bei diesen Undiszipliniertheit der Zuschauer, dem Rowdytum, muss man hart eingreifen, auch mal ein Exempel statuieren. Wir tun da viel in Dresden. Ich war erst am 2. Januar in einer Diskothek, im Kulturpalast bei 3.000 jungen Menschen. Da wurde das diskutiert. Wir brauchen diese Begeisterung auf dem Platz. Aber wir brauchen auch Disziplin. Da müssen auch die älteren Zuschauer bissel mit Hand anlegen, dass die Buben diszipliniert bleiben. Da kommen welche besoffen an, mit ihren 16 Jahren, die saufen erst und bläken dann rum, die wissen gar nicht was unten gespielt wird. Dann werden sie noch frech und schießen mit Flaschen. Das ist auf allen Plätzen so. Da müssen sie rigoros reingehen, sich einen schnappen und buchten den ein – acht Monate. Das wird veröffentlicht. Geht auch in die Schulen, das wird alles gemacht. Die Rowdies sind die Jungen, die 16-, 17-Jährigen. Älter nicht. Naja, ein paar 18-Jährige vielleicht. Die Ursache? Das ist Alkohol! Bier, Schnaps! Drum ist ja bei uns auf dem Platz Alkoholverbot, bei uns gibts kein Bier.”*

Der Trainer spricht. Boden träumt

„Herr Fritzsch, wie ist das mit den Erziehungsmaßnahmen im Kollektiv?“ „Also Erziehungsmaßnahmen, die sind unterschiedlich. Wenn man ein ganz hartes Ding anpacken will, da muss man ans Gehalt rangehen. Also, horch drauf, wenn du zu viel Geld verdienen solltest, dann musst du das sagen! Dann musst Du was in die Mannschaftskasse legen, jeden Monat 100 Mark. Das hab ich nicht oft gemacht, seitdem ich in Dresden bin. Das andere, was wir erziehungsmäßig machen, es wird halt viel gesprochen und da gibt`s schon noch Sanktionen, die man machen kann. Manchmal muss man damit auch drohen. Kann man aber nicht immer machen.“

Zwischendurch noch eine Frage an den Keeper: *„Welche Wirkung hat der Dresdner Anhang auf die Spieler? Nicht nur zu Hause, auch auswärts. Zuletzt waren ja sogar Dynamo-Sprechchöre in Budapest zu hören.“* Claus Boden: *„Freilich ist das ein Vorteil, wenn bei uns 35.000 zu den Cup-Spielen kommen und bläken. Da knallt man sich rein. Auch auswärts haben wir die meisten Zuschauer. Aber es ist ein Unterschied, ob Magdeburg oder Frankfurt /Oder, dort sind insgesamt 3.000 – da sieht man in dem Riesenstadion gar keinen. Wenn ich da an Liverpool denke, da kommen 50.000 – ohne Aschenbahn – da läuft es einem kalt den Rücken runter.“*

Längst haben die Vogtländer spannende Einblicke in den Dynamo-Alltag bekommen. Da geht es um das Grundlagen-Ausdauer-Training und der Trainer erklärt: *„Der Riedel zum Beispiel, der wird grimmig, wenn er gejagt wird. Aber, es hilft eben wirklich nur,* *die 20 Runden zu laufen. Wenn ich genügend Talente hätte, dann würde der Häfner mal nur sechs Monate Grundlagen/Ausdauer machen und in der Zweiten spielen. Nur so könnte man die Versäumnisse aus der Jugend in Sonneberg oder Erfurt aufholen. Da kann der ja nichts dafür."*

„Und was essen die Spieler vor einem Spiel?" „Wenn wir Spiel um 14 haben, dann ist Mittagessen um 11. Da gibt es normal Fleisch und auch viele Salate, also vitaminreich. Als Getränk zum Beispiel Johannisbeersaft, der hat viele gute Bestandteile. Wenn Bier gut wäre, würden wir Bier geben!"

Selbst banal anmutende Fragen bringen interessante Aspekte zum Vorschein: *„Herr Fritzsch, Sie sind bekannt dafür, vor den Spielen große Plakate aufzuhängen mit den wichtigsten Informationen, warum?" „Ich gehe immer von mir aus. Wo ich bei den Soldaten war, wurde ich als Funker ausgebildet. Ich hab gar keine Ahnung gehabt und musste den ganzen Senf lernen. Das hab ich dann und wurde Ausbilder. Da habe ich gemerkt, dass die Rekruten, die mussten nach 6 bis 8 Wochen funken, das war die schnelle Ausbildung, wo die damals dachten, es wird noch geschafft hier. Da habe ich mir dann Plakate gemacht und immer, wenn die im Bett lagen, haben die die Plakate gelesen. Ich habe gemerkt, dass die das dann besser begriffen haben. Deshalb habe ich das dann auch in meiner ganzen Trainer-Laufbahn gemacht. Angenommen wir hatten ein Spiel gegen Ferencvaros oder gegen Liverpool, da hänge ich das Plakat rein und der Spieler liest das. Gegen den muss ich spielen und das hängt dann eben in der Kabine. Ich habe noch andere Dinger, zum Beispiel Deckungsarbeit oder: Ich trainiere nicht für den Trainer und lauter solche Sachen."*

Die kniffligste Frage bekommt Walter Fritzsch zum Schluss: *„Es heißt, Sie haben Kreische oft als Zugeständnis an das Dresdner Publikum aufgestellt, dabei hatten Sie Probleme mit seiner Trainingsintensität?" „Der Kreische, Hans war ein Spieler, der konnte jedes Spiel entscheiden. Dann kam seine Verletzung und er ist sehr sensibel. Wir haben mit dem trainiert, wenn ich das mit jedem machen würde, dann bräuchte ich 15 Trainer. Und das nur, um ihn wieder ranzubringen und das ist nicht gelungen. Ich wäre froh, wenn der Hans nochmal käme. Da wäre ich heilfroh. Aber ich muss natürlich auch mit der anderen Variante arbeiten, dass es nichts wird. Ich hab mich mit Hans zig mal unterhalten. Wenn er immer so trainiert hätte wie jetzt, würde er noch in der Auswahl spielen."*

Mit dem letzten Satz schaut Walter Fritzsch auf seine Uhr: *„So, ich denke wir müssen langsam Feierabend machen!"*

Kreische in Aktion – so lieben ihn die Dynamo-Fans

„11./12. Januar 1977 – Wir wurden mit dem FC Zürich ausgelost. Sprach zum Kollektiv, Ziel: Halbfinale. Wismut Gera – Dynamo Dresden 1:0 – 12 cm hoher Schnee, sie kamen auf dem Schnee nicht zurecht.

21. Januar 1977 - „Kamen 24 Fl. Kindernahrung von Thoss, Ellefeld."

Gerhard Prautzsch schmeckt die neue Entwicklung überhaupt nicht. Noch im Sommer 1976 hatte er die Entscheidung, den Abschied von Walter Fritzsch auf 1977 zu verschieben, ohne Weiteres geschluckt. Jetzt haben die Funktionäre mit ihm ein Problem. Schließlich war dem langjährigen Fritzsch-Assistenten die Übernahme der Mannschaft zum 1. August 1977 fest zugesagt worden. Irgendwann müssen die Dynamo-Bosse Farbe bekennen. Sie lassen sich Zeit, viel Zeit. Ende Januar 1977 bitten sie zum Kadergespräch. Prautzsch zeigt sich unheimlich enttäuscht und vermisst das in ihn gesetzte Vertrauen. Für die Genossen der Leitung wird die Aussprache am 26. Januar 1977 zum Eiertanz. Beim amtierenden Cheftrainer ist die Sachlage deutlich einfacher. Walter Fritzsch soll ab September 1978 als »Zentraler Trainer der SV Dynamo« beschäftigt werden. Zudem sei seine Rente in Höhe von 1.000 Mark gesichert. Bei Prautzsch aber müssen die Verantwortlichen tief in den Honigtopf langen. Schließlich nickt der Chef in Warteschleife, damit ist der Abschied von Walter Fritzsch im Sommer 1978 besiegelt. Das Gesprächsprotokoll vom 2. Februar 1977 schließt mit der Bemerkung: *„Im Anschluss wird das Oberliga-Kollektiv eingehend darüber infomiert. Es gab keine bemerkenswerten Reaktionen."*

„27./28. Januar 1977 – Journalisten aus der Schweiz sprachen mit mir und Dörner, Häfner, Schade. Ich wäre ein sehr harter Trainer. Fragten nach Beruf, Studium, Gehalt, Prämien, Training, 4 Hochzeiten (3 Wettbew. + Nationalmannschaft). Louis Corvalán in der DDR eingetroffen.

8. Februar 1977 – Unterschrieb Festlegung zur Aussprache v. 26.1.

10. Februar 1977 – Überraschung vom DTSB: Urlaub nach Kuba v. 30.5. bis 18.6.77."

Claus Boden ärgert sich maßlos. Er weiß, am Dresdner Fehlstart in die Rückrunde hat auch er eine Aktie. Die Konsequenz für ihn, nach dem 1:3 in Halle verliert er seinen Platz im Tor an Bernd Jakubowski. Der Kontrahent bleibt in der Oberliga zweimal ohne Gegentreffer, danach geht es nach Zürich.

Der 2. März 1977 ist ein regnerischer und unfreundlicher Tag. Im »Letzigrund« muss Udo Schmuck mit einer tiefen Fleischwunde schon früh vom Platz, verursacht vom Fußballstollen seines Gegenspielers. *„Dr. Klein konnte die Wunde nur behandeln. Sie sollte im Krankenhaus geflickt werden. Mannschaftsleiter Gumz erlebte, wie der Sankra-Fahrer in vier Spitälern fragte, ob sie bereit wären den Verletzten zu behandeln. Erst das fünfte, das Hilfskrankenhaus, übernahm die Wundversorgung. Nach dem Gumz sagte, es bezahlt Dynamo Dresden. Ja, bei uns gibt es so etwas nicht."*

Nach gut einer Stunde fragt Assistent Prautzsch: *„Walter, willste den Hans jetzt nicht mal bringen?"* Schwache Dresdner liegen 0:1 zurück. Als der Trainer wissen will: *„Für wen denn?"* – entfährt es Prautzsch: *„Völlig egal, hier kannste jeden runterholen!"* Kreische kommt tatsächlich und spurtet direkt in den gegnerischen Strafraum. Es gibt Eckball für Dynamo. Kreische lauert am langen Pfosten. Dort ist seine bewährte Position. Augenblicke später zappelt der Ball im Netz – 1:1. Torschütze Kreische ist schon unterwegs zurück zur Bank und dreht dem Dynamo-Trainer eine lange Nase. Kurz vor Schluss erstarrt Walter Fritzsch erneut. Europapokal-Debütant Bernd Jakubowski greift bei Risis Kopfball daneben. Das Leder kullert zum 2:1 über die Linie. Wütend schmeißt der Trainer sein Notizbuch in die Ecke.

„9. März 1977 – 7 Uhr Parteiversammlung. Über die derzeitige Situation in der DDR-Wirtschaft: Es sind große Mängel. Industrie, dadurch Engpässe.

12. März 1977 – Jena gegen Dyn. Dresden 0:2. Erster Sieg seit 1966 von mir. Es gab keinen Ausfall."

Hans-Jürgen Kreische trifft gegen Sachsenring Zwickau (5:2) zweimal und sorgt mit einem erneuten Doppelpack auch für den Auswärtssieg in Jena (2:0). Dynamo übernimmt die Tabellenführung! Im Europapokal gegen den FC Zürich bleibt sich der formverbesserte Torjäger treu und knipst wieder zweifach: Erst zum 2:1, dann zum 3:1. Ganz Dresden wähnt sich erstmals im Halbfinale des Europapokals. Doch die Freude währt kurz. Kreische und alle anderen können es nicht fassen. Wieder patzt der Neuzugang im Kasten. Bernd Jakubowski kann einen Schuss der Gäste nicht festhalten und den Abpraller versenkt erneut der listige Risi. Dynamos Traum vom großen Coup endet nicht zum ersten Mal mit einem Albtraum.

„16. März 1977 – Flogen aus dem Europapokal, trotz 3:1-Führung noch 3:2. Ich brüllte auf dem Platz. Unachtsamkeit von Helm, Müller, K. und Dörner. Die 33.000 waren tief erschüttert, ich natürlich auch und das zum Geburtstag meiner Gattin. Sie hatte auch ein Erlebnis, zu Mittag meldete sich ein Schweizer Bürger an der Wohnungstür. Ein Zürich-Fan, er schenkte meiner Frau zum Geburtstag eine Tafel Schokolade. Meine Frau fragte, wer ihm den Weg zu unserem Haus gezeigt hätte. Er sagte die VP.“

Die Kopfwäsche ist gründlich. Erst gibt es eine gehörige Standpauke von Walter Fritzsch, der sich – vielleicht für immer – vom Europapokal verabschieden musste. Dann wäscht Gerhard Prautzsch nach. Der Assistenztrainer weiß, in wenigen Monaten muss er als Cheftrainer den Kopf hinhalten. Am nächsten Tag steht auch der Politunterricht ganz im Zeichen der EC-Pleite. Die ersten Briefe und Karten sind auf der Geschäftsstelle eingegangen, meist von enttäuschten Anhängern. Nur wenige Mutmacher befinden sich darunter. Erste Maßnahme im sportlichen Bereich ist der erneute Torhüter-Wechsel. Bernd Jakubowski erhält bis Saisonende eine Denkpause.

„24. März 1977 – Spurwechsel eines Fiats – fast mich gerammt, wenn ich nicht aufgepasst hätte. Blinker kaputt. Gab mir gleich 15 Mark für neue Blinkerkappe.

26. März 1977 – Dyn. Dresden – RW Erfurt 7:2. Kassierten zwei vermeidbare Tore!“

Für Walter und Käthe Fritzsch beginnt im April 1977 ein Großprojekt, der Bau ihrer Datsche. Unweit der Windmühle in Boxdorf haben sie ihr Traumgrundstück gefunden. Gleich hinter der Stadtgrenze gelegen, aber in völliger Abgeschiedenheit und noch dazu auf dem Weg ins geliebte Moritzburg. Wie oft hatten sie schon zu allen Jahreszeiten die Spaziergänge am und um das barocke Märchenschloss genossen.

Nun soll es also losgehen, ein bisschen Bammel hat der Trainer schon. Handwerklich gehört er eher in die Kategorie »Ergänzungsspieler«. Da ist seine Käthe aus anderem Holz geschnitzt. Sie malert, pinselt und werkelt mit großer Freude und sehr viel Geschick.

„17. April 1977 – Fuhren nach Boxdorf, Datsche. Zwei Arbeiter anwesend, sie haben zementiert. Spaziergang Moritzburg bei Sonnenschein.

24. April 1977 – Fuhren zur Baustelle. Zementsockel für Datsche ist fast fertig. Herr N. war zugegen.“

Ihre Saisonziele, Meisterschaft und Pokalfinale, haben die Dresdner fest im Visier. Sie agieren im Frühjahr 1977 nicht souverän, aber sie liefern die nötigen Ergebnisse. Im Pokalhalbfinale gegen Jena ist es knapper als die beiden Siege (2:0, 2:1) vermuten lassen. Endspielgegner wird Lok Leipzig sein, der Pokalverteidiger. In der Meisterschaft verteidigen sie einen Drei-Punkte-Vorsprung mit einem Arbeitssieg in Stahl Riesa (2:0).
Plötzlich steht ein Kamerateam des ZDF vor der Tür, aber nicht zum ersten Mal. Der »Sportspiegel« plant eine 45-minütige Reportage über den DDR-Meister. Abgesegnet von den »zuständigen Organen« waren die Schwarz-Gelben beginnend mit dem Europapokalspiel bei Benfica Lissabon im September 1976 in loser Folge besucht worden. Natürlich müssen die Fragen an den Trainer oder die Spieler schriftlich eingereicht werden und Dörner, Häfner oder Riedel erklären vor laufender Kamera, dass sie niemals woanders spielen wollen, als bei Dynamo Dresden. Wobei sie sich gar nicht so sehr verbiegen müssen. Ihnen geht es gut, sehr gut sogar. Sie verdienen weit über dem Durchschnitt und haben mit Mitte Zwanzig bereits die wesentlichen Lebensziele

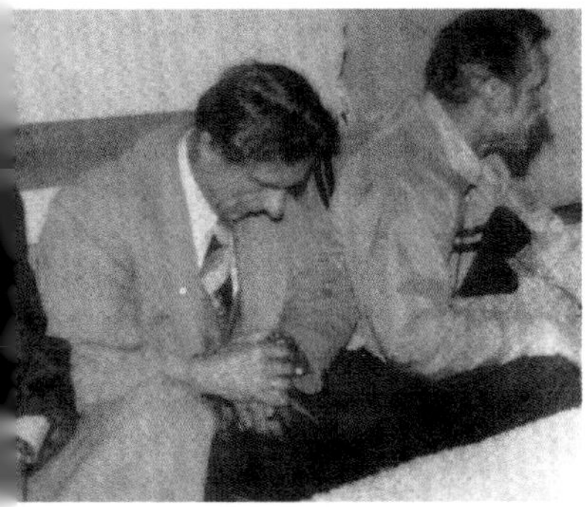

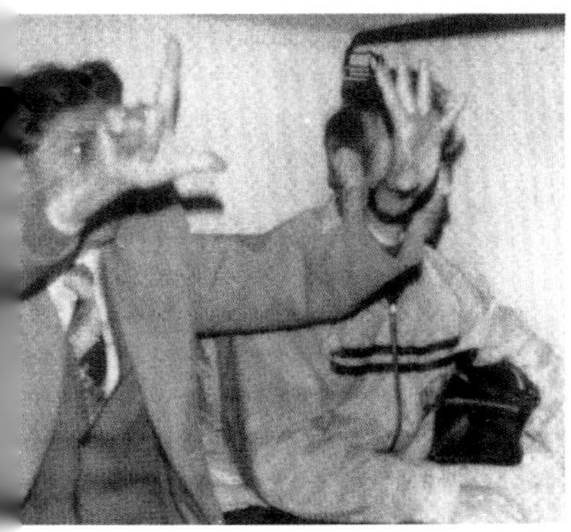

Fritzsch kurz vor der Meisterschaft in Magdeburg – unter Hochspannung

eines Ostdeutschen wie Familie, Wohnung, Auto oder Datsche erreicht. Dazu genießen sie mit ihrem Promi-Bonus eine angenehme Sonderstellung in der Mangelwirtschaft und werden von den Dynamo-Fans wie Popstars gefeiert.

„7. Mai 1977 – Dyn. Dresden – Aue 4:0. Sieg verdient, kein großes Spiel. ZDF (BRD) filmte unser Spiel und die Sportfreunde.

10./11. Mai 1977 – 11 Uhr, gab Interview für ZDF-Westfernsehen. Filmten Training auf Pionierplatz. Schwach Dörner, Richter, Kreische.

12. Mai 1977 – 15:30 Uhr, normales Abschlusstraining. 16:50 Uhr fuhr zur Datsche. Sand + Platten angeliefert. 18 Uhr Abendessen im Gästeheim."

Flutlicht-Atmosphäre an einem Freitagabend in Magdeburg, doch die 30.000 im Grube-Stadion sehen keinen Fußball, es ist eine Schlacht: *„Von Spiel zu sprechen, wäre der blanke Hohn"* – beschreibt sogar die stets sachlich-nüchterne »fuwo« und nennt mit Sparwasser, Raugust, Dörner und Klaus Müller die, die sich dem eigentlichen Ziel verpflichtet sahen. Dynamo-Torjäger Kreische wird aus der Partie getreten, Christian Helm brennen daraufhin die Sicherungen durch, er sieht Rot. Tore aber fallen keine. Schiedsrichter Einbeck versuchte es anfänglich mit Toleranz, lag damit völlig daneben. Noch einmal die »fuwo«: *„Eine bittere Erkenntnis für den Referee, der nicht mehr zu steuern vermochte, was die Aktiven provozierten."*

„13. Mai 1977 – 19 Uhr dieses Spiel durften wir nicht verlieren, um den vierten Titel zu garantieren. Es war ein verkrampftes Spiel. Schiedsrichter Einbeck zu schwach. Im Pressegespräch sagte ich etwas gegen Einbeck. Beglückwünschte die Truppe, auch das ZDF gratulierte."

Bezirksverwaltung Magdeburg – Information zu Äußerungen des Trainers von Dynamo Dresden, Fritzsch, nach dem Spiel 1. FCM gegen Dresden: *„In der Pressekonferenz nach dem Oberliga-Punktspiel 1. FCM - Dresden schimpfte Walter Fritzsch sehr ausgiebig (ca. 10 Minuten) über die Leistung des Schiedsrichters an diesem Tag. Bemerkenswert dabei ist, dass er (nach Information des Gen. Bauernschmidt/ND) immer wieder solche Äußerungen einflocht wie: „Ich kann mir das ja erlauben, mir kann sowieso keiner mehr was wollen." Alle seine Äußerungen wurden von dem an diesem Tag in Magdeburg weilenden Fernsehteam des ZDF in Bild und Ton mitgeschnitten. gez. Dieter Keller"*

Für das ZDF-Team ist dieser Freitagabend ein Geschenk. Unter dem Arbeitstitel »Dynamo Dresden und der Fußballsport in der DDR« fangen sie einmalige Bilder ein für einen spannenden Stoff. Der Besuch aus dem Westen erlebt hautnah die Entscheidung im Titelkampf. Den Dresdnern genügt ein Unentschieden für die erstmalige Titelverteidigung. Zudem hatten sie nicht vergessen, dass der FCM nur zwei Jahre zuvor ausgerechnet bei ihnen auf seinen Triumph angestoßen hatte.

„Abpfeifen, abpfeifen!" – brüllt die komplette Dresdner Wechselbank, um Augenblicke später endlich erlöst zu werden. Danach erleben die Dynamo-Spieler ihren Trainer in seiner Paraderolle als »kleiner General«. Erst scheucht er sie mit herrischer Geste und wutverzerrtem Gesicht zum Meisterfoto, dann zu den mitgereisten Anhängern in die Kurve.

Der Verlierer des Abends humpelt seinen Mitspielern hinterher. Hans-Jürgen Kreische weiß schon, dass sein malträtierter Knöchel einen Einsatz im Pokalfinale unmöglich macht. Der Torjäger ist gerade zum vierten Mal Meister geworden und kämpft doch mit den Tränen der Enttäuschung.

„21. Mai 1977 – Medaillenempfang vorm Spiel. Dyn. Dresden – BFC 2:1. Das Publikum beglückwünschte uns hörbar. Es ist für mich eine Genugtuung, wie man mich verehrt."

Zwei Wochen lang muss das Geschehen auf der Baustelle in Boxdorf ruhen, aus gutem Grund. Der Bauherr ist vor dem Pokalfinale am Pfingstsonnabend der gefragteste Mann in Dresden. Über den »Sender Dresden« kann man Walter Fritzsch hören, ebenso im »Berliner Rundfunk«. In der Gewerkschaftszeitung »Tribüne« wird ein Interview mit ihm abgedruckt, ebenso im »Sport-Echo«, in der »fuwo« und natürlich in allen Zeitungen der Region. Der Trainer kann mit den Schwarz-Gelben nach 1971 das zweite »Double« holen.

„28. Mai 1977 – Pokal-Endspiel Dyn. Dresden – FCL 3:2. Wir gewannen den Pokal in der 87. Minute. Man gratulierte mir, Interview mit Funk und Fernsehen. ZDF filmte mich. Empfang FDGB. Töpfer überreichte Pokal. Mir ist es nicht schön, Mandelentzündung."

Im Spiegelsaal der Albrechtsburg in Meißen wird das Double gefeiert. *„Es ging gesittet zu. Keine Alkoholleichen."* Wie schon 1971 holt Dynamo die Meisterschaft und den Pokalsieg, der vierte Titel im achten Jahr. Für Walter Fritzsch eine ganz besondere Genugtuung: *„Ich wurde von vielen beglückwünscht, die mich 1976 ablösen wollten."* Noch vor der Abreise nach Kuba vervollständigt er seine Statistik und analysiert den für ihn wertvollen Triumph. *„Meine Trainingsanforderungen waren demzufolge nicht falsch, auch die Belastung nicht. Insgesamt 204-Theorie-Einheiten, 27x Kollektiv-Kern-Besprechungen zeigen, dass wir weiterhin Einstellungs- und Erziehungsprobleme haben."*

„3. Juni 1977 – Nach Kuba mit G. Schneider, Rohne, Prautzsch. Es gab in der Luft kurz vor Havanna einige Sekunden Unsicherheit im Fluge. Zimmer 309 mit Blick zum Meer."

»Sie war aus Varadero!« – schmettert Schlagersänger Andreas Holm seit 1975. Die von ihm geweckten Sehnsüchte gehen für Dynamo-Trainer Walter Fritzsch und seine Frau Käthe nach dem Pokalfinale in Erfüllung. Zwei Wochen Kuba mit Havanna und Varadero, mit Krokodilfarm und Zigarrenfabrik, mit Sonne und Strand. Im Vorjahr hatten die Fußball-Olympiasieger durch den Saisonstart in der Oberliga die Auszeichnungsreise für die DDR-Olympioniken auf der MS „Völkerfreundschaft" verpasst. Nun liegen auch die Dresdner Auswahlspieler im Hotel »National de Cuba« am Pool und lassen die überaus erfolgreiche Saison Revue passieren.

„8. Juni 1977 – Machten an einer unbewohnten Insel halt. Viele Moskitos, dort wurden Fische gebraten, Kartoffeln. Offenes Feuer. Wir badeten u. suchten Muscheln."

Walter Fritzsch kommt mit Peter Gießner ins Gespräch und plaudert mit dem Klubchef des 1. FC Lok auch über seinen geplanten Abschied von Dynamo. Prompt bekommt er vom Leipziger das Angebot, ab 1978 bei den Blau-Gelben als Cheftrainer anzufangen.

Das zweite Double – der Trainer ist stolz, und Kreische (5.v.l.)?

Rechts: *Pokalfinale 1977 – Walter Fritzsch posiert als Einziger mit der Kamera. Der kleine blonde Ballholer hinten links ist der spätere Nationalspieler Andreas Thom*

„19. Juni 1977 – Sonnenaufgang in 10.000 m Höhe. 5:45 Uhr gute Landung in Schönefeld. Aber wir mussten 1 Stunde auf die Koffer warten. Sauerei. Fuhren mit dem Bus nach Dresden.

20. Juni 1977 – In Boxdorf. Sahen uns die Datsche an, sie sind vorangekommen."

Nach der Rückkehr aus Kuba gibt es für die Nationalspieler gleich den nächsten Traumtrip, eine Länderspielreise nach Südamerika mit einem Testspiel gegen WM-Gastgeber Argentinien. Für Hans-Jürgen Kreische kommt die Reise zu früh. Zwei Jahre nach seinem bislang letzten Länderspiel gegen Kanada hofft er auf ein Comeback. Georg Buschner hat ihm nach dem Pokalfinale signalisiert, dass er in der WM-Qualifikation im Herbst wieder berücksichtigt werden soll. Damit ergibt sich die Aussicht auf seine zweite Weltmeisterschaft.

Zum Nationaltrainer hat der Torjäger einen guten Draht. *„Hans, ich muss mal mit Dir reden!"* – hatte der ihn oft angesprochen und Kreische weiß schon Bescheid: *„Was hat denn der Fritzsch schon wieder?"* Buschner will das Gespräch nicht unnötig in die Länge ziehen. *„Ach, sag dem Walter Fritzsch einfach, dass ich mit Dir gesprochen habe!"* Oft bekam Kreische in Dresden einen Brief des Klubtrainers mit auf den Weg zur Auswahl. Nicht selten öffnete er ihn auf der Fahrt zum Länderspiel. Hin und wieder gab es berechtigte, oft aber überzogene Kritik an seiner Person. Kreische riss den Brief an Buschner in kleine Schnipsel und kurbelte die Scheibe nach unten. *„Das wäre schön"* – kommentiert er den wirbelnden Tanz der immer kleiner werdenden weißen Punkte.

Gefragter Gesprächspartner für Presse, Funk und Fernsehen

„23. Juni 1977 – Seddin. West-Fernsehen, Krimi. Dann sprach Manfred Krug, Schauspieler, über seine Umsiedlung.

27. Juni 1977 – In Boxdorf. Kam Herr N., besprachen Datsche. Vorbau mit Überdachung.

28. Juni 1977 – Fuhr mit Käthe und Herr N. zur Datsche, geht weiter."

Am 6. Juli 1977 erfährt die bundesdeutsche Fernsehgemeinde zur besten Sendezeit mehr über den DDR-Fußballmeister Dynamo Dresden und seinen Trainer Walter Fritzsch. Die ZDF-Reportage unter dem Titel »Auf den Spuren König Richards« beginnt mit Ausschnitten der dramatischen Schlussphase im jüngsten FDGB-Pokalfinale. Das ZDF-Team hatte wie schon in Magdeburg Glück und fängt ein, wie die Dynamo-Bank mit Walter Fritzsch das Happy-end erlebt. In den letzten fünf Minuten verwandeln Weber und Sachse einen 1:2-Rückstand der Dresdner gegen Cupverteidiger Lok Leipzig in den 3:2-Triumph.

Am Tag der Ausstrahlung haben fast alle Dynamo-Spieler ein unlösbares Problem. Im »Tal der Ahnungslosen« ist um 19.30 Uhr ausschließlich die Aktuelle Kamera zu empfangen. Die Ankündigung verspricht: *„Ein vom ZDF gedrehtes Feature über den fünffachen DDR-Fußballmeister Dynamo Dresden, dessen Spieler sich als »Angehörige der bewaffneten Organe« (Spielführer Dörner) fühlen und ihren Sold von der Volkspolizei beziehen."*

Walter Fritzsch will sich die Sendung nicht entgehen lassen. Mit Käthe an seiner Seite und dem Kofferfernseher im Gepäck geht es auf der Autobahn nach Siebenlehn. Dort müsste es mit dem Empfang klappen. Doch der Trainer hat Pech. Auf dem Weg werden sie von einem Wolkenbruch überrascht, der Wartburg bekommt einen Hustenanfall. Der Grund ist Wasser im Vergaser. So kann der Filmheld nur einen Teil der Sendung sehen.

„11./12. Juli 1977 – Bekam 7 Jahres-Sitzplatzkarten. Ist wie ein Lotterie-Gewinn! Schickten uns das Band mit der ZDF-Sendung. Fuhr nach Dohna. 20.000-km-Durchsicht. Auspuffrohr musste ersetzt werden. Fuhren zur Datsche, beide streichen Ziegel.

17. Juli 1977 – Fuhren zur Datsche, es geht äußerlich vorwärts. Der Innenausbau geht auch langsam voran. Herr N. erhielt eine Jahreskarte."

Die Datsche ist fertig. Zu Besuch sind die Jungs aus Ellefeld. Der eine knippst, der andere staunt mit Walter

Die sieben Jahres-Sitzplatzkarten, die Walter Fritzsch vom Verein erhielt, gelten in und um Dresden schon längere Zeit als wertvolle »Zweit-Währung«. Hilfreich vornehmlich im Umgang mit Handwerkern (Kfz.-Meister, Fliesenleger, Tischler) oder eben als »Entgelt« oder »Zielprämie« für Herr N. Er ist für den Trainer als Bauleiter und Vermittler in Personalunion tätig. Walter Fritzsch sorgt als Bauherr für die Entlohnung der Arbeitskräfte oder für das Begleichen der Rechnungen für Material. Zement, Fliesen, Bretter, Dachpappe – all das ist in der DDR »Bück-Ware« und nicht so einfach zu bekommen. So ist die Hälfte ihres geplanten Budgets für die Datsche im Sommer 1977 bereits verbraucht.

„26./28. Juli 1977 – Rief mich Wismut Aue an. Fuhr mit Kreische nach Weißwasser, Forum BSG Chemie. Sie bewirteten uns gut. Gab Liverpool- Pokal und Wimpel. Beschenkten uns 2 DFV-Gläser, ein großer Cognac-Schwenker, eine Kristallvase, 2 Spitzenvasen. Sportfest Leipzig: DDR - UdSSR 2:1, gutes Spiel.

29./30. Juli 1977 – Fuhren zur Datsche u. zum Bürgermeister Marx, gab ihm 1 Jahres-Sitzplatzkarte. Meint, der Datschenbau sei sehr teuer. Käthe war auf der Datsche, Fliesen geliefert. Sahen Sportfest-Umzug, Leipzig."

Anfang August sitzen der Trainer und seine Frau in Boxdorf zum ersten Mal auf der neuen Terrasse. Der Innenausbau liegt in den letzten Zügen, sie haben aufgeräumt. Drei Kästen mit leeren Flaschen waren zusammen gekommen. Momentan passiert aber nicht viel. Herr N. weilt im Urlaub.

„9./10. August 1977 – Der Kaffee ist international 4fach teurer geworden. Bei uns fällt der Kosta aus. Meckereien! Zur Zeit große Sorgen Planerfüllung – Export."

„Horcht drauf!" – der Dresdner Coach holt seine Spieler zusammen: *„Das sind unsere Ziele: Den Titel verteidigen, Halbfinale oder Endspiel im Pokal, Viertelfinale oder Halbfinale im Europapokal!"*

Die letzte Vorbereitungsperiode im Trainerleben des Walter Fritzsch endet mit dem Punktspielauftakt gegen Wismut Aue. Am Tag davor grübelt der Coach noch über seine Sturmbesetzung. Das Abschlussspiel soll ihm noch einmal Aufschlüsse geben. Nach dem gemeinsamen Abendessen im Casino schauen sie sich im Kollektiv den ZDF-Film an.

Am nächsten Tag findet im Dynamo-Stadion die offizielle Saisoneröffnung des Verbandes statt. Im Rahmen dieser Zeremonie wird WM-Endspiel-Schiedsrichter Rudi Glöckner offiziell verabschiedet. Danach rollt der Ball. Dynamo zaubert vierzig Minuten lang, führt 4:0 gegen Wismut Aue. Was folgt ist Langeweile, das 4:1 trotzdem ein gelungener Start.

„16. August 1977 – Käthe brachte Garderobe - Schaukel - Leiter mit dem B1000 der KJS zur Datsche. Bastian räumte die Möbel ein, Wohnstube und Küche. Kauften drei Schränke.

18. August 1977 – Schickte Kreische vom Training weg, er will sich von mir nicht mehr kritisieren lassen. Schickte ihn zum Vorsitzenden Rohne."

In Boxdorf sind die letzten Arbeiten zu erledigen. Walter Fritzsch schwingt im Bad den Pinsel, Käthe säubert die Fliesen. Sie hat Kartoffelsalat und Würstchen mitgebracht, spendiert nach dem Kaffeetrinken anderthalb Flaschen Sekt. Sie stoßen an auf ihre Zweit-Wohnung im Grünen. Walter sitzt vor dem Kofferfernseher, es läuft »Sport aktuell«. Am Vortag haben seine Schwarz-Gelben in Zwickau mit 3:0 gewonnen.

„9. September 1977 – Peter Schreier war zum Training zugegen. Unterhielt mich mit ihm."

In der Meisterschaft läuft es bei Dynamo. Vier Siege aus fünf Spielen wecken auch Hoffnungen für den Europacup-Auftakt. Das schwedische Team von Halmstadt BK gilt nicht als Übermannschaft und wird beim 2:0 souverän in die Schranken verwiesen. Ohne, dass Dynamo dabei Bäume ausreißen kann. Viele fragen sich, was werden die letzten Monate unter Walter Fritzsch bringen? Unterschwellig belastet das zerrüttete Verhältnis zwischen dem Trainer und Torjäger Kreische nach wie vor das Klima in der Mannschaft. In Erfurt wird der mittlerweile 30-Jährige vom Coach nach einer guten Stunde vom Rasen geholt. Dynamo gewinnt mit 2:0, doch für viele Spieler fühlt sich die Heimfahrt ganz anders an. Die Stimmung ist schlecht.

Kreische wird nach der Liverpool-Pleite zum Sündenbock gemacht

„18. September 1977 – Unternehmer-Präsident Schleier, Vorsitzender der Arbeitgeber, nun schon 14 Tage entführt u. die BRD Regierung machtlos.

21. September 1977 – Zur Zeit Bevölkerung sehr unruhig Kaffee-Problem. Es rumort, keine Baumwollbettwäsche. Wurde in der Zeitung veröffentlicht."

Dynamo quält sich in die nächste Runde. Ruhm und Ehre ernten sie nicht für ihren Auftritt in Halmstadt. Was zählt, ist allein das Ergebnis und das spricht in der Summe der beiden Spiele für Dresden. Für jeden Spieler gibt es 80 Kronen Extraprämie, für das Weiterkommen. Am Freitag nach dem Spieltag auf internationaler Bühne stöhnt Walter Fritzsch beim Bekanntwerden der Auslosung: *„Wieder FC Liverpool!"*

Als er im Oktober zur Spielbeobachtung am Ufer des Mersey River steht, hat er die Partie Leeds United gegen FC Liverpool (1:2) vor Augen und ist sich sicher: *„Es war ein sehr großes Spiel, wir werden es wohl nicht schaffen oder es herrscht große Disziplin."* Offiziell lässt er verlauten: *„Wir sind Außenseiter, wollen unsere Chance aber nutzen. Dazu muss vor allem die Abwehr Bestform erreichen."*

Tage später bestätigen sich die schlimmsten Ahnungen. Das Spiel beim FC Liverpool wird für die Dresdner zum Horrorstück. Dynamo geht mit 1:5 unter. Für Trainer Fritzsch bricht eine Welt zusammen. *„Von uns sehr schwache Partie. In der Kabine schrie ich, betreffs der Kopfbälle. So kommen wir nicht voran!"*

„26. Oktober 1977 – Rohne will nach FCM Kreische verabschieden

29./30. Oktober 1977 – WM-Qualifikation DDR – Malta 9:0, positiv. Käthe ist zur Datsche. Türkei – Österreich 0:1. Damit ist der Zug nach Argentinien fort."

Das Rückspiel gegen den FC Liverpool ist reine Formsache. Im sechsten Cupspiel gegen Liverpool gelingt den Dresdnern der erste Sieg, leider hat er nur statistischen Wert.

„2. November 1977 – Dynamo Dresden gegen FC Liverpool 2:1. Alle waren sehr zufrieden, gutes Spiel. Sah mir Schalke – Magdeburg 1:2 an.

4. November 1977 – Teilte Rohne mit, dass Kreische Schluss macht."

Die langgezogenen Rufe wollen einfach nicht enden. Die Fans fordern ihren Liebling. *„Haaansi! Haaansi!"* Doch Walter Fritzsch denkt gar nicht daran, den Torjäger und Regisseur einzuwechseln. Beim Punktspiel gegen den 1. FC Magdeburg darf sich Kreische warm machen. Der Trainer hat die Höchststrafe verhängt für einen, der so oft getroffen hat wie kein Zweiter bei Dynamo. Macht Hans-Jürgen Kreische damit alleinverantwortlich für die deftige Klatsche in Liverpool. Die Zuschauer können es nicht verstehen, fordern: *„Kreische! Kreische!"* – immer wieder hallt der Name durch das Stadion. Da, endlich! Der Trainer signalisiert: *„Schiri, wechseln!"* Doch zum Erstaunen aller kommt der 19-jährige Debütant Karsten Petersohn ins Spiel.
Kreische schnaubt vor Wut, zieht seine Fußballschuhe aus und wirft sie dem Trainer vor die Füße: *„Dann mach ich eben Schluss!"* Der traurige Höhepunkt einer acht Jahre lang währenden Beziehungskrise. Fritzsch wollte aus Kreische einen der besten Spieler Europas machen. Hatte dessen Qualitäten sehr wohl erkannt. Doch gleichzeitig wollte er unbedingt verhindern, dass Kreische zum Star wird, hielt ihm stets dessen Defizite vor, sparte mit Lob. Vielleicht spekuliert Kreische, dass ihn die Funktionäre am Rücktritt hindern werden?

Sie denken nicht daran und er bleibt bei seiner Entscheidung. *„Bist Du verrückt, Du kannst doch nicht einfach aufhören?"* – fragt Dixie Dörner nicht nur einmal. Auch die Klubleitung zeigt kein Entgegenkommen. *„Wer nicht für uns ist, ist gegen uns"* – lautet die Devise von Horst Rohne und so kann sich Kreische die Angebote von Rostock oder Lok Leipzig an den Spiegel stecken. Seine Karriere ist beendet. Fritzsch scheint es egal. Zum einen setzt er auf Rainer Sachse als vermeintlichen Nachfolger des Torjägers Kreische. Dazu gibt es Ersatz für den Spielmacher Kreische. Gerd Weber ist wesentlich jünger, hat Regiequalitäten und trifft erstaunlich oft.

Fritzsch und Kreische fanden nie zueinander – im Herbst 1977 endet der Dauerzoff wie befürchtet

Am 6. Dezember 1977 erfährt es die DDR-Fußballgemeinde offiziell: *„Hansi Kreische nahm Abschied."* In der »fuwo« wird er zitiert: *„Im Interesse der kontinuierlichen Weiterentwicklung des Kollektivs sehe ich als langjähriger Stammspieler meinen Platz nicht noch für längere Zeit auf der Auswechselbank. Hier sollte viel lieber ein junger Mann sitzen, der Aussicht hat, ins Oberliga-Kollektiv aufzurücken."* Jeder weiß, dass diese Zeilen nicht aus Kreisches Feder geflossen sind.

Die jungen Spieler heißen Peterson, (Volker) Schmidt, Trautmann, Döschner und Hennig. Alle fünf kommen in kurzer Folge zu ihren ersten Einsätzen in der Dynamo-Elf. Dazu hat sich Walter Fritzsch längst auf die Suche nach weiteren Ergänzungen gemacht. Beraten wird über Klaus Havenstein (Chemie Böhlen) oder Michael Meyer (Chemie Leipzig). Doch von beiden Kandidaten erhält der Dynamo-Trainer einen Korb.

Nach dem Kreische-Eklat beim Magdeburg-Spiel holen die Dresdner in vier Spielen nur einen Sieg und büßen so ihre Tabellenführung ein. Ein Zufall? *„Die Auswechslung oder das Ausscheiden Kreisches von der aktiven Laufbahn war zu diesem Zeitpunkt unangebracht. Das ist bei vielen Spielern auf Unverständnis gestoßen. Hinzu kam das viele Ausprobieren von Walter Fritzsch und Gerhard Prautzsch"* – notiert Unteroffizier Klier von der Bezirksverwaltung des MfS nach einem mündlichen Bericht eines Dynamo-Auswahlspielers.

Beim Jahresabschluss im »Ratskeller« glänzt Kreische durch Abwesenheit, wer will es ihm verdenken. Walter Fritzsch packt kurz vor 23 Uhr seine Geschenke ein, den Brotröster, eine Flasche Sekt, eine Wurst und einen Schinken. Dann verabschiedet er sich von seinen Spielern mit einem speziellen Hinweis: *„Wir sehen uns am 2. Januar wieder. Für jedes Gramm über 500 Gramm Mehrgewicht zahlt ihr eine Mark, verstanden?"* Natürlich hatten sie am Vortag nach dem letzten Testspiel alle nochmal auf der Waage gestanden.

Walter Fritzsch mahnt zur Geduld für die jungen Spieler Trautmann und Döschner

Walter Fritzsch hat die vergangenen zwölf Monate wie immer gründlich ausgewertet. Verzeichnet allein im Herbst 51 Wettkämpfe und setzt dabei 19 Spieler ein. Privat kommen Käthe und er auf 121 Datschenbesuche. Die Addition der Ausgaben für das Bauprojekt in Boxdorf ergibt die stolze Summe von 50.830 Mark. Inclusive des Inventars und einer Garage, die zuletzt doch noch hinzugekommen war. Damit liegen sie 25 Prozent über dem ursprünglich kalkulierten Betrag. Ein Grund mehr, das lauschige Plätzchen künftig so oft wie möglich zu nutzen.

Was wird eigentlich mit ihm selbst? Die Unsicherheit über seine Zukunft begleitet den Trainer ins WM-Jahr 1978. *„Ist die Trainerlaufbahn am 4.6.1978 beendet?"* – lautet die Frage, die er noch nicht beantworten kann. *„Ich weiß nicht, was werden soll."* Kein Wunder, dass seine Vorstellungen für 1978 sehr vorsichtig ausfallen: *„Gesundheit. Meine Stimmbänder in Ordnung bringen. Beruf = Mindestens 3. Platz + Pokalfinale. Wasseranschluss - Strom - Einfahrt bis 30.6.78"* Und dann? Walter Fritzsch, so scheint es, hat noch überhaupt keinen Plan: *„Das 2. Halbjahr ist für mich sehr unsicher."*

„1./2. Januar 1978 – Bis jetzt 111 Weihnachts- und Neujahrsgrüße. 8.30 Uhr Wiegen: Schmuck, Richter – 2 kg Zunahme. Training auf C-Platz. Spiel auf mehrere Tore, takt. Mängel."

Einen interessanten Einblick in seine Gefühlslage erhalten in den ersten Januartagen des neuen Jahres die Dynamo-Interessierten in Ellefeld. Zum zweiten Mal schon gelingt es Achim Thoß und Joachim Hums, Walter Fritzsch ins Vogtland zu locken. Diesmal hat der Trainer sogar seine Frau zum Sportler-Forum mitgebracht. Niemand kann wissen, dass er hier zum letzten mal als Dresdner Chefcoach Platz nimmt. Das Kreuzverhör der 150 Anwesenden beginnt, nichts anderes war zu erwarten, mit dem Thema »Kreische-Abschied«. Fritzsch holt kurz aus: *„Der Hofmann, Bernd war ein guter Fußballer, mit einem guten linken Fuß. Aber nur Steilpässe reichen nicht. Der hatte einen Aktionsradius wie ein Bierdeckel. Deshalb musste ich ihn raustun. Ich brauche Spieler, die immer in Bewegung sind. Auch dem Gumz, Siggi hab ich gesagt, Du hast kaputte Beine. Es ist vorbei! Beim Kreische, Hans war das anders. Der Hans kam zu mir. Vielleicht, weil er wusste,* *dass ich Hofmann, Gumz und die anderen rausgetan hatte und nun Angst bekam, dass er nach Sammer der nächste ist."*

Von Kreische geht es zu Jakubowski: *„Wie holt man eigentlich einen Spieler von Rostock, müssen Sie da den Verband fragen?"* – will ein Zuhörer wissen. *„Den Jakubowski kannte ich von Rostock, der Stand immer im Schatten von Schneider, Dieter. Und ich wusste, immer, wenn der nach einer längerer Pause reinkam, fraß der eine Piepe. Der Jaku ist Mecklenburger und ein intelligenter Mann. Die reden ja bissel anders als wir hier in Sachsen. Der hat so eine feine Sprache. Ich habe ihn aufgefordert, seine Deckung lautstark zu organisieren. Da kamen schnell Töne aus der Mannschaft, wie: Fischkopp oder Bläkgusche! Aber meine Aufgabe war, ihm Vertrauen zu schenken. Ich musste ihn ja auch bringen, sonst wäre der Verband gekommen und hätte gefragt, warum holt ihr den Jakubowski und er spielt dann nicht. Da geht er eben nach Magdeburg!"*

Auf die abschließende Frage nach seinem Erfolgsgeheimnis scheint Walter Fritzsch gewartet zu haben: *„Pass mal auf, wo ich in Aue war, das war mein allergrößtes Versuchsfeld. Da hab ich die Truppe geschrubbt. In Rabenstein bei Chemnitz, in einem Hotel, ein Dorfgasthof war das, dort hab ich die geschrotet. Dreimal am Tag trainiert, früh um 7, um 9 und um 14 Uhr. Manchmal abends die vierte Einheit. Und die Spieler kamen damals, das war 1950, gerade aus sowjetischer Kriegsgefangenschaft, wie Karl und Siegfried Wolf. Und das alles, die ganzen Erfahrungen, habe ich in Dresden ausgespielt. Unsere Maximalbelastung ist Montag, Mittwoch und Sonnabend. Und keine Ermüdung durch Training oder Spiele, wenn man abends um zehn ins Bett geht und, hier, dieses gelbe Zeug weglässt. Was der Mensch leisten kann, ist sagenhaft!"*

„7. Januar 1978 – Johanngeorgenstadt. 10 Runden – ca. 8.000 m. Es gab einige Wachsprobleme. Sieger Schmuck – 45:17min – Letzter Dörner 62:45min. Schmuck 1 Flasche Sekt.

11. Januar 1978 – Sprach Rohne mit mir wegen PKW für Kotte, Schmuck, Riedel, Sachse, Müller. Sojus 27 koppelte an Salut 6 an, wo Sojus 26 schon 4 Wochen arbeitet – erstmalig.

18. Januar 1978 – DDR verweigerte Kohl (CDU) BRD die Einreise in die DDR."

Die zwei fanden nie zueinander – im Herbst 1977 endet der Dauerzoff wie befürchtet

Ende Januar findet im Casino die DTSB-Wahlversammlung statt. Die Leitung wird für zwei Jahre bestätigt. Aus Berlin sind die Spitzenfunktionäre der SV Dynamo angereist. Von Hugo Hermann erfährt Walter Fritzsch, dass in Kürze über seinen weiteren Einsatz beraten werden soll. Zwei Wochen später sitzen sie sich gegenüber. Hermanns Vorschlag, Fritzsch soll als »Zentraler Trainer« eingestellt werden und garantiert ihm 1.750 Mark Gehalt. Seine Aufgaben wären die Suche von Talenten, die Nachwuchs-Überprüfung und die Weiterbildung von Trainern und Übungsleitern. Der Coach reagiert mit Vorsicht: *„Aber nur, wenn ich einen Vertrag bekomme."* All die besprochenen Dinge werden genau so abgesegnet. Im Ergebnis dessen informiert Walter Fritzsch unverzüglich Klub-Chef Rohne, dass er bei Dynamo zum 30. Juni 1978 aufhört, neun Jahre nach seinem Amtsantritt. Mit einem Protokoll und den Unterschriften der Beteiligten ist 24 Stunden später alles besiegelt.

„5. Februar 1978 – Rohne sprach zur Truppe, auch die neuen Werte: 300 – 600 – 900 – Prämie. Häfner meckert über Training – freudvoll soll es sein. WM im Handball: BRD – UdSSR 20:19."

Eine Woche nach dem Rückrundenstart in Aue (1:1) nimmt Fuß-

Wenn das der Trainer wüsste – Interne Meisterfeier 1977 im Interhotel Astoria. V.l.n.r.: Boden, Weber, Heidler, Helm, Häfner, Schade, M. Müller und Kotte, ergänzt durch zwei Angestellte des Hauses

ball-Dresden Abschied von einem der besten Fußballer, den Dynamo je hatte. Georg Buschner ist aus Jena gekommen und das Gäste-Team von Sachsenring Zwickau führt Jürgen Croy auf das Spielfeld. Beides langjährige Weggefährten des nun ehemaligen Torjägers Hans-Jürgen Kreische. Zwischen ihm und Walter Fritzsch versucht Manfred Scheler ein letztes Mal zu vermitteln. *„Ich wollte, dass sie sich auf dem Rasen wenigstens kurz umarmen, doch da führte kein Weg rein. Bei beiden nicht"* – erinnert sich der ehemalige Ratsvorsitzende später. Ein kühler Handschlag, dann ist diese sonderbare und bizarre Beziehung für immer beendet: *„Rohne versuchte mich wegen Kreische anzuspitzen – soll mich ändern. Wurde Kreische vor dem Spiel verabschiedet."*

„8. März 1978 – Sender Dresden brachte 7:41 Uhr einen Kommentar über Käthe– anlässlich Frauentag."

Für Walter Fritzsch hat eine mehrmonatige Abschiedstournee begonnen. Nach seinem letzten Spiel mit Dynamo in Aue folgt sein letzter Auftritt in Halle (0:0). Der Trainer versucht, sich nichts anmerken zu lassen. In den 28 Jahren seiner hauptberuflichen Tätigkeit hat er sich kaum einmal eine Pause gegönnt. Wie wird das sein ab Sommer, plötzlich kein Training mehr am Vormittag und auch keine Übungseinheit am Nachmittag? Andererseits bemerkt er auch, dass sein Immunsystem nicht immer erfolgreich abwehren kann. Mal ist es ein Schnupfen, der sich zur veritablen Erkältung ausweiten wird, dann zwickt der Rücken. Ohrensausen, Herzstechen, ein rasender Puls kommen punktuell dazu und auch sein Schlaf ist nicht besser geworden. Der Körper fordert also seinen Tribut.

„25. März 1978 – Ich erreichte das 7. FDGB-Pokal-Endspiel. Spiel war zerfahren. Dyn. Dresden – Erfurt 0:0 - Hinspiel 2:1. Boden fuhr mich nach Hause."

Trotz des frühen Ausscheidens aus dem Europapokal kommt der Dynamo-Trainer im Frühjahr 1978 noch zu einer überraschenden Westreise. Im Rahmen des »Innerdeutschen Sportverkehrs« wird ein deutsch-deutsches Duell mit Hertha BSC angesetzt. Für Walter Fritzsch ein kniffliges Unterfangen, aus terminlichen Gründen: *„Ich wusste, dass man dieses Spiel höher einstuft, als das Pokal-Endspiel gegen den Magdeburg drei Tage später. In einer Woche zwei wichtige Spiele. Ich beobachtete den Gegner in Braunschweig, wir fuhren mit dem Zug. Eintracht Braunschweig – Hertha 1:1. Sie spielen wie der HSV, Kuno Klötzer der Trainer."*

„4. April 1978 – Man bat mich, mein Interview zu geben, dass ich am 3.6.78 abtrete. Rohne versprach mir, dass meine Bezüge + Rente genehmigt seien. DDR – Schweden 0:1. Dörner + Schade dabei.

6. April 1978 – Fuhren zur Datsche: 4 Rollen Dachpappe, 1 Zentner Brikett. In Boxdorf abgeladen. Hängten 3 Lampen auf.

8. April 1978 – Fuhren ins Stadion. W. Günter – Vors. Rot-Weiß Erfurt – hat 1. Sekretär der Bez-Ltg. Bräutigam gesprochen. Alles geregelt – Gehalt. Soll nach Gespräch mit SV Dynamo unterschreiben. Dyn. Dresden – RW Erfurt 6:0 (3:0). Torchancen alle genutzt.“

Die Blitz-Verhandlungen mit Erfurt führen zu einer schlaflosen Nacht. Am Morgen wacht Walter Fritzsch auf und kann sich kaum rühren – Hexenschuss! Mit dem Auto quält er sich zur Spielauswertung ins Stadion, um nach dem Mittagessen sich auf dem Sofa lang zu machen. Er schreibt die Kritik, dann läuft schon »Sport aktuell«.

Gleich zu Beginn der neuen Woche fahren sie nach Boxdorf. Am neuen Schrank sind noch die Füße zu ergänzen. Bei sonnigen achtzehn Grad gibt es den Kaffee auf der Terrasse, die Zeitungen berichten nur Gutes über Dynamo. Beim Spaziergang am Nachmittag in Moritzburg fragt Walter seine Frau, was sie über ein Traineramt in Erfurt denkt. Sie antwortet mit einer Gegenfrage: *„Was macht dein Rücken, Walter?“*

Um sechs Uhr waren sie in Dresden gestartet, Klubchef Horst Rohne und sein Noch-Cheftrainer. Um acht Uhr beginnt bei der SV Dynamo die Beratung bei Oberst Hugo Hermann. Wie geht es mit Walter Fritzsch ab 5. Juni 78 weiter? Die Genossen haben klare Vorstellungen, welche Haupt-Arbeitsmerkmale für den künftigen »Zentralen Trainer Dresden« in Frage kommen: Talentsuche + Sichtung. Längst hat Fritzsch seinen Stift gezückt und notiert alle Eckdaten: *„NEU: Staatsrente 900 + 400 = 1.300 – 70% Krankengeld – 50% für Käthe. Mein Gehalt von 1780,- netto ist noch zu klären“*

Schwere Stunde für Kreische, aber auch für seine Fans – Abschied 1978

Kapitän Dörner weiß, Kreische ist nicht zu ersetzen

„14. April 1978 – Unterhielt mich mit Prautzsch über meinen Abgang u. die Situation. Man sagte mir: Mein Gehalt 1.750 Mark v. HH klar.

16. April 1978 – Kurt Zapf, Rostock u. Frau besuchten uns. Er hätte mich bei Kreische-Fans verteidigt. Fuhren zur Datsche. Tischler – Tor eingehängt – Garage. Wir ölten das Tor.

24. April 1978 – Im Wald 25 Sprints u. Kompensation, Ellefeld dabei. Spielvorbereitung Hertha BSC. Garagenbau: Dach belegt + geteert. Sockel geputzt."

Walter Fritzsch wird nun bei Dynamo oft angesprochen, wegen des bevorstehenden Abschieds von seinem Trainerposten. Viele wünschen ihn zum Ausklang das dritte Double mit Dresden. Die nächste Aufgabe hat weder mit Meisterschaft noch mit dem Pokalfinale zu tun, es ist das Spiel gegen die Berliner Bundesligaprofis. *„Für mich war klar, dass das Kollektiv zwei wichtige Spiele verträgt. Die Westberliner Medien schreiben viele Berichte, die keinesfalls zum Fußball gehören. Sie wollen Geschenke den Spielern übergeben, goldene Kugelschreiber, einen Taschenrechner und eine Ledermappe. Für uns ist es ein normales, internationales Spiel. Die Leitung vertritt den Standpunkt, wir haben uns an das UEFA-Gesetz zu halten, Geschenkartikel im Wert von 10 Mark."*

Die Dresdner Spieler zeigen großes Interesse an den avisierten Mitbringseln des Gegners. Walter Fritzsch warnt vor allzu großen Hoffnungen: *„Wenn Sie uns einen Guten schenken wollen, dann ja. Wie ich einschätze, wird es wohl ein alter Rechner sein. Den können Sie behalten."* Das 17-Uhr-Spiel findet an diesem Mittwoch vor 40.000 Zuschauern statt. Sie wollen die Nigbur, Beer oder Granitza sehen und einen Sieg ihrer Dynamos erleben. Beides geht in Erfüllung. Walter Fritzsch notiert die Fakten: *„Stadion ist stark abgesichert. Wir gewannen 1:0. Tor: F. Richter. Gab Interview für den Kicker. Am Abend gemeinsames Abendessen, Astoria. Hertha-Spieler waren einheitlich gekleidet, von den Schuhen bis zum Schlips. Verging diszipliniert. Unterhielt mich mit Trainer Klötzer und Sobek, Hanne."*

Drei Tage später bestreitet Walter Fritzsch zum siebenten Mal ein Pokal-Endspiel. Klappt es mit dem dritten Triumph? Die Stimmung auf dem Weg ins Stadion der Weltjugend ist gut, nur Dörner erscheint dem Trainer erstaunlich nervös. Gleich in der Anfangsphase wuchtet FCM-Kapitän einen Kopfball ins Dresdner Tor. Es bleibt der einzige Treffer in diesem Finale. *„Verloren 0:1 gegen Magdeburg. Von uns kein Biss, sehr mangelhaft. Ich war natürlich sauer – aber verloren berechtigt. Muss sagen, bei einigen Spielern merkte man, dass sie keinesfalls Kampf zum Sieg bevorzugten. FCM athletisch gut."*

„4. Mai 1978 – 33. Kapitänsgespräch. Die Ursachen der Niederlage. Fuhr zur Datsche: 5 Arbeiter und kein Zement. Doch Garage ist fertig. Holte Sand bei Dachdecker in Boxdorf. "

Nur eine Woche nach dem Endspiel in Berlin sehen sich alle Beteiligten wieder. Diesmal geht es um die Meisterschaft. Im proppevollen Grube-Stadion gehen Dörner und Weber bei Dresden voran. Bei den Gastgebern machen Pommerenke und Steinbach den Unterschied aus. Dank ihrer Treffer gewinnt erneut der FCM. Vier Spieltage vor Schluss sind nun beide Kontrahenten in der Tabelle punktgleich, das Oberliga-Finale um den Titel wird zum vierteiligen Krimi. Walter Fritzsch orakelt: *„Unser Sturm ein glatter Ausfall! Ich glaube, somit verloren wir die Meisterschaft."*

„12. Mai 1978 – Wertete das Europacup-Finale aus: Liverpool – FC Brügge 1:0. Erstmals wurde kritisiert, aber anonym. Letzte Folge: Die Frau hinter dem Ladentisch. Im »Sportecho« und »ND« stand: Fritzsch auf eigenen Wunsch seine Laufbahn beendet. Das stimmt nicht!"

Die Dresdner legen vor, haben zudem das Hinspiel an der hoffnungslos überfüllten Jahnbaude nicht vergessen. Die 8.000 sahen ein 1:1. Im Titelrennen werden tapfere Böhlener von den Schwarz-Gelben einfach überrannt. Nur einer ist nicht zufrieden: *„Dyn. Dresden – Chemie Böhlen 7:1. Ausfälle waren: Heidler, Schade, Kotte, Helm. Wir wurden mit unterstützt, durch Tormann Bott, Elfmeter, Eigentor."* Nach dem Schlusspfiff darf Dresden noch einmal jubeln, weil Magdeburg in Aue (0:0) einen Zähler einbüßt. Drei Runden vor Schluss drehen die Börde-Kicker den Spieß herum. Fegen Sachsenring Zwickau mit 6:0 vom Rasen und wissen da schon, dass Dresden am Vorabend beim BFC (2:2) Federn lassen musste. *„Man glaubt mein Aufhalten nicht! Büßten zweimal die Führung ein. Begrüßte mich Minister Mielke."*

„20. Mai 1978 – Besuch von Erich Hänel und seiner Frau. Er ist noch fit. Es wurde sich natürlich nur vom Fußball BC Hartha 1943/44 und auch jetzt unterhalten. Er lobte mich – hätte auch in der BRD einen sehr guten Ruf.

25. Mai 1978 – 14:30 Training, zwischendurch Fernsehaufnahmen. 19 Uhr, DFF-Sport: Mempel filmte in der Wohnung meine Unterlagen – Käthe sprach auch.

26./27. Mai 1978 – Krach mit Rohne – hat mich als Talente-Trainer gemeldet – Ich sagte: Wenn er nicht anders kann, gehe ich weg! Er kam dann wieder v. hinten. Käthe fuhr nach Boxdorf, graben mit geholfen. Fuhr nach Boxdorf mit Rohne – er hat Talente-Trainer zurückgezogen. Unterhielten uns. Dyn. Dresden - Jena 2:0. Das Publikum feierte mich und gratulierten. Rundfunk-Interview mit Eberhardt."

Dresden feiert, Magdeburg trauert den vergebenen Möglichkeiten nach. Der FCM unterliegt beim HFC (1:2) – Dynamo nun vor dem letzten Spieltag mit zwei Punkten und neun Toren vorn. Nicht nur Walter Fritzsch stellt sich die Frage der Fragen: *„War das der 3. Meister in Folge – der Hattrick?"*

„31. Mai/1. Juni 1978 – Mit Rohne legte ich die Meisterprämie fest. Er informierte mich 1.7.78 Auszeichnungen. Soll ihn anrufen, Ende Juni. Training. Räumte meine Sachen aus. Interview mit Günter Frank (Sächs. Tageblatt).

2. Juni 1978 – Fuhr per Rad zum Training. 8:30 Uhr Spielvorbereitung Frankfurt. Jahresanalyse. Mittagessen. Räumte mein Zimmer restlos aus, auch alte Plakate. Abschlusstraining, war mein letztes Training – i. O. Sprach zu den Spielern, unser Stil muss weiter leben! WM: Tunesien - Mexiko 3:1. bin fast eingeschlafen."

Dixie Dörner hatte die Niederlage im Pokalendspiel unendlich gewurmt. In Frankfurt/Oder wischt er auch die letzten Zweifel weg, hat nach einer halben Stunde die Schwarz-Gelben mit zwei Treffern in Führung gebracht. Der Rest ist Formsache. Danach werfen die Spieler ihren Trainer in die Luft. Der kleine Fritzsch wirkt wie eine große Puppe. Steht danach ein wenig verloren da, beobachtet wie seine Kicker die verschwitzten Trikots in den Fanblock werfen.

Schließlich ist nach neun Jahren der Moment gekommen. Fast zögerlich gehen die Fußballer auf ihren Coach zu und geben ihm die Hand. Eine Ära wird beendet mit steifer Distanz, ohne große Herzlichkeit. Einzig Dixie Dörner umarmt den irgendwie einsam wirkenden Sakko-Träger. *„Vielleicht war es Dankbarkeit"* – versucht sich der Libero später zu erinnern. Er weiß noch, dass Fritzsch sie warnte, als sie ihn hochleben ließen: *„Lasst mich bloß nicht fallen!"*

„21. Juni 1978 – Urlaub, Stoltera. 19 Grad. Angina – Das Schlucken ist noch nicht besser. Käthe ist an der Luft. Sie versorgt mich mit

Der letzte Höhenflug – Fritzsch nach dem Sieg in Frankfurt/Oder

Tee. Lag im Bett. Konnte nicht Radio hören, störte mich. WM: Österreich – BRD 3:2! Argentinien – Peru 6:0?

25. Juni 1978 – Fuhren nach Boxdorf. Viel Unkraut. Abflussrohr ist inzwischen angeschlossen. Tranken Kaffee. Fuhren zur Meisterschaftsfeier – Käthe sah bezaubernd aus im Kleid.

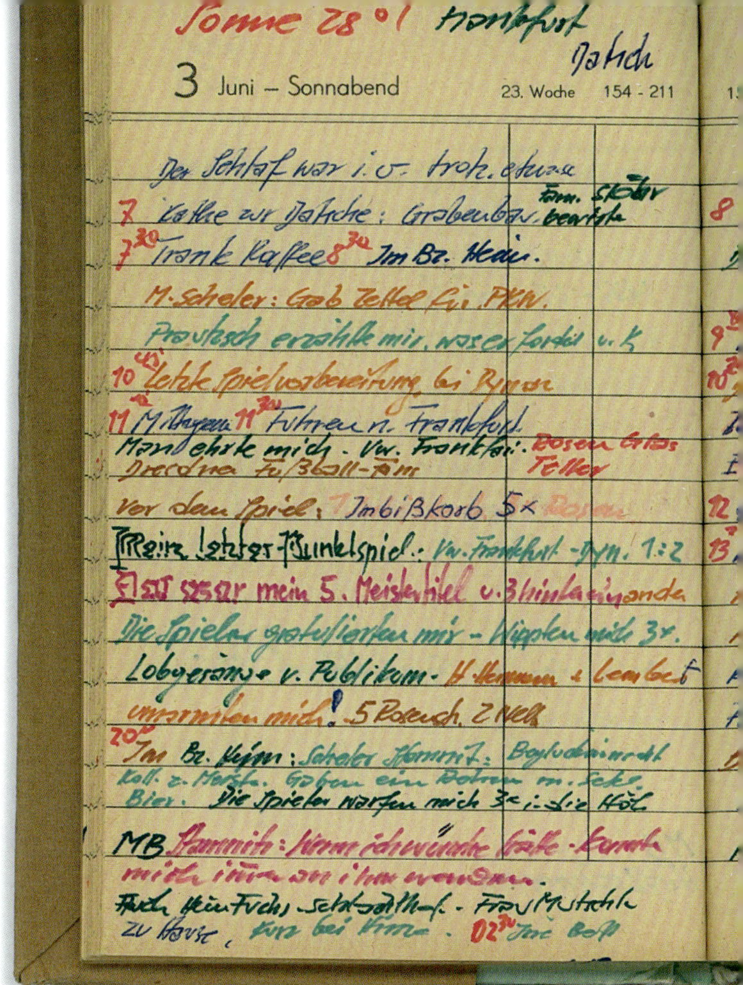

Erich Mielke muss nach Dresden, genauer gesagt ins Hotel Bastei auf der Prager Straße. Die ist weiträumig abgesperrt, als die Regierungsfahrzeuge dort einfahren, wo einst der FC Bayern eingetrudelt war. Dann geht es noch achtzig Meter zu Fuß über die Straße zum Eingang des Restaurants, in dem normalerweise verdiente Werktätige des Volkes ihre Mahlzeiten einnehmen. Mielke muss die Freitreppe nehmen, um ans Rednerpult am anderen Ende des riesigen Raumes zu gelangen. Die Meistermannschaft hat sich vor dem Minister auf der Tanzfläche eingefunden und glaubt nicht, was Mielke da verkündet: *„Hört zu Genossen! Es ist schön, dass ihr aus unserer Sportvereinigung nun schon zum dritten Mal in Folge den Fußballmeistertitel für Dynamo errungen habt. Herzlichen Glückwunsch! Auch von mir. Damit habt Ihr in eindrucksvoller Weise im Rahmen der Sportstafette-DDR-30 mit neuen Initiativen und konkreten Taten Euch und alle Bürger auf den 30. Jahrestag der Gründung der Deutschen Demokratischen Republik eingestimmt. Aber, wir werden alles tun, damit im kommenden Jahr der Meister aus der Hauptstadt Berlin kommt und Ihr als Speerspitze den zweiten Rang belegen werdet."*

Die Dresdner verstehen Feste zu feiern: Riedel, M. Müller, Häfner, Helm, Schade und Boden (v.l.)

Die Spieler schütteln ungläubig die Köpfe und Walter Fritzsch? Erich Mielke hat sich fast eine Stunde lang nur für ihn Zeit genommen, will ihn unbedingt wieder in der Oberliga sehen. Ob der Mielke das wirklich ernst meint? Zumindest bekommt er einen Wartburg als Dienstwagen zugesichert, lebenslang.

„25. Juni 1978 –Ich wurde ausgezeichnet, mit der Verdienstmedaille des MDI in Gold – 750 Mark. Mielke lobte meine neunjährige Tätigkeit bei Dynamo. Modrow sprach: Es wird schwer fallen, die Erfolge v. mir zu übertreffen. Bin noch nicht überzeugt von meiner jetzigen Tätigkeit. WM: Brasilien – Italien 4:1. Es war für uns ein schöner Tag."

Ralf Minge

Jahrgang 1960

SPIELER
36 Länderspiele
2x DDR-Meister
4x Pokalsieger mit Dynamo Dresden
222 Oberliga-Spiele
103 Oberliga-Tore

TRAINER
Dynamo Dresden
Erzgebirge Aue
Bayer Leverkusen (Amateure)
Georgien (Co-Trainer)
DFB U20 (2010)
...

GESCHÄFTSFÜHRER SPORT
Dynamo Dresden (2007 – 2010 und 2014 – 2020)

Lebt in Dresden

Ralf, Du hast gerade das vorangegangene Kapitel gelesen. Lass uns über Walter Fritzsch reden... (Unterbricht mich lachend und zitiert Walter Fritzsch):

„September 69. Abendessen, mein Frauchen reizt mich und ich sprang an. Rindvieh!" Einfach köstlich!!

Was hast Du von seiner letzten Meisterschaft 1978 mitbekommen?

Auf jeden Fall habe ich in dieser Saison Spiele gesehen. Allerdings war das nur in der Woche möglich. Ich hatte im Edelstahlwerk Freital eine Ausbildung zum Instandhaltungsmechaniker mit Abitur begonnen, wohnte im Internat. Am Wochenende habe ich selbst gespielt, bei der TSG Gröditz. Aber an den Wochentagen sind wir schon zu Dynamo rüber gefahren. Da fällt mir ein, ein Heimspiel gegen den FC Karl-Marx-Stadt mit zwei Toren von Peter Kotte – Herbst 1977 vielleicht?

Im Sommer 1978 wurde aus dem Meistercoach der »Zentrale Trainer Dynamo« mit dem Schwerpunkt »Talente-Sichtung«. Deinen Namen hat er relativ schnell auf dem Zettel gehabt. Wie kam es dazu?

Ich war ein Spätzünder. In der Saison 79/80 ging es erst richtig los, ich spielte in der Ersten und in der Zweiten. Im Winter führte ich die Torschützenliste in der Bezirksliga und in der Bezirksklasse an. Im Frühjahr kam Walter Fritzsch nach Gröditz und sprach mit uns in der Kabine vor einem deutsch-deutschen Freundschaftsspiel gegen die Lichterfelder Sport-Union. Wir gewannen 3:1, ich spielte gut und er lud mich zum Probetraining nach Dresden ein.

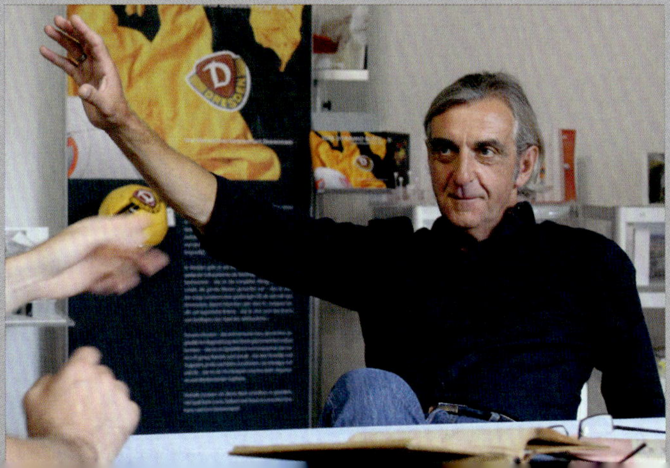

Da hab ich was Schönes gefunden. Kurz nach besagtem Spiel gegen die Westberliner notiert Walter: *„Sprach mit Prautzsch wegen Minge. Am Anfang nicht voll belasten."*

(lacht) Na, dann weiß ich ja endlich, warum mein erster Tag als Spieler von Dynamo so lief wie er lief.

Erzähl, es war der 1. Juli 1980...

...in der DDR der Tag der Deutschen Volkspolizei. Als ich ankam, fand im Casino im Stadion gerade eine feucht-fröhliche Feier der Funktionäre statt. Mir wurde gesagt: „Nimm Dir 'nen Ball, kick gegen die Wand und komm morgen wieder."

Fritzsch – ein Visionär

Puh, Supergefühl! Dein Oberliga-Debüt lief deutlich besser. Gegen Chemie Böhlen eingewechselt, erste Ballberührung, erstes Oberliga-Tor! Was war bei Dynamo noch da aus der Zeit von Walter Fritzsch?

Zuallererst die Kritikbücher. Jeder Fußballer hatte das Spiel, die Mannschaft und sich selbst einzuschätzen und das Geschriebene beim Trainer abzugeben. Der hat es dann gelesen und seine Anmerkung dazu gemacht. Ich weiß noch, als ich nach zwei, drei Jahren für die Nationalmannschaft nominiert wurde, schrieb mir Gerhard Prautzsch mal drunter: „Hochmut kommt vor dem Fall!" Ich hatte es ihm zu flüchtig erledigt. Aber so war eben nicht nur Gerhard Prautzsch sehr geprägt von Fritzsch. Bei Dynamo gab es bis 1989 vielleicht 10 oder 15 kleine Walter, die seinen Stil mehr oder weniger kopierten.

Er wollte, dass sich die Spieler mit ihrer Aufgabe beschäftigen. Viele Jahre später hast Du das nochmal getestet?

Als Trainer bei den Amateuren von Bayer Leverkusen habe ich 2004 eine – sagen wir – zeitgemäße Form des Kritikbuches eingeführt. Das waren Vordrucke, die die Spieler auszufüllen hatten. Zunächst haben sich die Jungs ganz schön gewundert, hat aber funktioniert!

Walter Fritzsch kauft sich 1961 eine Kamera, um vor dem Fernseher oder im Stadion Spielzüge aufzunehmen, die er dann seiner Mannschaft zeigt. Beim Training werden diese nachgespielt. Die Auswertung und Analyse setzt er grafisch um, mit Diagrammen, Tabellen, Übersichten. Lässt dafür extra Stempel anfertigen, um Angriffszüge oder Abwehrformationen standardisiert zu skizzieren. Nicht zu vergessen die großformatigen Poster für die Spielvorbereitung.

Heute ist der Flipchart Standard, es gibt Computerprogramme für das Erfassen der Leistungsdaten und im Stuff arbeiten Videoanalysten, Spielanalysten. Also mehrere hauptamtlich Beschäftigte für all die Tätigkeiten, die Walter Fritzsch in Personalunion erledigt. Es ist mir echt ein Rätsel, wie er das alles unter einen Hut bekommen hat. Aber ja, in diesen Dingen war er ein Visionär.

Wie hat sich Dein Verhältnis zu ihm entwickelt?

Anfangs hatten wir ja nicht so viel miteinander zu tun. Später habe ich ihn in unterschiedlichen Funktionen erlebt. Erst als Spieler, da gratulierten wir ihm zum 65. Geburtstag. Dann als Trainer, er war nach der Wende noch oft im Stadion und wir liefen uns über den Weg.

Seit Sommer 2020 trägt das neue Trainingszentrum seinen Namen. Das was dort steht, ist ja unstrittig Dein Werk, also auch Deine Idee mit dem Namen?

Für mich absolut angemessen und eine spezielle Form der Wertschätzung ihm gegenüber. Ohne Walter Fritzsch gäbe es Dynamo Dresden nicht in der heutigen Form.

„1. Juli 1978 – Wie geht es nun mit Dynamo Dresden – trainermäßig gesehen – weiter? Das Training übernahm der Assistent bei mir, Sportfreund G. Prautzsch. Ich wusste, dass er ein bewusster, fleißiger und zuverlässiger Assistent war. Er fordert auch erziehungsmäßig. Er übernahm eine komplette, leistungsstarke Mannschaft. Ich sprach mit ihm – ich werde ihn keinesfalls bevormunden in seiner Arbeit, werde nicht beim Training aufpassen oder spionieren. Wenn er Probleme hat, kann er jeder Zeit zu mir kommen."

Nachspielzeit – 1978 bis 1997

Der Abschied vom Trainerleben fällt Walter Fritzsch nicht leicht. Über den Zeitraum von 28 Jahren hatte ihm der Spielplan seinen Tag, seine Woche und seinen Monat strukturiert. Im letzten Jahr bei Dynamo kämpfte er oft mit gesundheitlichen Sorgen, mal zwickte das Knie, mal der Rücken. Dann spielten die Stimmbänder nicht mehr mit und fing sich zwischendurch noch eine Angina ein. Langeweile hat Walter Fritzsch nicht zu befürchten. Es bleibt genügend zu tun: Die Talente-Sichtung, der Vorsitz in der Bezirks-Trainerkommission, dazu die beratende Tätigkeit bei Dynamo. Von Erich Mielke war er zur Meisterfeier gefragt worden, ob er eine Oberliga-Mannschaft trainieren will: *„Er würde es gern sehen und hätte auch einen Verein für mich."* Fritzsch lässt sich mit seiner Entscheidung Zeit. Immerhin hält Mielke Wort, der versprochene Dienstwagen steht Tage später im Stadion bereit.

Zu Hause ordnet er seine Unterlagen, ein unglaublicher Fundus: *„50 DIN-A4-Bücher sind zusammen gekommen: Die Trainingswochen meiner Vereine, das Theorie-Buch 1969-78, Vorkommnisse im Kollektiv, Charakteristik der Spieler, Statistik für Tests, Trainingsteilnahmen, Wettkämpfe, Trainingsausfälle, Statistiken zu WM + EM (1958 u. 1974 war ich persönlich zu den Endspielen), die anderen WM + EM insgesamt 10 Hefte DIN A4 angefertigt mit Zeitungskritiken. Dann, weitere 16 Leitz-Ordner: Athletik-Training, Technik, Taktik, ITP-Training, Trainingspläne, pädag.-psych. Artikel-Serien über Fußball. Aue und Lauter – interne Berichte und Jahres-Abschlüsse Motor Dessau, Motor Karl-Marx-Stadt, Empor Rostock, Stahl Riesa, Dynamo Dresden sowie Cup-Spiele »A - L« und Cup-Spiele »M - Z«. 9 Jahre Zeitungsartikel, Trainingsbeispiele »1 - 230« DIN A4. Dazu kommen noch 13 Alben, die das Familienleben abbilden."*

Im August 1978 fliegt Walter Fritzsch mit Dr. Dieter Fuchs – wie in alten Zeiten – zur Spielbeobachtung. Es geht nach Belgrad. Fortuna hat dafür gesorgt, dass sie zwei Fliegen mit einer Klappe schlagen können. DDR-Meister Dynamo Dresden trifft auf Partizan Belgrad und der BFC Dynamo auf Roter Stern Belgrad. Die Reise sorgt schon vorab für Aufregung:

15.8.1978 – MfS, Bezirksverwaltung Dresden: *„Am 10.8. tauchte Walter Fritzsch beim Mannschaftsarzt Dr. Klein im sportmedizinischen Trakt auf und verlangte Medikamente für eine Auslandsreise. Er tat dabei sehr geheimnisvoll. Auf die Frage, wohin die Reise gehen soll, sagte er: „Das darf ich nicht sagen, das ist sehr geheim." Obwohl vermutet wird, dass er einen Sonderauftrag vom Minister des MfS, Genossen Mielke, erhalten hat, machte er zu seiner Reise keine Ausführungen. Man vermutet, dass Walter Fritzsch nach seiner Aufgabe der Trainerfunktion jetzt all diese Cup-Städte besucht mit seiner Ehefrau, in denen er mit der Mannschaft der SG Dynamo Dresden schon einmal gewesen ist. gez. Werner"* (Deckname für Dynamos Mannschaftsarzt Dr. Klein als IM für das MfS)

In Jugoslawien haben die beiden Beobachter gleich zwei bange Momente zu überstehen. Sie sehen sich insgesamt vier Meisterschaftsspiele der beiden EC-Kontrahenten an. Dazwischen reisen sie mit der Eisenbahn durchs Land. Auf dem Weg nach Kruševac nutzt Walter Fritzsch einen dreistündigen Aufenthalt, um unter anderen auch ein Kriegsdenkmal zu filmen. Plötzlich werden sie von Uniformierten umringt und als Agenten verhaftet. Fritzsch muss den Film abgeben und sie werden auf die Po-

Walter Fritzsch zu Hause vor der großen Souvenir- und Wimpelwand

Hertha BSC
EUROPAPOKAL
DER LANDESMEISTER
1978/79
LEEDS
XX.OLYMP
MÜNCHEN
1972
Bronzemedaille
für die Fussball-
Olympiamannschaft
der Deutschen
Demokratischen Republik
DFV
LASK
DDR
1969
Baden
WFV
BAHIA
1976/7

lizeidienststelle gebracht. Dort dauert es weitere drei Stunden, bis das Missverständnis aufgeklärt ist. Ein Briefkopf von Roter Stern Belgrad rettet die Situation. Der Amtsleiter entschuldigt sich und lässt sie zum nächsten Spielort bringen. Sie treffen noch einigermaßen pünktlich ein. Tage später wiederholt sich das Geschehen in Zagreb. Diesmal ist es Dr. Fuchs, der die Neubauten vom Taxi aus knipst. Wieder lautet der Vorwurf: Agententätigkeit! Diesmal bleiben die beiden DDR-Bürger ganz ruhig und zücken sofort das Schreiben von Roter Stern. Problem gelöst!

„2. September 1978 – Wurde vor 25.000 verabschiedet. Das Publikum jubelte mir noch einmal zu. Jeder Spieler drückte mir die Hand. Bekam einen Rosenstrauß, dazu 1 Vase und 1 Album. Dörner übergab mir 2 Kupferteller. Bedankte mich bei den Fans für den Präsentkorb. 1 Fl. Cognac, Sekt, Büchse Ananas, Champignons, Pralinen. Dyn. Dresden – HFC Chemie 5:0, der Sieg war verdient. Halle sehr schwach."

Im Herbst 1979 sitzt Walter Fritzsch auf einem Forum, nach wie vor ist er ein gern gesehener Gast bei Veranstaltungen im Dynamo-Einzugsgebiet. Die Schwarz-Gelben haben gerade mit einem 3:0 gegen Atletico Madrid begeistert. Noch im Frühjahr waren sie erneut im Viertelfinale des Europapokal gescheitert. Dabei hoffte man nach dem Erstrunden-Triumph im Elfmeterschießen gegen Partizan Belgrad und dem folgenden 6:0-Kantersieg über Bohemians Dublin auf den ersten Halbfinaleinzug. Es galt, ein 1:3 vom Hinspiel bei Austria Memphis Wien zu korrigieren. Nach dem 1:0 von Dieter Riedel vom Strafstoßpunkt bleiben gute 45 Minuten. Doch selbst die verzweifelte Einwechslung von Ersatz-Keeper Jakubowski als Mittelstürmer bringt keinen Erfolg.

Nun wird Walter Fritzsch gefragt, wo er die Ursache für die spielentscheidenden Fehler in wichtigen Duellen sieht. Schließlich wäre das nunmehr zehn Jahre lange wieder und wieder passiert. *„Grund für diese Fehlerquote bei entscheidenden Spielen ist das Nachlassen der Konzentration. Fünf Minuten vor Schluss steht es in Wien 1:1. Da hätte das 1:0 im Rückspiel gereicht. Aber wir fressen eben noch zwei Tore. Genau so in der Deckung. Erst wenn das alles klappt, kann ich in den Angriff gehen. Unsere sind aber immer los gerammelt, die wollten Tore schießen."*

Das Kreuzverhör ist eröffnet. Auf die Frage, wie seine Ablösung bei Dynamo eigentlich gelaufen ist und ob er freiwillig aufgehört hat, gibt der Meistertrainer Einblick in sein Seelenleben: *„Das war ein ganz normaler Vorgang. Ich war 9 Jahre bei Dynamo und das ist ganz selten, dass eine Trainer so lange bleibt. Die Spieler, vor allem die, die nicht gern trainierten, haben dann den Wunsch geäußert und die Leitung bissel angespitzt, wenn er nur bald aufhalten würde. Das habe ich geahnt und als die mit mir gesprochen haben, da war ich der Meinung: Ich halte auf hier. Ich hatte ziemlich*

Der Trainer nimmt Abschied: Dörner und Jakubowski, unten Dynamo-Parteisekretär Helmut Legler

Rechts ein Auszug aus seinem Manuskript, beschrieben die Spielbeobachtung vor dem HSV-Spiel 1974 in Bochum

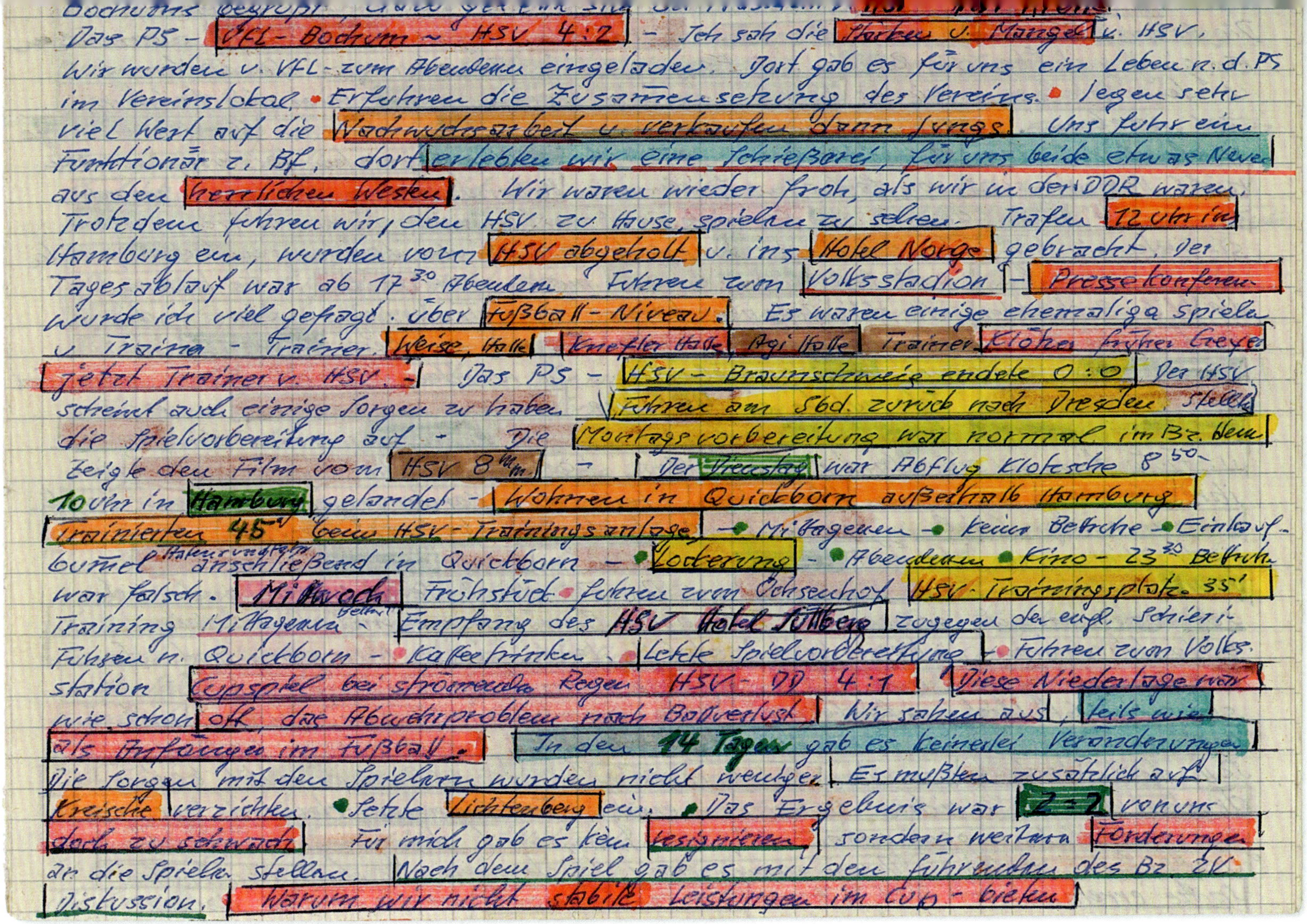

Das PS – VfL-Bochum – HSV 4:2 – Ich sah die Stärken u. Mängel v. HSV,
Wir wurden v. VfL zum Abendessen eingeladen. Dort gab es für uns ein Leben n.d. PS
im Vereinslokal • Erfuhren die Zusammensetzung des Vereins • legen sehr
viel Wert auf die Nachwuchsarbeit u. verkaufen dann Jungs. Uns fuhr ein
Funktionär z. Bf. dort erlebten wir eine Schießerei, für uns beide etwas Neues
aus dem herrlichen Westen. Wir waren wieder froh, als wir in der DDR waren.
Trotzdem fuhren wir, den HSV zu Hause spielen zu sehen. Trafen 12 Uhr in
Hamburg ein, wurden vom HSV abgeholt u. ins Hotel Norge gebracht. Der
Tagesablauf war ab 17^{30} Abendessen Fahren zum Volksstadion – Pressekonferenz
wurde ich viel gefragt über Fußball-Niveau. Es waren einige ehemalige Spieler
u. Trainer – Trainer. Weise, Halle Kneffler Halle Agi Halle Trainer Klötze früher Greye
jetzt Trainer v. HSV. – Das PS – HSV – Braunschweig endete 0:0 Der HSV
scheint auch einige Sorgen zu haben. Fuhren am Sbd. zurück nach Dresden. Stellte
die Spielvorbereitung auf – Die Montagsvorbereitung war normal im Bz. Dem
Zeigte den Film vom HSV 8 mm – Der Dienstag war Abflug Klotzsche 8^{50}
10 Uhr in Hamburg gelandet – Wohnen in Quickborn außerhalb Hamburg
Trainierten 45' beim HSV-Trainingsanlage – • Mittagessen • keine Betriebe • Einkaufs-
bummel Hafenrundfahrt anschließend in Quickborn – • Lockerung – • Abendessen • Kino – 23^{30} Bettruhe
war falsch. Mittwoch Frühstück • fahren zum Ochsenzoll HSV-Trainingsplatz 35'
Training Mittagessen beim Empfang des HSV Hotel Süllberg zugegen der engl. Schiedsri-
Fahren n. Quickborn – • Kaffeetrinken • Letzte Spielvorbereitung – • Fahren zum Volks-
stadion Cupspiel bei strömendem Regen HSV – DD 4:1 Diese Niederlage war
wie schon oft das Abwehrproblem nach Ballverlust. Wir sahen aus, teils wie
als Anfänger im Fußball. In den 14 Tagen gab es keinerlei Veränderungen
Die Sorgen mit den Spielern wurden nicht weniger. Es mußten zusätzlich auf
Kreische verzichten. • Setzte Lichtenberg ein. • Das Ergebnis war 2:2 von uns
doch zu schwach. Für mich gab es kein resignieren sondern weitere Forderungen
an die Spieler stellen. Nach dem Spiel gab es mit den Führungen des Bz. ZV
Diskussion. Warum wir nicht stabile Leistungen im Cup bieten

viel erreicht. Zwar nicht das Große, was ich erreichen wollte. Das ist mir nicht gelungen.“

Ein Dynamo-Anhänger fragt nach: „*Mussten sie gehen oder sind sie von sich aus gegangen?*“ Fritzsch antwortet: *„Ich bin neun Jahre bei der Mannschaft gewesen, und Prautzsch fünf Jahre Assistent und hier musste mal eine Änderung eintreten. In Dresden wird darüber gesprochen, ich hab das eingesehen. Wenn ich hätte gehen müssen, dann wäre ich nimmer bei Dynamo. Ich bin ja noch da. Bin also nicht rausgeflogen. Die, die trainieren wollen, haben es bedauert, dass ich aufgehalten hab – und die, die nicht wollen, waren zufrieden. So ist das.“*

Die logische Nachfrage nach seiner jetzigen Tätigkeit lässt nicht lange auf sich warten, verbunden mit dem Nachhaken, ob er denn eigentlich ein Angebot gehabt hätte, anderswo als Trainer zu arbeiten. Jetzt ist Walter Fritzsch in seinem Element: *„Also, ich hatte ein unheimlich großes Angebot, mit vielen Ober-*

Walter Fritzsch und Manfred Scheler 1981 auf der »VIP-Tribüne«

Rechts: Die Glückwunschkarte für »Ossi« Mühlhans zum 60., gezeichnet von Walter Fritzsch

liga-Mannschaften, auch ausländische Vereine dabei. Ich hätte gar nicht gewusst, wo ich hätte hingehen sollen, so viele waren das und Dynamo hätte es auch nicht gern gesehen, wenn ich eine andere Mannschaft trainiere. So habe ich gesagt, ich bleibe erst mal in Dresden und versuche, die Ursache zu ergründen, warum das nicht weiter geht bei uns als bis zum Viertelfinale. Dazu finde ich es wichtig, junge Trainer und Übungsleiter zu beraten."

Ein ältere Anhänger will wissen, ob ihm die Arbeit als Trainer oder irgendetwas anderes fehlt? *„Im Gegenteil, wenn ich jetzt durch die Stadt laufe, ist es gut, dass nicht mehr alle gucken. Wenn du verloren hattest, haben die ja auch alle geguckt. Zwar ist die Popularität noch vorhanden, aber nicht mehr in dem Ausmaß. Trotzdem werde ich noch verwöhnt. Da haben mir jetzt welche einen Pokal hingestellt – ich muss sagen, eine Bombe, das Ding! Haben die mir geschenkt. Was mir in der ersten Zeit sehr gefehlt hat, war die Arbeit mit und an der Mannschaft. Die ersten vier Wochen ging das noch sehr gut, aber dann merkste, dass du untätig bist. Das hat mich ungefähr ein Jahr lang ziemlich krank gemacht."*

In dieser Zeit gibt es immer wieder Angebote und Offerten von anderen Vereinen. Mitunter klingeln Vertreter der Gemeinschaften an seiner Tür. Oft sind es ehemalige Spieler von ihm, die mittlerweile in andere Funktion für ihre Verein tätig sind: *„Ich war in Aue gewesen, eine Woche lang und habe festgestellt, da oben stimmt was nicht. Das habe ich denen dann auch gesagt: Wenn das so weitergeht, steigt ihr ab! Ich war in Rostock, auch eine ganze Woche lang. Dort habe ich Ähnliches festgestellt, dass die absteigen müssen. Weil nicht gut trainiert worden ist! Dann hat mich Erfurt geholt, da hab ich mir Erfurt angeguckt und auch wieder das gleiche gesagt: Wenn ihr nicht aufpasst, steigt ihr ab!"*

In das Leben von Walter Fritzsch kehrt nach und nach ein wenig Ruhe ein. Vorbei die Hatz von Spiel zu Spiel, Vorbereitung und Nachbereitung eingeschlossen. So verschieben sich auch die persönlichen Vorstellung und Wünsche. Am Neujahrstag 1980 wünscht sich der Fußballtrainer: *„2x Urlaub – Kur?"* und plant einen neuen Zaun für die Datsche. Interessant die Gedanken zur wirtschaftlichen Situation in der DDR: *„Die Arbeitsdisziplin in den Betrieben muss verbessert werden. Die Produktion muss mit Qualitätswaren aufwarten. Wir dürfen nicht nur mit dem Stift und Mund die Pläne erfüllen."*

Zum 60. Geburtstag gibt es im November 1980 einen Empfang für Walter Fritzsch im Casino. Neben den vielen Glückwünschen schaut der Jubilar schon bald auf ein Blumenmeer, daneben stapeln sich rund siebzig Geschenke von einer beachtlichen Vielfalt. Hier ein Auszug aus dem Privat-Protokoll: *„1 gr. Nußknacker (SED-Stadtleitung), 1 Grill (SED-Bezirksleitung), Briefpapier + Rasierklingen (Oberst Böhm, MfS), 1 Buch Olymp. Winterspiele 1980 (DTSB-Bezirksvorstand), 1 Kamera/600,- Mark (SV Dynamo), 1 UEFA-Buch (DFV), 1 Fl. Sekt (Richard Hofmann), 1 Präsentkorb (Stahl Riesa), 1 Buch Moskau 1980 (BFA), 1 Holzkassette DIN A4 (Dynamo Dresden)."*

Hinter jedem Posten notiert Walter Fritzsch den tatsächlichen oder geschätzten Warenwert. Kommt in Summe auf 3.175 Mark, zuzüglich der Blumen. Natürlich dürfen seine Ausgaben nicht fehlen: Fleischer, Casino, Getränke (Klarer, Sekt, Bier) und die 50 Mark für den Oberkellner ergeben insgesamt 1.782 Mark. Das Fazit verrät Zufriedenheit: *„Es war eine schöne Sache. Fuhren bepackt nach Hause. Die Wohnung ein einziges Blumenbeet. Nahm eine Beruhigungstablette. Es war anstrengend.“*

Im Januar 1981 sitzt Walter neben Käthe im »Ikarus«. Der BFA (Bezirksfachausschuss Fußball) hat zum Jahresabschluss eingeladen, es geht nach Königstein und Gohrisch. Nach einem Spaziergang bei bestem Winterwetter nimmt die fünfzig Personen umfassende Gesellschaft Platz in »Annas Gasthof«. An der Eingangstür gibt es für jede Frau ein Nelke. Staunend betrachten die hungrigen Gäste das opulent angerichtete kalte Büfett. Käthe ist sitzen geblieben, packt das mitgebrachte Diätbrot für Walter aus. In der Vorwoche hatte er Probleme mit dem Magen, krümmte sich beim krampfartigen Schmerz. Der herbeigerufene Notdienst stellt eine Gallenkolik fest. Nach Milchsuppe, Zwieback und Tee begann er erst vorgestern wieder mit fester Nahrung. In Gohrisch weiß das natürlich kaum jemand, als nach dem Abendbrot die Preise der Tombola verlost werden. Das Ehepaar Fritzsch zieht unter lautem Hallo den Hauptgewinn und nimmt einen Schinken und eine Salami in Empfang.

Tage später geht es Walter besser, er spaziert zum Stadion. Will eigentlich nur seinen SED-Beitrag bezahlen, als ihm Hans-Jürgen Kreische über den Weg läuft und ihn begrüßt *„Hallo Herr Fritzsch, wissen Sie schon?“* Um Augenblicke später zu erfahren, dass Nationalspieler Gerd Weber verhaftet worden sein soll. Er hätte abhauen wollen in den Westen. Diese Nachricht macht im Verein wie ein Lauffeuer die Runde, alle sind geschockt.

„30. Januar 1981 – Ging zum Stadion, Rezept bei Dr Klein. Gärtner erzählte – Müller, M., Kotte u. Weber hat man in Gewahrsam genommen. Hugo Hermann (SV Dynamo) war im Stadion. Ging nach Hause.“

Niemand weiß mehr, doch plötzlich stehen fremde Dienstwagen vor der Geschäftsstelle. Gehören zu denen, die nun allen Fragen stellen.

„2. Februar 1981 – Unterrichtete mich Vors. Rohne, dass Weber inhaftiert ist, Republikflucht vorbereitet. Ausschluss aus dem DTSB – Aberkennung aller Auszeichnungen. Kotte u. Müller, M. wegen Nichtmelden der Republikflucht – obwohl sie es hätten melden müssen. Ausschluss.

17. Februar 1981 – Unterhielt mich mit Häfner u. Dörner. Nun erst recht – Stimmung gemacht."

Anfang März 1981 muss sich Walter Fritzsch einer Gallenoperation unterziehen. Als er aus der Narkose aufwacht, sieht er strahlende Gesichter und hört, alles sei gut verlaufen. Neben ihm liegt das Corpus Delicti – ein großer und vier kleine Gallensteine. Ausruhen soll er sich und wieder zu Kräften kommen, sagen die Ärzte. Einer sitzt ihm am nächsten Tag gegenüber und stellt sich vor als sein Operateur. Nach dem fachlichen Teil druckst er herum: *„Herr Fritzsch, sagen sie mal, ähm, wie sieht es aus. Ich hätte gern eine Jahres-Sitzplatzkarte für die kommende Saison. Könnten Sie da eventuell helfen?"*

Die Zeit im Krankenhaus vergeht schneller als gedacht. Schon bald steht die Tür zu seinem Zimmer nicht mehr still. Käthe besucht ihn täglich. Am 8. März, dem Internationalen Frauentag, erscheint sie im neuen Pelzmantel. Walter staunt und fragt nur kurz: *„Von Ossi?"* Seine Frau nickt und dreht sich einmal um die Achse. *„Hat er gut gemacht"* – befindet der Ehegatte und meint mit »er« Kürschnermeister Oskar Mühlhans. Sie sind befreundet. Die Besonderheit, Walter und dieser »Ossi« haben beide im November Geburtstag, beide gehören zum Jahrgang 1920. Monate zuvor hatten sie im Abstand von gut zwei Wochen ihren »Runden« begossen und sich gegenseitig eingeladen. Oskar Mühlhans bekam eine von Walter Fritzsch selbst gezeichnete Glückwunschkarte mit einem Dynamo-Spieler und bemerkte erstaunt: *„Sag mal, ist das nicht der Kreische?"*

Mühlhans ist Anhänger der Schwarz-Gelben und wird vom ehemaligen Dynamo-Trainer auch mit Karten »versorgt«. Tickets für die Spiele der Dresdner sind nach wie vor eine eigene Währung im Elbtal. Sie werden im DDR-Alltag eingesetzt für den Kfz-Mechaniker, Handwerker aller Branchen oder Bäcker, Fleischer sowie Handel- und Versorgung. Bemerkenswert die Art der Kartenübergabe an Oskar Mühlhans: Sind Käthe und Walter vor dem Spiel nicht daheim, legen sie die »heiße Ware« unter den Abstreicher. »Ossi« muss dann irgendwo im Hochhaus klingeln, um die Tür öffnen zu lassen und den »toten Briefkasten« zu leeren.

„5. Mai 1981 – Fuhren nach Boxdorf, tankte 80 Mark privat. Datsche – Tannen blühen. Der Elektriker machte die Außenlampen auf, nach 2 Jahren! Fuhr mit Dienst-PKW nach Hause, tankte 55 Mark. Pilz, Zwickau will zu uns. Auffenbauer – Eisleben und der Libero von Fürstenwalde. Erst muss der DFV zustimmen. Ich soll nicken. Sprach mit Dörner, Kapitän, über ihn u. Probleme im Kollektiv. Ich gab ihm Hinweise, er bedankte sich.

22. Mai 1981 – Rhone erzählte mir über den Verlauf der Abwerbung – Weber, M. Müller, Kotte. Es wurde organisiert von republikflüchtigem Sportfunktionär aus Dresden über Ingenieur aus Dresden. In Enschede waren sie schon da – Angebot Köln – sowie in Lüttich mit Plan, bei Einsteigen 50.000 – über die Grenze. Weber: Über Argentinien – Italien. Barfrau vom Maygarten, Friseursalon Dörner verhaftet."

Im Sommerurlaub 1981 geht Walter Fritzsch eine Idee nicht mehr aus dem Kopf, die ihn schon eine ganze Weile begleitet. Er trägt sich mit dem Gedanken ein Buch zu schreiben. *„Meine Trainer-Zeit"* soll es heißen und nicht nur Erlebnisse wiedergeben oder Anekdoten für sich sprechen lassen. Reizvoll für ihn ist viel mehr die Weitergabe seines Wissens und seiner Erfahrungen. Also zückt er in Seddin ein kleinkariertes Blatt Papier und fängt einfach an. Will mit einer Gliederung ein Ordnungsprinzip schaffen. Punkt für Punkt schreibt er auf, da fallen ihm schon die nächsten Eckdaten ein. Schließlich sind über hundert Gliederungspunkte aufgelistet, der jeweilige Umfang bei vielen eine eher geschätzte Angabe. Den größten Anteil im Buch soll das Kapitel *„Trainings-*

erlebnisse ab 1945 – 1978" einnehmen, bislang sind dafür neunzig Seiten vorgesehen. Nach einem ersten Überschlag kommt Fritzsch auf stolze 496 Seiten und hat Respekt vor der Aufgabe. Wo aber anfangen, nach all den Jahren?

„25. Oktober 1981 – Bei uns sieht es mit dem Kraftstoff mies aus. Die Betriebe dürfen nur noch mit LKW im Umkreis von 50km fahren.

23. Dezember 1981 – Fuhr ins Stadion, ließ mich massieren. Erfuhr ich, dass Weber vorfristig aus der Haft entlassen ist, kaum 8 Monate."

Im Februar 1983 trifft sich Walter Fritzsch im Hotel »Newa« mit dem neuen starken Mann im DDR-Fußballverband. Nach dem erneuten Scheitern in der WM-Qualifikation soll es nun unter Karl Zimmermann als DFV-Generalsekretär gelingen, aus dem Mittelmaß zu kommen. An dessen Seite hat Dr. Dieter Fuchs Platz genommen, er ist der neue DFV-Cheftrainer. Die Begrüßung fällt herzlich aus. Dann kommen sie schnell zur Sache. Es geht darum, Walter Fritzsch als Berater für Juniorenauswahl-Trainer Kabelitz zu gewinnen. Keine schlechte Idee, war der Trainer doch bereits von 1979 bis 1982 für die Junioren-Auswahl der SV Dynamo tätig gewesen. Hatten Turniere in Wolgograd (UdSSR), in der ČSSR oder in Rumänien bestritten. Fritzsch hört sich alles an und ist bereits ab 1. März 1983 in der neuen Mission unterwegs, zunächst mit gemischten Gefühlen: *„Ich sagte zu, obwohl es für mich nicht einfach war, mich mit den 16-Jährigen zu verstehen."* Die erste Aufgabe hat es in sich. Kurz nach Dienstbeginn steht die DDR-Auswahl mit ihrem neuen Berater vor einer hohen Hürde: in der EM-Qualifikation in Braunschweig das Team der BRD!

„10./11. April 1983 – Kienbaum, Einweisung: M. Zapf sprach offen zum Staat BRD. Es ist Imperialismus, sind nicht unser Freunde. Nicht provozieren lassen. Bei Interviews real antworten, keine Geschenke annehmen. Die Spieler hörten interessiert zu ... Zur Zeit sind noch 6 Spieler gefährdet, überhaupt mitzufahren – es ist geklärt: Sirocks (Union Berlin) und Sercander (Rostock) bleiben hier.

13. April 1983 – Frühsport: Auf dem Parkplatz – nach meiner Art – 34 Übungen. Fuhren nach Braunschweig. Die Schule hat Wandertag, 34.000 Jugendliche im Stadion, waren dementsprechend aufgehetzt. Beim Aufwärmen wurden unsere Spieler ausgepfiffen. Nationalhymnen, ZDF. Verloren 0:5. Sie waren uns kräftemäßig überlegen und im Konterspiel. Wir blamieren uns! In der Kabine konnte ich mich kaum beherrschen, weil die Spieler nicht in der Lage waren, die festgelegten taktischen Aufgaben zu erfüllen."

Walter Fritzsch fühlt sich angestachelt. Längst hat er die Aufgabe so angenommen, wie zuletzt bei Dynamo im Oberliga-Kollektiv. Mit vergleichbarem Aufwand hält er nun von den kommenden Stars und deren Spiele alles fest. Führt nicht nur den Frühsport als Standardprogramm ein, auch das »Pendelheft«, die aktualisierte Form des Kritikbuches. Es dient dem ständigen Austausch zwischen Klub- und Auswahltrainer. Doch schon bald gibt es mit Detlef Kabelitz schwere Dissonanzen: *„Weil ich dem Trainer einige Verbesserungen anbot, wurde er sehr misstrauisch, obwohl ich mit ihm alles besprach, z. B. Frühsport od. Pendelheft. Er wird höchstwahrscheinlich von den anderen DFV-Trainern angespitzt. So hielt ich es für notwendig, die Beraterfunktion zu kündigen."*

„11. August 1983 – Auch bei Trainerübernahme von Klaus Sammer, als verantwortlicher Trainer und Dieter Riedel als Assistent sprach ich mit beiden Sportfreunden, dass sie zu jeder Zeit zu mir kommen können, wenn sie Unsicherheiten feststellen. Ja, sie wollten nicht den Fehler machen wie G. Prautzsch, der um keinen Rat bat, denn es zeigten sich doch einige Probleme. Zu mir kamen Spieler, die mich um Rat baten, weil unser Dynamo-Stil gefährdet sei. Es würde mehr das Steilspiel gefordert und der Abfall musste kommen. Diese Spieler informierte ich, dass sie sich mit Trainer Prautzsch + Vorsitzenden beraten sollen."

Im August 1983 sucht Manfred Zapf das Gespräch mit Walter Fritzsch, sie treffen sich in der Sportschule in Leipzig-Abtnauendorf. Ob er sich vorstellen könne, die Juniorenauswahl bis zur EM-Vorbereitung 1985 zu übernehmen? Fritzsch kann und feiert wenig später ein Comeback auf Zeit. An seiner Seite soll Oberliga-Rekordspieler »Matz« Vogel zunächst Erfahrungen sammeln und das Kollektiv später als Trainer übernehmen.

Walter Fritzsch (hinten l.) kann sich auch mit 64 noch sehen lassen, rechts neben ihm Eberhard Vogel, vorn Rico Steinmann (4.v.r.), Ungarn 1984

„22. August 1983 – Lehrgang, Sportschule, 3 Rasenplätze. 12 Sportfreunde angereist. Unterhielt mich mit den Aktiven, warum sie hier sind. Die Politik erwartet von euch große Leistungen. Das liegt alles an eurer Einstellung. Leichsenring (FCK) sagt – wir sind verwöhnt.

30. November 1983 – ERST SIE FORDERN, dann können wir sie erst FÖRDERN. Überrascht war ich, wenn im Trainingsplan nicht »politische Tagesfragen« stand. Es gab herzlich wenig Aktive, die die wichtigsten Tagesereignisse beantworten konnten. Aber Schlagersänger des Auslandes und ihre Schlager wussten sie zu nennen und darüber sehr genau Bescheid.“

Die Aufgabe erfordert vom Trainer aus Dresden vollen Einsatz. Unter seiner Leitung werden 23 Vorbereitungslehrgänge absolviert und 30 Länderspiele bestritten. Die Bilanz kann sich mit 17 Siegen, 5 Unentschieden und 8 Niederlagen durchaus sehen lassen. Zum Höhepunkt des Jahres 1984 soll die Teilnahme an den Jugendwettkämpfen der Freundschaft werden. Mit Rico Steinmann weiß der Trainer ein überragendes Talent in seinen Reihen. Doch der modebewusste Karl-Marx-Städter bekommt eine klare Ansage von Fritzsch:

„4. Juni 1984 – Steinmann – MFS + Stürmer – erstmalig mit Schnurrbart – abmachen lassen! Veranlagter Spieler. Man muss ihn des öfteren anspitzen. Gymnastik lasch.“

Unmittelbar vor der Abreise hat Rico Steinmann Probleme mit seinem Knie, kann deshalb nicht voll trainieren. Möglicherweise ist er auch den respektablen Umfang nicht gewöhnt. Walter Fritzsch hat nach wie vor alles im Blick und überlässt nichts dem Zufall: *„Beim Slalom war Steinmann der schnellste Mann. Wiegen: Das Gewicht hat sich bei den Gesunden merklich verringert. Die Verletzten haben einige Gramm zugelegt.“*

Das Turnier in Ungarn endet für die DDR-Junioren mit einem enttäuschenden 7. Platz. Das 4:0 im Abschlussspiel gegen Rumänien gehört zu den wenigen Lichtblicken. Am Vortag zahlte Walter Fritzsch die nach Leistung gestaffelten Forint-Prämien aus. Am Abend sieht das Kollektiv im Kino den Film-Klassiker »King Kong« (1976). Der Trainer kann damit nichts anfangen. In der Abschlussbesprechung erhält jeder Spieler die Einschätzung von Walter Fritzsch:

„30. Juli 1984 – Sagte, was ich im Pendelheft eingetragen hab. Steinmann: Er spielte 2x – konnte nicht fit sein. Nach vorn recht gut – aber nach Ballverlust: Deckung sehr schwach!“

Der 30. September 1984 ist ein angenehmer und sonniger Herbsttag. In Boxdorf werkelt Käthe im Garten, während sich Walter um die beiden PKW´s kümmert. Er pflegt den Dienst-Wartburg ebenso sorgfältig wie das eigene Gefährt. Nach dem Mittagessen schreibt er an seinem Tagebuch, ergänzt auch noch die jüngsten Einträge zur Juniorenauswahl. Viel Zeit bleibt nicht, um 15 Uhr spielt die Zweite von Dynamo gegen die Zweite von Rot-Weiß Erfurt. Den 3:0-Erfolg der jungen Anschlusskader wie Brückner, Wude, Löpelt oder Kreibich will der Trainer nicht überbewerten. Als Klub-Chef Horst Arlt neben ihm steht, moniert der mit Argusaugen wachende Fritzsch: *„Guck, bei uns fehlt die Handlungsschnelligkeit!“* Der Klubchef, seit gut einem Jahr im Verein, blickt ihn verständnislos an. Arlt, der nicht vom Fach kommt, sieht Dynamo Dresden als »militärische Diensteinheit«.

Die letzte Dienstreise, Walter Fritzsch in Salo (Finnland) natürlich mit Kamera unterwegs

Zurück bei Käthe in Boxdorf schaltet Walter den Fernseher ein. »Sport aktuell« hat gerade begonnen. Kurz nach 18 Uhr versucht er es mit dem anderen Sender und notiert, hocherfreut über den guten Westempfang: *„ARD – ein sehr gutes Bild! Sportschau.“* Am Abend stoßen sie mit einem Glas Sekt auf ihren 40. Hochzeitstag an: *„Weißt Du noch?“* – fragt Käthe und Walter nickt. Vor ihnen liegen die Tagebücher aus den Kriegsjahren. Er blättert in den alten Aufzeichnungen und liest vor, als er den 30. September 1944 gefunden hat: *„Früh um 9 im Standesamt und um 12 Uhr im Dom zu Zwickau machte ich die ersten Schritte als Ehemann!“* Käthe bittet ihn, in den folgenden Einträgen zu suchen: *„Ich sollte doch im Herbst zu den Flakhelfern und, guck mal, Du bist nach Döbeln versetzt worden!“* Mit dem Nachlesen der Notizen kommen die Erinnerungen. Walter erinnert sich: *„Ich habe nach der Versetzung für die Wehrmachtself Döbeln gespielt. Dann bin ich als Zeichner zum Panzerkorps Großdeutschland. Das haben die doch noch frisch aufgestellt, dazumal.“* Mit jeder Tagebuchseite werden seine Gedanken an das damalige Geschehen klarer. Im Januar 1945 verlegt das Korps in den Raum Lodz, die Aufstellung ist noch immer nicht abgeschlossen. So kommt es nicht zum geplanten Gegenangriff, sondern zum Rückzug. *„Der Rest war Chaos!“* – sagt der Überlebende des Krieges vier Jahrzehnte später, nimmt die Brille ab und schlägt das Tagebuch zu. Käthe schaut ihren Mann von der Seite an und streicht ihm über die Hand: *„Zum Wohl, mein Walter!“*

„Mein letztes Spiel“ – notiert Walter Fritzsch am 18. Mai 1985. Im finnischen Salo gelingt seiner Mannschaft im dritten Qualifikationsspiel für die Junioren-EM 1986 der dritte Sieg. Damit kann der Trainer mit einem guten Gefühl den Staffelstab an Eberhard Vogel weitergeben. Sein Nachfolger wird die hervorragende Ausgangsposition nutzen und sich mit Sammer, Steinmann und Co. für die EM-Endrunde im Herbst 1986 in Jugoslawien qualifizieren. Dort gelingt der große Wurf: Europameister! Zu diesem Zeitpunkt hat Walter Fritzsch den Tagebuch-Eintrag vom 1. Januar 1985 – *„Die DFV-Junioren-Auswahl mit 6:0-Punkten an Vogel abgeben“* – längst um ein Wort ergänzt: *„Erfüllt!“*

Mit einem Geburtstags-Ständchen läuten die Dynamo-Fußballer am 21. November 1985 den neuen Lebensabschnitt ein. Walter Fritzsch ist nun Rentner, darf nun formell in den Westen reisen und nimmt sich vor: *„Gesund bleiben. Unsere Datsche weiterhin genießen und erhalten."* Mit großem Eifer und enormen Fleiß treibt er sein Buchprojekt voran, wertet dafür seine Aufzeichnungen aus und füllt Seite um Seite. Nicht nur optisch, auch inhaltlich bemerkenswert sind seine *„statistischen Spielbeobachtungen"* – wie das noch relativ frische Stenogramm vom WM-Qualifikationsspiel der DDR gegen Frankreich vom September 1985. Für jedes Detail, ob Ballberührung, Dribbling, Eindringen in den Strafraum, Flanke, Torerzielung, Vorlage oder Zuspiel hat er ein taktisches Zeichen parat. Daraus ergibt sich mit Spielschluss ein – für den Außenstehenden – wildes Durcheinander. Für Fritzsch aber eine wichtige Grundlage für die Bewertung eines Spielers oder einer Mannschaft.

Den eigentlichen Zweck seines Buches behält er stets im Auge: *„Die nachstehenden Blätter sollen jedem Sportfreund, der irgendeine Senioren-Mannschaft betreuen will, als Hilfe dienen. Es sind sehr viele Erfahrungswerte von mir, praktische Hinweise, keine wissenschaftlichen Festlegungen. Ich glaube schon, dass es interessant sein wird. Es sind auch Hinweise für Funktionäre, die Mannschaften betreuen wollen."*

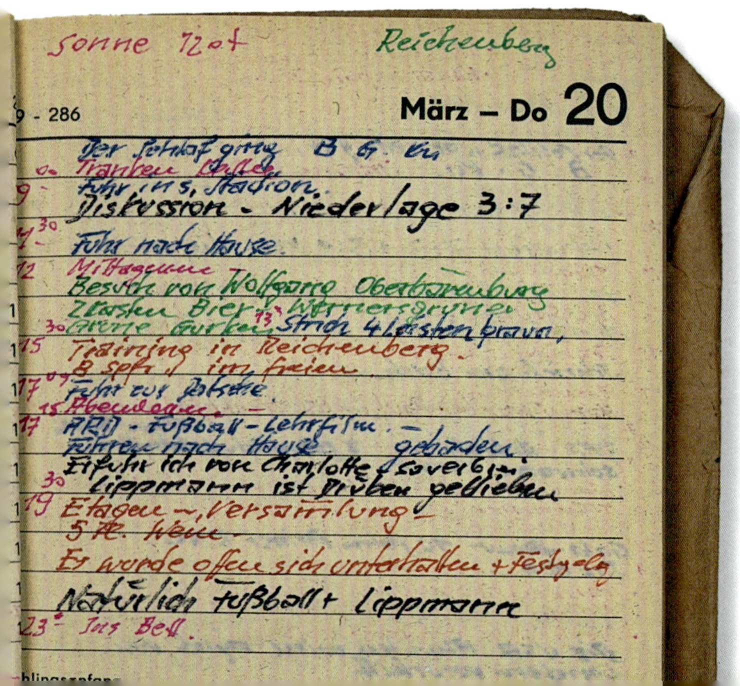

Das Dynamo-Kollektiv gratuliert zum 65.: Döschner, Sammer, Minge, Stübner, Kirsten, Fritzsch, Büttner, Dörner, Oeser, Riedel (v.l.)

Ziel seiner unglaublichen Fleißarbeit scheint zweifelsfrei eine Veröffentlichung. Doch selbst der nimmermüde Walter Fritzsch muss anerkennen, dass bis dato 45 Jahre im Tagebuch in der Auswertung und Bearbeitung nicht in wenigen Wochen oder Monaten zu erledigen sind.

Mit dem Rausschmiss von Klaus Sammer im Juni 1986 sucht Dynamo Dresden einen neuen Trainer. Walter Fritzsch wird in die Findung einbezogen. *„Alle Verantwortlichen der SGD wollten einen Trainer der nicht von uns kommt. Man dachte an Siegfried Gumz – jetzt Stahl Riesa. Angeboten wurde Croy v. Zwickau. Er ist noch ein Suchender, besitzt noch keine Erfahrung mit einer Spitzenmannschaft."* Doch die Zeit drängt, deshalb wird das Gespräch mit Eduard Geyer gesucht, der seit Sommer 1983 die A-Jugend von Dynamo Dresden betreut. Für Fritzsch wäre es eine gute Lösung: *„Ich erlebte als Mit-Verantwortlicher der Juniorenauswahl die Zusammenarbeit mit Geyer in jeder Hinsicht anerkennend – Junioren-Oberliga 2., 1. u. 3. Platz."* Für den neuen Coach hat der ehemalige Trainer einen guten Rat: *„Das Training muss angezogen werden, ja, wem gefällt es, mehr zu machen!"*

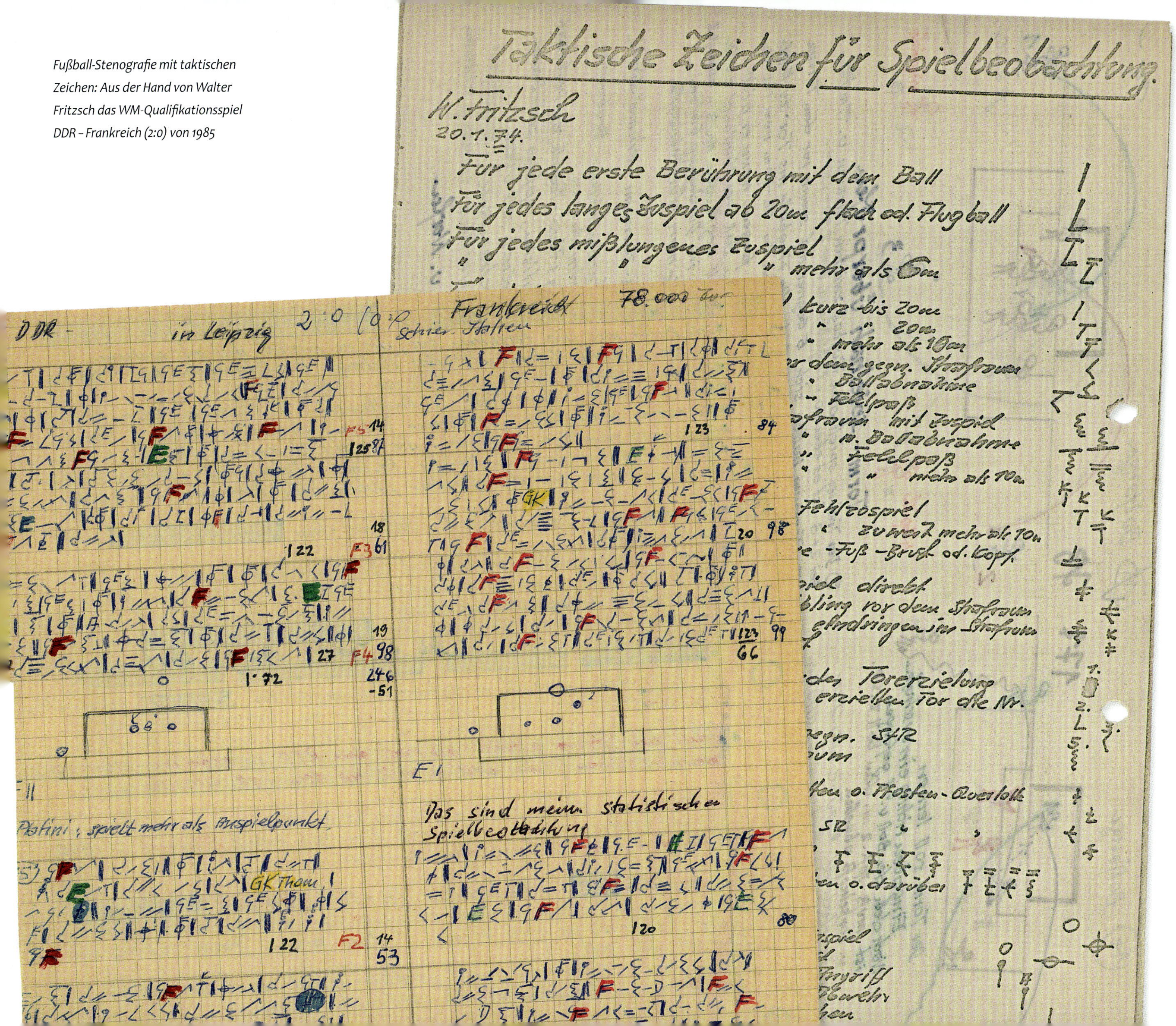

Fußball-Stenografie mit taktischen Zeichen: Aus der Hand von Walter Fritzsch das WM-Qualifikationsspiel DDR – Frankreich (2:0) von 1985

Legenden unter sich: Rundfunkreporter Wolfgang Hempel interviewt Walter Fritzsch

Rechts: Interessanter Auszug aus dem Manuskript, die Spielergehälter von 1950 bis 1978

Regnerisch und stürmisch ist es an diesem 17. Juni 1987 in Warnemünde. Käthe und Walter genießen trotz des schlechten Wetters die Ostseeluft. Das Essen schmeckt an diesem letzten Abend, der Wartburg ist bereits für die Rückfahrt vollgetankt. Zu Hause angekommen der Schock: Am Vortag verstarb Walters Bruder Gerhard im Alter von siebzig Jahren. Im Telefonat mit Lisbeth erfahren sie Näheres, es wäre völlig überraschend gewesen. Tage später, Pässe und Fahrkarten sind geholt, sitzen sie im Interzonenzug nach Düsseldorf, Ziel ist Herzogenrath bei Aachen. *„13 Stunden Bahnfahrt. Dieter holte uns ab. Trafen bei Lisbeth ein, Empfang war dementsprechend. Sie erzählten uns vom Verlauf bis zum Blutsturz v. Gerhard. Seine Lunge war kaputt, trotzdem ein Rätsel, warum Operation? Schliefen in der Schlafstube."* Am nächsten Tag begleiten einhundert Personen Walters Bruder auf dessen letztem Weg.

Seit 1986 berät Trainer-Oldie Fritzsch im Auftrag des Fußballverbandes die 36 Liga-Trainer der beiden Staffeln. Führt auch darüber akribisch Protokoll. Sein unschätzbarer Vorteil: Er kennt alle und alle kennen ihn. Was zudem deutlich wird, die Tätigkeit bereitet ihm große Freude. Jenseits der »65« noch gefragt zu sein – ein Privileg.

»Nebenbei« arbeitet der Trainer im Ruhestand weiter an seinem Manuskript. Lässt in der Auswertung seiner Dokumente keinen Blickwinkel aus. Listet Trainingsbeteiligung, Trainingsinhalt, Erwärmungsarbeit und Spielformen auf, erstellt Dutzende, teils mehrseitige Statistiken, erklärt Spielvorbereitung, schildert Abläufe und beschreibt die Form der Analyse. Zudem berichtet er anekdotisch über die Gehälterentwicklung, über Spielerwechseln und erläutert das Verhältnis Trainer – Klubleitung. Da kommt im Herbst 1989 die Wende, die Ereignisse verunsichern den Fußball-Fachmann:

„3. November 1989 – Sprach mit Trainer Hall, BFC. Er erläuterte das Problem beim BFC. Die Spieler bestimmen bereits Trainer u. Leitung. Darum das Abrutschen des BFC.

11. November 1989 – Sprach mit Sotscheck, stellv. Sektionsleiter Stahl Riesa. Trainer Priebe geht nach den Spielern. Wer nach WB od. BRD fahren will, bekommt frei!!

14. November 1989 – Sprach mit Kl. Sammer. Es wird die Zeit kommen, wo wir auch Spieler verkaufen werden. Also, er wünscht sich den Kapitalismus."

Das Tempo der Veränderungen überraschen Walter Fritzsch. Zum Jahreswechsel blickt er auf das kommende 1990: *„Völliger Umschwung, DDR gibt es bald nicht mehr. Hoffentlich erleben wir den versprochenen Aufschwung auf allen Gebieten, auch im Fußball? Was erwarte ich? Der Fußballausverkauf wird stattfinden."*

Anfang 1990 zieht er persönliche Bilanz: *„Führte von 1978 bis 1989 ingesamt 234 Foren mit 32.423 Besuchern durch. Habe dafür 33.879 Kilometer zurückgelegt. Die Foren während meiner aktiven Trainerzeit hatte ich nicht notiert."*

„21. März 1990 – Es wird den Fußball der DDR ab 1.7.1990 nicht mehr geben. Alles war umsonst!!

Im Juli 1990 muss Walter Fritzsch ein letztes Mal als Trainer ran. Er betreut die neue »Sachsen-Auswahl«, die in Baden-Württemberg auf Tournee gehen soll. Vor der Abreise setzt der Coach noch ein Testspiel an. Will auf Nummer sicher gehen, mit wem er es zu tun bekommt und sieht sich prompt bestätigt: *„Nur die Hälfte der eingeladenen Spieler reiste an!“* Für Fritzsch kein leichtes Amtieren: *„Fünf Spieler waren aus dem Bezirk Dresden eigentlich vorgesehen: Drei wurden nicht freigestellt von ihren Betrieben.“*

Sportlich beginnt die Testspielreise mit einem Desaster: Zum Auftakt in Karlsruhe heißt es 0:9 gegen eine Nordbaden-Auswahl. Stuttgart ist die nächste Station: *„Fuhren zum OB, anschließend Besichtigung der Innenstadt. Ins Stadion. Sprach mit Sammer, M. und Hoeneß. Fuhren nach Heilbronn, 1:3 gegen Heilbronn.“*

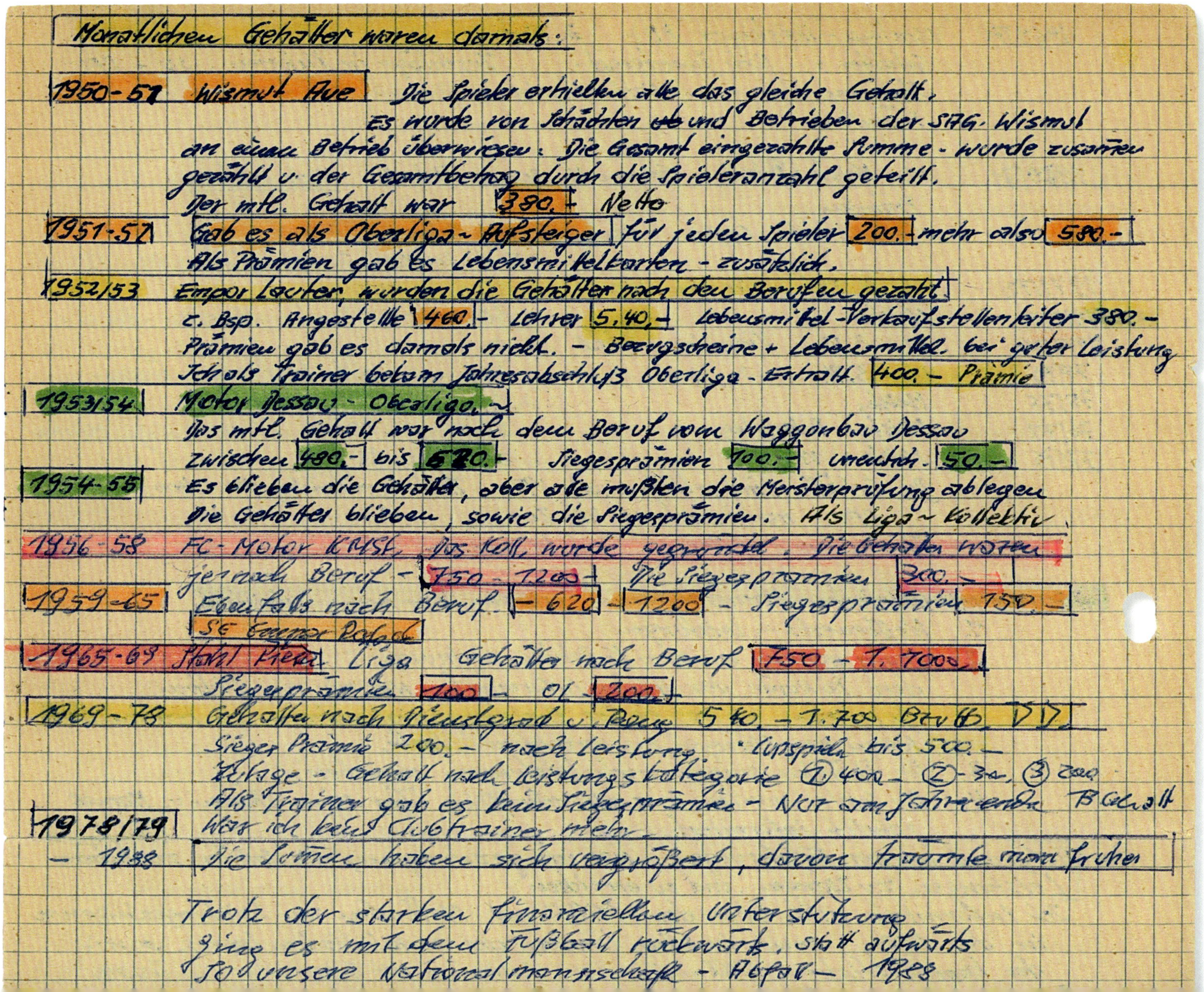
Monatlichen Gehälter waren damals:

1950–51 Wismut Aue Die Spieler erhielten alle das gleiche Gehalt.
Es wurde von Schächten und Betrieben der SAG. Wismut an einen Betrieb überwiesen: Die Gesamt eingezahlte Summe – wurde zusammen gezählt u. der Gesamtbetrag durch die Spieleranzahl geteilt.
Der mtl. Gehalt war 380.– Netto

1951–52 Gab es als Oberliga-Aufsteiger für jeden Spieler 200.– mehr also 580.–
Als Prämien gab es Lebensmittelkarten – zusätzlich.

1952/53 Empor Lauter, wurden die Gehälter nach den Berufen gezahlt
z. Bsp. Angestellte 460.– Lehrer 5,40,– Lebensmittel-Verkaufsstellenleiter 380.–
Prämien gab es damals nicht. – Bezugsscheine + Lebensmittel. bei guter Leistung
Ich als Trainer bekam Jahresabschluß Oberliga-Erhalt 400.– Prämie

1953/54 Motor Dessau – Oberliga.–
Das mtl. Gehalt war nach dem Beruf vom Waggonbau Dessau
zwischen 480.– bis 620.– Siegesprämien 100.– unentsch. 50.–

1954–55 Es blieben die Gehälter, aber alle mußten die Meisterprüfung ablegen
Die Gehälter blieben, sowie die Siegesprämien. Als Liga-Kollektiv

1956–58 FC-Motor KMSt, Das Koll. wurde gegründet. Die Gehälter waren
je nach Beruf – 750 – 1200.– Die Siegesprämien 300.–

1959–65 Ebenfalls nach Beruf – 620 – 1200 – Siegesprämien 150.–
SC Empor Rostock

1965–69 Stahl Riesa Liga Gehälter nach Beruf 750 – 1.700.–
Siegesprämien 100 – OL 200.–

1969–78 Gehälter nach Dienstgrad u. Beruf 540,– 1.700 Bev.[illegible] DV.
Sieger Prämie 200.– nach Leistung. Cupspiele bis 500.–
Zulage – Gehalt nach Leistungskategorie (1) 400.– (2) 300.– (3) 200.
Als Trainer gab es keine Siegesprämien – Nur am Jahresende [illegible]

1978/79 War ich kein Clubtrainer mehr.

– 1988 Die Prämien haben sich vergrößert, davon träumte man früher

Trotz der starken finanziellen Unterstützung
ging es mit dem Fußball rückwärts, statt aufwärts
Siehe unsere Nationalmannschaft – Abfall – 1988

„16./17. November 1990 – Tagung des Trainerbundes. Fuhren mit PKW – mussten es selbst bezahlen. Werner, Brunzlow, Schwenzfeier, W. Wolf, Trautmann, Menz, Sokoll, Schmidt, usw. Auch sie stellten fest: Die ehemaligen DDR-Menschen werden als Menschen 2. Klasse behandelt."

Unruhig wälzt er sich hin und her. Walter Fritzsch findet keinen Schlaf. Morgen ist sein 70. Geburtstag. Das Gedankenkarussell dreht Runde um Runde. Irgendwo auf dem Hotelgang fällt eine Tür ins Schloss. Das »Stadt Leipzig« gehört noch immer zu den guten Adressen der Stadt. Im Alten Rathaus haben sie heute den DDR-Fußball beerdigt. Sein Blick fällt von der Bettkante auf die Straßenbahn. Der Lumpensammler wartet vor dem Hauptbahnhof auf die letzten Nachtschwärmer. Anfang 1951 war er hier angekommen, wollte zum Trainerlehrgang an die gerade gegründete DHfK. So hatte alles begonnen für den damaligen Trainer-Neuling.

Wohin war nur die Zeit? Als wäre es gestern gewesen sieht er sich noch aus diesem großen Tor kommen. Unvergessen das Staunen über den lebhaften Trubel der Messestadt. Vierzig Jahre her! Die große Uhr am Eingang der Osthalle zeigt kurz vor Mitternacht. Morgen früh gibt es einen Festakt in der Oper. Der Ostfußball wird vom DFB übernommen. *„Sie wollen uns helfen?!"* – fragt Walter Fritzsch sein Tagebuch.

Blumen und Beifall gibt es an diesem 21. November 1990 für den Trainer-Oldie und eine Brieftasche aus braunem Leder. Fritzsch genießt das Bad in der Menge. FIFA-Präsident Havelange und UEFA-Boss Johannson sind nach Leipzig gekommen. Vor der Oper rahmen DFB-Präsident Hermann Neuberger und der neue Ost-Vertreter Hans-Georg Moldenhauer einen bunten Trabant. *„Klamauk"* – findet Fritzsch. Die Absage der Begegnung zwischen der DDR und der BRD bestätigt seine Sorgen. Die Polizei kann nicht für die Sicherheit garantieren. Mit dieser neuen Zeit kommt er nicht klar.

Zuletzt war er eingeladen bei der Sächsischen Zeitung. Nie zuvor hatte er mit den Kollegen Probleme gehabt. »Heißer Draht« – hieß die Gesprächsreihe, Leser konnten am Telefon Fragen stellen wie: *„Warum Kreische und Sammer aufhören mussten?"* Bei der nächsten Frage zeigte sich Walter Fritzsch schwer irritiert. Er hätte von vier Betrieben ein Gehalt von insgesamt einer Million Mark bezogen! Dynamos einstiger Meistercoach schüttelt nur mit dem Kopf.

Von Leipzig geht es mit Dynamo-Geschäftsführer Manfred Kluge zurück nach Dresden. Der Funktionär hört sich gern reden. Walter Fritzsch hält gegen. Sagt, was er denkt und vor allem, was er seinem Verein rät. Die Wühlerei der Boulevardpresse gegen Cheftrainer Häfner sei ein Unding. Auch wäre der Ausverkauf der Dynamo-Mannschaft noch nicht beendet. Ob Kluge ihm wirklich zuhört?

Keine zwei Stunden später halten sie vor dem Hochhaus auf der Grunaer Strasse. Volles Haus im 14. Stock, der demnächst zur 15. Etage werden soll, weil das Erdgeschoss – im Unterschied zu DDR-Zeiten – nun, nach der Wiedervereinigung, mitgezählt werden muss. An der Tür gibt es ein lautes Hallo. Jetzt kann der 70. Geburtstag endlich gefeiert werden. Käthe hat alles vorbereitet.

„26. November 1990 – Ging zum Spiel, Dyn. Dresden – FC Bayern. Mir gratulierten noch zum Geburtstag Hans Meyer u. Christoph Franke.

6. Dezember 1990 – Bei Dynamo gibt es ein Durcheinander. Man will den Namen Dynamo Dresden zu DSC ändern. Das fordert der Rat, aber viele wollen beim Namen bleiben. Aber, wie ich es sehe,

Walter Fritzsch zu Besuch in Herzogenrath, links sein Neffe Dieter

Rechts der Jahresrückblick im Tagebuch 1993 mit dem »Paar des Tages« – auf dem Weg zum »Paar des Jahres«

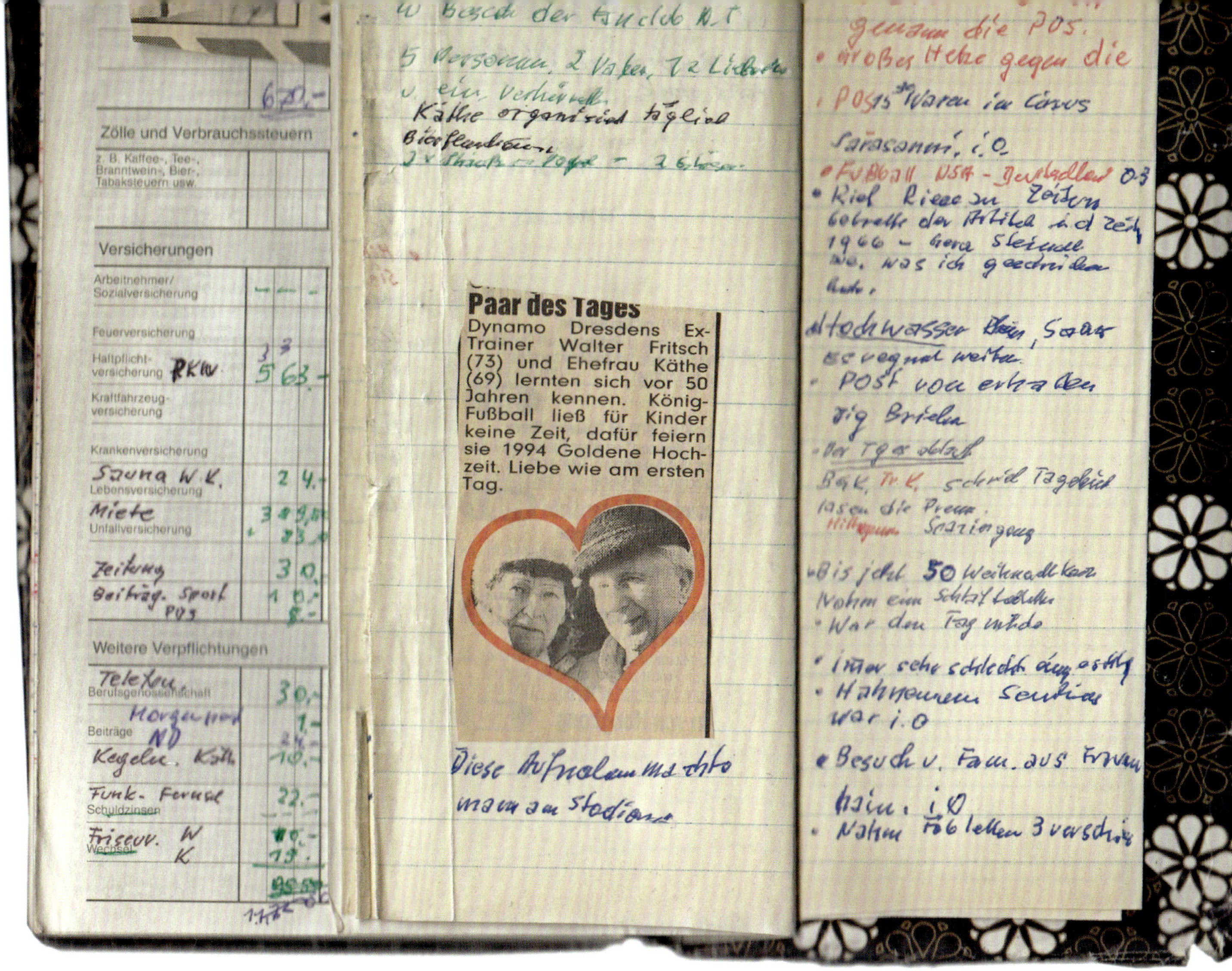

wird das geändert. Wie alles so üblich. Die ehemaligen DDR-Menschen sind 2. Klasse, werden vom Westen dirigiert.

1. Januar 1991 – Das Jahr 1990 war für uns wie 1945, man musste umdenken. Es gab 2 Wahltage. Es regiert die CDU, sie haben viel versprochen, aber nicht 100 % gehalten. Es kommen leitende Funktionäre von drüben, die es drüben nicht geschafft haben. In den Betrieben und auch im Fußball.“

Unter Reinhard Häfner und Hartmut Schade schafft Dynamo Dresden im Mai 1991 die Qualifikation für die Bundesliga. Mit Mühe zwar, aber wie soll es gehen, vor der Saison waren die besten fünf Spieler in die Bundesliga gewechselt. Walter Fritzsch ist stolz auf das Trainer-Duo, beide gehörten einst zu seiner Meister-Elf. Privat wechselt der Altmeister in diesen Tagen von »Wartburg« auf einen VW Polo. *„Man muss sich erst einfahren, bin immer noch etwas unsicher. Der Polo kostet 18.995 DM.“*

Der Dynamo-Fanclub „Walter Fritzsch“ zum Jubiläum, 10 Jahre nach der Gründung

„25. Mai 1991 – Das letzte Spiel in der Oberliga: Dyn. Dresden - Eisenhüttenstadt 3:3. War eine schwache Partie von uns. Die Spieler quatschen in der Bundesliga 6. bis 8. Platz. Wollen es erst sehen.

27./31. Mai 1991 – Sprach mit Kreische, er sagt: Training sei zu wenig, Spieler wären nicht fleißig genug. Das ist zwar neu, aber stimmt. Soll ein Fremdtrainer kommen ... Trainer Häfner u. Schade abgelöst, bekommen ihr Gehalt 12.000/Monat bis 30.6.92. Neuer Trainer Schulte (St. Pauli) 20.000/Monat, sprach kurz mit ihm.

24. Juli 1991 – Mir wurde mitgeteilt, bekomme keine Jahreskarte mehr – soll mir eine kaufen. Ja, so ist es geworden.“

Ein bitterer Moment für den ehemaligen Trainer. Kurz vor dem Saisonstart der Bundesliga soll er in »seinem« Verein 125 DM auf den Tisch blättern, um die Spiele gegen die neuen Konkurrenten zu sehen. Kaiserslautern, Bayern und Stuttgart heißen die ersten Gegner. Im Stadion trifft Walter Fritzsch seinen ehemaligen Assistenten, Gerhard Prautzsch. Sie diskutieren über diese Entscheidung, der einstige Cheftrainer wettert aufgebracht: *„Ja, so ist es in der Demokratie!!“*

Die Bundesliga-Premiere im Harbig-Stadion erlebt Fritzsch dann aus ungewohnter Perspektive: *„Saß oben rechts, die Zuschauer, die mich kannten, waren sehr enttäuscht, weil ich keine Karte hatte. Der Sieg für Kaiserslautern war glücklich.“*

„13. Juli 1992 – Schenkte Minge das Statistik-Buch 1969-78, Hefter u. Ordner. Trainer Schulte ist weg, ließ die Bücher da.

16./26. August 1993 – Habe das Trainingsbuch 1969/70 in den Container geworfe n... Habe das Buch Jena und Riesa – 2 Bücher – in den Container. Papier!

21. November 1993 – Wieder habe ich viele Erinnerungen verschenkt. Dyn. Stuttgart. Man gratulierte mir zum Geburtstag im Stadion, viel Beifall.“

Ab 1994 wird es zunehmend still um Walter Fritzsch. Gesundheitliche Sorgen lassen die täglichen Einträge im Tagebuch kürzer und sporadischer werden. Unser Interview für die Dokumen-

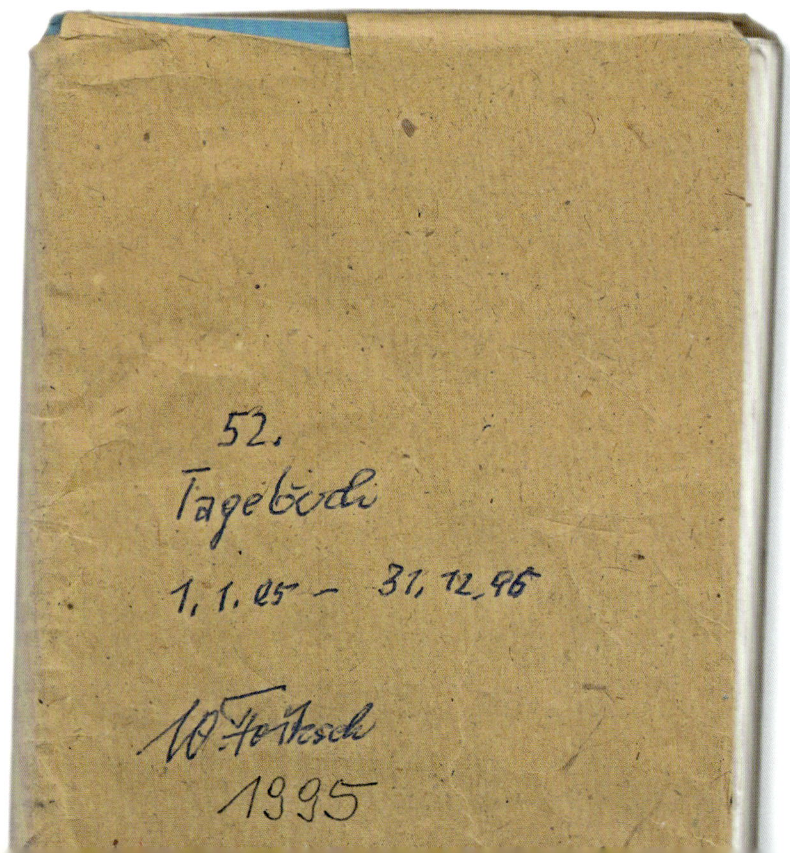

Das letzte Tagebuch von Walter Fritzsch

tation der Dynamo-Geschichte im April ´94 soll der letzte, längere öffentliche Auftritt sein. Zum Abschied fragt er, wann die Sendung zur Ausstrahlung kommt und notiert sich das Datum. *„Freitag, der Dreizehnte!“* – ergänze ich noch und er nuschelt mit dem für ihn typischen, verschmitzten Blick: *„Das macht nüscht!“* Wenig später erlebt der 73-Jährige den Dynamo-Jubel nach erfolgreich bestandenem Kampf gegen den 4-Punkte-Abzug. *„Wie in alten Zeiten“* – schwelgen die Dynamo-Anhänger und feiern ihn damit auch noch einmal. Ein Jahr später ist niemandem mehr zum Lachen zumute. Walter Fritzsch hat die Abstiegs-Saison für ein Wochenblatt kommentiert. Zum letzten Heimspiel in der Bundesliga kommt ausgerechnet Bayern München.

„30. Mai 1995 – Das Siegtor für die Bayern kurz vor Schluss war verdient. Schließlich waren die Dresdner wieder einmal konditionell am Ende. Ein trauriger Abschied. Hoffentlich sehen wir Dynamo bald wieder im bezahlten Fußball, unter einer Führung, die Ahnung vom Geschäft hat.“

Zum Trainertreffen im September 1995 fährt ihn seine Käthe nach Leipzig in die Sportschule. Sie kümmert sich liebevoll um ihn, wenn er jemanden nicht gleich erkennt oder für einen Moment nach Orientierung sucht. Der Aufenthalt unter Kollegen und Weggefährten tut ihm gut. Zu seinem »75.« im November 1995 überbringen ihm seine ehemaligen Spieler ein Ständchen und singen im Chor. In dieser Zeit, Dynamo spielt nun in der Regionalliga, holt ihn Armin Grande zu Hause ab, bringt ihn ins Stadion und nach dem Spiel auch wieder heim. Wenn Dixie Dörner oder Dieter Riedel ihren ehemaligen Trainer begrüßen, haben sie nicht immer das Gefühl, dass er noch weiß, wer sie sind. Die Krankheit kennt keine Gnade. Lässt irgendwann einen Stadionbesuch nicht mehr zu. Ein Schlaganfall führt dazu, dass er nicht mehr über seine Persönlichkeit bestimmen kann. Käthe pflegt ihn aufopferungsvoll, will ihn nicht der Obhut von Maschinen und Apparaten überlassen. Nach langer Krankheit schließt Walter Fritzsch am 15. Oktober 1997 die Augen, für immer.

Volles Haus zum 75. Geburtstag, Käthe schmeißt den Laden. Walter stößt mit Dynamo-Präsident Dieter Riedel an. Rechts neben Walter Käthes ältere Schwester Lotte

Frank Richter

Jahrgang 1960

Verweigerung des Dienstes mit der Waffe; Bausoldat in der Nationalen Volksarmee der DDR

Theologe, 1989 Mitbegründer der »Gruppe der 20« in Dresden

2009 – 2017 Direktor der Landeszentrale für politische Bildung

seit 2019 Mitglied des Landtages, SPD-Fraktion

Bescheiden, fleißig und ehrgeizig – sind die Attribute, die auf der für Walter Fritzsch errichteten Gedenkstele eingemeißelt wurden. Auf der daneben aufgestellten Erinnerungstafel heißt es: „*42 Europapokal-Spiele bestreiten die Schwarz-Gelben unter der Ägide des »kleinen Generals«, messen sich mit Größen wie Ajax Amsterdam, FC Liverpool, FC Bayern München und Juventus Turin.*"

Der kleine General

Die Aufzeichnungen, die Walter Fritzsch von 1938 bis 1995 fast täglich vornahm, bestätigen diese Attribute. Er war kein »Spieler« im oberflächlichen Sinne des Wortes. Ihm fiel nichts in den Schoß. Es gab nichts, was ihm leichtgefallen wäre. Walter Fritzsch war ein Kämpfer, ein Arbeiter und ein Sportsmann. Er war wenig größer als 1,60 Meter und wog bis weit in die fünfziger Jahre wenig mehr als fünfzig Kilogramm. Walter Fritzsch war ein von schweren und bedrückenden Erfahrungen Geprägter, einer, der wie jeder andere Mensch nur aus seiner Zeit heraus verstanden und beurteilt werden kann.

Als der 14-jährige Walter zum ersten Mal das Heilige Abendmahl empfängt, lautet der vom Planitzer Pfarrer Dr. Größel vorgetragene Konfirmationsspruch: „*In jener Zeit sprach Jesus zu seinen Jüngern: wachet, denn ihr wisset nicht, welche Stunde euer Herr kommen wird.*"

Die Ermahnung bezog sich auf das Schicksal seines Vaters, eines Bergmanns, der Anfang 1935 mit 42 Jahren verstorben war. Als Walter wenig später aus der Volksschule entlassen wurde, erhob Klassenlehrer Röder den rechten Zeigefinger und verkündete: „*Jetzt beginnt der Ernst des Lebens.*" Walters Mutter soll sich über das tadellose Verhalten ihres Sohnes gefreut haben. Sowohl im Betragen als auch im Fleiß stand eine glatte Eins.

Die Zeit seiner Lehre und Arbeit als technischer Zeichner währte nur kurz. Auch für die sich anbahnende Liebe zum Fußballspielen blieb wenig Zeit. 1939 begann der Zweite Weltkrieg. Walter Fritzsch wurde eingezogen. Als Soldat befand er sich fast bis zum Ende – von wenigen Urlauben und Genesungsaufenthalten abgesehen – direkt an der Front. Man kann davon ausgehen, dass er geschossen und getötet hat. In einigen Tagebuchaufzeichnungen deutet er dies an. Am 30. September 1944 heiratet er in Zwickau seine Käthe, mit der er bis zu seinem Lebensende zusammen ist. Die Ehe bleibt kinderlos. Walter Fritzsch schreibt, dass er dafür keine Zeit gehabt hätte.

Nach den Hungerjahren der Nachkriegszeit und dem mühsamen, von Rückschlägen geprägten beruflichen Neuanfang entwickelt er ein begrenztes politisches Interesse. Dem sozialistischen Staat gegenüber verharrt er lange in skeptischer Distanz. Eher beiläufig notiert er, in die SPD eingetreten zu sein. Dass dies später eine automatische Mitgliedschaft in der SED nach sich zog, ist ihm keine Zeile wert. Politik ist nicht seine Sache. Verschiedene Angebote, sich im Westen Deutschlands eine neue Existenz aufzubauen, lehnt er ab. Die Beziehung zu seinem Bruder, der die DDR verlässt, bricht ab.

Walter Fritzsch bezeichnet das Jahr 1950 als »seine Wende«. Als sich ihm eine Zukunft als Fußballer und späterer Trainer eröffnet, geht es bergauf. Im Spiel auf dem grünen Rasen findet er seine Erfüllung. Die sportbegeisterte Öffentlichkeit entdeckt sein Talent. Die Stadien sind regelmäßig ausverkauft. Die Bedeutung des Fußballs als Identitätsstiftendes Ereignis ist kaum zu überschätzen. Das Spiel gibt der gebeugten, erschöpften und politisch verunsicherten Gesellschaft die Möglichkeit, das Bedürfnis nach einem politisch unverdächtigen Gemeinschaftsgefühl zu befriedigen. Der »kleine General« personifiziert und symbolisiert seine Zeit und seine Generation. Je mehr Anerkennung ihm für seine Anstrengungen zuteil wird, umso schneller wächst er hinein in die Rolle einer öffentlichen Persönlichkeit. Er identifiziert sich mit der DDR, ohne sich politisch hervorzutun. Seine nationalen und internationalen Erfolge sind hart erarbeitet und erkämpft. Auf dem Weg zu einem der bekanntesten Trainer des DDR-Fußballs muss er zahlreiche Niederlagen verkraften. Seine größten Erfolge als Trainer und seine höchsten Beliebtheitswerte beim fußballbegeisterten Publikum erringt er in seiner Zeit

bei Dynamo Dresden. Die Stadt sollte seine Leistungen angemessen würdigen; die Bürgerschaft sollte sich seiner erinnern. Man muss kein Fußballfan sein, um nachzuvollziehen, dass viele Zeitgenossen auf sein gutes Vorbild als integrierende Persönlichkeit angewiesen waren.

Wer Walter Fritzsch und seine Zeit verstehen will, wird bei der Lektüre des Tagebuchs viel Interessantes und Überraschendes entdecken.

Einen Hinweis darauf, dass er tatsächlich »nur« für sich geschrieben, nicht einmal seiner Frau Einblick gewährt und gewiss nicht an eine Veröffentlichung gedacht hat, gibt ein Eintrag aus dem Mai 1950: Beim Deutschlandtreffen in Berlin, zu dem er sie mitgenommen hatte, erlebt er zum ersten Mal, wie diese mit anderen Männern »schäkert«. Er schreibt in sein Tagebuch: *„Hier war ich von Käthe erstmalig gegenüber von mir enttäuscht worden. Sie fühlte sich wahrscheinlich erst 16 Jahre: Sie machte allerhand Neckereien mit, von der sich eine verheiratete Frau entfernen und nicht einlassen sollte. Ich bin erschüttert.“*

Im Juni 1950 sieht Walter Fritzsch anlässlich eines Ostseeurlaubs zum ersten Mal das Meer und kommt ins Schwärmen. Im September 1951 ertappt er seine Mannschaft bei einem spätabendlichen Zusammensein mit Frauen. Auch hier zeigt er sich erschüttert über das Verhalten der Spieler. Erleichtert schreibt er in sein Tagebuch: *„Kein Geschlechtsverkehr“*.

Am 8.März 1952, am Abend, an dem die von ihm trainierten Fußballer von Aue gegen seinen Willen eine Faschingsfeier besuchen und – so seine misstrauische Vermutung – Alkohohl zu sich nehmen wollen, verkleidet es sich als alte Dame, spioniert ihnen nach, gibt sich zu erkennen und verhängt Strafen.

Die Vorstellung, dass »man nur für Geld« Fußball spielen könnte, widert ihn an.

Der christliche Glaube, in dem er als Kind erzogen worden war, verflüchtigt sich im Laufe seines Lebens. Gott an der Ostfront erscheint im Tagebuch wie ein Geheimagent der Wehrmacht, der die Deutschen schützt und für die Russen nichts übrig hat. In den letzten Tagen des Krieges ist Gott besonders aktiv. Am 25.Dezember 1950 erwähnt Walter Fritzsch wohlwollend eine Christ-Metten-Übertragung aus Sehma im Erzgebirge. Danach verliert sich die Spur Gottes in seinem Leben. Was von ihm bleibt, sind die von Kindesbeinen an erlernten Sekundärtugenden: Fleiß, Bescheidenheit, Ordnung, Pünktlichkeit, Anstrengungsbereitschaft, Disziplin usw. Was wäre gegen diese zu sagen? Nichts. Zu erwähnen bleibt allerdings, was zu fehlen scheint im Leben des Walter Fritzsch: Humor, Gelassenheit, Fröhlichkeit, die Leichtigkeit des Seins und wohl auch das, was man die Primärtugenden nennt: Glaube, Hoffnung und Liebe.

Das Tagebuch, das Walter Fritzsch hinterlassen hat, liefert ein Panorama dessen, was und wie ein junger Deutscher in der Zeit des Zweiten Weltkrieges und in den Jahren danach gelebt, gedacht und gefühlt hat. Es bietet uns Erschreckendes und Berührendes. Wir sollten bedenken, dass selbst ein solches Dokument nur ein verschwommenes Spiegelbild dessen abgibt, was einen Menschen ausmacht.

Warum hat er dies oder jenes aufgeschrieben? Warum hat er vieles andere nicht aufgeschrieben? Letzte Antworten kann es nicht geben. Dennoch müssen die Fragen mitgedacht werden, wenn ein annäherungsweise richtiges Bild entstehen soll.

Jeder Mensch ist besonders. Jede Zeit ist besonders. Der Fluss des Geschehens verbindet Vergangenheit, Gegenwart und Zukunft. Der in ihm schwimmende Einzelne kann nicht als ein statisches Wesen verstanden werden. Nur wenige schwimmen gegen den Strom. Alle suchen Sicherheit. Walter Fritzsch hat sie offenbar gefunden, in dem, was er täglich aufschrieb. Wann hat er inmitten all der Umstände und Zwänge seines Lebens zu sich selbst gefunden? Wann, wo und wie war er ganz er selbst? Wir wissen es nicht. Vielleicht hat er sich diese Frage niemals gestellt. Aber selbst dann, wenn er sich niemals 100-prozentig annehmen konnte als der, der er nun einmal war: wir können und sollten ihn annehmen als einen überragenden Fußballer und Trainer, als einen Mann, der seine Zeit mitgeprägt und ungezählte Fußballbegeisterte beeindruckt hat und als einen Mitmenschen, der uns dank seines Tagebuchs einen Blick in sein Innerstes ermöglicht hat.

Frank Richter

Im November 2020 wäre Walter Fritzsch einhundert Jahre alt geworden. Eigentlich der ideale Termin für das Veröffentlichen seiner Biografie und so gehen frühere Planungen auch in diese Richtung. Doch wir haben die Rechnung ohne den Protagonisten gemacht, keine Chance! Die Auswertung seiner Tagebücher erfordert nicht nur einen enormen Zeitaufwand, sie bringt immer wieder neue Erkenntnisse und Überraschungen. Schon bald staune ich über die unglaublich hohe Ereignisdichte in seinem Leben. Als Soldat gerät Walter Fritzsch in den Strudel der furchtbaren Ereignisse im Zweiten Weltkrieg, erlebt die Schlacht um Moskau 1941/42 und wird im Juli 1943 in der Schlacht bei Kursk verwundet.

Nachlass

Monate später sieht er das zerstörte Leipzig, am Tag nach dem ersten schweren Bombenangriff die Stadt. Zum größten Glück in dieser Zeit wird für ihn das Kennenlernen seiner Frau. *„Im Varieté mit Käthe Decker gewesen. In meinem Urlaub erstmalig an ein Mädchen getroffen, das noch anständig scheint.“* Walter schreibt nicht nur fleißig in seinem Tagebuch, er verfasst auch unglaublich viele Briefe. Adressiert an Fräulein Decker, später an Käthe Fritzsch, im September 1944 haben die beiden geheiratet. Ein Poststapel aus dieser Zeit dokumentiert die große Liebe. In den Briefen schildern sie sich ihre Sorgen, die das junge Paar zu teilen hat. Im April 1945 wirkt jedes Schreiben wie ein Abschiedsbrief. Ein Rätsel bleibt, wie es für Walter damals möglich war, Post von Käthe zu empfangen. Im Rückzugs-Chaos bewegt er sich fast jeden Tag an einem anderen Ort.

Nicht im Traum komme ich bei unserem Interview im Frühjahr 1994 auf die Idee, diese Dinge zu thematisieren. Vermutlich hätte Walter Fritzsch milde gelächelt und geschwiegen, wie es in seiner Generation Usus war. Wir hatten das Thema »Dynamo und seine Rolle in den Siebzigerjahren« zu besprechen. Immerhin befrage ich ihn zu seinem missglückten Erstversuch in Dresden, im Juli 1953. Was ich erst später erfahren sollte: Wochen zuvor erlebt Walter Fritzsch den 17. Juni 1953 in Berlin. Sieht die russischen Panzer fahren und die Wut der aufgebrachten Menge. Seine Gedanken vertraut er auch hier nur dem Tagebuch an. Ähnlich die Situation im Sommer 1968, mit Stahl Riesa spielt er in der ČSSR und erlebt Prag unmittelbar vor dem Einmarsch der sowjetischen Truppen. So wird er nach und nach zu einem besonderen Zeitzeugen des 20. Jahrhunderts. Fritzsch bewundert 1958 in Stockholm beim WM-Finale den jungen Fußball-Gott Pelé und sitzt auch beim WM-Endspiel 1974 auf der Tribüne. Wie in den beiden Duellen mit Dynamo gelingt erneut Gerd Müller das entscheidende Tor. So wird das Münchner Olympiastadion zu einem besonderen Ort für ihn.

Bei der Buch-Recherche treffe ich Weggefährten von einst und stelle fest, kaum jemand weiß wirklich mehr über diesen Walter Fritzsch. *„Ich habe neun Jahre mit ihm gearbeitet, wüsste aber nicht, dass wir uns einmal privat ausgetauscht hätten“* – erinnert sich Horst Zimmer. Als Masseur gehört er ab 1969 bei Dynamo zum Betreuerstab von Walter Fritzsch.

Die Präsentation der einen oder anderen Original-Kladde erweist sich als perfekte Gedankenstütze. So erfahre ich von Ralf Minge, dass Walter ihm mal verraten hatte, sein Tagebuch für die Kommunikation mit Käthe zu nutzen. Störte ihn etwas an ihr, trug er es ein und ließ die Notiz offen liegen. *„Ich weiß doch, dass die Käthe neugierig ist und nicht am offenen Tagebuch vorbeigehen kann“* – ahmt Minge die Worte des Trainers nach.

Käthe neugierig, Walter stets findig – auch beim Thema Sonnenschutz im Sommer 1957

Links:
Immer alles im Blick: Walter Fritzsch unmittelbar vor seiner Amtsübernahme bei Dynamo Dresden – 1969

Mit der Tochter von Kürschnermeister »Ossi« Mühlhans stehen wir in Boxdorf vor der Datsche. In Rostock schwärmen Wolfgang Barthels und Werner Drews vom *„besten Trainer, den sie in ihrem Leben hatten"* und erinnern sich an seinen Abschied. Erleben den scheidenden Trainer des SC Empor nach sechs Jahren zum ersten Mal locker und gelöst.

In Berlin erinnert sich Heinz Werner an seinen Trainerkollegen: *„Walter Fritzsch war für mich ein Pionier unseres Fußballs. Ging neue Wege, ohne dass er das gelernt hat – große Wertschätzung! Ich bin damals zu fast allen Europapokalspielen nach Dresden gefahren!"*

Das Telefon klingelt. Ein Anrufer aus Zwickau stellt sich als Schulfreund von Dieter Fritzsch vor, der sei der Neffe von Walter Fritzsch. Der Mann mit der freundlichen Stimme würde mir den Kontakt vermitteln, ob ich Interesse hätte? Dieter lebt noch immer in Merkstein bzw. Herzogenrath. Also dort, wo sein Vater Gerhard nach dem Verlassen der DDR gelandet war. Wenig später habe ich Walters Neffen am Ohr. In den Telefonaten tauschen wir uns auch über das Verhältnis der Fritzsch-Brüder aus und den späten Versuch der Annäherung. Nach dem Tod von Walter hätte seine Frau Käthe vorgehabt, zu ihrer Schwägerin Lisbeth nach Herzogenrath zu ziehen: *„Ich muss erst einmal meinen Walter beerdigen, dann komme ich!"* Doch dazu soll es nicht kommen.

Daran erinnert sich auch Giesela Passehr. Die einstige Mannschaftsärztin von Dynamo war mit Käthe und Walter gut befreundet. Sie besuchten sich oft, mal auf der Grunaer Straße in Dresden, mal bei den Passehrs in Niesky. Die Ereignisse im Spätherbst 1997 beschäftigen sie bis heute: *„Ich glaube, die Käthe hat den Tod von ihrem Walter nicht verkraftet. Die waren ja wie Latsch und Bommel."* Keine vier Wochen nach dem Ableben ihres Mannes stirbt auch Käthe Fritzsch. So werden beide gemeinsam am 28. November 1997 in einem anonymen Grab auf dem Dresdner Heidefriedhof beigesetzt. Es war ihr letzter Wunsch.

Käthe war für Walter Fritzsch die Frau seines Lebens, bei einer Geburtstagsfeier in Rostock 1960

Und was bleibt? Zur Lebensleistung von Walter Fritzsch gehören seine Aufzeichnungen, deren wahres Ausmaß der Leser noch immer nur erahnen kann. Das hier Abgedruckte ist, mit Ausnahme der Kriegsjahre, nur der Extrakt von dem, was er tatsächlich festgehalten hat. Fast ausschließlich handschriftlich und in einer Qualität und Quantität, die ihresgleichen sucht. So entstand eine einzigartige Chronik von 1938 bis 1995. Man möchte den kauzigen Trainer fragen, was er zu den heutigen technischen Möglichkeiten sagt, die das Schreiben, Vervielfältigen und Fotografieren im Vergleich zur Fritzsch-Zeit grundsätzlich verändert haben.

… in »vertauschten« Rollen, Sotschi 1962

Walter Fritzsch geb. 21.11.1920
ein Sportsmann, der mit vorbildlichen persönlichen Einsatz, mit Hingabe, Liebe und Verstand für den Fußball lebte

Zeit	Tätigkeit als	wo	Fußball wo	als/was
06.1927 - 04.1935	Schüler		Planitz PSC Knaben	Spieler
04.1935 - 06.1938	Landhilfe	Viehhändler Helbig Planitz	Planitz PSC Jugend Gau auswahl	Spieler
02.05.1936 - 04.10.1940	Lehrling	Auto Union Zwickau Horizontalbohrer	Planitz PSC Reserve	Spieler
05.10.1940 - 17.05.1945	Soldat			
06.1940 - 07.1941	" "		Planitz PSC Liga	Spieler
10.1940 - 12.1940	" "		VfB Leisnig	Spieler
10.1943 - 10.1944	" "		BC Hartha	Spieler
11.1944	" "		Döbelner SC	Spieler
17.5.1945 19⁰⁰ h		vom Krieg zu Hause in	Oberhohndorf/Zwickau	
18.05.1945 - 30.09.45	Arbeiter	Weinbau Trobisch Zwickau		
27.06.1945	Gründung:	Arbeiter Turn- u. Sportverein Oberhohndorf Schriftführer	→	Spieler u. Trainer
01.10.1945 - 10.11.1947	Arbeiter Horizontalbohrer	RAW Zwickau		
06.1945 - 08.1945			Planitzer PSC	Spieler - Übungsleiter
08.1945 - 02.1947			ATS Oberhohndorf	Spieler - Trainer
5.10. / 10.11. / 22.12.1946			VfB Leisnig - Gast	Spieler
29.09.1946			Zwickau Land auswahl	Spieler
31.05.1947			Zwickau B-Elf	Spieler
11.11.1947 - 30.11.1949	Angestellter Sozialamt	Rat der Stadt Zwickau		
23.04.1947 - 10.04.1950			SG Mechanik Cainsdorf 1. Mannschaft	Spieler - Trainer
14.04.1950 - 15/07.1952			Bernsbach, Wismut Lichtenstein " " Schneeberg	Übungsleiter
01.12.1949 - 14.04.1950	Techn. Angestellter	Wismut Cainsdorf		
07.06.1949 - 01.11.1949			Wipa Langenbach	Trainer
02.11.1949	Trainer	Mechanik Cainsdorf		
13.04.1950 - 30.06.1952	Trainer	Centra Wismut		Trainer
05.08.1950	Bestätigung als Übungsleiter vom LSA Sachsen			
07.07.1952 - 30.06.1953	Trainer	Empor Lauter		Trainer
[illegible]	[illegible]	[illegible]		[illegible]

13.04.1950 – 30.06.1952	Trainer	Centra Wismut	Trainer
05.08.1950		Bestätigung als Übungsleiter vom LSK Sachsen	
01.07.1952 – 30.06.1953	Trainer	Empor Lauter	Trainer
01.07.1953 – 10.08.1953	Trainer	SG Dynamo Dresden	Trainer
11.08.1953 – 30.11.1955	Trainer	Motor Dessau	Trainer
01.12.1955 – 31.12.1957	Trainer	SC Motor Karl Marx Stadt	Trainer
01.01.1958 – 15.07.1959	Trainer	SG Stahl Riesa	Trainer
16.07.1959 – 30.06.1965	Trainer	SC Empor Rostock	Trainer
01.07.1965 – 31.05.1969	Trainer	SG Stahl Riesa	Trainer
01.06.1969 – 30.06.1978	Trainer	SG Dynamo Dresden	Trainer
01.07.1978 – 31.12.1989	Trainer	DFB Verbandstrainer Nachwuchs	24.4.90 als Vors. BTK verabschiedet

1978 bis 1989

1402 persönliche Spielerbeobachtungen d.h. Ø 128 je Saison

312 Foren u. Übungsleiterweiterbildungen mit 13813 Teilnehmer d.h. Ø 44 Teilnehmer/Veranst. und 33909 Fahrkilometer

Bezogen auf den Fußball, sprechen seine Erfolge für sich. Fünf DDR-Meisterschaften und zwei Pokalsiege in neun Jahren, hinzu kommen die vielen Auftritte auf internationaler Bühne. Was Walter Fritzsch unbedingt zugerechnet werden muss, ist nicht mit Toren oder Punkte zu erklären. Ab Sommer 1969 gelingt dem ebenso ehrgeizigen wie eigenwilligen Trainer bei Dynamo Dresden sein eigentliches Meisterstück. Mit europäischem Spitzenfußball entfacht er an der Elbe eine unglaubliche Euphorie.

Vom Hauptbahnhof zieht die Schar der Anhänger über die neu errichtete Prager Straße zum Dynamo-Stadion und nach dem Spiel wieder zurück. Fotos und Bewegtbilder aus dieser Zeit zeigen bei Jung und Alt, bei Frauen und Männern strahlende Gesichter und glänzende Augen. Schießen die Schwarz-Gelben ein Tor, liegen sich plötzlich wildfremde Menschen mit ganz unterschiedlicher Herkunft in den Armen. Haben die Dresdner gewonnen, steigt ab Montag die Arbeitsproduktivität in den Betrieben. Die Auftritte seiner Schwarz-Gelben geben vielen Menschen der gerade im Wiederaufbau befindlichen Stadt das ein Vierteljahrhundert zuvor verloren geglaubte Selbstwertgefühl und den Stolz zurück.

Der von der Fritzsch-Mannschaft zelebrierte Fußball wird in Dresden ab 1973 zur Kunst erhoben – Dörner, Häfner oder Kreische setzen voller Kreativität um, was der Trainer fordert. Das Heimspiel gegen Juventus Turin (2:0) gilt bis heute als Dynamos bester Europapokal-Auftritt aller Zeiten. Die Reaktionen sind überwältigend, in hunderten Briefen, Telegrammen und Glückwunschschreiben bringen Anhänger, Arbeitskollektive oder auch nur neutrale Beobachter ihre Begeisterung zum Ausdruck.

Nicht zufällig gibt es Wochen später 300.000 Kartenwünsche aus der ganzen Republik für ein Fußballspiel! Nicht auszudenken, wenn der Fritzsch-Elf gegen Bayern München die Sensation gelungen wäre, die damals greifbar schien. Dresden ist im Herbst 1973 zweimal die bessere Mannschaft, München cleverer.

Die ganz große Anerkennung bleibt Walter Fritzsch zu Lebzeiten versagt. Trotzdem zählt er für viele ältere Dynamo-Fans bis heute als Ehrenbürger der Stadt, ohne es je geworden zu sein. Sie haben die Zeit nicht vergessen, als die Dresdner Mannschaft mit ihrem Trainer in ganz Europa geschätzt und geachtet wurde. Die Fans des FC Liverpool widmen dreißig Jahre nach dem letzten Duell dem einstigen Gegner eines der schönsten Fußballlieder und singen nach der Melodie von Simon & Garfunkels »Mrs. Robinson«: *„Where have you gone, Dynamo Dresden / The red and white Kop still remembers you, you hoo hoo.“* (Wo bist du hin, Dynamo Dresden / Der rot-weiße Fan erinnert sich noch an dich, du hoo-hoo)

Dabei war Walter Fritzsch mit den Schwarz-Gelben an der Anfield road, dreimal klopfte ihm der berühmte Manager Bill Shankly anerkennend auf die Schulter.

Das Andenken an Walter Fritzsch in Dresden besteht zunächst in einem Hallen-Turnier für Traditionsmannschaften. Dann kam der Walter-Fritzsch-Gedenkstein dazu, der heute im Schatten des Stadions steht: »Bescheiden, fleissig, ehrgeizig« – die Attribute des Trainers und niemand kann sagen, ob das neue Harbig-Stadion ohne ihn in dieser Form an dieser Stelle stehen würde. Seit Sommer 2020 trägt das neue Trainingszentrum seinen Namen: »AOK PLUS Walter-Fritzsch-Akademie« und viele Dresdner sagen: *„Ein bessere Form der Wertschätzung kann der Walter nicht bekommen!“*

Matthias Müller

Jahrgang 1954

SPIELER
4 Länderspiele
Olympiasilber 1980 – 1973
Finale UEFA-Turnier
3x DDR-Meister / 1x Pokalsieger mit Dynamo Dresden
90 Oberliga-Spiele
22 Europapokal-Spiele

1981 wegen Verdachts auf Republikflucht verhaftet und lebenslang für DDR-Oberliga und DDR-Liga gesperrt

1990 rehabilitiert

AOK PLUS Sachsen 1995 – 2020

seit 2019 im Kompetenzteam U19 (Dynamo Dresden)

lebt in Dresden

Wir stehen hier am neuen Trainingszentrum von Dynamo Dresden, der »AOK PLUS Walter-Fritzsch-Akademie«. Wann und wie hast Du ihn zum ersten Mal erlebt?

Das war im Juni 1969 – glaub ich – ich spielte in der Schülermannschaft der FSV Lok Dresden und wir haben das Pokalfinale gegen Stahl Riesa bestritten. Das hat er sich angeschaut und danach mit meinem Vater (Lothar Müller/201 Oberligaspiele Einheit Dresden) und mit mir gesprochen. Dynamo war zum neuen Leistungszentrum im Bezirk Dresden erklärt worden und ich sollte ins Dynamo-Nachwuchsleistungszentrum wechseln.

Wann hat Dich Walter Fritzsch in die »Erste« geholt?

1972 bin ich mit den Dynamo-Junioren DDR-Meister geworden und stand 1973 beim UEFA-Turnier im Endspiel gegen England, was wir nach Verlängerung 2:3 verloren. Danach wurden wir von Walter Fritzsch in den Kader der Ersten geholt, also Schade, Weber, Donix, Bielecke und ich. Gegen Bayern München stand ich kurz vorm Ritterschlag. Gehörte schon zum Kader, als mich Siegmar Wätzlich im letzten Training richtig von den Beinen holte. Horst Rau hat mich da vom Platz getragen.

Gibt es eine Episode auf Deinem Weg, die den Trainer Fritzsch charakterisiert?

Oh, ja! Walter war ja sehr konsequent. Wir spielten in Riesa, 1974 muss das gewesen sein. Beim Stand von 3:0 durch drei Tore von Peter Kotte wurde ich eingewechselt, hatte als Stürmer gegen Klaus Schlutt zu spielen. Kurz darauf hab ich das 4:0 vorbereitet, für Hartmut Schade. Dann aber fängt Schlutt einen Ball ab und Müller bleibt stehen. Naja, ich fühlt mich gut drauf und war eben leichtsinnig. In der Auswertung am Sonntag gab es nur ein Thema. Warum der junge Müller stehengeblieben ist bei dieser gefährlichen Situation! Konsequenz: ich hab ein Jahr in der Zweiten gespielt und trainiert. Hut ab, da musste ich ganz schön schlucken, das war hart!

Was verbindet Du heute mit seinem Namen?

Prinzipiell hat er einen großen Anteil, dass Dynamo sich in den Siebzigerjahren so entwickelt und so einen Ruf genossen hat. Im Prinzip lebt der Verein heute noch von diesem Fundament. Fritzsch wollte diese technische Spielweise, den schnellen Fußball, nach dem Vorbild Ajax vielleicht. Fußballerisch hat er viel viel Positives bewegt. Auf der anderen Seite hat er mit seinen Entscheidungen ältere Spieler zu schnell auf Abstellgleis geschoben. Die Sammer oder Kreische fehlten dann in kniffligen Spielen, um auch mal das Halbfinale im Meistercup zu schaffen. Doch er ist seiner Überzeugung immer treu geblieben, wollte das mit den Jungen erreichen.

Das neue Trainingszentrum trägt seit 2020 seinen Namen, zu Recht?

Auf jeden Fall, als ich davon erfuhr habe ich gleich Volker Wünsche von der AOK angerufen und ihm gratuliert: Ich finde, das ist eine tolle Sache und Walter Fritzsch hat diese Form der Wertschätzung verdient!

Dynamo-Forum 1977 mit Walter Fritzsch, Matthias Müller und Christian Helm

Aufstiege, Abstiege und so manche Turbulenzen: Während der über zehnjährigen Partnerschaft zwischen der AOK PLUS und der SG Dynamo Dresden haben beide Seiten ein breites Spektrum an Emotionen erlebt und gemeinsam auch schwierige Zeiten bewältigt. Es gibt kaum einen Verein, der über eine ähnlich starke Faszination und Verwurzelung in der Region verfügt wie Dynamo Dresden. Die AOK PLUS hat die Entwicklung der Sportgemeinschaft deshalb über Jahre hinweg aufmerksam verfolgt und aktiv gefördert.

AOK PLUS Walter-Fritzsch-Akademie
Gelebte Gesundheits-Partnerschaft

Als Namensgeber der Walter-Fritzsch-Akademie setzt die AOK PLUS ein besonderes Zeichen für den Nachwuchssport. Die bereits bestehende Gesundheitspartnerschaft wird am neuen Trainingszentrum des Vereins nicht nur mit Inhalten zur Gesundheitsförderung gefüllt, sondern vor Ort auch gelebt und erlebbar gemacht. So unterstützt die AOK PLUS die Nachwuchssportler bei der Herausforderung, Sport und Beruf miteinander zu verbinden. Mit ihrem fachlichem Know-how bei Themen wie Ernährungsberatung, Prävention und Bewerbertraining steht sie als Partner bereit, unterstützt und entwickelt den Nachwuchs nachhaltig mit, beispielsweise mit den AOK PLUS-Sichtungs- bzw. Jugendtrainingstagen. Ziel ist, Freude und Spaß an der Bewegung zu vermitteln und zu regelmäßigem Sport zu motivieren. Für die Jugendteams bietet die AOK PLUS Workshops u.a. zum Thema »Fit fürs Leben« an.

Matthias Müller beim Aktenstudium mit dem Buch-Autor

Mit über 3,4 Millionen Versicherten ist die AOK PLUS die größte Krankenkasse in Sachsen und Thüringen. Sie überzeugt mit überdurchschnittlich vielen und guten Zusatzleistungen und einem mehrfach ausgezeichneten Service. In über 140 AOK-PLUS-Filialen können sich die Versicherten wohnortnah beraten lassen. Außerdem stehen ihnen rund um die Uhr das Kundencenter unter der kostenlosen Rufnummer 0800 10590-00 sowie die Online-Geschäftsstelle unter plus.meine.aok.de zur Verfügung. Im Rahmen des AOK-PLUS-Bonusprogramms haben die Versicherten die Möglichkeit, ihre sportlichen Aktivitäten und ihre gesundheitliche Vorsorge in bares Geld umzuwandeln.

Die AOK PLUS engagiert sich aber nicht nur für ihre eigenen Versicherten, sondern macht sich überhaupt stark für gesunde Sachsen und Thüringer. Beispiele hierfür sind das Betriebliche Gesundheitsmanagement oder die Gesundheitsförderung in Kitas, Schulen und Kommunen. Ob Azubi, Student oder Großfamilie – die AOK PLUS hält für jede Lebenssituation und jedes Alter attraktive Angebote bereit. Das Gesamtpaket stimmt – das beweisen die Jahr für Jahr steigenden Mitgliederzahlen. Viele Dynamo-Anhänger setzen bei ihrer Krankenversicherung auf die AOK PLUS. So gehört die Marke AOK PLUS zum Fan-Alltag.

Anhang

FOTO-/ABBILDUNGSNACHWEIS

Archiv FC Erzgebirge; Archiv Dieter Fritzsch; Archiv Jens Genschmar; Archiv Uwe Karte; Archiv Erik Kiwitter; Archiv Hans-Jürgen Kreische; Archiv Norbert Peschke (S. 9, S. 12, S. 13 (2), S. 14, S. 19, S. 21 (2), S. 32, S. 164, S. 165, S. 166, S. 167, S. 183, S. 184, S. 222); Archiv Wolfgang Schwarzer; Archiv Jochen Walther; Deutsche Fotothek (S. 175 Richard Peter sen., S. 178 Richard Peter jun., S. 187 Richard Peter sen., S. 207 Richard Peter sen., S. 230 Erich Höhne/Erich Pohl, S. 232 Richard Peter sen., S. 235 Unbekannter Fotograf, S. 239 Helmut Potzka, S. 242 Horst Klein, S. 247 Erich Höhne/Erich Pohl, S. 267 Erich Höhne/Erich Pohl, S. 364 Erich Höhne, S. 376 Erich Höhne, S. 383 Erich Höhne, S. 385 Erich Höhne, S. 388 Erich Höhne); Lutz Hentschel; German History Archive (S. 32, S. 34, S. 36, S. 37, S. 38, S. 39, S. 42, S. 43 (2), S. 44 (2), S. 45, S. 46, S. 47, S. 48, S. 49, S. 54, S. 58, S. 59, S. 61 (2), S. 62, S. 63, S. 64 (2), S. 65, S. 66. S. 67, S. 68, S. 72, S. 73, S. 74, S. 75, S. 76 (2), S. 77, S. 78, S. 79, S. 81, S. 82, S. 85, S. 87, S. 89, S. 91, S. 94, S. 95, S. 96, S. 97, S. 103, S. 105 (2), S. 143); Imago (S. 408); Imago/Camera4 (S. 432); Imago/Ferdi Hartung (S. 392); Imago/Fred Joch (S. 395); Imago/ND-Archiv (S. 368); Imago/Werner Schulze (S. 412, S. 413, S. 437)); Steffen Mönnich (S. 3, S. 23, S. 258, S. 259, S. 332, S. 333, S. 352, S. 353, S. 404, S. 405, S. 448, S. 449, S. 469, S. 475, S. 477, S. 480); Sonja Mühlhans (S. 455); Joachim Thoß; ullstein bild (S. 215); ullstein bild – ADN-Bildarchiv (S. 243); ullstein bild – Archiv Gerstenberg (S. 206); ullstein bild – dpa (S. 240); ullstein bild – Ullrich Haessler (S.436 (2)); ullstein bild – imageBROKER/Fotothek Mai Leipzig (S. 197, S. 209, S. 217, S. 226, S. 227); ullstein bild – TopFoto (S. 218); ullstein bild – ullstein bild (S. 182, S. 191, S. 208, S. 223); ullstein bild – VW/AUDI (S. 212); Fotoagentur Witters

Trotz aufwendiger Recherche konnten nicht alle Rechtegeber bzw. Rechteinhaber der Abbildungen und Fotos ermittelt werden. Berechtigte Ansprüche bleiben erhalten.

ZITIERTE UND VERWENDETE LITERATUR UND QUELLEN

Otto Altendorfer, Die Fußball-Nationaltrainer der DDR zwischen SED und Staatssicherheit, Leipziger Universitätsverlag, 2014

Herbert Beyer, Hofmann vor - noch ein Tor, Sportverlag Berlin, 1958

Rolf Beyer, Rotation Leipzig 1950 – 50 Jahre, SG Rotation Leipzig, 2000

Bundesarchiv Berlin-Lichterfelde

Bundesbehörde für Stasiunterlagen

Dynamo – Ein Almanach, SV Dynamo, 1977

Dynamo Dresden, DEWAG Dresden, 1977

Dynamo Dresden – Ein Fußballklub stellt sich vor, Sportverlag Berlin, 1987

Große Geschichte des Dritten Reichs und des Zweiten Weltkriegs – Unternehmen „Barbarossa“, Naturalis Verlag, 1989

Joachim Engelmann – Die 18. Infanterie- und Panzergrenadier-Division 1934 – 1945, Dörfler Verlag, 2004

Horst Friedemann (Hg.) – Sparwasser und Mauerblümchen, Klartext, 1991

Jens Genschmar/Veit Pätzug – Der Dirigent: Hans-Jürgen „Dixie“ Dörner, Die Werkstatt, 2007

Uwe Karte – Dynamo Dresden 1993 – 2004, Edition Sächsische Zeitung, 2004

Uwe Karte/Jörg Röhrig – Kabinengeflüster, AGON Sportverlag, 1997

Uwe Karte/Gert Zimmermann – Dynamo Dresden 1953 – 1993, THOM, 1993

Uwe Karte/Gert Zimmermann – Das Dynamo-Buch, Selbstverlag, 2013

Körperkultur und Sport im Bezirk Dresden, Teil I 1945 bis 1961, DTSB, 1988

Uwe Krüger – Ostdeutsche Traditionsvereine 1: Dynamo Dresden – AGON Sportverlag, 1997

Hanns Leske – VORWÄRTS, Armeefußball im DDR-Sozialismus, Die Werkstatt, 2009

Jürgen Möller – Die letzte Schlacht Leipzig 1945, Verlag Rockstuhl, 2014

Wolfgang Paul, Geschichte der 18. Panzer-Division 1940 – 1943, Kameradenkreis der ehem. 18. Panzer-Division, 1975

Norbert Peschke, Zwickau und Planitz im Bombenhagel, Sutton Verlag, 2004

Norbert Peschke/Dieter Völkel – Die Geschichte des FSV Zwickau, FSV Zwickau, 2012

Ingolf Pleil – Mielke, Macht und Meisterschaft – Christoph Links Verlag, 2001

Klaus Querengässer – 100 Jahre Fußball in Dresden, AGON Sportverlag, 1995

Klaus Schlegel/Wolfgang Behrendt – Fußball – Magnet für Millionen, Sportverlag Berlin, 1977

Helmut Schön, Fußball, Ullstein, 1978
Klaus Ullrich, Jedesmal im Mai, Sportverlag Berlin, 1986
Martina Wichor, Tradition im Norden, Selbstverlag, 2011

Lexikon der Wehrmacht (http://www.lexikon-der-wehrmacht.de)
BILD
DER SPIEGEL
Deutsches Sportecho
Deutsche Zeitung im Ostland, Jahrgänge 1941 - 1943
Die NEUE Fußballwoche 1949 – 1992
Dresdner Neueste Nachrichten
Dresdner Stadtrundschau
Hamburger Abendblatt
Junge Welt
Kicker
LIBERO
NBI
Neues Deutschland
Neues Leben
Österreichische Zeitung
Sächsische Neueste Nachrichten
Sächsische Zeitung
Tageszeitung für die deutsche Bevölkerung
Tagebücher Walter Fritzsch 1938 bis 1995
TIME THE WEEKLY NEWSMAGAZINE
Wiener Montagblatt
Wiener Kurier
11FREUNDE
20 Jahre Dynamo Dresden, SGD, 1973

GANZ BESONDERER DANK GILT

Wolfgang Barthels, Rolf Beyer, Claus Boden, Gritt Büttner, Karin Buch, Bundesarchiv Berlin-Lichterfelde, Henry Buschmann, Ulli Dienel (BStU), Hans-Jürgen Dörner, Werner Drews, Christian Dzierzon, Margitta Elbe, Christoph Franke, Horst Friedl, Dieter Fritzsch, Sven Geisler, Jens Genschmar, Armin Grande, Ronny Grasser, Hans-Günther Hänsel, Dirk Jeschke, Axel Keller, Erik Kiwitter, Peter Kotte, Hans-Jürgen Kreische, Frank Kruczynski, Martina Landmann, Helge Leonhardt, Ralf Minge, Sonja Mühlhans, Matthias Müller, Gisela Passehr, Norbert Peschke, Gerald Pichler, Grit Proft, Ronny Proft, Frank Richter (Theologe), Frank Richter (Fußballspieler), Simone Reimann, Uwe Saegeling, Klaus Sammer, Axel Schulz, Karsten Schumann, Wolfgang Schwarzer, Sharif Shoukry, Gudrun Spindler, Thomas Strehlow, Joachim Thoß, Thomas Till, Klaus Uhlmann, Jochen Walther, Heinz Werner, Horst Zimmer

Meopta
13647
Meopta